2011 中西医结合执业医师资格考试 历年真题纵览与考点评析

U0116902

主　编　臧运华

副主编　郑志轩　苑奇志　田春红

　　　　高向慧　栾树理　钟志欢

军事医学科学出版社

· 北 京 ·

内 容 提 要

本书按照最新中西医结合执业医师资格考试大纲要求,对历年真题及命题考点进行了汇总,力求做到重点突出,兼顾难点、疑点和覆盖面。本书重点对历年相关章节中的考题进行了评析,在给出本题参考答案基础上,对与之相关的考点也做了重点评析。

图书在版编目(CIP)数据

2011中西医结合执业医师资格考试历年真题纵览与考点评析/
臧运华主编. - 5 版. - 北京:军事医学科学出版社,2011.1
(医师资格考试历年真题纵览与考点评析丛书)
ISBN 978 - 7 - 80245 - 701 - 0

Ⅰ.①2… Ⅱ.①臧… Ⅲ.①中西医结合 - 医师 - 资格考核 -
自学参考资料 Ⅳ.①R2 - 031

中国版本图书馆 CIP 数据核字(2010)第 261580 号

出 版:军事医学科学出版社
地 址:北京市海淀区太平路 27 号
邮 编:100850
联系电话:发行部:(010)66931051,6693104,63827166
　　　　　编辑部:(010)66931127,66931039,66931038
传 真:(010)63801284
网 址:http://www.mmsp.cn
印 装:北京市顺义兴华印刷厂
发 行:新华书店

开 本:787mm×1092mm 1/16
印 张:34
字 数:1069 千字
版 次:2011 年 3 月第 5 版
印 次:2011 年 3 月第 1 次
定 价:60.00 元

医师资格考试历年真题纵览与考点评析丛书

◆2011 临床执业医师资格考试历年真题纵览与考点评析(第七版)

◆2011 临床助理医师资格考试历年真题纵览与考点评析(第七版)

◆2011 临床执业(含助理)医师实践技能模拟考场与应试技巧(第六版)

◆2011 中医执业医师资格考试历年真题纵览与考点评析(第五版)

◆2011 中医助理医师资格考试历年真题纵览与考点评析(第六版)

◆2011 中西医结合执业医师资格考试历年真题纵览与考点评析(第五版)

◆2011 中西医结合助理医师资格考试历年真题纵览与考点评析(第六版)

◆2011 中医/中西医结合实践技能模拟考场与应试技巧(第六版)

◆2011 口腔助理医师资格考试历年真题纵览与考点评析(第五版)

◆2011 临床执业医师资格考试临考押题试卷

◆2011 临床助理医师资格考试临考押题试卷

◆2011 中西医结合执业医师资格考试临考押题试卷

◆2011 中西医结合助理医师资格考试临考押题试卷

◆2011 中医执业医师资格考试临考押题试卷

◆2011 中医助理医师资格考试临考押题试卷

◆2011 口腔执业医师资格考试临考押题试卷

◆2011 口腔助理医师资格考试临考押题试卷

再 版 说 明

工欲善其事,必先利其器。一本得心应手的参考书,是考生顺利过关的助推器。

我社出版的历年考题纵览丛书,经历了多年的医师执考检验,逐渐成熟起来,在广大考生中享有良好的声誉和口碑,发行量和销售量逐年快速增长,在医学考试书的市场占有重要的地位。

2011年执业医师考试大纲的调整对本书的编者提出了挑战,军事医学科学出版社紧密联系医考专家,补充和调整相关内容,积极配合调整后的大纲,帮助考生应对2011年执业医考的新挑战。

本书一如既往地将历年真题融入各个章节之中,引导考生在系统分科复习的同时,自然而然地把握命题理念,发现命题规律,掌握2011年命题新趋势、新特点。此外,针对读者的反馈意见,编者增加了题目的解析内容。翻阅本书,犹如一位良师对您进行单独辅导,使得本书的功能和价值大大提高。

为了使广大考生充分利用2011年新版本的历年考题纵览丛书,军事医学科学出版社在本社网站(www.mmsp.cn)开设医学考试书专版,邀请医考专家在线答疑,解决考生对于试题及答案的疑惑,同时也为考生朋友们提供了自由交流的空间。

路漫漫其修远兮,吾将上下而求索。军事医学科学出版社愿做考生朋友们向上攀登的铺路石,2011版的历年考题纵览丛书一定将为考生执考顺利过关助一臂之力。

致 考 生

医师资格考试是医疗卫生界规模比较大的一次考试,牵动着数十万医学学子的心,是从事医疗行业的准入考试。每年数十万的学子前赴后继争过独木桥的场景让人不寒而栗,可谓是终极无间,那么如何才能顺利通过考试,下面介绍一些我应考的经验和复习方法。

一、明确考试目标

"凡事预则立,不预则废",所以明确的目标是做好应考复习的重要前提,只有复习的目标明确,在复习过程中才能积极地调动大脑的潜力,提高记忆的效率和准确度,使时间的浪费减到最少。我们在复习开始之前应当先冷静下来进行思考,明确此次复习备考的目标。

1. 全面把握大纲的要求

考试大纲是复习备考的必不可少的参考资料,我们往往对它不够重视,其实熟悉和掌握大纲的基本要求是明确复习内容的基本步骤。考试大纲详细规定了各科目考查的内容、重点和要求,而且大纲所规定的内容和重点与实际临床和学习中的内容和重点是有差异的。由于不同专业的临床要求不同、内容详略不同,或者使用的教材版本不同,平时在学习过程中所学习的内容,常常和考试大纲有出入。平时临床用不到、一般考试不考的内容,大纲却常常作为考点或重点内容要求。因此,在开始复习之前,都有必要仔细地阅读考试大纲的内容和要求,了解大纲对专业内容的要求和明确复习范围。在实际复习过程中,大家没有做好这项工作,复习到一定阶段常常出现越复习越不知道复习什么,也不知道复习了有用没用的情况,有的甚至因此丧失了参加考试的信心。

2. 认真分析复习的重点

了解和把握大纲要求是开始复习工作的第一步,在此基础上,还应当结合自身的学习情况进行认真的分析。大家经过几年的专业学习和临床工作,对各门课程知识的掌握和临床操作都有一定的基础,但是,也存在着对某些内容总是有的方面记得清楚,而另一些方面则较为模糊的情况。通过对大纲的学习,对照自己对各门课程的掌握情况,仔细分析自己的强项和弱项,细致地将自己掌握的不牢固的课程、章节、知识点等总结出来,这些内容就是复习的重点。

还有一个方法可以发现复习重点,那就是进行模拟题训练。在做题过程中常常出错的地方一般就是自己的弱点,在复习时就应当作为重点来对待。但是使用这种方法发现的重点往往比较分散,可以作为对前一种方法的补充,在复习进行到一定程度,对复习效果进行自我检查时使用。在制定复习计划和进行复习备考的过程中,还有一个问题值得重视,即合理的休息和调整。执考复习是一个漫长的高强度的学习过程,任务繁重而时间相对较为紧张。有的为了赶时间,不惜放弃最起码的休息时间,结果使自己身心疲惫,复习效果也不好。合理的休息和调整是人体的基本需求,古人说"文武之道,一张一弛",会紧张学习,又会放松休息,才会达到学习的最佳境界。执考复习虽然时间紧、任务重,没有足够的睡眠和适当的放松调整,过度疲惫的身体会首先提出罢工,很难坚持到底。

二、借鉴往年考生复习备考经验

近两年中医执业医师考试的内容和形式虽然有了较大调整,但是大部分考试内容、考试的方式、题型等没有变化,因此,借鉴往年考生的复习备考经验还是很有帮助的。往届考生经过了执业医师考试全过程的锻炼,对复习备考的过程往往有比较成熟的认识和经验,尤其是在合理安排时间、确定复习重点、适应考试环境等方面,可以帮助大家合理地安排复习计划、设定复习目标,并获得对考试环境的初步认识和了解。下面简单介绍中医/中西医结合执业医师(含助理)考试的备考方法:

(一)经验一:只要功夫深,铁杵磨成针

1. 认真对待实践技能的考试,实践技能完全可以和笔试结合起来一起复习。其中方药、辨证施治、针灸等也都是笔试的重点。

2. 关于教材的选用:一般选用中医药出版社和华夏出版社两种,但是两本书中西医内、外、妇、儿中有些病用的证型和方药不一样,个人感觉还是以中医药版为准。

3. 中医占的比重大,很多人就此吃亏,花很多时间复习西医科目。其实中医的内科、针灸是重点,占25%;中医的基础理论,诊断,中药方剂占25%;西医部分,卫生法规占25%;还有中医的外、妇、儿等占25%。估计出题的具体比例提前谁都不知道,即使非常简单的题目,没有个范围比例,无疑像大海捞针。但是大约知道考试比例,过关就要容易些。

4. 结合习题看书。对有价值的习题,要追根溯源,确实弄懂。选A对,那么为什么选其他是错误的。把相关知识点一一铺开,怎么考都能过关。

5. 要有重点,但不要偏科。近几年中医内科占了很大的比重。

6. 做什么样的练习题比较好? 历年真题是必不可少的。里面有解释,不懂就看,而且题目难度和真题相似。虽然今年新换了大纲,估计题库也调整了,但往年考题还是很管用的。毕竟考试的重点和命题原则没有变,只不过换了种问法。考试重点仍然是以临床各科为主,尤其要把中医内科学好。西医内容比大家想象的少得多。掌握历年题型也很重要,应考时可以做到胸有成竹,平时练习也可有所侧重。

题型举例:

A1型题:单句型最佳选择题

答题说明:

以下每一道题下面有A、B、C、D、E五个备选答案。请从中选择一个最佳答案,并在答题卡上将相应字母所属方格涂黑。

(1)标准型

例:脾脏影响肝的五行传受是(　　)

A. 相克

B. 相乘

C. 相生

D. 相辅

E. 以上均非

答案:C

特点及答题方法:每道题由一个题干和五个备选答案组成,其中只有一个最佳答案为正确答案,其余均为干扰答案。干扰答案或完全不正确或部分正确,或相互排斥。回答问题时,应找出最佳的或最适当的答案,排除似乎有道理而实际不恰当的答案。

（2）否定型

例:下列各症,除（　　）外,均为里证的特点

A.但热不寒

B.但寒不热

C.寒热往来

D.苔黄

E.脉沉

答案:C

特点及答题方法:如果试题涉及多个相关问题或正确答案,可采用否定型题。题目的题干中有一个特别标注的否定词,5个备选答案中有一个是错误的。因为这种题型可能造成考生从肯定到否定的思维突变,影响答题,出现不该出现的错误,因此,这类题通常都会在否定词下用黑点或下划线标注。考生在答题时要从备选答案中选出最不适合的,或用的最少的,或某一方面是例外的一个答案。

A2型题:病历摘要型最佳选择题

答题说明:

以下每一道题下面有A、B、C、D、E五个备选答案。请从中选择一个最佳答案,并在答题卡上将相应题号的相应字母所属方格涂黑。

例:某患者,便血紫暗,甚则黑色,腹痛隐隐,喜热饮,面色不华,神倦懒言,便溏,舌质淡,脉细,应辨证为:

A.脾胃气虚

B.脾胃虚寒

C.湿热中阻

D.肝火犯胃

E.脾肾阳虚

答案:B

特点及答题方法:每一道考题由一个叙述性主题（简要病例）作为题干,一个引导性问题和A、B、C、D、E五个备选答案组成。回答此类试题,要全面分析题干中所给出的各种条件,分清主次,选择正确答案。

B型题:配伍题

答题说明:

以下提供若干组考题,每组考题共同使用在考题前列出的A、B、C、D、E五个备选答案。请从中选择一个与问题密切相关的答案,并在答题卡上将相应题号的相应字母所属的方框涂黑。每个备选答案可能被选择一次、多次或不被选择。

例:

A.不伤害原则

B.有利原则

C.尊重原则

D. 公正原则

E. 自主原则

①社会主义医学道德的内容不包括( )

②患者有选择接受或拒绝医生制定的治疗方案的权利,这种权利体现的是( )

答案:①E ②E

特点及答题方法:每组题由 A、B、C、D、E 五个备选答案与2~3 个题干组成,答案在前,题干在后。答题时要求为每一个题干选择一个正确答案,每个备选答案可以重复选用,也可以一次不用。

(二)经验二:掌握科学的学习方法,执考就会事半功倍

准备执业医师资格考试,最大障碍莫过于记忆力差的问题了。怎样克服工作忙、记忆力差的矛盾,提高学习和识记效果呢?我们认为应当在"科学"二字上好好动脑筋,提高记忆的科学性。

1. 求理解。俗话说,欲要记,先要懂。从记忆规律的角度来讲,一个人对所要记忆的知识,理解得越深刻,记忆效果就越好。因此,对于所学知识要搞清弄懂,特别是对那些重点、难点内容更是要耐心琢磨,反复品味,力求"知其义而明其根"。国外有人曾作过研究:对于一个成年人来说,一篇百字文,在搞清了文章的思想、内涵和基本语意后,大概 15~20 分钟就可以把它记住了;如果盲目机械记忆,则要近 1 小时,甚至更长时间。

2. 勤复习。记忆的过程也就是同遗忘作斗争的过程,斗争的最好武器就是复习,要使复习取得好效果就必须注意:①及时复习。德国著名心理学家艾宾浩斯的遗忘规律告诉我们,人们对所学知识的遗忘是先快后慢,先多后少。遗忘最严重的时刻是在识记后的头一天,甚至发生在最初的几小时、几分钟(头一天有可能遗忘所记材料的一半),以后速度逐渐减慢。及时复习对巩固所学知识能起到事半功倍的效果。相反,等遗忘殆尽后再"回锅",就事倍功半了。②强化记忆。艾宾浩斯的研究还证实,人们对所学习、记忆的内容达到了初步掌握的程序后,如果再用原来所花时间的一半去进一步巩固强化,使学习、记忆的程序达到150%,将会使记忆的痕迹得到强化,所记内容经久不忘,这在心理学上称为"过度学习"效应。③重点强化错题,避免屡错不改。

3. 巧记忆。善于根据不同的教材内容和学科特点,结合自己的实际,运用多种方法进行记忆。可分散难点,学练结合;自我回忆,尝试再现;抓住特征,展开联想;记住主要公式,进行类推;赋予机械的材料以人为的意义等。

4. 多动笔。"好脑袋不如烂笔头"。在学习中,一定要注意学思结合,手脑并用,养成"不动笔墨不读书"的好习惯。对于那些不容易记住的重点、难点内容更是要多动笔。这比单纯地口诵目记效果要好得多。

5. 抓重点。立足于全面、系统,突出重点,抓"牛鼻子",可以起到"以点带面","牵一发而动全身"的效果。

6. 善归纳。有条理的知识比杂乱无章的知识更容易记牢。在学习中要及时对所学知识进行归纳、整理,加强前后知识、新旧知识的联系,努力使所学知识在头脑中形成一个层次分明、逻辑严密的知识系统,这对于保持记忆无疑也有着重要的作用。

(三)经验三:克服心理障碍

1. 轻敌。每个人的基础不一样,有的人自我感觉"底子"厚,于是不把执业医师考试放在

眼里。其实,执业医师考试不是单纯的理论考试,而是专业知识水平考试,考查是否具有执业的能力。因此,基础好虽然有一定优势,但仍需要通过大量的练习来熟悉题型。

2. 急躁。有些人抱着"一次过关"的心理,这对其顺利通过考试反而不利。过于看重考试成绩,会加重心理负担,从而影响考试水平的正常发挥。相反,如果抱着通过考试提高水平的态度轻松上阵,能有效提高学习的积极性,能更加从容地应对考试。

3. 信息闭塞。有些人喜欢关起门来苦读,平时很少上网查询信息,也很少与人交流心得。这种闭门造车式的复习方法带来的结果是:他所用的教材可能已被淘汰,他的复习方法可能也早已落伍,而他沿着"错误的道路"正越走越远。

4. 迷信。有些人对自己没信心,迷信所谓的"培训班",以为交了"银子","名师"就能搞定一切。老话说得好:师傅领进门,修行在个人。如果自己不努力,再好的名师也无法越俎代庖。还有整天在网上搜寻别人的成功经验,殊不知,每个人的基础不同,只有自己摸索出来的经验,才是最适用的。

5. 投机。有些人对基础练习缺乏耐心,而是醉心于研究各种考试技巧,希望能够四两拨千斤。然而事实是,熟能生巧,只有反复练习才能掌握考试方法,如果投机取巧,最后只能是拣了芝麻丢了西瓜。千万记住:技巧只是锦上添花的东西,熟练才是备考的真谛。至于搞什么类似传答案、替考等捷径,终究为人所不齿,一旦败露倒霉的还是自己。

6. 犹豫。有些人过于患得患失,总盘算着自己行不行、什么时候考最有利等问题,许多宝贵的复习时间就在犹豫中浪费了。还有些人虽然定了复习计划,执行起来总是拖拖拉拉,三天打鱼两天晒网,临到考试才发现脑袋空空。对待考试的态度一定要果断,既然早晚是必须要考的,那就制定好复习计划,一鼓作气,通过执业医师考试。

三、做好应试冲刺工作

经验表明,考前的自我调整对临场发挥的水平有重要影响。在考试开始前一周左右,应当自觉地进行一系列的自我调整,使身体处于较佳状态,保持充沛的体力和精力,以保证考试的顺利进行。需要注意的问题有:

1. 调整作息时间,保证睡眠

考前一周,复习备考的疲劳程度达到峰值,体能和精力在前一阶段复习过程中已经过长期消耗,必须保证基本的八小时睡眠时间,以使体能和精力得到恢复,以满足考试的需要。虽然有时会感觉还有很多内容没掌握好,急于在这一周内进行突击复习,但是,精神的过度紧张和体力的过度消耗对考试的不利影响常常要大于这一周突击复习的收获。

2. 调整复习内容,巩固复习成果,适当降低学习强度

考前一周,复习的重点不应放在全面复习方面,而应当放在巩固已有复习成果,强化记忆已发现的知识弱点方面。通过对整个复习过程的回顾和总结,进一步使已掌握的知识系统化和条理化。尽量不要在记忆新知识点方面花费太多的时间。适当降低学习的强度,适当延长学习休息间隔。可以反复观看技能考试配套光盘,不断细化操作规范。最好找个搭档,模拟一遍系统查体和一些基本操作,这样可以更好的适应考试环境。

3. 调整身心状态,恢复精力和体力

长达数月的紧张学习,使人身心疲惫。在考前最后一周应当注意身心的自我调整,除保证休息、改善营养外,还应当进行适当的运动和娱乐活动,以增强体能和放松过度紧张的精神状

态。比如,每天安排半小时进行散步,抽出一小部分时间听听音乐,看看杂志等。但同时也应当避免进行大运动量和长时间的锻炼和娱乐。

4.保持平常心,冷静地对待考试

执考是医师准入制度的一次考试,是对自己前一阶段复习成果的检验,是对平时临床工作的一次系统总结,要以平常心冷静地对待考试,充分运用自己的考试经验,发挥自己最好的知识水平。执考的整个过程对于每一位从事医疗行业的朋友来说都是一笔宝贵的财富,在摘取胜利果实的时刻,平静的心态和丰收的硕果才是最大的享受。

目 录

中医基础理论

第一单元　中医学理论体系的主要特点

【历年真题纵览】

A1 型题

1. 中医学理论体系的基本特点主要是
    A. 阴阳五行与脏象经络
    B. 以五脏为主的整体观
    C. 望闻问切与辨证论治
    D. 整体观念与辨证论治
    E. 辨证求因与审因论治

参考答案：D

2. 中医学整体观念的内涵是
    A. 人体是一个有机的整体
    B. 自然界是一个整体
    C. 时令、晨昏与人体阴阳相应
    D. 五脏与六腑是一个有机整体
    E. 人体是一个有机整体，人与自然环境和社会环境相统一

参考答案：E

【考点评析】

1. 中医学具有完整的理论体系，在这一独特理论体系中，有两个主要特点：一是整体观念，二是辨证论治。

2. 中医学非常重视人体本身的统一性、完整性及其与自然界的相互关系。它认为人体是一个有机整体，同时也认识到人体与自然环境、社会环境的重要关系和相互影响，人类在能动地适应自然和改造自然的斗争中，维持着机体正常的生命活动。这种内外环境的统一性和机体自身完整性的思想，即为整体观念。

3. 整体观念的内容：人体是有机的整体；人与自然环境的统一性；人与社会环境的统一性。

【历年真题纵览】

A1 型题

1. 关于辨证的描述正确的是
    A. 通过四诊收集症状、体征等资料
    B. 分析疾病的原因、性质、部位
    C. 分析邪正之间的关系
    D. 概括、判断为某种性质的证
    E. 以上都是

参考答案：E

2. "证候"不包括
    A. 四诊检查所得
    B. 内外致病因素
    C. 疾病的特征
    D. 疾病的性质
    E. 疾病的全过程

参考答案：E

3. 异病同治的实质是
    A. 证同治同
    B. 证异治同
    C. 病同治异
    D. 病异治异
    E. 病同治同

参考答案：A

4. 感冒治法有辛温解表和辛凉解表的不同，其理论依据是
    A. 同病异治
    B. 异病同治
    C. 辨病论治
    D. 同病同治
    E. 异病异治

参考答案：A

B1 型题

5.
    A. 病
    B. 证

C. 症

D. 病性

E. 以上都不是

①"同病异治"中,不同的是

②"异病同治"中,相同的是

参考答案:①B　②B

【考点评析】

1. 辨证,就是将四诊(望、闻、问、切)所收集的资料、症状和体征,通过分析、综合,辨清疾病原因、性质、部位以及邪正之间的关系,概括、判断为某种性质的证。证,是对机体在疾病发展过程中某一阶段病理本质的概括,"证"的概念中包含病机;病,是对疾病全过程的特点与规律所作的概括;证候应是指每个证所表现的具有内在联系的症状、体征,即证候为证的外候。

2. "同病异治"即对同一疾病不同阶段出现的不同证型,采用不同的治法。"异病同治"是指不同的疾病在发展过程中出现性质相同的证型,因而可以采用同样的治疗方法,所谓"证同治亦同,证异治亦异"。

第二单元　精气学说

【历年真题纵览】

A1 型题

1. 关于精气学说的描述错误的是

　A. 精气是构成宇宙万物的本原

　B. 精气是不断运动变化的

　C. 精气是天地万物相互联系的中介

　D. 天地精气化生为人

　E. 以上都不对

参考答案:E

【考点评析】

精气学说的基本内容:

1. 精气是构成宇宙万物的本原。精气学说认为,宇宙自然界中的一切事物都是由精气所构成,世界万物的生成皆为精气自身运动的结果,所以,精气乃是构成天地万物包括人类在内的共同的原始物质。

2. 精气的运动变化:精气,是活动力很强、运行不息的精微物质,正是由于精气的运行不息,方使得由精气所构成的宇宙自然界处于不停的运动变化之中,而自然界一切事物的纷繁变化,亦都是精气运动的结果和反映。"气化"和"形气转化",即是精气运动变化的过程和体现,气化的形式,主要表现为气与形、形与形、气与气的转化,以及有形之体自身的更新变化。

3. 精气是天地万物相互联系的中介。精气分阴阳,以成天地。天地交感,以生万物。天地万物相互联系,相互作用,天地万物之间充斥着无形之精气,并相互作用,且这些无形之精气还能渗入于有形的实体,并与已构成有形实体的精气进行着各种形式的交换和感应,因而,精气又是天地万物之间相互联系、相互作用的中介性物质。精气的中介作用,主要表现为维系着天地万物之联系,并使万物得以相互感应。

4. 天地精气化生为人。人类由天地阴阳精气交感化合而生,人类不仅有生命,还有精神活动,"人之生,气之聚也"。聚则为生,散则为死。人的生命过程,亦即是气的聚散过程。

第三单元　阴阳学说

命题考点1　阴阳学说的概念

【历年真题纵览】

A1 型题

1. "阴阳者,一分为二也",是指

　A. 把事物一分为二就是阴阳

　B. 阴阳具有矛盾对立统一的辩证观点

　C. 看待阴阳理论要一分为二正确认识

　D. 调整阴阳,使之恢复平衡

　E. 以上均不是

参考答案:B

2. 昼夜分阴阳,则下午为

　A. 阴中之阳

　B. 阳中之阳

　C. 阳中之阴

　D. 阴中之阴

　E. 阴中之至阴

参考答案:C

3. 四时阴阳的消长变化,从夏至到立秋为

　A. 阴消阳长

　B. 重阴必阳

　C. 阳消阴长

　D. 重阳必阴

　E. 由阳转阴

参考答案:C

4. 事物或现象阴阳属性的征兆是

A. 寒热

B. 上下

C. 水火

D. 晦明

E. 动静

参考答案:C

【考点评析】

1. 阴阳,是中国古代哲学的一对范畴,是对自然界相互关联的某些事物或现象对立双方属性的概括,并含有对立统一的内涵。阴和阳,既可以代表两种相互对立的事物和势力,又可以代表和用以分析同一事物内部相互对立的两个方面。"阴阳者,一分为二也",明确指出,阴阳具有矛盾对立统一的辩证观点。

2. 事物阴阳属性具有无限可分性,阴阳之中可以再分阴阳,如:昼为阳,夜为阴;上午为阳中之阳,下午为阳中之阴;前夜为阴中之阴,后夜为阴中之阳。

3. 秋冬为阴,春夏为阳,由夏至到冬至,是阴长阳消的过程;由冬至到夏至,则是阴消阳长的过程。

4. 阴阳的属性:阴阳的绝对性指阴阳的对立统一运动是事物本身所固有的,事物的发生发展变化都是阴阳对立统一矛盾运动的结果;阴阳的相对性指阴阳在一定条件下可以相互转化,阴阳具有无限可分性;阴阳的对立制约指阴阳的相互制约,相互消长,处于动态的平衡;阴阳的互根互用指阴依存于阳,阳依存于阴,每一方都以其相对一方的存在为自身存在的条件;阴阳的交感互藏指阴中有阳,阳中有阴。如《素问·阴阳应象大论》:"天地者,万物之上下也;阴阳者,气血之男女也;左右者,阴阳之道路也;水火者,阴阳之征兆也;阴阳者,万物之能始也。"

命题考点 2　阴阳学说的基本内容

【历年真题纵览】

A1 型题

1. "阴中求阳"的治法适用于

A. 阴虚

B. 阳虚

C. 阴盛

D. 阳盛

E. 阴阳两虚

参考答案:B

2. "阳虚则阴盛"、"阴虚则阳亢"说明了阴阳之间的哪种关系

A. 相互交感

B. 对立制约

C. 互根互用

D. 消长平衡

E. 相互转化

参考答案:B

3. "壮水之主,以治阳光"是指

A. 阴病治阳

B. 阳病治阴

C. 热者寒之

D. 寒者热之

E. 阳中求阴

参考答案:B

4. 阴阳的相互转化是

A. 绝对的

B. 有条件的

C. 必然的

D. 偶然的

E. 量变

参考答案:B

【考点评析】

1. 阴阳学说的基本内容:阴阳的对立制约;阴阳的互根互用;阴阳的交感互藏;阴阳的消长;阴阳的转化。

2. 阴阳转化,是指事物对立双方的总体属性,在一定的条件下可以向其相反的方向转化,即属阳的事物可以转化为属阴的事物,属阴的事物可转化为属阳的事物。阴阳转化是阴阳运动的又一基本形式,阴阳双方的消长运动发展到一定阶段,事物内部阴与阳的比例出现了颠倒,则该事物的属性即发生转化,故说转化是消长的结果。阴阳的相互转化,一般都发生于事物发展的物极阶段,即"物极必反"。如果说阴阳消长是一个量变过程,则阴阳转化则是在量变基础上的质变。

命题考点 3　阴阳学说在中医学中的应用

【历年真题纵览】

A1 型题

1. 以阴阳归纳药物属性,正确的是

A. 寒凉属阳,温热属阴

B. 辛、甘、淡属阳;酸、苦、咸属阴

C. 升浮之药,属阴;沉降之药,属阳

D. 药物属性没有阴阳特性

E. 以上都不对

参考答案:B

2. 言脏腑之阴阳,肾为

A. 阴中之阳

B. 阴中之阴

C. 阴中之至阴

D. 阳中之阴

E. 阳中之阳

参考答案:B

【考点评析】

1. 阴阳学说在中医学中的应用:人体下为阴,里为阴,脏为阴,腹为阴;上为阳,表为阳,腑为阳,背为阳。五脏中肝为阴中之阳,脾为阴中之至阴,肾为阴中之阴;心为阳中之阳,肺为阳中之阴。

2. 药物的性能,主要依靠其性、味和升降浮沉来决定,此又皆可用阴阳来归纳说明。

药性:主要有寒、热、温、凉四种,又称"四气"。其中寒、凉属阴,热、温属阳。

药味:主要有酸、苦、甘、辛、咸五种,称为"五味",另还有一种淡味。其中辛、甘、淡属阳;酸、苦、咸属阴。

升降浮沉:是指药物作用的趋向。升是上升,降是下降,浮是发散,沉是泄利。升与降、浮与沉的性质都是相反的,用阴阳来归纳,升浮之药,其性多有上升、发散的特点,故属阳;沉降之药,其性多有收涩、泻下、重镇的特点,故属阴。

第四单元　五行学说

命题考点 1　五行学说的概念

【历年真题纵览】

A1 型题

1. 木的特性是

A. 曲直

B. 稼穑

C. 从革

D. 炎上

E. 润下

参考答案:A

2. 内湿最易阻滞哪些脏腑的气机

A. 心肺

B. 脾肺

C. 脾胃

D. 肝脾

E. 心肾

参考答案:C

3. 按五行属性分类,五化中属土者是

A. 生

B. 长

C. 化

D. 收

E. 藏

参考答案:C

【考点评析】

1. 木曰曲直,火曰炎上,土爱稼穑,金曰从革,水曰润下。

2. 按五行系统归类:木:五脏为肝,五气为风,五化为生;火:五脏为心,五气为暑,五化为长;土:五脏为脾,五气为湿,五化为化;金:五脏为肺,五气为燥,五化为收;水:五脏为肾,五气为寒,五化为藏。

命题考点 2　五行学说的基本内容

【历年真题纵览】

A1 型题

1. 五行中"木"的"所胜"是

A. 火

B. 水

C. 土

D. 金

E. 以上均非

参考答案:C

2. 五行调节事物整体动态平衡的机制是

A. 生我

B. 我生

C. 克我

D. 我克

E. 制化

参考答案:E

3. 下列各项中,属于母病及子的是

A. 肺病及肾

B.肝病及肾

C.肺病及心

D.心病及肝

E.脾病及肾

参考答案：A

【考点评析】

1.五行相生顺序：木火土金水相生；相克顺序：木土水火金相克。

2.五行中生我者为"母"，我生者为"子"。克我者为我"所不胜"，我克者为我"所胜"。相生关系的传变包括母病及子和子病及母。疾病由母脏传至子脏，称为"母病及子"。疾病由子脏传至母脏，称为"子病犯母"或"子盗母气"。

3.五行制化，是五行生克关系的相互结合，是指五行运动中"生"与"克"的相互作用，即：以维持动态平衡的关系。如果只有相生而无相克，就不能保持正常的平衡发展；有相克而无相生，则万物不会有生化。所以相生、相克是一切事物维持相对平衡的两个不可缺少的条件。只有在相互作用、相互协调的基础上，才能促进事物的生化不息。

命题考点3　五行学说在中医学中的应用

【历年真题纵览】

A1 型题

1.见肝之病,先实其脾气,这种治则属于

　A.早期治疗

　B.治病求本

　C.先安未受邪之地

　D.缓则治其本

　E.以上均不是

参考答案：C

2.《难经经释》说："邪扶生气而来,虽进而易退",是指

　A.母病及子

　B.子病犯母

　C.相乘传变

　D.相侮传变

　E.表里传变

参考答案：A

3.肺实证而出现咳呛气逆属肝火犯肺时,应选用的方法是

　A.培土生金法

B.提壶揭盖法

C.泻南补北法

D.泻木清金法

E.泻火补土法

参考答案：D

4."见肝之病,知肝传脾"的病机传变是

　A.木克土

　B.木乘土

　C.土侮木

　D.母病及子

　E.子病犯母

参考答案：B

B1 型题

5.

　A.泻南补北

　B.扶土抑木

　C.滋水涵木

　D.培土生金

　E.佐金平木

①心肾不交的治法是

②肝阳上亢的治法是

参考答案：①A　②C

6.

　A.益火补土法

　B.金水相生法

　C.抑木扶土法

　D.培土制水法

　E.泻火补水法

①肾阳虚不能温脾,以致脾阳不振,其治疗宜采用

②肾阴不足,心火偏亢,以致心肾不交,其治疗宜采用

参考答案：①A　②E

【考点评析】

泻南补北法：指通过泻心火,补肾水以交通心肾的一种治疗方法,又称泻火补水法、滋阴降火法,主要适用于肾阴不足,心阳偏亢,水火失济,心肾不交病证。滋水涵木法：指通过滋肾阴以养肝阴,从而涵敛肝阳的治疗方法,主要适用于肾阴亏损而致肝阴不足,甚则肝阳偏亢之病证。培土生金法：是指补脾益气而达到补益肺气的治疗方法,主要适用于脾虚胃弱不能滋养肺脏之"土不生金"证。扶土抑木法：是以健脾疏肝药物治疗脾虚肝气亢逆病证的一种方法,又称健脾疏肝法,主要适用于脾虚肝郁病证。佐金平木法：指通过清肃肺气,以抑制肝火亢盛病证的

一种治疗方法,又称清肺泻肝法,主要适用于肝火亢逆,灼伤肺金,影响肺气清肃而致的"木火刑金"病证。益火补土法:是温肾阳而补脾阳的一种方法,适用于肾阳式微而致脾阳不振之证。

第五单元　五　脏

命题考点1　五脏的生理功能与特性

【历年真题纵览】

A1 型题

1. 心的主要生理功能是
   - A. 主藏血
   - B. 主神志
   - C. 主运化
   - D. 主统血
   - E. 主疏泄

   参考答案:B

2. 心系病证的主要病机特点是
   - A. 气血亏损,心神失养
   - B. 邪气扰心,心神不宁
   - C. 水气凌心,扰乱心神
   - D. 血脉运行障碍,神明失司
   - E. 痰火扰心,心神不安

   参考答案:D

3. 心主神志最主要的物质基础是
   - A. 津液
   - B. 精液
   - C. 血液
   - D. 宗气
   - E. 营气

   参考答案:C

4. 心为"五脏六腑之大主"的理论依据是
   - A. 心主血
   - B. 心主神志
   - C. 心主思维
   - D. 心总统魂魄
   - E. 心总统意志

   参考答案:B

5. 下列哪项在心主血脉中起关键作用
   - A. 心血充盈
   - B. 心气充沛
   - C. 心神安宁
   - D. 心搏如常
   - E. 脉道通利

   参考答案:B

6. 肺主气的功能取决于
   - A. 司呼吸
   - B. 宗气的生成
   - C. 全身气机的调节
   - D. 朝百脉
   - E. 主治节

   参考答案:A

7. 肺主通调水道的功能主要依赖于
   - A. 肺主一身之气
   - B. 肺司呼吸
   - C. 肺输精于皮毛
   - D. 肺朝百脉
   - E. 肺主宣发和肃降

   参考答案:E

8. 主治节是指
   - A. 心的生理功能
   - B. 肺的生理功能
   - C. 脾的生理功能
   - D. 肝的生理功能
   - E. 肾的生理功能

   参考答案:B

9. "清虚之脏"指的是
   - A. 肝
   - B. 心
   - C. 脾
   - D. 肺
   - E. 肾

   参考答案:D

10. "脾主升清"的确切内涵是
    - A. 脾的阳气主升
    - B. 脾以升为健
    - C. 脾气散精,上归于肺
    - D. 与胃的降浊相对而言
    - E. 输布津液,防止水湿内生

    参考答案:C

11. 脾为气血生化之源的理论基础是
    - A. 气能生血
    - B. 人以水谷为本
    - C. 脾主升清
    - D. 脾能运化水谷精微
    - E. 脾为后天之本

    参考答案:D

12. 气机升降出入的枢纽是
    A. 肝、肺
    B. 肺、肾
    C. 脾、胃
    D. 肝、胆
    E. 心、肾
    参考答案:C

13. 下列哪项不是脾的生理功能
    A. 水谷的受纳和腐熟
    B. 水谷精微的转输
    C. 水液的吸收和转输
    D. 脏器位置的维系
    E. 血液的统摄
    参考答案:A

14. 五脏共同的生理特点是
    A. 传化物
    B. 实而不满
    C. 藏精气
    D. 泻而不藏
    E. 以上均非
    参考答案:C

15. 肝藏血的生理功能是指肝可
    A. 贮藏血液
    B. 调节血量
    C. 统摄血液
    D. 贮藏血液和调节血量
    E. 化生血液与统摄血液
    参考答案:D

16. 肾系病证的主要病机特点是
    A. 肺失通调,三焦气化不利
    B. 肾失开阖,膀胱气化不利
    C. 脾失健运,水虚内停
    D. 肾阴、肾阳不足,气化不利
    E. 温热蕴结,肾与膀胱气化不利
    参考答案:D

17. 有主水和纳气功能的脏是
    A. 肝
    B. 心
    C. 脾
    D. 肺
    E. 肾
    参考答案:E

18. 被称为先天之本的脏是
    A. 肾
    B. 脾

C. 心
D. 肝
E. 肺
参考答案:A

19. 肾中精气的主要生理功能是
    A. 促进机体的生长发育
    B. 促进生殖机能的成熟
    C. 主生长发育和生殖
    D. 化生血液的物质基础
    E. 人体生命活动的根本
    参考答案:C

20. 天癸的产生主要取决于
    A. 肾中精气的充盈
    B. 脾气的健运
    C. 肾阳的蒸化
    D. 肝血的充足
    E. 肾阴的滋养
    参考答案:A

21. 肾主纳气的主要生理作用是
    A. 使肺之呼吸保持一定的深度
    B. 有助于元气的固摄
    C. 有助于精液的固摄
    D. 有助于元气的生成
    E. 有助于肺气的宣发
    参考答案:A

22. "肾为气之根"主要指
    A. 肾为五脏阳气之根本
    B. 肾主纳气,以维持呼吸深沉
    C. 肾主膀胱的气化开合
    D. 肾主水液的蒸腾气化
    E. 元气由肾精所化生
    参考答案:B

23. 《素问·上古天真论》"筋骨坚,发长极,身体盛壮",是女子哪一年龄段的生理表现
    A. "二七"
    B. "三七"
    C. "四七"
    D. "五七"
    E. "六七"
    参考答案:C

24. "命门之火"实际上是指
    A. 肾阳
    B. 肾阴
    C. 肝阳
    D. 心阳

E.以上均不是

参考答案:A

B1 型题

25.

A.心与脾

B.心与肺

C.肺与脾

D.肺与肾

E.肾与肝

①与正常生殖功能有关的脏是

②与正常呼吸功能有关的脏是

参考答案:①E ②D

26.

A.脾

B.胃

C.肾

D.肝

E.肺

①"贮痰之器"是指

②"生痰之源"是指

参考答案:①E ②A

27.

A.右肾为命门

B.命门为两肾的总称

C.两肾之间为命门

D.命门为肾间动气

E.命门为精室

①《难经》认为

②赵献可认为

参考答案:①A ②C

28.

A.心

B.脾

C.肺

D.肝

E.肾

①称"封藏之本"的是

②称"罢极之本"的是

参考答案:①E ②D

【考点评析】

1.心主神志,主血脉。心主血脉包括主血和主脉两个方面。一方面,全身的血都在脉中运行,依赖于心脏的搏动而输送到全身,发挥其濡养作用;而心脏的正常搏动,主要依赖于心气,故心气充沛在心主血脉活动中起关键作用。只有心气充沛,才能维持

其正常的心力、心率和心律,血液才能在脉内正常循行,周流不息而营养全身。心主神志的物质基础为心主血脉,血液是神志活动的物质基础。正因为心具有主血脉的生理功能,所以才具有主神志的功能。如《灵枢·本神》说:"心藏脉,脉舍神";《灵枢·营卫生会》又说:"血者,神气也。"心主血脉的功能异常,亦必然出现神志的改变。心为"五脏六腑之大主",实质上是指人的精神、意识、思维活动对五脏六腑的生理功能有一定的反作用。在中医学的藏象学说中,将人的精神、意识、思维活动不仅归属于五脏,而且主要归属于心的生理功能,故说心为"五脏六腑之大主"。

2.肝主藏血,主疏泄。肝藏血是指肝有贮藏血液和调节血量的生理功能,其藏血的生理意义,有涵养肝气、调节血量、濡养肝及筋目、为经血之源及防止出血等五方面。肝主疏泄是指肝气具有疏通气机,使之畅达的功能。主要体现在四个方面:促进血液运行和津液代谢;促进脾胃的运化功能和胆汁的分泌排泄;调畅情志活动;通调妇女的排卵、月经来潮和男子的排精。

3.脾主运化,主统血。脾的主要生理功能和特性有:主运化,把水谷化为精微,并将精微物质转输至全身,脾运化水谷的功能是精、气、血、津液化生的基础,也是脏腑、经络、四肢百骸以及筋肉皮毛等组织的营养来源,所以说,"脾胃为后天之本,气血生化之源";主统血,统摄血液在经脉之中流行,防止逸出脉外的功能;主升,具体表现在升清和升举内脏两方面。脾胃的升降,对整体气机的升降出入更具重要性,这是因为脾胃为后天之本,居于人体中部,通连上下,是升降运动的枢纽。脾可调衡气的运动,肝肾气之上升,肺心气之下降皆由于脾胃为之斡旋。

4.肺叶娇嫩,通过口鼻直接与外界相通,且外合皮毛,易受邪侵,不耐寒热,故有"娇脏"之称。《医学心悟》曰:"肺为娇脏,攻击之剂,即不任受,而外主皮毛,最易受邪。"肺的主气功能包括主一身之气和呼吸之气。主一身之气,是指一身之气都归属于肺,由肺所主,肺有节律的一呼一吸,对全身的气机具有调节作用;肺主呼吸之气,指肺是体内外气体交换的场所。肺主一身之气和呼吸之气,实际上都隶属于肺的呼吸功能。肺的通调水道功能,是指肺的宣发和肃降对体内水液的输布、运行和排泄起着疏通和调节的作用。肺主宣发,不但将津液和水谷精微宣发于全身,而且主司腠理的开合,调节汗液的排泄;肺气肃降,不但将吸入之清气下纳于肾,而且也将体内的水液不断地向下输送,而成为尿液生成之源,经肾

和膀胱的气化作用,生成尿液而排出体外。

5.肾藏精,主生长、发育、生殖与脏腑气化。精是构成人体的最基本物质,也是人体生长发育及各种功能活动的物质基础。肾所藏精气包括"先天之精"和"后天之精"。"先天之精"是禀受于父母的生殖之精,与生俱来,是构成胚胎发育的原始物质,所以称"肾为先天之本"。其主要生理效应是促进机体的生长、发育和逐步具备生殖能力。人体的生、长、壮、老、已的自然过程,与肾中精气的盛衰密切相关。如《素问·上古天真论》说:"女子七岁,肾气盛,齿更,发长;二七而天癸至,任脉通,太冲脉盛,月事以时下,故有子;三七,肾气平均,故真牙生而长极;四七,筋骨坚,发长极,身体盛壮;五七,阳明脉衰,面始焦,发始堕;六七,三阳脉衰于上,面皆焦,发始白;七七,任脉虚,太冲脉衰少,天癸竭,地道不通,故形坏而无子也。"肾主水主要通过肾中精气的气化功能,对体内津液的输布和排泄起着调节作用。肾主纳气,是指肾有摄纳肺所吸入的清气,防止呼吸表浅的作用,这实际上也是肾的闭藏作用在呼吸运动中的具体体现。

6."天癸"是随着肾中精气不断充盛,发展到一定阶段产生的一种促进性腺发育成熟的物质。

7."肺为气之主,肾为气之根",肾主纳气,即肺吸入之气,应下纳于肾,也就是说肺的呼吸功能需靠肾气主纳的作用来协助,故曰"肾为气之根"。

8.肾阴是人体阴液的根本,对各脏腑组织起着濡润、滋养的作用;肾阳是人体阳气的根本,对各脏腑组织起着温煦、生化的作用,肾中阴阳犹如水火一样内寄于肾,故前人又有"肾为水火之宅"的理论。脾主运化水湿,若脾不健运,水湿不运,便停于体内,或肌肤四肢,或脏腑等部位,成痰成饮,故古人说"脾为生痰之源,肺为贮痰之器"。

9.命门一词最早见于《灵枢·根结》:"命门者,目也。"但自《难经》提出"左者为肾,右者为命门",后世诸家对此观点不一,主要有:元代滑寿及明代虞抟(《医学正传》)的两肾俱称命门说;明代赵献可等两肾之间为命门说;明代孙一奎的命门为肾间动气说。

命题考点2 五脏之间的关系

【历年真题纵览】

A1 型题

1.与血的循行关系最密切的脏腑是
　A.肺、脾、肾
　B.肝、心、肾
　C.肺、肝、肾
　D.心、肺、肝
　E.肝、脾、肾
参考答案:D

2.与气虚关系最密切的脏腑是
　A.心、肺
　B.肺、脾
　C.肺、肾
　D.脾、胃
　E.肝、肺
参考答案:B

3.下列各脏中,其生理特性以升为主的是
　A.肺与脾
　B.肺与肝
　C.肝与肾
　D.心与肾
　E.肝与脾
参考答案:E

4.肝藏血与脾统血的共同生理功能是
　A.贮藏血液
　B.调节血量
　C.统摄血液
　D.防止出血
　E.化生血液
参考答案:D

5.连结"肺主呼吸"和"心主血脉"的中心环节是
　A.经脉的相互连结
　B.气血的相互关系
　C.宗气的贯通和运行
　D.心土营、肺土卫之间的相互作用
　E.以上都不是
参考答案:C

6."乙癸同源"应归属于
　A.肝与心的关系
　B.肝与肾的关系
　C.肺与脾的关系
　D.肾与脾的关系
　E.肝与肺的关系
参考答案:B

7.《素问·水热穴论》中所称的"胃之关"为
　A.肝
　B.心
　C.脾

D. 肺

E. 肾

参考答案:E

8."太仓"所指的是

A. 三焦

B. 胃

C. 小肠

D. 脾

E. 大肠

参考答案:B

B1 型题

9.

A. 肝与脾的关系

B. 肝与肾的关系

C. 心与肾的关系

D. 肾与肺的关系

E. 肺与脾的关系

①"精血同源"是指

②"水火即济"是指

参考答案:①B ②C

10.

A. 心与脾

B. 肺与脾

C. 脾与肾

D. 肺与肝

E. 肺与心

①与气机调节关系最密切的脏是

②与气的生成关系最密切的脏是

参考答案:①D ②B

【考点评析】

五脏之间的关系:

1. 心与肺:心主血,肺主气,心主行血,肺主呼吸的关系,实际是气和血相互依存、相互为用的关系;心与脾:主要表现在血液的生成和运行上,常见心脾两虚证;心与肝:主要表现在心行血、肝藏血上,常见心肝血虚证;心与肾:主要表现在心火应下温肾水,肾水上济心火,为水火既济,否则为心肾不交。

2. 肺与脾:主要表现在气的生成、津液的运行方面。肺司呼吸,脾主运化,故肺、脾与气的生成关系最密切。肺与肝:主要在于气机的调节方面,肺主降而肝主升,常见木火刑金证。肺与肾:主要表现在水液代谢和呼吸运动方面。

3. 肝与脾:首先表现在肝的疏泄功能和脾的运化功能的相互影响;其次在于肝藏血和脾统血对血液的生成、运行的影响上。肝与肾:甲乙属木,甲为阳木,

在脏腑为胆;乙为阴木,在脏腑为肝。壬癸属水,水能生木,壬为阳,癸为阴,分别对应膀胱和肾。"乙癸同源"是用天干来说明肝肾的关系,即肝肾同源,肝藏血,肾藏精,精和血之间能相互滋生,相互转化。

4. 脾与肾:先天后天的关系,脾阳根于肾阳,先天之精需后天之精的营养。《素问·水热穴论》:"肾者,胃之关也,关门不利,故聚水而从其类也。"肾有调节水液的功能,起着胃的关闸作用。水饮入于胃,由脾上输肺,肺气肃降,水饮下流归于肾,从膀胱、尿道排出体外。

命题考点 3　五脏与五体、五官九窍、五志、五液和五时的关系

【历年真题纵览】

A1 型题

1. 下列关于五脏外合五体的叙述,错误的是

A. 心合脉

B. 肝合筋

C. 脾合体

D. 肺合皮毛

E. 肾合骨

参考答案:C

2. 肝之液为

A. 汗

B. 涕

C. 泪

D. 唾

E. 涎

参考答案:C

3. 下列关于五脏所藏的叙述,错误的是

A. 心藏神

B. 肝藏魂

C. 肺藏魄

D. 脾藏意

E. 肾藏智

参考答案:E

【考点评析】

人的精神意识活动是以五藏精气为物质基础的,因而,精神状态的异常与脏腑功能失调有关。《素问·宣明五气篇》:"五脏所藏:心藏神,肺藏魄,肝藏魂,脾藏意,肾藏志。"此"志"非彼"智"。五液,是指汗、涕、泪、涎、唾五种分泌液或排泄液。五液与

五脏的关系非常密切,如《素问·宣明五气篇》说:"五藏化液:心为汗,肺为涕,肝为泪,脾为涎,肾为唾;是为五液"。所谓五体,是指筋、脉、肌、皮、骨。五脏外合五体,肝合筋、心合脉、脾合肉、肺合皮、肾合骨。《灵枢·九针论》说:"肝主筋",而非肝合爪,故肝应在体合筋。爪甲乃筋之延续,又称"爪为筋之余",为肝之外华,故《素问·五脏生成篇》说:"肝之合筋也,其荣爪也。"

第六单元 六 腑

命题考点1 六腑的生理功能

【历年真题纵览】

A1 型题

1.具有"喜润恶燥"特性的脏腑是
   A.肝
   B.肺
   C.脾
   D.胃
   E.大肠
   参考答案:D

2.利小便而实大便的理论依据是
   A.脾主运化
   B.肺主通调水道
   C.小肠主受盛
   D.小肠主化物
   E.小肠主泌别清浊
   参考答案:E

3.被称为"孤府"的脏腑是
   A.胃
   B.小肠
   C.大肠
   D.膀胱
   E.三焦
   参考答案:E

4.津液输布的主要通道是
   A.血府
   B.经络
   C.腠理
   D.三焦
   E.分肉
   参考答案:D

5.小肠的主要生理功能是
   A.主运化
   B.主通调水道
   C.主受纳
   D.主腐熟水谷
   E.主泌别清浊
   参考答案:E

6.大肠的主要生理功能是
   A.受盛
   B.传化糟粕
   C.化物
   D.泌别清浊
   E.通行元气
   参考答案:B

7."中焦如沤"是描绘
   A.胃的受纳功能
   B.脾的散精功能
   C.小肠泌别清浊功能
   D.脾胃等脏腑的消化饮食物的生理过程
   E.心肺输布气血的作用
   参考答案:D

8."主液"的腑是
   A.胆
   B.胃
   C.小肠
   D.大肠
   E.膀胱
   参考答案:C

9.属于上焦生理功能特点的是
   A.主气的升发
   B.升已而降,若雾露之溉
   C.通行三气
   D.原气之别使
   E.以上都不是
   参考答案:B

10.六腑"以降为顺,以通为用"的理论基础是
   A.六腑的形体特点为空腔器官
   B.六腑都是接受饮食物的受盛器官
   C.六腑都不是贮藏精气的器官
   D.六腑既是受盛水谷又是传化糟粕的器官
   E.以上都不对
   参考答案:D

B1 型题

11.
   A.胆

B. 胃

C. 大肠

D. 小肠

E. 膀胱

①"受盛之官"是指

②"传导之官"是指

参考答案：①D　②C

12.

A. 仓廪之官，五味出焉

B. 中正之官，决断出焉

C. 受盛之官，化物出焉

D. 相傅之官，治节出焉

E. 作强之官，伎巧出焉

①小肠者，（　　）。

②肾者，（　　）。

参考答案：①C　②E

【考点评析】

1. 胆的功能是储存和排泄胆汁。

2. 胃的功能主受纳腐熟水谷，主通降，以降为和。胃有喜润恶燥的特性，主要体现在两个方面：一是"胃以阳体而合阴精，阴精则降"，胃气下降必赖胃阴的濡养；二是胃之喜润恶燥与脾之喜燥恶湿，阴阳互济，从而保证了脾升胃降的动态平衡。

3. 小肠的功能是主受盛、化物、主泌别清浊。小肠者，受盛之官，化物出焉。小肠的泌别清浊功能正常，则水液和糟粕各走其道而二便正常；若小肠功能失调，清浊不分，水液归于糟粕，即可出现水谷混杂，便溏泄泻等。因"小肠主液"，故小肠分清别浊功能失常不仅影响大便，而且也影响小便，临床上常用的"利小便即所以实大便"的治法，即是这个原理在临床治疗中的应用。

4. 大肠的主要生理功能是传化糟粕，即将由小肠而来的食物残渣，再吸收其中多余的水液，形成粪便，经肛门排出体外。《素问·灵兰秘典论》说："大肠者，传导之官，变化出焉。"

5. 膀胱者，州都之官，津液藏焉，气化则能出矣，主贮尿和排尿。

6. 三焦主通行元气，是水液运行的道路。上焦如雾，中焦如沤，下焦如渎。膈以上部位为上焦，包括心、肺，有宣发卫气，以雾露弥漫的状态营养于肌肤、毛发及全身各脏腑组织的作用。上焦的功能，实际体现为心肺的气化输布作用，关系到营卫气血津液等营养物质的输布。"沤"，在这里是指饮食物经腐熟和发酵状态的形象。中焦如沤是指中焦脾胃对水谷精微的运化。中焦的功能主要是指脾胃的生理

功能，例如水谷的受纳、消化，营养物质的吸收，体液的蒸化，化生精微为血液等。实际上中焦为气机升降之枢纽，气血生化之源。所以，中焦的功能被形容为"如沤"。

7.《素问·五脏生成篇》指出，头者精明之府，《灵枢·海论》指出，髓海不足，脑转耳鸣，李时珍指出，头者，元神之府，说明脑与人的视觉、听觉、精神意识有关。

8. 女子胞即子宫，是发生月经和孕育胎儿的器官。

9. 六腑的共同生理功能是：将饮食腐熟消化，传化糟粕。其生理特点是，实而不能满，故有六腑以降为顺，以通为用之说。

┌─────────────────────────────┐
│ 命题考点 2　六腑与五脏之间的关系 │
└─────────────────────────────┘

【历年真题纵览】

A1 型题

1. 患者口淡乏味，纳呆食少，食后脘腹胀满，嗳气不舒，多食则恶心，甚或呕吐。其病位在

A. 大、小肠

B. 脾、肾

C. 肝、胆

D. 脾、胃

E. 脾、肝

参考答案：D

2. 大肠功能失常，可直接影响

A. 肾失气化

B. 肝失疏泄

C. 肺失肃降

D. 脾失健运

E. 脾失升清

参考答案：C

3. 在脾胃的关系中，最根本的是

A. 脾燥胃湿，燥湿相济

B. 太阴湿土得阳始运，阳明燥土得阴自安

C. 胃主纳谷，脾主磨谷

D. 脾主升清，胃主降浊

E. 胃为水谷之海，脾为胃行其津液

参考答案：D

A2 型题

4. 患者，女，25岁。口舌生疮，心烦失眠，小便黄赤，尿道灼热涩痛，口渴，舌红无苔，脉数。其病位在

A. 心、脾

B.小肠

C.膀胱

D.心、小肠

E.肾、膀胱

参考答案:D

【考点评析】

1.肺与大肠相表里,故大肠传导功能正常有利于肺气之肃降。

2.脾气的特点以升为顺,胃气的特点以降为和,此为脾胃最基本的关系。

3.心经有热则心烦失眠,舌为心之苗,故口舌生疮,心火上炎,灼伤津液则口渴;心与小肠相表里,心移热于小肠,则小便黄赤,尿道灼热涩痛。故病位在心与小肠。

4.腑与五脏之间的关系:心与小肠:心火可以下移小肠,如尿赤尿少,小肠火上炎于心有口舌生疮。肺与大肠:肺的肃降有利于大肠的传导,大便的正常有利于肺呼吸功能保持正常。脾与胃:脾主升清,喜燥恶湿,多为虚证,以泄泻为主症;胃主降浊,喜润恶燥,多为实证,以呕恶等胃气不降为主症。肝与胆:胆汁来源于肝之余气,胆汁的排泄有赖于肝的疏泄功能,肝主谋略,胆主决断。肾与膀胱:膀胱的贮尿和排尿功能有赖于肾的气化功能。脑与五脏:脑主要与心、肝、肾关系密切。女子胞与脏腑:天癸的作用;十二经脉气血充沛,渗灌冲任二脉,在冲任的调节下,产生月经;心、肝、脾三脏对全身的血液生成和运行有调节作用。

第七单元 奇恒之腑

命题考点 奇恒之腑:包括脑、髓、骨、脉、胆、女子胞

【历年真题纵览】

A1 型题

1.与脑的功能活动密切相关的脏腑是

A.心、肝、肾

B.肺、肝、肾

C.肺、脾、肾

D.肝、脾、肾

E.心、肝、肺

参考答案:A

2.下列"诸海"中错误的是

A.脑为髓海

B.肺为气海

C.冲脉为十二经脉之海

D.冲脉为血海

E.胃为水谷之海

参考答案:B

3.女子胞的功能与下述哪脏关系较不密切

A.肝

B.心

C.脾

D.肺

E.肾

参考答案:D

【考点评析】

1.四海:胃者水谷之海;冲脉者,为十二经之海;膻中者,为气之海;脑为髓之海。

2.奇恒之腑包括脑、髓、骨、脉、胆、女子胞,形态中空似腑,但是内藏精气,功能似脏。

3.脑虽是极其重要的器官,但中医藏象学说以五脏为中心,因而就将脑的生理功能分属于五脏,其中尤其与心、肝、肾三脏的关系密切。这是由于心主神志、肝主疏泄而调畅情志、肾藏精而生髓充脑的缘故。

4.女子胞是发生月经和孕育胎儿的器官。在五脏中,女子胞与肝、心、脾、肾的关系尤为密切。

(1)肾中精气和天癸的作用:肾中寓藏精、气、阴、阳,它们能促进"天癸"的生成,天癸生成以后,又促进了生殖器官的发育成熟。女性子宫等生殖器官发育成熟,就发生月经来潮,并为孕育胎儿准备了条件。当人们进入老年,则肾中精气阴阳逐渐减少,而天癸亦随之亏少以至衰竭,女性则进入绝经期,月经停止来潮亦就不能再受孕。

(2)肝气肝血的作用:肝在女性的特殊生理活动中起着十分重要的作用。一方面肝主疏泄,能使气机调畅,此与女性的月经通调和排卵功能密切相关。另一方面肝主藏血,能贮藏血液和调节血流量,亦与女性月经量的多少和养育胎儿的功能密切相关。此外,心主血,脾统血,并为气血生化之源,亦与月经和胎孕的养育有关。

第八单元　精、气、血、津液、神

命题考点 1　精

【历年真题纵览】

A1 型题

1. 不属于人体之精的功能的是
　A. 繁衍生命
　B. 防御作用
　C. 化血作用
　D. 化气作用
　E. 化神作用
　参考答案：B

【考点评析】

人体之精的功能除具有繁衍生命的重要作用外，还具有濡养、化血、化气、化神等功能。

（1）繁衍生命：指人体生殖之精，具有繁衍生命的作用。由于具有遗传功能的先天之精主要藏之于肾，并受脏腑之精以资助，故生殖之精实由肾精所化生。

（2）濡养作用：精能滋润濡养人体的脏腑形体和官窍。先后天之精充盛，则脏腑之精充盈，全身脏腑组织官窍得以充养，则各种生理机能得以正常发挥。

（3）化血作用：精可以转化为血，是血液生成来源之一。如说"精不泄，归精于肝而化清血"。因而肾精充盈，则肝有所养，血有所充。故精足则血旺，精亏则血虚。

（4）化气作用：精可以化生为气。先天之精可化生先天之气，即元气。水谷之精可化生谷气，再加上肺吸入的自然界清气，可生成宗气，综合而成一身之气，以推动和调控人体的新陈代谢，维系整体的生命活动。

（5）化神作用：精能化神，精是神志化生的物质基础。积精才能全神，这是生命存在和正常活动的根本保证。

命题考点 2　气

【历年真题纵览】

A1 型题

1. 具有推动呼吸和血行功能的气是

A. 心气
B. 肺气
C. 营气
D. 卫气
E. 宗气
参考答案：E

2. 人体之气的运动，称作
　A. 气机
　B. 升降出入
　C. 气化
　D. 气机调畅
　E. 阴阳转化
　参考答案：A

3. 推动人体生长发育及脏腑功能活动的气是
　A. 元气
　B. 宗气
　C. 营气
　D. 卫气
　E. 中气
　参考答案：A

4. 恶心呕吐、呃逆嗳气等症频作，其病机是
　A. 痰浊上壅
　B. 肺气上逆
　C. 肝气上逆
　D. 胃气上逆
　E. 奔豚气逆
　参考答案：D

A2 型题

5. 患者自汗，多尿，滑精，是因气的何种作用失常所致
　A. 推动
　B. 温煦
　C. 防御
　D. 固摄
　E. 气化
　参考答案：D

6. 患者，男性，72 岁。素体气虚，复感外邪，恶寒较重，无发热，鼻塞流涕，头痛无汗，肢体倦怠乏力，咳嗽咳痰无力，舌质淡，苔薄白，脉浮。诊断为气虚感冒。据此判断气的功能减退主要体现在
　A. 推动作用
　B. 温煦作用
　C. 防御作用
　D. 固摄作用
　E. 中介作用

参考答案:C

B1 型题

7.

A. 上荣于目

B. 上出息道,下走气街

C. 熏于肓膜,散于胸腹

D. 通于三焦,流行全身

E. 与血同行,环周不休

①元气的分布是

②卫气的分布是

参考答案:①D ②C

【考点评析】

1. 气的基本知识:气是构成人体和维持人体生命活动的最基本物质。气的生成:气来源于禀受父母的先天之精气、水谷之精气、自然界之清气,与肾、脾、胃、肺关系密切,其中脾胃的运化功能尤为重要。气化:气的运动叫作气机,有升、降、出、入四种形式;通过气的运动而产生的各种变化叫作气化。气的功能有五个方面:推动、温煦、防御、固摄、气化作用。气的分类:人体的气主要分为元气、宗气、营气、卫气。

2. 气的功能

①元气藏于肾中,并通过三焦而流行于全身,无所不至,推动人体的生长发育和生殖机能。

②宗气聚集于胸中,循喉咽贯注于心肺之脉,其生理功能一是走息道以行呼吸,二是贯心脉以行气血。

③营气分布于血脉之中,成为血液的组成部分而循脉上下,营运全身。营气的主要生理功能是化生血液,营养全身。营气者,泌其津液,注之于脉,化以为血,以荣四末,内注五脏六腑。

④卫气运行于皮肤和分肉之间,熏于肓膜,散于胸腹。护卫肌表,防御外邪入侵;温养脏腑、肌肉、皮毛等;调节腠理开合、汗液排泄,维持体温的相对恒定。卫气者,出其悍气之慓疾,而先行于四末分肉皮肤之间,而不休者也。

命题考点3 血

【历年真题纵览】

A1 型题

1. 当人安静睡眠,血液主要归于

A. 心

B. 肝

C. 脾

D. 肺

E. 肾

参考答案:B

2. 与血液生成关系最密切的脏是

A. 心

B. 肺

C. 脾

D. 肝

E. 肾

参考答案:C

3. 与血的循行关系最密切的脏腑是

A. 肺、脾、肾

B. 肝、心、肾

C. 肺、肝、脾

D. 心、肺、肝、脾

E. 肝、脾、肾

参考答案:D

B1 型题

4.

A. 怒

B. 喜

C. 思

D. 悲

E. 恐

①《素问·调经论》说:"血有余",则

②《素问·调经论》说:"血不足",则

参考答案:①A ②E

【考点评析】

1. 血的概念:血是红色的液态物质,在脉中运行,有营养和濡润作用。

2. 血的生成:由营气和津液构成,《灵枢·决气》:中焦受气取汁,变化而赤,是为血,血生成还要通过营气泌其津液注之于脉,及心肺的作用。

3. 血的功能:具有营养和滋养全身的作用,是机体精神意识活动的主要物质基础。

4. 血的运行:心、肺、脉构成了血液的循环系统,其正常运行决定于气的推动作用和固摄作用之间的平衡。与心肺肝脾、脉道的通利及血寒、血热等有关。

物质基础,神是精、气的外在表现,三者盛则同盛,衰则同衰。

命题考点4　津液

【历年真题纵览】

B1 型题

A. 润泽肌肤

B. 营养周身

C. 温煦内脏

D. 补益脑髓

E. 以上都不是

①液的作用重在

②营血的作用重在

参考答案:①D　②B

【考点评析】

津和液:性质较清稀,流动性较大,布散于体表皮肤、肌肉和孔窍,并能渗注于血脉起滋润作用的,称为津;性质较稠厚,流动性较小,灌注于骨节、脏腑、脑、髓等组织,起濡养作用的称为液。

命题考点5　精、气、血、津液之间的关系

【历年真题纵览】

A1 型题

1. 治疗血虚配伍补气药的理论基础是

A. 气能生血

B. 气能行血

C. 气能摄血

D. 血能载气

E. 以上均非

参考答案:A

2. 治疗血行瘀滞,多配用补气、行气药,是由于

A. 气能生血

B. 气能行血

C. 气能摄血

D. 血能生气

E. 血能载气

参考答案:B

【考点评析】

精、气、血、津液之间的关系:气与血:气能生血、摄血、行血,血能载气。气与津液:气能生津、化津、行津,气能摄津,津以载气。精、血、津液:均为阴液,精血同源互化,津血同源。精、气、神:精、气是神的

第九单元　经　络

命题考点1　经络学说

【历年真题纵览】

A1 型题

1. 经络系统包括

A. 十二经脉和奇经八脉

B. 十二经脉和奇经八脉、十二经别

C. 经脉和络脉

D. 十二经脉和奇经八脉、十二经别、络脉

E. 经脉、络脉和连属部分

参考答案:E

【考点评析】

人体的经络系统由经脉系统、络脉系统及其连属部分组成。

命题考点2　十二经脉

【历年真题纵览】

A1 型题

1. 在十二经脉走向中,足之三阳是

A. 从脏走手

B. 从头走足

C. 从足走胸

D. 从足走腹

E. 从手走头

参考答案:B

2. 行于头部前额的经脉是

A. 太阳经

B. 阳明经

C. 少阳经

D. 厥阴经

E. 少阴经

参考答案:B

3. 按十二经脉分布规律,太阳经行于

A. 面额

B. 后头

C. 头侧

D. 前额

E. 面部

参考答案:B

4. 手三阳经与足三阳经交接在

A. 四肢部

B. 肩胛部

C. 头面部

D. 胸部

E. 背部

参考答案:C

5. 按十二经脉的流注次序,小肠经流注于

A. 膀胱经

B. 胆经

C. 三焦经

D. 心经

E. 胃经

参考答案:A

6. 三焦经在上肢的循行部位是

A. 外侧前缘

B. 内侧中线

C. 外侧后缘

D. 内侧前缘

E. 外侧中线

参考答案:E

7. 经脉有表里关系的是

A. 手太阴与手少阳

B. 足厥阴与足少阳

C. 手少阴与手阳明

D. 足太阳与足太阴

E. 足少阴与足阳明

参考答案:B

B1 型题

8.

A. 足少阴肾经

B. 足厥阴肝经

C. 足阳明胃经

D. 足太阴脾经

E. 足少阳胆经

①行于下肢外侧中线的经脉是

②行于下肢内侧后缘的经脉是

参考答案:①E ②A

9.

A. 下肢外侧后缘

B. 上肢内侧中线

C. 下肢外侧前缘

D. 上肢外侧中线

E. 上肢内侧后缘

①患者疼痛沿三焦经放散,其病变部位在

②患者病发心绞痛,沿手少阴经放散,其病变部位在

参考答案:①D ②E

【考点评析】

1. 十二经走向:手之三阴,从脏走手;手之三阳,从手走头;足之三阳,从头走足;足之三阴,从足走腹。

2. 十二经交接:手之三阴在手指末端交手之三阳,手之三阳在头部交足之三阳,足之三阳在足趾交足之三阴,足之三阴在腹部交手之三阴。

3. 十二经分布:四肢部,阳经在外侧,阴经在内侧,阳明、太阴在前缘,少阳、太阳在后缘,少阳、厥阴在中间,足厥阴在内踝上八寸以下小腿内侧前缘;头面部,阳明行于面部额部,太阳经行于面部、头顶、头后部,少阳经行于头侧部。躯干部,手三阳经行于肩胛部,足阳明经行于前部,足太阳经行于后部,足少阳经行于侧面。手三阴经均从腋下走出,足三阴经均行于腹面。循行于腹面的经脉,自内而外的顺序为足少阴、足阳明、足太阴、足厥阴。

4. 十二经脉表里关系:足太阳膀胱与足少阴肾为表里,足少阳胆与足厥阴肝为表里,足阳明胃与足太阴脾为表里,是为足之阴阳也。手太阳小肠与手少阴心为表里,手少阳三焦与手厥阴心包为表里,手阳明大肠与手太阴肺为表里,是为手之阴阳也。

5. 十二经脉流注次序:肺大胃脾心小肠,膀肾包焦胆肝藏。

命题考点 3 奇经八脉

【历年真题纵览】

A1 型题

1. 称为"血海"的经脉是

A. 冲脉

B. 带脉

C. 督脉

D. 阴维脉

E. 任脉

参考答案:A

2. 任脉的生理作用主要是

A. 通调冲、任

B. 调节任、督

C. 总调奇经八脉

D. 调节阴经经气

E. 总调冲、任、督、带

参考答案:D

3.在奇经八脉中,其循行多次与手、足三阳经及阳维脉交会的是

A. 冲脉

B. 任脉

C. 督脉

D. 阴维脉

E. 阳跷脉

参考答案:C

B1 型题

4.

A. 阴跷脉、阳跷脉

B. 阴维脉、阳维脉

C. 督脉、任脉

D. 冲脉、任脉

E. 阴跷脉、阴维脉

①患者,女。因流产而失血过多,导致月经不调,久不怀孕。其病在哪经

②患者久病,眼睑开合失司,下肢运动不利。其病在哪经

参考答案:①D ②A

【考点评析】

1.奇经八脉包括督脉、任脉、冲脉、带脉、阴阳跷脉和阴阳维脉。它们的分布不像十二经脉那样有规律,同脏腑没有直接的相互络属,相互之间没有表里关系,与十二正经不同,故称为奇经八脉。功能:①进一步密切十二正经的联系。②调节十二经的气血。③与肝肾等脏及女子胞、脑、髓等奇恒之腑关系密切。

2.冲脉为气血的要冲,调节十二经气血,有"十二经脉之海"之称,又为"血海",与妇女的月经密切相关;任脉总任一身之阴脉,有"阴脉之海"之称,另外"任主胞胎";督脉总督一身之阳经,有"阳脉之海"之称;带脉约束纵行诸经;阴维脉维络诸阴;阳维脉维络诸阳;阴阳跷脉有濡养眼目、司眼睑之开合和下肢运动的功能,分主一身左右之阴阳。

命题考点4 经别、别络、经筋、皮部

【历年真题纵览】

A1 型题

1.能加强十二经脉与头面联系的是

A. 正经

B. 经筋

C. 经别

D. 皮部

E. 奇经

参考答案:C

【考点评析】

1.经别就是别出的正经,特点为离(从十二经脉四肢别出)、入(走入脏腑深部)、出(浅出体表而上头面)、合(阴经的经别合入阳经,共组成六合)。功能:①加强互为表里两经的联系;②加强体表与体内、四肢与躯干的向心联系;③加强十二经脉对头面的联系;④扩大了十二经脉的主治范围;⑤加强了足三阴、足三阳经与心脏的联系。

2.别络是从经脉分出的支脉,分布于体表,别络十五,十二经、任督二脉和脾之大络,如加胃之大络则为十六。功能:①加强互为表里两经的联系;②对其他络脉有统率作用;③渗灌气血濡养全身。

3.经筋是十二经脉联属于筋肉的体系,功能有赖于经络气血的濡养,受十二经调节,主要功能是约束骨骼,有利于关节的屈伸运动,宗筋主束骨而利机关者也。

4.皮部指体表的皮肤按经络的分布部位分区,应用:观察不同部位皮肤色泽和形态的变化有助于诊断脏腑、经络等的疾病;对皮部进行敷贴、温熨等治疗脏腑的疾病。

命题考点5 经络的生理功能和经络学说的应用

【历年真题纵览】

A1 型题

1.经络的生理功能中描述错误的是

A. 沟通联系作用

B. 运输渗灌作用

C.感应传导作用

D.调节机能平衡

E.以上都不对

参考答案:E

【考点评析】

1.经络的生理功能:沟通联系作用、运输渗灌作用、感应传导作用、调节机能平衡。

2.经络学说的应用:阐释病理变化、指导疾病诊断、指导疾病治疗。

第十单元 病 因

命题考点1 六淫

【历年真题纵览】

A1 型题

1.六淫之中只有外感而无内生的邪气是

A.风

B.寒

C.暑

D.湿

E.火

参考答案:C

2.入夏时常发热,肌肤灼热,汗少,食少,倦怠乏力,证属于

A.中暑

B.中暑热

C.中暑湿

D.暑湿困表

E.湿滞经络

参考答案:B

3.易入血分,可会聚于局部,腐蚀血肉,发为痈肿疮疡的邪气是

A.风

B.湿

C.寒

D.火

E.燥

参考答案:D

4.最易导致疼痛的外邪是

A.风

B.寒

C.暑

D.燥

E.湿

参考答案:B

5.下列哪项是火邪、燥邪、暑邪共同的致病特点

A.耗气

B.上炎

C.伤津

D.动血

E.生风

参考答案:C

6.湿邪致病出现小便浑浊、大便溏泄等症状的主要原因是

A.湿性重浊

B.湿为阴邪

C.湿性黏滞

D.湿性趋下

E.以上皆非

参考答案:D

7.不属"凉燥"症状的是

A.恶寒,发热

B.咽干唇燥

C.咳嗽痰黏

D.无汗

E.舌干苔薄

参考答案:C

8.易致肝风内动的邪气是

A.寒

B.燥

C.湿

D.暑

E.火

参考答案:E

9.寒邪袭人,导致肢体屈伸不利,是由于

A.其性收引,以致经络、筋脉收缩而挛急

B.其为阴邪,伤及阳气,肢体失于温煦

C.其性凝滞,肢体气血流行不利

D.其与肾相应,肾精受损,不能滋养肢体

E.其邪袭表,卫阳被遏,肢体肌肤失于温养

参考答案:A

10.可致"首如裹"的邪气是

A.风

B.寒

C.暑

D.湿

E.火

参考答案:D

A2 型题

11. 患者久病湿疹,面垢多眵,大便溏泄,时发下痢脓血,小溲浑浊不清,湿疹浸淫流水,苔白厚腻,脉濡滑。病属湿邪为患,此证反映了湿邪的哪种性质

　　A.重着

　　B.黏腻

　　C.趋下

　　D.秽浊

　　E.类水

参考答案:D

12. 患者关节疼痛重着,四肢沉重,头重如裹,其病因是

　　A.风邪

　　B.寒邪

　　C.暑邪

　　D.湿邪

　　E.痰饮

参考答案:D

B1 型题

13.

　　A.风

　　B.火

　　C.燥

　　D.心

　　E.热

①诸禁鼓栗,如丧神守,皆属于

②诸胀腹大,皆属于

③诸涩枯涸,干劲皲揭,皆属于

④诸痛痒疮,皆属于

参考答案:①B　②E　③C　④D

【考点评析】

1.六淫即风、寒、暑、湿、燥、火六种外感病邪的统称。内生五邪,是指在疾病的发展过程中,机体内气血津液和脏腑经络等的生理功能发生异常,而产生类似于风、寒、湿、燥、火六淫外邪致病的病理现象。暑邪只有外感没有内生。

2.六淫的特性:风为阳邪,其性开泄,易袭阳位;善行而数变;风为百病之长。寒为阴邪,易伤阳气;寒性凝滞;寒性收引。暑为阳邪,其性炎热;暑性升散,耗气伤津;暑多夹湿。湿性重浊;湿为阴邪,易阻遏气机,损伤阳气;湿性黏滞;湿性趋下,易袭阴位。燥性干涩,易伤津液,燥易伤肺,有温凉之分。火热为阳邪,其性炎上;火热耗气伤津;火易生风动血;火

易致肿疡。

3.《内经》病机十九条:《素问·至真要大论》"帝曰:愿闻病机何如? 岐伯曰:诸风掉眩,皆属于肝;诸寒收引,皆属于肾;诸气𫘝郁,皆属于肺;诸湿肿满,皆属于脾;诸热瞀瘛,皆属于火;诸痛痒疮,皆属于心;诸厥固泄,皆属于下;诸痿喘呕,皆属于上;诸禁鼓栗,如丧神守,皆属于火;诸痉项强,皆属于湿;诸逆冲上,皆属于火;诸胀腹大,皆属于热;诸躁狂越,皆属于火;诸暴强直,皆属于风;诸病有声,鼓之如鼓,皆属于热;诸病胕肿,疼酸惊骇,皆属于火;诸转反戾,水液浑浊,皆属于热;诸病水液,澄澈清冷,皆属于寒;诸呕吐酸,暴注下迫,皆属于热。"另外,刘元素《素问·玄机原病式》补充了燥邪病机:"诸涩枯涸,干劲皲揭,皆属于燥。"

命题考点2　疠气

【历年真题纵览】

A1 型题

1.疠气的特点描述错误的是

　　A.发病急骤

　　B.病情较重

　　C.症状千变万化

　　D.传染性强

　　E.易于流行

参考答案:C

2..疠气产生原因不正确的是

　　A.气候因素

　　B.环境因素

　　C.预防措施不当

　　D.身体抵抗力下降

　　E.社会因素

参考答案:D

【考点评析】

1.疠气是一类具有强烈传染性的病邪,有发病急骤、病情较重、症状相似、传染性强、易于流行等特点。

2.影响疠气产生的因素

气候因素:自然界气候的反常变化,如久旱、酷热、湿雾瘴气等。

环境因素:指环境卫生不良,如水源、空气污染等。

预防措施不当:未及时作好预防隔离,易使疫病发生或流行。

社会因素：如战乱不停、社会动荡不安、工作环境恶劣、生活极度贫困等则疫病可不断发生或流行。

命题考点3 情志致病

【历年真题纵览】

A1 型题

1. 七情致病，最易损伤的内脏是
   A. 心、肝、肾
   B. 肺、脾、肾
   C. 肝、脾、肾
   D. 心、肺、脾
   E. 心、肝、脾

参考答案：E

2. 大怒对气机的影响是
   A. 气乱
   B. 气陷
   C. 气上
   D. 气结
   E. 气收

参考答案：C

B1 型题

3.
   A. 怒则气上
   B. 悲则气消
   C. 喜则气缓
   D. 思则气结
   E. 恐则气下

①患者因受精神刺激突发二便失禁，骨痿厥，遗精。其病机是

②患者因受精神刺激而气逆喘息，面红目赤，呕血，昏厥卒倒。其病机是

参考答案：① ②A

【考点评析】

1. 不同情志刺激对各脏有不同影响，如怒伤肝、喜伤心、思伤脾、忧伤肺、恐伤肾等。

2. 七情内伤，影响脏腑气机。"怒则气上"，即过怒可使肝气横逆上冲，血随气逆，并走于上；"喜则气缓"，过喜可使心气涣散，神不守舍，甚则失神狂乱等；"思则气结"，即思虑过度可伤神损脾，导致气机郁结；"悲则气消"，即过悲可使肺气抑郁，意志消沉，肺气耗伤；"恐则气下"，即过度恐惧可使肾气不固，气泄于下，表现为二便失禁，遗精等症；"惊则气乱"，指

突然受惊，使心无所倚、神无所归、惊惶失措等。

命题考点4 饮食失宜

【历年真题纵览】

A1 型题

1.《素问·五藏生成篇》说："多食甘"，则
   A. 肉胝而唇揭
   B. 骨痛而发落
   C. 筋急而爪枯
   D. 脉凝泣而变色
   E. 皮槁而毛拔

参考答案：B

2.《素问·五藏生成篇》说："多食辛"，则
   A. 肉胝陷而唇揭
   B. 筋急而爪枯
   C. 骨痛而发落
   D. 脉凝泣而变色
   E. 皮槁而毛拔

参考答案：B

3.《内经》所说"味过于辛"，则
   A. 肝气以津，脾气乃绝
   B. 大骨气劳，短肌，心气抑
   C. 脾气不濡，胃气乃厚
   D. 心气喘满，色黑，肾气不衡
   E. 筋脉沮弛，精神乃央

参考答案：E

【考点评析】

1.《素问·五藏生成篇》说："多食咸，则脉凝泣而变色（水克火，余类推）；多食苦，则皮槁而毛拔；多食辛，则筋急而爪枯；多食酸，则肉胝而唇揭；多食甘，则骨痛而发落"。

2.《素问》说："味过于酸，肝气以津，脾气乃绝；味过于咸，大骨气劳，短肌，心气抑；味过于甘，心气喘满，色黑，肾气不衡；味过于苦，脾气不濡，胃气乃厚；味过于辛，筋脉沮弛，精神乃决"。

命题考点5 劳逸失度

【历年真题纵览】

A1 型题

1. 劳神过度易损伤的脏腑是

A.心肝

B.肝肾

C.脾肾

D.心脾

E.脾肺

参考答案:D

2.下列关于劳逸损伤与疾病发生关系的叙述,错误的是

A.久视伤血

B.久坐伤肉

C.久立伤骨

D.久思伤心

E.久行伤筋

参考答案:D

A2 型题

3.患者,男,40岁。腰酸膝软,眩晕耳鸣,精神萎靡,性机能减退,并有遗精,早泄。其病因是

A.劳力过度

B.房劳过度

C.劳神过度

D.劳心过度

E.安逸过度

参考答案:B

【考点评析】·

1.七情内伤:七情指喜、怒、忧、思、悲、恐、惊七种情志变化,是机体的精神状态。喜属心,怒属肝,悲忧属肺,思属脾,恐惊属肾。怒则气上,喜则气缓,悲则气消,恐则气下,寒则气收,炅则气泄,惊则气乱,劳则气耗,思则气结。

2.饮食:饮食不节指饮食饥饱失常,过饥则气血不足,《素问·痹论》"饮食自倍,肠胃乃伤",《素问·生气通天论》"高粱之变,足生大丁","因而饱食,筋脉横解,肠澼为痔"。饮食不洁导致虫症,及多种肠胃疾病。饮食偏嗜指饮食偏寒则伤脾阳,饮食偏热则生胃热。五味偏嗜则伤五脏。

3.劳逸:劳力过度则伤气,久之则气少力衰,神疲消瘦;劳神太过伤及心脾,出现心悸、健忘、失眠多梦及纳呆、腹胀、便溏等;房劳过度,性生活不节制房事过度导致肾精耗伤。如《素问·宣明五气》说:"五劳所伤,久视伤血,久卧伤气,久坐伤肉,久立伤骨,久行伤筋。"过度安逸指过度安闲,不劳动及运动。

命题考点6　痰饮

【历年真题纵览】

A1 型题

1.痰湿、饮的产生多与下列哪组脏腑功能失调有关

A.心、肝、脾

B.心、脾、肾

C.心、肝、肾

D.心、肺、脾

E.肺、脾、肾

参考答案:E

2.饮在胸胁的是

A.痰饮

B.悬饮

C.溢饮

D.支饮

E.以上均非

参考答案:B

A2 型题

3.患者,女,68岁。喘而胸闷,甚不能平卧,咳嗽痰多黏腻色白,咳吐不利,兼呕恶纳呆,苔白厚腻,脉滑,病因为

A.风寒

B.过劳

C.七情

D.痰饮

E.瘀血

参考答案:D

【考点评析】

1.痰:外感六淫、内伤七情、饮食所伤,肺、脾、肾、三焦等脏腑气化功能失调,水液代谢障碍,多为热灼成痰,随气升降流行,内而脏腑,外而筋骨皮肉,可形成多种病症。如痰停于心则心悸,停于肺则咳喘吐痰,停于咽则咽中如有炙脔,为梅核气,停于胃则呕吐痰涎,停于头清窍被蒙导致眩晕,此即无痰不作眩。

2.饮:外感六淫、内伤七情、饮食所伤,肺、脾、肾及三焦气化功能失调,多属寒邪。饮留胃肠为痰饮;泛滥肌肤为溢饮;支撑胸肺为支饮;饮流胸胁为悬饮。饮多停于局部。

命题考点7　瘀血

【历年真题纵览】

A1型题

1.下列除哪项外,均与瘀血的形成有关

　　A.气滞

　　B.血寒

　　C.饮食偏嗜

　　D.气虚

　　E.血热

参考答案:C

2.气滞血瘀多与何脏腑的生理功能相关

　　A.肺

　　B.脾

　　C.肾

　　D.三焦

　　E.以上都不是

参考答案:E

【考点评析】

　　瘀血的形成主要有两个方面:一是因气虚、气滞、血寒、血热等原因,使血行不畅而凝滞。气为血帅,气虚或气滞,不能推动血液的正常运行;或寒邪客于血脉,使经脉收缩拘急,血液凝滞不畅;或热入营血,血热搏结等,均可形成瘀血。二是由于内外伤、气虚失摄或血热妄行等原因造成血离经脉,积存于体内形成瘀血。瘀血失去正常的濡润作用,又影响全身或局部血液的运行,造成出血、癥积、疼痛。瘀血不去,新血不生。临床表现为刺痛、固定痛、拒按、夜甚;肿块,肌表可见青紫肿胀,体内有块不移;出血,血色紫暗,有块;面色黧黑,肌肤甲错,舌紫暗等。

命题考点8　结石

【历年真题纵览】

A1型题

1.下列除哪项外,均为结石好发脏器

　　A.肝

　　B.胃

　　C.脾

　　D.胆

　　E.肾

参考答案:C

【考点评析】

结石多发于肝、肾、胆、胃等脏腑。

第十一单元　发　病

命题考点　发病基本原理

【历年真题纵览】

A1型题

1.疾病发生的内在根据是

　　A.正气不足

　　B.正气

　　C.邪气

　　D.邪气亢盛

　　E.正虚邪实

参考答案:A

2.主要与正气的强弱有关的是

　　A.居住的地域条件

　　B.工作环境

　　C.精神状态

　　D.气候变化

　　E.以上均非

参考答案:C

3.下列关于与疾病发生有关的外环境的叙述,错误的是

　　A.气候因素

　　B.地域因素

　　C.生活环境

　　D.工作场所

　　E.外界精神刺激

参考答案:E

【考点评析】

　　1.正气指机体的机能活动和抗病、康复能力,邪气泛指各种致病因素。疾病的发生变化是在一定条件下的邪正斗争的结果。正气存内,邪不可干;邪之所凑,其气必虚;风雨寒热不得虚,邪不能独伤人。邪气是发病的重要条件:有时邪气在发病中处于重要地位。

　　2.疾病的发生与内外环境都有着密切的关系。外环境,主要指生活、工作环境,包括气候变化、地理特点、环境卫生等等。内环境,主要是指人体本身的正气。正气强弱则与体质和精神状态有关。精神状

态受情志因素的直接影响,情志舒畅,精神愉快,则气机畅通,气血调和,脏腑功能协调,正气旺盛。

第十二单元　病　机

命题考点1　邪正盛衰

【历年真题纵览】

A1 型题

1.外感实热病证,兼见喘促,气不能接续,甚则气短心悸。其病机是
- A.真虚假实
- B.真实假虚
- C.实中夹虚
- D.虚中夹实
- E.因虚致实

参考答案:C

2.下列哪项不是虚证的临床表现
- A.二便失禁
- B.自汗盗汗
- C.面容憔悴
- D.疼痛隐隐
- E.二便不通

参考答案:E

3."大实有羸状"的病机是
- A.邪气亢盛,正气衰败
- B.脏腑气血虚极
- C.实邪结聚,阻滞经络,气血不能外达
- D.邪热炽盛,煎熬津液,阴精大伤
- E.疾病初期,正邪交争过于激烈

参考答案:C

4."虚"的病机概念,主要是指
- A.卫气不固
- B.正气虚损
- C.脏腑功能低下
- D.气血生化不足
- E.气化无力

参考答案:B

5.下列哪项不是实证的临床表现
- A.二便不通
- B.精神亢奋
- C.烦躁不宁
- D.二便失禁

- E.疼痛剧烈

参考答案:D

6.元气耗损和功能减退,脏腑功能低下,抗病能力下降的病机是
- A.气虚
- B.气脱
- C.血虚
- D.津亏
- E.气陷

参考答案:A

B1 型题

7.
- A.真虚假实
- B.真实假虚
- C.真寒假热
- D.真热假寒
- E.虚中夹实

①"至虚有盛候"指的是
②"大实有羸状"指的是
③"热深厥亦深"的特点指的是
④"阴虚阳亢"指的是

参考答案:①A　②B　③D　④E

8.
- A.正胜邪退
- B.邪去正虚
- C.邪盛正衰
- D.邪正相持
- E.正虚邪恋

①重病后的恢复期多属于
②病后转为迁延性或慢性病症的称为

参考答案:①B　②E

【考点评析】

1.虚证即因机体气、血、津液和经络、脏腑等生理功能较弱,正气虚损,对病邪的斗争难以出现较剧烈的病理反应,从而在临床出现一系列虚弱、衰退和不足的证候,如面色苍白,精神萎靡,疲倦乏力,心悸气短,自汗或盗汗等。

2.实主要指邪气亢盛,是以邪气盛为矛盾主要方面的一种病理反应。实证即因邪气虽盛,而人体的正气未衰,正邪斗争剧烈,而在临床表现出一系列病理性反应比较剧烈有余的证候。实证常见外感病初期和中期,或由于痰、食、水、血等留滞于体内而引起的病证。气机升降失常有气逆、气陷证,分为虚实。

3.在某些情况下,疾病的现象与本质并不完全

一致,即出现与疾病本质不符的假象。这些假象不能反映病机的虚或实,临床需仔细辨别。邪热内盛,阳气郁闭于内而不能外达,致四肢厥冷,且热越盛肢厥越严重,即真热假寒,所谓"热深厥亦深",亦称阳盛格阴证。临床常有"至虚有盛候"的真虚假实和"大实有羸状"的真实假虚的情况。真实假虚(大实有羸状)即大实之证,可能会出现虚假的虚证表现,其机制是实邪壅盛,阻遏气机,而外呈不足之象。

4.邪正盛衰是指在疾病过程中,机体的抗病能力与致病邪气之间相互斗争中所发生的盛衰变化。一般来说,正气增长而旺盛,则必然使邪气消退;反之,邪气增长而亢盛,则必然会损耗正气。正胜则邪退,疾病趋向于好转和痊愈;邪胜则正衰,疾病趋向于恶化,甚则导致死亡;若邪正双方力量对比势均力敌,或正虚邪恋,邪去而正气不复的情况,则疾病多由急性转为慢性,或留下后遗症而持久难愈。

命题考点2　阴阳失调

【历年真题纵览】

A1 型题

1.以阴阳失调来阐释真寒假热或真热假寒,其病机是
　　A.阴阳偏盛
　　B.阳偏衰
　　C.阴阳格拒
　　D.阴阳互损
　　E.阴阳离决
参考答案:C

2.邪热内盛,深伏于里,阳气被遏,不能外达,手足厥冷,属于
　　A.阳损及阴
　　B.阳盛格阴
　　C.阴盛格阳
　　D.阴损及阳
　　E.阴阳脱失
参考答案:B

3.下列哪项是形成阴阳两虚的基本病机
　　A.阴阳偏盛
　　B.阴阳偏衰
　　C.阴阳互损
　　D.阴阳格拒
　　E.阴阳亡失
参考答案:C

4."阴阳离决,精气乃绝"所反映的阴阳关系是
　　A.对立制约
　　B.互根互用
　　C.相互交感
　　D.消长平衡
　　E.相互转化
参考答案:B

5.阳损及阴的病机,主要是指
　　A.阳气虚损,气化不利,水湿阴寒病邪积聚
　　B.阳气偏盛,消灼阴液,阴液亏损
　　C.阳热内盛,深伏于里,格阴于外
　　D.阳气虚损,阴气失制而偏盛
　　E.阳气虚损,累及阴液化生不足
参考答案:E

6.在阴阳失调的病机变化中,"阴"的含义指"阴邪"的是
　　A.阴虚则阳亢
　　B.阳盛则阴病
　　C.阴盛则阳病
　　D.阴损及阳
　　E.阳盛格阴
参考答案:C

7."壮水之主,以制阳光"是指
　　A.以阳中求阴之法调整阴阳偏衰
　　B.以阴中求阳之法调整阴阳偏衰
　　C.泻热之法,调整阳偏衰
　　D.以补阴之法,治疗阴虚阳亢之证
　　E.以补阴之法,治疗阴虚阳亢之证
参考答案:D

8.适合治疗阳偏衰的治法是
　　A.阴病治阳
　　B.阳病治阴
　　C.阴病治阴
　　D.阳病治阳
　　E.以上都不是
参考答案:A

9."诸热之而寒者,取之阳",是指
　　A.阴病治阳
　　B.阴中求阳
　　C.因寒用热
　　D.寒者热之
　　E.用热远热
参考答案:A

【考点评析】

阴阳失调:阴阳偏盛为实证,阳邪侵入人体造成

阳偏盛,表现为阳偏盛而阴未虚的实热证;阴偏盛指疾病中机能障碍或不足,产热不足及病理代谢产物积聚的状态,表现为阴偏盛而阳未虚的实寒证。阴阳偏衰为虚证,阴偏衰指阴虚证,阳偏衰指阳虚证。阴阳互损是指在阴或阳任何一方虚损的前提下,病变发展影响及相对的一方,形成阴阳两虚的病理变化。阴阳格拒是由于某些原因引起阴或阳的一方偏盛至极,因而壅遏于内,将另一方排斥格拒于外,迫使阴阳不相维系,从而出现真寒假热或真热假寒等复杂的病理现象。阴阳亡失指机体的阳气或阴液突然大量的亡失,导致生命垂危的病理状态,分为亡阴证和亡阳证。

命题考点3　精、气、血失常

【历年真题纵览】

A1 型题

1. 下列哪项不属于精虚的表现
　A. 生长发育不良
　B. 体弱多病,未老先衰
　C. 精索小核硬结如串珠
　D. 女子不孕,男子精少不育
　E. 头昏目眩,疲倦乏力
参考答案:C

2. 下列症状属于气滞的是
　A. 胁肋胀满,少腹胀痛
　B. 精神萎顿,倦怠乏力,眩晕,自汗,易于感冒
　C. 恶心,呕吐,呃逆,嗳气
　D. 胃下垂、肾下垂、子宫脱垂、脱肛
　E. 面色苍白,汗出不止,目闭口开,全身瘫软,手撒,二便失禁
参考答案:A

3. 下列属于血瘀症状的是
　A. 痛有定处而拒按,得寒温而不解,面目黧黑,肌肤甲错,唇舌紫暗
　B. 身热,夜间为甚,舌质红绛,口干舌燥
　C. 吐血、衄血、尿血、皮肤斑疹、月经提前量多
　D. 面色不华,唇、舌、爪甲色淡无华,眩晕眼黑,心悸怔忡,神疲乏力
　E. 以上都不是
参考答案:A

【考点评析】

1. 肾精不足,则可见生长发育不良,女子不孕,

男子精少不育,或遗精早泄,精神委顿,耳鸣健忘,以及体弱多病,未老先衰等;水谷之精不足,卿可见面黄无华,肌肉瘦削,头昏目眩,疲倦乏力等症。

2. 气滞于某一局部,可见胀满、疼痛之症,甚则可引起血瘀、水停,形成瘀血、痰饮等病理产物。气滞亦可使某些脏腑功能失调或障碍,如肺气壅滞,可见胸闷,喘咳;肝郁气滞,可见胁肋胀满,少腹胀痛;脾胃气滞,可见纳呆,脘腹胀痛;胃肠气滞,则可见腹胀而痛,时作时止,得矢气、嗳气而舒。故脏腑气滞,以肺、肝、脾胃等脏为多见。

3. 血瘀的表现:血瘀于脏腑、经络某一局部,气血不通,则发作疼痛,痛有定处而拒按,得寒温而不解;血瘀病变发展,积久凝结而成瘀血,可形成肿块,同时并见面目黧黑,肌肤甲错,唇舌紫暗,以及瘀斑、红缕等症。

命题考点4　精、气、血失常

【历年真题纵览】

A1 型题

1. 下列哪项不属于津液与气血关系失调
　A. 水停气阻
　B. 气随津脱
　C. 津枯血燥
　D. 气血两虚
　E. 血瘀水停
参考答案:D

【考点评析】

津液与气血关系失调可出现:水停气阻、气随津脱、津枯血燥、血瘀水停、津亏血瘀。

命题考点5　内生"五邪"

【历年真题纵览】

A1 型题

1. 下列关于火热内生机制的叙述,错误的是
　A. 气有余便是火
　B. 邪郁化火
　C. 五志过极化火
　D. 精亏血少,阴虚阳亢
　E. 外感暑热阳邪
参考答案:E

2.内火多由
　　A.寒邪入里化火
　　B.湿邪内蕴而化火
　　C.五志化火
　　D.内燥伤津而化火
　　E.郁热而化火
参考答案:C

3.下列关于津枯血燥形成原因的叙述,错误的是
　　A.高热伤津
　　B.烧伤耗津
　　C.失血脱液
　　D.痰瘀阻津
　　E.阴虚劳热
参考答案:D

4.形成寒从中生的原因,主要是
　　A.心肾阳虚,温煦气化无力
　　B.肺肾阳虚,温煦气化失常
　　C.脾肾阳虚,温煦气化失司
　　D.肝肾阳虚,温煦气化失职
　　E.胃肾阳虚,温煦腐化无力
参考答案:C

B1 型题

5.
　　A.风气内动
　　B.寒从中生
　　C.湿浊内生
　　D.津伤化燥
　　E.火热内生
　　①久病累及脾肾,以致脾肾阳虚,温煦气化失司,可以形成
　　②邪热炽盛,煎灼津液,伤及营血,燔灼肝经,可以形成
参考答案:①B　②A

6.
　　A.生血不足或失血过多
　　B.久病耗血或年老精亏
　　C.产后恶露日久不净
　　D.热病后期,阴津亏损
　　E.水不涵木,浮阳不潜
　　①血燥生风的病因是
　　②阴虚风动的病因是
参考答案:①A　②D

【考点评析】
　1.内生"五邪":风气内动指体内阳气亢逆变动而形成的一种病理状态,又称肝风内动;寒从中生指

机体阳气虚衰,温煦气化功能减退,虚寒内生或阴寒之邪弥漫的病理状态;湿浊内生指由于脾的运化功能和输布津液的功能障碍,引起水湿痰浊蓄积停滞的病理状态;津伤化燥指机体津液不足,人体各组织器官孔窍失去濡润,出现干燥枯涩的病理状态;火热内生指由于阳热有余或阴虚阳亢,或由于气血、病邪的淤滞而产生的火热内扰,机能亢奋的病理状态。
　2.肝风四证:肝阳化风指因多种原因使肝肾阴亏,水不涵木,肝阳上亢而化风;热极生风多由高热至极,热灼津液、营血,筋脉失濡,阳热亢盛而化风;阴虚风动多由热病或久病耗伤阴液,筋脉失于濡养,则变生内风;血虚生风多由血化生不足、失血、耗血,使肝血不足,筋脉失濡,血不荣络而化风。

命题考点6　疾病传变

【历年真题纵览】
A1 型题
1.不属于内伤病传变的是
　　A.脏与脏传变
　　B.脏与腑传变
　　C.腑与腑传变
　　D.三焦传变
　　E.形脏内外传变
参考答案:D

【考点评析】
　病位传变指某一部位的病变,可向其他部位波及扩展,从而引起该部位发生病变。
　(1)表里出入:包括表病入里、里病出表。
　(2)外感病传变:包括六经传变、三焦传变、卫气营血传变。
　(3)内伤病传变:包括脏与脏传变、脏与腑传变、腑与腑传变、形脏内外传变。

第十三单元　防治原则

命题考点　防治原则

【历年真题纵览】
A1 型题
1.《素问·阴阳应象大论》提出调整阴阳,其"中

满者",应

    A. 因而越之

    B. 引而竭之

    C. 泻之于内

    D. 按而收之

    E. 散而泻之

  参考答案:C

2. 疾病的标本,实质上反映了疾病的

    A. 轻与重

    B. 虚与实

    C. 表与里

    D. 主要矛盾和次要矛盾

    E. 以上均不是

  参考答案:D

3. "用寒远寒,用热远热",属于

    A. 因病制宜

    B. 因地制宜

    C. 因人制宜

    D. 因时制宜

    E. 因证制宜

  参考答案:D

4. 用补益药物治疗具有闭塞不通症状的虚证,其治则是

    A. 实者泻之

    B. 虚者补之

    C. 通因通用

    D. 塞因塞用

    E. 攻补兼施

  参考答案:D

5. "甚者独行,间者并行"是指

    A. 调节阴阳平衡

    B. 同病异治,异病同治

    C. 急则治其标,缓则治其本,标本同治

    D. 未病先防,既病防变

    E. 因势利导

  参考答案:C

6. "热因热用"属于

    A. 阴病治阳

    B. 阳中求阴

    C. 阴中求阳

    D. 逆治法

    E. 反治法

参考答案:E

B1 型题

7.

    A. 热因热用

    B. 寒因寒用

    C. 通因通用

    D. 塞因塞用

    E. 寒者热之

①适用于热结旁流的治则是

②适用于真寒假热的治则是

参考答案:①C　②A

8.

    A. 治病求本

    B. 治未病

    C. 因人制宜

    D. 因地制宜

    E. 因时制宜

①正治属于

②既病防变属于

参考答案:①A　②B

【考点评析】

1. 正治称逆治法,适用于疾病征象与疾病本质一致的病证。

2. 《素问·阴阳应象大论》:"形不足者,温之以气;精不足者,补之以味。其高者,因而越之;其下者,引而竭之;中满者泻之于内;其有邪者,渍形以为汗;其在皮者,汗而发之;其慓悍者,按而收之;其实者,散而泻之。审其阴阳,以别柔刚。阳病治阴,阴病治阳,定其血气,各守其乡,血实宜决之,气虚宜掣引之"。

3. 反治又称从治,是顺从疾病假象而治的一种治疗方法。从,是指采用方药或施术的性质顺从疾病的假象。

4. 治病求本指找出疾病的根本原因,并针对病因进行治疗。正气是本,旧病是本,病因是本,缓则治本,邪气是标,新病是标,症状是标,急则治标(如中满,小大不利),标本并重则标本兼治。

5. 扶正:扶助正气,多用补虚的方法;祛邪:驱除邪气,多用泻实的方法;调整阴阳:损其偏盛,补其偏衰。

6. 三因治宜:指因时、因地、因人制宜确定治则。

中医诊断学

第一单元　绪　论

【命题考点　中医诊断的三大基本原则】

【历年真题纵览】

A1 型题

1. 中医诊断的三大基本原则是
   A. 整体审查、诊法合参、病症结合
   B. 整体审查、脉证合参、病症结合
   C. 整体审查、诊法合参、病证结合
   D. 整体审查、脉证合参、病证结合
   E. 以上都不对

参考答案:A

【考点评析】

中医诊断的三大基本原则是:整体审查、诊法合参、病症结合。

第二单元　问　诊

【命题考点1　问寒热】

【历年真题纵览】

A1 型题

1. 疾病初起,恶寒发热同时并见,多为
   A. 疟疾病证
   B. 湿温病证
   C. 外感表证
   D. 半表半里证
   E. 阳明病证

参考答案:C

2. 自汗多因
   A. 阳气暴脱

   B. 气虚卫阳不固
   C. 阴虚阳亢
   D. 邪正相争
   E. 血虚液涸

参考答案:B

3. 属于血虚发热的是
   A. 长期微热,劳累则甚,兼疲乏、少气、自汗等症状
   B. 时有低热,兼面白、头晕、舌淡、脉细等症状
   C. 长期低热,兼颧红、五心烦热等症状
   D. 每因情志不舒而时有微热,兼胸闷、急躁易怒等症状
   E. 小儿于夏季气候炎热时长期微热,至秋凉自愈

参考答案:B

【考点评析】

1. 发热鉴别:劳累后耗气、乏力、自汗、气短为气虚之象,阴虚为五心烦热,肝郁必有情志不舒表现,血虚有面色爪甲色白无华,阳虚者应有畏寒肢冷。

2. 微热:长期微热,劳累则甚,兼疲乏、少气、自汗等症状者,多属气虚发热。时有低热,兼面白、头晕、舌淡、脉细等症状者,多属血虚发热。长期低热,兼颧红、五心烦热等症状者,多属阴虚发热。每因情志不舒而时有微热,兼胸闷、急躁易怒等症状者,多属气郁发热,亦称郁热。小儿于夏季气候炎热时长期微热,至秋凉自愈者,多属气阴两虚发热。

【命题考点2　问汗】

【历年真题纵览】

A1 型题

1. 自汗、盗汗并见,其病机是
   A. 精血亏虚
   B. 阴阳两虚
   C. 阳气不足
   D. 津液不足

E. 以上均非

参考答案:B

2. 外感病汗出热退身凉者,表示

　A. 表邪入里

　B. 阳气衰少

　C. 汗出亡阳

　D. 真热假寒

　E. 邪去正安

参考答案:E

3. 外感热病中,正邪相争,提示病变发展转折点的是

　A. 战汗

　B. 自汗

　C. 盗汗

　D. 冷汗

　E. 热汗

参考答案:A

4. 日间汗出,活动后更重的称为

　A. 盗汗

　B. 自汗

　C. 黄汗

　D. 战汗

　E. 大汗

参考答案:B

5. 下列哪项属于病理性汗出

　A. 衣被过厚

　B. 剧烈活动

　C. 进食辛辣

　D. 气候炎热

　E. 睡眠之时

参考答案:E

【考点评析】

1. 自汗日间汗出不止,劳则加重,见于气虚阳虚;盗汗睡时汗出,醒后自止,见于阴虚或气阴两虚,今自汗、盗汗并见,其病机是阴阳两虚。

2. 外感病病邪从皮毛入,汗之邪从汗解,故热退身凉;表邪入里则但热不寒;阳气衰少则畏寒;汗出亡阳大汗淋漓,四肢厥冷;真热假寒,胸腹热,手足厥。

3. 战汗是在病势沉重之时,先见全身战栗抖动,而后汗出,是正邪相争,病变发展转折点,汗后脉静,身凉则安,汗后脉躁,身热必难;冷汗,汗出而冷,大汗淋漓为亡阳的表现;热汗,汗出如油,黏而热,见于亡阴证。

命题考点 3　问疼痛

【历年真题纵览】

A1 型题

1. 阳明经头痛的特点是

　A. 前额连眉棱骨痛

　B. 两侧太阳穴处痛

　C. 后头部连项痛

　D. 头痛连齿

　E. 头痛昏沉

参考答案:A

2. 少阴经头痛的特征是

　A. 前额连眉棱骨痛

　B. 两侧太阳穴处痛

　C. 后头部连项痛

　D. 头痛连齿

　E. 头痛晕沉

参考答案:D

3. 有形实邪闭阻气机所致的疼痛,其疼痛性质是

　A. 胀痛

　B. 灼痛

　C. 冷痛

　D. 绞痛

　E. 隐痛

参考答案:D

【考点评析】

1. 前额连眉棱骨痛属于阳明头痛;两侧太阳穴处痛属于少阳头痛;后头部连项痛属于太阳头痛;巅顶痛属于厥阴头痛,都是根据经络循行部位而定;头痛连齿为少阴头痛,肾主骨,齿为骨之余;头痛晕沉为感受湿邪头痛,湿性重浊,蒙蔽清阳所致。

2. 问疼痛:新病痛重、持续、拒按,为实证;久病痛轻、时作时止、喜按,为虚。胀痛、窜痛为气滞;绞痛为气闭;痛重、冷痛为寒邪;灼痛为热邪;固定痛、刺痛为血瘀;重痛、酸痛为湿邪;空痛、隐痛、酸痛为虚痛。

3. 头痛分为外感内伤;胸痛主心肺病变;胁痛与肝胆有关;胃脘痛见于胃病;腹痛分为大腹、小腹、少腹的不同脏器。

4. 腰痛主肾病;头晕病机为风火痰虚瘀;胸闷为心肺气机不利;心悸是由于各种原因扰心神及心神失养所致。

命题考点4 问头身胸腹

【历年真题纵览】
A1 型题

1.下列哪项属于痰湿内阻,清阳不升所致头晕
  A.头晕胀痛,口苦,易怒,脉弦数者
  B.头晕面白,神疲乏力,舌淡脉弱者
  C.头晕而重,痰多苔腻者
  D.头晕耳鸣,腰酸遗精者
  E.外伤后头晕刺痛者
  参考答案:C

2.痰湿内阻所致头晕的特征,是伴有
  A.胀痛
  B.刺痛
  C.眼花
  D.耳鸣
  E.昏沉
  参考答案:E

【考点评析】
头晕胀痛,口苦,易怒,脉弦数者,多因肝火上炎、肝阳上亢所致。头晕面白,神疲乏力,舌淡脉弱者,多因气血亏虚所致。头晕而重,痰多苔腻者,多因痰湿内阻,清阳不升所致。头晕耳鸣,腰酸遗精者,多因肾虚精亏,髓海失养所致。外伤后头晕刺痛者,多因瘀血阻滞脑络所致。

命题考点5 问耳目

【历年真题纵览】
A1 型题

1.视物旋转动荡,如在舟车之上,称为
  A.目昏
  B.目痒
  C.目眩
  D.雀目
  E.内障
  参考答案:C

【考点评析】
目眩由肝阳上亢、肝火上炎、肝阳化风及痰湿上蒙清窍所致者,多属实证,或本虚标实证。由气虚、血亏、阴精不足、目失所养引起者,多属虚证。

命题考点6 问睡眠

【历年真题纵览】
A1 型题

1.因心肾阳虚,神失温养所致嗜睡的表现是
  A.困倦嗜睡,头目昏沉,胸闷脘痞,肢体困重者
  B.饭后困倦嗜睡,少气懒言者
  C.精神极度疲惫,神识朦胧,困倦易睡
  D.恶心欲呕,四肢困乏,困倦嗜睡
  E.以上都不对
  参考答案:C

【考点评析】
嗜睡:困倦嗜睡,头目昏沉,胸闷脘痞,肢体困重者,多是痰湿困脾,清阳不升所致。饭后困倦嗜睡,少气懒言者,多因脾失健运,清阳不升。精神极度疲惫,神识朦胧,困倦易睡,多因心肾阳虚,神失温养所致。

命题考点7 问饮食与口味

【历年真题纵览】
A1 型题

1.饥不欲食可见于
  A.胃火亢盛
  B.胃强脾弱
  C.脾胃湿热
  D.胃阴不足
  E.肝胃蕴热
  参考答案:D

2.下列除哪项外,均可导致渴不多饮
  A.阴虚
  B.湿热
  C.寒湿
  D.痰饮
  E.瘀血
  参考答案:C

3.下列哪项不会出现口渴多饮
  A.热盛伤津
  B.汗出过多
  C.剧烈呕吐
  D.泻下过度

E. 湿热内阻

参考答案:E

4.病人口淡乏味,常提示的是

　　A. 痰热内盛

　　B. 湿热蕴脾

　　C. 肝胃郁热

　　D. 脾胃虚弱

　　E. 食滞胃脘

参考答案:D

【考点评析】

问饮食:口渴多饮为津液损伤,见于燥证热证;渴不多饮见于痰饮正津不布、阳虚不化水、湿热证、温病热入营分、瘀血。食欲减退见于脾胃虚或湿盛困脾。厌食见于脾胃或肝胆湿热;消谷善饥见于胃火消渴或胃强脾弱;饥不欲食见于胃阴虚。口淡见于脾虚、寒证;口甜见于脾虚或湿热;口黏腻见于湿浊、湿热、痰热;口酸见于伤食、肝胃郁热;口涩见于燥热或气火;口苦见于肝胆火旺、胆火上逆;口咸见于肾虚寒逆。

命题考点8　问二便

【历年真题纵览】

A1 型题

1.下列各项,属肝郁脾虚的是

　　A. 肛门灼热

　　B. 里急后重

　　C. 大便溏结不调

　　D. 大便完谷不化

　　E. 以上均非

参考答案:C

【考点评析】

问二便:完谷不化见于脾胃虚寒或命门火衰;溏泻不调见于肝脾不调或脾胃虚弱;脓血便见于痢疾;肛门灼热见于湿热下注;里急后重见于湿热阻气机;排便不爽见于湿热或肝脾不调或伤食。尿频见于下焦湿热或肾气不固;尿次减少见于癃闭;尿量多见于消渴或肾虚;尿少见于津液不足或膀胱气化不利;尿痛见于湿热、淋病;尿不尽见于肾气虚;尿失禁(醒时尿不能控制)、遗尿见于肾气不足,膀胱失约。

命题考点9　问经带

【历年真题纵览】

A1 型题

1.下列经带异常属湿热下注的是

　　A. 经期提前、经量多

　　B. 月经后期、经量少

　　C. 白带

　　D. 黄带

　　E. 以上都不是

参考答案:D

【考点评析】

问经带:经期提前、经量多见于气虚失摄或血热或瘀血;月经后期、经量少见于血虚或气滞血瘀、寒凝;白带见于脾肾阳虚或寒湿下注;黄带为湿热下注。

第三单元　望　诊

命题考点1　望神

【历年真题纵览】

A1 型题

1.假神的病机是

　　A. 气血不足,精神亏损

　　B. 机体阴阳严重失调

　　C. 脏腑虚衰,功能低下

　　D. 精气衰竭,虚阳外越

　　E. 阴盛于内,格阳于外

参考答案:D

2.下列除哪项外,均提示病情严重,预后不良

　　A. 目暗睛迷

　　B. 舌苔骤剥

　　C. 脉微欲绝

　　D. 抽搐吐沫

　　E. 昏迷烦躁

参考答案:D

【考点评析】

1.得神有神表现为神志清,两目精彩,呼吸平稳,语言清晰,肌肉不消,动作自如,面色红润,反应灵敏,反映正气充足;少神表现为精神不振,两目乏

神,面色少华,肌肉松软,倦怠乏力,少气懒言,动作迟缓,反映气血不足,精神亏损。

2.失神表现为精神萎靡,面色无华,两目晦暗,呼吸气微或短促,语言错乱,消瘦迟钝,甚至神识不清,失神还包括邪盛神乱的情况,如壮热、昏谵、抽搐等,反映脏腑虚衰,功能低下。

3.假神是危重病人出现一些精神暂时好转的假象,表现为久病重病精气本已极度虚衰,而突然神志清醒,目光转亮而浮光外露,言语不休,语声清亮,欲进饮食,想见亲人,面色无华而两颧泛红如妆,反映精气衰竭,虚阳外越。

4.神乱指反复发作的精神或神志异常,表现为焦虑恐惧、狂躁不安、淡漠痴呆和猝然昏倒,不具前述失神的意义。

命题考点2　望面色

【历年真题纵览】

A1 型题

1.湿邪阻遏,气血受困的面色是
    A.黄而鲜明
    B.黄如烟熏
    C.面黄而垢
    D.淡黄消瘦
    E.淡黄浮肿
参考答案:E

2.青色主病应除外哪项
    A.寒证
    B.虚证
    C.痛证
    D.瘀血
    E.惊风
参考答案:B

3.主水饮,肾虚水泛,气血受困的面色特点是
    A.面色㿠白
    B.面色黧黑
    C.眼眶黑
    D.面色紫黑
    E.黄如烟熏
参考答案:C

4.实热证的面色是
    A.两颧娇红
    B.满面通红
    C.两颧泛红如妆

D.两颧潮红
    E.以上均不是
参考答案:B

5.湿热熏蒸的面色是
    A.黄而鲜明
    B.黄如烟熏
    C.苍黄
    D.淡黄消瘦
    E.淡黄浮肿
参考答案:A

【考点评析】

1.望色:常色指明润含蓄,分为主色与客色;病色指晦暗暴露,分为善色和恶色。白色主虚、寒、脱血、夺气;黄色主脾虚、湿盛;赤色主热证;青色主寒、痛、气滞、血瘀、惊风;黑色主肾虚、寒证、水饮、血瘀。

2.望色十法:浮沉分表里;清浊分阴阳;微甚分虚实;散抟分新久;泽夭分善恶。

命题考点3　望形态

【历年真题纵览】

A1 型题

1.见于痹病的是
    A.颈项强直,两目上视,四肢抽搐,角弓反张
    B.卒然跌倒,不省人事,口眼㖞斜,半身不遂
    C.肢体软弱,行动不便
    D.关节拘挛,屈伸不利
    E.以上都不是
参考答案:D

【考点评析】

异常动作:

1.病人唇、睑、指、趾颤动者,如见于外感热病,多为动风先兆;如见于内伤虚证,多为气血不足,筋脉失养,虚风内动。

2.颈项强直,两目上视,四肢抽搐,角弓反张者,常见于小儿惊风、破伤风、痫病、子痫、马钱子中毒等。

3.卒然跌倒,不省人事,口眼㖞斜,半身不遂者,属中风病。

4.卒倒神昏,口吐涎沫,四肢抽搐,醒后如常者,属痫病。

5.肢体软弱,行动不便,多属痿病。关节拘挛,屈伸不利,多属痹病。

命题考点 4　望头面五官

【历年真题纵览】

A1 型题

1．下列各项,属实热证的是
　A．头颅过大
　B．头颅过小
　C．囟填
　D．囟陷
　E．解颅

参考答案:C

2．齿燥如枯骨者,属
　A．热盛伤津
　B．阳明热盛
　C．肾阴枯涸
　D．胃阴不足
　E．肾气虚乏

参考答案:C

B1 型题

3．
　A．戴眼反折
　B．目睛微定
　C．昏睡露睛
　D．双睑下垂
　E．横目斜视

①痰热内闭的目态是
②脾肾两亏的目态是

参考答案:①B　②D

4．
　A．黑珠
　B．两眦血络
　C．眼睑
　D．白睛
　E．瞳仁

①根据眼的五轮分属,属肾的是
②根据眼的五轮分属,属肝的是

参考答案:①E　②A

【考点评析】

1．望头:方颅见于佝偻病;囟门高起为囟填为实,囟门凹陷为囟陷为虚,囟门迟闭为解颅;头发干枯为精血不足,斑秃为血虚受风,脱发为肾虚或血热。望面:面肿眼睑先肿,发病速为阳水,面色㿠白为阴水,面色青紫为心肾阳衰兼瘀血;口眼㖞斜见于风邪中络。

2．望目:目部的脏腑相关部位掌握五轮学说,望目形:眼突为肺胀或瘿病,瞳孔缩小见于肝火及中毒,瞳孔散大、瞪眼直视、戴眼反折属病危,横目斜视为肝风。

命题考点 5　望躯体

【历年真题纵览】

A1 型题

1．提示邪陷心包,阴阳离决的异常姿态是
　A．颤动
　B．抽搐
　C．痿废
　D．撮空
　E．麻痹

参考答案:D

2．提示病情危重的异常姿态是
　A．颤动
　B．抽搐
　C．撮空
　D．痿废
　E．麻痹

参考答案:C

【考点评析】

望手足动态:

1．四肢抽搐:指四肢筋脉挛急与弛张间作,舒缩交替,动作有力。见于惊风,多因肝风内动,筋脉拘急所致。

2．手足拘急:多因寒邪凝滞或气血亏虚,筋脉失养所致。

3．手足颤动:指双手或下肢颤抖或振摇不定,不能自主。多由血虚筋脉失养或饮酒过度所致,亦可为动风之兆。

4．手足蠕动:手足时时掣动,动作迟缓无力,类似虫之蠕行。多为脾胃气虚,筋脉失养,或阴虚动风所致。

命题考点6 望皮肤

【历年真题纵览】

B1 型题

1.

　　A. 阳斑

　　B. 阴斑

　　C. 麻疹

　　D. 风疹

　　E. 隐疹

①皮下斑点隐隐稀少,色淡红,压之不退,伴诸虚症状,此为

②皮疹高出皮肤,时现时隐,搔之连片,此为

参考答案:①B　②E

【考点评析】

皮肤:斑色红或青紫,不高出皮肤,压之不退色,色红紫伴实证者为阳斑;斑点隐隐稀少,色淡红,伴诸虚症状为阴斑;疹色鲜红,高出皮肤,压之退色。

命题考点7 望排泄物与分泌物

【历年真题纵览】

A1 型题

1.风痰的特征是

　　A. 色黄黏稠

　　B. 白而清稀

　　C. 清稀多泡沫

　　D. 白滑而量多

　　E. 少而黏稠

参考答案:C

B1 型题

2.

　　A. 黄而黏稠,坚而成块

　　B. 白而清稀

　　C. 清稀而多泡沫

　　D. 白滑而量多,易咳

　　E. 少而黏,难咳

①寒痰的特征是

②湿痰的特征是

参考答案:①B　②D

3.

　　A. 咳嗽,咳痰稀白

　　B. 咳嗽,痰多泡沫

　　C. 咳喘,咳痰黄稠

　　D. 咳嗽,痰少难咳且咳喘

　　E. 痰多易咳

①热邪壅肺证,可见

②燥邪犯肺证,可见

参考答案:①C　②D

【考点评析】

排出物:排出物凡色白、清稀者多虚;色黄稠浊多属实证热证。痰黄而黏稠,坚而成块属于热痰;白而清稀为寒痰;清稀而多泡沫为风痰;白滑而量多,易咳为湿痰;少而黏,难咳属燥痰,为感受燥邪或阴虚。

命题考点8 小儿指纹

【历年真题纵览】

A1 型题

1.小儿指纹属疼痛、惊风的是

　　A. 指纹偏红

　　B. 指纹紫红

　　C. 指纹青色

　　D. 指纹淡白

　　E. 指纹紫黑

参考答案:C

【考点评析】

小儿指纹红紫辨寒热:指纹偏红:属外感表证、寒证。指纹紫红:属里热证。指纹青色:主疼痛、惊风。指纹淡白:属脾虚、疳积。指纹紫黑:为血络郁闭,病属重危。

第四单元　望　舌

命题考点1 望舌质

【历年真题纵览】

A1 型题

1.气血两虚证的舌象是

　　A. 舌质淡瘦

　　B. 舌淡齿痕

C. 舌尖芒刺

D. 舌暗瘀点

E. 舌红裂纹

参考答案:A

2. 邪热夹酒毒上壅的舌象是

A. 舌色青紫

B. 舌色晦暗

C. 舌紫肿胀

D. 舌脉粗长

E. 舌多瘀斑

参考答案:C

3. 阳虚湿盛的舌象是

A. 舌红苔白滑

B. 舌淡嫩苔白滑

C. 舌边红苔黑润

D. 舌红瘦苔黑

E. 舌绛苔黏腻

参考答案:B

4. 舌红绛而光者,属

A. 阴虚

B. 气虚

C. 血虚

D. 气阴两虚

E. 水涸火炎

参考答案:E

5. 下列哪项外,均属血瘀证的舌象

A. 舌色暗红

B. 舌色青紫

C. 舌有紫斑

D. 舌苔灰黑

E. 舌下络脉粗长

参考答案:D

6. 下列除哪项外,均是舌颤动的病因

A. 气血两虚

B. 亡阴伤津

C. 热极生风

D. 酒毒所伤

E. 心脾有热

参考答案:E

B1 型题

7.

A. 舌色淡红

B. 舌质淡白

C. 舌质绛红

D. 舌质紫暗

E. 舌起粗大红刺

①邪入营血证的舌象是

②气血瘀滞证的舌象是

参考答案:①C　②D

【考点评析】

1. 舌象的意义:正常舌象为质红活荣润,苔均匀薄白而润,反映脏腑机能正常,气血津液充盈、胃气旺盛。

2. 舌色:舌淡白主气血两虚、阳虚;舌红主热;舌绛热入营血;舌紫主气血运行不畅,原因有寒凝血瘀、热毒血瘀、气滞血瘀。

3. 舌形变化:老嫩判别虚实,老见于实证,嫩见于虚证。胖大舌主体内水湿停滞;瘦薄舌主舌失濡养。

4. 舌下络脉和舌态:点刺舌主脏腑阳热亢盛或血热亢盛;裂纹舌主精血亏虚或阴津耗损,舌体失养;齿痕舌主脾虚湿盛;强硬主热入心包或高热伤津、风痰阻络;痿软舌主伤阴或气血俱虚;颤动舌主肝风内动;歪斜舌主肝风夹痰或痰瘀阻滞经络;吐弄舌主心脾有热,危重时吐舌为心气已绝,弄舌为热甚动风先兆,也可见于先天愚型;短缩舌见于病情危重的患者。舌下络脉细短色淡主气血不足;粗大色青紫主瘀血。

命题考点2　**望舌苔**

【历年真题纵览】

A1 型题

1. 观察舌苔辨别病邪的性质主要依据是

A. 舌苔的有无

B. 舌苔润燥

C. 舌苔的厚薄

D. 舌苔的颜色

E. 舌苔的有根与无根

参考答案:D

2. 脏腑湿热证的共同特点是

A. 黄疸

B. 腹痛

C. 腹泻

D. 舌苔黄腻

E. 头胀重

参考答案:D

A2 型题

3. 患者,女,36 岁。发热 10 日,身热夜甚,口干

少饮,心烦躁扰,鼻衄2次,脉细数。其舌象应是

    A.舌红苔黄腻

    B.舌红苔黄糙

    C.舌绛苔少而干

    D.舌绛苔少而润

    E.舌红苔白干

    参考答案:C

4.患者恶寒发热,头身疼痛,无汗,鼻塞流涕,脉浮紧。其舌苔应是

    A.白厚

    B.薄白

    C.黄腻

    D.花剥

    E.白腻

    参考答案:B

5.患者腹部痞胀,纳呆呕恶,肢体困重,身热起伏,汗出热不解,尿黄便溏。其舌象应是

    A.舌红苔黄腻

    B.舌红苔黄糙

    C.舌绛苔少而干

    D.舌绛苔少而润

    E.舌红苔白而干

    参考答案:A

6.患儿,3岁。形体消瘦,面色不华,山根青筋显露,容易感冒,腹泻,食欲不佳,舌淡红,其舌苔应见

    A.白厚

    B.薄白

    C.黄腻

    D.花剥

    E.白腻

    参考答案:B

B1 型题

7.

    A.舌苔厚

    B.舌苔水滑

    C.舌苔黄厚腻

    D.舌苔剥

    E.舌苔无根

①湿热内阻可见

②痰饮水湿内停可见

    参考答案:①C ②B

8.

    A.病邪入里

    B.寒邪化热

    C.邪退正复

    D.热退津复

    E.湿热留恋

①舌苔由黄燥转为白润,提示

②舌苔由薄白转为白厚,提示

    参考答案:①D ②A

【考点评析】

1.苔质:厚薄反映邪正的盛衰;润燥反映体内津液盈亏和输布情况;腐腻测知阳气与湿浊的消长;剥落一般主胃气匮乏,胃阴枯涸或气血两虚,也是全身虚弱的征象;真假辨别病情轻重,病势顺逆。

2.苔色:白苔为正常舌苔,病中主表证、寒证;黄苔主热证、里证;灰、黑苔见于热极或寒极。

第五单元 闻 诊

命题考点1 听声音

【历年真题纵览】

A1 型题

1.谵语的病因病机多由于

    A.热扰心神

    B.痰火扰心

    C.心气大伤,精神散乱

    D.心气不足,神失所养

    E.痰迷心窍,心神受蔽

    参考答案:A

2.独语、错语的共同病因是

    A.风痰阻络

    D.热扰心神

    C.心气大伤

    D.心气不足

    E.痰火扰心

    参考答案:D

3.言语轻迟低微,欲言不能复言者,称为

    A.郑声

    B.谵语

    C.错语

    D.夺气

    E.独语

    参考答案:D

4.肺气不得宣散,上逆喉间,气道窒塞,呼吸急促,称为

A. 喘证
B. 哮证
C. 上气
D. 短气
E. 少气

参考答案：D

5. 顿咳常见于
A. 青年
B. 老年
C. 小儿
D. 女性
E. 男性

参考答案：C

6. 咳声重浊者,多属
A. 风寒
B. 寒湿
C. 痰饮
D. 燥热
E. 肺热

参考答案：A

7. 咳声如犬吠样,可见于
A. 百日咳
B. 白喉
C. 感冒
D. 肺痨
E. 肺痿

参考答案：B

8. 唐代以前所称的"哕",是指
A. 呃逆
B. 嗳气
C. 恶心
D. 干呕
E. 噫气

参考答案：A

9. 外感风寒或风热之邪,或痰湿壅肺,肺失宣肃,导致的音哑或失音,称为
A. 子喑
B. 金破不鸣
C. 金实不鸣
D. 少气
E. 短气

参考答案：C

B₁ 型题

10.
A. 热扰心神
B. 痰火扰心
C. 风痰阻络
D. 心气不足
E. 心气大伤

①语言謇涩,病因多属
②独语,病因多属
③郑声的病因多为

参考答案：①C ②D ③E

11.
A. 夜间咳甚
B. 咳声不扬
C. 咳声低微
D. 咳声重浊
E. 天亮咳甚

①肾水亏之咳嗽,多表现为
②脾虚之咳嗽,多表现为

参考答案：①A ②E

【考点评析】

1. 胃气上逆的声音:呃逆为客气动膈,上冲于喉,呃呃连声,为膈肌痉挛;嗳气与噫气相同,为胃气上冲咽喉发出的声响,饱食后常见;呕吐是食物从胃中经口吐出,有声无物为干呕,有物无声为吐,有声有物为呕,有寒热虚实的不同;反胃为朝食暮吐,暮食朝吐,多由胃寒。

2. 异常的声音:谵语表现为神识不清,语无伦次,声高有力,为热扰心神之实证;郑声表现为神识不清,语言重复,时断时续,语声低弱模糊,反映心气大伤,精神散乱;夺气表现为言语轻迟低微,欲言不能复言,反映中气大虚;错语表现为语言错乱,语后自知言错的症状,有虚实之分,虚证多因心气不足,神失所养,实证多为痰湿、瘀血、气滞阻滞心窍所致;独语表现为自言自语,喃喃不休,见人则止,首尾不续,有虚实两端,虚为心气不足,神失所养,实为气郁痰结,阻闭心窍;语言謇涩表现为吐字不清,语言不利,每与舌强并现,属于风痰阻络,为中风病的表现;狂言表现为语无伦次,声高有力,反映痰火扰心。

3. 喘、哮、短气、少气的区别:喘指气喘,呼吸困难,短促急迫,甚则鼻翼扇动,张口抬肩,不能平卧,与肺肾有关。实喘发病急骤,呼吸深长,气粗声高,胸中胀满,呼出为快,多属风寒或痰热袭肺;虚喘病势缓慢,时轻时重,喘声低微,呼吸短促难续,深吸为快,动则喘甚,是肺肾亏虚,气失摄纳所致。上气即咳嗽气逆,为肺气上逆。哮指呼吸急促,喉间有哮鸣音为特点,哮必兼喘,喘未必兼哮。短气指呼吸气急而短促,数而不相接续,似喘而不抬肩,呼吸虽急而

无痰声。虚证短气,兼有形瘦神疲、声低息微等症,多因体质衰弱或元气大虚;实证短气常见呼吸声粗,或胸部窒闷,或胸腹胀满等,多因痰饮、胃肠积滞、气滞、瘀阻所致。少气又称气微,指呼吸微弱而声低、气少不足以息,言语无力的症状,属于诸虚劳损证,多为内伤久病体虚或肺肾气虚所致。

4.咳嗽的辨证:寒湿咳嗽表现为咳嗽痰多清稀;痰饮痰多稀涎;燥热咳嗽咳声清扬;肺热咳嗽表现为咳声不扬,痰黄而稠,不易咳出;风寒感冒表现为咳声重浊;肺痿咳嗽以咳吐浊唾涎沫为特征;百日咳称顿咳,阵发性、痉挛性、连续不断,咳后有鸡鸣样回声,病程长,常见于小儿,为风邪与痰热搏结所致;白喉咳声如犬吠样,伴声嘶,吸气困难,是肺肾阴虚,火毒攻喉所致;肺痨、阴虚干咳无痰或少痰或痰中带血,阴虚咳嗽夜间较重;脾虚咳嗽为痰湿咳嗽,多晨起时咳重。

命题考点2　嗅气味

【历年真题纵览】

A1型题

1.胃热患者,其口气为

　A.酸臭

　B.奇臭

　C.臭秽

　D.腥臭

　E.腐臭

参考答案:C

2.下列除哪项外,均可出现口臭

　A.龋齿

　B.心火

　C.胃热

　D.宿食

　E.内痈

参考答案:B

【考点评析】

嗅气味:

1.口气:若口中散发臭气者,称为口臭,多与口腔不洁、龋齿、消化不良有关。口气酸臭,并伴食欲不振,脘腹胀满者,多属食积胃肠。口气臭秽者,多属胃热。口气腐臭,或兼咳吐脓血者,多是内有溃腐脓疡。口气臭秽难闻,牙龈腐烂者,为牙疳。

2.病室气味:病室臭气触人,多为瘟疫类疾病。病室有血腥味为失血,病者多患失血。病室散有腐臭气,病者多患溃腐疮疡。病室尸臭,多为脏腑衰败,病情重笃。病室有尿臊气(氨气味),见于肾衰。病室有烂苹果样气味(酮体气味),多为消渴危重病证患者。病室有蒜臭气味,多见于有机磷中毒。

第六单元　脉　诊

命题考点1　脉诊概说

【历年真题纵览】

A1型题

1.按寸口脉分候脏腑,左关脉可候

　A.心与膻中

　B.肾与小腹

　C.脾与胃

　D.肝、胆与膈

　E.肺与胸中

参考答案:D

【考点评析】

寸口分候脏腑:五脏比较一致,六腑有不同意见;左寸主心与膻中,右寸主肺与胸中,上以候上;左关主肝、胆与膈,右关主脾与胃,关主中焦;尺部候肾与小腹为尺主腹中。切脉指法布指:中指定关,三指平齐,疏密得当;运指:举、按、寻,总按、单诊,循法、推法。寸口"三部九候":寸关尺、浮中沉。

命题考点2　正常脉象

【历年真题纵览】

A1型题

1.平脉的主要特点不包括

　A.一息4~5至,相当于70~80次/分

　B.不浮不沉,不大不小

　C.不上不下,不粗不细

　D.寸关尺三部有脉

　E.从容和缓,流利有力

参考答案:C

2.下列除哪项外,均是脉象有胃气的特点

　A.不浮不沉

　B.不快不慢

C. 柔和有力

D. 从容和缓

E. 节律一致

参考答案:E

3. "有根"之脉象是指

　　A. 不浮不沉

　　B. 节律一致

　　C. 不快不慢

　　D. 和缓有力

　　E. 尺部沉取有力

参考答案:E

【考点评析】

正常脉象特点为有胃、有神、有根:胃指和缓从容流利,神指有力柔和,节律整齐,根为尺脉沉取有力。

命题考点 3　常见病脉

【历年真题纵览】

A1 型题

1. 浮紧的脉象主病常为

　　A. 表虚证

　　B. 表寒证

　　C. 表热证

　　D. 表湿证

　　E. 表证夹痰

参考答案:B

2. 下列各项,不属于弦脉所主的病证是

　　A. 肝郁

　　B. 胃热

　　C. 诸痛

　　D. 痰饮

　　E. 疟疾

参考答案:B

3. 不属于迟脉类的脉象是

　　A. 迟脉

　　B. 缓脉

　　C. 涩脉

　　D. 结脉

　　E. 促脉

参考答案:E

4. 下列除哪项外,均有脉率快的特点

　　A. 数

　　B. 促

　　C. 滑

　　D. 疾

　　E. 动

参考答案:C

5. 下列除哪项外,均主实证

　　A. 弦

　　B. 濡

　　C. 滑

　　D. 紧

　　E. 长

参考答案:B

5. 下列哪种脉象主虚证

　　A. 滑

　　B. 结

　　C. 促

　　D. 动

　　E. 疾

参考答案:E

6. 下列除哪项外,均是气血不足证的常见脉象

　　A. 虚

　　B. 细

　　C. 弱

　　D. 微

　　E. 结

参考答案:E

7. 濡脉的脉象是

　　A. 软而沉细

　　B. 浮而细软

　　C. 来去怠缓

　　D. 浮大无力

　　E. 脉细如线

参考答案:B

8. 下列哪项不属于滑脉所主病证

　　A. 痰饮

　　B. 食滞

　　C. 实热

　　D. 疟疾

　　E. 恶阻

参考答案:D

9. 寒邪中阻,宿食不化,腹痛拒按,舌苔白厚,脉象可见

　　A. 滑数

　　B. 弦紧

　　C. 结代

D. 细涩

E. 迟缓

参考答案:B

10. 结脉与促脉的主要不同点在于

　　A. 脉位的浮沉

　　B. 脉力的大小

　　C. 脉形的长短

　　D. 脉率的快慢

　　E. 脉律的齐否

参考答案:D

11. 腹胀满,无压痛,叩之作空声,可见于

　　A. 水臌

　　B. 气臌

　　C. 痰饮

　　D. 积聚

　　E. 内痈

参考答案:B

B1 型题

12.

　　A. 滑

　　B. 促

　　C. 弦

　　D. 涩

　　E. 数

①胸痹心痛患者,脉象多见

②心烦不寐患者,脉象多见

参考答案:①D　②E

13.

　　A. 脉位的浮沉

　　B. 脉力的大小

　　C. 脉形的长短

　　D. 脉率的快慢

　　E. 脉律的齐否

①濡脉与弱脉的主要不同点在于

②结脉与促脉的主要不同点在于

参考答案:①A　②D

【考点评析】

病理脉象的体象、主病:

浮脉轻按即得,重按反减,举之有余,按之不足,主表证或虚阳外越;散脉浮大无根,主元气耗散,脏气将绝;芤脉浮大中空,如按葱管,主失血、伤阴;革脉浮而搏指,中空边坚,主亡血、失精、崩漏;沉脉轻取不应,重按始得,主里证;伏脉重按推筋至骨始得,主邪闭、厥证、痛极;牢脉沉按实大弦长,主阴寒内积,疝气、癥瘕;迟脉一息不足四至,主寒证;缓脉一息

四至,往来急缓,主脾虚、虚证;数脉一息五至以上,主热证;疾脉脉来数急,一息七八至,主阳极阴竭,元气将脱;虚脉举之无力,软而空豁,主虚证;实脉举按皆大而有力,主实证;洪脉脉来阔大,来盛去衰,主热盛;大脉脉体宽大而无汹涌之势,主健康人,病进;长脉首尾端直,超过本位,主阳气有余,热证;细脉脉来如线,应指明显,主气血俱虚、诸虚劳损、主湿;濡脉浮而细软,主虚证、湿证;弱脉沉而细软,主气血两虚;微脉极细极软,似有若无,主阴阳气血诸虚,阳气暴脱;短脉首尾俱短,不满本部,有力主气郁,无力主气损;滑脉往来流利,应指圆滑,主痰、食、实热;涩脉往来艰涩,迟滞不畅,主精伤、血少、气滞、血瘀;动脉脉短如豆,滑数有力,主痛、惊;弦脉端直以长,如按琴弦,主肝胆病、诸痛、痰饮;紧脉紧张有力,状如转索,主寒、痛症、宿食;结脉脉迟而时有一止,止无定数,主阴盛气结、寒痰瘀血;代脉脉迟而时有一止,止有定数,主脏气衰、风、痛、跌仆损伤;促脉脉数而时有一止,止无定数,主阳热亢盛、瘀滞、痰食停滞。

命题考点4　诊小儿脉

【历年真题纵览】

A1 型题

实寒的脉象为

　　A. 浮数

　　B. 浮而有力

　　C. 沉而有力

　　D. 迟而有力

　　E. 迟而无力

参考答案:D

【考点评析】

小儿病脉主要以脉的浮、沉、迟、数辨病证的表、里、寒、热;以脉的有力、无力定病证的虚、实。浮脉多见于表证,浮而有力为表实,浮而无力为表虚;沉脉多见于里证,沉而有力为里实,沉而无力为里虚;迟脉多见于寒证,迟而有力为实寒,迟而无力为虚寒;数脉多见于热证,浮数为表热,沉数为食积。

第七单元　按　诊

【历年真题纵览】

A1 型题

1. 下列对按诊虚里描述错误的是

A. 虚里按之其动微弱者为不及,是宗气内虚之征

B. 虚里按之其动微弱者为不及,为饮停心包之支饮

C. 搏动迟弱,或久病体虚而动数者,多为心阳不足

D. 按之弹手,洪大而搏,或绝而不应者,是心肺气绝

E. 以上都不对

参考答案:E

【考点评析】

虚里按之其动微弱者为不及,是宗气内虚之征,或为饮停心包之支饮;搏动迟弱,或久病体虚而动数者,多为心阳不足;按之弹手,洪大而搏,或绝而不应者,是心肺气绝,属于危候。

第八单元 八 纲

命题考点 **八纲辨证的概念、证候相兼、错杂、真假**

【历年真题纵览】

A1 型题

1.下列哪项不属于八纲辨证的内容

A.病性寒热

B.病变吉凶

C.邪正盛衰

D.病变类别

E.病变部位

参考答案:B

2.辨别寒热真假时要注意,真象常出现于

A.面色

B.体表

C.四肢

D.舌、脉

E.以上均非

参考答案:D

3.阳虚证最主要的表现是

A.舌质淡白苔薄白

B.口不渴或少饮

C.面色白而无华

D.脉沉细无力

E.经常畏寒肢凉

参考答案:E

4.表证与里证的区别点,错误的是

A.表证一般常见脉浮,里证一般常见脉沉

B.表证病程一般较短,里证病程一般较长

C.表证一般恶寒为主,里证一般发热为主

D.表证病情一般较轻,里证病情一般较重

E.表证一般舌苔薄,里证一般舌苔多有变化

参考答案:C

5.“至虚有盛候”的证候性质是

A.实证

B.虚证

C.虚实夹杂证

D.真实假虚证

E.真虚假实证

参考答案:E

6.下列哪项是虚热证与实热证的鉴别要点

A.发热口干

B.盗汗颧红

C.大便干结

D.小便短赤

E.舌红而干

参考答案:B

7.下列除哪项外,均为里实热证的表现

A.身发高热

B.两颧娇红

C.口渴饮冷

D.热汗不止

E.脉象洪数

参考答案:B

8.持续高热,突然体温下降,面色苍白,四肢厥冷,病理变化为

A.寒极生热

B.重阴必阳

C.阳盛格阴

D.阳盛则热

E.热极生寒

参考答案:E

9.辨外感表虚证的主要依据是

A.恶寒

B.发热

C.汗出

D.恶风

E.脉浮

参考答案:C

10. 真热假寒的病机是
A. 阴损及阳
B. 阳损及阴
C. 阳盛格阴
D. 阴盛格阳
E. 阳盛阴虚
参考答案：C

A2 型题

11. 患者年高体衰,病属虚寒,久已卧床不起。今日晨起突然面色泛红,烦热不宁,语言增多,并觉口渴喜饮,舌淡,脉大而无根。其病机是
A. 阴盛格阳
B. 阳虚阴盛
C. 阳损及阴
D. 阳气亡失
E. 阴阳离决
参考答案：A

12. 患者,男,40 岁。素有高血压病史,现眩晕耳鸣,面红头胀,腰膝酸软,失眠多梦,时有遗精或性欲亢进,舌红,脉沉弦细。其病机是
A. 阴虚内热
B. 阴损及阳
C. 阴虚阳亢
D. 阳损及阴
E. 阴虚火旺
参考答案：C

13. 患者急性发病,壮热,烦渴,面红目赤,尿黄,便干,舌苔黄。其病机是
A. 阳盛格阴
B. 阳损及阴
C. 阳热偏盛
D. 阳盛伤阴
E. 阴盛格阳
参考答案：C

14. 患者久病,畏寒喜暖,形寒肢冷,面色㿠白,倦卧,小便清长,下利清谷,偶见小腿浮肿,按之凹陷如泥,舌淡脉迟。其病机是
A. 阳气亡失
B. 阳盛格阴
C. 阳损及阴
D. 阳气偏衰
E. 阳盛耗阴
参考答案：D

15. 患者,男,35 岁。2 日来发热微恶寒,口苦,胁痛,尿短黄,大便黏臭,舌红苔薄白,脉数。其证候

A. 表里俱热
B. 表寒里热
C. 真寒假热
D. 真热假寒
E. 表热里寒
参考答案：B

16. 患者身热不恶寒,反恶热,烦渴喜冷饮,神昏谵语,便秘溲赤,手足逆冷,舌红苔黄而干,脉沉数有力。其证候是
A. 表寒里热
B. 表热里寒
C. 真热假寒
D. 真寒假热
E. 上热下寒
参考答案：C

17. 患者身患外感实热病证,兼见喘咳,气不能接续,甚则心悸气短。其病机是
A. 实中夹虚
B. 虚中夹实
C. 真虚假实
D. 真实假虚
E. 因虚致实
参考答案：A

18. 患者胃肠热盛,大便秘结,腹满硬痛而拒按,潮热,神昏谵语,但又兼见面色苍白,四肢厥冷,精神萎顿。其病机是
A. 虚中夹实
B. 真实假虚
C. 由实转虚
D. 真虚假实
E. 实中夹虚
参考答案：B

19. 久病患者,纳食减少,疲乏无力,腹部胀满,但时有缓减,腹痛而喜按,舌胖嫩而苔润,脉细弱而无力。其病机是
A. 真实假虚
B. 真实病证
C. 真虚假实
D. 真虚病证
E. 虚中夹实证
参考答案：C

【考点评析】

八纲辨证:

1. 表里:表证特点为新起发热,与恶寒并见,内部脏腑的症状不明显;里证特征是无新起发热,恶寒

并见,内部脏腑的症状明显,有非表即里之说。鉴别表里应审查寒热症状、内脏症状是否突出及舌脉。

2.寒热:寒证特点是机体机能活动衰退,表现出具有冷、凉功能的证候;热证特点是机体机能活动亢进,表现出具有温热功能的证候。鉴别要点在于对寒热的喜恶、口渴与否、面色的赤白、胸腹四肢的温凉、二便、舌脉。

3.虚实:实证特点为邪盛正气未衰,邪正斗争剧烈,表现为有余、强烈、积聚的特点;虚证反映正气不足,邪气并不明显,证候较多,有"出者为虚"、"缓者为虚"的特点。

4.阴阳:表热实为阳证;里寒虚为阴证。

5.阴阳辨证:

①阳虚证病机是体内阳气亏损,失却温煦、推动、蒸化、气化作用,畏寒肢凉是主症;口不渴或渴喜热饮,自汗,小便清长,便溏,舌质淡白苔薄白,脉沉细无力;阴虚证病机是津液精血等阴液亏少而无以制阳,滋润濡养作用减退,表现为口干咽燥、潮热颧红、五心烦热、大便干结、小便短赤、盗汗,舌红少津少苔,脉细数。

②亡阴证病机是体液大量耗损,阴液严重匮乏而欲竭,表现为危重病人,汗出如油,味咸而黏,身灼肢热,虚烦躁扰,恶热,渴饮,小便极少,面色赤,唇舌干燥,脉细数疾;亡阳证病机是阳气极度衰微,表现为阳气欲脱,见于危重病人,冷汗淋漓,汗质稀淡,神情淡漠,肌肤不温,四肢厥冷,呼吸气微,面色苍白,舌淡润,脉微欲绝。

6.证候真假的辨证:

①真热假寒:病机是邪热内闭,阳气不能外达的阳盛格阴证,为热深厥亦深。内有真热,而外现某些假寒的症状,表现为四肢凉或厥冷,恶寒或寒战,神识昏沉,面色紫暗,脉沉迟或细数似寒,但必高热,冷不过肘膝,胸腹灼热,口臭息粗,口渴引饮,小便短黄,舌红苔黄而干,脉有力;真寒假热病机是阳气虚衰,阴寒内盛,虚阳外越,表现为自觉发热或欲揭衣被,面色泛红如妆,神识烦扰不宁,口渴咽痛,脉浮大或数似热,但必胸腹不热,下肢必厥冷,小便清长或下利清谷,渴不多饮,舌淡,脉大而无根。

②真实假虚:本质为实证反出现某些虚羸现象的证候,由于大积大聚,以致经脉阻滞,气血不能畅达所致,表现为聚积在腹中,按之则痛,色红气粗,脉来有力,甚或默默不欲语,肢体不欲动,或眩晕昏花,或泄泻不实,是大实有羸状;真虚假实:本质为虚证反出现某些实盛现象的证候,表现为腹部胀满,腹痛,似乎为实证,但是时胀而时有缓减,痛而喜按,纳

食减少,疲乏无力,舌胖嫩而苔润,脉细弱而无力。

第九单元 病性辨证

命题考点1 六淫辨证

【历年真题纵览】

A1 型题

1.风性善动的临床表现多见
　A.游走不定
　B.头痛、感冒
　C.恶风、自汗
　D.动摇不定
　E.以上均是
参考答案:D

2.暑淫证候的表现是
　A.头昏沉,嗜睡,胸脘痞闷
　B.口渴饮水,口唇鼻咽干燥
　C.发热恶热,汗出,气短神疲
　D.突发皮肤瘙痒丘疹
　E.肠鸣腹泻,脘腹拘急冷痛
参考答案:C

3.内燥常见于
　A.肺、胃、大肠
　B.肺、脾、肾
　C.肺、胃、肾
　D.肺、肾、大肠
　E.肺、脾、胃
参考答案:A

4.下列哪项不是火淫的临床表现
　A.壮热口渴
　B.面红目赤
　C.烦躁不宁
　D.舌质红绛
　E.脉象濡数
参考答案:E

A2 型题

5.患者恶寒发热,无汗,头痛,身痛,喘咳,舌苔薄白,脉浮紧。其证候是
　A.湿淫
　B.暑淫
　C.寒淫
　D.风淫

E.燥淫

参考答案:C

6.患者头胀且痛,胸闷,口不渴,身重而痛,发热体倦,小便清长,舌苔白滑,脉濡缓。其证候是

A.伤暑

B.冒湿

C.伤湿

D.中暑

E.以上均非

参考答案:B

【考点评析】

1.身热烦渴提示为火热。

2.内燥为津液亏虚,肺、胃、大肠均喜润恶燥,故内燥最易伤及三脏;脾喜燥恶湿;肾以真阴真阳的亏虚为主。

3.火淫为六淫之一,属于实热证,所以出现壮热口渴、面红目赤、烦躁不宁、舌质红绛,但不会脉象濡数,应为脉数有力,脉象濡主虚证、湿证,数主热,脉象濡数为湿热外袭或阴虚阳浮之象。

4.恶寒发热为感受外邪,无汗为寒束肌表,头痛、身痛为寒邪阻遏卫阳,喘咳为寒邪束肺,舌苔薄白主表主寒,脉浮为表,紧为寒。湿淫以困重、闷胀、酸楚、腻浊为主;暑淫炎热升散,耗气伤津为主;风淫开泄,汗出恶风;燥淫主要是干燥不润。

5.身重而痛,发热体倦,头胀且痛,为感冒外邪,伤暑、冒湿均可出现,胸闷,口不渴,小便清长,舌苔白滑,脉濡缓提示没有热伤津液。伤湿为湿邪直中于里必有泄泻;中暑为暑闭心神必兼昏厥。

命题考点2　阴阳虚损辨证

【历年真题纵览】

A1 型题

1.下列表现是亡阳证的是

A.畏冷,肢凉,口淡不渴,或喜热饮;或白污,小便清长或尿少不利,大便稀薄,面色㿠白,舌淡胖,苔白滑,脉沉迟(或为细数)无力

B.形体消瘦,口燥咽干,两颧潮红,五心烦热,潮热,盗汗,小便短黄,大便干结,舌红少津或少苔,脉细数等

C.冷汗淋漓、污质稀淡,神情淡漠,肌肤不温,手足厥冷,呼吸气弱,面色苍白,舌淡而润,

脉微欲绝等

D.汗热味咸而黏、如珠如油,身灼肢温,虚烦躁扰,恶热,口渴饮冷,皮肤皱瘪,小便极少,面赤颧红,呼吸急促,唇舌干燥,脉细数疾等

E.以上都不是

参考答案:C

【考点评析】

1.阳虚证的临床表现:畏冷,肢凉,口淡不渴,或喜热饮;或白污,小便清长或尿少不利,大便稀薄,面色㿠白,舌淡胖,苔白滑,脉沉迟(或为细数)无力。可兼有神疲,乏力,气短等气虚的表现。

2.阴虚证的临床表现:形体消瘦,口燥咽干,两颧潮红,五心烦热,潮热,盗汗,小便短黄,大便干结,舌红少津或少苔,脉细数等。

3.亡阳证的临床表现:冷汗淋漓、污质稀淡,神情淡漠,肌肤不温,手足厥冷,呼吸气弱,面色苍白,舌淡而润,脉微欲绝等。

4.亡阴证的临床表现:汗热咸而黏、如珠如油,身灼肢温,虚烦躁扰,恶热,口渴饮冷,皮肤皱瘪,小便极少,面赤颧红,呼吸急促,唇舌干燥,脉细数疾等。

命题考点3　气虚类证辨证

【历年真题纵览】

A2 型题

1.患者神疲乏力,少气懒言,常自汗出,头晕目眩,舌淡苔白,脉虚无力。其证候是

A.气虚

B.气陷

C.气逆

D.气微

E.气滞

参考答案:A

2.患者头晕目花,少气倦怠,腹部有坠胀感,脱肛,舌淡苔白,脉弱。其证候是

A.气滞

B.气虚

C.气陷

D.气脱

E.气逆

参考答案:C

3. 患者神疲嗜睡,动则心悸,常自汗出,纳差乏力,面色不华,舌淡,脉沉细无力。其证候是

A. 气虚

B. 气陷

C. 气逆

D. 气脱

E. 气滞

参考答案:A

【考点评析】

1. 气虚证临床表现:气短声低,少气懒言,精神疲惫,体倦乏力,脉虚,舌质淡嫩,或有头晕目眩,自汗,动则诸症加重。

2. 气陷证临床表现:头晕眼花,气短疲乏,脘腹坠胀,大便稀溏,形体消瘦,或见内脏下垂、脱肛、阴挺等。

3. 气不固证临床表现:气短,疲乏,面白,舌淡,脉虚无力;或见自汗不止;或为流涎不止;或见遗尿、余溺不尽,小便失禁;或为大便滑脱失禁;或妇女出现崩漏,或为滑胎、小产;或见男子遗精、滑精、早泄等。

4. 气脱证临床表现:呼吸微弱而不规则,汗出不止,口开目合,全身瘫软,神识朦胧,二便失禁,面色苍白,口唇青紫,脉微,舌淡,舌苔白润。

命题考点 4 血虚类证辨证

【历年真题纵览】

A1 型题

1. 下列各项,不是血虚证临床表现的是

A. 经少经闭

B. 头晕眼花

C. 心烦失眠

D. 面色淡白

E. 肢体麻木

参考答案:C

【考点评析】

血虚证临床表现:面色淡白或萎黄,眼睑、口唇、舌质、爪甲的颜色淡白,头晕,或见眼花、两目干涩,心悸,多梦,健忘,神疲,手足发麻,或妇女月经量少、色淡、延期甚或经闭,脉细无力等。

命题考点 5 气滞类证辨证

【历年真题纵览】

A2 型题

1. 临床见恶心、呕吐、呃逆、嗳气等症频作,其病机是

A. 痰浊上壅

B. 肺气上逆

C. 肝气上逆

D. 胃气上逆

E. 奔豚气逆

参考答案:D

2. 患者,男,56 岁。素患眩晕,因情急恼怒而突发头痛而胀,继则昏厥仆倒,呕血,不省人事,肢体强痉,舌红苔黄,脉弦。其病机是

A. 气郁

B. 气逆

C. 气脱

D. 气陷

E. 气结

参考答案:B

B1 型题

3.

A. 怒则气上

B. 悲则气消

C. 喜则气缓

D. 思则气结

E. 恐则气下

①患者因受精神刺激突发二便失禁,骨酸痿厥或遗精。其病机是

②患者因受精神刺激而气逆喘息,面红口赤,呕血,昏厥卒倒。其病机是

参考答案:①E ②A

【考点评析】

气逆证有肺气上逆、胃气上逆、肝气上逆的不同,故可表现出不同的证候。肺气上逆以咳喘为主症;胃气上逆以呃逆、呕恶、嗳气等为主症;肝气上逆以头痛、眩晕、昏厥、呕血或咯血等为主症。

命题考点6 血病其他证辨证

【历年真题纵览】

A1 型题

1. 下列表现不是血瘀证的是

A. 疼痛特点为刺痛、痛久拒按、固定不移、常在夜间痛甚

B. 肿块的性状是在体表者包块色青紫,腹内者触及质硬而推之不移

C. 出血的特征是出血反复不止,色紫暗或夹血块,或大便色黑如柏油状,或妇女血崩、漏血

D. 瘀血色脉征主要有面色黧黑,或唇甲青紫,或皮下紫斑,或肌肤甲错,或腹露青筋,或皮肤出现丝状红缕

E. 身热夜甚,或潮热、口渴、面赤、心烦、失眠、躁扰不宁,甚或狂乱

参考答案:E

【考点评析】

血瘀证临床表现:疼痛特点为刺痛、痛久拒按、固定不移、常在夜间痛甚;肿块的性状是在体表者包块色青紫,腹内者触及质硬而推之不移;出血的特征是出血反复不止,色紫暗或夹血块,或大便色黑如柏油状,或妇女血崩、漏血;瘀血色脉征主要有面色黧黑,或唇甲青紫,或皮下紫斑,或肌肤甲错,或腹露青筋,或皮肤出现丝状红缕,或舌有紫色斑点、舌下络脉曲张,脉多细涩或结、代、无脉等。

命题考点7 气血同病类证辨证

【历年真题纵览】

B1 型题

1.

A. 气滞血瘀

B. 气不摄血

C. 气随血脱

D. 气血两虚

E. 气血失和

①肝病日久,两胁胀满疼痛,并见舌质瘀斑、瘀点。其病机是

②产后大出血,继则冷汗淋漓,则见晕厥。其病机是

参考答案:①A ②C

【考点评析】

气滞血瘀证指气滞导致血行不畅出现血瘀,表现为气滞和血瘀症状俱有;气虚血瘀证指气虚推动血行无力出现血瘀,表现为气虚和血瘀并现;气血两虚证指既有气虚又有血虚的证候;气不摄血证指由于脾气虚、脾不统血导致血液溢出脉外,表现为气虚并有出血;气随血脱证指由大出血所致的气脱,表现为大出血并气脱。

命题考点8 津液类证辨证

【历年真题纵览】

A1 型题

1. 不属于"湿毒浸淫"症状的是

A. 汗出而黏

B. 脚生湿气

C. 局部痛痒,流黄水

D. 尿浊

E. 女子带下腥臭

参考答案:A

2. 下列哪项不是阴水证的临床表现

A. 水肿先从下肢肿起

B. 下半身肿痛

C. 腰酸肢冷

D. 水肿皮薄光亮

E. 起病缓,病程长

参考答案:D

3. 下列哪项不是阳水证的临床表现

A. 起病急,病程短

B. 水肿先从头面肿起

C. 上半身肿甚

D. 水肿皮薄光亮

E. 肢冷,腰酸痛

参考答案:E

A2 型题

4. 患者,男,46岁。腹痛腹泻2天,日泻10余次水便,经治已缓,目前口渴心烦,皮肤干瘪,眼窝凹陷,舌淡白苔薄黄,脉细无力。其证候是

A. 津亏

B. 阴虚

C. 亡阴

D. 外燥

E. 实热

参考答案：A

5. 患者曾发高热，热退而见口鼻、皮肤干燥，形瘦，目陷，唇舌干燥，舌紫绛，边有瘀斑、瘀点。其病机是

　　A. 津液不足
　　B. 津亏血瘀
　　C. 津枯血燥
　　D. 津停气阻
　　E. 气阴两亏

参考答案：B

【考点评析】

津液辨证的病机与表现：痰为水液内停而凝聚形成的病理产物，稠黏，随气机流窜全身，有多种临床表现：痰液贮肺、痰蒙心神、痰阻心脉、痰阻经络等；饮为水液内停而凝聚形成的病理产物，较痰清稀，饮多停于局部，有寒饮停肺、饮停心包、饮停胸胁、饮停胃肠等；水为肺脾肾功能失调，水液内停而凝聚形成的病理产物，较饮更为清稀，流动性大，可以泛溢于肌肤，并可以随体位的变动而改变，有阳水、阴水之分；体内津液不足，脏腑组织官窍失却津液的滋润濡养和充盈，分为伤津（津亏）和液脱（液耗），以干燥为主症。

命题考点9　情志证辨证

【历年真题纵览】

A1 型题

1. 下列属于怒证的是

　　A. 喜笑不休，心神不安，精神涣散，思想不集中，甚则语无伦次，举止失常，肢体疲软等
　　B. 烦躁多怒，胸胁胀闷，头胀头痛，面红目赤，眩晕，或腹胀、泄泻，甚至呕血、发狂、昏厥，舌红苔黄，脉弦劲有力
　　C. 情志抑郁，忧愁不乐，表情淡漠，胸闷胁胀，善太息，失眠多梦，头晕健忘，心悸，倦怠乏力，纳谷不馨，腹胀，脉沉弦等
　　D. 善悲喜哭，精神萎靡，疲乏少力，面色惨淡；或胆怯易惊，恐惧不安，心悸失眠，常被噩梦惊醒，甚则二便失禁，或为滑精、阳痿等
　　E. 以上都不是

参考答案：B

【考点评析】

喜证临床表现为：喜笑不休，心神不安，精神涣散，思想不集中，甚则语无伦次，举止失常，肢体疲软，脉缓等。

怒证临床表现为：烦躁多怒，胸胁胀闷，头胀头痛，面红目赤，眩晕，或腹胀、泄泻，甚至呕血、发狂、昏厥，舌红苔黄，脉弦劲有力。

忧思证临床表现为：情志抑郁，忧愁不乐，表情淡漠，胸闷胁胀，善太息，失眠多梦，头晕健忘，心悸，倦怠乏力，纳谷不馨，腹胀，脉沉弦等。

悲恐证临床表现为：善悲喜哭，精神萎靡，疲乏少力，面色惨淡；或胆怯易惊，恐惧不安，心悸失眠，常被噩梦惊醒，甚则二便失禁，或为滑精、阳痿等。

第十单元　脏腑辨证

命题考点1　心病辨证

【历年真题纵览】

A2 型题

1. 患者，女，30 岁。神志不宁，虚烦不得眠，并见五心烦热，盗汗，舌红，脉细数。其病机是

　　A. 心气不足
　　B. 心血不足
　　C. 心阴不足
　　D. 心血瘀阻
　　E. 心神不足

参考答案：C

2. 患者，女，25 岁。口舌生疮，心烦失眠，小便黄赤，尿道灼热涩痛，口渴，舌红无苔，脉数。其病位在

　　A. 心、脾
　　B. 心、胃
　　C. 心、膀胱
　　D. 心、小肠
　　E. 心、大肠

参考答案：D

3. 患者，男，60 岁。主诉心胸憋闷疼痛，并放射至肩背，心悸怔忡，有恐惧感，舌紫有瘀点，苔白，脉沉细涩。其病机是

　　A. 心血亏虚
　　B. 肝血不足
　　C. 心阳偏衰

D.心阴虚亏

E.心血瘀阻

参考答案:E

【考点评析】

1.心阴虚证:指阴液亏损,心与心神失养,虚热内扰,以心烦、心悸、失眠及阴虚症状为主要表现的虚热证候。

临床表现:心烦,心悸,失眠,多梦,口燥咽干,形体消瘦,或见手足心热,潮热盗汗,两颧潮红,舌红少苔乏津,脉细数。

心血虚与心阴虚虽均可见心悸、失眠、多梦等症,但血虚以"色白"为特征而无热象,阴虚以"色赤"为特征而有明显热象。

2.心火亢盛证:指火热内炽,扰乱心神,迫血妄行,上炎口舌,热邪下移,以发热、心烦、吐衄、舌赤生疮、尿赤涩灼痛等为主要表现的实热证候。

临床表现:发热,口渴,心烦,失眠,便秘,尿黄,面红,舌尖红绛,苔黄,脉数有力。甚或口舌生疮、溃烂疼痛;或见小便短赤、灼热涩痛;或见吐血、衄血;或见狂躁谵语、神识不清。

3.心脉痹阻证:指瘀血、痰浊、阴寒、气滞等因素阻痹心脉,以心悸怔忡、胸闷、心痛为主要表现的证候。又名心血(脉)瘀阻证。由于诱因的不同,临床又有瘀阻心脉证、痰阻心脉证、寒凝心脉证、气滞心脉证等之分。

临床表现:心悸怔忡,心胸憋闷疼痛,痛引肩背内臂,时作时止。瘀阻心脉证以刺痛为主,舌质晦暗或有青紫斑点,脉细、涩、结、代;痰阻心脉证以心胸憋闷为主,体胖痰多,身重困倦,舌苔白腻,脉沉滑或沉涩;寒凝心脉证以遇寒痛剧为主,得温痛减,畏寒肢冷,舌淡苔白,脉沉迟或沉紧;气滞心脉证以胀痛为主,与情志变化有关,喜太息,舌淡红,脉弦。

命题考点2　肺病辨证

【历年真题纵览】

A1型题

1.下列哪项是咳嗽肺阴亏虚证的主要特征

A.咳逆上气阵作

B.干咳声短,痰少而黏

C.咳时痰滞咽喉

D.反复咳嗽,痰多

E.咳时胸闷呕恶

参考答案:B

2.下列哪项是燥邪犯肺证与肺阴虚证的鉴别要点

A.有无发热恶寒

B.有无胸痛咯血

C.有无口干咽燥

D.痰量的多少

E.咳痰的难易

参考答案:A

A2型题

3.患者,男,65岁。咳嗽,咳痰黄黏,身热汗出,口渴,舌苔薄黄,脉浮数。其证型是

A.燥热伤肺

B.风热犯肺

C.肝火犯肺

D.痰热郁肺

E.以上均非

参考答案:B

【考点评析】

1.肺阴虚证:临床表现:干咳无痰,或痰少而黏、不易咳出,或痰中带血,声音嘶哑,口燥咽干,形体消瘦,五心烦热,潮热盗汗,两颧潮红,舌红少苔乏津,脉细数。

辨证要点:干咳,痰少难咳,潮热,盗汗等。

2.燥邪犯肺证:指外感燥邪,肺失宣降,以干咳痰少、鼻咽口舌干燥等为主要表现的证候,简称肺燥证。燥邪有偏寒、偏热的不同,而有温燥袭肺证和凉燥袭肺证之分。

临床表现:干咳无痰,或痰少而黏、不易咳出,甚则胸痛,痰中带血,或见鼻衄、口、唇、鼻、咽、皮肤干燥,尿少,大便干结,舌苔薄而干燥少津。或微有发热恶风寒,无汗或少汗,脉浮数或浮紧。

3.风热犯肺证:指风热侵袭,肺卫失宣,以咳嗽、发热恶风等为主要表现的证候。本证在三焦辨证中属上焦病证,在卫气营血辨证中属卫分证。

临床表现:咳嗽,痰少而黄,气喘,鼻塞,流浊涕,咽喉肿痛,发热,微恶风寒,口微渴,舌尖红,苔薄黄,脉浮数。

命题考点3　脾病辨证

【历年真题纵览】

A1型题

1.下列除哪项外,均是缺铁性贫血脾气虚弱证

的临床表现

　　A. 面色萎黄
　　B. 神疲乏力
　　C. 纳少便溏
　　D. 气短懒言
　　E. 腰膝酸软
　　参考答案:E

A2 型题

2.患者,女,36岁,已婚,面色萎黄,神疲乏力,气短懒言,食少便溏,月经淋漓不断,经血色淡,舌淡无苔,脉沉细无力。其病机是

　　A. 脾不统血
　　B. 脾肾阳虚
　　C. 气血两虚
　　D. 脾肺气虚
　　E. 肝血不足
　　参考答案:A

3.患者身目发黄,黄色鲜明,腹部痞满,肢体困重,便溏尿黄,身热不扬,舌红苔黄腻,脉濡数。其证候是

　　A. 肝胆湿热
　　B. 大肠湿热
　　C. 肝火上炎
　　D. 湿热蕴脾
　　E. 寒湿困脾
　　参考答案:D

【考点评析】

1.脾气虚证:指脾气不足,运化失职,以食少、腹胀、便溏及气虚症状为主要表现的虚弱证候。临床表现:不欲食,纳少,脘腹胀满,食后胀甚,或饥时饱胀,大便溏稀,肢体倦怠,神疲乏力,少气懒言,形体消瘦,或肥胖、浮肿,面色淡黄或萎黄,舌淡苔白,脉缓或弱。

2.脾不统血证:指脾气虚弱,不能统摄血行,以各种慢性出血为主要表现的虚弱证候。又名脾(气)不摄血证。

临床表现:各种慢性出血,如便血、尿血、吐血、鼻衄、紫斑,妇女月经过多、崩漏,食少、便溏,神疲乏力,气短懒言,面色萎黄,舌淡,脉细无力。

3.湿热蕴脾证:指湿热内蕴,脾失健运,以腹胀、纳呆、发热、身重、便溏不爽等为主要表现的湿热证候。又名中焦湿热、脾经湿热证。

临床表现:脘腹胀闷,纳呆,恶心欲呕,口中黏腻,渴不多饮,便溏不爽,小便短黄,肢体困重,或身热不扬,汗出热不解,或见面目发黄鲜明,或皮肤发

痒,舌质红,苔黄腻,脉濡数或滑数。

命题考点4　肝病辨证

【历年真题纵览】

A1 型题

1.头痛目眩,肢体麻木,肌肉瞤动,震颤,甚则突然昏倒,不省人事,此证属

　　A. 肝阳化风
　　B. 热极生风
　　C. 血虚动风
　　D. 阴虚动风
　　E. 以上均不是
　　参考答案:A

A2 型题

2.患者女性,34岁。胁痛隐隐,绵绵不休,口干咽燥,舌红少苔,脉弦细数。其证候为

　　A. 肝脾不调
　　B. 肝胃不和
　　C. 肝郁气结
　　D. 肝阴不足
　　E. 肝络瘀阻
　　参考答案:D

3.患者眩晕耳鸣,头目胀痛,面红目赤,急躁易怒,腰膝酸软,头重足轻,舌红,脉弦细数。其证候是

　　A. 肝火上炎
　　B. 肝阳上亢
　　C. 肝阴不足
　　D. 肝气郁结
　　E. 肝阳化风
　　参考答案:B

4.患者,男,50岁。眩晕欲仆,头重脚轻,筋惕肉瞤,肢麻震颤,腰膝酸软,舌红苔薄白,脉弦细。其病机是

　　A. 肝阳上亢
　　B. 肝肾阴虚
　　C. 肝阳化风
　　D. 阴虚风动
　　E. 肝血不足
　　参考答案:D

5.患者,男,45岁。平日急躁易怒,今日因事与人争吵时突感头晕,站立不住,面赤如醉,舌体颤动,脉弦。其证候是

　　A. 肝火上炎

B.肝阳上亢

C.热极生风

D.肝阳化风

E.肝气郁结

参考答案:D

【考点评析】

1.肝阳化风证临床表现:眩晕欲仆,步履不稳,头胀头痛,急躁易怒,耳鸣,项强,头摇,肢体震颤,手足麻木,语言謇涩,面赤,舌红,或有苔腻,脉弦细有力。甚至突然昏仆,口眼㖞斜,半身不遂,舌强语謇。

2.肝阴虚证临床表现:头晕眼花,两目干涩,视力减退,或胁肋隐隐灼痛,面部烘热或两颧潮红,或手足蠕动,口咽干燥,五心烦热,潮热盗汗,舌红少苔乏津,脉弦细数。

3.肝阳上亢证临床表现:眩晕耳鸣,头目胀痛,面红目赤,急躁易怒,失眠多梦,头重脚轻,腰膝酸软,舌红少津,脉弦有力或弦细数。

4.阴虚动风证临床表现:手足震颤、蠕动,或肢体抽搐,眩晕耳鸣,口燥咽干,形体消瘦,五心烦热,潮热颧红,舌红少津,脉弦细数。

命题考点5 肾病辨证

【历年真题纵览】

A1 型题

1.下列除哪项外,均为肾虚的症状

A.腰膝酸软

B.耳鸣耳聋

C.牙齿动摇

D.尿频急痛

E.阳痿遗泄

参考答案:D

A2 型题

2.患者全身浮肿,下肢尤甚,小便短少,心悸目眩,畏寒肢冷,苔白脉沉滑,属于

A.脾阳虚衰

B.水理内停

C.阴阳两虚

D.肾虚水泛

E.肾阴不足

参考答案:D

3.患者,女,31岁。3年来怀孕3次,均不足3个月而流产,听力减退,带下清稀,腰部酸痛,舌淡苔白,脉弱。其证候是

A.肾气不固

B.肾精不足

C.肾阳虚

D.中气下陷

E.脾肾阳虚

参考答案:A

【考点评析】

1.肾虚水泛证临床表现:腰膝酸软,耳鸣,身体浮肿,腰以下尤甚,按之没指,小便短少,畏冷肢凉,腹部胀满,或见心悸,气短,咳喘痰鸣,舌质淡胖,苔白滑,脉沉迟无力。

2.肾气不固证:指肾气亏虚,失于封藏、固摄,以腰膝酸软,小便、精液、经带、胎气不固等为主要表现的虚弱证候。

临床表现:腰膝酸软,神疲乏力,耳鸣失聪;小便频数而清,或尿后余沥不尽,或遗尿,或夜尿频多,或小便失禁;男子滑精、早泄;女子月经淋漓不尽,或带下清稀量多,或胎动易滑。舌淡,苔白,脉弱。

命题考点6 腑病辨证

【历年真题纵览】

A1 型题

1.下列除哪项外,均为阳明腑实证的临床表现

A.脉沉迟而实

B.日晡潮热

C.身热不扬

D.腹胀拒按

E.大便秘结

参考答案:C

2.腹痛,里急后重,下痢脓血属于

A.食滞肠胃证

B.肠道湿热证

C.脾不统血证

D.肠热腑实证

E.胃热炽盛证

参考答案:B

3.大肠液亏证的主症是

A.口干咽燥

B.口臭头晕

C.便干难以排出

D.舌红苔白干

E.脉象细涩

参考答案:C

A2 型题

4.患者,女,26 岁,已婚。胃脘痞满,不思饮食,频频泛恶,干呕,大便秘结,舌红少津,脉细弱。其病机是

A.脾阴不足

B.胃阴不足

C.胃燥津亏

D.胃热炽盛

E.肝胃不和

参考答案:B

【考点评析】

腑病辨证:胃气虚辨证以胃失和降和气虚见症为要点;胃阳虚辨证以胃失和降和阳虚见症为要点;胃阴虚辨证以胃失和降和阴虚失润见症为要点;胃热炽盛辨证以胃脘灼热疼痛及实火内炽见症为要点;寒饮停胃辨证以胃肠有水声,脘腹胀满为要点;寒滞胃肠辨证以脘腹冷痛及实寒证见症为特点;食滞胃肠辨证以脘腹胀满疼痛,呕吐酸腐食物为要点,并有伤食史;胃肠气滞辨证以脘腹痞胀疼痛,走窜不定为主要见症;肠热腑实辨证以腹满硬疼、便秘及里热炽盛为要点;肠道津亏辨证以大便燥结,难以排出及津亏失润见症为要点;肠道湿热辨证以下痢或泄泻及湿热征象为依据;膀胱湿热辨证以尿频尿急、排尿灼痛并伴见湿热征象为辨证依据;胆郁痰扰辨证以惊悸、失眠、眩晕、苔黄腻为特点。

命题考点7 脏腑兼证辨证

【历年真题纵览】

A1 型题

1.腹胀,便秘,胸闷喘咳,舌红苔黄,脉实有力。其病位在

A.肺与心

B.肺与脾

C.肺与胃

D.肺与肝

E.肺与大肠

参考答案:E

2.纳少,厌食油腻,黄疸胁痛,身热不扬,证属

A.肝火炽盛

B.肝胃不和

C.肝胆湿热

D.肝脾不调

E.湿热蕴脾

参考答案:C

A2 型题

3.患者,女,38 岁。眩晕,自汗;心悸,失眠,多梦,腹胀便溏,食少,体倦,面色无华。其病理变化是

A.水气凌心

B.心肾不交

C.肺脾气虚

D.心脾两虚

E.心肝血虚

参考答案:D

4.患者,女,56 岁。咳喘 10 年,伴见胸闷心悸,咳痰清稀,声低乏力,面白神疲,舌质淡白,脉弱。其证候是

A.心肺气虚

B.肺气虚

C.寒邪客肺

D.脾肺气虚

E.肾不纳气

参考答案:A

5.患者心悸怔忡,神识朦胧,困倦易睡,畏寒肢冷,肢面浮肿,下肢为甚,舌淡暗苔白滑,脉沉细微。其证候是

A.痰湿困脾

B.脾气虚弱

C.心肾阳衰

D.脾肾阳虚

E.以上均非

参考答案:C

6.患者,男,65 岁。眩晕,耳鸣如蝉,健忘失眠,胁痛,腰膝酸痛,盗汗,舌红少苔,脉细数。其证候是

A.肾精不足

B.肾阴虚

C.肝阴虚

D.肝肾阴虚

E.肝阳上亢

参考答案:D

7.患者平素性急易怒,时有胁胀,近日胁胀加重,伴食欲不振,食后腹胀,便溏,舌苔薄白,脉弦。其证候是

A.脾气虚

B.脾阳虚

C.脾肾阳虚

D.肝脾不调

E.肝胃不和

参考答案:D

8.患者,男,45岁。心烦不寐,眩晕,耳鸣,健忘,腰酸梦遗,舌红少津,脉细数。其病变所在脏腑为

A.心

B.肾

C.肝

D.心、肾

E.肝、胃

参考答案:D

9.患者,男,40岁。素有高血压病史,现眩晕耳鸣,面红头胀,腰膝酸软,失眠多梦,时有遗精或性欲亢进,舌红,脉沉弦细。其病机是

A.阴虚内热

D.阴损及阳

C.阴虚阳亢

D.阳损及阴

E.阴虚火旺

参考答案:C

10.患者,男,50岁。咳喘20余年,现咳嗽痰少,口燥咽干,形体消瘦,腰膝酸软,颧红盗汗,舌红少苔,脉细数。其病机是

A.肺气虚损

B.肺阴虚亏

C.肺肾阴虚

D.肺肾气虚

E.肾气虚衰

参考答案:C

11.患者身体浮肿,腰以下为甚,畏寒肢冷,腰膝酸冷,纳差便稀,舌淡胖,苔白滑,脉沉无力,宜诊为

A.肾阳虚证

B.脾阳虚证

C.寒湿困脾证

D.肾虚水泛证

E.脾肾阳虚证

参考答案:E

B1型题

12.

A.咳嗽痰白稀薄,口不干并有表证

B.咳声洪亮,咳痰黄稠并伴有表证

C.咳嗽痰少,咳时胸部隐痛,唇燥咽痛可伴有表证

D.咳嗽咽痒,咳痰不畅,咳则面红

E.咳嗽痰少而黏,胸痛呼吸不利

①风寒束肺咳嗽的主症为

②风热袭肺咳嗽的主症为

参考答案:①A ②B

13.

A.食滞胃脘

B.胃阴虚

C.肝脾不调

D.肝胃不和

E.胃阳虚

①呕吐吞酸,胸胁胀满,嗳气频作,脘闷食少。其证候是

②干呕呃逆,胃脘嘈杂,口干咽燥,舌红少苔。其证候是

参考答案:①D ②B

14.

A.脾气虚

B.脾阳虚

C.寒湿困脾

D.食滞胃脘

E.命门火衰

①患者大便稀溏,纳差,腹胀,食后尤甚,舌淡白有齿痕。其证候是

②患者清晨腹痛,痛即作泻,形寒肢冷,神疲,面色㿠白,脉迟无力。其证候是

参考答案:①A ②E

15.

A.尿频尿急,尿道灼痛,尿黄短少

B.头痛目赤,急躁易怒,胁痛便秘

C.腹部痞闷,纳呆便溏,面目发黄

D.腹痛下痢,赤白黏冻,里急后重

E.阴囊湿疹,瘙痒难忍,小便短赤

①湿热蕴脾可见

②肝胆湿热可见

参考答案:①C ②E

【考点评析】

脏腑兼病辨证:心肾不交辨证以惊悸失眠、多梦遗精、腰膝酸软及伴见阴虚症状为依据;心脾气血两虚辨证以心悸失眠、食少腹胀、慢性出血,并伴见气血亏虚的表现为要点;肝火犯肺辨证以咳嗽、咯血、胸胁灼痛、易怒,并伴见实火内炽之象为依据;肝胃不和辨证以胸胁、胃脘胀痛,或窜痛,呃逆嗳气为要点;肝脾不调辨证以胸胁胀满、腹痛肠鸣、纳呆便溏为依据;心肺气虚辨证以咳喘、心悸,并见气虚的表现为要点;脾肺气虚辨证以食少便溏,咳喘短气,伴见气虚的表现为特点;肺肾气虚又称肾不纳气,以久

病咳喘,呼多吸少,动则益甚和伴有肺肾气虚的表现为依据;心肾阳虚辨证以心悸怔忡、肢体浮肿并伴见虚寒之象为依据;脾肾阳虚辨证以泻利浮肿、腰腹冷痛,并伴见虚寒之象为依据;心肝血虚辨证以神志、目、筋、爪甲失养之症伴见血虚之象为依据;肝肾阴虚辨证以腰膝酸软、胁痛、耳鸣遗精、眩晕,并见虚热之象为依据;肺肾阴虚辨证以咳嗽少痰,腰膝酸软,遗精,并伴见虚热之象为依据;肝胆湿热辨证以胁肋胀痛,厌食腹胀,身目发黄,阴部瘙痒及湿热内蕴征象为依据。

第十一单元 六经辨证

```
命题考点  六经辨证
```

【历年真题纵览】

A1 型题

1. 太阳蓄水证临床表现为

  A. 发热,恶风,汗出,脉浮缓,或见鼻鸣,干呕

  B. 恶寒,发热,头项强痛,身体疼痛,无汗,脉浮紧,或见气喘

  C. 发热恶寒,小便不利,小腹满,口渴,或水入即吐,脉浮或浮数

  D. 少腹急结或硬满,小便自利,如狂或发狂,善忘,大便色黑如漆,脉沉涩或沉结

  E. 以上都不是

参考答案:C

【考点评析】

太阳蓄水证:指太阳经证不解,邪与水结,膀胱气化不利,水液停蓄,以发热恶寒、小便不利等为主要表现的证候。

临床表现:发热恶寒,小便不利,小腹满,口渴,或水入即吐,脉浮或浮数。

西医诊断学

第一单元　症状学

命题考点1　发热

【历年真题纵览】

A1 型题

1. 长期使用解热药或激素类药后,常出现的热型是
  A. 消耗热
  B. 不规则热
  C. 回归热
  D. 稽留热
  E. 弛张热
  参考答案:B

2. 间歇热除见于疟疾以外,还可以见于
  A. 风湿热
  B. 伤寒
  C. 布氏菌病
  D. 霍奇金淋巴瘤
  E. 急性肾盂肾炎
  参考答案:E

3. 发热最常见的原因是
  A. 感染
  B. 无菌坏死物质吸收
  C. 抗原抗体反应
  D. 广泛性皮炎
  E. 重度安眠药中毒
  参考答案:A

4. 发热不伴有寒战的有
  A. 败血症
  B. 大叶性肺炎
  C. 急性肾盂肾炎
  D. 伤寒
  E. 流行性感冒
  参考答案:D

【考点评析】

1. 发热可分为感染性发热和非感染性发热。感染性发热原因如病毒、细菌、支原体、立克次体、寄生虫等;非感染性可见于坏死物吸收、抗原－抗体反应、内分泌与代谢障碍、散热减少、体温调节中枢功能异常、植物神经功能紊乱等。

2. 发热分度:低热37.5～38℃、中等度热38.1～39℃、高热39.1～41℃、超高热41℃以上。

3. 热型分为稽留热,弛张热,间歇热,回归热,波状热,不规则热。

4. 发热伴随症状可见寒战、意识障碍、咳嗽咳痰、腹泻、尿频尿急尿痛、皮疹等。

命题考点2　胸痛

【历年真题纵览】

A1 型题

1. 下列哪项不符合胸壁疾患所致胸痛的特点
  A. 疼痛部位较固定
  B. 局部有压痛
  C. 举臂动作时可加剧
  D. 因情绪激动而诱发
  E. 深呼吸或咳嗽可加剧
  参考答案:D

2. 下列哪种病变引起的胸痛常沿一侧肋间神经分布
  A. 胸肌劳损
  B. 流行性胸痛
  C. 颈椎病
  D. 带状疱疹
  E. 皮下蜂窝织炎
  参考答案:D

3. 常伴有呼吸困难与发绀的突发性胸部剧痛或绞痛常见于
  A. 心肌梗死
  B. 心绞痛

C.肺梗死

D.肺淤血

E.胸膜炎

参考答案:C

4.下列哪项不是心绞痛的常见临床症状

A.位于胸骨后或心前区

B.多因劳累诱发

C.疼痛常牵涉至左肩背、左臂内侧达无名指及小指

D.常持续30分钟以上

E.休息后缓解

参考答案:D

5.在体力活动后反而减轻的胸痛,多见于

A.心肌梗死

B.心绞痛

C.肺梗死

D.心脏神经症

E.胸膜炎

参考答案:D

A2 型题

6.患者胸腔积液合并剧烈胸痛,最可能的诊断是

A.胸膜间皮瘤

B.右心衰竭合并胸水

C.结核性胸膜炎

D.肝硬化引起胸水

E.肺炎合并反应性胸膜炎

参考答案:A

【考点评析】

1.胸痛由胸部或心肺的病变引起,有时也包括腹腔的病变,如炎症、内脏缺血、肿瘤、肝胆的疾患等。胸痛问诊要点包括年龄、部位、性质、诱发与缓解的因素及伴随症状。

2.胸壁疾病所致的胸痛常固定于病变部位,局部压痛明显,常于局部压迫或胸廓活动时加剧,局部麻醉后疼痛暂时缓解。胸壁炎症伴有局部红、肿、热表现。带状疱疹有成簇水疱沿一侧肋间神经分布且伴剧烈神经痛。流行性胸痛突出症状为突发胸、腹部肌痛,呈转移性:出现于胸、腹、颈、肩、腰、四肢,最后转移到膈肌部位,肌肉压痛阳性。肺梗死表现为突然剧烈刺痛或绞痛、呼吸困难、伴咯血。心绞痛呈压榨性伴窒息感、阵发性胸骨后痛、硝酸甘油有效。心肌梗死较心绞痛更剧烈持久,并伴濒死感,在胸骨后,持续,一般药物无效。干性胸膜炎常呈尖锐刺痛,与呼吸有关。

命题考点3 腹痛

【历年真题纵览】

A1 型题

1.发生腹部绞痛的原因是

A.腹内脏器破裂

B.腹膜炎症病变

C.有管腔脏器的梗阻

D.腹腔内出血

E.腹壁创伤

参考答案:C

2.持续性、广泛性剧烈腹痛伴腹肌紧张或板状腹,提示

A.胃溃疡

B.胃痉挛

C.急性弥漫性腹膜炎

D.肠梗阻

E.阑尾炎

参考答案:E

A2 型题

3.患者,女,20岁。突然发作上腹痛,按压后疼痛程度减轻。应首先考虑的是

A.胃溃疡

B.胃痉挛

C.胃炎

D.急性胃扩张

E.胃穿孔

参考答案:B

4.患者,男,65岁,既往有冠心病史5年,突感上腹部剧烈疼痛,取硝酸甘油片含服,未能缓解。查体:脸色青白,血压80/60 mmHg(10.67/7.98 kPa),除心率140次/分外,心肺听诊无异常,腹平软,无压痛、反跳痛,肠鸣音存在。应首先考虑的是

A.胃痉挛

B.胃穿孔

C.急性胰腺炎

D.心绞痛

E.心肌梗死

参考答案:E

5.患者,男,24岁。近3年来反复餐后3~4小时上腹痛,持续至下次进餐后才缓解。应首先考虑的是

A.消化性溃疡

B.胃癌

C.慢性胃炎

D.胃肠神经官能症

E.胆囊炎

参考答案:A

B1 型题

6.

　A.急性发热

　B.黄疸

　C.呕吐

　D.腹泻

　E.血便

①肠梗阻可见腹痛,并伴有

②肠套叠可见腹痛,并伴有

参考答案:①C ②E

【考点评析】

1.腹痛由腹部或腹外器官疾病引起,包括腹膜或腹腔脏器的炎症、空腔脏器的梗阻或扩张、脏器扭转或破裂、包膜的牵张、腹腔内血管梗阻、中毒、肿瘤、胸腔疾病的牵涉痛等。腹痛的问诊要点包括部位、性质与程度、诱发加剧与缓解的因素及伴随症状、既往腹痛病史。

2.胆石或泌尿系结石为阵发性绞痛,相当剧烈,致使病人辗转不安。急性弥漫性腹膜炎为持续性、广泛性剧烈腹痛伴腹壁肌紧张或板样强直。内脏性疼痛为隐痛或钝痛,多由胃肠张力变化或轻度炎症引起。胀痛可能为实质脏器的包膜牵张所致。

```
命题考点4  咳嗽与咳痰
```

【历年真题纵览】

A1 型题

1 慢性咳嗽的时间是

　A. >2 周

　B. >3 周

　C. >5 周

　D. >8 周

　E. >12 周

参考答案:D

2.下列叙述不正确的是

　A.长期慢性咳嗽——慢性支气管炎

　B.夜间咳嗽较明显——肺结核

　C.体位改变时咳嗽加剧——支气管扩张

　D.干性咳嗽——肺炎

　E.大量脓痰静置后出现分层现象——肺脓肿

参考答案:D

3.嘶哑样咳嗽,可见于

　A.喉头炎症水肿

　B.声带炎

　C.百日咳

　D.胸膜炎

　E.支气管扩张

参考答案:B

4.咳嗽带有鸡鸣样吼声常见的疾病是

　A.喉炎

　B.极度虚弱病

　C.肺癌

　D.声带炎

　E.百日咳

参考答案:E

A2 型题

5.患者,26 岁。近 1 个月来,以夜间咳嗽为主,痰中带血丝,伴低热,盗汗。应首先考虑的是

　A.肺结核

　B.支气管扩张

　C.肺癌

　D.风湿性心脏病(二尖瓣狭窄)

　E.急性肺水肿

参考答案:A

B1 型题

6.

　A.咳嗽伴咯血

　B.咳嗽伴杵状指

　C.咳嗽伴哮鸣音

　D.咳嗽伴大量脓痰

　E.咳嗽伴双肺底水泡音

①脓胸

②二尖瓣狭窄

参考答案:①D ②A

7.

　A.咳铁锈色痰

　B.咳粉红色泡沫痰

　C.唇色、睑结膜苍白

　D.午后潮热,盗汗

　E.弛张热,巩膜黄染

①急性左心功能不全常伴有

②肺炎球菌肺炎常伴有

参考答案:①B ②A

【考点评析】

1. 咳嗽由呼吸道、胸膜、心血管疾病使延髓咳嗽中枢受刺激引起。咳嗽问诊要点包括咳嗽的性质、出现的时间及节律、咳嗽的音色、痰的性质与痰量、伴随症状。咳嗽可分为急性咳嗽(<3周)、亚急性咳嗽(3~8周)、慢性咳嗽(>8周)。

2. 干性咳嗽表现为咳嗽而无痰或痰量甚少,常见于急性咽喉炎与急性支气管炎的初期、胸膜炎、轻症肺结核、肺癌等。湿性咳嗽多见于肺炎、支气管扩张与肺脓肿痰量多时,痰可分层:上层为泡沫,中层为浆液或浆液脓性,下层为坏死性物质。晨起或夜卧时咳剧,咳痰,见于慢性支气管炎、支气管扩张与肺脓肿。夜间咳痰明显于慢性心功能不全和肺结核等患者(可能与夜间迷走神经兴奋性增高有关)。

3. 慢性咳嗽见于慢性呼吸道疾病,如慢性支气管炎、支气管扩张、肺脓肿、空洞型肺结核等。咳嗽声音嘶哑的咳嗽多见于声带炎、喉炎、喉癌,以及肿物压迫喉返神经。犬吠样咳嗽多见于喉头炎症水肿或气管异物。带有鸡鸣样吼声常见于百日咳。

命题考点5　咯血

【历年真题纵览】

A1 型题

1. 大咯血是指一日咯血量
　A. 大于 100 ml
　B. 大于 200 ml
　C. 大于 300 ml
　D. 大于 400 ml
　E. 大于 500 ml
参考答案:E

2. 中年以上男性持续或间断咯血痰或少量咯血,最大可能是
　A. 肺炎
　B. 肺脓肿
　C. 肺气肿
　D. 肺癌
　E. 肺梗死
参考答案:D

B1 型题

3.
　A. 咯血伴脓痰
　B. 咯血伴皮肤黏膜出血

　C. 咯血伴心尖部舒张期杂音
　D. 咯血伴刺激性干咳
　E. 咯血伴黄疸
①二尖瓣狭窄
②支气管扩张
参考答案:①C　②A

【考点评析】

1. 咯血的病因有支气管和肺的疾病、心血管疾病、其他出血性疾病在肺脏的表现。咯血量的分级:每日十数口至 100~200 ml 者属小量咯血,每日 200~500 ml 者属中量咯血,每日超过 500 ml 者属大量咯血。大量咯血常见于空洞型肺结核、支气管扩张和肺脓肿;中等量以上的咯血可见于二尖瓣狭窄;其他原因所致的咯血量较少,或仅为痰中带血。咯粉红色泡沫痰为急性左心衰竭肺水肿的表现。多次反复少量咯血,要警惕支气管肺癌。

2. 伴随症状　①伴发热:可见于肺结核、肺炎、肺脓肿、肺出血型钩端螺旋体病、流行性出血热等。②伴胸痛:可见于肺炎链球菌性肺炎、肺梗死、肺结核、支气管肺癌等。③伴脓痰:可见于支气管扩张、肺脓肿、空洞型肺结核并发感染、化脓性肺炎等。④伴皮肤黏膜出血:应考虑钩端螺旋体病、流行性出血热、血液病等。

命题考点6　呼吸困难

【历年真题纵览】

A1 型题

1. 吸气性呼吸困难表现为
　A. 明显的哮鸣音
　B. 深大呼吸
　C. 桶状胸
　D. 三凹征
　E. 胸部一侧呼吸音减弱
参考答案:D

2. 夜间阵发性呼吸困难可见于
　A. 急性脑血管疾病
　B. 癔病
　C. 急性感染所致的毒血症
　D. 慢性阻塞性肺气肿
　E. 左心功能不全
参考答案:E

3. 严重吸气性呼吸困难最主要的特点是

A. 鼻翼扇动

B. 发绀明显

C. 哮鸣音

D. 呼吸加深加快

E. 三凹征

参考答案:E

4. 左心衰竭发生呼吸困难的主要机制是

A. 肺淤血

B. 肺泡张力增加

C. 肺泡弹性减退

D. 肺循环压力升高

E. 以上都不是

参考答案:A

A2 型题

5. 某患者突发呼吸困难,吸气时胸骨上窝、锁骨上窝和肋间隙明显凹陷,临床诊断可能是

A. 左心功能不全

B. 右心功能不全

C. 肺气肿

D. 气管异物

E. 大块肺梗死

参考答案:D

6. 患者于睡眠中突然憋醒,有窒息感,被迫坐起,约 10 分钟症状缓解,最可能的诊断是

A. 支气管哮喘发作

B. 端坐呼吸

C. 夜间阵发性呼吸困难

D. 肺气肿

E. 自发性气胸

参考答案:C

B1 型题

7.

A. 神经官能症

B. 左心衰竭

C. 喘息型慢性支气管炎

D. 气胸

E. 喉水肿

①呼气性呼吸困难

②混合性呼吸困难

参考答案:①C ②D

【考点评析】

1. 呼吸困难病因

(1)呼吸系统疾病

①肺部疾病:如肺炎链球菌性肺炎、肺淤血、肺水肿、肺不张、肺栓塞、肺间质纤维化等。

②呼吸道梗阻:如喉部炎症、水肿、肿瘤或异物,支气管哮喘,慢性阻塞性肺气肿等。

③胸廓活动障碍:如严重胸廓脊柱畸形、气胸、大量胸腔积液和胸廓外伤等。

④神经肌肉疾病:如脊髓灰质炎、急性多发性神经根炎和重症肌无力等。

⑤膈肌运动受限:如膈麻痹、高度鼓肠、大量腹水、腹腔巨大肿瘤和胃扩张等。

(2)心血管系统疾病:各种原因所致的重度心力衰竭,特别是左心衰竭、心包填塞等。

(3)中毒:如尿毒症、糖尿病酮症酸中毒、吗啡中毒、巴比妥类中毒、亚硝酸盐中毒、有机磷中毒和一氧化碳中毒等。

(4)血液病:如重度贫血、高铁血红蛋白血症等。

(5)神经精神因素:如脑出血、脑肿瘤、脑外伤、脑炎、脑膜脑炎等,精神因素所致呼吸困难如癔病等。

2. 临床表现

(1)肺源性呼吸困难:①吸气性呼吸困难;②呼气性呼吸困难;③混合性呼吸困难。

(2)心源性呼吸困难:①劳累性呼吸困难;②端坐呼吸;③夜间阵发性呼吸困难。

(3)中毒性呼吸困难:①代谢性酸中毒;②药物及毒物。

(4)中枢性呼吸困难。

(5)癔病性呼吸困难。

3. 伴随症状:伴发热、伴咳嗽、咳痰;伴大量咯血;伴心悸、下肢水肿;伴胸痛;伴昏迷等。

命题考点7 恶心与呕吐

【历年真题纵览】

A1 型题

1. 下列除哪项外,均可引起中枢性呕吐

A. 耳源性眩晕

B. 洋地黄中毒

C. 尿毒症

D. 胆囊炎

E. 妊娠反应

参考答案:D

2. 下列哪项不是胃源性呕吐的特点

A. 常与进食有关

B. 常伴有恶心先兆

C. 呕吐后不觉轻松

D. 常伴有上腹部隐痛

E. 既往多有胃病史

参考答案：C

3. 喷射性呕吐，可见于

A. 耳源性眩晕

B. 胃炎

C. 肠梗阻

D. 尿毒症

E. 脑炎

参考答案：E

4. 呕吐伴寒战、发热、右上腹疼痛应考虑

A. 急性胰腺炎

B. 急性胆囊炎

C. 急性胃肠炎

D. 急性阑尾炎

E. 以上都不是

参考答案：B

B1 型题

5.

A. 呕吐物为隔餐食物，带腐臭味

B. 呕吐物为黄绿色，带粪臭味

C. 呕吐物为大量黏液及食物

D. 呕吐物为血液

E. 吐出胃内容物后仍干呕不止

①急性胃炎的临床表现是

②急性胆囊炎的临床表现是

参考答案：①C　②B

【考点评析】

1. 恶心呕吐病因有反射性呕吐、中枢性呕吐、前庭障碍性呕吐、神经官能症性呕吐。问诊要点包括呕吐发生时间、诱发因素及与进食、饮酒、药物、精神因素等的关系；呕吐特点；呕吐的剧烈程度及呕吐物的性状；呕吐的伴随症状；既往史。

2. 消化系统疾病是引起反射性呕吐最常见的一类病因。①胃肠病变：胃源性呕吐如急性或慢性胃炎、急性食物中毒、消化性溃疡、胃肿瘤、幽门梗阻、非溃疡性消化不良等。胃源性呕吐的特点是常与进食有关，常伴有恶心先兆，呕吐后感觉轻松。肠源性呕吐如急性肠炎、急性阑尾炎、肠梗阻等。②肝、胆、胰与腹膜病变：如急性或慢性胆囊炎、胆石症、胆道蛔虫、急性胰腺炎、急性腹膜炎等。它们的共同特点是有恶心先兆，呕吐后不觉轻松。

3. 中枢性呕吐常见原因有：①中枢神经系统疾病，如脑血管疾病、中枢神经感染、颅内高压症等。②药物或化学性毒物的作用。③其他，如代谢障碍，

妊娠，甲状腺危象等。颅内压增高所致呕吐常伴有剧烈头痛，呕吐呈喷射性，常无恶心先兆，吐后不感觉轻松。常见于颅内高压症，如脑出血、脑积水、脑肿瘤等或青光眼。

命题考点8　呕血与黑便

【历年真题纵览】

A1 型题

1. 上消化道出血可单纯表现为呕血或黑便，也可两者兼有，这取决于

A. 原发病

B. 出血部位

C. 出血量

D. 在胃内停留时间

E. 以上均非

参考答案：C

2. 下列呕吐物呈咖啡色的疾病是

A. 幽门梗阻

B. 上消化道出血

C. 溃疡性结肠炎

D. 食物中毒

E. 空肠梗阻

参考答案：B

3. 上腹痛具有周期性和节律性，呕吐物呈咖啡残渣样，临床上最可能的诊断是

A. 急性胃黏膜病变

B. 慢性胃炎

C. 胃溃疡

D. 胃癌

E. 胃黏膜脱垂症

参考答案：C

A2 型题

4. 某风湿热患者，服用阿司匹林半个月突然出现呕血，首先应考虑为

A. 消化性溃疡

B. 急性胃黏膜病变

C. 肝硬化食管胃底静脉曲张

D. 十二指肠炎

E. 慢性胃炎

参考答案：B

B1 型题

5.

A. 5～20 ml

B. 30 ～ 40 ml

C. 50 ～ 70 ml

D. 80 ～ 100 ml

E. 120 ml 以上

①大便隐血试验阳性,提示消化道出血量在

②出现柏油样便,提示消化道出血量在

参考答案:①A ②C

【考点评析】

1. 呕血黑便病因包括消化系统疾病,如食管、胃及十二指肠、肝胆道、胰腺疾病;血液病;急性传染病等。服用非甾体类抗炎药(如阿司匹林、消炎痛等)和应激所引起的急性胃十二指肠黏膜病变,是导致呕血的常见原因。问诊要点包括年龄、发病季节、诱因、呕血方式、既往史、个人史、伴随症状。上消化道出血的临床表现取决于出血病变的性质、部位、失血量与速度,一般幽门以上的出血常以呕血为主,幽门以下的出血则以黑便为主,但并非绝对,与出血量有关。呕血伴上腹痛,若中青年人,慢性反复发作的上腹痛,具有一定的周期性与节律性,多为消化性溃疡;中老年人,慢性上腹痛,疼痛无明显规律性并有厌食及消瘦者,应警惕胃癌。

2. 上消化道出血量达到约 20 ml 时,粪便隐血试验可呈阳性反应;当出血量达 50 ～ 70 ml 以上,可表现为黑便。如果出血量在 400 ml 以内,由于轻度的血容量减少可很快被组织间液与脾脏贮血所补充,一般无其他症状;当出血量超过 400 ml,失血又较快时,患者可有头晕、乏力、心动过速和血压偏低等失血性贫血症状;失血超过 800 ～ 1 000 ml 时,可出现失血性休克等急性周围循环衰竭症状。

命题考点.9 黄疸

【历年真题纵览】

A1 型题

1. 下列除哪项外,常可引起肝细胞性黄疸

    A. 疟疾

    B. 急性甲型肝炎

    C. 中毒性肝炎

    D. 钩端螺旋体病

    E. 肝癌

参考答案:E

2. 正常血清总胆红素含量为

    A. 0 ～ 6.8 μmol/L

B. 0.7 ～ 1.7 μmol/L

C. 1.7 ～ 10.26 μmol/L

D. 1.7 ～ 17.1 μmol/L

E. 1.7 ～ 21.7 μmol/L

参考答案:D

3. 符合阻塞性黄疸临床表现的是

    A. 粪便色加深

    B. 尿中胆红素阴性

    C. 尿中尿胆原增加

    D. 心率增快

    E. 血清碱性磷酸酶明显增高

参考答案:E

3. 血液中非结合胆红素明显升高见于

    A. 溶血性黄疸

    B. 肝细胞性黄疸

    C. 胆汁淤积性黄疸

    D. Dubin – Johnson 综合征

    E. 以上都不是

参考答案:A

4. 黄疸伴胆囊肿大者最常见于

    A. 胆总管以上梗阻

    B. 胆总管以下梗阻

    C. 胆囊管梗阻

    D. 左右肝管汇合部梗阻

    E. 胆囊癌肝门部转移

参考答案:B

B1 型题

5.

    A. 直接胆红素增加,尿胆原增加,尿胆红素阳性

    B. 直接胆红素正常,尿胆原增加,尿胆红素阴性

    C. 直接胆红素正常,尿胆原阴性,尿胆红素阴性

    D. 直接胆红素增加,尿胆原阴性,尿胆红素阳性

    E. 以上都不是

①肝细胞性黄疸

②溶血性黄疸

③胆道完全梗阻性黄疸

参考答案:①A ②B ③D

【考点评析】

1. 黄疸的概念:正常血清总胆红素浓度为 1.7 ～ 17.1 μmol/L,其中结合胆红素 3.42 μmol/L,非结合胆红素 13.68 μmol/L。当血清胆红素浓度增高在

17.1～34.2 μmol/L,临床上尚未出现黄疸者,为隐性黄疸;血清胆红素浓度超过 34.2 μmol/L,临床上出现黄疸者,为显性黄疸。黄疸分为肝细胞性黄疸、溶血性黄疸和阻塞性黄疸。

2. 由于病毒性肝炎、中毒性肝炎、肝硬化、传染性单核细胞增多症、钩端螺旋体病等导致肝细胞受损,致处理胆红素代谢的能力下降,血中非结合胆红素增加,另一方面,因肝细胞坏死或胆汁排泄通路受阻,转化成的结合胆红素反流入血,血中结合胆红素增加,称为肝细胞性黄疸。临床表现为乏力、倦怠、食欲不振、实验室检查肝功能异常,血中非结合胆红素、结合胆红素均增加,但结合胆红素与总胆红素比值不定,<20% 或 >20%。

3. 由于先天性、遗传性因素或免疫性及非免疫性因素引起的大量红细胞的破坏分解,致使非结合胆红素生成增多,超过了肝脏的处理能力,导致非结合胆红素在血中滞留而出现的黄疸称为溶血性黄疸。急性溶血有高热、寒战、头痛、呕吐,常有血红蛋白尿,慢性溶血有贫血和脾大,血中非结合胆红素、结合胆红素均增加,但结合胆红素与总胆红素比值<20%,尿中尿胆原增加,但无胆红素。

4. 各种原因使肝内或肝外的胆管发生阻塞,其上方的胆管内压力增高,胆管扩张,引起肝内毛细胆管破裂,胆汁中的胆红素反流入血所致的黄疸称为阻塞性黄疸。临床表现为皮肤瘙痒,心率减慢,血清结合胆红素增加,但结合胆红素与总胆红素比值 >40%,粪色变浅或变白,尿中尿胆原减少或消失,胆红素阳性。

5. 黄疸伴胆囊肿大主要见于肝外阻塞性黄疸,如胰头癌、壶腹癌、胆总管癌等。

命题考点10 抽搐

【历年真题纵览】

1. 抽搐不伴有意识障碍者,最常见于
   A. 局限性癫痫
   B. 手足搐搦症
   C. 破伤风
   D. 狂犬病
   E. 癔病性抽搐
   参考答案:B

B1 型题

2.
   A. 癔病

   B. 破伤风
   C. 脑血管疾病
   D. 中毒性痢疾
   E. 脑膜炎
   ① 抽搐伴高血压,肢体瘫痪,见于
   ② 抽搐伴苦笑面容,见于
   参考答案:①C ②B

【考点评析】

1. 病因

(1)颅脑疾病:①感染性:如各种脑炎及脑膜炎、脑脓肿、脑寄生虫病等。②非感染性:外伤:产伤、脑挫伤、脑血肿等;肿瘤:原发性及转移性脑肿瘤;血管性疾病:脑血管畸形、高血压脑病、脑梗死、脑出血等;癫痫。

(2)全身性疾病:①感染性:全身严重感染性疾病,如中毒性肺炎、中毒性菌痢、败血症、狂犬病、破伤风、小儿高热惊厥等。②非感染性:缺氧:如窒息、溺水、休克+肺心病等;中毒:外源性中毒如药物、化学物,内源性中毒如尿毒症、肝性脑病等;代谢性疾病:如低血糖、低血钙等;心血管疾病:如阿－斯综合征;物理损伤:如中暑、触电等;癔病性抽搐。

2. 伴随症状 ①伴高热,见于颅内与全身的感染性疾病、小儿高热惊厥等。②伴高血压,见于高血压脑病、高血压脑出血、妊娠高血压综合征、颅内高压等。③伴脑膜刺激征,见于各种脑膜炎及蛛网膜下腔出血等。④伴瞳孔散大、意识丧失、大小便失禁,见于癫痫大发作。⑤不伴意识丧失,见于破伤风、狂犬病、低钙抽搐、癔症性抽搐。⑥伴肢体偏瘫者,见于脑血管疾病及颅内占位性病变。

命题考点11 意识障碍

【历年真题纵览】

1. 下列哪项不属于意识障碍
   A. 嗜睡
   B. 抽搐
   C. 意识模糊
   D. 谵妄
   E. 昏迷
   参考答案:B

2. 病理性的持续睡眠状态,可被唤醒,并能正确回答问题称为
   A. 嗜睡

B. 意识模糊

C. 昏睡

D. 昏迷

E. 谵妄

参考答案:A

A2 型题

3. 患者因昏迷而就诊。查体:深昏迷状态,呼吸有轻度大蒜味,疑为有机磷中毒。下列哪项对诊断最有帮助

A. 肌束震颤

B. 瞳孔缩小

C. 尿便失禁

D. 呕吐物有大蒜臭味

E. 全血胆碱酯酶活力降低

参考答案:E

4. 患者,女,23 岁。被人发现时呈昏迷状态。查体:神志不清,两侧瞳孔呈针尖样大小,呼吸有大蒜臭味。应首先考虑的是

A. 安定中毒

B. 急性毒蕈中毒

C. 急性有机磷农药中毒

D. 亚硝酸盐中毒

E. 一氧化碳中毒

参考答案:C

B1 型题

5.

A. 先发热后有意识障碍

B. 先有意识障碍然后发热

C. 意识障碍伴心动过缓

D. 意识障碍伴高血压

E. 意识障碍伴呼吸缓慢

①蛛网膜下腔出血

②三度房室传导阻滞

参考答案:①B ②C

【考点评析】

1. 病因

(1)颅脑疾病

①感染性:各种脑炎、脑膜炎、脑脓肿、脑寄生虫感染等。

②非感染性:占位性病变,如脑肿瘤等;脑血管疾病,如脑出血、蛛网膜下腔出血、脑梗死、高血压脑病等;颅脑外伤;癫痫。

(2)全身性疾病

①感染性:见于全身严重感染性疾病,如伤寒、中毒型细菌性痢疾、重症肝炎、败血症等。

②非感染性:心血管疾病,如阿-斯综合征、重度休克等;内分泌与代谢性障碍,如甲状腺危象、糖尿病昏迷等;中毒;物理性损伤,如中暑、触电、淹溺等。

2. 临床表现

(1)嗜睡:是最轻的意识障碍,表现为持续性的睡眠状态。

(2)昏睡:患者近乎不省人事,处于熟睡状态,不易被唤醒。

(3)昏迷:意识丧失,任何强大的刺激都不能被唤醒。昏迷是最严重的意识障碍,按程度不同可分为:

①浅昏迷:意识大部分丧失,强刺激也不能被唤醒,但对疼痛刺激有痛苦表情及躲避反应,角膜反射、瞳孔对光反射、吞咽反射、眼球运动等都存在。

②深昏迷:意识全部丧失,对疼痛等各种刺激均无反应,全身肌肉松弛,角膜反射、瞳孔对光反射、眼球运动均消失,可出现病理反射。

(4)意识模糊:是一种常见的轻度意识障碍,意识障碍程度较嗜睡重,具有简单的精神活动。

(5)谵妄:是一种以兴奋性增高为主的急性高级神经中枢活动失调状态。

3. 伴随症状:①伴发热;②伴呼吸缓慢;③伴呼吸深大;④伴瞳孔散大;⑤伴瞳孔缩小;⑥伴高血压;⑦伴脑膜刺激征。

第二单元　问　诊

命题考点　问诊的内容

【历年真题纵览】

A1 型题

1. 下列除哪项外,均是采录"既往史"所要求的内容

A. 过去健康情况

B. 预防接种情况

C. 传染病史

D. 过敏史

E. 是否到过传染病的流行地区

参考答案:E

2. 下列除哪项外,均是采录"主诉"所要求的内容

A. 主诉是迫使病人就医的最主要的症状

B. 一般不超过 20 个字

C. 确切的主诉常可作为诊断的向导

D. 主诉的记录尽量使用诊断术语

E. 症状不突出者,可把就医的主要目的作为主诉

参考答案:D

3. 现病史是指

A. 主要症状的特点

B. 病人就诊的主要原因

C. 疾病的原因与诱因

D. 疾病诊治经过

E. 该次得病的全部情况

参考答案:E

B1 型题

4.

A. 呼吸困难

B. 呕吐

C. 腰痛

D. 肌肉震颤

E. 腹泻

①属呼吸系统疾病问诊内容的是

②属循环系统疾病问诊内容的是

参考答案:①A ②A

【考点评析】

1. 既往史的内容:包括病人既往的健康情况和过去曾经患过的疾病,特别是与现病有密切关系的疾病。对生活或居住地区的主要传染病和地方病、外伤、手术、预防接种以及对药物、食物和其他接触物的过敏史等,均应记录在既往史中。

2. 迫使病人就诊的最主要最明显的症状或体征及其持续时间为主诉。确定主诉可提供对某系统疾病的诊断线索。主诉要简明,要有明显的意向性;通常用一两句话加以概括,并同时注明症状自发生到就诊的时间;尽可能用病人自己的言词,而不用医生的诊断用语。

3. 现病史是病史中最主要部分,它记述病人发病的全过程,即发生、发展及演变。主要包括:起病情况,主要症状的特点,病因及诱因,病情的发展与演变,伴随症状,诊治经过,病程中的一般情况。

4. 系统回顾问诊提要。呼吸、循环系统都要问到呼吸困难,了解其发生的时间、性质及程度。如呕吐、腹泻属消化系统疾病的问诊内容,腰痛属泌尿系统疾病的问诊内容,肌肉震颤属代谢与内分泌系统疾病的问诊内容。

第三单元　检体诊断

命题考点 1　基本检查法

1. 视诊能观察到全身一般状态和许多全身或局部的体征,除了

A. 年龄

B. 发育营养

C. 肝脏肿大

D. 表情

E. 体位及步态

参考答案:C

2. 对于间接叩诊法的描述,哪一项不正确

A. 左手中指第 2 指节紧贴于叩诊部位

B. 左手中指第 2 指节前端紧贴于叩诊部位

C. 右手各指自然弯曲,以右手中指指端叩击左手中指第 2 指骨的前端

D. 叩击方向应与叩诊部位的体表垂直

E. 主要以活动腕关节与指掌关节进行叩诊

参考答案:B

3. 关于双手触诊法下述哪项不正确

A. 将左手置于被检查脏器或包块的后部

B. 将被检查部位推向右手方向

C. 使被检查脏器或包块更接近于体表

D. 有利于右手触诊

E. 用于肝、脾、肾和腹腔肿物的检查

参考答案:D

4. 叩击心脏或肝脏被肺的边缘所覆盖的部分所产生的叩诊音为

A. 清音

B. 浊音

C. 鼓音

D. 实音

E. 过清音

参考答案:B

5. 酸性汗味最常见于

A. 风湿热或长期服用解热镇痛药物的患者

B. 脚癣合并感染

C. 腋臭患者

D. 多汗者

E. 正常人汗液

参考答案:A

6.呼吸有烂苹果味最常见于
　A.糖尿病酮症酸中毒
　B.肝昏迷
　C.尿毒症
　D.酒精中毒
　E.有机磷农药中毒
参考答案:A

【考点评析】

1.基本检查法:视诊、触诊、叩诊、听诊、嗅诊。

2.间接叩诊法:叩诊时左手中指第2指节紧贴于叩诊部位,其余手指稍微抬起,勿与体表接触;右手各指自然弯曲,以右手中指指端叩击左手中指第2指骨的前端。叩击方向应与叩诊部位的体表垂直,主要以活动腕关节与指掌关节进行叩诊,避免肘关节及肩关节参加活动。

3.直接叩诊法:用右手拇指以外的四指掌面直接拍击被检查部位,借拍击的音响和指下的震动感来判断病变情况的方法,称为直接叩诊法。本法适用于胸部或腹部面积较广泛的病变,如胸膜粘连或增厚、气胸、大量胸水或腹水等。

4.叩诊音

(1)清音:清音是正常肺部的叩诊音,提示肺组织的弹性、含气量和致密度正常。

(2)浊音:在叩击被少量含气组织覆盖的实质脏器时产生。如叩击被肺的边缘所覆盖的心脏或肝脏部分,或病理状态下肺组织含气量减少(如肺炎)时所表现的叩诊音。

(3)鼓音:在叩击含有大量气体的空腔器官时出现。正常见于左下胸的胃泡区及腹部。病理情况下,见于肺空洞、气胸或气腹等。

(4)过清音:属于鼓音范畴的一种变音,介于鼓音与清音之间。过清音的出现提示肺组织含气量增多,弹性减弱,临床常见于肺气肿。

(5)实音:亦称重浊音或绝对浊音。生理情况下见于叩击不含气的实质脏器,如心脏、肝脏;病理状态下,见于大量胸腔积液或肺实变。

命题考点2　全身状态检查

【历年真题纵览】

A1 型题

1.肾绞痛病人常采取的体位是
　A.强迫侧卧位

　B.角弓反张位
　C.强迫俯卧位
　D.强迫坐位
　E.辗转体位
参考答案:E

2.下列各项,属被动体位的是
　A.角弓反张
　B.翻动体位
　C.肢体瘫痪
　D.端坐呼吸
　E.以上均非
参考答案:C

3.口测法体温的正常范围是
　A.36.0～37.0℃
　B.36.3～37.2℃
　C.36.5～37.7℃
　D.36.5～37.5℃
　E.36.2～37.2℃
参考答案:B

4.可出现强迫蹲位的疾病是
　A.慢性腹膜炎
　B.发绀型先天性心脏病
　C.心绞痛
　D.破伤风
　E.急性肺水肿
参考答案:B

5.临床上检查意识状态的方法一般多用
　A.问诊
　B.触诊
　C.叩诊
　D.听诊
　E.嗅诊
参考答案:A

6.
　A.自动体位
　B.被动体位
　C.强迫体位
　D.强迫仰卧位
　E.强迫俯卧位
①急性腹膜炎
②患者自己不能调整或变换肢体的位置,见于极度衰弱或意识丧失的病人
参考答案:①D　②B

【考点评析】

1.体温

(1)口腔温度:正常值为36.3~37.2℃。口测法温度虽较可靠,但对婴幼儿及意识障碍者则不宜使用。

(2)肛门温度:正常值为36.5~37.7℃。肛门温度一般较口腔温度高0.3~0.5℃。适用于小儿及神志不清的患者。

(3)腋下温度:正常值为36~37℃。腋测法较安全、方便,不易发生交叉感染。

正常人24小时内体温略有波动,相差不超过1℃。生理状态下,运动或进食后体温稍高,老年人体温略低,妇女在月经期前或妊娠期略高。

2.脉搏:在安静状态下脉率为60~100次/分。儿童较快,婴幼儿可达130次/分。

3.血压

(1)高血压:未服抗高血压药情况下,收缩压≥140 mmHg和(或)舒张压≥90 mmHg,即为高血压。

(2)低血压:血压低于90/60 mmHg时,称为低血压。

4.发育与体型:临床上把正常人的体型分为匀称型、矮胖型、瘦长型3种。

5.营养状态:营养状态一般分为良好、不良和中等。

6.意识状态。

7.面容与表情:包括急性(热)病容、慢性病容、甲状腺功能亢进面容、黏液性水肿面容、二尖瓣面容、伤寒面容、苦笑面容、满月面容、肢端肥大症面容。

8.体位:包括自动体位、被动体位、强迫体位。

(1)强迫仰卧位:患者仰卧,双腿蜷曲,借以减轻腹部肌肉张力。见于急性腹膜炎等。

(2)强迫俯卧位:俯卧位可减轻脊背肌肉的紧张程度。常见于脊柱疾病。

(3)强迫侧卧位:患者侧卧于患侧,以减轻疼痛,且有利于健侧代偿呼吸。见于一侧胸膜炎及大量胸腔积液。

(4)强迫坐位:又称端坐呼吸。患者坐于床沿上,以两手置于膝盖上或扶持床边。见于心肺功能不全的患者。

(5)辗转体位:患者坐卧不安,辗转反侧。见于胆绞痛、肾绞痛、肠绞痛等。

(6)角弓反张位。

9.步态:包括痉挛性偏瘫步态、剪刀步态、小脑性步态、慌张步态、蹒跚步态。

命题考点3 皮肤检查

【历年真题纵览】

A1型题

1.蜘蛛痣罕见于下列哪个部位

A.面颊部

B.手背

C.前胸

D.上臂

E.下肢

参考答案:E

2.皮肤黏膜色素沉着最常见于

A.肝硬化

B.肝癌晚期

C.慢性肾上腺皮质功能减退症

D.肢端肥大症

E.疟疾

参考答案:C

3.下列哪项不是中度水肿的特点

A.全身疏松组织均有可见性水肿

B.外阴部明显水肿

C.指压后可出现明显的组织下陷

D.平复缓慢

E.指压后可出现较深的组织下陷

参考答案:B

B1型题

4.

A.红色皮疹

B.瘀点

C.紫癜

D.瘀斑

E.血肿

①直径小于2 mm,加压后退色

②直径3~5 mm,加压后不退色

参考答案:①A ②C

【考点评析】

1.皮肤颜色

(1)发红:生理情况下见于饮酒、日晒、运动、情绪激动等。病理情况下见于发热性疾病、阿托品及一氧化碳中毒等。

(2)苍白:皮肤黏膜苍白可由贫血、末梢毛细血管痉挛或充盈不足引起,常见于贫血、寒冷、休克、虚脱等。只有肢端苍白者,可能与肢体血管痉挛或阻塞有关,如雷诺病、血栓闭塞性脉管炎。

(3)黄染:皮肤黏膜呈不正常的黄色,称为黄染。皮肤黄染主要见于因胆红素浓度增高引起的黄疸。黄疸早期或轻微时见于巩膜及软腭黏膜,较明显时才见于皮肤。黄疸见于肝细胞损害、胆道阻塞或溶血性疾病。

(4)发绀:发绀是皮肤黏膜呈青紫色,主要因单位容积血液中还原血红蛋白增多所致。发绀的常见部位为舌、唇、耳郭、面颊和指端。

(5)色素沉着:由于表皮基底层的黑色素增多,以致部分或全身皮肤色泽加深,称为色素沉着。

(6)色素脱失:色素脱失指皮肤色素局限性或全身性减少或缺失。见于白癜风、黏膜白斑、白化症等。

2.皮疹

(1)斑疹:只是局部皮肤发红,一般不高出皮肤。见于麻疹初起、斑疹伤寒、丹毒、风湿性多形性红斑等。

(2)玫瑰疹:是一种鲜红色的圆形斑疹,直径2~3 mm,由病灶周围的血管扩张所形成,压之退色,松开时又复现,多出现于胸腹部。对伤寒或副伤寒具有诊断意义。

(3)丘疹:直径小于1 cm,除局部颜色改变外还隆起于皮面,见于药物疹、麻疹、猩红热及湿疹等。

(4)斑丘疹:在丘疹周围合并皮肤发红的底盘,称为斑丘疹。见于风疹、猩红热、湿疹及药物疹等。

(5)荨麻疹:又称风团块,是由于皮肤、黏膜的小血管反应性扩张及渗透性增加而产生的一种局限性暂时性水肿。主要表现为边缘清楚的红色或苍白色的瘙痒性皮肤损害,出现得快,消退也快,消退后不留痕迹。见于各种异性蛋白性食物或药物过敏。

命题考点4　淋巴结检查

【历年真题纵览】

A1 型题

1.下述有关正常淋巴结的描述哪项正确

　A.直径多为0.2~0.5 cm,质地韧,表面光滑

　B.与毗邻组织可有粘连

　C.有明显压痛

　D.质地柔软,表面光滑

　E.容易触及

参考答案:D

2.乳腺炎时可出现哪组淋巴结肿大

　A.左锁骨上淋巴结

　B.右锁骨上淋巴结

　C.腋窝淋巴结

　D.滑车上淋巴结

　E.腹股沟淋巴结

参考答案:C

【考点评析】

浅表淋巴结肿大的临床意义:

1.局限性淋巴结肿大

(1)非特异性淋巴结炎:一般炎症所致的淋巴结肿大多有触痛,表面光滑,无粘连,质不硬。颌下淋巴结肿大常由口腔内炎症所致;颈部淋巴结肿大常由化脓性扁桃体炎、齿龈炎等急慢性炎症所致;上肢的炎症常引起腋窝淋巴结肿大;下肢炎症常引起腹股沟淋巴结肿大。

(2)淋巴结结核:肿大淋巴结常发生在颈部血管周围,多发性,质地较硬,大小不等,可互相粘连或与邻近组织、皮肤粘连,移动性稍差。如组织发生干酪性坏死,则可触到波动感。晚期破溃后形成瘘管,愈合后可形成疤痕。

(3)转移性淋巴结肿大:恶性肿瘤转移所致的淋巴结肿大,质硬或有橡皮样感,一般无压痛,表面光滑或有突起,与周围组织粘连而不易推动。左锁骨上窝淋巴结肿大,多为腹腔脏器癌肿(胃癌、肝癌、结肠癌等)转移;右锁骨上窝淋巴结肿大,多为胸腔脏器癌肿(肺癌、食管癌等)转移;鼻咽癌易转移到颈部淋巴结;乳腺癌常引起腋下淋巴结肿大。

2.全身淋巴结肿大:常见于传染性单核细胞增多症、白血病、淋巴瘤等。

命题考点5　头部检查

【历年真题纵览】

A1 型题

1.球结膜水肿见于

　A.肝炎

　B.颅内高压

　C.沙眼

　D.高血压不伴颅内高压

　E.急性肾小球肾炎

参考答案:B

2.甲状腺功能亢进时,Graefe 眼征是

A. 眼球下转时上睑不能相应下垂

B. 瞬目减少

C. 辐辏运动减弱

D. 上视时无额纹出现

E. 双侧眼球突出

参考答案：A

3. 病理性双侧瞳孔缩小，可见于

A. 有机磷中毒

B. 青光眼

C. 视神经萎缩

D. 脑肿瘤

E. 脑疝

参考答案：A

4. 鼻根部与眼内眦之间有压痛提示何部位病变

A. 上颌窦

B. 筛窦

C. 额窦

D. 蝶窦

E. 视网膜

参考答案：B

5. 流行性腮腺炎可出现腮腺管开口处黏膜红肿，其部位在

A. 上颌第2臼齿相对应的颊黏膜上

B. 下颌第2臼齿相对应的颊黏膜上

C. 舌下

D. 上颌第1臼齿相对应的颊黏膜上

E. 下颌第1臼齿相对应的颊黏膜上

参考答案：A

【考点评析】

头面部检查：眼睛检查中，球结膜透明而隆起者为球结膜下水肿，见于脑水肿及输液过多；双眼突出常见于甲状腺功能亢进症，常伴有 Graefe 征：眼球下转时上睑不能相应下垂，Stellwag 征：瞬目减少，Moebius 征：眼球内聚能力减弱，Joffroy 征：上视时无额纹出现；瞳孔缩小见于虹膜炎，中毒（如毒蕈、有机磷），药物反应（吗啡、毛果芸香碱）等；瞳孔扩大见于外伤、绝对期青光眼、视神经萎缩、阿托品类药物影响、颈交感神经刺激、濒死状态等。由于引流不畅所致的鼻旁窦炎，可查及病人鼻旁窦有压痛，上颌窦炎时双颧压痛，额窦炎时眼眶上内侧压痛，筛窦病变时则鼻根和眼内角之间压痛，蝶窦位置较深，不能在体表检查。

命题考点6　颈部检查

【历年真题纵览】

A1 型题

1. 心室收缩时颈静脉有搏动，可见于

A. 高血压病

B. 严重贫血

C. 三尖瓣关闭不全

D. 主动脉瓣关闭不全

E. 甲状腺功能亢进症

参考答案：C

2. 甲状腺Ⅱ度肿大是指

A. 能看到肿大又能触及，但在胸锁乳突肌内侧

B. 不能看到，但能触及

C. 看不到又触不到

D. 能看到又能触及，并超过胸锁乳突肌外缘

E. 能看到又能触及，且超过甲状软骨上缘

参考答案：A

3. 关于颈静脉搏动，正确的是

A. 均为病理性

B. 引起静脉压升高者皆可出现

C. 视诊可见，触诊可及

D. 见于交界区心律、左心衰竭，而不见于房室传导阻滞

E. 指颈外静脉搏动

参考答案：A

4. 肝颈静脉回流征不出现于下列哪种疾病

A. 右心衰竭

B. 上腔静脉阻塞综合征

C. 缩窄性心包炎

D. 心包积液

E. 肺心病

参考答案：B

【考点评析】

1. 颈部检查中颈部血管正常时在坐位或半卧位（45°）时颈静脉应当是塌陷的。如坐位或半卧位时颈静脉充盈并可见搏动为颈静脉怒张，提示静脉压增高，见于右心功能不全、缩窄性心包炎、心包积液或上腔静脉梗阻；颈静脉搏动见于右房室瓣关闭不全（器质性或相对性）的患者，心室收缩时血液自右心室反流进入右心房，使颈静脉产生显著性心室收

缩期搏动,弱而弥散,触之无搏动感;颈静脉回流征阳性提示肝脏淤血,是右心功能不全的重要征象之一,亦可见于渗出性或缩窄性心包炎;如安静见颈动脉搏动明显为主动脉瓣关闭不全、甲亢、高血压等排血量增加及脉压增加的疾病。

2.甲状腺肿大分度:不能看出肿大但能触及者为Ⅰ度;能看见肿大又能触及,但是在胸锁乳突肌以内者为Ⅱ度,超过胸锁乳突肌者为Ⅲ度。

3.气管检查方法:以食指和无名指放在胸锁关节,中指放在气管上,观察气管是否居中,大量胸水、气胸、纵隔肿瘤、不对称甲状腺肿可使气管向健侧移位,肺不张、胸膜粘连又把气管拉向患侧。

命题考点7　胸壁及胸廓检查

【历年真题纵览】

A1 型题

1.严重肺气肿时
　A.胸廓前后径与左右径比例缩小
　B.胸廓扁平
　C.胸廓前后径与左右径比例增大
　D.肋间隙变窄
　E.腹上角缩小
参考答案:C

A2 型题

2.患者,女,48 岁。右乳房发现肿块 2 个月。查体:右乳头抬高,右乳外上象限可扪及一个 2 cm × 2.5 cm大小肿块,质硬,表面不平,边界不清。应首先考虑的是
　A.乳腺纤维瘤
　B.乳腺增生病
　C.乳癌
　D.乳房结核
　E.乳管扩张症
参考答案:C

3.患者,女,26 岁。左乳房发现肿块 1 年,无疼痛。查体:左乳外下象限可扪及 2.5 cm×1.5 cm 大小肿块,形如鸡卵,表面光滑,活动度好。应首先考虑的是
　A.乳腺增生病
　B.乳腺纤维瘤
　C.乳房结核
　D.乳腺癌
　E.乳腺导管内乳头状瘤

参考答案:B

4.患者胸骨下部显著前突,左、右胸廓塌陷,肋骨与肋软骨交界处变厚增大,上下相连呈串珠状。其诊断是
　A.肺结核
　B.佝偻病
　C.肺气肿
　D.支气管哮喘
　E.肺纤维化
参考答案:B

B1 型题

5.
　A.皮下气肿
　B.胸骨压痛
　C.吸气时肋间隙回缩
　D.上腔静脉阻塞
　E.肋间隙膨隆
①大量胸腔积液
②白血病
参考答案:①E　②B

【考点评析】

胸廓、胸壁检查:桶状指胸廓的前后径增大,与横径几乎相等,胸廓呈圆桶形;肋间隙增宽,有时饱满;腹上角呈钝角,胸椎后凸,见于阻塞性肺气肿及支气管哮喘发作患者。佝偻病胸表现为胸骨特别是胸骨下部显著前凸,两侧肋骨凹陷,胸廓前后径增大,横径缩小,胸部上、下长度较短,形似鸡胸,有时佝偻病患者肋骨与肋软骨交接处增厚隆起呈圆珠状,在胸骨两侧排列成串珠状。扁平胸指胸廓扁平,前后径短于横径的一半。皮下气肿是由肺、气管、胸膜受伤或病变后,气体逸出并积于皮下所致。单侧胸廓膨隆多伴有肋间隙增宽,若同时有呼吸运动受限,气管、心脏向健侧移位者,见于一侧大量胸腔积液、气胸、液气胸、胸内巨大肿物等。胸骨压痛叩痛见于白血病。上腔静脉梗阻时,胸壁静脉曲张的血流方向自上而下,下腔静脉受阻时,静脉血流自下向上;胸壁压痛见于胸壁、肋骨、神经的炎症、外伤、肿瘤浸润。乳房检查顺序为先健侧后病侧,按内上、外上、外下、内下、中央的顺序。乳房肿块见于乳腺癌、纤维瘤、囊性增生、结核、慢性脓肿、乳管堵塞等;恶性肿块形状不规则、表面不光滑、边界不清、质坚硬,晚期可与皮肤及深部组织粘连,尚可有"橘皮样变"、乳头内陷及血性分泌物。

命题考点8 肺和胸膜检查

【历年真题纵览】

A1 型题

1. 可闻及病理性支气管呼吸音的部位是
   A. 肩胛下区
   B. 喉部
   C. 胸骨上窝
   D. 背部第6颈椎附近
   E. 以上均非
   参考答案：A

2. 语颤增强多见于
   A. 肺实变
   B. 胸膜肥厚
   C. 肺气肿
   D. 气胸
   E. 胸腔积液
   参考答案：A

3. 正常肺泡呼吸音的最明显听诊部位在
   A. 喉部
   B. 肩胛下部
   C. 胸骨角附近
   D. 右肺尖
   E. 肩胛上部
   参考答案：B

4. 肺气肿时，心脏浊音界的改变多为
   A. 心浊音界向左扩大
   B. 心浊音界缩小
   C. 心浊音界向右扩大
   D. 心浊音界向两侧扩大
   E. 以上均非
   参考答案：B

A2 型题

5. 患者咳嗽。查体：气管向左偏移，右侧胸廓较左侧饱满，叩诊出现鼓音。应首先考虑的是
   A. 右侧气胸
   B. 左侧肺不张
   C. 右下肺炎
   D. 肺气肿
   E. 右侧胸腔积液
   参考答案：A

B1 型题

6.
   A. 支气管扩张
   B. 支气管哮喘
   C. 心源性哮喘
   D. 慢性支气管炎
   E. 肺炎球菌肺炎
   ①两肺散在干、湿啰音，其多少及部位不固定者，见于
   ②患侧呼吸运动减弱，叩诊浊音，可闻及支气管呼吸音者，见于
   参考答案：①D ②E

7.
   A. 肺实变
   B. 肺气肿
   C. 肺不张
   D. 气胸
   E. 胸膜增厚
   ①病侧呼吸动度减弱伴叩诊为浊音、呼吸音消失者，见于
   ②病侧呼吸动度减弱伴叩诊为鼓音、呼吸音消失者，见于
   参考答案：①C ②D

【考点评析】

1. 呼吸：呼吸类型分为胸式呼吸（成年女性）、腹式呼吸（儿童及男子）。胸肺疾病胸式呼吸消失，腹部疾病腹式呼吸消失。正常呼吸频率为16～20次/分。呼吸节律异常可有潮式呼吸、间停呼吸、下颏呼吸、点头呼吸、鱼嘴呼吸、鼾声呼吸、抽泣样呼吸、叹息呼吸，库斯莫尔呼吸见于酸中毒大呼吸。

2. 肺部触诊、叩诊：触觉语颤增强见于肺实变、压迫性肺不张、较浅而大的空洞；减弱见于肺泡内含气过多、支气管堵塞、胸壁距肺组织距离加大、体质衰弱。胸膜摩擦感见于胸膜炎症及肿瘤，胸膜高度干燥，其他疾病波及胸膜。肺部叩诊自肺尖开始，左右对比，从上到下。正常叩诊音为清音。右肺下界在锁骨中线、腋中线、肩胛线分别在第6、8、10肋，肺气肿等使肺下界下移。肺下界移动度正常值为6～8 cm，肺的弹性减退、胸膜粘连移动度减小。病理叩诊音有浊音或实音、鼓音、过清音、浊鼓音、空瓮音、破壶音。

3. 肺部听诊：支气管呼吸音在喉部，胸骨上窝，背部第6、7颈椎及第1、2胸椎附近都可听到；支气管肺泡呼吸音在胸骨角附近，肩胛间区的第3、4胸椎水平及右肺尖可听到；肺泡呼吸音除上两种呼吸音外的区域，其余肺部都可听到，乳房下部、肩胛下部、腋窝下部因胸壁肌肉较薄且肺组织较多故肺泡呼吸音较强。病理性肺泡呼吸音包括呼吸音减弱或

消失、增强、呼气延长、断续性呼吸音、粗糙型呼吸音、变调性呼吸音。啰音是伴随呼吸音的附加音,分为干啰音(支气管病变)和湿啰音(肺和支气管病变)。听觉语音减弱见于衰弱、支气管阻塞、肺气肿、胸水、气胸、胸膜胸壁增厚或水肿;增强见于肺实变、肺空洞、压迫性肺不张;性质改变有支气管语音、胸语音、羊鸣音、耳语音和胸耳语音。

4.肺的常见病变体征:肺实变体征有呼吸动度呈局限性减弱或消失;语颤增强;叩诊浊音;肺泡呼吸音消失,听到病理性支气管呼吸音、有响性湿啰音,听觉语音增强及支气管语音、胸语音或胸耳语音。肺气肿体征有桶状胸,气管居中,呼吸动度减弱或消失;语颤减弱;叩诊过清音,肺界下移,肺下界移动度减小;听诊呼吸音减弱。气胸体征有患侧胸廓饱满,肋间隙增宽,呼吸动度减弱或消失,气管被推向健侧;语颤减弱或消失;叩诊鼓音;听诊患侧呼吸音减弱或消失。肺不张体征有患侧胸廓凹陷,肋间隙变窄,气管拉向患侧;语颤减弱或消失;叩诊浊音或实音;听诊呼吸音减弱或消失。

命题考点9 心脏、血管检查

【历年真题纵览】

A1 型题

1.容易闻及二尖瓣杂音的体位是
  A.坐位
  B.立位
  C.平卧位
  D.右侧卧位
  E.左侧卧位
参考答案:E

2.下列哪种检查方法能准确判定二尖瓣狭窄的程度
  A.心电图检查
  B.胸部摄片
  C.胸CT扫描
  D.超声心动检查
  E.听诊
参考答案:D

3.在胸骨左缘第3、4肋间触及收缩期震颤,应考虑为
  A.主动脉瓣关闭不全
  B.室间隔缺损
  C.二尖瓣狭窄

  D.三尖瓣狭窄
  E.肺动脉瓣狭窄
参考答案:B

4.高血压性心脏病左心室增大,其心脏浊音界呈
  A.靴形
  B.梨形
  C.烧瓶形
  D.普大型
  E.心腰部凸出
参考答案:A

5.下列哪项提示左心功能不全
  A.脉搏强而大
  B.舒张早期奔马律
  C.奇脉
  D.脉搏过缓
  E.脉搏绝对不齐
参考答案:B

6.风湿性二尖瓣狭窄的特有体征是
  A.心尖部第一心音亢进
  B.心尖部舒张期隆隆样杂音
  C.心尖部收缩期吹风样杂音
  D.胸骨左缘第二肋间隙第二心音亢进伴分裂
  E.开瓣音
参考答案:B

7.下列哪项是心包积液所致的心脏浊音界改变情况
  A.心浊音界向左扩大
  B.心浊音界向右扩大
  C.心浊音界向两侧扩大
  D.心浊音界缩小
  E.心浊音界不变
参考答案:C

8.心包摩擦音通常在什么部位听诊最清楚
  A.心尖部
  B.心底部
  C.胸骨左缘第3、4肋间
  D.胸骨右缘第3、4肋间
  E.左侧腋前线第3、4肋间
参考答案:C

A2 型题

8.患者心悸、气短1年,劳累后加重。检查:脉搏80次/分,节律不规整,心率约110次/分,心律完全不规则,心音强弱绝对不一致。此患者心律失常的类型是

A. 窦性心律不齐

B. 窦性心动过速

C. 过早搏动

D. 心房纤维颤动

E. 室上性心动过速

参考答案:D

9.患者3年来经常心悸,气短。检查:心尖搏动稍向左下移位,心浊音界稍向左下扩大,心尖部听诊可闻及3/6级以上粗糙的收缩期吹风样杂音及舒张期隆隆样杂音。应首先考虑的是

A. 单纯二尖瓣狭窄

B. 单纯二尖瓣关闭不全

C. 二尖瓣狭窄及二尖瓣关闭不全

D. 主动脉瓣狭窄

E. 主动脉瓣关闭不全

参考答案:C

10.患者多食,大便每日2~3次。查体,血压140/60 mmHg,双眼突出,心律不齐,脉搏短绌。应首先考虑的是

A. 糖尿病合并缺血性心脏病

B. 风心病伴心房纤颤

C. 高血压性心脏病伴心房纤颤

D. 肺心病伴心房纤颤

E. 甲状腺功能亢进症伴心房纤颤

参考答案:E

B1 型题

11.

A. 脉搏短绌

B. 水冲脉

C. 奇脉

D. 颈静脉搏动

E. 交替脉

①主动脉瓣关闭不全,多表现为

②缩窄性心包炎,多表现为

参考答案:①B ②C

【考点评析】

1.心脏的大小:正常心尖搏动在第5肋间左锁骨中线内侧0.5~1.0 cm处,范围的直径为2.0~2.5 cm。正常心脏浊音界在2、3、4、5肋间,右侧心界到正中线的距离为2~3 cm,2~3 cm,3~4 cm;左侧心界到正中线的距离为2~3 cm,3.5~4.5 cm,5~6 cm,7~9 cm。心前区隆起见于小儿先心病或风心病见右室大者。

2.心脏杂音:杂音主要是由于血流由层流变为涡流所引起。杂音的特征包括最响部位、时期、性质、强度(SM 分6级)、传导方向、杂音与体位与呼吸与运动的关系。左房室瓣区的心尖部隆隆样舒张中晚期杂音,在左侧卧位时更明显,为左房室瓣狭窄,注意和奥-弗杂音区别,粗糙的吹风样收缩期杂音,常提示左房室瓣关闭不全;主动脉瓣区舒张期杂音为主动脉瓣关闭不全,收缩期杂音提示主动脉瓣狭窄;肺动脉瓣区舒张期杂音为肺动脉瓣关闭不全,记住格-斯杂音的概念,收缩期杂音提示肺动脉瓣狭窄;三尖瓣区舒张期杂音为三尖瓣狭窄,收缩期杂音提示三尖瓣关闭不全;胸骨左缘3、4肋间的 SM 粗糙、响亮、伴震颤提示室缺;连续性杂音见于动脉导管未闭,应和双期杂音区别;心包摩擦音收缩期及舒张期均可听到,以收缩期较明显,通常在胸骨左缘3、4肋间处较易听到,坐位稍前倾、深呼气后屏住呼吸时易于听到,见于心包炎。

3.血管征:视诊可见肝颈静脉回流征、毛细血管搏动征;触诊包括水冲脉、交替脉、重搏脉、奇脉;听诊可有枪击音、杜氏双重杂音;周围血管征包括点头运动、颈动脉搏动、毛细血管搏动征、水冲脉、枪击音、杜氏双重杂音,由脉压增大引起,常见于主动脉瓣关闭不全;水冲脉常见于主动脉瓣关闭不全、发热、甲亢、严重贫血、动脉导管未闭等;交替脉表示心肌损伤,见于左心功能不全、重度高血压、冠心病等;奇脉是心包填塞的重要体征之一,常见于心包积液和缩窄性心包炎。

命题考点10 腹部检查

【历年真题纵览】

A1 型题

1.下列哪项体征最能提示腹膜炎的存在

A. 肠鸣音减弱

B. 叩出移动性浊音

C. 腹部压痛

D. 腹部触及肿块

E. 反跳痛

参考答案:E

2.对脾脏肿大与腹腔肿块的鉴别最有意义的是

A. 质地

B. 活动度

C. 有无压痛

D. 有无切迹

E. 叩诊音的差异

参考答案:D

3. 空腹听诊出现震水音,可见于
   A. 肝硬化腹水
   B. 肾病综合征
   C. 结核性腹膜炎
   D. 幽门梗阻
   E. 急性肠炎
   参考答案:D

4. 腹部叩诊出现移动性浊音,应首先考虑的是
   A. 尿潴留
   B. 幽门梗阻
   C. 右心功能不全
   D. 巨大卵巢囊肿
   E. 急性胃炎
   参考答案:C

5. 门脉高压所致的腹壁静脉曲张,在下列哪个部位可闻及血管杂音
   A. 脐周
   B. 上腹部
   C. 下腹部
   D. 左侧腹部
   E. 右侧腹部
   参考答案:A

6. 仰卧位时,前腹壁与胸骨下端到耻骨联合的连线大致在同一水平面上,称为
   A. 腹部平坦
   B. 腹部饱满
   C. 腹部膨隆
   D. 腹部低平
   E. 腹部凹陷
   参考答案:A

7. 下列哪项不是腹水的表现
   A. 蛙状腹
   B. 移动性浊音
   C. 波动感
   D. 震水音
   E. 直立时下腹饱满
   参考答案:D

A2 型题

8. 患者,女,40岁。仰卧时腹部呈蛙状,侧卧时下侧腹部明显膨出。应首先考虑的是
   A. 胃肠胀气
   B. 腹腔积液
   C. 巨大卵巢囊肿
   D. 肥胖
   E. 子宫肌瘤
   参考答案:B

9. 患者腹部膨隆呈球形,转动体位时形状改变不明显。应首先考虑的是
   A. 肝硬化
   B. 右心功能不全
   C. 缩窄性心包炎
   D. 肾病综合征
   E. 肠麻痹
   参考答案:E

10. 患者反复呕吐隔餐食物。查体:消瘦,上腹部膨胀,并见胃型。应首先考虑的是
    A. 肝炎
    B. 肝硬化
    C. 胃炎
    D. 幽门梗阻
    E. 胆囊炎
    参考答案:D

11. 患者饱餐后上腹部持续疼痛1天。查体:上腹部压痛、反跳痛。应首先考虑的是
    A. 急性胃炎
    B. 急性胰腺炎
    C. 急性肝炎
    D. 右肾结石
    E. 肝癌
    参考答案:B

B1 型题

12.
    A. Murphy(莫菲征)阳性
    B. 麦氏点压痛
    C. Courvoisier(库瓦济埃征)阳性
    D. Courvoisier(库瓦济埃征)阴性
    E. 板状腹
    ①胰头癌引起梗阻性黄疸,可见
    ②急性胆囊炎,可见
    参考答案:①C ②A

【考点评析】
   腹部检查:体表划区有四区法和九区法,九区法较常用。腹部外形检查可见膨隆(全腹、局部)、凹陷(全腹、局部)、平坦。腹壁静脉曲张见于门静脉循环障碍或上下腔静脉回流受阻。蠕动波见于幽门梗阻或肠梗阻。腹壁紧张见于腹膜炎,板状腹见于弥漫性腹膜炎,揉面感见于结核性腹膜炎或某些癌性腹膜炎。压痛提示腹腔脏器炎症,反跳痛提示炎症波及腹膜。正常人触不到肝脏,即使触到多在肋缘下1 cm内。肝脏触诊应记录大小、质地、表面形态及边

缘、压痛、搏动。脾脏触诊掌握测量法:甲乙线、甲丙线、丁戊线,注意大小、形态、质地、表面形态、有无压痛和摩擦感。肾脏触诊注意大小、形态、硬度、表面形态、敏感性和移动度。肠蠕动音正常 4~5 次/分,肠鸣音有频繁(大于 10 次/分)和稀少(3~5 分钟 1 次)和消失;肠鸣音亢进为胃肠炎症,金属音为肠梗阻,无肠鸣音见于肠麻痹。若在空腹时或餐后 6~8 小时以上仍有震水音,则表示胃内有液体潴留,见于幽门梗阻、胃扩张和胃液分泌过多等。腹部血管杂音包括肾动脉狭窄、腹主动脉狭窄的杂音,及门脉高压患者脐周的静脉营营音。

命题考点 11　肛门、直肠检查

【历年真题纵览】

A1 型题

1. 肛门与直肠的检查,下列哪种体位是错误的
   A. 左侧卧位
   B. 俯卧位
   C. 蹲位
   D. 仰卧位或截石位
   E. 肘膝位

参考答案:B

【考点评析】

对肛门或直肠的触诊称为肛门指诊或直肠指诊。有剧烈触痛见于肛裂与感染;触痛并有波动感见于肛门、直肠周围脓肿;触及柔软光滑而有弹性包块见于直肠息肉;触及质地坚硬、表面凹凸不平的包块应考虑直肠癌。指诊后指套带有黏液、脓液或血液,说明存在炎症并有组织破坏。必要时,取出物应做涂片镜检或细菌培养。

命题考点 12　脊柱与四肢检查

【历年真题纵览】

A1 型题

1. 下列脊椎病变,除哪项外,脊椎叩痛常为阳性
   A. 脊椎结核
   B. 棘间韧带损伤
   C. 骨折
   D. 骨质增生
   E. 椎间盘脱出

参考答案:D

A2 型题

2. 患者,男,58 岁。腰痛,腰部活动受限。检查:脊柱叩击痛,坐骨神经刺激征(+)。应首先考虑的是
   A. 腰肌劳损
   B. 脑膜炎
   C. 蛛网膜下腔出血
   D. 腰椎间盘突出
   E. 肾下垂

参考答案:D

B1 型题

3.
   A. 指关节梭状畸形
   B. 杵状指
   C. 匙状甲
   D. 浮髌现象
   E. 肢端肥大

① 支气管扩张常表现为
② 类风湿性关节炎常表现为

参考答案:①B　②A

【考点评析】

1. 脊柱弯曲度

(1)生理弯曲度:正常人直立时,从侧面观察有"S"状的 4 个生理弯曲,即颈段稍向前凸,胸段稍向后凸,腰段明显向前凸,骶段明显向后凸。从后面观察脊柱有无侧弯。

(2)病理性变形:常见有脊柱后凸、脊柱前凸和脊柱侧凸。

2. 脊柱叩击痛有两种检查法。①直接叩诊法:患者取坐位,医师用手指或叩诊锤直接叩击各个脊柱棘突,了解患者是否有叩击痛。多用于检查胸、腰段。②间接叩诊法:患者取坐位,医师将左手掌置于患者头顶部,右手半握拳,以小鱼际肌部位叩击左手背,了解患者的脊柱是否有疼痛。

命题考点 13　神经系统查体

【历年真题纵览】

A1 型题

1. 中枢性瘫痪的特点是
   A. 肌张力降低
   B. 腱反射减弱

C. 浅反射消失

D. 不出现病理反射

E. 肌张力增强

参考答案:E

2. 颈髓病变时会出现上肢锥体束征,也称为

A. Gordon(戈登)征

B. Hoffmann(霍夫曼)征

C. Chaddock(查多克)征

D. Babinski(巴彬斯基)征

E. Oppenheim(奥本海姆)征

参考答案:B

3. 上肢锥体束征是指

A. Babinski(巴彬斯基)征

B. Oppenheim(奥本海姆)征

C. Gordon(戈登)征

D. Hoffmann(霍夫曼)征

E. Chaddock(查多克)征

参考答案:D

【考点评析】

神经系统检查:中枢性面神经麻痹:核上病变为中枢性面瘫,表现为病变对侧颜面下部肌肉麻痹,鼻唇沟变浅,不能鼓腮,口歪向病侧,见于脑血管病变、肿瘤和炎症。周围性面神经麻痹:核下病变为周围性面瘫,表现为同侧颜面肌肉麻痹,眼裂增大,不能皱眉闭目,不能皱额,鼻唇沟变浅,不能鼓腮,口歪向健侧。感觉障碍类型分为末梢型、神经根型、脊髓横贯型、内囊型、脑干型、皮质型。运动功能分级为肌力(分 0~5 六级)减退、肌张力的弛缓和增强、不随意运动和共济失调检查。中枢性瘫痪病变在上神经元,表现为肌张力增强,无肌萎缩,反射增强或亢进,有病理反射。周围性瘫痪病变在下神经元,表现为肌张力减弱或消失,有肌萎缩,反射减弱或消失,无病理反射。浅反射包括角膜反射、腹壁反射、提睾反射;深反射包括肱二、三头肌反射,桡骨骨膜反射,膝腱反射,跟腱反射,阵挛,均属于牵张反射。锥体束征包括 Babinski(巴彬斯基)征、Oppenheim(奥本海姆)征、Gordon(戈登)征、Chaddock(查多克)征、Hoffmann(霍夫曼)征,为上运动神经元损害出现的原始反射。脑膜刺激征包括颈强直、Kernig(克匿格)征、Brudzinski(布鲁金斯基)征。

第四单元　实验室诊断

命题考点1　血液的一般检查

【历年真题纵览】

A1 型题

1. 血白细胞总数增多,可见于

A. 伤寒杆菌感染

B. 再生障碍性贫血

C. 急性失血

D. 使用氯霉素的影响

E. 脾功能亢进

参考答案:C

2. 单核细胞增多不常见于

A. 细菌感染

B. 感染性心内膜炎

C. 活动性结核病

D. 疟疾及急性感染的恢复期

E. 单核细胞白血病

参考答案:A

3. 下列除哪项外,常可出现血沉明显增快

A. 风湿病的病情趋于静止时

B. 亚急性细菌性(感染性)心内膜炎

C. 重度贫血

D. 心肌梗死

E. 多发性脊髓瘤

参考答案:A

4. 患者食欲和记忆力减退。检查:眼睑苍白,血红细胞、白细胞和血小板均减少。应首先考虑的是

A. 再生障碍性贫血

B. 缺铁性贫血

C. 溶血性贫血

D. 失血性贫血

E. 巨幼红细胞性贫血

参考答案:A

【考点评析】

1. 血细胞检查:血红蛋白正常值男性为 120~160 g/L,女性为 110~150 g/L,增多与减少意义与红细胞相同,对鉴别贫血的性质有意义。红细胞正常值男性为 $(4.0~5.5)\times10^{12}$/L, 女性为 $(3.5~5.0)\times10^{12}$/L,增多见于血液浓缩、组织缺氧、真性红

细胞增多症,减少见于各种原因的贫血。白细胞正常值为$(4.0 \sim 10) \times 10^9/L$,低于$4.0 \times 10^9/L$为白细胞减少,高于$10 \times 10^9/L$为增多,分为中性粒细胞、嗜酸性细胞、嗜碱性细胞、淋巴细胞、单核细胞,意义均很重要。血小板正常值$(100 \sim 300) \times 10^9/L$,减少见于血小板减少性紫癜、再障、白血病、脾亢、理化损伤,增多见于原发性血小板增多症、脾切除术后。

2. 网织红细胞正常值$0.5\% \sim 1.5\%$,绝对值$(24 \sim 84) \times 10^9/L$,用来反映骨髓造血功能状态和贫血疗效观察。

3. 血沉正常值男性为$0 \sim 15$ mm/h,女性为$0 \sim 20$ mm/h,血沉增快的原因为血液中含正电荷物质增多,如免疫球蛋白增多;含负电荷物质减少,如贫血和白蛋白降低。

4. 骨髓细胞学检查粒、红比值正常,见于正常骨髓象,或骨髓病变未累及粒、红两系,如原发性血小板减少性紫癜,或粒、红两系平行减少,如再生障碍性贫血。缺铁性贫血红系减少;急性溶血性贫血红系增生;急性化脓菌感染和慢性粒细胞性白血病粒系增生。

命题考点2　血栓与止血检查

【历年真题纵览】

A1 型题

1. 下列为 DIC 实验室检查,哪一项是错误的
   A. PLT $< 100 \times 10^9/L$
   B. PT 比正常对照延长 3 秒以上
   C. 纤维蛋白原 < 2 g/L
   D. 血清纤维蛋白降解产物(FDP)减少
   E. 血片中破碎细胞增多

参考答案:D

【考点评析】

1. 出血时间(BT)测定临床意义:出血时间延长见于:①血小板显著减少,如原发性及继发性血小板减少性紫癜。②血小板功能不良,如血小板无力症、巨大血小板综合征。③毛细血管壁异常,如维生素C缺乏症、遗传性出血性毛细血管扩张症。④某些凝血因子严重缺乏,如血管性血友病。

2. 血小板计数临床意义:血小板数低于$100 \times 10^9/L$为血小板减少,见于再生障碍性贫血、急性白血病、原发性血小板减少性紫癜、脾功能亢进等。血小板数高于$400 \times 10^9/L$为血小板增多。血小板反

应性增多见于脾摘除术后、急性大失血及溶血之后。原发性增多见于真性红细胞增多症、原发性血小板增多症、慢性粒细胞性白血病等。

3. 血小板黏附试验临床意义:血小板黏附率增高见于血栓前状态和血栓性疾病,如心肌梗死、心绞痛、脑血管病变、糖尿病、动脉粥样硬化等。血小板黏附率降低见于血管性血友病、血小板无力症、尿毒症、骨髓增生异常综合征、急性白血病和系统性红斑狼疮等。

4. 凝血时间(CT)测定临床意义:凝血时间延长见于血浆Ⅷ、Ⅸ、Ⅺ因子严重减少(重症 A、B 型血友病,遗传性因子Ⅺ缺乏症),也可见于凝血酶原严重减少(先天性凝血酶原缺乏症),纤维蛋白原严重减少(先天性纤维蛋白原缺乏症),DIC 后期继发纤溶亢进时。凝血时间缩短见于血液呈高凝状态时,如DIC 早期、脑血栓形成或心肌梗死。

命题考点3　骨髓检查

【历年真题纵览】

A1 型题

1. 鉴别急性粒细胞白血病和再生障碍性贫血的主要检查是
   A. 外周血中全血细胞减少
   B. 外周血中找有核红细胞
   C. 外周血中找有核白细胞
   D. 骨髓象和骨髓活检
   E. 染色体检查

参考答案:D

2. 在骨髓细胞学检查中,粒红比值正常可见于哪种病变
   A. 多发性骨髓瘤
   B. 缺铁性贫血
   C. 急性化脓菌感染
   D. 急性溶血性贫血
   E. 慢性粒细胞性白血病

参考答案:A

【考点评析】

骨髓细胞学检查的临床意义:

1. 诊断造血系统疾病:最有价值。①对各型白血病、恶性组织细胞病、巨幼细胞贫血、再生障碍性贫血、多发性骨髓瘤、原发性血小板减少性紫癜、典型的缺铁性贫血等具有决定性诊断意义。②对增生

性贫血(如溶血性贫血)、粒细胞缺乏症、骨髓增生异常综合征(MDS)、骨髓增殖性疾病、类白血病反应等,具有重要诊断价值。

2.诊断其他非造血系统疾病。

3.鉴别诊断的应用:凡临床上遇到原因不明的发热、恶病质,原因不明的肝、脾、淋巴结肿大等,均可做骨髓细胞学检查,有助于诊断及鉴别。

命题考点4　肝脏病常用的实验室检查

【历年真题纵览】

A1 型题

1.血清总胆红素、结合胆红素、非结合胆红素均中度增加,可见于

A.蚕豆病

B.胆石症

C.珠蛋白生成障碍性贫血

D.急性黄疸性肝炎

E.胰头癌

参考答案:D

2.下列关于溶血性黄疸的叙述,正确的是

A.直接迅速反应阳性

B.尿中结合胆红素阴性

C.血中非结合胆红素不增加

D.尿胆原阴性

E.大便呈灰白色

参考答案:B

A2 型题

3.某男,35 岁。乙肝病毒标志物监测结果为:HBsAg(+),HBeAg(-),说明此人

A.具有传染性

B.具有免疫力

C.病情比较稳定

D.乙型肝炎恢复期

E.乙型肝炎痊愈期

参考答案:A

B1 型题

4.

A.HBsAg(+)

B.抗-HBs (+)

C.HBeAg(+)

D.抗-HBc (+)

E.抗-HBe (+)

①作为机体获得对 HBV 免疫力及乙型肝炎患者痊愈的指标是

②HBV 感染进入后期与传染减低的指标是

参考答案:①B　②E

【考点评析】

1.蛋白质代谢检查

(1)血清总蛋白和白蛋白/球蛋白(A/G)比值测定临床意义

肝脏疾病:肝炎、肝硬化、肝癌等慢性肝病常出现白蛋白减少、球蛋白增加、A/G 比值减低。A/G 比值倒置(A/G<1)见于肝功能严重损害。

肝外因素:①低蛋白血症:见于蛋白质摄入不足或消化不良;蛋白质丢失过多,如肾病综合征、大面积烧伤等;消耗增加,如恶性肿瘤、甲状腺功能亢进症、重症结核等。②高蛋白血症:见于肝硬化、恶性淋巴瘤、慢性炎症、自身免疫性疾病、浆细胞病等。

(2)血清蛋白电泳临床意义

肝脏疾病:慢性肝炎、肝硬化表现更明显。

其他疾病:①肾病综合征、糖尿病肾病由于血脂增高;②浆细胞病(如多发性骨髓瘤、原发性巨球蛋白血症等),白蛋白轻度降低,γ 球蛋白明显升高。

(3)血氨测定　血氨升高见于:①严重肝脏损害,如重型肝炎、肝硬化、肝癌等疾病。血氨升高是诊断肝性脑病的依据之一。②肝外因素,如上消化道大出血、休克、尿毒症等。

2.胆红素代谢检查:胆红素升高见于溶血性黄疸、阻塞性黄疸、肝细胞性黄疸。

3.肝脏病常用的血清酶学检查

(1)血清氨基转移酶测定的临床意义:转氨酶升高见于①肝脏疾病:急性病毒性肝炎;慢性病毒性肝炎;肝硬化;肝内外胆汁淤积、酒精性肝病、药物性肝炎、脂肪肝、肝癌等非病毒性肝病。②心肌梗死。

(2)碱性磷酸酶(ALP)临床意义:ALP 增高见于:①胆道阻塞:各种肝内外胆管阻塞性疾病;②急、慢性肝炎;③肝胆系统以外疾病如纤维性骨炎、佝偻病、骨软化症、成骨细胞瘤等。

(3)γ - 谷氨酰转移酶(γ - GT)临床意义:增高见于:①肝癌;②胆道阻塞;③肝脏疾病:急性肝炎、慢性肝炎、肝硬化的非活动期。

4.乙型肝炎病毒标志物检测:HBsAg 阳性是感染 HBV 指标,或为病人,或为 HBsAg 携带者。抗 HBs 阳性表明曾感染过 HBV,病毒多已清除。HBeAg 阳性是病毒复制的指标。抗 HBe 阳性是反映 HBV 感染进入后期与传染减低的指标。HBcAg 阳性表示体内 HBV 在复制。抗 HBc 阳性反映 HBV 感染、复制。

命题考点 5　肾功能检查

【历年真题纵览】

A1 型题

1.下列关于血尿素氮的改变及临床意义的叙述,正确的是

A.上消化道出血时,血尿素氮减少

B.大面积烧伤时,血尿素氮减少

C.严重的肾盂肾炎,血尿素氮减少

D.血尿素氮对早期肾功能损害的敏感性差

E.血尿素氮对早期肾功能损害的敏感性强

参考答案:D

2.下列关于内生肌酐清除率的叙述,正确的是

A.肾功能严重损害时,开始升高

B.高于 80 ml/min 提示预后不良

C.肾功能损害愈重,其清除率愈低

D.肾功能损害愈重,其清除率愈高

E.其测定与肾功能损害程度无关

参考答案:C

【考点评析】

肾功能检查:内生肌酐清除率降低可由于急性、慢性肾小球损害,肾血流减少等,异常较 BUN、Cr 早;另外,也作为肾小球滤过功能损害的观测,肾功能不全代偿期 Ccr 在 50~80 ml/min,肾功能损害愈重,其清除率愈低。血肌酐反映肾小球滤过功能,比 BUN、尿酸准确。尿素氮增高见于:①器质性肾功能损害,但属于急性肾衰竭肾功能轻度受损;②肾前性少尿;③蛋白质分解或摄入过多。二氧化碳结合力为血浆中结合状态的二氧化碳的量,间接反映体内 $NaHCO_3$ 的量,增加为碱中毒,降低为酸中毒。浓缩稀释试验测定肾小管的重吸收功能。

命题考点 6　常用生化检查

【历年真题纵览】

A1 型题

1.考虑诊断糖尿病,空腹血糖应≥

A.6.0 mmol/l

B.6.8 mmol/l

C.7.0 mmol/l

D.7.8 mmol/l

E.11.1 mmol/l

参考答案:C

2.血清甘油三酯(TG)增高不常见于

A.冠心病

B.动脉硬化症

C.阻塞性黄疸

D.肾病综合征

E.甲状腺功能亢进症

参考答案:E

3.下列除哪项外,均可引起血清钾增高

A.急、慢性肾功能衰竭

B.静脉滴注大量钾盐

C.严重溶血

D.代谢性酸中毒

E.代谢性碱中毒

参考答案:E

【考点评析】

1.血糖测定临床意义血糖升高:①糖尿病。②其他内分泌疾病:如甲状腺功能亢进症、嗜铬细胞瘤、肾上腺皮质功能亢进等。③应激性高血糖:如颅内高压。血糖降低:如胰岛细胞瘤或腺癌、胰岛素注射过量等;缺乏抗胰岛素的激素,如生长激素、甲状腺激素、肾上腺皮质激素等。

2.脂质和脂蛋白检查包括

(1)血清总胆固醇(TC)测定临床意义:TC 增高是冠心病的危险因素之一,高 TC 者动脉硬化、冠心病的发生率较高。Tc 升高还见于甲状腺功能减退症、糖尿病、肾病综合征、胆总管阻塞、长期高脂饮食等。降低见于重症肝脏疾病如急性重型肝炎、肝硬化等。

(2)血清甘油三酯(TG)测定:增高常见于冠心病、原发性高脂血症、动脉硬化症、肥胖症、阻塞性黄疸、糖尿病、肾病综合征等。降低见于甲状腺功能亢进症、肾上腺皮质功能减退或肝功能严重低下等。

(3)血清脂蛋白及载脂蛋白测定。

3.血清钾测定

血清钾增高见于:①肾脏排钾减少,如急、慢性肾功能不全及肾上腺皮质功能减退等。②摄入或注射大量钾盐,超过肾脏排钾能力。③严重溶血或组织损伤。④组织缺氧或代谢性酸中毒时大量细胞内的钾转移至细胞外。

血清钾降低见于:①钾盐摄入不足,如长期低钾饮食、禁食或厌食等。②钾丢失过多,如严重呕吐、腹泻或胃肠减压,应用排钾利尿剂及肾上腺皮质激素。

命题考点7 酶学检查

【历年真题纵览】

A1 型题

1. 对诊断急性胰腺炎最有价值的血清酶检查是
   A. 谷草转氨酶
   B. 淀粉酶
   C. 碱性磷酸酶
   D. 谷丙转氨酶
   E. 乳酸脱氢酶

参考答案:B

2. 对心肌缺血与心内膜下梗死的鉴别最有意义的是
   A. 淀粉酶
   B. 血清转氨酶
   C. γ-谷氨酰基转肽酶
   D. 肌酸磷酸激酶
   E. 血清碱性磷酸酶

参考答案:D

B1 型题

3.
   A. 淀粉酶
   B. 血清转氨酶
   C. γ-谷氨酰基转肽酶
   D. 血清碱性磷酸酶
   E. 肌酸磷酸激酶

①对诊断骨质疏松最有意义的是
②对诊断心肌梗死最有意义的是

参考答案:①D ②E

【考点评析】

血清酶检查:心肌酶检查中 CK-MB 对心肌损害有特异性,其他还有 CK、AST、LDH1。CK-MB 在心梗后 4~6 小时开始显著升高,24 小时达高峰,3~4 日恢复正常,其升高幅度比 AST 和 LDH 都大。血清淀粉酶异常多见于胰腺炎等,起病后 6~12 小时开始升高,12~24 小时达高峰,2~5 日后恢复正常。超过 5 000 U/L 即有诊断价值。血清碱性磷酸酶在骨骼、肝脏中含量较多,当骨骼或肝脏发生病变可使其含量变异。肌酸磷酸激酶主要分布于骨骼肌和心肌。

命题考点8 免疫学检查

【历年真题纵览】

A1 型题

1. 对诊断系统性红斑狼疮最有意义的检查是
   A. 免疫球蛋白测定
   B. 抗核抗体
   C. 总补体溶血活力测定
   D. E 玫瑰花试验
   E. 淋巴细胞转化试验

参考答案:B

2. 以下有关类风湿因子 RF 的描述,哪一项是错误的
   A. RF 为一种抗自身变性 IgG 的抗体
   B. 主要用于风湿性疾病的疗效观察
   C. SLE 可呈阳性
   D. RF 可用胶乳凝集试验检测
   E. 类风湿性关节炎患者 RF 阳性率较高

参考答案:B

3. 诊断原发性肝细胞癌最特异的标志物是
   A. CEA
   B. AFP
   C. CA125
   D. CA15-3
   E. PSA

参考答案:B

【考点评析】

1. 免疫学指标:抗链球菌溶血素"O"检查反映近期有无溶血性链球菌感染。类风湿因子为一种抗自身变性 IgG 的抗体,并非类风湿性关节炎患者特有。肥达反应检测伤寒或副伤寒。抗核抗体阳性为 SLE,核荧光图型呈膜型或滴度达 1:160 以上者对 SLE 有确诊价值。抗双股 DNA 抗体阳性为 SLE 活动性的标志。

2. 肿瘤标志物检测

（1）血清甲胎蛋白（AFP）测定是目前诊断原发性肝细胞癌最特异的标志物。

（2）癌胚抗原（CEA）测定:升高主要见于结肠癌、胃癌、胰腺癌等。动态观察 CEA 浓度。

（3）癌抗原 125（CA125）测定对诊断卵巢癌有较大临床价值。

（4）癌抗原 15-3（CA15-3）测定:乳腺癌时

30%～50%的患者可见 CA15－3 明显升高,但在早期乳腺癌时,其阳性率仅为 20%～30%。乳腺癌治疗后复发及乳腺癌转移后阳性率可达 80%。

(5)前列腺特异抗原(PSA)测定:90%～97%的前列腺癌患者血清 PSA 明显升高,已被广泛应用于前列腺癌的早期诊断及判断有无复发与转移。

命题考点9　尿液检查

【历年真题纵览】

A1 型题

1. 正常成年人每日尿量为

　　A. 800～1 000 ml

　　B. 1 000～1 500 ml

　　C. 1 500～1 900 ml

　　D. 1 900～2 000 ml

　　E. 2 000～2 500 ml

参考答案:B

2. 病理性蛋白尿可见于

　　A. 剧烈活动后

　　B. 严重受寒

　　C. 直立性蛋白尿

　　D. 妊娠中毒

　　E. 以上均非

参考答案:D

3. 下列检查结果中,最能反映慢性肾炎患者肾实质严重损害的是

　　A. 尿蛋白明显增多

　　B. 尿中白细胞明显增多

　　C. 尿中红细胞明显增多

　　D. 尿中出现管型

　　E. 尿比重固定于 1.010 左右

参考答案:E

B1 型题

4.

　　A. 红细胞管型

　　B. 白细胞管型

　　C. 上皮细胞管型

　　D. 透明管型

　　E. 蜡样管型

①正常人尿中可以偶见的管型是

②主要见于肾盂肾炎的管型是

参考答案:①D　②B

【考点评析】

尿液检查包括尿量、颜色、透明度、比重等一般性状检查,还有尿蛋白、酮体、尿糖等化学检查,还有细胞、管型等显微镜检查。生理性蛋白尿又称功能性蛋白尿,见于高蛋白饮食、妊娠、剧烈运动、长期直立体位、精神波动、受寒等,多为暂时性;病理性蛋白尿多呈持续性。透明管型偶可见于健康人清晨浓缩尿中,在肾实质病如肾小球肾炎时可明显增多;白细胞管型表示肾实质有炎症变化,主要见于肾盂肾炎、间质性肾炎等。尿比重固定在 1.010 左右,称为等张尿,见于肾实质已有严重损害的慢性肾炎。

命题考点10　粪便检查

【历年真题纵览】

A1 型题

1. 粪便中查到巨噬细胞,多见于

　　A. 阿米巴痢疾

　　B. 细菌性痢疾

　　C. 急性胃肠炎

　　D. 血吸虫病

　　E. 霍乱

参考答案:B

【考点评析】

粪便检查有细胞检查和隐血试验。粪中巨噬细胞多见于细菌性痢疾。

命题考点11　痰液检查

【历年真题纵览】

A1 型题

1. 痰镜检查到色素细胞最常见于

　　A. 心衰引起肺淤血

　　B. 肺包囊虫病

　　C. 阿米巴肺脓疡

　　D. 支气管哮喘

　　E. 以上都不是

参考答案:A

【考点评析】

痰液检查一般包括一般性状检查、显微镜检查、病原体培养。

命题考点 12　浆膜腔穿刺液检查

【历年真题纵览】

A1 型题

1. 不符合渗出液者为

   A. 穿刺液自凝

   B. 呈现不同颜色或混浊

   C. 比重 > 1.018

   D. Rivalta 试验(-)

   E. 细胞数 > 500 × 10⁶/L

参考答案:D

【考点评析】

漏出液与渗出液的鉴别要点

鉴别点	漏出液	渗出液
原因	非炎症所致	炎症、肿瘤或物理、化学刺激
外观	淡黄,浆液性	不定,可为黄色、脓性、血性、乳糜性
透明度	透明或微浑	多浑浊
比重	<1.018	>1.018
凝固	不自凝	能自凝
黏蛋白定性	阴性	阳性
蛋白质定量	25 g/L 以下	30 g/L 以上
葡萄糖定量	与血糖相近	常低于血糖水平
细胞计数	常 <100 × 10⁶/L	常 >500 × 10⁶/L
细胞分类	以淋巴、间皮细胞为主	不同病因,分别以中性粒细胞或淋巴细胞为主
细菌检查	阴性	可找到致病菌
细胞学检查	阴性	可找到肿瘤细胞

命题考点 13　脑脊液检查

【历年真题纵览】

A1 型题

1. 患者脑脊液检查结果:蛋白质定性(+++),定量 10 g/L。氯化物为 100 mmol/L,葡萄糖为 2.0 mmol/L,可能的诊断是

   A. 流行性乙型脑炎

   B. 化脓性脑膜炎

   C. 病毒性脑膜炎

   D. 脑膜白血病

   E. 结核性脑膜炎

参考答案:B

【考点评析】

1. 脑脊液检查适应证:①有脑膜刺激症状需明确诊断者;②疑有颅内出血;③有剧烈头痛、昏迷抽搐及瘫痪等表现而原因未明者;④中枢神经系统疾病需椎管内给药者。禁忌证:若颅内压明显增高或伴显著视乳头水肿者,则禁忌穿刺,以免发生脑疝。

2. 化脓性脑膜炎多压力显著增高,外观浑浊,蛋白质定量显著增加,葡萄糖明显减少,可发现致病菌。结核性脑膜炎多压力增高,外观微浑浊,氯化物明显减少,抗酸染色可找到结核杆菌。病毒性脑炎压力稍增高,外观清晰或微浊。蛛网膜下腔出血外观以血性为主。

第五单元　心电图诊断

【历年真题纵览】

A1 型题

1. 反映左、右心房电激动过程的是

   A. P 波

   B. P - R 段

   C. QRS 波群

   D. ST 段

   E. T 波

参考答案:A

2. 心绞痛发作时,心电图的常见改变是

   A. P 波高尖

   B. 异常 Q 波

   C. ST 段水平压低 0.1 mV 以上

   D. 完全性右束支传导阻滞

   E. P - R 间期延长

参考答案:C

3. 前间壁心肌梗死特征性心电图改变,见于

   A. V3、V4、V5

   B. V1、V2、V3、V4、V5

   C. V1、V2、V3

   D. V5、Ⅰ、aVL

   E. Ⅱ、Ⅲ、aVF

参考答案:C

A2 型题

4. 患者,男,55 岁。慢性冠状动脉供血不足。其心电图诊断之一为"Ⅰ度房室传导阻滞(房室传导延缓)"。其心电图的表现应为

A. P 波增宽

B. P－R 间期延长

C. QRS 波群时限延长

D. ST 段延长

E. Q－T 间期延长

参考答案:B

5.患者,男,45 岁。心悸 10 天,心电图示多个导联提前出现的宽大畸形 QRS 波群,其前无相关 P 波,其后 T 波与 QRS 波群主波方向相反,代偿间歇完全。其诊断是

A.房性早搏

B.房室交界性早搏

C.室性早搏

D.房室传导阻滞

E.室内传导阻滞

参考答案:C

6.患者,男,70 岁。急性心肌梗死,突发昏厥,心电图电活动无可辨认的 QRS 波群、ST 段及 T 波,频率 400～450 次/分。其诊断是

A.心房纤颤

B.窦性停搏

C.室性心动过速

D.心室扑动

E.心室颤动

参考答案:E

B1 型题

7.

A. P 波

B. QRS 波群

C. ST 段

D. T 波

E. QT 间期

①代表心室除极和复极总时间的是

②代表心房除极波形的是

参考答案:①E ②A

8.

A. ST 段下移

B. ST 段明显上抬,呈弓背向上的单向曲线

C. T 波高耸

D. T 波倒置

E. 异常深而宽的 Q 波

①心肌损伤的心电图改变是

②心肌坏死的心电图改变是

参考答案:①B ②E

【考点评析】

1.心电图导联的位置:肢导连接红 R(右手)、黄 L(左手)、绿 F(左足)、黑 F(右足);肢导电轴 RL 为 I 导、LF 为 II 导、RF 为 III 导。V1 位于胸骨右缘第 4 肋间;V2 位于胸骨左缘第 4 肋间;V3 位于 V2、V4 连线中点;V4 位于左锁骨中线与第 5 肋间交叉;V5 位于 V4 水平线与左腋前线交叉;V6 位于 V4 水平线与左腋中线交叉。

2.心电图各波段的临床意义:P 波代表左、右心房去极时的电位和时间的变化;PR 间期代表房室延隔;QRS 波群代表左、右心室去极过程电位和时间的变化;T 波代表心室快速复极时的电位改变。

3.心肌梗死的心电图表现及定位诊断:前间壁为 V1、V2、V3 导联;前壁心梗为 V3、V4、V5 导联;广泛前壁为 V1、V2、V3、V4、V5 导联;侧壁心梗为 V5、I、aVL 导联;下壁心梗为 II、III、aVF 导联。

第六单元　影像诊断

命题考点1　超声诊断

【历年真题纵览】

A1 型题

1.对腹部实质性脏器病变,最简便易行的检查方法是

A. X 线摄片

B. CT 扫描

C. 同位素扫描

D. B 型超声波检查

E. 纤维内窥镜检查

参考答案:D

2.对二尖瓣狭窄程度的判定最有价值的是

A. 听诊

B. 胸部 X 线摄片

C. 心电图检查

D. 胸部 CT 扫描

E. 二维超声心动图检查

参考答案:E

【考点评析】

超声检查的主要用途之一便是检测实质性脏器的大小、形态、边界及脏器内部回声;另外还可以检测某些囊性器官的形态、走向及功能状态,检测心

脏、大血管和外周血管的结构、功能及血流动力学状态等。二维超声心动图检查可观察心脏形态,各房室大小,瓣膜形态、动度,房室间隔缺损等,对二尖瓣狭窄程度的判定最有价值。

1.下列除哪项外,均可选择胸部 X 线检查进行鉴别

 A.胸腔积液是血性或脓性

 B.大叶性肺炎或支气管肺炎

 C.气胸或肺大泡

 D.肺不张或肺实变

 E.肺脓肿或肺肿瘤

参考答案:A

2.急性胃穿孔应选用的检查方法是

 A.立位腹部平片和透视

 B.腹部 B 超

 C.上消化道钡剂造影

 D.腹部 CT 检查

 E.腹部 MRI 检查

参考答案:A

3.某肺叶发生肺不张时,典型的 X 线表现是

 A.中等密度,边界不清的云絮状阴影

 B.密度增高,边缘清楚,呈散在小花朵状阴影

 C.密度增高,边缘锐利的粗乱的线条状阴影

 D.斑点状或小块状密度甚高的致密阴影

 E.三角形密度均匀增高的片状阴影

参考答案:E

4.肺动脉高压早期的 X 线表现是

 A.双肺纹理增多

 B.双肺透亮度增加

 C.右下肺动脉主干增宽

 D.右心房肥大

 E.右心室肥厚、扩张

参考答案:C

5.龛影的主要 X 线表现是

 A.圆形钡斑

 B.钡斑周围环绕透明带

 C.胃黏膜溃烂

 D.向腔外突出的钡斑阴影

 E.胃壁僵直

参考答案:D

6.逆行肾盂造影显示肾小盏杯口呈虫蚀状改变,杯口附近肾实质内有团块状造影剂与杯口相连是

 A.肾结石

 B.肾实质肿瘤

 C.肾盂肿瘤

 D.肾脓肿

 E.肾结核

参考答案:E

7.诊断脑出血最迅速最可靠的检查是

 A.脑脊液检查

 B.脑电图检查

 C.脑超声波检查

 D.CT 扫描

 E.脑血管造影

参考答案:D

A2 型题

8.患者,男,60 岁。脑溢血后长期卧床,2 天前出现发热、咳嗽、呼吸困难等症状,胸透见两肺下叶有多数散在边缘不清小灶阴影。应首先考虑的是

 A.大叶性肺炎

 B.干酪样肺炎

 C.间质性肺炎

 D.转移性肿瘤

 E.小叶性肺炎

参考答案:E

B1 型题

9.

 A.肺大泡

 B.肺脓肿

 C.浸润型肺结核空洞形成

 D.慢性纤维空洞型肺结核

 E.周围型肺癌空洞形成

 ①X 线下见右上肺有多发的厚壁空洞,周围有较广泛的纤维条索影。应首先考虑的是

 ②X 线下见右下肺出现大片的浓密阴影,其内见一个含有液平面的圆形空洞,洞内壁光整,洞壁较厚。应首先考虑的是

参考答案:①D　②B

10.

 A.骨质疏松

 B.骨质软化

 C.骨质破坏

 D.骨质增生硬化

 E.骨膜增生

 ①局限性骨质密度减低,骨小梁消失,形成骨质

缺损是

②脊柱骨质密度减低,骨小梁减少,间隙增宽,椎体上、下缘向内凹陷变扁,呈鱼脊椎样是

参考答案:①C ②B

【考点评析】

1. 多种疾病可累及胸膜产生胸腔积液,X 线检查能明确积液的存在,但难以区别液体的性质。肺不张 X 线表现由于部位和程度不同,而呈片状或三角形的均匀的密度增高阴影,患肺体积缩小,常伴有叶间裂、肺门或纵隔移向患区或膈升高。龛影是溃疡的直接 X 线征象,为向腔外突出的钡斑阴影。

2. 肺动脉高压常表现为:右下肺动脉干扩张,肺动脉段中度凸出或其高度≥3 mm,中心肺动脉扩张和外周分支纤细,两者形成鲜明对比,圆锥部显著凸出或锥高≥7 mm。

3. 肾结核造影时可以看到肾功能障碍,肾小盏破坏,溃疡空洞,肾盂积水,输尿管狭窄及膀胱改变。肾小盏末端失去正常杯口外形,边缘模糊不整齐,呈虫蚀样破坏,造影剂充盈在病变小盏附近空洞内,表现为边缘模糊、轮廓不规则的团块状阴影。

4. 小叶性肺炎多见于幼儿、老人或极度衰弱的人,表现为发热、咳嗽、咳痰,可有发绀及呼吸困难等,X 线表现多见于两肺下野,肺纹理增多、增粗和模糊,见斑片状模糊致密影,密度不均。

5. 慢性肺脓肿 X 线表现为密度不均、排列紊乱的索条状及斑片状影,伴有圆形、椭圆形或不规则的厚壁空洞,内外壁边缘清楚,有或无液面。浸润型肺结核空洞形成,结核空洞可单发或多发,多为薄壁光滑的圆形或椭圆形囊状透光区,其间很少有液平面。慢性纤维空洞型肺结核两肺上部有多发的厚壁的慢性纤维病变及空洞,轮廓大多不甚光整规则,周围有较广泛的纤维索条影和散在的新老病灶。

6. 骨质疏松表现为骨质密度减低,骨小梁稀疏、粗糙,网状结构空隙增大,骨皮质变薄。

命题考点3 放射性核素诊断

【历年真题纵览】

A1 型题

1. 下列关于甲状腺功能亢进症的叙述,正确的是

A. T_4、T_3 均增高时,才能诊断

B. T_4、T_3 均降低时,才能诊断

C. 仅有 T_3 增高也可诊断

D. T_3 增高时,T_4 则降低

E. 以上均非

参考答案:C

2. 反映甲状腺功能状态的最好指标是

A. 血浆总 T_3、T_4 浓度

B. 血浆结合型 T_3、T_4 浓度

C. 血浆 FT_3 浓度

D. 血浆游离甲状腺素浓度

E. 血浆甲状腺素结合能力

参考答案:D

【考点评析】

血液中的 T_3、T_4 有两种形式存在,一种是与蛋白质结合,为结合型 T_3、T_4,一种呈游离状态,即游离型 T_3、T_4,游离型和结合型之和为血清总 T_3、T_4。结合型只有转变成游离型才能进入细胞发挥其生理作用,故测定游离甲状腺素浓度更能反映甲状腺功能状态。T_3 和 FT_3 是判断甲状腺功能的基本试验,又分为 T_3 型甲亢:T_3 升高,T_4 正常;T_4 型甲亢:T_4 升高,T_3 正常。

中西医结合内科学

第一单元　呼吸系统疾病

命题考点 1　慢性支气管炎

【历年真题纵览】

A1 型题

1. 诊断慢性支气管炎的主要依据是
   A. 病史和症状
   B. 阳性体征
   C. 胸部 X 检查
   D. 心电图改变
   E. 肺功能检查
   参考答案：A

2. 导致慢性支气管炎发生、发展、反复发作的重要因素是
   A. 长期吸烟
   B. 感染因素
   C. 理化刺激
   D. 寒冷气候
   E. 过敏因素
   参考答案：B

3. 治疗慢性支气管炎痰浊阻肺证，应首选
   A. 三拗汤加减
   B. 麻杏石甘汤加减
   C. 二陈汤合三子养亲汤加减
   D. 桑白皮汤加减
   E. 小青龙汤加减
   参考答案：C

4. 治疗慢性支气管炎寒饮伏肺证的代表方剂是
   A. 三拗汤加减
   B. 麻杏石甘汤加减
   C. 二陈汤合三子养亲汤加减
   D. 桑白皮汤加减
   E. 小青龙汤加减
   参考答案：E

5. 关于慢性支气管炎早期肺部检查的叙述，下列哪项是正确的
   A. 膈肌下降且变平
   B. 胸廓扩张，肋间隙增宽
   C. 无特殊异常征象
   D. 两肺野透亮度增加
   E. 两肺纹理增粗紊乱
   参考答案：C

A2 型题

6. 患者，男，56 岁。患慢性支气管炎 10 余年，近日来胸中烦闷胀痛，痰多色黄黏稠，咳吐不爽，或痰中带血，渴喜冷饮，面红咽干，尿赤，便秘，苔黄腻，脉滑数。治疗应首选
   A. 青霉素加麻杏石甘汤
   B. 青霉素加桑白皮汤加减
   C. 麦迪霉素加泻白散
   D. 复方新诺明加二陈汤
   E. 庆大霉素加清金化痰汤
   参考答案：B

7. 患者，女，40 岁。患慢性支气管炎 10 余年，近日加重。咳嗽咽痒，咳痰稀薄，色清白，伴恶寒发热，无汗，脉浮紧，治宜
   A. 百合固金汤
   B. 麻杏石甘汤
   C. 清金化痰汤
   D. 参苏饮
   E. 以上都不是
   参考答案：E

B1 型题

8.
   A. 咳嗽咳痰，时轻时重
   B. 咳嗽咳痰，喘息哮鸣
   C. 咳嗽声嘶，不能平卧
   D. 咳嗽声嘶，躁扰不宁
   E. 咳嗽短气，动则尤甚
   ①慢性支气管炎单纯型的主要临床表现是
   ②慢性支气管炎喘息型的主要临床表现是
   参考答案：①A　②B

【考点评析】

1.本病与中医学的"久咳"病相类似,归属于中医学"咳嗽"、"喘证"等范畴。

2.西医病因及发病机制:慢性支气管炎的病因较为复杂,往往是多种因素长期相互作用的结果。

中医病因病机主要包括外邪侵袭、肺脏虚弱、脾虚生痰、肾气虚衰。其病位在肺,涉及脾、肾。

3.临床表现:症状主要有咳嗽、咳痰、喘息或气促。体征:慢性支气管炎早期常无明显体征,有时在肺底部可闻及湿性和干性啰音,喘息型支气管炎可听到哮鸣音,发作时有广泛的湿啰音和哮鸣音。长期反复发作,可见肺气肿的体征。

4.诊断要点:临床上以咳嗽、咳痰为主要症状,或伴有喘息,每年发病累计3个月,并连续2年或以上,并除外其他心肺疾病。分型可分为单纯型和喘息型。①单纯型:主要表现为咳嗽、咳痰。②喘息型:除咳嗽、咳痰外,尚具有喘息症状,并伴有哮鸣音。分期可分为急性发作期、慢性迁延期、临床缓解期。

5.西医治疗

(1)急性发作期:①控制感染:抗生素使用原则为及时、有效。常用抗生素可选用β-内酰胺类、大环内酯类、喹诺酮类等。②祛痰镇咳:常用的药物有盐酸氨溴索(沐舒坦)、必嗽平、氯化铵、棕色合剂。③解痉平喘:适用于喘息型患者急性发作,或合并肺气肿者,常用药物有氨茶碱、博力康尼,也可应用吸入型支气管扩张剂,如喘康速或溴化异丙托品。

(2)缓解期:主要是加强体质的锻炼,提高自身抗病能力,也可使用免疫调节剂,如卡介苗。

6.中医辨证论治

(1)实证:多见于急性发作期。

风寒犯肺证　治法:宣肺散寒,化痰止咳。方药:三拗汤加减。

风热犯肺证　治法:清热解表,止咳平喘。方药:麻杏石甘汤加减。

痰浊阻肺证　治法:燥湿化痰,降气止咳。方药:二陈汤合三子养亲汤加减。

痰热郁肺证　治法:清热化痰,宣肺止咳。方药:桑白皮汤加减。

寒饮伏肺证　治法:温肺化饮,散寒止咳。方药:小青龙汤加减。

(2)虚证:多见于缓解期及慢性迁延期。

肺气虚证　补肺益气,化痰止咳。方药:补肺汤加减。

肺脾气虚证　治法:补肺健脾,止咳化痰。方药:玉屏风散合六君子汤加减。

肺肾阴虚证　治法:滋阴补肾,润肺止咳。方药:沙参麦冬汤合六味地黄丸加减。

命题考点2　支气管哮喘

【历年真题纵览】

A1 型题

1.支气管哮喘的内因责之于伏痰,与哪脏功能失调有关

A.肺、脾、肾

B.肺、脾、肝

C.肺、肝、肾

D.脾、肝、肾

E.肺、心、肾

参考答案:A

2.哮病发生的"夙根"是

A.风

B.痰

C.气

D.虚

E.瘀

参考答案:B

3.支气管哮喘的临床特征是

A.反复发作的呼吸困难

B.反复发作的混合性呼吸困难

C.反复发作的呼气性呼吸困难

D.反复发作的夜间阵发性呼吸困难

E.两肺散在干湿啰音

参考答案:C

4.治疗支气管哮喘发作期热哮证,应首选

A.定喘汤

B.玉屏风散

C.射干麻黄汤

D.小青龙汤

E.参苏饮

参考答案:A

A2 型题

5.患者气粗息涌,喉中痰鸣如吼,胸高胁胀,呛咳阵阵,咳痰色黄黏稠,心烦,汗出,面赤,口渴喜饮,不恶寒,舌质红,舌苔黄腻,脉滑数。此哮证的护治原则为

A.温肺散寒,化痰平喘

B.清热宣肺,化痰平喘

C.开郁降气平喘

D.补肾纳气平喘

E.补肺益气平喘

参考答案:B

6.患者,女,21岁。春季旅游途中突感胸闷,呼吸困难,大汗。查体:口唇稍发绀,呼吸急促,听诊双肺布满干啰音,心率96次/分。既往有类似发作,有时休息后可缓解。应首先考虑的是

A.过敏性休克

B.支气管哮喘

C.喘息性支气管炎

D.心源性哮喘

E.癔症

参考答案:B

7.患者,男,52岁。患支气管哮喘20年,冠心病6年。5月1日游园时突感咽痒,胸闷憋气,很快出现呼吸困难而急诊。查体:端坐呼吸,口唇发绀,桶状胸廓,心率108次/分,肺动脉瓣第二心音大于主动脉瓣第二心音,双肺满布哮鸣音,舌暗红苔薄黄,脉弦滑。其诊断是

A.实喘

B.虚喘

C.热哮

D.寒哮

E.以上均非

参考答案:C

8.患者,男,21岁。呼吸困难,咳嗽,汗出1小时而就诊。查体:端坐呼吸,呼吸急促,口唇微绀,心率114次/分,律不齐,双肺满布哮鸣音。为迅速缓解症状,应立即采取的最佳治法是

A.口服氨茶碱

B.肌注氨茶碱

C.喷吸沙丁胺醇

D.口服强的松

E.口服阿托品

参考答案:C

9.某女,32岁。喘咳气急,胸闷,咳痰稀白,伴头痛恶寒口不渴,苔薄白脉浮紧。治疗应选用

A.麻杏石甘汤

B.桑白皮汤

C.二陈汤

D.补肺汤

E.麻黄汤

参考答案:E

10.患者,女,40岁。突起呼吸困难,两肺满布以呼气相为主的哮鸣音,无湿啰音,心率100次/分,心界不大,心脏听诊无杂音,并见咳嗽,痰涎稀白,口不渴,面色晦滞带青,形寒肢冷,舌苔白滑,脉浮紧。应首先考虑的治疗药物是

A.β-受体激动剂与射干麻黄汤

B.氨茶碱与玉屏风散

C.西地兰与六君子汤

D.异丙肾上腺素与金匮肾气丸

E.糖皮质激素与定喘汤

参考答案:A

B1型题

11.

A.三子养亲汤

B.小青龙汤

C.射干麻黄汤

D.涤痰汤

E.麻杏石甘汤

①治疗肺胀寒饮停肺证,应首选

②治疗哮喘发作期寒证,应首选

参考答案:①B ②C

【考点评析】

1.支气管哮喘属中医学"哮病"范畴,哮喘的发生因宿痰内伏于肺,由于复感外邪、饮食、情志、劳倦等诱因,诱动内伏之宿痰,致痰阻气道,肺气上逆而发哮喘。

哮病的病位在肺,而与脾、肾、肝、心密切相关。哮病的病理因素以痰为主,痰的产生主要由于肺不布津,脾运失健,肾不主水,以致津液凝聚成痰,伏藏于肺,成为发病的潜在"宿根",遇各种诱因而引发。

2.临床表现:喉中哮鸣有声,呼吸困难,端坐呼吸,咳嗽痰多,重者出现发绀,甚至导致持续状态(24小时以上)。体征:于发作时胸廓胀满,呼吸幅度小,两肺满布哮鸣音。

3.诊断标准

(1)反复发作喘息、呼吸困难、胸闷或咳嗽,多与接触变应原、冷空气,物理及化学性刺激,病毒性上呼吸道感染,运动等有关。

(2)发作时在双肺可闻及散在或弥漫性以呼气相为主的哮鸣音,呼气相延长。

(3)上述症状可经治疗缓解或自行缓解。

(4)症状不典型者(如无明显喘息或体征)应至少具备以下一项试验阳性。①支气管激发试验或运动试验阳性;②支气管扩张试验阳性[一秒钟用力呼气容积(FEV_1)增加15%以上,且FEV_1增加绝对值>200 ml];③最大呼气流量(PEF)日内变异率或

昼夜波动率≥20%。

（5）除外其他疾病所引起的喘息、胸闷和咳嗽。

4.西医治疗原则

（1）支气管舒张剂①β₂受体激动剂为治疗哮喘急性发作的首选药。短效可用沙丁胺醇、特布他林、非诺特罗等。长效可选丙卡特罗、沙美特罗和福莫特罗等，适用于夜间哮喘。②茶碱类：氨茶碱、控释型茶碱是治疗哮喘的有效药物。③抗胆碱药物，包括异丙托溴铵、泰乌托品、654-2、东莨菪碱等。

（2）抗感染：糖皮质激素是当前防治哮喘最有效的药物，可分为吸入、口服和静脉用药。

吸入剂：吸入治疗是目前推荐长期抗感染治疗哮喘的最常用方法，包括倍氯米松、氟地卡松和布地奈德等。

口服剂：泼尼松（强的松）、泼尼松龙（强的松龙）。用于吸入糖皮质激素无效或需要短期加强的患者。

静脉用药：重度至严重哮喘发作时应及早应用琥珀酸氢化可的松、地塞米松、甲基泼尼松龙。

5.中医辨证论治

（1）发作期

寒哮：治宜温肺散寒、化痰平喘，方用射干麻黄汤。

热哮：治宜清热肃肺、化痰定喘，方用定喘汤加减。

（2）缓解期

肺虚：治宜补肺固卫，方用玉屏风散加味。

脾虚：治宜健脾化痰，方用六君子汤加味。

肾虚：治宜补肾摄纳，方用肾气丸或七味都气丸加减。

命题考点3 肺炎

【历年真题纵览】

A1型题

1.肺炎患者神昏谵语，舌謇肢厥。其证型是
A.邪犯肺卫证
B.痰热壅肺证
C.热闭心神证
D.阴竭阳脱证
E.正虚邪恋证
参考答案：C

2.治疗肺炎支原体肺炎热闭心神证，应首选
A.桑菊饮与青霉素
B.麻杏石甘汤与阿昔洛韦
C.清营汤与红霉素
D.生脉散与左氧氟沙星
E.竹叶石膏汤与麦迪霉素
参考答案：C

3.治疗肺炎痰热壅肺证，应首选
A.银翘散
B.桑菊饮
C.千金苇茎汤
D.麻杏石甘汤
E.泻白散
参考答案：D

4.肺炎球菌肺炎叩诊呈．
A.浊音
B.实音
C.过清音
D.清音
E.鼓音
参考答案：B

A2型题

5.患者，女，22岁。恶寒、高热、咳嗽、胸痛1天入院。检查：血压85/50 mmHg(11.4/6 kPa)，脉搏100次/分，X线胸片示右上肺大片状阴影，呈肺段分布，白细胞21×10⁹/L。其诊断是
A.休克型肺炎
B.病毒性肺炎
C.支原体肺炎
D.肺炎球菌肺炎
E.肺脓肿
参考答案：A

6.患者，男，18岁。因高热、胸痛、咳铁锈色痰入院。检查：急性热病病容，体温40℃，脉搏102次/分，X线胸片示左上肺大片片状阴影，白细胞19×10⁹/L。治疗应首选
A.青霉素加麻杏石甘汤
B.输液加给氧
C.糖皮质激素
D.红霉素加庆大霉素
E.病毒唑加退热药
参考答案：A

7.患者，男，32岁。患肺炎球菌肺炎已1周，现低热夜甚，干咳少痰，五心烦热，神疲纳差，舌红少苔，脉细数。其证型是
A.邪犯肺卫证
B.痰热壅肺证

C.热闭心神证

D.阴竭阳脱证

E.正虚邪恋证

参考答案:E

8.患者,男,35岁。高热2天余,咳嗽,咳痰,伴右侧胸痛。X线检查右中肺实变阴影。其诊断是

A.急性支气管炎

B.肺炎球菌肺炎

C.肺炎支原体肺炎

D.病毒性肺炎

E.原发型肺结核

参考答案:B

9.患者患支原体肺炎,证见:高热烦渴,咳喘胸痛,咳黄痰带血,舌红苔黄腻,脉滑数。其证型是

A.邪犯肺卫证

B.痰热壅肺证

C.热闭心神证

D.阴竭阳脱证

E.正虚邪恋证

参考答案:B

B1 型题

10.

A.清营汤

B.化斑汤

C.白虎汤

D.苇茎汤

E.止嗽散

①治疗肺炎热闭心神证,应首选

②治疗肺炎咳吐黄稠脓痰者,应首选

参考答案:①A ②D

【考点评析】

1.肺炎属中医学的"风温肺热",肺热病属外感病,病位在肺,与心、肝、肾关系密切。

2.临床表现:寒战高热,胸痛,咳嗽,初干咳1~2天后可咳铁锈色痰,呼吸困难,重症可有休克表现及肺实变体征。

3.诊断要点:痰涂片或培养找到病原菌,肺X线片示一侧或两侧肺叶、肺段炎性阴影为主要诊断依据。

4.西医治疗原则

①一般治疗。

②病因治疗:尽早应用抗生素是治疗感染性肺炎的首选治疗手段。

5.中医辨证论治

邪犯肺卫证 治法:疏风清热,宣肺止咳。方

药:三拗汤或桑菊饮加减。

痰热壅肺证 治法:清热化痰,宽胸止咳。方药:麻杏石甘汤合苇茎汤加减。

热闭心神证 治法:清热解毒,化痰开窍。方药:清营汤加减。

阴竭阳脱证 治法:益气养阴,回阳固脱。方药:生脉散合四逆汤加减。

正虚邪恋证 治法:益气养阴,润肺化痰。方药:竹叶石膏汤加减。

命题考点4 肺结核

【历年真题纵览】

A1 型题

1.继发型肺结核常见临床表现不包括

A.咳嗽、咳痰

B.咯血

C.胸痛

D.高热

E.呼吸困难

参考答案:D

2.结核性支气管扩张的好发部位是

A.右中叶支气管

B.右下叶支气管

C.左下叶支气管

D.左舌叶支气管

E.上叶支气管

参考答案:E

3.诊断浸润性肺结核最有价值的依据是

A.既往有结核病病史

B.结核菌素试验

C.痰结核菌检查

D.血沉

E.X线检查

参考答案:C

4.肺结核阴虚火旺证,应首选

A.月华丸加减

B.百合固金汤合秦艽鳖甲散加减

C.保真汤加减

D.补天大造丸加减

E.沙参麦冬汤合五味消毒饮

参考答案:B

A2 型题

5.肺结核患者,证见咳嗽无力,气短声低,咳痰

清稀,色白量较多,偶或夹血,血色淡红,午后潮热,伴有畏风怕冷,自汗与盗汗并见,纳少神疲,便溏,面色㿠白,舌质光淡,边有齿印,苔薄,脉细弱而数。其证型是

A.肺阴亏损证
B.阴虚火旺证
C.气阴耗伤证
D.阴阳两虚证
E.气虚血瘀证
参考答案:C

6.患者;男,56岁。患肺结核,证见干咳,咳声短促,咳少量白黏痰,或痰中有血丝,色鲜红,胸部隐隐闷痛,低热,午后手足心热,皮肤干灼,口咽干燥,少量盗汗,舌边尖红,无苔,脉细数。其证型是

A.肺阴亏损证
B.阴虚火旺证
C.气阴耗伤证
D.阴阳两虚证
E.气虚血瘀证
参考答案:A

B1 型题

7
A.月华丸加减
B.百合固金汤合秦艽鳖甲散加减
C.保真汤加减
D.补天大造丸加减
E.沙参麦冬汤合五味消毒饮
①治疗肺阴亏损证,应首选
②治疗阴阳两虚证,应首选
参考答案:①A ②D

【考点评析】

1.肺结核病因病机:肺痨的致病因素主要有两个方面,一为外因感染,"瘵虫"袭肺;一为内伤体虚,气血不足,阴精耗损。二者相互为因,"瘵虫"袭肺是发病不可缺少的外因,正虚是发病的基础,是引起发病的主要内因。本病病变部位主要在肺,与脾、肾两脏的关系最为密切,同时也可涉及心、肝。基本病理以阴虚为主,并可导致气阴两虚,甚则阴损及阳。

2.临床表现

(1)症状:①全身症状:慢性起病,初期仅感疲劳乏力,食欲不振,形体逐渐消瘦,病情进展,可出现发热、盗汗、颧红、形体明显消瘦等全身中毒症状。②呼吸系统症状:咳嗽、咳痰;咯血;胸痛;呼吸困难。

(2)体征:肺结核早期病灶小或位于肺组织深部时,多无异常体征。

3.诊断标准

(1)全身结核中毒症状及呼吸道症状:发热、盗汗、纳差、乏力、体重减轻及咳嗽、咳少量黏液痰、咯血、胸痛等。

(2)体征:多无阳性体征,如肺上部尤其肩胛间区出现叩诊浊音、湿啰音等应疑诊肺结核。

(3)结核菌素试验:3岁以下婴幼儿呈阳性反应,提示有活动性结核;成人阳性只说明有结核感染史,但若高稀释度(11 U)呈强阳性,常提示体内有活动性结核病灶。

(4)血沉。

(5)X线检查:对肺结核的诊断有很高价值。肺结核早期发现、分型和分期,确定病变性质、范围、部位、转归以及治疗方案等都必须依据X线检查。

(6)痰结核菌检查:是诊断肺结核的主要依据,亦是考核疗效、随访病情的重要指标。

(7)纤维支气管镜及活组织病理检查:有助于不典型或疑难病例的诊断。

4.肺结核分类:1999年我国制定了结核病新的分类法,分为原发型肺结核、血行播散型肺结核、继发型肺结核(包括浸润性肺结核、空洞性肺结核、结核球、干酪样肺结核、纤维空洞性肺结核)、结核性胸膜炎、其他肺外结核、菌阴肺结核。

5.肺结核辨证论治

肺阴亏损证 治法:滋阴润肺。方药:月华丸加减。

阴虚火旺证 治法:滋阴降火。方药:百合固金汤合秦艽鳖甲散加减。

气阴耗伤证 治法:益气养阴。方药:保真汤加减。

阴阳两虚证 治法:滋阴补阳。方药:补天大造丸加减。

命题考点5 原发性支气管肺癌

【历年真题纵览】

A1 型题

1.肺癌局部扩展引起的症状为
A.咳嗽
B.胸痛
C.咯血
D.锁骨上淋巴结肿大
E.体重减轻、恶病质
参考答案:B

A2 型题

2. 患者,男性,58 岁。有肺癌病史。症见咳嗽无力,有痰,痰中带血,神疲乏力,时有心悸,汗出气短,口干,发热,手足心热,纳呆脘胀,便干,舌质红苔薄,脉细数无力。可选用下列哪首方剂

　　A. 血府逐瘀汤加减

　　B. 导痰汤加减

　　C. 沙参麦冬汤合五味消毒饮

　　D. 沙参麦冬汤加减

　　E. 二陈汤加减

参考答案:D

3. 患者,男,68 岁。诊为肺癌,症见咳嗽不畅,咳痰不爽,胸痛气急,面青唇暗,舌质紫暗,脉弦。其证型是

　　A. 气滞血瘀证

　　B. 痰湿毒蕴证

　　C. 阴虚毒热证

　　D. 气阴两虚证

　　E. 肺气郁闭证

参考答案:A

4. 患者咳嗽痰多,气憋胸闷,纳差便溏,身热尿黄,舌质暗,有瘀斑,苔厚腻,脉滑数。其诊断是

　　A. 气滞血瘀证

　　B. 痰湿毒蕴证

　　C. 阴虚毒热证

　　D. 气阴两虚证

　　E. 肺气郁闭证

参考答案:B

B1 型题

5.

　　A. 血府逐瘀汤加减

　　B. 导痰汤加减

　　C. 沙参麦冬汤合五味消毒饮

　　D. 沙参麦冬汤加减

　　E. 二陈汤加减

①治疗肺癌痰湿毒蕴证,应首选

②治疗肺癌阴虚毒热证,应首选

参考答案:①B　②C

【考点评析】

1. 原发性支气管肺癌发病外因为感受外邪、诸种毒气;内因为正虚脏腑失调。属正虚邪实证。西医认为吸烟、大气污染、职业性因素和理化性致癌因子、病毒、真菌毒素、遗传等因素是原发性支气管肺癌的病因。

2. 临床表现:原发肿瘤症状:咳嗽、咯血、喘鸣、胸闷、气短、体重下降、发热;局部扩展:可伴胸痛、呼吸困难、咽下困难、声音嘶哑等;如发生转移则出现相应器官组织的病变表现。

3. 常用检查:胸部 X 线、CT、磁共振、痰脱落细胞检查、纤维支气管镜检查、肿瘤标记物检查等。

4. 早期诊断要点

①40 岁以上男性,有长期吸烟史,近期呛咳,持续数周不愈,或反复咯血痰。

②肺部炎症控制难或反复出现。

③X 线上见局限性肺气肿、肺不张、孤立性圆形病灶、单侧肺门阴影增大。

④原因不明的四肢关节疼痛及杵状指。

⑤无中毒症状的胸腔积液,尤其是血性积液。

⑥肺部原有的孤立圆形病灶增大。

如出现以上情况当高度警惕,及早诊断。

5. 西医治疗原则

①手术切除治疗。

②化疗:据病人制定化疗方案,小细胞肺癌对化疗非常敏感,非小细胞肺癌对化疗不敏感。

③放疗:对小细胞肺癌效果较好,其次为鳞癌、腺癌。

④其他局部疗法。

⑤生物反应调节剂。

6. 中医辨证论治

气滞血瘀证　治法:活血散瘀、行气化滞。方药:血府逐瘀汤加减。

痰湿毒蕴证　治法:祛湿化痰,清热解毒。方药:导痰汤加减。

阴虚毒热证　治法:养阴清热,解毒散结。方药:沙参麦冬汤合五味消毒饮。

气阴两虚证　治法:益气养阴,化痰散结。方药:沙参麦冬汤加减。

命题考点6　慢性肺源性心脏病

【历年真题纵览】

A1 型题

1. 肺动脉高压早期的 X 线表现是

　　A. 双肺纹理增多

　　B. 双肺透亮度增加

　　C. 右下肺动脉主干增宽

　　D. 右心房肥大

　　E. 右心室肥厚、扩张

参考答案:C

2. 下列哪项不是肺胀的常见临床表现
   A. 长期反复咳嗽
   B. 喘息,气短难续
   C. 痰涎壅盛
   D. 胸中胀满
   E. 唇暗舌紫,脉结代
   参考答案:E

3. 肺心病的诊断依据是
   A. 长期肺、支气管病史
   B. 肺动脉高压及右心室扩大征象
   C. 肺气肿体征
   D. 动脉血二氧化碳分压≥7.3 kPa
   E. 动脉血二氧化碳分压≤8.0 kPa
   参考答案:B

4. 降低肺心病肺动脉高压首选
   A. 吸氧
   B. 强心剂
   C. 支气管扩张
   D. 呼吸兴奋剂
   E. 利尿剂
   参考答案:E

A2 型题

5. 患者神志恍惚,谵语,表情淡漠,嗜睡,喘促,咳痰不爽,苔黄腻,舌质暗红,脉细滑数。实验室检查:血气分析:氧分压46.2 mmHg,二氧化碳分压为60 mmHg。其治疗宜选用下列何方
   A. 苏子降气汤加减
   B. 越婢加半夏汤加减
   C. 涤痰汤加减,另服安宫牛黄丸或至宝丹
   D. 真武汤合五苓散加减
   E. 生脉散合血府逐瘀汤加减
   参考答案:C

6. 患者,男,56 岁,肺心病病史6 年,前日酒后受凉,发热,喘息气粗,烦躁,胸满,咳嗽,痰黄,黏稠难咳,溲黄便干,口渴,舌红,舌苔黄腻,边尖红,脉滑数。其证型是
   A. 痰浊壅肺证
   B. 痰热郁肺证
   C. 痰蒙神窍证
   D. 阳虚水泛证
   E. 肺肾气虚证
   参考答案:B

7. 患者素有高血压及心脏病史,因情绪激动突然出现严重呼吸困难,呼吸频率41 次/分,强迫端坐位,面色灰白、发绀,大汗,烦躁,频繁咳嗽,咳粉红色泡沫样痰,神志模糊。诊断为
   A. 急性肺水肿
   B. 肺感染
   C. 右心衰竭
   D. 过敏性哮喘
   E. 高血压脑病
   参考答案:A

8. 患者,女,57 岁。有15 年肺胀病史。1 周前劳累后出现面浮肿,呼吸喘促难续,心悸,胸脘痞闷,尿少,怕冷,纳呆,舌苔白滑,脉沉细。治疗应首选
   A. 苏子降气汤加减
   B. 越婢加半夏汤加减
   C. 涤痰汤加减,另服安宫牛黄丸或至宝丹
   D. 真武汤合五苓散加减
   E. 生脉散合血府逐瘀汤加减
   参考答案:D

9. 患者,女,78 岁。慢性肺源性心脏病史15 年。近日受凉后咳嗽加重,气急不能平卧,神志恍惚,谵语,抽搐,烦躁不安,咳痰不爽,舌淡紫,苔白腻,脉细滑数。其中医治法是
   A. 清肺化痰,降逆平喘
   B. 涤痰开窍,熄风止痉
   C. 温肾健脾,化饮利水
   D. 补肺纳肾,降气平喘
   E. 健脾益肺,化痰降气
   参考答案:B

B1 型题

10.
   A. 越婢加半夏汤加减
   B. 生脉散合血府逐瘀汤加减
   C. 真武汤加减
   D. 苏子降气汤加减
   E. 补肺汤加减
   ①慢性肺心病,呼吸浅短,声低气怯,张口抬肩,不能平卧,心慌,形寒,汗出,舌淡紫,脉沉细微无力。治疗首选
   ②慢性肺心病,咳喘无力,气短难续,咳痰不爽,面色晦暗,心慌,唇甲发紫,神疲乏力,舌淡暗,脉沉细涩无力。治疗首选
   参考答案:①E ②B

【考点评析】

1. 肺源性心脏病病位在肺、脾、肾、心,属本虚标实之证。早期表现为肺、脾、肾三脏气虚,后期则心肾阳虚;外邪侵袭、热毒、痰浊、瘀血、水停为标。急性发作期以邪实为主,虚实错杂;缓解期以脏腑虚损

为主。西医病机:本病由支气管、肺、胸廓等疾病,致肺功能、结构发生不可逆性改变,又反复的气道感染和低氧血症,使肺动脉高压形成、心脏病变或发生心力衰竭等。

2.临床表现

(1)功能代偿期:多有长期慢性咳嗽、咳痰或哮喘史,活动后心悸、呼吸困难、乏力和劳动时耐力下降。

(2)功能失代偿期:呼吸衰竭;心力衰竭。

(3)X线表现:除肺、胸基础疾病及急性肺部感染的特征外,尚可有肺动脉高压征,如右肺下动脉干扩张、肺动脉段明显突出;右心室增大等。

(4)并发症:酸碱失衡和电解质紊乱;上消化道出血和休克;肝肾功能损害和肺性脑病。

3.常用检查:X线、心电图、超声心动图、血气分析、血常规、肺功能检查、痰细菌学检查等。

4.诊断要点:据慢性支气管炎、肺气肿、其他胸肺疾病或肺血管病变病史,肺动脉高压、右心室增大或右心功能不全等,结合辅助检查结果可作出诊断。

5.西医治疗原则

(1)急性加重期

①控制感染。

②氧疗。

③控制心力衰竭:利尿、强心、扩血管。

④控制心律失常。

⑤抗凝。

⑥加强护理。

(2)缓解期:去除诱因;营养疗法,增强体质和免疫功能;减少或避免急性加重期的发生。

6.中医辨证论治

(1)急性期

痰浊壅肺证　治法:健脾益肺,化痰降气。方药:苏子降气汤加减。

痰热郁肺证　治法:清肺化痰,降逆平喘。方药:越婢加半夏汤加减。

痰蒙神窍证　治法:涤痰开窍,熄风止痉。方药:涤痰汤加减,另服安宫牛黄丸或至宝丹。

阳虚水泛证　治法:温肾健脾,化饮利水。方药:真武汤合五苓散加减。

(2)缓解期

肺肾气虚证　治法:补肺纳肾,降气平喘。方药:补肺汤加减。

气虚血瘀证　治法:益气活血,止咳化痰。方药:生脉散合血府逐瘀汤加减。

命题考点7　慢性呼吸衰竭

【历年真题纵览】

A1型题

1.呼吸衰竭迁延不愈,除哪一项外多可累及
A.肺
B.脾
C.肾
D.肝
E.心
参考答案:D

2.Ⅱ型呼衰患者吸氧浓度应
A.>30%
B.<30%
C.>35%
D.<35%
E.<40%
参考答案:D

A2型题

3.患者,男,23岁。高热5天,无痰,感呼吸困难,张口抬肩,鼻翼扇动,面色苍白,冷汗淋漓,四肢厥冷,烦躁不安,面色紫暗,舌紫暗,脉沉细无力。胸片示双肺大片高密度影。动脉气血分析:PaO$_2$ 50 mmHg,PaCO$_2$ 32 mmHg。其诊断是
A.Ⅰ型呼衰阳微欲脱证
B.Ⅱ型呼衰阳微欲脱证
C.Ⅰ型呼衰脾肾阳虚证
D.Ⅱ型呼衰脾肾阳虚证
E.Ⅱ型呼衰痰浊阻肺证
参考答案:A

4.患者,女,60岁。肺心病史,咳喘加重1周,神志恍惚,谵语,烦躁不安,嗜睡,颜面发绀;舌暗紫,舌苔白腻,脉滑数。动脉气血分析:PaO$_2$ 50 mmHg,PaCO$_2$ 55 mmHg。其诊断是
A.Ⅰ型呼衰痰蒙神窍证
B.Ⅱ型呼衰痰蒙神窍证
C.Ⅰ型呼衰脾肾气虚证
D.Ⅱ型呼衰脾肾气虚证
E.Ⅱ型呼衰痰浊壅肺证
参考答案:B

5.患者呼吸急促,喉中痰鸣,痰涎黏稠,不易咳出,胸中窒闷,面色暗红,唇舌紫暗,苔白腻,脉滑数。其治疗宜选用下列何方
A.补肺汤合参蛤散加减

B. 二陈汤合三子养亲汤加减
C. 真武汤合五苓散加减
D. 涤痰汤
E. 独参汤
参考答案：B

6. 患者喘逆剧甚，张口抬肩，鼻翼扇动，面色苍白，冷汗淋漓，四肢厥冷，烦躁不安，脉微欲绝，其治法应是
A. 补益肺肾，纳气平喘
B. 化痰降气，活血化瘀
C. 益气温阳，固脱救逆
D. 涤痰开窍，熄风止痉
E. 温肾健脾，化湿利水
参考答案：C

B1 型题

7.
A. 二陈汤合三子养亲汤加减
B. 真武汤合五苓散加减
C. 补肺汤合参蛤散加减
D. 独参汤灌服，同时用参麦注射液或参附注射液静脉滴注
E. 涤痰汤、安宫牛黄丸、至宝丹
①呼吸衰竭痰蒙神窍证，治疗首选
②呼吸衰竭阳微欲脱证，治疗首选
参考答案：①E　②D

【考点评析】

1. 发病机制和病理 ①缺氧和高碳酸血症发生机制：多种原因引起肺的通气不足、弥散功能障碍、通气/血流比例失调、肺动-静脉样分流等病理变化，导致缺氧和二氧化碳潴留，引起肺、心、脑、肝、肾等多脏器缺氧，导致酸碱平衡失调和代谢紊乱。②缺氧、二氧化碳潴留对机体的影响。

中医认为，呼吸衰竭的病位在肺，各种肺系疾病迁延不愈，致肺气虚损，病久可累及于脾、肾、心。本病的病机总属本虚标实，本虚为肺、脾、肾、心虚，标实为痰浊、瘀血、水饮。肺、脾、肾、心虚损为发生本病的主要内因，感受外邪是引起本病的主要诱因，痰浊壅肺、血瘀水阻是产生变证的主要根源。

2. 西医治疗包括
（1）保持呼吸道通畅。
（2）氧疗：①Ⅰ型呼衰的氧疗应给予高浓度（>35%）吸氧，使氧分压提高到 60 mmHg 以上或 SaO_2（动脉血氧饱和度）在 90% 以上。②Ⅱ型呼衰的氧疗应给予持续低浓度（<35%）给氧，使 PaO_2 在 60 mmHg 以上或 SaO_2 在 90% 以上。

（3）抗感染治疗：根据痰培养和药物敏感试验结果来选择有效的药物。

（4）机械通气：应根据病情选用无创或有创机械通气，增加通气量，降低 $PaCO_2$，改善肺的气体交换效能。

（5）呼吸兴奋剂的应用：包括尼可刹米、洛贝林、多沙普仑、吗啉哌酮、阿米三嗪、阿米脱林、双甲酰胺等。

（6）纠正酸碱平衡失调和电解质紊乱。
（7）并发症的治疗。

3. 中医辨证论治

痰浊阻肺证　治法：化痰降气，活血化瘀。方药：二陈汤合三子养亲汤加减。

肺肾气虚证　治法：补益肺肾，纳气平喘。方药：补肺汤合参蛤散加减。

脾肾阳虚证　治法：温肾健脾，化湿利水。方药：真武汤合五苓散加减。

痰蒙神窍证　治法：涤痰开窍，熄风止痉。方药：涤痰汤、安宫牛黄丸、至宝丹。

阳微欲脱证　治法：益气温阳，固脱救逆。方药：独参汤灌服，同时用参麦注射液或参附注射液静脉滴注。

第二单元　循环系统疾病

命题考点 1　心功能不全

【历年真题纵览】

A1 型题

1. 养心汤合补肺汤加减适用于心力衰竭的哪种证型
A. 气阴亏虚证
B. 心肺气虚证
C. 心肾阳虚证
D. 气虚血瘀证
E. 阳虚水泛证
参考答案：B

2. 慢性心功能不全的基本病因是
A. 严重心律失常
B. 感染
C. 心肌收缩、舒张功能受损
D. 钠盐摄入过多
E. 过度体力劳动

参考答案:C

3.治疗心力衰竭痰饮阻肺证,应首选
　A.真武汤加减
　B.生脉散加减
　C.养心汤合补肺汤加减
　D.葶苈大枣泻肺汤加减
　E.人参养荣汤合桃红四物汤加减
参考答案:D

A2 型题

4.患者,男,26 岁。先天性心脏病致心力衰竭,应用强心苷疗效不显著。可试换用的药物是
　A.氯化钙
　B.阿托品
　C.卡托普利
　D.肾上腺素
　E.异丙肾上腺素
参考答案:C

5.患者,男,58 岁。高血压病史 20 年,近 1 年常心慌,气短,昨夜睡眠中突然憋醒,胸闷,咳嗽,气喘,急诊入院。经检查诊断为急性肺水肿,左心衰竭。治疗应选用
　A.肾上腺素
　B.异丙肾上腺素
　C.山莨菪碱
　D.呋塞米
　E.以上均非
参考答案:D

6.患者,男,60 岁。3 年前急性广泛性前壁心肌梗死,现心悸气短,咳吐泡沫痰,面肢浮肿,畏寒肢冷,烦躁出汗,口唇青紫,尿少腹胀,舌暗淡,舌苔白滑,脉细促。治疗应首选
　A 养心汤合补肺汤加减
　B.生脉散加减
　C.桂枝甘草龙骨牡蛎汤合肾气丸加减
　D.人参养荣汤合桃红四物汤加减
　E.真武汤加减
参考答案:E

7.患者,女,28 岁。以心悸、气短、下肢浮肿入院。检查:颈静脉怒张,心尖部舒张期杂音,肝肋缘下 3 cm 轻度压痛。肝颈静脉回流征(+)。其肝脏病变可能是
　A.慢性迁延性肝炎
　B.肝炎后肝硬化
　C.慢性肝淤血
　D.肝脂肪变性

　E.肝细胞肝癌
参考答案:C

B1 型题

8.
　A.养心汤合补肺汤加减
　B.生脉散加减
　C.桂枝甘草龙骨牡蛎汤合肾气丸加减
　D.人参养荣汤合桃红四物汤加减
　E.真武汤加减
①治疗心力衰竭心肺气虚证应首选
②治疗心力衰竭心肾阳虚证应首选
参考答案:①B　②C

9.
　A.心率加快
　B.体循环静脉淤血
　C.毛细血管通透性增高
　D.肺淤血,肺水肿
　E.心室肥厚
①左心衰竭主要是由于
②右心衰竭主要是由于
参考答案:①D　②B

10.
　A.心悸,气短,肢倦乏力,神疲咳喘,面色苍白,舌淡或边有齿痕,脉沉细或虚数
　B.心悸,气短,疲乏,动则汗出,头晕心烦,口干,面颧暗红,舌质红少苔,脉细数无力
　C.心悸,气短,乏力,动则气喘,身寒肢冷,尿少浮肿,腹胀便溏,面颧暗红,舌质红少苔,脉细数无力
　D.心悸气短,胸胁作痛,颈部青筋暴露,胁下痞块,下肢浮肿,面色灰青,唇青甲紫,舌质紫暗有瘀点,脉涩
　E.心悸气短,咳吐泡沫痰,面肢浮肿,畏寒肢冷,烦躁出汗,额面灰白,口唇青紫,尿少腹胀,舌暗淡,舌苔白滑,脉细促
①心力衰竭气虚血瘀证的主要临床表现是
②心力衰竭阳虚水泛证的主要临床表现是
参考答案:①D　②E

11.
　A.劳力性呼吸困难
　B.阵发性夜间呼吸困难
　C.哮鸣音及吸气性呼吸困难
　D.带有哮鸣音的呼气性呼吸困难
　E.端坐呼吸
①左心衰最早的临床表现是

②左心衰早期最特征性的临床表现是

参考答案:①A　②B

【考点评析】

1. 西医病因:心肌收缩力降低,前负荷增加,后负荷增加,严重心律失常,如快速性心律失常。诱发因素:①感染;②心律失常;③血容量增加,如摄入过多钠盐,静脉输液过多、过快等;④过度体力劳累或情绪激动;⑤应用心肌抑制药物:不恰当地使用心肌抑制药物,如β受体阻滞剂;⑥其他,如洋地黄类药物用量不足或过量,高热,严重贫血等。

中医病因病机:形成心力衰竭主要病因有外邪侵袭、过度劳倦或久病伤肺、情志失调、饮食不节等。以心阳虚衰为本,每因感受外邪、劳倦过度、情志所伤等诱发,病变脏腑以心为主,涉及肝、脾、肺、肾四脏,同时与气(阳)、血、水关系密切,为本虚标实之证。

2. 临床表现

①左心衰:呼吸困难,甚至端坐呼吸,咳嗽,咳粉红色泡沫样痰,发绀,乏力,夜尿多,甚至昏迷。体征:心尖区舒张期奔马律,双肺闻及广泛水泡音与哮鸣音。

②右心衰:消化道、肝脏淤血表现。体征:颈外静脉充盈,肝大压痛,肝颈静脉回流征阳性,心前区抬举性心尖搏动,剑突下搏动常明显,下垂性水肿,可出现胸腹水、心包积液等。

③全心衰竭:左、右心衰均存在,有肺淤血、心排血量降低及器官低灌注和体循环淤血的相关症状和体征。右心衰继发于左心衰时,因右心排血量减少,呼吸困难等肺淤血表现可有不同程度的减轻。

3. 心功能分级

Ⅰ级:日常活动无心力衰竭症状。

Ⅱ级:日常活动出现心力衰竭症状(呼吸困难、乏力)。

Ⅲ级:低于日常活动出现心力衰竭症状。

Ⅳ级:在休息时出现心力衰竭症状。

4. 诊断要点

①左心衰:诱因、症状体征、肺循环充血的X线表现。

②右心衰:原有心脏病表现、体循环静脉充血表现,体循环静脉压增高确诊。

5. 西医治疗原则

(1)一般治疗:包括去除或缓解基本病因;去除诱发因素;改善生活方式,干预心血管损害的危险因素;密切观察病情演变及定期随访。

(2)药物治疗:①利尿剂;②血管紧张素转换酶抑制剂(ACEⅡ);③洋地黄制剂;④β受体阻滞剂。

6. 中医辨证论治

气阴亏虚证　治法:益气养阴。方药:生脉散加减。

心肾阳虚证　治法:温补心肾。方药:桂枝甘草龙骨牡蛎汤合肾气丸加减。

气虚血瘀证　治法:益气活血。方药:人参养荣汤合桃红四物汤加减。

阳虚水泛证　治法:温阳利水。方药:真武汤加减。

痰饮阻肺证　治法:泻肺化痰。方药:葶苈大枣泻肺汤加减。

命题考点 2　心律失常

【历年真题纵览】

A1 型题

1. 急性心肌梗死最常见的心律失常是

　A. 房室传导阻滞

　B. 心房扑动

　C. 室性早搏及室性心动过速

　D. 阵发性室上性心动过速

　E. 窦性停搏

参考答案:C

2. 室上性心动过速伴心功能不全的患者应首选

　A. 普罗帕酮

　B. 维拉帕米

　C. 洋地黄类

　D. β受体阻滞剂

　E. ATP

参考答案:C

3. 是同步直流电复律适应证的是

　A. 洋地黄中毒阵发性室性心动过速

　B. 室上性心律失常伴完全性房室传导阻滞

　C. 病态窦房结综合征中的快速性心律失常

　D. 电复律后使用药物无法维持窦性心律

　E. 交界性心动过速,经药物治疗无效

参考答案:E

4. 治疗心室率为68次/分的Ⅱ度Ⅰ型房室传导阻滞,应

　A. 阿托品

　B. 异丙肾上腺素

　C. 肾上腺素

　D. 人工心脏起搏

　E. 无需治疗

参考答案:E

5. 治疗快速性心律失常心脉瘀阻证,应首选
　　A.归脾汤加减
　　B.天王补心丹加减
　　C.生脉散加减
　　D.黄连温胆汤加减
　　E.桃仁红花煎加减
　　参考答案:E
6. 治疗缓慢性心律失常心阳不足证,应首选
　　A.人参四逆汤合桂枝甘草龙骨牡蛎汤加减
　　B.参附汤合真武汤加减
　　C.炙甘草汤加减
　　D.涤痰汤加减
　　E.血府逐瘀汤加减
　　参考答案:A

A2 型题

7. 患者,女,36 岁。有心悸、气促病史 4 年。此次因人流后诸症加重。现症见心悸不安,胸闷气短,面色苍白,形寒肢冷,舌质淡白,脉象细数。其证型是
　　A.气血不足证
　　B.阴虚火旺证
　　C.气阴两虚证
　　D.痰火扰心证
　　E.心阳不振证
　　参考答案:E

8. 患者,女,44 岁。心悸 1 周。查:心电图示多个导联提前出现的宽大畸形 QRS 波群,其前无相关 P 波,其后 T 波与 QRS 波群主波方向相反,代偿间歇完全。考虑是
　　A.房性早搏
　　B.室性早搏
　　C.房室交界性早搏
　　D.房室传导阻滞
　　E.室内传导阻滞
　　参考答案:B

9. 患者,男,35 岁。心悸时发时止,胸闷烦躁,失眠多梦,口干口苦,大便秘结,小便黄赤,舌苔黄腻,脉象弦滑。其证候是
　　A.阴虚火旺证
　　B.气血不足证
　　C.气阴两虚证
　　D.痰火扰心证
　　E.心阳不振证
　　参考答案:D

10. 患者,女,59 岁。心悸不宁,心烦少寐,头晕目眩,手足心热,耳鸣腰酸,舌质红,苔少,脉细数。

其中医治法是
　　A.滋阴清火,养心安神
　　B.益气养阴,养心安神
　　C.清热化痰,宁心安神
　　D.活血化瘀,理气通络
　　E.温补心阳,安神定悸
　　参考答案:A

B1 型题

11.
　　A.心肾阳虚证
　　B.心阳不足证
　　C.气阴两虚证
　　D.痰浊阻滞证
　　E.心脉痹阻证
①宜于人参四逆汤合桂枝甘草龙骨牡蛎汤加减治疗的缓慢性心律失常的证型是
②宜于炙甘草汤加减治疗的缓慢性心律失常的证型是
　　参考答案:①B　②C

12.
　　A.利多卡因
　　B.地高辛
　　C.异搏定
　　D.苯妥英钠
　　E.阿托品
①治疗急性心肌梗死当日出现的室性早搏,应首选
②治疗心功能正常的阵发性室上性心动过速,应首选
　　参考答案:①A　②C

13.
　　A.Ⅰ度房室传导阻滞
　　B.Ⅱ度Ⅱ型房室传导阻滞
　　C.Ⅱ度Ⅰ型房室传导阻滞
　　D.Ⅲ度房室传导阻滞
　　E.窦房传导阻滞
①P 波与 QRS 波无固定关系,可见室性自主心律的心电图表现是
②P－R 间期固定,QRS 波有脱漏的心电图表现是
　　参考答案:①D　②B

14.
　　A.80 次/分
　　B.100～150 次/分
　　C.150～250 次/分
　　D.250～350 次/分

E. 350 ~ 600 次/分
①房扑的心房率为
②房颤的心房率为
参考答案:①D ②E

【考点评析】

1. 快速性心律失常

(1)诊断包括室上性心动过速、过早搏动、室性心动过速、房颤与房扑。

(2)西医治疗:室上性心动过速可选用洋地黄类等,早搏可选用胺碘酮等,恶性室性心动过速可直流电复律等。

(3)中医辨证论治

心神不宁证 治法:镇惊定志,养心安神。方药:安神定志丸加减。

气血不足证 治法:补血养心,益气安神。方药:归脾汤加减。

阴虚火旺证 治法:滋阴清火,养心安神。方药:天王补心丹加减。

气阴两虚证 治法:益气养阴,养心安神。方药:生脉散加减。

痰火扰心证 治法:清热化痰,宁心安神。方药:黄连温胆汤加减。

心脉瘀阻证 治法:活血化瘀,理气通络。方药:桃仁红花煎加减。

心阳不振证 治法:温补心阳,安神定悸。方药:参附汤合桂枝甘草龙骨牡蛎汤加减。

2. 缓慢性心律失常

(1)诊断包括窦性心动过缓、房室传导阻滞、病态窦房结综合征。

(2)西医治疗:窦性心动过缓可用阿托品。房室传导阻滞:Ⅰ度房室传导阻滞与Ⅱ度Ⅰ型房室传导阻滞心室率不太慢者,无需接受治疗;Ⅱ度Ⅱ型与Ⅲ度房室阻滞如心室率显著缓慢,伴有血流动力学障碍,甚至阿–斯综合征发作,应给予阿托品或异丙肾上腺素等。病态窦房结综合征:对不伴有快速性心律失常的患者,可先试用阿托品、麻黄素或含服异丙肾上腺素以提高心率;药物不能缓解的缓慢性心律失常应人工心脏起搏。

(3)中医辨证论治

心阳不足证 治法:温补心阳,通脉定悸。方药:人参四逆汤合桂枝甘草龙骨牡蛎汤加减。

心肾阳虚证 治法:温补心肾,温阳利水。方药:参附汤合真武汤加减。

气阴两虚证 治法:益气养阴,养心通脉。方药:炙甘草汤加减。

痰浊阻滞证 治法:理气化痰,宁心通脉。方药:涤痰汤加减。

心脉痹阻证 治法:活血化瘀,理气通络。方药:血府逐瘀汤加减。

命题考点3 心脏骤停

【历年真题纵览】

A1 型题

1. 心脏病猝死中最常见的原因是
   A. 心肌病
   B. 冠心病
   C. 充血性心力衰竭
   D. 电解质失衡
   E. Q – T 间期延长综合征
   参考答案:B

2. 人工呼吸按压与吹气比是
   A. 10:1
   B. 15:1
   C. 15:2
   D. 30:1
   E. 30:2
   参考答案:E

3. 心肺复苏时,出现心室颤动或持续性快速室性心动过速,应立即用多少能量双相波进行直流电除颤
   A. 50 J
   B. 100 J
   C. 200 J
   D. 300 J
   E. 360 J
   参考答案:C

4. 胸外按压时,按压深度应为
   A. 1 ~ 2 cm
   B. 2 ~ 3 cm
   C. 3 ~ 4 cm
   D. 4 ~ 5 cm
   E. 5 ~ 7 cm
   参考答案:D

【考点评析】

1. 病因:心脏性猝死中约80% 由冠心病及其并发症引起。

2. 诊断:①神志消失,表现为意识突然丧失,昏

倒于任何场合。②大动脉(颈动脉或股动脉)搏动消失。具有上述两点即可作出临床诊断,应立即进行心肺复苏。

3.治疗:首先立即捶击复律。其次是清理患者呼吸道,保持气道通畅。

(1)基础心肺复苏:①人工呼吸:气管内插管是建立人工通气的最好方法。暂时可以急用口对口人工呼吸,每次吹入气量700~1 000 ml。连续胸部按压30 次后,吹气两口,即按压与吹气比为 30∶2。②胸外按压:是建立人工循环的主要方法。要按压在胸骨中下 1/3 交界处,按压时术者双臂应伸直;双肩在患者胸骨上方正中,垂直向下用力按压,利用髋关节为支点,以肩臂部力量向下按压,按压深度为4~5 cm,按压后放松,使血液回流。按压频率100 次/分左右,按压应规律、均匀、不间断地进行,下压与放松的时间大致相等。

(2)除颤和复律:迅速恢复有效的心律是复苏能否成功的关键。一旦心电监测确定为心室颤动或持续性快速室性心动过速,应立即用双相波200 J 或单相波360 J 能量进行直流电除颤。

(3)药物治疗:在心肺复苏期间静脉注射利多卡因有利于心脏保持电的稳定性;缓慢性心律失常或心搏停顿、无脉搏性电活动,在给予患者基本生命支持下,常用药物为肾上腺素、阿托品,亦可用异丙肾上腺素。在未建立静脉通道时,可由心内注射肾上腺素。若有条件,应争取施行临时人工心脏起搏。

命题考点4　原发性高血压

【历年真题纵览】

A1 型题

1.中医学认为引起高血压病的病机性质是本虚表实,本虚是指

　　A.肝肾阳虚

　　B.肝肾阴虚

　　C.肝脾气虚

　　D.脾肾阳虚

　　E.脾肾阴虚

参考答案:B

2.下列哪项不是高血压病的并发症

　　A.短暂性脑缺血发作

　　B.脑血栓形成

　　C.脑出血

　　D.脑栓塞

　　E.高血压脑病

参考答案:D

3.天麻钩藤饮加减治疗的高血压病中医证型是

　　A.肝阳上亢证

　　B.痰湿内盛证

　　C.瘀血内停证

　　D.肝肾阴虚证

　　E.肾阳虚衰证

参考答案:A

4.治疗原发性高血压痰湿内盛证的方剂是

　　A.天麻钩藤饮加减

　　B.半夏白术天麻汤加减

　　C.血府逐瘀汤加减

　　D.杞菊地黄丸加减

　　E.济生肾气丸加减

参考答案:B

A2 型题

5.患者,男,58 岁。既往有高血压病史,晨起时突然出现口眼㖞斜,语言謇涩,右侧半身不遂,胸闷,时有心前区痛;口唇发绀,脉弦细涩,舌紫,即来医院就诊。测血压 180/100 mmHg,头颅 CT 未见异常。其诊断是

　　A.高血压病,肝阳暴亢,风上火扰证

　　B.高血压病,脑梗死,肝阳上亢证

　　C.高血压病,脑出血,气虚血瘀证

　　D.高血压病,脑梗死,瘀血内停证

　　E.高血压病,脑梗死,痰湿内盛证

参考答案:D

6.患者,男,65 岁。高血压病史多年,头晕耳鸣,目涩,咽干,五心烦热,盗汗,不寐多梦,腰膝酸软,大便干涩,便热赤,脉细数,舌质红少苔。其证型是

　　A.肝阳上亢证

　　B.痰湿内盛证

　　C.肝肾阴虚证

　　D.瘀血内停证

　　E.肾阳虚衰证

参考答案:C

7.患者,男,53 岁。头晕眼花,头痛耳鸣,形寒肢冷,心悸气短,腰膝酸软,遗精阳痿,夜尿频多,大便溏薄,脉沉弱,舌淡胖。血压 170/100 mmHg。其治法是

　　A.平肝潜阳

　　B.祛痰降浊

　　C.活血化瘀

　　D.滋补肝肾,平肝潜阳

E. 温补肾阳

参考答案:E

8. 患者有高血压病史 7 年,今晨起突然言语不清,口角歪斜,左侧肢体活动障碍,首选的检查项目是

A. 腰穿脑脊液

B. 颅脑 CT

C. 脑血管造影

D. 脑超声波

E. 脑电图

参考答案:B

9. 患者,男,48 岁,吸烟、高脂血症。门诊查体,血压 190/110 mmHg。该患者高血压病应属于

A. 低度危险组

B. 中度危险组

C. 高度危险组

D. 极高危险组

E. 以上都不是

参考答案:D

B1 型题

10.

A. α 受体阻滞剂

B. β 受体阻滞剂

C. 钙拮抗剂

D. 利尿剂

E. 血管紧张素转换酶抑制剂

①治疗高血压伴心率过快,应首选

②治疗高血压伴心力衰竭,应首选

参考答案:①B ②E

【考点评析】

1. 西医病因病理:高血压病的病因尚不十分清楚,目前比较一致认为是由于多种后天因素使血压的调节失代偿所致,具有一定的遗传背景。

2. 中医病因病机:主要病因为情志失调、饮食不节、久病劳伤、先天禀赋不足等。主要病理环节为风、火、痰、瘀、虚,与肝、脾、肾等脏腑关系密切。病机性质为本虚标实,肝肾阴虚为本,肝阳上亢、痰浊内蕴为标。

3. 临床表现

(1)一般表现:高血压病起病隐袭,进展缓慢,早期可无症状。少数病人在出现心、脑、肾并发症时才发现血压升高。可有头晕、头痛、情绪易激动、颈项部板滞、注意力不集中等高血压的一般症状。

(2)并发症:血压持续升高,可有心、脑、肾等靶器官损害。

(3)高血压危重症:包括①恶性高血压;②高血

压危象;③高血压脑病。

4. 西医治疗

(1) 高血压病的治疗,首先要全面评估病人是否存在危险因素,然后确定高血压的危险度,再给予治疗。心血管疾病危险因素包括:吸烟、高脂血症、糖尿病、年龄 >60 岁的男性或绝经后的女性、心血管疾病家族史。

①低度危险组:血压 1 级,不存在上述危险因素,这类病人的治疗以改善生活方式的非药物治疗为主。半年后无效,再以药物治疗。

②中度危险组:高血压 1 级伴 1~2 个危险因素或高血压 2 级不伴有或不超过 2 个危险因素,治疗除改善生活方式外,给予药物治疗。

③高度危险组:高血压 1~2 级伴至少 3 个危险因素者,必须药物治疗。

④极高危险组:高血压 3 级或高血压 1~2 级伴有靶器官损害及相关的临床疾病等,必须尽快给予强化治疗。

(2)药物治疗:①利尿剂;②β 受体阻滞剂;③钙离子拮抗剂(CCB);④血管紧张素转换酶抑制剂(ACEI);⑤血管紧张素 II 受体阻滞剂(ARB);⑥α 受体阻滞剂。

(3)高血压危重症的治疗:包括迅速降压,降低颅内压,制止抽搐等。

5. 中医辨证论治

肝阳上亢证　治法:平肝潜阳。方药:天麻钩藤饮加减。

痰湿内盛证　治法:祛痰降浊。方药:半夏白术天麻汤加减。

瘀血内停证　治法:活血化瘀。方药:血府逐瘀汤加减。

肝肾阴虚证　治法:滋补肝肾,平潜肝阳。方药:杞菊地黄丸加减。

肾阳虚衰证　治法:温补肾阳。方药:济生肾气丸加减。

命题考点5　冠状动脉粥样硬化性心脏病

【历年真题纵览】

A1 型题

1. 不属于急性冠脉综合征(ACS)的是

A. 稳定型心绞痛

B.不稳定型心绞痛

C.非 S－T 段抬高性心肌梗死

D.S－T 段抬高性心肌梗死

E.以上都不是

参考答案:A

【考点评析】

本病可归属于中医学"胸痹"、"心痛"等病证范畴。

1.概念:冠状动脉粥样硬化性心脏病是指因冠状动脉粥样硬化使血管腔狭窄、阻塞和(或)冠状动脉痉挛导致心肌缺血缺氧或坏死而引起的心脏病,统称冠状动脉性心脏病,简称冠心病,亦称缺血性心脏病。

2.分型:1979 年 WHO 将冠心病分为无症状性心肌缺血、心绞痛、心肌梗死、缺血性心肌病和猝死五型,目前仍沿用。近年来提出的急性冠脉综合征(ACS)包括了不稳定型心绞痛(UA)、非 S－T 段抬高性心肌梗死及 S－T 段抬高性心肌梗死。这三种病的共同病理基础均为不稳定粥样斑块,只是伴发了不同程度的继发性病理改变,如斑块内出血、斑块纤维帽破裂、血栓形成及血管痉挛狭窄等。在患者胸痛发作之初并不能确定其最终的结果是仅仅停留于 UA 或将进展至心肌梗死,故统称为 ACS。

命题考点6　心绞痛

【历年真题纵览】

A1 型题

1.冠心病心绞痛心血瘀阻证的治法是

A.活血化瘀,通脉止痛

B.通阳泄浊,豁痰开痹

C.辛温通阳,开痹散寒

D.益气活血,通脉止痛

E.益气养阴,活血通络

参考答案:A

2.心绞痛的疼痛典型部位在

A.心尖区

B.心前区

C.胸骨体下段之胸骨后

D.胸骨体上或中段之胸骨后

E.心窝部

参考答案:D

3.心绞痛发作时,首选的速效药物是

A.普萘洛尔(心得安)

B.硝苯地平(心痛定)

C.硝酸异山梨醇酯(消心痛)

D.硝酸甘油

E.阿司匹林

参考答案:D

4.心绞痛心肾阳虚证的治法是

A.辛温通阳,开痹散寒

B.益气活血,通脉止痛

C.益气养阴,活血通络

D.滋阴益肾,养心安神

E.益气壮阳,温络止痛

参考答案:E

5.心绞痛发作时,心电图的改变是

A.P 波高尖

B.异常 Q 波

C.ST 段水平压低 0.1 mV 以上

D.完全性右束支传导阻滞

E.P－R 间期延长

参考答案:C

5.下列哪项是冠心病心绞痛气阴两虚证的治则

A.益气活血,通脉止痛

B.益气养阴,活血通络

C.辛温通阳,开痹散寒

D.滋阴益肾,养心安神

E.益气壮阳,温络止痛

参考答案:B

6.下列各项中,除哪项外,均是冠心病的西医分型

A.隐匿型

B.心绞痛型

C.猝死型

D.继发性心脏骤停型

E.心肌梗死型

参考答案:D

7.胸痹的病机,总属

A.气血失和

B.寒热错杂

C.气血两虚

D.本虚标实

E.上盛下虚

参考答案:D

A2 型题

8.患者,男,70 岁。患冠心病多年,胸痛隐隐,时轻时重,遇劳则发,神疲乏力,气短懒言,心悸自汗,

舌质淡暗、胖有齿痕,苔薄白,脉缓弱无力。应选用

A. 瓜蒌薤白半夏汤合涤痰汤

B. 补阳还五汤加减

C. 生脉散合炙甘草汤

D. 血府逐瘀汤加减

E. 枳实薤白桂枝汤合当归四逆汤加减

参考答案:B

9. 患者,男,54 岁。常于安静时突发胸骨后疼痛,每次约半小时,含硝酸甘油片不能缓解。心电图示有关导联 ST 段抬高。诊断为心绞痛,其类型是

A. 稳定型

B. 变异型

C. 卧位型

D. 中间型

E. 恶化型

参考答案:B

10. 某男,54 岁,曾诊为冠心病。猝然胸痛如绞,形寒,四肢不温,冷汗自出,心痛彻背,背痛彻心,心悸气短,舌质淡红,苔白,脉沉紧,宜用

A. 瓜蒌薤白半夏汤合涤痰汤

B. 枳实薤白桂枝汤合当归四逆汤加减

C. 补阳还五汤加减

D. 血府逐瘀汤加减

E. 参附汤合右归丸加减

参考答案:B

11. 患者,男,62 岁。胸闷痛,心悸盗汗,虚烦不寐,腰膝酸软,头晕耳鸣,舌红少苔,脉沉细数。其治法是

A. 活血化瘀,通脉止痛

B. 益气活血,通脉止痛

C. 益气壮阳,温络止痛

D. 益气养阴,活血通络

E. 滋阴益肾,养心安神

参考答案:E

12. 患者,女,60 岁。反复发作胸闷胸痛半月余,气短痰多,肢体沉重,形体肥胖,纳呆恶心,舌苔浊腻,脉滑。心电图 V3、V4、V5、V6 导联 ST 段下移,T 波倒置。其证型是

A. 阴寒凝滞证

B. 气虚血瘀证

C. 痰浊内阻证

D. 心血瘀阻证

E. 心肾阳虚证

参考答案:C

13. 某女,58 岁。因劳累出现左胸不适、疼痛、心

电图示急性心梗。最为积极的治疗方法是

A. 药物治疗

B. 主动脉球囊反搏治疗

C. 静脉溶栓

D. 冠状动脉成形及支架植入术

E. 外科手术治疗

参考答案:D

【考点评析】

1. 西医病因和发病机制:任何原因引起冠状动脉供血与心肌需血之间发生矛盾,冠状动脉血流量不能满足心肌代谢的需要,引起心肌急剧的、暂时的缺血缺氧时,即可发生心绞痛。

2. 中医病因病机:本病主要病机为心脉瘀阻。病位在心,涉及肝、脾、肾等脏。病性总属本虚标实,虚为气虚、阴虚、阳虚而心脉失养,以心气虚为常见;实为寒凝、气滞、痰浊、血瘀痹阻心脉,而以血瘀为多见。

3. 临床表现

(1)部位:主要在胸骨上段或中段之后,常放射至左肩、左臂内侧及无名指和小指或至颈、咽或下颌部。

(2)性质:是阵发性、突然发生的胸痛,常为压榨性、闷胀性或窒息性,也可有烧灼感。

(3)诱因:发作常由体力劳动或情绪激动所激发,饱食、寒冷、吸烟、心动过速、休克等亦可诱发。

(4)持续时间:疼痛出现后常逐渐加重,然后在 3 ~ 5 分钟内渐消失,很少超过 15 分钟。

(5)缓解方式:休息或舌下含服硝酸甘油能在几分钟内缓解。

4. 实验室及其他检查

(1)心电图:是发现心肌缺血、诊断心绞痛最常用的检查方法。

①心绞痛发作时心电图:出现典型的缺血性改变,即以 R 波为主的导联中,出现 S - T 段压低 0.1 mV(1 mm)以上,有时出现 T 波倒置,发作缓解后恢复。

②静息心电图:约半数心绞痛患者在正常范围内,部分患者可有 S - T 段下移及 T 波倒置,极少数可有陈旧性心肌梗死的改变。

③心电图运动负荷试验:通常使用分级踏板或蹬车运动。心电图改变主要以 S - T 段水平型或下斜型压低 ≥0.1 mV(J 点后 60 ~ 80 ms)持续 2 分钟作为阳性标准。

④心电图连续监测。

(2)冠状动脉造影:对冠心病具有确诊价值。

（3）超声检查:超声心动图可探测到缺血区心室壁的运动异常,冠状动脉内超声显像可显示血管壁的粥样硬化病变。

5.诊断与鉴别诊断

（1）诊断:根据典型的发作特点和体征,结合存在的冠心病易患因素,除外其他原因所致的心绞痛,一般即可确立诊断。分型:

稳定型心绞痛:即稳定型劳力性心绞痛。

不稳定型心绞痛:主要包含以下亚型:①初发劳力性心绞痛;②恶化劳力性心绞痛;③静息心绞痛;④梗死后心绞痛;⑤变异型心绞痛。

（2）鉴别诊断:急性心肌梗死疼痛部位与心绞痛相仿,但性质更剧烈,持续时间可达数小时,常伴有休克、心律失常及心力衰竭,含服硝酸甘油多不能使之缓解。心电图中面向梗死部位的导联 S - T 段抬高,并有病理性 Q 波。实验室检查示血清心肌酶、肌红蛋白、肌钙蛋白 I 或 T 等增高。

6.西医治疗

（1）一般治疗。

（2）预防开发症的治疗:主要是治疗动脉粥样硬化,以预防心肌梗死、心律失常、猝死等并发症。包括降血脂和抗血小板聚集。

（3）改善症状的治疗。

①发作时的治疗:常用硝酸甘油,亦可使用硝酸异山梨酯。

②缓解期的治疗:硝酸酯制剂、β 受体阻滞剂、钙通道阻滞剂。

治疗变异型心绞痛首选钙通道阻滞剂。

（4）不稳定型心绞痛的处理

①一般处理:急性期应卧床休息 1～3 天,吸氧,持续心电监测。烦躁不安、剧烈疼痛者可给以吗啡 5～10 mg,皮下注射。如有必要应重复检测心肌坏死标志物。

②抗血小板和抗凝药:积极抗栓治疗是本病重要的治疗措施,目的在于防止血栓形成,阻止病情向心肌梗死方向发展。

③缓解症状:选择硝酸酯类、β 受体阻滞剂及钙通道阻滞剂治疗。对于严重的不稳定型心绞痛患者,常需三联用药以控制心绞痛发作。

④介入和外科手术治疗:对于高危组患者选择使用。

7.中医辨证论治

心血瘀阻证　治法:活血化瘀,通脉止痛。方药:血府逐瘀汤加减。

痰浊内阻证　治法:通阳泄浊,豁痰开痹。方药:瓜蒌薤白半夏汤合涤痰汤。

阴寒凝滞证　治法:辛温通阳,开痹散寒。方药:枳实薤白桂枝汤合当归四逆汤加减。

气虚血瘀证　治法:益气活血,通脉止痛。方药:补阳还五汤加减。

气阴两虚证　治法:益气养阴,活血通络。方药:生脉散合炙甘草汤。

心肾阴虚证　治法:滋阴益肾,养心安神。方药:左归丸加减。

心肾阳虚证　治法:益气壮阳,温络止痛。方药:参附汤合右归丸加减。

命题考点7　心肌梗死

【历年真题纵览】

A1 型题

1.前间壁心肌梗死特征性心电图改变,见于

A. V3、V4、V5

B. V1、V2、V3、V4、V5

C. V1、V2、V3

D. V5、Ⅰ、aVL

E. Ⅱ、Ⅲ、aVF

参考答案:C

2.急性心肌梗死最常见的心律失常是

A.房性早搏或心房纤颤

B.室性早搏或室性心动过速

C.房室传导阻滞

D.预激综合征

E.右束支传导阻滞

参考答案:B

3.缓解急性心肌梗死疼痛的最有效药物是

A.硝酸异山梨醇酯（消心痛）

B.硝酸甘油

C.吗啡

D.安痛定

E.硝苯地平（心痛定）

参考答案:C

4.心肌梗死心阳欲脱证的中医治法是

A.温阳利水,通脉止痛

B.益气活血,祛瘀止痛

C.回阳救逆,益气固脱

D.散寒宣痹,芳香温通

E.活血化瘀,通络止痛

参考答案:C

5. 急性心肌梗死早期(24 小时)死亡的主要原因是
  A. 心源性休克
  B. 心律失常
  C. 心脏破裂
  D. 乳头肌断裂
  E. 心力衰竭
参考答案:B

A2 型题

6. 患者,冠心病史 3 年。胸痛彻背,心痛如绞,胸闷憋气,形寒畏冷,四肢不温,冷汗自出,心悸气短,舌质紫暗,苔薄白,脉沉细或沉紧。其证型是
  A. 冠心病心绞痛,气阴两虚证
  B. 冠心病心绞痛,气阴两虚证
  C. 冠心病心绞痛,寒痰痹阻证
  D. 急性心肌梗死,痰瘀痹阻证
  E. 急性心肌梗死,寒凝心脉证
参考答案:E

7. 患者,男,74 岁。胸痛剧烈,如割如刺,胸闷如窒,气短痰多,心悸不宁,腹胀纳呆,恶心呕吐,舌苔浊腻,脉滑。诊断为急性前壁心肌梗死,其证型是
  A. 气滞血瘀证
  B. 寒凝心脉证
  C. 心阳欲脱证
  D. 阳虚水泛证
  E. 痰瘀互结证
参考答案:E

8. 患者,男,59 岁。体胖,多年吸烟,近 1 年常有劳累性心前区疼痛,日前丧母而致心前区剧痛,并向左肩放射。入院时检查:神志模糊,心电图示广泛心肌缺血,抢救无效死亡。其死因最大的可能是
  A. 心肌炎
  B. 高血压性心脏病,心力衰竭
  C. 急性心肌梗死
  D. 心肌病
  E. 脑溢血
参考答案:C

9. 患者,男,50 岁。急性心肌梗死第 2 天,少尿,血压 80/50 mmHg(10.7/6.7 kPa),烦躁不安,面色苍白,表情淡漠,皮肤湿冷,大汗淋漓,脉细弱无力。应首先考虑的是
  A. 左心衰竭
  B. 急性肾功能衰竭
  C. 心肌梗死后综合征
  D. 低血糖反应

  E. 心源性休克
参考答案 E

10. 患者,男,58 岁。反复活动性胸痛 2 年。2 小时前,胸痛再次发作,持续不缓解,烦躁不安、大汗淋漓。经检查诊断为急性前间壁心肌梗死。其心电图特征改变出现的导联是
  A. V1、V2、V3
  B. Ⅱ、Ⅲ、aVF
  C. V1、V2、V3、V4、V5
  D. V1、V2、V3、aVF、Ⅱ、Ⅲ
  E. V1、V6、Ⅵ
参考答案:A

11. 患者,男,48 岁。有冠心病史 3 年。今晨胸痛持续剧烈,甚则心痛彻背,背痛彻心,含服硝酸甘油后不能缓解,且喘促心悸,气短乏力,畏寒肢冷,腰部、下肢浮肿,面色苍白,唇甲淡白,舌淡胖,苔水滑,脉沉细。检查:心电图示 Ⅰ、Ⅱ、aVF 导联 ST 段呈弓背向上的抬高,血清酶学检查示 CK - MB 活性增高。其证型是
  A. 气阴两虚证
  B. 寒凝心脉证
  C. 痰瘀互结证
  D. 气虚血瘀证
  E. 阳虚水泛证
参考答案:E

12. 患者因急性前壁心肌梗死入院治疗,其病因最常见的是
  A. 高血压病
  B. 冠状动脉粥样硬化
  C. 体力活动
  D. 情绪激动
  E. 休克
参考答案:B

13. 患者冠心病史 3 年。晨痛持续剧烈,甚则心痛彻背,背痛彻心,含服硝酸甘油后不能缓解,且胸闷心痛,动则加重,神疲乏力,气短懒言,心悸自汗,舌体胖大,有齿痕,舌质暗淡,苔薄白,脉细弱无力。诊断为急性心肌梗死,气虚血瘀证。其治法是
  A. 活血化瘀,通络止痛
  B. 散寒宣痹,芳香温通
  C. 温阳利水,通脉止痛
  D. 益气滋阴,通脉止痛
  E. 益气活血,祛瘀止痛
参考答案:E

B1 型题

14.

A. 补阳还五汤加减

B. 当归四逆汤合苏合香丸加减

C. 血府逐瘀汤加减

D. 瓜蒌薤白半夏汤合桃红四物汤加减

E. 参附龙牡汤加减

①治疗急性心肌梗死寒凝心脉证,应首选

②治疗急性心肌梗死心阳欲脱证,应首选

参考答案:①B ②E

【考点评析】

1. 西医病因:绝大多数心肌梗死的病因是冠状动脉粥样硬化。

2. 中医病因病机:基本病机为心脉闭阻不通,心失所养。病位在心,而与肝、脾、肾相关。病性为本虚标实,本虚是气虚、阳虚、阴虚,以心气虚为主;标实为寒凝、气滞、血瘀、痰阻,以血瘀为主。

3. 临床表现

(1)疼痛:是最常见的起始症状。典型的疼痛部位和性质与心绞痛相似,但疼痛更剧烈。

(2)全身症状:有发热和心动过速等。

(3)胃肠道症状:常伴有恶心、呕吐、肠胀气和消化不良,特别是下后壁梗死者。重症者可发生呃逆。

(4)心律失常:见于 75% ~95% 的患者,以发病 24 小时内最多见,可伴心悸、乏力、头晕、晕厥等症状。

(5)低血压和休克:见于 20% ~30% 的患者。

(6)心力衰竭:主要是急性左心衰竭。

4. 实验室和其他检查

(1)心电图:心肌梗死典型的心电图有特征性改变,呈动态演变过程,并有定位意义,有助于估计病情演变和预后。S T 段抬高性心肌梗死的心电图表现特点为:①宽而深的 Q 波(病理性 Q 波),一般指 Q 波时间大于 0.04 秒,深度大于同导联 R 波的 1/4,在面向心肌坏死区的导联上出现;②S - T 段呈弓背向上型抬高,在面向坏死区周围心肌损伤区的导联上出现;③T 波倒置,在面向损伤区周围心肌缺血区的导联上出现。

(2)血清心肌坏死标志物:常检测的标志物有肌红蛋白、肌钙蛋白、肌酸激酶同工酶、肌酸激酶(CK)、天冬氨酸氨基转移酶(AST)、乳酸脱氢酶(LDH)等。

5. 诊断与鉴别诊断

(1)诊断:至少具备下列 3 条标准中的 2 条:①缺血性胸痛的临床病史;②心电图的动态演变;③血清心肌坏死标志物浓度的动态改变。

(2)鉴别诊断:急性心包炎、急性肺动脉栓塞。

6. 西医治疗

(1)一般治疗:主要包括卧床休息、建立静脉通道、镇痛、吸氧等。

(2)再灌注治疗

①溶栓疗法:无禁忌证时应立即(接诊患者后30分钟内)行本法治疗。溶栓药物有:尿激酶(UK)、链激酶(SK)或重组链激酶(SK)、重组组织型纤维蛋白溶解原激活剂(rt – PA)。

②介入治疗(PCII):有条件选择使用。

③紧急 CABG:介入治疗失败或溶栓治疗无效,有手术指征者,宜争取 6 ~8 小时内施行。

(3)药物治疗

①硝酸酯类:急性心肌梗死早期,通常给予硝酸甘油静脉滴注 24 ~48 小时。对伴有再发性心肌缺血、充血性心力衰竭或需处理的高血压者更为适宜。

②抗血小板药:阿司匹林或噻氯匹定。

③抗凝药:肝素、尿激酶和链激酶等。

④β 受体阻滞剂和钙通道阻滞剂:在起病的早期,如无禁忌证应尽早使用。

⑤ACEI 类和血管紧张素 II 受体阻滞剂:有助于改善恢复期心室的重塑,降低心力衰竭的发生率,从而降低死亡率。

⑥极化液疗法。

(4)消除心律失常。

(5)治疗心力衰竭。

(6)控制休克:包括升压、补充血容量及其他措施,如纠正酸中毒、避免脑缺血、保护肾功能,必要时应用洋地黄制剂等。

(7)并发症的处理。

7. 中医辨证论治

气滞血瘀证 治法:活血化瘀,通络止痛。方药:血府逐瘀汤加减。

寒凝心脉证 治法:散寒宣痹,芳香温通。方药:当归四逆汤合苏合香丸加减。

痰瘀互结证 治法:豁痰活血,理气止痛。方药:瓜蒌薤白半夏汤合桃红四物汤加减。

气虚血瘀证 治法:益气活血,祛瘀止痛。方药:补阳还五汤加减。

气阴两虚证 治法:益气滋阴,通脉止痛。方药:生脉散合左归饮加减。

阳虚水泛证 治法:温阳利水,通脉止痛。方药:真武汤合葶苈大枣泻肺汤加减。

心阳欲脱证 治法:回阳救逆,益气固脱。方药:参附龙牡汤加减。

命题考点8　风湿性心脏瓣膜病

【历年真题纵览】

A1 型题

1.风湿热诊断标准中的主要表现不包括
   A.舞蹈病
   B.关节痛
   C.心肌炎
   D.皮下结节
   E.环形红斑
参考答案:B

2.风湿性心脏瓣膜病的主要病因是
   A.七情所伤
   B.饮食不节
   C.禀赋不足
   D.劳倦体虚
   E.感受外邪
参考答案:E

3.风湿性心脏瓣膜病并发栓塞,最常见于
   A.二尖瓣狭窄合并心力衰竭
   B.二尖瓣狭窄合并心房纤颤
   C.二尖瓣关闭不全合并心力衰竭
   D.二尖瓣关闭不全合并主动脉瓣关闭不全
   E.二尖瓣狭窄合并关闭不全
参考答案:B

4.风湿性心脏瓣膜病心肾阳虚证的治法是
   A.益气养阴,宁心复脉
   B.温肾助阳,泻肺行水
   C.温补心肾,化气行水
   D.益气养心,活血通脉
   E.滋补肾阴,补虚固脱
参考答案:C

A2 型题

5.患者,女,42 岁。喘促气急,痰涎上涌,咳嗽,吐粉红色泡沫样痰,颜面灰白,口唇青紫,汗出肢冷,烦躁不安,舌质暗红,苔白腻,脉细促。诊断为风心病,心功能3级。其治法是
   A.益气养阴,宁心复脉
   B.益气养心,活血通脉
   C.温肾助阳,泻肺行水
   D.温补心肾,化气行水
   E.补虚固脱

参考答案:C

6.某男,63 岁。风湿性心脏病25 年。心悸烦躁,呼吸短促,不能平卧,喘促不宁,精神萎靡,唇甲青紫,四肢厥冷,舌质淡,苔白,脉细微欲绝。治疗方剂选用
   A.生脉散合肾气丸
   B.养心汤合补肺汤
   C.参附汤合生脉散
   D.葶苈大枣泻肺汤
   E.人参养荣汤合真武汤
参考答案:C

7.患者,女,32 岁。劳累后气促,咳嗽,水肿半年。年幼时曾有一次长期发热伴关节痛史。检查:心率120 次/分,节律不齐,心尖区有舒张期杂音,双肺底湿啰音,肝肿大,心电图示房颤。应首先考虑的是
   A.二尖瓣关闭不全
   B.二尖瓣狭窄
   C.主动脉瓣关闭不全
   D.主动脉瓣狭窄
   E.三尖瓣狭窄
参考答案:B

B1 型题

8.
   A.气阴两虚证
   B.心肾阳虚证
   C.气虚血瘀证
   D.阳虚水泛证
   E.心阳虚脱证

①风湿性心脏瓣膜病患者,症见:心悸气短,面色晦暗,口唇青紫,颈静脉怒张,胸胁满闷,胁下痞块,舌有紫斑、瘀点,脉细涩。其证型是

②风湿性心脏瓣膜病患者,症见:心悸气短,倦怠乏力,头晕目眩,面色无华,动则汗出,自汗,夜寐不宁,口干,舌质红,苔薄白,脉细数无力。其证型是
参考答案:①C　②A

【考点评析】

1.西医病因、病理及发病机制:风湿热发作期的风湿性心脏炎,尤其是心内膜炎所遗留的瓣膜病变是风心病的重要原因。目前临床、流行病学及免疫学方面的证据均支持 A 族乙型溶血性链球菌感染与本病密切相关,尤其是咽部链球菌感染被认为是风湿热发病的必要条件。

2.中医病因病机:中医认为,本病病因病机与机体正气盛衰,风寒湿热之邪入侵及瘀血、水饮、痰浊

有密切关系。基本病机为正虚邪入，痹阻心脉，本虚标实。

3. 临床表现

(1) 二尖瓣狭窄：常见症状呼吸困难、咯血、咳嗽、右心衰竭等。体征可见"二尖瓣面容"；叩诊心浊音界向左扩大，呈梨形；听诊可闻及心尖区舒张中、晚期低调的隆隆样杂音。

(2) 二尖瓣关闭不全：常见症状有疲乏无力、劳力性呼吸困难、端坐呼吸等，咯血少见。后期出现右心衰及体循环淤血症状。体征：心尖搏动向左下移位；听诊心尖部第一心音减弱；心尖部较粗糙的吹风样全收缩期杂音，范围广泛，常向左腋下及左肩胛下角传导，并可掩盖第一心音；肺动脉瓣区第二心音亢进、分裂；心尖区可闻及第三心音。

(3) 主动脉瓣狭窄：常见症状：呼吸困难、心绞痛和晕厥为典型主动脉瓣狭窄三联征。体征：听诊心尖部第一心音正常；主动脉瓣区第二心音减弱或消失，可听到高调粗糙的杂音。

(4) 主动脉瓣关闭不全：常见症状有心悸、心前区不适、头部搏动感等。体征：叩诊心浊音界向左下扩大，心腰明显，呈靴形，听诊心尖部第一心音减弱；主动脉瓣区第二心音减弱或消失；主动脉瓣第二听诊区可闻及叹气样递减型舒张期杂音，可向心尖部传导，前倾位和深吸气更易听到；心尖部可有柔和的吹风样收缩期杂音；重度关闭不全，尚可在心尖区闻及舒张中期柔和低调隆隆样杂音，系反流血液冲击二尖瓣前叶所致。可有动脉枪击音及杜氏双重杂音。

(5) 联合瓣膜病变：风心病约1/2患者有联合瓣膜损害。多个瓣膜损害时，总的血流动力学异常较各瓣膜单独损害者严重，两个体征轻的瓣膜损害可出现较明显的症状。

(6) 并发症：心力衰竭、心律失常、栓塞、感染性心内膜炎等。

4. 诊断与鉴别诊断

(1) 诊断：中青年患者有心脏瓣膜损害的表现和(或)风湿热及关节痛史，在排除了其他原因，可诊断本病。超声心动图检查可确诊。

(2) 鉴别诊断

①二尖瓣狭窄："功能性"二尖瓣狭窄：见于各种原因所致的左心室扩大，二尖瓣口血流量增加，或二尖瓣在心室舒张期开放时受主动脉反流冲击等情况。这类杂音一般历时短暂，性质柔和，无开瓣音。

②二尖瓣关闭不全：二尖瓣脱垂综合征：由于收缩期中一或二叶脱入左心房，引起瓣膜关闭不全。

心尖区或其内侧可闻及收缩中晚期喀喇音，紧接喀喇音可听到收缩期杂音。M型超声心动图可见二尖瓣于收缩中晚期向后移位，呈"吊床样"波形；二维超声图像上可见二尖瓣叶于收缩期突向左心房，并超过瓣环水平；多普勒超声可证实二尖瓣反流。

③主动脉瓣狭窄：肺动脉瓣狭窄在胸骨左缘第二肋间可闻及粗糙响亮的收缩期杂音，常伴收缩期喷射音，肺动脉瓣区第二心音减弱并分裂，主动脉瓣区第二心音正常，右心室肥厚增大，肺动脉主干呈狭窄后扩张。

④主动脉瓣关闭不全：梅毒性主动脉瓣关闭不全：本病发病年龄较晚，杂音最响部位多在胸骨右缘第二肋间，梅毒血清反应呈阳性，X线检查可见主动脉明显扩张。

5. 中医辨证论治

气阴两虚证——益气养阴，宁心复脉。方药：炙甘草汤加味。

气虚血瘀证——益气养心，活血通脉。方药：独参汤合桃仁红花煎加减。

心肾阳虚证——温补心肾，化气行水。方药：参附汤合五苓散加减。

阳虚水泛证——温肾助阳，泻肺行水。方药：真武汤合葶苈大枣泻肺汤加减。

心阳虚脱证——补虚固脱。方药：参附汤合生脉散。

第三单元　消化系统疾病

命题考点1　慢性胃炎

【历年真题纵览】

A1 型题

1. 治疗慢性胃炎和防止复发的关键是

　　A. 根除幽门螺杆菌

　　B. 制酸剂

　　C. 戒除烟酒，注意饮食，少吃刺激性食物

　　D. 胃动力药

　　E. 保护胃黏膜

　　参考答案：A

2. 慢性胃炎脾胃虚弱证的治法是

　　A. 温中散寒，和胃止痛

　　B. 健脾益气，温中和胃

　　C. 养阴益胃，和中止痛

D. 清利湿热,醒脾化浊

E. 化瘀通络,和胃止痛

参考答案:B

3. 治疗慢性胃炎胃阴不足证应首选

A. 四君子汤加减

B. 三仁汤加减

C. 柴胡疏肝散加减

D. 失笑散合丹参饮加减

E. 益胃汤加减

参考答案:E

A2 型题

4. 患者胃脘胀痛,每因情志不舒而病情加重,得嗳气或矢气后稍缓,嗳气频作,泛酸嘈杂,舌淡红,苔薄白,脉弦。其证型是

A. 脾胃虚弱证

B. 肝胃不和证

C. 脾胃湿热证

D. 胃阴不足证

E. 胃络瘀血证

参考答案:B

5. 患者胃脘隐痛,喜温喜按,食后胀满痞闷,纳呆,便溏,神疲乏力,舌淡红,苔薄白,脉沉细。其治法是

A. 清利湿热,醒脾化浊

B. 养阴益胃,和中止痛

C. 健脾益气,温中和胃

D. 疏肝理气,和胃止痛

E. 化瘀通络,和胃止痛

参考答案:C

6. 患者,胃脘灼热胀痛,嘈杂,脘腹痞闷,口干口苦,渴不欲饮,身重肢倦,尿黄,舌红,苔黄腻,脉滑。其方剂应选

A. 失笑散合丹参饮加减

B. 益胃汤加减

C. 三仁汤加减

D. 四君子汤加减

E. 柴胡疏肝散加减

参考答案:C

B1 型题

7.

A. 三仁汤加减

B. 失笑散合丹参饮加减

C. 四君子汤加减

D. 柴胡疏肝散加减

E. 益胃汤加减

①治疗慢性胃炎胃阴不足证,应首选

②治疗慢性胃炎胃络瘀血证,应首选

参考答案:①E ②B

8.

A. 疏肝理气,和胃止痛

B. 化瘀通络,和胃止痛

C. 健脾益气,温中和胃

D. 养阴益胃,和中止痛

E. 清利湿热,醒脾化浊

①胃脘隐痛、嘈杂,口干咽燥,五心烦热,大便干结,舌红少津,脉细。治法是

②胃脘疼痛如针刺,痛有定处,拒按,入夜尤甚,舌暗红或紫暗,脉弦涩。治法是

参考答案:①D ②B

【考点评析】

1. 西医病因病理

(1)病因与发病机制主要包括幽门螺杆菌感染、免疫因素、理化因素等。

(2)慢性胃炎的病理过程中,病变由黏膜表面向腺区发展,由灶性病变逐渐联合成片,最终腺体萎缩或破坏。其组织学改变不外乎炎症、萎缩和化生。

2. 中医病因病机:慢性胃炎的病因以饮食、情志所伤、脾胃虚弱多见。初起多实,病在气分,久病以虚为主,或虚实相兼,寒热错杂,病在血分。病位在胃,与肝、脾关系密切。

3. 临床表现:多数病人常无任何症状,部分病人表现为上腹胀满、隐痛,嗳气,反酸,食欲不佳等消化不良症状,进食后加重。胃黏膜糜烂时可出现消化道出血。可伴有消瘦、贫血等。体征多不明显,可有上腹部压痛。

4. 实验室及其他检查:包括幽门螺杆菌检查、胃液分析、血清学检查等。胃镜及组织学检查是诊断慢性胃炎最可靠的方法。

5. 诊断及鉴别诊断

(1)诊断:慢性胃炎的诊断主要依赖于胃镜和病理组织学检查。

(2)鉴别诊断:本病主要与以下几种常见病鉴别:消化性溃疡、慢性胆囊炎、功能性消化不良、胃神经症等。

6. 西医治疗:主要包括根除幽门螺杆菌、制酸剂、胃动力剂等。

7. 中医辨证论治

肝胃不和证——疏肝理气,和胃止痛。方药:柴胡疏肝散加减。

脾胃虚弱证——健脾益气,温中和胃。方药:四

君子汤加减。

脾胃湿热证——清利湿热,醒脾化浊。方药:三仁汤加减。

胃阴不足证——养阴益胃,和中止痛。方药:益胃汤加减。

胃络瘀血证——化瘀通络,和胃止痛。方药:失笑散合丹参饮加减。

命题考点2　消化性溃疡

【历年真题纵览】

A1 型题

1.消化性溃疡并发幽门梗阻,应首选的治疗措施是

A.阿托品加输液

B.洛赛克加输液

C.抗生素加消食中药

D.禁食、胃肠减压、补液

E.服中药消导化滞

参考答案:D

2.消化性溃疡最常见的并发症是

A.幽门梗阻

B.慢性穿孔

C.上消化道出血

D.癌变

E.营养不良

参考答案:C

3.治疗十二指肠溃疡之肝胃郁热证应首选

A.活络效灵丹合丹参饮加减

B.一贯煎合芍药甘草汤加减

C.化肝煎合左金丸加减

D.黄芪建中汤加减

E.柴胡疏肝散合五磨饮子加减

参考答案:C

4.消化性溃疡肝胃不和证的治法是

A.疏肝理气,健脾和胃

B.温中散寒,健脾和胃

C.健脾养阴,益胃止痛

D.清胃泄热,疏肝理气

E.活血化瘀,通络和胃

参考答案:A

5.消化性溃疡胃络瘀阻证的治法是

A.疏肝理气,健脾和胃

B.温中散寒,健脾和胃

C.健脾养阴,益胃止痛

D.清胃泄热,疏肝理气

E.活血化瘀,通络和胃

参考答案:E

A2 型题

6.患者,女,54 岁。有消化性溃疡病史多年,近日来胃痛隐隐,喜温喜按,畏寒肢冷,泛吐清水,腹胀便溏,舌淡胖,边有齿痕,苔白,脉迟缓。其证型是

A.肝胃不和证

B.胃阴不足证

C.脾胃虚寒证

D.肝胃郁热证

E.胃络瘀阻证

参考答案:C

7.患者,男,38 岁。有溃疡病史。近两周来时常出现食后上腹部疼痛,无节律性,昨日酒后症状加重,近日晨起出现呕吐,吐物为大量宿食。应首先考虑的是

A.多发性胃溃疡

B.十二指肠球部溃疡

C.十二指肠球后溃疡

D.幽门部溃疡并发幽门梗阻

E.胃溃疡恶变

参考答案:D

【考点评析】

1.西医病因病理、发病机制

(1)目前认为幽门螺杆菌感染是消化性溃疡的主要病因。

(2)病理:溃疡典型形状呈圆形或椭圆形,边缘光整,底部洁净,覆有灰白纤维渗出物。活动性溃疡周围黏膜常有水肿。溃疡损伤深浅不一,均累及黏膜肌层,深者穿透浆膜层而引起穿孔,可见局部畸形。显微镜下慢性溃疡基底部可分急性炎性渗出物、嗜酸性坏死层、肉芽组织和疤痕组织四层。

2.中医病因病机:病变部位主要在胃,与肝、脾关系密切,病性总属本虚标实。

3.临床表现

(1)多数消化性溃疡以上腹疼痛为主要表现,有以下特点:慢性病程,反复发作,呈周期性、节律性。

(2)并发症:①上消化道出血;②穿孔;③幽门梗阻;④癌变。

4.实验室及其他检查

(1)幽门螺杆菌检查:检测方法主要包括^{14}C呼气试验、快速尿素酶试验、黏膜涂片染色。

(2)X 线钡餐检查:龛影是消化性溃疡的直接征

象,是诊断的可靠依据。

(3)内镜检查:是消化性溃疡最直接的诊断方法。

5.诊断与鉴别诊断

(1)诊断要点:①长期反复发生的周期性、节律性慢性上腹部疼痛,应用制酸药物可缓解;②上腹部可有局限性深压痛;③X线钡餐造影见溃疡龛影;④内镜检查可见到活动期溃疡。

(2)鉴别诊断:主要包括胃癌、胃泌素瘤、慢性胆囊炎和胆石症等。

6.西医治疗

(1)一般治疗。

(2)根除幽门螺杆菌:目前推荐方案有三联疗法和四联疗法。三联疗法为质子泵抑制剂或铋剂,加上抗生素羟氨苄青霉素、克拉霉素、甲硝唑(或替硝唑)中的任何两种。四联疗法则为质子泵抑制与铋剂合用,再加上任何两种抗生素。

(3)抗酸药物治疗:抗酸药物包括碱性抗酸药、H_2受体拮抗剂、质子泵抑制剂。

(4)保护胃黏膜:药物有硫糖铝、胶体次枸橼酸铋和前列腺素类药物。

(5)非甾体类抗炎药相关溃疡的治疗:首先应暂停或减少非甾体类抗炎药的剂量,然后按上述方案治疗。若病情需要继续服用非甾体类抗炎药,可合用质子泵抑制剂或米索前列醇。

(6)外科治疗:当出现下列情形之一时应考虑手术治疗:①大出血经内科紧急处理无效;②急性穿孔;③器质性幽门梗阻;④胃溃疡怀疑有癌变。

7.中医辨证论治

肝胃不和证——疏肝理气,健脾和胃。方药:柴胡疏肝散合五磨饮子加减。

脾胃虚寒证——温中散寒,健脾和胃。方药:黄芪建中汤加减。

胃阴不足证——健脾养阴,益胃止痛。方药:一贯煎合芍药甘草汤加减。

肝胃郁热证——清胃泄热,疏肝理气。方药:化肝煎合左金丸加减。

胃络瘀阻证——活血化瘀,通络和胃。方药:活络效灵丹合丹参饮加减。

命题考点3 胃癌

【历年真题纵览】

A1型题

1.胃癌病位在胃,与下列关系密切的是

A.肝、脾、肾

B.肝、心、肾

C.脾、肺、肾

D.心、肺、肾

E.心、脾、肾

参考答案:A

2.诊断胃癌最可靠的手段是

A.胃液分析

B.便隐血试验

C.癌胚抗原测定

D.X线检查

E.胃镜 + 活检

参考答案:E

3.治疗胃癌痰气交阻证,应首选

A.柴胡疏肝散加减

B.理中汤合四君子汤加味

C.海藻玉壶汤加减

D.开郁二陈汤加减

E.八珍汤加减

参考答案:C

4.怀疑胃溃疡恶变时的最佳处理措施是

A.边治疗溃疡边密切观察

B.胃镜取活检明确诊断,指导治疗

C.服中药活血化瘀,清热解毒

D.立即化疗

E.立即手术

参考答案:B

5.早期胃癌是指病变局限在

A.黏膜层

B.黏膜层和黏膜下层

C.黏膜层和肌层

D.肌层

E.胃全层,未发生远处转移

参考答案:B

6.X线钡餐检查显示"皮革胃",多见于

A.浅表性胃炎

B.萎缩性胃炎

C.肿块型胃癌

D.溃疡型胃癌

E.浸润型胃癌

参考答案:E

7.胃癌肝胃不和证的治法是

A.疏肝和胃,降逆止痛

B.理气化痰,消食散结

C.理气活血,软坚消积

D. 清热和胃,养阴润燥

E. 温中散寒,健脾益气

参考答案:A

8. 不属于胃癌癌前病变的是

A. 肠上皮化生

B. 胃溃疡

C. 慢性浅表型胃炎

D. 残胃炎

E. 胃黏膜不典型增生

参考答案:C

A2 型题

9. 患者,男,51 岁。患胃癌 2 年。现症见脘痛剧烈,痛处固定,拒按,上腹肿块,肌肤甲错,眼眶黯黑,舌质紫暗,舌下脉络紫胀,脉弦涩。实验室检查:大便隐血试验示弱阳性。自服三七粉止血。治疗应首选

A. 海藻玉壶汤加减

B. 膈下逐瘀汤加减

C. 柴胡疏肝散加减

D. 血府逐瘀汤加减

E. 玉女煎加减

参考答案:B

10. 患者,男,45 岁。无节律性上腹部疼痛不适 2 个月,食欲不振。多次大便隐血试验均为阳性。为确诊,应做的检查是

A. 胃肠 X 线

B. 胃镜

C. 胃液分析

D. 腹腔镜

E. 癌胚抗原

参考答案:B

11. 患者,男,45 岁。胃脘嘈杂灼热,痞满吞酸,食后痛胀,口干喜冷饮,五心烦热,便结尿赤,舌质红绛,无苔,脉细数。X 线钡餐检查:胃小弯部有充盈缺损。其证型是

A. 气血两虚证

B. 胃热伤阴证

C. 脾胃虚寒证

D. 肝胃不和证

E. 瘀毒内阻证

参考答案:B

【考点评析】

1. 西医病因病理

(1)病因和发病机制:病因主要包括环境及饮食因素、幽门螺杆菌感染、遗传因素、癌前病变。

(2)病理

大体形态分型:①早期胃癌,仅限于黏膜及黏膜下层。早期胃癌肿块直径在 5～10 mm 者称小胃癌,直径 <5 mm 称微小胃癌。②中晚期胃癌,也称进展期胃癌,癌性病变侵及肌层或全层,常有转移。有蕈伞型(或息肉样型)、溃疡型、溃疡浸润型、弥漫浸润型。

组织分型:根据腺体的形成及黏液分泌能力可分为管状腺癌、黏液腺癌、髓样癌和弥散型腺癌,根据分化程度可分为高分化癌、中分化癌、低分化癌,根据肿瘤起源分为肠型胃癌和弥漫型胃癌,而根据其生长方式可分为膨胀型和浸润型。

(3)转移途径:主要有直接蔓延、淋巴结转移、血行播散、腹腔内种植等。

2. 中医病因病机:本病发病一般较缓,病位在胃,与肝、脾、肾等脏关系密切。初期为痰气瘀滞互结为患,以标实为主;久则本虚标实,本虚以胃阴亏虚、脾胃虚寒和脾肾阳虚为主,标实为痰瘀互结。

3. 临床表现

(1)症状:能量消耗与代谢障碍;胃癌溃烂而引起上腹部疼痛、消化道出血、穿孔等;机械性作用:饱胀感,沉重感,以及厌食、疼痛、恶心、呕吐等;转移可出现腹水、肝大、黄疸等相应症状。

(2)体征:早期胃癌可无任何体征,中晚期癌的体征中以上腹压痛最为常见。1/3 患者可扪及上腹部肿块,质坚而不规则,可有压痛。

(3)并发症:主要包括出血、梗阻、穿孔等。

4. 实验室及其他检查:胃肠 X 线检查气钡双重对比造影对诊断胃癌很有价值;内镜检查对胃癌尤其是早期胃癌的诊断价值很大。

5. 诊断与鉴别诊断

(1)诊断要点:①40 岁以后开始出现中上腹个适或疼痛,无明显节律性,并伴明显食欲不振和消瘦者;②胃溃疡患者,经严格内科治疗而症状仍无好转者;③慢性萎缩性胃炎伴有肠上皮化生及轻度不典型增生,经内科治疗无效者;④X 线检查显示胃息肉直径超过 2 cm 者;⑤中年以上患者,出现不明原因贫血、消瘦和大便隐血试验持续阳性者。

(2)胃癌需与胃溃疡、胃内单纯性息肉、良性肿瘤、肉瘤、胃内慢性炎症相鉴别。鉴别诊断主要依靠 X 线钡餐造影、胃镜和活组织病理检查。

6. 中医辨证论治

痰气交阻证——理气化痰,消食散结。方药:海藻玉壶汤加减。

肝胃不和证——疏肝和胃,降逆止痛。方药:柴

胡疏肝散加减。

脾胃虚寒证——温中散寒,健脾益气。方药:理中汤合四君子汤加味。

胃热伤阴证——清热和胃,养阴润燥。方药:玉女煎加减。

瘀毒内阻证——理气活血,软坚消积。方药:膈下逐瘀汤加减。

痰湿阻胃证——燥湿健脾,消痰和胃。方药:开郁二陈汤加减。

气血两虚证——益气养血,健脾和营。方药:八珍汤加减。

命题考点4 肝硬化

【历年真题纵览】

A1 型题

1.对早期肝硬化有确诊意义的检查是
A. B 型超声波
B. 食管钡餐造影
C. CT
D. 血清蛋白电泳
E. 肝穿刺活体组织学检查
参考答案:E

2.中医学认为肝硬化之病位主要在
A. 肝、胆、脾、胃
B. 肝、胆、肺、肾
C. 肝、心、脾、肾
D. 肝、脾、肾
E. 肝、心、脾
参考答案:D

3.治疗肝硬化湿热蕴脾证,应首选
A. 柴胡疏肝散合胃苓汤加减
B. 实脾饮加减
C. 中满分消丸合茵陈蒿汤加减
D. 附子理中汤合五苓散加减
E. 一贯煎合膈下逐瘀汤加减
参考答案:C

4.肝硬化代偿期可出现
A. 出血倾向和贫血
B. 腹水
C. 食管静脉曲张
D. 肝脏缩小
E. 肝脾肿大
参考答案:E

5.肝硬化气滞湿阻证的治法是
A. 温补脾肾,通阳利水
B. 滋养肝肾,育阴利水
C. 活血化瘀,利水消肿
D. 运脾利湿,行气化水
E. 疏肝理气,健脾利湿
参考答案:E

A2 型题

6.患者,男,42 岁。4 年来经常腹胀,下肢浮肿。查体:前胸有蜘蛛痣,有腹水,肝未触及,脾大。应首先考虑的是
A. 普通型病毒性肝炎
B. 门脉性肝硬化
C. 酒精性肝炎
D. 肝细胞肝癌
E. 慢性肝淤血
参考答案:B

7.患者,女,28 岁。以心悸、气短、下肢浮肿入院。检查:颈静脉怒张,心尖部舒张期杂音,肝肋缘下 3 cm 轻度压痛。肝颈静脉回流征(+)。其肝脏病变可能是
A. 慢性迁延性肝炎
B. 肝炎后肝硬化
C. 慢性肝淤血
D. 肝脂肪变性
E. 肝细胞肝癌
参考答案:C

8.患者,男,50 岁。肝硬化腹水,腹大胀满,形如蛙腹,神疲怯寒,面色苍黄或㿠白,脘闷纳呆,下肢浮肿,小便短少不利,舌淡胖,苔白滑,脉沉迟无力。其治法是
A. 温肾补脾,化气利水
B. 疏肝理气,攻下逐水
C. 活血化瘀,利水消肿
D. 调脾行气,清热利湿
E. 温补肾阳,通阳利水
参考答案:A

9.某男,43 岁。诊断为肝硬化 8 年,现腹大胀满,脉络怒张,胁腹刺痛,面色晦暗鬚黑,胁下症块,手掌赤痕,口干不欲饮,舌质紫暗,脉细涩。治疗应选用
A. 调营饮加减
B. 一贯煎合膈下逐瘀汤加减
C. 中满分消丸
D. 柴胡疏肝散

E.血府逐瘀汤

参考答案:A

10.患者,男,40 岁。腹大胀满,按之软而不坚,胁下胀痛,饮食减少,食后胀甚,得嗳气或矢气稍减,小便短少,舌苔薄白腻,脉弦。实验室检查:血清丙氨酸转氨酶 246 U/L,HBsAg 阳性。其证型是

A.肝肾阴虚证

B.肝肾阳虚证

C.湿热蕴脾证

D.寒湿困脾证

E.气滞湿阻证

参考答案:E

B1 型题

11.

A.柴胡疏肝散合胃苓汤加减

B.调营饮加减

C.附子理中汤合五苓散加减

D.一贯煎合膈下逐瘀汤加减

E.中满分消丸合茵陈蒿汤加减

①治疗肝硬化脾肾阳虚证,应首选

②治疗肝硬化肝肾阴虚证,应首选

参考答案:①C ②D

【考点评析】

1.中医病因病机:本病的病变脏腑在肝脏,与脾、肾密切相关,初起在肝脾,久则及肾。基本病机为肝、脾、肾三脏功能失调,气滞、血瘀、水停腹中;本病晚期水湿郁而化热,蒙蔽心神,引动肝风,迫血妄行,出现神昏、痉厥、出血等危象。

2.临床表现

(1)分期

代偿期:症状轻,无特异性,可见倦怠乏力,食欲不振,厌食油腻,恶心呕吐,右上腹不适或隐痛,腹胀,轻微腹泻等症状。

失代偿期:主要为肝功能减退和门静脉高压症两大类临床表现。

①肝功能减退的临床表现:全身症状:一般情况与营养状况较差,消瘦乏力等;消化道症状:常见食欲减退等;出血倾向及贫血:患者轻者发生鼻出血、牙龈出血等,重者可出现胃肠道黏膜弥漫性出血、尿血、广泛出血等;内分泌紊乱:男性患者常有性欲减退、睾丸萎缩等,女性患者有月经不调、闭经、不孕等。

②门静脉高压症的临床表现:脾肿大、侧支循环的建立和开放、腹水是门静脉高压的三大临床表现。

(2)肝脏体征:早期肝脏肿大,表面光滑,质地中等;晚期缩小、坚硬,表面不平,呈结节状,一般无压痛,但当肝细胞进行性坏死或炎症时可有压痛及叩击痛。

(3)并发症:主要包括①上消化道出血。是肝硬化最常见的并发症,常引起失血性休克或诱发肝性脑病;②肝性脑病是肝硬化最严重的并发症;③自发性腹膜炎;④原发性肝癌;⑤肝肾综合征;⑥电解质和酸碱平衡紊乱。

3.实验室及其他检查

(1)血常规:脾功能亢进时,白细胞及血小板计数均减少。

(2)肝功能试验:主要包括血清酶学试验等。

(3)腹水检查。

4.诊断与鉴别诊断

(1)诊断:代偿期诊断有一定困难,但失代偿期根据临床表现及相关检查即可确诊。肝硬化病人应作出病因诊断。

(2)鉴别诊断:主要是与其他原因引起的肝肿大、脾肿大、腹水的鉴别。

5.西医治疗

(1)一般治疗:①休息。②饮食:饮食以高热量、高蛋白和维生素丰富而易消化的软食为宜,禁酒。③支持治疗:维持能量补给,保持水、电解质平衡。

(2)药物治疗:①维生素类:维生素 C 和维生素 B 族制剂。有凝血障碍者可注射维生素 K_1。②增强抗肝脏毒性和促进肝细胞再生的药物。③抗纤维化药物。④抗脂肪肝类药物:胆碱能去除肝内沉积的脂肪。

(3)腹水的治疗:①限制钠、水的摄入。②利尿剂:目前主张联合用药,从小量开始,逐渐加量,间歇给药。用利尿剂以体重每天下降不超过 0.5 kg 为宜。③提高血浆胶体渗透压。④抽放腹水。⑤腹水浓缩回输。⑥腹腔 - 颈静脉引流。⑦外科手术治疗:门静脉分流减压术;胸导管 - 颈内静脉吻合术。

6.中医辨证论治

气滞湿阻证——疏肝理气,健脾利湿。方药:柴胡疏肝散合胃苓汤加减。

寒湿困脾证——温中散寒,行气利水。方药:实脾饮加减。

湿热蕴脾证——清热利湿,攻下逐水。方药:中满分消丸合茵陈蒿汤加减。

肝脾血瘀证——活血化瘀,化气行水。方药:调营饮加减。

肾阳虚证——温肾补脾,化气利水。方药:附子理中汤合五苓散加减。

肝肾阴虚证——滋养肝肾,化气利水。方药:一

贯煎合膈下逐瘀汤加减。

命题考点5 原发性肝癌

【历年真题纵览】

A1 型题

1. 治疗原发性肝癌湿热瘀毒证，应首选
    A. 逍遥散合桃红四物汤
    B. 茵陈蒿汤合鳖甲煎丸加减
    C. 犀角地黄汤
    D. 失笑散合丹参饮
    E. 柴胡疏肝散
参考答案：B

2. 原发性肝癌肝肾阴虚证的治法是
    A. 疏肝理气，活血化瘀
    B. 清利湿热，化瘀解毒
    C. 养阴柔肝，软坚散结
    D. 补气温阳，化瘀解毒
    E. 益气养阴，化瘀解毒
参考答案：C

A2 型题

3. 患者，男，52 岁。间歇性右上腹痛 2 个月，实验室检查：甲胎球蛋白 320 ng/ml。为了确诊，应该做的检查是
    A. 肝功能
    B. 癌胚抗原
    C. B 型超声波
    D. 腹腔镜
    E. 血小板计数
参考答案：C

4. 患者肝硬化多年，1 个月前出现血性腹水，持续腹痛，不规则发热，应首选考虑可能并发
    A. 腹膜炎
    B. 肝肾综合征
    C. 原发性肝癌
    D. 门静脉血栓形成
    E. 结核性腹膜炎
参考答案：C

5. 患者，男，52 岁。右上腹疼痛 2 个月，右胁胀满，胁下癥块触痛，烦躁易怒，恶心纳呆，面色萎黄不荣，舌暗有瘀斑，苔薄白，脉弦涩。实验室检查：甲胎球蛋白 510 ng/ml，B 型超声波示右肝叶占位性病变，直径 5 cm。其证型是
    A. 热毒伤阴

    B. 湿热瘀毒
    C. 气滞血瘀
    D. 水湿内停
    E. 肝脾淤血
参考答案：C

6. 患者，男，55 岁。右上腹胀痛、消瘦 2 个月，发热 1 周。查体：体温 38.5℃，皮肤巩膜轻度黄染，肝肋下 3.0 cm，质硬，表面有结节。最有助于确诊的检查是
    A. 腹部 B 超
    B. 血清 AFP 定性
    C. 腹部 CT
    D. 肝穿刺病理检查
    E. 异常凝血酶原检查
参考答案：B

B1 型题

7.
    A. 疏肝理气，活血化瘀
    B. 清热利湿，化瘀解毒
    C. 养阴清热，解毒祛瘀
    D. 理气化痰，消食散结
    E. 温中散寒，健脾调胃
①治疗肝癌湿热瘀毒证，应首选
②治疗肝癌气滞血瘀证，应首选
参考答案：①B ②A

【考点评析】

1. 西医病因病理 病理大体形态分型：巨块型，结节型，弥漫型，小癌型；细胞分型：肝细胞型，胆管细胞型，混合型。转移途径主要有肝内转移、血行转移、淋巴转移和种植转移。

2. 中医病因病机：本病由于肝气不舒，脾失健运；气滞血瘀，痰结成积；热郁发黄，水聚成臌等引起。病位在肝，损及脾土。始于气滞，发于血瘀，终归气血水互结于腹中。其病机可归纳为正气亏虚，邪毒凝结于内。

3. 临床表现：①肝区疼痛；②肝大；③黄疸；④肝硬化征象；⑤全身表现；⑥转移灶症状；⑦并发症：肝性脑病、上消化道出血、肝癌结节破裂出血、继发感染。

4. 实验室及其他检查

(1)肿瘤标志物的检测：甲胎蛋白（APP）仍是肝癌目前特异性的标志物和主要诊断指标。

(2)超声显像：超声检测可显示直径在 2 cm 以上的肿瘤。

(3)电子计算机 X 线体层显像（CT）：可显示直径 2 cm 以上的肿瘤。

(4)肝穿刺活检：在超声或 CT 引导下用细针穿

刺,吸取病变组织进行病理学检查。

（5）剖腹探查:对疑似病例,经上述检查仍不能确诊,如有可能,应进行剖腹探查以争取早期诊断及手术治疗。

5.诊断与鉴别诊断

（1）肝癌临床诊断标准为:①APP > 400 μg/L,能排除活动性肝病、妊娠、生殖系胚胎源性肿瘤及转移性肝癌等,并能触及明显肿大、坚硬及有结节状肿块的肝脏,或影像学检查有肝癌特征的占位性病变者;②APP≤400 μg/L,能排除活动性肝病、妊娠、生殖系胚胎源性肿瘤及转移性肝癌等,并有两种影像学检查具有肝癌特征的占位性病变,或有两种肝癌标志物阳性及一种影像学检查有肝癌特征的占位性病变者;③有肝癌的临床表现,并有肯定的远处转移灶,能排除继发性肝癌者。

（2）鉴别诊断:主要包括继发性肝癌、肝硬化、活动性肝病(急性肝炎、慢性肝炎)、肝脓肿、肝非癌性占位性病变等。

6.西医治疗

（1）手术治疗:手术切除仍是目前根治原发性肝癌的最好方法。

（2）放射治疗:原发性肝癌对放射治疗不甚敏感,目前趋向于联合化疗,同时结合中药或其他支持治疗,可显著提高疗效。

（3）化学抗肿瘤药物治疗。

（4）生物和免疫治疗。

7.中医辨证论治

气滞血瘀证——疏肝理气,活血化瘀。方药:逍遥散合桃红四物汤加减。

湿热瘀毒证——清利湿热,化瘀解毒。方药:茵陈蒿汤合鳖甲煎丸加减。

肝肾阴虚证——养阴柔肝,软坚散结。方药:滋水清肝饮合鳖甲煎丸加减。

命题考点6　急性胰腺炎

【历年真题纵览】

A1 型题

1.对于急性胰腺炎发病的临床表现,哪种说法不对

　　A.90% 以上有恶心、呕吐

　　B.大部分有中等程度发热

　　C.上腹部扪及包块

　　D.上腹部有压痛、反跳痛

　　E.多数出现黄疸

参考答案:E

2.对急性胰腺炎发病起主要作用的酶是

　　A.胰蛋白酶

　　B.淀粉酶

　　C.磷脂酶

　　D.弹性蛋白酶

　　E.脂肪酶

参考答案:A

3.急性胰腺炎起病后,血清淀粉酶开始升高的时间是

　　A.1 ~ 2 小时

　　B.6 ~ 12 小时

　　C.13 ~ 16 小时

　　D.20 ~ 24 小时

　　E.26 ~ 48 小时

参考答案:B

4.急性胰腺炎肝胆湿热证的治法是

　　A.清利肝胆湿热

　　B.疏肝利胆,行气止痛

　　C.通腑泄热,行气止痛

　　D.疏肝解郁,益气健脾

　　E.活血化瘀,行气止痛

参考答案:A

A2 型题

5.患者,男,35 岁。因暴食而胁腹剧痛,胸胁胀满,矢气后可缓,舌苔薄黄,脉弦小数。实验室检查:血清淀粉酶600 索氏单位。应首先考虑的是

　　A.胃穿孔

　　B.胆石症

　　C.急性胰腺炎

　　D.肠梗阻

　　E.急性胆囊炎

参考答案:C

6.患者,男,40 岁。暴食后出现脘腹胀痛,口苦泛恶,目黄身黄,发热,头身困重,大便不爽,小便黄,舌红苔黄腻,脉弦数。实验室检查:血淀粉酶850 索氏单位。其治法是

　　A.理气活血止痛

　　B.通腑泄热止痛

　　C.疏肝理气止痛

　　D.活血解毒止痛

　　E.清利肝胆湿热

参考答案:E

7.患者,男,27 岁。诊断为急性胰腺炎。上腹胀

痛,痛引两胁,恶心呕吐,口干苦,大便不畅,舌淡红,苔薄白,脉弦。其证型是

A.肝郁气滞

B.肠胃热结

C.肝胆湿热

D.肝郁脾虚

E.血瘀内停

参考答案:A

8.患者,男,32岁。暴食后出现脘腹胀满,疼痛拒按,身热,口干,大便干结,小便短赤,舌红苔黄厚腻,脉洪数。实验室检查:血淀粉酶850索氏单位。治宜

A.柴胡疏肝散

B.龙胆泻肝汤合茵陈蒿汤

C.大承气汤加减

D.泻心汤合膈下逐瘀汤

E.小盛气汤合四逆汤

参考答案:C

B1 型题

9.

A.小柴胡汤

B.小承气汤

C.大承气汤

D.清胰汤合龙胆泻肝汤

E.茵陈蒿汤

①治疗急性胰腺炎肠胃热结证,应首选

②治疗急性胰腺炎肝胆湿热证,应首选

参考答案:①C ②D

【考点评析】

1.急性胰腺炎属中医学的"胰瘅"范畴,因饮食不节、饮酒无度、肝胆久病、情志失调和蛔虫内扰等致肝气犯胃,湿热蕴结,中焦宣泄不利,腑气升降失常。如湿毒鸱张,则可出现热深动血,脓成络损的危急变证。病性属阳证和里、热、实证,以邪实为主。西医认为本病主要以奥狄括约肌功能失常,胆汁或十二指肠液反流为发病原因。常在胆道疾病、十二指肠乳头临近部位病变、胰管梗阻、酗酒和暴饮暴食、急性传染病、手术和外伤等前提下发病。分为急性水肿型、急性出血坏死型两种,以水肿型为多。

2.临床表现

(1)水肿型:腹痛、恶心、呕吐、腹胀、发热。

(2)出血坏死型:①腹部局部表现:剧烈腹痛、发展迅速、持续时间长,伴明显腹胀,可发生麻痹性肠梗阻。②全身表现:高热持续,可发生低血压、休克、水电解质失衡。③体征:局部或全腹腹肌紧张,压

痛、反跳痛显著,肠鸣音减弱等。④并发症:局部可形成胰腺脓肿或胰假性脓肿。全身并发症有急性呼吸衰竭、急性肾功能衰竭、循环衰竭、胰性脑病、严重感染、糖尿病、血栓性静脉炎、播散性血管内凝血等。

3.常用检查

①淀粉酶测定:血清淀粉酶≥350索氏单位为疑诊;≥500索氏单位即可确诊。尿淀粉酶超出正常值2倍时即有诊断意义。腹水、胸水的淀粉酶更高,常达1 500索氏单位。

②淀粉酶清除率/肌酐清除率>5.5%即有诊断意义。

③白细胞计数可增高。

4.诊断要点

(1)水肿型急性胰腺炎

①剧烈持续的上腹痛与压痛程度不成比例,伴发热、恶心、呕吐。

②血清淀粉酶、尿淀粉酶短期显著增高及淀粉酶清除率/肌酐清除率比值增高。

(2)出血坏死型急性胰腺炎

①全腹胀痛,有腹膜刺激征及腹水。

②高热不退,血清淀粉酶持续不降。

③有低血压或休克。

④有多器官功能衰竭。

5.西医治疗原则

①监护:监视病情,及时发现并发症,判断疗效。

②一般治疗:禁食或胃肠减压;解痉、镇痛;抗感染;纠正水电解质失衡。

③重症治疗:早期应用胰酶抑制剂;积极抗休克;短期应用肾上腺皮质激素;积极处理多器官功能衰竭;必要时寻求外科治疗。

6.中医辨证论治

肝郁气滞证——疏肝利胆,行气止痛。方药:小柴胡汤加减。

肝胆湿热证——清利肝胆湿热。方药:清胰汤合龙胆泻肝汤加减。

肠胃热结证——通腑泻热,行气止痛。方药:大承气汤加减。

命题考点7 上消化道出血

【历年真题纵览】

A1 型题

1.上消化道出血时,一旦出现呕血,提示胃内贮积的血量在

A. 5～20 ml 以上

B. 50～70 ml 以上

C. 250～300 ml 以上

D. 500～800 ml 以上

E. 800～1 000 ml 以上

参考答案：C

2. 上消化道大出血患者，出现外周血血红蛋白下降的时间是

A. 即时

B. 半小时

C. 1 小时

D. 2 小时

E. 3～4 小时后

参考答案：E

3. 治疗上消化道出血脾不统血证，应首选

A. 泻心汤合十灰散加减

B. 龙胆泻肝汤加减

C. 归脾汤加减

D. 独参汤加减

E. 四味回阳饮加减

参考答案：C

A2 型题

4. 患者，男，50 岁。半天来呕血 4 次，量约 1 200 ml，黑便 2 次，量约 600 g，伴头晕心悸。查体：血压 80/60 mmHg(10.6/8 kPa)，心率 118 次/分，神志淡漠，巩膜轻度黄染，腹部膨隆，移动性浊音(＋)。应首先采取的措施是

A. 配血，等待输血

B. 配血，快速输液，等待输血

C. 紧急胃镜检查明确出血部位

D. 诊断性腹腔穿刺，明确腹水性质

E. 急查红细胞比容

参考答案：B

B1 型题

5.

A. 泄肝清胃，降逆止血

B. 益气摄血，回阳固脱

C. 滋阴补肾，健脾摄血

D. 清胃泻火，化瘀止血

E. 益气健脾，养血止血

①消化性溃疡合并上消化道出血属肝火犯胃证，其治法是

②消化性溃疡合并上消化道出血属气随血脱证，其治法是

参考答案：①A　②B

6.

A. 5～20 ml

B. 30～40 ml

C. 50～100 ml

D. 250～300 ml

E. 500 ml 以上

①大便隐血试验阳性，提示消化道出血量在

②出现柏油样便，提示消化道出血量在

参考答案：①A　②C

【考点评析】

1. 在上消化道大出血早期，血红蛋白无变化，继后组织间液渗入血管内，使血液稀释，一般需 3～4 小时以上才出现外周血血红蛋白下降。应及时补充和维持血容量，防止微循环障碍引起脏器功能障碍，在等待配血的同时先补液。

2. 大便潜血试验阳性，提示出血量在 5～20 ml；日出血量 50～100 ml 可出现黑便，胃内蓄积血量在 250～300 ml 可引起呕吐。一次出血量少于 400 ml 时，一般不出现全身症状；出血量超过 400～500 ml，可出现乏力、心慌等全身症状；短时间内出血量超过 1 000 ml，可出现周围循环衰竭表现。

3. 西医治疗

(1) 一般治疗。

(2) 积极补充血容量：尽快建立有效输液通路，补充血容量。

(3) 止血。

4. 中医辨证论治

胃中积热证——清胃泻火，化瘀止血。方药：泻心汤合十灰散加减。

肝火犯胃证——泄肝清胃，降逆止血。方药：龙胆泻肝汤加减。

脾不统血证——益气健脾，养血止血。方药：归脾汤加减。

气随血脱证——益气摄血，回阳固脱。方药：独参汤或四味回阳饮加减。

第四单元　泌尿系统疾病

命题考点 1　急性肾小球肾炎

【历年真题纵览】

1. 急性肾小球肾炎的发病机制是

A.溶血性链球菌感染后的炎症反应

B.溶血性链球菌感染后的免疫反应

C.细菌直接感染肾脏

D.病毒直接破坏肾脏

E.溶血性链球菌感染所致的中毒反应

参考答案:B

2.急性肾小球肾炎的最常见病因为

A.肺炎球菌感染

B.金黄色葡萄球菌感染

C.肺炎克雷白杆菌感染

D.流感嗜血杆菌感染

E.溶血性链球菌感染

参考答案:E

3.下列各项与急性肾小球肾炎发病初期病变关系最密切的是

A.肺、脾

B.肺、肾

C.脾、肾

D.肝、肾

E.心、肾

参考答案:A

4.急性肾炎的临床特征是

A.大量蛋白尿,低白蛋白血症,高胆固醇血症,明显浮肿

B.血尿,水肿,高血压,程度不等的肾功能损害　.

C.高血压,大量蛋白尿

D.血尿,低白蛋白血症

E.血尿,大量蛋白尿

参考答案:B

A2 型题

5.患者初起恶寒发热,全身酸痛,鼻塞流涕,经治疗好转后 1 天出现晨起眼睑浮肿,午后则下肢轻度水肿。舌苔薄白,脉浮紧。实验室检查:尿常规示蛋白(+),镜检红细胞(+),白细胞 0～7 个/HP。其诊断是

A.急性肾盂肾炎

B.慢性肾小球肾炎

C.急性肾小球肾炎

D.急进型肾炎

E.慢性肾功能不全

参考答案:C

B1 型题

6.

A.麻黄汤合五苓散加减

B.越婢加术汤加减

C.五皮饮合胃苓汤

D.实脾饮

E.疏凿饮子

①治疗急性肾小球肾炎风寒束肺,风水相搏证,应首选

②治疗急性肾小球肾炎风热犯肺,水邪内停证,应首选

参考答案:①A　②B

7.

A.五皮饮合五苓散

B.防己黄芪汤

C.参芪地黄汤加减

D.杞菊地黄丸

E.真武汤

①治疗急性肾小球肾炎脾肾亏虚,水气泛溢证,应首选

②治疗慢性肾小球肾炎肺肾气阴两虚证,应首选

参考答案:①A　②C

【考点评析】

1.西医病因病理:急性肾小球肾炎病因以链球菌感染最为常见。

2.中医病因病机:引起本病的主要原因为风邪外袭,肺失通调;热毒内归,湿热蕴结;水湿浸渍,脾气受困等。本病初期以标实邪盛为主,以水肿为突出表现,病变主要在肺、脾两脏,恢复期则虚实夹杂,病变主要在脾、肾两脏,病久则正虚邪恋,水湿内聚,郁久化热,灼伤脉络,耗损肾阴。

3.临床表现主要包括水肿、血尿、高血压及全身疲乏、腰痛、厌食、恶心、呕吐、头晕、嗜睡等症状。

4.实验室及其他检查:①尿液检查示血尿及轻、中度蛋白尿。②血液检查:轻度贫血。③免疫学检查:起病初期血清补体 C_3 及总补体(CH_{50})活性下降,8 周内逐渐恢复正常,此对诊断本病意义很大。④肾功能检查:肾功能呈一过性受损。⑤肾穿刺活检:毛细血管内增生性肾炎,以肾小球内内皮及系膜细胞增生为主,早期可有中性粒细胞和单核细胞的浸润。免疫病理检查可见 IgG 及 C_3 ,沉积于系膜区与毛细血管壁,电镜下可见上皮下驼峰状电子致密物沉积。

5.诊断与鉴别诊断

(1)诊断

①起病较急,病情轻重不一。

②血尿,蛋白尿,可有管型,常有高血压及水钠

潴留症状。

③部分病例有急性链球菌或其他微生物的感染,多在感染后 1~4 周发病。

(2)鉴别诊断

①急性感染发热性疾病。

②全身系统性疾病肾受累:系统性红斑狼疮肾炎及过敏性紫癜肾炎等可出现急性肾炎综合征,但多伴有其他系统受累的表现,如皮肤病损、关节酸痛等。

6.西医治疗:本病为自限性疾病,不宜应用糖皮质激素及细胞毒药物,治疗以休息和对症治疗为主。

(1)一般治疗

①休息。

②饮食:低盐及富含维生素的饮食,适量地摄入蛋白。

(2)治疗感染灶:应用抗生素治疗。首选青霉素,80 万~120 万单位肌注,每天 2 次,用 10~14 天。

(3)对症治疗

①利尿。

②透析治疗:少数患者发生急性肾衰竭应及时给予透析治疗以帮助患者度过急性期。

7.中医辨证论治

(1)急性期

风寒束肺,风水相搏证——疏风散寒,宣肺行水。方药:麻黄汤合五苓散加减。

风热犯肺,水邪内停证——散风清热,宣肺行水。方药:越婢加术汤加减。

热毒内归,湿热蕴结证——清热解毒,利湿消肿。方药:麻黄连翘赤小豆汤合五味消毒饮加减。

脾肾亏虚,水气泛溢证——健脾渗湿,通阳利水。方药:五皮饮合五苓散加减。

肺肾不足,水湿停滞证——益气扶正,利水消肿。方药:防己黄芪汤加减。

(2)恢复期

脾气虚弱证——健脾益气。方药:参苓白术散加减。

肺肾气阴两虚证——补肺肾,益气阴。方药:参芪地黄汤加减。

命题考点2　慢性肾小球肾炎

【历年真题纵览】

A1 型题

1.慢性肾小球肾炎不常见

A.蛋白尿
B.血尿
C.发热
D.高血压
E.水肿

参考答案:C

A2 型题

2.患者,男,50 岁。反复浮肿、尿血 3 年,经常感冒。症见面色无华,少气乏力,午后低热,口干咽燥,舌红少苔,脉细。检查:血压 140/95 mmHg,尿蛋白(++)、定量 3 g/24 h 内生肌酐清除率48%,血尿素氮 10 mmol/L。除对症治疗外,还应加

A.参芪地黄汤加减
B.六味地黄汤加减
C.右归丸
D.左归饮
E.大补元煎

参考答案:A

3.患者,男,55 岁。慢性肾炎病史 7 年。现浮肿明显,下肢尤甚,面色苍白,畏寒肢冷,腰膝酸软,神疲纳呆,阳痿,舌嫩淡胖有齿痕,脉沉细。检查:尿常规示:蛋白(+++),镜检可见颗粒管型。其方剂为

A.附子理中丸或济生肾气丸加减
B.玉屏风散合六味地黄丸
C.归芍地黄汤
D.参芪地黄汤
E.理中丸

参考答案:A

4.某女,60 岁。慢性肾炎 10 年,现目睛干涩,头晕耳鸣,五心烦热,口干咽燥,腰脊酸痛,舌红少苔,脉弦细。治疗应选用

A.实脾饮加减
B.越婢加术汤加减
C.左归丸加泽泻茯苓冬葵子
D.杞菊地黄丸加减
E.麻黄连翘赤小豆汤合五味消毒饮

参考答案:D

5.患者,男,55 岁。慢性肾炎病史 7 年。现纳呆,恶心,口中黏腻,身重困倦,浮肿尿少,精神萎靡,舌苔腻,脉沉缓。其方剂为

A.胃苓汤加减
B.五苓散合五皮饮加减
C.三仁汤加减
D.参芪地黄汤加减

E. 理中丸加减

参考答案:A

【考点评析】

1. 西医病因病理:15%～20%慢性肾炎由急性肾炎发展而来,其他细菌及病毒(如乙型肝炎病毒等)感染均可引起慢性肾炎。慢性肾炎的病因、发病机制和病理类型不尽相同,大部分是免疫介导性疾病,非免疫介导的肾脏损害在慢性肾炎的发生与发展中亦可能起很重要的作用。

2. 中医病因病机:本病病位在肾,其病理基础在于脏腑的虚损。常见有肺肾气虚、脾肾气虚、脾肾阳虚、肝肾阴虚和气阴两虚,但常因外感风、寒、湿、热之邪而发病。由此内外互因,以致气血运行失常,三焦水道受阻,继而形成淤血、湿热、水湿、湿浊等内生之邪,其内生之邪(尤其是湿热和淤血)又成为重要的致病因素,损及脏腑。

3. 临床表现:呈多样性,但以蛋白尿、血尿、高血压、水肿为其基本临床表现。

4. 实验室及其他检查

(1)尿液检查:多为轻度尿异常,尿蛋白一般在1～3 g/d,尿沉渣可见颗粒管型和透明管型。

(2)肾功能检查:正常或轻度损伤,出现肾功能不全时,主要表现为肾小球滤过率下降,肌酐清除率降低。

5. 诊断与鉴别诊断

(1)诊断

①尿化验异常(蛋白尿、血尿及管型尿)。

②水肿、高血压病史1年以上。

③晚期可有肾功能减退、贫血、电解质紊乱等情况的出现。

(2)鉴别诊断

①原发性高血压肾损害。

②慢性肾盂肾炎。

③Alpon综合征(遗传性肾炎)。

④继发性肾病:狼疮性肾炎、紫癜性肾炎、糖尿病肾病等。

6. 西医治疗

(1)限制食物中蛋白及磷的入量:低蛋白及低磷饮食。

(2)控制高血压:治疗原则:力争把血压控制在理想水平。

(3)应用血小板解聚药:如双嘧达莫(300～400 mg/d)、阿司匹林(40～80 mg/d),对系膜毛细血管性肾小球肾炎有一定的降尿蛋白作用。

(4)糖皮质激素和细胞毒药物。

(5)避免对肾有害的因素:劳累、感染、妊娠和应用肾毒性药物(如氨基糖苷类抗生素等),均可能引起肾损伤,导致肾功能下降或进一步恶化,应尽量予以避免。

7. 中医辨证论治

(1)本证

脾肾气虚证——补气健脾益肾。方药:异功散加味。

肺肾气虚证——补益肺肾。方药:玉屏风散合金匮肾气丸加减。

脾肾阳虚证——温补脾肾。方药:附子理中丸或济生肾气丸加减。

肝肾阴虚证——滋养肝肾。方药:杞菊地黄丸加减。

气阴两虚证——益气养阴。方药:参芪地黄汤加减。

(2)标证

水湿证——利水消肿。方药:五苓散合五皮饮加减。

湿热证　治法:清热利湿。方药:三仁汤加减。

血瘀证——活血化瘀。方药:血府逐瘀汤加减。

湿浊证——健脾化湿泄浊。方药:胃苓汤加减。

命题考点3　肾病综合征

【历年真题纵览】

A1型题

1. "诸有水者,腰以下肿,当利小便,腰以上肿,当发汗乃愈"的治疗原则见于

A.《金匮要略》

B.《伤寒论》

C.《难经》

D.《千金要方》

E.《内经》

参考答案:A

2. 水肿的发生主要与下列哪些脏器有关

A.肺、胃、肾

B.肺、脾、肾

C.心、脾、肾

D.肝、脾、肾

E.心、肝、肾

参考答案:B

3. 肾病综合征的诊断不包括

A.大量蛋白尿

B. 低蛋白血症

C. 明显水肿

D. 高血压

E. 高脂血症

参考答案:D

A2 型题

4. 患者,女,19 岁。患肾病综合征,症见眼睑浮肿,时有四肢、全身浮肿,身发痈疡,恶风发热,小便不利,舌红,苔薄黄,脉滑数。其证型是

A. 湿毒浸淫

B. 风水相搏

C. 水湿浸渍

D. 湿热内蕴

E. 脾虚湿困

参考答案:A

B1 型题

5.

A. 实脾饮加减

B. 左归丸加泽泻、茯苓、冬葵子

C. 参芪麦味地黄汤

D. 桂枝茯苓丸合五苓散

E. 知柏地黄丸

①治疗肾病综合征脾虚湿困证,应首选

②治疗肾病综合征肾阴亏虚证,应首选

参考答案:①A ②B

6.

A. 少尿,浮肿,蛋白尿

B. 血尿,蛋白尿

C. 浮肿,蛋白尿,血尿,高血压

D. 血尿,少尿,蛋白尿,浮肿

E. 浮肿,大量蛋白尿,低蛋白血症

①肾病综合征的临床特征是

②慢性肾小球肾炎的临床特征是

参考答案:①E ②C

【考点评析】

1. 西医病因病理:肾病综合征(NS)根据病因可分为原发性和继发性两大类,原发性 NS 的诊断主要依靠排除继发性 NS。引起原发性 NS 的病理类型以微小病变型肾病、系膜增生性肾炎、膜性肾病、系膜毛细血管性肾炎及肾小球局灶节段性硬化五种临床病理类型最为常见。按照目前国内临床分型,原发性肾小球疾病中的急性肾炎、急进性肾炎、慢性肾炎等均可在疾病过程中出现 NS。继发性 NS 的病因很多,常见有糖尿病性肾病、肾淀粉样变、系统性红斑狼疮性肾炎、新生物(实体瘤、白血病及淋巴瘤)、药

物及感染等。

2. 中医病因病机:本病的发病机制,以肺、脾、肾三脏功能失调为中心,以阴阳气血不足特别是阳气不足为病变之本,以水湿、湿热及瘀血等邪实阻滞为病变之标,临床多表现为虚实夹杂之证。若脾肾虚损日重,损及肝、心、胃、肠、脑等则病情恶化。

3. 临床表现及并发症:临床常见"三高一低"典型的 NS 症状,但也有非典型症状的 NS 患者,仅有大量蛋白尿、低蛋白血症,而无明显水肿,常伴高血压。此类患者病情较重,预后较差。

并发症可见感染、血栓栓塞性并发症、急性肾功能衰竭、脂肪代谢紊乱、蛋白质营养不良等。

4. 实验室及其他检查

(1)尿常规及 24 小时尿蛋白定量。

(2)血清蛋白测定:呈现低白蛋白血症(≤30 g/L)。

(3)血脂测定:血清胆固醇、甘油三酯、低和极低密度脂蛋白增加,高密度脂蛋白可以增加、正常或减少。

(4)肾功能测定:肾功能多数正常(肾前性氮质血症者例外)或肾小球滤过功能减退。

(5)肾活检:是确定肾组织病理类型的唯一手段,可为治疗方案的选择和预后估计提供可靠的依据。

5. 诊断与鉴别诊断

(1)诊断

①大量蛋白尿(>3.5 g/d)。

②低蛋白血症(血浆白蛋白≤30 g/L)。

③明显水肿。

④高脂血症。

其中①、②两项为诊断所必需。同时必须首先除外继发性病因和遗传性疾病才能诊断为原发性 NS,最好能进行肾活检作出病理诊断,另外还要判定有无并发症。

(2)鉴别诊断:临床上确诊原发性 NS 时需认真排除继发性 NS 的可能性。

6. 西医治疗

(1)一般治疗

①休息。

②饮食治疗:应给予正常量优质蛋白饮食。水肿时应低盐(<3 g/d)饮食。

(2)对症治疗:①利尿消肿。②减少尿蛋白。

(3)免疫调节治疗:①糖皮质激素;②细胞毒药物;③环孢素;④麦考酚吗乙酯。

7. 中医辨证论治

风水相搏证——疏风解表,宣肺利水。方药:越婢加术汤加减。

湿毒浸淫证——宣肺解毒,利湿消肿。方药:麻黄连翘赤小豆汤合五味消毒饮。

水湿浸渍证——健脾化湿,通阳利水。方药:五皮饮合胃苓汤。

湿热内蕴证——清热利湿,利水消肿。方药:疏凿饮子加减。

脾虚湿困证——温运脾阳,利水消肿。方药:实脾饮加减。

肾阳衰微证——温肾助阳,化气行水。方药:济生肾气丸合真武汤。

肾阴亏虚证——滋补肾阴,兼利水湿。方药:左归丸加泽泻、茯苓、冬葵子。

命题考点4 尿路感染

【历年真题纵览】

A1 型题

1.尿路感染的主要病机是
    A.湿热蕴结下焦,膀胱气化不利
    B.湿热蕴结中焦,膀胱气化失司
    C.湿热蕴结肝胆,肝胆疏泄失常
    D.肾气亏虚,肾失蒸化开合
    E.肾阴亏虚,湿热蕴结
参考答案:A

2.尿路感染膀胱湿热证的治法是
    A.疏利气机,通利小便
    B.清热利湿通淋
    C.补脾升清,益气利水
    D.温阳益气,补肾利水
    E.理气疏导,利尿通淋
参考答案:B

3.治疗尿路感染气滞血瘀证,应首选
    A.知柏地黄汤
    B.猪苓汤
    C.程氏萆薢分清饮
    D.丹栀逍遥散加减
    E.真武汤
参考答案:D

4.下列不属尿路感染的途径是
    A.上行感染
    B.血行感染
    C.间接感染
    D.直接感染
    E.淋巴感染
参考答案:C

5.淋证的病理因素主要是
    A.风寒
    B.痰凝
    C.瘀血
    D.湿热
    E.肝郁
参考答案:D

6.知柏地黄丸治疗尿路感染的治法是
    A.舒肝理气,清热通淋
    B.益气健脾,利湿通淋
    C.滋阴益肾,清热通淋
    D.清热利湿,利尿通淋
    E.活血化瘀,疏肝理气
参考答案:C

7.下列哪项不是尿路感染的病因病机
    A.膀胱湿热
    B.脾肾亏虚
    C.肝郁气滞
    D.感受外邪
    E.下阴不洁
参考答案:C

8.下列各项,除哪项外均为各种淋证的共同表现
    A.小便频急
    B.腰部酸痛
    C.淋沥涩痛
    D.尿血而痛
    E.小腹拘急
参考答案:D

A2 型题

9.患者,女,22岁。寒战高热,腰痛,尿频、尿急、灼热刺痛,舌红苔黄,脉濡数。检查:体温38℃,双肾区叩击痛,血白细胞19.5×10^9/L,中性90%,尿白细胞20个/高倍视野,尿大肠杆菌培养,菌落计数 > 10^5/L。治疗应首选
    A.庆大霉素加八正散
    B.氟哌酸加易元散
    C.氟哌酸加龙胆泻肝汤
    D.庆大霉素加草薢分清饮
    E.庆大霉素加知柏地黄汤
参考答案:A

10.患者,女,26岁。产后第3天出现寒战,高热,腰痛,尿痛,下腹痛。检查:肾区叩击痛,耻骨上压痛,尿白细胞30个/高倍视野,尿蛋白(+),血白细胞18×10^9/L,中性0.86。其诊断是

A. 败血症

B. 肾结核

C. 急性肾盂肾炎

D. 急性膀胱炎

E. 急性肾小球肾炎

参考答案:C

B1 型题

11.

A. 健脾补肾

B. 健脾补肺,利水消肿

C. 健脾补肾,清热通淋

D. 滋阴益肾,清热通淋

E. 益气扶正,利水消肿

①急性肾小球肾炎肺肾不足,水湿停滞证的治法是

②尿路感染肾阴不足,湿热留恋证的治法是

参考答案:①E ②D

【考点评析】

1. 西医病因病理

(1)病因:任何致病菌侵入尿路都可引起尿路感染,其中由革兰阴性菌属引起的泌尿系感染约占75%,阳性菌属约占25%。

(2)易感因素:尿路梗阻、尿路损伤、尿路畸形、女性尿路解剖生理特点、机体抵抗力下降、遗传等因素都是易感因素。

(3)感染途径:①上行感染:为尿路感染的主要途径;②血行感染;③淋巴道感染;④直接感染。

(4)机体抗病能力。

(5)细菌致病力:细菌进入膀胱后是否发病还与其致病力有关。

2. 中医病因病机:尿路感染主要与湿热毒邪蕴结膀胱及脏腑功能失调有关。外阴不洁,秽浊之邪入侵膀胱酿生湿热;饮食不节,损伤脾胃,蕴湿生热;情志不遂,气郁化火或气滞血瘀;年老体弱禀赋不足、房事失节及久淋不愈引起脾肾亏虚等,均可导致本病的发生。本病以肾虚膀胱湿热为标,且与肝脾密切相关,其病机以湿热蕴结下焦,导致膀胱气化不利为主。

3. 临床表现

(1)急性肾盂肾炎:起病急骤,高热,寒战,体温多在38℃以上,恶心,呕吐,有尿频、尿急、尿痛、排尿困难等膀胱刺激症状,腰酸痛或钝痛,肾区叩击痛。

(2)膀胱炎:占尿路感染的60%,多见于青年妇女,尿频,尿急,尿痛尿,病人可有腰痛,但症状轻微,可有发热,体温多在38℃以下。

(3)尿道炎:急性尿道炎时尿道外口红肿,尿道有分泌物,患者自觉尿频,可见脓尿,个别有血尿。

4. 实验室及其他检查

(1)尿常规检查:尿白细胞显著增加(>5 个/高倍视野)。

(2)尿细菌培养:清洁中段尿培养,菌落计数 > 10^5/ml。

5. 诊断与鉴别诊断

(1)诊断:泌尿系感染诊断标准为:

①正规清洁中段尿(要求尿停留在膀胱中 4 ~ 6 小时以上)细菌定量培养,菌落≥10^5/ml。

②参考清洁离心中段尿沉渣白细胞数)≥10 个/高倍视野,或有泌尿系感染症状者。

具备上述①、②可确诊。如无②则应再做尿菌计数复查,如仍≥10^5/ml,且两次的细菌相同者,可以确诊。

(2)鉴别诊断:①肾结核;②慢性肾盂肾炎;③尿道综合征(尿频、排尿困难综合征)等。

6. 西医治疗

(1)一般治疗:患病后,宜休息 3 ~ 5 天,多饮水,勤排尿。

(2)碱化尿液:可减轻膀胱刺激征,同时增强某些抗菌药物的疗效。可用碳酸氢钠 1.0 g,每日 3 次,口服。

(3)抗菌治疗:尿路感染时,应选用肾毒性小且在肾脏及尿中浓度高的抗菌药物。

7. 中医辨证论治

膀胱湿热证——清热利湿通淋。方药:八正散加减。

气滞血瘀证——活血化瘀,疏肝理气。方药:丹栀逍遥散加减。

脾肾亏虚,湿热屡犯证——健脾补肾。方药:无比山药丸加减。

肾阴不足,湿热留恋证——滋阴益肾,清热通淋。方药:知柏地黄丸加减。

命题考点5 慢性肾功能不全

【历年真题纵览】

A1 型题

1. 慢性肾功能不全患者,全身浮肿,有胸水腹水,治疗宜选用

A. 茯苓汤加减

B. 五皮饮或五苓散加减

C. 小半夏汤加减

D. 济生肾气丸加减

E. 桃红四物汤加减

参考答案:B

2. 慢性肾功能衰竭脾肾阳虚证治宜

A. 济生肾气丸加减

B. 天麻钩藤汤加减

C. 杞菊地黄丸

D. 金匮肾气丸

E. 无比山药丸

参考答案:A

3. 慢性肾功能不全的主要病机是

A. 肺脾气虚,卫表不固

B. 肾与膀胱,气化失司

C. 肺气不宣,脾失健运

D. 脾肾两虚,精微下注

E. 脾肾两虚,湿浊内聚

参考答案:E

4. 尿毒症终末期最理想的治疗措施是

A. 血液透析

B. 肾移植

C. 输新鲜血

D. 每天口服生大黄 8~12 g

E. 用中药保留灌肠

参考答案:A

A2 型题

5. 患者,男,55 岁。面色少华,神疲乏力,腰膝酸软,口干唇燥,饮水不多,手足心热,大便干燥,夜尿清长,舌淡有齿痕,脉象沉细。检查:血压 180/105 mmHg,血清钾 6.8 mmol/L,血肌酐 640 μmol/L。治疗应首选

A. 降压药加羚角钩藤汤

B. 降压药加镇肝熄风汤

C. 透析加参芪地黄汤加减

D. 透析加天麻钩藤饮

E. 降压药加知柏地黄丸

参考答案:C

6. 患者,男,65 岁。慢性肾功能不全 3 年。现恶心呕吐,胸闷纳呆,口淡黏腻,口有尿味。治疗首选

A. 猪苓汤

B. 桂枝茯苓丸

C. 小半夏加茯苓汤加减

D. 五苓散

E. 当归芍药散

参考答案:C

【考点评析】

1. 中医病因病机:慢性肾功能不全属中医"关格"范畴,病位主要在肾,涉及肺、脾(胃)、肝等脏腑,其基本病机是本虚标实,本虚以肾元亏虚为主,标实见水气、湿浊、湿热、血瘀、肝风之证。

2. 临床表现:常见症状可见腰部酸痛、倦怠、乏力、夜尿增多、少尿或无尿等。

(1)高血压:很常见,可为原有高血压的持续或恶化,也可在肾衰竭过程中发生。

(2)水肿或胸腹水:下肢、眼睑水肿,甚则可见胸腹水。

(3)贫血:本病患者当血清肌酐超过 300 μmol/L 以上,常出现贫血表现。

(4)水、电解质、酸碱平衡失调:常有水、钠潴留,高钾血症,代谢性酸中毒,高磷血症,低钙血症等。

(5)各系统并发症。

3. 实验室及其他检查

(1)肾功能检查:血尿素氮(BUN)、血肌酐(Scr)上升,Scr > 133 μmol/L,内生肌酐清除率 < 80 ml/min,二氧化碳结合力下降,血尿酸升高。

(2)尿常规检查:可出现蛋白尿、血尿、管型尿或低比重尿。

(3)血常规检查:常出现不同程度的贫血。

(4)电解质检查:常表现为高钾、高磷、低钙等。

(5)B 超检查:多数可见双肾明显缩小,结构模糊。

4. 诊断与鉴别诊断:慢性肾衰竭的诊断是 Ccr < 80 ml/min,Scr > 133 μmol/L,有慢性原发或继发性肾脏疾病病史。

慢性肾衰竭的肾功能损害程度可分为以下几期。

(1)肾贮备功能下降期。

(2)氮质血症期。

(3)肾衰竭期。

(4)尿毒症期:GFR 减少至正常的 10% 以下,血肌酐高于 707 μmol/L,肾衰的临床表现和血生化异常已十分显著。

5. 西医治疗

(1)治疗基础疾病和使慢性肾衰竭恶化的因素。

(2)延缓慢性肾衰竭的发展

①饮食治疗:限制蛋白饮食;高热量饮食;低磷饮食。此外,有水肿、高血压和少尿者要限制食盐。

②必需氨基酸(EAA)的应用。

③控制全身性高血压和(或)肾小球内高压力首选血管紧张素Ⅱ抑制药,包括血管紧张素转换酶抑制剂(ACEI)和血管紧张素Ⅱ受体拮抗药(ARB)。

(3)并发症的治疗

①纠正水、电解质紊乱。

②代谢性酸中毒的治疗:轻度酸中毒时可口服碳酸氢钠,若严重酸中毒,尤其伴深大呼吸或昏迷时,应静脉补碱。

③肾性贫血的治疗

Ⅰ.红细胞生成素(EPO)的使用:当 Hb < 60 g/L,红细胞比容(HCT) < 30% 时,就应使用。

Ⅱ.补充铁剂和叶酸:常需与 EPO 并用,如硫酸亚铁口服,右旋糖酐铁静注,注意观察铁代谢情况。

Ⅲ.输血或红细胞:在严重贫血时,可小量输血。

(4)替代治疗:①透析疗法;②肾移植:成功的肾移植会恢复正常的肾功能。

6.中医辨证论治

(1)本虚证

脾肾气虚证——补气健脾益肾。方药:六君子汤加减。

脾肾阳虚证——温补脾肾。方药:济生肾气丸加减。

气阴两虚证——益气养阴,健脾补肾。方药:参芪地黄汤加减。

肝肾阴虚证——滋肾平肝。方药:杞菊地黄汤加减。

阴阳两虚证——温扶元阳,补益真阴。方药:全鹿丸加减。

(2)标实证

湿浊证　治法:和中降逆,化湿泄浊。方药:小半夏加茯苓汤加减。

湿热证　治法:中焦湿热宜清化和中;下焦湿热宜清利湿热。方药:中焦湿热者以黄连温胆汤加减;下焦湿热以知柏地黄丸或二妙丸加减。

水气证　治法:利水消肿。方药:五皮饮或五苓散加减。

血瘀证　治法:活血化瘀。方药:桃红四物汤或当归芍药散加减。

肝风证　治法:镇肝熄风。方药:天麻钩藤汤加减。

第五单元　血液及造血系统疾病

```
命题考点 1　缺铁性贫血
```

【历年真题纵览】

A1 型题

1.下列除哪项外,均是缺铁性贫血脾胃虚弱证的临床表现

A.面色萎黄

B.神疲乏力

C.纳少便溏

D.口唇色淡

E.腰膝酸软

参考答案:E

2.治疗缺铁性贫血心脾两虚证,应首选

A.香砂六君子汤合当归补血汤

B.归脾汤或八珍汤加减

C.六味地黄丸

D.八珍汤合无比山药丸

E.化虫丸

参考答案:B

3.不属缺铁性贫血诊断依据的是

A.血清铁浓度降低

B.血清铁蛋白降低

C.小细胞低色素性贫血

D.总铁结合力降低

E.转铁蛋白饱和度 < 15%

参考答案:D

4.网织红细胞绝对值减低,最常见于

A.缺铁性贫血

B.再生障碍性贫血

C.阵发性睡眠性血红蛋白尿

D.特发性血小板减少性紫癜

E.巨幼细胞贫血

参考答案:B

A2 型题

5.患者患贫血 3 年。经常头晕眼花,面黄浮肿,活动后则头晕心悸,气促。饮食尚可,有食生米、木炭等异食癖。实验室检查:大便常规发现钩虫卵,血红蛋白 80 g/L,应是

A.缺铁性贫血

B.再障性贫血

C.溶血性贫血

D.海洋性贫血

E.肾性贫血

参考答案:A

6.患者,女,30 岁,贫血原因不明。试服铁剂治疗第 6 天复查血象,网织红细胞上升达 5%,但未见血红蛋白增加,镜检见红细胞大小不等和中心淡染区扩大。其最可能的诊断是

A.缺铁性贫血

B.急性白血病

C.巨幼细胞性贫血

D.阵发性睡眠性血红蛋白尿

E.再生障碍性贫血

参考答案:A

B1 型题

7.

A.香砂六君子汤合当归补血汤加减

B.八珍汤合无比山药丸加减

C.四神丸

D.四物汤

E.金匮肾气丸

①治疗缺铁性贫血脾胃虚弱证,应首选

②治疗缺铁性贫血脾肾阳虚证,应首选

参考答案:①A ②B

【考点评析】

1.西医病因及发病机制:病因包括①损失过多:慢性失血占缺铁原因的首位;②需铁量增加而摄入量不足;③铁的吸收不良。

2.中医病因病机:缺铁性贫血病位在脾、胃,与肝、肾相关。脾胃虚弱,运化失常,虫积及失血导致气血生化不足,是本病发生的基本病机。本病多属虚证,但也有虚实夹杂之证。

3.临床表现

(1)贫血本身的表现:皮肤和黏膜苍白,疲乏无力,头晕、耳鸣、眼花,记忆力减退,严重者可出现眩晕或晕厥,活动后心悸、气短,甚至心绞痛,心力衰竭。尚有恶心、呕吐、食欲减退、腹胀、腹泻等消化道的症状。

(2)组织缺铁症状:包括精神和行为改变、消化道黏膜病变、外胚叶组织病变。

4.实验室及其他检查

(1)血象:男性血红蛋白(Hb)<120 g/L,女性Hb<110 g/L,网织红细胞计数大多正常。

(2)骨髓象:红细胞系增生活跃。

(3)血清铁、总铁结合力及铁蛋白:缺铁性贫血时血清铁浓度常<8.9 pmol/L,总铁结合力>64.4 pmol/L,转铁蛋白饱和度<15%。

5.诊断与鉴别诊断

(1)诊断

①小细胞低色素性贫血:男性Hb<120 g/L,女性Hb<110 g/L。

②有明确的缺铁病因和临床表现。

③血清铁浓度常<8.9 pmol/L,总铁结合力>64.4 pmol/L。

④转铁蛋白饱和度<15%。

⑤血清铁蛋白<12 μg/L。

⑥骨髓铁染色显示骨髓小粒可染铁消失,铁粒幼红细胞<15%。

⑦红细胞内游离原卟啉(PEP)>0.9 μmol/L。

⑧铁剂治疗有效。

符合第①条和第②~⑧条中任何两条以上者,可诊断为缺铁性贫血。

(2)鉴别诊断:主要包括地中海性贫血、慢性炎症性贫血、铁粒幼细胞性贫血。

6.西医治疗

(1)病因治疗。

(2)铁剂治疗:口服铁剂是治疗缺铁性贫血的主要方法。包括硫酸亚铁片、力蜚能胶囊、富马酸亚铁片。口服铁剂要先从小剂量开始,渐达足量。注射铁剂:只有当口服铁剂消化道反应严重,不能耐受者,及口服铁剂不能奏效者才考虑注射。

(3)辅助治疗:包括输血或输入红细胞,加用维生素E,适当补充高蛋白及含铁丰富的饮食等。

7.中医辨证论治

脾胃虚弱证——健脾和胃,益气养血。方药:香砂六君子汤合当归补血汤加减。

心脾两虚证——益气补血,养心安神。方药:归脾汤或八珍汤加减。

脾肾阳虚证——温补脾肾。方药:八珍汤合无比山药丸加减。

虫积证——杀虫消积,补益气血。方药:化虫丸合八珍汤加减。

命题考点2 再生障碍性贫血

【历年真题纵览】

A1 型题

1.再生障碍性贫血最易与下列哪种病混淆

A.白细胞减少性白血病

B.特发性血小板减少性紫癜

C.阵发性睡眠性血红蛋白尿

D.脾功能亢进

E.骨髓纤维化症

参考答案:C

2.治疗再生障碍性贫血错误的是

A.山莨菪碱

B.抗生素、淋巴细胞球蛋白

C.雄性激素

D.士的宁

E. 所有再障患者均可行脾切除

参考答案:E

A2 型题

3. 患者,男,25 岁。头晕 1 个月,高热、鼻衄 1 周来诊。口渴,咽痛,皮下紫癜、瘀斑,心悸,舌红而干,苔黄,脉洪数。实验室检查:全血细胞减少,骨髓增生减低,无巨核细胞。治疗应首选

　　A. 清瘟败毒饮加减

　　B. 圣愈汤

　　C. 右归丸

　　D. 左归丸

　　E. 小营煎

参考答案:A

4. 患者,男,35 岁。再生障碍性贫血 3 年。面色无华,头晕,气短,乏力,动则加剧,舌淡,苔薄白,脉细弱。治疗应首先考虑的方剂是

　　A. 右归丸合当归补血汤

　　B. 左归丸、右归丸合当归补血汤

　　C. 八珍汤加减

　　D. 六味地黄丸合桃红四物汤

　　E. 左归丸合当归补血汤

参考答案:C

B1 型题

5.

　　A. 心、肝

　　B. 心、脾

　　C. 骨髓

　　D. 心、肝、脾、肾

　　E. 肺、心、脾、肾

①再障贫血的中医病位是

②再障贫血的关联脏腑是

参考答案:①C　②D

【考点评析】

1. 西医病因及发病机制

(1)病因:主要包括药物因素、化学毒物、电离辐射、病毒感染、免疫因素等。

(2)发病机制:主要包括造血干细胞减少或有缺陷、骨髓造血微环境缺陷、免疫机制异常。

2. 中医病因病机:本病多为虚证,也可见虚中夹实。阴阳虚损为本病的基本病机。病变部位在骨髓,发病脏腑为心、肝、脾、肾,肾为根本。

3. 临床表现:再障主要表现为贫血、感染和出血。

4. 实验室及其他检查

(1)血象:多呈全血细胞减少。

(2)骨髓象:急性型呈多部位增生减低或重度减

低。慢性型由于造血组织呈"向心性萎缩"及灶性增生,不同部位的骨髓象常常不一致。

(3)骨髓活检:再障病人做骨髓穿刺不易获得骨髓成分,而骨髓活检对估计增生情况优于骨髓涂片,可提高诊断正确性。

5. 诊断与鉴别诊断

(1)诊断　①全血细胞减少,网织红细胞绝对值减少。②一般无脾肿大。③骨髓检查显示至少一部位增生减低或重度减低(如增生活跃,巨核细胞应明显减少),骨髓小粒成分中应见非造血细胞增多(有条件者应做骨髓活检等检查)。④能除外其他引起全血细胞减少的疾病,如阵发性睡眠性血红蛋白尿、骨髓增生异常综合征中的难治性贫血等。⑤一般抗贫血药物治疗无效。

(2)鉴别诊断:注意与阵发性睡眠性血红蛋白尿(PNH)、骨髓增生异常综合征(MDs)及低增生性白血病等相鉴别。

6. 西医治疗

(1)一般治疗。

(2)支持疗法:包括控制感染、止血、输血。严重贫血血红蛋白 <60 g/L 的患者,可输入浓集红细胞。

(3)刺激骨髓造血功能的药物:包括雄激素、免疫调节剂、免疫抑制剂、骨髓移植(BMT)、脐血输注等。

7. 中医辨证论治

肾阴虚证——滋阴补肾,益气养血。方药:左归丸合当归补血汤加减。

肾阳亏虚证——补肾助阳,益气养血。方药:右归丸合当归补血汤加减。

肾阴阳两虚证——滋阴助阳,益气补血。方药:左归丸、右归丸合当归补血汤加减。

肾虚血瘀证——补肾活血。方药:八味地黄丸或肾气丸合桃红四物汤加减。

气血两虚证——补益气血。方药:八珍汤加减。

热毒壅盛证——清热凉血,解毒养阴。方药:清瘟败毒饮加减。

```
命题考点3　白细胞减少症与粒细胞缺乏症
```

【历年真题纵览】

A1 型题

1. 粒细胞缺乏症是指外周血白细胞低于

A. $4.0 \times 10^9 / L$

B. $3.0 \times 10^9 / L$

C. $2.0 \times 10^9 / L$

D. $1.0 \times 10^9 / L$

E. $0.5 \times 10^9 / L$

参考答案:E

2. 白细胞减少症与粒细胞缺乏症的中医病机多与哪些脏器关系密切

　A. 肺、脾、肾

　B. 心、脾、肾

　C. 肝、脾、肾

　D. 心、肝、肾

　E. 肺、脾、肾

参考答案:C

A2 型题

3. 患者,男,35 岁。症见面色萎黄,头晕目眩,倦怠乏力,少寐多梦,心悸怔忡,纳呆食少,苔薄白,脉细弱。血常规示:WBC $2.1 \times 10^9 / L$。宜选

　A. 犀角地黄汤合玉女煎加减

　B. 六味地黄丸加减

　C. 归脾汤加减

　D. 生脉散加减

　E. 黄芪建中汤合右归丸加减

参考答案:C

4. 患者,女,65 岁。诊断为白细胞减少症。症见神疲乏力,腰膝酸软,纳少便溏,面色㿠白,畏寒肢冷,大便溏薄,小便清长,舌质淡,苔白,脉沉细。治法是

　A. 清热解毒,滋阴凉血

　B. 滋补肝肾

　C. 益气养阴

　D. 益气养血

　E. 温补脾肾

参考答案:E

5. 患者,女,30 岁。发热不退,口渴欲饮,面赤咽痛,头晕乏力,舌质红绛,苔黄,脉滑数。查血常规示:WBC $1.8 \times 10^9 / L$。宜选

　A. 生脉散加减

　B. 犀角地黄汤合玉女煎加减

　C. 归脾汤加减

　D. 黄芪建中汤合右归丸加减

　E. 六味地黄丸加减

参考答案:B

【考点评析】

1. 西医病因及发病机制:包括粒细胞生成障碍、粒细胞破坏或消耗过多、粒细胞分布紊乱及释放障碍。

2. 中医病因病机:病位在骨髓,与肝、脾、肾关系密切,病性以虚损证候为主。

3. 诊断与鉴别诊断

　(1)诊断:外周血白细胞计数 $< 4.0 \times 10^9 / L$ 为白细胞减少症,外周血中性粒细胞绝对值低于 $2.0 \times 10^9 / L$ 为粒细胞减少症,低于 $0.5 \times 10^9 / L$ 时为粒细胞缺乏症。

　(2)鉴别诊断:急性再生障碍性贫血。

4. 西医治疗

　(1)病因治疗:如药物引起者立即停药,感染引起者积极控制感染。继发于其他疾病者,积极治疗原发病。

　(2)防治感染:有条件应安置患者于"无菌室"中,采取严密消毒隔离措施。

　(3)升粒细胞:重组人粒系集落刺激因子(G-CSF)皮下注射,或粒-单系集落刺激因子(GM-CSF)皮下注射,用于粒细胞缺乏者,疗效良好。

5. 中医辨证论治

　气血两虚证——益气养血。方药:归脾汤加减。

　脾肾亏虚证——温补脾肾。方药:黄芪建中汤合右归丸加减。

　气阴两虚证——益气养阴。方药:生脉散加减。

　肝肾阴虚证——滋补肝肾。方药:六味地黄丸加减。

　外感温热证——清热解毒,滋阴凉血。方药:犀角地黄汤合玉女煎加减。

命题考点4　白血病病因病机

【历年真题纵览】

A1 型题

1. 白血病中医病位在

　A. 脑髓

　B. 骨髓

　C. 肝

　D. 脾

　E. 肾

参考答案:B

2. 白血病中医主要病因是

　A. 热毒

　B. 阴阳两虚

　C. 暑湿

D. 痰浊

E. 热毒和正虚

参考答案:E

【考点评析】

白血病的主要病因为热毒和正虚,病性为本虚标实。正气亏虚为本,温热毒邪为标,多以标实为主。病位在骨髓,表现在营血,与肾、肝、脾有关。白血病的成因与正气不足,邪毒内陷血脉,阻碍气血生化,或因有害物质伤及营血、肾精,累及骨髓,气血生化失常等有关。以发热、出血、血亏、骨痛、症块等为临床特征。病性多属虚实夹杂,病情危重,预后差。

命题考点5 急性白血病

【历年真题纵览】

A1 型题

1. 下列哪项不是急性白血病痰热瘀阻证的主症

 A. 心烦口苦

 B. 腹部癥积

 C. 头身困重

 D. 口渴喜饮

 E. 痰多胸闷

参考答案:D

2. 五阴煎加味适用于急性白血病的哪种证型

 A. 热毒炽盛

 B. 气阴两虚

 C. 痰热瘀阻

 D. 阴虚火旺

 E. 气营两燔

参考答案:B

3. 儿童中枢神经系统白血病最常见的是

 A. 急性粒细胞白血病

 B. 急性单核细胞白血病

 C. 急性巨核细胞白血病

 D. 急性淋巴细胞白血病

 E. 急性红白血病

参考答案:D

4. 急性白血病热毒炽盛证的治法是

 A. 清热化痰,活血散结

 B. 清热解毒,凉血止血

 C. 滋阴降火,凉血解毒

 D. 益气养阴,清热解毒

 E. 清热解毒,利湿化浊

参考答案:B

5. 急性白血病痰热瘀阻证的治法是

 A. 清热化痰,活血散结

 B. 清热解毒,凉血止血

 C. 滋阴降火,凉血解毒

 D. 益气养阴,清热解毒

 E. 清热解毒,利湿化浊

参考答案:A

A2 型题

6. 患者因胸骨疼痛、发热就诊。血液检查见到幼稚细胞增多,骨髓检查见有核细胞增生活跃,原始细胞占50%。最可能的诊断是

 A. 白血病

 B. 传染性淋巴细胞增多症

 C. 传染性单核细胞增多症

 D. 再生障碍性贫血

 E. 骨髓增生异常综合征

参考答案:A

7. 患者,男,21岁。患急性淋巴细胞性白血病,壮热口渴,头痛面赤,咽喉肿痛,时有鼻衄,便秘,舌红绛,苔黄,脉洪大。其证型是

 A. 阴虚火旺

 B. 气阴两虚

 C. 热毒炽盛

 D. 痰热瘀阻

 E. 肝火上炎

参考答案:C

B1 型题

8.

 A. 温胆汤合桃红四物汤加减

 B. 知柏地黄丸合二至丸加减

 C. 葛根芩连汤加味

 D. 五阴煎加味

 E. 龙胆泻肝汤

 ① 治疗白血病湿热内蕴证,应首选

 ② 治疗白血病阴虚火旺证,应首选

参考答案:①C ②B

【考点评析】

1. 临床表现:各型急性白血病有大致相同的临床表现。① 起病或急或缓。急者,可突然高热,进行性贫血,衰竭,显著出血等;缓者进行性疲乏、低热或(及)轻微出血等。② 发热。③ 出血:是白血病的重要死因。④ 贫血。⑤ 肝、脾、淋巴结肿大。⑥ 骨骼及关节痛。⑦ 神经系统表现:白血病细胞可浸润脑膜及中枢神经致头痛、头晕、颈项强直、呕吐,但不发

热。⑧各种皮损表现:斑丘疹、结节、肿块、红皮病、局部皮肤隆起、紫红色硬结,或皮下硬、痛结节,皮色不变。

2. 常用检查

①血象:贫血,多呈正细胞正色素型;网织红细胞计数减少;血小板降低;白细胞早期常低,晚期常增加,增多者血片中找到原始和早期幼稚细胞可提示诊断。

②骨髓象:具有确诊价值。典型者有核细胞增生明显或轻度活跃。

③血液生化:血清尿酸浓度明显高。

④组织化学染色。

3. 诊断要点:有发热、感染、出血、贫血、肝脾淋巴结肿大,应高度拟诊。结合外周血液中有原始细胞,骨髓细胞学检查示任一系原始细胞 >30% 即可诊断。

4. 西医治疗原则

①化疗杀灭白血病细胞,同时保存正常造血干细胞,以期缓解症状和延长生命。

②综合性支持治疗,保证化疗顺利进行。

③骨髓移植可期望治愈白血病。

5. 中医辨证论治

热毒炽盛证:治宜清热解毒、凉血止血,方用黄连解毒汤合清营汤加减。

痰热瘀阻证:治宜清热化痰、活血散结,方用温胆汤合桃红四物汤加减。

阴虚火旺证:治宜滋阴降火,方用知柏地黄丸合二至丸加减。

气阴两虚证:治宜益气养阴、清热解毒,方用五阴煎加味。

湿热内蕴证:治宜清热解毒,利湿化浊,方用:葛根芩连汤加味。

命题考点4　慢性粒细胞性白血病

【历年真题纵览】

A1 型题

1. 治疗慢性粒细胞白血病热毒壅盛证,应首选

A. 膈下逐瘀汤

B. 青蒿鳖甲汤

C. 八珍汤

D. 清营汤合犀角地黄

E. 沙参麦冬汤

参考答案:D

A2 型题

2. 患者,男,72 岁。慢性淋巴细胞白血病 1 年余,经化疗后病情有缓解。现形体消瘦,面色晦暗,胸骨按痛,胁下症块按之坚硬刺痛,皮肤瘀斑,鼻衄,齿衄,舌质紫黯,脉细涩。治疗应首选

A. 桃红四物汤

B. 膈下逐瘀汤加减

C. 加味瓜蒌散

D. 归脾汤

E. 银翘散

参考答案:B

3. 某男,27 岁。患慢性粒细胞白血病,曾用药物羟基脲,并采用中医药治疗。现患者面色萎黄,头晕目眩,心悸,疲乏无力,气短懒言,自汗,食欲减退,舌质淡,苔薄白,脉细弱。其辨证及选方是

A. 热毒壅盛证,犀角地黄汤加减

B. 气血两虚证,八珍汤加减

C. 气血两虚证,膈下逐瘀汤加减

D. 阴虚内热证,青蒿鳖甲汤加减

E. 阴虚内热证,犀角地黄汤加减

参考答案:B

【考点评析】

1. 慢性粒细胞性白血病属中医"积聚"、"虚劳"等范畴,由于脏腑亏虚,外感六淫、内伤七情等引起气血功能紊乱,脏腑功能失调所致,本病为气血痰食邪毒相互搏结而成。西医认为本病发病原因尚未完全明了,是物理、化学、生物、遗传等多因素疾患。电离辐射及苯导致慢粒发生比较肯定。

2. 临床表现:①全身症状:乏力、低热、多汗、消瘦等。部分有左上腹沉重、纳减。后期常有贫血及出血倾向。②脾脏、肝脏和淋巴结肿大。③骨骼:约 75% 有胸骨下部压痛。其他如胫骨、肋骨及各大关节亦有压痛。④眼底变化:可有视网膜及视神经乳头水肿及眼底出血、渗出等。⑤其他:女性闭经或阴道出血;男性阴茎异常勃起。个别眼眶、头颅及乳房等出现无痛性肿块。

3. 常用检查:①血液:慢粒以白细胞数极度增高为特征。早期红细胞及血红蛋白可有轻度至中度减少;血小板大多正常,1/3 病例增高。②骨髓:骨髓中各系细胞极度增生,其中以粒系为主。③染色体检查:绝大部分病人的粒细胞中有一种称为 ph′ 的染色体。④血液生化:血清维生素 B_{12} 结合力及浓度具有特征性增高,幅度与白细胞增多程度成正相关。⑤中性粒细胞碱性磷酸酶(NAP)测定:多数降低和缺如,完全缓解时可恢复正常,15% 病人在急变期正

常或增高。

4.诊断要点:①临床有低热、乏力、多汗、消瘦、胸骨压痛、鼻衄、齿龈出血或女性月经过多、贫血等。②脾肿大及进行性巨脾,肝脏及淋巴结肿大。③血液学检查白细胞数显著增高。④骨髓象符合慢粒的改变。

5.西医治疗原则:如没有明显临床症状,白细胞数在 $100 \times 10^9/L$ 以下者无需立刻化疗。当病情加重或白细胞计数超过 $200 \times 10^9/L$ 时应积极治疗。

①化疗:马利兰、羟基脲、靛玉红等。

②放疗:脾区深度 X 线照射。

③骨髓移植。

④高尿酸血症的防治。

⑤慢粒急变的治疗。

6.中医辨证论治

阴虚内热证——滋阴清热,解毒祛瘀。方药:青蒿鳖甲汤加减。

瘀血内阻证——活血化瘀。方药:膈下逐瘀汤加减。

气血两虚证——补益气血。方药:八珍汤加减。

热毒壅盛证——清热解毒为主,佐以扶正祛邪。方药:清营汤合犀角地黄汤加减。

命题考点5　特发性血小板减少性紫癜

【历年真题纵览】

A1 型题

1.治疗特发性血小板减少性紫癜出血,应首选

A. 免疫抑制剂

B. 输新鲜血液

C. 脾切除

D. 抗生素

E. 糖皮质激素

参考答案:E

2.下列各项,与特发性血小板减少性紫癜发病关系最密切的是

A. 心、肝、脾、肾

B. 肺、肝、脾、肾

C. 心、肝、脾、肺

D. 心、肺、脾、肾

E. 心、肝、肺、肾

参考答案:A

3.特发性血小板减少性紫癜破坏血小板的主要场所在

A. 骨髓

B. 肝脏

C. 脾脏

D. 肾脏

E. 淋巴结

参考答案:C

4.治疗特发性血小板减少性紫癜气不摄血证,应首选的方剂是

A. 茜根散或玉女煎加减

B. 归脾汤加减

C. 桃红四物汤加减

D. 犀角地黄汤加减

E. 黄土汤加减

参考答案:B

5.下列哪个方剂为治疗紫癜血热妄行证的首选

A. 桃红四物汤加减

B. 茜根散或玉女煎加减

C. 归脾汤

D. 犀角地黄汤加减

E. 龙胆泻肝汤

参考答案:D

A2 型题

6.患者,男,68 岁。低热 5 天后出现皮肤青紫斑块 2 周余,时发时止。手足烦热,颧红咽干,午后潮热、盗汗,伴齿衄,舌红少苔,脉细数。实验室检查:血常规示血小板 $20 \times 10^9/L$。其治疗宜选用下列何方

A. 犀角地黄汤

B. 十灰散

C. 归脾汤

D. 泻心汤

E. 茜根散

参考答案:E

7.患儿,男,14 岁。2 周前患急性咽炎。1 天前突然牙龈出血,口腔血疱,双下肢瘀斑。实验室检查:血红蛋白 110 g/L,白细胞 $9 \times 10^9/L$,血小板 $10 \times 10^9/L$,骨髓增生活跃,巨核细胞 23 个/片。应首先考虑的诊断是

A. 急性白血病

B. 再生障碍性贫血

C. 过敏性紫癜

D. 特发性血小板减少性紫癜(急性型)

E. 特发性血小板减少性紫癜(慢性型)

参考答案:D

8.患者,女,44 岁。患有特发性血小板减少性紫

癜。现下肢皮肤紫斑,月经血块多,色紫黯,面色黧黑,眼睑色青,舌紫黯有瘀斑,脉细涩。治疗应首选

 A.归脾汤

 B.桃红四物汤

 C.茜根散

 D.犀角地黄汤

 E.保元汤

 参考答案:B

【考点评析】

1.中医病因病机:本病病因多为外感热毒之邪和内伤脏腑、气血阴阳失调,导致血不循经,溢于脉外。病机有血热伤络、阴虚火旺、气不摄血及瘀血之不同。病位在血脉,与心、肝、脾、肾关系密切。病理性质有虚实之分,热盛迫血为实,阴虚火旺、气不摄血为虚。若病久不愈,导致瘀血阻滞者,则表现为虚实夹杂。

2.临床表现

①急性型起病急,儿童多见,无性别差异,发病前多有明显感染史,出血较严重,累及黏膜、内脏。

②慢性型起病隐袭,成年女性多见,病程超过半年,无明显诱因,出血较轻,皮肤瘀点或月经过多为主。

3.常用检查

①血液:急性型发病时血小板明显减少,常低于 $20 \times 10^9/L$。慢性型血小板一般在 $(30 \sim 80) \times 10^9/L$ 之间,在 $50 \times 10^9/L$ 以上时可无症状,$< 10 \times 10^9/L$ 可有广泛或自发性出血。血小板功能异常,生存时间明显缩短。

②骨髓:急性型骨髓巨核细胞正常或增多,幼稚型比例增多,体积小,无血小板形成。慢性型骨髓巨核细胞增多,以颗粒型增多为主,体积正常,血小板形成减少。

③血小板表面相关免疫球蛋白增高。

4.诊断要点:根据病史、临床表现、出血症状、血小板减少及寿命缩短、骨髓中巨核细胞数量增多、血小板形成减少和血小板表面相关免疫球蛋白增高等进行诊断。

5.西医治疗原则:治疗的目的是控制出血症状,减少血小板破坏,提高血小板数。

①出血严重应卧床休息,防外伤。

②避免血小板损害药物。

③肾上腺皮质激素:一般病例可用强的松,长期应用无效或肝功能不良者可用强的松龙。病情严重可用氢化可的松或地塞米松。

④脾切除是有效方法之一。

⑤免疫抑制剂:适应证:激素治疗或脾切除后仍效差或无效者或用激素有禁忌,又不适宜做脾切除者。药物:长春新碱、环磷酰胺、硫唑嘌呤合用。

⑥输血及血小板悬液。

⑦其他:大剂量免疫球蛋白法。

6.中医辨证论治

血热妄行证——清热凉血。方药:犀角地黄汤加减。

阴虚火旺证——滋阴降火,清热止血。方药:茜根散或玉女煎加减。

气不摄血证——益气摄血,健脾养血。方药:归脾汤加减。

瘀血内阻证——活血化瘀止血。方药:桃红四物汤加减。

第六单元　内分泌与代谢疾病

命题考点1　甲状腺功能亢进症

【历年真题纵览】

A1 型题

1.甲状腺功能亢进症气阴两虚证的治法是

 A.疏肝理气,化痰软坚

 B.清肝泻火,消瘿散结

 C.滋阴清热,软坚散结

 D.益气养阴,消瘿散结

 E.清肝泻火,化痰散结

 参考答案:D

2.瘿病的基本病机是

 A.痰火结于颈前

 B.湿邪结于颈前

 C.寒痰结于颈前

 D.冷痰结于颈前

 E.气滞痰凝,气郁化火,耗气伤阴

 参考答案:E

3.龙胆泻肝汤加减适用于甲状腺功能亢进症的哪种证型

 A.心肝阴虚证

 B.肝火旺盛证

 C.阴虚火旺证

 D.气阴两虚证

 E.气滞痰凝证

 参考答案:B

4. 治疗甲状腺功能亢进症气滞痰凝证,应首选

 A. 逍遥散合二陈汤

 B. 天王补心丹

 C. 知柏地黄丸

 D. 生脉散

 E. 龙胆泻肝汤

参考答案:A

5. 瘿病之阴虚火旺证治宜

 A. 六味地黄汤合黄连阿胶汤

 B. 丹栀逍遥消瘿丸

 C. 生脉散加味

 D. 一贯煎合消瘿丸

 E. 天王补心丹加减

参考答案:E

A2 型题

6. 患者,女,28 岁。患甲状腺功能亢进症 1 个月,症见眼突、心悸汗多,手颤,消瘦,口干咽燥,五心烦热,失眠多梦,月经不调,舌红少苔,脉细数。治疗应首选他巴唑加

 A. 生脉散

 B. 天王补心丹加减

 C. 当归补血汤

 D. 丹栀逍遥散

 E. 右归丸

参考答案:B

7. 患者,女,50 岁。15 年前因甲亢行甲状腺次全切除术。近 1 个月来又感心悸、出汗、消瘦,心电图检查提示房颤,心率 120 次/分,FT_3 升高,FT_4 升高。因首先考虑的治疗措施是

 A. 第二次手术

 B. 放射性^{131}I 治疗

 C. 服抗甲状腺药与甲状素片

 D. 服碘溶液

 E. 甲状腺素片

参考答案:B

8. 患者患甲亢多年,颈前肿大,眼突,心悸失眠,消瘦,神疲乏力,气短汗多,口干咽燥,手足心热,纳差,大便溏薄,舌质淡红,脉细数无力。治疗首选

 A. 天王补心丹加减

 B. 炙甘草汤合玉女煎

 C. 龙胆泻肝汤加减

 D. 逍遥散合二陈汤加减

 E. 生脉散加味

参考答案:E

B1 型题

9.

 A. 他巴唑加天王补心丹

 B. 放射性碘加天王补心丹

 C. 他巴唑加六味地黄丸

 D. 他巴唑加消瘿丸

 E. 碘液加天王补心丹

①治疗甲状腺功能亢进症阴虚火旺证,应首选

②治疗甲状腺功能亢进症阴虚火旺证,且对抗甲状腺药物过敏者,应首选

参考答案:①A　②B

【考点评析】

本病与中医学的"瘿气"相似。

1. 西医病因病理

(1)病因:一般认为本病主要是在遗传的基础上,因精神刺激、感染等应激因素而诱发的器官特异性自身免疫疾病。

(2)病理:甲状腺呈不同程度弥漫性肿大。

2. 中医病因病机:内因是体质因素,情志失调则是瘿气发病的主要诱因。基本病机为气滞痰凝,气郁化火,耗气伤阴。

3. 临床表现

(1)高代谢综合征:怕热多汗等。

(2)甲状腺肿:甲状腺一般呈弥漫性、对称性肿大。

(3)眼征

①非浸润性突眼:眼裂增宽,瞬目减少,凝视;上眼睑挛缩。

②浸润性突眼。

(4)精神神经系统:神经过敏,兴奋,易激动,烦躁多虑,舌、手有细震颤等。

(5)心血管系统:心动过速,心律失常。

(6)消化系统:食欲亢进,易饥,多食,消瘦。

(7)其他:肌肉软弱无力或伴有周期性麻痹;女性患者常见月经减少,周期延长,甚至闭经;男性患者则常出现阳痿等。

4. 实验室及其他检查:常用检查:甲状腺激素测定,甲状腺自身抗体测定,甲状腺影像学检查。

5. 诊断要点:①高代谢表现;②甲状腺肿大;③血清 FT_4 增高,TSH 减低。

6. 西医治疗

(1)抗甲状腺药物(ATD)治疗:目前抗甲状腺药物分为硫脲类和咪唑类,甲巯咪唑(他巴唑)、卡比马唑(甲亢平)等。

适应证:①病情轻,甲状腺轻度或中度肿大的患

者;②年龄 20 岁以下的青少年、儿童、孕妇、年老体弱或其他方面严重疾病不适宜手术者;③手术后复发且不适宜放射碘治疗者;④手术前准备;⑤用作放射碘治疗术后的辅助治疗。

(2)放射性碘治疗:适应于年龄在 25 岁以上,中度甲亢,经 ATD 治疗无效或对 ATD 过敏,不宜手术或不愿手术者。

(3)手术治疗:严格掌握适应证。

(4)甲状腺危象的治疗:首先针对诱因治疗,如控制感染等。抑制甲状腺素的合成与释放,常首选 PTU 600 mg 口服,以后每 6 小时给予 250 mg,待症状缓解后逐步减至一般治疗量;还可联合使用碘剂、心得安、氢化可的松等。

(5)其他治疗

7. 中医辨证论治

气滞痰凝证——疏肝理气,化痰散结。方药:逍遥散合二陈汤加减。

肝火旺盛证——清肝泻火,消瘿散结。方药:龙胆泻肝汤加减。

阴虚火旺证——滋阴降火,消瘿散结。方药:天王补心丹加减。

气阴两虚证——益气养阴,消瘿散结。方药:生脉散加味。

命题考点2　糖尿病

【历年真题纵览】

A1 型题

1. 消渴病变的脏腑以哪一脏最为关键

A. 心

B. 肺

C. 脾

D. 肝

E. 肾

参考答案:E

2. 肾气丸适用于糖尿病的哪种证型

A. 阴虚阳盛

B. 气阴两虚

C. 阴阳两虚

D. 阴阳欲绝

E. 气滞血瘀

参考答案:C

3. 下列哪项不能作为糖尿病确诊的依据

A. 多次空腹血糖≥7.0 mmol/L

B. 尿糖(++)

C. 餐后血糖≥11.1 mmol/L

D. 葡萄糖耐量试验 1 小时和 2 小时血糖均≥11.1 mmol/L

E. 无"三多一少"症状,血糖多次在 7.0 ~ 11.1 mmol/L之间

参考答案:B

4. 糖尿病酮症酸中毒的临床特点是

A. 呼吸浅慢,不规则

B. 呼吸困难伴发绀

C. 呼吸深大,呼气有烂苹果味

D. 呼吸浅快,呼气有大蒜味

E. 潮式呼吸

参考答案: C

5. 患者查体发现尿糖(+++),为明确诊断,应进一步检查

A. 24 小时尿糖定量

B. 空腹血糖

C. 血脂

D. 肾功能

E. 葡萄糖耐量试验

参考答案:B

6. 糖尿病最主要的诊断依据是

A. 尿糖

B. 空腹血糖

C. 糖耐量

D. 糖化血红蛋白

E. 血浆胰岛素

参考答案:B

7. 2 型糖尿病患者,中医辨证属于脉络瘀阻证,治疗应首选

A. 桃红四物汤加减

B. 消渴方加减

C. 玉女煎加减

D. 血府逐瘀汤加减

E. 复元活血汤加减

参考答案:D

8. 胰岛素治疗过程中,最常见的严重副作用是

A. 低血糖反应

B. 局部脂肪萎缩

C. 视力改变

D. 轻度水肿

E. 骨质疏松

参考答案:A

9. 下列各项,不属糖尿病主要中医病因的是

A. 禀赋不足

B. 饮食失节

C. 气血瘀滞

D. 情志失调

E. 劳欲过度

参考答案:C

10. 七味白术散加减适用于治疗糖尿病的证型是

A. 痰瘀互结

B. 脉络瘀阻证

C. 阴虚燥热

D. 阴阳两虚

E. 气阴两虚证

参考答案:E

11. 1 型糖尿病与 2 型糖尿病的根本区别在于

A. 发病年龄不同

B. 血糖稳定性不同

C. 对胰岛素的敏感性不同

D. 胰岛素基础水平及释放曲线不同

E. 发生酮症酸中毒的倾向不同

参考答案:D

A2 型题

12. 患者,男,62 岁。多饮、多食、多尿、消瘦 7 年,伴倦怠乏力、自汗、气短懒言、口渴多饮,五心烦热,心悸失眠,溲赤便秘。舌红少津,舌体胖大,苔花剥,脉细数。实验室检查:血糖 12.3 mmol/L,尿糖(+++)。其证型属于

A. 阴虚热盛

B. 阴阳两虚

C. 气阴两虚

D. 血瘀气滞

E. 阴阳欲绝

参考答案:C

13. 患者,男,58 岁。糖尿病病史 15 年。检查:双下肢浮肿,尿蛋白(+++),空腹血糖 8.0 mmol/L,餐后 2 小时血糖 11.13 mmol/L,血压 160/100 mmHg。其诊断是

A. 高血压 Ⅰ 期合并糖尿病

B. 糖尿病肾病

C. 慢性肾炎合并糖尿病

D. 糖尿病合并肾盂肾炎

E. 糖尿病肾炎

参考答案:B

14. 患者,女,24 岁。口干渴,消瘦 2 年,用胰岛素治疗好转。因故停药 3 天,出现恶心呕吐,神志不清。急查:尿糖(+++),血糖 28 mmol/L,血液酸碱度 7.20,脱水貌。治疗应首选

A. 补液,电解质,清开灵注射液

B. 补液,电解质,安宫牛黄丸

C. 补液,纠正电解质及酸碱平衡紊乱,胰岛素

D. 补碱,补液和电解质

E. 中枢兴奋剂,足量胰岛素

参考答案:C

B1 型题

15.

A. 视网膜病变

B. 心脑血管病变

C. 神经病变

D. 酮症酸中毒

E. 糖尿病肾病肾功能不全

① 2 型糖尿病病人的主要死亡原因是并发

② 1 型糖尿病病人的主要死亡原因是并发

参考答案:①B ②E

【考点评析】

本病与中医学"消渴"相类似。

1. 中医病因病机:病因包括禀赋不足、饮食失节、情志失调、劳欲过度。

消渴的基本病机是以阴虚为本,燥热为标,两者又互为因果。病变的脏腑在肺、胃、肾,而以肾为关键。病情迁延日久,可并发白内障、雀盲、耳聋、疮疖、痈疽等。

2. 临床表现

(1)无症状期:相当一部分患者无明显症状。

(2)症状期:典型表现为"三多一少",即进食多、饮水多、尿多而体重减少。

(3)并发症

急性并发症:有酮症酸中毒、高渗性非酮症糖尿病昏迷、低血糖反应及昏迷、感染等。

慢性并发症:①大血管病变:主要为糖尿病性冠心病、脑血管病、下肢动脉硬化闭塞症;②微血管病变:主要为糖尿病肾病、糖尿病性视网膜病变;③神经病变:多发性周围神经病变,动眼神经、展神经麻痹及自主神经病变等;④糖尿病足。

3. 实验室及其他检查

(1)尿糖测定:尿糖阳性。

(2)血葡萄糖(血糖)测定:空腹血糖 > 7.0 mmol/L,餐后 2 小时血糖 >11.1 mmol/L。

(3)葡萄糖耐量试验(OGTT)。

(4)糖化血红蛋白和糖化血浆白蛋白测定。

(5)血浆胰岛素和 C 肽测定。

（6）胰岛自身抗体测定。

4. 诊断与鉴别诊断

（1）诊断

诊断依据：典型症状；随机血糖≥11.1 mmol/L，或空腹血浆葡萄糖（PPG）≥7.0 mmol/L，或OGTT中2小时≥11.1 mmol/L。症状不典型者，需另一天再次证实。

分型：分为1型糖尿病、2型糖尿病、特殊类型及妊娠期糖尿病。

（2）鉴别诊断

①其他原因所致的尿糖阳性。

②药物对糖耐量的影响。

③继发性糖尿病：胰腺炎、胰腺癌、肢端肥大症、皮质醇增多症、嗜铬细胞瘤可分别引起继发性糖尿病或糖耐量异常。

5. 西医治疗

①糖尿病教育。

②饮食控制。

③运动疗法。

④血糖监测。

⑤药物治疗：促进胰岛素分泌剂：磺脲类、非磺脲类；促进糖的利用和提高胰岛素敏感性：双胍类；延迟糖的吸收，降低餐后血糖：α-糖苷酶抑制剂；胰岛素增敏剂：格列酮类；胰岛素。

6. 中医辨证论治

（1）无症状期——滋养肾阴。方药：麦味地黄汤加减。

（2）症状期

阴虚燥热证

上消（肺热津伤证）　治法：清热润肺，生津止渴。方药：消渴方加减。

中消（胃热炽盛证）　治法：清胃泻火，养阴增液。方药：玉女煎加减。

下消（肾阴亏虚证）　治法：滋阴固肾。方药：六味地黄丸加减。

气阴两虚证——益气健脾，生津止渴。方药：七味白术散加减。

阴阳两虚证——滋阴温阳，补肾固摄。方药：肾气丸加减。

痰瘀互结证——活血化瘀祛痰。方药：平胃散合桃红四物汤加减。

脉络瘀阻证——活血通络。方药：血府逐瘀汤加减。

（3）并发症

①疮痈：治以清热解毒，用五味消毒饮合黄芪六一散加减治疗。

②白内障、雀目、耳聋：治以滋补肝肾，益精养血，用杞菊地黄丸、羊肝丸、磁朱丸加减治疗。

7. 预防：加强糖尿病知识的宣传教育；参加适当体育活动，增强体质；合理安排饮食，生活起居有规律，戒烟酒，预防各种感染。已病者定期复查血糖，避免不良刺激。

命题考点3　水、电解质代谢和酸碱平衡失调

【历年真题纵览】

A1型题

1.低渗性失水主要指
A.血钾低
B.血钙低
C.血镁低
D.血钠低
E.血磷低
参考答案：D

2.高钠血症是指
A.血清钠＞125 mmol/L
B.血清钠＞135 mmol/L
C.血清钠＞145 mmol/L
D.血清钠＞150 mmol/L
E.血清钠＞160 mmol/L
参考答案：D

3.低钾血症常见原因，除外
A.反复呕吐
B.长期腹泻
C.水中毒
D.碱中毒
E.酸中毒
参考答案：E

4.代谢性碱中毒伴有的电解质紊乱是
A.低钾血症
B.高钾血症
C.镁缺乏
D.高钙血症
E.高钠血症
参考答案：A

5.维持机体体液平衡的主要器官是
A.肺

B. 缓冲系统
C. 肾
D. 皮肤
E. 肝

参考答案:C

6. 关于高钾血症的治疗,不正确的是
　A. 5%碳酸氢钠液
　B. 10%葡萄糖酸钙
　C. 2%氯化铵
　D. 排钾利尿剂
　E. 透析疗法

参考答案:C

7. 低钾性碱中毒常出现于
　A. 尿毒症
　B. 胃肠减压
　C. 术后少尿
　D. 挤压创伤
　E. 输血过量

参考答案:B

9. 低钾血症错误的临床表现是
　A. 肌无力为最早的临床表现
　B. 均有典型的心电图改变
　C. 常与镁缺乏同时存在
　D. 严重时可发生多尿
　E. 发生碱中毒时尿呈酸性

参考答案:B

10. 重度肺气肿病人最可能发生
　A. 呼吸性酸中毒
　B. 代谢性酸中毒
　C. 呼吸性碱中毒
　D. 代谢性碱中毒
　E. 呼吸性酸中毒合并代谢性酸中毒

参考答案:A

11. 治疗等渗性脱水理想的液体是
　A. 5%碳酸氢钠
　B. 等渗盐水
　C. 平衡盐溶液
　D. 5%葡萄糖
　E. 小分子右旋糖酐

参考答案:C

A2 型题

12. 男性,45 岁,腹胀呕吐已半年,多于午后发作,吐出隔夜食物,吐量较大,吐后舒服。由于长期呕吐除脱水外还会造成
　A. 低氯、高钾性碱中毒

B. 低氯、低钾性碱中毒
C. 低氯、高钾性酸中毒
D. 低氯、低钾性酸中毒
E. 低钾性酸中毒

参考答案:B

13. 女,45 岁,幽门梗阻行持续胃肠减压半月余,每日补 10% 葡萄糖 2 500 ml,5% 葡萄糖盐水 1 000 ml,10%氯化钾 30 ml。2 天前开始出现全腹胀胀,无压痛及反跳痛,肠鸣音消失,每日尿量 1 500 ml 左右,最可能的原因是
　A. 低钾血症
　B. 低钠血症
　C. 高钾血症
　D. 高钠血症
　E. 低钙血症

参考答案:A

14. 幽门梗阻病人呕吐 10 天,血压 90/75 mmHg,血钾 3.1 mmol/L,pH 7.5,应诊断为
　A. 呼吸性酸中毒
　B. 呼吸性碱中毒
　C. 代谢性酸中毒
　D. 代谢性碱中毒
　E. 代谢性酸中毒合并呼吸性酸中毒

参考答案:D

【考点评析】

1. 失水
(1)病因　①高渗性失水;②等渗性失水;③低渗性失水。
(2)临床表现
①高渗性失水:轻度失水出现口渴、尿少;中度以上失水,出现口渴加重,尿少,疲乏,心率增快,血压下降,出汗减少,烦躁;重度以上失水,出现躁狂、晕厥甚至昏迷等。
②等渗性失水:表现口渴、尿少、恶心、厌食,严重者血压下降。
③低渗性失水:无口渴感是低渗性失水的特征。
(3)实验室检查　①高渗性失水:血钠升高 > 150 mmol/L。②等渗性失水:血钠及血浆渗透压正常,尿钠减少或正常。③低渗性失水:血钠降低 < 130 mmol/L。
(4)诊断:患者有失水的病史;有失水的临床表现,如口渴、尿少、皮肤黏膜干燥、血压下降等;实验室检查可辨别失水的性质。
(5)治疗
①积极治疗原发病。

②补液总量:根据临床表现估计,以轻、中、重度失水的程度计算补液量。

③补液种类:轻度失水一般补充生理盐水或复方生理盐水,中度以上则应按失水类型补液。

2.水过多和水中毒

(1)病因:①抗利尿激素(ADH)增多;②肾排水功能减低;③肾上腺皮质功能减退症。

(2)临床表现:①急性水过多及水中毒:起病急骤,可出现头痛、视力模糊、嗜睡、意识障碍,重者惊厥、昏迷等;②慢性水过多及水中毒:轻者症状轻微,缺乏特异性症状,严重者肌肉挛痛,皮肤湿润、苍白,并有凹陷性水肿,累及神经中枢时可出现精神神经症状,严重时焦躁不安,可有惊厥和昏迷,称为水中毒。

(3)实验室检查:血浆渗透压和血钠明显降低,严重时前者可 < 230 mmol/L,后者可 < 110 mmol/L、尿钠低,但一般大于 20 mmol/L。

(4)诊断:有引起水过多和水中毒的病因,结合临床表现及必要的实验室检查即可作出诊断。

(5)治疗

①积极去除病因,治疗原发病。

②轻、中度患者限制进水量,多可恢复。

③急性重度水中毒:严禁摄入水分;低渗血症为主的重症者,如出现惊厥、昏迷时应立刻纠正低渗状态,可慎用3%氯化钠溶液,一般剂量为每千克体重5～10 ml,如出现血容量过多、心肺功能不全时,应快速静脉滴入20%甘露醇以利尿脱水;透析疗法。

3.低钠血症:血清钠 < 135 mmol/L 称为低钠血症。

主要分为:①缺钠性低钠血症;②稀释性低钠血症;③消耗性低钠血症。

(1)病因:①缺钠性低钠血症:常见于应用大剂量利尿剂及肾上腺皮质功能减退;②稀释性低钠血症:由于慢性心力衰竭、肝硬化腹水、肾病综合征等所致水过多,血钠不降;③消耗性低钠血症:机制未明。

(2)诊断:缺钠性低钠血症和稀释性低钠血症的诊断参阅"低渗性失水"和"水过多"节。消耗性低钠血症仅有原发病表现,无低钠引起的症状。

(3)治疗:缺钠性低钠血症和稀释性低钠血症的治疗参见"低渗性失水"和"水过多"。消耗性低钠血症的治疗在于原发病处理。

4.高钠血症:高钠血症是指血清钠浓度增高, > 150 mmol/L。

(1)病因:①浓缩性高钠血症:由于水的丢失多

于钠的丢失而致;②潴钠性高钠血症:主要因肾排钠减少和(或)摄入钠过多所致;③特发性高钠血症:系由于释放抗利尿激素的"渗透压阈值"升高所致。

(2)临床表现:浓缩性高钠血症的临床表现参阅"高渗性失水"。

(3)诊断:血清钠浓度增高, > 150 mmol/L 即可诊断。

(4)治疗:浓缩性高钠血症的治疗主要为补充水分,但在纠正高渗状态时不宜过急,以免引起脑水肿。潴钠性高钠血症主要是治疗原发病因,限制钠盐摄入,使用排钠利尿剂。特发性高钠血症给予氢氯噻嗪可使症状改善。

5.钾缺乏和低钾血症:血清钾 < 3.5 mmol/L 为低钾血症。

(1)病因:①缺钾性低钾血症;②转移性低钾血症;③稀释性低钾血症。

(2)临床表现:①神经-肌肉症状;②中枢神经症状;③消化系统症状;④心血管症状;⑤泌尿系统症状;⑥代谢紊乱。

(3)实验室检查:①血清钾测定 < 3.5 mmol/L;②心电图检查:血钾降至 3.5 mmol/L 时,T 波宽而低。

(4)诊断:钾缺乏临床表现缺乏特征性,需详细询问病史,了解有无丢失钾的病因,结合血清钾即可作出诊断,心电图有助于诊断。

(5)治疗:积极治疗原发病,给予富含钾的食物;对缺钾性低钾血症患者,除积极治疗原发病外,应及时补钾。

6.高钾血症:高钾血症是指血清钾浓度升高, > 5.5 mmol/L。

(1)病因:①钾过多性高钾血症;②转移性高钾血症;③浓缩性高钾血症。

(2)临床表现:各种心律失常,如心率减慢、室性期前收缩、房室传导阻滞、心室颤动以至心跳停搏。皮肤苍白、湿冷、麻木、酸痛等。若影响神经-肌肉复极过程,可出现疲乏无力,四肢松弛性瘫痪、腱反射消失,也可出现动作迟钝、嗜睡等中枢神经症状。

(3)实验室检查:①血清钾 > 5.5 mmol/L。②心电图:是评价高钾血症程度的重要手段。血清钾 > 6 mmol/L 时,可表现基底窄而高尖的 T 波。各种心律失常的心电图表现。

(4)诊断:有导致血钾增高,特别是肾排钾减少的因素,血清钾 > 5.5 mmol/L 可确诊。

(5)治疗

①积极治疗原发病,控制钾摄入。

②血钾>6.0 mmol/L 或心电图有典型高钾表现者,需紧急处理。措施如下:

促进钾进入细胞内:碱化细胞外液,用11.2%乳酸钠液,或5%碳酸氢钠液,或10%葡萄糖液500 ml,按3~4 g 葡萄糖用1单位胰岛素的比例加入普通胰岛素,静脉滴注。

利用钙对钾的拮抗作用:常用10%葡萄糖酸钙。

③排钾措施:肠道排钾:降钾树脂口服,或0.5%山梨醇液保留灌肠;肾排钾:高钠饮食、排钾利尿剂、盐皮质激素等;透析疗法。

7. 代谢性酸中毒

(1)病因:阴离子间隙增大的代谢性酸中毒;阴离子间隙正常的代谢性酸中毒。

(2)临床表现:头痛,乏力,心率增快,呼吸加深,胃纳不佳,重者可出现呼吸深而快,心律失常,烦躁,嗜睡,感觉迟钝等,甚则引起昏迷、呼吸衰竭、心力衰竭。

(3)诊断:有上述病因者,血气分析见血 pH 及 HCO_3^-、AB、SB 下降,BE 负值增加是代谢性酸中毒的典型表现。CO_2-CP 降低,AG >16 mmol/L,在排除呼吸因素后,可诊断代谢性酸中毒。

(4)治疗:代谢性酸中毒的治疗原则不外乎两个方面,即纠正水与电解质紊乱及纠正酸碱失衡,同时治疗原发病。

①碳酸氢钠:浓度有1.25%、4%、5%。如补液量不需太多,可用4%或5%溶液;1.25%溶液适用于高渗性失水而需补液较多者。

②乳酸钠:主要用于伴高钾血症、心脏骤停及药物性心律失常的酸中毒患者。

③氨丁三醇:可用于代谢性和呼吸性酸中毒特别需限钠的患者。

8. 代谢性碱中毒

(1)病因:①对氯化物反应性代谢性碱中毒;②对氯化物耐受性代谢性碱中毒。

(2)临床表现:代谢性碱中毒抑制呼吸中枢,表现为呼吸浅慢;组织中的乳酸生成明显增多,游离钙下降,出现神经肌肉兴奋性增高,如面部及手足搐搦;伴低血钾时,可有软瘫、腹胀;亦可见烦躁不安、头昏、嗜睡,严重者引起昏迷等。

(3)实验室检查:①血 pH 值上升,>7.45,HCO_3^-增加;②CO_2CP>29 mmoL/L(须除外呼吸因素影响);③SB、AB、BB 均升高,BE 呈正值增大;④血清 Cl^-、血清 K^+ 常降低,血清 Na^+ 正常或升高;⑤尿 $Cl^- <10~15$ mmol/L 为对氯化物反应性代谢性碱中毒;尿 $Cl^- >20$ mmol/L 为对氯化物耐受性代谢性碱中毒。

(4)诊断:pH 值、HCO_3^-、AB、SB、BB、BE 增加即可考虑;如能除外呼吸因素的影响,CO_2CP 升高有助于诊断,还应积极寻找导致 H^+ 丢失或碱潴留的原因。

(5)治疗:①积极治疗原发病;②轻症及中等程度碱中毒,一般不需要特殊处理;对氯化物有反应的碱中毒,只需补给足够的生理盐水,即可使肾排出 HCO_3^- 而得以纠正;③血钾低者,则需补充氯化钾,补钾量参阅"低钾血症";④重症病人(CO_2CP>40 mmol/L),对氯化物反应性代谢性碱中毒者,除给予足量的生理盐水补充血容量外,可给予氯化钠,必要时用2%氯化铵。

9. 呼吸性酸中毒

(1)病因:①呼吸中枢受抑制或呼吸肌麻痹。②周围性肺通气或换气障碍。

(2)临床表现:①急性呼吸性酸中毒;②慢性呼吸性酸中毒。

(3)实验室检查:血 pH 值 <7.35(急性呼吸性酸中毒时,pH 值可在数分钟内降低至7.0;慢性呼吸性酸中毒时,血 pH 值可接近正常),$HCO_3^- >48$ mmHg,SB 及 AB 升高,AB >SB,血清钾升高,血清氯降低。

(4)诊断:急性呼吸性酸中毒常伴有明确的原发病,呼吸加深加快,心率增快;慢性呼吸性酸中毒多存在慢性阻塞性肺病,结合实验室检查即可确诊。

(5)治疗

①急性呼吸性酸中毒:主要是使 CO_2 迅速排出和有效给氧。积极治疗原发病,保持呼吸道通畅,必要时采取气插管及切开等措施;呼吸中枢抑制者可适当选用可拉明、洛贝林等呼吸中枢兴奋剂。

②慢性呼吸性酸中毒:可采用吸氧、排出 CO_2 等治疗,必要时可使用呼吸兴奋剂、机械辅助呼吸等。

10. 呼吸性碱中毒

(1)病因:①呼吸中枢兴奋;②肺功能异常。

(2)临床表现:患者呼吸加快,换气过度。神经肌肉兴奋性亢进,急性患者可出现口角周围感觉异常,手足发麻,甚至手足搐搦等低钙血症表现。

(3)实验室检查:①血 pH 值>7.45;②血 $PaCO_2$ <35 mmHg;③SB 降低,AB >SB;④CO_2 结合力 <22 mmol/L,除外代谢性酸中毒。

(4)诊断:凡引起过度换气,出现上述表现应考虑,确诊有赖于实验室检查。

(5)治疗:对一般轻型患者,常无需特殊治疗。对癔症性的患者须耐心解释,试用纸袋罩于患者口鼻,增加"无效腔"使其吸回呼出的二氧化碳,症状可得到控制;对器质性心脏病、神经系统疾病、热病等所致者,除治疗原发疾病外,可试用吸入含5%二氧化碳的氧气。

第七单元　风湿性疾病

命题考点 1　风湿热

【历年真题纵览】

A1 型题

1. 下列哪项不是 Jones 风湿热诊断标准的主要表现

　A. 发热

　B. 心脏炎

　C. 多发性关节炎

　D. 环形红斑

　E. 皮下结节

参考答案:A

2. 风湿热中风寒湿阻证,宜选

　A. 白虎加桂枝汤加减

　B. 蠲痹汤加减

　C. 独活寄生汤加减

　D. 五阴煎加减

　E. 防风汤加减

参考答案:B

A2 型题

3. 患者,男,40 岁。症见多个关节疼痛,局部灼热、红肿,得冷少舒,痛不可触,苔黄燥,脉滑数。实验室检查:抗“O” > 500 U,C 反应蛋白阳性,血常规示白细胞计数轻度升高,中性粒细胞稍增多。诊断为“风湿热”。治疗应首选

　A. 地塞米松合三痹汤

　B. 阿司匹林合白虎加桂枝汤

　C. 阿司匹林合桃红饮

　D. 吲哚美辛合犀角散

　E. 水杨酸钠合独活寄生汤

参考答案:B

4. 患者关节微痛疼痛,活动不利,心悸气短,自汗,时有胸痛,失眠,纳差,乏力,舌质红,脉弱或细数。治宜选用

　A. 白虎桂枝汤加减

　B. 蠲痹汤加减

　C. 防风汤加减

　D. 渗湿汤加减

　E. 五阴煎加减

参考答案:E

【考点评析】

本病可归属于中医的“痹证”等范畴。

1. 西医病因病理:风湿热是继发于 A 组乙型溶血性链球菌感染后发生的一种自身免疫性疾病的观点已得到广泛的认同。病毒感染与风湿热的关系:Butsh 等认为病毒可能是风湿性心瓣膜病和风湿热的病因,也可能是细菌与病毒协同作用诱发风湿热。

2. 中医病因病机:风湿热的病因病机主要由于先天禀赋不足,肝肾亏虚,营血虚于里,卫气虚于外,腠理失固,致风、寒、湿、热、燥邪乘虚而入;或恣食辛辣厚味,湿蕴生热,或居处潮湿,或长时间地下及水中作业,或劳伤心脾,失其运化之职,复感外邪,首先犯上犯表,渐至入里。热腐咽喉,湿浸肌肤,湿热合邪痹阻经络,气血运行失畅,留滞筋骨关节,常对称累及膝、踝、肩、腕、肘、髋等大关节,表现为游走性关节炎,局部呈现红、肿、热、痛的炎症。久病入络,累及心脏,发为心痹。

3. 临床表现:主要临床表现有发热、关节炎、心脏炎、皮下结节及环形红斑、舞蹈病,偶见风湿性胸膜炎、腹膜炎、肾炎、脉管炎。关节炎表现为游走性多关节炎、大关节受累、局部红肿热痛,但不化脓,无关节畸形变。心脏炎可表现为弥漫性心肌炎、心内膜炎和心包炎。

4. 常用检查

①咽拭子培养:风湿活动时溶血性链球菌培养阳性。

②血清抗体测定:抗链球菌溶血素“O”(> 500 单位);抗链球菌激酶(> 80 万单位);透明质酸酶(> 128 单位)。

③血常规。

④尿常规。

⑤非特异性血清成分改变测定:血沉增快,C 反应蛋白阳性,黏蛋白浓度增高,蛋白电泳、血清总补体和补体 C_3 均降低。

5. 诊断要点

①新近有溶血性链球菌感染的证据。

②主要表现:心脏炎、多关节炎、舞蹈病、环形红斑、皮下结节。

③次要表现:发热,关节痛,血沉增快或 C 反应蛋白阳性,心电图 P-R 间期延长。

以上具有两个主要表现和两个次要表现,同时符合①,即可诊断。

6. 西医治疗原则

（1）一般治疗：卧床休息,严重心脏炎者,在症状控制和血沉正常后仍需卧床休息 3~4 周。

（2）药物治疗

①抗生素治疗：消除链球菌感染,治疗咽部炎症及扁桃体炎。首选青霉素 80 万。160 万 U/d,分 2 次肌内注射,疗程为 10 天。

②抗风湿药物治疗：首选药物为非甾体类抗炎药。常用乙酰水杨酸。

③舞蹈病治疗：在上述治疗的基础上加用镇静药如地西泮、巴比妥类或氯丙嗪等。

④并发症和合并症的治疗。

7. 中医辨证论治

风寒湿阻证——祛风化湿,散寒宣痹。方药：蠲痹汤加减。

热邪痹阻证——清热宣痹。方药：白虎加桂枝汤加减。

气血两虚,寒湿阻滞证——温补气血,宣痹止痛。方药：独活寄生汤加减。

气阴两虚证——益气养阴,宣痹止痛。方药：五阴煎加减。

命题考点2　类风湿性关节炎

【历年真题纵览】

A1 型题

1. 诊断类风湿性关节炎最有意义的实验室指标是

A. 血清抗链球菌溶血素"O"阳性

B. 抗链球菌激酶阳性

C. 抗透明质酸酶阳性

D. 血沉降率加快

E. 类风湿因子阳性

参考答案：E

2. 类风湿性关节炎发作的高峰年龄在

A. 5 岁以内

B. 6~15 岁

C. 16~35 岁

D. 36~45 岁

E. 46~52 岁

参考答案：E

3. "晨僵"是下列哪个病证的特征性表现

A. 风寒湿痹

B. 风湿热痹

C. 类风湿关节炎

D. 中风后遗症

E. 蝶疮流注

参考答案：C

4. 痹症的病因病机主要是

A. 素体阴虚,阴血无以濡养筋络

B. 素体阳虚,阳气不得布达周身

C. 湿热痰瘀痹阻经络,流注骨节

D. 素体气虚,无力推动气血运行

E. 血虚脉络失养

参考答案：C

A2 型题

5. 患者,女,36 岁。患类风湿性关节炎 12 年,现午后发热,盗汗,口干咽燥,手足心热,关节肿胀疼痛,小便赤涩,大便秘结,舌红少苔,脉细数。其证型是

A. 湿热痹阻证

B. 阴虚内热证

C. 寒热错杂证

D. 湿热蕴蒸证

E. 湿热伤津证

参考答案：B

6. 某女,27 岁。患类风湿性关节炎 3 年。现关节肿痛且变形,屈伸受限,痛处不移,肌肤紫黯,面色黧黑,肢体顽麻,舌质暗红有瘀斑,苔薄白,脉弦涩。其治疗应

A. 清热利湿,祛风通络

B. 清热养阴,祛风通络

C. 活血化瘀,祛痰通络

D. 补益肝肾,祛风通络

E. 祛风散寒,清热化湿

参考答案：C

7. 患者,女,40 岁。不明原因的手足发麻,关节肿痛半年余。开始为手指小关节疼痛,后出现其他关节疼痛,呈对称性,遇寒或晨起时关节发硬,活动后减轻,舌苔薄白,脉浮紧。其最有意义的检查是

A. 血沉

B. 抗核抗体

C. 双手 X 线平片

D. 抗链球菌溶血素"O"

E. 肾功能

参考答案：C

B1 型题

8.

A. 蠲痹汤

B. 四妙丸加减

C. 桂枝芍药知母汤加减

D. 六味地黄丸

E. 丁氏清络饮加减

①治疗类风湿性关节炎寒热错杂证,应首选

②治疗类风湿性关节炎湿热痹阻证,应首选

参考答案:①C　②B

【考点评析】

1. 西医病因病理

(1)病因及发病机制:①感染因素:病毒、支原体、细菌等都可能通过某些途径影响类风湿关节炎(RA)的病情进展。②遗传因素:RA发病有家族聚集现象。

(2)病理:滑膜炎及血管炎。

2. 中医病因病机

(1)先天不足,肾精亏虚:先天禀赋不足,成为发病的内在基础。

(2)外感寒湿,痹阻经络,流注关节,发为本病。

(3)风寒湿邪,郁而化热。

(4)湿热伤阴,阴虚血热,均可导致血瘀。

(5)湿热内蕴,痰瘀阻滞:湿热痰瘀相互蕴结,阻于经脉,气血瘀滞,阻遏气机,终致湿热痰瘀痹阻经络,流注骨节而成本病。

3. 临床表现

(1)关节表现:①晨僵;②痛与压痛;③关节肿;④关节畸形;⑤关节功能障碍。

(2)关节外表现:有类风湿结节、类风湿血管炎、类风湿肺、心包炎等。

4. 实验室及其他检查

(1)血象:常见轻度贫血,活动期患者血小板多增高。

(2)血沉:血沉在疾病活动时增快。

(3)C反应蛋白:C反应蛋白增高,一般认为是反映炎症活动性的指标。

(4)RF:70% IgM型RF阳性,但RF不仅仅出现在RA患者中,所以不能仅以RF阳性来诊断RA。

(5)抗角蛋白抗体谱:对早期诊断有一定意义。

(6)X线检查:是诊断和观察疗效的重要指标,手和足X线检查更为重要。

(7)影像学检查。

(8)关节滑液:滑液增多,滑液中的白细胞数明显升高。

5. 诊断与鉴别诊断

(1)诊断:①晨僵至少1小时(每天),病程至少6周;②3个或3个以上的关节肿胀,持续至少6周;③腕、掌指、近指关节肿胀至少6周;④对称性关节肿至少6周;⑤有皮下结节;⑥手X线片改变(至少有骨质疏松和关节间隙的狭窄);⑦类风湿因子阳性。

有上述7项中4项者即可诊断为类风湿关节炎。

(2)鉴别诊断:应与系统性红斑狼疮、风湿性关节炎、骨关节炎、强直性脊柱炎等相鉴别。

6. 西医治疗

(1)药物治疗

①非甾体抗炎药(NSAID)。

②慢作用抗风湿药。

③糖皮质激素:本药适用于有关节外症状者或关节炎明显或急性发作患者。

(2)外科手术治疗:包括关节置换和滑膜切除手术。

7. 中医辨证论治

(1)活动期

湿热痹阻证——清热利湿,祛风通络。方药:四妙丸加减。

阴虚内热证——养阴清热,祛风通络。方药:丁氏清络饮加减。

寒热错杂证——祛风散寒,清热化湿。方药:桂枝芍药知母汤加减。

(2)缓解期

痰瘀互结,经脉痹阻证——活血化瘀,祛痰通络。方药:身痛逐瘀汤合指迷茯苓丸加减。

肝肾亏损,邪痹筋骨证——益肝肾,补气血,祛风湿,通经络。方药:独活寄生汤加减。

命题考点3　系统性红斑型狼疮

【历年真题纵览】

A1型题

1. 系统性红斑狼疮气营热盛证的治法是

　A. 清热解毒,凉血化斑

　B. 养阴清热

　C. 清热凉血,活血散瘀

　D. 益气养血

　E. 疏肝清热,凉血活血

参考答案:A

2. 系统性红斑狼疮脑虚瘀热证,宜选

　A. 清宫汤送服或鼻饲安宫牛黄丸或至宝丹

　B. 茵陈蒿汤合柴胡疏肝散加减

C.犀角地黄汤加减

D.八珍汤加减

E.清瘟败毒饮加减

参考答案:A

3.系统性红斑狼疮属中医学中的

A.风寒湿痹

B.风湿热痹

C.尪痹

D.鹤膝风

E.蝶疮流注

参考答案:E

4.清热凉血,活血散瘀治疗红斑狼疮,其适应证是

A.气营热盛证

B.瘀热痹阻证

C.热郁积饮证

D.瘀热伤肝证

E.阴虚内热证

参考答案:B

A2型题

5.某女,21岁。持续发热10天,面部出现水肿性皮损,膝关节疼痛,下肢浮肿。血沉70 mm/h,血红蛋白75 g/L,网织红细胞0.10(10%),Coombs试验(+),血小板40×10⁹/L,尿常规:蛋白(++),红细胞8~12/HP。最可能的诊断是

A.类风湿性关节炎

B.风湿热

C.自身免疫性溶血

D.急性肾小球肾炎

E.系统性红斑狼疮

参考答案:E

6.患者,女,23岁。面部蝶形红斑,关节、肌肉酸痛,低热绵绵,口苦纳呆,两胁胀痛,月经提前,经血暗紫带块,烦躁易怒,肝脾肿大,皮肤瘀斑,舌质紫暗,脉弦。其治法是

A.清热解毒,凉血化斑

B.清热蠲饮

C.清心开窍

D.疏肝清热,凉血活血

E.清热凉血,活血散瘀

参考答案:D

7.患者,女,30岁。患系统性红斑狼疮。现胸闷胸痛,心悸怔忡,时有微热,咽干口渴,烦热不安,红斑皮疹,舌红苔厚腻,脉滑数,偶有结代。其证型是

A.瘀热痹阻证

B.气血两亏证

C.阴虚内热证

D.瘀热伤肝证

E.热郁积饮证

参考答案:E

【考点评析】

本病与中医学的"蝶疮流注"相似,可归属于"鬼脸疮"、"红蝴蝶"、"蝴蝶丹"、"阴阳毒"、"周痹"、"虚劳"等范畴。

1.中医病因病机:本病基本病机是素体虚弱,真阴不足,热毒内盛,瘀阻脉络,内侵脏腑。病位在经络血脉,与心、脾、肾密切相关,可累及肝、肺、脑、皮肤、肌肉、关节等多个脏器。

2.诊断与鉴别诊断

(1)诊断:美国风湿病学会1982年诊断标准如下:①颊部红斑:平的或高于皮肤的固定性红斑;②盘状红斑:面部的隆起红斑,上覆有鳞屑;③光过敏:日晒后皮肤过敏;④口腔溃疡:经医生证实;⑤关节炎:非侵蚀性关节炎,≥2个外周关节;⑥浆膜炎:胸膜炎或心包炎;⑦肾脏病变:蛋白尿>0.5 g/d或细胞管型;⑧神经系统病变:癫痫发作或精神症状;⑨血液系统异常:溶血性贫血或血白细胞减少或淋巴细胞绝对值减少或血小板减少;⑩免疫学异常:狼疮细胞阳性或抗dsDNA或抗Sm抗体阳性或梅毒血清试验假阳性;⑧抗核抗体阳性。在上述11项中,如果有超过4项阳性,则可诊断为SLE。

(2)鉴别诊断:本病与类风湿关节炎、心包炎与心肌炎、肾小球肾炎与肾病综合征、原发性血小板减少性紫癜相鉴别。

3.西医治疗

(1)轻型SLE的治疗:如以关节、肌肉痛为主,可用非甾体抗炎药如双氯芬酸,如以皮疹为主,可用抗疟药如氯喹,皮疹还可用含糖皮质激素的软膏。如无效应及早服用小剂量糖皮质激素治疗。

(2)重型SLE的治疗:可应用下述治疗:①糖皮质激素(简称激素);②细胞毒药物:常用环磷酰胺(CTX)或硫唑嘌呤;③环孢素:如果大剂量激素联合应用细胞毒药物使用数周病情仍不改善,应加用环孢素;④丙种球蛋白:静脉注射大剂量丙种球蛋白可以提高狼疮危象治疗的成功率;⑤雷公藤总苷也有一定的疗效。

(3)缓解期的治疗:治疗目的是巩固已取得的疗效,防止病情复燃。

4.中医辨证论治

气营热盛证——清热解毒,凉血化斑。方药:清

瘟败毒饮加减。

阴虚内热证——养阴清热。方药:玉女煎合增液汤加减。

热郁积饮证——清热蠲饮。方药:葶苈大枣泻肺汤合泻白散加减。

瘀热痹阻证——清热凉血,活血散瘀。方药:犀角地黄汤加减。

脾肾两虚证——滋肾填精,健脾利水。方药:济生肾气丸加减。

气血两亏证——益气养血。方药:八珍汤加减。

脑虚瘀热证——清心开窍。方药:清宫汤送服或鼻饲安宫牛黄丸或至宝丹。

瘀热伤肝证——疏肝清热,凉血活血。方药:茵陈蒿汤合柴胡疏肝散加减。

第八单元　神经系统疾病

命题考点 1　癫痫

【历年真题纵览】

A1 型题

1. 儿童肌阵挛发作首选
　　A. 丙戊酸钠
　　B. 乙琥胺
　　C. 苯妥英钠
　　D. 卡马西平
　　E. 氯硝西泮
　　参考答案:A

A2 型题

2. 患者,男,40 岁。癫痫病史多年,今因癫痫持续状态被送入医院。应采取的治疗措施是
　　A. 口服苯巴比妥
　　B. 口服苯妥英钠
　　C. 口服丙戊酸钠
　　D. 静脉注射安定
　　E. 肌内注射氯丙嗪
　　参考答案:D

3. 患者,男,28 岁。癫痫大发作。眩晕,两目干涩,心烦失眠,腰膝酸软,舌红少苔,脉细数。其中医治法是
　　A. 补益肝肾,育阴熄风
　　B. 健脾和胃,化痰熄风
　　C. 清肝泻火,化痰熄风

　　D. 涤痰熄风,开窍定痫
　　E. 活血化瘀,通络熄风
　　参考答案:A

4. 患者,女,24 岁。进餐时突然倒地,意识丧失,四肢抽搐,双目上翻,牙关紧闭,口吐白沫,小便失禁,约20 分钟后抽搐停止,神识清醒,自觉肢体酸痛。头颅 CT、血液生化检查均正常。自幼有类似发病。其诊断是
　　A. 癔病性抽搐
　　B. 低血钙性抽搐
　　C. 脑寄生虫病
　　D. 癫痫大发作
　　E. 昏厥性抽搐
　　参考答案:D

5. 患者,女,40 岁。癫痫病史 10 年,平素性情急躁,心烦失眠,口苦咽干,时吐痰涎,大便秘结,发作则昏仆抽搐,口吐涎沫,舌红苔黄,脉弦滑数。其治法是
　　A. 舒肝理气,活血化瘀
　　B. 清肝泻火,解郁和胃
　　C. 清肝泻火,化痰熄风
　　D. 活血化瘀,通络熄风
　　E. 清热化痰,熄风定痫
　　参考答案:C

6. 患者痫证发作时猝然仆倒,不省人事,四肢抽搐,口中有声,口吐白沫,烦躁不安,气高息粗,痰鸣辘辘,口臭,便干,舌暗红,苔黄腻,脉弦滑。治宜选用
　　A. 定痫丸
　　B. 龙胆泻肝汤合涤痰汤
　　C. 牛黄清心丸
　　D. 醒脾汤
　　E. 黄连温胆汤
　　参考答案:E

7. 患者,男,16 岁。有头部外伤史。猝然昏仆,抽搐,肢体抽搐,颜面、口唇青紫,舌质紫暗有瘀斑,脉涩。查:脑电图示癫痫波形。其证型为
　　A. 肝风痰浊证
　　B. 肝火痰盛证
　　C. 脾胃虚弱证
　　D. 肝肾阴虚证
　　E. 瘀阻清窍证
　　参考答案:E

【考点评析】

癫痫与中医学的"痫证"相类似,可归属于"癫

"痫"、"羊痫风"等范畴。

1. 西医病因

(1)遗传因素。

(2)脑部疾病:包括①颅内感染,如多种脑炎、脑囊虫病等;②脑的发育畸形、脑积水等;③脑血管病;④颅内肿瘤;⑤中毒性脑病;⑥脑外伤,包括产伤、出血等。

2. 中医病因病机:本病病位在脑,脏腑功能失调,风痰、瘀血蒙蔽清窍,扰乱神明是本病的主要病机。

3. 临床表现

(1)部分性发作

①单纯部分性发作。

②复杂部分性发作。

③单纯或复杂性发作继发为全面性强直-阵挛发作。

(2)全面性发作

①强直-阵挛发作。

②强直性发作。

③肌阵挛发作。

④失神发作:包括典型失神发作和不典型失神发作。

⑤无张力性发作。

(3)癫痫持续状态。

4. 诊断与鉴别诊断

(1)诊断要点:癫痫的临床诊断主要根据癫痫患者的发作病史,特别是可靠目击者所提供的详细的发作过程和表现,辅以脑电图痫性放电即可诊断。

(2)鉴别诊断:晕厥因全脑短暂缺血引起意识丧失和跌倒,但无抽搐,脑电图正常。

5. 西医治疗

(1)药物治疗

①药物控制:药物的选择主要取决于发作类型。CTCS首选药物为苯妥英钠、卡马西平;失神发作首选乙琥胺或丙戊酸钠,其次为氯硝西泮;单纯部分性发作者首选卡马西平,其次为苯妥英钠、扑痫酮、苯巴比妥;儿童肌阵挛发作首选丙戊酸钠,其次为乙琥胺或氯硝西泮。

②癫痫持续状态的处理:地西泮(安定)为首选药物;苯妥英钠;苯巴比妥钠肌注;异戊巴比妥钠;对症处理。

(2)神经外科治疗。

6. 中医辨证论治

1. 风痰上扰证——涤痰熄风,开窍定痫。方药:定痫丸。

2. 痰热内扰证——清热化痰,熄风定痫。方药:黄连温胆汤。

3. 肝郁痰火证——清肝泻火,化痰熄风。方药:龙胆泻肝汤合涤痰汤。

4. 瘀阻清窍证——活血化瘀,通络熄风。方药:通窍活血汤。

5. 脾虚痰湿证——健脾和胃,化痰熄风。方药:醒脾汤。

6. 肝肾阴虚证——补益肝肾,育阴熄风。方药:左归丸。

命题考点2 急性脑血管病

【历年真题纵览】

A1 型题

1.治疗中风元气败脱,心神涣散证,应首选

A. 安宫牛黄丸

B. 参附汤合生脉散加减

C. 苏合香丸

D. 清开灵(静脉滴注)

E. 安神丸

参考答案:B

2.出血性与缺血性脑血管疾病的鉴别,除临床表现外,最有诊断意义的辅助检查是

A. 血常规

B. 头颅 CT

C. 腰穿

D. 经颅多普勒超声

E. 脑电图

参考答案:B

3.大脑中动脉脑梗死的主要表现是

A. "三偏"征

B. 共济失调

C. 吞咽困难

D. 球麻痹

E. 眩晕

参考答案:A

4.治疗中风肝阳暴亢,风阳上扰证,应首选

A. 镇肝熄风汤

B. 天麻钩藤饮

C. 星蒌承气汤

D. 二陈汤合桃红四物汤

E. 补阳还五汤

参考答案:B

5. 脑血管病中发病最快的是

A. 脑出血

B. 蛛网膜下腔出血

C. 脑栓塞

D. 脑血栓形成

E. 脑室出血

参考答案：A

6. 治疗脑血栓形成风痰瘀血,痹阻脉络证,应首选

A. 天麻钩藤汤加减

B. 真方白丸子加减

C. 补阳还五汤加减

D. 镇肝熄风汤加减

E. 瓜蒌承气汤加减

参考答案：B

7. 脑梗死病位在脑,涉及的脏腑是

A. 肝、脾、肾

B. 心、肝、肾

C. 心、肺、脾、肾

D. 心、肝、脾、肾

E. 肝、脾

参考答案：D

8. 治疗中风后遗症气虚血瘀证,治疗应选用

A. 天麻钩藤饮加减

B. 半夏白术天麻汤加减

C. 镇肝熄风汤加减

D. 补阳还五汤加减

E. 局方至宝丹加减

参考答案：D

A2 型题

9. 患者,男,32 岁。突然出现剧烈头痛来急诊。查体:神清,颈强直,四肢肌力 V 级,肌张力正常,布鲁辛斯基征(+)。最可能的诊断是

A. 腰椎间盘突出症

B. 高血压脑病

C. 脑出血

D. 蛛网膜下腔出血

E. 脑栓塞

参考答案：D

10. 患者,男,64 岁。高血压病史 5 年,晨起突然口齿不清,口角斜,左侧肢体活动障碍。应首选的检查项目是

A. 腰穿脑脊液

B. 脑血管造影

C. 脑电图

D. 头部 CT

E. 脑超声波

参考答案：D

11. 患者,女,60 岁。平素经常头晕目眩,今日情绪激动后,突然半身不遂,神志昏迷,失语,小便失禁,舌红苔黄腻,脉滑数。证型是

A. 肝阳暴亢,风阳上扰证

B. 痰热腑实,风痰上扰证

C. 风痰瘀血,阻痹络脉证

D. 气虚血瘀证

E. 脉络空虚,风邪入中证

参考答案：B

12. 患者,男,58 岁。清晨活动时突然昏仆,不省人事,牙关紧闭,口噤不开,痰涎壅盛,静而不烦,四肢欠温,舌淡,苔白滑而腻,脉沉。其证型是

A. 肝阳暴亢,风阳上扰证

B. 痰热腑实,风痰上扰证

C. 元气败脱,心神涣散证

D. 痰热内闭清窍证

E. 痰湿壅闭心神证

参考答案：E

13. 患者,女,64 岁。患高血压病多年,突然昏仆,口噤目张,气粗息高,口眼㖞斜,半身不遂,昏不知人,颜面潮红,大便干结,舌红,苔黄腻,脉弦滑数。治疗应首选

A. 天麻钩藤饮加减

B. 镇肝熄风汤加减

C. 急用苏合香丸灌服,继用涤痰汤加减

D. 立即用大剂参附汤合生脉散加减

E. 首先灌服(或鼻饲)至宝丹或安宫牛黄丸以辛凉开窍,继用羚羊角汤加减

参考答案：E

14. 患者,男,58 岁。既往有高血压病史。晨起时突然出现口眼㖞斜,语言謇涩,右侧半身不遂,痰多,腹胀便秘,头晕目眩,舌质红,苔黄腻,脉弦滑。测血压 180/100 mmHg,头颅 CT 未见异常。其诊断是

A. 高血压病,肝阳暴亢,风火上扰证

B. 高血压病,脑梗死,痰湿壅闭心神证

C. 高血压病,脑出血,气虚血瘀证

D. 高血压病,脑梗死,痰热内闭清窍证

E. 高血压病,阴虚风动证

参考答案：D

15. 患者,男,60 岁,突然右侧肢体活动不利,语言不利,口角流涎,舌强语謇,手足麻木,关节酸痛,

恶寒发热,舌苔薄白,脉浮数。其证型为

A. 风痰瘀血,阻痹络脉证

B. 肝阳暴亢,风火上扰

C. 痰热腑实,风痰上扰

D. 气虚血瘀证

E. 气虚血滞,脉络瘀阻

参考答案:A

B1 型题

16.

A. 大脑皮质

B. 内囊及基底节附近

C. 丘脑

D. 大脑中动脉

E. 大脑后动脉

①高血压脑出血最好发部位是

②脑栓塞多发生在

参考答案:①B ②D

17.

A. 甘露醇

B. 低分子右旋糖酐

C. 川芎嗪

D. 阿司匹林

E. 肝素

①脑血栓形成急性期的血液稀释疗法,应首选

②脑 CT 示基底节区低密度影,周围有水肿带,视神经乳头水肿者,治疗应首选

参考答案:①B ②A

【考点评析】

1. 西医病因病理及发病机制

(1)常见病因:①血管壁病变,最常见的是动脉硬化。②心脏病及血流动力学改变,如高血压、低血压或血压的急骤波动、各种心脏疾患致心功能障碍等。③血液成分改变及血液流变学异常。

(2)发病机制

①短暂性脑缺血发作:某一区域脑组织因血液供应不足导致其功能发生短暂的障碍。

②脑血栓形成:脑动脉在内膜病变基础上形成血栓,致使血管管腔狭窄或闭塞,血流受阻,导致急性脑供血不足并引起局部脑组织坏死。

③脑栓塞:固态、液态、气体的栓子流入脑动脉或供应脑的颈动脉,造成血流阻塞产生的脑梗死。

④脑出血:非外伤性实质性的出血。

⑤蛛网膜下腔出血。

2. 中医病因病机:急性脑血管病主要归属于中医学"中风"病的范畴,另有少数表现可与中医"真头

痛"、"眩晕"证有关。

1. 病因 ①积损正衰;②劳倦内伤;③饮食不节;④情志所伤;⑤正虚邪中。

2. 病机 ①病位:病位在脑,与心、肾、肝、脾密切相关;②病机归纳:虚(阴虚、气虚)、火(肝火、心火)、风(肝风、外风)、痰(风痰、湿痰)、气(气逆)、血(血瘀)六端,其中以肝肾阴虚、气血衰少为致病之本,风、火、痰、气、瘀为发病之标;③病性:本虚标实、上盛下虚。④基本病机:阴阳失调,气血逆乱,上犯于脑。

3. 临床表现

(1)短暂性脑缺血发作:短暂性脑缺血发作(TIA)发病突然,迅速出现局限性神经功能或视网膜功能障碍,持续时间短暂,常为数分钟至数小时,最长不超过 24 小时,不留神经功能缺损,常反复发作。

(2)脑血栓形成:由动脉粥样硬化所致者以中老年人多见,常伴有高血压、糖尿病、心脏病等病史。常在安静或休息状态下发病,约 25% 病例病前有 TIA 前驱症状。大多数病人意识清楚,严重病例可有意识障碍,甚至脑疝形成,进而死亡。

(3)脑栓塞:大多数病人有栓子来源的原发疾病,如风湿性心脏病、冠心病和严重心律失常、心内膜炎等。局限性神经缺失症状与栓塞动脉供血区的功能相对应。约 4/5 栓塞累及大脑中动脉主干及其分支,出现失语、偏瘫、单瘫、偏身感觉障碍和局限性癫痫发作等。

(4)脑出血:多数有高血压史,冬春季节发病较多。多在活动或情绪激动时发病,急性期常见的主要表现有头痛、头晕、呕吐、意识障碍、肢体瘫痪、失语、大小便失禁等。

(5)蛛网膜下腔出血:起病急骤,典型表现是突然剧烈头痛,恶心,呕吐,短暂意识障碍,脑膜刺激征阳性及血性脑脊液改变等。少数病人可出现精神症状,定向障碍,部分表现一侧肢体偏瘫、失语、脑神经麻痹、癫痫样抽搐、眩晕、共济失调等。病情凶险者,发病后迅速进入昏迷,形成脑疝者,可因呼吸衰竭而死亡。

4. 实验室及其他检查:头颅 CT 或 MRI 是最重要的检查。

5. 诊断与鉴别诊断

(1)短暂性脑缺血发作 ①发病突然,持续时间短暂,可反复发作;②神经功能障碍,仅局限于某血管分布范围;③症状、体征在 24 小时内完全恢复;④间歇期无任何神经系统阳性体征。

(2)脑血栓形成 ①发病年龄多较高;②多有动

脉硬化及高血压病史;③发病前可有 TIA 发作;④常在安静状态下发病;⑤多在几个小时或数日内达到高峰,无明显头痛、呕吐及意识障碍;⑥有相应的脑动脉供应区的神经功能缺失体征;⑦脑脊液多正常,CT 检查在 24～48 小时后出现低密度影。

(3)脑栓塞 ①无前驱症状,突然发病,病情进展迅速且多在几分钟内达高峰;②局灶性脑缺血症状明显,伴有周围皮肤、黏膜和(或)内脏和肢体栓塞症状;③明显的原发疾病和栓子来源;④脑 CT 和 MRI 能明确脑栓塞的部位、范围、数目及性质(出血性与缺血性)。

(4)脑出血 ①50 岁以上,多有高血压病史,在体力活动或情绪激动时突然起病,发病迅速;②早期有意识障碍及头痛、呕吐等颅内压增高症状,并有脑膜刺激征及偏瘫、失语等局灶症状;③头颅 CT 示高密度阴影。

(5)蛛网膜下腔出血 ①突然剧烈头痛、呕吐、脑膜刺激征阳性即高度提示本病;②如眼底检查发现玻璃体膜下出血,脑脊液检查呈均匀血性,压力增高,则可临床确诊;③应进行 CT 检查证实临床诊断。

6.西医治疗原则

(1)短暂性脑缺血发作:病因治疗、抗血小板聚集剂、抗凝剂、外科手术治疗。

(2)脑梗死(脑血栓形成和脑栓塞):尽快改善脑血液循环,增加缺血区的血液灌注,消除脑水肿,防止血栓继续扩散,保存生命,减轻脑缺血性损害,积极促使神经功能恢复,减少残废,预防复发。

(3)脑出血:防止进一步出血,降低颅内压,控制脑水肿,防止脑疝发生,稳定生命指征,防治并发症,减少残废。

(4)蛛网膜下腔出血:一般治疗、防止再出血、解除脑血管痉挛、控制脑水肿、手术治疗。

7.中医辨证论治

(1)短暂性脑缺血发作

肝肾阴虚,风阳上扰证——平肝熄风,育阴潜阳。方药:镇肝熄风汤加减。

气虚血瘀,脉络瘀阻证——补气养血,活血通络。方药:补阳还五汤加减。

痰瘀互结,阻滞脉络证——豁痰化瘀,通经活络。方药:黄连温胆汤合桃红四物汤加减。

(2)脑血栓形成

肝阳暴亢,风阳上扰证——平肝潜阳,活血通络。方药:天麻钩藤饮加减。

风痰瘀血,阻痹络脉证——祛风化痰通络。方药:真方白丸子加减。

痰热腑实,风痰上扰证——通腑泻热,化痰理气。方药:星蒌承气汤加减。

气虚血瘀证——益气养血,化瘀通络。方药:补阳还五汤加减。

阴虚风动证——育阴潜阳。方药:镇肝熄风汤加减。

脉络空虚,风邪入中证——祛风通络,养血和营。方药:大秦艽汤加减。

痰热内闭清窍证——清热化痰,醒神开窍。方药:首先灌服(或鼻饲)至宝丹或安宫牛黄丸以辛凉开窍,继用羚羊角汤加减。

痰湿壅闭心神证——辛温开窍,豁痰熄风。方药:急用苏合香丸灌服,继用涤痰汤加减。

元气败脱,心神涣散证——益气回阳,救阴固脱。方药:立即用大剂参附汤合生脉散加减。

第九单元　物理化学因素所致疾病

命题考点1　急性中毒总论

【历年真题纵览】

A1 型题

1.急性中毒者,呼吸带有苦杏仁味,可见于
　A.有机磷杀虫药中毒
　B.乙醇中毒
　C.氰化物中毒
　D.一氧化碳中毒
　E.氯丙嗪中毒
参考答案:C

2.对吞服强酸的病人,哪项处理是错误的
　A.忌洗胃
　B.服镁乳
　C.输液
　D.用碳酸氢钠中和
　E.止痛,防止食管狭窄
参考答案:D

3.镇静剂中毒的洗胃时间应
　A.在 3 小时内
　B.在 4 小时内
　C.在 5 小时内
　D.在 6 小时内
　E.超过 6 小时内仍可

参考答案:E

4.氰化物中毒解毒药是

A.二巯丙醇

B.亚甲蓝(美蓝)

C.阿托品

D.亚硝酸盐—硫代硫酸钠

E.纳洛酮

参考答案:D

【考点评析】

1.西医病因及发病机制

(1)病因

根据毒物来源和用途可分为四类:①工业性毒物;②农药:农业杀虫药种类很多,我国目前仍以有机磷类使用最广泛;③药物:较常见的药物中毒为镇静安眠药类中毒等;④有毒动、植物。

根据接触毒物的方式可分为两类:①职业性中毒;②生活性中毒。

(2)发病机制:①局部刺激、腐蚀作用;②缺氧;③麻醉作用;④抑制酶的活力;⑤干扰细胞或细胞器的生理功能;⑥受体的竞争。

2.临床表现:急性中毒可产生严重的症状,如发绀、昏迷、惊厥、呼吸困难、休克、尿闭等。

3.诊断:中毒诊断主要依据接触史和临床表现。

(1)毒物接触史:对任何中毒都要了解发病现场情况,并寻找接触毒物的证据。

(2)临床表现:对突然出现发绀、呕吐、昏迷、惊厥、呼吸困难、休克而原因不明的患者,要考虑急性中毒的可能。对原因不明的贫血、白细胞减少、血小板减少、周围神经病、肝病的病人也要考虑中毒的可能性。

4.处理原则:急性中毒情况危重时,首先应迅速对呼吸、循环功能、生命体征进行检查,并采取必要的紧急治疗措施。

(1)立即终止接触毒物。

(2)清除尚未吸收的毒物。

①催吐。

②洗胃:适应于催吐剂无效或口服非腐蚀性毒物后6小时内者。但安眠、镇静剂中毒引起胃肠蠕动减弱,即使超过6小时,部分毒物仍可滞留于胃内,多数仍有洗胃的必要。吞服强腐蚀性毒物的患者,插胃管可能引起消化道穿孔或大出血,一般不宜进行。对昏迷患者洗胃要慎重,插胃管易导致吸入性肺炎。食管静脉曲张患者也不宜洗胃。

③导泻。

④灌肠。

(3)促进已吸收毒物的排出

①利尿:静脉滴注葡萄糖可增加尿量而促进毒物的排出。

②吸氧:一氧化碳中毒时,吸氧可促使碳氧血红蛋白解离,加速一氧化碳排出。

③人工透析:a.腹膜透析;b.血液透析。

④血液灌流:此法能清除血液中巴比妥类、百草枯等。

血液透析和血液灌流一般用于中毒严重、血液中毒物浓度明显增高、昏迷时间长、有并发症、经积极支持疗法而情况日趋恶化者。

(4)特殊解毒药物的应用

①金属中毒解毒药:a.依地酸二钠钙:用于治疗铅中毒。b.二巯丙醇:用于治疗砷、汞中毒。c.二巯丙醇磺酸钠:用于治疗汞、砷、铜、锑等中毒。d.二巯丁二酸钠:用于治疗锑、铅、汞、砷、铜等中毒。

②高铁血红蛋白血症解毒药:小剂量亚甲蓝(美蓝)用于治疗亚硝酸盐、苯胺、硝基苯等中毒引起的高铁血红蛋白血症。

③氰化物中毒解毒药:氰化物中毒一般采用亚硝酸盐—硫代硫酸钠疗法。

④有机磷农药中毒解毒药:阿托品、解磷定等。

⑤中枢神经抑制剂解毒药:a.纳洛酮:纳洛酮是阿片类麻醉药的解毒药。b.氟马西尼:本药是苯二氮䓬类中毒的拮抗药。

(5)对症治疗。

> 命题考点2 急性一氧化碳中毒

【历年真题纵览】

A1型题

1.一氧化碳中毒,可见

A.皮肤黏膜呈樱桃红色

B.皮肤干燥

C.皮下气肿

D.皮肤瘀斑

E.皮肤潮湿

参考答案:A

2.对重症煤气中毒的昏迷患者,最有效的抢救措施是

A.鼻导管吸氧

B.20%甘露醇快速静脉推入

C.冬眠疗法

D.血液透析

E. 送入高压氧舱治疗

参考答案：E

3. 对诊断一氧化碳中毒最有意义的辅助检查是

A. 高铁血红蛋白浓度测定

B. 血液碳氧血红蛋白浓度测定

C. 血氧饱和度测定

D. 脑电图检查

E. 头颅 CT 检查

参考答案：B

4. 患者，男，45 岁，急性一氧化碳中毒。症见头痛眩晕，恶心呕吐，四肢乏力，视物不清，口唇樱桃红色，舌质淡，苔白腻，脉弦滑。其证型是

A. 肝风内动证

B. 肝风痰浊证

C. 痰浊滞留证

D. 气虚痰瘀阻络证

E. 阴竭阳脱证

参考答案：B

5. 患者，男，60 岁，一氧化碳中毒 3 个月。症见呆傻少语，反应迟钝，行走不稳，面无表情，两目直视，健忘失眠，恐惧妄想，舌淡红苔白，脉沉滑。宜选

A. 涤痰汤加减

B. 生脉注射液和参附注射液

C. 藿兰苍荷汤加减

D. 补阳还五汤加减

E. 安宫牛黄丸加减

参考答案：C

【考点评析】

1. 西医病因及发病机制：主要由于防护不周、通风不良或煤气泄漏所致。一氧化碳吸入人体内后，可导致低氧血症，引起组织缺氧。由于中枢神经系统对缺氧最敏感，因此，吸入高浓度一氧化碳引起的急性中毒是以急性脑缺氧表现为主的全身性疾病。

2. 中医病因病机：本病由火热痰浊瘀阻心窍与脑脉，则心脑主神志的功能失常，故其病位在心脑，但因肝主疏泄，主全身气机之条达，并主筋，肾与心水火相济，故与肝、肾关系密切。

其病性以邪实为主，以火热、痰浊多见。恢复阶段则邪去正伤，以气阴亏虚多见。

3. 临床表现

（1）急性中毒

①轻度中毒：血液 COHb 浓度达 20% ~ 30%。出现剧烈的头痛、头晕、乏力、恶心、呕吐、嗜睡、视力模糊等。

②中度中毒：血液 COHb 浓度高于 30% ~ 40%。

出现不同程度的意识障碍，皮肤、口唇黏膜、甲床偶可呈现樱桃红色，对疼痛刺激可有反应，瞳孔对光反射和角膜反射可迟钝，腱反射减弱，呼吸、血压和脉搏可有改变。经治疗可恢复且无明显并发症。

③重度中毒：血液 COHb 浓度高于 50%。出现深昏迷，各种反射消失。可呈去大脑皮层状态，可以睁眼，但无意识，不语，不动，不主动进食或大小便，呼之不应，推之不动，并有肌张力增强。

（2）急性一氧化碳中毒迟发脑病（神经精神后发症）：在意识障碍恢复后，有 10% ~ 30% 的患者经过 2 ~ 60 天的"假愈期"（多数为 3 ~ 4 周），可出现下列临床表现之一：①精神意识障碍。②锥体外系神经障碍。③锥体系神经损害。④大脑皮质局灶性功能障碍。⑤周围神经炎。

4. 实验室及其他检查

血液 COHb 测定　中毒后及时测定血中 COHb 可见明显增高，轻度中毒在 10% ~ 20%，中度中毒在 30% ~ 40%，重度中毒在 50% 以上。

5. 诊断与鉴别诊断

（1）诊断要点

①急性一氧化碳中毒：根据吸入较高浓度一氧化碳的接触史和急性发生的中枢神经损害的症状及体征，诊断一般并不困难。血液 COHb 测定有确诊价值。

②迟发脑病：根据急性一氧化碳中毒病史、意识障碍恢复后的假愈期和临床表现诊断。

（2）鉴别诊断：①急性脑血管疾病；②流行性脑脊髓膜炎；③糖尿病酮症酸中毒。

6. 西医治疗

①立即将患者移离中毒现场至空气新鲜处，静卧保暖。

②保持呼吸道通畅。

③轻度中毒者经吸氧等对症治疗很快恢复。

④中度和重度中毒患者应及早用高压氧（2 ~ 3 个大气压）治疗。

⑤重度中毒者应积极防治脑水肿，可用 20% 甘露醇按 1 g/kg 的剂量快速静脉滴注，每日 2 ~ 4 次。给予改善脑血液循环和促进神经细胞恢复的药物。

⑥对迟发脑病者，可给予高压氧、糖皮质激素、血管扩张剂、神经细胞营养药、抗帕金森病药物以及其他对症和支持治疗。

7. 中医辨证论治

（1）急性中毒

肝风痰浊证——芳香化浊，豁痰开窍，平肝熄风。方药：涤痰汤加减。神昏者送服苏合香丸。若

伴发热,舌质红,苔黄腻,脉弦滑数,则合用安宫牛黄丸或醒脑静注射液以清热开窍。

阴竭阳脱证——益气敛阴,回阳固脱。方药:生脉注射液和参附注射液。或用大剂生脉散合参附汤加味。

(2)中毒后发病

痰浊滞留证——芳香化浊,豁痰开窍。方药:藿兰苍荷汤加减。

气虚痰瘀阻络证——益气活血,化痰通络。方药:补阳还五汤加减。

命题考点3 有机磷杀虫药中毒

【历年真题纵览】

A1 型题

1.有机磷农药中毒的毒蕈碱样症状,错误的是

    A.多汗

    B.流泪,流涎

    C.腹泻

    D.尿频

    E.肌束颤动

参考答案:E

2.治疗有机磷农药中毒毒蕈碱样症状的药物是

    A.阿托品

    B.氯磷定

    C.利多卡因

    D.甲硝唑(灭滴灵)

    E.双复磷

参考答案:A

3.下列各项不是阿托品化指标的是

    A.抽搐消失

    B.颜面潮红

    C.瞳孔较前增大

    D.心率增快

    E.口干、皮肤干燥

参考答案:A

4.对口服有机磷农药中毒患者,清除其未被吸收毒物的首要方法是

    A.催吐和洗胃

    B.利尿和导泻

    C.腹膜透析

    D.血液净化

    E.静注50%葡萄糖溶液

参考答案:A

A2 型题

5.患者,男,25 岁。因昏迷而送来急诊。查体:深昏迷状态,呼吸有轻度大蒜味,疑为有机磷中毒。下列哪项对诊断最有帮助

    A.瞳孔缩小

    B.呕吐物有大蒜臭味

    C.大小便失禁

    D.肌肉抽动

    E.全血胆碱酯酶活力降低

参考答案:E

6.患者,女,23 岁。被人发现时呈昏迷状态。查体:神志不清,两侧瞳孔呈针尖样大小,呼吸有大蒜臭味。应首先考虑的是

    A.急性安眠药物中毒

    B.急性毒蕈中毒

    C.急性有机磷农药中毒

    D.亚硝酸盐中毒

    E.一氧化碳中毒

参考答案:C

B1 型题

7.

    A.清水

    B.生理盐水

    C.2% ~5%碳酸氢钠溶液

    D.高锰酸钾溶液(1:5 000)

    E.0.45% 氯化钠

①口服敌百虫急性中毒时洗胃液忌用

②口服有机磷乐果农药急性中毒时,洗胃液忌用

参考答案:①C ②D

8.

    A.丹皮、赤药

    B.白术、茯苓

    C.安宫牛黄丸

    D.薏苡仁、泽泻

    E.天仙子、洋金花

①治疗有机磷农药中毒昏迷者,应首选

②治疗有机磷农药中毒神志清楚者,应首选

参考答案:①C ②E

【考点评析】

1.有机磷杀虫药中毒病因:有机磷杀虫药大多在24 小时内通过肾脏由尿排泄,一般在体内并无积蓄。

2.发病机制:有机磷杀虫药能与体内的乙酰胆碱酯酶(AchE)结合,使乙酰胆碱大量蓄积,从而对

胆碱能神经突触的冲动传递产生先兴奋后抑制、继而麻痹的效应,导致神经系统尤其是中枢神经系统功能紊乱。

3.临床表现

①毒蕈碱样症状:恶心、呕吐、腹痛、腹泻、瞳孔缩小、视力模糊、多汗、流涎、尿频、二便失禁、心跳减慢、支气管痉挛、呼吸道分泌物增多、呼吸困难、发绀,甚则出现肺水肿。

②烟碱样症状:肌肉震颤、抽搐、心跳加快、血压上升,继而出现肌力减退和瘫痪,呼吸肌麻痹则可引起周围性呼吸衰竭。

③神经系统症状:中枢神经受乙酰胆碱刺激后出现头晕、头痛、疲乏、共济失调、烦躁不安、谵妄、抽搐和昏迷等症。

4.诊断要点:根据典型临床表现特别是呼出气有蒜臭味,结合毒物接触史,有关实验室检查,一般可诊断。

5.治疗

(1)迅速清除毒物。

(2)使用解毒药物

①胆碱酯酶复能药:如解磷定、氯磷定、双复磷和双解磷。

②抗胆碱药阿托品:阿托品对毒蕈碱样症状和对抗呼吸中枢抑制有效,但对烟碱样症状和胆碱酯酶活力的恢复没有作用。

阿托品的使用原则:尽早、足量、反复、迅速达到阿托品化。

阿托品化的指征:瞳孔扩大不再缩小;颜面潮红、皮肤干燥;腺体分泌减少,口干无汗;肺部啰音减少或消失;心跳加快。

(3)防治并发症及对症措施:如防治呼衰、急性肺水肿、体克、急性脑水肿和心律失常等。

6.中医治疗

(1)单方验方

①催吐:瓜蒂散;三圣散。

②泻下:大承气汤。

③解毒:绿豆甘草汤;天仙子汤。

(2)常用中药制剂

①安宫牛黄丸:急性中毒有昏迷时选用。每次1丸,温开水调匀后鼻饲。

②醒脑静注射液:醒脑开窍,10～20 ml 加入葡萄糖注射液中静脉滴注。

第十单元　内科常见危急重症

命题考点1　休克

【历年真题纵览】

A1 型题

1.脱厥证的基本病机是

　A.气虚下陷,清阳不升

　B.气血逆乱,正气耗脱

　C.痰随气升,上蒙清窍

　D.失血过多,气随血脱

　E.气血凝滞,脉络瘀阻

参考答案:B

2.治疗脓毒性休克腑实热厥证,应首选

　A.生脉散

　B.大承气汤加减

　C.人参养荣汤

　D.保元汤合生化汤

　E.保元汤合固阴煎

参考答案:B

A2 型题

3.患者,男,35 岁。突发急性心梗。胸痛彻背,肢端青紫,神情恐慌,汗出身凉,气喘息微,舌质紫暗,有瘀斑,脉结代。查体:血压 75/50 mmHg(10.6 kPa)。治疗应首选

　A.参附注射液加枳实注射液

　B.参附汤合四逆汤加减

　C.回阳救急汤加减

　D.血府逐瘀汤加减

　E.枳实注射液加丹参注射液

参考答案:D

4.患者,男,25 岁。因汽车撞伤致骨盆、膀胱破裂。检查:面色苍白,呼吸急促,四肢厥冷,烦躁不安,血压 90/70 mmHg,心率 150 次/分,脉细数。应首先考虑的是

　A.创伤性休克早期

　B.感染性休克

　C.创伤性休克中期

　D.心源性休克

　E.失液性休克

参考答案:A

5.患者,男,20 岁。肌注青霉素后突然晕倒,血

压测不到。应首先采取的抢救措施是

    A. 立即静脉点滴呋塞米（速尿）

    B. 静脉点滴 5% 碳酸氢钠

    C. 立即皮下注射肾上腺素

    D. 静脉注射间羟胺

    E. 静脉点滴 20% 甘露醇

参考答案：C

6. 患者输血 5 分钟后即出现寒战，高热，头痛，腰背部剧痛，心前区压迫感。检查：血压 78/60 mmHg，血浆呈粉红色。应首先考虑的是

    A. 发热反应

    B. 过敏反应

    C. 溶血反应

    D. 细菌污染反应

    E. 以上均非

参考答案：C

B1 型题

7.

    A. 大量失血

    B. 心肌梗死

    C. 严重感染

    D. 过敏反应

    E. 外伤剧痛

①神经源性休克的主要病因是

②心源性休克的主要病因是

参考答案：①E　②B

8.

    A. 低血容量性休克

    B. 中毒性休克

    C. 心源性休克

    D. 过敏性休克

    E. 神经源性休克

①急性心肌梗死引起的休克属于

②肌注青霉素引起的休克属于

参考答案：①C　②D

9.

    A. 当归补血汤

    B. 生脉散合大定风珠加减

    C. 回阳救急汤加减

    D. 白虎加人参汤合犀角地黄汤

    E. 三甲复脉汤

①治疗过敏性休克元阳骤脱证，应首选

②治疗过敏性休克阴竭阳脱证，应首选

参考答案：①C　②B

【考点评析】

1. 概念及分类

（1）概念：休克是指由多种强烈的致病因素作用于机体引起的急性循环功能衰竭，并以生命器官缺血缺氧或组织氧及营养物质利用障碍，进行性发展的病理生理过程为特征，导致微循环灌注不足和细胞功能代谢障碍为主要表现的临床综合征。

（2）分类：按临床病因分为五种类型，即心源性、脓毒性、过敏性、低血容量性及神经性休克。

2. 中医病因病机：休克属于中医"厥脱证"，是指邪毒内陷，或内伤脏气，或亡津失血所导致的气血逆乱，正气耗脱的一类病证。

3. 临床表现及分期

（1）休克早期：为代偿性休克阶段。患者神志清醒，烦躁，恐惧，精神紧张，恶心，呕吐。面色与全身皮肤苍白，口唇和甲床发绀，出冷汗，尿量减少，脉搏增快，收缩压正常或偏低，舒张压轻度升高，脉压减小。

（2）休克中期：为失代偿性休克。此期患者出现表情淡漠，反应迟钝，或有意识模糊，软弱无力，皮肤湿冷，肢端青紫，皮肤花斑，脉搏细速，血压下降至 60～80 mmHg，脉压 <20 mmHg，浅表静脉萎陷，尿量 <20 ml/h。进一步加重时，可出现昏迷状态，呼吸急促，收缩压低于 60 mmHg 或无尿。

（3）休克晚期：为不可逆休克，此期可出现 DIC 和 MODS，随着持续的重度组织灌注贫乏，导致细胞功能损害，甚则微循环衰竭而死亡。

4. 诊断标准：休克诊断标准为：①有诱发休克的病因。②意识异常。③脉细数，<100 次/分或不能触知。④末梢循环灌注不足：四肢湿冷，胸骨部位皮肤指压阳性（压后再充盈 >2 秒），皮肤花纹，黏膜苍白或发绀等；尿量 <30 ml/h 或尿闭。⑤收缩压 <80 mmHg。⑥脉压 <20 mmHg。⑦原有高血压者，收缩压较原水平下降 30%。

凡符合上述第①项，以及第②、③、④项中的两项和第⑤、⑥、⑦项中的一项者，可诊断为休克。

5. 西医治疗

（1）脓毒性休克的西医治疗

①一般治疗。

②调整炎性介质，菌毒并治。a. 糖皮质激素的应用：脓毒症休克主要起始原因是细菌毒素及其介导的 SIRs，应在扩容、抗感染的基础上短时间应用大量糖皮质激素。b. 极化液、环磷酸腺苷、抑肽酶、654-2 的应用：脓毒性休克致病因子及内源性化学介质对心血管系统具有直接损伤作用。

③强心与合理应用血管活性物质。

④机械通气:伴有 ARDS 者应及时开放气道,予以机械正压通气。

(2)心源性休克的西医治疗

①一般治疗。

②血管活性药物与正性肌力药物的应用:

拟交感神经药:多巴胺是治疗心源性休克首选的血管活性药物。

血管扩张药:硝普钠为强效、快速、作用短暂的常用药物之一,属非特异性血管扩张药,主要通过在体内释放 NO 而起作用。

正性肌力药物。

③溶栓、介入、外科手术。

(3)过敏性休克的西医治疗

①肾上腺素:为首选药物。立即皮下或肌内注射 0.1% 肾上腺素 0.5 ~ 1 ml,小儿每次以 0.02 ~ 0.025 ml/kg应用。

②糖皮质激素:具有抗过敏、抗休克、拮抗炎性介质作用。可用地塞米松 10 ~ 20 mg 或甲基强的松龙 100 ~ 300 mg 静注。

③升血压药物:若用以上治疗后,血压升高不理想,或血压不稳定者,可用升血压药物如多巴胺、间羟胺稀释后静脉滴注。

④扩容治疗:是纠正休克的重要措施,应积极补充血容量。先用平衡盐水及低分子右旋糖酐 500 ~ 1 000 ml滴注,血压仍不纠正时应及时补充白蛋白等血液制品。

⑤钙剂。

⑥组胺受体拮抗剂:如甲氰咪胍、抗胆碱药物654-2、抗 5-羟色胺制剂赛庚啶等以及非那根、苯海拉明、维生素 C 等脱敏抗休克药皆可酌情应用。

6 中医辨证论治

(1)脓毒性休克

肺热欲绝证——凉血解毒,清络育阴。方药:犀角地黄汤合银翘散加减。

腑实热厥证——通腑泄热,急下存阴。方药:大承气汤加减。

三焦俱急证——开肺通肠,急救肾水。方药:小承气汤合小陷胸汤加减。

气阴枯竭证——滋养阴精,敛汗潜阳。方药:救逆汤加减。

寒中三阴证——温中散寒,回阳救逆。方药:回阳救急汤加减。

(2)心源性休克

阳气欲脱证——扶阳救逆,益气固脱。方药:回阳救急汤加减。

脏虚阴竭证——敛阴救液,急固真元。方药:生脉散加减。

血瘀气脱证——化瘀通络,补气固脱。方药:血府逐瘀汤加减。

阴竭阳脱证——急固元阳,速敛真阴。方药:参附汤合四逆汤加减。

(3)过敏性休克

元阳骤脱证——峻补元阳,救逆固脱。方药:回阳救急汤加减。

阴竭阳脱证——敛阴救液,益元固脱。方药:生脉散合大定风珠加减。

肺绝气脱证——温阳救肺,补气固脱。方药:参附汤合补中益气汤加减。

命题考点2　急性心力衰竭

【历年真题纵览】

1. 急性心力衰竭为本虚标实之证,本虚指
   A. 肾阳虚衰
   B. 心阳虚衰
   C. 肾气虚衰
   D. 心气虚衰
   E. 脾阳虚衰
   参考答案:B

2. 下列哪项不是急性心力衰竭的常见病因
   A. 快速性心房颤动
   B. 急性心包填塞
   C. 过敏性休克
   D. 急性心肌炎
   E. 广泛性前壁心肌梗死
   参考答案:C

3. 心源性哮喘与肺源性哮喘最重要的鉴别是
   A. 呼吸困难
   B. 咳嗽
   C. 咳粉红色泡沫样痰
   D. 浮肿
   E. 发绀
   参考答案:C

4. 下列是急性肺水肿症状,除了
   A. 劳力性呼吸困难
   B. 夜间阵发性呼吸困难
   C. 咳嗽、咳泡沫样痰
   D. 咳粉红色泡沫样痰

　　E.上腹胀痛

参考答案:E

5.急性心力衰竭心肺气虚证,宜选

　　A.养心汤合补肺汤加减

　　B.人参养荣汤合桃红四物汤加减

　　C.生脉散加减

　　D.真武汤加减

　　E.葶苈大枣泻肺汤加减

参考答案:A

6.患者,男,65岁。既往心功能不全8年,上感后症见心悸、不得平卧、咳吐泡沫痰,面肢浮肿,畏寒肢冷,烦躁出汗,额面灰白,口唇青紫,舌暗淡,舌苔白滑,脉细促。其中医证型是

　　A.心肺气虚证

　　B.气阴亏虚证

　　C.心肾阳虚证

　　D.阳虚水泛证

　　E.气虚血瘀证

参考答案:D

7.患者,女,35岁。风湿性心脏病病史。症见心悸气急,咳嗽喘促,不能平卧,咳黄黏稠痰,胸脘痞闷,头晕目眩,尿少浮肿,舌苔白腻或黄腻,脉滑数。宜选

　　A.真武汤加减

　　B.养心汤合补肺汤加减

　　C.桂枝甘草龙骨牡蛎汤合肾气丸加减

　　D.生脉散加减

　　E.葶苈大枣泻肺汤加减

参考答案:E

【考点评析】

急性心力衰竭属于中医“心水”、“心衰”、“心悸”、“喘脱”、“水肿”、“心痹”、“厥证”等范畴。临床以左心衰竭为多见。

1.西医病因及发病机制

病因:心脏容量负荷突然加重、急性心室舒张功能受限、急性弥漫性心肌损害、急性机械性阻塞、严重的心律失常。

病理生理基础为心脏收缩力突然严重减弱,心排血量急剧减少,或左室瓣膜急性反流,左室舒张末压急剧迅速升高,肺静脉回流受阻,肺静脉压快速升高,肺毛细血管压随之升高,使血管内液体渗入到肺间质和肺泡内,形成急性肺水肿。

2.中医病因病机:本病以心阳虚衰为本,每因感受外邪、劳倦过度、情志所伤等诱发,病变脏腑以心为主,涉及肝、脾、肺、肾四脏,同时与气(阳)、血、水

关系密切,为本虚标实之证。本病日久可致肾阳不足,难以上养心阳脾阳,甚至出现阳气虚脱,阴阳不相维系,症见冷汗淋漓、面色灰白、口唇紫暗、神昏脉微等危重证候。

3.临床表现

(1)昏厥:短暂的意识丧失,为心源性昏厥。发作持续数秒时可有四肢抽搐、呼吸暂停、发绀等表现,称为阿-斯综合征,主要见于急性心排血量受阻或严重心律失常。

(2)休克:由于心排血功能低下导致心排血量不足而引起的休克,称为心源性休克。

(3)急性肺水肿:突发严重呼吸困难,呼吸频率30～40次/分,强迫端坐位,面色灰白、发绀,大汗,烦躁,频繁咳嗽,咳粉红色泡沫样痰,极重者可因脑缺氧而神志模糊。体征表现为心率增快,两肺满布湿性啰音和哮鸣音。

(4)心脏骤停:为严重心功能不全的表现,临床表现为突然意识丧失,瞳孔散大,发绀,抽搐,呼吸停止等。

4.诊断:根据典型症状与体征即可作出诊断。主要有以下要点:①有引起急性心力衰竭的心脏病基础;②突发严重呼吸困难,端坐呼吸;③咳嗽伴大量粉红色泡沫样痰;④双肺对称性布满水泡音和哮鸣音;⑤X线检查,肺水肿时示典型蝴蝶形大片阴影由肺门向周围扩展;⑥PCWP>30 cmH$_2$O。

5.西医治疗

(1)治疗原则　①降低左房压和(或)左室充盈压;②增加左室心搏量;③减少循环血量;④减少肺泡内液体渗入,保证气体交换。

(2)治疗方法

①体位:患者取坐位,双腿下垂,以减少静脉回流。

②吸氧。

③吗啡:皮下或肌内注射吗啡5～10 mg。

④快速利尿:静注呋塞米20～40 mg,通过利尿、扩张静脉作用,有利于肺水肿的缓解。

⑤血管扩张剂:能降低心室前后负荷,从而缓解肺淤血。可用硝普钠、硝酸甘油或酚妥拉明静脉滴注。

⑥洋地黄类药物:西地兰最适于房颤伴快速心室率,并已有心室扩大伴左室收缩功能不全者。首剂0.4～0.6 mg静注,2～4小时后可酌情再给0.2～0.4 mg。

⑦氨茶碱。

⑧静脉结扎法。

⑨其他:急性症状缓解后,应对诱因及基本病因进行治疗。

6.中医辨证论治

心肺气虚证——补益心肺。方药:养心汤合补肺汤加减。

气阴亏虚证——益气养阴。方药:生脉散加减。

心肾阳虚证——温补心肾。方药:桂枝甘草龙骨牡蛎汤合肾气丸加减。

气虚血瘀证——益气活血。方药:人参养荣汤合桃红四物汤加减。

阳虚水泛证——温阳利水。方药:真武汤加减。

痰饮阻肺证——泻肺化痰。方药:葶苈大枣泻肺汤加减。

命题考点3　急性肾衰竭

【历年真题纵览】

A1 型题

1.治疗急性肾功能衰竭湿热蕴结证,应首选

　A.黄连解毒汤加减

　B.清瘟败毒饮加减

　C.黄连温胆汤加减

　D.生脉饮合参附汤加减

　E.参芪地黄汤加减

参考答案:C

2.急性肾功能衰竭病位在肾,涉及

　A.肝、脾(胃)、三焦、膀胱

　B.肺、脾(胃)、三焦、膀胱

　C.肝、肺、三焦、膀胱

　D.心、脾(胃)、三焦、膀胱

　E.心、肺、三焦、膀胱

参考答案:B

3.急性肾功能衰竭气阴两虚证,宜选

　A.生脉饮加减

　B.参芪地黄汤加减

　C.六味地黄丸加减

　D.参附汤加减

　E.回阳救急汤

参考答案:B

A2 型题

4.患者,男,40 岁。颅脑术后第 5 天,但持续高热 4 天,全身浮肿,近 2 天每日尿量不足 100 ml,血尿素氮 260 mmol/L,血肌酐大于 740 μmol/L,血钾 6.6 mmol/L。其诊断是

　A.急性肾功能衰竭

　B.休克

　C.心力衰竭

　D.肝肾综合征

　E.以上均非

参考答案:A

【考点评析】

1.西医病因病理。

(1)急性肾衰的病因常见于以下三类:①肾前性急性肾衰;②肾性急性肾衰;③肾后性急性肾衰。

(2)其主要发病机制:①肾小管损伤;②肾小管上皮细胞代谢障碍;③肾血流动力学变化;④缺血再灌注损伤;⑤表皮生长因子。

2.中医病因病机:本病病位在肾,涉及肺、脾(胃)、三焦、膀胱。病机主要为肾失气化,水湿浊瘀不能排出体外。初期主要为火热、湿毒、瘀浊之邪壅滞三焦,水道不利,以实热居多,后期以脏腑虚损为主。

3.临床表现

(1)症状:急骤地发生少尿(<400 ml/24 h),个别严重病例可无尿(<100 ml/24 h)。烦躁不安、嗜睡、意识障碍。

(2)体征:由于少尿期水钠潴留,患者可出现水肿,甚则全身浮肿,高血压;合并肺水肿者,可出现两肺满布湿啰音;高钾血症者,可见心率缓慢、心律不齐,甚至心室纤颤、停搏;酸中毒者,可见呼吸深大。

(3)主要并发症

①感染:尿路感染最为常见,其次为肺部感染和败血症。

②循环系统并发症:常见心律失常、心力衰竭、心包炎、高血压,甚至心包填塞。

③电解质紊乱:常见高钾血症或低钾血症。

4.实验室及其他检查

(1)肾功能:急骤发生并与日俱增的氮质血症。①血尿素氮进行性升高,每日可上升 3.6 ~ 10.7 mmol/L,血肌酐每日上升 44.2 ~ 176.8 μmol/L。②电解质紊乱:少尿期可出现高钾血症,血钾可超过 6.5 mmol/L,并可伴低钠血症及高磷血症。多尿期可出现低血钾、低血钠等电解质紊乱。③酸碱平衡紊乱:可出现酸中毒、二氧化碳结合力下降。

(2)尿常规:尿呈等张(比重 1.010 ~ 1.016),蛋白尿(常为 + + +),尿沉渣常有颗粒管型、上皮细胞碎片、红细胞和白细胞。

5.诊断:参照 1982 年全国危重病急救医学学术会议拟订标准:①常继发于各种严重疾病所致的周

围循环衰竭或肾中毒后,但亦有个别病例可无明显的原发病;②急骤地发生少尿(<400 ml/24 h),在个别严重病例(肾皮质坏死)可无尿(<100 ml/24 h),但在非少尿型者可无少尿表现;③急骤发生和与日俱增的氮质血症,血肌酐每日上升88.4～176.8 pmol/L,尿素氮上升3.6～10.7 mmol/L;④经数日至数周后,如处理恰当,会出现多尿期;⑤尿常规检查:尿呈等张(比重1.010～1.016),蛋白尿(常为＋～＋＋),尿沉渣常有颗粒管型、上皮细胞碎片、红细胞和白细胞。

6.西医治疗

(1)纠正可逆因素。

(2)营养支持。

(3)积极控制感染。

(4)维持水、电解质和酸碱平衡。

(5)特殊药物:①利尿剂;②钙拮抗药。

(6)透析疗法。

7.中医辨证论治

(1)少尿期

热毒炽盛证——泻火解毒。方药:黄连解毒汤加味。

火毒瘀滞证——清热解毒,活血化瘀。方药:清瘟败毒饮加减。

湿热蕴结证——清热利湿,降逆泄浊。方药:黄连温胆肠加减。

气脱津伤证——益气养阴,回阳固脱。方药:生脉饮合参附汤加味。

(2)多尿期

气阴两虚证——益气养阴。方药:参芪地黄汤加减。

肾阴亏损证——滋阴补肾。方药:六味地黄丸加味。

命题考点4　多脏器功能障碍综合征

【历年真题纵览】

A1型题

1.中医认为多脏器功能障碍综合征发病的关键是

A.素体亏虚

B.瘀热互结

C.气滞血瘀

D.水湿泛滥

E.阴阳逆乱

参考答案:E

2.下列哪项不是多脏器功能障碍综合征的常见诱因

A.严重创伤

B.休克

C.重症胰腺炎

D.大面积烧伤

E.急性心力衰竭

参考答案:E

3.多脏器功能障碍综合征热毒炽盛证,宜选

A.四逆汤合生脉散加减

B.清营汤加减

C.大承气汤加减

D.清瘟败毒饮加减

E.犀角地黄汤合黄连解毒汤加减

参考答案:D

A2型题

4.患者,男,34岁。重症胰腺炎。症见脘腹痞满,腹痛拒按,喘促呕恶,发热烦躁,神昏谵语,口干食少,大便秘结,舌质红,舌苔焦燥起芒刺,脉沉实有力。其证型为

A.热陷心包证

B.热瘀互结证

C.热毒炽盛证

D.阳明腑实证

E.阴阳耗脱证

参考答案:D

5.患者,男,30岁,高热10天。症见身热烦躁,神昏谵语,时有抽搐,唇紫甲青,斑疹隐隐,小便黄赤,舌红绛,苔黄或焦黄,脉细数。其治法应

A.清热解毒,凉血活血

B.清心开窍,清热解毒

C.清热解毒,泻火救阴

D.苦寒攻下,通腑泄热

E.回阳救逆,益气固脱

参考答案:B

【考点评析】

1.概念:多脏器功能障碍综合征(MODS)是指急性严重感染及一些非感染因素(如创伤、烧伤、大手术后、病理产科、心肺复苏等)诱发全身炎性反应综合征,24小时之后导致机体同时或相继发生两个或两个以上脏器功能障碍的临床综合征。其病因复杂,治疗困难,死亡率高,是急诊临床的常见症。

2.西医病因　①严重感染,如败血症、肺部感染、腹腔内脓肿、重症胰腺炎等;②严重创伤,如胸

部、腹部、颅脑及严重复合性外伤,大面积烧伤等;③大手术;④病理产科;⑤缺血缺氧性损害,如休克、复苏后综合征、弥散性血管内凝血(DIC)、血栓形成;⑥治疗失误,如高浓度氧吸入、大量应用去甲肾上腺素等血管收缩药、输液或输血过多、长期大量使用抗生素、大剂量激素的应用等;⑦其他,如急性中毒、麻醉意外、长时间低氧血症、器官储备功能低下的老年人和免疫能力低下者、原先存在多种慢性疾病者。在上述病因中以严重感染最常见。

3.中医病因病机:阴阳逆乱是 MODS 发病的关键,气滞血瘀是其基本病理改变和中间环节,而正气欲脱、阴阳离决是该病发展的最终阶段。

4.临床表现:由于 MODS 的发病机制十分复杂,因而临床表现多样,主要为原发病和受累脏器功能不全的临床表现。MODS 脏器功能不全发生的先后顺序,因原发病不同而异,一般肺是最早受累的器官。目前将临床表现分为下列四期:第一期(先兆期);第二期(早期);第三期(症状期);第四期(终末期)。

5.诊断:MODS 诊断标准国内外尚不统一。较成熟的 MODS 诊断标准是:诱发因素 + 全身炎性反应综合征(SIRS) + 器官功能不全。即:①存在严重创伤、休克、感染及大量坏死组织存留或重症胰腺炎、病理产科等诱发 MODS 的病史或病因;②存在着持续高代谢、高动力循环和异常耗能等全身过度的炎性反应或脓毒血症的表现及相应的临床症状;③存在 2 个以上器官功能不全,同时还要除外直接暴力所致的原发性器官衰竭。

6.西医治疗

(1)积极控制感染。

(2)改善心脏功能和血液循环。

(3)呼吸支持。

①氧疗:纠正缺氧可采用经面罩持续气道正压吸氧,但大多需借助机械通气吸入氧。

②机械通气:是目前治疗呼吸衰竭的主要手段。

(4)肾功能障碍及衰竭的防治。

(5)急性胃黏膜障碍及衰竭的防治。

(6)保护脑功能及肝脏支持。

(7)营养代谢支持。

7.中医辨证论治

热毒炽盛证——清热解毒,泻火救阴。方药:清瘟败毒饮加减。

热瘀互结证——清热解毒,凉血活血。方药:犀角地黄汤合黄连解毒汤加减。

阳明腑实证——苦寒攻下,通腑泄热。方药:大承气汤加减。

热陷心包证——清心开窍,清热解毒。方药:清营汤加减。

阴阳耗脱证——回阳救逆,益气固脱。方药:四逆汤合生脉散加减。

传染病学

第一单元　传染病学总论

命题考点1　感染与免疫

【历年真题纵览】

A1 型题

1.传染病最常见的感染过程的表现是
　A.潜伏性感染
　B.病原携带状态
　C.显性感染
　D.隐性感染
　E.病原体被清除

参考答案:D

2.熟悉各种传染病的潜伏期,最重要的意义是
　A.有助于诊断
　B.预测疫情
　C.确定检疫期
　D.估计病情严重程度
　E.推测预后

参考答案:C

3.下列关于感染过程的描述,错误的是
　A.病原体与人体相互作用、相互斗争的过程称为感染
　B.感染过程的构成必须具备病原体、人体和外环境三个因素
　C.病原体的致病力包括毒力、侵袭力、病原体数量和变异性
　D.病原体侵入的数量越大,出现显性感染的危险也越大
　E.病原体侵入人体,只要发病就意味着感染过程的开始

参考答案:E

4.下列哪点有利于传染病和其他感染性疾病的鉴别
　A.有无传染性

B.有无宿主
　C.有无致病微生物
　D.微生物在宿主体内寄生和繁殖的能力
　E.临床表现的特点

参考答案:A

5.下面关于感染的描述,错误的是
　A.感染过程中起决定作用的是人体,病原体只有通过人体才能起作用
　B.感染过程的构成必须具备病原体、人体和外环境三个因素
　C.病原体侵入人体,临床上出现相应的症状、体征,则意味着感染过程的开始
　D.病原体侵入的数量越大,出现显性感染的危险也越大
　E.病原体的致病力包括毒力、侵袭力、病原体数量和变异性

参考答案:C

6.病原体侵入人体后能否引起疾病,主要取决于
　A.机体的保护性免疫
　B.病原体的侵入途径与特异性定位
　C.病原体的毒力与数量
　D.机体的天然屏障作用
　E.病原体的致病力与机体的免疫机能

参考答案:E

B1 型题

7.
　A.病原体进入机体后,被非特异性免疫所清除
　B.病原体侵入机体后,仅引起特异性免疫
　C.病原体侵入机体后,既引起特异性免疫,又引起非特异性免疫
　D.病原体侵入机体后,寄生于机体某些部位,被机体免疫功能局限化,机体免疫功能下降时,可引起相应的临床表现
　E.病原体侵入机体后,不引起相应的临床表现,但机体能排出病原体

①上述描述,属病原携带状态的是

②上述描述,属显性感染的是

参考答案:①E　②C

【考点评析】

1.感染的概念:传染又称感染,是寄生物对人体的一种寄生过程。有些寄生物与人体宿主达到了互相适应、互不损坏对方的共生状态。但这种平衡是相对的,当某些因素使得宿主的免疫功能受损(如AIDS)或机械损伤使寄生物离开其固有部位而到达其不习惯的寄生部位,平衡不复存在,则可产生机会感染。

而大多数病原体与人体宿主是不相适应的,因而可以产生各种后果互不相同的感染谱。

2.感染过程的表现:构成传染过程必须具备三个因素:病原体、人体和它们所处的外环境。起决定性作用的是人体,病原体只有通过人体才能起作用。环境因素可以改变病原体的生存条件,而且可以引起它们遗传性质的变异,使之丧失或获得新的对人体的致病能力。

3.在机体与病原体相互作用中,可出现五种表现形式:①病原体被清除;②隐性感染;③显性感染;④病原携带状态;⑤潜伏性感染。

一般来说,隐性感染最多见,病原携带状态次之,显性感染最少,但一旦出现则易识别。

4.感染过程中病原体的作用:病原体侵入人体或能否发病,取决于病原体的致病能力和机体的免疫功能这两个因素。病原体的致病能力与下列因素有关:①侵袭力;②毒力;③数量;④变异性。

命题考点2　传染病流行过程

【历年真题纵览】

A1 型题

1.构成传染过程的必备因素是

　　A.传染源、传播途径和易感人群

　　B.微生物、媒介及宿主

　　C.病原体、人体和它们所处的环境

　　D.寄生虫、中间宿主及终末宿主

　　E.病人、污染物及外界环境

参考答案:A

2.下列哪项不属于传染源

　　A.患者

　　B.病原携带者

　　C.隐性感染者

　　D.易感者

　　E.受感染的动物

参考答案:D

【考点评析】

1.流行过程的基本条件(三环节)

(1)传染源:是指病原体已在体内生长繁殖并能将其排出体外的人和动物,包括患者、隐性感染者、病原携带者和受感染的动物。

(2)传播途径:病原体离开传染源后,到达另一个易感者的途径称为传播途径。传播途径由外环境中各种因素组成:①水、食物、苍蝇传播;②空气、飞沫、尘埃传播;③虫媒传播;④接触传播;⑤血液、体液、血制品传播;⑥土壤传播。

(3)人群易患性:是指人群对某种传染病病原体的易感程度或免疫水平。

2.对某一传染病影响流行过程的因素:①自然因素;②社会因素。

命题考点3　传染病的特征

【历年真题纵览】

A1 型题

1.下列各项,不属传染病基本特征的是

　　A.有病原体

　　B.有感染后免疫性

　　C.有流行病学特征

　　D.有发热

　　E.有传染性

参考答案:D

2.传染病的基本特征是

　　A.有传染性、传染途径和免疫性

　　B.有传染性、免疫性和流行性

　　C.有病原体、免疫性与传染性

　　D.有病原体、免疫性、传染性、流行性、地方性、季节性

　　E.有传染性、流行性、地方性、季节性及暴发性

参考答案:D

3.当新的传染病出现时,我们根据传染病的基本特征采取的相应措施哪项不正确

　　A.及时分离确定其病原体是什么

　　B.及时隔离传染源,采取措施切断传播途径

　　C.确定传染病在不同人群的分布特点,重点

人群加强防护

    D. 尽早研制相应的疫苗

    E. 传染病流行可造成人的恐慌,应加强信息封锁

参考答案:E

【考点评析】

1. 基本特征

(1)有病原体:每一种传染病都是由特异性的病原体所致,包括微生物和寄生虫。

(2)有传染性:这是传染病与其他感染性疾病的主要区别。

(3)有流行病学特征:在自然和社会因素的影响下,传染病的流行过程表现出各种特征。

①强度特征:传染病流行过程中可呈散发、暴发、流行及大流行。

②地区特征。

③季节特征。

④职业特征。

⑤年龄特征。

(4)有感染后免疫性:感染病原体后,能产生针对病原体及其产物(如毒素)的特异性免疫。

2. 临床特征

(1)病程发展的阶段性

①潜伏期。

②前驱期。

③症状明显期:此期该传染病所特有的症状和体征通常都获得充分表达。

④恢复期。

⑤复发与再燃:有些传染病患者进入恢复期后,已稳定退热一段时间,由于潜伏于组织内的病原体再度繁殖至一定程度,使初发的症状再度出现,称为复发,见于伤寒、疟疾等。有些患者在恢复期,体温未稳定下降至正常又再升高,此为再燃。

⑥后遗症:在恢复期结束后机体功能仍未恢复正常,多见于中枢神经系统传染病,如脊髓灰质炎、流行性脑脊髓膜炎、流行性乙型脑炎等。

(2)常见的症状和体征

①发热。

②发疹。

③毒血症状。

④单核-巨噬细胞系统反应。

(3)临床类型:为有助于诊断、判断病情变化及传染病转归等,可将传染病分为各种临床类型。如按照病情分为轻型、中型、重型、极重型。

命题考点 4   传染病的诊断

【历年真题纵览】

A1 型题

1. 对传染病有确诊价值的检查是

    A. 血液常规

    B. 尿常规

    C. 直接检出病原体

    D. 免疫学检测

    E. 生化检查

参考答案:C

【考点评析】

1. 临床资料:包括详询病史及全面体格检查的发现,并加以综合分析。

2. 流行病学资料

3. 实验室检查及其他检查

(1)一般实验室检查:包括三大常规和生化检查:①血液常规;②尿常规;③粪常规;④生化检查。

(2)病原学检查

①直接检出:常用于原虫及蠕虫的检查。有确定诊断价值。

②分离。

(3)分子生物学检测。

(4)免疫学检测。

(5)其他检查:诊断性穿刺、内镜检查、活体组织检查、生物化学检查、X 线检查、超声波检查、放射性核素扫描检查、电子计算机体层扫描(CT)、磁共振成像(MRI)等。

命题考点 5   传染病的治疗

【历年真题纵览】

A1 型题

1. 针对病原体或其毒素的疗法,以清除病原体或对抗毒素,不包括

    A. 化学疗法

    B. 抗生素

    C. 隔离治疗

    D. 免疫疗法、微生态疗法

    E. 血清疗法(如破伤风抗毒素、肉毒杆菌抗毒素等)

参考答案:C

【考点评析】

1. 传染病的治疗原则为治疗、护理与隔离、消毒并重，一般治疗、对症治疗与特效治疗并重。

2. 治疗方法包括一般及支持疗法；病原或特效疗法；对症疗法；康复疗法和中医药疗法。

3. 病原或特效疗法：针对病原体或其毒素的疗法，以清除病原体或对抗毒素，包括化学疗法、抗生素、血清疗法（如破伤风抗毒素、肉毒杆菌抗毒素等）、免疫疗法、微生态疗法。

命题考点 6　传染病的预防

【历年真题纵览】

A1 型题

1. 预防肠道传染病的综合措施中，应以哪一环节为主

　　A. 隔离治疗病人

　　B. 隔离治疗带菌者

　　C. 切断传播途径

　　D. 疫苗预防接种

　　E. 接触者预防服药

参考答案：C

2. 传染病的早期诊断中主要测定血清中的

　　A. 特异的 IgG

　　B. 特异的 IgA

　　C. 特异的 IgM

　　D. 特异的 IgD

　　E. 特异的 IgE

参考答案：C

3. 为保护易感染人群所用各种免疫措施中最重要的是

　　A. 转移因子

　　B. 丙种球蛋白

　　C. 高价免疫球蛋白

　　D. 减毒活疫苗或灭活疫苗

　　E. 中药预防

参考答案：D

B1 型题

4.

　　A. IgA

　　B. IgD

　　C. IgE

　　D. IgG

　　E. IgM

①常在传染病恢复期出现，持续时间较长的抗体是

②感染过程中首先出现，常为近期感染标志的抗体是

参考答案：①D　②E

【考点评析】

传染病的预防包括管理传染源、切断传播途径和保护易感人群。

第二单元　病毒性肝炎

命题考点 1　病原学

【历年真题纵览】

A1 型题

1. 乙型肝炎病毒是

　　A. 双股 DNA 病毒

　　B. 单股 DNA 病毒

　　C. 双股 RNA 病毒

　　D. 单双股 RNA 病毒

　　E. 缺陷 RNA 病毒

参考答案：A

2. 下列哪种肝炎病毒不是 RNA 病毒

　　A. HAV

　　B. HBV

　　C. HCV

　　D. HDV

　　E. HEV

参考答案：B

【考点评析】

甲型肝炎病毒属小 RNA 病毒科嗜肝病毒属；乙型肝炎病毒属嗜肝 DNA 病毒；丙型肝炎病毒为单链 RNA 病毒；丁型肝炎病毒是一种有缺陷的单链 RNA 病毒；戊型肝炎病毒为小 RNA 病毒。

命题考点 2　流行病学

【历年真题纵览】

A1 型题

1. 水源暴发流行的肝炎，最常见的病原是

A. HAV 和 HBV

B. HBV 和 HCV

C. HCV 和 HEV

D. HDV 和 HBV

E. HEV 和 HAV

参考答案:E

2. 当前我国输血后肝炎最重要的病原是

A. HAV

B. HBV

C. HCV

D. HDV

E. HEV

参考答案:C

3. 哪种肝炎病毒,性接触有重要传播作用

A. HAV

B. HBV

C. HCV

D. HDV

E. HEV

参考答案:B

4. 戊型肝炎的主要传播途径是

A. 唾液传播

B. 注射-输血传播

C. 垂直传播

D. 飞沫呼吸道传播

E. 经粪-口途径传播

参考答案:E

5. 一般认为患者病后免疫可维持终身的肝炎是

A. 甲型肝炎

B. 乙型肝炎

C. 丙型肝炎

D. 丁型肝炎

E. 戊型肝炎

参考答案:A

B1 型题

6.

A. 血液传播

B. 飞沫传播

C. 唾液传播

D. 食物传播

E. 蚊虫传播

①乙型肝炎是

②戊型肝炎是

参考答案:①A　②D

【考点评析】

1. 甲、戊型肝炎的传染源主要是急性期患者和亚临床感染者。乙、丙、丁型肝炎的传染源是相应的急、慢性患者及病毒携带者。

2. 甲、戊型肝炎主要经过粪－口传播,病毒随粪便排出,通过污染的手、水、食物等经口感染。乙、丙、丁型肝炎可通过传染源的各种体液传播,包括输血及血制品以及使用污染的注射器或针刺;母婴传播;日常生活密切接触传播;性接触传播。

3. 我国属于甲型及乙型肝炎的高发地区。

```
命题考点3　发病机制及病理
```

【历年真题纵览】

1. 下列哪项是错误的

A. 乙型与丁型肝炎病毒双重感染易致慢性化

B. 重症型肝炎较多见于甲型肝炎

C. 慢性丙型肝炎患者可发展为肝硬化及肝癌

D. 戊肝患者进展为肝硬化者少见

E. 我国婴幼儿期乙型肝炎病毒感染常致慢性乙型肝炎病毒携带

参考答案:B

2. 急性重型肝炎的病理改变,下列哪项是错误的

A. 肝脏体积明显缩小,边缘变薄

B. 质软,包膜皱缩

C. 肝细胞坏死(坏死面积≥肝实质的 2/3),或亚大块性坏死,或桥接坏死

D. 存活肝细胞的重度变性

E. 肝细胞增生成团

参考答案:E

【考点评析】

1. 甲型肝炎病毒在肝细胞内复制的过程中仅引起肝细胞轻微损害,一般不发展为慢性;乙型肝炎病毒感染肝细胞并在其中复制,一般认为并不直接引起肝细胞病变,对肝细胞损伤主要是通过机体一系列免疫应答所造成,其中以细胞免疫为主;丙型和戊型肝炎的发病机制有免疫系统的参与,肝细胞损伤主要是由免疫介导的;HDV 与 HBV 联合感染或重叠感染可加重病情,易发展为慢性肝炎及重型肝炎。

2. 甲型肝炎肝脏病变表现为肝细胞坏死和肝组织炎症反应。乙型肝炎对肝细胞的损害主要是通过免疫应答造成。急性肝炎的肝脏病理表现以气球样

变最常见;慢性肝炎的病理改变主要有炎症、坏死和纤维化。

3.各型肝炎的肝脏病理改变基本相似。各种临床类型的病理改变如下。

(1)急性肝炎:肝脏肿大,表面光滑。镜下可见肝细胞变性和坏死,以气球样变最常见。高度气球样变可发展为溶解性坏死,亦可见到肝细胞嗜酸性变和凝固性坏死。肝细胞坏死可表现为单个或小群肝细胞坏死,伴局部以淋巴细胞为主的炎性细胞浸润。肝窦内库普弗细胞增生肥大。肝细胞再生。

黄疸型肝炎的病理改变与无黄疸型者相似,小叶内淤胆现象较明显。

(2)慢性肝炎。

(3)重型病毒性肝炎

①急性重型肝炎:肝脏体积明显缩小,边缘变薄,质软,包膜皱缩。肝细胞坏死(坏死面积≥肝实质的2/3),或亚大块性坏死,或桥接坏死,伴存活肝细胞的重度变性。

②亚急性重型肝炎:肝脏体积缩小或不缩小,质稍硬,肝脏表面和切面均见大小不等的再生结节。肝组织新旧不一的亚大块坏死;较陈旧的坏死区网状纤维塌陷,并可有胶原纤维沉积;残留肝细胞增生成团;可见大量小胆管增生和淤胆。

③慢性重型肝炎:病变特点表现为在慢性肝病(慢性肝炎或肝硬化)的病变背景上,出现大块性(全小叶性)或亚大块性新鲜的肝实质坏死。

(4)淤胆型肝炎:有轻度急性肝炎的组织学改变,伴以明显的肝内淤胆现象。毛细胆管及小胆管内有胆栓形成,肝细胞浆内亦可见到胆色素淤滞。小胆管周围有明显的炎性细胞浸润。

命题考点4　临床表现

【历年真题纵览】

A1型题

1.下列各项,不属急性重型肝炎典型表现的是
A.黄疸迅速加深
B.出血倾向明显
C.肝肿大
D.出现烦躁、谵妄等神经系统症状
E.急性肾功能不全
参考答案:C

2.甲肝病毒所致急性肝炎的临床表现,通常不包括以下哪一项

A.中低度发热,乏力
B.食欲减退,恶心及厌油
C.部分病人出现黄疸
D.大多数有肝脏肿大和肝区触痛与叩痛
E.常有肝性脑病或可迁延年余
参考答案:E

3.区别病毒性肝炎的临床类型最可靠的依据是
A.病程长短
B.临床症状的轻重
C.血液生化检查结果
D.病毒血清学标志物的检查
E.肝穿刺活检
参考答案:E

4.下列各项,不符合淤胆型肝炎临床表现的是
A.黄疸深
B.自觉症状重
C.皮肤瘙痒
D.大便颜色变浅
E.血清胆固醇升高
参考答案:B

5.病毒性肝炎产生黄疸的原因,不包括下列哪一项
A.肝细胞病损
B.受损肝细胞对胆红素的摄取、结合与排泄功能发生障碍
C.肝外胆管被炎症细胞破坏
D.胆栓形成
E.胆小叶结构有不同程度的破坏,结合胆红素不能正常排入胆小管
参考答案:C

【考点评析】

1.急性肝炎分为急性黄疸型肝炎、急性无黄疸型肝炎,其中黄疸型肝炎临床表现分为黄疸前期、黄疸期和恢复期。

2.慢性肝炎有轻、中、重度的不同。

命题考点5　实验室及其他检查

【历年真题纵览】

A1型题

1.诊断慢性活动型肝炎最有参考价值的肝功能检查是哪一项

A.丙氨酸转氨酶升高

B. 血清碱性磷酸酶升高

C. γ球蛋白明显升高

D. 凝血酶原时间延长

E. γ谷氨酰转肽酶升高

参考答案:C

2. 急性黄疸型甲型肝炎最早出现的肝功能改变是

A. 丙氨酸转氨酶值升高

B. 门冬氨酸转氨酶值升高

C. 血清碱性磷酸酶升高

D. 胆碱酯酶活力升高

E. 血清胆红素升高

参考答案:A

3. 急性乙型肝炎最早出现的血清学标志是

A. HBsAg

B. 抗 HBs

C. HBeAg

D. 抗 HBe

E. 抗 HBc

参考答案:A

4. 关于 HBsAg 与抗 HBs 下列哪项说法是错误的

A. HBsAg 与乙肝病毒常同时存在,是传染性指标之一

B. HBsAg(+)也可能是 HBV 携带者

C. HBsAg 持续存在于急性感染恢复期

D. 抗 HBs(+)表示病人曾感染过 HBV

E. 抗 HBs(+)是一种保护性抗体

参考答案:C

5. 急性乙型肝炎病毒感染的窗口期

A. HBsAg(−),抗 HBs(+),HBeAg(−),抗 HBe(−),抗 HBc(−)

B. HBsAg(+),抗 HBs(−),HBeAg(−),抗 HBe(−),抗 HBc(+)

C. HBsAg(−),抗 HBs(−),HBeAg(−),抗 HBe(−),抗 HBc(+)

D. HBsAg(+),HBeAg(+),抗 HBc(+)

E. HBsAg(+),抗 HBe(+),抗 HBc(+)

参考答案:C

6. 女,30 岁,体检时发现,HBsAg、抗−HBc、抗−HBe 阳性,判断是否有传染性还应做的检查是

A. 肝功能

B. HBV − DNA

C. HBcAg

D. 肝脏 B 超

E. 肝脏 MRI

参考答案:B

7. 下列哪组有关乙型肝炎血清学检查结果提示有较大传染性

A. 抗 HBc 阳性

B. HBsAg 阳性,HBeAg 阳性,抗 HBc 阴性

C. 抗 HBs 阳性,抗 HBe 阳性,抗 HBc 阳性

D. HBsAg 阳性,HBeAg 阳性,抗 HBc 阳性

E. 单纯 HBsAg 阳性

参考答案:D

8. 有关肝炎病毒血清学标志物的意义,下列哪项是正确的

A. 抗 HBC − IgM 可长期限存在

B. 抗 HAV − IgM 阳性可诊断为急性甲型肝炎

C. HBsAg 阳性说明病人有传染性

D. 抗 HCV 阳性为既往感染

E. 抗 HBe 是保护性抗体

参考答案:B

9. HBV 感染进入后期与传染性减低的指标是

A. HBsAg(+)

B. 抗 HBs(+)

C. HBeAg(+)

D. 抗 HBc(+)

E. 抗 HBe(+)

参考答案:E

10. 下列血清标志物中,据哪一项可基本否定慢性丁型肝炎的诊断

A. HBeAg(−)

B. HBsAg(−)

C. HDAg(−)

D. IgM 抗 HDV(−)

E. PCR 检测 HBV − DNA(−)

参考答案:B

11. HBsAg 与 HBeAg 均阳性说明病人

A. 病毒复制强,有传染性

B. 具有免疫力

C. 病情比较稳定

D. 乙肝恢复期

E. 无传染性

参考答案:A

A2 型题

12. 患者,22 岁,食欲减退,乏力,进行性黄疸 8 天,24 小时尿 <200 ml 已 2 天,神志不清 1 天入院。查肝肋下未及, ALT 40 U/L,胆红素 342 μmol/L,HBsAg阳性。哪项指标最及时预测病情变化和预后

A. 血红蛋白定量

B. 血胆红素

C. 血胆固醇量

D. 血凝血酶活性度测定

E. 血 ALT 活性测定

参考答案:D

B1 型题

13.

A. 凝血酶原活性度 <40%

B. 胆红素 > 17.1 μmol/L

C. 碱性磷酸酶明显升高

D. 丙氨酸转氨酶明显升高

E. HPT 逐渐升高

①急性重型肝炎诊断的重要依据是

②急性重型肝炎预后良好的标志是

参考答案:①A ②E

14.

A. HBsAg

B. 抗 HBs

C. HBcAg

D. 抗 HBc

E. 抗 HBe

①感染后最早出现的抗体是

②不游离存在于血液中的标志物是

参考答案:①D ②C

15.

A. HBsAg 阳性

B. HBeAg 阳性

C. 抗 HBe 阳性

D. 抗 HBc 阳性

E. 抗 HBs 阳性

①感染 HBV 后出现保护性抗体的标志是

②HBV 复制活跃的标志是

参考答案:①E ②B

【考点评析】

1. 肝功能检查包括血清胆红素检查、蛋白质测定、凝血酶原时间、血清转氨酶、转肽酶。

2. HBsAg 是感染 HBV 后最早出现的血清学标志,感染 4~7 周血清中开始出现;HBeAg 阳性提示乙肝病毒在体内复制,其传染性最强;抗 HBs 阳性提示对 HBV 产生了免疫力;抗 HBe 持续阳性提示 HBV 复制处于低水平;抗 HBc 阳性且滴度较高提示 HBV 有活动性复制,抗 HBc 阳性且滴度较低提示为过去感染。

命题考点6 诊断与鉴别诊断

【历年真题纵览】

A2 型题

1. 10 岁男孩,近 5 天出现食欲不振、恶心、厌油、乏力、尿黄,第 5 病日出现皮肤巩膜黄染。病前 2 周曾注射过丙种球蛋白。查体:皮肤黄染,肝右肋下 1 cm,脾未扪及,ALT 500 U/L,尿胆红素和尿胆原均阳性,甲型肝炎病毒抗体(IgM 和 IgG 型)阳性,HBsAg阳性。诊断应考虑为

A. 急性甲型肝炎,HBsAg 携带者

B. 急性乙型肝炎,近期感染过甲型肝炎病毒

C. 急性甲型乙型肝炎

D. 被动获得甲型肝炎抗体,急性甲型肝炎,HBsAg 携带者

E. 被动获得甲型肝炎抗体,急性乙型肝炎

参考答案:D

2. 男,28 岁,3 年来反复乏力、纳差、肝区隐痛,血清转氨酶反复升高,胆红素偏高,血清球蛋白升高,类风湿因子阳性。体检:面色灰暗、肝掌及蜘蛛痣,肝右肋下 2 cm,质地中等,脾肋下 0.5 cm。对此病例的诊断应是

A. 慢性迁延性肝炎

B. 慢性活动性肝炎

C. 慢性重型肝炎

D. 胆道感染

E. 类风湿关节炎

参考答案:B

3. 患者,男,40 岁。两胁胀痛,痛无定处,食少纳呆,舌苔薄白,脉弦。实验室检查:血清丙氨酸转氨酶 246 U/L,HBsAg 阳性。其证型是

A. 肝肾阴虚

B. 肝胆湿热

C. 瘀血阻络

D. 脾肾阳虚

E. 肝气郁结

参考答案:E

4. 男,40 岁,反复乏力、纳差、肝区不适 5 年。体查:肝病面容,有多个蜘蛛痣,脾未及,ALT 200 U/L,血清白蛋白 38 g/L,球蛋白 40 g/L,胆红素正常。对本例确诊最有意义的检查是

A. 病毒性肝炎血清学标志物检查

B. 肝功能检查

C. 超声波检查

D. CT 扫描

E. 肝活检病理学检查

参考答案:E

【考点评析】

1. 根据流行病学、临床表现和实验室检查,结合患者的具体情况及动态变化进行综合分析,并根据特异性检查作出病原学诊断。

2. 需与传染性单核细胞增多症、中毒性肝炎、肝外阻塞性黄疸等疾病鉴别。

命题考点7　治疗

【历年真题纵览】

A1 型题

1. 病毒性乙型肝炎抗病毒治疗常用药物是

A. 阿卡明

B. 干扰素

C. 白细胞介素 2

D. 强力宁

E. 猪苓多糖

参考答案:B

A2 型题

2. 男,25 岁。乏力,食欲减退,尿深黄 3 天,神志欠清 1 天入院。体查:体温 36.7℃,脉搏 80 次/分,烦躁,检查不合作,巩膜中度黄染,肝浊音界明显缩小。下列哪项处理不正确

A. 氯丙嗪 25 mg 肌注

B. 肝脑清 500 ml 静滴

C. 谷氨酸钠 23 g + 10% 葡萄糖 500 ml 静滴

D. 20% 甘露醇 100 ml 静注

E. 左旋多巴 400 mg 静滴

参考答案:A

A3 型题

3. 某幼儿园近半个月来连续发现 20 余名 3 ~ 4 岁幼儿精神差,食欲减退,其中 5 人眼睛发黄、发热。

①患者最可能是

A. 甲型肝炎病毒感染

B. 乙型肝炎病毒感染

C. 丙型肝炎病毒感染

D. 丁型肝炎病毒感染

E. 戊型肝炎病毒感染

②为尽快作出诊断,应立即进行哪项检查

A. 血清胆红素

B. 肝炎全套

C. 血清碱性磷酸酶

D. 血清总蛋白

E. 血清胆碱酯酶

③对于该幼儿园的幼儿,下列哪项处理最为合适

A. 立即口服抗病毒中成药

B. 立即检查肝功能

C. 立即注射甲肝疫苗

D. 立即注射乙肝疫苗

E. 立即注射免疫球蛋白,然后注射甲肝疫苗

参考答案:①A ②B ③E

【考点评析】

1. 目前尚无特效疗法。病毒性肝炎临床表现多样,变化多端,要根据不同的病原、不同的临床类型及组织学损害区别对待。

2. 急性肝炎的治疗

(1)休息。

(2)饮食:进易消化、维生素含量丰富的清淡饮食。

(3)药物治疗:恶心呕吐者可予以胃动力药;食欲不振者可加用多酶片、酵母片等;黄疸持续不退者可考虑中医中药治疗,或用门冬氨酸钾镁注射液治疗。酌情选用 1 ~ 2 种保肝药物保肝治疗。

3. 慢性肝炎的治疗

(1)休息。

(2)饮食:宜进蛋白质及维生素含量丰富的饮食,忌酒。

(3)抗病毒治疗:是慢性肝炎的主要治疗手段。

①干扰素(IFN):目前常用的多为 α-IFN,具有抗病毒及免疫调节作用。用法:一般皮下或肌内注射给药。常用剂量为 3 ~ 5 MU/qod。疗程:慢乙肝 12 个月;慢丙肝为 6 ~ 12 个月或更长。

②核苷类似物:常用的有替比夫定、恩替卡定、拉米夫定、阿德福韦等。

③病毒唑(利巴韦林):目前认为其抗病毒作用机制属免疫调节作用,单用病毒唑治疗无效,与 α-IFN 合用可增加丙型肝炎的疗效。

④免疫调节疗法:胸腺素、特异性免疫核糖核酸、转移因子、左旋咪唑等均有调节免疫作用,可试用治疗慢性乙型肝炎。

4. 重型肝炎的治疗:主要措施是加强护理,进行监护,密切观察病情。加强支持疗法,维持水和电解质平衡,补给新鲜血液或血制品、含高支链氨基酸的多种氨基酸,抑制炎症坏死及促肝细胞再生。改善

肝微循环,降低内毒素血症,预防和治疗各种并发症(如肝性脑病、脑水肿、大出血、肾功能不全、继发感染、电解质紊乱、腹水及低血糖等)。有条件时可进行人工肝支持及肝移植。

命题考点8 预防

【历年真题纵览】

1.某护士在给一 HBsAg、HBeAg 阳性患者采血时,不幸刺破手指。下列哪项处理最为重要
    A.立即酒精消毒
    B.接种乙肝疫苗
    C.肌注高价乙肝免疫球蛋白
    D.肌注高价乙肝免疫球蛋白, 2 周后接种乙肝疫苗
    E.定期复查肝功能和 HBV-DNA
参考答案:D

【考点评析】

预防包括管理传染源、切断传播途径和保护易感人群。急性甲型及戊型肝炎自发病之日起隔离3周。

第三单元 流行性出血热

命题考点1 病原学

【历年真题纵览】

A1 型题

1.对流行性出血热病毒描述不正确的是
    A.属布尼亚病毒科的一个新属,称为汉坦病毒属
    B.为 RNA 病毒
    C.为 DNA 病毒
    D.在宿主动物中表现为隐性持续感染,无明显病变及症状
    E.对乙醚等脂性溶剂很敏感,易被紫外线及 γ 射线灭活
参考答案:C

【考点评析】

流行性出血热病毒属 RNA 病毒,自然携带该病毒的主要是小型啮齿动物,人不是本病的主要传染源。

命题考点2 流行病学

【历年真题纵览】

A1 型题

1.以鼠类为主要传染源的传染性疾病是
    A.流行性脑脊髓膜炎
    B.传染性非典型肺炎
    C.流行性出血热
    D.霍乱
    E.细菌性痢疾
参考答案:C

2.下列有关流行性出血热的描述,正确的是
    A.发病以青少年为主
    B.一般不经呼吸道传播
    C.无明显季节性
    D.所有患者均有五期经过
    E.可有母婴传播
参考答案:E

【考点评析】

1.流行性出血热病毒属 RNA 病毒,自然携带该病毒的主要是小型啮齿动物,人不是本病的主要传染源。

2.病毒能通过宿主动物的血及唾液、尿、便等排出体外,可以通过接触传播、呼吸道传播、消化道传播、虫媒传播和垂直传播途径传播。

3.人群普遍易感,病后在发热期即可检出血清特异性抗体,2 周可达到高峰。

命题考点3 发病机制与病理

【历年真题纵览】

A1 型题

1.流行性出血热病毒进入人体后随血流首先感染
    A.血小板、血管内皮细胞和单核细胞等
    B.脾
    C.骨髓
    D.肝
    E.肺
参考答案:A

【考点评析】

1.流行性出血热病毒进入人体后随血流首先感

染血小板、血管内皮细胞和单核细胞等,然后进入骨髓、肝、脾、肺、淋巴等组织进一步增殖后,病毒大量进入血流引起病毒血症。病毒感染是泛嗜性的,可通过多种机制引起机体多脏器损伤。

2.流行性出血热的基本病理改变是小血管内皮细胞肿胀、变性、坏死,管腔内微血栓形成,周围组织水肿和出血。

命题考点4　临床表现

【历年真题纵览】

A1 型题

1.流行性出血热早期休克最主要的原因是

A.大出血

B.DIC

C.脱水

D.血浆大量渗出,血容量下降

E.继发细菌感染

参考答案:D

2.下列各期,流行性出血热患者可出现“三痛”症状的是

A.发热期

B.低血压期

C.少尿期

D.多尿期

E.恢复期

参考答案:A

3.流行性出血热常有典型的“三痛”指

A.头痛、腰痛、眼眶痛

B.头痛、背痛、眼眶痛

C.头痛、腰痛、腿痛

D.腰痛、腿痛、牙痛

E.腰痛、腿痛、前额痛

参考答案:A

4.流行性出血热早期出血的主要原因是

A.弥散性血管内凝血

B.凝血因子缺乏

C.血小板减少

D.血中肝素类物质增多

E.全身小血管壁损害及血小板减少

参考答案:E

5.流行性出血热患者全身各组织器官都可有充血、出血、变性、坏死,表现最为明显的器官是

A.心

B.肺

C.肾

D.脑垂体

E.大肠

参考答案:C

A2 型题

6.女,19 岁,农民。12 月在水利工地上突起发热,伴头痛、眼眶痛、腰痛。病程第 4 日就诊时热已退,血压偏低、球结膜水肿、出血,胸背部见条索点状瘀点。前一日 24 小时尿量 340 ml。该病例最可能的诊断是

A.败血症

B.血小板减少性紫癜

C.流行性出血热

D.钩体病

E.急性肾小球肾炎

参考答案:C

7.32 岁男性患者,因发热、腰痛 5 天,无尿 2 天以“流行性出血热”入院。入院后经利尿、纠酸等治疗未见好转。目前烦躁不安,眼睑浮肿,脸潮红,体表静脉充盈,血压 23/12 kPa,心率 120 次/分,律齐,应考虑是

A.心力衰竭

B.肾脏脑病

C.高血压脑病

D.高血容量综合征

E.肺实质弥漫性出血

B1 型题

8.

A.黏液脓血便

B.四肢抽搐,顽固性呕吐

C.皮肤黏膜出血点

D.发热,盗汗

E.腹泻,呕吐

①霍乱的典型表现是

②流行性出血热的典型表现是

参考答案:①E　②C

9.

A.心源性休克

B.内失血浆性休克

C.感染中毒性休克

D.失水性休克

E.失血性休克

①中毒型菌痢的休克属于

②流行性出血热的休克属于

参考答案:①C ②B

【考点评析】

1. 流行性出血热的临床过程分为发热期、低血压休克期、少尿期、多尿期、恢复期。

2. 在发热期特征性表现为头痛、腰痛、眼眶痛（三痛症），颜面、颈、上胸潮红（三红征），球结膜、咽部、舌质充血鲜红或出血(黏膜三红征)。

3. 在低血压休克期的特点是热退病情反而加重。

命题考点5 实验室检查

【历年真题纵览】

A1 型题

1. 下列哪一型并非属于流行性出血热早期实验室检查的典型结果

    A. 外周血白细胞总数增多

    B. 外周血异常淋巴细胞增多

    C. 血小板数减低

    D. 血红蛋白明显减低

    E. 尿蛋白阳性

参考答案:D

B1 型题

2.

    A. 伤寒

    B. 中毒型菌痢

    C. 流行性乙型脑炎

    D. 急性病毒性肝炎

    E. 流行性出血热

①血中白细胞增多,血小板明显较少,多见于

②血中白细胞增多,异型淋巴细胞比例常高于10%,多见于

参加答案:①E ②E

【考点评析】

1. 在病后第 2 日可出现尿蛋白,部分患者尿中有膜状物。

2. 发热期始有血小板降低。

3. 血清特异性抗体 IgM 在第 1 病日即可阳性,第 3 病日阳性率近 100%。

命题考点6 诊断与鉴别诊断

【历年真题纵览】

A1 型题

1. 确诊流行性出血热的依据是

    A. 鼠类接触史

    B. 全身感染和中毒症状

    C. "三痛"和"三红"征

    D. 特异性 IgM 抗体滴度升高

    E. 异型淋巴细胞增多

参考答案:D

A2 型题

2. 男,35 岁。因发热、咳嗽、头痛、腰痛 4 天,体温在 39 ~ 40℃ 之间。查体:面部潮红,眼球结膜水肿,软腭有充血和出血点。化验:血常规 WBC 12 × 10^9/L,中性 89%,血小板 50 × 10^9/L,尿常规除蛋白(+++)外,余无异常。医生首先考虑的诊断是

    A. 急性上呼吸道感染

    B. 流行性感冒

    C. 急性肾炎

    D. 流行性出血热

    E. 急性支气管炎

参考答案:D

【考点评析】

1. 根据流行病学资料、临床表现、常规检查、病原学检查等可明确诊断。

2. 病原学检查方面,血清特异性抗体 IgM 阳性;血或尿标本病毒抗原或病毒 RNA 阳性可确诊。

3. 在本病的发热期应与上呼吸道感染、流感、流脑等鉴别;低血压休克期应与中毒型菌痢、休克型肺炎等鉴别,出血倾向明显者应与血小板减少性紫癜等鉴别;以急性肾衰少尿为主要表现者应与急性肾小球肾炎等鉴别。

命题考点7 治疗

【历年真题纵览】

A2 型题

1. 一流行性出血热患者,第 9 病日尿量 80 ml,血压 24/16 kPa,脉洪大,面浮肿,体表静脉充盈,两肺底散在少许湿啰音。此时治疗上应采取下列何项

措施

　　A.改用平衡盐液静滴、降压、促进利尿、导泻

　　B.采用等渗糖溶液静滴、降压、利尿

　　C.纠正酸中毒,静滴利尿药和扩血管药

　　D.严格控制液体入量,加强利尿导泻,必要时放血或血透

　　E.应用甘露醇利尿

参考答案:D

A3 型题

2.23 岁男性农民,11 月份因发热、头痛、呕吐 3 天为主诉入院。体检:面颈部潮红,双腋下少许出血点。化验:尿常规蛋白(++),红细胞 3 ~ 10 个/HP,末梢血象:WBC 23.0 × 10⁹/L,异型淋巴 10% , PLT 48 ×10⁹/L。

①该患者的诊断可能为

　　A.钩端螺旋体病

　　B.流行性乙型脑炎

　　C.流行性脑脊髓膜炎

　　D.流行性出血热

　　E.胆囊炎

参考答案: D

②住院 2 天后,热退但症状加重,出血点增加,四肢厥冷,脉搏细弱,BP:80/60 mmHg。此时对该患者的治疗原则首先是

　　A.积极补充血容量

　　B.以应用血管活性药物为主

　　C.以应用激素为主

　　D.以纠正酸中毒为主

　　E.以输入胶体液为主

参考答案: A

【考点评析】

　　1.发热期治疗原则为早发现、早休息、早治疗及就近治疗,把好休克、出血、肾衰和继发感染四关。

　　2.低血压休克期的治疗原则为补充血容量、纠正酸中毒、改善微循环、维护重要脏器的功能等。

　　3.少尿期治疗关键是防治肾衰竭及其并发症。多尿期治疗主要是注意水电解质平衡,防治继发感染。

命题考点 8　预防

【历年真题纵览】

A1 型题

1.对流行性出血热的预防不包括

　　A.疫情监测

　　B.灭鼠防鼠

　　C.注意休息、加强营养

　　D.加强食品卫生管理

　　E.注意个人防护和疫苗注射

参考答案:C

【考点评析】

　　对本病的预防包括疫情监测、灭鼠防鼠、加强食品卫生管理、注意个人防护和疫苗注射。

第四单元　艾滋病

命题考点 1　病原学

【历年真题纵览】

A1 型题

1.对人类免疫缺陷病毒描述不正确的是

　　A.RNA 病毒

　　B.外有类脂包膜

　　C.对物理因素的抵抗力不强

　　D.不耐酸而较耐碱

　　E.对紫外线敏感

参考答案: E

【考点评析】

　　引起艾滋病(AIDS)的病原体是人类免疫缺陷病毒(HIV),是一种 RNA 病毒。该病毒对物理因素的抵抗力不强,血液内的病毒室温下可存活 15 天。它不耐酸而较耐碱。加热 56℃ 30 分钟和一般消毒剂如 0.5% 次氯酸钠、5% 甲醛、70% 乙醇、2% 戊二醛等均可灭活,但对紫外线不敏感。

命题考点 2　流行病学

【历年真题纵览】

A1 型题

1.下列哪项不能传播 AIDS

　　A.性接触

　　B.输血

　　C.母婴传播

　　D.器官移植

　　E.接触传播

参考答案：E

2. 艾滋病的传染下列哪一项未被证实
 A. 急性感染期的病人
 B. 血清抗 HIV 阳性者
 C. 隐性感染者/无症状感染者
 D. 已感染 HIV 的动物
 E. 有机会性感染的晚期病人

参考答案：D

【考点评析】

1. 艾滋病患者和无症状 HIV 感染者都是传染源，血液、精液和阴道分泌物能传播 HIV。

2. AIDS 可通过性传播、血液或血液制品传播，其中包括器官或组织移植传播、母婴传播。

3. 人群对本病普遍易感。目前我国已进入艾滋病的快速增长期。

命题考点 3　发病机制与病理

【历年真题纵览】

A1 型题

1. HIV-I 型的靶细胞不包括
 A. CD4$^+$T 细胞（主要为 TH 细胞）
 B. CD8$^+$T 细胞
 C. 单核细胞和巨噬细胞
 D. B 细胞
 E. 肺泡巨噬细胞

参考答案：B

【考点评析】

HIV 经皮肤或黏膜侵入机体后，随即进入血液循环或淋巴系统，侵入 CD4$^+$ 细胞内，在细胞内处于低水平复制的潜伏状态，当受到某种因素激活后开始大量复制，以芽生的方式释放病毒，再感染更多的靶细胞。HIV 可致细胞溶解或死亡。随着 TH 细胞的不断减少，免疫功能障碍逐渐显露出来，最终是整个免疫系统的调节紊乱与功能破坏，出现机会感染与恶性肿瘤。具有 CD$^+$ 抗原的细胞为 HIV-I 型的靶细胞，包括 CD4$^+$T 细胞（主要为 TH 细胞）、10% ~ 20% 的单核细胞和巨噬细胞、5% ~ 10% 的 B 细胞、中枢神经系统的胶质细胞、神经元细胞和肺泡巨噬细胞等。

命题考点 4　临床表现

【历年真题纵览】

A1 型题

1. 下列各项，不属艾滋病典型表现的是
 A. 口咽念珠菌感染
 B. 长期发热
 C. 头痛，进行性痴呆
 D. 皮肤黏膜出血
 E. 慢性腹泻

参考答案：E

2. 艾滋病的潜伏期，通常在下列哪个范围
 A. 1 ~ 2 个月
 B. 1 ~ 2 个月（平均 40 天）
 C. 3 ~ 5 天
 D. 6 ~ 12 周
 E. 2 ~ 10 年（平均 5 年）

参考答案：E

3. 下列哪项不是艾滋病期的表现
 A. 卡波西肉瘤
 B. 脉络膜视网膜炎
 C. 持续性淋巴结肿大
 D. 消化道感染
 E. 呼吸道感染

参考答案：C

【考点评析】

1. 急性感染期可持续 3 ~ 4 天，表现为发热、乏力、咽痛等类似上呼吸道感染。

2. 无症状感染期可持续 2 ~ 10 年或更久，患者无任何临床症状。

3. 艾滋病前期可有淋巴结肿大、全身不适、肌肉疼痛、各种感染等。

4. 艾滋病期发生各种机会性感染和各种恶性肿瘤。

命题考点 5　实验室检查

【历年真题纵览】

A1 型题

1. 在感染 HIV 后抗-HIV 由阴转阳的最早时间是
 A. 感染后 2 ~ 6 周
 B. 感染后 2 ~ 6 个月

C. 持续性全身淋巴结肿大期

D. 合并卡氏肺孢子虫肺炎时

E. 合并卡波西肉瘤时

参考答案：A

【考点评析】

1. 实验室检查白细胞总数常减少，淋巴细胞绝对值下降。

2. 抗-HIV 初筛试验阳性并经确认试验证实，为诊断 HIV 感染的必要条件。

3. 免疫学检测中 $CD4^+$ 细胞计数是 HIV 感染进程及指导治疗的指标，感染者应每 6 个月检查一次，还有针对机会感染和恶性肿瘤的其他检查。

命题考点 6 诊断

【历年真题纵览】

A1 型题

1. 男，40 岁，因反复机会性感染入院。检查发现患者伴发卡波西肉瘤，诊断应首先考虑

A. 先天性胸腺发育不全

B. 腺苷脱氨酶缺乏症

C. X 性连锁低丙球血症

D. 艾滋病

E. 选择性 IgA 缺乏症

参考答案：D

2. 确定某人为艾滋病病毒感染者时，哪一条必不可少

A. 有可能感染的病史

B. 有血清抗 HIV 阳性

C. 自病人血液分离出 HIV

D. 有一定特殊的临床症状

E. 有发生机会性感染或恶性肿瘤的表现

参考答案：B

【考点评析】

艾滋病病例有确诊病例和疑似病例，HIV 抗体呈阳性，并具备临床症状之一和流行病学史的病人才能确诊。

命题考点 7 治疗

【历年真题纵览】

A1 型题

1. 不能用于艾滋病治疗的抗病毒药物是

A. 齐多夫定

B. 双脱氧胞苷

C. 双脱氧肌苷

D. 阿糖腺苷

E. 拉米夫定

参考答案：D

2. 艾滋病的治疗涉及多个方面，当前哪一条为实际进行的

A. 抗病毒治疗、免疫治疗与并发症治疗并重

B. 以并发症（感染、肿瘤）治疗为主

C. 以免疫治疗为主，兼顾抗病毒治疗与并发症治疗

D. 以对症治疗为主，兼顾抗病毒治疗

E. 以对症、支持治疗为主，兼顾对并发症的治疗

参考答案：A

【考点评析】

治疗原则主要是抑制病毒在体内复制，并注意各种机会感染及恶性肿瘤。抗病毒治疗、免疫治疗、机会感染和恶性肿瘤的支持治疗及对症治疗、预防性治疗。

命题考点 8 预防

【历年真题纵览】

A1 型题

1. 预防艾滋病的措施很多，但不包括下列哪一项

A. 加强对艾滋病病人的治疗护理，限制其传染性

B. 对艾滋病病人隔离，限制其学习与工作

C. 加强对艾滋病病人的教育，杜绝其性乱行为

D. 加强对献血人员的管理，防止 HIV 感染者献血

E. 禁止艾滋病感染者结婚

参考答案:B

【考点评析】

预防包括管理传染源、切断传播途径,如提倡使用避孕套,禁止吸毒,严格使用血及血制品等。保护易感人群。

第五单元　传染性非典型肺炎

命题考点 1　病原学

【历年真题纵览】

A1 型题

1. 紫外线照射多长时间可杀死 SARS 病毒

　A. 30 分钟

　B. 60 分钟

　C. 90 分钟

　D. 120 分钟

　E. 180 分钟

参考答案:B

【考点评析】

SARS 病毒对温度敏感,75℃ 加热 30 分钟能够灭活病毒。75% 乙醇作用 5 分钟可使病毒失去活力,含氯消毒剂作用 5 分钟可以灭活病毒。紫外线照射 60 分钟可杀死病毒。

命题考点 2　流行病学

【历年真题纵览】

A1 型题

1. "非典"的主要传播途径是

　A. 经空气飞沫传播

　B. 经消化道传播

　C. 经接触传播

　D. 性传播

　E. 血液传播

参考答案:A

B1 型题

2.

　A. 空气

　B. 水、食物

　C. 蚊虫

　D. 土壤

　E. 母婴

①传播 SARS 的是

②传播流脑的是

参考答案:①A　②A

【考点评析】

1. 传染性非典型肺炎(SARS)主要传播途径是直接接触患者的呼吸道分泌物。

2. 人群普遍易感。主要流行于冬季。病毒由呼吸道进入人体,在呼吸道黏膜上皮内复制,进一步引起病毒血症。

命题考点 3　发病机制与病理

【历年真题纵览】

A1 型题

1. SARS 主要病理特点不包括

　A. 透明膜形成

　B. 肺间质淋巴细胞浸润

　C. 肺间质中性粒细胞浸润

　D. 肺泡腔中肺细胞脱屑性改变

　E. 肺水肿

参考答案:C

【考点评析】

SARS 主要累及肺和免疫器官如脾和淋巴结,肺的病理变化是不同程度的肺实变和肺泡损伤。主要病理特点:透明膜形成,肺间质淋巴细胞浸润,肺泡腔中肺细胞脱屑性改变。早期阶段肺水肿伴透明膜形成。随着病变的进展,在病程超过 3 周的病例常可见到肺泡内渗出物的机化、透明膜的机化和肺泡间隔的纤维母细胞增生。肺泡上皮及渗出的单核细胞胞内可见病毒包涵体。

命题考点 4　临床表现

【历年真题纵览】

A1 型题

1. 传染性非典型肺炎的潜伏期一般为

　A. 1~3 天

　B. 2~10 天

　C. 5~7 天

　D. 14 天

E. 1 个月

参考答案:B

2. SARS 的首发症状是

A. 发热

B. 咳嗽

C. 腹泻

D. 胸闷

E. 鼻塞

参考答案:A

【考点评析】

1. 潜伏期为 1～14 天,一般为 2～10 天。

2. 起病急,常以发热为首发和主要症状。进入进展期,通常难以用退热药控制高热,病程为 1～2 周,可有咳嗽、胸闷甚至呼吸窘迫等。

3. 体征不明显,部分患者可有少许湿啰音。

4. 临床分为早期、进展期和恢复期。

命题考点 5 辅助检查

【历年真题纵览】

A1 型题

1. 能可靠反映传染性非典型性肺炎病程进展的检查手段是

A. CT 检查

B. B 超检查

C. 血清检查

D. X 线胸片

E. 病毒分离培养

参考答案:D

【考点评析】

1. 实验室检查包括外周血象、T 细胞亚群检测、血生化检查、SARS 抗体检查。

2. 胸部 X 线或 CT 检查基本影像表现为磨玻璃密度影像和肺实变影像。

命题考点 6 诊断

【历年真题纵览】

A1 型题

1. 下列与传染性非典型性肺炎诊断有关的描述,错误的是

A. 疑似诊断病例

B. 临床诊断病例

C. 医学观察病例

D. 重症传染性非典型肺炎

E. 轻型传染性非典型肺炎

参考答案:E

2. 临床诊断某病人患传染性非典型肺炎必须要有的依据是

A. 血白细胞降低

B. 抗菌药物治疗无效

C. 刚从"非典"疫区返回

D. 临床症状体征和胸部影像学改变

E. 用激素治疗后病情缓解

参考答案:D

【考点评析】

1. 根据流行病学史、临床症状和体征、一般实验室检查、胸部 X 线影像学改变,配合 SARS 病原学检测,排除其他类似的疾病,可以作出 SARS 的诊断。具有临床症状和出现肺部 X 线影像改变,是诊断 SARS 的基本条件。

2. 分为临床诊断、确定诊断、疑似病例和医学观察病例。

命题考点 7 治疗

【历年真题纵览】

A1 型题

1. "非典"治疗的重点应放在

A. 用干扰素抗病毒治疗

B. 用特异性免疫球蛋白

C. 合理使用糖皮质激素基础上的综合治疗

D. 补充大量维生素

E. 止咳

参考答案:C

【考点评析】

1. 目前缺少针对病因的特效治疗,临床上应以对症支持治疗和针对并发症的治疗为主。

2. 糖皮质激素的使用目的在于抑制异常的免疫病理反应,改善机体的一般状况,减轻肺的渗出、损伤,防止或减轻后期的肺纤维化。

3. 抗病毒治疗的疗效有待进一步确定,利巴韦林,800～900 mg/d,3～7 天。

命题考点8　预防

【历年真题纵览】

A1 型题

1. 根据传染病防治法,SARS 的管理应
   A. 按甲类管理
   B. 按乙类管理
   C. 按丙类管理
   D. 各级医疗机构自行决定
   E. 各省级卫生管理机构自行决定

参考答案:A

【考点评析】

SARS 是按照甲类传染病管理的传染病之一。预防要早发现、早报告、早隔离、早治疗患者。

第六单元　流行性脑脊髓膜炎

命题考点1　病原学

【历年真题纵览】

A1 型题

1. 流行性脑脊髓膜炎的病原体是哪种
   A. 肺炎球菌
   B. 流行性感冒杆菌
   C. 乙型溶血性链球菌
   D. 金黄色葡萄球菌
   E. 脑膜炎球菌

参考答案:E

2. 我国流行性脑脊髓膜炎当前主要流行菌群是
   A. A 群为主,B 群次之,C 群局部地区出现
   B. B 群为主,A 群次之
   C. C 群为主,D 群次之
   D. C 群为主,B 群次之
   E. D 群为主,A 群次之

参考答案:A

【考点评析】

流行性脑脊髓膜炎是由脑膜炎球菌引起的急性化脓性脑膜炎。脑膜炎球菌属于奈瑟菌属,仅存于人体,以 C 型血清群毒力较强。我国和非洲以 A 群为主,但已有 B、C 群的出现及增多的趋势。

命题考点2　流行病学

【历年真题纵览】

A1 型题

1. 造成流行性脑脊髓膜炎大流行的因素主要是
   A. 菌群毒力增强
   B. 菌群变异
   C. 带菌者增多
   D. 人群免疫力下降,新的易感者逐渐累积增加
   E. 细菌产生耐药性造成流行性

参考答案:D

2. 流行性脑脊髓膜炎的主要传播途径是
   A. 呼吸道传播
   B. 血液传播
   C. 接触传播
   D. 虫媒传播
   E. 消化道传播

参考答案:A

B1 型题

3.
   A. 12 月~1 月
   B. 2 月~4 月
   C. 5 月~6 月
   D. 7 月~9 月
   E. 10 月~12 月

①菌痢多见于
②流脑好发于

参考答案:①D　②B

4.
   A. 空气传播
   B. 水和食物源传播
   C. 虫媒传播
   D. 血液和体液传播
   E. 母婴传播

①流行性脑脊髓炎的传播途径与上述哪项有关
②霍乱的传播途径与上述哪项有关
③丙型肝炎传播途径与上述哪项有关

答案:①A　②B　③D

【考点评析】

1. 带菌者和患者为传染源。
2. 空气传播。
3. 任何年龄均可发病,冬春季发病较多,主要发

生于15岁以下的儿童。

命题考点3　发病机制及病理

【历年真题纵览】

A1型题

1.流行性脑脊髓膜炎败血症期患者皮肤瘀点的主要病理基础是

A. 血管脆性增强

B. 播散性血管内凝血(DIC)

C. 血小板减少

D. 小血管炎致局部坏死及栓塞

E. 凝血功能障碍

参考答案:D

B1型题

2.

A. 肠毒素

B. 细胞毒素

C. 神经毒素

D. 内毒素

E. 类毒素

①霍乱发病主要由哪项引起

②流脑发病主要由哪项引起

参考答案:①A　②D

【考点评析】

1. 引起脑膜炎和暴发性脑膜炎的物质主要是细菌释放的内毒素。

2. 流脑的基本病变是血管内皮损害,小血管和毛细血管内皮肿胀、坏死和出血,中性粒细胞浸润。

命题考点4　临床表现

【历年真题纵览】

A1型题

1.流行性脑脊髓膜炎暴发休克型的主要临床表现,下列哪项是错误的

A. 寒战、高热、中毒症状严重

B. 散在皮肤瘀点

C. 周围循环衰竭

D. 脑脊液此时多澄清

E. 尿量减少或无尿

参考答案:B

2.高热、头痛、呕吐,全身皮肤散在瘀点,烦躁不安,最可能的诊断是

A. 结核性脑膜炎

B. 流行性脑脊髓膜炎

C. 流行性乙型脑炎

D. 伤寒

E. 中毒性细菌性痢疾

参考答案:B

【考点评析】

1. 普通型分为上呼吸道感染期、败血症期、脑膜炎期。

2. 暴发型包括败血症休克型、脑膜脑炎型、混合型。

命题考点5　实验室检查

【历年真题纵览】

A1型题

1.不支持流行性脑脊髓膜炎诊断的脑脊液检查是

A. 外观混浊呈脓性

B. 蛋白质含量高

C. 细胞数 $<0.5 \times 10^9/L$,以单个核细胞为主

D. 糖含量明显减少

E. 氯化物含量减少

参考答案: C

B1型题

2.

A. 肥达反应

B. 粪便培养

C. 血培养

D. 粪便镜检

E. 胆汁培养

①确诊流脑常用的检查是

②确诊菌痢常用的检查是

参考答案:①C　②B

【考点评析】

实验室检查包括血象、脑脊液检查(脑脊液混浊似米汤样,细胞数升高,以中性粒细胞为主,蛋白显著增高)、细菌学检查、免疫学检查等。

命题考点6　诊断与鉴别诊断

【历年真题纵览】

A1 型题

1. 流行性脑脊髓膜炎与其他化脓性脑膜炎具有很大鉴别意义的是

    A. 意识障碍的出现和程度

    B. 生理反射异常及出现病理反射

    C. 皮肤瘀点、瘀斑

    D. 发病季节

    E. 颅内压增高程度

参考答案：C

A2 型题

2. 男，4岁，3月4日入院。发热，头痛，皮疹近2天，突发精神极度萎靡，皮肤瘀斑增多融合成片，面色苍白，四肢厥冷，脉搏细速，血压11/6 kPa，脑膜刺激征阴性。考虑最有可能的诊断是

    A. 流行性脑脊髓膜炎普通型

    B. 暴发性流行性脑脊髓膜炎休克型

    C. 金黄色葡萄球菌败血症

    D. 流行性乙型脑炎

    E. 肾综合征出血热

参考答案：B

3. 女，9岁，学生。1月底因突起高热、剧烈头痛、恶心伴非喷射性呕吐1次入院。体检：神清，全身皮肤散在瘀点、瘀斑，颈项抵抗，心率120次/分，两肺无异常，腹软无压痛。化验检查：血白细胞计数$20 \times 10^9/L$，中性粒细胞0.89，淋巴细胞0.05，单核细胞0.06。最可能的诊断是

    A. 伤寒

    B. 流行性脑脊髓膜炎

    C. 结核性脑膜炎

    D. 流行性乙型脑炎

    E. 病毒性脑炎

参考答案：B

【考点评析】

1. 根据流行病学资料、临床表现如突发高热、头痛、呕吐等以及实验室检查可诊断。

2. 本病要与其他化脓性脑膜炎、结核性脑膜炎等鉴别。

命题考点7　治疗

【历年真题纵览】

A1 型题

1. 我国治疗普通型流行性脑脊髓膜炎的首选药物是

    A. 青霉素 G

    B. 磺胺嘧啶

    C. 氯霉素

    D. 氨苄西林

    E. 庆大霉素

参考答案：A

2. 流行性脑脊髓膜炎脑膜脑炎型病人出现昏迷、潮式呼吸和瞳孔不等大时，主要抢救措施是

    A. 肌内注射苯巴比妥钠

    B. 20%甘露醇液静脉推注

    C. 注射山梗菜碱

    D. 立即行气管切开

    E. 使用人工呼吸机

参考答案：B

B1 型题

3.

    A. 青霉素 G

    B. 红霉素

    C. 氯霉素

    D. 诺氟沙星

    E. 林可霉素

①流行性脑脊髓膜炎抗菌治疗，应首选的药物是

②细菌性痢疾抗菌治疗，应首选的药物是

参考答案：①A　②D

【考点评析】

1. 治疗包括一般治疗；抗菌治疗；对症治疗。

2. 对于普通型流脑的抗菌药物治疗，青霉素是首选药物，在脑脊液中的浓度为血液浓度的10%～30%，大剂量注射可使脑脊液达到有效浓度。

3. 暴发型流脑的治疗

（1）暴发型败血症休克型的治疗：包括抗菌治疗、抗休克治疗、抗凝治疗。

（2）暴发型脑膜炎的治疗：交替或反复应用20%甘露醇或25%山梨醇等脱水剂降低颅内压；应用糖皮质激素以减轻毒血症、降低颅内压；对于高

热、频繁惊厥及有明显脑水肿者可用亚冬眠疗法;对呼吸衰竭应以防治脑水肿为主。

命题考点8　预防

【历年真题纵览】

A1 型题

1.密切接触者应医学观察

　A.3 日

　B.7 日

　C.10 日

　D.14 日

　E.21 日

　参考答案:B

【考点评析】

在预防方面有药物和菌苗预防,有 A 群和 C 群多糖体疫苗。

早发现、早隔离患者(呼吸道隔离)。隔离至症状消失后 3 日或病后不少于 7 日;密切接触者应医学观察 7 日。

第七单元　伤　寒

命题考点1　病原学

【历年真题纵览】

A1 型题

1.伤寒杆菌的病原学特点哪项正确

　A.属沙门菌属的 A 群

　B.革兰染色阴性,产生芽孢,有荚膜

　C.有菌体(O)抗原、鞭毛(H)抗原,部分细菌有菌体表面(Vi)抗原

　D.Vi 抗原抗原性强,产生 Vi 抗体滴度高,持续时间长

　E.到目前为止,我国未发现耐氯霉素的伤寒杆菌株

　参考答案:C

【考点评析】

伤寒杆菌属于沙门菌属中的 D 族,革兰阴性短杆菌,有鞭毛,能活动。

命题考点2　流行病学

【历年真题纵览】

A1 型题

1.伤寒杆菌致病的主要因素是

　A.内毒素

　B.肠毒素

　C.外毒素

　D.神经毒素

　E.细胞毒素

　参考答案:A

【考点评析】

1.患者和带菌者均为传染源。

2.该病毒经粪－口途径传播。

3.发病以青壮年为主,病后可获得持久免疫,很少再次得病。

命题考点3　发病机制及病理

【历年真题纵览】

A1 型题

1.引起伤寒不断传播或流行的主要传染源是

　A.普通型伤寒患者

　B.暴发型伤寒患者

　C.慢性带菌者

　D.伤寒恢复期

　E.伤寒患者的潜伏期

　参考答案:C

【考点评析】

伤寒的持续性发热是由于伤寒杆菌及其内毒素所致,内毒素还可诱发 DIC。病程第 2～3 周,经胆道进入肠道的伤寒杆菌,部分再度侵入肠壁淋巴组织,在原已致敏的肠壁淋巴组织中产生严重的炎症反应,引起肿胀、坏死、溃疡等。若病变波及血管则可引起肠出血,若溃疡深达浆膜则致肠穿孔。病程第 4～5 周,人体免疫力增强,伤寒杆菌从体内逐渐清除,组织修复而痊愈,少数患者由于免疫功能不足等原因引起复发。

命题考点4　临床表现

【历年真题纵览】

A1 型题

1.伤寒的典型临床表现是

A.中长程稽留高热,肝脾肿大,周围血象不高,肥达反应"H"、"O"均升高

B.长程低热,肝脾肿大,周围血象不高,肥达反应阳性

C.长程弛张热,肝脾不大,周围血象细胞总数、中性粒细胞升高,肥达反应"H"升高

D.长程间歇高热,肝脾肿大,全血细胞减少,消化道出血

E.长程间歇寒战、高热,肝脾肿大,周围血象正常,重度贫血,肥达反应阴性

参考答案:A

2.典型伤寒出现玫瑰疹的时间是

A.第3~5天

B.第7~10天

C.第14~21天

D.第22~28天

E.28天以后

参考答案:B

3.伤寒患者出现玫瑰疹,多见于

A.潜伏期

B.发病初期

C.高热期

D.缓解期

E.恢复期

参考答案:C

4.伤寒最严重的并发症是

A.肠穿孔

B.肠出血

C.中毒性心肌炎

D.中毒性肝炎

E.急性胆囊炎

参考答案:A

5.伤寒肠穿孔多发生于

A.病程的第1~2周

B.病程的第2~3周

C.病程的第3~4周

D.病程的第4~5周

E.以上均不是

参考答案:B

6.伤寒见胸部红斑者,其证型是

A.湿遏卫气

B.湿热中阻

C.热入营血

D.气血两燔

E.阴虚内热

参考答案:C

B1 型题

7.

A.轻型伤寒

B.普通型伤寒

C.迁延型伤寒

D.逍遥型伤寒

E.顿挫型伤寒

①起病急,症状明显,但1周左右可迅速痊愈的是

②症状轻,部分患者因出现肠穿孔就医而确诊的是

参考答案:①E　②D

8.

A.轻型伤寒

B.普通型伤寒

C.迁延型伤寒

D.逍遥型伤寒

E.顿挫型伤寒

①持续高热,皮疹,相对脉缓,全身毒血症状明显的是

②中度发热,全身毒血症状较轻,2周左右痊愈的是

参考答案:①B　②A

【考点评析】

1.伤寒可分为初期、极期、缓解期和恢复期。

2.伤寒的典型临床表现有发热,为持续性高热,呈稽留热;神经系统表现如表情淡漠等;循环系统表现如相对缓脉;肝脾肿大;皮疹,为特征性的玫瑰疹。

3.临床类型有普通型、轻型、暴发型、迁延型、逍遥型、顿挫型、复发与再燃。

4.常见的并发症有肠出血、肠穿孔、中毒性肝炎等。

命题考点5　实验室检查

【历年真题纵览】

A1 型题

1.为伤寒病人做细菌培养,下列有关不同标本

诊断价值的描述,哪一条是不正确的

　　A.病程第 1～2 周,血培养的阳性率最高

　　B.骨髓培养的阳性率比血培养低

　　C.整个病程中,粪便均可培养出伤寒杆菌,但阳性者不一定都是现症病人

　　D.病程第 3～4 周,部分病人的尿培养阳性

　　E.胆汁培养有助于发现带菌者

　　参考答案:B

2.下列有关伤寒肥达反应的描述,正确的是

　　A.只要阳性就有明确诊断价值

　　B.阴性结果即可除外伤寒

　　C.可根据 O 抗体效价的不同区别伤寒或副伤寒

　　D.H 抗体出现较早,消失快,更有利于诊断

　　E.检测 Vi 抗体可用于慢性带菌者的调查

　　参考答案:E

A2 型题

3.患者张某,疑似伤寒入院。两次取血做肥达反应的结果如下:入院后第 4 天结果,TH 1:80,TO 1:80,TA、TB、TC 1:40;入院后第 12 天,TH、TO 1:320,TA、TB、TC 1:40,可诊断为

　　A.伤寒

　　B.甲型副伤寒

　　C.乙型副伤寒

　　D.沙门菌早期感染

　　E.回忆反应

　　参考答案:A

B1 型题

4.

　　A.确诊伤寒病人

　　B.伤寒带菌者

　　C.斑疹伤寒

　　D.支持临床诊断伤寒

　　E.副伤寒丙

①长程发热,脾脏肿大,粒细胞减少,骨髓培养有伤寒杆菌生长

②慢性腹泻患者大便培养伤寒杆菌阳性

③持续发热 2 周,伴腹泻、脾大,血清肥达反应 H:1/320,O:1/320,OX19:1/80

　　参考答案:①A　②B　③D

【考点评析】

1.实验室检查包括常规血、尿、粪检查。

2.肥达反应用以检测伤寒杆菌的血清抗体,肥达反应阳性对伤寒有诊断价值,常在病程第 1 周末出现阳性,但阴性亦不排除伤寒。有 10%～30% 病例肥达反应始终阴性。

3.细菌培养是确诊伤寒的主要手段;骨髓培养阳性率高于血培养,阳性持续时间亦长,已使用抗菌药物者也适用。

命题考点6　诊断及鉴别诊断

【历年真题纵览】

A1 型题

1.伤寒患者在病程第 2～3 周体温逐渐下降,尚未达到正常体温,体温又再次升高,持续 5～7 天后才正常,血培养阳性。其诊断是

　　A.伤寒复发

　　B.伤寒再燃

　　C.并发肠出血

　　D.并发肠穿孔

　　E.中毒性肝炎

　　参考答案:B

2.伤寒患者,退热 1～2 周后临床症状再度出现,血培养阳性。其诊断是

　　A.伤寒复发

　　B.伤寒再燃

　　C.并发肠出血

　　D.并发肠穿孔

　　E.急性胆囊炎

　　参考答案:A

A2 型题

3.患者高热 1 周。检查:体温 40°C,脉搏 90 次/分,血白细胞 4.0×10^9/L,嗜酸性粒细胞消失。应首先考虑的是

　　A.伤寒

　　B.中毒性痢疾

　　C.中毒性肺炎

　　D.流行性脑脊髓膜炎

　　E.急性病毒性肝炎

　　参考答案:A

4.女,32 岁。持续高热 2 周,伴轻度腹泻、恶心、食欲不振。临床高度怀疑伤寒。下列检查对诊断帮助不大的是

　　A.血常规

　　B.血培养

　　C.肥达反应

　　D.骨髓培养

　　E.血沉

5.男,36岁。发热2周,伴乏力、食欲不振、轻度腹胀。体检:体温39.3℃,心率80次/分,脾左肋下2 cm可及。外周血白细胞4.5×10^9/L,中性粒细胞0.60,淋巴细胞0.44;肥达反应:"O"抗体效价1:160,"H"抗体效价1:160。考虑患者诊断为

　　A.伤寒

　　B.副伤寒

　　C.流行性出血热

　　D.病毒性肝炎

　　E.疟疾

参考答案:A

【考点评析】

1.原因不明的发热持续1~2周不退者,尤其是有流行病学史、特殊的中毒面容、相对缓脉、玫瑰疹、肝脾肿大、血白细胞减少、嗜酸粒细胞消失等高度提示本病,如细菌培养阳性即可诊断。

2.本病当与病毒感染、斑疹伤寒、钩端螺旋体病、急性病毒性肝炎、布氏杆菌病等鉴别。

命题考点7　治疗

【历年真题纵览】

A1型题

1.确诊的伤寒患者,其病原治疗首选下列哪类抗生素

　　A.喹诺酮类

　　B.青霉素

　　C.氨基糖苷类

　　D.氯霉素

　　E.头孢菌素类

参考答案:A

2.下列有关伤寒的治疗措施不恰当的是

　　A.少渣饮食

　　B.高热时不宜用大量退热药

　　C.烦躁不安者可给予安定(地西泮)口服

　　D.便秘时可给予泻药

　　E.慢性带菌者合并胆石症,如内科治疗无效可考虑手术切除胆囊

参考答案:D

B1型题

3.

　　A.氯霉素

　　B.复方磺胺甲基异噁唑

　　C.痢特灵

　　D.氨苄西林

　　E.氧氟沙星

　①伤寒病原治疗首选

　②伤寒慢性带菌者治疗首选

参考答案:①E　②D

【考点评析】

1.本病的治疗包括一般治疗;对症治疗包括针对高热、便秘、腹泻、腹胀等的治疗,若患者出现便秘,禁用泻剂和高压灌肠。伤寒并发症为肠出血、肠穿孔,如加用泻药,使肠蠕动增强,则增加肠出血、肠穿孔危险性。

2.抗菌治疗中氟喹诺酮类药物为首选;注意肠出血、肠穿孔等并发症的处理。

命题考点8　预防

【历年真题纵览】

A1型题

1.在伤寒预防方面,对切断传播途径,描述最正确的是

　　A.管水

　　B.管饮食

　　C.管粪便

　　D.消灭苍蝇

　　E.以上均是

参考答案:E

【考点评析】

在预防方面,要注意搞好"三管一灭"(管水、饮食、粪便、消灭苍蝇)。

第八单元　细菌性痢疾

命题考点1　病原学

【历年真题纵览】

1.细菌性痢疾的病原体属于

　A.志贺菌属

　B.沙门菌属

　C.弧菌属

D. 弯曲菌属

E. 螺旋菌属

参考答案：A

2. 关于痢疾杆菌，下列哪项是正确的

A. 为革兰阴性杆菌，有鞭毛

B. 可在普通培养基上生长，为需氧菌

C. 在外界生存时间甚短

D. 对理化因素抵抗力强

E. 产生外毒素和内毒素

参考答案：E

B1 型题

3.

A. 福氏

B. 宋内

C. 鲍氏

D. 志贺

E. 舒氏

①目前国内常见的痢疾杆菌菌群是

②能产生最强外毒素的痢疾杆菌菌群是

参考答案：①A　②D

【考点评析】

1. 细菌性痢疾是由痢疾杆菌引起的肠道传染病。

2. 痢疾杆菌属肠杆菌科志贺菌属，为革兰阴性杆菌，有两种抗原，即菌体（O）抗原及表面（K）抗原，我国的血清型以 B 型最常见。

命题考点 2　流行病学

【历年真题纵览】

A1 型题

1. 细菌性痢疾散发流行的主要途径是

A. 集体食堂食物被污染造成经口感染

B. 井水、池塘或供水系统被污染造成经口感染

C. 健康人的手或蔬菜、瓜果等食物被污染造成经口感染

D. 与病人密切接触经呼吸道传染

E. 接触病人的血液经伤口感染

参考答案：C

2. 中毒型菌痢好发于

A. 2 岁以下

B. 2～7 岁

C. 10～14 岁

D. 青壮年

E. 以上均不是

参考答案：B

【考点评析】

1. 患者和带菌者是传染源，主要经粪-口途径传播。

2. 人群普遍易感，儿童发病率最高。

命题考点 3　发病机制及病理

【历年真题纵览】

A1 型题

1. 目前认为志贺菌致病必须具备的条件是

A. 过度劳累

B. 暴饮暴食

C. 细菌变异性

D. 痢疾杆菌对肠黏膜上皮细胞的侵袭力

E. 发病季节

参考答案：D

2. 中毒型菌痢的发病主要是由于

A. 细菌毒力强

B. 感染细菌数量大

C. 细菌外毒素的作用

D. 机体对细菌内毒素的反应性增高

E. 痢疾杆菌突破血脑屏障，侵入中枢神经系统

参考答案：D

【考点评析】

1. 痢疾杆菌对肠黏膜上皮细胞的侵袭力是决定其致病的主要因素；痢疾杆菌可产生内、外两种毒素，内毒素可增高肠壁的通透性，进一步促进毒素的吸收，引起恶寒、发热等毒血症状。

2. 急性菌痢的基本病理变化为急性弥漫性纤维蛋白渗出性炎症，病变部位以乙状结肠为主。慢性患者形成肠壁增厚及慢性溃疡，其周围可有息肉样增生。

命题考点 4　临床表现

【历年真题纵览】

A1 型题

1. 中毒性菌痢最严重的临床表现是

A. 起病急骤

B. 高热

C. 惊厥

D. 循环衰竭和呼吸衰竭

E. 昏迷

参考答案:D

2.慢性细菌性痢疾病程常超过

A.1个月

B.2个月

C.3个月

D.6个月

E.12个月

参考答案:B

3.下列哪项不是痢疾的必有症状

A. 里急后重

B. 腹痛

C. 下痢赤白脓血

D. 痢下白冻

E. 肛门灼热

参考答案:E

4.腹痛、腹泻、出现脓血便,伴发热恶寒,最可能的诊断是

A. 细菌性痢疾

B. 阿米巴痢疾

C. 急性胃肠炎

D. 流行性脑脊髓炎

E. 霍乱

参考答案:A

B1 型题

5.

A. 急性菌痢普通型

B. 中毒性菌痢

C. 急性菌痢轻型

D. 慢性菌痢急性发作

E. 慢性菌痢隐匿型

①急起发热,腹痛,腹泻,脓血便,多见于

②突起高热,面色青灰,出冷汗及脉细数,尿少,多见于

参考答案:①A ②B

6.

A. 胃、十二指肠

B. 小肠

C. 回肠末端

D. 盲肠、升结肠

E. 直肠、乙状结肠

①细菌性痢疾的主要病变部位在

②伤寒的主要病变部位在

参考答案:①E ②C

7.

A. 感染性休克

B. 重度脱水

C. 肝脓肿

D. 柏油样大便

E. 腹膜炎

①霍乱患者容易出现

②中毒性细菌炎痢疾容易出现

参考答案:①B ②A

8.

A. 黏液脓血便

B. 米泔水样便

C. 酒醉貌

D. 皮肤、巩膜黄染

E. 皮肤黏膜出血点

①急性典型菌痢的症状为

②流行性脑脊髓膜炎典型表现是

参考答案:①A ②E

【考点评析】

临床可分为急性菌痢包括急性典型(普通型)菌痢、急性非典型(轻型)菌痢;中毒型菌痢,其中又包括休克型、脑型、混合型;慢性菌痢,包括迁延型、急性发作型、隐匿型。

命题考点 5　实验室检查及其他检查

【历年真题纵览】

A1 型题

1.菌痢的确诊依据是

A. 粪培养阳性

B. 粪检有巨噬细胞

C. 粪便免疫学检查抗原阳性

D. 粪便镜检有大量脓细胞

E. 典型菌痢临床症状

参考答案:A

A2 型题

2.男,28 岁,船民。昨晚进食海蟹一只,晨起腹泻稀水便,10 小时内排便 20 余次,量多,水样,无臭味,中午呕吐 3~4 次,初起水样,后为米泔水样。发病后无排尿,就诊时呈重度脱水征,神志淡漠,BP

80/50 mmHg。下列检查均有助于诊断,除了

   A. 血培养

   B. 血清凝集试验

   C. 大便悬滴镜检

   D. 大便碱性蛋白胨增菌培养

   E. 大便涂片革兰染色镜检

   参考答案:A

【考点评析】

粪便中发现脓细胞,支持急性典型细菌性痢疾。粪便细菌培养是确诊的主要依据,一般应连续送检3次。阳性时应常规进行药敏试验。

命题考点6　诊断与鉴别诊断

【历年真题纵览】

A2 型题

1. 男,40 岁。4 个月前发热、腹痛、腹泻,服药1 天好转,此后腹泻反复发作,多于劳累及进食生冷食物后,大便 5~6 次/日,稀便有黏液,有腹痛、里急后重。体检:左下腹压痛。大便镜检 WBC 20~30/HP、RBC 5~10/HP,发现有结肠阿米巴滋养体。此病人最可能的诊断是

   A. 急性菌痢

   B. 阿米巴痢疾

   C. 慢性菌痢

   D. 慢性血吸虫病

   E. 肠结核

   参考答案:C

2. 男,23 岁。5 周前因腹痛、腹泻脓血便,伴里急后重感,在当地医院诊断为"急性细菌性痢疾",经口服环丙沙星治疗 4 天好转。1 天前吃西瓜后再次出现腹痛、腹泻,大便每日达 10 余次,轻度里急后重。粪便镜检每高倍镜视野脓细胞 20~40 个,红细胞 20~30 个。考虑诊断为

   A. 急性非典型细菌性痢疾

   B. 急性典型细菌性痢疾

   C. 慢性迁延性细菌性痢疾

   D. 慢性隐匿性痢疾

   E. 慢性细菌性痢疾急性发作

   参考答案:B

3. 患者男性,40 岁。痢下赤白黏冻,白多赤少,腹痛,里急后重,饮食乏味,中脘饱闷,头身重困,舌质淡红,苔白腻,脉濡缓。证属

   A. 寒湿痢

   B. 休息痢

   C. 噤口痢

   D. 虚寒痢

   E. 阴虚痢

   参考答案:A

4. 患者下痢日久不愈,时发时止,腹胀食少,嗜卧怕冷,常饮食不当、受凉、劳累而发,发作时大便次数增多,黏液夹有血液,舌淡苔腻,脉虚而数。痢疾发作时,粪便镜检白细胞 30~40 个/高倍视野。其证是

   A. 阴虚痢

   B. 休息痢

   C. 虚寒痢

   D. 寒湿痢

   E. 虚寒痢

   参考答案:B

5. 4 岁儿童,因高热 10 小时,2 小时前发生惊厥急诊来院。体温 40.3℃,呼吸 42 次/分,面色苍白,四肢发凉,皮肤有"花纹",血 WBC 18.0×10^9/L,N 0.86,L 0.14。做下列哪项检查最有助于早期诊断

   A. 脑脊液检查

   B. 血培养

   C. 胸部放射线检查

   D. 生理盐水灌肠液镜检

   E. 粪便培养

   参考答案:D

【考点评析】

1. 本病在诊断上分为疑似病例、确诊病例;确诊病例包括急性菌痢、中毒型菌痢和慢性菌痢。

2. 本病当与其他感染性腹泻、阿米巴痢疾、流行性乙型脑炎等鉴别。

命题考点7　治疗

【历年真题纵览】

A1 型题

1. 治疗急性细菌性痢疾病人的首选药物是

   A. 四环素

   B. 氯霉素

   C. 链霉素

   D. 诺氟沙星

   E. 磺胺脒

参考答案:D

2.下列中毒性细菌性痢疾的治疗措施,错误的是

A.抗菌治疗

B.扩充血容量

C.纠正代谢性酸中毒

D.血管活性药物的应用

E.纠正代谢性碱中毒

参考答案:E

3.中毒型痢疾休克型抢救中最重要的措施是

A.降温止惊

B.防治循环衰竭

C.防治脑水肿

D.防治呼吸衰竭

E.抗菌治疗

参考答案:B

4.对中毒型菌痢采用山莨菪碱治疗,其主要作用是

A.控制抽搐

B.兴奋呼吸中枢

C.解除肠道痉挛

D.抑制频繁的腹泻

E.解除微循环痉挛

参考答案:E

A2型题

5.患者,女,30岁。下痢赤白黏冻,有时或见脓血便。腹痛,里急后重,肛门灼热,小便短赤。舌红,苔黄腻,脉滑数。取新鲜粪便标本做细菌培养检出痢疾杆菌。治疗应首选

A.芍药汤

B.白头翁汤

C.胃苓汤

D.附子理中汤

E.连理汤

参考答案:A

A3型题

6.男,18岁,中学生。8月2日急性起病,高热4小时,大便水泻2次来院急诊。体查:体温39.5℃,面色苍白,四肢冷,脉细速,神志模糊,血压75/60 mmHg,血象:WBC 25.0×10^9/L,N 0.85,L 0.15。

①最可能的诊断是

A.流行性乙型脑炎

B.霍乱

C.中毒型菌痢

D.败血症

E.脑型疟疾

②为迅速明确诊断,立即进行的检查是

A.血液中找疟原虫

B.血培养 + 药敏

C.脑脊液常规

D.粪便常规检查

E.血液生化检查

③此例患者应立即进行的处理是

A.积极物理降温

B.镇静

C.扩容 + 抗菌药的应用

D.血管活性药物的应用

E.激素解毒

参考答案:①C ②D ③C

【考点评析】

1.急性菌痢的病原治疗可选用喹诺酮类、磺胺类等。

2.中毒型菌痢的治疗应把好高热惊厥、循环衰竭和呼吸衰竭三关。

3.慢性菌痢的治疗包括抗菌治疗;处理肠道菌群失调和肠功能紊乱等。

命题考点8　预防

【历年真题纵览】

A1型题

1.哪项是预防细菌性痢疾综合措施的重点

A.切断传播途径

B.发现并处理带菌者

C.隔离及治疗病人

D.服用痢疾活菌苗

E.流行季节预防投药

参考答案:A

【考点评析】

1.管理传染源:早期发现、隔离、治疗患者和带菌者。对于从事托幼、饮食、供水等行业人员,应定期进行粪检,及时发现并管理带菌者。

2.切断传播途径:认真做好"三管一灭",注意个人卫生,养成良好的卫生习惯。

3.保护易感人群:口服痢疾活菌苗有一定的保护作用。

第九单元　霍　乱

　　D. 9 ~ 12 月
　　E. 7 ~ 10 月
参考答案：E

B1 型题

3.
　　A. 家畜
　　B. 病人
　　C. 蚊虫
　　D. 螺蛳
　　E. 鼠类
①乙脑传染源主要是
②霍乱传染源是
参考答案：①A　②B

【考点评析】

1. 患者和带菌者是传染源。

2. 本病经粪 – 口传播。

3. 人群普遍易感。流行地区以沿海地带为主。

命题考点 1　病原学

【历年真题纵览】

A1 型题

1 关于 O139 型霍乱以下哪条不正确
　　A. 疫情凶猛,传播迅速
　　B. 无家族聚集性
　　C. 人群普遍易感
　　D. 与 O1 及非 O1 群其他弧菌感染有交叉免
　　　疫力
　　E. 病例散发
参考答案：C

【考点评析】

　　霍乱是由霍乱弧菌引起的烈性肠道传染病。弧菌属中的细菌均含有相同的无特异性的鞭毛(H)抗原,而菌体(O)抗原不同,据此可将其分为若干个 O 血清群。其中 O1 群即霍乱的病原菌,包括古典生物型和埃尔托生物型,其他群由于不能被 O1 群弧菌的抗血清所凝集又称为不凝集弧菌或非 O1 群霍乱弧菌(NAGV)。非 O1 群弧菌有的也能引起霍乱样腹泻,如自 1992 年起先后在印度和孟加拉国发生了由 O139 群引起的霍乱流行,只在亚洲部分地区流行,国内部分地区也有发现。

命题考点 3　发病机制及病理

【历年真题纵览】

A1 型题

1. 霍乱泻吐的主要原因是
　　A. 内毒素作用
　　B. 肠毒素作用
　　C. 细菌的直接作用
　　D. 肠道过敏反应
　　E. 迷走神经兴奋性增高
参考答案：B

【考点评析】

　　霍乱弧菌可黏附于上皮细胞刷状缘的微绒毛上,在繁殖和死亡过程中产生强烈的外毒素——霍乱肠毒素,由于胆汁分泌减少及肠液分泌量大,严重者出现米泔水样排泄物。死亡患者的主要病理改变为严重脱水现象。

命题考点 2　流行病学

【历年真题纵览】

A1 型题

1. 引起霍乱流行的传播途径主要是
　　A. 不洁食物
　　B. 生活接触
　　C. 水源污染
　　D. 苍蝇媒介
　　E. 被污染的冷冻食品
参考答案：C

2. 霍乱的流行月份在我国为
　　A. 3 ~ 4 月
　　B. 3 ~ 12 月

命题考点 4　临床表现

【历年真题纵览】

A1 型题

1. 霍乱病人常见的临床表现是

A. 先吐后泻

B. 先泻后吐

C. 吐泻同时发生

D. 只泻不吐

E. 只吐不泻

参考答案:B

2. 霍乱的典型临床症状为

A. 剧烈泻、吐米泔样物,严重脱水,肌肉痉挛,周围循环衰竭

B. 剧烈泻、吐米泔样物,高热,严重脱水,肌肉痉挛,周围循环衰竭

C. 剧烈泻、吐米泔样物,腹痛,严重脱水,肌肉痉挛,周围循环衰竭

D. 剧烈泻、吐米泔样物,高热,腹痛,严重脱水及周围循环衰竭

E. 剧烈泻、吐米泔样物,腹痛,严重脱水,脑水肿,周围循环衰竭

参考答案:A

B1 型题

3.

A. 感染性休克

B. 重度脱水

C. 肝脓肿

D. 柏油样大便

E. 腹膜炎

①霍乱患者容易出现

②中毒型细菌性痢疾容易出现

参考答案:①B ②A

【考点评析】

1. 霍乱主要症状是呕吐、腹泻,临床典型表现有泻吐期、脱水虚脱期、恢复期。

2. 临床分型可根据脱水程度分为轻型、中型、重型、中毒型四种。

命题考点5 实验室检查

【历年真题纵览】

B1 型题

A. 肥达反应

B. 粪便培养

C. 血培养

D. 粪便镜检

E. 胆汁培养

①确诊霍乱常用的检查是

②确诊伤寒常用的检查是

参考答案:①B ②C

【考点评析】

1. 可根据粪便常规检查作出初步诊断。

2. 细菌培养有可疑菌落生长则用特异性抗血清做玻片凝集试验,并确定菌型。

3. 血清学检查:抗菌抗体多于病后第 5 天,血清滴度在第 8～21 天达高峰。取病后 1～3 天及15～20 天双份血清,如抗体滴度呈 4 倍以上升高即有诊断意义,且受疫苗的影响不大。

命题考点6 诊断

【历年真题纵览】

A1 型题

1. 霍乱确诊条件必须依据

A. 有腹泻,粪培养阳性或血清凝集试验,血清抗体测定效价呈 4 倍以上增长

B. 粪涂片可见革兰阴性弧菌

C. 粪涂片见鱼群样细菌

D. 剧烈的腹泻,腹痛不明显

E. 有与霍乱病人接触史,同时出现腹泻

参考答案:A

【考点评析】

1. 确诊标准:有下列三项之一者即可确诊。

(1)有腹泻症状,粪便培养霍乱弧菌阳性者。

(2)流行期间的疫区内,凡具有典型症状,粪便培养阴性但无其他原因可查者;或在流行期间的疫区内有腹泻症状,双份血清抗体效价测定血清凝集试验呈 4 倍以上增长或杀弧菌抗体测定呈 8 倍以上增长者。

(3)在疫区检疫中,首次粪便培养阳性前后各 5 天内有腹泻症状者。

2. 疑似病例诊断标准:具有下列两项之一者应按疑似病例处理。

(1)有典型症状的首发病例,病原学检查尚未肯定之前。

(2)流行期间有明确接触史,出现腹泻症状而无其他原因可查者。

疑似病例未确诊之前按霍乱处理,大便培养每日 1 次,连续 3 次阴性可否定诊断。

命题考点7 治疗

【历年真题纵览】

A1 型题

1. 重型霍乱患者治疗的关键是
   A. 大量口服补液
   B. 有效抗菌治疗
   C. 短期应用糖皮质激素
   D. 禁食
   E. 快速静脉补液

参考答案:E

2. 霍乱病人的补液量,中型典型成年病人24小时内一般为
   A. 2 000 ~ 3 000 ml
   B. 3 000 ~ 4 000 ml
   C. 4 000 ~ 8 000 ml
   D. 8 000 ~ 12 000 ml
   E. 12 000 ~ 16 000 ml

参考答案:C

B1 型题

3.
   A. 抗菌治疗
   B. 补液治疗
   C. 糖皮质激素的使用
   D. 血管活性药物的使用
   E. 强心治疗
   ① 霍乱治疗的关键是
   ② 可减少霍乱腹泻量及缩短排菌时间的治疗是

参考答案:①B ②A

【考点评析】

1. 在治疗方面,及时适量补充水及电解质是治疗的关键,静脉补液是抢救和治疗重、中型患者最常用的主要手段。

2. 补液原则为早期、快速、足量,先盐后糖,先快后慢,及时补碱,见尿补钾。

3. 抗菌治疗首选氟喹诺酮类。

命题考点8 预防

【历年真题纵览】

A1 型题

1. 霍乱接触者应医学观察
   A. 3 日
   B. 5 日
   C. 7 日
   D. 10 日
   E. 14 日

参考答案:B

【考点评析】

建立健全腹泻病门诊,及时发现霍乱患者。患者及慢性带菌者应及时住院,隔离治疗至症状消失已6天,大便隔日培养1次,连续3次阴性,可解除隔离出院。接触者医学观察5日。

第十单元　消毒与隔离

命题考点1 消毒

【历年真题纵览】

A1 型题

1. 消毒的基本概念是
   A. 杀死物体上的所有微生物
   B. 杀死物体上的病原微生物,但不一定杀死全部微生物
   C. 防止细菌生长繁殖,细菌一般不死亡
   D. 防止细菌进入人体或其他物品
   E. 抑制物品生长繁殖,最后杀死细菌

参考答案:B

2. 下列哪个化学制剂不属于高效消毒剂
   A. 臭氧
   B. 环氧乙烷
   C. 醛类
   D. 新洁尔灭
   E. 过氧化氢

参考答案:D

【考点评析】

1. 传染病消毒是指用物理或化学方法消灭停留在不同传播媒介物上的病原体,借以切断传播途径,阻止和控制传染的发生。

2. 消毒的目的有:防止病原体播散到社会中,引起流行;防止患者再被其他病原体感染;保护医护人员免受感染。

3. 消毒的种类包括疫源地消毒、预防性消毒。

4. 消毒的方法包括高、中、低效消毒法。

5. 消毒方法的检测包括物理测试法、化学指示剂法、生物指示剂法、自然菌采样法和无菌检测法。

┌─────────────────────┐
│ 命题考点2　隔离 │
└─────────────────────┘

【历年真题纵览】

A1 型题

1. 预防肠道传染病的综合措施中,应以哪一环节为主

　　A. 隔离治疗病人

　　B. 隔离治疗带菌者

　　C. 切断传播途径

　　D. 疫苗预防接种

　　E. 接触者预防服药

参考答案:C

2. 确定一种传染病的隔离期限是根据

　　A. 该病传染性的大小

　　B. 病程的长短

　　C. 病情的严重程度

　　D. 潜伏期的长短

　　E. 传染病的最长传染期

参考答案:E

【考点评析】

1. 隔离指把传染期内的患者或病原携带者置于不能传给他人的条件下,防止病原体向外扩散,便于管理、消毒和治疗。

2. 隔离的种类包括严密隔离、呼吸道隔离、消化道隔离、接触隔离、昆虫媒介传染隔离、结核病隔离的血液与体液隔离。

3. 传染病患者的隔离期限原则上是根据传染病的最长传染期而确定的。

┌─────────────────────┐
│ 命题考点3　医院感染的防护 │
└─────────────────────┘

【历年真题纵览】

A1 型题

1. 有关医院感染的概念,错误的是

　　A. 在医院内获得的感染

　　B. 出院之后的感染有可能是医院感染

　　C. 入院时处于潜伏期的感染一定不是医院感染

　　D. 与上次住院有关的感染是医院感染

　　E. 婴幼儿经胎盘获得的感染属医院感染

参考答案:E

【考点评析】

1. 狭义的医院感染指住院患者发生的感染,其中对无明显潜伏期的感染,规定在 48 小时后发生的感染为医院感染。

2. 下列情况属于医院感染:①对于无明显潜伏期的感染,规定在 48 小时后发生的感染为医院感染;有明确潜伏期者则以住院时起超过该平均(或常见)潜伏期的感染。②本次感染直接与上次住院有关。③在原有感染基础上出现其他部位新的感染,或在原感染已知病原体基础上又分离出新的病原体的感染。④新生儿经产道时获得的感染。⑤由于诊疗措施激活的潜在性感染,如疱疹病毒、结核杆菌等的感染。

3. 医院感染的防护原则包括标准预防的概念、标准预防的基本特点和具体措施。

卫生法规

第一单元 卫生法

命题考点1 卫生法概述

【历年真题纵览】

A1 型题

1.我国制定和颁布卫生法的机构是
  A.卫生部
  B.国务院
  C.全国政协
  D.最高人民法院
  E.全国人大及其常委会
参考答案:E

2.卫生法的立法宗旨是
  A.保护公民人体健康
  B.预防为主
  C.动员全社会参与
  D.卫生工作法制化
  E.祖国传统医学与现代医学并重
参考答案:A

3.我国卫生法基本原则不包括的内容是
  A.卫生保护原则
  B.公平原则
  C.预防为主原则
  D.兼顾经济与社会效益原则
  E.患者自主原则
参考答案:D

4.下列各项,不属卫生法作用的是
  A.制裁违法犯罪行为,保障公民身体健康
  B.明确岗位职责,保证卫生机制正常运行
  C.促进改革开放,保证我国医药卫生事业的
    国际交流
  D.推动医学科学进步
  E.以上均不是
参考答案:E

【考点评析】

1.卫生法是由全国人大常委会制定和颁布的有关卫生方面的规范性文件,旨在保护人体健康的法律规范的总和。

2.卫生法的渊源包括宪法、法律、卫生行政法规、地方性卫生法规、卫生部门规章等。

3.卫生法的基本原则是卫生保护原则、预防为主原则、公平原则、保护社会健康原则、患者自主原则

命题考点2 我国卫生法律体系

【历年真题纵览】

A1 型题

1.已公布的卫生行政法规是由哪一级机构制定和颁布的
  A.卫生部
  B.国务院
  C.最高人民法院
  D.地方人民政府
  E.人民代表大会
参考答案:B

2.在我国卫生法律体系中,《医疗事故处理条例》、《中医药条例》等规范性文件属于
  A.卫生法律
  B.卫生规章
  C.卫生行政法规
  D.地方卫生法规
  E.卫生技术法规
参考答案:C

3.我国卫生法有以下几种表现形式,除了
  A.宪法
  B.卫生法律、规章
  C.卫生行政部门规章
  D.政府红头文件
  E.卫生行政法规

参考答案:D

【考点评析】

1. 宪法是我国的根本大法,宪法中有关卫生方面的规定,在我国卫生法律体系中具有最高的法律效力。整个卫生法的制定和实施,均不得与之相抵触。基本法律:是由全国人民代表大会通过和颁布的规范性文件。

2. 卫生法律是全国人大常委会制定和颁布的卫生专门法律。

3. 卫生行政法规是国务院发布的关于卫生行政管理方面的规范性文件,如《医疗机构管理条例》、《中医药条例》、《麻醉药品管理办法》、《医疗事故处理条例》等。这类规范性文件在我国卫生法律体系中的地位,低于全国人大常委会制定的卫生法律,高于地方卫生法规,在全国范围内有效。

4. 卫生行政部门规章是由国务院各有关部门在各自的职责范围内,依据国家法律、法规制定的与卫生行政管理有关的行政性规范文件。

5. 地方卫生法规、规章。

第二单元　卫生法中的法律责任

命题考点1　卫生法中的民事责任

【历年真题纵览】

A1 型题

1. 根据违法行为的性质和危害程度的不同,卫生法中的法律责任分为
　　A. 赔偿责任、补偿责任、刑事责任
　　B. 经济责任、民事责任、刑事责任
　　C. 行政处分、经济补偿、刑事责任
　　D. 行政处罚、经济赔偿、刑事责任
　　E. 民事责任、行政责任、刑事责任
　　参考答案:E

2. 目前,我国卫生法多涉及的民事责任的主要承担方式是
　　A. 恢复原状
　　B. 赔偿损失
　　C. 停止侵害
　　D. 消除危险
　　E. 支付违约金
　　参考答案:B

【考点评析】

1. 由于行为人违反卫生法律规范的性质和社会危害的不同,卫生法的法律责任分为民事责任、行政责任和刑事责任三种。

2. 承担民事责任的方式有停止损害;排除妨碍;消除危险;返还财产;恢复原状;修理、重作、更换;赔偿损失;支付违约金;消除影响、恢复名誉;赔礼道歉。

命题考点2　卫生法中的行政责任

【历年真题纵览】

A1 型题

1. 行政处分和行政处罚共同的方式是
　　A. 罚款
　　B. 记过
　　C. 降级
　　D. 没收非法所得
　　E. 警告
　　参考答案:E

2. 下列哪项属于行政处罚
　　A. 罚款
　　B. 降级
　　C. 记过
　　D. 撤职
　　E. 开除
　　参考答案:A

【考点评析】

1. 行政责任有行政处罚和行政处分两种形式,两者的区别在于:制裁的对象不同、做出决定的机关不同、制裁的方式不同。

2. 行政处罚的方式有警告、罚款、没收违法所得、没收非法财务、责令停产停业整顿、暂扣或吊销许可证、暂停或吊销执照、行政拘留等。

3. 行政处分包括警告、记过、记大过、降级、撤职、留用察看和开除。

命题考点3　卫生法中的刑事责任

【历年真题纵览】

A1 型题

1. 下列各项,不属于我国刑法规定的刑罚的种

类是

  A. 有期徒刑

  B. 撤职

  C. 管制

  D. 罚金

  E. 没收财产

参考答案：B

【考点评析】

实现刑事责任的方法为刑罚，分为主刑和附加刑两类。

主刑的种类有：管制；拘役；有期徒刑；无期徒刑；死刑。

附加刑的种类有：罚金；剥夺政治权利；没收财产。附加刑是补充主刑适用的刑罚方法，既可以独立适用，也可以附加适用。

第三单元　执业医师法

命题考点1　执业医师的概念和职责

【历年真题纵览】

A1 型题

1. 对于《执业医师法》的适用对象，以下说法不正确的是

  A. 在医疗机构工作

  B. 在保健机构工作

  C. 在预防机构工作

  D. 在计划生育技术服务机构工作

  E. 在政府机构工作

参考答案：E

【考点评析】

1.《执业医师法》所称医师，包括执业医师和执业助理医师。是指"依法取得执业医师资格或者执业助理医师资格，经注册在医疗、预防、保健机构中执业的专业医务人员"。

2. 该法调整的对象是指在医疗、预防、保健机构工作的，依法取得执业医师资格或者执业助理医师资格，经注册取得医师执业证书，从事相应的医疗、预防、保健业务的医务人员。

命题考点2　执业医师资格取得与注册

【历年真题纵览】

A1 型题

1. 根据《中华人民共和国执业医师法》的规定，全国医师资格考试办法的制定部门是

  A. 国务院

  B. 国务院劳动部门

  C. 国务院人事部门

  D. 国务院卫生行政部门

  E. 国务院教育行政部门

参考答案：D

2. 某临床医学专业研究生刚毕业即擅自开设诊所独立行医。依据《中华人民共和国执业医师法》，其行为属于

  A. 个体行医

  B. 执业医师行医

  C. 执业助理医师行医

  D. 未办理手续非法行医

  E. 未取得医师资格非法行医

参考答案：E

3. 已经通过执业医师考核，但未经注册取得执业证书的

  A. 不得从事医师执业活动

  B. 可在预防机构从事医师执业活动

  C. 可在保健机构从事医师执业活动

  D. 可在执业医师指导下，在预防、保健机构从事医师执业活动

  E. 可在执业医师指导下，从事医师执业活动

参考答案：A

4. 根据医师执业注册制度，受理申请医师注册的卫生行政部门在收到注册申请后，应在自收到申请之日起多少日内作出准予注册或不予注册的书面答复

  A. 15 日

  B. 20 日

  C. 30 日

  D. 40 日

  E. 45 日

参考答案：C

A2 型题

5. 中等卫校毕业生林某，在乡卫生院工作，2000年取得执业助理医师执业证书。他要参加执业医师

资格考试,根据《执业医师法》规定,应取得执业助理医师执业证书后,在医疗机构中工作满

 A. 6 年

 B. 5 年

 C. 4 年

 D. 3 年

 E. 2 年

参考答案:B

B1 型题

6.

 A. 执业准入

 B. 执业证书

 C. 执业注册

 D. 执业医师

 E. 执业资格

①经国家医师资格考试后准备从事医师诊疗活动还应经

②依法取得医师执业证书的医务人员具备

参考答案:①C ②E

【考点评析】

1.《执业医师法》第八条规定:"国家实行医师资格考试制度。医师资格考试分为执业医师资格考试和执业助理医师资格考试。医师资格统一考试的办法,由国务院卫生行政部门制定。医师资格考试由省级以上人民政府卫生行政部门组织实施。"

2.《执业医师法》规定:具有高等学校医学专业本科以上学历,在执业医师指导下,在医疗、预防、保健机构中试用期满一年;取得执业助理医师执业证书后,具有高等学校医学专科学历,在医疗、预防、保健机构中工作满两年的;具有中等专业学校医学专业学历,在医疗、预防、保健机构中工作满五年的可以参加执业医师考试。具有高等学校医学专科学历或者中等专业学校医学专科学历,在执业医师指导下,在医疗、预防、保健机构中试用期满一年的,可以参加执业助理医师资格考试。

3. 国家实行医师执业注册制度。

第十三条规定:除第十五条规定的不得给予注册的情况外,受理申请的卫生行政部门应当自收到申请之日起三十日内准予注册,并发给由国务院卫生行政部门统一印制的医师执业证书。

第十四条规定:虽取得医师资格,但未经医师注册取得执业证书,不得从事医师执业活动。

命题考点3 执业医师的权利、义务和执业规则

【历年真题纵览】

A1 型题

1. 医师在执业活动中不享有的权利是

 A. 获得与本人执业活动相当的医疗设备基本条件

 B. 在执业活动中,人格尊严、人身安全不受侵犯

 C. 对病人进行无条件临床实验治疗

 D. 在执业范围内进行疾病诊查和治疗

 E. 接受继续教育和专业培训

参考答案:C

2. 医师在执业活动中必须履行下列义务,除了

 A. 尊重患者,保护患者的隐私

 B. 遵守技术操作规范

 C. 宣传卫生保健知识,对患者进行健康教育

 D. 努力钻研业务,更新知识,提高专业技术水平

 E. 参加所在单位的民主管理

参考答案:E

3. 医师签署有关医学证明材料,必须亲自诊查、调查,并按照规定及时填写医学文书,对医学文书及有关材料不得

 A. 与同行讨论

 B. 用电脑打印

 C. 随身携带

 D. 向主管医生报告

 E. 隐匿、伪造或者销毁

参考答案:E

B1 型题

4.

 A. 医师在执业活动中,人格尊严、人身安全不受侵犯

 B. 医师在执业活动中,应当遵守法律、法规,遵守技术操作规范

 C. 对医学专业技术有重大突破,做出显著贡献的医师,应当给予表彰或者奖励

 D. 医师应当使用经国家有关部门批准使用的药品、消毒药剂和医疗器械

 E. 对考核不合格的医师,可以责令其接受培训和继续医学教育

①属于医师执业权利的是

②属于医师执业义务的是

③属于医师执业规则的是

参考答案:①A ②B ③D

【考点评析】

1.医师享有的权利:《执业医师法》第二十一条规定,医师在执业活动中享有下列权利:

(1)在注册的执业范围内,进行医学诊查、疾病调查、医学处置,出具相应的医学证明文件,选择合理的医疗、预防、保健方案。

(2)按照国务院卫生行政部门规定的标准,获得与本人执业活动相当的医疗设备基本条件。

(3)从事医学研究、学术交流,参加专业学术团体。

(4)参加专业培训,接受继续教育。

(5)在执业活动中,人格尊严、人身安全不受侵犯。

(6)获取工资报酬和津贴,享受国家规定的福利待遇。

(7)对所在机构的医疗、预防、保健工作和卫生行政部门的工作提出意见和建议,依法参与所在机构的民主管理。

2.医师履行的义务:《执业医师法》第二十二条规定,医师在执业活动中履行下列义务:

(1)遵守法律、法规,遵守技术操作规范。

(2)树立敬业精神,遵守职业道德,履行医师职责,尽职尽责为患者服务。

(3)关心、爱护、尊重患者,保护患者的隐私。

(4)努力钻研业务,更新知识,提高专业技术水平。

(5)宣传卫生保健知识,对患者进行健康教育。

3.医师执业规则的法定要求 《执业医师法》对医师在执业活动中提出以下法定要求:

第二十三条规定:"医师实施医疗、预防、保健措施,签署有关医学证明文件,必须亲自诊查、调查,并按照规定及时填写医学文书,不得隐匿、伪造或者销毁医学文书及有关资料。"

"医师不得出具与自己执业范围无关或者与执业类别不相符的医学证明文件。"

第二十五条规定:"医师应当使用经国家有关部门批准使用的药品、消毒药剂和医疗器械。"

"除正当治疗外,不得使用麻醉药品、医疗用毒性药品、精神药品和放射性药品。"

命题考点4 医师的考核和培训

【历年真题纵览】

A1 型题

1.《执业医师法》第三十二条规定应该由谁负责指导、检查和监督医师考核工作

A. 省级以上人民政府卫生行政部门

B. 市级以上人民政府卫生行政部门

C. 县级以上人民政府卫生行政部门

D. 社会监督部门

E. 以上均不是

参考答案:C

2.《执业医师法》中关于医师培训的描述,不正确的是

A. 县级以上人民政府卫生行政部门应当制定医师培训计划,对医师进行多种形式的培训

B. 县级以上人民政府卫生行政部门应当采取有力措施,对在农村和少数民族地区从事医疗、预防、保健业务的医务人员实施培训

C. 医疗、预防、保健机构应当依照规定和计划保证本机构医师的培训和继续医学教育

D. 县级以上人民政府卫生行政部门委托的承担医师考核任务的医疗卫生机构,应当为医师的培训和接受继续医学教育提供和创造条件

E. 以上均不是

参考答案:E

【考点评析】

1.《执业医师法》第三十二条规定:"县级以上人民政府卫生行政部门负责指导、检查和监督医师考核工作。"

2.《执业医师法》第三十四条规定:"县级以上人民政府卫生行政部应当制定医师培训计划,对医师进行多种形式的培训,为医师接受继续医学教育提供条件。""县级以上人民政府卫生行政部门应当采取有力措施,对在农村和少数民族地区从事医疗、预防、保健业务的医务人员实施培训。"第三十五条规定:"医疗、预防、保健机构应当依照规定和计划保证本机构医师的培训和继续医学教育。""县级以上人民政府卫生行政部门委托的承担医师考核任务的医疗卫生机构,应当为医师的培训和接受继续医学教育提供和创造条件。"

命题考点 5　执业医师法规定的法律责任

【历年真题纵览】

A1 型题

1. 医师在执业活动中违反卫生行政规章制度或者技术操作规范，造成严重后果的责令暂停执业活动，暂停期限为

　　A. 3 个月以上 6 个月以下

　　B. 半年至 1 年

　　C. 1 年以上，1 年半以下

　　D. 半年以上，3 年以下

　　E. 6 个月以上，2 年以下

　　参考答案：B

2. 未经批准擅自开办医疗机构行医的，承担以下法律责任，除了

　　A. 暂停 1 个月以上 6 个月以下的执业活动

　　B. 注销执业证书

　　C. 对个体行医者予以取缔

　　D. 行政罚款处罚

　　E. 没收违法所得

　　参考答案：A

3. 某医院未经批准新设医疗美容科，从外地聘请了一位退休外科医师担任主治医师，该院行为的性质属于

　　A. 非法行医

　　B. 超范围执业

　　C. 正常医疗行为

　　D. 特殊情况

　　E. 开展新技术

　　参考答案：A

A2 型题

4. 李某，自费学医后自行开业，因违反诊疗护理常规，致使病人死亡。追究其刑事责任的机关是

　　A. 卫生行政部门

　　B. 工商行政管理部门

　　C. 医疗事故技术鉴定委员会

　　D. 管辖地人民政府

　　E. 管辖地人民法院

　　参考答案：E

B1 型题

5.

　　A. 吊销执业证书

　　B. 予以取缔

　　C. 给予警告

　　D. 追究刑事责任

　　E. 承担赔偿责任

　　①医师在职业活动中违反《中华人民共和国执业医师法》规定，违法行为严重的应当

　　②医师在职业活动中违反《中华人民共和国执业医师法》规定，违法构成犯罪的应当

　　参考答案：①A　②D

6.

　　A. 暂停执业活动三个月至六个月

　　B. 暂停执业活动六个月至一年

　　C. 给予行政处分

　　D. 吊销医师执业证书

　　E. 追究刑事责任

　　①未经患者或者其家属同意，对患者进行实验性治疗的，由卫生行政部门给予的处理是

　　②不按规定使用麻醉药品、精神药物，情节严重的，由卫生行政部门给予的处理是

　　参考答案：①B　②B

【考点评析】

1.《执业医师法》规定的法律责任有民事责任、行政责任、刑事责任。

2. 医师在执业活动中，出现下列行为：违反卫生行政规章制度或者技术操作规范，造成严重后果的；由于不负责任延误急危病重患者的抢救和诊治，造成严重后果的；造成医疗责任事故的；未经亲自诊查、调查，签署诊断、治疗、流行病学等证明文件或者有关出生、死亡等证明文件的；隐匿、伪造或者擅自销毁医学文书及有关资料的；使用未经批准使用的药品、消毒药剂和医疗器械的；不按照规定使用麻醉药品、医疗用毒性药品、精神药品和放射性药品的；未经患者或者其家属同意，对患者进行实验性临床医疗的；泄露患者隐私，造成严重后果的；利用职务之便，索取、非法收受患者财物或者牟取其他不正当利益的；发生自然灾害、传染病流行、突发重大伤亡事故以及其他严重威胁人民生命健康的紧急情况时，不服从卫生行政部门调遣的；发生医疗事故或者发现传染病疫情，患者涉嫌伤害事件或者非正常死亡，不按照规定报告的，由县级以上人民政府卫生行政部门给予警告或者责令暂停六个月以上一年以下执业活动；情节严重的，吊销其医师执业证书；构成犯罪的，依法追究刑事责任。

第四单元　药品管理法

药材、中药饮片、中成药、化学原料药及其制剂、抗生素、化学药品、放射性药品、血清、疫苗、血液制品和诊断药品等。

命题考点1　药品管理法的概念

命题考点2　禁止生产（包括配制）、销售假药、劣药

【历年真题纵览】

A1型题

1.制定药品管理法的目的不包括

　　A.保证药品质量

　　B.加强药品监督管理

　　C.维护用药者的经济利益

　　D.保障用药安全

　　E.维护人体健康

参考答案:C

2.药品管理法规是具体规定药品研制、生产、经营、使用、监督检验规范的法律总和,其监督管理的核心是

　　A.药品配置技术

　　B.药品生产工艺

　　C.药品经营过程

　　D.药品使用情况

　　E.药品的质量

参考答案:E

3.以下哪一项不属于药品的范畴

　　A.生化药

　　B.诊断药品

　　C.中药饮片

　　D.运动药

　　E.中药材

参考答案:D

【考点评析】

1.制定药品管理法的目的是为加强药品监督管理,保证药品质量,保障人体用药安全,维护人民身体健康和用药的合法权益。而"维护人民身体健康"是立法的核心目的。

2.药品管理法规的概念:药品管理法规就是以药品管理作为对象,以药品的质量为核心,具体规定药品研制、生产、经营、使用、价格、广告、监督、检验等活动的规范化的法律文件的总和。

3.药品的法律定义:药品是指用于预防、治疗、诊断人的疾病,有目的地调节人的生理机能并规定有适应证或者功能主治、用法和用量的物质,包括中

【历年真题纵览】

A1型题

1.有下列哪一种情形的属于劣药

　　A.药品所含成分与国家药品标准规定的成分不符合的

　　B.超过有效期

　　C.未取得批准文号生产的

　　D.变质不能药用的

　　E.被污染不能药用的

参考答案:B

2.根据《药品管理法》的规定,如果某药品所含成分的名称与国家药品标准或省、自治区、直辖市药品标准规定不符合,则称此药品为

　　A.劣药

　　B.假药

　　C.特殊药品

　　D.保健药品

　　E.非处方用药

参考答案:B

B1型题

3.

　　A.劣药

　　B.假药

　　C.残次药品

　　D.仿制药品

　　E.特殊管理药品

①超过有效期的药品是

②所标明的适应证或者功能主治超出规定范围的药品是

参考答案:①A　②B

【考点评析】

1.《药品管理法》规定禁止生产、销售假药

（1）药品所含成分与国家药品标准规定的成分不符的。

（2）以非药品冒充药品或者以他种药品冒充此种药品的。

有下列情形之一的药品,按假药论处:

①国务院药品监督管理部门规定禁止使用的。

②依照本法必须批准而未经批准生产、进口,或者依照本法必须检验而未经检验即销售的。

③变质的。

④被污染的。

⑤使用依照本法必须取得批准文号而未取得批准文号的原料药生产的。

⑥所标明的适应证或者功能主治超出规定范围的。

2.禁止生产(包括配制)、销售劣药

《药品管理法》第四十九条规定,药品成分的含量不符合国家药品标准的,为劣药。有下列情形之一的药品,按劣药论处:

(1)未标明有效期或者更改有效期的。

(2)不注明或者更改生产批号的。

(3)超过有效期的。

(4)直接接触药品的包装材料和容器未经批准的。

(5)擅自添加着色剂、防腐剂、香料、矫味剂及辅料的。

(6)其他不符合药品标准规定的。

命题考点3　特殊管理的药品

【历年真题纵览】

A1 型题

1.直接作用于中枢神经系统,使之兴奋或抑制,连续使用能产生依赖性的药品是

　A.毒性药品

　B.放射性药品

　C.解毒药品

　D.精神药品

　E.麻醉药品

参考答案:D

2.医师除正当诊治外,可用的药品为

　A.副作用很大的药品

　B.精神药品

　C.医疗用毒性药品

　D.放射性药品

　E.麻醉药品

参考答案:A

B1 型题

3.

　A.二日极量

　B.四日极量

　C.二日常用量

　D.三日常用量

　E.七日常用量

①毒性药品每次每张处方不超过

②第一类精神药品每次每张处方不超过

参考答案:①A　②D

【考点评析】

1.特殊管理药品的分类:《药品管理法》第三十五条规定:国家对麻醉药品、精神药品、医疗用毒性药品、放射性药品,实行特殊的管理。管理办法由国务院制定。由国务院制定四类药品各自的单行管理办法,从其定义、品种范围、研制、生产、供应、使用等各方面,制定了更为严格的特殊管理要求。

2.特殊管理药品的定义

麻醉药品:是指连续使用后易产生身体依赖性、能成瘾癖的药品。

精神药品:是指直接作用于中枢神经系统,使之兴奋或抑制,连续使用能产生依赖性的药品(依据精神药品使人体产生依赖性和危害人体健康的程度,分为第一类和第二类)。

医疗用毒性药品(以下简称毒性药品):系指毒性剧烈,治疗剂量与中毒剂量相近,使用不当会致人中毒或死亡的药品。

放射性药品:是指用于临床诊断或治疗的放射性核素制剂或者其标记药物。

3.《医疗用毒性药品管理办法》规定:医疗单位供应和调配毒性药品,凭医师签名的正式处方。国营药店供应和调配毒性药品,凭盖有医生所在医疗单位公章的正式处方,每次处方剂量不得超过2日极量。处方一次有效,取药后处方存2年备查。

命题考点4　《药品管理法》及相关法规、规章对医疗机构及其人员的有关规定

【历年真题纵览】

A1 型题

1.药品的每张处方不得超过

　A.一日常用量

　B.二日常用量

　C.三日常用量

　D.五日常用量

　E.七日常用量

参考答案:E

2.医师开具处方时,除特殊情况外必须注明的是

　　A.患者体重

　　B.药品的拉丁文

　　C.处方药或非处方药

　　D.临床诊断

　　E.或者是否为过敏体质

参考答案:D

3.可以在国家药品监督管理部门指定的医学、药学专业刊物上介绍,但不得在大众传播媒体发布广告的是

　　A.非处方药

　　B.处方药

　　C.进口药品

　　D.保健品

　　E.贵重药品

参考答案:B

B1型题

4.

　　A.白色处方

　　B.橙色处方

　　C.淡绿色处方

　　D.淡红色处方

　　E.淡黄色处方

①医疗机构今后印制的处方颜色,儿科处方是

②医疗机构今后印制的处方颜色,麻醉品处方是

参考答案:①C　②D

5.

　　A.6个月

　　B.1年

　　C.2年

　　D.3年

　　E.4年

①普通处方、急诊处方、儿科处方的保存期是

②麻醉药品处方的保存期是

参考答案:①B　②D

【考点评析】

1.《处方管理规定》规定:处方由各医疗机构按规定的格式统一印制。麻醉药品处方、急诊处方、儿科处方、普通处方的印刷用纸应分别为淡红色、淡黄色、淡绿色、白色。

2.每张处方不得超过五种药品。处方一般不得超过7日用量;急诊处方一般不得超过3日用量;对于某些慢性病、老年病或特殊情况,处方用量可适当延长,但医师必须注明理由。

3.《处方管理规定》规定:医疗机构审核和调配处方的药剂人员必须是依法经资格认定的药学技术人员。

4.必须由执业医师开具处方的药品和麻醉精神类药品都不得擅自发布广告。

命题考点5　**医疗机构及其有关人员违反《药品管理法》相关规定应承担的法律责任**

【历年真题纵览】

A2型题

1.某药店经营者为贪图利益而销售超过有效期的药品,结果造成患者服用后死亡的特别严重后果,应给予经营者什么样的处罚,除外

　　A.没收违法销售所得

　　B.处以罚款

　　C.吊销《药品经营许可证》

　　D.追究刑事责任

　　E.以上都不是

参考答案:E

【考点评析】

1.《药品管理法》规定的法律责任有行政责任、民事责任和刑事责任。

2.《药品管理法》第七十四条规定:生产、销售假药的,没收违法生产、销售的药品和违法所得,并处违法生产、销售药品货值金额2倍以上5倍以下的罚款;有药品批准证明文件的予以撤销,并责令停产、停业整顿;情节严重的,吊销《药品生产许可证》、《药品经营许可证》或者《医疗机构制剂许可证》;构成犯罪的,依法追究刑事责任。

3.《药品管理法》第七十五条规定:生产、销售劣药的,没收违法生产、销售的药品和违法所得,并处违法生产、销售药品货值金额1倍以上3倍以下的罚款;情节严重的,责令停产、停业、整顿或者撤销药品批准证明文件,吊销《药品生产许可证》、《药品经营许可证》或者《医疗机构制剂许可证》;构成犯罪的,依法追究刑事责任。

第五单元　传染病防治法

命题考点1　传染病的概念、法定传染病分类及防治管理

【历年真题纵览】

A1 型题

1.我国《传染病防治法》将法定管理传染病分为
　　A.甲类2种、乙类25种、丙类10种
　　B.甲类2种、乙类23种、丙类9种
　　C.甲类2种、乙类22种、丙类11种
　　D.甲类2种、乙类20种、丙类13种
　　E.甲类2种、乙类19种、丙类14种
参考答案:A

2.下列不属于法定丙类传染病的是
　　A.流行性腮腺炎
　　B.流行性感冒
　　C.急性出血性结膜炎
　　D.病毒性肝炎
　　E.风疹
参考答案:D

3.传染性非典型肺炎防治工作应坚持的原则是
　　A.预防为主,防治结合,分类管理,依靠科学,依法群众
　　B.预防为主,及时隔离,依靠科学,防治结合,加强监督
　　C.有效预防,宣传教育,加强监测,防治结合,科学管理
　　D.预防控制,分级负责,依靠科学,防治结合,及时隔离
　　E.预防为主,及时控制,科学治疗,统一监测,防治结合
参考答案:A

B1 型题

4.
　　A.伤寒
　　B.肺结核
　　C.传染性非典型肺炎
　　D.病毒性肝炎
　　E.鼠疫
①上述各项,属乙类传染病按甲类传染病管理的是
②上述各项,属甲类传染病的是
参考答案:①C; ②E

【考点评析】

1.《传染病防治法》第三条规定:"本法规定的传染病分为甲类、乙类和丙类。"

"甲类传染病是指:鼠疫、霍乱。"

"乙类传染病是指:传染性非典型肺炎、艾滋病、病毒性肝炎、脊髓灰质炎、人感染高致病性禽流感、麻疹、流行性出血热、狂犬病、流行性乙型脑炎、登革热、炭疽、细菌性和阿米巴性痢疾、肺结核、伤寒和副伤寒、流行性脑脊髓膜炎、百日咳、白喉、新生儿破伤风、猩红热、布鲁菌病、淋病、梅毒、钩端螺旋体病、血吸虫病、疟疾。"

"丙类传染病是指:流行性感冒、流行性腮腺炎、风疹、急性出血性结膜炎、麻风病、流行性和地方性斑疹伤寒、黑热病、包虫病、丝虫病,除霍乱、细菌性和阿米巴性痢疾、伤寒和副伤寒以外的感染性腹泻病。"

"上述规定以外的其他传染病,根据其暴发、流行情况和危害程度,需要列入乙类、丙类传染病的,由国务院卫生行政部门决定并予以公布。"

《传染病防治法》第四条规定:"对乙类传染病中传染性非典型肺炎、炭疽中的肺炭疽和人感染高致病性禽流感,采取本法所称甲类传染病的预防、控制措施。其他乙类传染病和突发原因不明的传染病需要采取本法所称的甲类传染病的预防、控制措施的,由国务院卫生行政部门及时报经国务院批准后予以公布、实施。"

2.传染病防治方针与管理原则:《传染病防治法》第二条明确规定:"国家对传染病防治实行预防为主的方针,防治结合、分类管理、依靠科学、依靠群众"。

命题考点2　传染病预防与疫情报告

【历年真题纵览】

1.在传染病的预防工作中,国家实行的制度是
　　A.爱国卫生运动
　　B.有计划的卫生防疫
　　C.预防保健
　　D.有计划的预防接种
　　E.以上都不是
参考答案:D

2.执行职务的保健人员、卫生防疫人员发现下

列哪类疾病时,必须按照国务院卫生行政部门规定的时限向当地卫生防疫机构报告疫情

  A.甲类传染病病人和病原携带者

  B.乙类传染病病人和病原携带者

  C.丙类传染病病人

  D.甲类、乙类和监测区域内的丙类传染病病人、病原携带者、疑似传染病的病人

  E.疑似甲类、乙类、丙类病人

参考答案:D

3.下列各项,不属于法定责任疫情报告人的是

  A.疾病预防控制机构

  B.医疗机构

  C.采供血机构

  D.执行职务的医疗卫生人员

  E.社会福利机构

参考答案:E

4.城镇中发现甲类传染病和乙类传染病中的艾滋病、肺炭疽病的病人、病原携带者和疑似病人时,国家规定的报告时间是

  A.6 小时以内

  B.7 小时

  C.10 小时

  D.12 小时

  E.24 小时

参考答案:A

A2 型题

5.患儿刘某,因发热 3 日到县医院就诊,门诊接诊医生张某检查后发现刘某的颊黏膜上有考氏斑,拟诊断为麻疹。张某遂嘱患儿刘某的家长带刘某去市传染病医院就诊。按照传染病防治法的规定,张某应当

  A.请上级医生会诊,确诊后再转院

  B.请上级医生会诊,确诊后隔离治疗

  C.向医院领导报告,确诊后由防疫部门进行转送隔离

  D.向医院领导报告,确诊后对刘某就地进行隔离

  E.在规定时间内,向当地防疫机构报告

参考答案:E

【考点评析】

1.依照《传染病防治法》的规定,法定传染病疫情责任报告人包括:各级疾病预防控制机构、医疗机构和采供血机构及其执行职务的人员;军队系统的医疗机构及其执行职务的人员;乡村医生、个体开业医生;港口、机场、铁路疾病预防控制机构以及国境

卫生检疫机关及其执行职务的人员。

2.传染病疫情报告的时限要求:《突发公共卫生事件与传染病疫情监测信息报告管理办法》第十九条规定:"责任报告单位对甲类传染病、传染性非典型肺炎和乙类传染病中艾滋病、肺炭疽、脊髓灰质炎的病人、病原携带者或疑似病人,城镇应于 6 小时内、农村应于 12 小时内通过传染病疫情监测信息系统进行报告。"

"对其他乙类传染病病人、疑似病人和伤寒、副伤寒、痢疾、梅毒、淋病、乙型肝炎、白喉、疟疾的病原携带者,城镇应于 6 小时内、农村应于 12 小时内通过传染病疫情监测信息系统进行报告。"

命题考点3 传染病控制措施及医疗救治

【历年真题纵览】

A1 型题

1.乙类传染病中可采取甲类传染病预防、控制措施的是

  A.鼠疫

  B.炭疽中的肺炭疽

  C.病毒性肝炎

  D.狂犬病

  E.流行性出血热

参考答案:B

2.《传染病防治法》规定应予以隔离治疗的是

  A.疑似传染病病人

  B.甲类传染病病人

  C.甲类传染病病人和病原携带者

  D.乙类传染病病人和病原携带者

  E.除艾滋病病人、炭疽中的肺炭疽以外的乙类传染病病人

参考答案:C

3.传染病暴发流行时,必要时当地政府可以采取以下紧急措施,除了

  A.临时征用房屋、交通工具

  B.限制或者停止集市、集会、影剧院演出或者其他人群聚集的活动

  C.停工、停业、停课

  D.封闭被传染病病原污染的公共饮用水

  E.停止一切活动

参考答案:E

4.哪种病人死亡后必须将尸体立即消毒,就近

火化

 A. 鼠疫、霍乱和炭疽

 B. 甲类传染病病人和病原携带者、艾滋病病人、炭疽病人

 C. 对疑得甲类传染病病人

 D. 艾滋病病人、肺炭疽病人

 E. 鼠疫、艾滋病、SARS

参考答案：A

 5. A 县张某系艾滋病患者，在 B 市传染病医院隔离治疗期间，擅自逃出医院回到 A 县，脱离隔离治疗。为防止艾滋病传播，可以协助传染病医院追回张某采取强制隔离治疗措施的是

 A. 卫生行政部门

 B. 疾病控制中心

 C. 民政部门

 D. 司法部门

 E. 公安部门

参考答案：B

B1 型题

6.

 A. 鼠疫、霍乱和炭疽

 B. 甲类传染病病人和病原携带者、乙类传染病病人中的艾滋病病人、炭疽中的肺炭疽病人

 C. 对疑得甲类传染病病人

 D. 乙类或丙类传染病病人

 E. 丙类传染病病人

①须予以隔离治疗的患者是

②哪种病人死亡后必须将尸体立即消毒，就近火化

③在明确诊断前，在指定场所进行医学观察的是

④必须根据病情，采取必要的治疗和控制传播措施的是

参考答案：①B ②A ③C ④D

【考点评析】

1.《传染病防治法》第三十九条规定，医疗机构发现甲类传染病时，应当及时采取下列措施：

 (1)对病人、病原携带者，予以隔离治疗，隔离期限根据医学检查结果确定。

 (2)对疑似病人，确诊前在指定场所单独隔离治疗。

 (3)对医疗机构内的病人、病原携带者、疑似病人的密切接触者，在指定场所进行医学观察和采取其他必要的预防措施。

 "拒绝隔离治疗或者隔离期未满擅自脱离隔离治疗的，可以由公安机关协助医疗机构采取强制隔

离治疗措施。"

 "医疗机构发现乙类或者丙类传染病病人，应当根据病情采取必要的治疗和控制传播措施。"

 2. 县级以上人民政府必要时可以采取的紧急措施：《传染病防治法》第四十二条规定，传染病暴发、流行时，县级以上地方人民政府应当立即组织力量，按照预防、控制预案进行防治，切断传染病的传播途径，必要时，报经上一级人民政府决定，可以采取下列紧急措施并予以公告：

 (1)限制或者停止集市、影剧院演出或者其他人群聚集的活动；

 (2)停工、停业、停课；

 (3)封闭或者封存被传染病病原体污染的公共饮用水源、食品以及相关物品；

 (4)控制或者捕杀染疫野生动物、家畜家禽；

 (5)封闭可能造成传染病扩散的场所。

 上级人民政府接到下级人民政府关于采取前款所列紧急措施的报告时，应当即时作出"紧急措施的解除，由原决定机关决定并宣布。"

 3.《传染病防治法》第四十六条规定："患甲类传染病、炭疽死亡的，应当将尸体立即进行卫生处理，就近火化。患其他传染病死亡的，必要时，应当将尸体进行卫生处理后火化或者按照规定深埋。"

命题考点 4 相关机构及其人员违反《传染病防治法》有关规定应承担的法律责任

【历年真题纵览】

A1 型题

 1. 因严重违反《传染病防治法》及有关法律规定，按照《刑法》，判处 3 年以下有期徒刑或拘役的违法犯罪行为是

 A. 引起甲类传染病传播或有传播危险的

 B. 引起乙类传染病传播或有传播危险的

 C. 从事传染病防治工作的人员，未依法履行传染病监测职责的

 D. 引起丙类传染病传播或有传播危险的

 E. 故意泄露传染病病人、病原携带者、疑似传染病病人、密切接触者涉及个人隐私的有关信息、资料的

参考答案：A

 2. 从事传染病防治工作的人员和政府有关主管

人员,因未依法履行传染病疫情报告、通报职责造成传染病传播或者流行的,对其处理是

    A.吊销执业证书
    B.吊销营业执照
    C.责令限期改正
    D.给予行政处罚
    E.给予行政处分

参考答案:E

A2 型题

3.1997 年冬,某县卫生防疫站于某被派下乡了解疾病发生情况。调查中得知某乡有一病人患流行性出血热去外地住院。但于某既未向防疫站反映,也未采取任何措施,却在乡干部家玩了 3 天。此时,该村已有 9 人患该病住院。依据《传染病防治法》,于某可能承担的法律责任是

    A.行政处分
    B.行政处罚
    C.行政赔偿
    D.刑事责任
    E.批评教育

参考答案:A

【考点评析】

1.疾病预防控制机构及其有关人员违反《传染病防治法》规定应承担的行政责任

《传染病防治法》第六十八条规定,疾病预防控制机构违反本法规定,有下列情形之一的,由县级以上人民政府卫生行政部门责令限期改正,通报批评,给予警告;对负有责任的主管人员和其他直接责任人员,依法给予降级、撤职、开除的处分,并可以依法吊销有关责任人员的执业证书;构成犯罪的,依法追究刑事责任。

(1)未依法履行传染病监测职责的。

(2)未依法履行传染病疫情报告、通报职责,或者隐瞒、谎报、缓报传染病疫情的。

(3)未主动收集传染病疫情信息,或者对传染病疫情信息和疫情报告未及时进行分析、调查、核实的。

(4)发现传染病疫情时,未依据职责及时采取本法规定的措施的。

(5)故意泄露传染病病人、病原携带者、疑似传染病病人、密切接触者涉及个人隐私的有关信息、资料的。

2.刑事责任:《刑法》第三百三十条规定,引起甲类传染病传播或者有传播危险的,处三年以下有期徒刑或者拘役;后果特别严重的,处三年以上七年以下有期徒刑。

3.民事责任
(1)尊重传染病患者隐私权。
(2)不得歧视传染病病人。
(3)违反《传染病防治法》规定,应承担民事责任。

第六单元　突发公共卫生事件应急条例

命题考点1 《突发公共卫生事件应急条例》总则的内容

【历年真题纵览】

A1 型题

1.《突发公共卫生事件应急条例》规定,突发事件工作应遵循的原则是

    A.完善并建立监测与预警手段
    B.预防为主,常备不懈
    C.积极预防,认真报告
    D.及时调查,认真处理
    E.监测分析,综合评价

参考答案:B

2.突发公共卫生事件不应坚持的原则是

    A.分级负责
    B.反应及时
    C.措施果断
    D.依靠科学
    E.加强分工

参考答案:E

【考点评析】

突发事件应急工作的方针与原则:《应急条例》第五条明确规定:"突发事件应急工作,应当遵循预防为主、常备不懈的方针。贯彻统一领导、分级责任、反应及时、措施果断、依靠科学、加强合作的原则。"

命题考点2 预防与应急准备

【历年真题纵览】

A1 型题

1.全国突发事件应急预案不包括
    A.突发事件的监测与预警

B. 突发事件信息的收集、分析、报告、通报制度

C. 突发事件的持续时间

D. 突发事件应急处理指挥部的组成和相关部门的职责

E. 突发事件的分级和应急处理工作方案

参考答案:C

B1 型题

2.

A. 制定全国突发事件应急预案

B. 制定行政区域应急预案

C. 预防控制体系

D. 监测与预警系统

E. 开展突发事件日常监测

①县级以上人民政府建立和完善突发事件

②县级以上人民政府卫生行政主管部门指定机构负责

参考答案:①D ②E

【考点评析】

1.《应急条例》第十一条规定,全国突发事件应急预案应当包括以下主要内容:

①突发事件应急处理指挥部的组成和相关部门的职责。

②突发事件的监测与预警。

③突发事件信息的收集、分析、报告、通报制度。

④突发事件应急处理技术和监测机构及其任务。

⑤突发事件的分级和应急处理工作方案。

⑥突发事件预防、现场控制,应急设施、设备、救治药品和医疗器械以及其他物资和技术的储备与调度。

⑦突发事件应急处理专业队伍的建设和培训。

2. 第十四条规定对预防控制体系作了三方面的要求:

①国家建立统一的预防控制体系。

②县级以上人民政府建立和完善突发事件监测与预警系统。

③县级以上人民政府卫生行政主管部门指定机构负责开展突发事件日常监测。

> **命题考点 3　报告与信息发布**

【历年真题纵览】

A1 型题

1. 省、自治区、直辖市人民政府在接到应急报告时,凡是应当报告的,应当在几小时内向国务院卫生行政主管部门报告

A. 1 小时

B. 2 小时

C. 3 小时

D. 4 小时

E. 5 小时

参考答案:A

【考点评析】

1. 出现以下情形应该在接到报告 1 小时内上报:发生或者可能发生传染病暴发、流行的;发生或者发现不明原因的群体性疾病的;发生传染病菌种、毒种丢失的;发生或者可能发生重大食物和职业中毒事件的。

2. 监测和医疗卫生机构发现应该上报情形之一的,应当在 2 小时内向所在地卫生行政主管部门报告;接到报告的卫生行政主管部门应当在 2 小时内向本级人民政府报告,并同时向上级卫生行政主管部门和国务院卫生行政主管部门报告。

> **命题考点 4　应急处理**

【历年真题纵览】

A1 型题

1. 对流动人口中的传染性非典型肺炎病人、疑似病人处理的原则是

A. 就地控制、就地治疗、就地康复

B. 就地隔离、就地治疗、就地康复

C. 就地控制、就地观察、就地治疗

D. 就地隔离、就地观察、就地治疗

E. 就地观察、就地治疗、就地康复

参考答案:D

【考点评析】

1.《突发公共卫生事件应急条例》第四十一条规定:对传染病病人和疑似传染病病人,应当采取就地隔离、就地观察、就地治疗的措施。

2. 第四十二条规定:有关部门、医疗卫生机构应当对传染病做到早发现、早报告、早隔离、早治疗,切断传播途径,防止扩散。

行政主管部门或者其他有关部门指定的专业技术机构进入突发事件现场，或者不配合调查、采样、技术分析和检验的，对有关责任人员依法给予行政处分或纪律处分；触犯《中华人民共和国治安管理处罚条例》，构成违反治安管理行为的，由公安机关依法予以处罚；构成犯罪的，依法追究刑事责任。"

第七单元　医疗事故处理条例

命题考点1　医疗事故概念及特征

【历年真题纵览】

A1 型题

1.医疗事故的构成要素，除了

A.医务人员在任何时间过程中，客观上发生了违反法律规定的行为

B.行为主体上，必须是实施诊疗护理的医务人员

C.在主观方面，实施诊疗护理的医务人员对其诊疗护理行为可能产生的损害后果，持有过失的心理状态

D.行为客体上，实施诊疗护理的医务人员所采取的诊疗护理行为（包括诊疗护理方案、措施、方法、手段、程序等），必须是为法律、诊疗护理规程和医院规章制度所不允许的违法行为，从而危及病人生命健康权和医疗护理正常秩序

E.在客观方面，对病人造成的危害后果必须达到致病员"组织器官损伤导致功能障碍"或者更为严重的程度

参考答案：A

2.《医疗事故处理办法》规定，在诊疗护理工作中，属于医疗事故的是

A.虽有诊疗护理错误，但未造成病员死亡、残废、功能障碍

B.因诊疗护理过失，直接造成病员死亡、残废、组织器官损伤导致功能障碍

C.由于病情和病员体质特殊而发生难于预料和防范的不良后果

D.发生难以避免的并发症

E.以病员及其家属不配合诊治为主要原因而造成不良后果

参考答案：B

命题考点5　《突发公共卫生事件应急条例》规定的法律责任

【历年真题纵览】

A1 型题

1.在突发公共卫生事件应急处理工作中，有关单位和个人不配合有关专业技术人员调查、采样、技术分析和检验的，对有关责任人给予

A.警告

B.吊销执照

C.降级或者撤职的纪律处分

D.行政处分或者纪律处分

E.追究刑事责任

参考答案：D

2.下列卫生机构在突发事件发生后追究法律责任的是

A.履行报告职责及时按程序上报

B.未及时采取控制措施的

C.履行突发事件监测职责的

D.接受接诊病人的红包

E.服从突发事件应急处理指挥部调度的

参考答案：B

【考点评析】

1.《应急条例》第五十条规定，医疗卫生机构有下列行为之一的，由卫生行政主管部门责令改正、通报批评、给予警告；情节严重的，吊销《医疗机构执业许可证》；对主要负责人、负有责任的主管人员和其他直接责任人员依法给予降级或者撤职的纪律处分；造成传染病传播、流行或者对社会公众健康造成其他严重危害后果，构成犯罪的，依法追究刑事责任。

（1）未依照本条例的规定履行报告职责，隐瞒、缓报或者谎报的。

（2）未依照本条例的规定及时采取控制措施的。

（3）未依照本条例的规定履行突发事件监测职责的。

（4）拒绝接诊病人的。

（5）拒不服从突发事件应急处理指挥部调度的。

2.《应急条例》第五十一条规定："在突发事件应急处理工作中，有关单位和个人未依照本条例的规定履行报告职责，隐瞒、缓报或者谎报，阻碍突发事件应急处理工作人员执行职务，拒绝国务院卫生

【考点评析】

1.医疗事故的定义：《医疗事故处理条例》第二条规定：本条例所称医疗事故，是指医疗机构及其医务人员在医疗活动中，违反医疗卫生管理法律、行政法规、部门规章和诊疗护理规范、常规，过失造成患者人身损害的事故。

2.医疗事故的特征：

(1)必须发生在医疗活动中。

(2)责任主体是医疗机构及其医务人员。

(3)行为主体违法。

(4)行为主体主观上有过失，造成人身损害。

(5)过失行为和人身损害后果之间存在因果关系。

命题考点2　医疗事故的处理原则与分级

【历年真题纵览】

A1 型题

1.《医疗事故处理条例》第三条规定，处理医疗事故，应当遵循的原则，哪一项除外

A.公开

B.公平

C.公正

D.及时、便民

E.只保障患者的权益

参考答案：E

B1 型题

2.

A.造成患者明显人身损害的其他后果的

B.造成患者轻度残废、器官组织损伤导致一般功能障碍的

C.造成患者中度残废、器官组织损伤导致严重功能障碍的

D.造成患者死亡、重度残废的

E.造成患者死亡的

①构成二级医疗事故的情形为

②构成四级医疗事故的情形为

参考答案：①C　②A

【考点评析】

1.医疗事故的处理应遵循"公开、公平、公正、及时、便民"的原则。

2.根据对患者人身造成的损害程度，医疗事故

分为四级：一级指造成患者死亡、重度残疾的；二级指造成患者中度残疾、器官组织损伤导致严重功能障碍的；三级指造成患者轻度残疾、器官组织损伤导致一般功能障碍的；四级指造成患者明显人身损害的其他后果的。

命题考点3　医疗事故的预防与处置

【历年真题纵览】

A1 型题

1.根据《医疗事故处理条理》的规定，医疗机构发生医疗事故时，医疗机构医疗质量监控部门接到报告后应立即

A.逐级报告

B.赔偿损失

C.提起诉讼

D.责令当事人书面检查

E.组织人员对事故进行调查、核实

参考答案：E

2.医务人员在医疗活动中发生医疗事故争议，应当立即向

A.所在科室负责人报告

B.所在医院医务部门报告

C.所在医疗机构医疗质量监控部门报告

D.所在医疗机构的主管负责人报告

E.当地卫生行政机关报告

参考答案：A

3.医疗机构施行特殊治疗，无法取得患者意见又无家属或者关系人在场，或者遇到其他特殊情况时经治医师应当提出医疗处置方案，在取得

A.病房负责人同意后实施

B.科室负责人同意后实施

C.医疗机构质监部门负责人批准后实施

D.医疗机构负责人或者被授权负责人员批准后实施

E.科室全体医师讨论通过后实施

参考答案：D

【考点评析】

1.患者有权复印部分病历材料，严禁涂改、伪造、隐匿、销毁或抢夺病历。医疗机构要按规定书写并保管病历。在医疗活动中，医务人员应当向患者交代病情、医疗措施和医疗风险；并应避免对患者产生不利后果。

2. 发生导致患者死亡或可能为二级以上的医疗事故;导致 3 人以上人身损害后果的;有规定要上报的情形必须在 12 小时内上报。

3.《医疗事故处理条例》第十三条规定:"医务人员在医疗活动中发生或者发现医疗事故、可能引起医疗事故的医疗过失行为或者发生医疗事故争议的,应当立即向所在科室负责人报告,科室负责人应当及时向本医疗机构负责医疗服务质量监控的部门或者专(兼)职人员报告;负责医疗服务质量监控的部门或者专(兼)职人员接到报告后,应当立即进行调查、核实,将有关情况如实向本医疗机构的负责人报告,并向患者通报、解释。"

命题考点 4　医疗事故的技术鉴定

【历年真题纵览】

A1 型题

1. 当事人应当自收到医学会的通知之日起几日内提交有关医疗事故技术鉴定的材料、书面陈述及答辩

　　A. 5 日
　　B. 10 日
　　C. 15 日
　　D. 20 日
　　E. 30 日
　　参考答案:B

A2 型题

2. 某患者因剧烈腹痛到乡卫生院就诊,因医生诊断、治疗错误,造成该患者功能障碍,经县医疗事故鉴定委员会鉴定为"三级医疗事故"。其家属对鉴定结论持有异议,认为应属"二级医疗事故"。该事故进一步处理解决的正确程序是

　　A. 接到结论通知书十五日内,向法院提起行政诉讼
　　B. 由县级医疗事故鉴定委员会重新鉴定
　　C. 接到结论通知书十五日内,向上一级卫生行政部门申请复议
　　D. 由当事人所在的医院与患者家属协商解决
　　E. 此鉴定为最终鉴定结论,上报有关部门备案
　　参考答案:C

3. 病儿跌伤,X 线照片为左肱骨下端骨骺分离。3 周后到市医院就诊,接诊医生填 X 线申请单时将左写成右,放射科发现错后,拍了左手,却将一个"右"字铅号贴在 X 线片上。入院后值班医师在主诉中写左,诊断上又写右,手术通知单上也写右。术前备皮时,护士仍在右臂备皮。手术医生术前曾去查看患者,检查出是左臂跌伤,手术时竟仍在右臂上开了刀,暴露到关节囊未见异常时,经再次询问病儿,方发现开错了手术部位。该事件的主要责任者是

　　A. 接诊医师
　　B. 放射线医师
　　C. 经治医师
　　D. 备皮护士
　　E. 手术医师
　　参考答案:E

4. 根据国务院《医疗事故处理条例》的规定,不属于医疗事故的情况是

　　A. 难以避免的并发症、医疗技术性事故
　　B. 难以避免的并发症、病员及其家属不配合诊疗导致的不良后果
　　C. 难以避免的并发症、二级以下技术性事故
　　D. 病员及其家属不配合诊治、三级乙等技术性事故
　　E. 病员及其家属不配合诊治、药房等非临床科室过失导致的患者损害
　　参考答案:B

A2 型题

5. 青年李某,男,因包茎到某医院做包皮环切术,在局部注射利多卡因后,即刻出现休克反应,经全力抢救无效后死亡。经专家会诊认为其死亡是利多卡因过敏所致,在临床中极为少见。根据《医疗事故处理条例》规定,李某的死亡后果,应当属于

　　A. 一级医疗事故
　　B. 二级医疗事故
　　C. 三级医疗事故
　　D. 因不可抗力而造成的不良后果
　　E. 因患者体质特殊而发生的医疗意外
　　参考答案:E

A3 型题

6. 患者朱某因阑尾炎住院,医生甲认为应当立即手术,朱某不同意,要求保守治疗。至第二天晚间,发生阑尾炎穿孔,急行手术。术者医生乙告知患者,由于没及时手术,已形成严重腹膜炎,后遗症难免。术后几天中,朱某一直腹痛。主治医生丙认为是腹膜炎所致,未予特殊处理。后发现是腹内遗留一把止血钳所致。

　　①造成术后腹痛的性质属于

　　A. 患者不配合

　　B. 医疗意外

　　C. 医疗差错

　　D. 医疗事故

　　E. 难以避免的并发症

②对造成术后腹痛这一后果应承担责任的是

　　A. 患者朱某

　　B. 医生甲

　　C. 术者乙

　　D. 主治医生丙

　　E. 以上都不是

③患者和医疗单位对此事性质的确认和处理有争议时,可

　　A. 由医疗单位组织专家鉴定并最终处理

　　B. 由当地医疗事故技术鉴定委员会鉴定并处理

　　C. 由当地医疗事故技术鉴定委员会鉴定,医疗单位处理

　　D. 由当地医疗事故技术鉴定委员会鉴定,卫生行政部门处理

　　E. 由卫生行政部门鉴定并处理

参考答案:①D　②C　③D

【考点评析】

　　1. 负责组织医疗事故技术鉴定工作的医学会应当自受理医疗事故技术鉴定之日起 5 日内通知医疗事故争议双方当事人提交进行医疗事故技术鉴定所需的材料。当事人应当自收到医学会的通知之日起 10 日内提交有关医疗事故技术鉴定的材料、书面陈述及答辩。

　　2. 医疗事故技术鉴定书内容应当包括:双方当事人的基本情况及要求;当事人提交的材料和负责组织医疗事故技术鉴定工作的医学会的调查材料;对鉴定过程的说明;医疗行为是否违反医疗卫生管理法律、行政法规、部门规章和诊疗护理规范、常规;医疗过失行为与人身损害后果之间是否存在因果关系;医疗过失行为在医疗事故损害后果中的责任程度;医疗事故等级;对医疗事故患者的医疗护理医学建议。

　　3. 在诊疗护理中,不属于医疗事故的情形有:①在紧急情况下为抢救垂危者生命而采取紧急医学措施造成不良后果的;②在医疗活动中由于患者病情异常或者患者体质特殊而发生医疗意外的;③在现有医学科学技术条件下,发生无法预料或者不能防范的不良后果的;④无过错输血感染造成不良后果的;⑤因患方原因延误诊疗导致不良后果的;

⑥因不可抗力造成不良后果的。

> **命题考点5　医疗事故的处理**

【历年真题纵览】

A2 型题

　　1. 李医生在为一胃癌病人手术时,发现腹腔内已有转移,肿瘤与周围组织粘连很严重,切除肿瘤已无意义,便关腹结束手术。事后发现,一把止血钳被落在病人腹内。此行为被认定为:三级医疗责任事故。李医生可能承担的法律责任是

　　A. 罚款

　　B. 责令暂停执业六个月

　　C. 注销注册

　　D. 赔偿患者损失

　　E. 追究刑事责任

参考答案:B

B1 型题

2.

　　A. 未如实告知患者病情、医疗措施和医疗风险的

　　B. 非法行医,造成患者人身伤害的

　　C. 涂改、伪造、隐匿、销毁病历资料的

　　D. 没有正当理由,拒绝为患者提供复印或者复制病历资料服务的

　　E. 未在规定时间内补记抢救工作病历内容的

①给予刑事处罚

②注销注册、收回医师执业证书

参考答案:①B　②C

【考点评析】

　　1. 医疗事故的法律责任有民事责任、行政责任、刑事责任。

　　2. 第五十六条规定,医疗机构违反本条例的规定,有下列情形之一的,由卫生行政部门责令改正;情节严重的,对负有责任的主管人员和其他直接责任人员依法给予行政处分或者纪律处分:

　　(1)未如实告知患者病情、医疗措施和医疗风险的。

　　(2)没有正当理由,拒绝为患者提供复印或复制病历资料服务的。

　　(3)未按照国务院卫生行政部门规定的要求书写和妥善保管病历资料的。

　　(4)未在规定时间内补记抢救工作病历内容的。

（5）未按照本条例的规定封存、保管和启封病历资料和实物的。

（6）未设置医疗服务质量监控部门或者配备专（兼）职人员的。

（7）未制定有关医疗事故防范和处理预案的。

（8）未在规定时间内向卫生行政部门报告重大医疗过失行为的。

（9）未按照本条例的规定向卫生行政部门报告医疗事故的。

（10）未按照规定进行尸检和保存、处理尸体的。

3.第五十八条规定，医疗机构或者其他有关机构违反本条例的规定，有下列情形之一的，由卫生行政部门责令改正，给予警告；对负有责任的主管人员和其他直接责任人员依法给予行政处分或者纪律处分；情节严重的，由原发证部门吊销其执业证书或者资格证书。

（1）承担尸检任务的机构没有正当理由，拒绝进行尸检的。

（2）涂改、伪造、隐匿、销毁病历资料的。

4.第六十一条规定："非法行医，造成患者人身损害，不属于医疗事故，触犯刑律的，依法追究刑事责任。"《刑法》第三百三十六条规定："未取得医生执业资格的人非法行医，情节严重的，处三年以下有期徒刑、拘役或者管制，并处或者单处罚金；严重损害就诊人身体健康的，处三年以上十年以下有期徒刑，并处罚金；造成就诊人死亡的，处十年以上有期徒刑，并处罚金。"

第八单元　中医药条例

命题考点1　《中医药条例》总则的内容

【历年真题纵览】

A1 型题

1.《中华人民共和国中医药条例》明确对中医药发展的政策是国家

A.保护、支持、发展中医药事业

B.保护、扶持、发展中医药事业

C.保护、发展中医药事业

D.扶持、发展中医药事业

E.积极保护中医药事业

参考答案：B

2.制定《中华人民共和国中医药条例》的核心目的是

A.保护人体健康

B.保护传统医药学

C.发展传统医药学

D.继承创新中医药

E.保持中医药特色

参考答案：A

3.为全面发展中医药事业，国家鼓励中西医

A.相互支持、相互帮助、共同发展

B.相互学习、相互补充、共同提高

C.相互交流、相互学习、共同提高

D.相互发展、相互交流

E.相互学习、保持中医优势

参考答案：B

【考点评析】

1.为了继承和发展中医药学，保障和促进中医药事业的发展，保护人体健康，制定了中医药条例。

2.《中医药条例》第三条规定：国家保护、扶持、发展中医药事业，实行中西医并重的方针，鼓励中西医相互学习、相互补充、共同提高，推动中医、西医两种医学体系的有机结合，全面发展我国的中医药事业。

3.发展中医药事业应当遵循继承与创新相结合的原则，保持和发扬中医药特色和优势，积极利用现代科学技术，促进中医药理论和实践的发展，推进中医药现代化。

命题考点2　中医医疗机构与从业人员

【历年真题纵览】

A1 型题

1.《中华人民共和国中医药条例》规定，依法设立的社区卫生服务中心（站）和乡镇卫生院等城乡基层卫生服务机构，应当能够

A.开展各项中医药业务活动

B.提供中医医疗服务

C.提供康复服务活动

D.进行现代设备诊断服务

E.提供保健咨询业务

参考答案：B

【考点评析】

《中医药条例》第十条规定：依法设立的社区卫生服务中心（站）和乡镇卫生院等城乡基层卫生服务

机构,应当能够提供中医医疗服务。

命题考点3　中医药教育与科研

【历年真题纵览】

B1 型题

A.中药技术人才
B.中医从业人员
C.中医医疗机构
D.中医药教育机构
E.中医药科研机构

①应当符合国家规定的设置标准,并建立符合国家标准的临床教学基地的是

②国家鼓励开展中医药专家学术继承工作,培养高层次的中医临床人才和

参考答案:①D　②A

【考点评析】

《中医药条例》第十五、十六条规定:设立各类中医药教育机构,应当符合国家规定的设置标准,并建立符合国家标准的临床教学基地。国家鼓励开展中医药专家学术继承工作,培养高层次的中医临床人才和中药技术人才。

命题考点4　中医药发展的"保障措施"

【历年真题纵览】

A1 型题

1.对中医药发展的保障措施叙述不正确的是

A.任何单位和个人不得将中医药事业经费挪做他用
B.国家鼓励境内外组织和个人通过捐资、投资等方式扶持中医药事业发展
C.非营利性中医医疗机构,依照国家有关规定享受财政补贴、税收减免等优惠政策
D.县级以上地方人民政府劳动保障行政部门确定的城镇职工基本医疗保险定点医疗机构,应当包括符合条件的中医医疗机构
E.以上均不对

参考答案:E

【考点评析】

1.政府、单位、组织和个人的作用:任何单位和个人不得将中医药事业经费挪作他用;国家鼓励境

内外组织和个人通过捐资、投资等方式扶持中医药事业发展。非营利性中医医疗机构,依照国家有关规定享受财政补贴、税收减免等优惠政策。县级以上地方人民政府劳动保障行政部门确定的城镇职工基本医疗保险定点医疗机构,应当包括符合条件的中医医疗机构。县级以上各级人民政府应当采取措施,加强对中医药文献的收集、整理、研究和保工作。

2.加强中医药资源管理。

3.与中医药有关的审评与鉴定活动的法定要求:《中医药条例》第三十条规定:"与中医药有关的评审或者鉴定活动,应当体现中医特色,遵循中医药自身的发展规律。""中医药专业技术职务任职资格的评审,中医医疗、教育、科研机构的评审、评估,医药科研课题的立项和成果鉴定,应当成立专门的中医药评审、鉴定组织,或者由中医药家参加评审、鉴定。"

4.民族医药的管理:《中医药条例》第三十八条第二款规定:"民族医药的管理参照本条例执行。"

第九单元　医务人员医德规范及卫生行业作风建设

命题考点1　制定医德规范的目的

【历年真题纵览】

A1 型题

1.作为指导医务人员进行医疗活动的思想和行为准则以及医疗单位目标管理重要内容的是

A.药品管理规定
B.实施医师资格考试
C.进行医师技术考核
D.医药卫生体制改革
E.医务人员医德规范

参考答案:E

2.医德规范是指导医务人员进行医疗活动的

A.技术规程
B.技术标准
C.行为准则
D.思想准则
E.思想和行为准则

参考答案:E

3.下列哪一项不属于医德规范的内容

A.为病人保守医密

B. 尊重病人的权利与人格

C. 减少病人的经济负担

D. 互学互尊,团结协作

E. 严谨求实,奋发进取,钻研技术,精益求精

参考答案:C

【考点评析】

1. 医德规范是指导医务人员进行医疗活动的思想和行为准则。

2. 医德规范的具体内容有救死扶伤,实行社会主义的人道主义;尊重患者的人格与权利;文明礼貌服务;廉洁奉公;为病人保密;互学互尊、团结协作;钻研技术、精益求精。

命题考点2 **卫生部关于加强卫生行业作风建设的意见(2004年4月)**

【历年真题纵览】

A1型题

1. 下面关于用药治疗的道德要求中,不正确的是

A. 不准开人情方

B. 不准搭车取药

C. 对症用药,确保无误

D. 注意节约,减轻病人负担

E. 尽量联合用药,减轻药物的毒副作用对病人的危害

参考答案:E

2. 下列哪一个不是卫生行业建设存在的问题

A. 收受回扣

B. 开单提成

C. 开大处方

D. 无效检查

E. 先进诊断

参考答案:E

【考点评析】

1. 为切实加强医德医风建设,纠正医疗服务领域中收受药品回扣、"红包"、"开单提成"、乱收费等不正之风,努力树立行业作风新形象,全面加强行业作风建设,卫生部制定了《关于加强卫生行业作风建设的意见》,明确重申卫生行业纪律,对违反卫生行业纪律的行为要依法依纪严肃查处。

2. 医务人员严禁在医疗活动中收取药品生产或经营单位发放的"临床促销费、开单费、处方费、统方费"等形式的变相回扣,严禁利用处方权为个人谋私利,切实做到合理用药、合理检查、合理治疗。

医学伦理学

第一单元　绪　论

命题考点1　医学道德概述

【历年真题纵览】

A1 型题

1. "医乃仁术"是指

　　A. 道德是医学的本质特征

　　B. 道德是医学活动中的一般现象

　　C. 道德是医学的非本质要求

　　D. 道德是医学的个别性质

　　E. 道德是个别医务人员的追求

　　参考答案:A

2. 社会主义医德的最高价值目标是

　　A. 提高医学技术水平

　　B. 改善医务人员待遇

　　C. 实行医学人道主义

　　D. 全心全意为人民健康服务

　　E. 促进中医事业的发展

　　参考答案:D

【考点评析】

1. 医学道德是医务人员在医疗卫生工作中形成并依靠社会舆论和内心信念指导的,用以协调医务人员与服务对象以及医务人员相互关系的行为原则和规范的总和。

2. 医学道德具有科学性、服务性、继承性、实践性、时代性的特征。

3. 医学道德具有对医院人际关系的调节作用、对医疗质量的保证作用、对医学科学的促进作用、对社会文明的推动作用。"医乃仁术",道德是医学的本质特征,是医疗卫生工作的目的。

命题考点2　医学道德现象

【历年真题纵览】

A1 型题

1. 下列哪一项不属于医德意识现象

　　A. 医德观念

　　B. 医德情感

　　C. 医德信念

　　D. 医德意志

　　E. 医德评价

　　参考答案:E

2. 医学道德的意识现象和活动现象之间的关系是

　　A. 可以互相代替的

　　B. 可以互相补充的

　　C. 互不相干的

　　D. 可以割裂的

　　E. 相互依存、相互渗透,不可分割的

　　参考答案:E

【考点评析】

医学道德现象包括医德意识现象、医德规范现象和医德活动现象。

命题考点3　伦理学和医学伦理学的含义

【历年真题纵览】

A1 型题

1. 下列表述最能反映医学伦理学本质的是

　　A. 属于应用伦理学的范畴

　　B. 关于医学道德的学说和理论体系

　　C. 医学的有机组成部分

　　D. 规范伦理学的一个分支

E.一门边缘学科

参考答案:B

2.医学伦理学和医学法学调节人们行为的共同形式是

A.社会舆论

B.内心信念

C.传统习俗

D.行为规范

E.道德约束

参考答案:D

3.医学伦理学的核心问题是

A.医务人员之间的关系

B.医务人员与患者的关系

C.医务人员与社会之间的关系

D.医务人员与科学发展之间的关系

E.以上都不是

参考答案:B

4.医学伦理学的研究对象不包括

A.医际道德

B.医患道德

C.医务人员与医学科学发展道德

D.医务人员与医学相关学科发展道德

E.医务人员与管理人员之间的关系

参考答案:D

B1 型题

5.

A.有利、公正

B.权利、义务

C.廉洁奉公

D.医乃仁术

E.等价交换

①属于医学伦理学基本范畴的是

②属于医学伦理学基本原则的是

③属于医学伦理学基本规范的是

参考答案:①B ②A ③C

6.

A.描述伦理学

B.元伦理学

C.规范伦理学

D.医德学

E.生命伦理学

①医学伦理学的初始阶段,也就是传统意义上的医学伦理学称为

②根据道德价值和原则对生命科学和卫生保健领域内的人类行为进行系统研究的科学是

③对道德语言即道德概念和判断研究的科学称

参考答案:①D ②E ③B

【考点评析】

1.医学伦理学是研究医学领域中的医学道德现象和医学道德关系的科学。它是运用一般伦理学的原则来解决医疗卫生实践和医学科学发展中人们相互之间、医学团体与社会之间关系而形成的一门科学。

2.医学伦理学的研究对象是医学领域中的医学道德现象和医学道德关系。

3.医学伦理学的三个特征:实践性、继承性和时代性。

4.医学伦理学的任务是反映社会对医学的需求,为医学的发展导向、为符合道德的医学行为辩护。

5.医学道德的基本范畴有权利与义务、情感与良心、审慎与保密、荣誉与幸福等。

第二单元　医学伦理学的形成和发展

命题考点　中国、外国医学伦理学的发展

【历年真题纵览】

A1 型题

1.孙思邈主张医家必须具备"精",是指

A.不断学习,提高医疗技术,有精湛的医术

B.不断学习,对病人一心赴救

C.不断学习,对病人一视同仁

D.不断学习,有高尚医德

E.不断学习,热爱救人

参考答案:A

2.《希波克拉底誓言》的精髓是

A.救人,至少不伤害

B.爱人与爱医术平行

C.恪守职业道德

D.尊重病人

E.对病人要有同情心

参考答案:A

3.下列各项,不符合古代医患关系特点的是

A.直接性

B.稳定性

C.独立性

D.主动性

E. 单一性

参考答案:E

4. 下列各项,不属于中国古代医德思想内容的是

A. 救死扶伤、一视同仁的道德准则

B. 仁爱救人、赤诚济世的事业准则

C. 清廉正直、不图钱财的道德品质

D. 认真负责、一丝不苟的服务态度

E. 不畏权贵、忠于医业的献身精神

参考答案:A

5. 1948 年世界医学会颁布了全世界医务人员道德行为准则,它的基础是

A. 南丁格尔格言

B. 夏威夷宣言

C. 苏联医师宣言

D. 东京宣言

E. 希波克拉底誓言

参考答案:E

6. 从伦理学上分析,生物-心理-社会医学模式取代生物医学模式在本质上反映

A. 医疗技术的进步

B. 以疾病为中心的医学观念

C. 医学道德的进步

D. 重视人的心理健康

E. 重视人的内在价值

参考答案:C

B1 型题

7.

A.《纽伦堡法典》

B.《赫尔辛基宣言》

C.《希波克拉底誓言》

D.《大医精诚》

E.《伤寒杂病论》

①西方最早的经典医德文献是

②制定有关人体实验的基本原则的是

③反映孙思邈的医德思想和境界的是

参考答案:①C　②A　③D

8.

A. "上以疗君亲之疾,下以救贫贱之厄"

B. "若有疾厄来求救者,不得问其贵贱贫富、长幼妍媸、怨亲善友、华夷愚智,普同一等,皆如至亲之想……"

C. "病人对某些科学研究拒绝参加时,绝对不能使医生和病人之间的关系受到影响或妨碍"

D. "我决心竭尽全力除人类之病痛,助健康之

完美,维护医术的圣洁和荣誉"

E. "凡我所耳闻目睹的关于人们的私生活,我决不到处宣扬,我决不泄露作为应该守密的一切细节"

①出自《大医精诚》的是

②出自《希波克拉底誓言》的是

③出自《赫尔辛基宣言》的是

参考答案:①B　②E　③C

【考点评析】

1. 我国医德学和儒家伦理都形成于春秋末期。

2. 唐代孙思邈所著《千金要方》中的《大医精诚》、《大医习业》篇,强调医生既要医术精又要品德好,被看作是我国医学史上医德规范的开拓者。在品德修养上,要安神定志,无欲无求,对病人富有同情心,一视同仁。

3. "救死扶伤,实行革命的人道主义"是我国医学伦理学的基本原则。

4. 古希腊文化是西方文明的源头,伟大的医学家希波克拉底被称为西方医德的奠基人,其著名的《希波克拉底誓言》对医生之间、医患之间的行为准则作了较系统的阐述。主张医生应该爱人类,立志献身医学。《纽伦堡法典》是关于人体实验的国际文件,制定了有关人体实验的基本原则。《日内瓦宣言》和《国际医德守则》指出人道主义伦理观是其理论基础,医学的目的是为了病人的利益,增进病人的健康。

5. 20 世纪 70 年代后,医学伦理学发展到生命伦理学阶段。

6. 医学模式的转变是医德进步的标志。自古至今,医学模式的发展经历了 3 个阶段:自然哲学(经验)模式、生物模式、生物-心理-社会医学模式。生物-心理-社会医学模式对医师的职业道德提出了更高的要求。不仅要关心病人的躯体、个人,更要关心心理、家庭、社会等人文因素。

第三单元　医学伦理学的基本理论

命题考点 1　医学伦理学的理论基础

【历年真题纵览】

A1 型题

1. 下列哪一项不是生命神圣论的局限性

A. 能否摘取人体器官进行移植

B. 影响卫生资源的分配

C. 只偏重于人口的数量

D. 不能把人的自然素质同生命存在的价值相统一

E. 能否停止对病人的抢救

参考答案:D

2.医学人道主义的核心内容是

A. 尊重病人

B. 同情病人

C. 医生对病人尽义务

D. 病人的自主权利

E. 以上都不是

参考答案:A

3.下列关于公益论的基本原则的理解,错误的是

A. 个体利益与群众利益兼顾,以整体利益为重

B. 当前利益与长远利益兼顾,以长远利益为重

C. 局部利益与整体利益兼顾,以整体利益为重

D. 局部利益与个体利益兼顾,以局部利益为重

E. 以群体利益为重、以长远利益为重、以整体利益为重

参考答案:D

4.医德荣誉感

A. 属于医德荣誉的客观评价

B. 是社会对医德行为的褒奖

C. 是对医务人员履行医德义务的社会赞许

D. 反映医务人员对医德行为社会价值的自我感受

E. 是国家对医德行为的褒奖

参考答案:D

B1 型题

5.

A. 尊重病人的生命

B. 尊重病人的人格和尊严

C. 尊重病人平等的医疗与健康权利

D. 注重对社会利益及人类健康利益的维护

E. 病人的法律地位

①医学人道主义的核心内容中不包括哪一项

②医学人道主义的根本思想是

参考答案:①E　②A

【考点评析】

医学伦理学是以生命论、人道论、美德论和公益论等为基本理论的。

命题考点2　医德品质的含义和内容

【历年真题纵览】

A1 型题

1.医德品质的内容包括

A. 仁慈、诚挚、严谨、公正、节操

B. 仁慈、信任、严谨、公正、节操

C. 仁慈、诚挚、严肃、公正、节操

D. 仁慈、信任、严谨、公正、节操

E. 仁慈、诚挚、严谨、公正、信任

参考答案:A

2.下列关于医德品质和医德行为的关系,哪一个是错误的

A. 医德品质是在医德行为的基础上形成的,并且通过医德行为来加以体现和印证

B. 已经形成的医德品质,反过来对医德行为起着导向和支配作用

C. 医德行为与医德品质是交互作用,互相影响的统一整体

D. 医德行为是在医德品质基础上形成的

E. 医德品质是一系列医德行为的总和

参考答案:D

3.医务人员正确的功利观不包括

A. 解除病人的痛苦,保障人民健康

B. 肯定个人功利的同时去争取集体和社会的功利

C. 以集体和社会功利为重

D. 强调个人利益,集体社会功利与己无关

E. 以对集体社会贡献大小为功利的概括

参考答案:D

【考点评析】

医德品质的内容是仁慈、严谨、诚挚、公正。

第四单元　医学道德的规范体系

命题考点1　医学道德原则和基本原则

【历年真题纵览】

A1 型题

1.医学伦理学的基本原则是

A. 调节职业生活中各种关系所遵循的根本原则

B. 调节职业生活中人与人、人与社会关系所
遵循的根本原则

C. 调节医学职业生活中医德关系所应遵循的
根本原则

D. 调节医学职业生活中各种医德关系所应遵
循的原则

E. 调节医学职业生活中各种医德关系所应遵
循的根本原则

参考答案:B

2. 社会主义医学道德原则的根本宗旨是

A. 为工农阶级提供生命、健康服务

B. 全心全意为人民的健康服务

C. 实行社会主义的人道主义

D. 救死扶伤、防病治病

E. 为全社会提供生命、健康服务

参考答案:B

B1 型题

3.

A. 防病治病,救死扶伤,实行医学人道主义,
全心全意为人民健康服务

B. 全心全意为人民健康服务

C. 救死扶伤,忠于职守;钻研医术,精益求精;
一视同仁,平等对待;语言文明,平等待人;
廉洁奉公,遵纪守法;互尊互学,团结协作

D. 一视同仁,平等待人

E. 不伤害,有利,公正,自主

①我国医学伦理学的基本原则是

②我国医学道德规范的基本内容是

③我国医学伦理学的具体原则是

参考答案:①A　②C　③E

【考点评析】

1. 医学道德的原则是医务人员在医学实践中观
察、处理伦理问题的准绳或标准,包括基本原则和具
体原则。

2. 基本原则的具体内容为:"救死扶伤,防病治
病,实行社会主义的医学人道主义,全心全意为人民
的身心健康服务"。

命题考点2　医学道德具体原则的内容

【历年真题纵览】

A1 型题

1. 当妊娠危及胎儿母亲的生命时,可允许行人

工流产或引产,这符合

A. 行善原则

B. 不伤害原则

C. 公正原则

D. 尊重原则

E. 自主原则

参考答案:B

2. 医学伦理学的有利原则不包括

A. 努力使患者受益

B. 关于患者的客观利益和主观利益

C. 选择受益最大,伤害最小的行动方案

D. 努力预防或减少难以避免的伤害

E. 把患者的利益看得高于一切

参考答案:E

3. 在履行医学伦理学基本原则中的尊重原则
时,重点内容不包括

A. 在医疗过程中要尊重病人和家属的自主权

B. 各种治疗手段要获得病人和家属的知情同
意

C. 各种用药目的要详细向病人和家属解释

D. 在医疗过程中要为病人保守秘密

E. 在医疗过程中要保守病人的隐私

参考答案:C

4. 人在患病后,有权选择愿意接受或拒绝医生
制定的诊治方案,这种权利是

A. 自主原则的体现

B. 有利原则的体现

C. 尊重原则的体现

D. 公正原则的体现

E. 不伤害原则的体现

参考答案:A

5. 在公正的内容原则中,进行公正分配的根据
不包括

A. 根据个人能力

B. 根据对社会的贡献

C. 根据个人的地位

D. 根据科研价值

E. 根据个人需要

参考答案:C

6. 医疗机构施行手术、特殊检查或特殊治疗时,
如果无法取得患者意见又无家属或关系人在场,应
该

A. 经治医师提出医疗处置方案,在取得医疗
机构负责人或者被授权负责人员的批准后
实施

B.经治医师提出医疗处置方案,在取得群众
认可后实施

C.经治医师提出医疗处置方案,在取得第三
者证实有效后实施

D.经治医师提出医疗处置方案,在取得县级
以上卫生行政部门批准后实施

E.经治医师提出医疗处置方案,在取得同行
讨论批准后实施

参考答案:A

7.下述各项中属于医生违背尊重原则的是

A.医生对病人的呼叫或提问给予应答

B.医生的行为使某个病人受益,但却给别的
病人带来了损害

C.妊娠危及母亲的生命时,医生给予引产

D.医生给病人实施必要的检查或治疗

E.医生尊重病人是指满足病人的一切要求

参考答案:E

8.医学伦理学的无伤害原则,是指

A.避免对病人的躯体伤害

B.避免对病人造成躯体痛苦

C.避免对病人的身心伤害

D.避免对病人的心理伤害

E.避免对病人的任何身心伤害

参考答案:E

9.在下述各项中,不符合有利原则的是

A.医务人员的行动与解除病人的疾苦有关

B.医务人员的行动使病人受益而可能给别的
病人带来损害

C.医务人员的行动使病人受益而会给家庭带
来一定的经济负担

D.医务人员的行动可能解除病人的痛苦

E.受病人或家庭条件的限制,医务人员选择
的诊治手段不是最佳的

参考答案:B

10.公正不仅指形式上的类似,更强调公正的

A.本质

B.内容

C.基础

D.内涵

E.意义

参考答案:B

11.医学伦理学的公正原则,是指

A.不同病人给予不同对待

B.不同的经济给予不同对待

C.不同样的需要给予同样的对待

D.同样需要的人给予同样的对待

E.不同的病情给予同样的对待

参考答案:D

B1 型题

12.

A.医生对病人的呼叫或提问给予应答

B.医生的行为使某个病人受益,但却给别的
病人带来了损害

C.妊娠危及母亲的生命时,医生给予引产

D.医生给病人实施粗暴性的检查

E.医生尊重病人是指满足病人的一切要求

①上述各项中属于医生违背不伤害原则的是

②上述各项中属于医生违背有利原则的是

③上述各项中属于医生违背尊重原则的是

参考答案:①D ②B ③E

13.

A.不伤害原则

B.有利原则

C.公正原则

D.尊重原则

E.平等原则

①医学道德的具体原则不包括

②在诊治、护理过程中,不使病人受到身心损害
的是哪一原则

参考答案:①E ②A

【考点评析】

1.具体原则包括不伤害原则、有利原则、尊重原
则和公正原则等。

2.尽力提供最佳的诊治、护理手段,选择利益大
于危险或伤害的措施是防范伤害的要求,对不伤害
原则的理解,不应仅局限于对躯体的不伤害,还要想
到对精神的不伤害。

3.医务人员的行为使病人受益而不会给他人带
来太大的伤害是有利原则的要求。当有利原则有时
与其他原则发生冲突时要抓主要矛盾来选择处理。

4.尊重原则要求医务人员尊重病人知情同意和
选择的权利。履行尊重原则的重点为尊重病人及其
家属的自主性,但并不是满足患者的所有要求,对于
缺乏或丧失知情同意和选择能力的患者,应该尊重
亲属或监护人知情同意和选择的权利。当在生命的
危急时刻,亲属或监护人不在场而又来不及赶到医
院时,医务人员出于患者的利益和责任,可以行使家
长决定权。医务人员要尊重病人及其做出的理性决
定。但医务人员尊重病人的自主性,决不意味要放
弃自己的责任。因为,尊重病人也包括对病人的帮

助、劝导、说服,甚至限制病人进行选择。

5.公正原则包括两个部分:分配性质的公正和服务态度的公正。医务人员要公正地分配卫生资源,尽力实现病人基本医疗和护理的平等,坚持实事求是,站在公正的立场上处理医患纠纷、医护差错事故。

命题考点3 医学道德规范的含义和内容

【历年真题纵览】

A1 型题

1.下面关于社会主义市场经济条件下加强医德建设作用的表述,不正确的是

A.为医疗体制改革奠定基础、导引方向

B.利于解决医疗卫生单位内部的矛盾

C.利于解决医疗、卫生机构与人民群众及其他单位的矛盾

D.提高医务人员的整体素质

E.杜绝医务人员的不正之风

参考答案:E

2.我国卫生部于1988年制定的医务人员医德规范七条内容中,不直接涉及医患关系的是

A.第2条

B.第3条

C.第4条

D.第5条

E.第7条

参考答案:E

3.医德规范是指导医务人员进行医疗活动的

A.思想准则

B.行为准则

C.技术规程

D.技术标准

E.思想和行为准则

参考答案:E

4.在市场经济条件下的医德建设,重点是纠正和防止

A.稀有卫生资源分配不公的现象

B.追求个人正当利益的现象

C.淡化卫生事业的福利性

D.强调医务人员的社会价值

E.片面追求经济效益的行为

参考答案:E

【考点评析】

1.医学道德规范是在医学道德原则指导下所制定的行为准则和具体要求,也是培养医务人员医德品质的具体标准。医德规范的本质,是医务人员的医德意识和医德行为的具体标准。医德规范,以"哪些应该做,哪些不应该做"的形式表现,如以"戒律"、"宣言"、"誓词"、"法典"、"守则"等形式表现出来。

2.卫生部《医务人员医德规范及实施办法》中,医德规范的具体内容有救死扶伤,实行社会主义的人道主义;尊重患者的人格与权利;文明礼貌服务;廉洁奉公;为病人保密;互学互尊、团结协作;钻研技术、精益求精。

3.医德规范的主要内容:①医务人员医德规范及实施办法;②中国医学生誓言。伦理医学和政治法律所指的权利与义务之间的关系有区别。

命题考点4 医学道德范畴的含义和作用

【历年真题纵览】

1.关于医德情感,正确的说法是

A.它与医德义务无关

B.它以医务人员个人的需要为前提

C.它应能满足病人的一切需要

D.它是医务人员的盲目冲动

E.它是医务人员内心体验的自然流露

参考答案:E

2.医学伦理学中最古老、最有生命力的医德范畴是

A.医疗保密

B.医疗公正

C.医疗权利

D.医疗荣誉

E.医疗义务

参考答案:E

3.医德情感中最基本的道德情感是

A.同情感

B.责任感

C.紧迫感

D.事业感

E.羞愧感

参考答案:A

4.医学道德的幸福是指

　　A.物质生活得以相对满足时所产生的愉悦感觉

　　B.精神生活得以相对满足时所产生的愉悦感觉

　　C.物质和精神生活得以相对满足时所产生的愉悦感觉

　　D.实现了自己的理想和目标而引起的一种精神上的满足

　　E.获得褒奖后引起的一种精神上的满足感

参考答案:C

5.关于医德良心,下述提法中错误的是

　　A.医德良心是对道德情感的深化

　　B.医德良心是对道德责任的自觉认识

　　C.医德良心在行为前具有选择作用

　　D.医德良心在行为中具有监督作用

　　E.医德良心在行为后具有社会评价作用

参考答案:C

B1 型题

6.

　　A.一些医院片面追求最大利益,一些医务人员把医疗权力、技术当作牟取个人不正当利益的手段

　　B.医疗服务不但要立足于现实,而且要立足于发展

　　C.在行为前选择,在行为中监督,在行为后评价

　　D.不将危重疾病的真实情况告诉患者

　　E.在医疗服务中用尊称、敬称

①属于保密内容的是

②属于良心作用的是

参考答案:①D　②A

【考点评析】

1.医学道德的基本范畴有权利与义务、情感与良心、审慎与保密、荣誉与幸福等。

2.医师有要求病人和家属配合诊治、在特殊的情况下享有干涉病人行为的道德权利。医师的权利具有一定的自主性。

3.医学道德审慎是指医务人员在行为之前的周密思考及行为之中的小心谨慎、细心操作。内容有言语审慎和行为审慎。审慎的本质是一种智慧与良好道德品质的表现。医疗审慎主要体现在行为前的周密思考和行为过程的细心、周到、一丝不苟。

4.医德情感包括3个内容:同情心、责任感、事业感。一个比一个层次升华,理性内涵增加。建立医德情感的基础是对病人的高度负责;前提是不计较个人利益。

5.医务人员的良心是医德感情的演化,是强烈的道德责任感和自我评价能力。医务人员的良心可以产生对行为的监督、激化和能动作用。

第五单元　医患关系道德

命题考点1　医患关系的基本内容

【历年真题纵览】

A1 型题

1.最能反映医患关系性质的表述是一种

　　A.陌生人关系

　　B.信托关系

　　C.主动被动关系

　　D.类似父子的关系

　　E.商品关系

参考答案:B

2.体现医患之间契约关系的有下列做法,但不包括

　　A.患者挂号看病

　　B.医生向患者作出应有承诺

　　C.先收费用然后给予检查处理

　　D.先签写手术协议然后实施手术

　　E.患者被迫送红包时保证不给医生宣扬

参考答案:E

3.下列医患关系中,属于技术关系的是

　　A.医务人员对患者良好的服务态度

　　B.医务人员对患者高度的责任心

　　C.医务人员对患者的同情和尊重

　　D.医务人员以精湛医术为患者服务

　　E.患者对医务人员的尊重

参考答案:D

4.医务人员"彼此独立、互相支持和帮助"这一道德原则的根据是

　　A.医务人员分工不同,但人格平等

　　B.医务人员分工不同,但工作目标一致

　　C.医务人员分工不同,各有明确职责,工作目标一致

　　D.医务人员分工不同,彼此依赖,共同负责

　　E.医务人员分工不同,且各有专长,彼此依赖

参考答案:C

B1 型题

4.

A. 医患双方不是双向作用,而是医生对病人单向发生作用

B. 医患双方在医疗活动中都是主动的,医生有权威性,充当指导者

C. 医生和病人具有近似同等的权利

D. 长期慢性病病人已具有一定医学科学知识水平

E. 急性病人或虽病情较重但他们头脑是清醒的

①主动被动型的特点是

②共同参与型适用于哪种病人

参考答案:①A ②D

【考点评析】

1. 我国的医患关系是以社会主义人道主义为原则建立起来的平等关系、以社会主义法制为保证建立起来的信赖关系和以与救死扶伤相关联、以医疗技术为保证的委托关系。

2. 医患关系是以医务人员为一方,以患者及家属为一方在诊断、治疗、护理过程中结成的人际关系。它是以与救死扶伤相关联、以医疗技术为保证的委托关系。这种委托关系是由于医患之间的医学知识占有不同,所处的地位、职责不同所决定的。

命题考点2 医患关系的发展趋势

【历年真题纵览】

A1 型题

1. 医患关系出现物化趋势的最主要原因是

A. 医生对物理、化学等检测诊断手段的依赖性

B. 医院分科越来越细,医生日益专科化

C. 医患双方相互交流的机会减少

D. 医生降低了对患者的重视

E. 医患交流中出现了屏障

参考答案:A

2. 在医患关系发展趋势中,物化趋势可能带来的负面影响是

A. 忽视了医患感情交流

B. 医护人员加强自己的道德修养

C. 更加尊重患者

D. 注意医患关系的融洽

E. 提高整体医疗质量

参考答案:A

3. 当今医患关系物化趋势对医德的突出要求是

A. 在医患交往中,双方互相平等、尊重、信任、合作,强调维护病人各项自主权

B. 在医患交往中,双方严格遵守底线义务,不伤害对方基本权益,强调惩戒性他律机制

C. 在医患交往中,临床医师合理运用仪器设备,强调不做仪器设备的奴隶

D. 在医患交往中,医师救死扶伤,强调自我奉献

E. 在医患交往中,医师不为罪犯提供医学服务,强调政治立场

参考答案:C

B1 型题

4.

A. 医患交往的社会性日益突出为社会所关注

B. 将部分医德规范、观念纳入《中华人民共和国执业医师法》

C. 医患交往在经济条件、文化背景方面日显重要

D. 指导患者就医,自主选择医生、护士、治疗小组的做法

E. 部分医务人员在诊疗工作中过于依靠仪器检测

①上述各项,体现我国当今医患关系法制化趋势反映在

②上述各项,体现在医患关系中,体现病人自主性的是

参考答案:①B ②D

【考点评析】

医患关系是一种契约关系,又是一种信托关系。随着社会的发展,高科技在医学中的应用,已经逐渐形成了一种复杂的社会关系。医患关系发展的三种趋势:民主化、法制化和物化趋势。医患关系发展中出现的物化趋势可能带来负面影响。

命题考点3 影响医患关系的因素

【历年真题纵览】

A1 型题

1. 构成医患之间信任关系的根本前提是

A. 病人求医行为已含对医师的信任

B.病人在医患交往中处于被动地位

C.医师是仁者

D.现代医学服务是完全可以依赖的

E.医患交往中加入一些特殊因素

参考答案:A

【考点评析】

影响医患关系的根本是双方的信任。

命题考点4　医务人员的权利和义务

【历年真题纵览】

A1 型题

1.下面关于医务人员权利的理解,不正确的是

A.医务人员享受权利的前提是履行自己的义务

B.医务人员权利的范围是维护病人平等医疗权利的实现,促进病人身心健康

C.医务人员享有的职业权利是其必须履行的义务

D.医务人员享有的权利是病人实现自己医疗权利的满足

E.医务人员权利与病人权利发生矛盾时,要求医务人员放弃权利而服从病人的权利

参考答案:E

2.尊重病人的自主权,下述错误的是

A.尊重病人的理性决定

B.履行帮助、劝导,甚至限制患者的选择

C.提供正确、易于理解、适量、有利于增强病人信心的信息

D.当患者的自主选择有可能危及生命时劝导病人做出最佳选择

E.当患者的自主选择与他人、社会利益发生冲突时,主要履行对患者的义务

参考答案:E

3.对医师有合理的个人利益的正确理解是

A.医师的个人利益都是天然合理的

B.医师的正当利益都应得到实现

C.医师的正当利益能够得到医德的支持

D.医师的正当利益必须无条件服从患者利益

E.医师的个人利益在伦理上是成问题的

参考答案:C

4.现代医学模式要求医务人员既要维护患者的利益,又要兼顾社会公益。下列几点中,错误的是

A.尊重病人知情同意的权利

B.尊重病人知情选择的权利

C.尊重医生的行医权利

D.坚持一视同仁的原则

E.保护患者无损害的权利

参考答案:E

5.体现医师克己美德的做法是

A.风险大的治疗尽量推给别人

B.点名手术无论大小能做多少就做多少

C.只要是对病人有利的要求有求必应

D.只要是病人的要求有求必应

E.对病人有利而又无损自我利益的才去做

参考答案:C

6.医务人员的共同义务和天职是

A.彼此平等,相互尊重

B.彼此独立,相互支持和帮助

C.彼此信任,相互协作和监督

D.共同维护病人的利益和社会公益

E.相互学习,共同提高和发挥优势

参考答案:D

7.医生在治疗中确诊一名肝癌患者,他妥当的做法应是

A.对患者绝对保密

B.同时向患者本人及家属宣布病情危重程度

C.征求家属意见,尊重患者意愿,向患者家属如实交代病情

D.将诊断书直接交给患者本人

E.将假诊断书交给患者,隐瞒病情和预后

参考答案:C

A2 型题

8.男性,67 岁,知识分子,医生以肺部肿物待查收入院。住院后,确诊为肺癌,但尚未告诉患者和家属。而患者告诉医生自己无儿无女,仅与 66 岁的老伴相依为命,如果是肺癌,不要将病情告诉他的老伴,以免她冠心病发作;如果手术,可以自己签字。医生此时怎样做在道德上最佳

A.对患者家属保密,而对患者不保密

B.对患者本人不保密,但如何告知家属由患者决定

C.对患者和家属都保密

D.对患者和家属都不保密

E.对患者家属不保密,对患者保密

参考答案:B

9.据报道,现在有些医院已采取了一些隔离措施,使体格检查置于一个相对封闭的环境中,以免受

检病人曝光于众人面前。更确切地说,这些措施反映了医院和医生哪一种医德意识

A. 服务意识

B. 管理意识

C. 保护病人隐私意识

D. 有利于病人的意识

E. 热爱医学事业的意识

参考答案:C

B1 型题

10.

A. 医生对自杀的病人予以制止

B. 医生的行为以保护病人利益、促进病人健康、增进其幸福为目的

C. 医生要保护病人的隐私

D. 医生的行为要遵循医德规范的要求

E. 医生在紧急灾难(如传染病流行)面前要服从卫生部门调遣

①能体现医生特殊干涉权的是

②能体现医学伦理学有利原则的是

③体现医学道德和卫生法律义务的是

参考答案:①A ②B ③E

【考点评析】

1. 医生的权利有诊治权,特殊干预权,工作、学习权和参与权。医生的诊治权具有自主性、权威性、特殊性的特点。

2. 医生的特殊干涉权适用范围有:①对精神病患者、意志丧失和自杀未遂等患者拒绝治疗时,医生可以行使特殊干涉权,强迫治疗或采取措施控制其行为。②人体试验性治疗时,虽然患者已知情同意,但对一些高度危险的试验,医生必须以特殊干涉权保护患者利益。③患者要求了解自己疾病的真情,但当了解后不利于诊治或产生不良影响时,医生有权隐瞒真相。

3. 医学伦理学广义的有利原则不仅对病人有利,而且医务人员的行为有利于医学事业和医学科学的发展,有利于促进人群和人类的健康;医学道德义务是指医务人员依据医学道德的原则和规范的要求,对病人、集体和社会所负的道德责任,以应有的行为履行自己的职责。其中包括遵守法律、法规,遵守技术操作规范。

4. 医师的权利具有一定的自主性,使医务人员正当的职业道德权利受到尊重和维护,医务人员的权利和义务是相辅相成的,尊重病人的自主性,决不意味要放弃自己的责任。

命题考点 5　患者的权利和义务

【历年真题纵览】

A1 型题

1. 下列哪一项不是病人在医患关系中的权利

A. 基本的医疗权

B. 知情同意权和知情选择权

C. 保守秘密和保护隐私权

D. 获得休息和免除社会责任权

E. 选择生与死的权利

参考答案:E

2. 当患者对医生所实施的诊治手段有质疑时,医生必须详细地向患者说明、解释,在患者愿意时才能进行。这属于患者的

A. 平等医疗权

B. 疾病认知权

C. 知情同意权

D. 社会责任权

E. 保护隐私权

参考答案:C

3. 患者的道德义务不包括

A. 提供病情与有关信息

B. 在医生的指导下与医生积极配合

C. 遵守医院各项规章制度

D. 在住院期间协助护士做好环境管理工作

E. 支持医学生的实习和医学发展

参考答案:D

4. 从总的方面来说,患者享有的保密权有两大内容,即

A. 为自己保密和向自己保密

B. 疾病情况和治疗决策

C. 躯体缺陷和心理活动

D. 个人隐私和家庭隐私

E. 致病原因

参考答案:A

5. 关于病人的道德权利,下述提法中正确的是

A. 病人都享有稀有卫生资源分配的权利

B. 病人都有要求开假休息的权利

C. 医生在任何情况下都不能超越病人要求保密的权利

D. 病人被免除社会责任的权利是随意的

E. 知情同意是病人自主权的具体形式

参考答案:E

A2 型题

6. 某年轻女患者,自诉左侧乳房有硬结,到某医院外科诊治。经活体组织检查证实为乳腺癌。经患者及其家属同意后,收住院行乳腺癌根治术。在术中右侧乳房也作了活体组织切片,检查结果为"乳腺瘤性肿瘤,伴有腺体增生"。虽然目前不是癌组织,但是将来有癌变的可能性,医生决定将右侧乳房切除。术后患者及其家属认为,医生未经患者或其家属同意切除右侧乳房,要求追究医生的责任并要求赔偿。上述病例从伦理学上分析,哪一个说法是正确的

 A. 该医生未经患者及其家属同意,自行切除患者右侧乳房,损害了患者的知情同意权

 B. 该医生为了防止右侧乳房癌变,切除右侧乳房的做法是正确的

 C. 该医生未经患者及其家属同意,自行切除患者右侧乳房,是对患者的伤害,不符合无伤害原则

 D. 患者及其家属的赔偿要求是无理的

 E. 以上说法都不对

 参考答案:A

7. 一中年男性患者因急性阑尾炎住院治疗,手术后,主管医生为了使患者尽快恢复,给患者使用了一种比较贵的新型抗生素,但并没有同患者商量。患者恢复很快,几天后就可出院。出院时,患者发现自己需付上千元的药费,认为医生没有告诉自己而擅自做主,自己不应该负担这笔钱。在这个案例中,医生损害了患者的哪个权利

 A. 知情同意权

 B. 疾病的认知权

 C. 平等的医疗权

 D. 要求保护隐私权

 E. 病人的参与权

 参考答案:A

8. 一因车祸受重伤的男子被送去医院急救,因没带押金,医生拒绝为病人办理住院手续,当病人家属拿来钱时,已错过了抢救最佳时机,病人死亡。本案例违背了病人权利的哪一点

 A. 享有自主权

 B. 享有知情同意权

 C. 享有保密和隐私权

 D. 享有基本的医疗权

 E. 享有参与治疗权

 参考答案:D

B1 型题

9.

 A. 知情同意

 B. 支持医学发展

 C. 病人利益至上

 D. 医德境界

 E. 内心信念

 ①属于病人权利的是

 ②属于病人义务的是

 ③属于医德评价方式的是

 参考答案:①A　②B　③C

【考点评析】

1. 患者有平等的医疗权、疾病的认知权、知情同意权、知情选择权、诉讼权与获得赔偿权、要求保护隐私权和免除一定社会责任权。但应该注意的是:不论是知情同意或知情选择,病人表示拒绝是自主权体现。病人的保密权一旦与他人或社会的利益发生矛盾,有时要由医生的干涉权来调整,以确保人民的利益为重。有时病人的免除社会责任权是有一定限度的。

2. 患者有保持和恢复健康的责任,如实提供病情和有关信息,在医师指导下接受和积极配合医生诊疗的义务,遵守医院各种规章制度的义务和支持医学生的实习和医学研究等医学科学发展的义务。

命题考点6　医患沟通的含义与技巧

【历年真题纵览】

A1 型题

1. 医患沟通的含义是指

 A. 思想沟通和语言沟通、心理沟通

 B. 思想沟通和情感沟通、心理沟通

 C. 思想沟通和情感沟通、语言沟通

 D. 情感沟通和语言沟通、知识沟通

 E. 知识沟通和思想沟通、心理沟通

 参考答案:C

2. 医疗活动中,医务人员要善于运用下列语言中,不包括

 A. 专业性语言

 B. 解释性语言

 C. 礼貌性语言

 D. 安慰性语言

 E. 保护性语言

参考答案：A

3.医患沟通中最重要的是

  A.医生的态度

  B.医生的交流技巧

  C.医生的医疗水平

  D.患者的配合程度

  E.医生的性格培养

参考答案：A

4.下面关于指导-合作型的医患关系模式的说法最正确的是

  A.患者无条件地配合医师诊治

  B.患者能充分发挥自己的主观能动性

  C.患者在医师指导下自己治疗

  D.医师虽处指导地位,但患者也有一定主动性

  E.患者与医师有同等权力和主动性

参考答案：D

5.在慢性病中,医患关系中最理想的模式是

  A.主动被动型

  B.共同参与型

  C.指导合作型

  D.主动主动型

  E.被动被动型

参考答案：B

B1 型题

6.

  A.医患双方不是双向作用,而是医生对病人单向发生作用

  B.医患双方在医疗活动中都是主动的,医生有权威性,充当指导者

  C.医生和病人具有近似同等的权利

  D.长期慢性病人已具有一定医学科学知识水平

  E.急性病人或虽病情较重但他们头脑是清醒的

①指导合作型的特点是

②主动被动型的特点是

③共同参与型适用于哪种病人

参考答案：①B ②A ③D

【考点评析】

1.医患沟通是医患之间利用语言或非语言形式进行的信息交流。其特征是具有明显的专业性和时限性,一般是围绕着与健康相关的问题展开,以解决患者的健康需要为主要目的。

2.医务人员的谈话要善解人意,同情患者的境遇;要理解患者的内心感受,关注情感差异,个性化地处理谈话方式和交谈内容;要用平易亲切的语言、呵护的心态"探讨"医疗问题,内容明确,表述准确。

命题考点7　医患关系道德的内容和实质

【历年真题纵览】

A1 型题

1.下列医患关系中,属于技术关系的是

  A.医务人员对患者良好的服务态度

  B.医务人员对患者高度的责任心

  C.医务人员对患者的同情和尊重

  D.医务人员以精湛医术为患者服务

  E.患者对医务人员的尊重

参考答案：D

2.医患关系道德的作用不包括

  A.保证和促进医疗质量提高

  B.调整医患关系

  C.培养医学人才成长

  D.促进医学科学的发展

  E.提高患者康复的几率

参考答案：D

【考点评析】

1.医患关系道德包括:①举止端庄,文明礼貌;②尊重病人,一视同仁;③言语谨慎,保守秘密;④廉洁奉公,尽职尽责;⑤钻研医术,精益求精。

2.医患关系道德不仅是一种理论,而且是指导医患双方行为的准则,具有协调医患双方关系的作用和提高医疗质量和全民健康水平的实质。

第六单元　临床诊疗工作中的道德

命题考点1　临床诊疗道德的原则和要求

【历年真题纵览】

A1 型题

1.医务人员在确定辅助检查项目后,必须做到

A.只要检查目的的明确,无需说服解释

B.使病人知情同意,要告知病人(或家属),尊重被检查者

C.只要有益于治疗,医生可以作出决定

D.向病人解释清楚检查的危险性

E.因治病需要,无需向病人说明检查项目的经济负担

参考答案:B

2.临床诊疗道德中最基本的原则是

A.病人第一的原则

B.协同一致的原则

C.保密原则

D.最优化原则

E.身心统一原则

参考答案:A

3.在使用辅助检查手段时,不适宜的是

A.认真严格地掌握适应证

B.可以广泛积极地依赖各种辅助检查

C.有利于提高医生诊治疾病的能力

D.必要检查能尽早确定诊断和进行治疗

E.应从患者的利益出发决定该做的项目

参考答案:D

4.医疗机构施行手术、特殊检查或特殊治疗时,如果无法取得患者意见又无家属或关系人在场,应该

A.经治医师提出医疗处置方案,在取得医疗机构负责人或者被授权负责人员的批准后实施

B.经治医师提出医疗处置方案,在取得群众认可后实施

C.经治医师提出医疗处置方案,在取得第三者证实有效后实施

D.经治医师提出医疗处置方案,在取得县级以上卫生行政部门批准后实施

E.经治医师提出医疗处置方案,在取得同行讨论批准后实施

参考答案:A

【考点评析】

1.临床诊疗道德的原则包括:患者健康利益第一的原则、最优化原则、身心统一原则。

2.四诊的道德要求是安神定志、实事求是。

命题考点2 临床治疗工作的道德要求

【历年真题纵览】

A1 型题

1.药物治疗中的医德要求中不包括

A.坚持治本为主,标本结合的原则

B.尽量选用贵重药品

C.选用安全有效的药物

D.严格掌握配伍禁忌

E.坚持节约的原则

参考答案:B

2.下面关于用药治疗的道德要求中,不正确的是

A.不准开人情方

B.不准搭车取药

C.对症用药,确保无误

D.注意节约,减轻病人负担

E.尽量联合用药,减轻药物的毒副作用对病人的危害

参考答案:E

3.在通常情况下,手术治疗前最重要的伦理原则是

A.检查周全

B.知情同意

C.减轻病人的疑虑

D.安慰家属

E.确定手术方式

参考答案:B

B1 型题

4.

A.对症下药,剂量安全

B.合理配伍,细致观察

C.节约费用,公正分配

D.以上都是

E.以上都不是

①中医药物治疗中的道德原则哪点是正确的

②中医药物治疗中的道德原则哪点是不包括的

参考答案:①D ②E

【考点评析】

药物治疗中的道德要求包括:对症下药,剂量安全;合理配伍,细致观察;节约费用,公正分配。

【历年真题纵览】

A1 型题

1. 我国医疗卫生工作,传染科室工作人员的具体道德要求中不包括

　　A. 预防为主

　　B. 消毒隔离,加强保护

　　C. 准确及时,实事求是

　　D. 加强宣传

　　E. 深切同情

　　参考答案:E

【考点评析】

对于急诊、传染科等特殊科室都有其特殊的道德要求。

第七单元　医学科研工作的道德

命题考点 1　医学科研工作的道德

【历年真题纵览】

A1 型题

1. 关于临床科研实施中的道德要求的说法,不正确的是

　　A. 临床科研设计要建立在坚实的业务知识和统计学知识的基础上

　　B. 要坚持科学的方法为指导,使之具有严格性、合理性和可行性

　　C. 要严格按照设计要求、实验步骤和操作规程进行实验,切实完成实验的数量和质量

　　D. 客观分析综合实验所得的各种数据,既不能主观臆造,也不可任意去除实验中的任何阴性反应

　　E. 有些科研课题的设计可以缺少对照组,可以不必遵循随机的原则

　　参考答案:E

2. 医学科研的根本价值目标是

　　A. 经济价值目标

　　B. 学术价值目标

　　C. 政治价值目标

　　D. 医德价值目标

　　E. 社会价值目标

　　参考答案:D

3. 在临床医学研究中要求对资料保密,以下哪一点是不属于该范畴的

　　A. 对研究资料严加保密

　　B. 对研究成果严加保密

　　C. 医师与病人之间的保密

　　D. 研究者与受试者之间的保密

　　E. 研究者与双盲对象之间的保密

　　参考答案:B

【考点评析】

医学科研必须要有科学性。

命题考点 2　医学人体实验工作的道德

【历年真题纵览】

A1 型题

1. 人体实验中应把什么放在首位

　　A. 社会利益

　　B. 科学利益

　　C. 实验者利益

　　D. 受试者利益

　　E. 医院利益

　　参考答案:D

2. 在《赫尔辛基宣言》对临床人体实验的规定中不体现“病人健康利益高于医学发展利益”准则的是

　　A. 将实验与现有最佳诊治手段加以对比

　　B. 保证每个受试者得到最佳诊治手段

　　C. 保证受试者有权拒绝参加实验,并绝对不能因此而使医患之间正当关系受到影响或妨碍

　　D. 在必要的无承诺时,写出备忘录,以供审查

　　E. 医学目标服从于受试患者在诊治方面所得到的益处

　　参考答案:D

A2 型题

3. 某研究者为了验证氯霉素对伤寒的疗效,在408 例伤寒病人中进行对照实验,其中 251 例用氯霉素治疗,其余 157 例不用。结果使用组 251 人中死亡 20 人,死亡率 7.07%,未用组 157 人中死亡 36 人,病死率 22.8%,已有结论被亲自证实。下面哪种说

法是错误的

  A. 人体实验在临床医学中的价值和道德意义是无可非议的

  B. 无道德代价的实验，在医学科学方面并非都能做到

  C. 在临床医学研究中，使用安慰剂是心理实验，但要付出道德代价

  D. 无道德代价的实验，在医学科学方面是可以全部做到的

  E. 安慰剂虽没有药理作用，但确有一定的效果

参考答案：D

B1 型题

4.

  A. 贝尔蒙报告

  B. 东京宣言

  C. 吉汉宣言

  D. 悉尼宣言

  E. 赫尔辛基宣言

  ①关于保护人类受试者的伦理原则和准则的是

  ②涉及人类受试者医学研究的伦理准则的是

参考答案：①A ②E

5.

  A. 以健康人或病人作为受试对象

  B. 实验时使用对照和双盲法

  C. 不选择弱势人群作为受试者

  D. 实验中受试者得到专家的允许后可自由决定是否退出

  E. 弱势人群若参加实验，需要监护人的签字

  ①能体现人体实验知情同意的是

  ②不能体现知情同意的是

  ③能体现人体实验科学原则的是

参考答案：①E ②A ③B

【考点评析】

  1. 医学人体实验研究的道德原则的主要依据是《纽伦堡法典》和《赫尔辛基宣言》。

  2. 人体试验的道德原则有：知情同意原则、维护病人利益的原则、医学目的的原则和科学对照的原则。

  3. 在人体实验中维护受试者利益的做法是：①先进行动物实验；②对可能出现的意外有足够的估计和处理办法；③出现问题立即终止；④要有专家参与或指导。

  4. 受试者选择要坚持公平原则，具体内容是负担要公平，利益要公平。特别对弱势人群更应注意

此点。

  5. 医学人体实验一旦出现意外损害，损伤者有权获得公平的赔偿。死亡者家属有权获得赔偿。可预见的不良反应不在赔偿之列。凡要进行医学人体实验都要经过伦理委员会审批。

  6. 人体实验保密原则有对研究资料保密、医生与病人之间的保密、研究者与受试者之间的保密。

第八单元 医学道德的评价、教育和修养

命题考点 1 医学道德实践的内容

【历年真题纵览】

A1 型题

1. 医德实践的具体内容包括

  A. 医德评价

  B. 医德规范体系

  C. 医德教育

  D. 医德修养

  E. 医德评价、医德教育和医德修养

参考答案：E

2. 医学道德评价的方式有

  A. 内心信念

  B. 社会舆论

  C. 传统习俗

  D. 以上都是

  E. 以上都不是

参考答案：D

B1 型题

3.

  A. 疗效标准

  B. 经济标准

  C. 行为标准

  D. 社会标准

  E. 科学标准

  ①医学道德的评价标准中，医疗行为善恶的基本出发点和根本标准是

  ②医学道德的评价标准中，有利于人类生存和人类健康的标准是

参考答案：①A ②D

【考点评析】

1. 医学道德实践的内容有医学道德评价、医学道德教育和医学道德修养。

2. 医德评价的方式有社会舆论、内心信念、传统习俗。

3. 评价医德的标准包括有利、自主、公正、互助。

4. 医德评价的意义在于：提高医务人员的道德水平；建立医疗机构的医德医风；促进卫生事业的改革。

5. 医德评价依据要坚持动机与效果、目的与手段的辩证统一。

命题考点 2　医学道德修养

【历年真题纵览】

A1 型题

1. 医德修养要坚持

　A. 集体性

　B. 组织性

　C. 实践性

　D. 强制性

　E. 机动性

　参考答案：C

2. 下列关于医务人员道德自律的实现途径表述，不正确的是

　A. 内心信念

　B. 道德修养

　C. 自我道德教育

　D. 自我道德评价

　E. 外在道德教育

　参考答案：E

3. 什么既是一种医德修养方法，又是一种医德修养境界

　A. 学习

　B. 积善

　C. 自我反省

　D. 慎独

　E. 实践

　参考答案：D

【考点评析】

1. 医德修养是指医学生和医务工作者为培养医德品质进行的勤奋学习、自我教育和自我陶冶的过程与功夫以及经过长期医疗实践的磨炼所达到的医德境界。其中包括在医疗实践中所形成的情操、举止、仪貌、品行等。与医疗实践相结合是医德修养的根本途径。

2. 医德修养的意义在于：提高本人的医德素质；形成医院的良好医风；促进社会的精神文明。

3. "慎独"是医德修养的重要途径，自律与他律是医德品质的养成方式。自律是指人们严格要求自己，自觉地遵循道德规范，通过内心信念、自我道德教育、自我道德修养、自我道德评价提高自身的道德素质。道德修养的基础是自律。

第九单元　生命伦理学

命题考点 1　生命伦理学的含义

【历年真题纵览】

1. 医德关系的哪一方面成为生命伦理学的主要研究对象

　A. 医务人员与患者之间的关系

　B. 医务人员相互之间的关系

　C. 医务人员与患者家属

　D. 医务人员与医学科学发展之间的关系

　E. 以上都不是

　参考答案：D

2. 伦理学作为学科出现的标志是

　A.《黄帝内经》

　B.《医业伦理学》

　C.《备急千金要方》

　D.《希波克拉底誓言》

　E. 帕茨瓦尔《医学伦理学》

　参考答案：E

3. 医学伦理学发展到生命伦理学阶段，其理论基础的核心是

　A. 生命神圣论

　B. 美德论

　C. 义务论

　D. 生命质量与生命价值论

　E. 人道论

　参考答案：D

【考点评析】

生命伦理学是根据道德价值和原则，对生命科学和卫生保健领域内的人类行为进行系统研究的科

学,是对传统医学伦理学的继承和发展,它是围绕改进生命和提高生命质量而展开的有关人类行为的各种伦理问题的概括。

命题考点2 **生命伦理学的意义和作用**

【历年真题纵览】

A1 型题

1. 下面关于新医学模式的理解,不正确的是
   A. 新医学模式从生物、心理、社会相结合上认识疾病和健康
   B. 新医学模式从生物、心理、社会诸方面寻找影响健康和疾病的因素
   C. 新医学模式标志着人们对健康和疾病的认识达到了顶峰
   D. 新医学模式关注的健康是一种在身体、精神和社会方面的完满状态
   E. 新医学模式从生物、心理、社会诸方面开展医疗卫生保健活动

   参考答案:C

2. 下列关于医学模式的说法,哪一项是错误的
   A. 生物医学模式是建立在近代生物学、化学、物理学和社会实践基础之上的医学模式
   B. 生物医学模式认为任何一种疾病都可在器官、细胞或生物大分子上找到可测量的、形态的或化学的改变
   C. 医学模式向生物 – 心理 – 社会医学模式的转变在本质上反映了医学道德的进步
   D. 生物医学模式对人类健康、疾病的认识是片面的,没有对医学起推动作用
   E. 20 世纪下半叶开始,医学模式由生物医学模式逐渐转变为生物 – 心理 – 社会医学模式

   参考答案:D

3. 生命质量的衡量标准不包括
   A. 个体生命健康程度
   B. 个体生命德才素质
   C. 个体生命优化条件
   D. 个体生命治愈希望
   E. 个体生命预期寿命

   参考答案:C

B1 型题

4.
   A. 任何一种疾病都可找到形态的或化学的

改变
   B. 从生物和社会结合上理解人的疾病和健康
   C. 不仅关心病人的躯体,而且关心病人的心理
   D. 实现了对病人的尊重
   E. 对健康、疾病的认识是片面的
   ①生物 – 心理 – 社会医学模式的基本观点是
   ②由生物医学模式转变到生物-心理-社会医学模式,要求临床医生
   ③生物医学模式的基本点是

   参考答案:①B ②C ③A

【考点评析】

20 世纪 70 年代后,传统医学模式向生物-心理-社会医学模式转变。生命伦理学是围绕改进生命和提高生命质量而展开的有关人类行为的各种伦理问题的概括,把人们的道德观念从微观推向宏观,并结合起来;把人们的道德观念从某一方位的道德,引向全方位的道德观念;完善生命、发展生命,使医学伦理道德体系进一步完善。

命题考点3 **生命伦理学研究的内容及伦理原则**

【历年真题纵览】

A1 型题

1. 我国卫生部规定,一名供精者的精子最多只能提供给
   A. 8 名妇女受孕
   B. 6 名妇女受孕
   C. 15 名妇女受孕
   D. 5 名妇女受孕
   E. 10 名妇女受孕

   参考答案:D

2. 被动安乐死,是指医务人员给无法救治的濒死病人
   A. 用人工干预的医学方法加速其死亡
   B. 积极抢救,由病情自然发展而死亡
   C. 撤销治疗,任病人死亡
   D. 维持治疗,使其安然死亡
   E. 维护最基本治疗,由病情自然发展而死亡

   参考答案:C

3. 在我国实施人类辅助生殖技术,下列各项中违背卫生部制定的伦理原则的是

A. 使用捐赠的精子

B. 使用捐赠的卵子

C. 实施亲属代孕

D. 实施卵胞浆内单精注射

E. 使用捐赠的胚胎

参考答案:C

4. 临终关怀的根本目的是为了

A. 节约卫生资源

B. 减轻家庭的经济负担

C. 提高临终病人的生存质量

D. 缩短病人的生存时间

E. 防止病人自杀

参考答案:C

5. 世界上第一个安乐死合法化的国家是

A. 澳大利亚

B. 挪威

C. 比利时

D. 新西兰

E. 荷兰

参考答案:E

6. 我国提倡通过什么途径获得供体移植器官

A. 自愿捐献

B. 互换器官

C. 器官买卖

D. 强行摘取

E. 强制捐献

参考答案:A

B1 型题

7.

A. 有限的移植器官供体如何分配给需要者

B. 有些器官移植是在亲属间进行的

C. 用确认脑死亡病人的器官施行器官移植术

D. 器官移植者的人格完整有待完善

E. 器官移植的前景未达到全球的合作

①上述各项,涉及"公正"伦理问题的是

②上述各项,符合"有利而不伤害"伦理原则的是

参考答案:①A ②C

【考点评析】

1. 人工辅助生殖技术的伦理原则:有利于患者、知情同意、保护后代、社会公益、保密原则、严防商业化。人工授精术要严格遵守生命伦理的道德标准。一名供精者的精子最多只能提供给 5 名妇女受孕。

2. 器官移植的伦理原则:自愿、效用、公平。当前,我国的器官移植道德准则是参考 1986 年国际移植学会发布的有关准则。在器官移植工作中,医师的道德责任主要分为 5 个方面:活体捐赠器官方面的;尸体捐赠器官方面的;器官分配方面的;接受者方面的;有关商业活动方面的。

3. 在进行基因诊断与治疗时,应该遵循的道德原则有:①尊重病人;②知情同意;③有益于病人;④保守秘密。

4. 人类的胚胎是人类的生物学生命,应该得到尊重,但是胚胎不能与人完全等同对待。对人类胚胎干细胞的研究是为了人类的利益,是对生命的最大尊重。

5. 人类干细胞研究应该遵循的伦理道德原则有:①尊重;②知情同意;③安全有效;④防止商品化。

6. 临终关怀的伦理道德意义表现为:①人道主义的升华;②生命神圣、质量与价值的统一;③人类文明的进步和生死观念的更新。实施临终关怀的医务人员提出的道德要求有 6 条。

7. 脑死亡的哈佛标准:①反应全部消失;②自主运动和自主呼吸消失;③诱导反射消失;④脑电波平直。宣布脑死亡的附加条件是:①连续观察 24 小时,并反复观察、测试;②除外体温过低和服用中枢神经抑制剂。

8. 积极(主动)安乐死与消极(不主动)安乐死的主要区别。在世界上有立法执行安乐死的国家。

┌─────────────────────────────┐
│ **命题考点 4 有关生命伦理学文献的内** │
│ **容** │
└─────────────────────────────┘

【历年真题纵览】

A1 型题

1. 《赫尔辛基宣言》最后修订的时间是

A. 1979 年

B. 1980 年

C. 1986 年

D. 2000 年

E. 2005 年

参考答案:D

2. 规范全世界精神科医生行为准则的是

A. 《希波克拉底誓言》

B. 《赫尔辛基宣言》

C. 《纽伦堡法典》

D. 《纪念白求恩》

E.《夏威夷宣言》

参考答案:E

3.关于人体实验的国际性著名文件是

　　A.《夏威夷宣言》

　　B.《赫尔辛基宣言》

　　C.《希波克拉底誓言》

　　D.《东京宣言》

　　E.《悉尼宣言》

参考答案:B

B1 型题

4.

　　A.《纽伦堡法典》

　　B.《赫尔辛基宣言》

　　C.《希波克拉底誓言》

　　D.《大医精诚》

　　E.《伤寒杂病论》

①西方最早的经典医德文献是

②制定有关人体试验的基本原则的是

参考答案:①C　②A

【考点评析】

1.在《希波克拉底誓言》中,对后世有较大影响的是:①不伤害原则;②为病人利益原则;③保密原则。

2.孙思邈提出的"大医精诚"的基本内涵。

3.毛泽东同志在《纪念白求恩》一文中号召学习白求恩同志的国际主义和共产主义精神,学习他毫无自私自利,对工作极端负责,对同志、人民极端热忱,对技术精益求精的精神。

4.《纽伦堡法典》是全世界遵循的进行人体实验的行为规范。

5.《赫尔辛基宣言》是一份包括以人作为受试对象的生物医学研究的伦理原则和限制条件,也是关于人体实验的第二个国际文件,比《纽伦堡法典》更加全面、具体和完善。

6.《夏威夷宣言》除了重申医学良心和慎独外,还为精神科医生制定了在医疗、教学和科研实践中应遵循的道德准则,以规范全世界精神科医生的行为。

方剂学

第一单元 总 论

命题考点 1 **方剂与治法**

【历年真题纵览】

A1 型题

1. 小柴胡汤属于下述哪种治法
   A. 汗法
   B. 吐法
   C. 和法
   D. 消法
   E. 补法
   参考答案:C

【考点评析】

1. 常用治法有汗法、吐法、下法、和法、温法、清法、消法、补法。

2. 和法是通过和解或调和以祛邪愈病的一种治疗方法。主要有和解少阳、透达膜原、调和肝脾、疏肝和胃、分消上下、调和肠胃、表里双解等。

命题考点 2 **方剂的组成与变化**

【历年真题纵览】

A1 型题

1. 由逍遥散变化为黑逍遥散,属于
   A. 药味加减的变化
   B. 药量增减的变化
   C. 剂型更换的变化
   D. 药味加减和药量增减变化的联合运用
   E. 药量增减和剂型更换变化的联合运用

参考答案:A

【考点评析】

1. 方剂的基本结构包含君药、臣药、佐药、使药。

2. 方剂的变化形式有药味加减的变化;药量加减的变化;剂型更换的变化等。

命题考点 3 **常用剂型及其特点**

【历年真题纵览】

A1 型题

1. 吸收最快的剂型是
   A. 汤剂
   B. 散剂
   C. 丸剂
   D. 片剂
   E. 丹剂
   参考答案:A

【考点评析】

1. 汤剂的特点:吸收快,发挥药效迅速,加减变化灵活,能较全面、灵活地照顾每一个病人和各种病证及其不同发展阶段的特殊性。

2. 散剂的特点:吸收较快,且制作简便,节约药材,不易变质,便于使用和携带。

3. 丸剂的特点:吸收缓慢,药力持久。且体积小,服用、携带、贮存都比较方便。

4. 片剂是在丸剂的基础上发展起来的,供内服和外用。一般情况下溶出速率及生物利用度较丸剂好,剂量准确,质量稳定,携带、运输和服用都比较方便。按给药途径,结合制备与作用,片剂又可分为内服片(素片、包衣片、长效片、嚼用片)、口含片、舌下片、外用片、微囊片、泡腾片、多层片等。

5. 丹剂的特点是用量小,疗效确切。但毒性较强,一般只能外用,不宜内服。

第二单元 解表剂

命题考点1 概述

【历年真题纵览】

A1 型题

1.解表剂不用于
  A.外感风寒表证
  B.外感风热证
  C.正虚外感表邪
  D.麻疹透发不畅
  E.出血病证
  参考答案:E

【考点评析】

解表剂应用注意事项:

(1)解表剂多用辛散轻扬之品,不宜久煎,以免药性耗散,作用减弱。

(2)若表邪未尽,又出现里证,一般应先解表,后治里,或表里双解;如病邪已经入里,或麻疹已透,疮疡已溃,虚证水肿,吐泻失水等均不宜使用解表剂。

(3)解表取汗,以遍身持续微汗为宜。汗出不彻,病邪不解;汗出过多,易耗伤气津,甚或亡阴亡阳。

(4)药后宜避风寒,或增加衣被,既助汗出,又防复感。

命题考点2 辛温解表

【历年真题纵览】

A1 型题

1.下列关于麻黄汤说法错误的是
  A.有发汗解表,宣肺平喘的功用
  B.适用于外感风寒表实和表虚证
  C.由麻黄、桂枝、杏仁和甘草组成
  D.杏仁为佐药
  E.麻黄为君药
  参考答案:B

2.九味羌活汤的组成药物中含有
  A.白芍药
  B.山茱萸

  C.生地黄
  D.麦门冬
  E.枸杞子
  参考答案:C

3.小青龙汤的组成药物中含有
  A.黄连
  B.杏仁
  C.细辛
  D.熟地黄
  E.石膏
  参考答案:C

A2 型题

4.患者恶寒发热,无汗,喘咳,痰多而稀,舌苔白滑,脉浮。治当首选
  A.止嗽散
  B.苏子降气汤
  C.麻黄汤
  D.小青龙汤
  E.败毒散
  参考答案:D

【考点评析】

1.麻黄汤主治外感风寒表实证。症见恶寒发热,头痛身疼,无汗而喘,舌苔薄白,脉浮紧。

2.九味羌活汤由羌活、防风、苍术、细辛、白芷、川芎、生地黄、黄芩、甘草组成,有发汗祛湿,兼清里热的功用,用于治疗外感风寒湿邪的病证。

3.小青龙汤主治证候风寒客表,水饮内停证。恶寒发热,无汗,喘咳,痰多而稀,或痰饮咳喘,不得平卧,或身体疼重,头面四肢浮肿,舌苔白滑,脉浮。

命题考点3 辛凉解表

【历年真题纵览】

A1 型题

1.下列除哪项外均是桑菊饮的组成药物
  A.桔梗
  B.杏仁
  C.桂枝
  D.连翘
  E.薄荷
  参考答案:C

2.桑菊饮与桑杏汤中均含有的药物是
  A.杏仁

B. 桔梗

C. 象贝

D. 连翘

E. 苇根

参考答案：A

B1 型题

3.

　　A. 桑菊饮

　　B. 银翘散

　　C. 麻黄杏仁甘草石膏汤

　　D. 升麻葛根汤

　　E. 麻黄汤

①具有辛凉透表,清热解毒功用的方剂是

②具有疏风清热,宣肺止咳功用的方剂是

③具有辛凉宣泄,清肺平喘功用的方剂是

参考答案：①B ②A ③C

【考点评析】

　　1. 银翘散由连翘、银花、桔梗、薄荷、竹叶、甘草、荆芥穗、淡豆豉、牛蒡子组成,有辛凉透表,清热解毒的功用,用以治疗温病初起。本方特点一是芳香避秽,清热解毒,二是辛凉之中配以小量辛温之品,又不悖辛凉之旨。

　　2. 麻黄杏仁甘草石膏汤有辛凉宣泄,清肺平喘的功用,用以治疗外感风邪,郁而化热,壅遏于肺所致的咳逆气急等病证,方中麻黄为君,是"火郁发之"之义,石膏为臣,用量倍于麻黄。

　　3. 桑菊饮由桑叶、菊花、杏仁、连翘、薄荷、桔梗、甘草、苇根组成,有疏风清热,宣肺止咳的功用,用于治疗风温初起;柴葛解肌汤由柴胡、干葛、甘草、黄芩、羌活、白芷、芍药、桔梗组成,有解肌清热的功用,用于治疗感冒风寒,郁而化热出现无汗头痛、目疼、鼻干等病证;升麻葛根汤由升麻、干葛、芍药、甘草组成,有解肌透疹的功用,用于治疗麻疹初起未发,或发而不畅,身热头疼等。

命题考点4　扶正解表

【历年真题纵览】

A1 型题

1. 虚人感受风寒湿邪,应首选

　　A. 麻黄汤

　　B. 桂枝汤

　　C. 败毒散

D. 桑菊饮

E. 银翘散

参考答案：C

2. 败毒散的组成药物中不包括

　　A. 柴胡、前胡

　　B. 羌活、独活

　　C. 桔梗、枳壳

　　D. 人参、甘草

　　E. 当归、芍药

参考答案：E

3. 再造散的组成药物中含有

　　A. 川芎

　　B. 当归

　　C. 丹参

　　D. 桃仁

　　E. 红花

参考答案：A

【考点评析】

　　1. 败毒散由柴胡、前胡、川芎、枳壳、羌活、独活、茯苓、桔梗、人参、甘草组成,有发汗解表,散风祛湿的功用,用于治疗感冒风寒湿邪,出现头项强痛,无汗,鼻塞等病证,方中羌活、独活并以为君,川芎和柴胡为臣,甘草调和诸药,其余为佐;加减葳蕤汤由生葳蕤、生葱白、桔梗、白薇、淡豆豉、薄荷、炙甘草和大枣组成,有滋阴清热,发汗解表的功用,用于治疗素体阴虚,又感受外邪出现头痛身热,无汗或者汗不多,心烦口渴等。

　　2. 麻黄细辛附子汤有助阳解表的功用,用于治疗少阴病外感的病证。

第三单元　泻下剂

命题考点1　概述

【历年真题纵览】

A1 型题

1. 泻下剂的作用不包含下列哪项

　　A. 通导大便

　　B. 荡涤实热

　　C. 攻逐水饮

　　D. 泻下冷积

　　E. 消食导滞

参考答案:E

【考点评析】

泻下剂适用于热结、冷积、燥屎、积水等所致的里实证。

┌─────────────────────┐
│ **命题考点2　寒下** │
└─────────────────────┘

【历年真题纵览】

A1 型题

1. 大承气汤和小承气汤都具有的中药是

　　A. 芒硝、甘草

　　B. 大黄、厚朴

　　C. 大黄、芒硝

　　D. 番泻叶、厚朴

　　E. 枳实、甘遂

参考答案:B

2. 大承气汤药物组成中不含有的药物是

　　A. 大黄

　　B. 厚朴

　　C. 芒硝

　　D. 杏仁

　　E. 枳实

参考答案:D

3. 大承气汤中的佐使药是

　　A. 大黄、芒硝

　　B. 大黄、厚朴

　　C. 芒硝、厚朴

　　D. 枳实、厚朴

　　E. 芒硝、枳实

参考答案:D

4. 大承气汤的功用是

　　A. 峻下热结

　　B. 通里攻下

　　C. 轻下热结

　　D. 泻热逐水

　　E. 缓下热结

参考答案:A

【考点评析】

大承气汤

1. 组成药物:大黄、厚朴、枳实、芒硝。

2. 主治证候

(1)阳明腑实证。大便不通,频转矢气,脘腹痞满,腹痛拒按,按之硬,甚至潮热谵语,手足濈然汗出,舌苔黄燥起刺,或焦黑燥裂,脉沉实。

(2)热结旁流,下利清水,脐腹疼痛,按之坚硬有块,口舌干燥,脉滑实。

(3)热厥、痉病、发狂等由里热实证所致者。

3. 配伍意义:本方所主证候,症状虽异,病机则同,皆由实热积滞内结肠胃,热盛灼津所致。治宜峻下热结。方中大黄荡涤肠胃,泄热泻结为君;芒硝软坚润燥,泻热通便为臣。二药相须为用,峻泻热结,急下存阴。积滞内阻,则腑气不通,故又以厚朴、枳实行气破结,消痞除满,并藉其推荡之力以助硝、黄泻结下实为佐。四药相合,综泻下、软坚、消痞、除满之用,推荡泻下之力甚宏,共成寒下之峻剂。

┌─────────────────────┐
│ **命题考点3　温下** │
└─────────────────────┘

【历年真题纵览】

A1 型题

1. 大黄附子汤的主治证候中有

　　A. 大便稀溏

　　B. 腰膝酸软

　　C. 小便频数

　　D. 久痢赤白

　　E. 手足厥逆

参考答案:E

2. 温脾汤和大黄附子细心汤中都具有的药物是

　　A. 附子、干姜

　　B. 人参、细辛

　　C. 大黄、细辛

　　D. 甘草、干姜

　　E. 大黄、附子

参考答案:E

3. 温脾汤组成中不含有的药物组是

　　A. 人参、茯苓、白术

　　B. 大黄、附子、干姜

　　C. 大黄、甘草、人参

　　D. 附子、干姜、人参

　　E. 大黄、人参、甘草

参考答案:A

【考点评析】

温脾汤

1. 组成药物:大黄、芒硝、附子、干姜、当归、人参、甘草。

2. 功用:攻下冷积,温补脾阳。

3. 主治证候:阳虚寒积证。腹痛便秘,脐下绞结,绕脐不止,手足不温,苔白不渴,脉弦而迟。

4. 配伍意义:本方所主证候乃脾阳不足,寒积阻结所致。治当温补脾阳,攻下冷积为君。方中附子温壮脾阳,解散寒凝;大黄泻积通便,荡涤邪实。合而温中寓通,攻下冷积为君。芒硝泻下通便,助大黄攻下积滞;干姜温脾散寒,既助附子温补脾阳,又制大黄、芒硝之寒,确保温下之旨为臣。人参、甘草益气补脾,既合附子、干姜温阳补脾,以复运化,又防大黄攻下伤中;当归养血,合人参、甘草使气血复其常度共为佐。甘草兼和诸药为使。综观全方,温通并用,补泻兼施,寓攻下于温补之中,使中阳复,寒积去,诸症悉平。

命题考点4　润下

【历年真题纵览】

A1 型题

1. 麻子仁丸是在小承气汤基础上加下列哪组药物组成
　A. 火麻仁、桔梗、白芍、蜂蜜
　B. 火麻仁、杏仁、白芍、蜂蜜
　C. 火麻仁、栀子、白芍、
　D. 杏仁、白芍、生地、蜂蜜
　E. 芒硝、白芍、生地、蜂蜜
参考答案:B

2. 不属于麻子仁丸组成药物的是
　A. 芍药
　B. 杏仁
　C. 大黄
　D. 厚朴
　E. 甘草
参考答案:E

3. 不属于济川煎组成药物的是
　A. 芍药
　B. 牛膝
　C. 泽泻
　D. 升麻
　E. 枳壳
参考答案:A

4. 老年肾虚,大便秘结,小便清长,头目眩晕,腰膝痠软。治疗应选用
　A. 肾气丸
　B. 济川煎

　C. 真武汤
　D. 地黄饮子
　E. 六味地黄丸
参考答案:B

5. 治疗脾约证的方剂是
　A. 济川煎
　B. 逍遥散
　C. 麻子仁丸
　D. 四逆汤
　E. 润肠丸
参考答案:C

【考点评析】

1. 麻子仁丸由麻子仁、枳实、芍药、大黄、厚朴、杏仁组成,有润肠泄热,行气通便的功用,用以治疗脾约证,胃肠燥热,津液不足出现大便干结,小便频数等病证。

2. 济川煎是常用的润下剂,有温肾益精,润肠通便的功用,用于老年肾虚,大便秘结,小便清长,头目眩晕,腰膝痠软病证,由当归、牛膝、肉苁蓉、泽泻、升麻、枳壳组成,不含有芍药。

命题考点5　逐水

【历年真题纵览】

A1 型题

1. 舟车丸的功用是
　A. 化瘀行水
　B. 行气逐水
　C. 攻逐水饮
　D. 温阳化饮
　E. 健脾利水
参考答案:B

2. 下列关于十枣汤说法错误的是
　A. 由芫花、甘遂、大戟和大枣组成
　B. 有攻逐水饮的功用
　C. 主要用于悬饮和实水
　D. 所治诸证皆由湿热壅盛于里所致
　E. 方中大枣益气护胃,并能缓和诸药之峻烈及其毒性
参考答案:D

3. 悬饮咳唾胸胁引痛,心下痞硬,干呕短气,脉沉弦者,治疗应选用
　A. 五苓散

B. 五皮散

C. 实脾散

D. 真武汤

E. 十枣汤

参考答案:E

【考点评析】

1. 舟车丸的功用是行气逐水,用于水热内壅,气机阻滞的病证,临床可见水肿、水胀,口渴,气粗,腹坚,大小便秘,脉沉数有力。

2. 十枣汤有攻逐水饮的功用,治疗悬饮、实水等病证,如悬饮证见咳唾胸胁引痛,心下痞硬,干呕短气,脉沉弦,宜用十枣汤。十枣汤由芫花、大戟、甘遂组成,服用时先煮大枣,再纳药末,由于三药都有毒,易伤正气,因此以大枣之甘,益气护胃,并能缓和诸药之峻烈及其毒性,使下不伤正。

第四单元 和解剂

命题考点1 概述

【历年真题纵览】

A1 型题

1. 和解剂常用于下列哪类病证

A. 肝脾失调

B. 外感表证

C. 体虚外感

D. 火热内盛

E. 脾胃虚弱

参考答案:A

【考点评析】

凡是肝脾之间失调,上下寒热互结而气机升降失常,或肠胃失调者,均为和解剂的使用范围。

命题考点2 和解少阳

【历年真题纵览】

A1 型题

1. 和解少阳的代表方剂是

A. 小柴胡汤

B. 逍遥散

C. 蒿芩清胆汤

D. 四逆散

E. 柴胡达原饮

参考答案:A

2. 小柴胡汤组成中包含下列哪项药物组

A. 柴胡、黄芩、当归

B. 柴胡、半夏、甘草

C. 黄芩、党参、半夏

D. 柴胡、茵陈蒿、半夏

E. 生姜、半夏、大黄

参考答案:B

3. 小柴胡汤主治伤寒少阳证不包含下列哪项见证

A. 往来寒热

B. 头痛面赤

C. 心烦喜呕

D. 口苦咽干

E. 脉弦

参考答案:B

4. 小柴胡汤中与柴胡配伍,共清少阳之邪的药物是

A. 黄芩

B. 人参

C. 半夏

D. 甘草

E. 生姜

参考答案:A

【考点评析】

1. 小柴胡汤有和解少阳的功用,治疗伤寒少阳证、妇人伤寒、热入血室等病证。由柴胡、半夏、黄芩、人参、甘草、生姜和大枣组成。方中柴胡为少阳专药,用以治疗半表半里之邪而为君药,黄芩为臣,配合柴胡,一清一散,共解少阳之邪,半夏、人参、甘草为佐,大枣为使,该方有柴胡枳桔汤等变化。

2. 小柴胡汤治疗伤寒少阳证可见往来寒热,胸胁苦满,默默不欲饮食,心烦喜呕,口苦咽干,目眩,舌苔薄白,脉沉弦。

命题考点3 调和肝脾

【历年真题纵览】

A1 型题

1. 四逆散药物组成是

A. 炙甘草、枳壳、柴胡、赤芍

B. 炙甘草、枳实、柴胡、芍药

C. 大枣、枳实、柴胡、芍药

D. 大枣、柴胡、白芍、茯苓

E. 茯苓、柴胡、甘草、生姜

参考答案:B

2. 四逆散的功用是

　　A. 透邪解郁,疏肝理脾

　　B. 透邪解郁,健脾疏肝

　　C. 补血养肝,疏肝理脾

　　D. 疏肝利胆,补血健脾

　　E. 活血行气,疏肝理脾

参考答案:A

3. 四逆散主治病证中不包括下列哪项证候

　　A. 或咳、或悸

　　B. 小便不利

　　C. 发热恶寒

　　D. 腹中痛

　　E. 泄利下重

参考答案:C

【考点评析】

1. 四逆散由甘草、枳实、柴胡、芍药、薄荷和生姜组成,有透邪解郁,疏肝理脾的功用,用以治疗少阴病,四逆之证,证见小便不利,或腹中痛,或泄利下重等。该证由脾气素虚,又因外邪传入少阴而抑遏阳气不得至于四肢,故为四逆。本方有枳实芍药散、柴胡疏肝散等变化。

2. 逍遥散由柴胡、当归、白芍、白术、茯苓、甘草组成,有疏肝解郁,健脾和营的功用,用以治疗肝郁血虚,而致两胁作痛,寒热往来,头痛目眩,口燥咽干,神疲食少等,方中既有柴胡疏肝,又有当归、白芍柔肝,还有茯苓和白术健脾,为治疗肝郁血虚,脾失健运的要剂。本方有加味逍遥散、黑逍遥散等变化。

3. 痛泻要方由白术、白芍、陈皮、防风组成,有补脾泻肝的功用,用以治疗肠鸣腹痛,大便泄泻,泻后仍有腹痛等。本证是由土虚木乘所致,四药相配,可补脾土而泻肝木,调气机以止痛泻。

命题考点4　调和肠胃

【历年真题纵览】

A1 型题

1. 半夏泻心汤的功用是

　　A. 散结除痞,理气降逆

B. 温补脾胃,降逆和中

C. 疏肝理气,健脾和中

D. 和胃降逆,开结除痞

E. 健脾和胃,降逆除痞

参考答案:D

2. 半夏泻心汤中有补气和中功效的一组药物是

　　A. 人参、甘草、大枣

　　B. 人参、半夏、甘草

　　C. 人参、半夏、大枣

　　D. 干姜、半夏、大枣

　　E. 人参、干姜、大枣

参考答案:A

3. 体现寒热并用,辛开苦降,消补兼施配伍特点的方剂是

　　A. 半夏泻心汤

　　B. 生姜泻心汤

　　C. 甘草泻心汤

　　D. 健脾丸

　　E. 枳实消痞丸

参考答案:A

4. 体现半夏泻心汤"辛开苦降"中"苦降"作用的药物是

　　A. 半夏、黄芩

　　B. 黄连、黄芩

　　C. 人参、干姜

　　D. 黄连、人参

　　E. 黄芩、甘草

参考答案:B

【考点评析】

半夏泻心汤由半夏、黄芩、干姜、人参、甘草、黄连和大枣组成,有和胃降逆,开结除痞的功用,方中黄连、黄芩之苦寒降泄除其热,干姜、半夏之辛温开结散其寒,参、草、大枣之甘温益气补其虚。七味相配,寒热并用,苦降辛开,补气和中。用以治疗胃气不和,心下痞满不痛,干呕或呕吐,肠鸣下利。本证为寒热互结,气不升降,本方寒热并用,辛开苦降,用以治疗寒热错杂之证。本方有生姜泻心汤、甘草泻心汤、黄连汤等变化。

第五单元 清热剂

命题考点1 概述

【历年真题纵览】

1. 清热剂不用于下列哪项病证
   A. 气分热证
   B. 血分热证
   C. 热毒炽盛
   D. 清脏腑热
   E. 外感发热
   参考答案：E

【考点评析】

清热剂适用于温、热、火邪在里所致的里热证。热邪或在气分、或在营血、或在脏腑，凡外无表证，内未成实者，皆当使用清热剂治疗。

命题考点2 清气分热

【历年真题纵览】

A1 型题

1. 治疗阳明气分热盛的方剂是
   A. 黄连解毒汤
   B. 竹叶石膏汤
   C. 犀角地黄汤
   D. 凉膈散
   E. 白虎汤
   参考答案：E

2. 白虎汤的药物组成中不包含下列哪个药物
   A. 石膏
   B. 知母
   C. 炙甘草
   D. 粳米
   E. 黄连
   参考答案：E

3. 白虎汤的功用是
   A. 清热解毒
   B. 清热泻火
   C. 清热生津
   D. 清热凉血

   E. 清热化湿
   参考答案：B

4. 白虎汤中君药是
   A. 生石膏
   B. 知母
   C. 生石膏、知母
   D. 甘草
   E. 粳米
   参考答案：A

【考点评析】

1. 白虎汤由石膏、知母、甘草、粳米组成，有清热生津的功用，是清气分热的代表方，用以治疗阳明气分热盛，出现壮热面赤、烦渴引饮，汗出恶热等。方中石膏为君，知母为臣，一助石膏清肺胃之热，一以苦寒润燥以滋阴，甘草和粳米共为佐使。本方有白虎加人参汤、白虎加桂枝汤、白虎加苍术汤等变化。

2. 竹叶石膏汤由竹叶、石膏、半夏、麦冬、人参、甘草和粳米组成，有清热生津，益气和胃的功用，用以治疗伤寒、温病和暑病之后，余热未清，气津两伤的病证。方中竹叶、石膏为君，人参与麦冬为臣，半夏为佐，甘草和粳米为使。

命题考点3 清营凉血

【历年真题纵览】

A1 型题

1. 清营汤的功用是
   A. 泻火养阴，凉血散热
   B. 益气养阴，宁心安神
   C. 清热凉血，养阴生津
   D. 清营透热，养阴活血
   E. 泻火解毒，凉血止血
   参考答案：D

2. 清营汤与犀角地黄汤都含有的药物是
   A. 犀角、生地
   B. 犀角、丹皮
   C. 犀角、芍药
   D. 生地、丹皮
   E. 丹皮、芍药
   参考答案：A

3. 治疗紫癜血热伤络证，应首选
   A. 茜根散
   B. 归脾汤

C.泻心汤

D.龙胆泻肝汤

E.犀角地黄汤

参考答案:E

4.配伍特点是凉血与活血散瘀并用的方剂是

A.清营汤

B.犀角地黄汤

C.小蓟饮子

D.十灰散

E.桃核承气汤

参考答案:B

B1 型题

5.

A.清骨散

B.知柏地黄丸

C.清营汤

D.黄连解毒汤

E.五味消毒饮

①有清血分之热作用的方剂是

②有清骨蒸潮热作用的方剂是

参考答案:①C ②A

【考点评析】

1.清营汤由犀角、生地黄、玄参、竹叶、麦冬、丹参、黄连、银花和连翘组成,有清营透热,养阴活血的功用,用以治疗邪热传营。方中犀角、生地黄为君,玄参与麦冬为臣,佐以银花、连翘、黄连和竹叶清热解毒以透邪热,使入营之邪促其透出气分而解。本方有清宫汤等变化。

2.犀角地黄汤由犀角、生地黄、芍药、丹皮组成,有清热解毒,凉血散瘀的功用,用于治疗热伤血络的各种出血病证;蓄血留瘀;热扰心营等,方中犀角为主,配生地一以凉血止血,一以养阴清热,芍药和丹皮既能凉血,又能散瘀。本方配伍特点是凉血与活血散瘀并用。

命题考点4 清热解毒

【历年真题纵览】

A1 型题

1.凉膈散的功用是

A.泻火通便,清上泻下

B.清热解毒

C.疏风散邪,清热解毒

D.清热解毒,凉血泻火

E.清热泻火

参考答案:A

2.组成药物中含有连翘的方剂是

A.温胆汤

B.凉膈散

C.清骨散

D.温脾汤

E.清胃散

参考答案:B

3.下列具有疏风散邪,清热解毒功用的方剂是

A.黄连解毒汤

B.普济消毒饮

C.清瘟败毒饮

D.青蒿鳖甲汤

E.龙胆泻肝汤

参考答案:B

4.清热解毒与疏散风热并用,寓"火郁发之"之义的方剂是

A.黄连解毒汤

B.普济消毒饮

C.清瘟败毒饮

D.青蒿鳖甲汤

E.龙胆泻肝汤

参考答案:B

5.体现"以泻代清"用意的方剂是

A.白虎汤

B.黄连解毒汤

C.凉膈散

D.普济消毒饮

E.龙胆泻肝汤

参考答案:C

【考点评析】

1.凉膈散由大黄、芒硝、甘草、栀子、薄荷、黄芩、连翘组成,有泻火通便,清上泻下的功用,用于治疗上中二焦邪郁生热,胸膈热聚的病证。本方为清上与泻下并行,但泻下是为清泻胸膈郁热而设,所谓"以泻代清",即是此意。

2.普济消毒饮由黄芩、黄连、陈皮、甘草、玄参、柴胡、桔梗、连翘、板蓝根、马勃、牛蒡子、薄荷、僵蚕、升麻组成,有疏风散邪,清热解毒的功用,用以治疗大头瘟。方中配柴胡、升麻,有疏散风热之功,即"火郁发之"之义,同时黄芩和黄连又可防止其升发太过。

3.黄连解毒汤由黄连、黄芩、黄柏、栀子组成,有

泻火解毒的功用,用以治疗一切实热火毒,三焦热盛之证。本方特点是泻火以解热毒。

命题考点5 清脏腑热

【历年真题纵览】

A1 型题

1.芍药汤与白头翁汤的组成中均含有的药物是
A.黄芩
B.黄连
C.黄柏
D.大黄
E.秦皮
参考答案:B

2.泻白散与清骨散的组成中均含有的药物是
A.桑白皮
B.地骨皮
C.牡丹皮
D.五加皮
E.茯苓皮
参考答案:B

3.治疗"心移热于小肠"的心经热盛的方剂是
A.导赤散
B.左金丸
C.泻白散
D.玉女煎
E.芍药汤
参考答案:A

4.龙胆泻肝汤中君药是
A.柴胡
B.生地黄
C.栀子
D.黄芩
E.龙胆草
参考答案:E

B1 型题

5.
A.玉女煎
B.导赤散
C.六一散
D.黄连解毒汤
E.竹叶石膏汤

①心胸烦闷,口渴面赤,口舌生疮者,治疗应选用

②小便短赤,溲时热涩刺痛者,治疗应选用
参考答案:①B ②B

【考点评析】

1.龙胆泻肝汤由龙胆草、黄芩、栀子、泽泻、木通、车前子、当归、生地、柴胡、甘草组成,有泻肝胆实火,清下焦湿热的功用,用以治疗肝胆实火上扰,或湿热下注,出现头痛目赤,胁痛口苦,阴肿、阴痒,妇女湿热带下等。方中龙胆草大苦大寒,上泻肝胆实火,下清下焦湿热,为泻火除湿两擅其功的君药,黄芩、栀子为臣,泽泻、木通、车前子助湿热从水道而排,生地和当归滋阴养血,标本兼顾,柴胡为引诸药入肝胆之经。

2.左金丸由黄连、吴茱萸组成,有清肝泻火,降逆止呕的功用,用以治疗肝火犯胃,出现胁肋胀满,嘈杂吞酸,呕吐口苦等。方中重用黄连以苦寒治热,配以少量吴茱萸(6:1)意义在于以黄连苦寒泻火为主,以吴茱萸辛热为佐,以制黄连之寒,并且吴茱萸辛热,能入肝降逆,以使肝胃和调。

3.清胃散由生地、当归身、丹皮、黄连、升麻组成,有清胃凉血的功用,用于治疗胃有积热,出现牙痛,牙龈溃烂,牙宣出血等。方中黄连擅清中焦胃火而为君,生地丹皮为臣,升麻为阳明引经药。玉女煎由石膏、熟地、麦冬、知母、牛膝组成,有清胃滋阴的功用,用于治疗胃热阴虚出现头痛,牙龈出血等。

4.芍药汤由芍药、当归、黄连、槟榔、木香、甘草、大黄、黄芩和肉桂组成,有调和气血,清热解毒的功用,用以治疗湿热痢。配伍特点为行血与调气并重,兼以通因通用,寒热共投,肉桂配在其中意为反佐。

5.白头翁汤由白头翁、黄柏、黄连、秦皮组成,有清热解毒,凉血止痢功用,用于治疗热痢。配伍意义在于清解中兼有涩止。

6.导赤散由生地、木通和生甘草组成,有清心养阴,利水通淋的功用,用以治疗心经热盛出现心烦,口渴面赤,口舌生疮,或心热移于小肠出现小便淋漓涩痛。

7.泻白散由地骨皮、桑白皮、甘草、粳米组成,有泻肺清热,止咳平喘的功用,用以治疗肺热咳嗽。

命题考点6 清虚热

【历年真题纵览】

A1 型题

1.治疗阴虚发热,应首选

A. 知柏地黄丸

B. 黄连阿胶汤

C. 生脉散

D. 犀角散

E. 清骨散

参考答案：E

2. 阴虚火旺，发热盗汗，面赤心烦，口干唇燥，便结溲黄，舌红，脉数者，治疗应选用

A. 大补阴丸

B. 知柏地黄丸

C. 六味地黄丸

D. 当归六黄汤

E. 牡蛎散

参考答案：D

3. 当归六黄汤药物组成中不含有

A. 大黄

B. 黄芩

C. 生地黄

D. 黄连

E. 黄柏

参考答案：A

4. 当归六黄汤功用是

A. 滋阴补血，益气止汗

B. 滋阴泻火，固表止汗

C. 滋阴退热

D. 滋阴养血，凉血退热

E. 益气固表止汗

参考答案：B

【考点评析】

1. 青蒿鳖甲汤由青蒿、鳖甲、生地、知母、丹皮组成，有养阴透热的功用，治疗温病后期，阴液耗伤，邪伏阴分。

2. 清骨散由银柴胡、胡黄连、秦艽、鳖甲、地骨皮、青蒿、知母、甘草组成，有清虚热，退骨蒸的功用，治疗阴虚内热，虚劳骨蒸。

3. 当归六黄汤由当归、生地黄、熟地黄、黄芩、黄柏、黄连、黄芪组成，有滋阴泻火，固表止汗的功用，治疗阴虚有火，发热盗汗。

第六单元　祛暑剂

> **命题考点**　祛暑剂六一散、清暑益气汤等方剂的组成药物、功用，主治证候及配伍意义

【历年真题纵览】

A1 型题

1. 治疗暑湿袭表证之高热，应首选

A. 银翘散

B. 麻杏石甘汤

C. 甘露消毒丹

D. 新加香薷饮

E. 清骨散

参考答案：D

2. 下列关于六一散说法错误的是

A. 由滑石和甘草组成，两者药量之比是 6:1

B. 有祛暑利湿的功效

C. 主治病证是感受暑湿，身热烦渴，小便不利或泄泻

D. 方中甘草为君药

E. 方中滑石有清热利小便的功效

参考答案：D

【考点评析】

1. 祛暑剂用于夏季感暑邪或暑湿之邪的各种病证。

2. 清络饮有祛暑清热的功用，治疗暑热伤肺，邪在气分；香薷散有祛暑解表，化湿和中的功用，治疗夏月乘凉饮冷，外感于寒，内伤于湿；六一散有祛暑利湿的功用，治疗感受暑湿出现小便不利，或泄泻。

3. 新加香薷饮有祛暑解表，清热化湿的功用，治疗暑温初起，复感于寒；桂苓甘露散有祛暑清热，化气利湿的功用，治疗中暑受湿。

4. 清暑益气汤（《温热经纬》）有清暑益气，养阴生津的功用，治疗中暑受热，气津两伤。

第七单元　温里剂

命题考点1　概述

【历年真题纵览】

A1 型题

1.温里剂的功用是下列哪项

A.温里助阳,散寒通脉

B.温里助阳,活血祛瘀

C.温里助阳,祛湿健脾

D.温里助阳,活血止痛

E.温里助阳,健脾和胃

参考答案:A

【考点评析】

温里剂适用于里寒证,即脏腑经络寒邪阻滞的病证。本类方剂多辛温燥热,使用时要注意辨别寒热真假,还应注意病人素体如有阴虚、失血等,不可过剂。

命题考点2　温中祛寒

【历年真题纵览】

A1 型题

1.理中丸除温中祛寒外,还具有的功用是

A.和中缓急

B.和胃止呕

C.降逆止痛

D.养血通脉

E.补气健脾

参考答案:E

2.小建中汤中配伍芍药的意义是

A.益阴养血,和里缓急

B.养阴复脉,柔肝缓急

C.益气养阴,缓急止痛

D.益气养血,复脉定悸

E.养阴补血,活血通脉

参考答案:A

3.大建中汤的组成药物是

A.生附子、干姜、肉桂、炙甘草

B.蜀椒、人参、干姜、胶饴

C.蜀椒、人参、干姜、炙甘草

D.蜀椒、生附子、肉桂、胶饴

E.干姜、人参、桂枝、胶饴

参考答案:B

4.小建中汤不包含下列哪组药物

A.饴糖、大枣

B.生姜、大枣

C.芍药、桂枝

D.炙甘草、蜀椒

E.桂枝、芍药

参考答案:D

5.吴茱萸汤中包含的药物组是

A.吴茱萸、人参、白术

B.人参、大枣、生姜

C.吴茱萸、生姜、半夏

D.人参、大枣、肉桂

E.吴茱萸、肉桂、生姜

参考答案:B

B1 型题

6.

A.温中补虚,理气健脾

B.温中补虚,和里缓急

C.温中补虚,降逆止痛

D.温中补虚,降逆止呕

E.温中补虚,散寒止痛

①大建中汤的功用是

②吴茱萸汤的功用是

参考答案:①C　②D

【考点评析】

1.理中丸由人参、干姜、甘草、白术组成,有温中祛寒,补气健脾的功用,治疗中焦虚寒,阳虚失血和小儿慢惊等。方中干姜为君,人参大补元气为臣,其他为佐使,有附子理中丸、理中化痰丸、桂枝人参汤等变化。

2.小建中汤由芍药、桂枝、炙甘草、生姜、大枣、饴糖组成,有温中补虚,和里缓急的功用,用于治疗虚劳里急。方中饴糖为君,配伍特点为于辛甘化阳之中,还有酸甘化阴之用,有黄芪建中汤、当归建中汤的变化。

3.大建中汤由蜀椒、干姜、人参和胶饴组成,有温中补虚,降逆止痛的功用,治疗中阳衰弱,阴寒内盛。

4.吴茱萸汤由吴茱萸、人参、大枣、生姜组成,有温中补虚,降逆止呕的功用,用于胃中虚寒,厥阴头痛,少阴吐利。

C. 回阳救急汤

D. 右归丸

E. 大建中汤

①四肢厥逆,恶寒蜷卧,呕吐不渴,腹痛下利,神衰欲寐,舌苔白滑,脉微细者,治疗应选用

②手足厥寒,舌淡苔白,脉沉细者,治疗应选用

参考答案:①A　②B

【考点评析】

1. 回阳救急汤有回阳救急,益气生脉的功用,治疗寒邪直中三阴,真阳衰微。

2. 四逆汤由附子、干姜和炙甘草组成,有回阳救逆的功用,治疗少阴病和太阳病误汗亡阳,证见四肢厥逆,恶寒蜷卧,呕吐不渴,腹痛下利,神衰欲寐等。本方为回阳救逆的代表方,方中附子生用,通行十二经,迅达内外而祛寒为君药,干姜与附子同用为臣。本方有四逆加人参汤、白通汤、通脉四逆汤、四附汤等变化。

命题考点 4　温经散寒

【历年真题纵览】

A1 型题

1. 黄芪桂枝五物汤的功用是

A. 温经散寒,养血通脉

B. 益气温经,和血通痹

C. 回阳救逆,益气生脉

D. 回阳救逆,养阴固脱

E. 温中补虚,降逆止痛

参考答案:B

2. 黄芪桂枝五物汤与当归四逆汤组成中均含有的药物是

A. 生姜、芍药、桂枝

B. 大枣、桂枝、生姜

C. 黄芪、桂枝、芍药

D. 芍药、生姜、大枣

E. 桂枝、芍药、大枣

参考答案:E

3. 当归四逆汤功用是

A. 温经散寒,养血通脉

B. 温经散寒,补血养血

C. 温经散寒,调和营卫

D. 温阳补虚,活血祛瘀

E. 温经散寒,行气和血

命题考点 3　回阳救逆

【历年真题纵览】

A1 型题

1. 回阳救急汤的功用是

A. 回阳救急

B. 回阳救急,益气生脉

C. 温阳益肾

D. 温中和胃,降逆止呕

E. 温里散寒

参考答案:B

2. 下列各项中,属于四逆汤主治病证临床表现的是

A. 神衰欲寐

B. 脐腹疼痛

C. 心下满痛

D. 泄利下重

E. 烦躁欲死

参考答案:A

3. 四逆汤药物组成是

A. 附子、干姜、炙甘草

B. 附子、蜀椒、人参

C. 附子、生姜、人参

D. 附子、蜀椒、炙甘草

E. 人参、干姜、炙甘草

参考答案:A

4. 四逆散与四逆汤的组成中均含有药物是

A. 茯苓

B. 附子

C. 白术

D. 甘草

E. 人参

参考答案:D

5. 下列各项,不属四逆汤主治证临床表现的是

A. 四肢厥逆

B. 神疲欲寐

C. 呕吐口渴

D. 恶寒蜷卧

E. 腹痛下利

参考答案:C

B1 型题

6.

A. 四逆汤

B. 当归四逆汤

参考答案:A

【考点评析】

1. 当归四逆汤由当归、桂枝、芍药、细辛、甘草、通草和大枣组成,有温经散寒,养血通脉的功用,治疗阳气不足而又有血虚,外受寒邪和寒入经络的疼痛等病证。本方是桂枝汤去生姜,倍大枣,加当归、细辛和通草而成。

2. 黄芪桂枝五物汤由黄芪、芍药、桂枝、生姜、大枣组成,有益气温阳,和血通痹的功用。

第八单元　补益剂

命题考点1　概述

【历年真题纵览】

A1 型题

1. 补益剂不用于下列哪种情况
   A. 气虚
   B. 血虚
   C. 阴虚
   D. 阳虚
   E. 真实假虚

参考答案在:E

2. 下列关于补益剂说法错误的是
   A. 使用补益剂必须辨别虚证的真假
   B. 使用补益剂可常服、久服
   C. 使用补益剂应适当配伍健脾、和胃、理气等药品
   D. 使用补益剂应该辨明气、血、阴、阳虚证用药
   E. 补益剂可用于毒邪内盛的病证

参考答案:E

【考点评析】

1. 补益剂用于治疗各种虚证,可分为气虚、血虚、阴虚和阳虚等,但不用于真实假虚的患者,若误补则实者愈实。

2. 使用补益剂要辨气血阴阳不同虚损证候,可以常服久服,适当配伍健脾、和胃、理气等药品,即补益每兼理气、调胃之义,补益剂用于虚损证候,毒邪内盛阶段不宜使用。

命题考点2　补气

【历年真题纵览】

A1 型题

1. 参苓白术散中具有芳香醒脾之功的药物是
   A. 桔梗
   B. 砂仁
   C. 藿香
   D. 佩兰
   E. 厚朴

参考答案:B

2. 下列除哪项外,均是补中益气汤主治病证的临床表现
   A. 胸脘闷胀
   B. 发热汗出
   C. 渴喜热饮
   D. 体倦肢软
   E. 脉洪而虚

参考答案:A

3. 参苓白术散的功用有
   A. 渗湿
   B. 通便
   C. 升阳
   D. 补血
   E. 疏肝

参考答案:A

4. 生脉散组成是
   A. 人参、麦冬、黄芪
   B. 人参、麦冬、五味子
   C. 人参、生地、五味子
   D. 人参、当归、生地
   E. 人参、知母、五味子

参考答案:B

5. 生脉散与四君子汤的组成中均含有的药物是
   A. 茯苓
   B. 附子
   C. 白术
   D. 甘草
   E. 人参

参考答案:E

6. 升麻、柴胡在补中益气汤中的配伍意义是
   A. 升举下陷清阳
   B. 解表和胃
   C. 解表和营

D. 疏肝解郁

E. 调和肝脾

参考答案：A

B1 型题

7.

A. 渗湿

B. 通便

C. 升阳

D. 补血

E. 疏肝

①参苓白术散的功用是

②炙甘草汤的功用是

参考答案：①A　②D

【考点评析】

1. 四君子汤由人参、白术、茯苓、炙甘草组成，有益气健脾的功用，用以治疗脾胃气虚的病证。方中以人参为君，甘温大补元气，健脾养胃，白术为臣，佐以茯苓和甘草，是补气的基本方。本方有异功散、六君子汤、香砂六君子汤、保元汤等变化。

2. 参苓白术散由莲子肉、薏苡仁、砂仁、桔梗、扁豆、茯苓、人参、甘草、山药和白术组成，有益气健脾，渗湿止泻的功用，用以治疗脾胃虚弱出现食少便溏，泄泻等病证。方中以四君子汤平补脾胃为主，配以扁豆、薏苡仁等，桔梗为引经药，助诸药达于上焦以益肺。本方有七味白术散等变化。

3. 补中益气汤由黄芪、甘草、人参、当归、橘皮、升麻、柴胡和白术组成，有补中益气，升阳举陷的功用，治疗脾胃气虚，发热，自汗；气虚下陷出现脱肛、子宫下垂等中气下陷的病证。方中黄芪补气为君，人参、白术、甘草为臣，佐以陈皮、当归、升麻和柴胡升举下陷的阳气，以求浊降清升。

4. 生脉散由人参、麦冬和五味子组成，有益气生津，敛阴止汗的功用，治疗暑热汗多，耗气伤津；久咳肺虚，气阴两伤出现呛咳少痰等病证。方中人参大补元气为君，麦冬为臣，五味子酸收敛肺止汗为佐使。

命题考点3　补血

【历年真题纵览】

A1 型题

1. 四物汤主治病证是

A. 冲任虚损

B. 心肝血虚

C. 心脾血虚

D. 气滞血瘀

E. 气血两虚

参考答案：A

2. 四物汤主治证候的病因病机是

A. 气衰血少

B. 劳倦内伤

C. 冲任虚损

D. 郁怒伤肝

E. 阴精亏虚

参考答案：C

3. 归脾汤除益气补血外，还具有的功用是

A. 健脾养心

B. 补血调血

C. 敛阴止汗

D. 滋阴复脉

E. 益阴降火

参考答案：A

4. 当归补血汤中黄芪和当归用量比例是

A. 3:1

B. 4:1

C. 5:1

D. 6:1

E. 2:1

参考答案：C

5. 能体现"有形之血生于无形之气"用意的方剂是

A. 当归补血药

B. 十全大补汤

C. 参苓白术散

D. 归脾汤

E. 四君子汤

参考答案：A

B1 型题

6.

A. 牡蛎散

B. 归脾汤

C. 补中益气汤

D. 四物汤

E. 黄土汤

①身常汗出，夜卧尤甚，久而不止，心悸惊惕，短气烦倦者，治疗应选用

②月经提前，心悸怔忡，健忘不眠，食少体倦，面色萎黄，舌淡苔薄白，脉细弱者，治疗应

参考答案：①A　②B

【考点评析】

1.四物汤由当归、川芎、白芍和熟地黄组成,有补血调血的功用,治疗冲任虚损的病证,是补血调经的主方。方中当归、熟地黄补血为主,川芎理血中之气,芍药敛阴养血。全方补血不滞血,行血不破血,补中有散,散中有收,构成止血要剂。本方有圣愈汤、桃红四物汤等变化。

2.当归补血汤由黄芪、当归组成,有补气生血的功用,治疗劳倦内伤,气弱血虚,阳浮外越,出现发热面赤等病证,以及疮疡溃后,久不愈合等。方中重用黄芪,正是有形之血,生于无形之气的意义,黄芪和当归的用量比例为5:1。

3.归脾汤由白术、茯神、黄芪、龙眼肉、酸枣仁、人参、木香、炙甘草和当归、远志组成,有益气补血,健脾养心的功用,治疗心脾两虚,气血不足出现心悸怔忡,脾不统血出现的各种出血病证。

4.炙甘草汤由炙甘草、生姜、人参、生地黄、桂枝、阿胶、麦冬、麻仁和大枣组成,有益气滋阴,补血复脉的功用,治疗气虚血弱,脉结代,心动悸,虚劳肺痿等病证。本方有通阳复脉的作用。

命题考点4 气血双补

【历年真题纵览】

A1 型题

1.八珍汤的功用是
A.气血双补
B.益气养阴
C.温阳益肾
D.滋阴养血
E.健脾益气
参考答案:A

【考点评析】

八珍汤由四物汤和四君子汤组成,有补益气血的功用,治疗气血两虚,出现面色苍白或萎黄,头晕眼花,心悸怔忡等病证。本方有十全大补汤、人参养荣汤等变化。

命题考点5 补阴

【历年真题纵览】

A1 型题

1.一贯煎中的君药是
A.生地
B.当归
C.麦冬
D.北沙参
E.川楝子
参考答案:A

2.左归丸与一贯煎相同的功用是
A.滋阴
B.疏肝
C.补脾
D.降火
E.益气
参考答案:A

3.大补阴丸的组成药物中含有
A.黄精
B.黄芩
C.黄连
D.黄柏
E.黄芪
参考答案:D

4.下列各项,不属六味地黄丸主治证临床表现的是
A.腰膝酸软,盗汗遗精
B.耳鸣耳聋,头晕目眩
C.骨蒸潮热,手足心热
D.小便不利或反多
E.舌红少苔,脉沉细数
参考答案:D

5.体现"壮水之主以制阳光"治疗用意的方剂是
A.六味地黄丸
B.左归丸
C.杞菊地黄丸
D.一贯煎
E.炙甘草汤
参考答案:A

【考点评析】

1.六味地黄丸由熟地黄、山茱萸、山药、泽泻、茯

苓和丹皮组成,有滋补肝肾的功用,治疗肝肾阴虚出现腰膝酸软,头目眩晕,盗汗遗精等病证,是滋补肝肾的代表方剂,体现了"壮水之主,以制阳光"的意义。本方配伍特点补中有泄。本方有知柏地黄丸、都气丸、麦味地黄丸、杞菊地黄丸等变化。

2.大补阴丸由黄柏、知母、熟地黄、龟板、猪脊髓蜜组成,有滋阴降火的功用,治疗肝肾阴虚,虚火上炎,出现骨蒸潮热,遗精盗汗等病证。方中以滋补之品培本,以苦寒之品清泻,以收培本清源之功。

3.一贯煎由沙参、麦冬、当归、生地、枸杞、川楝子组成,有滋阴疏肝的功用,治疗肝肾阴虚,血燥气郁,出现吞酸吐苦,咽干口燥,胸胁疼痛等病证。方中川楝子疏泄肝气,性虽苦寒,但在大量滋阴柔肝之品中,无伤阴之害。

4.左归丸由熟地、山药、枸杞、山茱萸、牛膝、菟丝子、鹿角胶、龟胶组成,有滋阴补肾的功用,治疗真阴不足,出现头目眩晕,腰膝酸软,盗汗遗精等病证。

命题考点6 补阳

【历年真题纵览】

A1 型题

1.右归丸的功效是

A.温补肾阳,填精补血

B.温补肾阳

C.滋阴补肾

D.补肾填精

E.温肾填精

参考答案:A

A2 型题

2.体现"阴中求阳"方义的方剂是

A.当归补血汤

B.生脉散

C.六味地黄丸

D.肾气丸

E.一贯煎

参考答案:D

3.肾气丸是在六味地黄丸基础上加

A.桂枝、茯苓

B.桂枝、附子

C.黄芪、桂枝

D.附子、干姜

E.炙甘草、桂枝

参考答案:B

【考点评析】

1.肾气丸由六味地黄丸加上桂枝、附子组成,有温补肾阳的功用,治疗肾阳不足,出现腰痛脚软,少腹拘急,小便不利等病证。方中配伍体现了"益火之源,以消阴翳"和"阴中求阳"之旨。本方有济生肾气丸、十补丸等变化。

2.右归丸由熟地、山药、山茱萸、枸杞、鹿角胶、菟丝子、杜仲、当归、肉桂、附子组成,有温补肾阳,填精补血的功用,治疗肾阳不足,命门火衰,出现畏寒肢冷,阳痿遗精等病证。

第九单元　固涩剂

命题考点1 固表止汗

【历年真题纵览】

A1 型题

1.玉屏风散与牡蛎散相同的功用是

A.固表

B.涩肠

C.止遗

D.固冲

E.补肾

参考答案:A

2.身常汗出,夜卧尤甚,久而不止,心悸惊惕,短气烦倦者,治疗应选用

A.牡蛎散

B.归脾汤

C.补中益气汤

D.四物汤

E.黄土汤

参考答案:A

【考点评析】

牡蛎散与玉屏风散均治卫气虚弱、腠理不固之自汗证。但本方补敛并用,兼潜心阳,且之力较强,适用于诸虚不足,身常汗出,夜卧尤甚,久而不止,以致心悸惊惕,气短者;玉屏风散则以补为固,补而兼疏,适用于卫虚不固,常自汗出,易感风邪者。

脱,温补脾肾的功用,治疗久泻久痢,脾肾虚寒,出现大便滑脱不禁,下痢赤白等病证。本方以涩肠固脱为主,并与温肾暖脾药共用。

2.四神丸由肉豆蔻、补骨脂、五味子、吴茱萸组成,有温补脾肾,涩肠止泻的功用,治疗脾肾虚寒出现五更泄泻,或久泻不愈等病证。

命题考点2　涩肠固脱

【历年真题纵览】

A1 型题

1.四神丸的组成药物中含有
　A.草豆蔻
　B.白豆蔻
　C.肉豆蔻
　D.砂仁
　E.厚朴
参考答案:C

2.四神丸与真人养脏汤的组成药物中均含有
　A.肉豆蔻
　B.肉桂
　C.补骨脂
　D.人参
　E.诃子
参考答案:A

3.真人养脏汤的功用是
　A.温补中阳,渗湿止泻
　B.温补中阳,调和脾胃
　C.涩肠固脱,温补脾肾
　D.温补脾胃,渗湿止泻
　E.健脾益气,渗湿止泻
参考答案:C

4.真人养脏汤主治之久泻久痢的主要病机是
　A.肾阳衰微
　B.脾胃虚寒
　C.肠胃寒积
　D.脾肾虚寒
　E.肝肾虚寒
参考答案:D

5.真人养脏汤中的君药是
　A.罂粟壳、肉桂
　B.罂粟壳
　C.肉桂、人参
　D.人参
　E.肉桂、白术
参考答案:A

【考点评析】

1.真人养脏汤由人参、当归、白术、肉豆蔻、肉桂、炙甘草、白芍、木香、诃子、罂粟壳组成,有涩肠固

命题考点3　涩精止遗剂金锁固精丸的功用

【历年真题纵览】

A1 型题

1.金锁固精丸的功用是
　A.补肾健脾
　B.补肾涩精
　C.补肾通淋
　D.补肾通络
　E.补肾活血
参考答案:B

2.下列哪项不是金锁固精丸的组成药物
　A.沙苑、蒺藜
　B.芡实
　C.莲须
　D.乌药
　E.牡蛎
参考答案:D

【考点评析】

1.桑螵蛸散由桑螵蛸、远志、菖蒲、龙骨、人参、茯神、当归、龟甲组成,有调补心肾,涩精止遗的功用,治疗心肾两虚,出现小便频数,心神恍惚,健忘食少等病证。方中桑螵蛸为君,配以补益心肾和收涩之品,可两调心肾,交通上下。

2.金锁固精丸有补肾涩精的功用,治疗肾虚精亏,出现遗精滑泄,神疲乏力等病证。

命题考点4　固崩止带

【历年真题纵览】

A1 型题

1.固冲汤的组成药物中不含有的是
　A.白术

B.生黄芪

C.五味子

D.海螵蛸

E.山萸肉

参考答案:E

2.白术与苍术并用方剂是

A.健脾丸

B.完带汤

C.参苓白术散

D.藿香正气散

E.九味羌活汤

参考答案:B

3.固冲汤除固冲摄血外,还具有的功用是

A.补肾涩精

B.补气健脾

C.补气生血

D.温补脾肾

E.温经止痛

参考答案:B

【考点评析】

1.固冲汤由白术、黄芪、龙骨、牡蛎、山萸肉、芍药、海螵蛸、茜草、棕榈炭、五味子组成,有补气健脾,固冲摄血的功用,用于治疗脾气虚弱,脾不统血,冲脉不固所致之血崩或月经过多的病证。

2.完带汤由白术、山药、人参、白芍、车前子、苍术、甘草、陈皮、荆芥穗、柴胡组成。

第十单元 安神剂

命题考点 1 重镇安神

【历年真题纵览】

A1 型题

1.天王补心丹与朱砂安神丸组成中均含有的药物是

A.酸枣仁

B.炙甘草

C.玄参

D.黄连

E.生地黄

参考答案:E

2.朱砂安神丸组成中含有的药物是

A.栀子

B.黄连

C.石膏

D.竹叶

E.知母

参考答案:B

3.朱砂安神丸主治病证是

A.心肝血虚,肝阳上亢

B.心火偏亢,阴血不足

C.心肝血虚

D.心脾两虚,血不养心

E.气血两虚

参考答案:B

4.朱砂安神丸中泻火除烦的药物是

A.栀子

B.黄连

C.石膏

D.竹叶

E.知母

参考答案:B

5.朱砂安神丸中,配伍生地、当归的意义是

A.凉血活血

B.滋阴活血

C.凉血补血

D.补血活血

E.滋阴补血

参考答案:E

【考点评析】

朱砂安神丸由朱砂、黄连、炙甘草、生地、当归组成,有镇心安神,泻火养阴的功用,治疗心火偏亢,阴血不足,出现心烦神乱,失眠多梦,惊悸等病证。方中重用朱砂以安神,并配以滋阴养血之品以培本,黄连苦寒泻火,清热除烦,全方一泻偏盛之火,一补不足阴血,达到心火下降,阴血上承的目的。

命题考点 2 滋养安神

【历年真题纵览】

A1 型题

1.酸枣仁汤中养肝血、安心神的药物是

A.知母

B.川芎

C.茯苓

D. 甘草

E. 酸枣仁

参考答案:E

2. 治疗脏燥证的方剂是

　A. 磁朱丸

　B. 归脾汤

　C. 朱砂安神丸

　D. 酸枣仁汤

　E. 甘麦大枣汤

参考答案:E

3. 甘麦大枣汤除养心安神,和中缓急外,还具有的功用是

　A. 补心血

　B. 补脾气

　C. 益肝血

　D. 滋肾水

　E. 益脾阴

参考答案:B

4. 天王补心丹中敛心气而安神的药物是

　A. 丹参、五味子

　B. 茯苓、五味子

　C. 远志、五味子

　D. 人参、五味子

　E. 酸枣仁、五味子

参考答案:E

5. 酸枣仁汤的功用是

　A. 养血安神,清热除烦

　B. 滋阴养血,补心安神

　C. 养心安神

　D. 补气健脾安神

　E. 健脾益气,养血安神

参考答案:A

B1 型题

6.

　A. 天王补心丹

　B. 归脾汤

　C. 酸枣仁汤

　D. 朱砂安神丸

　E. 左归丸

①虚烦不眠,心悸盗汗,头目眩晕,咽干口燥,脉弦细者,治疗应首选

②梦遗健忘,大便干结,口舌生疮,舌红少苔,脉细数者,治疗应首选

参考答案:①C ②A

【考点评析】

1. 酸枣仁汤由酸枣仁、甘草、知母、茯苓、川芎组成,有养血安神,清热除烦的功用,治疗虚劳虚烦不得眠,心悸盗汗,头目眩晕等病证。全方配伍,以治阴虚阳浮,方中酸枣仁养肝血,安心神,为主药。

2. 天王补心丹由生地、人参、丹参、玄参、茯苓、五味子、远志、桔梗、当归、天冬、麦冬、柏子仁、酸枣仁组成,有滋阴养血,补心安神的功用,治疗阴亏血少,出现心悸神疲,虚烦少寐等病证。方中重用生地,一可滋阴,一可养血,配以养心安神之品,不仅可补阴血不足之本,又可治虚烦少寐之标。

3. 甘麦大枣汤有养心安神,和中缓急,补脾气的功用,治疗脏燥。

第十一单元　开窍剂

命题考点　凉开　温开

【历年真题纵览】

A1 型题

1. 至宝丹的功用是

　A. 开窍定惊,清热化痰

　B. 清热解毒,开窍醒神

　C. 清热解毒,开窍安神

　D. 化浊开窍,清热解毒

　E. 清热开窍,熄风止痉

参考答案:D

A2 型题

2. 下列关于开窍剂说法错误的是

　A. 开窍剂主要用于治疗神昏窍闭之证

　B. 安宫牛黄丸有清热开窍,豁痰解毒的功用

　C. 紫雪有清热开窍,镇惊安神的功用

　D. 至宝丹有清热开窍,化浊解毒的功用

　E. 苏和香丸主要用于治疗感受秽恶痰浊之邪

参考答案:E

【考点评析】

1. 凡神昏窍闭之证,无论热闭与寒闭,均为开窍剂的适用范围。使用开窍剂首先应辨别病证虚实,其次对阳明腑实证出现神昏谵语者,不宜应用开窍剂;此外,开窍剂中的芳香开窍药,善于辛散走窜,不宜久服。本类方剂多制成丸、散或注射液应用。

2. 安宫牛黄丸有清热开窍,豁痰解毒的功用,治

疗温热病,热邪内陷心包,痰热壅闭心窍,证见高热烦躁,神昏谵语,以及中风昏迷等邪热内陷者。

3.紫雪有清热开窍,镇痉安神的功用,治疗温热病,热邪内陷心包,证见高热烦躁,神昏谵语,痉厥等病证。

4.至宝丹有清热开窍,化浊解毒的功用,治疗中暑、中风及温病痰热内闭,证见神昏谵语,身热烦躁,痰盛气粗等病证。

5.苏合香丸有芳香开窍,行气止痛的功用,治疗中风、中气或感受时行瘴疠之气,证见突然昏倒,牙关紧闭,不省人事,或中寒气闭,心腹猝痛,甚则昏厥等病证。本方配伍特点是以芳香开窍为主,配伍大量辛香行气之品,是治疗寒闭证的常用代表方剂,也是治疗心腹疼痛属于气滞的有效方剂。

第十二单元　理气剂

命题考点1　行气

【历年真题纵览】

A1型题

1.属于天台乌药散组成药物的是
　A.川楝子
　B.陈皮
　C.草豆蔻
　D.肉桂
　E.厚朴
　参考答案:A

2.越鞠丸中行气解郁,以治气郁的主要药物是
　A.川芎
　B.苍术
　C.香附
　D.栀子
　E.神曲
　参考答案:C

3.治疗梅核气的方剂是
　A.普济消毒饮
　B.甘麦大枣汤
　C.越鞠丸
　D.半夏厚朴汤
　E.橘核丸
　参考答案:D

【考点评析】

1.越鞠丸由苍术、香附、川芎、神曲、栀子组成,有行气解郁的功用,治疗气郁所致的胸膈痞闷,脘腹胀满,嗳腐吞酸,恶心呕吐,饮食不消等病证。本方重于行气解郁,气机流畅,则痰、火、湿、食诸郁自解。香附行气解郁为君,以治气郁,川芎治血郁,栀子治火郁,苍术治疗湿郁,神曲治食郁,均为辅助药物。

2.半夏厚朴汤由半夏、厚朴、茯苓、生姜、苏叶组成,有行气散结,降逆化痰的功用,治疗梅核气,证见咽中如有物阻,咯吐不出,吞咽不下等。

3.枳实薤白桂枝汤由枳实、厚朴、薤白、桂枝、瓜蒌组成,有通阳散结,祛痰下气的功用,治疗胸痹,证见胸满而痛,甚或胸痛彻背等。

4.天台乌药散由乌药、木香、小茴香、青皮、高良姜、槟榔、川楝子和巴豆组成,有行气疏肝、散寒止痛的功用,治疗寒凝气滞,证见小肠疝气等病证。

命题考点2　降气

【历年真题纵览】

A1型题

1.下列关于苏子降气汤说法错误的是
　A.本方上下兼顾,以下为主
　B.所治之喘咳证属上实下虚
　C.有降气平喘,祛痰止咳的功效
　D.方中苏子为君药,半夏、厚朴和前胡为臣药
　E.方中生姜、苏叶有散寒宣肺的功用
　参考答案:A

2.苏子降气汤组成中不包含的药物是
　A.当归
　B.肉桂
　C.前胡
　D.厚朴
　E.葶苈子
　参考答案:E

3.旋覆代赭汤的功用不包括
　A.益气
　B.降逆
　C.和胃
　D.止咳
　E.化痰
　参考答案:D

4.定喘汤的组成药物中含有

A. 半夏、当归

B. 麻黄、杏仁

C. 桑白皮、地骨皮

D. 黄芩、陈皮

E. 苏子、橘红

参考答案:B

5. 苏子降气汤中配伍当归和肉桂的意义是

A. 温肾纳气

B. 养血补肝

C. 温补下虚

D. 祛痰止咳

E. 温肾祛寒

参考答案:C

6. 白果在定喘汤中的作用是

A. 散寒平喘

B. 敛肺定喘

C. 清泻肺热

D. 止咳化痰

E. 降气平喘

参考答案:B

7. 旋覆花、代赭石在旋覆代赭汤中的配伍意义是

A. 温胃化痰止呕

B. 平冲降逆止呕

C. 祛痰降逆和胃

D. 镇冲逆除噫气

E. 化痰消食和胃

参考答案:D

8. 患者痰多气急,痰稠色黄,哮喘咳嗽,舌苔黄腻,脉滑数。治宜选用

A. 四磨汤

B. 大青龙汤

C. 泻白散

D. 定喘汤

E. 苏子降气汤

参考答案:D

【考点评析】

1. 苏子降气汤由苏子、半夏、当归、甘草、前胡、厚朴、肉桂组成,有降气平喘,祛痰止咳的功用,治疗上实下虚,证见痰涎壅盛,喘咳短气,或腰疼脚弱等病证。本方上下兼顾而以上为主,使气降痰消,喘咳自平。

2. 定喘汤由白果、麻黄、苏子、甘草、款冬花、杏仁、桑白皮、黄芩和半夏组成,有宣肺降气,祛痰平喘的功用,治疗风寒外束,痰热内蕴,证见痰多气急,痰

稠色黄等病证。方中麻黄宣肺平喘,白果敛肺以止咳,一散一收,使肺气得宣,咳喘得平。

3. 旋覆代赭汤由旋覆花、人参、生姜、代赭石、甘草、半夏和大枣组成,有降逆化痰,益气和胃的功用,治疗胃气虚弱,痰浊内阻,证见心下痞硬等。

4. 橘皮竹茹汤由橘皮、竹茹、大枣、生姜、甘草和人参组成,有降逆止呃,益气清热的功用,治疗胃虚有热,气逆不降的呃逆或干呕。

5. 丁香柿蒂汤由丁香、柿蒂、人参、生姜组成,有温中益气,降逆止呃的功用,治疗胃气虚寒的呃逆不止等。

第十三单元 理血剂

命题考点 1 活血祛瘀

【历年真题纵览】

A1 型题

1. 温经汤(《金匮要略》)主治证候的病因病机是

A. 五劳虚极

B. 产后血虚受寒

C. 冲任虚损

D. 下焦蓄血

E. 冲任虚寒,瘀血阻滞

参考答案:E

2. 治疗胸中血瘀,血行不畅的方剂是

A. 膈下逐瘀汤

B. 桃核承气汤

C. 通窍活血汤

D. 血府逐瘀汤

E. 复原活血汤

参考答案:D

3. 血府逐瘀汤除活血祛瘀外,还具有的功用是

A. 散结消痞

B. 温经散寒

C. 补气通络

D. 行气止痛

E. 疏肝解郁

参考答案:D

4. 生化汤除活血化瘀止痛外,还具有的功用是

A. 祛风

B. 温经

C. 行气

D. 疏肝

参考答案:B

5. 组成药物中含有蒲黄、五灵脂的方剂是

A. 血府逐瘀汤

B. 通窍活血汤

C. 膈下逐瘀汤

D. 少腹逐瘀汤

E. 身痛逐瘀汤

参考答案:D

6. 温经汤的君药是

A. 当归、川芎

B. 当归、肉桂

C. 当归、吴茱萸

D. 吴茱萸、桂枝

E. 当归、桂枝

参考答案:D

7. 组成药物中含有炮姜、川芎的方剂是

A. 生化汤

B. 温经汤

C. 血府逐瘀汤

D. 通窍活血汤

E. 身痛逐瘀汤

参考答案:A

8. 温经汤功效是

A. 温经散寒,祛瘀养血

B. 温经散寒,活血止痛

C. 活血化瘀,温经止痛

D. 活血祛瘀,通络止痛

E. 补气活血通络

参考答案:A

【考点评析】

1. 凡是血行失常,出现血瘀或出血的病证,均是理血剂的适用范围。使用理血剂时,应分清标本缓急,同时逐瘀过猛易于伤血,止血过急易致留瘀。另外月经过多或孕妇应慎用理血剂。

2. 桃核承气汤由桃核、大黄、桂枝、甘草、芒硝组成,有破血下瘀的功用,治疗下焦蓄血,出现少腹急结,小便自利等。方中瘀、热并泻,服后微利。血府逐瘀汤由桃仁、红花、当归、生地、川芎、赤芍、牛膝、桔梗、柴胡、枳壳、甘草组成,有活血祛瘀,行气止痛的功用,治疗胸中血瘀,血行不畅,证见胸痛、头痛日久不愈,痛如针刺等。

3. 复元活血汤由柴胡、瓜蒌根、当归、红花、甘草、穿山甲、大黄、桃仁组成,有活血祛瘀,疏肝通络

的功用,治疗跌打损伤,瘀血留于胁下等。

4. 补阳还五汤由黄芪、当归、赤芍、地龙、川芎、红花和桃仁组成,有补气,活血,通络的功用,治疗中风后遗症,证见半身不遂,口眼㖞斜等。方中重用黄芪为君,使气旺血行,瘀祛络通。

5. 温经汤由吴茱萸、当归、芍药、川芎、人参、桂枝、阿胶、丹皮、生姜、甘草、半夏、麦冬组成,有温经散寒,祛瘀养血的功用,治疗冲任虚寒,瘀血阻滞,证见月经不调等。

6. 生化汤由当归、川芎、桃仁、炮姜、甘草组成,有活血化瘀,温经止痛的功用,治疗产后血虚受寒,证见恶露不行,小腹冷痛等,其中童便可益阳化瘀,并有引败血下行的作用。

命题考点 2　止血

【历年真题纵览】

A1 型题

1. 槐花散的功用有

A. 除湿排脓

B. 清热解毒

C. 行气解郁

D. 疏风下气

E. 解表散邪

参考答案:D

2. 小蓟饮子的功用是

A. 养血止血

B. 凉血止血,利水通淋

C. 滋阴益气,止血活血

D. 凉血止血

E. 益气健脾止血

参考答案:B

3. 咳血方与小蓟饮子中均含有的药物是

A. 山栀子

B. 青黛

C. 炙甘草

D. 生地黄

E. 滑石

参考答案:A

4. 胶艾汤主治证的病机是

A. 冲任虚损

B. 脾阳不足

C. 血热妄行

D. 肝火犯肺

E.下焦瘀热

参考答案:A

5.咳血方主治证的病机是

A.肝火犯肺,灼伤肺络

B.脾阳不足,统血失常

C.阴虚火旺,损伤肺络

D.血热妄行,损伤肺络

E.心脾两虚,气不摄血

参考答案:A

6.槐花散中不包含的药物是

A.柏叶

B.槐花

C.荆芥穗

D.枳壳

E.生地黄

参考答案:E

A2 型题

7.患者,男,50岁。便后出血,有时粪中带血,色鲜红,舌红,脉数。治疗应首选

A.槐花散

B.黄土汤

C.归脾汤

D.四生丸

E.小蓟饮子

参考答案:A

【考点评析】

1.血热妄行者,宜凉血止血;冲任虚损者,宜补血止血以固冲任;阳气虚弱者,宜温阳益气止血。上部出血者,忌用提升药;下部出血者,忌用沉降药。还应注意标本缓急。

2.咳血方由青黛、瓜蒌、海石、栀子、诃子组成,有清火化痰,敛肺止咳的功用,治疗肝火犯肺,证见咳嗽痰稠带血,心烦易怒等,病本在肝。方中青黛、栀子清肝泻火为君。

3.小蓟饮子由生地、小蓟、滑石、木通、蒲黄、藕节、淡竹叶、当归、栀子、炙甘草组成,有凉血止血,利水通淋的功用,治疗下焦瘀热血淋,证见尿中带血,小便频数而疼痛。本方止血之中寓以化瘀血,清利之中寓以养阴血,是治疗血淋、尿血属于实热的代表方剂。

4.槐花散由槐花、柏叶、荆芥穗、枳壳组成,有清肠下血,疏风下气的功用,治疗肠风脏毒下血,证见便前后出血等。本方以槐花专清大肠湿热,凉血止血为君。

5.黄土汤由甘草、干地黄、白术、附子、阿胶、黄

芩、灶心黄土组成,有温阳健脾,养血止血的功用,治疗脾阳不足,中焦虚寒,证见大便下血等。本方寒热并用,标本兼治,温阳而不伤阴,滋阴而不碍阳。

6.十灰散有凉血止血的功用,治疗血热妄行所致的多种出血病证。

第十四单元　治风剂

命题考点1　概述

【历年真题纵览】

A1 型题

治风剂的功用是

A.平息内风

B.清热化痰

C.开窍醒神

D.疏风解表

E.祛湿通络

参考答案:A

【考点评析】

治风剂由辛散祛风或熄风止痉的药物为主组成,具有疏散外风或平息内风的功用,用来治疗外风引起的头痛、恶风、肌肤瘙痒、肢体麻木等以及内风所致的眩晕、震颤、四肢抽搐或猝然昏倒、不省人事、半身不遂、口眼㖞斜等病证。使用治风剂应辨别内、外风,外风宜疏散,内风宜平息。

命题考点2　疏散外风

【历年真题纵览】

A1 型题

1.下列方剂组成药物中含有石膏与知母的是

A.大定风珠

B.消风散

C.川芎茶调散

D.地黄饮子

E.羚角钩藤汤

参考答案:B

2.大秦艽汤的功用是

A.祛风清热,养血活血

B.疏风养血,清热除湿

C. 疏风止血

D. 祛风化痰止痉

E. 祛风除湿,化痰通络

参考答案:A

3. 关于川芎茶调散中药物功效描述不正确的是

　A. 川芎长于止痛

　B. 白芷善治太阳经头痛

　C. 羌活善治太阳经头痛

　D. 川芎善治少阳、厥阴经头痛

　E. 细辛善治少阴经头痛

参考答案:B

4. 川芎茶调散中擅治少阳、厥阴经头痛的是

　A. 细辛

　B. 防风

　C. 白芷

　D. 川芎

　E. 羌活

参考答案:D

【考点评析】

1. 消风散由当归、生地、防风、蝉蜕、知母、苦参、胡麻、荆芥、苍术、牛蒡子、石膏、甘草、木通组成,有疏风养血,清热除湿的功用,治疗风疹、湿疹,证见皮肤疹出色红等。本方配伍即"治风先治血,血行风自灭"之意,是治疗风疹和湿疹的常用代表方剂。

2. 川芎茶调散由川芎、荆芥、白芷、羌活、甘草、细辛、防风、薄荷组成,有疏风止痛的功用,治疗外感风邪头痛。

3. 大秦艽汤由秦艽、甘草、川芎、当归、白芍、细辛、羌活、防风、黄芩、石膏、白芷、白术、生地、熟地、茯苓、独活组成,有祛风清热,养血活血的功用,治疗风邪初中经络,证见口眼㖞斜等。

4. 牵正散由白附子、僵蚕、全蝎组成,有祛风化痰止痉的功用,治疗中风,口眼㖞斜。玉真散由胆南星、防风、白芷、天麻、羌活、白附子组成,有祛风化痰,解痉止痛的功用,治疗破伤风。

5. 小活络丹有祛风除湿,化痰通络,活血止痛的功用,治疗风寒湿邪留滞经络之证。

命题考点3　平息内风

【历年真题纵览】

A1 型题

1. 大定风珠的组成药物中含有

　A. 柏子仁

　B. 桃仁

　C. 郁李仁

　D. 杏仁

　E. 麻子仁

参考答案:E

2. 主治肝肾阴亏,肝阳上亢,气血逆乱证的方剂是

　A. 羚角钩藤汤

　B. 地黄饮子

　C. 大定风珠

　D. 天麻钩藤饮

　E. 镇肝熄风汤

参考答案:E

3. 羚角钩藤汤主治病证是

　A. 肝经热盛,热极动风

　B. 肝肾不足,阴虚风动

　C. 肝肾阴亏,肝阳上亢

　D. 肝阳偏亢,肝风上扰

　E. 阴血不足,筋脉拘急

参考答案:A

4. 组成药物中含有熟地、肉桂的方剂是

　A. 一贯煎

　B. 暖肝煎

　C. 肾气丸

　D. 炙甘草汤

　E. 地黄饮子

参考答案:E

5. 下列除哪项外均是羚角钩藤汤的组成药物

　A. 桑叶、川贝

　B. 生地、钩藤

　C. 茯神、白芍

　D. 甘草、竹茹

　E. 茯苓、赤芍

参考答案:E

B1 型题

6.

　A. 羚角钩藤汤

　B. 天麻钩藤饮

　C. 地黄饮子

　D. 大定风珠

　E. 镇肝熄风汤

①肝阳偏亢,肝风上扰,头痛、眩晕、失眠者,治疗应选用

②温热病后,神倦瘛疭,舌绛少苔,脉虚弱者,治

疗应选用

参考答案:①B ②D

【考点评析】

1.羚角钩藤汤由羚羊角片、霜桑叶、川贝、生地、钩藤、菊花、茯神、白芍、生甘草、竹茹组成,有凉肝熄风,增液舒筋的功用,治疗肝经热盛,热极动风,证见高热不退,烦闷躁扰,或痉厥等。本方配伍既有平肝熄风之品,又有滋阴柔肝之品,标本兼顾。

2.镇肝熄风汤由牛膝、赭石、龙骨、牡蛎、龟板、白芍、玄参、天冬、川楝子、生麦芽、茵陈、甘草组成,有镇肝熄风,滋阴潜阳的功用,治疗肝肾阴亏,肝阳上亢,气血逆乱,证见头目眩晕,心中烦热,或口眼㖞斜,眩晕昏仆等。

3.天麻钩藤饮由天麻、钩藤、石决明、栀子、黄芩、牛膝、杜仲、桑寄生、益母草、夜交藤、茯神组成,有平肝熄风,清热活血,补益肝肾的功用,治疗肝阳偏亢,肝风上扰,证见头疼,眩晕失眠等。

4.大定风珠有滋阴熄风的功用,治疗温病热邪久羁,热灼真阴,证见脉气虚弱,时时欲脱者。

第十五单元 治燥剂

命题考点1 轻宣润燥

【历年真题纵览】

A1 型题

1.杏苏散的功用是

A.清宣凉燥,宣肺化痰

B.宣肺解表,清热化痰

C.滋阴润肺,宣肺化痰

D.滋阴润燥,宣肺解表

E.清宣凉燥,解表化痰

参考答案:A

【考点评析】

1.杏苏散由苏叶、半夏、茯苓、前胡、桔梗、枳壳、甘草、生姜、橘皮、杏仁、大枣组成,有清宣凉燥,宣肺化痰的功用,治疗外感凉燥,证见恶寒无汗,咳嗽痰喘,鼻塞咽干等。本方配伍特点是发表宣肺而解凉燥;利气化痰而止咳嗽。

2.清燥救肺汤由桑叶、石膏、人参、甘草、胡麻仁、阿胶、麦冬、杏仁、枇杷叶组成,有清燥润肺的功用,治疗温燥伤肺,证见干咳无痰,气逆而喘等。本

方配伍特点是轻宣润肺和养阴并进。

3.桑杏汤由桑叶、杏仁、沙参、象贝、香豉、栀皮、梨皮组成,有轻宣温燥的功用,治疗外感温燥,邪在肺卫。

命题考点2 滋阴润燥

【历年真题纵览】

A1 型题

1.麦门冬汤中配伍粳米、大枣、甘草的意义是

A.佐金平木

B.培土生金

C.扶土抑木

D.滋水涵木

E.益火补土

参考答案:B

2.玉液汤的功用是

A.滋阴清热

B.滋阴养胃

C.养阴润肺

D.养阴清肺

E.润燥止渴

参考答案:E

3.百合固金汤所治阴虚证的主要脏腑是

A.肺、肾

B.肝、胃

C.心、肝

D.脾、胃

E.肺、胃

参考答案:A

4.玉液汤的组成药物中含有

A.鸡内金

B.麦芽

C.山楂

D.莱菔子

E.神曲

参考答案:A

5.增液汤的组成药物中含有

A.党参

B.白参

C.玄参

D.沙参

E.丹参

参考答案:C

6.百合固金汤主治病证是
　A.健脾益肺,化痰止咳
　B.滋阴润燥,凉血止血
　C.养阴润肺,化痰止咳
　D.滋阴润燥,宣肺止咳
　E.清热凉血,化痰止咳
参考答案:C

7.百合固金汤的主治证候中常见
　A.咳痰带血
　B.干咳无痰
　C.咳痰黄稠
　D.咳痰不爽
　E.咳喘不利
参考答案:A

8.增液汤的功用是
　A.清热养阴
　B.滋阴清热,润燥通便
　C.滋肾填精,润燥通便
　D.滋阴润燥
　E.补肾养肺
参考答案:B

B1 型题
9.
　A.杏苏散
　B.清燥救肺汤
　C.麦门冬汤
　D.养阴清肺汤
　E.增液汤
①含有半夏、麦冬、人参的方剂是
②含有生地、麦冬、玄参的方剂是
参考答案:①C ②E

10.
　A.疏散肺经风热
　B.透达肝经郁热
　C.辛凉散邪利咽
　D.辛凉解表疏肝
　E.疏解外邪表证
①薄荷在逍遥散中的作用是
②薄荷在养阴清肺汤中的作用是
参考答案:①B ②C

【考点评析】
1.百合固金汤由生地、熟地、麦冬、百合、白芍、当归、贝母、甘草、玄参、桔梗组成,有养阴润肺,化痰止咳的功用,治疗肺肾阴虚,证见咳痰带血,咽喉燥痛,骨蒸潮热等,所治的阴虚脏腑在于肺、肾。

2.麦门冬汤由麦冬、半夏、人参、甘草、粳米、大枣组成,有滋养肺胃,降逆和中的功用,治疗肺阴不足和胃阴不足,证见咳逆上气,或咳吐涎沫,气逆呕吐等。方中粳米、大枣补脾益胃,使中气健运,则津液自能上输于肺,于是胃得其养,此即"培土生金"之意。

3.玉液汤由山药、生黄芪、知母、鸡内金、葛根、五味子和天花粉组成,有益气生津,润燥止渴的功用,治疗消渴病。

4.增液汤由玄参、生地、麦冬组成,有滋阴清热,润燥通便的功用,治疗阳明温病,证见大便秘结。

5.薄荷在逍遥散中的作用是助柴胡散肝郁而生之热;薄荷在养阴清肺汤中的作用是散邪利咽。

6.养阴清肺汤由生地、麦冬、生甘草、玄参、贝母、丹皮、薄荷组成,有养阴清肺的功用,治疗白喉。

第十六单元　祛湿剂

命题考点1　概述

【历年真题纵览】
A1 型题
1.祛湿剂不具有的功用是
　A.化湿
　B.利水
　C.通淋
　D.泄浊
　E.解表
参考答案:E

【考点评析】
凡感受外湿出现头胀身痛,肢节烦疼,面目浮肿,或湿自内生,出现胸脘痞闷,呕恶泄利,黄疸淋浊等,都是祛湿剂的适用范围。使用祛湿剂时,应辨别内湿与外湿的不同,另外祛湿剂大多辛香温燥,或甘淡渗利,易于耗伤阴津,对体虚阴亏,病后体弱或孕妇水肿者慎用。

命题考点2　燥湿和胃

【历年真题纵览】
A1 型题
1.平胃散组成是

A. 苍术、厚朴、半夏、生姜

B. 苍术、厚朴、陈皮、甘草

C. 白术、厚朴、陈皮、生姜

D. 苍术、半夏、陈皮、甘草

E. 白术、半夏、陈皮、甘草

参考答案:B

2. 平胃散与藿香正气散组成中均含有的药物是

A. 陈皮、白术

B. 陈皮、厚朴

C. 陈皮、苍术

D. 厚朴、苍术

E. 白术、厚朴

参考答案:B

3. 平胃散功效是

A. 健脾和胃,降逆止呕

B. 燥湿运脾,行气和胃

C. 燥湿和胃

D. 健脾燥湿,和胃止痛

E. 健脾燥湿,行气止痛

参考答案:B

【考点评析】

1. 平胃散由苍术、厚朴、陈皮、甘草组成,有燥湿运脾,行气和胃的功用,治疗湿滞脾胃,证见脘腹胀满,不思饮食,呕吐恶心,肢体沉重等。本方是治疗湿滞脾胃的主方。

2. 藿香正气散由大腹皮、白芷、紫苏、茯苓、半夏、白术、陈皮、厚朴、桔梗、藿香和甘草组成,有解表化湿,理气和中的功用,治疗外感风寒,内伤湿滞,证见霍乱吐泻,发热恶寒等。本方是治霍乱常用方,诸药配伍,使风寒外散,湿浊内化,清升浊降,气机通畅,诸证自愈。

命题考点3　清热祛湿

【历年真题纵览】

A1 型题

1. 二妙散的功用是

A. 清热利水

B. 清热燥湿

C. 清热养阴

D. 利湿消肿

E. 解毒化湿

参考答案:B

2. 三仁汤中具有"宣上、畅中、渗下"作用的药物是

A. 杏仁、草蔻仁、薏苡仁

B. 杏仁、白蔻仁、冬瓜仁

C. 杏仁、白蔻仁、薏苡仁

D. 杏仁、桃仁、薏苡仁

E. 桃仁、白蔻仁、薏苡仁

参考答案:C

3. 三仁汤中不包含的药物组是

A. 杏仁、滑石

B. 竹叶、白蔻仁

C. 薏苡仁、厚朴

D. 陈皮、薏苡仁

E. 白通草、半夏

参考答案:D

4. 下列关于茵陈蒿汤说法错误的是

A. 所治黄疸为阳黄

B. 方中重用茵陈蒿为君

C. 由茵陈、黄芩、大黄组成

D. 有清热,利湿,退黄的功用

E. 主要治疗湿热黄疸

参考答案:C

【考点评析】

1. 茵陈蒿汤由茵陈蒿、栀子、大黄组成,有清热,利湿,退黄的功用,治疗湿热黄疸,证见一身面目俱黄,黄色鲜明,小便不利等。本方为治湿热黄疸第一要方。方中重用茵陈蒿为君,以其最擅清利湿热,退黄疸,栀子为臣,通利三焦,导湿热下行,大黄为佐,泻热逐瘀,通利大便。

2. 三仁汤由杏仁、滑石、通草、白蔻仁、竹叶、厚朴、薏苡仁、半夏组成,有宣畅气机,清利湿热的功用,治疗湿温初起及暑温夹湿,证见头痛恶寒,身重疼痛,面色淡黄等。本方是治疗湿温初起,邪在气分,湿重于热的常用代表方剂,方中三仁相伍,宣上畅中渗下,使气畅湿行。

3. 八正散由车前子、瞿麦、扁蓄、滑石、栀子、甘草、木通、大黄组成,有清热泻火,利水通淋的功用,治疗湿热下注,证见热淋、血淋等。

4. 甘露消毒丹有利湿化浊,清热解毒的功用,治疗湿温时疫,邪在气分。连朴饮有清热化湿,理气和中的功用,治疗湿热蕴伏,霍乱吐利。

5. 二妙散有清热燥湿的功用,治疗湿热走注,筋骨疼痛等。

苓皮组成,有利湿消肿,理气健脾的功用,治疗脾虚湿盛的皮水。

命题考点4　利水渗湿

【历年真题纵览】

A1 型题

1.五苓散的功用是

　A.利水渗湿,温阳化气

　B.健脾除湿

　C.解表祛湿

　D.清热燥湿

　E.利湿消肿,理气健脾

参考答案:A

2.有利水清热养阴功用的方剂是

　A.六一散

　B.五苓散

　C.五皮散

　D.猪苓汤

　E.二妙散

参考答案:D

B1 型题

3.

　A.五苓散

　B.五皮散

　C.实脾散

　D.真武汤

　E.十枣汤

①悬饮咳唾胸胁引痛,心下痞硬,干呕短气,脉沉弦者,治疗应选用

②实水一身悉肿,腹胀喘满,二便不利,脉沉实有力者,治疗应选用

参考答案:①E　②B

【考点评析】

1.五苓散由茯苓、猪苓、泽泻、白术、桂枝组成,有利水渗湿,温阳化气的功用,治疗外有表邪,内停水湿,水湿内停,痰饮等病证。

2.猪苓汤由猪苓、茯苓、泽泻、阿胶、滑石组成,有利水清热养阴的功用,治疗水热互结,证见小便不利,发热等。本方渗利与清热养阴并进,利水不伤阴,滋阴不敛邪,水气去,邪热清,阴液复。

3.防己黄芪汤由防己、黄芪、甘草、白术组成,有益气祛风,健脾利水的功用,治疗卫表不固,风水或风湿,证见汗出恶风,身重,小便不利等。方中黄芪与防己为君,固表益气与行气利水并用。

4.五皮散由生姜皮、桑白皮、陈橘皮、大腹皮、茯

命题考点5　温化水湿

【历年真题纵览】

A1 型题

1.实脾散的功用是

　A.健脾和胃,消食止泻

　B.益气健脾,渗湿止泻

　C.健脾和胃,消痞除满

　D.温阳健脾,行气利水

　E.燥湿运脾,行气和胃

参考答案:D

2.胸胁支满,目眩心悸,短气而咳,舌苔白滑,脉弦滑者,治宜选用

　A.十枣汤

　B.五苓散

　C.真武汤

　D.五皮散

　E.苓桂术甘汤

参考答案:E

3.有温化痰饮,健脾利湿功效,治疗痰饮病的主方是

　A.苓桂术甘汤

　B.真武汤

　C.实脾散

　D.二妙散

　E.三仁汤

参考答案:A

【考点评析】

1.真武汤由茯苓、芍药、白术、生姜、附子组成,有温阳利水的功用,治疗脾肾阳虚,水气内停和太阳病,发汗,汗出不解,心下悸,头眩等。本方为治疗脾肾阳虚,水湿内停的主要方剂,方中白芍,一为取其利小便,一为取其缓急止痛。

2.实脾散由厚朴、白术、木瓜、木香、草果仁、大腹皮、附子、茯苓、干姜、炙甘草组成,有温阳健脾,行气利水的功用,治疗阳虚水肿,证见身半以下肿甚,手足不温等。

3.苓桂术甘汤有温化寒痰,健脾利湿的功用,治疗中阳不足之痰饮病,证见胸胁支满,目眩心悸等。本方即为"病痰饮者,当以温药和之"之意,以茯苓为

君,有健脾渗湿,祛痰化饮的功效,以桂枝为臣,既可温阳化饮,又可化气利水,兼能平冲降逆,佐以白术,使以甘草。

命题考点6 祛风胜湿

【历年真题纵览】

A1 型题

1.羌活胜湿汤与九味羌活汤的组成药物中均含有的是
   A.防风、川芎
   B.黄芩、川芎
   C.羌活、藁本
   D.羌活、独活
   E.羌活、蔓荆子
   参考答案:A

2.羌活胜湿汤中君药是
   A.防风、川芎
   B.蔓荆子、藁本
   C.羌活、藁本
   D.羌活、独活
   E.羌活、防风
   参考答案:D

A2 型题

3.患者肩背疼不可回顾,头痛身痛,腰脊疼痛,舌苔白,脉浮。治疗应选用
   A.独活寄生汤
   B.三仁汤
   C.小青龙汤
   D.羌活胜湿汤
   E.麻黄汤
   参考答案:D

【考点评析】

1.羌活胜湿汤由羌活、独活、藁本、防风、炙甘草、川芎、蔓荆子组成,有祛风胜湿的功用,治疗风湿在表,证见肩背疼痛不可回顾,头痛身重等。

2.独活寄生汤由独活、桑寄生、杜仲、牛膝、细辛、秦艽、茯苓、肉桂、防风、川芎、人参、甘草、当归、芍药、干地黄组成,有祛风湿,止痹痛,益肝肾,补气血的功用,治疗痹证日久,肝肾两亏,气血不足,证见腰膝疼痛,肢节屈伸不利,或麻木不仁等。

第十七单元 祛痰剂

命题考点1 燥湿化痰

【历年真题纵览】

A1 型题

1.下列方剂中有乌梅的是
   A.平胃散
   B.止嗽散
   C.清燥救肺汤
   D.玉液汤
   E.二陈汤
   参考答案:E

2.二陈汤主治之咳嗽属于
   A.湿痰
   B.寒痰
   C.热痰
   D.风痰
   E.燥痰
   参考答案:A

3.心悸失眠,夜多异梦,平素胆怯易惊,苔白腻,脉弦滑,治宜选用
   A.二陈汤
   B.温胆汤
   C.导痰汤
   D.酸枣仁汤
   E.半夏白术天麻汤
   参考答案:B

4.内臂酸痛或抽掣,不得上举,两手麻木,舌苔白腻,脉弦滑者,治宜选用
   A.茯苓丸
   B.定痫丸
   C.地黄饮子
   D.补阳还五汤
   E.独活寄生汤
   参考答案:A

5.有燥湿化痰,理气和中功效,治疗湿痰主方是
   A.贝母瓜蒌散
   B.小陷胸汤
   C.二陈汤
   D.温胆汤
   E.清气化痰丸

参考答案:C

【考点评析】

1.二陈汤由半夏、橘红、茯苓、甘草、生姜、乌梅组成,有燥湿化痰,理气和中的功用,治疗湿痰咳嗽,证见痰多色白易咳,胸膈痞闷,恶心呕吐等。本方是治湿痰的主方,方中以半夏为君,善能燥湿化痰,且可降逆止呕,以橘红为臣,以茯苓为佐。本方有导痰汤、涤痰汤等变化。

2.温胆汤由半夏、竹茹、枳实、陈皮、甘草、茯苓组成,有理气化痰,清胆和胃的功用,治疗胆胃不和,痰热内扰,证见虚烦不眠,或呕吐呃逆等病证。

3.茯苓丸由半夏、茯苓、枳壳、风化朴硝组成,有燥湿行气,软坚消痰的功用,治疗痰停中脘证。

命题考点2　清热化痰

【历年真题纵览】

A1 型题

1.小陷胸汤主治证候中有
A.痰白而稀
B.干咳无痰
C.咳痰黄稠
D.痰中带血
E.咳嗽痰多
参考答案:C

2.有清热化痰,宽胸散结,治疗小结胸证的主要方剂是
A.贝母瓜蒌散
B.温胆汤
C.小陷胸汤
D.滚痰丸
E.二陈汤
参考答案:C

【考点评析】

1.清气化痰丸由瓜蒌仁、陈皮、黄芩、杏仁、枳实、茯苓、胆南星、制半夏组成,有清热化痰,理气止咳的功用,治疗痰热内结,证见咳嗽痰黄,咳之不出,胸膈痞满等。

2.小陷胸汤由黄连、半夏和瓜蒌实组成,有清热化痰,宽胸散结的功用,治疗痰热互结,证见胸脘痞闷,按之则痛,或咳痰黄稠等。

3.滚痰丸有泻火逐痰的功用,治疗实热老痰。

命题考点3　润燥化痰

【历年真题纵览】

B1 型题
A.二陈汤
B.温胆汤
C.止嗽散
D.贝母瓜蒌散
E.清气化痰丸
①治疗痰热咳嗽,应首先考虑的方剂是
②治疗燥痰咳嗽,应首先考虑的方剂是
参考答案:①E　②D

【考点评析】

贝母瓜蒌散由贝母、瓜蒌、花粉、茯苓、橘红、桔梗组成,有润肺清热,理气化痰的功用,治疗肺燥有痰,证见咳痰不爽,涩而难出等。方中以贝母为君,清热润肺,化痰止咳,开痰气之郁结,以瓜蒌为臣,以其他药物为佐使。

命题考点4　治风化痰

【历年真题纵览】

A1 型题

1.止嗽散的组成药物中含有
A.青皮
B.木香
C.香附
D.厚朴
E.陈皮
参考答案:E

2.眩晕头痛,胸膈痞闷,恶心呕吐,舌苔白腻,脉弦滑者,治宜选用
A.温胆汤
B.镇肝熄风汤
C.羚角钩藤汤
D.天麻钩藤饮
E.半夏白术天麻汤
参考答案:E

3.半夏白术天麻汤中的君药是
A.半夏、白术
B.天麻、茯苓
C.白术、天麻

D. 半夏、天麻

E. 橘红、半夏

参考答案:D

B1 型题

4.

　A. 小青龙汤

　B. 清气化痰丸

　C. 温胆汤

　D. 半夏白术天麻汤

　E. 止嗽散

①患者眩晕头痛,胸闷恶心,舌苔白腻,脉弦滑,治疗应选用

②患者咳嗽咽痒,微有恶寒发热,舌苔薄白,脉浮,治疗应选用

参考答案:①D ②E

【考点评析】

1. 止嗽散由桔梗、荆芥、紫菀、百部、白前、甘草、陈皮组成。

2. 半夏白术天麻汤由半夏、天麻、茯苓、橘红、白术、甘草、大枣组成,有燥湿化痰,平肝熄风的功用,治疗风痰上扰,证见眩晕头痛,胸闷呕恶等。方中半夏燥湿化痰,降逆止呕,天麻化痰熄风,而止头眩,二者合用,为治疗风痰眩晕头痛的要药。

3. 定痫丸有涤痰熄风的功用,治疗痰热内扰的痫证。

第十八单元　消食剂

命题考点1　消食化滞

【历年真题纵览】

A1 型题

1. 保和丸中君药是

　A. 萝卜子

　B. 山楂

　C. 神曲

　D. 茯苓

　E. 半夏

参考答案:B

2. 保和丸的组成药物中含有

　A. 陈皮、甘草

　B. 茯苓、白术

　C. 半夏、生姜

　D. 神曲、银花

　E. 山楂、连翘

参考答案:E

3. 健脾丸的组成药物中含有

　A. 薏苡仁

　B. 莱菔子

　C. 鸡内金

　D. 黄芪

　E. 黄连

参考答案:E

4. 枳术丸的功用是

　A. 行气化滞

　B. 消食导滞

　C. 消痞除积

　D. 燥湿和胃

　E. 健脾消痞

参考答案:E

5. 健脾丸中含有的药物是

　A. 白术、木香、半夏

　B. 白术、木香、连翘

　C. 白术、茯苓、连翘

　D. 白术、木香、黄连

　E. 白术、茯苓、半夏

参考答案:D

6. 脘腹痞闷,食少难消,大便溏薄,倦怠乏力,苔腻微黄,脉虚弱者,治宜选用

　A. 越鞠丸

　B. 健脾丸

　C. 半夏泻心汤

　D. 参苓白术散

　E. 厚朴温中汤

参考答案:B

7. 治疗一切食积的通用方是

　A. 木香槟榔丸

　B. 保和丸

　C. 枳实导滞丸

　D. 枳实消痞丸

　E. 健脾丸

参考答案:B

B1 型题

8.

　A. 保和丸

　B. 枳实消痞丸

　C. 木香槟榔丸

D. 枳实导滞丸

E. 枳术丸

①具有消导化积,清热祛湿功用的方剂是

②具有行气导滞,攻积泄热功用的方剂是

参考答案:①E ②D

9.

A. 健脾丸

B. 保和丸

C. 四逆散

D. 痛泻要方

E. 葛根黄芩黄连汤

①脘腹胀痛,恶食呕逆,大便泄泻,舌苔厚腻,脉滑者,治宜选用

②手足不温,腹痛,泻利下重,脉弦者,治宜选用

参考答案:①B ②C

【考点评析】

1. 消导剂有消食导滞,化积的作用,凡食积痞块,积聚的病证,均是消导剂的适用范围。

2. 保和丸由山楂、神曲、半夏、茯苓、陈皮、连翘、萝卜子组成,有消食和胃的功用,治疗一切食积,证见脘腹痞满胀痛,嗳腐吞酸等。方中以山楂为君,可消一切饮食积滞,神曲消食健脾,萝卜子下气消食,三者共为臣,佐以半夏和陈皮。

3. 枳实导滞丸由大黄、枳实、神曲、茯苓、黄芩、黄连、白术、泽泻组成,有消导化积,清热祛湿的功用,治疗湿热食积,内阻肠胃,证见脘腹胀痛,下痢泄泻等。木香槟榔丸由木香、槟榔、青皮、陈皮、枳壳、黄连、黄柏、大黄、香附、牵牛组成,有行气导滞,攻积泄热的功用,治疗积滞内停,湿蕴生热,证见脘腹痞满胀痛等。

4. 健脾丸有健脾和胃,消食止泻的功用,治疗脾胃虚弱,兼有饮食积滞的病证。

【历年真题纵览】

A2 型题

1. 患者心下痞满,不欲饮食,倦怠乏力,大便不调,舌淡苔白腻,脉沉弦。治疗应选用

A. 保和丸

B. 健脾丸

C. 枳实消痞丸

D. 枳术丸

E. 木香槟榔丸

参考答案:C

【考点评析】

枳实消痞丸有消痞除满,健脾和胃的功用,治疗脾虚气滞,寒热互结,证见心下痞满,不欲饮食,倦怠乏力,大便不调。

第十九单元 驱虫剂

【历年真题纵览】

A1 型题

1. 乌梅丸中不包含的药物是

A. 细辛、干姜

B. 黄连、当归

C. 人参、桂枝

D. 蜀椒、附子

E. 蜀椒、肉桂

参考答案:E

2. 乌梅丸的功用是

A. 温脏安蛔

B. 温脾益肾

C. 和胃止呕

D. 清热益气

E. 降逆化痰

参考答案:A

3. 组成药物中含有桂枝的方剂是

A. 乌梅丸

B. 芍药汤

C. 暖肝煎

D. 阳和汤

E. 地黄饮子

参考答案:A

【考点评析】

乌梅丸由乌梅、细辛、干姜、黄连、当归、附子、蜀椒、桂枝、人参、黄柏组成,有温脏安蛔的功用,治疗蛔厥证。本方治疗胃热肠寒的蛔厥,以乌梅为君,味酸能制蛔,蜀椒、细辛味辛能驱蛔,黄连和黄柏味苦能下蛔,寒能清热。本方配伍,寒热并治,邪正兼顾。

第二十单元　涌吐剂

【历年真题纵览】

A1 型题

1.瓜蒂散的组成是

　　A.瓜蒂、赤小豆、豆豉

　　B.瓜蒂、生姜

　　C.瓜蒂、小茴香

　　D.瓜蒂、藜芦

　　E.瓜蒂、食盐

参考答案:A

【考点评析】

瓜蒂散由瓜蒂、赤小豆组成,有涌吐痰涎宿食的功用,治疗痰涎宿食,壅滞胸脘等。

第二十一单元　痈疡剂

【历年真题纵览】

A1 型题

1.下列方剂,组成药物中不含有栀子的是

　　A.茵陈蒿汤

　　B.八正散

　　C.凉膈散

　　D.龙胆泻肝汤

　　E.仙方活命饮

参考答案:E

2.四妙勇安汤的组成药物是

　　A.玄参、甘草、当归、金银花

　　B.陈皮、地丁、川乌、连翘

　　C.连翘、蒲公英、苦参、板蓝根

　　D.野菊花、黄连、地丁、桑叶

　　E.赤芍、苦参、甘草、大青叶

参考答案:A

3.透脓散所治之痈疡肿痛的病机是

　　A.热毒湿浊壅聚

　　B.邪热火毒炽盛

　　C.火郁热毒内蕴

　　D.正虚不能托毒

　　E.痰饮瘀血互结

参考答案:D

4.下列组成药物中含有生黄芪与当归的方剂是

　　A.仙方活命饮

　　B.四妙勇安汤

　　C.透脓散

　　D.阳和汤

　　E.复元活血汤

参考答案:C

5.仙方活命饮的功用是

　　A.清热解毒,消肿敛疮

　　B.清热解毒,消肿溃坚,活血止痛

　　C.清热解毒,活血敛疮

　　D.清热解毒,排脓敛疮

　　E.清热解毒,化痰散结,排脓敛疮

参考答案:B

6.具有解毒消痈,化痰散结,活血祛瘀功用的方剂是

　　A.四妙勇安汤

　　B.犀黄丸

　　C.仙方活命饮

　　D.大黄牡丹汤

　　E.苇茎汤

参考答案:B

【考点评析】

1.仙方活命饮由白芷、贝母、防风、赤芍、归尾、甘草、皂角、穿山甲、天花粉、乳香、没药、金银花、陈皮组成,方中不含有栀子。

2.四妙勇安汤由玄参、甘草、当归、金银花组成。

3.透脓散有托毒溃脓的功用,治疗痈疡肿毒,正虚不能托毒。

4.透脓散由生黄芪、当归、穿山甲、皂角刺、川芎组成。

5.犀黄丸有解毒消痈,化痰散结,活血祛瘀的功用。

中 药 学

第一单元　药性理论

命题考点 1　四气

【历年真题纵览】

A1 型题

1. 甘草属于

A. 寒药

B. 热药

C. 温药

D. 凉药

E. 平药

参考答案:D

【考点评析】

四气反映了药物对人体阴阳盛衰、寒热变化的作用倾向,是对药物治疗寒热病证作用的概括。"疗寒以热药,疗热以寒药。"一般而言,能够减轻或消除热证的药物属于寒性或凉性,如黄芩、板蓝根等有清热解毒作用;而能够减轻或消除寒证的药物属于温性或热性,如附子、干姜等有温中散寒作用。

药物寒热温凉是由药物作用于人体所产生的不同反应和所获得的不同疗效而总结出来的,它与所治疗疾病的性质是相对而言的。

在药物作用的程度上,寒重于凉,热重于温。从四性的本质而言,只有寒热两性的区分,此外,四性以外还有一类平性药,它是指寒热界限不很明显、药性平和、作用较和缓的一类药,如党参、山药、甘草等。平性是相对而言的,而不是绝对的,也有偏凉、偏温的不同,因此仍称四气(性)而不称五气(性)。

命题考点 2　五味

【历年真题纵览】

A1 型题

1. 按照五味理论,下列药物中具有辛味的是

A. 紫苏

B. 海藻

C. 乌梅

D. 麻黄

E. 党参

参考答案:D

2. 具有收敛固涩作用的是

A. 咸味

B. 酸味

C. 辛味

D. 苦味

E. 淡味

参考答案:B

3. 具有渗湿利尿作用的是

A. 辛味

B. 甘味

C. 苦味

D. 淡味

E. 咸味

参考答案:D

4. 一般治疗表证的药物五味性质是

A. 淡

B. 苦

C. 辛

D. 酸

E. 咸

参考答案:C

【考点评析】

现据前人的论述,结合临床实践,将五味所代表药物的作用及主治病证分述如下。

（1）辛：有发散、行气、行血等作用。一般来讲，解表药、行气药、活血药多具有辛味。多用于治表证及气血阻滞之证。如苏叶发散风寒，木香行气除胀，川芎活血化瘀等。此外，辛味药还有润养的作用，如款冬花润肺止咳，菟丝子滋养补肾等。

（2）甘：有补益、和中、调和药性和缓急止痛的作用。一般来讲，滋养补虚、调和药性及制止疼痛的药物多具有甘味。多用于治正气虚弱、身体诸痛及调和药性、中毒解救等几个方面。如人参大补元气，熟地黄滋补精血，饴糖缓急止痛，甘草调和药性并解药石中毒等。

（3）酸：有收敛、固涩的作用。一般固表止汗、敛肺止咳、涩肠止泻、固精缩尿、固崩止带的药物多具有酸味。多用于治体虚多汗、肺虚久咳、久泻肠滑、遗精滑精、遗尿尿频、崩带不止等证。如山茱萸、五味子涩精、敛汗，乌梅敛肺止咳、涩肠止泻，乌梅、五味子生津止渴等。

（4）苦：有泄热、燥湿、坚阴的作用，即具有清泄火热、泄降气逆、通泄大便、燥湿、坚阴（泻火存阴）等作用。一般来讲，清热泻火、下气平喘、降逆止呕、通利大便、清热燥湿、苦温燥湿、泻火存阴的药物多具有苦味。多用于治热证、火证、喘证、呕恶、便秘、湿证、阴虚火旺等证。如栀子、黄芩清热泻火，苦杏仁降泄肺气，枇杷叶降泄胃气，大黄泻热通便，龙胆、黄连清热燥湿，苍术、厚朴苦温燥湿，知母、黄柏泻火存阴。

（5）咸：有软坚散结、泻下通便的作用。一般来讲，泻下或润下通便及软化坚硬、消散结块的药物多具有咸味。多用于治大便燥结、痰核、瘰疬、瘿瘤、症瘕痞块等证。如芒硝泻下通便，海藻、昆布消散瘿瘤，鳖甲软坚消癥等。

（6）淡：有渗湿、利小便的作用。故有些利水渗湿的药物具有淡味。多用于治水肿、脚气、小便不利之证，如薏苡仁、通草、灯心草、茯苓、猪苓、泽泻等。

（7）涩：与酸味药的作用相似，有收敛固涩的作用。多用于治虚汗、泄泻、尿频、遗精、滑精、出血等证。如莲子固精止带，禹余粮涩肠止泻，海螵蛸收涩止血等。

命题考点3　升降浮沉

【历年真题纵览】

A1 型题

1．按照药性升降浮沉理论，下列选项中具有沉降特性的是

　　A．解表药

　　B．活血药

　　C．温里药

　　D．清热药

　　E．开窍药

　　参考答案：D

2．反映药物作用趋势的是

　　A．四气

　　B．五味

　　C．归经

　　D．毒性

　　E．升降浮沉

　　参考答案：E

3．下列哪项不属于沉降性质药物的作用

　　A．泻下

　　B．清热

　　C．重镇安神

　　D．开窍

　　E．消导积滞

　　参考答案：D

4．病变在上、在表宜选用的药物性质是

　　A．升浮

　　B．沉降

　　C．苦降

　　D．苦寒

　　E．甘淡

　　参考答案：A

【考点评析】

1．各类药物的升降浮沉趋向：升降浮沉是指药物对人体作用的不同趋向性。升，即上升提举，趋向于上；降，即下达降逆，趋向于下；浮，即向外发散，趋向于外；沉，即向内收敛，趋向于内。升降浮沉也就是指药物对机体有向上、向下、向外、向内四种不同的作用趋向。它与疾病所表现的趋向性是相对而言的。简言之，升、浮，指药物向上、向外的趋向性作用；沉、降，指药物向里、向下的趋向性作用。一般而言，发表、透疹、升阳、涌吐、开窍等药具有升浮作用，收敛固涩、泻下、利水、潜阳、镇惊安神、止咳平喘、止呕等药具有沉降作用。

2．影响药物升降浮沉的主要因素：影响药物升降浮沉的因素主要与四气五味、药物质地轻重有密切关系，并受到炮制和配伍的影响。

（1）药物的升降浮沉与四气五味有关：一般来讲，凡味属辛、甘，气属温、热的药物，大都是升浮药，

如麻黄、升麻、黄芪等药;凡味属苦、酸、咸,性属寒、凉的药物,大都是沉降药,如大黄、芒硝、山楂等。

(2)药物的升降浮沉与药物的质地轻重有关:一般来讲,花、叶、枝、皮等质轻的药物大多为升浮药,如苏叶、菊花、蝉蜕等;而种子、果实、矿物、贝壳及质重者大多都是沉降药。

(3)药物的升降浮沉与炮制、配伍的影响有关:药物的炮制可以影响转变其升降浮沉的性能。如有些药物酒制则升,姜炒则散,醋炒收敛,盐炒下行。如大黄,属于沉降药,峻下热结,泻热通便,经酒炒后,大黄则可清上焦火热,可治目赤头痛。

(4)配伍的影响:一般来讲,升浮药在大队沉降药中能随之下降;反之,沉降药在大队升浮药中能随之上升。

命题考点4　归经

【历年真题纵览】

A1 型题

1.归经的理论基础是

A.阴阳学说

B.五行学说

C.运气学说

D.整体观念

E.脏腑经络理论

参考答案:E

B1 型题

2.

A.肺、胃、肾经

B.肺、脾、肾经

C.心、脾、肾经

D.心、肝、肾经

E.心、肝、脾经

①知母的主要归经是

②龟甲的主要归经是

参考答案:①A　②D

【考点评析】

归经理论的形成是在中医基本理论指导下以脏腑经络为基础,以药物所治疗的具体病证为依据,经过长期临床实践总结出来的用药理论。由于经络能沟通人体内外表里,所以一旦机体发生病变可以通过经络影响到内在的脏腑;反之,内在脏腑病变也可以在体表反映出来。由于发病所在脏腑及经络循行

部位不同,临床上所表现的症状也各不相同。如心经的病变多见心悸失眠;肺经病变常见胸闷喘咳;肝经病变每见胁痛抽搐等证。如朱砂、远志能治疗心悸失眠,说明它们归心经;桔梗、苦杏仁能治愈胸闷、咳喘,说明它们归肺经;而选用白芍、钩藤能治愈胁痛抽搐,则说明它们归肝经。

命题考点5　毒性

【历年真题纵览】

A1 型题

1.苦寒有小毒,不宜持续及过量服用的药物是

A.全蝎

B.苦参

C.花椒

D.吴茱萸

E.川楝子

参考答案:E

【考点评析】

1.引起毒性反应的原因:毒性反应的产生与药物贮存、加工炮制、配伍、剂型、给药途径、用量、使用时间的长短以及病人的体质、年龄、证候性质等都有密切关系。

2.结合具体有毒药物认识其使用注意事项:使用有毒药物时,应从上述各个环节进行控制,避免中毒事故的发生(具体参见各药物)。

第二单元　中药的配伍

命题考点1　中药配伍的内容

【历年真题纵览】

A1 型题

1.补气利水的黄芪与利水健脾的茯苓配合属于

A.相畏

B.相使

C.相须

D.相反

E.相恶

参考答案:B

2.七情配伍中,可以降低药物功效的是

A. 相须
B. 相使
C. 相畏
D. 相杀
E. 相恶

参考答案:E

3.大黄与芒硝配伍,属于哪种配伍关系
A. 相使
B. 相须
C. 相畏
D. 相杀
E. 相恶

参考答案:B

4.人参配莱菔子在药物七情配伍关系中属于
A. 相使
B. 相畏
C. 相杀
D. 相反
E. 相恶

参考答案:E

5.生姜配伍附子,可降低附子的毒性,属于
A. 相须
B. 相使
C. 相畏
D. 相杀
E. 相反

参考答案:D

6.甘草与芫花配伍,属于
A. 相须
B. 相使
C. 相畏
D. 相杀
E. 相反

参考答案:E

7.治疗痉挛抽搐,全蝎与蜈蚣同用,其配伍关系是
A. 相须
B. 相使
C. 相畏
D. 相杀
E. 相反

参考答案:A

B1 型题

8.
A. 相须

B. 相使
C. 相畏
D. 相杀
E. 相反

①一种药物能减轻另一种药物的毒烈性,这种配伍关系是
②一种药物的毒烈能被另一种药物消除的配伍关系是

参考答案:①D ②C

【考点评析】

药物单独或配合应用主要有单行、相须、相使、相畏、相杀、相恶、相反七种情况,称为中药的"七情"配伍。各种配伍关系的配伍意义:

(1)单行:就是单用一味药物治疗某种病情单一的疾病。对病情比较单纯的病证,往往选择一种针对性强的药物即可达到治疗目的,如独参汤。

(2)相须:就是两种功效相似的药物配合应用,可以增强原有药物的功效。如麻黄配桂枝,能增强发汗解表、祛风散寒的作用;石膏与知母配合,能明显增强清热泻火的功效。

(3)相使:就是以一种药物为主,另一种药物为辅,两种药物合用,辅药可以提高主药的功效。如黄芪补气利水,茯苓利水健脾,两药配合,茯苓能提高黄芪补气利水的功效;大黄清热泻火、泻热通便,芒硝润燥通便,可增强大黄峻下热结,排除燥屎的作用。

(4)相畏:就是一种药物的毒副作用能被另一种药物所抑制。如生半夏和生南星的毒性能被生姜减轻或消除,所以说生半夏和生南星畏生姜。

(5)相杀:就是一种药物能够减轻或消除另一种药物的毒副作用。如生姜能减轻或消除生半夏和生南星的毒性或副作用,所以说生姜杀生半夏和生南星的毒。相畏、相杀实际上是同一配伍关系从不同角度而言的两种提法。

(6)相恶:就是两药合用,一种药物能破坏另一种药物的功效。如人参恶莱菔子,即莱菔子能削弱人参的补气作用。

(7)相反:就是两种药物同用能产生或增强毒性或副作用。如甘草反甘遂、贝母反乌头等,详见用药禁忌"十八反"、"十九畏"中的若干药物。

第三单元　中药的用药禁忌

命题考点1　配伍禁忌

【历年真题纵览】

A1 型题

1. 下列药物不与藜芦相反的是
   A. 人参
   B. 沙参
   C. 丹皮
   D. 玄参
   E. 细辛
   参考答案:C

2. 下列各组药物中,属于配伍禁忌的是
   A. 巴豆与牵牛
   B. 丁香与三棱
   C. 牙硝与郁金
   D. 官桂与五灵脂
   参考答案:A

3. 下列各组药物中,不属于配伍禁忌的是
   A. 川贝母与川乌
   B. 藜芦与赤芍
   C. 肉桂与赤石脂
   D. 水银与砒霜
   E. 硫磺与厚朴
   参考答案:E

4. 下列配伍中属于"十九畏"的是
   A. 大戟与甘草
   B. 贝母与乌头
   C. 乌头与瓜蒌
   D. 官桂与赤石脂
   E. 芍药与藜芦
   参考答案:D

5. "十九畏"中,人参"畏"的是
   A. 三棱
   B. 朴硝
   C. 硫磺
   D. 五灵脂
   E. 密陀僧
   参考答案:D

6. 在用药禁忌"十八反"中,甘草反
   A. 半夏
   B. 人参
   C. 细辛
   D. 大戟
   E. 贝母
   参考答案:D

7. 下列除哪一项外,均为"十八"反的内容
   A. 乌头反白蔹
   B. 海藻反甘草
   C. 甘草反甘遂
   D. 人参反五灵脂
   E. 细辛反藜芦
   参考答案:D

【考点评析】

1. 十八反:甘草反甘遂、大戟、海藻、芫花;乌头反贝母、瓜蒌、半夏、白蔹、白及;藜芦反人参、沙参、丹参、玄参、细辛、芍药("本草明言十八反,半蒌贝蔹及攻乌,藻戟芫遂俱战草,诸参辛芍叛藜芦")。

2. 十九畏:硫磺畏朴硝,水银畏砒霜,狼毒畏密陀僧,巴豆畏牵牛,丁香畏郁金,川乌、草乌畏犀角,牙硝畏三棱,官桂畏赤石脂,人参畏五灵脂。

十九畏与"七情"配伍中的"相畏"意义不同,十九畏是产生或增强毒副作用,为药物配伍禁忌,相畏是减弱或消除毒副作用,是可以运用的药物配伍。

命题考点2　妊娠用药禁忌

【历年真题纵览】

A1 型题

1. 孕妇应慎用的药物是
   A. 金银花
   B. 连翘
   C. 牛黄
   D. 鱼腥草
   E. 蒲公英
   参考答案:C

【考点评析】

1. 妊娠用药禁忌的概念:是指妇女妊娠期治疗用药的禁忌。某些药物具有损害胎元以致堕胎的副作用,所以应作为妊娠禁忌的药物。

2. 妊娠用药禁忌的分类及使用原则:根据药物对胎元损害的程度不同,一般可分为慎用与禁用两类。

(1)禁用药物指毒性较强或药性猛烈的,如

巴豆、牵牛子、大戟、商陆、麝香、三棱、莪术、水蛭、斑蝥、雄黄、砒霜等。

（2）慎用的药物包括通经去瘀，行气破滞及辛热滑利之品，如桃仁、红花、牛膝、大黄、枳实、附子、肉桂、干姜、木通、冬葵子、瞿麦等。

慎用的药物可以根据病情需要酌情使用，禁用的药物绝对不能使用。

第四单元　中药的剂量与应用

命题考点1　中药的用法

【历年真题纵览】

A1 型题

1. 羚羊角入汤剂宜

  A. 先煎

  B. 后下

  C. 包煎

  D. 另煎

  E. 烊化

  参考答案：E

2. 下列药物中，宜包煎的是

  A. 石膏

  B. 麻黄

  C. 阿胶

  D. 车前子

  E. 人参

  参考答案：D

3. 龟甲入汤剂应当

  A. 包煎

  B. 先煎

  C. 后下

  D. 另煎

  E. 烊化

  参考答案：B

4. 除下列哪项外，均是确定药物剂量的相关因素

  A. 药材质地

  B. 药物归经

  C. 有毒无毒

  D. 用药目的

  E. 患者年龄大小

  参考答案：B

5. 葛根退热生津宜

  A. 生用

  B. 炒用

  C. 煨用

  D. 醋制用

  E. 久煎

  参考答案：A

6. 入汤剂宜包煎的药物是

  A. 蒲黄

  B. 麻黄

  C. 大黄

  D. 姜黄

  E. 雄黄

  参考答案：A

7. 入汤剂宜另煎的药物是

  A. 西洋参

  B. 太子参

  C. 沙参

  D. 党参

  E. 玄参

  参考答案：A

8. 巴豆制成巴豆霜之目的是

  A. 减低毒性

  B. 提高疗效

  C. 便于贮存

  D. 矫臭矫味

  E. 便于调剂

  参考答案：A

9. 生地黄制成熟地黄的目的是

  A. 消除毒性

  B. 改变药性

  C. 便于贮藏

  D. 增强药性

  E. 纯净药材

  参考答案：B

B1 型题

10.

  A. 先煎

  B. 后下

  C. 研末冲服

  D. 包煎

  E. 同煎

  ①石决明入煎剂宜

  ②琥珀的使用宜

  参考答案：①A　②C

【考点评析】

某些药物因其质地不同,煎法比较特殊,处方上需加以注明,归纳起来有先煎、后下、包煎、另煎、溶化、泡服、冲服、煎汤代水等不同煎煮法。

(1)先煎:主要指有效成分难溶于水的一些金石、矿物、介壳类药物,应打碎先煎,煮沸20～30分钟,再下其他药物同煎,以便有效成分充分析出。如磁石、代赭石、生铁落、生石膏、寒水石、紫石英、龙骨、牡蛎、海蛤壳、瓦楞子、珍珠母、石决明、紫贝齿、龟甲、鳖甲等。此外,附子、乌头等毒副作用较强的药物,宜先煎45～60分钟后再下他药,久煎可以降低毒性,以保证用药安全。

(2)后下:主要指某些气味芳香的药物,久煎其有效成分易于挥发而降低药效,须在其他药物煎沸5～10分钟后放入,如薄荷、青蒿、香薷、木香、砂仁、沉香、豆蔻、草豆蔻等。此外,有些药物虽不属芳香药,但久煎也能破坏其有效成分,如钩藤、大黄、番泻叶等亦属后下之列。

(3)包煎:主要指那些黏性强、粉末状及带有绒毛的药物,宜先用纱布袋装好,再与其他药物同煎,以防止药液混浊或刺激咽喉引起咳嗽或沉于锅底,加热时引起焦化或糊化,如蛤粉、滑石、青黛、旋覆花、车前子、蒲黄及灶心土等。

(4)另煎:又称另炖,主要是指某些贵重药材,为了更好地煎出有效成分,还应单独另煎,即另炖2～3小时。煎液可以另服,也可与其他煎液混合服用,如人参、西洋参、羚羊角、麝香、鹿茸等。

(5)烊化:又称溶化,主要是指某些胶类药物及黏性大而易溶的药物,为避免入煎黏锅或黏附其他药物影响煎煮,可单用水或黄酒将此类药加热溶化即烊化后,用煎好的药液冲服,也可将此类药放入其他药物煎好的药液中加热烊化后服用,如阿胶、鹿角胶、龟甲胶、鳖甲胶、鸡血藤胶及蜂蜜、饴糖等。

(6)泡服:又叫焗服,主要是指某些有效成分易溶于水或久煎容易破坏药效的药物,可以用少量开水或复方中与其他药物滚烫的煎出液趁热浸泡,加盖闷润,减少挥发,半小时后去渣即可服用,如藏红花、番泻叶、胖大海等。

(7)冲服:主要是指某些贵重药,用量较轻,为防止散失,常需要研成细末制成散剂,用温开水或复方中其他药物煎液冲服,如麝香、牛黄、珍珠、羚羊角、西洋参、鹿茸、人参、蛤蚧等。某些药物,根据病情需要,为提高药效,也常研成散剂冲服,如用于止血的三七、花蕊石、白及、紫珠草、血余炭、棕榈炭及用于熄风止痉的蜈蚣、全蝎、僵蚕、地龙和用于制酸止痛

的海螵蛸、瓦楞子、海蛤壳、延胡索等。某些药物高温容易破坏药效或有效成分难溶于水,也只能做散剂冲服,如雷丸、鹤草芽、朱砂等。此外,还有一些液体药物如竹沥汁、姜汁、藕汁、荸荠汁、鲜地黄汁等也须冲服。

(8)煎汤代水:主要指某些药物为了防止与其他药物同煎使煎液混浊,难于服用,宜先煎后取其上清液代水再煎煮其他药物,如灶心土等。此外,某些药物质轻用量多,体积大,吸水量大,如玉米须、丝瓜络、金钱草等,也须煎汤代水用。

第五单元　解表药

命题考点1　概述

【历年真题纵览】

A1 型题

1. 解表药的味多是
　A. 辛味
　B. 酸味
　C. 甘味
　D. 苦味
　E. 咸味
参考答案:A

2. 下列关于解表药的使用中说法不正确的是
　A. 解表药发汗时应避免发汗太过
　B. 表虚自汗和疮疡日久者应慎用解表药
　C. 春夏解表药用量宜重
　D. 解表药入汤剂不宜久煎
　E. 阴虚盗汗者应慎用解表药
参考答案:C

【考点评析】

1. 解表药的性能特点、功效与适应范围:解表药大多辛散轻扬,主入肺与膀胱经,偏行肌表,能促进肌体发汗,使表邪由汗而解,从而达到治愈表证,防止传变的目的。部分解表药兼能利水消肿、止咳平喘、透疹、止痛、消疮等。解表药主要用于治恶寒发热、头身疼痛、无汗或有汗不畅、脉浮之外感表证。部分解表药可用于水肿、咳喘、麻疹、风疹、风湿痹痛、疮疡初起等兼有表证者。辛温解表药物主治风寒表证。辛凉解表药主治风热表证。

2. 配伍方法:应根据四时气候变化的不同而恰

当地配伍祛暑、化湿、润燥药;若虚人外感,应随证配伍补气、补血、补阴、补阳药以扶正祛邪;辛凉解表药在用于温病初起时,应适当同时配伍清热解毒药。

3.使用注意:使用发汗作用较强的解表药时,用量不宜过大,以免发汗太过,耗阳伤阴,导致"亡阳"、"伤阴"的弊端;表虚自汗、阴虚盗汗以及疮疡日久、淋证、失血患者,也应慎用解表药。使用解表药还应注意因时因地而宜,如春夏腠理疏松,容易出汗,解表药用量宜轻,冬季腠理致密,不易出汗,解表药用量宜重。本类药物辛散轻扬,入汤剂不宜久煎,以免有效成分挥发而降低药效。

┌─────────────────────┐
│ 命题考点2 发散风寒药 │
└─────────────────────┘

【历年真题纵览】

1.下列解表药中,兼有化湿功效的是
   A.紫苏
   B.香薷
   C.生姜
   D.白芷
   E.防风
   参考答案:B

2.细辛具有的功效是
   A.回阳救逆
   B.温肝暖肾
   C.温中降逆
   D.宣通鼻窍
   E.理气和胃
   参考答案:D

3.下列药物中能燥湿止带的是
   A.防风
   B.白芷
   C.羌活
   D.苍耳子
   E.藁本
   参考答案:B

4.辛夷入汤剂宜
   A.烊化
   B.冲服
   C.后下
   D.包煎
   E.先煎
   参考答案:D

5.具有散风寒,通鼻窍功效的药物是

   A.桂枝
   B.生姜
   C.防风
   D.辛夷
   E.紫苏
   参考答案:D

6.同为辛温解表和宣肺利尿之要药的是
   A.荆芥
   B.桂枝
   C.麻黄
   D.薄荷
   E.生姜
   参考答案:C

7.既能治风寒表实无汗,又治风寒表虚有汗的药物是
   A.麻黄
   B.紫苏
   C.桂枝
   D.香薷
   E.荆芥
   参考答案:C

8.功能祛风散寒止痛,善治巅顶头痛的是
   A.白芷
   B.藁本
   C.细辛
   D.吴茱萸
   E.苍耳子
   参考答案:B

9.有"呕家圣药"之称的是
   A.香薷
   B.紫苏
   C.桂枝
   D.生姜
   E.白芷
   参考答案:D

10.下列哪项不是生姜的功效
   A.发汗解表
   B.温中止呕
   C.温肺止咳
   D.行气化痰
   E.解毒
   参考答案:D

A2型题

11.患者外感风寒,恶寒发热,头身疼痛,无汗,喘咳。治疗宜选用

A. 麻黄

B. 桂枝

C. 细辛

D. 杏仁

E. 白前

参考答案:A

12. 患者外感风寒,恶寒发热,无汗,腹痛,吐泻,舌苔白腻。治疗宜选用

A. 麻黄

B. 桂枝

C. 香薷

D. 防风

E. 白芷

参考答案:C

B1 型题

13.

A. 紫苏

B. 荆芥

C. 香薷

D. 麻黄

E. 生姜

①用于止血,宜炒炭用的药物是

②用于平喘,宜蜜炙用的药物是

参考答案:①B ②D

【考点评析】

香薷功效:发汗解表,化湿和中,利水消肿。

细辛功效:解表散寒,祛风止痛,通窍,温肺化饮。

白芷功效:解表散寒,祛风止痛,通鼻窍,燥湿止带,消肿排脓。

细辛功效:解表散寒,祛风止痛,通窍,温肺化饮。

辛夷用法:煎服。本品有毛,易刺激咽喉,入汤剂宜用纱布包煎。

麻黄功效:发汗解表,宣肺平喘,利水消肿。

桂枝应用:风寒感冒。对外感风寒,不论表实无汗、表虚有汗,均可使用本品。用于治疗风寒表虚有汗证,常与白芍配伍,如桂枝汤。

藁本主治病证:风寒感冒,巅顶头痛;风寒湿痹。

生姜功效:解表散寒,温中止呕,温肺止咳,解毒。

荆芥用法:煎服,不宜久煎。发表透疹消疮宜生用;止血宜炒用。荆芥穗更长于祛风。

命题考点3 发散风热药

【历年真题纵览】

A1 型题

1. 治疗外感发热,邪郁肌腠,经气不利,项背强痛者,应首选

A. 荆芥

B. 白芷

C. 薄荷

D. 葛根

E. 柴胡

参考答案:D

2. 下列药物中,长于清利头目的是

A. 葛根

B. 柴胡

C. 升麻

D. 蔓荆子

E. 淡豆豉

参考答案:D

3. 蝉蜕的主要归经是

A. 肺、脾

B. 肺、肾

C. 肺、心

D. 肺、肝

E. 肺、大肠

参考答案:D

4. 蜜制桑叶多用于

A. 清肺热

B. 疏风热

C. 清肝热

D. 清血热

E. 润肺燥

参考答案:E

5. 下列解表药中的治疗少阳证之要药是

A. 柴胡

B. 桑叶

C. 薄荷

D. 桂枝

E. 荆芥

参考答案:A

6. 治疗风热郁闭,咽喉肿痛,大便秘结者,应首选

A. 薄荷

B. 蝉蜕

C. 菊花

D. 蔓荆子

E. 牛蒡子

参考答案:E

7. 薄荷、牛蒡子除均可疏散风热外,还具有的功效是

　　A. 利咽透疹

　　B. 宣肺祛痰

　　C. 明目退翳

　　D. 熄风止痉

　　E. 疏肝理气

参考答案:A

8. 具有解表、透疹的一组药物是

　　A. 薄荷、牛蒡子、葱白

　　B. 葛根、菊花、蔓荆子

　　C. 升麻、菊花、柴胡

　　D. 香薷、蝉蜕、防风

　　E. 升麻、葛根、蝉蜕

参考答案:E

9. 下列各项,不属薄荷功效的是

　　A. 疏散风热

　　B. 疏肝行气

　　C. 清热凉血

　　D. 透疹利咽

　　E. 清利头目

参考答案:C

A2 型题

10. 患者风热感冒,出现发热、头痛、咳嗽、咽喉不适,治疗宜首选

　　A. 菊花

　　B. 柴胡

　　C. 荆芥穗

　　D. 桂枝

　　E. 土茯苓

参考答案:A

B1 型题

11.

　　A. 透疹,利咽消肿

　　B. 透疹,利咽,清利头目

　　C. 透疹,明目退翳

　　D. 透疹,解肌清热

　　E. 透疹,清热解毒

　　①蝉蜕具有的功效是

　　②薄荷具有的功效是

参考答案:①C ②B

12.

　　A. 疏散风热,清利头目

　　B. 疏散风热,熄风止痉

　　C. 疏散风热,解毒透疹

　　D. 疏散风热,平肝明目

　　E. 疏散风热,疏肝解郁

　　①柴胡具有的功效是

　　②桑叶具有的功效是

参考答案:①E ②D

【考点评析】

葛根功效:解肌退热,透疹,生津止渴,升阳止泻。

蔓荆子功效:疏散风热,清利头目。

蝉蜕性味甘、寒,归肺、肝经。

桑叶蜜制能增强润肺止咳的作用,故肺燥咳嗽多用蜜制桑叶。

柴胡应用:表证发热,少阳证。善于疏解半表半里之邪,为治少阳证的要药,常与黄芩相须为用,如小柴胡汤。并可用于外感发热证,无论风寒、风热表证,皆可使用。

牛蒡子功效:疏散风热,宣肺祛痰,利咽透疹,解毒散肿。

薄荷功效:疏散风热,清利头目,利咽透疹,疏肝行气。

菊花功效:疏散风热,平抑肝阳,清肝明目,清热解毒。

第六单元　清热药

命题考点1　概述

【历年真题纵览】

1. 下列各项,不属清热药适用范围的是

　　A. 气分实热证

　　B. 阴盛格阳证

　　C. 血分实热证

　　D. 阴虚内热证

　　E. 湿热内蕴证

参考答案:B

【考点评析】

清热药根据其性能,主要分为清热泻火、清热燥湿、清热凉血、清热解毒、清虚热五类,分别具有清热

泻火、凉血、解毒及清虚热的作用。其中清热泻火药主治气分实热证及脏腑火热证,清热燥湿药主治湿热证,清热凉血药主治血热证,清热解毒药主治热毒证,清虚热药主治虚热证。

命题考点2 清热泻火药

【历年真题纵览】

A1 型题

1.具有凉血功效的药物是
　　A.石膏
　　B.知母
　　C.芦根
　　D.天花粉
　　E.栀子
　　参考答案:E

2.治疗脾虚便溏尤应慎用的药物是
　　A.石膏
　　B.芦根
　　C.知母
　　D.天花粉
　　E.淡竹叶
　　参考答案:A

3.石膏的性味是
　　A.辛苦大寒
　　B.辛咸大寒
　　C.辛酸大寒
　　D.辛甘大寒
　　E.甘淡大寒
　　参考答案:A

4.芦根、淡竹叶的共同功效,除清热除烦外,还可
　　A.利尿
　　B.止呕
　　C.生津
　　D.排脓
　　E.凉血
　　参考答案:A

5.知母不宜用于
　　A.肠燥便秘者
　　B.骨蒸潮热者
　　C.脾虚便溏者
　　D.肺热咳嗽者
　　E.内热消渴者
　　参考答案:C

6.下列除哪项外,均是生石膏的适应病证
　　A.壮热烦渴
　　B.发热恶寒
　　C.肺热咳喘
　　D.胃火牙痛
　　E.疮疡不敛
　　参考答案:B

7.芦根具有的功效是
　　A.除烦、止呕、利尿
　　B.除烦、止泻、利尿
　　C.泻火、止泻、利尿
　　D.泻火、止汗、生津
　　E.除烦、燥湿、止呕
　　参考答案:A

8.下列关于石膏说法错误的是
　　A.石膏有清热泻火,除烦止渴,收敛生肌的作用
　　B.石膏为清泻肺胃二经气分实热的要药
　　C.石膏用于气分热盛之证常与黄连相须为用
　　D.石膏内服宜生用
　　E.脾胃虚寒者忌用石膏
　　参考答案:C

9.治疗热病伤津,烦热口渴,呕逆时作,舌燥少津者,应首选
　　A.石膏
　　B.知母
　　C.天花粉
　　D.芦根
　　E.栀子
　　参考答案:D

10.肺热壅盛,喘促气急,治疗宜与平喘药配伍的是
　　A.栀子
　　B.芦根
　　C.石膏
　　D.夏枯草
　　E.淡竹叶
　　参考答案:C

11.清热泻火药主要用于
　　A.里热实证
　　B.血分实热证
　　C.虚热证
　　D.气分实热证
　　E.表热证
　　参考答案:D

12. 功能泻火除烦,善于清泻三焦火邪的药物是
  A. 栀子
  B. 决明子
  C. 金银花
  D. 夏枯草
  E. 芦根
参考答案:A

13. 夏枯草的功效是
  A. 清肝火,散郁结
  B. 疏肝利气
  C. 利胆退黄
  D. 平抑肝阳
  E. 化痰散结
参考答案:A

B1 型题

14.
  A. 石膏
  B. 知母
  C. 芦根
  D. 天花
  E. 夏枯草
①治疗胃热呕逆,宜选用
②治疗热淋涩痛,宜选用
参考答案:①C ②C

15.
  A. 清热泻火,除烦止渴
  B. 清热泻火,清肺润燥
  C. 清热生津,止呕除烦
  D. 清热生津,消肿排脓
  E. 泻火除烦,凉血利湿
①栀子的功效是
②天花粉的功效是
参考答案:①E ②B

16.
  A. 石膏
  B. 知母
  C. 栀子
  D. 天花粉
  E. 夏枯草
①治疗肝火上炎,目珠疼痛,应选用
②治疗痰火郁结,瘰疬痰核,应选用
参考答案:①E ②E

【考点评析】

1. 石膏
(1)性味归经:甘、辛,大寒。归肺、胃经。

(2)功效:生用清热泻火,除烦止渴;煅用敛疮生肌,收湿,止血。

(3)应用

①温热病气分实热证。本品甘寒,清热泻火力强,并能除烦止渴,为清泻肺胃气分实热的要药。治温病气分实热证,常与知母相须为用,如白虎汤。

②肺热喘咳证。本品善清肺热,常与麻黄等同用,如麻杏石甘汤。

③胃火牙痛、头痛、实热消渴。本品善清胃火,与升麻、黄连等同用,如清胃散。治胃火头痛,可与川芎同用。

④溃疡不敛、湿疹瘙痒,水火烫伤,外伤出血等。煅石膏外用,可收湿敛疮。

(4)用法:生石膏煎服,15～60 g。宜先煎。煅石膏适宜外用,研末撒敷患处。

(5)使用注意:脾胃虚寒及阴虚内热者忌用。

2. 淡竹叶功效:清热泻火,除烦,利尿。

3. 芦根功效:清热泻火,生津止渴,除烦,止呕,利尿。

4. 知母使用注意:本品性寒质润,有滑肠作用,故脾虚便溏者不宜使用。

5. 栀子
(1)性味归经:苦,寒。归心、肺、三焦经。

(2)功效:泻火除烦,清热利湿,凉血解毒。焦栀子凉血止血

(3)应用

①热病心烦。本品清泻三焦火邪而除烦,每与淡豆豉合用,如栀子豉汤。

②湿热黄疸。常与茵陈、大黄合用,如茵陈蒿汤。

③血淋涩痛。常配车前子、滑石同用,如八正散。

④血热吐衄。配黄芩、黄连、黄柏同用,治疗三焦火盛迫血妄行之吐血、衄血,如黄连解毒汤。

⑤目赤肿痛。治肝胆火热上攻之目赤肿痛,常配大黄,如栀子汤。

⑥火毒疮疡。可与金银花、蒲公英配伍。

6. 夏枯草功效:清热泻火,明目,散结消肿。

7. 天花粉功效:清热泻火,生津止渴,消肿排脓。

命题考点3　清热燥湿药

【历年真题纵览】

A1 型题

1. 黄芩具有而黄柏不具有的功效是

A. 燥湿

B. 泻火

C. 解毒

D. 止血

E. 退虚热

参考答案:D

2. 清热燥湿药的性味多为

A. 苦寒

B. 甘寒

C. 辛苦温

D. 甘苦温

E. 甘辛温

参考答案:A

3. 黄芩具有的功效是

A. 清泻心火

B. 清泻肺火

C. 泻肝胆火

D. 滋肾泻火

E. 泻三焦火

参考答案:B

4. 善于清肺热的药物是

A. 夏枯草

B. 龙胆草

C. 黄柏

D. 黄芩

E. 黄连

参考答案:D

5. 黄连、黄芩和黄柏都具有的功效是

A. 除热安胎

B. 泻火解毒

C. 凉血止血

D. 退热除蒸

E. 清热滋阴

参考答案:B

6. 胃火炽盛,消谷善饥,烦渴多饮者,治疗宜选
用

A. 黄柏

B. 栀子

C. 黄连

D. 黄芩

E. 苦参

参考答案:C

7. 治疗潮热,盗汗,遗精,腰酸者,常应用熟地
黄、山萸肉等,亦可选用

A. 黄芩

B. 黄连

C. 黄柏

D. 苦参

E. 龙胆草

参考答案:C

8. 解少阳邪热,用柴胡配伍何药最佳

A. 升麻

B. 菊花

C. 青蒿

D. 黄芩

E. 葛根

参考答案:D

B1 型题

9.

A. 黄芩

B. 黄连

C. 黄柏

D. 龙胆草

E. 苦参

①具有清热燥湿,泻肝胆火功用的中药是

②具有清热燥湿,泻火解毒,退热除蒸功用的中
药是

③具有清热燥湿,杀虫利尿功用的中药是

参考答案:①D ②C ③E

【考点评析】

1. 黄芩、黄连、黄柏三药,均能清热燥湿,泻火解
毒,常用于多种湿热与热毒病证。但黄芩善清上焦
热邪,并善清肺热,用于肺热咳嗽证,兼能凉血止血、
清热安胎,可用于血热出血与胎热不安等证;黄连清
热燥湿与泻火解毒力尤强,并善清中焦热邪,善泻心
火、清胃火,为治心、胃火热证常用之品;黄柏善清下
焦热邪,多用于下焦湿热证,并能退虚热,用于阴虚
发热证。

2. 龙胆功效:清热燥湿,泻肝胆火。

命题考点4 清热解毒药

【历年真题纵览】

A1 型题

1. 下列清热解毒药中,兼有止血功效的是

A. 穿心莲

B. 秦皮

C. 白鲜皮

D.熊胆

E.马齿苋

参考答案:E

2.具有燥湿功效的药物是

　A.蒲公英

　B.紫花地丁

　C.鱼腥草

　D.穿心莲

　E.青黛

参考答案:D

3.治疗热毒蕴结,咽喉红肿疼痛,又兼肺热咳嗽,痰多者,应首选

　A.射干

　B.鱼腥草

　C.马勃

　D.板蓝根

　E.山豆根

参考答案:A

4.功能清热解毒,排脓,善治肺痈和肺热咳嗽的药物是

　A.土茯苓

　B.白头翁

　C.鱼腥草

　D.蒲公英

　E.射干

参考答案:C

5.青黛入汤剂时应

　A.先煎

　B.另煎

　C.后下

　D.作散剂冲服

　E.包煎

参考答案:D

6.既能清热解毒,又能疏散风热的药物是

　A.连翘

　B.薄荷

　C.紫花地丁

　D.蒲公英

　E.半边莲

参考答案:A

7.穿心莲具有的功效是

　A.凉血

　B.养阴

　C.止血

　D.燥湿

E.利水

参考答案:D

8.具有清热明目共同功效的药物是

　A.木贼、大青叶、板蓝根

　B.地骨皮、决明子、生地

　C.夏枯草、金银花、紫草

　D.青葙子、密蒙花、决明子

　E.野菊花、谷精草、龙胆草

参考答案:D

9.为治一切痈肿疔疮阳证的要药是

　A.大黄

　B.龙胆草

　C.黄芩

　D.夏枯草

　E.金银花

参考答案:E

10.下列哪项不是金银花的适用病证

　A.痈肿疔疮

　B.温病初起

　C.热毒血痢

　D.暑热烦渴

　E.心悸失眠

参考答案:E

【考点评析】

1.金银花、连翘、大青叶、蒲公英、鱼腥草、射干、白头翁都性寒,均有清热解毒的功效,可用于痈肿疮毒等病证。金银花还有疏散风热的作用,可用于外感风热,温病初起以及热毒血痢;连翘也有消痈散结,疏散风热的功效,用于痈肿疮毒,外感风热等;大青叶还有凉血消斑的功效,可用于热入营血,温毒发斑等;蒲公英还有消痈散结,利湿通淋的作用,可用于热淋涩痛,湿热黄疸等;鱼腥草也有利尿通淋的功效,用于湿热淋证;射干还有祛痰利咽的功效,还可用于治疗咽喉肿痛,痰盛咳喘等病证;白头翁还有凉血止痢的功效,用于治疗热毒血痢。

2.板蓝根、青黛、贯众、土茯苓、山豆根、白花蛇舌草都有清热解毒的功效,用于热毒炽盛病证。板蓝根还可凉血利咽,用于治疗咽喉疼痛,大头瘟等;青黛还有凉血消斑,清肝泻火和定惊的功效,用于温毒发斑,痄腮喉痹和咳嗽胸痛,痰中带血,暑热惊痫,惊风抽搐等病证;贯众还有杀虫,凉血止血的功效,用于治疗多种肠寄生虫,还可用于血热妄行所致的多种出血病证;土茯苓还有除湿解毒,通利关节的功效,用于治疗杨梅毒疮,肢体拘挛,淋浊、带下和湿热疮毒等;山豆根还有利咽消肿的功效,用于咽喉及牙

龈肿痛等热毒炽盛病证;白花蛇舌草还有利湿通淋的功效,可用于热淋涩痛等。

3.穿心莲有清热解毒,燥湿消肿的功效,除了可用于外感风热,温病初起,肺热咳嗽和咽喉肿痛等病证外,还可用于湿热泻痢,热淋涩痛,湿疹瘙痒等病证;紫花地丁有清热解毒,消痈散结的功效;马勃有清热解毒,利咽,止血的功效;马齿苋有清热解毒,凉血止痢的功效,除了用于热毒炽盛的热毒疮疡的病证外,还可以用于崩漏便血等血热妄行的病证;鸦胆子有清热解毒,治痢截疟,腐蚀赘疣的功效;熊胆还有熄风止痉,清肝明目的功效,多作丸、散剂,不入汤剂,外用适量。

4.脾胃虚寒的患者慎用穿心莲、山豆根;孕妇忌用或慎用射干;鸦胆子不宜入煎剂,以干龙眼肉或胶囊包裹吞服,对胃肠道及肝肾均有损害,不宜多用久服,胃肠出血及肝肾病患者应忌用或慎用。

5.青葙子、密蒙花和决明子都有清热明目的功效。决明子还有润肠通便的功效;密蒙花还有养肝退翳的功效;青葙子还有退翳的功效。

命题考点5 清热凉血药

【历年真题纵览】

A1 型题

1.治疗血热妄行,应首选
   A.生地黄
   B.玄参
   C.牡丹皮
   D.赤芍
   E.羚羊角
参考答案:A

2.具有生津止渴功效的药物是
   A.生地黄
   B.牡丹皮
   C.赤芍
   D.紫草
   E.金银花
参考答案:A

3.生地黄的功效是
   A.凉血活血,清热滋阴
   B.清热凉血,养阴生津
   C.清热解毒,祛瘀止血
   D.凉血止血,清热燥湿
   E.清热解毒,燥湿敛疮

参考答案:B

4.生地黄、玄参的共同功效,除清热凉血外,还有
   A.止血
   B.解毒
   C.养阴
   D.利尿
   E.化瘀
参考答案:C

5.玄参具有的功效是
   A.解毒
   B.止血
   C.活血
   D.利尿
   E.养血
参考答案:A

6.功能凉血,解毒,养阴的药物是
   A.生地
   B.玄参
   C.牡丹皮
   D.紫草
   E.大青叶
参考答案:B

B1 型题

7.
   A.肝、肾、心
   B.肺、脾、肾
   C.心、脾、肾
   D.心、肝、肺
   E.心、肝、脾
①生地黄的主要归经是
②牡丹皮的主要归经是
参考答案:①D ②A

8.
   A.清热凉血,养阴生津
   B.清热凉血,活血散瘀
   C.清热凉血,散瘀止痛
   D.凉血活血,解毒透疹
   E.清热凉血,滋阴解毒
①生地的功效是
②玄参的功效是
③牡丹皮的功效是
④紫草的功效是
⑤赤芍的功效是
参考答案:①A ②E ③B ④D ⑤C

【考点评析】

1.生地黄、玄参、牡丹皮和赤芍都为甘苦咸寒之品,归经略有不同,都具有清热凉血的功效,都可清解营分、血分热邪。生地黄最常用于治疗血热妄行而致的各种出血病证,并且凉血止血的力量也是其中最强的,生地黄还有养阴生津的功效,用于津伤口渴,内热消渴;玄参还可滋阴解毒,用于咽喉肿痛,痰核和痈肿疮毒等;牡丹皮还可活血散瘀,用于血滞经闭,痛经症瘕;赤芍尚可散瘀止痛,用于经闭症瘕,跌打损伤,痈肿疮毒。

2.紫草有凉血活血,解毒透疹的功效,可用于斑疹紫黑,麻疹不透,痈疽疮疡,湿疹阴痒,水火烫伤等病证;水牛角有清热凉血,解毒的功效,可用于温热病热入营血,壮热不退,神昏谵语和血热妄行的各种出血病证。水牛角在使用时宜锉碎先煎,也可锉末冲服。

3.脾胃虚寒患者不宜使用生地黄、玄参和紫草;玄参和赤芍反藜芦;血虚有寒,月经过多及孕妇不宜用牡丹皮。

命题考点6　清虚热药

【历年真题纵览】

A1 型题

1.既能清虚热,又可泻肺热的药物是
A.黄芩
B.地骨皮
C.穿心莲
D.石膏
E.鱼腥草
参考答案:B

2.下列除哪项外,均是青蒿的主治病证
A.温邪伤阴,夜热早凉
B.肺热咳喘
C.阴虚发热,劳热骨蒸
D.感受暑邪,发热头痛口渴
E.疟疾寒热
参考答案:B

3.下列除哪项外,均是牡丹皮的主治病证
A.斑疹吐衄
B.温邪伤阴,阴虚发热
C.痈疮肿毒,肠痈腹痛
D.风温初起,咽喉肿痛

E.痛经,跌打损伤
参考答案:D

A2 型题

4.患者,男,34 岁。遗精半年,腰脊酸痛,头晕耳鸣,骨蒸潮热,虚烦盗汗,口燥咽干,舌红少苔,脉细数。治疗应选用六味地黄丸加
A.枸杞子、菊花
B.知母、黄柏
C.龙骨、牡蛎
D.麦冬、五味子
E.黄连、麦冬
参考答案:B

【考点评析】

1.青蒿和地骨皮可清虚热、退骨蒸,另外青蒿还可解暑截疟,地骨皮还可清肺降火。青蒿宜煎服,不宜久煎,或鲜用绞汁。脾胃虚弱,肠滑泄泻者忌用青蒿。

2.白薇有清热凉血,利尿通淋,解毒疗疮的功效;银柴胡有清虚热,除疳热的功效;胡黄连有退虚热,除疳热,清湿热的功效。

3.牡丹皮与地骨皮都可凉血退蒸除虚热,牡丹皮还可活血散瘀,地骨皮还可清肺降火。黄连与胡黄连都可清湿热,黄连还可泻火解毒,胡黄连还可退虚热,除疳热。

第七单元　泻下药

命题考点1　概述

【历年真题纵览】

A1 型题

1.下列关于泻下药说法错误的是
A.泻下药可分为攻下药、润下药和峻下逐水药
B.年老体虚、脾胃虚弱者应慎用
C.主要适用于气分热盛证
D.主要适用于大便秘结,胃肠积滞等证
E.妇女胎前产后及经期也可选用
参考答案:E

【考点评析】

泻下药分为攻下药、润下药、峻下逐水药三类。泻下药多为沉降之品,主归大肠经。主要有泻下通便作用,以排除胃肠积滞和燥屎等,主要适用于大便

秘结,胃肠积滞,实热内结及水肿停饮等里实证。其中攻下药多为苦寒沉降,主入胃肠经,既有较强的攻下通便作用,又有清热泻火之效。主要适用于大便秘结、燥屎坚结及实热积滞之证;润下药多为种子和种仁,富含油脂,味甘质润,多入脾、大肠经,能润滑大肠,促使排便而不峻泻,泻下通便作用和缓,主要适用于年老津枯、产后血虚、热病伤津及失血等所致的肠燥津枯便秘;峻下逐水药大多苦寒有毒,药力峻猛,服药后引起剧烈腹泻,有的兼能使体内潴留的水饮通过二便排出体外,消除肿胀,主要适用于全身水肿,大腹胀满,以及停饮等正气未衰之证。

命题考点2 攻下药

【历年真题纵览】

A1 型题

1. 大黄和芒硝均具有的功效是
 A. 软坚、泻火
 B. 泻下、清热
 C. 泻下、软坚
 D. 清热、凉血
 E. 泻下、祛瘀
 参考答案:B

2. 具有凉血解毒功效的药物是
 A. 大黄
 B. 芒硝
 C. 芦荟
 D. 火麻仁
 E. 桃仁
 参考答案:A

3. 具有软坚作用的泻下药为
 A. 大黄
 B. 芒硝
 C. 巴豆
 D. 牵牛子
 E. 火麻仁
 参考答案:B

4. 大黄的性味是
 A. 苦寒
 B. 甘寒
 C. 酸寒
 D. 咸寒
 E. 苦咸寒
 参考答案:A

5. 下列除哪项外均是芒硝的主治病证
 A. 实热积滞,大便燥结
 B. 咽痛
 C. 口疮
 D. 湿疹
 E. 目赤肿痛
 参考答案:D

B1 型题

6.
 A. 大黄
 B. 芦荟
 C. 番泻叶
 D. 甘遂
 E. 大戟
①治疗烧烫伤,应选用
②治疗热淋涩痛,应选用
 参考答案:①A ②A

【考点评析】

1. 大黄性味苦、寒,归脾、胃、大肠、肝、心包经。

2. 大黄功效:泻下攻积,清热泻火,凉血解毒,逐瘀通经。

3. 芒硝功效:泻下攻积,润燥软坚,清热消肿。

命题考点3 润下药

【历年真题纵览】

A1 型题

1. 郁李仁具有的功效是
 A. 活血祛瘀
 B. 清肝泻火
 C. 利水消肿
 D. 软坚散结
 E. 凉血解毒
 参考答案:C

2. 既能润肠通便,又能利水消肿的药物是
 A. 知母
 B. 杏仁
 C. 决明子
 D. 郁李仁
 E. 火麻仁
 参考答案:D

【考点评析】

郁李仁功效:润肠通便,利水消肿。

命题考点4 峻下逐水药

【历年真题纵览】

A1 型题

1. 具有消肿散结功效的药物是
   A. 芫花
   B. 巴豆
   C. 甘遂
   D. 牵牛子
   E. 芦荟

参考答案:C

2. 下列关于甘遂的说法错误的是
   A. 性味苦寒,有毒
   B. 有泻水逐饮,消肿散结的功效
   C. 可用于水肿、臌胀、胸胁停饮等证
   D. 可用于治疗疮痈肿毒和风痰癫痫
   E. 反藜芦

参考答案:E

3. 甘遂的功效是
   A. 泻水逐饮,消肿散结
   B. 泻下利水,散结止痛
   C. 泻肝胆火,清利湿热
   D. 泻下通便,活血祛瘀
   E. 泻水逐饮,清热利湿

参考答案:A

【考点评析】

1. 甘遂

功效:泻水逐饮,消肿散结。

主治病证:水肿,臌胀,胸胁停饮;风痰癫痫;疮痈肿毒。

用法用量:入丸、散服,每次 0.5 ~ 1 g。外用适量,生用。内服醋制用,以减低毒性。

使用注意:虚弱者及孕妇忌用。不宜与甘草同用。

第八单元 祛风湿药

命题考点1 概述

【历年真题纵览】

A1 型题

1. 下列关于祛风湿药说法错误的是
   A. 有祛除风寒湿邪,解除痹痛的作用
   B. 适用于风寒湿邪所致的肌肉、经络、筋骨和关节等疼痛、麻木和关节肿痛等
   C. 祛风湿药不可用于风湿热痹
   D. 本类药物药性多燥,易耗伤阴血
   E. 酒剂能增强祛风湿药的功效

参考答案:C

【考点评析】

1. 祛风湿药配伍方法:根据痹证的类型、邪犯的部位、病程的新久等,选择药物,并作适当配伍。如风邪偏盛的行痹,应选择善能祛风的祛风湿药,佐以活血养营之品;湿邪偏盛的着痹,应选用温燥的祛风湿药,佐以健脾渗湿药;寒邪偏盛的痛痹,当选温性较强的祛风湿药,佐以通阳温经之品;外邪入里而从热化或郁久化热的热痹,当选用寒凉的祛风湿药,酌情配伍凉血清热解毒药;感邪初期,病邪在表,当配伍散风胜湿的解表药;病邪入里,须与活血通络药物同用;若夹有痰浊、瘀血者,须与祛痰、散瘀药同用;久病体虚,肝肾不足,抗病能力减弱,应选用强筋骨的祛风湿药,配伍益气血、补肝肾的药物,扶正以祛邪。

2. 祛风湿药使用注意:痹证多属慢性病,为了服用方便,可制成酒或丸散剂,也可制成外敷药型,直接用于患处。部分祛风湿药辛温性燥,易耗伤阴血,阴亏血虚者应慎用。

命题考点2 祛风湿散寒药

【历年真题纵览】

A1 型题

1. 独活具有的功效是
   A. 活血
   B. 行气
   C. 化痰
   D. 泻下
   E. 解表

参考答案:E

2. 尤善治风湿痹证属下部寒湿者的药物是
   A. 威灵仙
   B. 乌梢蛇
   C. 伸筋草
   D. 海风藤
   E. 独活

参考答案:E

3.在下列祛风湿药中兼有解表功效的中药是

  A.蕲蛇

  B.木瓜

  C.独活

  D.川乌

  E.威灵仙

参考答案:C

4.关于川乌下列说法不正确的是

  A.川乌有祛风除湿,散寒止痛的功效

  B.孕妇忌用

  C.反半夏、瓜蒌、贝母、白及和白蔹

  D.生品只能外用

  E.可以久服

参考答案:E

B1 型题

6.

  A.独活

  B.秦艽

  C.防己

  D.狗脊

  E.川乌

①既能祛风湿,又能温经止痛的药物是

②既能祛风湿,又能退虚热的药物是

参考答案:①E ②B

【考点评析】

1.独活功效:祛风湿,止痛,解表。

2.川乌功效:祛风湿,温经止痛。

3.川乌使用注意:孕妇忌用;不宜与贝母类、半夏、白及、白蔹、天花粉、瓜蒌类同用;内服一般应炮制用,生品内服宜慎;酒浸、酒煎服易中毒,应慎用。

命题考点3　祛风湿热药

【历年真题纵览】

A1 型题

1.防己具有的功效是

  A.活血通经,除湿和胃

  B.祛风湿,止痛,利水消肿

  C.行气化湿,利尿消肿

  D.温里散寒,活血通络

  E.软坚散结,补益肝肾

参考答案:B

【考点评析】

防己功效:祛风湿,止痛,利水消肿。

命题考点4　祛风湿强筋骨药

【历年真题纵览】

A1 型题

1.五加皮的功效是

  A.祛风湿,强筋骨,利尿

  B.祛风湿,补肝肾

  C.祛风湿,强筋骨,止痹痛

  D.祛风湿,强筋骨

  E.祛风湿,强腰脊

参考答案:A

2.下列各项中不属于秦艽主治病证的是

  A.风湿痹痛

  B.筋脉拘急,手足不遂

  C.骨蒸潮热

  D.湿热黄疸

  E.水肿、痰饮证

参考答案:E

3.治疗风湿痹证,腰膝酸痛,下肢痿软无力,遇劳更甚者,应首选

  A.防己

  B.秦艽

  C.五加皮

  D.豨莶草

  E.白花蛇

参考答案:C

4.肝肾不足所致之胎动不安,应选

  A.紫苏

  B.狗脊

  C.黄芩

  D.桑寄生

  E.五加皮

参考答案:D

5.桑寄生、五加皮除均可祛风湿外,还具有的功效是

  A.清热安胎

  B.利尿消肿

  C.定惊止痉

  D.温通经络

  E.补肝肾,强筋骨

参考答案:E

B1 型题

6.

    A. 威灵仙

    B. 防己

    C. 狗脊

    D. 独活

    E. 木瓜

①既能祛风湿,又能消骨鲠的药物是

②既能祛风湿,又能强腰膝的药物是

参考答案:①A ②C

7.

    A. 独活

    B. 防己

    C. 秦艽

    D. 木瓜

    E. 威灵仙

①具有解表功效的药物是

②具有利水功效的药物是

参考答案:①A ②B

【考点评析】

1. 五加皮

功效:祛风湿,补肝肾,强筋骨,利水。

主治病证:风湿痹证;筋骨痿软,小儿行迟,体虚乏力;水肿脚气。

2. 桑寄生

性味归经:苦、甘,平。归肝、肾经。

功效:祛风湿,补肝肾,强筋骨,安胎。

第九单元　化湿药

命题考点　化湿药

【历年真题纵览】

A1 型题

1. 砂仁具有的功效是

    A. 温肝

    B. 暖肾

    C. 温肺

    D. 温中

    E. 回阳

参考答案:D

2. 肉豆蔻与白豆蔻均具有的功效是

    A. 涩肠止泻,下气平喘

    B. 温中散寒,行气消胀

    C. 温中行气,燥湿止带

    D. 收敛固涩,制酸止痛

    E. 涩肠止泻,敛肺止咳

参考答案:B

3. 藿香具有的功效是

    A. 止呕

    B. 止咳

    C. 止血

    D. 止痛

    E. 止泻

参考答案:A

4. 下列关于化湿药说法错误的是

    A. 大多气味芳香,性偏温燥

    B. 适用于湿浊内阻之脘腹痞满,呕吐泛酸

    C. 入煎剂宜先下,以便更好发挥药效

    D. 化湿药还有芳香解暑之功,可用于湿温、暑温等证

    E. 本类药物易于耗气伤阴

参考答案:C

5. 具有燥湿健脾,祛风湿,发汗,明目功效的药物是

    A. 苍术

    B. 厚朴

    C. 藿香

    D. 佩兰

    E. 砂仁

参考答案:A

6. 白豆蔻入汤剂宜:

    A. 先煎

    B. 后下

    C. 另煎

    D. 包煎

    E. 烊化

参考答案:B

7. 佩兰的功效是

    A. 止咳

    B. 解暑

    C. 行气

    D. 祛湿

    E. 止呕

参考答案:B

8. 下列除哪项外均是藿香的主治病证

A. 湿滞中焦之脘腹痞满,恶心呕吐等证

B. 可用于肢体关节疼痛麻木

C. 可用于暑湿证及湿温证初起

D. 可用于湿浊中阻之呕吐

E. 与其他中药配伍可用于治疗湿热或寒湿呕吐

参考答案:B

B1 型题

9.

A. 化湿,解暑,止呕

B. 行气,燥湿,消积,平喘

C. 化湿行气,温中止呕

D. 化湿行气,温中止呕,止泻,安胎

E. 燥湿健脾,祛风湿

①厚朴的功效是

②藿香的功效是

③苍术的功效是

④砂仁的功效是

⑤白豆蔻的功效是

参考答案:①B ②A ③E ④D ⑤C

【考点评析】

1. 藿香功效:化湿,止呕,解暑。

2. 佩兰功效:化湿,解暑。

3. 苍术功效:燥湿健脾,祛风散寒。

4. 厚朴功效:燥湿消痰,下气除满。

5. 砂仁功效:化湿行气,温中止泻,安胎。

6. 豆蔻功效:化湿行气,温中止呕。

7. 草果功效:燥湿温中,除痰截疟。

第十单元　利水渗湿药

命题考点1　利水消肿药

【历年真题纵览】

A1 型题

1. 下列关于利水渗湿药说法错误的是

A. 主要作用是通利水道,渗泄水湿,治疗水湿内停病证

B. 常与行气药配伍,以提高疗效

C. 具有利水消肿,利尿通淋,利湿退黄功效

D. 易耗伤津液,对阴亏津少,肾虚遗精遗尿宜慎用或忌用

E. 可分为利尿消肿药、利尿通淋药和消肿除痹药三类

参考答案:E

2. 泽泻具有的功效是

A. 泄热

B. 清肝

C. 健脾

D. 清肺

E. 解暑

参考答案:A

3. 薏苡仁具有的功效是

A. 通便

B. 清肝

C. 清胃

D. 除痹

E. 解暑

参考答案:D

4. 治疗脾虚湿盛的水肿,宜选用

A. 泽泻

B. 猪苓

C. 车前子

D. 滑石

E. 薏苡仁

参考答案:E

5. 茯苓的功效是

A. 利水渗湿

B. 利水消肿,利湿退黄

C. 利水渗湿,健脾安神

D. 利水渗湿,泄热

E. 利水消肿

参考答案:C

6. 茯苓和猪苓都具有的功效是

A. 利水渗湿

B. 健脾安神

C. 清肝明目

D. 清热泻火

E. 渗湿止泻

参考答案:A

【考点评析】

1. 茯苓功效:利水消肿,渗湿,健脾,宁心。

2. 薏苡仁功效:利水消肿,渗湿,健脾,除痹,清热排脓。

3. 猪苓功效:利水消肿,渗湿。

4. 泽泻功效:利水消肿,渗湿,泄热。

命题考点2　利尿通淋药

【历年真题纵览】

A1 型题

1.治疗湿热淋证,宜选用
　A.石韦
　B.大青叶
　C.板蓝根
　D.青黛
　E.山豆根
　参考答案:A

2.滑石具有的功效是
　A.清热除痹
　B.清肝明目
　C.清肺化痰
　D.清热凉血
　E.清解暑热
　参考答案:E

3.下列除哪项外,均是车前子的功效
　A.利尿通淋
　B.渗湿止泻
　C.收湿敛疮
　D.清肝明目
　E.清肺化痰
　参考答案:C

4.具有清肝明目功效的药物是
　A.车前子
　B.滑石
　C.石韦
　D.地肤子
　E.木通
　参考答案:A

5.能利尿通淋,清解暑热,收湿敛疮的药物是
　A.滑石
　B.车前子
　C.地肤子
　D.木通
　E.石韦
　参考答案:A

A2 型题

6.治疗夏伤暑湿,身热烦渴,小便不利,泄泻者,
应首选
　A.茯苓
　B.猪苓

　C.金钱草
　D.滑石
　E.泽泻
　参考答案:D

【考点评析】

1.车前子功效:利尿通淋,渗湿止泻,明目,祛痰。

2.滑石功效:利水通淋,清解暑热,收湿敛疮。

3.石韦功效:利尿通淋,清肺止咳,凉血止血。

命题考点3　利湿退黄药

【历年真题纵览】

A1 型题

1.具有清热利湿功效的药物是
　A.丹参
　B.牛膝
　C.苏木
　D.姜黄
　E.虎杖
　参考答案:E

2.下列哪项不是金钱草的主治病证
　A.湿热黄疸
　B.肺热咳嗽
　C.石淋热淋
　D.恶疮肿毒
　E.毒蛇咬伤
　参考答案:B

3.金钱草具有的功效是
　A.清肺润燥
　B.清肺化痰
　C.泄热通便
　D.解毒消肿
　E.清热解暑
　参考答案:D

B1 型题

4.
　A.茵陈
　B.萆薢
　C.虎杖
　D.地肤子
　E.金钱草
　①具有利湿退黄,解毒消肿功效的药物是

②具有利湿退黄,散瘀止痛功效的药物是

参考答案:①E　②C

5.

　　A. 泽泻

　　B. 滑石

　　C. 茵陈

　　D. 萆薢

　　E. 地肤子

①具有利湿去浊,祛风除痹功效的药物是

②具有利湿退黄,解毒疗疮功效的药物是

参考答案:①D　②C

6.

　　A. 清利湿热,利胆退黄

　　B. 清热解毒,活血祛瘀,利胆退黄,祛痰止咳

　　C. 除湿退黄,利尿通淋,解毒消肿

　　D. 利湿退黄,活血消肿

　　E. 利湿退黄,清热解毒

①金钱草的功效是

②虎杖的功效是

③茵陈蒿的功效是

参考答案:①C　②B　③A

【考点评析】

1. 茵陈功效:利湿退黄,解毒疗疮。

2. 金钱草功效:利湿退黄,利尿通淋,解毒消肿。

3. 虎杖功效:利湿退黄,清热解毒,散瘀止痛,化痰止咳,泻热通便。

第十一单元　温里药

命题考点　温里药

【历年真题纵览】

1. 附子和干姜都具有的功效是

　　A. 回阳温中

　　B. 温肺化饮

　　C. 温经通脉

　　D. 理气和中

　　E. 行气止痛

参考答案:A

2. 具有补火助阳功效的药物是

　　A. 附子

　　B. 干姜

　　C. 细辛

　　D. 花椒

　　E. 高良姜

参考答案:A

3. 具有散寒止痛,疏肝下气,燥湿,助阳止泻功效的药物是

　　A. 附子

　　B. 肉桂

　　C. 干姜

　　D. 吴茱萸

　　E. 高良姜

参考答案:D

4. 肉桂具有的功效是

　　A. 温经通脉

　　B. 回阳救逆

　　C. 温肺化饮

　　D. 疏肝下气

　　E. 温中降逆

参考答案:A

5. 具有疏肝暖肝功效的药物为

　　A. 附子

　　B. 肉桂

　　C. 干姜

　　D. 吴茱萸

　　E. 细辛

参考答案:D

A2 型题

6. 治疗中焦虚寒,肝气上逆之巅顶头痛,宜选用

　　A. 丁香

　　B. 肉桂

　　C. 吴茱萸

　　D. 干姜

　　E. 花椒

参考答案:C

7. 治疗蛔虫引起的腹痛,呕吐,宜选用

　　A. 丁香

　　B. 肉桂

　　C. 吴茱萸

　　D. 干姜

　　E. 花椒

参考答案:E

8. 下列哪项不是吴茱萸的功效

　　A. 散寒止痛

　　B. 温中降逆

　　C. 助阳止泻

D. 温肾助阳

E. 降逆止呕

参考答案:D

9. 既能补火助阳,又能引火归原的药物是

A. 丁香

B. 附子

C. 肉桂

D. 吴茱萸

E. 高良姜

参考答案:C

10. 能上助心阳、中温脾阳、下补肾阳的药物是

A. 附子

B. 干姜

C. 丁香

D. 吴茱萸

E. 小茴香

参考答案:A

11. 小茴香善于治疗的是

A. 亡阳厥逆

B. 厥阴头痛

C. 寒饮咳喘

D. 虚阳上浮

E. 寒疝腹痛

参考答案:E

A2 型题

12. 患者呕吐吞酸,嗳气频繁,胸胁闷痛,脉弦。治疗应选用

A. 干姜

B. 高良姜

C. 吴茱萸

D. 丁香

E. 小茴香

参考答案:C

B1 型题

13.

A. 丁香

B. 细辛

C. 花椒

D. 小茴香

E. 高良姜

①治疗睾丸偏坠胀痛,应选用

②治疗肾阳不足阳痿,应选用

参考答案:①D ②A

14.

A. 寒湿痹痛

B. 胸痹心痛

C. 热毒血痢

D. 寒饮咳喘

E. 寒疝腹痛

①吴茱萸的主治病证是

②薤白的主治病证是

参考答案:①E ②B

15.

A. 附子

B. 肉桂

C. 小茴香

D. 吴茱萸

E. 干姜

①有回阳救逆,助阳补火,散寒止痛功效的药物是

②有温中散寒,回阳通脉,温肺化饮功效的药物是

③有补火助阳,散寒止痛,温经通脉功效的药物是

参考答案:①A ②E ③B

【考点评析】

1. 附子功效:回阳救逆,补火助阳,散寒止痛。

2. 干姜功效:温中散寒,回阳通脉,温肺化饮。

3. 肉桂功效:补火助阳,散寒止痛,温通经脉,引火归原。

4. 吴茱萸功效:散寒止痛,降逆止呕,助阳止泻。

5. 小茴香功效:散寒止痛,理气和胃。

6. 丁香功效:温中降逆,散寒止痛,温肾助阳。

7. 高良姜功效:温中止痛,温中止呕。

8. 花椒功效:温中止痛,杀虫止痒。

第十二单元　理气药

命题考点　理气药

【历年真题纵览】

A1 型题

1. 具有行气调中止痛功效的药物是

A. 柿蒂

B. 木香

C. 香附

D. 乌药

E. 薤白

参考答案:B

2. 下列关于橘皮说法错误的是

A. 有理气健脾,燥湿化痰的功效

B. 可用于脾胃气滞证

C. 可用于湿痰、寒痰咳嗽等病证

D. 橘核有散结止痛的功效

E. 橘络有疏肝行气,散结消肿的功效

参考答案:E

3. 青皮的功效是

A. 破气除痞,化痰消积

B. 疏肝理气,消积化滞

C. 行气止痛

D. 疏肝理气,调经止痛

E. 行气止痛,杀虫疗癣

参考答案:B

4. 既能疏肝破气,又能散结消滞的药物是

A. 橘皮

B. 青皮

C. 枳实

D. 木香

E. 香附

参考答案:B

5. 性微寒的行气药是

A. 木香

B. 香附

C. 沉香

D. 薤白

E. 枳实

参考答案:E

6. 具有理气,调中,燥湿,化痰功效的药物是

A. 橘皮

B. 青皮

C. 枳实

D. 木香

E. 香附

参考答案:A

7. 理气药的性味多为

A. 苦寒

B. 甘寒

C. 辛苦温

D. 甘苦温

E. 甘辛温

参考答案:C

8. 尤善行大肠气滞,为治湿热泄痢里急后重之

要药的是

A. 青皮

B. 陈皮

C. 木香

D. 佛手

E. 川楝子

参考答案:C

9. 下列各项,不属青皮主治病证的是

A. 胸胁胀痛

B. 乳房胀痛

C. 食积腹痛

D. 疝气疼痛

E. 呕吐呃逆

参考答案:E

10. 橘皮的功效是

A. 理气健脾,燥湿化痰

B. 理气健脾,和胃止痛

C. 健脾燥湿,化痰止咳

D. 温中健脾,化痰止咳

E. 理气健脾,降逆止呕

参考答案:A

B1 型题

11.

A. 疏肝理气,调经止痛

B. 行气止痛

C. 理气健脾,燥湿化痰

D. 疏肝解郁,理气和中,燥湿化痰

E. 行气止痛,温中止呕,纳气平喘

①香附的功效是

②沉香的功效是

③橘皮的功效是

参考答案:①A　②E　③C

【考点评析】

1. 陈皮功效:理气健脾,燥湿化痰。

2. 青皮功效:疏肝破气,消积化滞。

3. 枳实功效:破气除痞,化痰消积。

4. 木香功效:行气止痛,健脾消食。

5. 沉香功效:行气止痛,温中止呕,纳气平喘。

6. 乌药功效:行气止痛,温肾散寒。

7. 荔枝核功效:行气散结,散寒止痛。

8. 香附功效:疏肝解郁,调经止痛,理气调中。

第十三单元　消食药

【历年真题纵览】

A1 型题

1. 既能消食化积,又能降气化痰的药物是
    A. 山楂
    B. 神曲
    C. 莱菔子
    D. 麦芽
    E. 谷芽

参考答案:C

2. 具有消食化积,活血散瘀功效的药物是
    A. 山楂
    B. 莱菔子
    C. 鸡内金
    D. 麦芽
    E. 谷芽

参考答案:A

3. 鸡内金具有的功效是
    A. 除痰浊
    B. 化湿浊
    C. 行气血
    D. 化结石
    E. 散郁结

参考答案:D

4. 有消积化滞之功,尤为消化油腻肉食积滞之要药是
    A. 谷芽
    B. 山楂
    C. 神曲
    D. 麦芽
    E. 鸡内金

参考答案:B

5. 消化油腻肉食积滞的要药是
    A. 山楂
    B. 麦芽
    C. 莱菔子
    D. 鸡内金
    E. 厚朴

参考答案:A

6. 麦芽的功效是
    A. 消食健脾
    B. 消食健脾,回乳消胀
    C. 消食和胃
    D. 消食化积,行气散瘀
    E. 消食除胀

参考答案:B

A2 型题

7. 患者痰壅气逆,咳嗽喘逆,痰多胸闷,食少难消,舌苔白腻,脉滑。治疗宜选用
    A. 山楂
    B. 莱菔子
    C. 神曲
    D. 鸡内金
    E. 麦芽

参考答案:B

【考点评析】

1. 山楂功效:消食化积,行气散瘀。
2. 神曲功效:消食和胃。
3. 麦芽功效:消食健脾,回乳消胀,疏肝解郁。
4. 谷芽功效:消食和中,健脾开胃。
5. 莱菔子功效:消食除胀,降气化痰。
6. 鸡内金功效:消食健胃,涩精止遗。

第十四单元　驱虫药

【历年真题纵览】

A1 型题

1. 具有行气消积功效的药物是
    A. 使君子
    B. 苦楝皮
    C. 槟榔
    D. 贯众
    E. 雷丸

参考答案:C

2. 驱虫药的服用时间是
    A. 饭前服
    B. 空腹服
    C. 饭后服
    D. 定时服

E. 睡前服

参考答案:B

3. 既有驱虫消积,又有行气利水功效的中药是

A. 乌梅

B. 南瓜子

C. 槟榔

D. 使君子

E. 苦楝皮

参考答案:C

B1 型题

4.

A. 杀虫,疗癣

B. 驱虫消积

C. 驱虫消极,行气利水

D. 杀虫消积,通便

E. 杀虫,健脾和胃

①苦楝皮的功效是

②槟榔的功效是

参考答案:①A ②C

【考点评析】

1. 使君子功效:杀虫消积。

2. 苦楝皮功效:杀虫,疗癣。

3. 槟榔功效:杀虫消积,行气,利水,截疟。

第十五单元 止血药

命题考点1 凉血止血药

【历年真题纵览】

A1 型题

1. 下列哪项不是地榆的主治病症

A. 热性出血病证

B. 烫伤

C. 湿疹

D. 疮疡痈肿

E. 消渴

参考答案:E

2. 白茅根具有的功效是

A. 解毒敛疮

B. 消肿生肌

C. 清热利尿

D. 祛痰止咳

E. 活血祛瘀

参考答案:C

3. 小蓟具有的功效是

A. 解毒消痈

B. 收湿敛疮

C. 消肿排脓

D. 化腐生肌

E. 燥湿止痒

参考答案:A

4. 下列凉血止血药中还具有解毒敛疮功效的中药是

A. 地榆

B. 大蓟

C. 小蓟

D. 槐花

E. 侧柏叶

参考答案:A

5. 治疗血热所致之痔血、便血,宜首选

A. 小蓟

B. 艾叶

C. 地榆

D. 灶心土

E. 白及

参考答案:C

6. 治疗血热便血、痔血及肝热目赤头痛的药物是

A. 虎杖

B. 槐花

C. 小蓟

D. 地榆

E. 大蓟

参考答案:B

A2 型题

7. 患者小便短数,灼热刺痛,色黄赤,舌苔黄腻,脉濡数。治疗应选用

A. 大蓟

B. 地榆

C. 槐花

D. 白茅根

E. 侧柏叶

参考答案:D

【考点评析】

1. 小蓟功效:凉血止血,散瘀解毒消痈。

2. 大蓟功效:凉血止血,散瘀解毒消痈。

3. 地榆功效:凉血止血,解毒敛疮。

4. 槐花功效:凉血止血,清肝泻火。

5. 侧柏叶功效:凉血止血,化痰止咳,生发乌发。

6. 白茅根功效:凉血止血,清热利尿,清肺胃热。

```
命题考点2  化瘀止血药
```

【历年真题纵览】

A1 型题

1. 下列关于三七的说法错误的是

　　A. 用于跌打损伤,瘀滞疼痛

　　B. 用于各种内外出血病证

　　C. 有化瘀止血,活血定痛的功效

　　D. 有小毒

　　E. 止血不留瘀,化瘀而不伤正

参考答案:D

2. 三七具有的功效是

　　A. 凉血消痈

　　B. 活血定痛

　　C. 养血安神

　　D. 温经通脉

　　E. 解毒敛疮

参考答案:B

3. 三七、茜草、蒲黄的共同功效是

　　A. 凉血止血

　　B. 收敛止血

　　C. 温经止血

　　D. 化瘀止血

　　E. 补气摄血

参考答案:D

A2 型题

4. 患者胸部刺痛,固定不移,入夜更甚,时或心悸不宁,舌质紫暗,脉沉涩。治疗宜选用

　　A. 艾叶

　　B. 白及

　　C. 三七

　　D. 槐花

　　E. 小蓟

参考答案:C

B1 型题

5.

　　A. 化瘀止血,活血定痛

　　B. 凉血化瘀止血,通经

　　C. 化瘀止血,利尿

　　D. 凉血止血,清热利尿

　　E. 收敛止血

①三七的功效是

②蒲黄的功效是

参考答案:①A　②C

【考点评析】

1. 三七功效:化瘀止血,活血定痛。

2. 茜草功效:凉血,化瘀止血,通经。

3. 蒲黄功效:止血,化瘀,利尿。

```
命题考点3  收敛止血药
```

【历年真题纵览】

A1 型题

1. 下列不属于收敛止血药的是

　　A. 白及

　　B. 仙鹤草

　　C. 棕榈炭

　　D. 三七

　　E. 藕节

参考答案:D

B1 型题

2.

　　A. 白及

　　B. 仙鹤草

　　C. 棕榈炭

　　D. 血余炭

　　E. 炮姜

①具有止痢功效的药物是

②具有杀虫功效的药物是

参考答案:①B　②B

【考点评析】

1. 白及功效:收敛止血,消肿生肌。

2. 仙鹤草功效:收敛止血,止痢,截疟,补虚,解毒杀虫。

3. 棕榈炭功效:收敛止血,止泻止带。

4. 血余炭功效:收敛止血,化瘀利尿。

```
命题考点4  温经止血药
```

【历年真题纵览】

A1 型题

1. 下列关于艾叶说法错误的是

A.有温经止血,散寒调经,安胎的功效

B.用于下焦虚寒的痛经、胎动不安等

C.用于虚寒出血如崩漏等病证

D.温经止血宜生用

E.治咳喘入煎宜后下

参考答案:D

B1 型题

2.

A.温中止痛

B.散寒调经

C.温肺化饮

D.活血通络

E.健脾和胃

①除了温经止血的功效外,炮姜还有的功效是

②除了温经止血的功效外,艾叶还有的功效是

参考答案:①A　②B

【考点评析】

1.艾叶

(1)性味归经:辛、苦、温。有小毒。归肝、脾、肾经。

(2)功效:温经止血,散寒调经,安胎。

(3)应用

①出血证。本品能温经止血暖宫,适用于虚寒性出血,尤宜于崩漏。常与阿胶、芍药等配伍,如胶艾四物汤。若配入大队凉血止血药中,也可用于血热出血,如四生丸。

②月经不调、痛经。本品温经脉,逐寒湿,止冷痛,尤善于调经,为治疗妇科下焦虚寒或寒客胞宫之要药。每与吴茱萸、肉桂等同用,如艾附暖宫丸。

③胎动不安。为妇科安胎要药。

此外,将本品捣绒,制成艾条、艾炷等,用以熏灸体表穴位,能温煦气血,透达经络。

2.炮姜功效:温经止血,温中止痛。

第十六单元　活血祛瘀药

命题考点 1　活血止痛药

【历年真题纵览】

1.擅于活血化瘀止痛,为治疗血瘀诸痛之要药的是

A.三七

B.丹参

C.五灵脂

D.没药

E.郁金

参考答案:C

2.治疗血瘀气滞,经行腹痛,兼风湿肩臂疼痛者,应选用

A.桃仁

B.丹参

C.红花

D.姜黄

E.益母草

参考答案:D

3.具有活血止痛,行气解郁,凉血清心功效的药物是

A.川芎

B.丹参

C.延胡索

D.姜黄

E.郁金

参考答案:E

A2 型题

4.患者外感风邪,头痛较甚,伴恶寒发热,目眩鼻塞,舌苔薄白,脉浮。治疗宜选用

A.川芎

B.丹参

C.郁金

D.牛膝

E.益母草

参考答案:A

5.患者经期小腹胀痛拒按,胸胁乳房胀痛,经行不畅,月经色紫黯、有块,舌质紫暗,脉弦。治疗应选用

A.肉桂

B.艾叶

C.牡丹皮

D.川芎

E.青皮

参考答案:D

【考点评析】

1.五灵脂功效:活血止痛,化瘀止血。

2.姜黄主治病证:气滞血瘀痛证;风湿痹痛,牙痛,疮疡痈肿。

3.郁金功效:活血止痛,行气解郁,清心凉血,利胆退黄。

4.川芎功效:活血行气,祛风止痛。

命题考点 2　活血调经药

【历年真题纵览】

A1 型题

1.善于活血祛瘀调经,为妇科经产要药的是

　A.川芎

　B.泽兰

　C.牛膝

　D.益母草

　E.三七

参考答案:D

2.下列不属于丹参主治病证的是

　A.妇女月经不调,痛经,经闭等证

　B.血瘀之心胸、脘腹疼痛

　C.疮疡痈肿

　D.大便秘结

　E.热病烦躁及杂病心悸失眠等

参考答案:D

3.具有利尿通淋功效的药物是

　A.川芎

　B.丹参

　C.郁金

　D.桃仁

　E.牛膝

参考答案:E

4.红花的功效

　A.活血通经,祛瘀止痛

　B.活血调经,行气化痰

　C.凉血活血,散瘀止痛

　D.活血祛瘀,润肠通便

　E.活血调经,利水消肿

参考答案:A

A2 型题

5.患者腰痛以酸软为主,喜按喜揉,腿膝无力,遇劳更甚,卧则减轻。治疗应选用

　A.牛膝

　B.桃仁

　C.红花

　D.郁金

　E.鸡血藤

参考答案:A

B1 型题

6.

　A.红花

　B.桃仁

　C.川芎

　D.丹参

　E.益母草

①既能活血调经,又能利水消肿的药物是

②既能活血调经,又能除烦安神的药物是

参考答案:①E　②D

7.

　A.活血行气,祛风止痛

　B.活血行气,清心凉血

　C.活血调经,除烦安神

　D.活血调经,祛瘀止痛

　E.活血调经,散寒止痛

①郁金具有的功效是

②红花具有的功效是

参考答案:①B　②D

【考点评析】

1.益母草功效:活血调经,利尿消肿,清热解毒。

2.丹参应用

(1)月经不调,闭经痛经,产后瘀滞腹痛。本品善活血祛瘀,能祛瘀生新而不伤正,善调经水,为妇科调经的常用药。临床广泛用于治疗多种瘀血证,对于血热瘀滞之证尤为适宜。

(2)血瘀心痛、脘腹疼痛、症瘕积聚、跌打损伤、风湿痹证。本品善能通行血脉,祛瘀止痛,广泛用于各种血瘀证。如治血脉瘀阻之胸痹心痛、脘腹疼痛,可配伍砂仁、檀香,如丹参饮;跌打损伤,可配伍当归、乳香、没药等同用,如活络效灵丹。

(3)疮痈肿毒。本品能凉血活血,又能清热消痈。与清热解毒药同用,可治疗热毒瘀阻引起的疮痈肿毒。

(4)热病烦躁神昏,心悸失眠。本品能清心安神,常与酸枣仁、柏子仁等同用,如天王补心丹。

3.牛膝功效:活血通经,补肝肾,强筋骨,利水通淋,引火(血)下行。

4.红花功效:活血通经,祛瘀止痛。

命题考点 3　活血疗伤药

【历年真题纵览】

A1 型题

1.骨碎补除了活血续伤的功效外,还有哪种功效

A.祛瘀止痛

B.补肾强骨

C.生肌敛疮

D.退虚热

E.攻毒散结

参考答案:B

2.既能活血定痛,又能敛疮生肌的药物是

A.三七

B.茜草

C.红花

D.血竭

E.桃仁

参考答案:D

B1 型题

3.

A.阿胶

B.三七

C.狗脊

D.骨碎补

E.菟丝子

①具有补肾、活血、止血功效的药物是

②具有补肾、强腰膝、祛风湿功效的药物是

参考答案:①D ②C

【考点评析】

1.骨碎补功效:破血续伤,补肾强骨。

2.血竭功效:活血定痛,化瘀止血,敛疮生肌。

命题考点4　破血消症药

【历年真题纵览】

A1 型题

1.莪术和三棱都具有的功效是

A.破血行气,疏肝止痛

B.破血行气,消积止痛

C.活血止血,生肌止痛

D.收敛止血,行气止痛

E.活血化瘀,行气止痛

参考答案:B

【考点评析】

1.莪术功效:破血行气,消积止痛。

2.三棱功效:破血行气,消积止痛。

第十七单元　化痰止咳平喘药

命题考点1　温化寒痰药

【历年真题纵览】

A1 型题

1.下列关于化痰止咳平喘药说法错误的是

A.化痰药分为温化寒痰和清化热痰药两种

B.主要包括化痰药和止咳平喘药

C.化痰、止咳、平喘药常配伍同用

D.祛痰或消痰,治疗"痰证"为主要作用的药物为化痰药

E.止咳平喘药无化痰作用

2.具有降逆止呕功效的药物是

A.白前

B.旋覆花

C.桔梗

D.前胡

E.白芥子

参考答案:B

3.长于治疗寒痰咳喘,胸满胁痛的药物是

A.白芥子

B.紫苏子

C.杏仁

D.葶苈子

E.桔梗

参考答案:A

4.半夏、天南星均具有的功效是

A.祛风止痉

B.消痞散结

C.降逆止呕

D.燥湿化痰

E.利气通络

参考答案:D

5.下列哪项不是天南星的适应病证

A.湿痰证

B.寒痰证

C.风痰证

D.痈疽肿毒

E.外感证

参考答案:E

B1 型题

6.

　A.燥湿化痰

　B.温肺化痰

　C.降气化痰

　D.宣肺化痰

　E.清热化痰

①白芥子具有的功效是

②旋覆花具有的功效是

参考答案:①B　②C

【考点评析】

1.旋覆花功效:降气行水化痰,降逆止呕。

2.白芥子功效:温肺化痰,利气,散结消肿。

3.半夏功效:燥湿化痰,降逆止呕,消痞散结;外用消肿止痛。

4.天南星功效:燥湿化痰,祛风解痉;外用消肿止痛。

命题考点2　清化热痰药

【历年真题纵览】

A1 型题

1.具有清热化痰,润肺止咳,散结消肿功效的药物是

　A.百部

　B.川贝母

　C.浙贝母

　D.杏仁

　E.旋覆花

参考答案:B

A2 型题

2.治疗外感风热,咳嗽痰多,咽痛音哑,胸闷不舒者,应首选

　A.百部

　B.川贝母

　C.桔梗

　D.杏仁

　E.旋覆花

参考答案:C

【考点评析】

1.川贝母功效:清热化痰,润肺止咳,散结消肿。

2.桔梗功效:宣肺,祛痰,利咽,排脓。

命题考点3　止咳平喘药

【历年真题纵览】

A1 型题

1.百部的主要功效是

　A.化痰

　B.止咳

　C.平喘

　D.清肺

　E.泻肺

参考答案:B

2.既能润肺止咳,又能润肠通便的药物是

　A.郁李仁

　B.薏苡仁

　C.杏仁

　D.火麻仁

　E.酸枣仁

参考答案:C

3.有止咳平喘的功效,为治咳喘之要药的是

　A.桔梗

　B.百部

　C.苏子

　D.苦杏仁

　E.桑白皮

参考答案:D

4.下列哪项不是苏子的适应病证

　A.痰壅气逆

　B.咳嗽气喘

　C.肠燥便秘

　D.恶心呕吐

　E.久咳痰喘

参考答案:D

B1 型题

5.

　A.葶苈子

　B.杏仁

　C.白芥子

　D.黄药子

　E.苏子

①能止咳平喘,润肠通便,且无毒性的药物是

②能止咳平喘,润肠通便,但有小毒的药物是

参考答案:①E　②B

6.

　A.旋覆花

B. 款冬花

C. 紫菀

D. 白芥子

E. 杏仁

①有小毒,婴幼儿应慎用的药物是

②性温燥,阴虚燥咳者不宜的药物是

参考答案:①E　②D

【考点评析】

1. 百部功效:润肺止咳,杀虫灭虱。

2. 苦杏仁功效:止咳平喘,润肠通便。

3. 紫苏子功效:降气化痰,止咳平喘,润肠通便。

第十八单元　安神药

命题考点1　重镇安神药

【历年真题纵览】

A2型题

1. 下列关于朱砂说法错误的是

　A. 性味甘、寒,有毒

　B. 归心经

　C. 有镇心安神,清热解毒的功效

　D. 可持续内服

　E. 可用于治疗心神不宁,心悸失眠等证

参考答案:D

2. 下列不属于朱砂的主治病证是

　A. 咽喉肿痛,口舌生疮

　B. 小便不利

　C. 心神不安,心悸,失眠等病证

　D. 惊风、癫痫

　E. 疮疡肿毒

参考答案:B

3. 下列关于朱砂用法的说法错误的是

　A. 使用时应入丸散剂或研末冲服

　B. 内服不可过量

　C. 不宜久服

　D. 忌火煅

　E. 可以入汤剂服

参考答案:E

【考点评析】

1. 朱砂

(1)性味归经:甘,微寒。有毒。归心经。

(2)功效:清心镇惊,安神解毒。

(3)应用

①心神不安,心悸,失眠。朱砂甘寒质重,专入心经,寒能降火,重能镇怯。所以朱砂既可重镇安神,又能清心安神,最适合心火亢盛之心神不宁、烦躁不眠,每与黄连、莲子心等合用,以增强清心安神作用。若心血虚者,可与当归、生地黄等配伍;阴血虚者,又常与酸枣仁、柏子仁、当归等养心安神药配伍。

②惊风、癫痫。常与牛黄、藿香等开窍、熄风药物同用,如安宫牛黄丸;治疗小儿惊风,多与牛黄、全蝎、钩藤等配伍,如牛黄散;用于治癫痫卒昏抽搐,每与磁石同用,如磁朱丸。

③疮疡肿毒,咽喉肿痛,口舌生疮。不论内服、外用,均有清热解毒作用。

(4)用法:内服,只宜入丸、散或研末冲服,每次0.1~0.5 g;不宜入汤剂。外用适量。

(5)使用注意:本品有毒,内服不可过量或持续服用,以防汞中毒。孕妇及肝肾功能不全者慎用。入药宜生用,忌火煅。

命题考点2　养心安神药

【历年真题纵览】

A2型题

1. 患者失眠,健忘,心悸,自汗出,治疗应选用

　A. 朱砂

　B. 酸枣仁

　C. 合欢皮

　D. 远志

　E. 磁石

参考答案:B

2. 下列哪项不是远志的适应病证

　A. 惊悸失眠健忘

　B. 癫痫发狂

　C. 肝阳眩晕

　D. 痈疽疮毒

　E. 咳嗽痰多

参考答案:C

B1型题

3.

　A. 合欢皮

　B. 酸枣仁

　C. 远志

D. 琥珀

E. 磁石

①既能活血消肿,又能解郁安神的药物是

②既能活血散瘀,又能定惊安神的药物是

参考答案:①A ②D

【考点评析】

1. 酸枣仁功效:养心益肝,安神,敛汗。

2. 远志功效:宁心安神,祛痰开窍,消散痈肿。

3. 合欢皮功效:解郁安神,活血消肿。

第十九单元　平肝熄风药

命题考点1　平抑肝阳药

【历年真题纵览】

A1 型题

1. 下列关于石决明说法错误的是

　A. 性味咸、寒,归肝经

　B. 有平肝潜阳,清肝明目的功效

　C. 可用于治疗肝阳上亢,头晕目眩

　D. 煎药时应后下

　E. 可用于目赤、翳障、视物昏花等病症

参考答案:D

2. 石决明和珍珠母都具有的功效是

　A. 清肝明目,镇惊安神

　B. 平肝潜阳,清肝明目

　C. 镇心安神,平肝潜阳

　D. 清肝泻火,平肝明目

　E. 清热平肝,滋阴潜阳

参考答案:B

3. 治疗阴虚阳亢所致的烦躁不安,心悸失眠,头晕目眩耳鸣者,应首选

　A. 决明子

　B. 地龙

　C. 钩藤

　D. 牡蛎

　E. 酸枣仁

参考答案:D

【考点评析】

1. 石决明

(1)性味归经:咸,寒。归肝经。

(2)功效:平肝潜阳,清肝明目。

(3)应用

①肝阳上亢,头晕目眩。为凉肝、镇肝之要药。若肝肾阴虚、肝阳上亢者,须配伍养阴平肝药,如生地黄、白芍、牡蛎等;肝阳上亢伴肝火亢盛者,宜配伍清热平肝药,如夏枯草、菊花、钩藤等。

②目赤,翳障,视物昏花。有清肝火,明目退翳的作用。若肝火上炎,目赤肿痛者,可与夏枯草、决明子等配伍;风热目疾,翳膜遮睛,可与密蒙花、谷精草等配伍;肝虚血少日久目昏者,可与熟地黄、枸杞子等配伍。

(4)用法用量:煎服,3～15 g,应打碎先煎。平肝、清肝宜生用,外用点眼宜煅用、水飞。

2. 珍珠母功效:平肝潜阳,安神,定惊明目;外用燥湿收敛。

3. 牡蛎功效:重镇安神,潜阳补阴,软坚散结。

命题考点2　熄风止痉药

【历年真题纵览】

A1 型题

1. 治疗肝风内动,惊痫抽搐之要药是

　A. 牛黄

　B. 羚羊角

　C. 钩藤

　D. 天麻

　E. 地龙

参考答案:B

2. 钩藤的功效是

　A. 熄风止痉,清热平肝

　B. 熄风止痉,祛风通络

　C. 清热平肝,化痰散结

　D. 熄风止痉,攻毒散结

　E. 清热平肝,止咳平喘

参考答案:A

3. 白僵蚕具有的功效是

　A. 收敛生肌

　B. 明目去翳

　C. 化痰散结

　D. 燥湿化痰

　E. 消痰行水

参考答案:C

4. 既能熄风止痉,又能祛风湿,止痹痛的药物是

　A. 羚羊角

　B. 石决明

C. 决明子

D. 天麻

E. 珍珠

参考答案：D

5. 羚羊角具有的功效是

　　A. 平肝潜阳，软坚散结

　　B. 熄风止痉，降逆止血

　　C. 平肝潜阳，清热解毒

　　D. 平肝潜阳，祛风止痛

　　E. 熄风止痉，通络散结

参考答案：C

【考点评析】

1. 羚羊角功效：平肝熄风，清肝明目，清热解毒。

2. 钩藤功效：清热平肝，熄风定惊。

3. 僵蚕功效：祛风定惊，化痰散结。

4. 天麻功效：熄风止痉，平抑肝阳，祛风通络。

第二十单元　开窍药

命题考点　开窍药

【历年真题纵览】

A1 型题

1. 有极强的开窍通闭醒神作用，为醒神回苏之要药的是

　　A. 冰片

　　B. 石菖蒲

　　C. 麝香

　　D. 苏合香

　　E. 薄荷

参考答案：A

2. 下列关于开窍药说法错误的是

　　A. 具辛香走窜之性，以开窍醒神为主要作用

　　B. 用于治疗闭证神昏等病证

　　C. 用于神志昏迷的闭证，不适用于脱证

　　D. 易耗伤正气，不可久用

　　E. 内服常入煎剂

参考答案：E

3. 下列哪项不是麝香的功效

　　A. 清热散结

　　B. 开窍醒神

　　C. 活血通经

D. 止痛

E. 催产

参考答案：A

A2 型题

4. 治疗湿浊蒙蔽清窍所致的神志昏乱，健忘，耳鸣者，应首选

　　A. 磁石

　　B. 竹茹

　　C. 冰片

　　D. 牛黄

　　E. 石菖蒲

参考答案：D

【考点评析】

1. 冰片功效：开窍醒神，清热止痛。

2. 麝香功效：开窍醒神，活血通经，消肿止痛，催生下胎。

第二十一单元　补虚药

命题考点1　补气药

【历年真题纵览】

A1 型题

1. 下列关于人参的说法错误的是

　　A. 可用于治疗热病气津两伤等证

　　B. 反芫花

　　C. 可用于气虚欲脱的急危重症候

　　D. 有大补元气，补脾益肺，生津，安神的功效

　　E. 可用于脾、肺气虚弱之虚证

参考答案：B

2. 下列除哪项外均是黄芪的功效

　　A. 止汗安胎

　　B. 补气升阳

　　C. 益卫固表

　　D. 利水消肿

　　E. 托疮生肌

参考答案：A

3. 山药具有的功效是

　　A. 补肾固精

　　B. 养血安神

　　C. 补气升阳

　　D. 益卫固表

E.补脾祛湿

参考答案:A

4.中阳衰微,胃有寒湿者忌用的药物是

　A.太子参

　B.西洋参

　C.益智仁

　D.菟丝子

　E.山药

参考答案:B

A2 型题

5.患者咳嗽痰多,灰白清稀,食少便溏,近日下肢轻度浮肿,舌淡苔白,脉弱。治疗应选用

　A.党参

　B.薏苡仁

　C.山药

　D.白术

　E.黄精

参考答案:D

【考点评析】

1.人参

(1)性味归经:甘、微苦,平。归肺、脾、心经。

(2)功效:大补元气,补脾益肺,生津,安神益智。

(3)应用

①元气虚脱证。

②肺脾心肾气虚证。

③热病气虚津伤口渴及消渴证。

此外,与解表药、攻下药等祛邪药配伍,有扶正祛邪之效。

(4)用法用量:煎服,3~19 g;挽救虚脱可用15~30 g。宜文火另煎兑服。野山参研末吞服,每次2 g,日服2次。

(5)使用注意:反藜芦,畏五灵脂。

2.黄芪功效:健脾补中,升阳举陷,益卫固表,利尿,托毒生肌。

3.西洋参

(1)功效:补气养阴,清热生津。

(2)主治病证:气阴两伤证;肺气虚及肺阴虚证;热病气虚津伤口渴及消渴。

(3)用法用量:另煎兑服,3~6 g。

(4)使用注意:据《药典》记载,不宜与藜芦同用。

4.白术功效:健脾益气,燥湿利尿,止汗,安胎。

命题考点2　补阳药

【历年真题纵览】

A1 型题

1.杜仲具有的功效是

　A.补肝肾,强筋骨,安胎

　B.补阳益阴,固精安胎

　C.补肾壮阳,温脾止泻

　D.补肝肾,行血脉,强筋骨

　E.祛风湿,强筋骨,明目

参考答案:A

2.补骨脂具有的功效是

　A.补气健脾

　B.温脾止泻

　C.祛风除湿

　D.固表止汗

　E.益气生津

参考答案:B

3.具有固精缩尿、温脾摄唾功效的药物是

　A.肉苁蓉

　B.沙苑子

　C.补骨脂

　D.山茱萸

　E.益智仁

参考答案:E

4.巴戟天的功效是

　A.补肾阳,强筋骨,益精血

　B.补肾阳,滋肾阴,益精血

　C.补肾阳,强腰脊,益精血

　D.补肾阳,强筋骨,祛风湿

　E.补肾阳,填精血,祛风湿

参考答案:D

5.下列除哪项外均是补骨脂的功效

　A.固精缩尿

　B.暖脾止泻

　C.纳气平喘

　D.补肾助阳

　E.降逆止咳

参考答案:E

6.具有补肾益精,养血益气功效的药物是

　A.沉香

　B.磁石

　C.蛤蚧

D. 益智仁

E. 紫河车

参考答案:E

B1 型题

7.

A. 祛寒除湿

B. 祛风止痒

C. 益肝明目

D. 活血止痛

E. 温脾止泻

①补骨脂具有的功效是

②仙茅具有的功效是

参考答案:①E　②A

【考点评析】

1. 杜仲功效:补肝肾,强筋骨,安胎。

2. 补骨脂功效:补肾助阳,固精缩尿,温脾止泻,纳气平喘。

3. 益智仁功效:暖肾固精缩尿,温脾开胃摄唾。

4. 巴戟天功效:补肾助阳,祛风除湿。

5. 紫河车功效:补肾益精,养血益气。

6. 仙茅功效:温肾壮阳,祛寒除湿。

命题考点3　**补血药**

【历年真题纵览】

A1 型题

1. 白芍具有的功效是

A. 补益精血,润肠通便

B. 补血养阴,润肺止咳

C. 平抑肝阳,柔肝止痛

D. 养阴润肺,益胃生津

E. 滋阴潜阳,清心除烦

参考答案:C

2. 有补血要药之称的一组药物是

A. 当归、熟地黄

B. 白芍、何首乌

C. 龙眼肉、何首乌

D. 当归、白芍

E. 熟地黄、鸡血藤

参考答案:A

【考点评析】

1. 白芍功效:养血敛阴,柔肝止痛,平抑肝阳。

2. 当归与熟地黄,二药均能补血,常相须为用以

治血虚诸证。但当归补血行血,调经止痛,为妇科调经要药,可用于血虚血寒诸证,以及风湿痹痛、痈疽疮疡,且能润肠通便,可用于血虚肠燥便秘证;熟地黄补血滋阴,益精髓,为补益肝肾精血要药,可治肝肾精血亏虚诸证。

命题考点4　**补阴药**

【历年真题纵览】

A1 型题

1. 具有清心安神功效的药物是

A. 玉竹

B. 龙眼肉

C. 人参

D. 柏子仁

E. 百合

参考答案:E

2. 鳖甲具有而龟甲不具有的功效是

A. 固经止血

B. 养血补心

C. 滋阴潜阳

D. 益肾健骨

E. 软坚散结

参考答案:E

A2 型题

3. 患者腰膝酸软乏力,失眠多梦,心悸健忘。治疗宜选用

A. 麦冬

B. 百合

C. 龟甲

D. 续断

E. 巴戟天

参考答案:C

【考点评析】

1. 百合功效:养阴润肺,清心安神。

2. 龟甲功效:滋阴潜阳,益肾健骨,养血补心。

3. 鳖甲功效:滋阴潜阳,退热除蒸,软坚散结。

第二十二单元　收涩药

E. 宁心安神
参考答案:A

【考点评析】

1. 五味子功效:收敛固涩,益气生津,补肾宁心。

2. 五倍子功效:敛肺降火,止咳止汗,涩肠止泻,固精止遗,收敛止血,收湿敛疮。

命题考点1　固表止汗药

【历年真题纵览】

A1 型题

1. 浮小麦具有而麻黄根不具有的功效是

　A. 益气,除热

　B. 敛汗

　C. 滋阴

　D. 宣肺

　E. 补心

参考答案:A

2. 浮小麦的功效是

　A. 敛汗,益气,除热

　B. 敛肺止汗

　C. 敛肺止咳

　D. 滋阴止汗

　E. 益气,固卫,止汗

参考答案:A

【考点评析】

1. 麻黄根功效:固表止汗。

2. 浮小麦功效:固表止汗,益气,除热。

命题考点2　敛肺涩肠药

【历年真题纵览】

A1 型题

1. 五倍子的功效是

　A. 敛肺降火,涩肠止泻

　B. 敛汗止血,补肺养心

　C. 健脾益肺,涩肠止泻

　D. 生津养阴,止咳化痰

　E. 固精止遗,止咳化痰

参考答案:A

2. 下列除哪项外均是五味子的功效

　A. 安蛔止痛

　B. 敛肺滋肾

　C. 生津敛汗

　D. 涩精止泻

命题考点3　固精缩尿止带药

【历年真题纵览】

A1 型题

1. 山茱萸的功效是

　A. 收敛止血,固精止带

　B. 滋阴填精,补肾固精

　C. 补益肝肾,收敛固涩

　D. 固精缩尿,补肾助阳

　E. 益肾,固精,缩尿

参考答案:C

B1 型题

2.

　A. 枸杞子

　B. 五倍子

　C. 莲子

　D. 诃子

　E. 金樱子

①具有补脾止泻,养心安神功效的药物是

②具有益肾固精,养心安神功效的药物是

参考答案:①C　②C

【考点评析】

1. 山茱萸功效:补益肝肾,收敛固涩。

2. 莲子功效:固精止带,补脾止泻,益肾养心。

第二十三单元　攻毒杀虫止痒药

命题考点　攻毒杀虫止痒药

【历年真题纵览】

A1 型题

1. 具有解毒、止痛、开窍醒神功效的是

　A. 雄黄

　B. 硫黄

C. 白矾

D. 蟾酥

E. 蜂房

参考答案:D

【考点评析】

蟾酥功效:解毒,止痛,开窍醒神。

第二十四单元　拔毒化腐生肌药

命题考点　拔毒化腐生肌药

【历年真题纵览】

A1 型题

1. 具有解毒明目退翳,收湿止痒敛疮功效的是

A. 雄黄

B. 升药

C. 砒石

D. 炉甘石

E. 蜂房

参考答案:D

【考点评析】

炉甘石功效:解毒明目退翳,收湿止痒敛疮。

中西医结合外科学

第一单元　绪　论

从略。

第二单元　中医外科证治概要

命题考点1　中医外科命名与专业术语

【历年真题纵览】

A1型题

1.下列中医外科疾病以脏腑命名的是

　　A.乳痈、子痈、对口疽

　　B.人中疔、委中毒、膻中疽

　　C.肠痈、肝痈、肺痈

　　D.蛇头疔、鹅掌风

　　E.白驳风、丹毒

参考答案:C

2.七恶之中肝恶的表现是

　　A.神志昏愦,心烦舌燥,疮紫黑,言语呢喃

　　B.身体强直,目难正视,疮流血水,惊悸时作

　　C.形容消瘦,疮陷脓臭,不思饮食,纳药呕吐

　　D.皮肤枯槁,痰多音喑,呼吸喘急,鼻翼扇动

　　E.时渴引饮,面容黧黑,咽喉干燥,阴囊内缩

参考答案:B

【考点评析】

1.中医外科一般是依据其发病部位、穴位、脏腑、病因、形态、颜色、特征、范围、病程、传染性等来命名。如以部位命名者,有乳痈、子痈、对口疽等;以穴位命名者,有人中疔、委中毒、膻中疽等;以脏腑命名者,有肠痈、肝痈、肺痈等;以病因命名者,有破伤风、冻疮、漆疮等;以形态命名者,有蛇头疔、鹅掌风等;以颜色命名者,有白驳风、丹毒等;以疾病特征命名者,有烂疔、流注、湿疮等;以范围大小命名者,如小者为疖,大者为痈等;以病程长短命名者,有千日

疮等;以传染性命名者,有疫疔等。另外,两种命名方法同时应用者也经常存在,如乳岩、肾岩翻花等,既含有部位,又具有疾病的特征。

2."恶"是指坏的征象。在病程中出现恶的全身症状表示预后较差。"七恶"包括心恶、肝恶、脾恶、肺恶、肾恶、脏腑败坏、气血衰竭(脱证)。心恶为神志昏愦,心烦舌燥,疮紫黑,言语呢喃;肝恶为身体强直,目难正视,疮流血水,惊悸时作;脾恶为形容消瘦,疮陷脓臭,不思饮食,纳药呕吐;肺恶为皮肤枯槁,痰多音喑,呼吸喘急,鼻翼扇动;肾恶时渴引饮,面容黧黑,咽喉干燥,阴囊内缩;脏腑败坏为身体浮肿,呕吐呃逆,肠鸣泄,口糜满布;气血衰竭(阳脱)为疮陷色暗,时流污水,汗出肢冷,嗜卧语低。

命题考点2　病因病机

【历年真题纵览】

A1型题

1.下列不属于中医外科疾病致病因素的是

　　A.外感六淫

　　B.情志内伤

　　C.饮食不节

　　D.劳伤虚损

　　E.以上均是

参考答案:E

【考点评析】

致病因素包括:①外感六淫;②情志内伤;③饮食不节;④外来伤害;⑤劳伤虚损;⑥感受特殊之毒;⑦痰饮瘀血。

命题考点3　诊法与辨证

【历年真题纵览】

A1型题

1.痰肿的特点是

A.肿而色红,皮薄光泽,焮热疼痛,肿势急剧

B.肿而不硬,皮色不泽,苍白或紫暗,皮肤清冷,常伴有酸痛,得暖则舒

C.发病急骤,漫肿宣浮,或游走无定,不红微热,或轻微疼痛

D.皮肉重垂胀急,深按凹陷,如烂棉不起,浅则光亮如水疱,破流黄水,浸淫皮肤

E.肿势软如棉,或硬如馒,大小不一,形态各异,无处不生,不红不热,皮色不变

参考答案:E

2.风痛的特点是

A.皮色焮红,灼热疼痛,遇冷则痛减

B.皮色不红,不热,酸痛,得温则痛缓

C.痛无定处,忽彼忽此,走注甚速,遇风则剧

D.攻痛无常,时感抽掣,喜缓怒甚

E.痛而酸胀,肢体沉重,按之出现可凹性水肿或见糜烂流滋

参考答案:C

【考点评析】

1.痰肿肿势软如棉,或硬如馒,大小不一,形态各异,无处不生,不红不热,皮色不变。常见于瘰疬、脂瘤等。

2.风痛痛无定处,忽彼忽此,走注甚速,遇风则剧。见于行痹等。

命题考点4　治法与方药

【历年真题纵览】

A1 型题

1.应用桃红四物汤是采用哪种内治法

A.解表法

B.清热法

C.和营法

D.内托法

E.通里法

参考答案 C

2.应用逍遥散是采用哪种内治法

A.祛痰法

B.理湿法

C.行气法

D.补益法

E.调胃法

参考答案:C

【考点评析】

1.和营法:用调和营血的药物使经络疏通,血脉调和流畅,从而达到疮疡肿消痛止的目的。方如桃红四物汤等。

2.行气法:用行气的药物调畅气机,流通气血,以达到解郁散结、消肿止痛的一种治法。疏肝解郁、行气活血方如逍遥散、清肝解郁汤;理气解郁、化痰软坚方如海藻玉壶汤、开郁散。

第三单元　无菌术

命题考点　外科手术器械和物品的消毒与灭菌

【历年真题纵览】

A1 型题

1.煮沸法消毒杀灭一般细菌所需时间为

A.20 分钟

B.40 分钟

C.60 分钟

D.80 分钟

E.100 分钟

参考答案:A

2.经过高压蒸汽灭菌法处理的物品,一般可保留

A.1 周

B.2 周

C.3 周

D.4 周

E.10 天

参考答案:B

【考点评析】

1.煮沸灭菌法是一种较简便、可靠的常用灭菌方法。采用煮沸灭菌器,或将铝锅洗净去脂污后作煮沸灭菌用,适用于金属器械、玻璃、橡胶类物品。在正常压力下,在水中煮沸至100℃,持续15～20分钟能杀灭一般细菌,持续煮沸1小时以上,可杀灭带芽孢细菌。若在水中加入碳酸氢钠,配成2%碱性溶液,可使沸点提高至105℃,灭菌时间缩短至10分钟,尚可防止金属制品生锈。

2.高压蒸汽灭菌法是目前应用最普遍且效果可靠的灭菌方法。常用的有手提式、卧式和立式三种。一般当蒸汽压力达到102.97～137.2 kPa 时,温度能

提高到 121～126℃，持续 30 分钟，即可杀死包括细菌芽孢在内的一切细菌，达到灭菌目的。本法适用于一切能耐受高温的物品，如金属器械、玻璃、搪瓷器皿、敷料、橡胶、药液等的灭菌。高压真空蒸汽灭菌器为目前先进的灭菌装置，是在高压蒸汽灭菌器原理基础上增加真空泵改进的。

第四单元　麻　醉

命题考点　麻醉方法的选择和腰麻适应证、禁忌证与并发症处理

【历年真题纵览】

A1 型题

1.下列除哪项外，其他均属于腰麻（蛛网膜下腔阻滞）术后的并发症

　A.尿潴留

　B.呼吸抑制

　C.颅神经麻痹

　D.马尾综合征

　E.化脓性脑脊髓膜炎

参考答案：E

2.下列除哪项外，均是腰麻（蛛网膜下腔阻滞）术的禁忌证

　A.脑脊膜炎

　B.颅内压增高

　C.败血症

　D.脊柱外伤

　E.阑尾炎

参考答案：E

B1 型题

3.

　A.普鲁卡因

　B.乙醚

　C.利多卡因

　D.硫喷妥钠

　E.布比卡因

①吸入麻醉，应首选

②静脉麻醉，应首选

参考答案：①B　②D

【考点评析】

1.吸入麻醉：吸入麻醉是挥发性麻醉药或气体

麻醉药经呼吸道吸入体内，从而产生麻醉的方法。吸入全麻药可分挥发性和气体性两大类。常用的挥发性全麻药有乙醚、氟烷及甲氧氟烷等；气体全麻药有氧化亚氮等。

2.静脉麻醉：将麻醉药注入静脉而产生全身麻醉作用的方法称静脉麻醉。静脉全麻药一般分为巴比妥和非巴比妥两大类。常用的有：硫喷妥钠静脉麻醉、氯胺酮静脉麻醉、γ-羟丁酸钠静脉麻醉等。

3.腰麻（蛛网膜下腔阻滞）术后的并发症：可见血压下降、呼吸抑制、恶心或呕吐、头痛、尿潴留、神经系统并发症（脑神经麻痹、粘连性蛛网膜炎、马尾综合征、脊髓炎、脑脊髓膜炎等）。

第五单元　体液与营养代谢

命题考点 1　体液代谢与酸碱平衡

【历年真题纵览】

A1 型题

1.下列哪种激素不参与体液平衡的调节

　A.胰岛素

　B.抗利尿激素

　C.醛固酮

　D.心房利钠多肽

　E.甲状旁腺激素

参考答案：A

【考点评析】

体液平衡的调节：①渴感作用；②抗利尿激素（ADH）；③醛固酮；④心房利钠多肽（ANP）；⑤利钠激素；⑥甲状旁腺素（PTH）。

命题考点 2　体液代谢的失调

【历年真题纵览】

A1 型题

1.下列不能导致低渗性缺水的病因是

　A.高热或高温环境下大量出汗

　B.胃肠道消化液长期持续丧失，如反复呕吐、腹泻、胃肠道长期吸引或慢性肠梗阻

　C.大创面慢性渗液

　D.大量应用排钠性利尿剂（如噻嗪类、利尿酸

等)时,未注意补给适量钠盐

E. 急性肾功能衰竭多尿期、失盐性肾炎、肾小管性酸中毒等肾脏排钠增多,又补充了水分

参考答案:A

2. 下列不是低血钾的临床表现的是

A. 肌肉软弱无力、腱反射迟钝或消失

B. 恶心、呕吐、腹胀,重则出现肠麻痹

C. 心肌兴奋性、自律性增高,传导性降低

D. 多饮、多尿、夜尿增多

E. 心率缓慢、心音遥远而弱,重者心跳骤停于舒张期

参考答案:E

【考点评析】

1. 高渗性缺水的病因

①水摄入不足:主要见于口腔、咽、食管疾患伴吞咽困难、昏迷及其他危重病人给水不足者。

②水分丢失过多:高热或高温环境下大量出汗,或烧伤暴露疗法均可使患者从汗液丢失大量水分。

③鼻饲要素饮食、静脉高营养:不恰当地输入过多高渗溶液。

2. 低血钾的循环系统临床表现:因低钾引起心肌兴奋性、自律性增高,传导性降低。表现为心悸、心动过速、心律失常、传导阻滞,严重时出现室颤,停跳于收缩状态(习惯上把上述三方面表现称为"低钾三联征")。

```
命题考点3  酸碱平衡失调
```

【历年真题纵览】

A1 型题

1. 单纯代谢性酸中毒不会出现的血气分析结果是

A. pH 值上升

B. SB 下降

C. BE 呈负值

D. PaCO$_2$ 呈代偿性下降

E. CO$_2$CP 下降

参考答案:A

【考点评析】

代谢性酸中毒诊断:

(1)有严重腹泻、肠瘘等病史。

(2)有深而快的呼吸等临床表现。

(3)pH 值下降,SB 下降,BE 呈负值,PaCO$_2$ 呈代偿性下降,CO$_2$CP 下降。

(4)酸中毒程度的估计可比照 CO$_2$CP。

第六单元 输 血

```
命题考点1  外科输血的适应证及输血方法
```

【历年真题纵览】

A1 型题

1. 下列不属于输血适应证的是

A. 贫血或低蛋白血症

B. 凝血机制异常和出血性疾病

C. 重症感染

D. 器官移植

E. 一次失血量在 500 ml 以内者

参考答案:E

【考点评析】

输血适应证:

1. 一次失血量在 500 ml 以内者,可以不输血;失血量在 500～800 ml 时,输血与否视情况而定;若失血量在 1 000 ml 以上时,则必须及时输血。

2. 贫血或低蛋白血症。

3. 凝血机制异常和出血性疾病。

4. 重症感染。

5. 器官移植。

```
命题考点2  输血不良反应及并发症
```

【历年真题纵览】

A1 型题

1. 下列需要给予静脉应用葡萄糖酸钙的不良反应是

A. 发热反应

B. 溶血反应

C. 循环超负荷

D. 细菌污染反应

E. 枸橼酸盐中毒

参考答案:E

【考点评析】

枸橼酸盐中毒:静脉给予10%葡萄糖酸钙10 ml。

第七单元　休　克

命题考点1　休克的定义及分类

【历年真题纵览】

A1 型题

1.休克的分类不包括
  A.低血压性休克
  B.感染性休克
  C.心源性休克
  D.神经性休克
  E.过敏性休克
参考答案:A

2.外科中常见的两种休克是
  A.低血容量性休克和感染性休克
  B.过敏性休克和神经源性休克
  C.过敏性休克和感染性休克
  D.心源性休克和过敏性休克
  E.心源性休克和低血容量性休克
参考答案:A

【考点评析】

休克按病因分为:低血容量休克、感染性休克、心源性休克、神经性休克、过敏性休克。

命题考点2　休克对主要脏器的影响

【历年真题纵览】

A1 型题

1.关于休克影响肺的因素,描述错误的是
  A.创伤、失血及感染等直接影响
  B.输血过程中的小凝血块输入,脂肪和蛋白质颗粒等造成肺循环发生栓塞
  C.严重肺部感染
  D.血压过低,影响肺灌注
  E.液体输入过多
参考答案:D

2.休克时脑功能损害的病理生理学变化特点描述错误的是

  A.动脉压过低或颅内压过高,使脑血管灌注压和脑血流量降低
  B.由于脑组织缺乏能量储备,当休克造成脑缺氧时,脑的功能很快受损,可引起昏迷
  C.抵抗力下降容易出现中枢神经系统感染
  D.脑缺氧产生的代谢产物和因能量消耗引起的细胞膜钠泵作用丧失,导致脑水肿和颅内高压
  E.酸中毒和碱中毒都可引起脑血管灌流的失常
参考答案:C

【考点评析】

  1.休克过程中影响肺的因素主要有:①创伤、失血及感染等直接影响;②输血过程中的小凝血块输入,脂肪和蛋白质颗粒等造成肺循环发生栓塞;③严重肺部感染;④液体输入过多。

  2.休克时脑功能损害的病理生理学变化特点有:①动脉压过低或颅内压过高,使脑血管灌注压和脑血流量降低;②由于脑组织缺乏能量储备,当休克造成脑缺氧时,脑的功能很快受损,两侧脑半球和脑干的缺氧均可引起昏迷,脑严重缺血缺氧5～10秒钟可造成几分钟昏迷,缺氧3分钟以上可造成数月昏迷;③脑缺氧产生的代谢产物和因能量消耗引起的细胞膜钠泵作用丧失,使钠离子进入细胞内,导致细胞水肿,进一步压迫血管,减少脑血管的灌注量;同时血管通透性改变,水分渗出血管,形成脑水肿和颅内高压,造成恶性循环;④脑血管对儿茶酚胺等不甚敏感,但对血pH值改变特别敏感,酸中毒和碱中毒都可引起脑血管灌流的失常。

命题考点3　休克的预防和治疗

【历年真题纵览】

A1 型题

1.休克热伤营血证应选用方剂
  A.生脉饮加清热解毒养阴之品
  B.清营汤加减
  C.人参养荣汤加减
  D.四味回阳饮加减
  E.独参汤合四逆汤加减
参考答案:B

【考点评析】

热伤营血证

证候:精神恍惚,语声低微,唇甲发绀,四肢厥冷,发斑出血,舌质暗紫有瘀点,脉数。

治则:气血两清,益气补阴。

方药:清营汤加减。

第八单元　围手术期处理

命题考点　手术期处理

【历年真题纵览】

A1 型题

1.甲状腺术后切口愈合良好,切口分类分级为

　A. Ⅰ/甲

　B. Ⅱ/乙

　C. Ⅰ/乙

　D. Ⅱ/甲

　E. Ⅲ/乙

参考答案:A

2.胃穿孔修补术后切口愈合欠佳,切口分类分级为

　A. Ⅰ/甲

　B. Ⅱ/乙

　C. Ⅰ/乙

　D. Ⅱ/甲

　E. Ⅲ/乙

参考答案:E

【考点评析】

切口分类和愈合级别:

手术切口可分为三类:①一类切口:为无菌切口,以"Ⅰ"表示,如甲状腺、疝修补术;②二类切口:为可能污染切口,以"Ⅱ"表示,如胃肠道手术、胆道手术;③三类切口:为感染切口,以"Ⅲ"表示,如消化道穿孔、阑尾穿孔等。

切口愈合的级别也分三种:①甲级愈合:指愈合良好,没有不良反应的愈合,用"甲"表示;②乙级愈合:是指愈合欠佳,局部有炎症反应,如红肿、硬结、积液等,但未化脓,用"乙"表示;③丙级愈合:是指切口化脓,需切开引流者,用"丙"表示。

第九单元　重症救治与监护

命题考点　心、肺、脑复苏

【历年真题纵览】

A1 型题

1.心跳骤停的判断中不包括

　A. 意识突然消失,呼之不应

　B. 大动脉搏动消失

　C. 自主呼吸在挣扎一两次后停止

　D. 瞳孔散大,对光反射存在

　E. 突然出现皮肤、黏膜苍白,手术视野血色变暗发紫

参考答案:D

2.脑复苏低温－脱水疗法的实施要点中描述错误的是

　A. 及早降温

　B. 足够降温

　C. 降温到底

　D. 迅速降温

　E. 及早进行脱水疗法

参考答案:D

【考点评析】

1.心跳骤停的诊断:准确及时地作出诊断是复苏成功的关键,要求尽可能在 30 秒内确定诊断。正在接受心电图或直接测动脉血压者,其心跳骤停可即刻发现。但在大多数情况下,须凭借以下征象确定:①意识突然消失,呼之不应;②大动脉搏动消失,颈动脉或股动脉搏动摸不到,血压测不到,心音听不到;③自主呼吸在挣扎一两次后停止,但在全身麻醉过程中应用骨骼肌松弛药后无挣扎表现;④组织缺氧后会出现瞳孔散大,对光反射消失,可作为间接判断心跳骤停的指征,在听不到心音或测不到血压时特别有参考价值;⑤突然出现皮肤、黏膜苍白,手术视野血色变暗发紫,应高度警惕心脏停搏。

2.低温-脱水疗法对于脑细胞具有保护作用,可阻止脑细胞进一步受损。其实施要点为:

(1)及早降温:CPR 后心脏复跳稳定,即可开始用冰帽进行头部降温,6 小时内逐渐降至预定水平。

(2)足够降温:在监测鼻咽部(脑温)、食管下部(心温)和直肠(全身温)温度的前提下,3 ~ 6 小时使

头温逐渐降至28℃,其他部位温度降至28~30℃,并维持12~24小时,随后视病情维持体温在32℃上下。

(3)降温到底:降温以恢复听觉为"底",当患者能听从指令如睁眼、抬头、牵手,表明大脑皮层功能恢复时才能终止降温。复温过程中应严格做到逐步升温,切忌体温反跳。

(4)及早进行脱水疗法:心脏复跳后循环稳定即静脉注射20%甘露醇或山梨醇0.5~1 g/kg,必要时4~8小时重复1次,每天不超过3次,以降低颅内压;也可间断静脉注射速尿0.5~1 mg/kg。24小时尿量应超过静脉输入量800~1 000 ml,使脑脊液压力降低在正常水平以下。

第十单元 疼痛与治疗

命题考点1 疼痛的分类

【历年真题纵览】

A1型题

1.轻痛,不影响睡眠及食欲按照1987年世界卫生组织曾介绍疼痛程度积分法得分为

A.1分

B.2.5分

C.5分

D.7.5分

E.10分

参考答案:A

【考点评析】

1987年世界卫生组织曾介绍疼痛程度积分法

1分:轻痛,不影响睡眠及食欲。

2.5分:困扰痛,疼痛反复发作,有痛苦表情,痛时中断工作,并影响食欲、睡眠。

5分:疲惫痛,持续疼痛,表情ারਕ苦。

7.5分:难忍痛,疼痛明显,勉强坚持,有显著的痛苦表情。

10分:剧烈痛,剧痛难忍,伴情绪、体位的变化,呻吟或喊叫,脉搏或呼吸加快,面色苍白,多汗,血压下降。

命题考点2 慢性疼痛的治疗

【历年真题纵览】

A1型题

1.仅用于急性剧痛和生命有限的晚期癌症患者的药物种类是

A.解热镇痛抗炎药

B.麻醉性镇痛药

C.催眠镇静药

D.抗癫痫药

E.抗忧郁药

参考答案:B

2.治疗三叉神经痛的常用药物种类是

A.解热镇痛抗炎药

B.麻醉性镇痛药

C.催眠镇静药

D.抗癫痫药

E.抗忧郁药

参考答案:D

【考点评析】

药物治疗是疼痛治疗最基本、最常用的方法。

(1)麻醉性镇痛药:又称阿片类镇痛药,通过激动阿片受体产生强烈的镇痛作用,因这类药物很多有成瘾性,故仅用于急性剧痛和生命有限的晚期癌症患者。常用的有吗啡、哌替啶、芬太尼、二氢埃托啡、可待因等。

(2)解热镇痛抗炎药:又称非甾体抗炎药,是解热镇痛药和抗炎镇痛药的统称。二者有所区别,前者特点为解热作用突出,后者则抗炎作用较强,它们的镇痛作用都是外周的,系通过抑制体内前列腺素的生物合成而发挥作用。这些药物对头痛、牙痛、神经痛、肌肉痛或关节痛效果较好,对创伤性剧痛或内脏痛无效。常用药有阿司匹林、吲哚美辛、布洛芬、芬必得、双氯芬酸钠、保泰松等。

(3)催眠镇静药:以苯二氮䓬类最常用,如地西泮、硝基安定和艾司唑仑等。巴比妥类药物多用苯巴比妥、异戊巴比妥、戊巴比妥等。此类药反复应用后可引起药物依赖性和耐药性,故不宜使用过滥。

(4)抗癫痫药:苯妥英钠和卡马西平治疗三叉神经痛有效。

(5)抗忧郁药:病人因长期受慢性疼痛折磨,可出现精神忧郁、情绪低落、言语减少、行动迟缓等,需用抗忧郁药,常用的有丙米嗪、阿米替林、多塞平(多

虑平)等。它们还可以治疗幻肢痛和带状疱疹后遗神经痛。

命题考点3　癌症疼痛与治疗

【历年真题纵览】

A1 型题

1.属于第二阶梯用药的是

A.阿司匹林

B.布洛芬

C.曲吗多

D.美沙酮

E.吗啡

参考答案:C

【考点评析】

所谓癌痛治疗的三阶梯方法就是在对癌痛的性质和原因作出正确的评估后,根据病人的疼痛程度和原因适当地选择相应的镇痛剂。即对于轻度疼痛的患者应主要选用解热镇痛剂类的止痛剂;对于中度疼痛应选用弱阿片类药物;对于重度疼痛应选用强阿片类药物。三阶梯的标准止痛药是阿司匹林、可待因及吗啡。

(1)第一阶梯用药:为解热镇痛药。代表药物为阿司匹林,替代药物有消炎痛、扑热息痛、布洛芬、双氯芬酸、萘普生等。此类药物还可依镇痛需要做第二、三阶梯药物的辅助用药。由于此类药物多有胃肠不良反应,且剂量增加其毒性加重,所以用了一段时间疼痛仍持续存在时应加用或改用第二阶梯药物。

(2)第二阶梯用药:为弱阿片类镇痛药。代表药物为可待因,替代药物有强痛定、羟考酮、曲吗多、右丙氧芬等,主要适用于第一阶梯用药后仍有疼痛的患者。可待因、右丙氧芬与解热镇痛抗炎药组成的复方制剂,如氨芬待因、安度芬、丙氧胺酚等可单独用于中度疼痛患者的止痛。

(3)第三阶梯用药:为强效阿片类镇痛药。代表药物为吗啡,替代药物有氢吗啡酮、羟吗啡酮、左马喃、美沙酮、芬太尼贴剂和丁丙诺啡等。这类药物主要适用于重度疼痛和应用了第二阶梯药物后疼痛仍持续存在的患者。

三阶梯用药是镇痛药临床应用中应遵循的重要原则,它符合科学的合理用药基本要求。由于强调从非阿片类用起,逐渐升级,不仅增加了用药的选择机会,还能最大限度地减少药物依赖的发生。

第十一单元　内镜、腔镜及显微、移植技术

命题考点　腔镜外科技术

【历年真题纵览】

A1 型题

1.目前已经普遍开展的腹腔镜手术有

A.解剖性肝切除术

B.门静脉断流术或转流术

C.疝修补术

D.胆囊空肠吻合术

E.胃切除术

参考答案:C

【考点评析】

腹腔镜手术适应证

1.目前普遍开展的手术:包括胆囊切除术、腹腔镜诊断术、结肠切除术(良性肿瘤)、阑尾切除术、食管反流手术(Nissen 手术)、小肠切除术、疝修补术、脾切除术、肾上腺切除术、淋巴结清扫术、肝楔形切除术(良性肿瘤)等。

2.将来可能普遍开展的手术:包括结直肠切除术(恶性肿瘤)、胰腺尾部切除术、胃空肠吻合术、胆囊空肠吻合术、胃十二指肠溃疡手术、胃切除术、直肠脱垂的手术治疗、腹部创伤的探查(血流动力学稳定)、诊疗室的腹腔镜急腹症探查与手术等。

3.目前仍在探索的手术:Whipple 手术、解剖性肝切除术、门静脉断流术或转流术等。

第十二单元　外科感染

命题考点1　概述

【历年真题纵览】

A1 型题

1.属于特异性感染的疾病是

A.疖

B.痈

C.丹毒

D. 破伤风

E. 阑尾炎

参考答案:D

2. 易致皮肤干燥皲裂,受邪生痈,如手足疔疮等的六淫之邪是

A. 风温

B. 暑热夹湿

C. 燥邪

D. 风热

E. 寒邪

参考答案:C

【考点评析】

1. 外科感染一般可分为非特异性感染和特异性感染两大类。

(1)非特异性感染:又称化脓性感染或一般性感染,如疖、痈、脓肿、丹毒、阑尾炎等。特点是:①同一种致病菌能引起多种化脓性感染疾病;②不同的致病菌也可引起同一种化脓性感染疾病;③具有化脓性感染的共同表现,局部都有红、肿、热、痛和功能障碍等,它们的病程演变、治疗原则都相同。

(2)特异性感染:如结核病、破伤风、气性坏疽等。其特点是:①一种特异性感染疾病只能由特定的专一致病菌所引起;②它们的病程变化、临床表现、防治方法都各不相同。

2. 外感六淫邪毒:六淫邪毒均可发生感染。由于六淫皆可化火,一切化脓性感染全表现为热毒、火毒的证候。外感六淫有一定的季节性,春季多风温、风热,发病快并多为阳证,如颈痈、丹毒等;夏多暑热夹湿,患病焮热肿胀,流脓渗水,如暑疖等;秋多干燥,燥邪易致皮肤干燥皲裂,受邪生痈,如手足疔疮等;冬季多寒,寒致血凝气滞,易生冻疮、脱疽等。

命题考点2　局部化脓性感染

【历年真题纵览】

A1 型题

1. 疖病证属脾虚者宜选方剂

A. 防风通圣散加减

B. 托里消毒散加减

C. 清暑汤加减

D. 四君子汤加味

E. 六味地黄汤加减

参考答案:D

2. 西医学的痈,相当于中医学的

A. 疔

B. 无头疽

C. 有头疽

D. 附骨疽

E. 流注

参考答案:C

3. 患者,男,30岁。右小腿出现水肿性红斑,灼热疼痛4天,伴发热,口渴。查体:右小腿肿胀,色鲜红,有小水疱,扪之灼热。其诊断是

A. 痈

B. 附骨疽

C. 发

D. 丹毒

E. 蜂窝织炎

参考答案:D

【考点评析】

1. 疖病祛风清热利湿,防风通圣散加减。阴虚染毒者宜养阴清热解毒,六味地黄汤加减;脾虚染毒者宜健脾和胃、清化湿热,四君子汤加味。

2. 痈是多个相邻毛囊及其皮脂腺或汗腺的急性化脓性感染,好发于皮肤韧厚的项部和背部,致病菌多为金黄色葡萄球菌。感染常由一个毛囊底部开始,向皮下脂肪柱蔓延至皮下组织,并沿深筋膜向周围扩散,侵犯到四周的许多脂肪柱,再向上侵及周围相邻毛囊而形成多个脓头。糖尿病患者易患痈。中医学称为"有头疽"。

3. 丹毒好发部位为下肢和头面部。起病急,病人常有头痛、畏寒、发热等全身症状。局部表现呈片状红疹,颜色鲜红,中间较淡,边缘清楚,略为隆起。手指轻压可使红色消退,松压后很快又恢复鲜红色。红肿向四周扩展时,中央红色逐渐消退、脱屑,转为棕黄色。红肿区有时有水疱形成,局部有烧灼样疼痛,常伴有附近淋巴结肿大、疼痛。足癣或血丝虫感染可引起下肢丹毒的反复发作,有时可导致淋巴水肿,甚至发展为象皮腿。

命题考点3　手部急性化脓性感染

【历年真题纵览】

A1 型题

1. 甲沟炎中医称为

A. 丹毒

B. 痈

C. 蛇眼疔

D. 疮疡

E. 疽

参考答案:C

【考点评析】

甲沟炎是甲沟及周围组织的化脓性感染,中医学称为"蛇眼疔"。

命题考点4 全身性感染

【历年真题纵览】

A1 型题

1. 革兰染色阳性细菌脓毒症主要致病菌是

A. 金黄色葡萄球菌

B. 大肠杆菌

C. 绿脓杆菌

D. 变形杆菌

E. 白色念珠菌

参考答案:A

【考点评析】

脓毒症的临床表现尚因感染致病菌种的不同存在某些差别,根据临床上常见的致病菌可分为三大类型。

(1)革兰染色阳性细菌脓毒症:主要致病菌是金黄色葡萄球菌。

(2)革兰染色阴性杆菌脓毒症:常为大肠杆菌、绿脓杆菌、变形杆菌所引起。

(3)真菌性脓毒症:常见致病菌是白色念珠菌。

命题考点5 特异性感染

【历年真题纵览】

A1 型题

1. 破伤风是可以预防的,最可靠的预防方法是

A. 彻底清创

B. 清创加口服蝉衣

C. 受伤后服玉真散

D. 受伤后注射破伤风抗毒素(TAT)

E. 按一定的方法注射破伤风类毒素

参考答案:E

2. 下列除哪项外,均是破伤风的临床特点

A. 有皮肉破伤史

B. 有一定潜伏期

C. 发作时呈现全身或局部肌肉的强直性痉挛和阵发性抽搐

D. 发作时呈昏迷状态

E. 可伴有发热

参考答案:D

3. 破伤风风毒入经(较重型)宜选用哪个方剂

A. 玉真散加减

B. 五虎追风散加减

C. 存命汤加减

D. 生脉散加附子

E. 四逆汤

参考答案:B

A2 型题

4. 患者,女,18 岁。右食指被铁钉刺伤 7 天,现头晕头痛,张口不利,咀嚼无力。其诊断是

A. 毒血症

B. 右食指感染

C. 破伤风

D. 败血症

E. 右食指骨折

参考答案:C

【考点评析】

破伤风是由破伤风杆菌侵入人体伤口,缺氧环境下生长繁殖,产生毒素所引起的一种特异性感染。它以局部或全身肌肉持续性收缩和阵发性痉挛为特征表现。

1. 临床表现

(1)潜伏期:通常为 6～12 天。潜伏期越短,症状越重,死亡率越高。

(2)前驱症状:在出现典型症状之前多先有头昏头痛、失眠、乏力、烦躁不安,伤口局部疼痛,附近肌肉有牵拉感,咀嚼肌酸胀,反射亢进。一般持续 10～24 小时。

(3)典型症状:经短暂前驱症状后,很快出现典型表现:

①肌肉持续性收缩:全身肌肉呈持续性强烈收缩,距中枢越近、循环越丰富的肌肉群越先发生。先是咀嚼肌,以后顺序为面肌、颈肌、背腹肌,最后是膈肌和肋间肌。开始时感到咀嚼不便、张口困难,随后则出现牙关紧闭。面部表情肌收缩时,出现蹙眉,口角缩向下方,呈苦笑面容。颈项肌收缩时,颈项强直,头部后仰,不能点头;腹背肌收缩时,使腰部前突,头足后屈,呈角弓反张状。四肢肌肉收缩时,呈屈膝弯

肘,半握拳状。呼吸肌收缩痉挛,则可发生呼吸困难。

②肌肉阵发性痉挛和抽搐:任何轻微的刺激,如声音、光线、疼痛、碰撞都会在肌肉持续性收缩基础上发生阵发性痉挛和抽搐。每次发作数秒至数分钟不等。发作时,病人面色发绀,呼吸急促,口吐白沫,全身大汗,四肢抽搐不止,但病人神志始终非常清楚。每次发作数秒至数分钟不等。发作间歇期,肌肉仍不能完全松弛。

(4)并发症:常见:呼吸困难、窒息,是破伤风病人死亡的主要原因;肺部感染;水、电解质紊乱和酸中毒;肌肉撕裂、骨折。

2.破伤风辨证论治

①风毒入络(轻证)

证候:肌肤外伤数日后,渐感四肢乏力,头昏头痛,微有寒热,项背拘急,张口不便,咀嚼乏力。舌苔白腻,脉浮微数。

治法:疏风解表,解毒镇痉。

方药:玉真散加减。

②风毒入经(较重型)

证候:全身肌肉强直,牙关紧闭,张口及吞咽困难,苦笑面容,头缩颈仰,四肢时有抽搐,轻度角弓反张。舌苔白腻或微黄,脉弦紧。

治法:祛风镇痉,化痰通络。

方药:五虎追风散加减。

③风毒入脏(重证)

证候:病势发展快,发热汗多,牙关紧闭,角弓反张,抽搐频作,四肢挺直,腹硬如板,痰涎壅盛,大便秘结,小便短赤。舌质淡红,苔黄腻,脉弦或沉紧。

治法:祛风化痰,解毒镇痉。

方药:存命汤加减。

④风毒深陷,正气衰微(极重证)

证候:发病迅猛,角弓反张,抽搐频繁,面色发绀,气微欲绝,汗出如油,高热昏迷。脉浮数或散乱。

治法:扶正救脱,回阳固阴。

方药:生脉散加附子。

第十三单元 损 伤

命题考点1 概述

【历年真题纵览】

A1 型题

1.属于闭合性损伤的是

A.冲击伤

B.刺伤

C.裂伤

D.切伤

E.擦伤

参考答案:A

2.下列属于中等伤的是

A.指不影响生命、无需住院治疗的轻微扭伤、小撕裂伤等

B.有活动性大出血的损伤

C.需住院治疗的四肢骨折或广泛软组织损伤等

D.胸腹部内脏损伤

E.断肢、断指等丧失肢体功能的损伤

参考答案:C

【考点评析】

1.根据损伤部位皮肤黏膜是否完整分为闭合性损伤和开放性损伤两大类。

(1)闭合性损伤:①挫伤;②扭伤;③挤压伤;④冲击伤。

(2)开放性损伤:①擦伤;②刺伤;③切伤;④裂伤;⑤撕裂伤,又分为撕脱型和碾压型;⑥火器伤。

2.根据损伤对组织器官破坏的程度及其对全身影响的大小,分成以下三类:

(1)轻伤:指不影响生命、无需住院治疗的轻微扭伤、小撕裂伤等。

(2)中等伤:需住院治疗的四肢骨折或广泛软组织损伤等。

(3)重伤:存在以下伤情之一者即为重伤:①有活动性大出血的损伤;②合并有休克的损伤;③颅脑损伤昏迷或颅内压增高者;④胸腹部内脏损伤;⑤有呼吸道阻塞或呼吸功能障碍的损伤;⑥合并急性肾功能不全的损伤;⑦断肢、断指等丧失肢体功能的损伤;⑧合并有特殊致伤因素的损伤。

命题考点2 颅脑损伤

【历年真题纵览】

A1 型题

1.头 CT 检查表现为半月形高密度影的颅脑损伤是

A.硬膜外血肿

B.硬膜下血肿

C. 颅内血肿

D. 蛛网膜下腔出血

E. 脑挫裂伤

参考答案：B

【考点评析】

硬脑膜下血肿：

①缺乏典型的"中间清醒期"；病情常急骤发展，昏迷进行性加重，肢体运动障碍多出现在血肿对侧，且瞳孔扩大多见，可有小便失禁、血性脑脊液，易发生呼吸循环功能紊乱。亚急性硬脑膜下血肿症状较轻，进展较慢。

②慢性硬脑膜下血肿常发生于额顶颞部，伤力多不直接；早期出血量少，有阵发性头痛，渐至持续性头痛；晚期有呕吐、视乳头水肿，并可有癫痫、一侧肢体轻瘫或锥体束征。

③头颅 X 线摄片常无骨折可见。

④头颅 CT 扫描可见病变区有半月形的高密度影像，侧脑室受压，中线结构移位。

命题考点3　胸部损伤

【历年真题纵览】

A1 型题

1. 肋骨骨折证属气血亏虚者应选用方剂

　　A. 复元活血汤加减

　　B. 十灰散合止嗽散加减

　　C. 接骨紫金丹加减

　　D. 六味地黄丸加减

　　E. 八珍汤加减

参考答案：E

2. 血胸中量积血的范围是

　　A. 0.5 L 以下

　　B. 0.5～1 L

　　C. 1～2 L

　　D. 1 L 以上

　　E. 2 L 以上

参考答案：B

【考点评析】

1. 骨折中医辨证论治

①气滞血瘀证：治则为活血化瘀，理气止痛，方选复元活血汤加减。

②肺络损伤证：治则为宁络止血，止咳平喘，方选十灰散合止嗽散加减。

③筋骨不续证：治则为续筋接骨，理气活血，方选接骨紫金丹加减。

④肝肾不足证：治则为调补肝肾，强筋壮骨，方选六味地黄丸加减。

⑤气血亏虚证：治则为益气养血，方选八珍汤加减。

2. 血胸分类：按出血量分为小量积血（0.5 L 以下）、中量积血（0.5～1 L）、大量积血（1 L 以上）。

命题考点4　腹部损伤

【历年真题纵览】

A1 型题

1. 腹壁伤口穿破腹膜属于

　　A. 穿透伤

　　B. 非穿透伤

　　C. 贯通伤

　　D. 盲管伤

　　E. 闭合性损伤

参考答案：A

【考点评析】

腹部损伤分类：

（1）开放性损伤：腹壁有伤口，常伴内脏损伤，多为锐器伤引起，其中包括穿透伤（腹壁伤口穿破腹膜）、非穿透伤（无腹膜穿破）、贯通伤（腹壁有出、入伤口）和盲管伤（腹壁伤有入口无出口）。

（2）闭合性损伤：腹壁无伤口，多为钝性伤引起。

命题考点5　泌尿系损伤

【历年真题纵览】

A2 型题

1. 患者，男，20 岁。因车祸致耻骨骨折，3 小时后发现下腹胀，排尿困难。应首先考虑的是

　　A. 膀胱破裂

　　B. 尿道球部损伤

　　C. 肾损伤

　　D. 尿道海绵体部损伤

　　E. 尿道膜部损伤

参考答案：E

【考点评析】

尿道损伤诊断要点：

（1）有尿道损伤病史。

（2）临床表现多有休克、尿道出血、疼痛、排尿困难等。

（3）尿外渗体征见阴部、阴囊处淤斑、肿胀，可蔓延至腹壁。

（4）尿道造影可确定损伤部位及有无尿外渗，骨盆 X 线片可显示骨盆骨折，有助于后尿道损伤的诊断。

命题考点6　烧伤

【历年真题纵览】

A1 型题

1.烧伤伤及皮肤真层属于

　A.Ⅰ度烧伤

　B.浅Ⅱ度烧伤

　C.深Ⅱ度烧伤

　D.Ⅲ度烧伤

　E.浅Ⅲ度烧伤

　参考答案:C

A2 型题

2.患者烧伤后 8 天,高热不退,入夜尤甚,神昏谵语,舌红绛光无苔,脉细数。证型为

　A.火热伤津

　B.气阴两伤

　C.阴损及阳

　D.热毒内陷

　E.气营两燔

　参考答案:D

【考点评析】

烧伤普遍采用三度四分法:即Ⅰ度、浅Ⅱ度、深Ⅱ度、Ⅲ度。一般认为Ⅰ度、浅Ⅱ度烧伤属于浅度烧伤;深Ⅱ度和Ⅲ度烧伤属于深度烧伤。

（1）Ⅰ度烧伤:仅伤及表皮浅层,生发层健在。表面呈红斑状,干燥无渗出,有烧灼感,3～7 天痊愈,短期内可有色素沉着。

（2）浅Ⅱ度烧伤:伤及表皮的生发层、真皮乳头层。局部红肿明显,有薄壁大水疱形成,内含淡黄色澄清液体,创面红润、潮湿,疼痛明显。如不发生感染,1～2 周内愈合,一般不留瘢痕,多数有色素沉着。

（3）深Ⅱ度烧伤:伤及皮肤的真皮层,介于浅Ⅱ度和Ⅲ度之间,深浅不尽一致,也可有水疱,但去疱皮后创面微湿,红白相间,痛觉较迟钝。如不发生感

染,可无瘢痕愈合,需时 3～4 周。

（4）Ⅲ度烧伤:为全层皮肤烧伤,甚至达到皮下、肌肉或骨骼。创面无水疱,呈蜡白或焦黄色,甚至炭化,痛觉消失,局部温度低,皮层凝固性坏死后形成焦痂,触之如皮革,痂下可见树枝状栓塞的血管。须靠植皮而愈合。

命题考点7　冷伤

【历年真题纵览】

A1 型题

1.局部冻伤伤及皮肤真层属于

　A.Ⅰ度冻伤

　B.Ⅱ度冻伤

　C.Ⅲ度冻伤

　D.Ⅳ度冻伤

　E.Ⅴ度冻伤

　参考答案:B

【考点评析】

局部冻伤按其损伤深度可分为 4 度。

①Ⅰ度冻伤:伤及表皮层。局部红肿,有发热、痒、刺痛的感觉,数日后表皮干脱而愈,不留瘢痕。

②Ⅱ度冻伤:损伤达真皮层。局部红肿较明显且有水疱形成,疱内为血清状液或稍带血栓,自觉疼痛,知觉迟钝。如无感染,局部可成痂,经 2～3 周痂脱而愈,很少留有瘢痕。若并发感染,则创面形成溃疡,愈合后有瘢痕。

③Ⅲ度冻伤:损伤皮肤全层或深至皮下组织。创面由白变为黑褐色,试验知觉消失,其周围红肿疼痛,可出现血疱。若无感染,坏死组织干燥成痂,而后逐渐脱痂和形成肉芽创面,愈合甚慢而留有瘢痕。

④Ⅳ度冻伤:损伤深达肌肉、骨骼等组织。易并发感染而成湿性坏疽,治愈后可有功能障碍或致残。

命题考点8　咬蜇伤

【历年真题纵览】

A1 型题

1.下列除哪项外,均是毒蛇咬伤局部常规处理措施

　A.早期结扎

　B.扩创排毒

C. 烧灼、针刺、火罐排毒

D. 抗感染

E. 封闭疗法

参考答案:D

【考点评析】

蛇毒咬伤急救治疗

①伤后缓行,忌奔跑;患肢制动后放低。

②早期结扎。

③扩创排毒。

④破坏蛇毒:火柴暴烧法、铁钉烙法、针刺八邪穴或八风穴排毒,火罐排毒。

⑤封闭疗法。

⑥局部用药:经排毒方法治疗后,可用1:5 000呋喃西林溶液或高锰酸钾溶液湿敷伤口,保持湿润引流。

⑦常规注射破伤风抗毒素(TAT)。

第十四单元　肿　瘤

命题考点1　概述

【历年真题纵览】

A1 型题

1. 不属于良性肿瘤的特点是

A. 生长速度慢

B. 膨胀性生长

C. 多无包膜

D. 不转移

E. 不易复发

参考答案:C

【考点评析】

良性肿瘤特点:生长速度慢;膨胀性生长;有包膜,不侵犯周围组织,界限清楚,活动度大;不转移;一般不影响全身情况,如体积巨大或发生于重要器官,亦可威胁生命;不易复发。

命题考点2　常见体表肿物

【历年真题纵览】

A2 型题

1. 患者,女,28 岁。右前臂圆形肿物如指头大小,质硬,表面光滑,边缘清楚,无粘连,活动度大。应首先考虑的是

A. 粉瘤

B. 脂肪瘤

C. 神经纤维瘤

D. 纤维瘤

E. 血管瘤

参考答案:D

【考点评析】

多数纤维瘤大小不等,柔软无弹性,常见于面、颈及胸背部。生长缓慢,质硬,实质性,光滑,边界清楚,与周围组织无粘连,活动度大,无压痛,很少引起压迫症状和功能障碍。结合临床表现,一般纤维瘤诊断并不困难。临床上纤维瘤与低度恶性的纤维肉瘤不易鉴别,故手术切除后必须做病理检查,一旦明确诊断,则应按纤维肉瘤处理。

命题考点3　胃癌

【历年真题纵览】

A1 型题

1. 进展期胃癌,按国际 Borrmann 分类,不包括哪个类型

A. 息肉型

B. 局限溃疡型

C. 隆起型

D. 浸润溃疡型

E. 弥漫浸润型

参考答案:C

【考点评析】

进展期胃癌:国际上按 Boomann 分类,分为:

①Ⅰ型:息肉样型或称结节型。

②Ⅱ型:局限溃疡型。

③Ⅲ型:浸润溃疡型。

④Ⅳ型:弥漫浸润型。

命题考点4　大肠癌

【历年真题纵览】

A1 型题

1. 下列除哪项外,均是结肠癌的常见临床表现

A. 排便习惯与粪便性状的改变

B.腹痛

C.肠梗阻

D.腹部肿块

E.呕血

参考答案:E

【考点评析】

结肠癌临床表现:早期无特异性表现,以后的主要症状有:排便习惯或粪便性状改变,腹痛,腹部肿块,肠梗阻及全身慢性中毒症状。

右半结肠癌、左半结肠癌的临床表现各有其特点。右半结肠癌的临床表现主要为贫血、腹部肿块、腹痛;左半结肠癌的临床表现主要为便血、黏液便、肠梗阻。

第十五单元　急腹症

命题考点 1　急性阑尾炎

【历年真题纵览】

A1 型题

1.急性阑尾炎常见的腹痛特点是

A.转移性右下腹痛

B.中上腹痛

C.脐周痛

D.持续性绞痛

E.左下腹痛

参考答案:A

A2 型题

2.患者转移性右下腹痛 2 大,全腹痛 1 天。检查:腹膜刺激征阳性,以右下腹为著,肠鸣音减弱,血白细胞计数 1.8×10^9/L。应首先考虑的是

A.急性肠胃炎

B.急性胆囊炎

C.急性胰腺炎

D.子宫外孕破裂

E.阑尾炎穿孔并发腹膜炎

参考答案:E

3.患者,男,52 岁。患急性阑尾炎,右下腹疼痛,高热,烦渴欲饮,呕吐不食,大便秘结,小便黄,舌红苔黄燥,脉洪大而数。治疗应首选青霉素加

A.阑尾化瘀汤

B.黄连解毒汤

C.阑尾清解汤

D.阑尾清化汤

E.大承气汤

参考答案:C

4.患者,女,32 岁。右腹疼痛 3 天,伴发热,口干欲饮,大便秘结,小便黄,舌红苔黄腻,脉滑数。查体:右下腹麦氏点压痛、反跳痛。诊断为急性阑尾炎,其证型是

A.瘀滞

B.湿热

C.热毒

D.气血瘀滞

E.热毒蕴滞

参考答案:B

【考点评析】

1.急性阑尾炎的诊断:右下腹痛是急性阑尾炎的特点,70%～80% 的病人开始左上腹部或脐周围疼痛,酷似胃痛发作,几小时后转到右下腹痛,呈持续性胀痛,阵发性加重。阑尾发生坏疽时,可出现较剧烈的跳痛,而当阑尾穿孔前,疼痛特别严重,一旦穿孔后,阑尾腔内容物流出,疼痛似有减轻,但范围却扩大。这时可出现腹板硬,全腹压痛反跳痛以右下腹为甚,查:肠鸣音减弱,血象高等,此即发生了腹膜炎。每个人阑尾的位置不一样,发生的腹痛也不一样,高位阑尾可表现为右腰部痛,而低位阑尾却下腹坠痛。由于腹痛的程度和位置的变化,常常使急性阑尾炎被误诊为其他疾病,尤其是老人和小儿。

2.急性阑尾炎的一般表现:病人可出现恶心,呕吐 1～2 次即止,并有食欲不振,腹胀,腹泻等症状。病人喜弯腰屈膝姿势侧卧。部分病人发热、头痛、全身无力;化验血中白细胞总数增高。

3.小儿急性阑尾炎的特点:发病前多有感冒、扁桃体炎、腹泻等诱因,表现为寒战、发热、恶心、呕吐及腹泻为主,腹痛位置可在右下腹、肚脐周围或全腹部,仔细检查腹部,仍是以右下腹压痛明显。小儿阑尾炎极易发生阑尾穿孔,穿孔后腹部仍然是柔软的,加之小儿叙述不清楚,容易误诊,导致病情加重。

4.老人急性阑尾炎的特点:开始症状轻微,疼痛不重,不引起重视。而老人阑尾壁萎缩变薄变脆,易发生穿孔和坏死,加上老年人常患有糖尿病、心脏病、高血压等慢性病,给治疗造成困难,死亡率随年龄增长而增高。

5.肠痈(急性阑尾炎)的辨证论治

(1)内治:①瘀滞证:转移性右下腹痛,呈持续性、进行性加重,右下腹局限性压痛或拒按;伴恶心

纳差,可有轻度发热;苔白腻,脉弦滑或弦紧。治法:行气活血,通腑泄热。方用大黄牡丹汤和红藤煎剂加减或阑尾化瘀汤。②湿热证:腹痛加剧,右下腹或全腹压痛、反跳痛,腹皮挛急;右下腹可扪及包块;壮热,纳呆,恶心呕吐,便秘或腹泻;舌红苔黄腻,脉弦数或滑数。治法:通腑泄热,利湿解毒,方用复方大柴胡汤加减或阑尾清化汤。③热毒证:腹痛剧烈,全腹压痛、反跳痛,腹皮挛急;高热不退或恶寒发热,时时汗出,烦渴,恶心呕吐,腹胀、便秘或似痢不爽;舌红绛而干,苔黄厚干燥或黄燥,脉洪数或细数。治法:通腑排脓,养阴清热,方用大黄牡丹汤合透脓散加减或阑尾清解汤。

(2)外治:可选用金黄散、玉露散或双柏散,用水或蜜调成糊状,外敷右下腹;或用消炎散加黄酒或醋调敷等。

命题考点2 肠梗阻

【历年真题纵览】

A1 型题

1.下列除哪项外,均是肠梗阻常见的临床表现
  A. 腹痛
  B. 呕吐
  C. 便血
  D. 腹胀
  E. 停止自肛门排气排便
参考答案:C

A2 型题

2.患者,男,36 岁。胁下痞块,烦躁易怒,嗳气,脘腹痞闷,舌暗苔薄,脉弦涩。其证型为
  A. 气滞湿阻
  B. 湿热蕴积
  C. 肝脾血瘀
  D. 脾肾阳虚
  E. 肝郁气滞
参考答案:E

3.患者,男,51 岁。阵发性腹痛,腹胀 2 天,伴恶心呕吐,大便秘结,小便黄,舌红苔薄白,脉沉弦。查体:腹软,轻压痛,偶见肠型。诊断为肠梗阻,其证型是
  A. 瘀结
  B. 痞结
  C. 疽结
  D. 热毒

  E. 瘀血
参考答案:B

4.患者,女,53 岁。阵发性腹痛,腹胀 3 天,伴恶心呕吐,大便秘结,小便黄,舌红苔薄白,脉沉弦。查体:腹软,轻压痛,偶见肠型。诊断为肠梗阻,其证型是
  A. 湿热
  B. 瘀血
  C. 疽结
  D. 血毒
  E. 痞结
参考答案:E

B1 型题

5.
  A. 动力性肠梗阻
  B. 血运性肠梗阻
  C. 机械性肠梗阻
  D. 不完全性肠梗阻
  E. 绞窄性肠梗阻
①由于器质性病变致肠腔变小,使肠内容物通过发生障碍,称为
②肠腔不通同时伴肠壁血运障碍,称为
参考答案:①C ②B

【考点评析】

1.肠梗阻是急腹症中的一种常见疾病。其临床特点归纳起来为"痛、呕、胀、闭"四症。中医学认为肠梗阻及腹胀的主要病机为饮食不洁,脾失运化,燥屎内结,水湿留滞,蛔虫聚团,气机失调或跌仆损伤及手术后瘀血滞留所致。其原因有寒、热、湿、食、气、血、虫等。

2.肠梗阻辨证分型:①痞结型:腹痛呈阵发性,腹胀不著,腹痛时腹部有条索状聚起,按之腹痛更甚,伴恶心,呕吐,大便秘结,或间有矢气,小便少或黄,舌红,苔薄白,脉沉弦。②瘀结型:痛剧烈,痛有定处,拒按,按之痛甚,腹胀较重,常可扪及包块,伴有胸闷,气促,恶心呕吐,便秘,无矢气,发热,小便黄赤,舌质红甚,或绛紫,苔黄腻,脉弦数或洪数。③疽结型:腹痛剧烈难忍,痛拒按,肌紧,脘腹痞满,腹胀如鼓,甚者高热神昏谵语,循衣摸床,舌红赤绛紫,苔黄腻或燥,灰黑少津,脉沉细数。

3.肠梗阻的诊断:
腹部体征:机械性肠梗阻常可见肠型和蠕动波。肠扭转时腹胀多不对称。麻痹性肠梗阻腹胀均匀。单纯性肠梗阻肠管膨胀,有轻度压痛;绞窄性肠梗阻,可有固定压痛和肌紧张,少数病人可触及包块。

蛔虫性肠梗阻常在腹部中部触及条索状团块；当腹腔有渗液时，可出现移动性浊音；绞痛发作时，肠鸣音亢进。有气过水声、金属音。肠梗阻并发肠坏死、穿孔时出现腹膜刺激征。麻痹性肠梗阻时，则肠鸣音减弱或消失。低位梗阻时直肠指检如触及肿块，可能为直肠肿瘤、极度发展的肠套叠的套头或肠腔外的肿瘤。

X 线检查：腹部 X 线平片检查对诊断有帮助。摄片时最好取直立位，如体弱不能直立可取左侧卧位。

化验检查：血常规白细胞计数、血红蛋白、红细胞比容均有增高，尿比重也增高，血 pH 值及二氧化碳结合力下降，血钾降低。

腹部阵发性绞痛、呕吐、腹胀、停止排便、排气、肠型、肠鸣音亢进、气过水声是诊断肠梗阻的依据。最后，X 线检查可以证实临床诊断。

4.肠梗阻的分类：

按肠梗阻发生的原因分类：①机械性肠梗阻：较常见。是由于器质性病变导致肠腔变小，肠内容物通过发生障碍。其病因为虫团、粪块、结石和异物堵塞管腔，肠管扭转、嵌顿于疝囊颈、粘连带压迫和牵扯，以及肿瘤和其他腹腔内肿块使管腔受压；或因肿瘤、套叠、炎症所致的肠壁病变。②动力性肠梗阻：因神经抑制或毒素作用使肠蠕动丧失或肠管痉挛，使肠内容物的运行停止，而并无机械性梗阻。③血运性肠梗阻：少见，是由于肠系膜血管栓塞或血栓形成，使肠管血运发生障碍而失去动力。

按有无血运障碍分类：①单纯性肠梗阻：仅有内容物通过受阻，而肠管并无血运障碍。②绞窄性肠梗阻：可因肠系膜血管血栓形成、栓塞或受压而使相应肠段发生急性缺血；或单纯性梗阻时因肠管高度膨胀，肠管小血管受压，而导致肠壁发生血运障碍。

按梗阻的部位分类：①高位小肠梗阻——空肠梗阻；②低位小肠梗阻——回肠梗阻；③结肠梗阻。

命题考点 3　胆道感染及胆石症

【历年真题纵览】

A1 型题

1.下列除哪项外，均是急性胆囊炎常见的临床表现

　　A.右上腹剧烈疼痛

　　B.疼痛呈阵发性加重

　　C.疼痛常放射至右肩或右背部

　　D.不会出现恶心、呕吐

　　E.病情重的会出现畏寒和发热

参考答案：D

2.下列胆囊炎的哪个证型常用茵陈蒿汤合大柴胡汤治疗

　　A.肝胆气郁证

　　B.肝胆湿热证

　　C.热毒内蕴证

　　D.血瘀痰凝证

　　E.肝胃不和证

参考答案：B

A2 型题

3.患者，女，26 岁。1 个月前曾排出过蛔虫，今早突然上腹钻顶样痛，汗出肢冷，恶心呕吐，痛止如常人，腹软喜按。舌苔薄白，脉弦紧。治疗应首选

　　A.乌梅丸

　　B.乌梅丸合大柴胡汤

　　C.乌梅丸合四逆散

　　D.乌梅丸合茵陈蒿汤

　　E.乌梅丸合二陈汤

参考答案：A

4.患者，女，40 岁。胆囊穿孔术后 7 天，有弛张热，下腹胀，大便次数增多。应首先考虑的是

　　A.急性胃肠炎

　　B.膈下脓肿

　　C.肠间脓肿

　　D.盆腔脓肿

　　E.粘连性肠梗阻

参考答案：D

【考点评析】

1.急性胆囊炎辨证分型：①肝胆气郁型：右胁下间歇性疼痛或窜痛、绞痛，有时向右肩背部放射，右胁下痛有定处，口苦、纳差、食少厌油，舌淡苔薄白或微黄，脉弦细或弦紧。②肝胆湿热型：发病急骤，右胁下持续性胀痛或绞痛，多向右肩背部放射，右上腹肌紧张，压痛明显，可触及囊性肿块，口苦咽干，恶心呕吐，或耳目发黄，小便赤少，大便干结，舌红苔黄腻，脉弦滑或弦数。③肝胆脓毒型：右胁下持续性疼痛，胀满或硬满，腹肌紧张，有明显压痛及反跳痛，寒战高热或高热不退，可有黄疸，大便秘结，小便赤黄，甚至神昏谵语，四肢厥冷，舌红绛，苔黄厚腻或晦暗少津，脉弦滑数或脉细欲绝。

西医治疗：早期症状较轻者，可先用非手术治疗，包括解痉镇痛，抗生素，纠正电解质和酸碱失衡。待炎症控制，进一步查明病情后择期手术。

2.胆道蛔虫症是由于肠道内的蛔虫钻入胆道所致。蛔虫通常寄居在人体小肠的中下段,当机体因发热、胃酸度降低、饥饿、驱虫不当或妊娠等因素引起胃肠道功能紊乱时,蛔虫便可因其寄生环境的变化而发生窜动,向上游动至十二指肠,加上蛔虫有钻孔习性,特别在胆总管出口处括约肌收缩功能失调时,蛔虫更易钻入胆道。乌梅丸方出自《伤寒论·辨厥阴病脉证并治》篇,由乌梅、细辛、干姜、黄连、黄柏、人参、花椒、桂枝、附子、当归组成,具有清热祛寒、益气补血、安蛔止痛之功,主治蛔厥。

3.盆腔处于腹腔最低部位,腹腔内炎症渗出物或脓液易流入其间而形成盆腔脓肿。因盆腔腹膜面积较小,吸收毒素也较少,故全身中毒症状较轻而局部症状则相对明显。症状为:急性腹膜炎经治疗后,症状一度好转后体温又复升高,脉快;下腹部坠胀不适或钝痛,大便次数增多、黏液便及里急后重等直肠刺激症状;可有尿频,尿急,尿痛等膀胱刺激症状;下腹有压痛,直肠指检括约肌松弛,直肠前壁饱满,触痛,有波动感。

命题考点4　急性胰腺炎

【历年真题纵览】

A1 型题

1.下列除哪项外,均是重症胰腺炎的临床表现
  A.腹痛、恶心、呕吐;腹膜炎范围限于上腹,体征轻
  B.腹膜炎范围大,扩及全腹,体征重
  C.可有黄疸
  D.腹水呈血性或脓性
  E.血尿素氮或肌酐增高,酸中毒
参考答案:A

【考点评析】

胰腺炎临床分型

1.轻型急性胰腺炎:或称水肿性胰腺炎,主要表现为腹痛、恶心、呕吐;腹膜炎范围限于上腹,体征轻;血、尿淀粉酶增高。经及时的液体治疗短期内可好转,死亡率低。

2.重症急性胰腺炎:或称出血坏死性胰腺炎,其不是一般的化脓性炎症,而是一个复杂的伴有感染的自我消化过程。除上述症状外,腹膜炎范围大,扩及全腹,体征重,腹胀明显,肠鸣音减弱或消失,可有黄疸、意识模糊或谵妄,腹水呈血性或脓性,可有胃

出血、休克。实验室检查:白细胞增多,血糖升高,血钙降低,血尿素氮或肌酐增高,酸中毒;PaO_2下降(< 60 mmHg),应考虑 ARDS;甚至出现 DIC、急性肾功能衰竭等并发症,死亡率较高。

第十六单元　甲状腺疾病

命题考点1　概述

【历年真题纵览】

A1 型题

1.甲状腺疾病属中医"瘿病"范畴,其中不包括
  A.气瘿
  B.血瘿
  C.肉瘿
  D.筋瘿
  E.骨瘿
参考答案:E

【考点评析】

甲状腺疾病属中医"瘿病"的范畴,一般本病分为气瘿、血瘿、肉瘿、筋瘿、石瘿等。

命题考点2　单纯性甲状腺肿

【历年真题纵览】

A1 型题

1.单纯性甲状腺肿不需要手术治疗的是
  A.巨大甲状腺肿影响生活和工作者
  B.甲状腺肿大无压迫症状者
  C.胸骨后甲状腺肿
  D.结节性甲状腺肿继发功能亢进者
  E.结节性甲状腺肿疑有恶变者
参考答案:B

【考点评析】

单纯性甲状腺肿有下列情况之一者,可考虑手术切除治疗:①巨大甲状腺肿影响生活和工作者;②甲状腺肿大引起压迫症状者;③胸骨后甲状腺肿;④结节性甲状腺肿继发功能亢进者;⑤结节性甲状腺肿疑有恶变者。为防止术后残留甲状腺组织再形成腺肿及甲状腺功能低下,宜长期服用甲状腺激素制剂。

命题考点3　甲状腺炎

【历年真题纵览】

A1 型题

1. 对亚急性甲状腺炎描述错误的是
   A. 多数表现为甲状腺突然肿胀、发硬、吞咽困难及疼痛并向患侧耳颞处放射
   B. 常始于甲状腺的一侧,很快向腺体其他部位扩展
   C. 有一过性甲状腺功能亢进症状,一般3~4天或1~2周达到高峰后缓解消退
   D. 后期偶有甲状腺机能减退的表现
   E. 病程约为3个月,愈后多伴甲状腺功能减退

参考答案:E

【考点评析】

亚急性甲状腺炎临床表现:多数表现为甲状腺突然肿胀、发硬、吞咽困难及疼痛并向患侧耳颞处放射。常始于甲状腺的一侧,很快向腺体其他部位扩展。有一过性甲状腺功能亢进症状,一般3~4天或1~2周达到高峰后缓解消退。后期偶有甲状腺机能减退的表现。随病程变化有时一叶肿胀消退后另一叶出现新的肿块。病程约为3个月,愈后多无甲状腺功能减退。有时愈后可复发。甲状腺吸收碘的能力降低。

命题考点4　甲状腺肿瘤

【历年真题纵览】

A1 型题

1. 肉瘿辨证属气滞痰凝证者,宜选用
   A. 逍遥散
   B. 四海舒郁丸加减
   C. 丹栀逍遥散
   D. 逍遥散合海藻玉壶汤加减
   E. 小柴胡汤

参考答案:D

A2 型题

2. 患者,男,50岁。多年存在的颈部肿块突然迅速增大,质变硬,吞咽时上下移动受限,伴胸闷,舌苔薄白,脉弦。其证型是

A. 热毒蕴结
B. 痰郁气结
C. 瘀血内阻
D. 毒热未尽
E. 痰凝毒聚

参考答案:B

3. 患者,男,27岁。发现颈前肿块3个月,诊断为甲状腺瘤,局部时有发胀,胸闷,有痰难咳,舌淡红苔薄白,脉弦。治疗应首选
   A. 八珍汤
   B. 海藻玉壶汤
   C. 逍遥散
   D. 柴胡疏肝散
   E. 二陈汤

参考答案:B

【考点评析】

中医治疗:辨证论治。

(1)肝郁气滞
证候:颈部肿块不红、不热、不痛,伴烦躁易怒,胸胁胀满,舌白脉弦。
治法:舒肝解郁,软坚化痰。
方药:逍遥散与海藻玉壶汤加减。

(2)痰凝血瘀
证候:颈部肿物疼痛,坚硬,气急气短,吞咽不利,舌质暗红有瘀斑,脉细涩。
治法:活血化瘀,软坚化痰。
方药:海藻玉壶汤与神效瓜蒌散加减。

(3)肝肾亏虚
证候:颈部肿块柔韧,常伴性情急躁,易怒,口苦,心悸,失眠,多梦,手颤,月经不调。舌红,苔薄,脉弦。
治法:养阴清火,软坚散结。
方药:知柏地黄丸与海藻玉壶汤加减。

第十七单元　乳腺疾病

命题考点1　急性乳腺炎

【历年真题纵览】

A1 型题

1. 下列关于乳痈外治法描述错误的是
   A. 初起可用热敷加乳房按摩的方法

B.初起即应切开引流

C.脓肿形成后,应在波动感及压痛最明显处及时切开排脓

D.切口应按乳络方向并与脓腔基底大小一致

E.切开排脓后,用八二丹或九一丹提脓拔毒

参考答案:B

2.首选用于治疗急性乳腺炎郁乳期的方剂是

A.托里消毒散

B.普济消毒饮

C.瓜蒌牛蒡汤

D.柴胡清肝汤

E.五味消毒饮

参考答案:C

3.诊断乳房深部脓肿的主要依据是

A.恶寒发热,乳房触痛

B.乳房红肿热痛

C.穿刺抽出脓性液体

D.局部检查有波动感

E.超声检查提示有液平

参考答案:C

4.关于急性乳腺炎酿脓期治疗方法的叙述,下列哪项是正确的

A.切开引流

B.乳房按摩

C.穿刺排脓

D.取芒硝热敷

E.内服瓜蒌牛蒡汤

参考答案:A

A2 型题

4.女性患者,23 岁。产后 23 天,左乳房肿痛,伴发热恶寒,口干,舌红苔薄黄,脉浮数。查体:左乳外上象限可扪及一硬块,皮肤微红压痛。诊断为急性乳腺炎。治疗应首选青霉素加

A.瓜蒌牛蒡汤

B.黄连清解汤

C.四妙散

D.黄连解毒汤

E.仙方活命饮

参考答案:A

5.患者,女,60 岁。急性化脓性乳腺炎切开排脓,用红升丹药条引流 2 天,周围出现大片皮疹,瘙痒,疮口脓腐未尽。外治应首选

A.七三丹

B.五五丹

C.八二丹

D.黑虎丹

E.白降丹

参考答案:C

【考点评析】

1.急性乳腺炎临床表现

(1)症状:乳房肿胀、疼痛,发热,初起时可出现骨节酸痛、胸闷、呕吐、恶心等症状;化脓时可有口渴、纳差、小便黄、大便干结等症状。

(2)体征:初起时患部压痛,结块或有或无,皮色微红或不红;化脓时患部肿块逐渐增大,结块明显,皮肤红热水肿,触痛显著,拒按;脓已成时肿块变软,按之有波动感;已溃者创口流脓黄白而稠厚,患侧腋下常可扪及肿大的淋巴结,并有触痛。

2.急性乳腺炎治疗

(1)西医治疗

①积极选用足量广谱抗菌药物。

②脓肿形成后宜及时切开排脓。应以乳头为中心循乳管方向做放射状切口,深部或乳房后脓肿可沿乳房下缘做弧形切口,乳晕下脓肿应沿乳晕边缘做弧形切口。若炎症明显而波动感不明显者,应在压痛最明显处进行穿刺,及早发现深部脓肿。

(3)感染非常严重或脓肿切开引流损伤乳管者,可终止乳汁分泌。

(2)中医治疗

①辨证论治

肝胃郁热证:疏肝清胃,通乳散结。瓜蒌牛蒡汤加减。

热毒炽盛证:清热解毒,托里透脓。瓜蒌牛蒡汤合透脓散。

正虚毒恋证:益气养营活血,清热托毒。托里消毒散加减。

②外治

敷贴法:金黄散或玉露散用温开水调成糊状外敷患部,每日 1 次;或取芒硝 60 g,溶解于 100 ml 开水中,用厚纱布蘸药液外敷于患处,每次 20～30 分钟,每日 2～3 次,用于早期炎症。

祛腐生肌法:切开排脓或自溃后脓腐较多者,先用九一丹、五五丹等掺于小盐水纱条上插入脓腔内引流换药,以祛除脓腐。待脓腐已净时,改用生肌玉红膏、生肌膏等外用,以生肌长皮。

命题考点2　乳腺增生病

【历年真题纵览】

A1 型题

1.乳腺增生病辨证属冲任失调证型者,宜选用

　　A.逍遥散

　　B.四海舒郁丸加减

　　C.逍遥蒌贝散加减

　　D.海藻玉壶汤

　　E.二仙汤

参考答案:E

2.乳腺囊性增生病用逍遥散加味治疗,其证型是

　　A.肝郁气滞

　　B.痰瘀凝结

　　C.气滞血瘀

　　D.冲任失调

　　E.肝脾不和

参考答案:A

【考点评析】

乳腺增生病中医辨证论治

(1)肝郁气滞证:疏肝理气,散结止痛。逍遥散加减。

(2)痰瘀凝结证:活血化瘀,软坚祛痰。失笑散合开郁散加减。

(3)气滞血瘀证:行气活血,散瘀止痛。桃红四物汤合失笑散加减。

(4)冲任失调证:调理冲任,温阳化痰,活血散结。二仙汤加减。

命题考点3　乳房纤维腺瘤

【历年真题纵览】

A1 型题

1.首选用于治疗乳腺纤维腺瘤气血两虚证的方剂是

　　A.柴胡疏肝散

　　B.丹栀逍遥散

　　C.二陈汤加减

　　D.人参养荣汤

　　E.逍遥散合香贝养荣汤

参考答案:D

A2 型题

2.患者,女,26 岁。左乳房发现肿块 1 年,无疼痛。查体:左乳外下象限可扪及 2.5 cm×1.5 cm 大小肿块,形如鸡卵,表面光滑,活动度好。应首先考虑的是

　　A.乳腺增生病

　　B.乳腺纤维瘤

　　C.乳房结核

　　D.乳腺癌

　　E.乳腺导管内乳头状瘤

参考答案:B

【考点评析】

1.症状

(1)乳腺肿块:多为单发,肿块不会化脓溃破,增长速度缓慢,可数年无变化。

(2)乳房轻微疼痛:大多患者无乳痛,少数病人可有轻微刺痛或胀痛。

(3)其他症状:部分病人可有情志抑郁、心烦易怒、失眠多梦等症状。

2.体征:乳房内可扪及单个或多个圆形或卵圆形肿块,质地坚韧,表面光滑,边缘清楚,无粘连,极易推动。患乳外观无异常,腋窝淋巴结不肿大。

命题考点4　乳腺癌

【历年真题纵览】

A1 型题

1.首选用于治疗乳癌热毒蕴结证的方剂是

　　A.四逆散合开郁散

　　B.逍遥散合开郁散

　　C.逍遥散合香贝养荣汤

　　D.清瘟败毒饮合桃红四物汤加减

　　E.瓜蒌牛蒡汤合开郁散

参考答案:D

2.下列除哪项外,均是乳岩肿块常见的临床表现

　　A.乳房出现肿块

　　B.肿块无痛、无热、皮色不变

　　C.肿块表面光滑

　　D.可有乳头溢血

　　E.晚期肿块溃烂

参考答案:C

A2 型题

3.患者,女,48 岁。右乳房发现肿块 2 个月。查

体:右乳头抬高,右乳外上象限可扪及一个 2 cm ×
2.5 cm大小肿块,质硬,表面不平,边界不清。应首
先考虑的是

    A. 乳腺纤维瘤
    B. 乳腺增生病
    C. 乳癌
    D. 乳房结核
    E. 乳管扩张症

参考答案:C

【考点评析】

1. 临床表现

(1)乳房内包块:以无疼痛、单发包块、质地硬、
表面不光滑、与周围组织粘连、界限不清、不易推动、
无自觉症状为特点就诊。包块增长的速度比较快,
其变化不受月经周期的影响。

(2)局部皮肤改变:出现明显的凹陷性酒窝征、
橘皮样改变、皮肤血管怒张。

(3)乳头部的变化:乳头抬高或乳头内陷,乳头
血性溢液。

(4)腋下可触及肿大淋巴结。

(5)全身表现:晚期可出现明显的精神状态差、
进食减少、消瘦、恶病质状态、贫血、乏力、发热等恶
病质临床表现。

2. 治疗

(1)西医治疗:乳腺癌目前治疗手段主要还是以
手术切除为主,行乳癌根治或改良根治术、保乳手术
等方法,配合放疗、化疗、内分泌疗法及免疫治疗等。

(2)中医辨证论治

①肝郁气滞证:疏肝解郁,理气化痰。逍遥散加减。

②冲任失调证:调摄冲任,理气散结。二仙汤加味。

③毒热蕴结证:清热解毒,活血化瘀。清瘟败毒
饮合桃红四物汤加减。

④气血两虚证:调理肝脾,益气养血。人参养荣
汤加减。

第十八单元　胃与十二指肠
溃疡的外科治疗

命题考点1　胃与十二指肠溃疡急性穿孔

【历年真题纵览】

A1 型题

1. 下列哪项是胃小弯溃疡合并出血的最佳手术

方案

    A. 胃大部切除术
    B. 迷走神经干切断术
    C. 选择性胃迷走神经切断术
    D. 高选择性迷走神经切断术
    E. 迷走神经干切断术加胃幽门成形术

参考答案:A

A2 型题

2. 患者,女,38 岁。骤然剧烈腹痛 6 小时,经检
查诊断为胃、十二指肠溃疡急性穿孔合并腹膜炎。
现上腹部拒按,伴恶心呕吐,大便干结,小便短少,舌
苔薄白,脉弦细数。其证型是

    A. 气血阻闭
    B. 气血双虚
    C. 肝气郁结
    D. 实热
    E. 厥脱

参考答案:A

3. 患者壮年男性,因胃、十二指肠溃疡急性穿孔
合并腹膜炎而症见:上腹部持续性剧痛,腹胀,拒按,
伴发热恶寒,恶心呕吐,大便干结,小便黄赤,舌红苔
黄腻,脉洪数。其证型是

    A. 肝气郁结
    B. 脾胃不和
    C. 气血阻闭
    D. 胃肠实热
    E. 热伤气阴

参考答案:D

4. 患者,男,36 岁。骤然剧烈腹痛 5 小时,经检
查诊断为十二指肠穿孔合并腹膜炎。现上腹部拒
按,伴恶心呕吐,大便干结,小便短少,舌苔薄白,脉
弦细数。其证型是

    A. 肝气郁结
    B. 脾胃不和
    C. 气血阻闭
    D. 实热
    E. 厥脱

参考答案:C

5. 患者,男,28 岁。餐后突发性右上腹痛,疑为
十二指肠溃疡穿孔。下列检查中,最具有诊断意义
的是

    A. 肠鸣音消失
    B. 腹腔穿刺
    C. 肠鸣音亢进
    D. 上腹压痛、反跳痛

E.立位腹部平片可见膈下游离气体

参考答案:E

【考点评析】

1.主要症状

(1)剧烈腹痛:突然发生上腹部刀割样剧烈疼痛,迅速波及全腹,呈持续性疼痛或有阵发性加重。部分病人因穿孔漏出的胃肠液从右侧结肠旁沟流向右下腹,引起严重的右下腹痛。由于腹后壁及膈肌腹膜受到刺激,有时可引起肩部或肩胛部牵涉性疼痛。数小时后,因腹膜大量渗出液将漏出的消化液稀释,腹痛可暂时略有减轻,但随着病原菌的繁殖,细菌性腹膜炎的出现,腹痛又渐加剧。

(2)休克症状:因腹痛剧烈难忍,早期常出现面色苍白、汗出肢冷、烦躁不安、脉搏细速、血压降低等疼痛性休克的症状。腹痛减轻后,休克症状可有缓解。形成细菌性腹膜炎后转为感染性中毒性休克,症状可再度出现并逐渐加重。

(3)恶心呕吐:多数病人有此症状,早期为反射性呕吐,常吐出胃液及食物;后期因急性弥漫性腹膜炎并发麻痹性肠梗阻,呕吐加重,可呕出粪样物。

(4)全身情况:穿孔早期体温多正常,病人蜷曲静卧而不敢动,面色苍白、脉搏细速。6～12小时后体温开始明显上升,常伴有脱水、感染、麻痹性肠梗阻、休克症状。

2.体征

(1)腹部压痛及腹肌强直:全腹压痛、反跳痛和腹肌紧张,腹肌强直呈"板状",以上腹或右上腹为甚,部分病人右下腹刺激症状也很明显。到晚期细菌性腹膜炎形成后,腹肌强直程度较早期化学性腹膜炎时有所减轻。

(2)腹腔内积气积液:由于胃肠道气体进入腹腔并存积于膈下,有60%～80%的病人肝浊音界缩小或消失。如腹腔内积液超过500 ml,可叩出移动性浊音。此外,患者腹式呼吸减弱或消失,肠鸣音极弱或消失。

命题考点2 胃与十二指肠溃疡大出血

【历年真题纵览】

A1型题

1.下列除哪项外,均是胃十二指肠溃疡大出血手术适应证

A.出血甚剧,短期内出现休克

B.经短期(6～8小时)输血(600～900 ml)后,生命体征不稳定

C.不久前曾有过类似大出血

D.正在进行针对溃疡治疗的病人出现的大出血

E.青年患者出现的大出血

参考答案:E

【考点评析】

急症手术的适应证:

①急性大出血,短期内出现休克征象者。

②反复多次出血,尤其近期反复大出血者。

③出血后经6～8小时内输血600～1 000 ml,休克症状无明显好转或虽一度好转,但很快又重新出现休克症状者。

④在内科严格治疗期间出现大出血者。

⑤大出血合并有梗阻、穿孔,或者曾有梗阻、穿孔病史者。

⑥患者年龄偏大(大于50岁以上),有高血压、动脉硬化及肝肾疾病,估计出血难以自愈者。

⑦近期胃镜或钡餐检查证实溃疡位于胃小弯侧及十二指肠球部后壁,或检查发现溃疡基底部出血呈喷射状者。

第十九单元 门静脉高压症

命题考点 门静脉高压症

【历年真题纵览】

A1型题

1.关于门静脉描述错误的是

A.门静脉主干的两端均为毛细血管

B.门静脉主干中有大量静脉瓣存在

C.门静脉与腔静脉系统之间存在多处交通支

D.交通支在正常情况下都很细小

E.门静脉压力增高时,交通支扩张成为血液分流的渠道

参考答案:B

2.不属于门静脉与腔静脉之间交通支的是

A.胃底、食管下段交通支

B.直肠下端肛管交通支

C.前腹壁交通支

D.腹膜后交通支

E.腹膜前交通支

参考答案:E

【考点评析】

1.门静脉与其他部位静脉相比有三个特点:

(1)门静脉主干的两端均为毛细血管,一端为胃肠道、脾、胰腺、胆道等的毛细血管,另一端为肝小叶内的毛细血管网(肝窦)。

(2)门静脉主干中少有静脉瓣存在(但婴儿时可达50%左右)。

(3)门静脉与腔静脉系统之间存在多处交通支。这些交通支在正常情况下都很细小,血流量也少,甚至处于闭合状态;但门静脉压力增高时,交通支扩张成为血液分流的渠道。

2.门静脉与腔静脉之间有四个交通支:

(1)胃底、食管下段交通支:是门-腔静脉之间的主要交通支。门静脉血流可经胃冠状静脉和胃短静脉,通过食管静脉丛与奇静脉相吻合,流入上腔静脉。

(2)直肠下端肛管交通支:门静脉血流经过肠系膜下静脉、直肠上静脉,与直肠下静脉和肛管静脉相吻合,流入下腔静脉。

(3)前腹壁交通支:门静脉(左支)血流经脐旁静脉与腹壁上和腹壁下的深静脉相吻合,分别流入上、下腔静脉。

(4)腹膜后交通支(Ketzius 静脉):肠系膜上、下静脉有许多个小分支,在腹腔后与下腔静脉相吻合。

另外,还有肝膈部分交通支(Sappey 静脉):在肝脏膈顶部无腹膜区,肝静脉与膈静脉(腹腔静脉系统)之间有交通支相吻合。

第二十单元 肠道炎性 疾病的外科治疗

命题考点1 克罗恩病

【历年真题纵览】

A1 型题

1.克罗恩病证属气滞血瘀者,方选

　　A.参苓白术散加减

　　B.痛泻要方加减

　　C.附子理中汤合四神丸加减

　　D.柴胡疏肝汤合少腹逐瘀汤加减

E.补脾益肠丸加减

参考答案:D

【考点评析】

中医治疗

①脾虚湿阻证

证候:大便时溏时泻,完谷不化,饮食减少,腹痛喜按,面色萎黄,形体消瘦,神疲乏力;舌质淡,苔薄白腻,脉细弱或濡弱。

治法:健脾止泻,益气止痛。

方药:参苓白术散加减。腹中冷痛、手足不温者加吴茱萸、肉桂;疼痛明显者加柴胡、白芍;便稀甚者加白头翁。

②肝郁脾虚证

证候:右少腹或脐周胀痛,痛则欲便,便后痛减,大便稀溏,胸胁胀闷,嗳气食少,抑郁恼怒或情绪紧张时发生腹痛、腹泻,矢气频作;舌质淡苔薄,脉弦。

治法:抑肝健脾,益气止痛。

方药:痛泻要方加减。痛甚者加元胡;泻甚者加白头翁、蒲公英。

③脾肾阳虚证

证候:病久迁延,反复腹泻,黎明腹痛,肠鸣即泻,泻后痛减,形寒肢冷,腰膝酸软;舌质淡,苔白,脉沉细。

治法:温补脾肾,止泻祛痛。

方药:附子理中汤合四神丸加减。腹痛较重者加白芍;便血者加地榆、黄连。

④气滞血瘀证

证候:腹部积块,固定不移,腹部胀痛或刺痛,大便溏泄,胃纳不振,形体消瘦,神疲乏力;舌质青紫或紫暗,有瘀点、瘀斑,脉细涩。

治法:疏肝理气,活血化瘀。

方药:柴胡疏肝汤合少腹逐瘀汤加减。瘀血重者加泽兰、红花或王不留行、三七;胀痛明显者加元胡。

命题考点2 慢性溃疡性结肠炎

【历年真题纵览】

A1 型题

1.下列不是慢性溃疡性结肠炎症状体征的是

　　A.腹泻

　　B.无腹痛

　　C.食欲不振,恶心,呕吐,同时可伴有腹胀

D. 轻中度者左下腹轻压痛,可能触及痉挛的结肠;重症则压痛明显和鼓肠;有炎症波及腹膜则有腹膜刺激征

E. 发热、衰弱、消瘦、贫血、低蛋白血症以及水与电解质平衡紊乱等

参考答案:B

2. 参苓白术散适用于

A. 湿热蕴结证

B. 肝脾不和证

C. 脾胃虚弱证

D. 脾肾阳虚证

E. 瘀血内停证

参考答案:C

【考点评析】

1. 临床表现

(1)症状

①腹泻:黏液血便者病变位置低,多局限于直肠。若黏液与粪便混合,提示病变累及右侧结肠。

②腹痛:位置在左下腹或下腹,呈阵发性痉挛性绞痛,以疼痛之后有便意—便后缓解的特点。并发中毒性结肠扩张或炎症波及腹膜则呈持续剧烈疼痛。

③食欲不振,恶心、呕吐,同时可伴有腹胀。

(2)体征

①轻中度者左下腹轻压痛,可能触及痉挛的结肠;重症则压痛明显和鼓肠;有炎症波及腹膜则有腹膜刺激征。

②全身症状如发热、衰弱、消瘦、贫血、低蛋白血症以及水与电解质平衡紊乱等。

③肠外表现。

2. 中医药辨证论治

①湿热蕴结证:治则为清热燥湿,调和气血,方选芍药汤加减。

②肝脾不和证:治则为调和肝脾,止泻缓急,方选痛泻要方加减。

③脾胃虚弱证:治则为益气健脾,除湿升阳,方选参苓白术散加味。

④脾肾阳虚证:治则为温补脾肾,固涩止泻,方选附子理中汤合四神丸加减。

⑤瘀血内停证:治则为活血化瘀,行气止痛,方选少腹逐瘀汤加减。

第二十一单元 腹外疝

命题考点1 腹股沟斜疝

【历年真题纵览】

A1 型题

1. 腹股沟斜疝与睾丸鞘膜积液鉴别不正确的是

A. 腹股沟斜疝包块仅限于阴囊内,多呈卵圆形,上缘可清楚地扪及精索

B. 斜疝多呈梨形,上缘有蒂柄通向腹股沟管

C. 睾丸鞘膜积液时,睾丸位于体液中央,包块呈囊性,不能扪及睾丸

D. 斜疝可在包块后方扪及睾丸

E. 睾丸鞘膜积液包块可回纳或消失

参考答案:E

【考点评析】

睾丸鞘膜积液包块仅限于阴囊内,多呈卵圆形,上缘可清楚地扪及精索;而斜疝多呈梨形,上缘有蒂柄通向腹股沟管。睾丸鞘膜积液时,睾丸位于体液中央,包块呈囊性,不能扪及睾丸;而斜疝可在包块后方扪及睾丸。睾丸鞘膜积液包块从不回纳或消失;斜疝包块可回纳消失或缩小。睾丸鞘膜积液透光试验多呈阳性;斜疝则多呈阴性,婴幼儿斜疝时,因其组织薄,透光试验可呈阳性。

命题考点2 腹股沟直疝

【历年真题纵览】

A1 型题

1. 腹股沟斜疝与腹股沟直疝鉴别不正确的是

A. 斜疝多见于儿童及青壮年

B. 直疝多见于老年体弱者

C. 斜疝外形椭圆形、梨形,上部呈蒂柄状

D. 直疝外形半球状,基底部宽

E. 直疝嵌顿机会比斜疝高

参考答案:E

【考点评析】

临床表现:腹股沟直疝多见于老年男性体弱者,其基本表现与斜疝相似,但其包块位于腹股沟内侧和耻骨结节的外上方,多呈半球状,从不进入阴囊,

不伴有疼痛及其他症状。起立时出现,平卧时消失,因其基底部较宽,容易还纳,极少发生嵌顿。还纳后指压内环,不能阻止其出现。如以食指经外环插入腹股沟管内,可触及后壁明显缺损。疝内容物常为小肠或大网膜,膀胱有时可进入疝囊,成为滑动性直疝;如发生粘连,膀胱即成为疝囊的一部分,手术时应注意。

第二十二单元　消化道大出血的诊断与处理原则

命题考点1　上消化道大出血

【历年真题纵览】
A1 型题

1. 不属于上消化道出血的是

A. 胃底区出血

B. 十二指肠球部出血

C. 食管出血

D. 胆道出血

E. 结肠出血

参考答案:E

【考点评析】
上消化道出血部位及原因分析:

(1)食管胃底区出血(曲张静脉破裂):一次出血量在500~1 000 ml,常伴休克,以呕血为主。

(2)胃、十二指肠球部溃疡、胃黏膜病变、胃癌出血:一次出血量少于500 ml,可以表现为呕血,也可以黑粪症为主。

(3)肝内胆道出血:一次出血量在200~300 ml,主要以黑粪症为主。通常认为幽门以下出血多出现黑粪症,幽门以上出血多出现呕血;呕血或黑粪症主要取决于出血速度和出血量。血液在胃肠道停留时间长则呕出的血常呈棕褐色,便血多呈柏油样或紫黑色;若停留时间短、量大,呕血常为鲜红色,或有血凝块,甚至有鲜红色大便。

命题考点2　下消化道大出血

【历年真题纵览】
A1 型题

1. 结肠、直肠出血最常见的原因是

A. 结、直肠癌

B. 慢性溃疡性结肠炎

C. 结直肠息肉

D. 肠套叠

E. 血管发育畸形

参考答案:A

【考点评析】
结肠、直肠、肛门出血病因及临床表现:

结肠出血、直肠出血较小肠出血多见,占消化道出血的10%~20%,中老年人多见,出血可突然发生,通常为鲜血便,可伴血凝块或果酱色大便,右半结肠的少量出血可为黑粪症。结、直肠出血最常见的原因为结、直肠癌;其次为慢性溃疡性结肠炎出血,一般为少量或中等量的便血,通常伴有腹泻黏液脓血便,腹痛随解黏液脓血便后减轻;血管发育异常、憩室病、结直肠息肉、肠套叠、痔等也可能发生下消化道出血。若粪便与血液相混合常提示血液来自小肠或结肠,若血液附着在大便或便后滴血常提示血液来自直肠或肛管。小儿鲜红色血便或便后滴血应首先考虑肠息肉。

第二十三单元　泌尿、男性生殖系统疾病

命题考点1　泌尿系结石

【历年真题纵览】
A1 型题

1. 对于输尿管结石引起梗阻而致的肾功能明显受损,应采取的措施是

A. 肾盂造瘘

B. 膀胱造瘘

C. 立刻使用利尿剂

D. 立刻中药排石

E. 输尿管切开取石

参考答案:E

A2 型题

2. 患者,男,30 岁。左腰部胀痛反复发作3 年,舌有瘀点,脉沉涩,经 B 型超声波及 X 线检查发现左肾盂结石2.5 cm×2 cm,左肾大量积液,左肾功能差。治疗应首选

A. 针灸

B. 总攻疗法

C. 口服尿石合剂

D. 手术取石

E. 以上均非

参考答案:D

【考点评析】

泌尿系结石的手术治疗:手术前必须了解双侧肾功能,若有感染应及时控制,同时还应确定结石位置。

(1)腔镜手术:有输尿管镜取石或碎石术、经皮肾镜取石或碎石术。前者适用于中、下段输尿管结石,平片不显影结石,因肥胖、结石硬、停留时间长不宜采用ESWL治疗者;后者适用于直径 >2.5 cm 的肾盂结石或肾下盏结石,对远端有梗阻而质硬的结石、残余结石、有活跃性代谢疾病及需要再次手术者尤为适宜。较小的膀胱结石可经膀胱镜碎石钳机械碎石,经膀胱镜液电效应、超声、弹道气压碎石也可选择。尿道结石原则上将结石推入膀胱,然后按膀胱结石处理。

(2)开放手术:常用的方法有肾盂、肾窦、肾实质切开取石术,肾部分切除术,肾切除术,输尿管切开取石术,膀胱切开取石术。

命题考点2　睾丸炎与附睾炎

【历年真题纵览】

A1 型题

1. 湿热下注型睾丸炎宜选用方剂

　A. 龙胆泻肝汤加减

　B. 仙方活命饮加减

　C. 滋阴除湿汤加减

　D. 暖肝煎加减

　E. 四磨汤加减

参考答案:A

【考点评析】

中医治疗:

(1)湿热下注证

证候:一侧或双侧睾丸、附睾肿胀疼痛,阴囊皮肤红肿疼痛,痛引小腹,伴恶寒发热,头痛,口渴。舌红苔黄腻,脉滑数。

　治法:清热利湿,解毒消肿。

　方药:龙胆泻肝汤加减。

(2)火毒炽盛证

证候:睾丸肿痛剧烈,阴囊红肿灼热,若脓成则按之应指,高热,口渴,小便黄赤短少。舌红苔黄腻,脉洪数。

　治法:清火解毒,活血透脓。

　方药:仙方活命饮加减。

(3)脓出毒泄证

证候:脓液溃出,色泽黄稠,睾丸肿痛减轻,热退或仍微热;或脓液清稀,创口不收,身困乏力。舌红,苔白,脉细或细数。

　治法:益气养阴,清热除湿。

　方药:滋阴除湿汤加减。

(4)寒湿凝滞证

证候:睾丸坠胀隐痛,遇寒加重,自觉阴部发凉,可伴腰酸、遗精,舌淡苔白润,脉弦紧或沉弦。

　治法:温经散寒止痛。

　方药:暖肝煎加减。

命题考点3　前列腺炎

【历年真题纵览】

A1 型题

1. 济生肾气丸适用于

　A. 湿热下注证

　B. 气滞血瘀证

　C. 阴虚火旺证

　D. 肾阳虚衰证

　E. 肝肾阴虚证

参考答案:D

【考点评析】

中医辨证治疗:

(1)湿热下注证——清热利湿。

方药:八正散或龙胆泻肝汤加减。

(2)气滞血瘀证——活血化瘀,行气止痛。

方药:前列腺汤加减。

(3)阴虚火旺证——滋阴降火。

方药:知柏地黄汤加减。

(4)肾阳虚衰证——温补肾阳。

方药:济生肾气丸加减。

命题考点4　前列腺增生症

【历年真题纵览】

B2 型题

1.

　A. 阴虚火旺

B. 湿热下注

C. 肾阳不足

D. 气血瘀滞

E. 中气下陷

①慢性前列腺炎患者,头晕,精神不振,腰酸膝冷,阳痿,早泄,稍劳后即有白浊溢出。舌淡红,脉细。其证型是

②前列腺增生症患者,小便自溢,精神萎靡,腰酸膝软,面色㿠白,畏寒喜暖。舌淡苔薄白,脉沉细。其证型是

参考答案:①C ②C

【考点评析】

中医治疗:

(1)湿热下注证

证候:小便频数,排尿不畅,甚或点滴而下,尿黄而热,尿道灼热或涩痛,小腹拘急胀痛,口苦而黏,或渴不欲饮。舌红,苔黄腻,脉弦数或滑数。

治法:清热利湿,通闭利尿。

方药:八正散加减。

(2)气滞血瘀证

证候:小便不畅,尿线变细或尿液点滴而下,或尿道闭塞不通,小腹拘急胀痛。舌质紫黯或有瘀斑,脉弦或涩。

治法:行气活血,通窍利尿。

方药:沉香散加减。

(3)脾肾气虚证

证候:尿频不爽,排尿无力,尿线变细,滴沥不畅,甚者夜间遗尿,倦怠乏力,气短懒言,食欲不振,面色无华,或气坠脱肛。舌淡,苔白,脉细弱无力。

治法:健脾温肾,益气利尿。

方药:补中益气汤加减。

(4)肾阳衰微证

证候:小便频数,夜间尤甚,排尿无力,滴沥不爽或闭塞不通,神疲倦怠,畏寒肢冷,面色㿠白。舌淡,苔薄白,脉沉细。

治法:温补肾阳,行气化水。

方药:济生肾气丸加减。

(5)肾阴亏虚证

证候:小便频数不爽,淋漓不尽,尿少热赤,神疲乏力,头晕耳鸣,五心烦热,腰膝酸软,咽干口燥。舌红,苔少或薄黄,脉细数。

治法:滋补肾阴,清利小便。

方药:知柏地黄丸加减。

命题考点5 泌尿、前列腺生殖系统肿瘤

【历年真题纵览】

A1型题

1.八珍汤适用于肾癌什么证型

A. 脾肾两虚证

B. 肾阴亏虚证

C. 湿热蕴结证

D. 瘀血内阻证

E. 气血两虚证

参考答案:E

【考点评析】

肾癌中医治疗

(1)脾肾两虚证

证候:尿血,腰瘕,腰部肿块,纳差,恶心,呕吐,形体消瘦,倦怠乏力,面色不华。舌质淡,苔薄白,脉沉细无力。

治法:健脾益肾,软坚散结。

方药:四物汤合右归饮加减。

(2)肾阴亏虚证

证候:小便短赤带血,潮热盗汗,口燥咽干,腰膝酸软,腰痛,肿块。舌质红,少苔,脉细数。

治法:养阴清热凉血。

方药:知柏地黄汤加减。

(3)湿热蕴结证

证候:腰痛,坠胀不适,尿血,低热,身沉困,饮食不佳,腰腹部肿块。舌体胖,苔白腻,脉滑数。

治法:清热利湿,解毒化瘀。

方药:八正散加减。

(4)瘀血内阻证

证候:面色晦暗,血尿频发,腰痛,腰腹部肿物日渐增大,肾区憋胀不适,口干舌燥。舌质紫暗或有瘀斑,舌苔薄黄,脉弦。

治法:活血化瘀,理气散结。

方药:桃红四物汤加减。

(5)气血两虚证

证候:久病体倦,疲乏无力,自汗,盗汗,面色无华,血尿时作,腰痛腹胀,贫血消瘦,行动气促,有时咳嗽伴有低热,口干而不欲饮,舌质红,脉细弱。

治法:补益气血。

方药:八珍汤加减。

第二十四单元　肛门直肠疾病

命题考点1　痔

【历年真题纵览】

A1 型题

1. 痔证属脾虚气陷证者宜选

　　A.凉血地黄汤

　　B.槐花散加减

　　C.补中益气汤加减

　　D.止痛如神汤加减

　　E.脏连丸加减

参考答案:C

A2 型题

2. 患者,女,30岁。有内痔史,近日大便带血,血色鲜红,间或有便后滴血。舌淡红,苔薄黄,脉弦。其治法是

　　A.清热利湿

　　B.补气升提

　　C.清热凉血祛风

　　D.通腑泄热

　　E.润肠通便

参考答案:C

3. 患者大便时肛门疼痛,滴血,大便秘结半月余。检查:肛管后正中见一个1 cm裂口,压痛明显。其诊断是

　　A.内痔

　　B.外痔

　　C.肛瘘

　　D.肛裂

　　E.肛门皲裂

参考答案:D

【考点评析】

一、分类

痔根据其所在部位不同分为三类:

1. 内痔:由黏膜覆盖,位于齿线上方,由痔内静脉丛形成。分为Ⅰ期内痔、Ⅱ期内痔、Ⅲ期内痔、Ⅳ期内痔(嵌顿性内痔)。

2. 外痔:表面由皮肤覆盖,位于齿线下方,由痔外静脉丛形成。分为结缔组织外痔(皮痔)、静脉曲张性外痔(血痔)、血栓性外痔(葡萄痔)。

3. 混合痔:在齿线附近,为直肠黏膜和肛管皮肤所覆盖,由痔内静脉和痔外静脉丛之间彼此吻合相通的静脉所形成。

二、鉴别诊断

1. 直肠息肉:多见于儿童,以便血、肿物脱出为主。脱出物多呈圆形,色红,单个带蒂,质坚实,一般位于齿线上3~5 cm处直肠壶腹部,可活动。

2. 乳头肥大:位于齿线上,质略硬,呈三角形,表面带黄白色,不出血,触之疼痛,常与内痔并存。

3. 直肠黏膜脱垂:多见于老年人及儿童,脱出物呈圆柱状或圆锥状,表面光滑,为环形黏膜皱襞,黏膜松弛而重叠,呈环状沟纹。

4. 直肠癌:发病年龄多在40岁以上,有黏液脓血便,恶臭。早期可仅见便血鲜红,有大便习惯改变,或大便变形,肛门坠胀、疼痛。

5. 肛裂:便血鲜红,肛门疼痛剧烈,呈周期性,多伴有便秘。局部检查可见截石位6或12点处肛管有裂口。

三、中医治疗

(1)辨证论治

①风伤肠络证:清热凉血祛风,凉血地黄汤或槐花散加减。

②湿热下注证:清热渗湿止血,脏连丸加减。

③气滞血瘀证:清热利湿、祛风活血,止痛如神汤加减。

④脾虚气陷证:补气升提,补中益气汤加减。

第二十五单元　周围血管疾病

命题考点　血栓闭塞性脉管炎

【历年真题纵览】

A1 型题

1. 阳和汤适用于

　　A.寒湿证

　　B.血瘀证

　　C.热毒证

　　D.气血两虚证

　　E.肾虚证

参考答案:A

A2 型题

2. 患者,男,60岁。患动脉粥样硬化症10余年,现出现跛行,左下肢第一足趾变黑、变干、疼痛。此

足趾病变可能是

    A. 出血性梗死

    B. 干性坏疽

    C. 液化性坏死

    D. 黑色素瘤

    E. 湿性坏疽

参考答案:B

【考点评析】

一、临床表现

1. 症状

(1)疼痛:其疼痛常会因为情绪刺激及局部受冷而加重。

(2)发凉:发凉是 TAO 早期的常见症状。

(3)感觉异常:此为末端神经缺血而致。

2. 体征

(1)皮肤颜色改变。

(2)游走性血栓性浅静脉炎。

(3)营养障碍。

(4)动脉搏动减弱或消失。

(5)雷诺现象。

(6)坏疽和溃疡:大多发生干性坏疽,待部分组织坏死后脱落即形成溃疡,此时如继发感染即变为湿性坏疽。

二、中医辨证论治

①寒湿证:温阳通脉,祛寒化湿,阳和汤加减。

②血瘀证:活血化瘀,通络止痛,桃红四物汤加减。

③热毒证:清热解毒,化瘀止痛,四妙勇安汤加减。

④气血两虚证:补养气血,益气通络,十全大补丸加减。

⑤肾虚证:肾阳虚者温补肾阳,肾阴虚者滋补肾阴;肾阳虚者用附桂八味丸加减,肾阴虚者用六味地黄丸加减。

药 理 学

第一单元　药物作用的基本原理

命题考点1　药物作用的基本规律（选择性、量效关系）

【历年真题纵览】

A1型题

1.以下关于选择性叙述错误的是

A.选择性是药物分类和临床选药的依据

B.选择性低的药物作用范围广

C.选择性低的药物不良反应多见

D.剂量增大,选择性提高

E.药物作用的选择性是相对的

参考答案:D

2.药物产生不良反应的药理基础是

A.用药时间过长

B.组织器官对药物亲和力过高

C.机体敏感性太高

D.用药剂量过大

E.药物作用的选择性低

参考答案:E

3.以下关于量效关系叙述错误的是

A.LD50与ED50的比值称治疗指数

B.LD50称半数有效量

C.在一定范围内剂量增加效应增强

D.量效关系是指药物剂量与效应间的关系

E.引起最大效应而不出现中毒的剂量称极量

参考答案:B

【考点评析】

1.药物进入机体后,对某些器官组织产生明显的作用,而对另一些器官组织则无明显作用,称为药物作用的选择性。选择性是药物分类和临床选药的依据。选择性低的药物作用范围广,不良反应多见。药物作用的选择性是相对的,随着剂量增大,选择性下降。

2.在一定剂量范围内,药物效应随着剂量增加而增加,称为量效关系。刚引起药理效应的剂量称阈剂量或最小有效量;引起最大效应而不出现中毒的剂量称极量或最大有效量;大多数患者最适宜的用药量称治疗量,为阈剂量与极量之间的剂量。

3.LD50称半数致死量,是指使一组动物中半数动物死亡的剂量;ED50称半数有效量,是指使一组动物中半数动物产生阳性反应的剂量。测定LD50、ED50可反映药物的毒性和效价。LD50与ED50的比值称治疗指数,是反映药物的安全性的指标,比值越大,药物越安全。

命题考点2　药物的不良反应

【历年真题纵览】

A1型题

1.下列不属于药物不良反应的是

A.副作用

B.拮抗作用

C.毒性反应

D.后遗效应

E.变态反应

参考答案:B

2.下列关于药物不良反应叙述错误的是

A.治疗量时出现的与治疗目的无关的反应

B.难以避免,停药后可恢复

C.常因剂量过大引起

D.常因药物作用选择性低引起

E.副作用与治疗目的是相对的

参考答案:C

3.机体对青霉素最易产生以下何种不良反应

A.后遗效应

B.停药反应

C.特异质反应

D.副反应

E.变态反应

参考答案：E

B1 型题

4.
   A. 副作用
   B. 毒性反应
   C. 过敏反应
   D. 耐受性
   E. 成瘾性

①巴比妥类药物引起皮疹、发热，属于

②巴比妥类药物引起呼吸抑制，属于

参考答案：①C ②B

【考点评析】

1. 药物的不良反应是指那些不符合药物治疗目的，并给病人带来病痛或危害的反应。治疗作用与不良反应是药物本身所固有的两重性作用。

2. 药物常见的不良反应有以下几种：(1)副作用：指治疗剂量下出现的与治疗目的无关的作用。产生副作用的药理学基础是药物的选择性低，作用范围广。(2)毒性反应：指用药量过大或时间过长所致机体损害性反应，分为急性毒性和慢性毒性。(3)变态反应(过敏反应)：少数人因某些药物引起的异常免疫反应，与所用药物的药理作用、用药剂量及疗程无明显相关性。(4)后遗效应：指停药后血药浓度降至阈浓度以下所残存的药理效应。(5)继发反应：由药物治疗作用引起的不良效应，也称治疗矛盾。(6)特异质反应：指少数病人对某些药物特别敏感，导致产生与常人不同的损害性反应。(7)药物依赖性：指连续用药后产生的对药物的渴求现象，分为生理依赖和精神依赖。(8)致癌、致畸、致突变作用。

命题考点 3　**药物的吸收、分布、代谢、排泄及其影响因素**

【历年真题纵览】

A1 型题

1. 有关影响分布的因素错误的是
   A. 脂溶性高药物的分布范围较广
   B. 小分子药物的分布范围较广
   C. 碱化尿液可增加酸性药物的排泄
   D. 只有脂溶性高的药物可以通过血脑屏障
   E. 血浆蛋白结合率高的药物可以通过血脑屏障

参考答案：E

2. 下列有关胎盘屏障的叙述，错误的是
   A. 是胎盘绒毛与子宫血窦间的屏障
   B. 通透性与一般毛细血管相同
   C. 几乎所有药物均可通过
   D. 可阻止药物从母体进入胎儿血循环中
   E. 妊娠妇女原则上应禁用一切影响胎儿发育的药物

参考答案：D

3. 最主要的排泄器官是
   A. 肾脏
   B. 胆汁
   C. 肺脏
   D. 胃肠液
   E. 汗腺

参考答案：A

【考点评析】

1. 药物的体内过程包括吸收、分布、代谢、排泄。药物在体内的吸收、分布、排泄统称为转运，代谢称转化。

2. 吸收是指药物自给药部位进入血液循环的过程。

3. 分布指药物吸收入血后随血液循环到达各组织器官的过程。脂溶性高、非解离型、小分子药物的分布范围较广。药物与血浆蛋白结合后的结合型药物分子变大，不能跨膜转运，暂时失去药理活性，也不被代谢和排泄，成为药物在血中的暂时的储存形式。环境 pH 值可影响药物解离度，进而影响药物分布，如碱化尿液可增加酸性药物（如巴比妥类药物）的排泄。

胎盘对药物的转运并无屏障作用，对药物的通透性与一般的毛细血管无明显差别，几乎所有的药物都能透过胎盘进入胎体。血脑屏障的特点是致密、通透性差，只有脂溶性高、血浆蛋白结合率低的药物可以通过。血流丰富的组织器官药物分布较多。

4. 代谢指药物在肝脏的生物转化。药酶诱导剂可加速其他药物的代谢，使后者药效减弱；药酶抑制剂则抑制其他药物的代谢，使后者作用或毒性增强。

5. 排泄指药物及其代谢产物经排泄器官或分泌器官排出体外的过程。药物排泄的途径有肾脏、胆汁、乳汁、肺、汗腺、唾液、胃肠液等。其中肾脏是最主要的排泄器官。

命题考点4 半衰期和连续多次给药的药-时曲线

【历年真题纵览】

A1型题

按一级动力学消除的药物,其 $t_{1/2}$

A. 随给药剂量而变

B. 固定不变

C. 随给药次数而变

D. 口服比静脉注射长

E. 静脉注射比口服长

参考答案:B

【考点评析】

1. 半衰期通常指血浆药物消除半定期,即血浆药物浓度下降一半所需的时间。是描述药物消除规律最重要的参数之一,其长短可反映体内药物的消除速度。

2. 药动学通常以血药浓度时间曲线,简称时量曲线来表示药物的体内过程。时量曲线以时间为横坐标,以血药浓度为纵坐标,曲线上的每一点都是药物吸收、分布、代谢和排泄过程的综合体现。按一级动力学消除的药物 $t_{1/2}$ 为一恒定值,且不因血浆药物浓度高低而变化。

命题考点5 影响药物效应的因素(药动学相互作用;药效学相互作用)

【历年真题纵览】

A1型题

1. 药效学相互作用不包括

A. 相加作用

B. 增强作用

C. 增敏作用

D. 药理性拮抗

E. 药物间的吸附和络合

参考答案:E

A2型题

2. 某心衰病人长期口服地高辛,疗效较好,后因三叉神经痛应用苯妥英钠,结果出现心衰症状,这是因为

A. 苯妥英钠有致心衰的不良反应

B. 苯妥英钠减少地高辛的吸收

C. 苯妥英钠诱导肝药酶加速地高辛代谢

D. 苯妥英钠与地高辛竞争血浆蛋白

E. 苯妥英钠促进地高辛排泄

参考答案:C

【考点评析】

1. 药物因素中药物的相互作用是影响药物作用的重要因素,分为药动学相互作用和药效学相互作用。

2. 药动学相互作用:(1)影响药物吸收的相互作用:①药物间的吸附和络合;②影响消化液分泌或改变胃肠道 pH 值;③影响胃排空和肠蠕动。(2)竞争与血浆蛋白结合,影响药物的分布和转运。(3)改变药酶活性,影响药物代谢。苯妥英钠为酶诱导剂,与其合用可使药物的效应比单用时减弱。(4)改变尿液 pH 值,竞争转运载体,影响药物排泄。

3. 药效学相互作用:(1)协同作用指药物合用后原有作用或毒性增加,包括相加作用、增强作用、增敏作用三种情况。(2)拮抗作用指药物合用后原有作用或毒性减弱。主要包括药理性拮抗、生理性拮抗、化学性拮抗等。

第二单元 拟胆碱药

命题考点1 毛果芸香碱的作用、应用及不良反应

【历年真题纵览】

A1型题

1. 毛果芸香碱的主要是适应证是

A. 青光眼

B. 角膜炎

C. 结膜炎

D. 视神经水肿

E. 晶状体混浊

参考答案:A

2. 毛果芸香碱滴眼可产生哪种作用

A. 近视、扩瞳

B. 近视、缩瞳

C. 远视、扩瞳

D. 远视、缩瞳

E. 虹膜角膜角变窄

参考答案:B

【考点评析】

1. 毛果芸香碱激动瞳孔括约肌 M 受体,瞳孔缩小;睫状肌的环形肌向瞳孔中心方向收缩,悬韧带放松,晶状体变突,产生近视。

2. 毛果芸香碱临床眼科局部可用于治疗青光眼,能降低眼内压,缓解症状。也可与扩瞳药交替使用治疗虹膜睫状体炎,能防止虹膜与晶状体或角膜的粘连。不良反应:过量或吸收后产生全身性 M 样作用,如流涎、出汗、恶心、呕吐等。可用阿托品拮抗。

命题考点2　新斯的明的作用、应用及不良反应

【历年真题纵览】

A1 型题

1. 新斯的明治疗重症肌无力的机制是

A. 兴奋大脑皮质

B. 激动骨骼肌 M 胆碱受体

C. 促进乙酰胆碱合成

D. 抑制胆碱酯酶和激动骨骼肌 N₂胆碱受体

E. 促进骨骼肌细胞 Ca^{2+} 内流

参考答案:D

A2 型题

2. 某男,45 岁。双眼睑下垂6~7 天,渐加重,近一两天四肢或活动无力,晨起轻,下午重,休息后减轻,活动后加重。诊断:重症肌无力。对该病人最好用哪种药物治疗

A. 毛果芸香碱

B. 毒扁豆碱

C. 新斯的明

D. 阿托品

E. 加兰他敏

参考答案:C

B1 型题

3.

A. 青光眼

B. 阵发性室上性心动过速

C. 有机磷酸酯类中毒

D. 琥珀胆碱过量中毒

E. 房室传导阻滞

①毛果芸香碱可治疗

②新斯的明可治疗

参考答案:①A②B

【考点评析】

1. 新斯的明可逆性地抑制胆碱酯酶,使乙酰胆碱不被水解而大量堆积,产生乙酰胆碱的 M 样和 N 样作用。对骨骼肌的兴奋作用最强,该药除抑制胆碱酯酶发挥间接作用外,还能直接兴奋骨骼肌运动终板上的 N 胆碱受体,并能促进运动神经末梢释放乙酰胆碱。

2. 主要用于:①重症肌无力;②术后腹胀和尿潴留;③阵发性室上性心动过速;④非去极化型肌松药(筒箭毒碱)过量时解毒。

3. 不良反应及禁忌证:过量可引起"胆碱能危象",产生恶心、呕吐、腹痛、心动过速、肌肉震颤和肌无力加重等,其中 M 样症状可用阿托品对抗。禁用于机械性肠梗阻、支气管哮喘、心绞痛及尿路阻塞等。

第三单元　有机磷酸酯类中毒与解救

命题考点1　有机磷酸酯类急性中毒解救原则

【历年真题纵览】

A1 型题

1. 治疗有机磷农药中毒毒蕈碱样症状的药物是

A. 阿托品

B. 氯磷定

C. 利多卡因

D. 甲硝唑(灭滴灵)

E. 双复磷

参考答案:A

2. 有机磷酸酯类的中毒机制是

A. 激活胆碱酯酶

B. 抑制胆碱酯酶

C. 激活磷酸二酯酶

D. 抑制磷酸二酯酶

E. 抑制腺苷酸环化酶

参考答案:B

3. 有机磷酸酯类急性中毒解救原则错误的是

A. 消除毒物

B. 对症处理

C. 及早、尽量小量、反复注射阿托品

D.及早使用胆碱酯酶复活药

E.用 2% NaHCO₃、1% NaCl 洗胃

参考答案:C

A2 型题

4.患者,女,23 岁。被人发现时呈昏迷状态。查体:神志不清,两侧瞳孔呈针尖样大小,呼吸有大蒜臭味,应首先考虑的是

A.急性安眠药物中毒

B.急性毒蕈中毒

C.急性有机磷农药中毒

D.亚硝酸盐中毒

E.一氧化碳中毒

参考答案:C

【考点评析】

药物解救原则:1.消除毒物:将患者带离现场,用温肥皂水清洗皮肤,用 2% NaHCO₃、1% NaCl 洗胃,用硫酸镁导泻等,以防止毒物的继续吸收。敌百虫口服中毒时不能用碱性溶液(如碳酸氢钠)洗胃,以免转换为毒性更强的敌敌畏。对硫磷中毒忌用高锰酸钾洗胃,防止其氧化成对氧磷,毒性增加。2.对症处理:吸氧、人工呼吸、补液、用升压药及抗惊厥药等。3.应用特殊解毒药:(1)及早、足量、反复注射 M 受体阻断药阿托品。(2)及早使用胆碱酯酶复活药。

命题考点 2　胆碱酯酶复活药的应用

【历年真题纵览】

A1 型题

关于氯磷定的叙述,正确的是

A.可迅速制止肌束颤动

B.对乐果中毒疗效好

C.属易逆性抗胆碱酯酶药

D.不良反应较碘解磷定大

E.对内吸磷中毒无效

参考答案:A

【考点评析】

1.胆碱酯酶复活药是一类能使已被有机磷酸酯类抑制的胆碱酯酶恢复活性的药物,常用的有氯磷定(首选)和碘解磷定。

2.碘解磷定对骨骼肌作用最为明显,能迅速控制肌束颤动,对植物神经系统功能的恢复较差。氯磷定对内吸磷、对硫磷和马拉硫磷的解毒效果较好,对敌百虫、敌敌畏效果稍差,对乐果中毒无效。副作

用较碘解磷定小,为本类药物首选。

第四单元　抗胆碱药

命题考点 1　阿托品的作用、应用、不良反应及禁忌证

【历年真题纵览】

A1 型题

1.阿托品抗休克作用的机制是

A.收缩血管,增加外周阻力

B.扩张血管,改善微循环

C.兴奋心脏,增加心输出量

D.松弛支气管平滑肌,改善症状

E.以上均非

参考答案:B

2.阿托品滴眼可引起

A.扩瞳、升高眼内压、调节麻痹

B.扩瞳、升高眼内压、调节痉挛

C.扩瞳、降低眼内压、调节麻痹

D.缩瞳、降低眼内压、调节麻痹

E.缩瞳、降低眼内压、调节痉挛

参考答案:A

3.阿托品对胆碱受体的作用是

A.对 M、N 胆碱受体有同样阻断作用

B.对 N₁、N₂ 胆碱受体有同样阻断作用

C.对 M 胆碱受体具有高度选择性的阻断作用,大剂量也阻断 N₁ 胆碱受体

D.对 M 胆碱受体具有高度选择性的阻断作用,人剂量也阻断 N₂ 胆碱受体

E.对 M 胆碱受体具有高度选择性的阻断作用,对 N 胆碱受体无影响

参考答案:C

4.阿托品对下列哪种疾病疗效最好

A.支气管哮喘

B.胃肠绞痛

C.胆绞痛

D.肾绞痛

E.胃幽门括约肌痉挛

参考答案:B

5.阿托品禁用于

A.膀胱刺激征

B.中毒性休克

C. 青光眼

D. 房室传导阻滞

E. 麻醉前给药

参考答案：C

A2型题

6. 患者，男，20岁。急性上腹部剧烈疼痛，临床诊断为"急性胃痉挛"。其解痉药物应选用

A. 受体阻断剂

B. β受体阻断刑

C. H_2受体阻断剂

D. M受体阻断剂

E. N受体阻断剂

参考答案：D

【考点评析】

1. 阿托品与M胆碱受体结合，阻断M受体，拮抗Ach或胆碱受体激动药的作用。阿托品作用广泛，随剂量增加，依次出现腺体分泌减少、瞳孔扩大和调节麻痹、胃肠道及膀胱平滑肌抑制、心率加快，大剂量可出现中枢症状并能阻断神经节N胆碱受体。

2. 适用于各种内脏绞痛、膀胱刺激征、小儿遗尿症，用于全身麻醉前给药、严重盗汗及流涎症。眼内滴用适于儿童验光配镜、虹膜睫状体炎，还可治疗缓慢型心律失常、感染性休克及解救有机磷酸酯类中毒。阿托品对胃肠绞痛，膀胱刺激症状如尿频、尿急等疗效较好，但对胆绞痛或肾绞痛疗效较差。

3. 阿托品不良反应及禁忌证：常见口干、视力模糊、心率加快、瞳孔扩大及皮肤潮红等，剂量增大可出现中枢中毒症状。禁用于青光眼、前列腺肥大、幽门梗阻。

命题考点2　东莨菪碱的作用及应用，山莨菪碱的作用及应用

【历年真题纵览】

B1型题

1.

A. 后马托品

B. 托吡卡胺

C. 普鲁苯辛

D. 山莨菪碱

E. 东莨菪碱

①治疗晕动病，应选用

②治疗感染中毒性休克，应选用

参考答案：①E②D

【考点评析】

1. 东莨菪碱对中枢作用明显。其中枢镇静及抑制腺体分泌作用强于阿托品。比阿托品更适用于麻醉前给药，还可用于晕动病、震颤麻痹以及抗精神病药引起的锥体外系不良反应。

2. 山莨菪碱的人工合成品为654-2，对抗平滑肌痉挛作用与阿托品相似而稍弱；亦能解除小血管痉挛，改善微循环；适用于感染中毒性休克和内脏绞痛的治疗。

命题考点3　常用眼科用药、常用解痉药

【历年真题纵览】

B1型题

A. 缓慢型心律失常

B. 晕动病

C. 胃、十二指肠溃疡

D. 扩瞳、查眼底

E. 过速型心律失常

①后马托品用于

②东莨菪碱用于防治

③丙胺太林用于

参考答案：①D②B③C

【考点评析】

1. 后马托品用于扩瞳，适用于检查眼底，不适用于儿童验光配镜（调节麻痹作用不及阿托品完全）。东莨菪碱用于防治晕动病。

2. 丙胺太林用于治疗胃、十二指肠溃疡，胃肠痉挛、妊娠呕吐等。胃复康具有解痉、抑制腺体分泌和中枢安定作用，用于兼有焦虑症的溃疡病、胃酸过多、肠蠕动亢进或膀胱刺激征患者。

第五单元　拟肾上腺素药

命题考点1　去甲肾上腺素的作用、应用及不良反应

【历年真题纵览】

A1型题

1. 适当稀释后口服治疗上消化道出血的是

A. 肾上腺素

B. 去甲肾上腺素

C. 异丙肾上腺素

D. 多巴胺

E. 间羟胺

参考答案:B

2. 用药剂量过大或时间过长时,可引起急性肾功能衰竭的拟肾上腺素药是

A. 肾上腺素

B. 去甲肾上腺素

C. 异丙肾上腺素

D. 间羟胺

E. 多巴胺

参考答案:B

【考点评析】

1. 去甲肾上腺素激动 α_1 受体,使皮肤、黏膜及内脏血管收缩;激动 β_1 受体,但作用较弱;对 β_2 受体几乎无作用;兴奋心脏;收缩和舒张血管:激动血管 α 受体使血管收缩,外周阻力增加,脏器血流量减少,冠状血管舒张,冠脉血流量增加(心脏兴奋的结果);小剂量收缩压升高,舒张压不变或稍低,大剂量收缩压、舒张压均升高。

2. 用于:①神经源性休克的早期以及药物中毒引起的低血压;②上消化道出血:适当稀释后口服,收缩黏膜血管以止血。由于血压升高,反射性兴奋迷走神经,使心率减慢。

3. 不良反应:①局部组织缺血坏死:因药液浓度过高、静滴时间过长或漏出血管外,使局部血管痉挛引起。②急性肾功能衰竭:肾血管剧烈收缩可导致肾脏损伤,引起少尿、无尿和急性肾功能衰竭。高血压、动脉硬化及器质性心脏病人禁用。

命题考点 2 间羟胺的作用及应用

【历年真题纵览】

A1 型题

1. 间羟胺临床用于

A. 急性心衰

B. 休克晚期

C. 高血压危象

D. 窦性心动过缓

E. 低血压

参考答案:E

【考点评析】

1. 间羟胺主要兴奋 α 受体,兴奋 β_1 受体作用较弱。还可促进 NA 释放,间接发挥作用。收缩血管,升高血压;略增加心肌收缩力。对心率影响不明显,很少出现心律失常。

2. 临床用于早期休克或其他低血压状态,也用于阵发性房性心动过速,特别是伴有低血压的患者。

命题考点 3 肾上腺素的作用、应用及不良反应

【历年真题纵览】

A1 型题

1. 根据药物对不同肾上腺素受体亚型的选择性,属于 α、β 受体激动药的是

A. 去甲肾上腺素

B. 肾上腺素

C. 间羟胺

D. 异丙肾上腺素

E. 多巴胺

参考答案:B

2. 肾上腺素对心脏的作用不包括下列哪一项

A. 收缩力增强

B. 传导加快

C. 自律性增加

D. 耗氧量增加

E. 减少心肌代谢

参考答案:E

A2 型题

3. 某男,18 岁。因寒战、高热经细菌培养确诊为肺炎球菌性肺炎,来诊时青霉素皮试阴性,但静滴青霉素几分钟后即出现头昏、面色苍白、呼吸困难、血压下降等症状,诊断为青霉素过敏性休克,请问对该病人首选的抢救药物是

A. 多巴胺

B. 异丙嗪

C. 地塞米松

D. 肾上腺素

E. 去甲肾上腺素

参考答案:D

【考点评析】

1. 肾上腺素有强大的激动 α、β 受体作用,主要兴奋心脏;收缩和舒张血管;升高血压;舒张支气管;

促进代谢。

2.主要用于心脏停搏抢救、过敏性休克、支气管哮喘急性发作及其他速发性变态反应,增强局麻药作用及局部止血。

3.治疗量可致心悸、烦躁、头痛、面色苍白、震颤和血压升高等;严重时血压剧烈升高会诱发脑溢血,老年人慎用。亦能引起心律失常,甚至心室纤颤,故应严格掌握剂量。禁用于高血压、器质性心脏病、糖尿病、甲亢等患者。

命题考点4　异丙肾上腺素的作用、应用及不良反应

【历年真题纵览】

A1 型题

1.主要兴奋 β 受体的拟肾上腺素药是

A.去甲肾上腺素

B.肾上腺素

C.间羟胺

D.异丙肾上腺素

E.多巴胺

参考答案:D

2.可治疗支气管哮喘的拟肾上腺素药物是

A.氨茶碱

B.去甲肾上腺素

C.甲氧明

D.异丙肾上腺素

E.多巴胺

参考答案:D

3.异丙肾上腺素不宜用于

A.房室传导阻滞

B.心脏骤停

C.支气管哮喘

D.冠心病

E.感染性休克

参考答案:D

【考点评析】

1.β 受体激动药,对 $β_1$、$β_2$ 选择性低,对 α 受体几乎无作用。兴奋心脏;扩张血管;舒张支气管;促进代谢。

2.用于:(1)支气管哮喘:喷雾或舌下给药能迅速控制急性发作。(2)房室传导阻滞:舌下或静滴给药用于Ⅱ、Ⅲ度房室传导阻滞。(3)心脏骤停:适用

于心室自身节律缓慢、高度房室传导阻滞或窦房结功能衰竭并发的心脏骤停,常与去甲肾上腺素或间羟胺合用作心室内注射。(4)休克:适用于血容量已补足而外周阻力高、心输出量低的休克病人。

3.不良反应:常见心悸、头晕、皮肤潮红等。剂量过大,增加心肌耗氧量,对缺氧的病人易引起心律失常。禁用于冠心病、心肌炎、甲亢和糖尿病等患者。

命题考点5　多巴胺的作用及应用

【历年真题纵览】

1.能够舒张肾血管,增加肾血流量,可治疗急性肾功能衰竭的药物是

A.肾上腺素

B.去甲肾上腺素

C.异丙肾上腺素

D.多巴胺

E.间羟胺

参考答案:D

2.多巴胺舒张肾血管的机制是兴奋了

A.$α_1$ 受体

B.$α_2$ 受体

C.D_1 受体

D.$β_2$ 受体

E.$β_1$ 受体

参考答案:C

【考点评析】

1.主要激动 α、β、多巴胺受体。

2.应用:①治疗各种休克,如心源性休克、感染性休克和出血性休克,尤其适用于伴有心肌收缩力减弱、尿量减少而血容量已补足的休克。②与利尿剂合用治疗急性肾功能衰竭。

第六单元　抗肾上腺素药

命题考点1　酚妥拉明的作用及应用

【历年真题纵览】

A1 型题

1.下列何药适用于诊断嗜铬细胞瘤

A.阿托品

B. 肾上腺素

C. 酚妥拉明

D. 普萘洛尔

E. 山莨菪碱

参考答案:C

2. 酚妥拉明可用于治疗顽固性充血性心力衰竭的主要原因是

A. 兴奋心脏,增强心肌收缩力,使心率加快,心输出量增加

B. 抑制心脏,使其得到休息

C. 扩张肺动脉,减轻右心后负荷

D. 扩张外周小动脉,减轻心脏后负荷

E. 扩张外周小静脉,减轻心脏前负荷

参考答案:D

3. 下列作用不属于酚妥拉明的作用的是

A. 竞争性阻断 α 受体

B. 扩张血管,降低血压

C. 抑制心肌收缩力,心率减慢

D. 具有拟胆碱作用

E. 具有组胺样作用

参考答案:C

A2 型题

4. 某男,50 岁,右下肢跛行 5 年,诊断为雷诺综合征,首选的治疗药物为

A. 间羟胺

B. 阿拉明

C. 酚妥拉明

D. 普萘洛尔

E. 多巴胺

参考答案:C

【考点评析】

1. 竞争性阻断 α 受体,对 α_1、α_2 受体具有相似的亲和力。作用:(1)扩张血管、降低血压。(2)兴奋心脏:心肌收缩力增强、心率加快、心输出量增加,传导加速。(3)其他:有拟胆碱及组胺样作用,可增强胃肠蠕动,促进胃酸分泌。

2. 应用:(1)外周血管痉挛性疾病,静滴去甲肾上腺素外漏时,可用作局部浸润注射以防组织坏死。(2)急性心肌梗死和顽固性心力衰竭。(3)休克:在补充血容量的基础上,用于感染性和出血性休克。(4)肾上腺嗜铬细胞瘤的鉴别诊断及由此病骤发的高血压危象和术前准备。

命题考点 2　β 受体阻滞药的作用、应用及不良反应

【历年真题纵览】

A1 型题

1. β 肾上腺素受体阻断药能引起

A. 房室传导加快

B. 脂肪分解增加

C. 肾素释放增加

D. 心肌细胞膜对离子通透性增加

E. 心肌耗氧量下降

参考答案:E

2. β 受体阻断药对下述何种心律失常疗效最好

A. 心房颤动

B. 心房扑动

C. 窦性心动过速

D. 室性心动过速

E. 阵发性室上性心动过速

参考答案:C

3. 下列哪一种疾病不是 β 肾上腺素受体阻断药的适应证

A. 心绞痛

B. 甲状腺功能亢进

C. 窦性心动过速

D. 高血压

E. 支气管哮喘

参考答案:E

4. 以下有抑制代谢作用的是

A. 酚妥拉明

B. 普萘洛尔

C. 强的松

D. 奎尼丁

E. 苯巴比妥

参考答案:B

【考点评析】

1. 竞争性阻断 β 受体;对心血管系统产生影响;对支气管平滑肌的影响;抑制细胞代谢及抑制肾素释放等;有些药物还有一定的内在拟交感活性、膜稳定作用、抗血小板作用及降低眼压等作用。

2. 应用:(1)快速型心律失常。(2)心绞痛和心肌梗死。(3)治疗高肾素型和心输出量偏高的高血压。(4)甲亢、偏头痛、青光眼等。

第七单元　镇静催眠药

命题考点1　苯二氮䓬类的作用、应用及不良反应及常用制剂

【历年真题纵览】

A1 型题

1. 地西泮的镇静催眠作用机制是
   A. 作用于 DA 受体
   B. 作用于 GABA$_A$ 受体
   C. 作用于 5-HT 受体
   D. 作用于 M 受体
   E. 作用于 α$_2$ 受体

参考答案：B

2. 地西泮的药理作用不包括
   A. 抗焦虑
   B. 镇静催眠
   C. 抗惊厥
   D. 中枢性肌肉松弛
   E. 抗晕动

参考答案：E

2. 可以用作中枢性肌松药的是
   A. 琥珀胆碱
   B. 阿托品
   C. 筒箭毒碱
   D. 尼可刹米
   E. 地西泮

参考答案：E

A2 型题

4. 某女，30 岁。因服用大量地西泮导致昏迷而入院。诊断为：地西泮急性中毒。此时除洗胃及其他支持疗法外，应给予特异性的解毒药是
   A. 阿托品
   B. 解磷定
   C. 氟马西尼
   D. 尼可刹米
   E. 贝美格

参考答案：C

B1 型题

5.
   A. 耐受性

B. 成瘾性
C. 反跳现象
D. 戒断症状
E. 急性中毒

① 长期应用地西泮须加大剂量才产生原有的催眠效果，这是因为产生了
② 连续久服地西泮突然停药出现的焦虑、激动、震颤等症状称之为

参考答案：①A②D

【考点评析】

1. 苯二氮䓬类作用：(1)抗焦虑，选择性作用于边缘系统，用于各种原因的焦虑症。(2)镇静催眠。(3)麻醉前给药。(4)抗惊厥与癫痫，用于辅助治疗破伤风、子痫、小儿高热惊厥和药物中毒性惊厥，地西泮静脉注射是用于癫痫持续状态的首选药。硝西泮用于癫痫肌阵挛性发作，氯硝西泮对失神发作效果好。(5)中枢性肌肉松弛，用于治疗中枢性肌肉痉挛。

2. 不良反应与药物对中枢神经系统的抑制有关。主要不良反应有宿醉，久服突然停药出现失眠、焦虑等反跳现象。心、肝、肺功能减退者慎用，重症肌无力、急性闭角型青光眼、孕妇及哺乳期妇女忌用。

3. 氟马西尼主要用途是苯二氮䓬类过量的诊断和治疗，能有效地催醒患者和改善中毒所致的呼吸和循环抑制。

命题考点2　巴比妥类的作用、应用及不良反应

【历年真题纵览】

A1 型题

1. 静脉注射起效最快的药物是
   A. 苯巴比妥钠
   B. 戊巴比妥钠
   C. 异戊巴比妥钠
   D. 司可巴比妥钠
   E. 硫喷妥钠

参考答案：E

2. 苯巴比妥用于消除下列哪种之外的各型癫痫
   A. 强直阵挛发作
   B. 肌阵挛性发作
   C. 失神小发作

D. 强直发作

E. 失张力发作

参考答案：C

【考点评析】

1. 随剂量增大依次出现镇静、催眠、抗惊厥和麻醉作用。

2. 应用：(1)镇静、催眠：缓解高血压、甲亢病人的紧张、焦虑和烦躁不安情绪，并可对抗麻黄碱、氨茶碱引起的中枢性兴奋失眠。(2)抗惊厥：治疗各种原因引起的惊厥，如小儿高热、破伤风、子痫、脑炎等。(3)抗癫痫：苯巴比妥用于消除失神小发作外的各型癫痫。苯巴比妥和戊巴比妥可用于控制癫痫持续状态，硫喷妥钠用于小手术或内镜检查时的静脉麻醉。硫喷妥钠属于超短效类，静脉注射30秒内显效。(4)静脉麻醉或麻醉前给药：用于诱导麻醉及短时麻醉，如硫喷妥钠。苯巴比妥、异戊巴比妥和司可巴比妥麻醉前给药，可消除患者紧张情绪。

3. 不良反应：(1)后遗效应：停药次晨常有头晕、困倦、精神不振、精细运动不协调等反应。(2)过敏反应：少数患者出现皮疹、粒细胞减少症。(3)耐受性：有肝药酶诱导作用，可加速药物本身或其他药物的代谢，长期使用产生耐受性。联合用药时应注意。(4)依赖性(成瘾性)：长期服药可产生精神依赖和身体依赖，突然停药可出现戒断症状。(5)急性中毒：服用5~10倍催眠量或静脉注射过快时，可引起急性中毒，出现昏迷、呼吸抑制、血压下降、反射减弱或消失，致死的主要原因是呼吸衰竭。严重肺功能不全、支气管哮喘、颅脑损伤所致呼吸抑制者禁用。

第八单元　抗癫痫药

命题考点1　常用抗癫痫药的临床应用

【历年真题纵览】

A1 型题

1. 苯妥英钠是哪种癫痫发作的首选药物

　　A. 单纯部分性发作

　　B. 癫痫大发作

　　C. 复杂部分性发作

　　D. 癫痫持续状态

　　E. 失神小发作

参考答案：B

2. 失神小发作的常用药，对其他类型癫痫无效的是

　　A. 苯妥英钠

　　B. 卡马西平

　　C. 苯巴比妥

　　D. 乙琥胺

　　E. 阿司匹林

参考答案：D

3. 治疗癫痫复杂部分发作最有效的药物是

　　A. 苯妥英钠

　　B. 苯巴比妥

　　C. 卡马西平

　　D. 丙戊酸钠

　　E. 氯硝西泮

参考答案：C

4. 关于丙戊酸钠，下列叙述哪项不正确

　　A. 为广谱抗癫痫药

　　B. 其抗癫痫作用与 GABA 有关

　　C. 对小发作优于乙琥胺，为治疗小发作的首选药物

　　D. 对大发作疗效不及苯妥英钠

　　E. 对精神运动性发作疗效近似卡马西平

参考答案：C

A2 型题

5. 患者，男，40 岁。癫痫病史多年，今因癫痫持续状态被送入医院。应采取的治疗措施是

　　A. 口服苯巴比妥

　　B. 口服苯妥英钠

　　C. 口服丙戊酸钠

　　D. 静脉注射安定、地西泮

　　E. 肌肉注射氯丙嗪

参考答案：D

B1 型题

6.

　　A. 扑米酮

　　B. 苯妥英钠

　　C. 丙戊酸钠

　　D. 苯巴比妥

　　E. 乙琥胺

①对癫痫大发作和洋地黄引起的室性快速型心律失常均有良好疗效

②广谱抗癫痫药

参考答案：①B　②C

【考点评析】

1. 苯妥英钠抗癫痫，用于癫痫大发作效果最好；

可用于治疗外周神经痛;抗心律失常。

2.卡马西平对精神运动性发作和局限性发作疗效较好,对大发作亦有效。对小发作效果差。

3.卡马西平治疗三叉神经痛疗效优于苯妥英钠,对舌咽神经痛也有效。可用于神经性尿崩症。

4.丙戊酸钠对大发作疗效不及苯妥英钠、苯巴比妥,对小发作疗效优于乙琥胺。对精神运动性发作与卡马西平相似。

5.地西泮是治疗癫痫持续状态的首选药。

6.乙琥胺是防治小发作的首选药。丙戊酸钠对各型癫痫都有一定疗效。

第九单元 抗精神失常药

命题考点1 氯丙嗪的作用、应用及不良反应

【历年真题纵览】

A1 型题

1.用于人工冬眠的药物是

A.吗啡

B.丙咪嗪

C.氯丙嗪

D.安坦

E.左旋多巴

参考答案:C

2.下列对氯丙嗪的叙述哪项是错误的

A.可对抗去水吗啡的催吐作用

B.抑制呕吐中枢

C.能阻断 CTZ 的 DA 受体

D.可治疗各种原因所致的呕吐

E.制止顽固性呃逆

参考答案:D

3.氯丙嗪抗精神病的作用机制是

A.阻滞中枢 DA₂ 样受体

B.激动中枢 DA₂ 样受体

C.阻断 α 肾上腺素受体

D.阻断 GABA 受体

E.激动 GABA 受体

参考答案:A

4.不属于氯丙嗪作用的是

A.调节体温

B.阻断 M 受体

C.镇静、安定

D.激动 α 受体

E.减少生长激素分泌

参考答案:D

5.氯丙嗪不用于

A.低温麻醉

B.抑郁症

C.人工冬眠

D.精神分裂症

E.尿毒症呕吐

参考答案:B

6.氯丙嗪长期大剂量应用最严重的不良反应是

A.胃肠道反应

B.体位性低血压

C.中枢神经系统反应

D.锥体外系反应

E.变态反应

参考答案:D

【考点评析】

1.氯丙嗪通过阻断中脑-边缘系统和中脑-皮层系统的 DA₂ 样受体而发挥疗效。阻断 α 肾上腺素受体和 M 胆碱受体。(1)抗精神病作用,用于Ⅰ型精神分裂症、躁狂症。(2)镇吐作用,对多种疾病和药物引起的呕吐都有效。(3)对体温调节的影响,抑制体温调节中枢,使体温调节失灵。用于低温麻醉和人工冬眠疗法。(4)加强中枢抑制药的作用,可增强麻醉药、镇静催眠药、镇痛药及乙醇的作用。

2.不良反应主要有:(1)常见困倦、嗜睡、口干、视物模糊、震颤、鼻塞、便秘等中枢和自主神经系统副作用。(2)锥体外系反应。(3)内分泌及代谢紊乱:长期应用可致乳房增大、停经、泌乳及儿童生长抑制等。(4)过敏反应。(5)诱发癫痫。

命题考点2 丙咪嗪的作用及应用

【历年真题纵览】

A1 型题

1.三环类抗抑郁药与苯海索合用可以增强的作用是

A.5-HT 能效应

B.抗 GABA 能效应

C.抗交感活动

D. 抗胆碱效应

E. 抗多巴胺效应

参考答案:D

2. 丙米嗪禁用于

A. 高血压

B. 糖尿病

C. 溃疡病

D. 癫痫

E. 青光眼

参考答案:E

【考点评析】

抑制突触前膜 NA 及 5 - HT 的再摄取,使突触间隙递质浓度增高,从而产生抗抑郁作用,表现为精神振奋、情绪提高、焦虑心情减轻。三环类抗抑郁药大多阻断 M 受体,表现为阿托品样副作用。可降低血压,抑制多种心血管反射。用于各类抑郁症的治疗。

第十单元 抗帕金森病药

命题考点1 左旋多巴的作用及应用

【历年真题纵览】

A1 型题

1. 对急性肝功能衰竭所致肝性脑病有一定疗效的是

A. 氯丙嗪

B. 丙咪嗪

C. 安坦

D. 吗啡

E. 左旋多巴

参考答案:E

2. 左旋多巴抗帕金森病的机制是

A. 抑制多巴胺的再摄取

B. 激动中枢胆碱受体

C. 阻断中枢胆碱受体

D. 补充纹状体中多巴胺的不足

E. 直接激动中枢的多巴胺受体

参考答案:D

【考点评析】

1.1% 可透过血脑屏障,在脑内多巴胺脱羧酶的作用下脱羧转变为多巴胺,补充纹状体内多巴胺含

量,恢复多巴胺神经元的抑制性功能。在外周脱羧转化成多巴胺,激动心脏 β 受体及内脏多巴胺受体,引起心脏兴奋、血管阻力下降及其他外周副作用。

2. 用于帕金森病治疗、治疗肝昏迷。

命题考点2 卡比多巴的作用及应用

【历年真题纵览】

A1 型题

1. 卡比多巴与左旋多巴合用的理由是

A. 提高脑内多巴胺的浓度,增强左旋多巴的疗效

B. 减慢左旋多巴由肾脏排泄,增强左旋多巴的疗效

C. 直接激动多巴胺受体,增强左旋多巴的疗效

D. 抑制多巴胺的再摄取,增强左旋多巴的疗效

E. 阻断胆碱受体,增强左旋多巴的疗效

参考答案:A

2. 单用无抗帕金森病作用的是

A. 左旋多巴

B. 卡比多巴

C. 苯海索

D. 安坦

E. 息宁

参考答案:B

【考点评析】

不易通过血脑屏障,抑制外周多巴脱羧酶的活性。提高脑内多巴胺的浓度,增强左旋多巴的疗效,是左旋多巴的重要辅助药。单用无抗帕金森病作用。

命题考点3 安坦的作用及应用

【历年真题纵览】

A1 型题

1. 苯海索治疗帕金森病的机制是

A. 补充纹状体中多巴胺的不足

B. 激动多巴胺受体

C. 兴奋中枢胆碱受体

D. 阻断中枢胆碱受体

E. 抑制多巴脱羧酶活性

参考答案：D

A2 型题

2. 某男,30 岁。因患精神分裂症常年服用氯丙嗪,症状好转,但近日来出现肌肉震颤、动作迟缓、流涎等症状,诊断为氯丙嗪引起的帕金森综合征,应采取何药治疗

    A. 苯海索

    B. 金刚烷胺

    C. 左旋多巴

    D. 溴隐亭

    E. 卡比多巴

参考答案：A

【考点评析】

安坦有阻断中枢胆碱受体,减弱纹状体中乙酰胆碱的作用。抗震颤疗效好,但改善强直及运动迟缓较差,对某些继发性症状如过度流涎有改善作用。对抗精神病药物引起的帕金森综合征也有效。

第十一单元　镇痛药

命题考点 1　吗啡的作用、应用、不良反应及禁忌证

【历年真题纵览】

A1 型题

1. 吗啡的外周作用是

    A. 松弛胃肠道平滑肌

    B. 促进肠道腺体分泌

    C. 收缩膀胱括约肌

    D. 收缩外周血管引起血压升高

    E. 收缩脑血管引起颅内压降低

参考答案：C

2. 缓解急性心肌梗死疼痛的最有效药物是

    A. 硝酸异山梨醇酯(消心痛)

    B. 硝酸甘油

    C. 吗啡

    D. 安痛定

    E. 硝苯地平(心痛定)

参考答案：C

3. 吗啡的镇痛作用部位主要是

    A. 脊髓前角

    B. 边缘系统及蓝斑核

    C. 中脑盖前核

    D. 延脑的孤束核

    E. 脊髓胶质区、丘脑内侧、脑室及导水管周围的灰质

参考答案：E

4. 下列对吗啡叙述错误的是

    A. 镇痛作用强大

    B. 镇咳作用较强

    C. 抑制呼吸

    D. 镇痛的同时可产生意识丧失

    E. 吗啡中毒呈针尖样瞳孔

参考答案：D

5. 吗啡可用于治疗

    A. 阿司匹林哮喘

    B. 心源性哮喘

    C. 支气管哮喘

    D. 喘息型慢性支气管哮喘

    E. 其他原因引起的过敏性哮喘

参考答案：B

6. 吗啡抑制呼吸的主要原因是

    A. 作用于中脑盖前核

    B. 能降低呼吸中枢对血液中 CO_2 的敏感性

    C. 作用于迷走神经背核

    D. 作用于导水管周围的灰质

    E. 作用于边缘系统

参考答案：B

7. 急性吗啡中毒的拮抗剂是

    A. 肾上腺素

    B. 曲马朵

    C. 可乐定

    D. 阿托品

    E. 纳洛酮

参考答案：E

8. 不宜使用吗啡治疗慢性钝痛的主要原因是

    A. 易成瘾

    B. 可致便秘

    C. 对钝痛效果差

    D. 治疗量可抑制呼吸

    E. 可引起直立性低血压

参考答案：A

A2 型题

9. 患者,男,58 岁。高血压病史 20 年。近 1 年常心慌、气短,昨夜睡眠中突然憋醒,胸痛,咳嗽,气喘,急诊入院。经检查诊断为急性肺水肿,左心衰

竭。治疗应选用

　　A. 肾上腺素

　　B. 异丙肾上腺素

　　C. 山莨菪碱

　　D. 吗啡

　　E. 以上均非

参考答案:D

B1 型题

10.

　　A. 诱发或加重支气管哮喘

　　B. 诱发或加重溃疡病

　　C. 便秘

　　D. 凝血障碍

　　E. 锥体外系症状

①吗啡和阿司匹林共有的不良反应是

②吗啡和阿司匹林均不具有的不良反应是

参考答案:①A②E

【考点评析】

1. 吗啡的作用部位:作用于丘脑内侧、脑室导水管周围灰质及脊髓胶质区的阿片受体与镇痛作用有关;作用于边缘系统及蓝斑核的阿片受体与情绪和精神活动有关;作用于中脑盖前核的阿片受体与缩瞳有关;作用于延脑孤束核的阿片受体与镇咳、呼吸抑制、中枢交感张力降低有关。

2. 吗啡的作用、应用:中枢镇痛、镇静、呼吸抑制、镇咳、缩瞳、致呕吐。吗啡的外周作用有:兴奋胃肠道平滑肌,增加小肠静息张力,增加结肠张力,抑制胆汁、胰液和肠液分泌;扩张动脉和静脉,产生体位性低血压,脑血管扩张、颅内压增高;增加输尿管的张力和收缩力,抑制膀胱排空反射,增加膀胱外括约肌张力和膀胱容积,延长产程;抑制免疫。

3. 用于(1)镇痛:①对各种疼痛有强效,但久用易成瘾,除晚期癌症剧痛可长期应用外,一般只用于其他镇痛药无效的急性锐痛,如严重创伤、烧伤等引起的疼痛。②心肌梗死引起的剧痛,如血压正常,可用吗啡止痛。加之可使病人镇静,能消除因疼痛引起的焦虑、不安,对治疗更有利。③胆绞痛和肾绞痛需加用解痉药,如阿托品。(2)心源性哮喘:左心衰竭致急性肺淤血、肺水肿引起呼吸困难(心源性哮喘),除应用强心苷及输氧等措施治疗外,静注小剂量吗啡可产生良好的疗效。因为吗啡具有镇静作用,可缓解病人的紧张和窒息感;抑制呼吸中枢对 CO_2 的敏感性,可缓解过度呼吸;同时扩张外周血管,减少回心血量,可缓解左心衰竭和肺水肿。对严重肺功能不全、休克、昏迷者禁用。(3)止泻:适用于

急慢性腹泻,可选用阿片酊或复方樟脑酊。对细菌感染引起的腹泻,应口服抗菌药。

4. 不良反应及禁忌证:呼吸抑制、恶心呕吐、便秘、尿潴留、胆道压力增加、体位性低血压、免疫抑制;耐受性及成瘾性。治疗剂量的吗啡明显降低呼吸中枢对 CO_2 的敏感性。常用拮抗剂有纳洛酮和纳曲酮。吗啡有呼吸抑制作用;阿司匹林可产生阿司匹林哮喘。吗啡与阿司匹林都没有锥体外系不良反应。过量引起昏迷,呼吸深度抑制,瞳孔极度缩小呈针尖样(为吗啡早期中毒的诊断依据之一),发绀、血压降低甚至休克,病人多死于呼吸麻痹。禁用于分娩止痛及哺乳妇女止痛,支气管哮喘、肺心病、颅脑损伤致颅内压增高者、肝功能严重减退者。

```
命题考点 2　哌替啶(度冷丁)的作用特
点及应用
```

【历年真题纵览】

A1 型题

1. 下列有关吗啡与哌替啶的叙述错误的是

　　A. 哌替啶的等效量效价强度是吗啡 1/10 ~ 1/7

　　B. 等效量时对呼吸的抑制作用与吗啡基本相等

　　C. 吗啡的镇咳作用比哌替啶强

　　D. 吗啡的成瘾性比哌替啶强

　　E. 两药对平滑肌的作用相同,都可用于止泻

参考答案:E

B1 型题

2.

　　A. 曲马多

　　B. 罗通定

　　C. 哌替啶

　　D. 吗啡

　　E. 纳洛酮

①与氯丙嗪、异丙嗪合用组成冬眠合剂的药物是

②止泻效果明显的药物是

参考答案:①C　②D

【考点评析】

1. 作用:①中枢神经系统作用与吗啡相似,但较弱,约 100 mg 的哌替啶相当 10 mg 吗啡的镇痛效力,持续时间短,呼吸抑制弱。兴奋延脑 CTZ 及增加前庭器官敏感性,易致眩晕、恶心呕吐,无明显中枢性镇咳作用。②平滑肌兴奋作用弱于吗啡,且时间短,不引起便秘,不止泻;大剂量收缩支气管平滑肌,

③欣快感和成瘾性较小。④心血管作用同吗啡。

2. 应用:①镇痛:虽镇痛效价低于吗啡,但抑制呼吸作用、成瘾性比吗啡强。用于各种剧痛如创伤性疼痛、手术后疼痛、晚期癌症等;对内脏绞痛应与阿托品合用;对慢性钝痛则因成瘾性不宜使用。对分娩止痛,因新生儿对哌替啶的呼吸抑制作用敏感,注意临产前2~4小时内不宜使用。②麻醉前给药:哌替啶的镇静作用可消除手术患者紧张、恐惧情绪,减少麻醉药用量。③人工冬眠:常与氯丙嗪、异丙嗪组成人工冬眠合剂。

命题考点3　其他常用人工合成镇痛药制剂:芬太尼、美沙酮、镇痛新、强痛定

【历年真题纵览】

A1 型题

1. 镇痛效力为吗啡的100倍的是
　　A. 哌替啶
　　B. 喷他佐辛
　　C. 美沙酮
　　D. 芬太尼
　　E. 可待因
参考答案:D

2. 下列成瘾性极小的镇痛药是
　　A. 哌替啶
　　B. 可待因
　　C. 美沙酮
　　D. 喷他佐辛
　　E. 芬太尼
参考答案:D

【考点评析】

1. 美沙酮:药理作用似吗啡,镇痛作用强度、持续时间与吗啡相当,耐受性、成瘾性产生较慢,戒断症状轻。适用于创伤、手术及癌症患者的镇痛,也用于吗啡和海洛因的脱毒治疗。

2. 芬太尼:镇痛效力为吗啡的100倍。作用迅速,持续时间短。适用于各种剧痛以及外科、妇科等手术过程中的镇痛,与全身麻醉药或局部麻醉药合用,可减少麻醉药用量。与氟哌利多合用有安定镇痛作用。

3. 镇痛新(喷他佐辛):镇痛作用强度约为吗啡的1/3,呼吸抑制作用也较弱,成瘾性很小,在药政管理上已列入非麻醉品,用于各种慢性疼痛。

命题考点4　罗通定的作用特点及应用

【历年真题纵览】

A1 型题

1. 关于罗通定的特点错误的是
　　A. 对慢性持续性钝痛疗效较好
　　B. 有镇静、催眠、安定作用
　　C. 临床上治疗钝痛、一般性头痛、月经痛及分娩止痛
　　D. 无明显成瘾性
　　E. 作用机制与阿片受体有关
参考答案:E

【考点评析】

1. 作用:其作用机制与阿片受体无关。无明显成瘾性和呼吸抑制作用。镇痛作用较吗啡弱,比解热镇痛药强,除镇痛外,还具有镇静、催眠、安定和中枢性肌松作用,

2. 应用:口服用于内科疾病引起的钝痛、痛经及分娩止痛。对创伤、手术及晚期癌性疼痛疗效差。

第十二单元　解热镇痛药

命题考点1　阿司匹林的作用、应用及不良反应

【历年真题纵览】

A1 型题

1. 阿司匹林解热的作用机制是
　　A. 抑制环氧酶(COX),减少 PG 合成
　　B. 抑制下丘脑体温调节中枢
　　C. 抑制各种致炎因子的合成
　　D. 药物对体温调节中枢的直接作用
　　E. 中和内毒素
参考答案:A

2. 小剂量阿司匹林预防血栓形成的作用机制是
　　A. 抑制凝血酶原的形成
　　B. 直接抑制血小板聚集
　　C. 抑制 PGEs 的生成
　　D. 抑制 TXA_2(血栓素)的合成
　　E. 直接溶解血栓

参考答案:D

3.最宜选用阿司匹林治疗的是

    A.胃肠痉挛性绞痛

    B.月经痛

    C.心绞痛

    D.肾绞痛

    E.胆绞痛

参考答案:B

4.大剂量阿司匹林引起胃出血的主要原因是

    A.抑制血小板聚集

    B.抑制凝血酶原及其他凝血因子的合成

    C.直接刺激胃黏膜引起出血

    D.抑制胃黏膜 PG 的合成

    E.抑制维生素 C 及 K 的吸收

参考答案:D

5.阿司匹林不具有的不良反应是

    A.瑞夷(Reye)综合征

    B.荨麻疹等过敏反应

    C.水钠潴留,引起水肿

    D.诱发胃溃疡和胃出血

    E.水杨酸反应

参考答案:C

A2 型题

6.某女,39 岁。有哮喘病史,1 天前因发热服用阿司匹林 250 mg,用药后 30 分钟哮喘严重发作,大汗,发绀,强迫坐位。以下哪种说法正确

    A.这是由于发热引发了哮喘

    B.这是由于阿司匹林诱发了哮喘

    C.这是阿司匹林中毒的表现

    D.可用肾上腺素治疗

    E.是以抗原-抗体反应为基础的过敏反应

参考答案:B

【考点评析】

1.阿司匹林解热作用机制是抑制环氧酶(COX),减少 PG 合成。小剂量抗血栓形成,显著减少 TXA_2 水平而对 PGI_2 水平无明显影响。解热镇痛、抗风湿、影响血栓形成。

2.常用于头痛、牙痛、肌肉痛、神经痛及月经痛等慢性钝痛及感冒发烧等,也用于预防心肌梗死和脑血栓形成。

3.刺激胃黏膜,引起胃肠道不适。其他不良反应还有凝血障碍、过敏反应、阿司匹林哮喘、水杨酸反应。瑞夷(Reye)综合征:病毒性感染伴发热的青少年患者服阿司匹林,可致严重肝功能不合并脑病,应慎用。

命题考点 2　扑热息痛、布洛芬、消炎痛的作用特点及应用

【历年真题纵览】

A1 型题

1.下列药物中,其代谢产物仍有解热镇痛抗炎作用的是

    A.布洛芬

    B.吲哚美辛

    C.阿司匹林

    D.非那西丁

    E.对乙酰氨基酚

参考答案:D

2.临床常选用对乙酰氨基酚治疗

    A.感冒发热

    B.急性痛风

    C.类风湿性关节炎

    D.急性风湿热

    E.预防血栓形成

参考答案:A

3.主要用于治疗风湿性和类风湿性关节炎的药物是

    A.布洛芬

    B.对乙酰氨基酚

    C.秋水仙碱

    D.丙磺舒

    E.非那西丁

参考答案:A

B1 型题

4.

    A.布洛芬

    B.阿司匹林

    C.消炎痛

    D.甲灭酸

    E.扑热息痛

①用于急性风湿热鉴别诊断的药物是

②用于急性痛风或其他解热药物不易控制的发热的药物是

参考答案:①B　②C

【考点评析】

1.扑热息痛解热镇痛作用缓慢而持久,强度类似乙酰水杨酸。抑制外周 PG 合成酶的作用较弱,所以几无抗炎作用。适用于感冒发热、头痛、关节痛及

神经肌肉痛等。

2.布洛芬具有抗炎、解热及镇痛作用,主要用于治疗风湿及类风湿关节炎,也可用于一般解热镇痛。

3.消炎痛是最强的 PG 合成酶抑制药之一。具有显著抗炎、抗风湿及解热镇痛作用,对炎性疼痛有明显镇痛效果。对急性风湿性及类风湿性关节炎、强直性脊柱炎、骨关节炎等疗效较好,常作为强直性脊柱炎的首选药。对癌性发热以及其他不易控制的发热常有效。不良反应较多,禁用于孕妇、儿童、精神失常、溃疡病、癫痫及肾病患者。

第十三单元　抗组胺药

命题考点 1　H_1 受体阻滞药的作用、应用及常用制剂

【历年真题纵览】

A1 型题

1.H_1 受体阻断药对下列何种疾病疗效差
　A. 血管神经性水肿
　B. 过敏性鼻炎
　C. 过敏性皮炎
　D. 支气管哮喘
　E. 荨麻疹
参考答案:D

2.H_1 受体阻断药产生中枢抑制作用的机制是
　A. 阻断中枢 H_1 受体
　B. 兴奋中枢胆碱受体
　C. 和奎尼丁样作用有关
　D. 和中枢抗胆碱作用有关
　E. 阻断中枢 5-HT 受体
参考答案:A

3.异丙嗪不具备的药理作用是
　A. 镇静作用
　B. 减少胃酸分泌
　C. 抗胆碱作用
　D. 局麻作用
　E. 止吐作用
参考答案:B

【考点评析】

1.H_1 受体阻滞药阻断平滑肌 H_1 受体,阻断中枢 H_1 受体,拮抗脑的内源性组胺介导的觉醒反应。抗

胆碱,有局部麻醉作用。

2.用于:(1)皮肤黏膜变态反应性疾病:用于防治 I 型变态反应性疾病,对过敏性鼻炎、荨麻疹等疗效好,为首选药物;对血管神经性水肿及昆虫咬伤所致皮肤瘙痒和水肿有良效;对药疹和接触性皮炎亦有效。对支气管哮喘和过敏性休克无效。(2)晕动症及呕吐:苯海拉明、异丙嗪等对晕动症、妊娠呕吐及放射病呕吐均有止吐效果。(3)失眠:异丙嗪、苯海拉明等可用于失眠治疗,尤其是因变态反应性疾病所致的失眠。

3.常用制剂:苯海拉明、异丙嗪(非那根)、氯苯丁嗪(安其敏)、氯苯那敏(扑尔敏)、赛庚啶(二苯环庚啶)、阿司咪唑(息斯敏)、特非那丁等。

命题考点 2　H_2 受体阻滞剂的作用及应用

【历年真题纵览】

A1 型题

雷尼替丁治疗十二指肠溃疡的作用机制是
　A. 中和胃酸
　B. 直接抑制胃蛋白酶活性
　C. 阻断胃腺细胞的 H_2 受体,抑制胃酸分泌
　D. 形成保护膜,覆盖溃疡面
　E. 加速胃蛋白酶的分解
参考答案:C

【考点评析】

1.选择性地阻断组胺 H_2 样作用,主要用于治疗消化性溃疡,抑制胃酸分泌,促进溃疡愈合。

2.常用制剂:西咪替丁、雷尼替丁、法莫替丁、尼扎替丁、罗沙替丁等。

第十四单元　利尿药及脱水药

命题考点 1　呋喃苯胺酸(呋塞米)的作用、应用及不良反应

【历年真题纵览】

A1 型题

1.以下哪项不是呋塞米的用途
　A. 严重水肿

B. 急、慢性肾功能衰竭

C. 加速毒物排泄

D. 急性肺水肿

E. 急性低钙血症

参考答案:E

2. 呋塞米的不良反应不包括

A. 高血钾

B. 耳毒性

C. 胃肠道反应

D. 高尿酸血症

E. 低氯碱血症

参考答案:A

【考点评析】

1. 作用:①利尿:为强效利尿药,作用于髓袢升支粗段,使尿中 Na^+、K^+、Cl^- 浓度增高,肾脏稀释尿液的功能降低,同时髓质间液高渗区的渗透压下降,使肾脏浓缩尿液的功能也降低,产生强大的利尿作用;同时也增加 Ca^{2+}、Mg^{2+} 的排泄。②静注有扩张血管作用,使肾血流量增加,对急性肾功能衰竭有利。

2. 应用:①严重水肿:用于对其他利尿药无效的顽固性水肿和严重水肿,对心性或肝性水肿常与留钾利尿药合用。②急性肺水肿及脑水肿。③急、慢性肾功能衰竭。④加速毒物排泄。⑤其他:用于急性高钙血症的紧急处理,因可抑制髓袢升支粗段对钙的重吸收,增加钙排出而降低血钙。还可作为高血压危象的辅助治疗药。

3. 不良反应:①水与电解质紊乱:过度利尿可致低血容量、低血钾、低血钠、低氯碱血症等。长期应用还可引起低血镁。用留钾利尿药可纠正低血镁及低血钾。②高尿酸血症和高氮质血症。③胃肠道反应:恶心、呕吐、上腹部不适,大剂量能出现胃肠出血。④耳毒性:长期大剂量静注,可引起眩晕、耳鸣、听力下降或暂时性耳聋,应避免与有耳毒性的氨基糖苷类抗生素合用。

命题考点2 氢氯噻嗪的作用、应用及不良反应

【历年真题纵览】

A1 型题

1. 可用于肾性尿崩症的利尿剂是

A. 氨苯蝶啶

B. 安体舒通

C. 甘露醇

D. 呋塞米

E. 氢氯噻嗪

参考答案:E

2. 有关噻嗪类利尿药的叙述,错误的是

A. 具有降压作用

B. 可升高血脂

C. 使尿酸排出增加

D. 可升高血糖

E. 可促进远曲小管对钙离子的重吸收

参考答案:C

【考点评析】

1. 作用:①利尿:作用于远曲小管近端,抑制NaCl 的再吸收,增加 NaCl 和水的排出,产生温和持久的利尿作用。②抗利尿:使尿崩症病人的尿量减少。③降压:用药初期通过排钠利尿,减少细胞外液量和血容量而降低血压。后期因排钠作用,可降低血管平滑肌对儿茶酚胺等缩血管物质的反应性。

2. 应用:①水肿。②高血压:高血压病的基础药,多与其他降压药合用以增强疗效,减少副作用。③尿崩症:常用于肾性尿崩症。④用于治疗特发性高尿钙症及防止肾结石的形成。

3. 不良反应:①电解质紊乱。②高尿酸血症、高钙血症:竞争性抑制尿酸自肾小管分泌而引起高尿酸血症,故痛风患者慎用。③代谢性变化:抑制胰岛素的释放及葡萄糖的利用,可引起高血糖,故糖尿病患者慎用。还可增高血尿素氮,加重肾功能不良,故无尿者禁用。偶有发热、皮疹、过敏反应,对磺胺过敏者禁用。

命题考点3 螺内酯(安体舒通)的作用、应用及不良反应

【历年真题纵览】

A1 型题

1. 通过竞争醛固酮受体而发挥利尿作用的药物是

A. 氨苯蝶啶

B. 乙酰唑胺

C. 阿米洛利

D. 布美他尼

E. 螺内酯

参考答案:E

2. 下列哪种利尿药的作用强度和肾上腺皮质功能有关

A. 呋塞米

B. 螺内酯

C. 氨苯蝶啶

D. 阿米洛利

E. 氢氯噻嗪

参考答案:B

B1 型题

3.

A. 抑制肾小球滤过

B. 直接抑制肾小管 $H^+ - Na^+$ 交换

C. 直接抑制肾小管 $K^+ - Na^+$ 交换

D. 抑制碳酸酐酶活性

E. 拮抗醛固酮的作用

①螺内酯(安体舒通)的利尿作用机制是

②氨苯蝶啶的利尿作用机制是

参考答案:①C②C

【考点评析】

1. 螺内酯竞争醛固酮受体,直接抑制肾小管 K^+-Na^+ 交换。氨苯蝶啶作用于远曲小管和集合管,阻滞 K^+-Na^+ 交换。利尿作用仅在体内醛固酮增多时才发挥作用,利尿作用弱,起效慢,作用持久。

2. 用于治疗与醛固酮升高有关的顽固性水肿。与噻嗪类合用以增强疗效,并可防止噻嗪类引起的低血钾。

3. 不良反应:久用可引起高血钾,故肾功能不全和高血钾者禁用。有性激素样副作用,可引起男子乳房发育和性功能障碍,妇女月经不调和多毛症等。

┌─────────────────────────────────┐
命题考点4 甘露醇、山梨醇、高渗葡萄糖的作用及应用
└─────────────────────────────────┘

【历年真题纵览】

A1 型题

用于急性脑水肿脱水降颅压的是

A. 氢氯噻嗪

B. 布美他尼

C. 甘露醇

D. 螺内酯

E. 乙酰唑胺

参考答案:C

【考点评析】

1. 作用:①脱水:快速静注后迅速提高血浆渗透压,使组织间液水分向血浆转移而产生组织脱水作用。②利尿:静注后迅速增加尿量,排 Na^+、排 K^+。

2. 应用:①脑水肿及青光眼:是脑外伤、脑肿瘤及脑组织缺氧等引起的脑水肿的首选药。降低青光眼患者的房水量及眼内压,用于急性青光眼或青光眼患者术前使用。还可用于大面积烧伤引起的水肿。②预防急性肾功能衰竭:可减轻肾间质水肿、扩张肾血管、增加肾血流量以维持足够的尿量,且使肾小管内有害物质得以稀释,从而保护肾小管,预防急性肾功能衰竭。

第十五单元 抗高血压药

┌─────────────────────────────────┐
命题考点1 氢氯噻嗪的降压作用及应用
└─────────────────────────────────┘

【历年真题纵览】

A1 型题

1. 长期应用可引起低血钾的降压药是

A. 利血平

B. 哌唑嗪

C. 硝苯吡啶

D. 氢氯噻嗪

E. 肼苯哒嗪

参考答案:D

2. 关于噻嗪类利尿药降压作用机制,下列哪一项是错误的

A. 排钠利尿,细胞外液和血容量减少

B. 降低动脉壁细胞内钠的含量,使胞内钙量减少

C. 降低血管平滑肌对血管活性物质的反应性

D. 诱导动脉壁产生扩血管物质

E. 长期应用噻嗪类药物,可降低血浆肾素活性

参考答案:E

【考点评析】

1. 排钠利尿。用药初期因排钠利尿,使细胞外液和血容量减少导致心输出量减少,血压下降。长期服用利尿药,血容量和心输出量恢复正常时,血压

仍继续降低。

2.氢氯噻嗪降压作用缓慢、确切、持久。单独应用,治疗轻度高血压病;与其他类型降压药合用,可用于治疗中、重度高血压病。联合应用既能增强其他降压药的降压效果,又能减轻其他降压药水钠潴留的不良反应。本药长期应用能增高血浆肾素活性,削弱降压效果,合用β受体阻滞药可避免。

命题考点2　卡托普利(巯甲丙脯酸)的作用、应用及不良反应

【历年真题纵览】

A1型题

1.卡托普利(巯甲丙脯酸)的降血压机制

A.抑制肾素的合成

B.抑制肾素的释放

C.抑制血管紧张素Ⅰ合成酶

D.抑制血管紧张素转化酶

E.以上均非

参考答案:D

2.可防止高血压患者血管壁的增厚和心肌细胞增生肥大的降压药是

A.氢氯噻嗪

B.卡托普利

C.硝苯地平

D.普萘洛尔

E.哌唑嗪

参考答案:B

3.下列抗高血压药物中,哪一种药物易引起刺激性干咳

A.维拉帕米

B.卡托普利

C.氯沙坦

D.硝苯地平

E.普萘洛尔

参考答案:B

B1型题

4.

A.利尿剂

B.β受体阻滞剂

C.钙拮抗剂

D.血管紧张素转换酶抑制剂

E.血管紧张素Ⅱ受体阻滞剂

①巯甲丙脯酸(开搏通)属于

②美托洛尔(倍他乐克)属于

参考答案:①D②B

【考点评析】

1.抑制血管紧张素Ⅰ转变为血管紧张素Ⅱ,降低肾素—血管紧张素—醛固酮系统的活性,使血管扩张,外周阻力降低,醛固酮释放减少,血压下降。降压同时伴有肾素活性反馈性升高。

2.单独使用治疗原发性及肾性高血压,对中、重度高血压需与利尿药或钙拮抗剂合用,以增加疗效。近年来该药也用于慢性充血性心功能不全的治疗,对早期心肌内心性肥厚有逆转作用,并能防止心室的进一步扩大。久用引起咳嗽。

3.不良反应较少,剂量过大致低血压;久用可引起咳嗽,停药后可消失;尚有高血钾、血管神经性水肿、肾功能损害,久用可降低血锌引起皮疹、味觉改变等症状。

命题考点3　氯沙坦的作用、应用及不良反应

【历年真题纵览】

A1型题

1.氯沙坦的抗高血压机制是

A.抑制肾素活性

B.抑制血管紧张素转换酶活性

C.抑制醛固酮的活性

D.抑制血管紧张素Ⅰ的生成

E.阻断血管紧张素受体

参考答案:E

2.孕妇及哺乳期妇女禁用的降压药是

A.维拉帕米

B.氨氯地平

C.氯沙坦

D.硝苯地平

E.普萘洛尔

参考答案:C

【考点评析】

1.作用:与血管紧张素Ⅱ受体结合,拮抗血管紧张素Ⅱ对心血管系统的生物学效应,具有降压、逆转心肌肥厚、防止心肌纤维化等作用。

2.应用:①各型高血压;②心衰,适用于血浆肾素活性增高,血管紧张素Ⅱ增多所导致的血管壁和心

肌肥厚以及纤维化的慢性心功能不全;③保护肾脏,防止肾小球肥大、增殖及肾小球硬化。

3.不良反应:头晕、高血钾、体位性低血压等。孕妇及哺乳期妇女禁用。

命题考点4　普萘洛尔的降压作用及应用

【历年真题纵览】

A1 型题

1.以下属于β受体阻滞剂的降压药是
A.硝苯地平
B.甲基多巴
C.普萘洛尔
D.可乐定
E.氢氯噻嗪
参考答案:C

2.高血压合并窦性心动过速的年轻患者宜首选何种抗高血压药
A.硝普钠
B.甲基多巴
C.普萘洛尔
D.可乐定
E.氯沙坦
参考答案:C

B1 型题

3.
A.α受体阻滞剂
B.β受体阻滞剂
C.钙拮抗剂
D.利尿剂
E.血管紧张素转化酶抑制剂
①治疗高血压伴心率过快,应首选
②治疗高血压伴心力衰竭,应首选
参考答案:①B　②E

【考点评析】

1.降压作用:①阻断心脏β₁受体,抑制心肌收缩力并减慢心率,使心输出量减少;②阻断肾脏β₁受体,减少肾素释放;③阻断支配血管的去甲肾上腺能神经末梢突触前膜β受体,抑制其正反馈作用,减少去甲上腺素的释放;④阻断血管运动中枢β受体,降低外周交感神经的活性。

2.应用:①适用于轻度及中度高血压,对伴有肾素活性和心输出量偏高的病人有较好的疗效。②抗

心绞痛及抗心律失常,用于高血压合并心绞痛的患者,可减少心绞痛发作次数;对伴有脑血管病的患者,也有较好疗效。普萘洛尔与利尿药、血管扩张药合用,能对抗后者引起的血浆肾素活性增高以及反射性的心率加快、心输出量增加等副作用。

命题考点5　硝苯地平的降压作用及应用

【历年真题纵览】

A1 型题

1.有关硝苯地平降压时伴随状况的描述,下列哪项是正确的
A.心率不变
B.心排血量下降
C.血浆肾素活性增高
D.尿量增加
E.肾血流量降低
参考答案:C

2.下列哪项不是钙拮抗剂的适应证
A.高血压
B.心绞痛
C.心律失常
D.水钠潴留
E.雷诺综合征
参考答案:D

【考点评析】

能阻滞血管平滑肌细胞钙通道,阻断Ca²⁺内流,使血管扩张,外周血管阻力降低而产生降压作用,对正常血压无明显影响。在治疗剂量,因外周血管扩张引起反射性的交感神经兴奋,降压同时出现心率加快和心输出量增加,肾素活性增高。宜与β受体阻断剂合用。临床用于轻、中、重度高血压的治疗。可单用或与β肾上腺素受体阻断药、利尿药合用。

命题考点6　哌唑嗪的降压作用、应用及不良反应

【历年真题纵览】

A1 型题

哌唑嗪的主要不良反应是
A.刺激性干咳

B.心率减慢

C.颜面潮红

D.心率增快

E.首剂现象

参考答案:E

【考点评析】

1.选择性阻断突触后膜 α_1 受体,扩张小动脉及静脉血管平滑肌,外周阻力降低而血压下降。对肾血流量无影响,降压时不反射引起心率加快,但稍增加血浆肾素活性。用于轻、中度的高血压,与利尿剂及 β 受体阻断药合用可增强降压效果。

2.不良反应:可见眩晕、疲乏等,一般不影响用药。首次用药可出现严重的体位性低血压、晕厥、心悸等,称"首剂现象"。减少首次用药量和睡前服用即可避免。

命题考点7　可乐定的降压作用及应用

【历年真题纵览】

A1 型题

1.可作为治疗吗啡类镇痛者的戒毒药的降压药

A.硝普钠

B.可乐定

C.普萘洛尔

D.硝苯地平

E.氢氯噻嗪

参考答案:B

A2 型题

2.男,65 岁。高血压病史 20 年。近日出现上腹部疼痛,经钡餐检查诊断为胃溃疡,除应用抗消化性溃疡药外,其控制血压药物最好选用

A.甲基多巴

B.可乐定

C.利舍平

D.硝苯地平

E.氢氯噻嗪

参考答案:B

【考点评析】

1.兴奋延髓背侧孤束核突触后膜的 α_2 受体和延髓头端腹外侧区的咪唑啉受体,使交感神经张力下降,外周血管阻力降低,血压下降。

2.主要用于治疗中度高血压,与利尿药合用也可用于重度高血压,也用于预防偏头痛。可乐定还

有镇静、镇痛作用,可作为治疗吗啡类镇痛者的戒毒药。

命题考点8　利血平的降压作用、应用及不良反应

【历年真题纵览】

A2 型题

患者,男,48 岁。十二指肠溃疡病史 20 年,近感头痛,眩晕而就诊。检查:血压 160/100 mmHg(21/13 kPa)。下列降压药应慎用的是

A.可乐定

B.利血平

C.肼苯哒嗪

D.氢氯噻嗪

E.卡托普利

参考答案:B

【考点评析】

1.主要通过减少去甲肾上腺素的合成,抑制去甲肾上腺素再摄取等产生降压作用。有降低血压、镇静、安定作用。适用于轻度高血压。

2.常见鼻塞、乏力、体重增加、心动过缓,以及胃酸分泌增多、胃肠运动亢进、大便次数增多等,这与副交感神经功能占优势有关。长期用药可引起中枢抑制,如抑郁症。

命题考点9　肼屈嗪、硝普钠的降压作用及应用、常见不良反应

【历年真题纵览】

A1 型题

1.长期大量应用可致硫氰化物蓄积的降压药是

A.肼屈嗪

B.利血平

C.硝普钠

D.氢氯噻嗪

E.硝苯地平

参考答案:C

2.大剂量应用可致红斑狼疮样综合征的药物是

A.卡托普利

B.可乐定

C. 哌唑嗪

D. 肼屈嗪

E. 米诺地尔

参考答案:D

【考点评析】

1. 肼屈嗪促进血管内皮细胞 NO 的生成,增加细胞内 cGMP 浓度以及血管平滑肌细胞的超极化,降低细胞内 Ca^{2+} 水平而发挥作用。能直接松弛血管平滑肌,主要扩张小动脉,使外周阻力降低,血压下降。适用于中等度高血压。常见不良反应有头痛、眩晕、恶心、颜面潮红、高血压、心悸等。长期大剂量应用可引起全身性红斑狼疮综合征。

2. 硝普钠促进血管内皮细胞 NO 的生成,增加细胞内 cGMP 浓度而起作用。主要用于高血压危象,适用于伴有心力衰竭的高血压患者。常见不良反应:常见心悸、头痛、眩晕,以及呕吐等。连续大剂量应用,因代谢产物硫氢盐过高而发生中毒,可引起甲状腺功能减退,肝肾功能不全者禁用。

第十六单元 抗心律失常药

命题考点 1 奎尼丁的作用及应用

【历年真题纵览】

A1 型题

1. 关于奎尼丁的叙述错误的是

A. 钠通道阻滞剂

B. 抑制 Ca^{2+} 内流

C. 抑制 K^+ 外流

D. 有中枢抗胆碱作用

E. 减慢传导速度

参考答案:D

2. 奎尼丁抗心律失常的作用机制是

A. 抑制 Na^+ 内流和 K^+ 外流

B. 促 K^+ 外流

C. 抑制 Ca^{2+} 内流

D. 促 Na^+ 外流

E. 促 Ca^{2+} 内流

参考答案:A

【考点评析】

1. 能与心肌细胞膜脂蛋白结合,阻滞钠通道,适度抑制 Na^+ 内流,同时也抑制 Ca^{2+} 内流和 K^+ 外流。

①降低自律性;②减慢传导速度;③延长有效不应期;④对植物神经的影响:有外周抗胆碱作用,并能阻断肾上腺素受体,扩张血管,血压下降可反射性兴奋交感神经,窦性频率增加。

2. 本品对房性、室性及房室结性心律失常均有效,可用于心房颤动、心房扑动、室上性心动过速和室性早搏。

命题考点 2 利多卡因、苯妥英钠的作用及应用

【历年真题纵览】

A1 型题

1. 治疗急性心肌梗死引起的室性心律失常的最佳药物是

A. 奎尼丁

B. 苯妥英钠

C. 利多卡因

D. 维拉帕米

E. 普萘洛尔

参考答案:C

B1 型题

2.

A. 利多卡因

B. 地高辛

C. 异搏定

D. 苯妥英钠

E. 阿托品

①治疗急性心肌梗死当日出现的室性早搏,应首选

②治疗心功能正常的阵发性室上性心动过速,应首选

参考答案:①A②C

【考点评析】

1. 利多卡因抑制 Na^+ 内流,促进 K^+ 外流,对心脏的作用表现为:①降低心室自律性,对心房和窦房结无明显影响;②相对延长有效不应期;③改善病区传导,消除折返。仅用于室性心律失常。是防治急性心肌梗死并发室性心律失常的首选药;对强心苷中毒引起的心律失常疗效显著。

2. 苯妥英钠对浦肯野纤维的选择性作用较强,对心肌和窦房结无明显影响。①降低自律性;②有效不应期相对延长,有利于消除折返;③改善传导速率。

临床主要用于室性心律失常,尤其适用于洋地黄中毒等所致室性心律失常,对心肌梗死、心脏手术、麻醉意外、心导管手术引起的室性心律失常亦有效。

【历年真题纵览】

A1 型题

1.交感神经过度兴奋引起的窦性心动过速最好选用

A.普萘洛尔

B.胺碘酮

C.苯妥英钠

D.普鲁卡因胺

E.美西律

参考答案:A

2.普萘洛尔抗心律失常的主要作用是

A.治疗量的膜稳定作用

B.扩张血管,减轻心脏负荷

C.消除精神紧张

D.加快心率和传导

E.阻断心脏的 β 受体,降低自律性,减慢心率

参考答案:E

3.治疗阵发性室上性心动过速使用

A.奎尼丁

B.维拉帕米

C.利多卡因

D.普萘洛尔

E.普鲁卡因胺

参考答案:D

A2 型题

4.某女,35岁。有甲状腺功能亢进病史,经内科治疗好转,近日因感冒又出现心慌、胸闷、不安,睡眠差,心电图显示窦性心动过速。请问对该病人应选用的抗心律失常药为

A.利多卡因

B.苯妥英钠

C.普萘洛尔

D.维拉帕米

E.普罗帕酮

参考答案:C

【考点评析】

1.阻断心脏 β 受体,①降低窦房结、心房传导纤维、浦肯野纤维的自律性;②减慢房室结和浦肯野纤维的传导速度;③延长房室结的有效不应期。除抗心律失常作用外,还有抗高血压和抗心肌缺血作用。

2.主要用于治疗室上性心律失常,如心房颤动、心房扑动及阵发性室上性心动过速。尤其适用于交感神经过度兴奋所致的各种心律失常,如焦虑、甲状腺功能亢进引起的窦性心动过速以及运动和情绪激动引起的室性心律失常。

【历年真题纵览】

A1 型题

1.可引起甲状腺功能紊乱的抗心律失常药物是

A.维拉帕米

B.胺碘酮

C.普罗帕酮

D.普鲁卡因胺

E.奎尼丁

参考答案:B

2.关于胺碘酮的叙述,下列哪一项是错误的

A.降低窦房结和浦肯野纤维的自律性

B.减慢浦肯野纤维和房室结的传导速度

C.延长心房和浦肯野纤维的动作电位时程、有效不应期

D.阻滞心肌细胞 Na^+、K^+、Ca^{2+} 通道

E.对 α、β 受体无阻断作用

参考答案:E

B1 型题

3.

A.利多卡因

B.奎尼丁

C.普罗帕酮

D.普萘洛尔

E.胺碘酮

①可引起头痛、头晕、耳鸣、腹泻、恶心、视力模糊等,严重者可晕厥或猝死

②可阻滞钠、钾、钙通道

③可用于洋地黄中毒所致的室性心律失常

④属Ⅰc类抗心律失常药

⑤可用于嗜铬细胞瘤所致室性心律失常

参考答案:①B②E③A④C⑤D

【考点评析】

1. 胺碘酮对 Na^+、Ca^{2+} 及 K^+ 通道有一定阻滞作用,抑制复极过程,延长动作电位时程和有效不应期,还有 α、β 受体阻断作用。①阻滞 Na^+、Ca^{2+} 通道、拮抗 β 受体作用,能降低窦房结、浦肯野纤维自律性;②减慢房室结、浦肯野纤维传导速度;③能显著延长心房肌、心室肌和浦肯野纤维动作电位时程(APD)和有效不应期(ERP),从而消除折返。

2. 胺碘酮为广谱抗心律失常药,适用于各种室上性及室性心律失常,对心房扑动、心房颤动和室上性心动过速疗效好。

3. 利多卡因主要用于室性心律失常。普罗帕酮抑制钠离子内流而发挥作用。属于Ⅰc类抗心律失常药。

4. 普萘洛尔的应用。对于交感神经兴奋性过高、甲状腺功能亢进、嗜铬细胞瘤等引起的窦性心动过速效果良好。

命题考点5　维拉帕米的作用及应用

【历年真题纵览】

A1 型题

关于维拉帕米药理作用叙述正确的是

　　A. 能促进 Ca^{2+} 内流

　　B. 增加心肌收缩力

　　C. 对室性心律失常疗效好

　　D. 降低窦房结和房室结的自律性

　　E. 口服不吸收,不利于发挥作用

参考答案:D

B1 型题

　　A. 维拉帕米

　　B. 胺碘酮

　　C. 美西律

　　D. 普鲁卡因胺

　　E. 苯妥英钠

①治疗强心苷中毒所致的心律失常,应首选的是

②治疗冠心病并发阵发性室性心动过速,应首选的是

参考答案:①E　②A

【考点评析】

1. 维拉帕米为钙通道阻滞药(钙拮抗药),通过抑制心肌细胞膜 Ca^{2+} 内流,降低自律性以及减慢窦

房结和房室结的传导,延长窦房结和房室结、浦肯野纤维有效不应期,消除折返激动,产生抗心律失常作用。

2. 主要用于室上性心律失常,是治疗阵发性室上性心动过速的首选药。用于心房纤颤和心房扑动,可减慢心室率。尤其适用于冠心病、高血压伴发心律失常患者。

第十七单元　抗慢性心功能不全药

命题考点1　强心苷的作用及应用

【历年真题纵览】

A1 型题

1. 关于强心苷对心电图的影响,错误的是

　　A. Q-T 间期缩短

　　B. T 波幅度增大

　　C. P-P 间期延长

　　D. P-R 间期延长

　　E. S-T 段降低呈鱼钩状

参考答案:B

2. 强心苷治疗慢性心功能不全的最基本作用是

　　A. 使已扩大的心室容积缩小

　　B. 增加心肌收缩力

　　C. 增加心室工作效率

　　D. 降低心率

　　E. 增加心率

参考答案:B

3. 强心苷降低心房纤颤患者的心室率,是因为

　　A. 降低心室自律性

　　B. 改善心肌缺血状态

　　C. 降低心房自律性

　　D. 兴奋迷走神经和抑制房室传导

　　E. 抑制迷走神经

参考答案:D

4. 强心苷主要用于治疗下列哪种疾病

　　A. 完全性心脏传导阻滞

　　B. 心室纤维颤动

　　C. 心包炎

　　D. 二尖瓣重度狭窄

　　E. 充血性心力衰竭

参考答案:E

【考点评析】

1.作用:(1)加强心肌收缩性(正性肌力作用)。①增强心肌收缩力,且加快心肌收缩速度。心动周期中舒张期延长,静脉回心血量增加,并因心房压降低,减轻了静脉淤血状况。②增加衰竭心脏的输出量,泵血功能得到改善。③使心室容积缩小,室壁肌张力下降,加上负性频率作用,均可降低心肌耗氧,从而提高心脏的工作效率。(2)减慢心率(负性频率作用)。(3)对心电图的影响:治疗量强心苷引起的心电图改变有:①Q-T间期缩短(心室动作电位时程缩短,心室收缩敏捷)。②P-P间期延长(心率减慢)。③P-R间期延长(房室传导减慢)。④T波幅度变小及S-T段降低呈鱼钩状(判断是否应用强心苷的依据之一)。(4)其他作用:①兴奋迷走神经,抑制交感神经。②抑制肾素-血管紧张素-醛固酮系统,减少血管紧张素Ⅱ的生成和醛固酮的分泌。③利尿作用,增加肾血流,减少肾小管的重吸收。

2.应用(1)慢性心功能不全(充血性心力衰竭,CHF)对多种原因引起的CHF有治疗作用。对瓣膜病、先天性心脏病、高血压等引起的心功能不全疗效较好。对继发于甲状腺功能亢进、严重贫血及维生素B₁缺乏症等的心功能不全,疗效较差。对急性心肌炎、心肌缺血以及肺源性心脏病等引起的心功能不全,强心苷的疗效差,且易引起中毒。对于严重左房室瓣狭窄引起的心泵血功能不全,缩窄性心包炎引起的心舒张功能不全,强心苷基本无效。(2)某些心律失常:①心房纤颤,首选强心苷;②心房扑动;③阵发性室上性心动过速。但禁用于强心苷本身引起的室上性心动过速。因强心苷可引起室颤,故室性心动过速不用。

命题考点2 强心苷的不良反应及防治

【历年真题纵览】
A1型题
1.强心苷最常见的早期心脏毒性反应是
A.室上性心动过速
B.二联律
C.室性期前收缩
D.房性期前收缩
E.窦性停搏
参考答案:C

A2型题
2.患者,男,68岁,心衰病史5年,常年服用地高辛。两天前感胸闷较重,服用平时两倍量地高辛,昨日开始出现头晕,查心电图示房室传导阻滞,可以应用的治疗药物是
A.阿托品
B.奎尼丁
C.心律平
D.利多卡因
E.苯妥英钠
参考答案:A

【考点评析】

1.中毒症状:①胃肠道症状。②中枢神经系统反应及视觉障碍,出现乏力、眩晕、头痛、失眠或精神错乱,还有黄视症、绿视症等。③心脏毒性。心律失常是强心苷中毒最常见和最重要的表现。以室性早搏最为常见且最早出现,房室传导阻滞其次,阵发性房性心动过速伴房室传导阻滞占第三位。室性心动过速最严重,应及时救治,避免发展为室颤而危及生命。

2.预防:①注意诱发中毒的各种因素,如低钾、高钙、低镁血症、心肌缺氧等。②注意中毒先兆症状和心电图变化,出现室性早搏、窦性心动过缓(低于60次/分钟)、色视时,应及时停用强心苷、排钾利尿药和糖皮质激素。③监测血药浓度,及早发现中毒。

3.治疗:轻度中毒停用强心苷即可。出现快速心律失常伴低血钾,可静注氯化钾,并用利多卡因、苯妥英钠等抗心律失常药。对于缓慢型心律失常,如房室传导阻滞、窦性心动过缓时可用阿托品。对危及生命的强心苷中毒可用地高辛抗体Fab片段。

命题考点3 利尿药抗慢性心功能不全作用

【历年真题纵览】
A1型题
利尿药抗心衰的作用机制是
A.只减轻前负荷
B.只减轻后负荷
C.既减轻前负荷又减轻后负荷
D.改善心脏泵血功能
E.正性肌力作用
参考答案:C

【考点评析】

慢性心功能不全患者多有体内水钠潴留,利尿药通过利尿降低血容量,减轻心脏前负荷,有利于患者心功能的改善。治疗时首选噻嗪类药物。

命题考点 4　血管扩张药抗慢性心功能不全的作用及常用药物

【历年真题纵览】

A1 型题

1. 以下不具有血管扩张作用的药物是
　A. 哌唑嗪
　B. 卡托普利
　C. 硝普钠
　D. 氨氯地平
　E. 普萘洛尔
参考答案:E

2. 抗心衰血管扩张药中属于直接扩张血管的是
　A. 硝普钠
　B. 卡托普利
　C. 硝苯地平
　D. 哌唑嗪
　E. 普萘洛尔
参考答案:A

【考点评析】

具有血管扩张作用的药物有:①直接扩张血管药:硝普钠、肼屈嗪、硝酸甘油。硝酸甘油:主要舒张静脉,降低前负荷,用于肺淤血明显等前负荷加重者。肼屈嗪:主要舒张小动脉,降低后负荷,适用于心输出量明显减少者。硝普钠:能舒张静脉和小动脉,降低前后负荷,对急性心肌梗死及高血压所致CHF 效果好。②α_1 受体阻滞药:哌唑嗪。哌唑嗪:舒张静脉和动脉,降低后负荷。用于缺血性心脏病所致的 CHF 效果好,有快速耐受现象。③钙通道阻滞药:氨氯地平。氨氯地平:舒张动脉较强,降低后负荷较为显著,能增加心输出量。可用于治疗伴有高血压、心绞痛或因肥厚性心肌病所致的 CHF。需注意其对心脏的抑制作用,一般不作 CHF 的常用药。④血管紧张素转换酶抑制药:卡托普利。

命题考点 5　ACEI 制剂和 AT 阻滞药对慢性心功能不全的治疗作用

【历年真题纵览】

A1 型题

1. 通过抑制血管紧张素 I 转换酶而发挥抗慢性心功能不全作用的代表药有
　A. 地高辛
　B. 卡托普利
　C. 美托洛尔
　D. 氯沙坦
　E. 硝普钠
参考答案:B

A2 型题

2. 患者,男,26 岁。先天性心脏病致心力衰竭,应用强心苷疗效不显著。可试换用的药物是
　A. 氯化钙
　D. 阿托品
　C. 卡托普利
　D. 肾上腺素
　E. 异丙肾上腺素
参考答案:C

B1 型题

3.
　A. 呋塞米
　B. 地高辛
　C. 硝酸甘油
　D. 扎莫特罗
　E. 卡托普利

①增加心肌细胞内的 Ca^{2+} 浓度,从而加强心肌收缩力用于治疗慢性心功能不全

②抑制血管紧张素 I 转化酶,且对高血压和慢性心功能不全患者疗效均比较突出

③通过利尿减少血容量从而治疗慢性心功能不全

参考答案:①B　②E　③A

【考点评析】

用于治疗心力衰竭,不仅能缓解或消除心衰症状,改善左心室泵血功能,而且能逆转左室心肌肥厚的病理变化,明显降低心衰的病死率。

第十八单元 抗心绞痛药

命题考点 1 硝酸甘油的作用及应用

【历年真题纵览】

A1 型题

1. 稳定型心绞痛发作时,首选的速效药物是
   A. 普萘洛尔(心得安)
   B. 硝苯地平(心痛定)
   C. 硝酸异山梨醇酯(消心痛)
   D. 硝酸甘油
   E. 阿司匹林

参考答案:D

2. 下列关于硝酸甘油的论述,错误的是
   A. 扩张容量血管
   B. 降低左心室舒张末期压力
   C. 舒张冠状血管侧支血管
   D. 改善心内膜供血作用较差
   E. 能降低心肌耗氧量

参考答案:D

A2 型题

3. 某女,55 岁,由于劳累、过度兴奋而突发心绞痛,请问服用下列哪种药效果好
   A. 口服硫酸奎尼丁
   B. 舌下含服硝酸甘油
   C. 注射盐酸利多卡因
   D. 口服盐酸普鲁卡因胺
   E. 注射苯妥英钠

参考答案:B

4. 某男,65 岁,有哮喘病史及Ⅱ度房室传导阻滞病史。今晨活动中突发心绞痛,应服用下列哪种药物
   A. 美托洛尔
   B. 苯妥英钠
   C. 硝酸甘油
   D. 硫酸奎尼丁
   E. 硝苯地平

参考答案:C

【考点评析】

1. 通过降低心肌耗氧量和改善缺血区心肌供血

而缓解心绞痛。

2. 对各型心绞痛均有效,对稳定型心绞痛为首选药,用药后能终止发作和预防发作。还可用于急性心肌梗死和心功能不全的治疗。

3. 本类药物与 β 受体阻滞药比较,无加重心衰和诱发哮喘的危险;与钙通道阻滞药比较,无心脏抑制作用。

命题考点 2 硝酸甘油的主要不良反应

【历年真题纵览】

A1 型题

1. 可引起高铁血红蛋白症的抗心绞痛药物是
   A. 美托洛尔
   B. 氨氯地平
   C. 硝酸甘油
   D. 维拉帕米
   E. 阿替洛尔

参考答案:C

2. 下列哪项是硝酸甘油常见不良反应之一
   A. 皮肤湿冷
   B. 搏动性头痛
   C. 心率减慢
   D. 室性期前收缩
   E. 反射性血压增高

参考答案:B

【考点评析】

1. 与扩张血管作用有关的不良反应:①搏动性头痛、皮肤潮红等,通常连用数日可自行消失;②体位性低血压及晕厥,低血容量者禁用;③眼内压升高;④剂量过大可致血压明显降低,可引起冠脉灌注压过低,且可反射性地兴奋交感神经而使心肌收缩力加强,心率加快,心肌耗氧量增加,加重心绞痛症状。

2. 高铁血红蛋白症:超剂量使用可引起高铁血红蛋白症。

3. 耐受性:停药 1~2 周可恢复,为避免耐受性出现,可试用间歇疗法,与其他抗心绞痛药物交替使用。

4. 青光眼、颅内压升高、低血压及休克等患者慎用。

命题考点3　其他硝酸酯类制剂及应用

【历年真题纵览】

A1 型题

稳定性心绞痛需要长期多次服用的首选药是

　　A. 硝酸甘油

　　B. 硝苯地平

　　C. 普萘洛尔

　　D. 硝酸异山梨醇酯

　　E. 双嘧达莫

参考答案:D

【考点评析】

硝酸异山梨醇酯、硝酸戊四醇酯、亚硝酸异戊酯。其作用与硝酸甘油相似而作用较弱,起效慢、维持时间较长。

命题考点4　β受体阻滞药抗心绞痛的作用、应用及常用药物

【历年真题纵览】

A1 型题

1. 变异型心绞痛,不宜使用

　　A. 硝酸甘油软膏

　　B. 硝酸甘油贴片

　　C. 普萘洛尔

　　D. 硝苯吡啶

　　E. 硝酸戊四醇酯

参考答案;C

2. 关于普萘洛尔抗心绞痛的作用中叙述错误的是

　　A. 阻断β受体,抑制心脏活动,降低心肌耗氧量

　　B. 增大心室容积,延长射血时间,能相对增加心肌耗氧量,部分抵消其降低心肌耗氧量的有利作用

　　C. 促进氧合血红蛋白的解离,增加组织供氧

　　D. 抑制心肌收缩力,从而减小心室容积,缩短射血时间,降低心肌耗氧量

　　E. 改善缺血区心肌的供血

参考答案:D

【考点评析】

1. 阻断心脏上的β₁受体,拮抗儿茶酚胺的作用,

使心肌收缩力下降,心率减慢,心肌耗氧量降低。治疗劳力性心绞痛,对兼有高血压或心律失常患者更为适用。

2. 变异性心绞痛禁用β受体阻滞药。因为β₂受体的扩张血管作用被阻滞,血管上的α受体占优势,可导致冠状动脉痉挛,病情恶化。心肌收缩力减弱,使射血时间延长,心排血不完全,心室容积扩大,增加了心肌耗氧量,这是本药的不足之处。

3. 常用药物:普萘洛尔、美托洛尔、阿替洛尔。

命题考点5　钙通道阻滞药的抗心绞痛作用及应用及常用钙通道阻滞药

【历年真题纵览】

A1 型题

1. 变异性心绞痛最好选用哪一种药物

　　A. 普萘洛尔

　　B. 吲哚洛尔

　　C. 硝苯地平

　　D. 硝酸异山梨酯

　　E. 洛伐他汀

参考答案:C

B1 型题

2. 禁用于严重心衰及中、重度房室传导阻滞的抗心绞痛药物是

　　A. 硝酸异山梨酯

　　B. 美托洛尔

　　C. 硝酸甘油

　　D. 维拉帕米

　　E. 阿替洛尔

参考答案:D

3.

　　A. 硝酸甘油

　　B. 硝苯地平

　　C. 普萘洛尔

　　D. 维拉帕米

　　E. 洛伐他汀

　　①对变异性心绞痛的疗效好,也可用于不稳定型心绞痛

　　②通过释放 NO 松弛血管平滑肌而发挥抗心绞痛作用的药物

　　③可使变异性心绞痛病情加剧的抗心绞痛药

参考答案:①D　②A　③C

【考点评析】

1.钙通道阻滞药能选择性地阻断心肌及平滑肌细胞膜钙离子通道,抑制 Ca^{2+} 内流,降低心肌收缩性及扩张冠脉和外周动脉,具有降低心肌耗氧量和改善缺血区血氧供应等作用。

2.钙通道阻滞药对冠状动脉痉挛及变异型心绞痛疗效明显,也可用于稳定型、不稳定型心绞痛,对急性心肌梗死能促进侧支循环,缩小梗死面积。

3.常用钙通道阻滞药:硝苯地平(心痛定)、地尔硫草、维拉帕米等。维拉帕米与 β 受体阻断药合用可抑制心肌收缩力及传导系统,故应慎用。易引起心动过缓、便秘等不良反应。禁用于严重心衰及中、重度房室传导阻滞。

第十九单元　血液系统药

命题考点1　铁制剂的应用及不良反应

【历年真题纵览】

A1 型题

治疗慢性失血(如内痔出血)所致的贫血应选用

　　A.枸橼酸铁胺

　　B.硫酸亚铁

　　C.叶酸

　　D.维生素 B_{12}

　　E.甲酰四氢叶酸钙

参考答案:B

【考点评析】

铁制剂主要用于治疗和预防缺铁性贫血。缺铁性贫血口服铁剂首选硫酸亚铁,因为二价铁易于吸收。口服铁制剂主要有胃肠道刺激症状,如恶心呕吐、腹痛腹泻。注射用铁制剂因其刺激性可引起局部疼痛,静注可引起静脉炎。

命题考点2　叶酸、维生素 B_{12} 的作用及应用

【历年真题纵览】

A1 型题

1.下列有关叶酸的说法,错误的是

　　A.主要经十二指肠和空肠上段吸收

　　B.吸收需要内因子的协助

　　C.参与嘌呤的从头合成

　　D.促进氨基酸之间的转换

　　E.妊娠妇女需要量增加

参考答案:B

2.对于应用甲氨蝶呤引起的巨幼红细胞性贫血,治疗时应选用

　　A.维生素 B_{12}

　　B.叶酸

　　C.叶酸 + 维生素 B_{12}

　　D.甲酰四氢叶酸钙

　　E.红细胞生成素

参考答案:D

【考点评析】

1.叶酸、维生素 B_{12} 用于巨幼红细胞性贫血、再生障碍性贫血与白细胞减少症的辅助治疗。维生素 B_{12} 吸收需要内因子协助,叶酸不需要。对应用叶酸拮抗剂甲氨蝶呤、肝脏因素等造成二氢叶酸还原酶功能或产生障碍所致巨幼红细胞贫血,应用一般叶酸制剂无效,需直接选用甲酰四氢叶酸钙治疗。

2.维生素 B_{12} 可促进四氢叶酸的循环利用,缺乏时可引起叶酸缺乏症状,同时导致合成异常脂肪酸,从而影响正常神经髓鞘磷脂合成,出现神经症状。主要用于恶性贫血及其他巨幼红细胞性贫血的治疗,还用于神经炎、神经萎缩、神经痛等。对于巨幼红、细胞性贫血,叶酸和维生素 B_{12} 可联合使用,但神经症状必须用维生素 B_{12} 治疗。

命题考点3　维生素 K 的作用及应用

【历年真题纵览】

A1 型题

1.维生素 K 是凝血因子Ⅶ、Ⅸ、Ⅹ 和下列哪项的辅酶

　　A.因子Ⅰ

　　B.因子Ⅱ

　　C.因子Ⅲ

　　D.凝血酶Ⅲ

　　E.抗凝血酶Ⅲ

参考答案:B

2.下列哪一项不是维生素 K 的适应证

　　A.阻塞性黄疸所致出血

B.胆瘘所致出血
C.长期使用广谱抗生素
D.新生儿出血
E.水蛭素应用过量
参考答案:E

【考点评析】

1.维生素 K 是肝脏合成凝血酶原(因子Ⅱ)和凝血因子Ⅶ、Ⅸ、Ⅹ的辅酶,当维生素 K 缺乏时,凝血因子合成停留于前体状态,导致凝血障碍。

2.主要用于维生素 K 缺乏所致的出血,主要用于口服抗凝血药、广谱抗生素、梗阻性黄疸、胆瘘、慢性腹泻和广泛肠段切除后所致的凝血酶原血症,以及新生儿因维生素 K 产生不足所致出血。

命题考点4　肝素的作用、应用及不良反应

【历年真题纵览】

A1 型题

1.肝素抗凝的主要作用机制是增强下列哪项的亲力
　A.抗凝血酶Ⅰ和因子Ⅰ
　B.抗凝血酶Ⅱ和因子Ⅱ
　C.抗凝血酶Ⅱ和因子Ⅲ
　D.抗凝血酶Ⅲ和因子Ⅱ
　E.抗凝血酶Ⅲ和因子Ⅲ
参考答案:D

2.体外循环抗凝血,宜选用
　A.肝素
　B.新抗凝
　C.华法林
　D.双香豆素
　E.新双香豆素
参考答案:A

A2 型题

3.某男,55 岁。因突发心前区压榨样疼痛入院,经心电图诊断为急性心肌梗死,给予强心、利尿、扩血管及其他相关治疗,并每 3 小时静脉注射肝素钠1000U,用药过程中发现患者出现口腔、皮肤黏膜多处出血点,此时应采取的措施是
　A.减少肝素用量
　B.加大肝素用量
　C.停用肝素,注射维生素 K

D.停用肝素,注射鱼精蛋白
E.停用肝素,注射氨甲苯酸
参考答案:D

【考点评析】

1.肝素激活抗凝血酶Ⅲ,加速凝血因子Ⅱa、Ⅶa、Ⅸa、Ⅹa、Ⅻa 的灭活。用于血栓栓塞性疾病、弥漫性血管内凝血、体外抗凝等。

2.不良反应有:偶见发热、哮喘、荨麻疹等过敏反应症状。长期使用可发生脱发、骨质疏松和自发性骨折。过量可引起自发性出血。对抗药是鱼精蛋白。

命题考点5　香豆素类药物的作用、应用及不良反应

【历年真题纵览】

A1 型题

1.华法林与下列何药合用应加大剂量
　A.阿司匹林
　B.四环素
　C.苯巴比妥
　D.吲哚美辛
　E.双嘧达莫
参考答案:C

2.香豆素类药物的作用机制是
　A.加速凝血因子Ⅱa 的灭活
　B.激活抗凝血酶Ⅲ
　C.拮抗维生素 K 的作用
　D.加速凝血因子Ⅶa、Ⅸa 的灭活
　E.加速凝血因子Ⅹa、Ⅻa 的灭活
参考答案:C

【考点评析】

1.香豆素类药物拮抗维生素 K 的作用,抑制凝血因子的合成,但不能对抗已合成的凝血因子,故体外无效。主要用于各种血栓栓塞性疾病的防治。

2.过量引起出血,其他不良反应有头晕、持续性头痛、腹痛、背痛等。凡是能提高肝脏微粒体酶活性的药物如巴比妥类,均能通过加速香豆素类的生物转化而降低其抗凝作用。

命题考点 6 纤维蛋白溶解药的作用及应用

【历年真题纵览】

A1 型题

1.链激酶用于治疗血栓性疾病,是由于
　A.扩张血管
　B.抑制凝血因子
　C.抑制血小板聚集
　D.促进纤溶酶原合成
　E.激活纤溶酶原

参考答案:E

B1 型题

2.
　A.双香豆素
　B.肝素
　C.链激酶
　D.低分子右旋糖酐
　E.阿司匹林
　①出血可用氨甲苯酸对抗
　②出血可用维生素 K 对抗
　③出血可用鱼精蛋白对抗

参考答案:①C　②A　③B

【考点评析】

1.纤维蛋白溶解药可使纤溶酶原转变为纤溶酶,后者可使纤维蛋白及纤维蛋白原降解,导致血栓溶解。主要用于急性血栓栓塞性疾病的治疗。

2.链激酶出血可用氨甲苯酸对抗。双香豆素出血可用维生素 K 对抗。肝素出血可用鱼精蛋白对抗。

命题考点 7 常用抗血小板药的作用及应用

【历年真题纵览】

A1 型题

1.阿司匹林的抗血小板作用机制为
　A.抑制血小板中 TXA_2 的合成
　B.抑制内皮细胞中 TXA_2 的合成
　C.激活环氧酶
　D.促进内皮细胞中 PGI_2 的合成
　E.促进血小板中 PGI_2 的合成

参考答案:A

A2 型题

2.患者,男,57 岁,有脑梗死病史 2 年,为预防复发,最常选用的药物是
　A.肝素
　B.强的松
　C.阿司匹林
　D.二甲双胍
　E.阿莫西林

参考答案:A

【考点评析】

抗血小板药能抑制血小板的黏附、聚集和释放功能,可用于血栓形成、炎症、动脉粥样硬化、心血管及脑血管疾病等的防治。阿司匹林抑制血小板环氧酶活性,使花生四烯酸生成的 TXA_2 减少,抑制血小板聚集。

第二十单元 消化系统药

命题考点 1 抗酸药常用制剂

【历年真题纵览】

A1 型题

氢氧化铝叙述错误的是
　A.中和胃酸的作用强而持久
　B.可引起便秘
　C.可产生 CO_2 气体
　D.可引起骨软化
　E.影响四环素、地高辛吸收

参考答案:C

【考点评析】

1.碳酸氢钠(小苏打):为易吸收性抗酸药,抗酸作用强而迅速。中和胃酸时产生大量 CO_2 气体,有诱发穿孔的危险,过量可引起碱血症。不宜单独作抗酸药应用。

2.氢氧化镁:抗酸作用较强、较快,中和胃酸时不产生气体;在肠道镁离子有导泻作用;少量吸收的镁离子经肾排出,故肾功能不良可引起血镁过高。

3.三硅酸镁:中和胃酸的作用缓慢、弱而持久。在胃内生成胶状二氧化硅对溃疡面有保护作用。可

引起轻度腹泻。

4.氢氧化铝:中和胃酸的作用强而持久,中和胃酸时产生的氯化铝具有收敛作用,可止血及引起便秘。铝离子在肠道内与磷酸盐形成不溶性磷酸铝,减少磷的吸收,引起骨软化。还影响四环素、地高辛、异烟肼、强的松等的吸收,用药时需注意。

5.碳酸钙:抗酸作用快、强而持久,可产生 CO_2 气体。长期大量使用本药,因部分钙可被吸收而发生高血钙症、肾结石等不良反应。进入肠道的钙离子可促进胃泌素分泌,引起胃酸分泌增加。可致便秘。

命题考点2 H_2 受体阻滞药的作用及应用(西咪替丁、雷尼替丁、法莫替丁)

【历年真题纵览】

A1 型题

下列何种药物具有抑制胃酸分泌的作用
  A.碳酸钙
  B.三硅酸镁
  C.氢氧化铝
  D.西咪替丁
  E.氢氧化镁

参考答案:D

【考点评析】

H_2 受体阻滞药(西咪替丁、雷尼替丁、法莫替丁)通过阻断胃黏膜壁细胞上的 H_2 受体而产生较强的抑酸作用。用于十二指肠溃疡、胃溃疡的治疗。对其他胃酸分泌过多的疾病如胃肠吻合口溃疡、反流性食管炎及消化性溃疡和急性胃炎引起的出血也有效。

命题考点3 质子泵抑制剂

【历年真题纵览】

A1 型题

1.奥美拉唑治疗消化性溃疡的作用机制为
  A.抑制胃黏膜壁细胞上 $Na^+ - K^+ - ATP$ 酶
  B.抑制胃黏膜壁细胞上 $H^+ - K^+ - ATP$ 酶
  C.阻断胃黏膜壁细胞上胃泌素受体
  D.促进胃黏液的分泌

  E.杀灭幽门螺杆菌

参考答案:B

2.有关奥美拉唑的叙述,错误的是
  A.口服后,浓集于壁细胞分泌小管周围
  B.代谢成次磺酸和亚磺酰胺后失活
  C.能够不可逆地抑制 H^+ 泵的作用
  D.不影响胃蛋白酶的分泌
  E.不影响内因子的分泌

参考答案:B

3.迅速减轻卓 – 艾(Zollinger-Ellison)综合征症状,应首选
  A.尼扎替丁
  B.法莫替丁
  C.奥美拉唑
  D.哌仑西平
  E.硫糖铝

参考答案:C

【考点评析】

1.本类药物与胃黏膜壁细胞膜上 H^+-K^+-ATP 酶结合使之失活,从而产生强大而持久的抑制胃酸分泌作用,同时胃蛋白酶分泌也减少,并有抗幽门螺杆菌作用。

2.用于治疗胃、十二指肠溃疡,反流性食管炎及胃泌素瘤。常用药物有奥美拉唑、兰索拉唑等。

命题考点4 黏膜保护药的作用及应用

【历年真题纵览】

A1 型题

有关硫糖铝的叙述错误的是
  A.pH < 4 时,可聚合成胶冻
  B.聚合物可附着于上皮细胞和溃疡面
  C.减轻胃酸和胆汁酸对胃黏膜的损伤
  D.减少胃黏液和碳酸氢盐分泌
  E.具有细胞保护作用

参考答案:D

【考点评析】

1.黏膜保护药能增强胃黏膜屏障功能,用于治疗消化性溃疡病。

2.主要有:(1)前列腺素衍生物,如:米索前列醇、恩前列醇等。前列腺素 E(PCE)和前列环素(PCI_2),均能抑制胃酸分泌,增强胃黏膜的保护屏障,防止有害因子损伤胃黏膜。(2)硫糖铝,口服后

覆盖在胃黏膜表面,聚合成保护胶胨,可阻止有害因子对胃黏膜的损害。(3)铋制剂,在胃黏膜表面形成保护性胶体,阻止有害物质与胃黏膜接触造成损伤,同时有促进黏液分泌和抗 Hp 作用。

命题考点5　抗幽门螺杆菌药

【历年真题纵览】

A1 型题

常用抗幽门螺杆菌的药物是

　A. 克拉霉素

　B. 青霉素

　C. 氯霉素

　D. 红霉素

　E. 先锋霉素

参考答案:A

【考点评析】

临床用于杀灭 Hp 的抗菌药物主要有克拉霉素、阿莫西林、甲硝唑、替硝唑、四环素、呋喃唑酮、庆大霉素等,常用 2 ~ 3 种抗菌药加质子泵抑制药加铋剂组成三联或四联疗法治疗溃疡病。

命题考点6　甲氧氯普胺(胃复安)的作用、应用及不良反应

【历年真题纵览】

A1 型题

甲氧氯普胺的不良反应错误的是

　A. 嗜睡、倦怠

　B. 锥体系反应

　C. 焦虑

　D. 抑郁

　E. 男性乳房发育

参考答案:B

【考点评析】

1. 阻断延脑催吐化学感受区的多巴胺受体受体,发挥止吐作用,用于肿瘤化疗、放疗引起的恶心、呕吐;阻断胃肠多巴胺受体,引起从食道至近段小肠平滑肌运动,发挥胃肠促动药作用,用于慢性功能性消化不良引起的胃肠运动障碍如恶心、呕吐等。

2. 不良反应为大剂量静脉注射或长期应用可引起锥体外系反应,如肌震颤、帕金森病、坐立不安等。也可引起高催乳素血症、男子乳房发育、溢乳等。孕妇慎用。

第二十一单元　呼吸系统药

命题考点1　镇咳药常用制剂

【历年真题纵览】

A1 型题

1. 关于喷托维林的描述正确的是

　A. 中枢性镇咳药

　B. 久用成瘾

　C. 镇咳作用与可待因相当

　D. 具有胆碱能作用

　E. 不具有外周镇咳作用

参考答案:A

B1 型题

2.

　A. 可待因

　B. 喷托维林

　C. 苯丙哌林

　D. 氯化铵

　E. 苯佐那酯

①成瘾中枢性镇咳药

②非成瘾性中枢镇咳药

参考答案:①A　②B

【考点评析】

1. 可待因:为阿片类生物碱,是中枢性镇咳药,用于其他镇咳药无效的剧烈干咳和伴有疼痛的咳嗽。治疗量不抑制呼吸,成瘾性弱于吗啡。

2. 喷托维林(咳必清):非成瘾性中枢镇咳药,用于上呼吸道感染引起的咳嗽。有阿托品样作用,青光眼禁用。

3. 苯丙哌林:外周强效镇咳药,无成瘾性,用于各种原因引起的刺激性干咳。

4. 苯佐那酯(退嗽):外周性镇咳药,有较强的局麻作用,治疗量不抑制呼吸,用于干咳、阵咳。

5. 右美沙芬:与可待因相当,主要用于干咳,常与抗组胺药合用,目前临床应用广。

命题考点2　祛痰药常用制剂

【历年真题纵览】

A1 型题

能够刺激胃黏膜,反射性引起呼吸道分泌,使痰液变稀,易于咳出的药物是

A. 溴己新

B. 氯化铵

C. 氨茶碱

D. 乙酰半胱氨酸

E. 可待因

参考答案:B

【考点评析】

1. 氯化铵:口服后对胃黏膜产生刺激,反射性增加呼吸道分泌,使痰液稀释,易于咳出。用于急慢性呼吸道炎症所致痰多不易咳出者。

2. 乙酰半胱氨酸(痰易净):使痰液中黏蛋白分解,降低痰液黏稠度。用于治疗痰液黏稠、咳痰困难和黏痰阻塞气道者。

3. 溴己新(必嗽平):可裂解黏痰中黏多糖,使痰液变稀。用于慢性支气管炎、哮喘、支气管扩张症痰液黏稠不易咳出者。

命题考点3　平喘药

【历年真题纵览】

A1 型题

1. 氨茶碱的平喘机制主要是

A. 促进肾上腺素和去甲肾上腺素的释放

B. 激活磷酸二酯酶

C. 抑制磷脂酶 A_2

D. 激活腺苷酸环化酶

E. 抑制尿苷酸环化酶

参考答案:A

2. 色甘酸钠预防哮喘发作的主要机制是

A. 直接松弛支气管平滑肌

B. 稳定肥大细胞膜,抑制过敏介质释放

C. 阻断 α 受体

D. 促进儿茶酚胺释放

E. 激动 β_2 受体

参考答案:B

3. 对哮喘发作无效的药物是

A. 沙丁胺醇

B. 地塞米松

C. 色甘酸钠

D. 氨茶碱

E. 异丙托溴铵

参考答案:C

4. 属于糖皮质激素的平喘药物是

A. 氨茶碱

B. 肾上腺素

C. 色甘酸钠

D. 异丙肾上腺素

E. 二丙酸氯地米松

参考答案:E

5. 可以治疗胆绞痛的平喘药是

A. 色甘酸钠

B. 异丙肾上腺素

C. 氨茶碱

D. 沙丁胺醇

E. 二丙酸氯地米松

参考答案:C

A2 型题

5. 患者,男,21 岁。呼吸困难,咳嗽,汗出 1 小时而就诊。查体:端坐呼吸,呼吸急促,口唇微绀,心率 114 次/分,律齐,双肺满布哮鸣音。为迅速缓解症状,应立即采取的最佳治法是

A. 口服氨茶碱

B. 肌注氨茶碱

C. 喷吸沙丁胺醇

D. 口服强的松

E. 口服阿托品

参考答案:C

【考点评析】

1. β 受体兴奋药通过激动支气管平滑肌上 β 受体,激活腺苷酸环化酶,使细胞内 cAMP 含量增加,松弛支气管平滑肌。对各种刺激引起的支气管平滑肌痉挛有强大的松弛作用,用于哮喘的急性发作;也可激动肥大细胞膜上 β 受体,抑制过敏介质(组胺等)的释放,用于预防过敏性哮喘的发作。β 受体兴奋药的平喘作用特点:吸入短小的 β 受体兴奋药是治疗急性支气管痉挛和预防运动性哮喘的最有效药物。常用药物有肾上腺素、异丙肾上腺素、沙丁胺醇、麻黄碱。

2. 茶碱类代表药物为氨茶碱。(1)作用及应用:①扩张支气管平滑肌:用于治疗急慢性哮喘及其他慢性阻塞性肺疾患。口服给药用于预防发作。静注

或静滴用于治疗重症哮喘或哮喘持续状态。②强心利尿、扩张冠脉：用于急性心功能不全、肾性水肿。③松弛胆道平滑肌：用于胆绞痛。(2)不良反应：安全范围较小，口服可引起恶心、呕吐，故宜饭后服。静滴过快易引起心律失常、血压剧降及中枢激动不安甚至惊厥等症状。

3.肥大细胞膜稳定药代表药物为色甘酸钠。对支气管平滑肌无松弛作用，也无对抗过敏介质的作用。其主要是通过稳定肥大细胞膜，防止膜裂解和脱颗粒，从而抑制过敏介质的释放，防止哮喘的发作。用于支气管哮喘的预防性治疗；能防止变态反应或运动引起的迟发和速发性哮喘，对过敏性鼻炎、溃疡性结肠炎、其他胃肠道过敏性疾病亦可应用。

4.糖皮质激素类代表药物为二丙酸倍氯米松。(1)作用：①抗炎：抑制炎症介质生成，收缩小血管，减轻毛细血管扩张引起的渗出、气管黏膜充血、肿胀所致的气道狭窄及气管黏液分泌。②免疫抑制：抑制过敏反应的多个环节，使过敏介质释放减少和活性降低。(2)应用：用于哮喘持续状态或危重发作，是重要的抢救药物。

第二十二单元　糖皮质激素

命题考点1　糖皮质激素的药理作用

【历年真题纵览】

A1型题

糖皮质激素抗炎作用的基本机制在于

A.诱导血管紧张素转化酶而降解缓激肽

B.可减少炎性介质白三烯等的生成

C.抑制细胞因子介导的炎症

D.抑制巨噬细胞中的一氧化氮合酶(NOS)

E.与靶细胞浆内的糖皮质激素受体(GR)结合而影响了参与炎症的一些基因转录

参考答案：E

【考点评析】

抗炎、抗免疫、抗毒作用、抗休克、影响血液与造血系统，提高中枢神经系统的兴奋性，使胃酸、胃蛋白酶分泌增加，提高食欲助消化、抑制体温中枢对致热原的反应，并减少内热原的释放发挥退热作用。

命题考点2　糖皮质激素的应用

【历年真题纵览】

A1型题

下列有皮肤损害的疾病中,禁用糖皮质激素的是

A.牛皮癣

B.接触性皮炎

C.天疱疮

D.湿疹

E.水痘

参考答案：E

【考点评析】

糖皮质激素用于：

(1)替代疗法：用于急、慢性肾上腺皮质功能减退症(包括肾上腺危象)、脑垂体前叶功能减退症、肾上腺危象和肾上腺次全切除术后。

(2)严重急性感染。病毒性感染一般不用激素,用后可减低机体的防御能力而使感染扩散加剧。

(3)治疗炎症及预防炎症的后遗症。

(4)休克。

(5)自身免疫性疾病、过敏性疾病和器官移植排斥反应。

(6)血液病：可用于治疗粒细胞减少症、血小板减少症、过敏性紫癜、再生障碍性贫血、急性淋巴细胞性白血病等。停药后易复发。

(7)皮肤病：对湿疹、肛门瘙痒、银屑病、接触性皮炎,可用氢化可的松、强的松龙或氟轻松等局部外用。对天疱疮、剥脱性皮炎等需全身用药。

命题考点3　糖皮质激素的不良反应及禁忌证

【历年真题纵览】

A1型题

1.长期大剂量应用糖皮质激素可引起的不良反应是

A.高血钾

B.高血钙

C.高血糖

D.低血压

E. 以上均非

参考答案:C

2. 应用糖皮质激素,与脂质代谢无关的不良反应是

A. 向心性肥胖

B. 四肢纤细

C. 水牛背

D. 满月脸

E. 高血压

参考答案:E

3. 患者,女,60岁。因全身关节疼痛,长期服用某药,昨日出现自发性骨折,导致该不良反应的药物

A. 强的松

B. 阿司匹林

C. 消炎痛

D. 保泰松

E. 布洛芬

参考答案:A

4. 患者,女,30岁。系统性红斑狼疮,长期大量服用糖皮质激素治疗。其不良反应是

A. 血糖降低

B. 血压降低

C. 红细胞数目减少

D. 淋巴细胞增多

E. 体内脂肪重新分布

参考答案:E

【考点评析】

长期大量引起:类肾上腺皮质功能亢进综合征、诱发或加重感染、诱发或加重消化性溃疡、心血管并发症、骨质疏松、肌肉萎缩、伤口愈合迟缓、其他。停药反应:肾上性皮质萎缩和机能不全,反跳现象。禁忌证包括:抗生素不能控制的病毒、真菌等感染,活动性结核病,胃及十二指肠溃疡,严重高血压、动脉硬化,糖尿病,角膜溃疡,骨质疏松,孕妇,创伤或手术恢复期,骨折病人,肾上腺皮质功能亢进症,严重的精神病和癫痫,心或肾功能不全者。

命题考点4　糖皮质激素的常用制剂及用法

【历年真题纵览】

A2 型题

1. 某男,5岁,突发高热、呕吐、惊厥,数小时后出现面色苍白、四肢厥冷、脉搏细速、血压下降至休克水平。经实验室检查诊断为暴发型流脑所致感染中毒性休克,应采取的抗休克药物为

A. 肾上腺素

B. 右旋糖酐

C. 阿托品

D. 酚妥拉明

E. 糖皮质激素

参考答案:E

B1 型题

2.

A. 糖皮质激素大剂量冲击疗法

B. 糖皮质激素一般剂量长期疗法

C. 糖皮质激素小剂量替代疗法

D. 糖皮质激素大剂量长期疗法

E. 维持量疗法

①垂体前叶功能减退

②肾病综合征

③中毒性菌痢

参考答案:①C　②B　③A

【考点评析】

短效制剂:氢化可的松、可的松。中效制剂:泼尼松(强的松)、泼尼松龙、甲泼尼龙、曲安西龙。长效制剂:地塞米松、倍他米松。外用制剂:氟轻松、氟氢可的松。大剂量冲击疗法、中剂量短中程疗法、一般剂量长程疗法、隔日疗法、小剂量替代疗法。大剂量冲击疗法适用于急性、重度、危及生命的疾病的抢救;一般剂量长期疗法多用于结缔组织病和肾病综合征;小剂量替代疗法适用于急、慢性肾上腺皮质功能不全症,脑垂体前叶功能减退及肾上腺次全切除后。

第二十三单元　抗甲状腺药

命题考点1　硫脲类的作用、应用及不良反应

【历年真题纵览】

A1 型题

1. 甲基硫氧嘧啶治疗甲状腺功能亢进症的机制是

A. 抑制食物中碘的吸收

B. 抑制甲状腺激素的合成

C. 抑制甲状腺激素的释放

D. 减少甲状腺激素的贮存

E. 对抗甲状腺激素的作用

参考答案:B

2. 有关硫脲类临床应用错误的是

　　A. 用于轻症和不宜手术的甲亢治疗

　　B. 用于甲状腺次全切除手术病人术前准备

　　C. 甲状腺危象的治疗

　　D. 用于甲状腺次全切除手术病人术前准备应
　　与碘剂配合使用

　　E. 用于甲状腺危象治疗时不能使用碘剂

参考答案:E

A2 型题

3. 女,43 岁。患甲状腺功能亢进 3 年,经多方治疗病情仍难控制,需行甲状腺部分切除术,正确的术前准备应包括

　　A. 术前两周给予丙硫氧嘧啶 + 普萘洛尔

　　B. 术前两周给予丙硫氧嘧啶 + 小剂量碘剂

　　C. 术前两周给予丙硫氧嘧啶 + 大剂量碘剂

　　D. 术前两周给予丙硫氧嘧啶

　　E. 术前两周给予卡比马唑

参考答案:C

【考点评析】

　　抑制过氧化物酶从而抑制甲状腺激素的合成。用于甲亢的内科治疗、甲亢手术前准备、甲状腺危象的治疗。用于甲状腺危象治疗时要给予大剂量碘剂。术前准备先服用硫脲类药物使甲状腺功能恢复接近正常,术前两周加服大量碘剂,使腺体坚实,减少充血,以利手术进行。不良反应:过敏反应、粒细胞缺乏症、再生障碍性贫血、黄疸、中毒性肝炎、剥脱性皮炎等。

第二十四单元　降血糖药

命题考点1　胰岛素的作用、应用及不良反应

【历年真题纵览】

A1 型题

1. 下列哪种情况不首选胰岛素

　　A. Ⅱ型糖尿病患者经饮食治疗无效

B. Ⅰ型糖尿病

C. 糖尿病并发严重感染

D. 妊娠糖尿病

E. 酮症酸中毒

参考答案:A

A2 型题

2. 某男,68 岁。有糖尿病史多年,长期服用磺酰脲类降糖药,近日因血糖明显升高,口服降糖药控制不理想改用胰岛素,本次注射正规胰岛素后突然出现出汗、心悸、震颤,继而出现昏迷,请问此时应对该患者采取何种抢救措施

　　A. 加用一次胰岛素

　　B. 口服糖水

　　C. 静脉注射 50% 葡萄糖

　　D. 静脉注射糖皮质激素

　　E. 心内注射肾上腺素

参考答案:C

【考点评析】

　　1. 调节糖代谢,维持血糖正常水平,对脂肪、蛋白质代谢也有一定影响,以增强合成代谢为主。

　　2. 主要用于:(1)治疗糖尿病及其并发症:①重症糖尿病(1 型),特别是胰岛功能基本丧失的幼年型糖尿病;②口服降血糖药无效的非胰岛素依赖型(Ⅱ型)糖尿病;③合并高热、重度感染、消耗性疾病、妊娠、创伤以及手术时的糖尿病;④糖尿病发生各种急性或严重并发症,如酮症酸中毒和糖尿病性昏迷者。(2)纠正细胞内缺钾。

　　3. 不良反应有低血糖、过敏反应、胰岛素耐受性。

命题考点2　磺酰脲类的作用、应用及不良反应

【历年真题纵览】

A1 型题

1. 下列可防止微血管病变的药物是

　　A. 甲苯磺丁脲

　　B. 氯磺丙脲

　　C. 格列本脲

　　D. 格列吡嗪

　　E. 格列齐特

参考答案:E

B1型题

2.

　　A.甲苯磺丁脲

　　B.格列本脲

　　C.格列齐特

　　D.格列吡嗪

　　E.氯磺丙脲

　　①可用于治疗尿崩症

　　②可改变血小板功能,改善糖尿病病人血小板并发症

　　参考答案:①E　②C

【考点评析】

1.直接作用于胰岛β细胞,刺激内源性胰岛素释放而降低血糖;增强靶细胞膜上胰岛素受体的数目和亲和力,提高靶细胞对胰岛素的敏感性;影响水盐代谢;预防毛细血管血栓。用于胰岛功能尚存的非胰岛素依赖型糖尿病且单用饮食控制无效者;尿崩症。也可用于对胰岛素耐受的患者。不良反应:胃肠道不适、恶心、腹痛、腹泻、粒细胞减少、胆汁淤积性黄疸及肝损害。严重不良反应为持久性低血糖。

2.氯磺丙脲能促进抗利尿激素分泌并增强其作用,可用于治疗尿崩症。格列齐特具有降低血小板粘度,抑制ADP诱导的血小板聚集能力。

命题考点3　双胍类的作用、应用及不良反应

【历年真题纵览】

A1型题

1.对胰岛功能完全丧失的糖尿病患者,仍有降血糖作用的药物是

　　A.优降糖

　　B.二甲双胍

　　C.甲磺丁脲

　　D.氯磺丙脲

　　E.甲磺吡脲

　　参考答案:B

2.肥胖型单用饮食控制无效糖尿病患者,首选

　　A.胰岛素

　　B.氯磺丙脲

　　C.甲磺丁脲

　　D.二甲双胍

　　E.甲磺吡脲

　　参考答案:D

【考点评析】

促进葡萄糖的无氧酵解,不促进胰岛素的释放,对胰岛功能完全丧失的糖尿病患者,仍有降血糖作用。主要用于轻度糖尿病,尤其适于肥胖型单用饮食控制无效者。常见消化道反应、低血糖症、乳酸血症及酮症。

命题考点4　α-葡萄糖苷酶抑制药的作用、应用及不良反应

【历年真题纵览】

A1型题

α-葡萄糖苷酶抑制药的作用机制是

　　A.刺激胰岛β细胞释放胰岛素

　　B.促进肝糖原合成

　　C.增加肌肉组织中糖的无氧酵解

　　D.增加肌肉组织中糖的有氧氧化

　　E.与碳水化合物竞争水解碳水化合物的酶

　　参考答案:E

【考点评析】

竞争抑制α-葡萄糖苷酶,抑制碳水化合物的水解,减少葡萄糖的吸收。对1,2型糖尿病患者均有效。主要不良反应为胃肠道反应。

命题考点5　胰岛素增效药的作用与应用

【历年真题纵览】

A1型题

吡格列酮的作用是

　　A.促进肝糖原合成

　　B.促进脂肪组织摄取葡萄糖

　　C.增强靶组织对胰岛素的敏感性

　　D.刺激胰岛β细胞释放胰岛素

　　E.促进储存胰岛素释放

　　参考答案:C

【考点评析】

增强靶组织对胰岛素的敏感性,减轻胰岛素抵抗。主要用于使用其他降糖药疗效不佳的2型特别

是有胰岛素抵抗的患者。

第二十五单元 合成抗菌药

命题考点1 氟喹诺酮类的抗菌作用

【历年真题纵览】

A1型题

氟喹诺酮类药物抗菌作用机制是

A.抑制细菌二氢叶酸合成酶

B.抑制细菌二氢叶酸还原酶

C.抑制细菌细胞壁合成

D.抑制细菌蛋白质合成

E.抑制细菌 DNA 螺旋酶

参考答案:E

【考点评析】

抑制细菌 DNA 螺旋酶。第一代:萘啶酸、吡哌酸等。抗菌谱窄,主要杀灭革兰阴性菌。第二代环丙沙星等早期氟喹诺酮类,对革兰阴性菌作用强。第三代左氧氟沙星等新氟喹诺酮类,对革兰阳性、革兰阴性菌均有效。第四代:克林沙星、加替沙星等最新氟喹诺酮类。对革兰阳性菌的活性提高,并对部分厌氧菌有效,还存在抗菌作用后效应。

命题考点2 常用药物(诺氟沙星、环丙沙星)的应用

【历年真题纵览】

A1型题

1.对葡萄球菌和链球菌、支原体、衣原体及军团菌均有效的药物是

A.氯霉素

B.头孢氨苄

C.羟苄青霉素

D.左氧氟沙星

E.环丙沙星

参考答案:D

A2型题

2.患者,女,45岁。因急腹症入院,诊断为化脓性胆囊炎穿孔并发绿脓杆菌性腹膜炎。既往有青霉素过敏史。抗感染治疗应选用

A.羟苄青霉素

B.头孢氨苄

C.红霉素

D.氯林可霉素

E.环丙沙星

参考答案:E

【考点评析】

1.诺氟沙星(氟哌酸):抗革兰阴性菌作用强,主要用于尿路及肠道感染。

2.环丙沙星(环丙氟哌酸):抗菌谱与诺氟沙星相似,抗菌活性强于诺氟沙星(第二代喹诺酮药物中对革兰阴性菌作用最强)。用于治疗敏感菌引起的泌尿生殖道、呼吸道、胃肠道、骨关节、软组织、败血症等感染及伤寒。对铜绿假单胞菌抗菌活性高于其他同类药物。

3.氧氟沙星(氟嗪酸):对革兰阳性菌作用优于诺氟沙星。对结核杆菌有效,属二线抗结核药物。

4.左氧氟沙星(可乐必妥):对支原体、衣原体及军团菌均有效,对葡萄球菌和链球菌的作用是环丙沙星的 2~4 倍,用于各种敏感菌引起的感染。

命题考点2 磺胺类药物的抗菌作用

【历年真题纵览】

A1型题

磺胺类药物的抗菌机制是

A.抑制二氢叶酸合成酶

B.改变细菌细胞膜通透性

C.破坏细菌细胞壁的合成

D.抑制二氢叶酸还原酶

E.抑制细菌 DNA 螺旋酶

参考答案:A

【考点评析】

抑制二氢叶酸合成酶。对革兰阳性、阴性菌均有良好抗菌活性。对沙眼衣原体、疟原虫及放线菌亦有抑制作用。磺胺嘧啶银(SD－Ag)和磺胺米隆(SML)局部应用可抗铜绿假单胞菌。

命题考点 3　磺胺嘧啶、磺胺甲基异噁唑、磺胺异噁唑的应用

【历年真题纵览】

A1 型题

属治疗流行性脑脊髓膜炎的首选药物之一的是

　　A. 磺胺甲噁唑

　　B. 磺胺嘧啶

　　C. 磺胺异噁唑

　　D. 甲氧苄啶

　　E. 磺胺米隆

参考答案:B

【考点评析】

　　1. 磺胺嘧啶(SD):血浆蛋白结合率低,易透过血脑屏障,是流脑的首选药。

　　2. 磺胺甲基异噁唑(SMZ):属中效磺胺。血浆蛋白结合率高,脑脊液浓度不及 SD。用于泌尿系统感染。在酸性尿液中可析出结晶而损害肾脏,碱化尿液可减少肾结石形成。

　　3. 磺胺异噁唑(SIZ):属短效类,用于治疗尿路感染。

命题考点 4　磺胺类药物的不良反应及防治

【历年真题纵览】

B1 型题

　　A. 呋喃唑酮

　　B. 甲氧苄啶

　　C. 氧氟沙星

　　D. 磺胺嘧啶

　　E. 甲硝唑

①能引起儿童软骨发育不良的药物

②服药后应多喝开水,防止尿内结晶形成的药物

参考答案:①C　②D

【考点评析】

　　本类药物不良反应较多,包括泌尿系统损害、过敏反应、血液系统反应、肝损害以及恶心、呕吐、头晕、头痛、乏力等。

命题考点 5　甲氧苄氨嘧啶的抗菌增效作用及复方制剂

【历年真题纵览】

A1 型题

1. 抑制细菌二氢叶酸还原酶的药物是

　　A. 甲氧苄啶

　　B. 呋喃妥因

　　C. 氧氟沙星

　　D. 甲硝唑

　　E. 磺胺嘧啶

参考答案:A

2. 能增强磺胺类药物抗菌作用的药物

　　A. 呋喃唑酮

　　B. 甲氧苄啶

　　C. 氧氟沙星

　　D. 磺胺嘧啶

　　E. 甲硝唑

参考答案:B

【考点评析】

　　本身具有很强的抗菌作用,抗菌谱与磺胺药相似。甲氧苄氨嘧啶可竞争地抑制细菌二氢叶酸还原酶,从而阻断四氢叶酸的合成。它与磺胺类药物合用可使细菌的叶酸代谢受双重阻断,抗菌作用大大增强,甚至达到杀菌的效果,且可减少耐药菌株的产生。TMP 还可增强四环素、庆大霉素等多种抗生素的抗菌作用。毒性较小。本品常与 SMZ 和(或)SD 组成复合制剂,如复方新诺明(SMZ + TMP),增效联磺片(SD + SMZ + TMP),双嘧啶片(SD + TMP)。主要用于治疗呼吸道感染、尿路感染、肠道感染以及败血症、脑膜炎等,对伤寒、副伤寒有较好疗效。动物实验有致畸作用,故孕妇禁用。

命题考点 6　甲硝唑、替硝唑的应用

【历年真题纵览】

A1 型题

能够抗阿米巴、抗滴虫的药物是

　　A. 青霉素

　　B. 红霉素

C. 四环素

D. 甲硝唑

E. 先锋霉素

参考答案:D

【考点评析】

1. 甲硝唑(灭滴灵):对革兰阳性和阴性厌氧菌作用强,是治疗厌氧菌感染的重要药物。用于治疗厌氧菌所致腹腔感染、盆腔感染、牙周脓肿、骨髓炎,以及阴道滴虫、肠内外阿米巴病、幽门螺杆菌所致消化性溃疡等。

2. 替硝唑:抗厌氧菌和原虫活性比甲硝唑强,临床应用同甲硝唑。

命题考点7 呋喃唑酮、呋喃妥因的应用

【历年真题纵览】

A1 型题

1. 主要用于肠炎、菌痢的药物是

A. 青霉素

B. 红霉素

C. 呋喃唑酮

D. 甲硝唑

E. 先锋霉素

参考答案:C

2. 关于呋喃妥因的叙述正确的是

A. 仅对革兰阴性菌有效

B. 细菌易产生耐药性

C. 尿中浓度高

D. 血药浓度高

E. 口服吸收少,主要经肠道排泄

参考答案:C

【考点评析】

1. 呋喃唑酮(痢特灵):口服吸收少,肠道内浓度高,主要用于肠炎、菌痢,也可治疗尿路感染、伤寒、副伤寒和溃疡病。

2. 呋喃妥因(呋喃坦啶):口服吸收迅速,代谢快,血药浓度低,不适用于全身感染;尿内浓度高,适用于泌尿道感染。

第二十六单元 抗生素

命题考点1 青霉素 G 的抗菌作用

【历年真题纵览】

A1 型题

1. 与青霉素的抗菌作用有关的化学结构是

A. 饱和噻唑环

B. β 内酰胺环

C. 咪唑环

D. 哌啶环

E. 大环内酯环

参考答案:B

2. 青霉素对下列哪种菌抗菌作用不敏感

A. 白喉杆菌

B. 炭疽杆菌

C. 草绿色链球菌

D. 肺炎球菌

E. 铜绿假单胞菌

【考点评析】E

与青霉素的抗菌作用有关的化学结构是 β 内酰胺环,能与转肽酶活性中心结合,使转肽酶失活,阻碍细胞壁的合成。对大多数革兰阳性球菌作用强,对革兰阳性杆菌如白喉杆菌、炭疽杆菌及革兰阳性厌氧杆菌如产气荚膜杆菌、破伤风杆菌敏感,革兰阴性球菌如脑膜炎奈瑟菌敏感,螺旋体敏感。

命题考点2 青霉素 G 的应用

【历年真题纵览】

A1 型题

治疗梅毒、钩端螺旋体病的首选药物是

A. 红霉素

B. 四环素

C. 氯霉素

D. 青霉素

E. 氟哌酸

参考答案:D

【考点评析】

青霉素是治疗溶血性链球菌感染、敏感葡萄球菌感染、梅毒、钩端螺旋体病、回归热等的首选药物。也可用于肺炎球菌所致大叶性肺炎、中耳炎、脑膜炎的治疗。

命题考点3　青霉素 G 的不良反应及过敏性休克的防治

【历年真题纵览】

A1 型题

1. 机体对青霉素最易产生以下何种不良反应
   A. 后遗效应
   B. 停药反应
   C. 特异质反应
   D. 副反应
   E. 变态反应

参考答案:E

2. 青霉素治疗何种疾病时可引起赫氏反应
   A. 大叶性肺炎
   B. 梅毒或钩端螺旋体病
   C. 草绿色链球菌心内膜炎
   D. 回归热
   E. 破伤风

参考答案:B

3. 某男,18 岁。因寒战、高热经细菌培养确诊为肺炎球菌性肺炎,来诊时青霉素皮试阴性,但静滴青霉素几分钟后即出现头昏、面色苍白、呼吸困难、血压下降等症状,诊断为青霉素过敏性休克,请问对该病人首选的抢救药物是
   A. 多巴胺
   B. 异丙嗪
   C. 地塞米松
   D. 肾上腺素
   E. 去甲肾上腺素

参考答案:D

【考点评析】

青霉素 G 的不良反应:变态反应、赫氏反应、肌注局部神经炎。青霉素治疗梅毒和钩端螺旋体病时,大量螺旋体被杀死,其释放的物质引起赫氏反应,表现为发冷、发热、头痛、局部症状加剧等现象。过敏性休克首选肾上腺素抢救。

命题考点4　半合成青霉素:耐酶青霉素:苯唑青霉素的特点及应用;广谱青霉素:氨苄青霉素、羟氨苄青霉素、羧苄青霉素的特点及应用

【历年真题纵览】

A1 型题

1. 下列关于青霉素类的叙述哪一项是不正确的
   A. 青霉素 G 高效、低毒、窄谱
   B. 青霉素 G 对梅毒及钩端螺旋体有效
   C. 沙门氏菌对氨苄青霉素不耐药,高度敏感
   D. 主要不良反应为过敏反应
   E. 青霉素 G 对部分革兰阳性杆菌也有效

参考答案:C

2. 对绿脓杆菌无效的药物是
   A. 羧苄西林
   B. 氨苄西林
   C. 氧氟沙星
   D. 环丙沙星
   E. 哌拉西林

参考答案:B

3. 对铜绿假单胞菌及变形杆菌作用强的药物是
   A. 羧苄西林
   B. 氨苄西林
   C. 青霉素 G
   D. 苯唑西林
   E. 红霉素

参考答案:B

【考点评析】

1. 耐酶青霉素:不被酶水解,主要用于耐药金葡菌感染。如苯唑西林,其抗菌谱与青霉素 G 相同,但不及青霉素 G 作用强,主要用于耐药金葡菌感染或需长期用药的慢性感染。口服吸收较好,但有胃肠道不适及皮疹等不良反应。

2. 广谱青霉素:对 G^+ 菌和 G^- 菌均有杀菌作用,耐酸,可口服,但不耐酶,对耐药金葡菌感染无效。

（1）氨苄西林（氨苄青霉素）:对 G^+ 菌作用不及青霉素,对肠球菌作用优于青霉素。用于敏感菌引起的呼吸道、泌尿道、肠道及胆道感染、前列腺炎、脑膜炎、败血症、心内膜炎等。

（2）阿莫西林（羟氨苄青霉素）:口服吸收好,血药浓度高。对革兰阳性菌的作用略比青霉素弱,对肺炎球菌、绿色链球菌和肠球菌的作用较强。对耐

药的金黄色葡萄球菌和铜绿假单胞菌无效。用于敏感菌所致呼吸道、泌尿道、肠道、胆道感染,及细菌性心内膜炎、败血症和前列腺炎等,也用于治疗胃十二指肠溃疡。

(3)羧苄西林(羧苄青霉素):对铜绿假单胞菌及变形杆菌作用强。用于铜绿假单胞菌、大肠杆菌、变形杆菌所引起的各种感染。

3.伤寒、副伤寒现多选用氟喹诺酮类或头孢曲松,大剂量的氨苄西林有效。革兰阴性杆菌对氨苄西林耐药率已经非常高。绿脓杆菌对氨苄西林有天然屏障作用,形成天然耐药。

命题考点5　各代头孢菌素类的特点、应用及不良反应

【历年真题纵览】

A1 型题

1.抗铜绿假单胞菌作用最强的头孢菌素是
　A.头孢西丁
　B.头孢他定
　C.头孢孟多
　D.头孢噻肟
　E.头孢呋辛
　参考答案:B

2.可用于婴幼儿脑膜炎的是
　A.头孢噻吩
　B.头孢噻肟
　C.头孢噻啶
　D.头孢孟多
　E.头孢呋辛
　参考答案:B

【考点评析】

1.第一代头孢菌素的特点:①对 G^+ 菌的抗菌作用较第二、第三代强,对 G^- 菌作用差;②对青霉素酶稳定;③大剂量对肾脏有毒性。代表药物有:头孢拉定、头孢噻吩、头孢噻啶、头孢唑啉、头孢氨苄、头孢羟氨苄等。主要用于耐药金葡菌感染。

2.第二代头孢菌素的特点:①对 G^+ 菌作用与第一代头孢菌素相仿或略差,对多数 G^- 菌作用较第一代强;②对 β 内酰胺酶稳定;③对肾脏毒性小。代表药物有:头孢孟多、头孢呋辛等。用于治疗敏感菌引起的呼吸道、胆道、泌尿道、皮肤及软组织、骨关节、妇产科感染,以及耐青霉素的淋病奈瑟菌感染。

3.第三代头孢菌素的特点:①对 G^+ 菌抗菌活性不及第一、第二代头孢菌素,对 G^- 菌包括肠杆菌属和铜绿假单胞菌及厌氧杆菌均有较强作用;②对 β 内酰胺酶稳定;③对肾脏无明显毒性。代表药物有头孢他定、头孢哌酮等。用于敏感菌引起的呼吸道、泌尿道、皮肤和软组织、骨和关节等严重感染,以及败血症、脑膜炎等。其中头孢噻肟可用于婴幼儿脑膜炎,头孢他定适用于铜绿假单胞菌及革兰阴性菌引起的各系统感染。

4.第四代头孢菌素的特点:①对 G^+、G^- 菌均有较强作用;②对铜绿假单胞菌有效;③对 β 内酰胺酶稳定性强。代表药物有头孢吡肟、头孢匹罗等。用于对其他抗生素耐药的细菌引起的各系统严重感染或其他抗生素治疗无效的严重感染。

命题考点6　红霉素的抗菌作用、应用及不良反应

【历年真题纵览】

A1 型题

1.与青霉素 G 比较,红霉素的特点是
　A.属繁殖期杀菌剂
　B.抗菌效力强
　C.对绿脓杆菌感染有效
　D.对伤寒、副伤寒有效
　E.对抗药金黄色葡萄球菌感染有效
　参考答案:E

2.红霉素的抗菌作用机制是
　A.抑制细菌细胞壁的合成
　B.抑制 DNA 的合成
　C.与 30S 亚基结合,抑制蛋白质合成
　D.与 50S 亚基结合,抑制蛋白质合成
　E.抑制二氢叶酸合成酶
　参考答案:D

3.红霉素类的不良反应不包括
　A.可引起肾毒性
　B.静注可引起血栓性静脉炎
　C.引起肝损害
　D.口服大剂量可出现胃肠道反应
　E.可引起耳毒性
　参考答案:A

B1 型题

4.

  A. 青霉素

  B. 红霉素

  C. 土霉素

  D. 氧氟沙星

  E. 四环素

参考答案:B

①治疗军团菌病的首选药物是

②治疗支原体肺炎首选药物是

参考答案:①B ②B

【考点评析】

1. 主要作用机制是不可逆地与细菌核蛋白体 50S 亚基结合,抑制蛋白质合成,呈现快速抑菌效应。

2. 红霉素主要用于治疗耐青霉素的金葡菌感染和青霉素过敏者。是治疗白喉带菌者、支原体肺炎、沙眼衣原体所致肺炎、结肠炎、弯曲杆菌所致败血症或肠炎及军团菌病的首选药。

3. 红霉素的不良反应主要为胃肠道刺激症状,偶可出现伪膜性肠炎,静脉注射易引起血栓性静脉炎,还可引起肝损害、过敏反应等。

命题考点7 林可霉素与氯林可霉素的抗菌作用、应用及不良反应

【历年真题纵览】

A1 型题

治疗急慢性金黄色葡萄球菌骨髓炎的首选药物

  A. 克林霉素

  B. 乙酰螺旋霉素

  C. 四环素

  D. 霉素

  E. 妥布霉素

参考答案:A

【考点评析】

1. 林可霉素能与核蛋白 50S 亚基结合,阻碍蛋白质的合成。红霉素与林可霉素竞争与核蛋白的结合,呈拮抗作用,故不宜合用。对革兰阳性菌有较强抑制作用。两药对金葡菌(包括耐青霉素者)、溶血性链球菌、草绿色链球菌、肺炎球菌及大多数厌氧菌都有良好的作用。林可霉素用于急慢性敏感菌引起的骨髓炎及关节感染,对厌氧菌感染亦有效。

2. 可引起恶心、呕吐、胃部不适等胃肠道反应,

严重者可致伪膜性肠炎。故应慎用于溃疡性结肠炎、局限性肠炎等胃肠疾病者。林可霉素主要由肝、肾消除,故肝、肾功能减退时需慎用。

命题考点8 氨基糖苷类的抗菌作用

【历年真题纵览】

A1 型题

1. 氨基糖苷类药物的抗菌作用机制是

  A. 增加胞质膜通透性

  B. 抑制细菌蛋白质合成

  C. 抑制胞壁粘肽合成酶

  D. 抑制二氢叶酸合成酶

  E. 抑制 DNA 螺旋酶

参考答案:B

2. 下列有关氨基糖苷类抗生素的叙述错误的是

  A. 对静止期细菌有较强的作用

  B. 对革兰阴性菌作用强

  C. 易透过血脑屏障,但不易透过胎盘

  D. 抗菌机制是阻碍细菌蛋白质的合成

  E. 胃肠道不易吸收

参考答案:C

【考点评析】

抑制细菌蛋白质合成。对静止期细菌有较强的作用。对大肠杆菌、克雷伯菌属、肠杆菌属、变形杆菌、沙门菌属、产碱杆菌、布氏杆菌、沙门菌、痢疾杆菌、嗜血杆菌及分枝杆菌具有良好作用。

命题考点9 氨基糖苷类的不良反应

【历年真题纵览】

A1 型题

1. 下列哪项不属于氨基糖苷类药物的不良反应

  A. 变态反应

  B. 神经肌肉阻断作用

  C. 肾毒性

  D. 骨髓抑制

  E. 耳毒性

参考答案:D

2. 氨基糖苷类抗生素不能用于哪些患者的感染

  A. 冠心病

  B. 糖尿病

C. 重症肌无力

D. 脑供血不足

E. 胃溃疡

参考答案:C

【考点评析】

不良反应:①过敏反应:皮疹、发热、过敏性休克,尤其是链霉素过敏性休克发生率仅次于青霉素G;②耳毒性:对前庭功能及耳蜗神经均有损害,表现为眩晕、恶心、呕吐、平衡失调和听力减退;③肾毒性:药物在肾脏蓄积,使肾小管上皮细胞受损,出现蛋白尿、管型尿、血尿,严重者出现肾功能衰竭;④神经肌肉阻断:引起神经肌肉麻痹,出现四肢无力甚至呼吸衰竭,可用钙剂或(和)新斯的明治疗。

命题考点 10　链霉素、庆大霉素、丁胺卡那霉素的应用

【历年真题纵览】

A1 型题

1. 下列致病菌,对链霉素敏感的是

　A. 鼠疫杆菌

　B. 绿脓杆菌

　C. 脑膜炎双球菌

　D. 肺炎双球菌

　E. 溶血性链球菌

参考答案:A

2. 下列有关阿米卡星的叙述,哪项是错误的

　A. 是卡那霉素的半合成衍生物

　B. 抗菌谱为氨基糖苷类抗生素中较窄的

　C. 对许多肠道革兰阴性菌产生的钝化酶稳定

　D. 主要用于治疗对其他氨基糖苷类耐药菌所致的感染

　E. 可被乙酰转移酶钝化而耐药

参考答案:B

3. 庆大霉素对下列何种感染无效

　A. 大肠埃希菌致尿路感染

　B. 肠球菌心内膜炎

　C. 结核性脑膜炎

　D. 革兰阴性菌感染的败血症

　E. 口服用于肠道感染或肠道术前准备

参考答案:C

4. G^-菌所致骨髓炎治疗首选

　A. 青霉素

B. 头孢氨苄

C. 红霉素

D. 链霉素

E. 庆大霉素

参考答案:E

【考点评析】

1. 链霉素主要用于:①鼠疫与兔热病,为首选药;②布氏杆菌病;③感染性心内膜炎;④结核病。

2. 庆大霉素:用于:①G^-菌所致严重感染,如败血症、骨髓炎、肺炎、腹膜感染、脑膜炎,是首选药;②铜绿假单胞菌感染;③与青霉素合用治疗肠球菌、草绿色链球菌引起的心内膜炎;④原因不明的混合感染;⑤口服用于肠道感染及肠道术前准备;⑥局部使用,用于皮肤黏膜表面感染,如眼、耳、鼻部感染。

3. 丁胺卡那霉素(阿米卡星):用于治疗对其他氨基糖苷类耐药菌株(包括铜绿假单胞菌)所致的感染。

命题考点 11　四环素类的抗菌作用

【历年真题纵览】

A1 型题

对四环素不敏感的病原体是

　A. 革兰阳性球菌

　B. 结核杆菌

　C. 革兰阴性菌

　D. 肺炎支原体

　E. 立克次体

参考答案:B

【考点评析】

1. 作用机制是与核蛋白体的 30S 亚基结合,阻滞肽链的延伸和细菌蛋白质合成,还可改变细胞膜通透性,使胞内成分外漏而抑制 DNA 复制。

2. 能快速抑制革兰阳性菌中肺炎球菌、溶血性链球菌、草绿色链球菌、葡萄球菌、破伤风杆菌、炭疽杆菌和革兰阴性菌中脑膜炎球菌、痢疾杆菌、大肠杆菌、流感杆菌、布氏杆菌生长,也抑制立克次体、支原体、衣原体、螺旋体、阿米巴原虫。

命题考点 12　四环素类的应用及不良反应

【历年真题纵览】

A1 型题

1.下列对四环素类的不良反应错误的叙述是

 A.空腹口服易引起胃肠道反应

 B.可导致幼儿乳牙釉质发育不全,牙齿发黄

 C.不引起过敏反应

 D.可引起二重感染

 E.长期大量静滴,可引起严重肝损害

参考答案:C

2.下列哪种药物会引起可逆性前庭反应

 A.四环素

 B.米诺环素

 C.多西环素

 D.土霉素

 E.美他环素

参考答案:B

3.治疗立克次体病的首选药物是

 A.青霉素 G

 B.庆大霉素

 C.链霉素

 D.四环素

 E.多粘菌素

参考答案:D

B1 型题

4.

 A.青霉素 G

 B.头孢氨苄

 C.林可霉素

 D.链霉素

 E.四环素

①治疗斑疹伤寒,应首选

②治疗钩端螺旋体病,应首选

参考答案:①E②A

【考点评析】

1.四环素是立克次体感染和斑疹伤寒、恙虫病、支原体、衣原体感染首选药物。多西环素、米诺环素主用于治疗酒糟鼻、痤疮和沙眼衣原体所致疾病,以及回归热、霍乱和百日咳、痢疾、布鲁氏病。对革兰阳性菌感染疗效不如青霉素。土霉素可治疗肠内阿

米巴病。

2.不良反应:①胃肠道反应:有恶心、呕吐、上腹不适、腹胀、腹泻等症状,土霉素尤多见;②二重感染:长期应用可造成二重感染(又称菌群交替症),以白色念珠菌感染(鹅口疮、肠炎)及葡萄球菌感染(假膜性肠炎)多见,多西环素较少引起;③影响骨、牙的生长;④长期大量使用可出现肝肾损害;⑤过敏反应:药热、皮疹。

命题考点 13　氯霉素的抗菌作用

【历年真题纵览】

A1 型题

关于氯霉素的抗菌特点错误的是

 A.对流感杆菌、副流感杆菌作用强

 B.对立克次体、衣原体、支原体有效

 C.革兰阴性菌抗菌活性较革兰阳性菌强

 D.对大多数肠杆菌科敏感

 E.对革兰阳性菌作用强于青霉素类

参考答案:D

【考点评析】

与细菌核糖体 50S 亚基结合,抑制肽酰基转移酶组织蛋白质合成而抗菌。对革兰阴性菌抗菌活性较革兰阳性菌强,对大多数肠杆菌科敏感,对厌氧菌有相当抗菌活性,对氯霉素敏感的病原体还包括立克次体、螺旋体、衣原体、支原体等,但对分支杆菌、病毒、真菌、原虫无作用。

命题考点 14　氯霉素的应用及不良反应

【历年真题纵览】

A1 型题

1.可以导致灰婴综合征的是

 A.庆大霉素

 B.土霉素

 C.林可霉素

 D.氯霉素

 E.四环素

参考答案:D

2.氯霉素抗菌谱广,但仅限于伤寒、立克次体病感菌所致严重感染,主要是因为

A.影响骨、牙生长发育

B. 对肝脏严重损害
C. 胃肠道反应
D. 对造血系统严重的不良反应
E. 二重感染
参考答案:D

【考点评析】

1. 本品毒性较大,临床应用受限。仅用于治疗伤寒、副伤寒、立克次体病及某些敏感菌引起的严重感染。易通过血脑屏障,也常用于治疗细菌性脑膜炎。局部外用可治疗沙眼、结膜炎等。

2. 不良反应主要有:主要为抑制骨髓造血功能,致再生障碍性贫血;也可出现胃肠道反应和二重感染,偶有过敏反应。新生儿可致灰婴综合征,应避免使用。

第二十七单元　抗真菌药与抗病毒药

命题考点1　咪唑类的抗菌作用、应用及常用制剂

【历年真题纵览】

A1 型题

1. 氟康唑抗真菌的作用机制是
   A. 阻止核酸合成
   B. 抑制细胞膜类固醇合成,使其通透性增加
   C. 抑制二氢叶酸合成酶
   D. 抑制二氢叶酸还原酶
   E. 抑制蛋白质合成
   参考答案:B

2. 克霉唑不用于下列哪种疾病
   A. 体癣
   B. 手足癣
   C. 耳道真菌病
   D. 阴道真菌病
   E. 脑膜隐球菌病
   参考答案:E

【考点评析】

1. 抑制真菌细胞色素 P_{450} 依赖酶,减少细胞膜麦角固醇合成,改变膜通透性使真菌死亡。

2. 常用制剂有:①克霉唑:对皮肤癣菌感染作用好,对深部真菌感染作用略差,主要用于皮肤真菌病,如体癣、手足癣、耳道、阴道真菌病;②酮康唑:为广谱抗真菌药,对念珠菌和表浅癣菌有强大作用,用于治疗慢性黏膜念珠菌病和癣病;③咪康唑:作用似克霉唑,主要用于治疗深部真菌感染(静注),皮肤真菌感染(局部给药);④氟康唑:为广谱抗真菌药,抗菌谱与酮康唑相似,可口服及注射用,主要用于念珠菌病与隐球菌病。

命题考点2　阿昔洛韦、利巴韦林的作用及应用

【历年真题纵览】

B1 型题

   A. 两性霉素 B
   B. 阿昔洛韦
   C. 氟康唑
   D. 利巴韦林
   E. 灰黄霉素

①治疗单纯疱疹病毒(HSV)感染的首选药
②对 DNA、RNA 病毒均有抑制作用
参考答案:①B　②D

【考点评析】

1. 阿昔洛韦是广谱、高效抗病毒药,抑制 DNA 多聚酶,阻止 DNA 合成,适用于单纯疱疹病毒、带状疱疹病毒感染和乙肝。

2. 利巴韦林是广谱抗病毒,对多种 RNA 和 DNA 病毒有效,甲、乙型流感病毒,甲、乙肝炎病毒、腺病毒。治疗病毒性肺炎和支气管炎效果好。防止甲、乙型流感及麻疹、甲型肝炎等。

第二十八单元　抗菌药物的联合应用

命题考点1　各类抗菌药联合应用的可能结果

【历年真题纵览】

B1 型题

   A. 青霉素 + 链霉素
   B. 青霉素 + SMZ

C. 红霉素 + SMZ

D. 头孢氨苄 + 红霉素

E. 庆大霉素 + 四环素

① 联合应用会产生拮抗的是

② 联合应用会产生协同的是

参考答案:①D ②A

【考点评析】

如果 Ⅰ 类为繁殖期杀菌剂,如青霉素及头孢菌素类;Ⅱ 类为静止期杀菌剂,如氨基糖苷类、多黏菌素类及喹诺酮类;Ⅲ 类为速效抑菌剂,如四环素类、林可霉素类、大环内酯类及氯霉素;Ⅳ 类为慢效抑菌剂,如磺胺类。各类抗菌药联用的可能结果为:Ⅰ 类 + Ⅱ 类——协同。因 Ⅰ 类药物使细菌细胞壁缺损而使 Ⅱ 类药物易于进入菌体内产生作用。Ⅰ 类 + Ⅲ 类——拮抗。因 Ⅲ 类药物可迅速抑制细菌蛋白质合成,使细菌进入静止状态,导致 Ⅰ 类药物无法发挥其繁殖期杀菌作用。Ⅲ 类 + Ⅳ 类,Ⅱ 类 + Ⅲ 类——相加。Ⅰ 类 + Ⅳ 类——无关或相加。

第二十九单元 抗结核病药

命题考点 1 异烟肼

【历年真题纵览】

A1 型题

1. 异烟肼抗结核杆菌的作用机制是

    A. 抑制细菌分枝杆菌酸的合成

    B. 影响细菌胞质膜的通透性

    C. 抑制细菌核酸代谢

    D. 抑制细菌细胞壁的合成

    E. 抑制 DNA 螺旋酶

参考答案:A

2. 异烟肼与利福平合用治疗结核病,应定期检查

    A. 心电图

    B. 肾功能

    C. 肝功能

    D. 血象

    E. 以上均非

参考答案:C

3. 应用异烟肼抗结核,合用维生素 B_6 的目的是

    A. 增强疗效

    B. 延缓耐药性的产生

C. 延长异烟肼的作用时间

D. 减轻神经系统不良反应

E. 预防过敏反应

参考答案:D

A2 型题

4. 某男,64 岁。患脑梗死多年,长期口服华法林 6 mg/d,近日由于接触过开放性肺结核患者,为预防感染,口服异烟肼 300 mg/d,结果出现口腔、皮肤黏膜多处出血点,其原因是

    A. 异烟肼引起出血

    B. 结核杆菌感染

    C. 异烟肼抑制肝药酶,华法林代谢减弱

    D. 异烟肼损伤肝脏引起凝血障碍

    E. 异烟肼造成维生素 B_6 缺乏而致

参考答案:C

【考点评析】

1. 是目前最有效的抗结核病药物之一。分布广泛,穿透力强。全身体液和细胞液,尤其脑脊液、胸腹水、关节腔、肾、纤维化或干酪化病灶及淋巴结中含量较高。大部分在肝脏内乙酰化代谢,其乙酰化速度有明显的人种和个体差异,有快代谢型和慢代谢型。联合用药为治疗各类结核病的首选药。

2. 不良反应可见:① 神经系统:可致周围神经炎,用药过量可出现昏迷、惊厥、神经错乱,同服维生素 B_6 可防治。偶见中毒性脑病或中毒性精神病,癫痫、精神病者慎用。② 肝毒性:可有暂时性转氨酶升高,用药时应定期检查肝功能。

命题考点 2 利福平

【历年真题纵览】

A1 型题

1. 利福平的抗菌作用机制是

    A. 抑制细菌分枝菌酸的合成

    B. 抑制细菌叶酸的合成

    C. 抑制细菌 DNA 螺旋酶

    D. 抑制细菌依赖于 DNA 的 RNA 多聚酶

    E. 抑制细菌蛋白质的合成

参考答案:D

2. 属广谱抗生素,兼有抗结核和耐药金葡菌作用的药物是

    A. 异烟肼

    B. 利福平

C. 乙胺丁醇

D. 吡嗪酰胺

E. 对氨水杨酸

参考答案:B

3. 下列哪项不属于利福平的不良反应

    A. 过敏反应

    B. 胃肠道反应

    C. 肝损害

    D. 周围神经炎

    E. 流感综合征

参考答案:D

【考点评析】

    抗菌谱广,不仅对结核杆菌和麻风杆菌作用强,而且对耐药金葡菌均有很强的抗菌作用,抗结核作用强于链霉素。此外,高浓度对沙眼衣原体和某些病毒也有效。主要与其他抗结核病药合用治疗各种类型结核病。也可用于麻风病及重症胆道感染的治疗,局部用药治疗沙眼、急性结膜炎及病毒性角膜炎。

命题考点3　链霉素

【历年真题纵览】

A1 型题

链霉素的叙述错误的是

    A. 穿透力弱、不易通过血脑屏障

    B. 结核杆菌对其产生耐药性

    C. 须与其他抗结核药联合应用

D. 抗结核"二线药"

E. 为最早的抗结核药

参考答案:D

【考点评析】

    对结核杆菌仅有抑制作用。穿透力弱、不易通过血脑屏障。现应用于结核重症,但须与其他抗结核药联合应用,避免耐药性的产生,仍被列为抗结核"一线药"。

命题考点4　乙胺丁醇

【历年真题纵览】

A1 型题

主要毒性为球后视神经炎的抗结核药

    A. 异烟肼

    B. 链霉素

    C. 吡嗪酰胺

    D. 利福平

    E. 乙胺丁醇

参考答案:E

【考点评析】

    是"一线抗结核病药",对耐异烟肼或链霉素的结核杆菌也有效,用于治疗各型结核病。可引起视神经炎、胃肠道反应、过敏反应和高尿酸血症等不良反应。

中西医结合儿科学

第一单元　儿科学基础

命题考点1　年龄分期标准

【历年真题纵览】

A1型题

婴儿期是指

　　A. 出生后到满1周岁之前

　　B. 1周岁至满3周岁

　　C. 自出生后脐带结扎时起,至生后足28天

　　D. 3周岁后(第4年)到入小学前(6~7岁)

　　E. 6~7岁至11~12岁

参考答案:A

【考点评析】

1. 胎儿期:从卵子和精子结合到小儿出生,称为胎儿期。

2. 新生儿期:自出生后脐带结扎至生后28天,称为新生儿期。

3. 婴儿期:从出生后到满1周岁,称为婴儿期。

4. 幼儿期:1周岁至满3周岁称为幼儿期。

5. 学龄前期:3周岁以后(第4年)到入小学前(6~7岁),称为学龄前期。

6. 学龄期:从6~7岁至12~14岁,称为学龄期。

7. 青春期:女孩从11~12岁至17~18岁,男孩从13~14岁至18~20岁,称为青春期。

命题考点2　各年龄期特点及与预防保健的关系

【历年真题纵览】

A1型题

幼儿期要注意预防的主要疾病是

　　A. 寒冷综合征

　　B. 传染病

　　C. 感染性疾病

　　D. 风湿热

　　E. 近视眼

参考答案:B

【考点评析】

1. 胎儿期:胎儿完全靠母体生存,母体的健康状况对胎儿影响很大,故孕期保健十分重要。妊娠期应注意防止感冒和病毒感染,避免接触有害物质,定期体检。

2. 新生儿期:此期死亡率高,应特别预防新生儿疾病,如新生儿寒冷综合征、新生儿败血症、新生儿肺炎等疾病。

3. 婴儿期:为出生后生长发育最迅速的时期。但此期从母体内获得的抗体逐渐消失,自身免疫功能尚未成熟,易患感染性疾病,应做好计划免疫。

4. 幼儿期:1周岁至满3周岁,称为幼儿期。此期小儿活动范围较广,智力发育较前突出,但对危险事物的识别能力差,因此要注意加强营养、开发智能及防止意外事故,加强传染病预防。

5. 学龄前期:3周岁后(第4年)到入小学前(6~7岁),称为学龄前期。此期儿童易患肾炎、风湿热等疾病。

6. 学龄期:6~7岁至12~14岁,称为学龄期。此期体格稳步增长,脑的形态发育已基本与成人相同。此期应注意预防近视眼和龋齿。

7. 青春期:女孩从11~12岁至17~18岁,男孩从13~14岁至18~20岁,称为青春期。此期生殖系统发育迅速,第二性征逐渐明显,应进行生理、心理卫生和性知识教育。

命题考点3　体格生长发育常用指标

【历年真题纵览】

A1型题

1. 3岁儿童的正常体重大约为

A. 10 kg

B. 16 kg

C. 12 kg

D. 14 kg

E. 20 kg

参考答案:D

2. 小儿前囟闭合的正常时间是

A. 4~6个月

B. 8~10个月

C. 12~16个月

D. 18~20个月

E. 20~22个月

参考答案:C

【考点评析】

1. 以下公式通常用于粗略估计小儿的体重:1周岁内:1~6个月体重(kg) =出生时体重+月龄×0.7;7~12个月体重(kg) =6+0.5×月龄;2岁~12岁:体重(kg) =年龄×2+8。

2. 以下公式粗略估计2~12岁身高:身长(高)(cm) =年龄×7+70。

3. 新生儿头围平均34 cm,第一年的前3个月和后9个月头围都约增长6 cm,1岁时头围为46 cm,2岁时达48 cm。

4. 出生时胸围平均32 cm,1~1.5岁时头围胸围相等,1岁至青春前期胸围超过头围的厘米数约等于小儿岁数减1。

5. 前囟在出生时大小约1.5~2 cm,后随颅骨而发育,6个月后逐渐骨化而变小,约在1~1.5岁时闭合。

6. 3个月的婴儿能抬头时,出现凸向前的颈曲;6个月后会坐时,出现凸向后的胸曲;1岁会走时,出现凸向前的腰曲。

7. 约自6个月起(4~10个月)乳牙开始萌出,12个月尚未出牙可视为异常,2岁以内乳牙的数目约为月龄减6。乳牙共20个,最晚2岁半出齐。6~7岁乳牙开始脱落换恒牙。17~30岁恒牙出齐,共28~32个。

命题考点4 各年龄段呼吸、脉搏、血压常数

【历年真题纵览】

A1型题

按公式计算,正常5岁小儿的收缩压是

A. 80 mmHg

B. 88 mmHg

C. 90 mmHg

D. 92 mmHg

E. 100 mmHg

参考答案:C

【考点评析】

1. 各年龄小儿脉搏(次数/分钟):新生儿120~140,婴儿110~130,幼儿100~120,学龄前期80~100,学龄期70~90。

2. 血压:收缩压(mmHg):80+年龄×2;舒张压(mmHg):收缩压×2/3。

命题考点5 小儿生长发育规律

【历年真题纵览】

小儿动作发育规律中错误的是

A. 头尾规律

B. 远近规律

C. 左右规律

D. 由不协调到协调

E. 由粗动作到精细动作

参考答案:C

【考点评析】

1. 头尾生长规律:小儿生长为先头部后下肢。

2. 由近及远规律:先躯干后四肢。

3. 由初级到高级:智能发育为先感性认识后理性认识。

4. 由简单到复杂。

5. 由粗到细:动作的发育为先粗运动后精细运动。

命题考点6 小儿感觉、运动和语言发育

【历年真题纵览】

A1型题

6~7个月婴儿应会的动作是

A. 会爬

B. 扶站

C. 独坐

D. 独走

E. 双脚跳

参考答案:C

【考点评析】

1. 视觉(视感知):新生儿有眨眼反射,强光、声响、疼痛等很多刺激均可引出眨眼反射。小儿生后即有视力,4～5个月开始认母亲。

2. 听觉(听感知):新生儿已有听觉,当有人声响时表现为眨眼或惊吓反射,或由安静变为啼哭,也可能由啼哭转为安静。3个月可将头转向声源,6个月时对母亲的语言行明显的反应。

3. 味觉和嗅觉:生后最初几天味觉就表现相当灵敏,新生儿时期嗅觉在寻找母乳时起一定作用。7～8个月时嗅觉发育灵敏,第2年内能识别各种气味。

4. 粗大运动的发育规律是由上到下的,即由头部的活动至下肢的活动,表现为抬头、抬胸、翻身、坐起、站立、行走次序。对婴儿时期动作的发育过程,可归纳为"二抬(头)四翻(身)六会坐,七翻八爬周岁走"。

5. 语言:新生儿会用哭声表达饥饿或疼痛。2～4个月是咿呀发音阶段;6～7个月能发出"爸爸"、"妈妈"等复音;1岁时能叫出物品名字,如灯、碗;1.5岁～2岁能讲2～3个字的词组,能认识和指出身体各部位,能用代名词等;3～4岁能说短歌谣、唱歌;5～6岁能讲完整故事。

命题考点7　小儿生理特点

【历年真题纵览】

A1型题

以下哪项不是小儿的生理特点

　A.脏腑娇嫩
　B.发育迅速
　C.行气未充
　D.肝常有余
　E.生机蓬勃

参考答案:D

【考点评析】

小儿生理特点:脏腑娇嫩,行气未充;生机蓬勃,发育迅速。

命题考点8　小儿病理特点

【历年真题纵览】

A1型题

下列各项中,不属于小儿病理特点的是

　A.传变迅速
　B.发病容易
　C.易趋康复
　D.脏腑充实
　E.脏气清灵

参考答案:D

【考点评析】

小儿病理特点:发病容易,传变迅速;脏气洁灵,易趋康复。

命题考点9　小儿稚阴稚阳学说的意义

【历年真题纵览】

A1型题

1. 小儿生理特点中所说的"稚阴稚阳"的含义是

　A.生机蓬勃,发育迅速
　B.脏腑娇嫩,形气未充
　C.年龄越小,生长越快
　D.年龄越小,发育越快
　E.纯阳无阴,阳常有余

参考答案:B

B1型题

2.

　A.易寒
　B.易热
　C.易虚
　D.易实
　E.易愈

①小儿具有"稚阴未长"的特点,患病
②小儿具有"稚阳未充"的特点,患病

参考答案:①B　②A

【考点评析】

"稚阴稚阳"之说表述了小儿机体柔弱,阴阳二气均较幼稚,形体和功能未臻完善的一面,而"纯阳"之说恰指生长迅速。由于稚阴稚阳,才需要迅速生长,由于生长旺盛,又使小儿形与气、阴与阳均显得相对不足,共同构成了小儿生理特点的两个方面。

命题考点 10　小儿喂养与保健

【历年真题纵览】

A1 型题

1. 小儿所需的热量,除了基础代谢所需外,还包括
   A. 活动所需
   B. 排泄的消耗
   C. 生长发育所需
   D. 食物的特殊动力作用
   E. 以上都是

参考答案:E

2. 15 岁每日能量的需要约为
   A. 250 kJ/kg
   B. 220 kJ/kg
   C. 4500 kJ/kg
   D. 360 kJ/kg
   E. 750 kJ/kg

参考答案:A

【考点评析】

1. 能量的需要:能量由食物中的营养素(碳水化合物、脂肪、蛋白质)供给,其产生热能如下:碳水化合物可供能量 16.8 kJ(4 kcal);1 g 蛋白质可供能量 16.8 kJ(4 kcal);1 g 脂肪可供能量 37.8 kJ(9 kcal)。小儿能量的需要分五个方面:即基础代谢、生长发育、食物的特殊动力作用、活动所需、排泄消耗。以上五方面所需热量的总和,称为能量需要的总量。1 岁以内婴儿能量需要的总量为每日 460 kJ/kg(110 kcal/kg),以后每增加 3 岁减去 42 kJ/kg(10 kcal/kg);到 15 岁每日约为 250 kJ/kg(60 kcal/kg)。

2. 营养物质:营养物质包括蛋白质、脂肪、糖、维生素与矿物质、水。其中,蛋白质所供热量占总热量的 10% ~15%。脂肪是供给热量的重要来源,占总热量的 25% ~30%,婴幼儿需要脂肪量每日 4 ~6 g/kg。6 岁以上需要每日 3 g/kg。糖类是人体热量的主要来源,占总热量的 50% ~60%,每克糖产热 17.2 kJ,婴儿需糖量每日 10 ~12 g/kg,2 岁以上小儿需糖量约每日 10 g/kg。维生素与无机盐每日需要量甚微,虽不产生热量,但对维持生长发育与生理功能均不可缺。

3. 水的供应:正常婴儿需水量为每日 100 ~150 ml/kg,1 ~3 岁约需每日 110 ml/kg,以后每隔 3 年减少每日 25 ml/kg。成人需水量为每日 50 ml/kg。

命题考点 11　母乳喂养的优点和方法

【历年真题纵览】

A1 型题

1. 下列关于母乳喂养的叙述,正确的是
   A. 母乳中的酪蛋白多,易于消化吸收
   B. 目前主张正常足月新生儿的开奶时间应为出生后 6 小时
   C. 1 岁半至 2 岁可完全断奶
   D. 每次哺乳时间为 30 分钟
   E. 乳母患活动性肺结核、急性肝炎时禁忌哺乳

参考答案:E

2. 下列关于母乳喂养优点的叙述,错误的是
   A. 营养丰富
   B. 易于消化、吸收和利用
   C. 含有丰富的抗体和免疫活性物质
   D. 刺激子宫舒张
   E. 增进母子感情

参考答案:D

【考点评析】

1. 优点:母乳是婴儿最适宜的天然营养品。母乳营养丰富,蛋白质、脂肪、糖之比例为 1:3:6;母乳易于消化、吸收和利用;含有丰富的抗体和免疫活性物质,有抗感染和抗过敏的作用;母乳温度适宜、经济、卫生;母乳喂养能增进母子感情;产后哺乳可刺激子宫收缩,促其早日恢复。

2. 方法:①时间:主张正常足月新生儿出生半小时内就可开奶,满月前坚持按需喂哺,随着月龄增长逐渐定时喂养,每次哺乳不宜超过 20 分钟;②方法:取坐位;③断奶:一般在 10 ~12 个月可完全断奶,最迟不超过一岁半。

命题考点 12　人工喂养的基本知识

【历年真题纵览】

A1 型题

以下人工喂养错误的是
   A. 喂养谷物为主
   B. 可选用牛、羊乳
   C. 奶粉需要稀释
   D. 满月后即可进行全奶喂养
   E. 可选用大豆类代乳品进行喂养

参考答案:A

【考点评析】

1.由于各种原因母亲不能喂哺婴儿时,可选用牛、羊乳等,或其他代乳品喂养婴儿,称为人工喂养。

2.牛乳是最常用的代乳品,所含蛋白质虽然较多,但不易消化;另外,牛乳中含不饱和脂肪酸少,明显低于人乳,牛乳中乳糖含量亦低于人乳。稀释度与小儿月龄有关,生后不满2周采用2:1奶(即2份牛奶加1份水);以后逐渐过渡到3:1或4:1奶,满月后即可进行全奶喂养。加糖量为每100 ml加5~8 g。在不易获得乳制品的地区或对牛奶过敏的婴儿,还可选用大豆类代乳品进行喂养。

命题考点 13　辅助食品的添加原则

【历年真题纵览】

A1 型题

辅助食品的添加原则错误的是

　　A.从少到多

　　B.由稠到稀

　　C.由一种到多种

　　D.由细到粗

　　E.天气炎热和婴儿患病时,应暂缓添加新品种

参考答案:B

【考点评析】

添加辅食的原则有:①从少到多,以使婴儿有一个适应过程。②由稀到稠,如从米汤开始到稀粥,再增稠到软饭。③由细到粗,如从菜汁到菜泥,乳牙萌出后可试食碎菜。④由一种到多种,习惯一种食物后再加另一种,不能同时添加几种。如出现消化不良应暂停喂食该种辅食,待恢复正常后,再从开始量或更小量喂起。⑤天气炎热和婴儿患病时,应暂缓添加新品种。

命题考点 14　小儿保健的主要内容、传染病管理和计划免疫

【历年真题纵览】

A1 型题

下列哪项是新生儿保健的重点

　　A.防止意外创伤

　　B.防止中毒

　　C.注意保温

　　D.注意添加辅食

　　E.防止消化功能紊乱

参考答案:C

【考点评析】

1.各年龄保健原则及重点:

(1)胎儿期及围生期保健:故胎儿期保健应以孕母保健为重点。强调精神调摄,可令气血安和,身心健康,此外应调摄饮食,勿乱服药,谨避六淫,预防各种感染,定期监测,以便早期发现异常。

(2)新生儿保健:在第一个月应访视2~3次,了解小儿出生后健康、喂养、疾病等情况,进行全面体格检查,随时进行具体指导和示范。

(3)婴幼儿保健:应提倡母乳喂养,合理添加辅食;定期体格检查,进行生长发育监测,及时发现异常;合理安排小儿生活,培养良好的生活习惯;完成基础计划免疫。

(4)学龄前期儿童保健:应继续监测生长发育,随时进行缺点矫治;重视早期教育,培养小儿独立生活能力及良好的品德;加强体格锻炼,增强体质;防止意外事故,加强传染病防治。

(5)学龄期及青春期保健:应保证营养,加强体格锻炼;培养良好的生活、卫生习惯;加强品德教育。

2.传染病管理:对患者必须做到早诊断、早治疗、早隔离,管好传染源,减少交叉感染,控制播散。

3.计划免疫的实施:应注意按期完成各种预防接种,建立预防接种档案。

命题考点 15　儿科望诊的主要内容及临床意义

【历年真题纵览】

A1 型题

1.在辨斑疹中,下列哪项不是"斑"的特点

　　A.大小不一

　　B.片状或点状

　　C.红色或紫色

　　D.不高出皮肤

　　E.压之退色

参考答案:E

2.正常牛乳喂养2个月的乳婴儿大便应为

A.色黄而干湿适中

B.淡黄白色而坚硬

C.金黄色呈糊状

D.色暗绿黏稠无臭

E.以上都不是

参考答案:B

3.耳内流脓,牵耳作痛者,为

A.肝胆火盛

B.湿热下注

C.脾胃郁热

D.肾火

E.心经火热

参考答案:A

【考点评析】

1.整体望诊:包括神、色、形、态四部分。

2.局部望诊:包括头面、苗窍、指纹、二便及斑、疹、痧、痘。

命题考点16　指纹诊查的方法及临床意义

【历年真题纵览】

A1 型题

1.小儿指纹色青黑者为

A.外感风寒

B.为邪热淤滞

C.气滞血瘀

D.血络郁闭

E.正气不足

参考答案:D

2.病情凶险者,指纹的表现是

A.显于风关

B.达于气关

C.达于命关

D.透关射甲

E.来超风关

参考答案:C

【考点评析】

1.指纹的部位分为风关、气关、命关,自虎口向指端,第1节为风关,第2节为气关,第3节为命关。

2.意义:(1)部位:指纹在风关者,病邪初入,邪浅病轻;达气关者,邪已深入,病情较重;透命关者,病情危重;透关射甲,病情凶险。(2)浮沉:浮主表,

沉主里。外感初起,脉纹浮现;病邪在里,沉而不显。

(3)色泽:纹色鲜红,为外感风寒;暗紫,为邪热淤滞;紫黑,为热邪深重或气滞血瘀;色青黑者,多为血络郁闭;指纹细淡、推之流畅者,多为正气不足。

命题考点17　小儿啼哭声的诊断意义

【历年真题纵览】

A1 型题

小儿哭声绵长,口作吮乳状,多为

A.饥饿

B.口疮

C.腹痛

D.咽喉水肿

E.尿布潮湿不适

参考答案:A

【考点评析】

哭而有泪,哭声清长,是为常态。婴儿可因饥饿、口渴、针刺、虫咬、困睡或尿布潮湿引起不适而哭。哭声绵长,作吮乳状,多为饥饿;突然大哭,声高而急,时或尖叫,时作时止者,多为腹痛;哭声嘶哑,伴呼吸不利,多为咽喉水肿;哭叫拒食,伴流涎烦躁,多为口疮。总之,哭声洪亮为实,细弱为虚,清亮和顺为佳,尖锐而细弱无力为重。

命题考点18　儿科问个人史、预防接种史的内容

【历年真题纵览】

A1 型题

问个人史的内容不包括以下

A.生产史

B.喂养

C.发育

D.学习情况

E.年龄

参考答案:E

【考点评析】

儿科问个人史要问清出生史、喂养史、生长发育史,学龄儿童还要问学习情况,以推测智力发育情况。

【历年真题纵览】

B1 型题

A. 沉而有力

B. 数而有力

C. 数而无力

D. 浮而无力

E. 迟而有力

①小儿实热证的脉象是

②小儿虚热证的脉象是

参考答案:① B②C

【考点评析】

小儿脉象有浮、沉、迟、数、有力、无力六种。浮沉分表里,迟数辨寒热,有力、无力定虚实。轻按能及为浮脉,多见于表证,浮而有力为表实,浮而无力为表虚;重按才能触的为沉脉,多见于里证,沉而有力为里实,沉而无力为里虚;脉搏频速,一息六七次以上的数脉,多见于热证,数而有力为实热,数而无力为虚热。肝病、惊风可见弦脉;痰涎壅盛或积滞内蕴,常有滑脉。

命题考点20　小儿按诊(皮肤、头颅、胸腹、四肢)

【历年真题纵览】

1. 婴儿正常肝下界在右锁骨中线肋缘下

A. 不超过 8 cm

B. 不超过 6 cm

C. 不超过 4 cm

D. 肋缘下一般不应触及

E. 不超过 2 cm

参考答案:B

B1 型题

2.

A. 头颅

B. 胸胁

C. 腹部

D. 皮肤

E. 四肢

①小儿水肿,按诊的主要部位是

②婴儿颅内压增高,按诊的主要部位是

参考答案:①D　②A

【考点评析】

1. 按皮肤:肤肿,按之凹陷不起者,多为脾肾阳虚;按之凹陷即起者,多为风水相搏;皮肤弹性差,多为伤津失水。肤冷有汗者,多为阳气不足;手足心灼热者,多为阴虚内伤或食积郁热。

2. 按头颅:前囟早闭者,多为头小畸形;逾期不闭,多为佝偻病;囟门凹陷者,多为阴液脱失;囟门突起者,多为热邪炽盛,或颅内压增高。小儿颈项两侧有结节肿大连珠成串,质地较硬伴盗汗者,应疑为结核病。

3. 按胸胁:会区分为鸡胸、漏斗胸、郝氏沟。胸肋触及串珠,肋缘外翻,均为佝偻病表现。正常肝下界在右锁骨中线肋缘下,婴儿不超过 2 cm,学龄期儿童肋缘下一般不应触及肝。正常新生儿脾脏在左肋缘下 1～2 cm 处可扪及,1 岁以后不应触及。

4. 按腹部:正常小儿腹部柔软、温和,按之不胀不痛。腹痛喜按、按之痛减,多属虚属寒;腹痛拒按、按之痛剧者,多为实邪内阻,或虫积、食积;腹部胀满、叩之如鼓声者,多为气滞;叩之浊音、有波动感者,多为腹水。

5. 按四肢:四肢厥冷,多属阳虚;四肢拘急抽动,为惊风之征;一侧或两侧肢体细弱,活动受限,可见于小儿麻痹症的后遗症。

命题考点21　儿科辨证的意义

【历年真题纵览】

辨别疾病性质的纲领是

A. 虚实

B. 寒热

C. 阴阳

D. 表里

E. 脏腑

参考答案:B

【考点评析】

1. 表里是辨别疾病病位的纲领;寒热是辨别疾病性质的纲领;虚实是辨别人体正气强弱和病邪盛衰的纲领;而阴阳是辨别疾病性质的总纲领。

2. 脏腑辨证是杂病辨证的基本方法,即使在外感病辨证中也时常应用,被认为是儿科病辨证最为重要的辨证方法之一。

3.运用三焦辨证和卫气营血辨证。一般来说,热性病的传变,在儿科可分为表证(相当于急性热病之初期,邪在卫分阶段)、表里兼证(相当于急性热病之初期或中期,邪由卫分渐入气分或营分阶段)和里证(相当于急性热病中期之邪盛期,多见营血证候,或相当于后期之正虚或正虚邪恋期,此期包括后遗症)三个阶段。

命题考点22　小儿疾病的治疗原则

【历年真题纵览】

A1 型题

小儿疾病的治疗原则不包括

　A.身心兼顾、综合治疗

　B.中病即止,合理调护

　C.注意顾护脾胃

　D.足量用药,避免复发

　E.中西医结合,取长补短

参考答案:D

【考点评析】

1.治疗及时、中病即止。

2.中西医有机结合,取长补短。

3.注意顾护脾胃。

4.整体治疗,合理调护:应注重整体治疗,即身、心两方面的治疗。

命题考点23　小儿药物剂量计算常用方法

【历年真题纵览】

A1 型题

1.小儿药物剂量计算常用方法不包括

　A.按身高计算

　B.按体重计算

　C.按体表面积计算

　D.按年龄计算

　E.按成人量折算

参考答案:A

2.乳婴儿中药用量为成人量的

　A.1/6

　B.1/5

　C.1/4

　D.1/3

　E.1/2

参考答案:D

【考点评析】

1.按体重计算:是西医最常用、最基本的计算方法。应以实际测得体重为准,或按公式计算(小儿生长发育章节)获得。每日/(次)剂量 = 病儿体重(kg)×每千克体重需要量。年龄愈小,每千克体重剂量相对稍大,年长儿按体重计算剂量超过成人量时,以成人剂量为限。

2.按体表面积计算:此法较按年龄、体重计算更为准确。近年来多主张按每平方米体表面积计算。小儿体表面积计算公式为: < 30kg 小儿体表面积(m²) = 体重(kg) × 0.035 + 0.1 ; > 30kg 体表面积(m²) = [体重(kg) - 30] × 0.02 + 1.05。小儿剂量 = 小儿体表面积(m²) × 剂量/(m²)。

3.按年龄计算:适用剂量幅度大,不需十分精确的药物,如营养类药物可按年龄计算,比较简单易行。

4.按成人量折算:小儿剂量 = 成人剂量 × 小儿体重(kg)/50,此法仅用于未提供小儿剂量的药物,所得剂量一般偏小,故不常用。

5.小儿中药用量:新生儿用成人量的1/6,乳婴儿为成人量的1/3,幼儿为成人量的1/2,学龄儿童为成人量的2/3或成人量。

命题考点24　常用中医内治法则

【历年真题纵览】

A1 型题

1.儿科常用中医内治法则不包括

　A.疏风解表法

　B.以毒攻毒法

　C.清热解毒法

　D.消食导滞法

　E.镇静开窍法

参考答案:B

B1 型题

2.

　A.培元补肾法

　B.以毒攻毒法

　C.凉血止血法

D. 镇惊开窍法

E. 消食导滞法

①主要用于急、慢性各种出血病证

②用于小儿抽搐、惊痫等病证

参考答案:①C ②D

【考点评析】

疏风解表法;化痰平喘法;清热解毒法;消食导滞法;镇静开窍法;安蛔驱虫法;利水消肿法;健脾益气法;凉血止血法;活血化淤法;培元补肾法;回阳救逆法。

命题考点25 捏脊疗法的治疗机理

【历年真题纵览】

A1 型题

捏脊疗法的治疗经脉是

A. 肾经、膀胱经

B. 任脉

C. 督脉、膀胱经

D. 带脉

E. 肺经

参考答案:C

【考点评析】

捏脊疗法是通过对督脉和膀胱经的捏拿,达到调整阴阳、通理经络、调和气血、恢复脏腑功能为目的的一种疗法。常用治痔证、婴儿泄泻及脾胃虚弱的患儿。

命题考点26 小儿脱水程度的判断

【历年真题纵览】

A2 型题

1. 患儿,腹泻3天,口唇黏膜干燥,精神萎靡,皮肤干燥、弹力差;眼窝、前囟明显凹陷;哭时少泪。脱水程度为

A. 轻度

B. 中度

C. 重度

D. 极重度

E. 无脱水

参考答案:B

B1 型题

2.

A. 5%以下

B. 5%左右

C. 5% ~ 10%

D. 10%左右

E. 10%以上

①估计脱水的程度,轻度脱水失水量为体重的

②估计脱水的程度,中度脱水失水量为体重的

参考答案:①B②C

【考点评析】

1. 轻度脱水:失水量占体重5%以下(30 ~ 50 ml/kg)。患儿精神正常或稍差;皮肤稍干燥,弹性尚可;眼窝、前囟轻度凹陷;哭时有泪;口唇黏膜稍干;尿量稍减少。

2. 中度脱水:失水量占体重的5% ~ 10%(50 ~ 100 ml/kg)。患儿精神萎靡或烦躁不安,皮肤干燥、弹力差;眼窝、前囟明显凹陷;哭时少泪;口唇黏膜干燥;四肢稍凉,尿量明显减少。

3. 重度脱水:失水量占体重的10%以上(100 ~ 120 ml/kg)。患儿呈重病容,精神极度萎靡,表情淡漠,昏睡甚至昏迷;皮肤灰白或有花纹,干燥,失去弹性;眼窝、前囟深度凹陷,闭目露睛;哭时无泪;舌无津,口唇黏膜极干燥;因血容量明显减少可出现休克症状如心音低钝,脉细而快,血压下降,四肢厥冷,尿极少或无尿等。

命题考27 小儿代谢性酸中毒的主要临床表现

【历年真题纵览】

A1 型题

下列哪项是轻度小儿代谢性酸中毒的主要临床表现之一

A. 呼吸浅快

B. 心率不变

C. 厌食、恶心、呕吐

D. 血压升高

E. 呼吸浅慢

参考答案:C

【考点评析】

轻度酸中毒的症状不明显。较重酸中毒出现呼吸深决,心率增快,厌食、恶心、呕吐,精神萎靡,烦躁不安,进而嗜睡、昏睡、昏迷。严重酸中毒,心率转慢,周围血管阻力下降,心肌收缩力减弱,血压下降,心力衰竭。

命题考点28 液体疗法液量计算

【历年真题纵览】

A1型题

小儿腹泻重度低渗性脱水第一天补液,下列哪项最适合

A.2:1含钠液

B.2:3含钠液

C.3:2含钠液

D.1:2含钠液

E.1:3含钠液

参考答案:B

【考点评析】

(1)补充累积损失量:①定输液总量(定量):轻度脱水30～50 ml/kg,中度脱水50～100 ml/kg,重度脱水100～120 ml/kg。计算总量先给2/3。②定输液种类(定性):输液种类根据脱水性质决定。原则先盐后糖,即先补充电解质后补充糖液。通常对低渗脱水应补给2/3张含钠液;等渗脱水补给1/2张含钠液;高渗脱水补给1/3～1/5张含钠液。若临床上判断脱水性质有困难时,可先按等渗脱水补充。③定输液速度(定速):补液速度取决于脱水程度,原则上先快后慢。

(2)补充继续损失量:根据实际损失量用类似的溶液补充。体液继续损失量一般每日10～40 ml/kg,予以1/3～1/2张含钠液。

(3)补充生理需要量:尽量口服补充,对不能口服或口服量不足者可静脉滴注1/4～1/5张含钠液,同时给予生理需要量的钾。长期输液或合并营养不良者,应注意蛋白质的补充。

第二单元 新生儿疾病

命题考点1 生理性黄疸与病理性黄疸的鉴别

【历年真题纵览】

A1型题

下列属于早产儿生理性黄疸特点的是

A.生后5～6天出现,30～35天完全消退

B.生后3～4天出现,21～28天完全消退

C.生后3～4天出现,15～20天完全消退

D.生后2～3天出现,10～14天完全消退

E.生后1～2天出现,7～13天完全消退

参考答案:D

【考点评析】

生理性黄疸出现时间较晚,黄疸持续时间较短,足月儿生后2～3天出现,10～14天完全消退,早产儿生后3～4天出现,21～28天完全消退。黄疸程度较轻,以未结合胆红素为主,结合胆红素<26 μmol/L。无伴随病症,一般全身情况好。病理性黄疸出现时间较早,黄疸持续时间较长,黄疸程度较重,黄疸进展快,均有伴随病症。

命题考点2 湿热熏蒸证、寒湿阻滞证、瘀积胎黄证的症状、治法、主方

【历年真题纵览】

A2型题

1.患儿,男,出生7天。面目皮肤发黄,色泽晦暗,精神差,吮乳少,四肢欠温,腹胀便溏,舌淡苔白腻,指纹色淡。其诊断是

A.新生儿黄疸湿热熏蒸证

B.新生儿黄疸寒湿阻滞证

C.新生儿黄疸瘀积发黄证

D.新生儿生理性黄疸

E.以上均非

参考答案:B

B1型题

2.

A.清热利湿退黄

B.解表化湿退黄

C.化瘀消积退黄

D.运脾燥湿退黄

E.利水渗湿退黄

①胎黄湿热熏蒸证的治法是

②胎黄瘀积发黄证的治法是

参考答案:①A ②C

【考点评析】

1.湿热熏蒸:目黄、身黄,其黄鲜明,哭闹不安,呕吐腹胀,乳食不思,尿黄便结,或伴有发热,舌质红,苔黄腻,指纹紫滞。治法:清热利湿退黄。方药:茵陈蒿汤加味。

2. 寒湿阻滞:目黄、身黄,其色晦暗,黄疸持续不退,精神差,吮乳少,易呕吐,小便黄,四肢欠温,腹胀便溏,或大便灰白,舌质淡,苔白腻,指纹色淡。治法:温中化湿退黄。方药:茵陈理中汤加味。

3. 瘀积发黄:面目皮肤发黄,颜色晦滞,日益加重,腹部胀满,右胁下痞块,神疲纳呆,小便短黄,大便不调或灰白,舌紫暗有瘀斑瘀点,苔黄或白,指纹紫滞。治法:化瘀消积退黄。方药:血府逐瘀汤加减。

命题考点3 新生儿寒冷损伤综合征中西医病因病机

【历年真题纵览】

A1型题

1. 硬肿症的发病原因为

  A. 外感风毒,胎热内蕴

  B. 寒湿阻滞

  C. 感受风冷水湿秽毒之邪

  D. 先天不足,元阳不振

  E. 肝肾阴虚

  参考答案:D

2. 硬肿的病机为

  A. 邪毒入脏,肝木乘脾

  B. 阳气虚衰,寒凝血涩

  C. 邪毒入侵经脉,随气血流行,发于肌表

  D. 寒湿阻滞,脾失健运

  E. 表虚不固,营卫不和

  参考答案:B

【考点评析】

1. 中医认为本病的内因多为先天禀赋不足,元阳不振,外因多为护理不当,感受寒冷,或患其他疾病所致。其病机主要为阳气虚衰,寒凝血涩。

2. 西医病因病机:(1)寒冷和保温不当;(2)某些疾病:严重感染、缺氧、心力衰竭和休克等;(3)多器官损害:低体温和皮肤硬肿,可使局部血液循环淤滞,引起缺氧和代谢性酸中毒,导致皮肤毛细血管壁通透性增加,出现水肿。

命题考点4 新生儿寒冷损伤综合征西医治疗原则

【历年真题纵览】

A2型题

1. 新生儿生后5 d。因2 d来少吃、不哭、体温低住院。肛门温度32℃。面颊、四肢皮肤暗红,皮下脂肪硬。心率每分钟90次。为使患儿复温,宜选的方法是

  A. 立即安置于37~38℃暖箱中

  B. 放于37~38℃的温水中进行温水浴

  C. 静脉营养,用暖水袋包裹复温

  D. 立即安置于暖箱中,暖箱温度高于体温1~2℃

  E. 在室温28~30℃病室中,缓慢自然复温

  参考答案:D

【考点评析】

及时复温,提供热量和液体,去除病因,早期纠正脏器功能紊乱。

命题考点5 新生儿寒冷损伤综合征的中医辨证论治

【历年真题纵览】

A1型题

治疗硬肿症阳气虚衰证的首选方是

  A. 独参汤

  B. 理中汤

  C. 参附汤

  D. 四逆汤

  E. 固真汤

  参考答案:C

【考点评析】

1. 寒凝血滞:全身不温,四肢肌肤发凉,面颊、臀部、四肢可见硬肿,皮肤板硬,不易捏起,颜色暗红,青紫,或红肿如冻伤。唇色黯红,指纹紫暗。治法:温经散寒,活血通络。方药:当归四逆汤加减。

2. 阳气虚弱:体质虚弱,全身冰冷,僵卧少动,气息微弱,哭声低微无力,吮吸困难,肢体关节活动不利。全身硬肿,皮肤暗红,尿少或无尿,舌质淡,苔薄白,指纹淡红或隐伏不现。治法:益气温阳,通红活

血。方药:参附汤加减。

第三单元　呼吸系统疾病

命题考点1　小儿上呼吸道感染的主要病原及临床表现

【历年真题纵览】

A1 型题

1.上呼吸道感染的病原体90%以上为

A.衣原体

B.病毒

C.真菌

D.细菌

E.支原体

参考答案:B

B1 型题

2.

A.衣原体

B.呼吸道合胞病毒

C.流感病毒

D.腺病毒

E.柯萨奇病毒

①咽结合膜热的病原是

②疱疹性咽峡炎的病原是

参考答案:①D　②E

【考点评析】

1.上感病原90%以上为病毒。主要为合胞病毒、流感病毒、副流感病毒、腺病毒、鼻病毒、柯萨奇病毒、冠状病毒等。其中以鼻病毒最为多见,其次为肠道病毒、冠状病毒及肺炎支原体等。疱疹性咽峡炎病原体为柯萨奇 A 组病毒。咽结合膜热病原体为腺病毒3.7.11 型。

2.常于受凉后1~3 天出现鼻塞、喷嚏、流涕、干咳、咽部不适、发热等,热度高低不一。婴幼儿可骤然起病,高热、纳差、咳嗽,可伴有呕吐、腹泻、烦躁,甚至高热惊厥。部分患儿病可出现脐周阵痛。

命题考点2　小儿上呼吸道感染常见兼夹证(夹痰、夹滞、夹惊)

【历年真题纵览】

A1 型题

1.小儿感冒容易出现兼证,多见

A.挟火、挟痰、挟湿

B.挟火、挟痰、挟滞

C.挟风、挟痰、挟滞

D.挟惊、挟痰、挟滞

E.挟湿、挟惊、挟滞

参考答案:D

A2 型题

2.患儿,1 岁。发热,鼻塞流涕,咽部充血,兼见咳嗽,喉间痰多,甚则气急痰鸣,舌苔厚腻。其诊断是

A.风寒感冒

B.风热感冒

C.感冒夹痰

D.感冒夹惊

E.感冒夹滞

参考答案:C

B1 型题

A.肺常不足

B.脾常不足

C.肝常有余

D.肾常虚

E.肺脏娇嫩

①小儿上呼吸道感染常见夹惊的原因是

②小儿上呼吸道感染常见夹滞的原因是

参考答案:①C　②B

【考点评析】

1.夹痰:兼见咳嗽较剧,咳声重浊,喉中痰鸣,舌苔厚腻,脉象浮滑而数。偏于风寒者加用三拗汤、二陈汤;偏于风热者,加用桑菊饮。

2.夹食滞:兼见脘腹胀满,不思乳食,呕吐酸腐,或腹痛腹泻,舌苔厚腻者。宜解表药中加用消食导滞之藿香、神曲、枳壳、麦芽、山楂等,或兼服保和丸。

3.夹惊:兼见惊惕啼叫,睡卧不宁,舌尖红赤,脉弦数,指纹青紫。宜加用钩藤、僵蚕、地龙、蝉衣、磁石以安神镇惊;壮热抽搐者,兼服紫雪丹,以祛风、清热、开窍。

命题考点 3 风寒感冒证、风热感冒证、暑邪感冒证的症状、治法、主方

【历年真题纵览】

A1 型题

治疗小儿暑邪感冒,应首选

A. 荆防败毒散

B. 新加香薷饮

C. 银翘散

D. 三拗汤

E. 桑菊饮

参考答案:B

【考点评析】

风寒感冒——发热,恶寒,无汗,头痛,鼻塞流清涕,喷嚏,咳嗽,口不渴,咽不红,苔薄白,脉浮紧。治法辛温解表。方药荆防败毒散加减。

风热感冒——发热较重,恶风,有汗热不解,头痛,鼻塞,或流黄涕,咳嗽声重,痰黏白或稠黄,咽红或痛,口干引饮,舌红,苔薄白或薄黄而干,脉浮数。治法辛凉解表。方药银翘散加减。

暑邪感冒——高热无汗,头痛,身重困倦,胸闷泛恶,食欲不振,或有呕吐,腹泻,咳嗽,苔薄白或腻,脉数。治法清暑解表。方药新加香薷饮加减。

命题考点 4 支气管炎风寒咳嗽证、风热咳嗽证的症状、治法、主方

【历年真题纵览】

A1 型题

1. 起病较重,咳嗽频作,恶寒,无汗,头痛,方剂选择

A. 杏苏散

B. 桑菊饮

C. 止嗽散

D. 麻黄汤

E. 桂枝汤

参考答案:A

2. 桑菊饮适用于哪种证型的急性支气管炎引起的咳嗽

A. 痰湿

B. 阴虚

C. 风热

D. 痰热

E. 风寒

参考答案:C

【考点评析】

风寒咳嗽——起病较重,咳嗽频作,恶寒,无汗,或有发热、头痛等。治法疏风散寒,宣肺止咳。方药杏苏散加减。

风热咳嗽——起病较急,咳嗽不爽或咳声重浊,痰稠色黄或伴发热、恶风、微汗出,舌红,苔薄黄,脉浮数。治法疏风清热,宣肺化痰。方药桑菊饮加减。

命题考点 5 支气管炎痰热咳嗽证、阴虚咳嗽证的症状、治法、主方

【历年真题纵览】

A1 型题

支气管炎痰热咳嗽证主方是

A. 清金化痰汤加减

B. 沙参麦冬汤加减

C. 杏苏散加减

D. 桑菊饮加减

E. 麻杏石甘汤加减

参考答案:A

【考点评析】

痰热咳嗽——咳嗽不爽,痰黄黏稠,不易咯出,口渴咽痛,甚则气息粗促,喉中痰鸣,或伴发热、烦躁、小便短赤、大便干结,舌红,苔黄,脉滑数。治法清肺化痰。方药清金化痰汤加减。

阴虚咳嗽——干咳无痰,或痰少而粘,不易咯出,口渴,咽干,或手足心热,盗汗,舌红,苔少或见花剥苔,脉细数。治法滋阴润肺。方药沙参麦冬汤加减。

命题考点 6 肺炎的中西医病因

【历年真题纵览】

A1 型题

小儿急性支气管肺炎最常见的细菌和病毒病原是

A. 肺炎球菌和呼吸道合胞病毒

B. 肺炎球菌和柯萨奇病毒

C.肺炎球菌和轮状病毒

D.流感嗜血杆菌和原病毒

E.流感嗜血杆菌和呼吸道合胞病毒

参考答案：A

【考点评析】

肺炎的病因，发达国家以病毒为主要病原，而发展中国家则以细菌性肺炎为常见。肺为娇脏，卫外不固为其内因，感受内邪或他病传变为其外因。

命题考点7　肺炎的分类方法

【历年真题纵览】

A1 型题

肺炎按病理分类的是

A.间质性肺炎

B.病毒性肺炎

C.急性肺炎

D.重症肺炎

E.原虫性肺炎

参考答案：A

【考点评析】

病理分类：支气管肺炎、大叶性肺炎、间质性肺炎等；病因分类：病毒性肺炎、细菌性肺炎、支原体肺炎、衣原体肺炎、真菌性肺炎、原虫性肺炎、非感染原因引起的肺炎；病程分类：急性、迁延性、慢性；病情分类：轻症、重症。

命题考点8　支气管肺炎、腺病毒肺炎、合胞病毒肺炎、支原体肺炎临床特点

【历年真题纵览】

A2 型题

6 个月男孩，高热、咳嗽、喘憋、呼吸困难，出现呼吸增快、三凹征、鼻翼扇动及口唇发绀。肺基底部可听到细湿啰音。根据本病例诊断最大可能性是

A.革兰阴性杆菌肺炎

B.肺炎支原体肺炎

C.腺病毒肺炎

D.呼吸道合胞病毒肺炎

E.葡萄球菌肺炎

参考答案：D

【考点评析】

支气管肺炎——发热、咳嗽、气促、呼吸困难，肺部有较固定的细湿啰音。

腺病毒肺炎——多见于 6～24 个月小儿，骤起稽留高热，萎靡嗜睡，面色苍白，咳嗽较剧，可出现喘憋、呼吸困难、发绀等。肺部体征出现较晚。

合胞病毒肺炎——以 2～6 月婴儿多见，男多于女，以高热、咳嗽、喘憋为主要症状。中、重症患儿有喘憋、呼吸困难，出现呼吸增快、三凹征、鼻翼扇动及口唇发绀。肺基底部可听到细湿啰音，严重患儿可发生心力衰竭、呼吸衰竭。

支原体肺炎——起病缓慢，先有鼻塞，而后出现气促和频繁的间断性咳嗽，一般不发热，肺部可闻湿啰音。

命题考点9　肺炎心衰的诊断标准

【历年真题纵览】

A2 型题

1.患儿，10 个月入院时诊断为腺病毒肺炎痰热闭肺证。今突然虚烦不安，额汗不温，口唇发绀。查体：体温 38℃，呼吸 64 次/分，心率 165 次/分，心音低钝，肝脏比入院时增大 2 cm，舌暗紫，指纹沉而色青，达于命关。诊断为

A.肺炎心衰

B.心肌炎

C.重症肺炎

D.肝昏迷

E.肝脓肿

参考答案：A

【考点评析】

（1）心率突然超过 180 次/分。（2）呼吸突然加快，大于 60 次/分；（3）突然极度烦躁不安，明显发绀，面色苍白发灰，指甲微循环充盈时间延长。（4）心音低钝，奔马律，颈静脉怒张。（5）肝脏迅速增大。（6）尿少或无尿，颜面眼睑或下肢浮肿。出现前 5 项可诊断心力衰竭。

命题考点 10　肺炎病原学治疗的抗生素药物选择

【历年真题纵览】

小儿衣原体肺炎首选

　　A. 红霉素

　　B. 邻氯青霉素

　　C. 头孢哌酮

　　D. 青霉素

　　E. 链霉素

参考答案:A

【考点评析】

抗生素使用原则是:①选用敏感药物;②早期治疗;③联合用药;④了解儿科呼吸道抗生素的药物动力学;⑤足量、足疗程,重症宜经静脉途径给药。

命题考点 11　肺炎风热闭肺证、痰热闭肺证的症状、证候分析、治法、主方

【历年真题纵览】

A1 型题

1. 治疗肺炎喘嗽痰热闭肺证,应首选

　　A. 三拗汤

　　B. 五虎汤合葶苈大枣泻肺汤

　　C. 二陈汤

　　D. 定喘汤

　　E. 麻杏石甘汤

参考答案:B

A2 型题

2. 患儿,男,2 岁。发热、咳嗽 5 天,口渴,咽部红赤,小便短赤,舌红苔黄,脉浮数。检查:听诊双下肺固定中细湿啰音,血白细胞总数及中性粒细胞增高。治疗应首选

　　A. 红霉素加二陈汤

　　B. 红霉素加三拗汤

　　C. 青霉素加麻杏石甘汤

　　D. 病毒唑加二陈汤

　　E. 病毒唑加银翘散

参考参考答案:C

【考点评析】

风热闭肺证——症状:初起发热,恶风,有汗热

不解,口渴引饮,咳嗽痰黏或稠,咽部红赤,舌红,苔薄黄或薄白而干,脉浮数。重证可见高热烦躁,咳嗽剧烈,痰多黏稠,气急鼻煽,涕泪俱无,大便秘结,舌红,苔黄,脉数大。证候分析:此为风热犯肺或寒郁化热证候,临床较为常见,表邪未解,肺经有热,轻者见发热咳嗽,重者邪闭肺络则见气急,鼻煽,涕泪俱无。治法:辛凉宣肺,止咳化痰。方药:银翘散合麻杏石甘汤加减。

痰热闭肺证——症状发病较急,气喘,鼻煽,喉间痰鸣,声如拽锯,发热,烦躁不安。重证:额面口唇青紫发绀,两胁煽动,摇身撷肚,舌淡嫩或带紫色,苔黄腻而厚,脉滑数。证候分析:痰热闭肺,痰重于热,肺气不降,痰随气升,故气急,痰鸣,甚则呼吸困难。此证多见于虚胖体弱的婴儿,平素容易自汗盗汗,肺脾不足,生湿酿痰,复因外邪引动伏痰,闭滞肺络所致。治法:泻肺降气,定喘涤痰。方药:葶苈大枣泻肺汤合五虎汤加减。

命题考点 12　肺炎阴虚肺热证、肺脾气虚证、心阳虚衰变证的症状、证候分析、治法、主方

【历年真题纵览】

A2 型题

患儿患肺炎喘嗽反复不愈 2 周余,低热起伏,咳嗽无力,多汗、四肢欠温,面色白,纳呆便溏,舌质偏淡,舌苔白滑,指纹淡红而滞,在风关,治疗应选

　　A. 桂枝汤

　　B. 麻黄汤

　　C. 四君子汤

　　D. 补中益气汤

　　E. 人参五味子汤

参考答案:E

【考点评析】

阴虚肺热——症状:低热,盗汗,面色潮红,口唇樱红,干咳无痰,舌红而干,苔光或花剥,脉细数。证候分析:肺炎喘嗽后期,因久热久咳,耗伤肺阴,余邪留恋不去,故低热,盗汗,口唇樱红,脉细数。肺阴亏损,则干咳无痰,舌干红。治法:养阴清肺。方药:沙参麦冬汤加减。

肺脾气虚——症状:低热起伏不定,面色苍白无华,动则汗出,咳嗽乏力,喉中有痰,纳呆,大便溏薄,舌淡,苔白滑,脉细软。证候分析:平素脾胃不健,病

程中肺气耗伤太过,正虚未复,余邪留恋,故发热起伏不定。肺气虚弱,营卫失和,卫表失固,故动则汗出。脾运不健,痰湿内生,则食少便溏,喉中痰鸣。气血生化乏源,故面色无华,肢体困乏无力。治法:益气健脾。方药:人参五味子汤加减。

心阳虚衰——症状:突然面色苍白,口唇肢端青紫发绀,呼吸困难加重,额汗不温,四肢厥冷,烦躁不宁,右肋下肝脏肿大,舌淡紫,苔薄白,脉微欲绝。证候分析:心阳虚衰常继发于痰热闭肺证。因肺气严重痹阻,影响心血运行,血液瘀滞,故发绀,舌淡紫。肝主藏血,血郁于肝,故肝脏肿大。心阳不能运行敷布全身,故面色苍白,四肢欠温。阳气浮越,则烦躁不宁。治法:温补心阳,救逆固脱。方药:参附龙牡救逆汤加减。

命题考点 13　肺炎心衰的西医处理

【历年真题纵览】

A1 型题

肺炎心衰的西医处理不包括

　　A. 吸氧

　　B. 西地兰

　　C. 吗啡

　　D. 速尿

　　E. 美托洛尔

参考答案:E

【考点评析】

除休息、输氧外,治疗原则是增强心肌收缩力,减慢心率,增加心搏出量;减少水钠潴留及减轻心脏负荷,包括使用洋地黄制剂及血管扩张剂。

第四单元　循环系统疾病

命题考点 1　小儿病毒性心肌炎的中西医病因

【历年真题纵览】

A1 型题

病毒性心肌炎的主要病原是

　　A. 柯萨奇甲组病毒

　　B. 柯萨奇乙组病毒(1~6 型)

　　C. 腺病毒、合胞病毒

　　D. 流感和副流感病毒

　　E. 带状疱疹、单纯疱疹病毒

参考答案:B

【考点评析】

柯萨奇乙组(1~6 型)病毒是本病主要病原。中医学认为,导致本病的主要因素是正气不足,邪毒乘虚侵犯心营所致。

命题考点 2　小儿病毒性心肌炎的临床表现

【历年真题纵览】

A1 型题

小儿病毒性心肌炎临床表现不包括

　　A. 前期有轻重不等的呼吸道感染或消化道感染史

　　B. 可有头晕,疲倦乏力

　　C. 重症者可见肝大

　　D. 心尖区第一心音亢进

　　E. 反复发作心衰者,心脏明显扩大

参考答案:D

【考点评析】

多数前期有轻重不等的呼吸道感染或消化道感染史,轻型病儿无明显自觉症状,一般可有头晕,疲倦乏力、面色苍白,多汗、胸闷、心前区痛或不适,心悸,食欲不振,偶有恶心、呕吐。重症者发生心力衰竭时,可见肝大、浮肿、呼吸困难等;突然心源性休克时,血压下降、脉搏细数、四肢湿冷、末梢发绀。心脏体征主要表现为心尖区第一心音低钝、心动过速,部分有奔马律,心律失常如早搏、传导阻滞,一般无器质性杂音;反复发作心衰者,心脏明显扩大。伴心包炎者可听到心包摩擦音和心包积液体征。

命题考点 3　小儿病毒性心肌炎的诊断标准

【历年真题纵览】

A1 型题

诊断病毒性心肌炎最常做的检查是

A. 心脏彩色多普勒检查

B. 心电图

C. 心电向量

D. 胸部 X 线摄片

E. 螺旋 CT

参考答案:B

【考点评析】

1. 主要指标

(1)急、慢性心力衰竭或心脑综合征。

(2)奔马律或心包摩擦音。

(3)心脏扩大。

(4)心电图有明显心律失常和 ST – T 改变。

2. 次要指标

(1)发病同时或 1~3 周前有上呼吸道感染、腹泻病史。

(2)有乏力、苍白、多汗、心悸、胸闷、气短、心前区痛、手足凉等症状中至少两项,婴儿可有拒食、发绀、四肢凉,双眼凝视等。

(3)心尖区第一心音低钝或安静时心动过速。

(4)心电图有轻度异常。

(5)病程早期血清肌酸磷酸激酶、谷草转氨酶、乳酸脱氢酶增高。

具有主要指标 2 项,或主要指标 1 项、次要指标 2 项者,临床可诊断为心肌炎。除外中毒性、风湿性心肌炎后,可诊断为病毒性心肌炎。

> **命题考点4** 小儿病毒性心肌炎的中医分型证治及西医治疗

【历年真题纵览】

A1 型题

1. 治疗小儿病毒性心肌炎,主张大量使用的维生素是

A. 维生素 A

B. 维生素 B

C. 维生素 C

D. 维生素 D

E. 维生素 E

参考答案:D

A2 型题

2. 患儿,着凉感冒后胸闷气短,恶心呕吐,心悸,乏力,低热,心率快,心音低钝,心肌酶升高,心电图示:ST 抬高,低电压,下列处理错误的是

A. 安静卧床

B. 避免情绪波动

C. 易消化富营养饮食

D. 加强体育锻炼增加运动量

E. 营养心肌,改善心肌代谢稳定心功能

参考答案:D

B1 型题

A. 银翘散

B. 附子汤

C. 葛根芩连汤

D. 炙甘草汤合生脉散加减

E. 瓜蒌薤白半夏汤合失笑散加减

①病毒性心肌炎气阴两虚证的用方是

②病毒性心肌炎痰瘀阻络证的用方是

参考答案:①D ②E

【考点评析】

1. 维生素 C 有减少细胞内和血液内脂质氧化物浓度,消除自由基,增加冠状动脉血流量,改善心肌代谢,促进心肌炎恢复等作用。主张大量使用。病毒性心肌炎急性期应卧床休息以减轻心脏负担和减少耗氧量。

2. 中医分型证治:(1)邪毒犯心,银翘散加减。(2)湿热侵心,葛根黄芩黄连汤加减。(3)气阴两虚,炙甘草汤合生脉散加减。(4)痰瘀阻络,瓜蒌薤白半夏汤合失笑散加减。(5)心阳虚弱,桂枝甘草龙骨牡蛎汤加减。

3. 西医治疗:(1)休息:急性期卧床至热退后 3~4 周。有心脏扩大者,休息不少于 6 个月。(2)维生素 C 和能量合剂:能改善心肌代谢,有利心肌功能恢复,每日 1 次或隔日 1 次。(3)激素:适用于重证病儿。可改善心肌功能,减轻心肌炎性反应。但病程早期及轻型病例多不主张应用。(4)控制心衰:常用地高辛、西地兰,剂量用一般常用量的 1/2~1/3 即可。

> **命题考点5** 充血性心力衰竭的中西医病因

【历年真题纵览】

A1 型题

儿童充血性心力衰竭的最常见病因是

A. 冠心病

B. 风湿热

C. 先天性心脏病

D. 心肌炎

E. 扩张型心肌病

参考答案:C

【考点评析】

心力衰竭 1 岁以内发病率最高。此外,病毒性或中毒性心肌炎、川崎病、心内膜弹力纤维增生症等亦为重要原因。儿童期以风湿性心脏病和急性肾炎所致的心衰最为常见;营养不良、重度贫血、甲状腺功能亢进、维生素 B_1 缺乏症、电解质紊乱和缺氧等均可引起心衰。

命题考点 6　充血性心力衰竭的临床表现

【历年真题纵览】

A1 型题

儿童充血性心力衰竭的主要临床表现不包括

A. 乏力、多汗、生长发育障碍

B. 心慌、气短、咳嗽

C. 腹部胀痛、食欲减少

D. 尿量减少、颜面及足踝水肿

E. 心前区疼痛、呼吸深而慢

参考答案:E

【考点评析】

心脏功能减退时,可见乏力、多汗、心慌、气短、咳嗽、腹部胀痛、食欲减少、尿量减少、颜面及足踝水肿、生长发育障碍。体检时可见心动过速,心脏扩大,舒张期奔马律,末梢循环障碍如血压下降,皮肤花纹,四肢发凉,脉搏细弱。

命题考点 7　充血性心力衰竭的诊断和鉴别诊断

【历年真题纵览】

A1 型题

小儿充血性心力衰竭的诊断指标不包括

A. 安静时心率增快

B. 心律失常

C. 呼吸急促

D. 心脏扩大

E. 心脏听诊有奔马律

参考答案:C

【考点评析】

1. 考虑心力衰竭指标:①安静时心率增快:婴儿,160 次/分,幼儿,140 次/分,儿童,120 次/分,不能用发热或缺氧解释者;②呼吸急促:安静时婴儿呼吸 >60 次/分,幼儿 >50 次/分,儿童 >40 次/分;③心脏扩大:经体检、X 线或超声心动图证实。④烦躁、喂哺困难,体重增加、尿少、水肿、多汗、青紫、呛咳、阵发性呼吸困难(具有 2 项以上)。

2. 确诊心力衰竭指标:凡具备以上 4 项指标加以下 1 项,或以上 2 项加以下 2 项可确诊为心力衰竭:①肝脏肿大,婴幼儿在肋下 ≥3 cm,儿童 ≥1 cm,有进行性肝脏肿大或触痛;②肺水肿;③心脏听诊有奔马律。

3. 严重心力衰竭可出现周围循环衰竭,血压下降,肢端厥冷。心力衰竭应与急性心包积液、慢性缩窄性心包炎、重症肺炎合并呼吸衰竭、肝病引起的腹水等病症进行鉴别。

命题考点 8　充血性心力衰竭的西医治疗及中医辨证施治

【历年真题纵览】

A1 型题

小儿充血性心力衰竭西医治疗措施错误的是

A. 毛花苷丙

B. 双氢克尿噻

C. 肾上腺皮质激素

D. 多巴胺

E. 卡托普利

参考答案:D

【考点评析】

1. 西医治疗:(1)病因治疗。(2)一般治疗:休息、防止躁动,避免便秘及排便用力,必要时用镇静剂;采取半卧位,供给湿化氧,急性心力衰竭或严重浮肿者,应限制液体入量及食盐。(3)洋地黄类药物:儿科常用的洋地黄制剂有地高辛和西地兰。(4)利尿剂:儿科最常用的快速利尿剂为呋塞米(速尿)或依他尼酸(利尿酸)。(5)血管扩张剂。

2. 中医辨证论治:急性心衰,心阳虚衰,阳气欲脱者,宜温补心阳,救逆固脱,参附龙牡救逆汤加减;慢性心衰,心肾阳虚,水湿泛溢者,宜温补心肾,化气利水,真武汤合苓桂术甘汤加减。若血脉瘀阻者宜活血化瘀、益气通脉,血府逐瘀汤加减。心衰控制后,表现为气阴两虚者,治以益气护阴,生脉散加减。

命题考点9　先天性心脏病的常见临床类型

【历年真题纵览】

A1 型题

属于左向右分流的先天性心脏病是

A. 法洛四联症

B. 室间隔缺损

C. 肺动脉瓣狭窄

D. 主动脉缩窄

E. 右位心

参考答案:B

【考点评析】

1. 左向右分流型(潜伏发绀型):在左、右心之间或主动脉与肺动脉之间具有异常通路,平时主动脉压力高于肺动脉压力,血液从左向右分流而不出现发绀。如室间隔缺损。

2. 右向左分流型(发绀型):此型中法洛四联症和大动脉错位等常见。

3. 无分流型(无发绀型):如肺动脉瓣狭窄和主动脉缩窄等。

第五单元　消化系统疾病

命题考点1　鹅口疮的病因及临床特征

【历年真题纵览】

A1 型题

小儿鹅口疮口腔局部的临床特征是

A. 口腔黏膜出现单个或成簇的小疱疹

B. 口腔黏膜充血,水肿,可有疱疹

C. 口腔创面有纤维素渗出物形成或灰白色假膜,易擦去

D. 口腔黏膜表面覆盖白色乳凝块样片状物,不易擦去

E. 口腔黏膜出现大小不等的糜烂或溃疡

参考答案:D

【考点评析】

1. 西医认为,本病由白色念珠菌感染引起。多见于营养不良、慢性腹泻、长期使用广谱抗生素或激素的患儿。中医认为,本病病因有虚实之分。实证为胎热内蕴,口腔不洁,感受秽浊之邪,蕴积于心脾。虚证多由胎禀不足。

2. 可见口腔颊黏膜、舌、牙龈、唇及上颚等处出现白色乳凝块样物,开始呈点状、小片状,继而融合成片状,不易擦拭,强行拭去,可见潮红、粗糙的浅表糜烂面。

命题考点2　心脾积热证、虚火上浮证的症状、治法、主方

【历年真题纵览】

B1 型题

A. 清热泻脾散

B. 参苓白术散

C. 泻心导赤散

D. 黄连解毒汤

E. 六味地黄汤加肉桂

①治疗鹅口疮心脾积热证,应首选

②治疗鹅口疮虚火上炎证,应首选

参考答案:①A　②E

【考点评析】

1. 心脾积热:症状:口腔舌面满布白屑,面赤唇红,烦躁不宁,吮乳啼哭,大便干结,小便短黄。舌红,苔薄白,脉滑数或指纹青紫。治法:清心泻脾,解毒泻火。方药:清热泻脾散加减。

2. 虚火上炎:症状:口舌白屑稀散,周围红晕不著,或口舌糜烂,口干不渴,颧红,手足心热,虚烦不寐,大便干结。舌红少苔,脉细数或指纹色红。治法:滋阴降火,引火归元。

方药:六味地黄汤加肉桂。

命题考点3　疱疹性口炎的中西医病因

【历年真题纵览】

A1 型题

疱疹性口炎由以下哪种致病微生物引起

A. 单纯疱疹病毒

B.水痘-带状疱疹病毒

C.念珠菌

D.金黄色葡萄球菌

E.柯萨奇病毒

参考答案:A

【考点评析】

西医认为由单纯疱疹病毒感染所致。中医认为,小儿口疮多由风热乘脾,心脾积热,虚火上炎所致。

命题考点4 疱疹性口炎的辨证论治

【历年真题纵览】

A1型题

1.小儿疱疹性口炎风热乘脾的中医治疗方药是

A.银翘散加减

B.葛根芩连汤加减

C.六味地黄丸

D.凉膈散加减

E.泻心导赤散加减

参考答案:D

A2型题

2.小儿疱疹性口炎证见溃疡较少,呈灰白色,周围色不红或微红,口臭不甚,反复发作,神疲颧红,口干不渴,舌红,苔少或花剥,脉细数。其中医分型是

A.心火上炎

B.虚火上炎

C.风热乘脾

D.气阴亏虚

E.心阳虚弱

参考答案:B

【考点评析】

风热乘脾——凉膈散加减

心火上炎——泻心导赤汤加减

虚火上炎——六味地黄丸加肉桂

命题考点5 小儿腹泻的中西医病因及病机

【历年真题纵览】

A1型题

下列关于婴幼儿腹泻的叙述,错误的是

A.病因分为感染因素与非感染因素

B.病毒或细菌感染直接引起的称为肠炎

C.饮食不当引起的称为食饵性肠炎

D.感染因素分为消化道内感染和消化道外感染

E.细菌引起的腹泻多发生在夏、秋季

参考答案:C

【考点评析】

1.有感染因素和非感染因素。感染因素又分消化道内和消化道外感染,非感染因素主要有内在因素和气候因素。

2.内在病因——小儿消化系统发育不成熟,机体防御能力差。

3.感染因素——包括消化道内感染和消化道外感染。

4.非感染因素——包括饮食因素和气候因素。

5.中医病因病机:感受外邪、内伤饮食、脾胃虚弱。

命题考点6 小儿腹泻的临床表现

【历年真题纵览】

A1型题

1.婴儿腹泻重型与轻型的主要区别点是

A.发热、呕吐

B.每日大便超过10次

C.有水、电解质紊乱

D.大便含黏液、腥臭

E.镜检有大量脂肪滴

参考答案:C

2.患儿,5个月。急性腹泻,频繁呕吐2天,检查头颅,可能发现的体征是

A.囟门逾期不闭

B.囟门凹陷

C.囟门高凸

D.囟门宽大,头缝开解

E.囟门早闭

参考答案:B

【考点评析】

轻型腹泻、中型腹泻、重型腹泻。重型腹泻伴有重度脱水、电解质紊乱及明显全身中毒症状。小儿腹泻脱水可见囟门凹陷。

命题考点7　小儿腹泻的诊断和鉴别诊断

【历年真题纵览】

B1 型题

A. 大肠杆菌性肠炎

B. 病毒性肠炎

C. 金黄色葡萄球菌肠炎

D. 真菌性肠炎

E. 生理性腹泻

①患儿乳食正常,体重增长正常,形体虚胖,大便4~5次/日,绿色稀便,伴有湿疹。应首先考虑的是

②患儿发热,流涕,偶有咳嗽,大便呈稀水蛋花样,无腥臭味。应首先考虑的是

参考答案:①E②B

【考点评析】

根据喂养情况、发病年龄、季节、病程、病情、临床特点及实验室检查结果进行综合分析,作出诊断。注意与生理性腹泻、细菌性痢疾、阿米巴痢疾、急性坏死性肠炎鉴别。生理性腹泻多见于6个月内婴儿,生后不久出现腹泻,大便一日可达4~5次,呈稀黄便或绿色便。大便化验正常,乳食正常,无呕吐,体重照常增长,体形多虚胖,常伴湿疹。一般添加辅食后大便逐渐转为正常。病毒性肠炎部分患儿出现上感症状,粪便呈水样或蛋花样,不含黏液和脓血,没有腥臭。

命题考点8　小儿水、电解质、酸碱平衡紊乱及脱水的分度

【历年真题纵览】

A2 型题

患儿,5个月。腹泻水样便,每日10余次,尿量较少。查体:昏睡,呼吸深快,皮肤弹性极差,前囟及眼窝明显凹陷,四肢凉。实验室检查:二氧化碳结合力10 mmol/L。应首先考虑的是

A. 重度脱水,酸中毒

B. 中度脱水,酸中毒

C. 重度脱水

D. 中度脱水

E. 轻度脱水

参考答案:A

【考点评析】

重度脱水表现:表情淡漠,昏睡或昏迷,皮肤发灰,冰冷,干燥,弹性极差,前囟极度凹陷,眼闭不合,唇黏膜干裂,哭时无泪,循环障碍,四肢发凉,发绀,脉细,心音低钝。尿量极少或无尿。酸中毒的程度可根据二氧化碳结合力下降的程度分为:轻度(18~13 mmol/L)、中度(13~9 mmol/L)、重度(<9 mmol/L)。

命题考点9　小儿腹泻的中医分型证治

【历年真题纵览】

A1 型题

1. 婴幼儿腹泻湿热泄泻证的治法是

A. 消食导滞,和中止泻

B. 疏风散寒,理气化湿

C. 清热利湿,清肠止泻

D. 健脾益气,升提助运

E. 补脾温肾,固涩止泻

参考答案:C

A2 型题

2. 患儿,女,3个月。口腔、舌面满布白屑,面赤唇红,烦躁不宁,吮乳啼哭,大便干结。小便短黄。治疗应首选制霉菌素加

A. 清热泻脾散

B. 泻黄散

C. 六味地黄丸

D. 导赤散

E. 清胃散

参考答案:A

3. 患儿,3岁。腹痛、腹泻2天。2天前因食瓜果,出现腹痛欲泻,泻后痛减,腹胀,嗳腐,呕吐,吐泻物酸臭,舌苔黄腻,脉滑实。诊断为婴幼儿腹泻,其证型是

A. 风寒

B. 湿热

C. 伤食

D. 脾虚

E. 脾肾阳虚

参考答案:C

4. 患儿,男,1岁。患婴幼儿腹泻2天,泻下急迫,大便呈稀水蛋花样,有黏液及腥臭味,伴阵发啼

哭,发热,烦躁,口渴,困倦,小便短赤,肛门灼热、发红。其证型是

A. 伤食

B. 风寒

C. 脾虚

D. 湿热

E. 脾肾阳虚

参考答案:D

5. 患儿,10个月。腹泻3天,鼻塞流涕,每日大便10余次,呈稀水样,臭味不甚,尿黄。查体:体温38℃,皮肤弹性尚好,前囟平,哭时有泪。听诊心肺正常,肠鸣音亢进,舌苔薄白,指纹红,达于风关。大便镜检无异常。应首先考虑的是

A. 细菌性肠炎风寒证

B. 细菌性肠炎湿热证

C. 病毒性肠炎风寒证

D. 病毒性肠炎湿热证

E. 霉菌性肠炎风寒证

参考答案:C

【考点评析】

1. 伤食泻、风寒泻、湿热泻、脾虚泻、脾肾阳虚泻。婴幼儿腹泻湿热泄泻证的治法是清热利湿,清肠止泻。心脾积热证主方清热泻脾散。

2. 伤食泻脘腹胀满,腹痛即泻,泻后痛减,泻物奇臭难闻或如败卵,嗳气酸馊或呕吐酸腐,不思饮食,身烦,夜卧不安。舌苔厚或厚腻,色白或微黄,脉象滑实,指纹沉滞。

3. 湿热泻证候:泻下如注,一日数次或数十次,粪色深黄而臭,或便排不畅似痢非痢,微见黏液,肛门灼热而痛,食少纳差,神倦乏力,口渴引饮,烦躁,腹部微痛,发热或不发热,小便短黄,面黄唇红。舌质红,苔黄厚腻,指纹紫滞。

4. 病毒性肠炎粪便呈水样或蛋花样,不含黏液和脓血,没有腥臭。风寒泻证候:大便质稀色淡,夹有泡沫,臭气不甚,一日数次,便前便时肠鸣,伴有鼻塞流清涕,咳嗽咽痒,或恶风寒,口不渴。舌淡,苔薄白,脉浮紧,指纹淡红。

命题考点10　小儿腹泻的西医治疗原则

【历年真题纵览】

A1 型题

婴儿腹泻治疗原则不包括

A. 调整和适当限制饮食

B. 纠正水、电解质紊乱

C. 加强护理,防止并发症

D. 控制肠道内外感染

E. 长期应用广谱抗生素

参考答案:E

【考点评析】

总的治疗原则为:预防脱水,纠正脱水,继续饮食,合理用药,纠正滥用抗生素。

命题考点11　小儿腹泻重度脱水伴有休克的补液方法

【历年真题纵览】

A1 型题

婴幼儿腹泻重度脱水伴低血容量性休克,扩容时应首选

A. 2:1 等张含钠液

B. 2/3 张含钠液

C. 1/2 张含钠液

D. 1/3 张含钠液

E. 1/4 张含钠液

参考答案:A

【考点评析】

重度脱水补液 150~180 ml/kg。溶液选择原则为先盐后糖、先浓后淡。扩容阶段:对重度脱水伴低血容量休克的患儿,用 2:1 等张含钠液(2 份生理盐水加 1 份 1.4% 碳酸氢钠)20 ml/kg,总量不超过3000 ml,于 30~60 分钟内静脉推注或快速静滴,以迅速增加血容量,改善循环和肾脏功能。以补充累积损失为主的阶段:取总量的 1/2(相当于累积损失量),扣除扩容液量,于 8~12 小时内静滴,一般为每小时 8~10 ml/kg。中度或中度以上脱水无低血容量休克者,可直接从本阶段开始补液。维持补液阶段:脱水已基本纠正,主要补充继续丢失量与生理需要量。剩余液即总量的另 1/2,根据情况继续于12~16 小时滴完,一般约每小时 5 ml/kg。

第六单元　泌尿系统疾病

命题考点 1　急性肾小球肾炎中西医病因

【历年真题纵览】

A1 型题

1.急性肾小球肾炎的最常见病因是

　A.肺炎球菌感染

　B.金黄色葡萄球菌感染

　C.肺炎克雷白杆菌感染

　D.流感嗜血杆菌感染

　E.溶血性链球菌感染

参考答案:E

2.下列各项,与急性肾小球肾炎发病初期病变关系最密切的是

　A.肺、脾、肾

　B.肺、心、肾

　C.脾、肾、肝

　D.肝、肾、心

　E.心、肾、胃

参考答案:A

【考点评析】

西医病因为 A 组 β 溶血性链球菌引起的上呼吸道感染或皮肤感染。中医学认为小儿水肿,外因为感受风邪、水湿、疮毒,内因为肺、脾、肾三脏虚弱。

命题考点 2　急性肾小球肾炎中西医发病机理

【历年真题纵览】

A1 型题

1.急性肾炎的病理变化特点是

　A.局灶—节段性病变

　B.毛细血管外增生性肾炎

　C.硬化性肾炎

　D.致密沉积物肾炎

　E.弥漫性渗出性增生性肾小球肾炎

参考答案:E

2.急性肾炎的中医病机主要是

　A.肺气不宣

　B.脾失健运

　C.肾失开合

　D.膀胱不利

　E.三焦不通

参考答案:A

【考点评析】

APSGN 是抗原抗体免疫复合物所致的肾小球毛细血管病变,其病理变化特点是弥漫性、渗出性、增生性肾小球肾炎。中医认为肺失宣降,水湿困脾,中阳不振,脾失健运,湿与热合,下注膀胱,损伤下焦血络,导致血尿。疮疡热毒内侵,初伤脾胃,继伤及肾,肾不主水,三焦有失决渎,水泛为肿。

命题考点 3　急性肾小球肾炎的临床表现

【历年真题纵览】

A1 型题

1.下列哪项不是急性肾炎的临床特征

　A.多数病人都有血尿

　B.病程早期常有高血压

　C.部分病例可出现急性肾功能不全

　D.血压急剧升高时可出现高血压脑病

　E.浮肿为可凹性,上行性

参考答案:E

【考点评析】

发病前 1~3 周有上呼吸道感染或脓皮病。临床表现轻重不一,轻者仅见镜下血尿,重者可在短期内出现循环充血、高血压脑病或急性肾功能不全而危及生命。水肿常为最早出现的症状,自颜面眼睑开始,晨起重。浮肿为非凹陷性,多数浮肿不重。

命题考点 4　急性肾小球肾炎的诊断

【历年真题纵览】

A2 型题

患儿,7 岁。2 周前发热,咽痛。现眼睑浮肿,尿少 3 天。查体:血压 120/83 mmHg, (16/11 kPa),舌红苔薄白,脉浮。实验室检查:尿常规中尿蛋白

（＋＋），红细胞30～40个/高倍视野,颗粒管型0～2个/高倍视野,血红蛋白100 mg/L,血清总补体下降。应首先考虑的是

 A.急性肾小球肾炎
 B.急性肾盂肾炎
 C.肾炎性肾病
 D.尿路感染
 E.慢性肾炎
 参考答案:A

【考点评析】

病史询问注重发病年龄、性别及链球菌感染史。起病2周内必须测定血清C_3。根据:(1)起病前1～3周有链球菌前驱感染;(2)水肿、少尿、高血压、血尿等临床特征;(3)尿常规有蛋白、红细胞和管型;(4)血清C_3降低,伴或不伴有ASO升高、APSGN即可诊断。

命题考点5　急性肾小球肾炎与急性肾盂肾炎、慢性肾炎急性发作、急进性肾炎、病毒性肾炎的鉴别诊断

【历年真题纵览】

A2型题

患儿初起恶寒发热,全身酸痛,鼻塞流涕,经治疗好转后约1天出现晨起眼睑浮肿,午后则下肢轻度水肿。舌苔薄白,脉浮紧。实验室检查:尿常规示蛋白(＋),镜检红细胞(＋),白细胞0～7个/HP。其诊断是

 A.急性肾盂肾炎
 B.慢性肾小球肾炎
 C.急性肾小球肾炎
 D.急进型肾炎
 E.慢性肾功能不全
 参考答案:C

2.患儿,男,7岁。浮肿4天,小便量少,色如浓茶,尿蛋白(＋＋),红细胞20个/HP,血压正常,血清总补体明显低于正常。其诊断是

 A.肾炎性肾病
 B.急进性肾炎
 C.急性肾炎
 D.慢性肾炎
 E.单纯性肾病
 参考答案:C

【考点评析】

1.病毒性肾炎——前驱期短,一般为3～5天,以血尿为主,无明显水肿和高血压,无C_3降低和ASO升高,预后好。

2.急进性肾炎——起病方式相似,病程2～3周时病情急剧恶化,持续少尿或无尿,高血压加剧,出现进行性肾功能减退,数周或数月后发展为尿毒症。

3.慢性肾炎急性发作——一般病程较长,有贫血、高血压和肾功能不全持续存在。感染后1～2天就出现症状而无明显前驱期,尿比重常低或固定,尿蛋白较明显。

命题考点6　急性肾小球肾炎的一般处理

【历年真题纵览】

A1型题

1.急性肾炎伴高血压和水肿,限盐饮食每日供盐

 A.0.5～1 g
 B.1～2 g
 C.2～3 g
 D.3～4 g
 E.4～5 g
 参考答案:B

2.治疗急性肾炎错误的是

 A.卧床休息水肿消退,肉眼血尿消失
 B.血沉接近正常可恢复上学
 C.尿Addis计数正常才能正常活动
 D.水肿及高血压的患者应限制钠盐摄入
 E.初期给予青霉素至少2周
 参考答案:E

【考点评析】

休息,急性期宜限制盐、水、蛋白质摄入。有水肿及高血压的患者应限制钠盐摄入,食盐每天1～2 g。氮质血症者每日限蛋白质0.5 g。起病2～3周内不论病情轻重均应卧床休息,直到肉眼血尿消失、水肿减退、血压降至正常,才可下床在室内活动或到户外散步。血沉降至正常可恢复上学,但应避免剧烈运动,直至尿液Addis计数恢复正常才能正常活动。青霉素常连用7～10天。

命题考点 7　急性肾小球肾炎严重病例（严重循环充血、高血压脑病、急性肾功能不全）的西医处理原则

【历年真题纵览】

A1 型题

急性肾炎合并高血压脑病的处理为

　　A. 积极降压

　　B. 对症止惊

　　C. 及时吸氧

　　D. 及时脱水

　　E. 以上都是

参考答案：E

【考点评析】

严重循环充血——可给予强力利尿剂，明显肺水肿时使用硝普钠，必要时辅以毛花苷丙，剂量宜偏小，症状好转即停药。

高血压脑病——积极降压，对症止惊，及时吸氧和脱水。

急性肾功能不全——可静脉推注呋塞米，开始剂量每次 1~2 ml/kg；若效果不显，可加至 3~5 ml/kg，重复 2~3 次多可利尿；若仍无效，及早进行透析疗法。

命题考点 8　急性肾小球肾炎风水相搏证、湿热内侵证的症状、治法、主方

【历年真题纵览】

A2 型题

1. 患儿，男，8 岁。颜面眼睑浮肿，小便短赤，下肢疮毒，舌红苔薄黄，脉滑数。实验室检查：尿蛋白（＋＋），镜下红细胞20~30 个高倍视野，白细胞5~6 个/高倍视野，血清补体明显下降。治疗应首选青霉素加

　　A. 三妙丸合导赤散

　　B. 麻黄连翘赤小豆汤

　　C. 五苓散

　　D. 真武汤

　　E. 八正散

参考答案：B

2. 患儿，11 岁。浮肿 6 天。症见眼睑浮肿，小便

短赤，下肢疮毒。查体：血压正常，舌红苔薄黄，脉滑数。实验室检查：镜下血尿，血清补体 C_3 明显下降。诊断为急性肾炎，其证型是

　　A. 风水相搏

　　B. 湿热内侵

　　C. 变证水气上凌心肺

　　D. 变证邪陷撅阴

　　E. 变证水毒内闭

参考答案：B

【考点评析】

风水相搏证——证候：眼睑先肿，继而四肢，皮肤光亮，指压不显。小便短黄，多有血尿，兼有发热、恶风、咳嗽、肢痛，苔薄白，脉浮。治法：疏风利水。方药：麻黄连翘赤小豆汤。

湿热内侵证——证候：稍见浮肿，小便短赤，多有血尿，身发疮毒，舌质较红，苔薄黄，脉滑数。治法：清热解毒，利湿消肿。方药：五味消毒饮合五皮饮加减。可用麻黄连翘赤小豆汤。

命题考点 9　急性肾小球肾炎水气上凌心肺证、水毒内闭证的症状、治法、主方

【历年真题纵览】

A2 型题

急性肾炎患儿，肢体浮肿，咳嗽气急，心悸胸闷，口唇青紫，脉细无力。治疗应首选

　　A. 速尿加己椒苈黄丸

　　B. 速尿加龙胆泻肝汤

　　C. 西地兰加己椒苈黄丸

　　D. 西地兰加龙胆泻肝汤

　　E. 二氯嗪加己椒苈黄丸

参考答案：A

【考点评析】

水气上凌心肺证——证候：肢体浮肿，经久不退，尿量减少，咳嗽气急，心悸胸闷，口唇青紫，脉细无力。治法：润肺逐水，温阳扶正。方药：己椒苈黄丸。

水毒内闭证——证候：全身浮肿，尿少尿闭，头晕头痛，恶心呕吐，甚或昏迷，苔腻，脉弦。治法：辛开苦降，辟秽解毒。方药：温胆汤合附子细辛汤。

命题考点 10　肾病综合征的主要临床特点、分型及单纯性肾病与肾炎性肾病的鉴别要点

【历年真题纵览】

A1 型题

单纯性肾病综合征多见于

A. 婴儿

B.1～3 岁

C.2～7 岁

D.7～10 岁

E.10～14 岁

参考答案:C

【考点评析】

1. 临床特征:①大量蛋白尿;②低白蛋白血症;③高脂血症;④明显水肿。第 1～2 项为诊断的必备条件。

2. 分型:单纯性肾病、肾炎性肾病、先天性肾病综合征。

3. 鉴别:单纯性肾病发病年龄偏小,多在 2～7 岁起病。单纯性肾病起病缓慢,主要表现为水肿。水肿严重时可有少尿,一般无明显血尿和高血压。肾炎性肾病水肿不如单纯型肾病显著,可出现肉眼血尿和不同程度高血压,病程多迁延反复。

命题考点 11　肾病综合征的并发症

【历年真题纵览】

A1 型题

肾病综合征的并发症有

A. 感染

B. 电解质紊乱

C. 血栓形成

D. 肾上腺危象

E. 以上都是

参考答案:E

【考点评析】

感染、电解质紊乱、血栓形成、肾上腺危象。

命题考点 12　肾病综合征脾虚湿困证、脾肾阳虚证的症状、治法、主方

【历年真题纵览】

A2 型题

患儿,4 岁。反复浮肿 5 个月,面色萎黄,神疲乏力,肢体浮肿,晚间腹胀,纳少便溏。查体:全身浮肿呈凹陷性,舌淡苔白滑,脉沉缓。实验室检查:尿蛋白明显增高,血浆蛋白降低,血清胆固醇 5.97 mmol/L。诊断为肾病综合征,其证型是

A. 风水相搏

B. 湿热内侵

C. 脾虚湿困

D. 肝肾阴虚

E. 脾肾阳虚

参考答案:C

【考点评析】

脾虚湿困证——证候:肢体浮肿,按之凹陷难起,面色萎黄,神疲乏力,胸闷腹胀,纳少便溏,小便短少,四肢欠温,舌质淡,苔白滑,脉缓或细弱。治法:益气健脾,利水消肿。方药:五苓散合五皮饮。

脾肾阳虚证——证候:高度浮肿,按之没指,目胞浮肿,胸水,腹水,足肿,四肢不温,食欲减退,甚则咳逆上气,胸满喘急,难以平卧,舌质淡,苔白,脉细无力。治法:温阳利水。方药:真武汤。

命题考点 13　肾病综合征的肾上腺皮质激素治疗方案

【历年真题纵览】

A1 型题

关于肾病综合征的肾上腺皮质激素短程疗法不正确的是

A. 适用于 2～7 岁小儿单纯性肾病

B. 泼尼松每天剂量 2 mg/kg,分 3～4 次口服,共 4 周

C. 激素效应者改为隔日早餐后顿服 2 mg/kg,共 4 周

D. 疗程结束时不能骤然停药

E. 不良反应较少

【考点评析】

中长程治疗、短程治疗。短程治疗在共8周的治疗后，可骤然停药。

第七单元　神经肌肉系统疾病

命题考点 1　化脓性脑膜炎的病因

【历年真题纵览】

A1 型题

脑膜炎可由多种化脓菌引起，在非流脑流行年，病原菌多为

　　A. 流感杆菌

　　B. 肺炎链球菌

　　C. 金黄色葡萄球菌

　　D. 草绿色链球菌

　　E. B组溶血性链球菌

参考答案：B

【考点评析】

(1)病原菌：肺炎链球菌、流感杆菌多见。

(2)机体的免疫与解剖缺陷。

命题考点 2　化脓性脑膜炎的临床表现

【历年真题纵览】

A2 型题

患儿，2岁半。病初2天有轻微咳嗽，随后出现高热，体温达40℃，烦躁，频繁呕吐。查体，神志清楚，颈项强直；脑膜刺激征阳性，巴彬斯基征阳性；舌质红，苔薄黄；脑脊液检查：外观混浊，压力增高，细胞计数 200×10^6/L；以多核细胞为主，糖0.8 mmol/L，蛋白质1.1 g/L。应首先考虑的诊断是

　　A. 病毒性脑膜脑炎

　　B. Reye 综合征

　　C. 急性化脓性脑膜炎

　　D. 结核性脑膜炎

　　E. 隐球菌性脑膜炎

参考答案：C

【考点评析】

1.新生儿期感染中毒症状重而脑膜刺激症

状轻。

2.婴幼儿期前囟已闭者则症状渐趋典型。常先以易激惹、烦躁不安、面色苍白、食欲减低开始，然后出现发热及呼吸系统或消化系统症状，如轻微咳嗽、呕吐、腹泻等，继之嗜睡，头向后仰，感觉过敏。哭声尖锐，眼神发呆，双目凝视，有时用手打头、摇头。前囟饱满，颈项强直，脑膜刺激征阳性。

3.儿童期起病急，除高热、呕吐、食欲不振、精神萎靡外，常自诉头痛，可诉关节痛、肌肉酸痛。病情进展，可迅即发生嗜睡、谵妄、惊厥、昏迷，脑膜刺激征明显。偶见皮肤出血。

命题考点 3　化脓性脑膜炎的常见并发症

【历年真题纵览】

A1 型题

化脓性脑膜炎合并硬膜下积液的治疗方法是

　　A. 应做硬膜下穿刺放液

　　B. 加大青霉素剂量

　　C. 加大地塞米松

　　D. 用甘露醇脱水

　　E. 以上都不是

参考答案：A

【考点评析】

硬膜下积液、脑室膜炎、脑积水、脑性低钠血症，颅神经受累可产生耳聋、失明等。脑实质病变可产生继发性癫痫及智力发育障碍。合并硬膜下积液，少量液体不必穿刺，积液多时应反复进行穿刺放液，一般每次不超过 20～30 ml。

命题考点 4　化脓性脑膜炎诊断依据

【历年真题纵览】

A1 型题

1.小儿化脓性脑膜炎的脑脊液变化为

　　A. 细胞数增高，蛋白正常，糖降低

　　B. 细胞数增高，蛋白增高，糖降低

　　C. 细胞数正常，蛋白正常，糖降低

　　D. 细胞数增高，蛋白升高，糖升高

　　E. 细胞数增高，蛋白正常，糖正常

参考答案:B

2.小儿化脓性脑膜炎,最可靠的诊断依据是

A.糖定量降低

B.脑脊液检菌阳性

C.脑膜刺激征阳性

D.脑脊液细胞数显著增加

E.脑脊液外观混浊或脓性

参考答案:B

【考点评析】

一般根据病史、典型临床表现及脑脊液改变,即可诊断。典型病例的脑脊液压力增高,外观混浊,白细胞总数显著增多,可达 $1000 \times 10^6/L$,以中性粒细胞为主,糖含量显著降低,常 < 1.1 mmol/L,甚至测不出;蛋白质含量增常在 1000 mg/L 以上。脑脊液涂片革兰染色找菌是明确脑膜炎病因的重要方法,通常阳性率在 $70\% \sim 90\%$。

命题考点5 **化脓性脑膜炎与结核性脑膜炎、病毒性脑膜炎的鉴别诊断**

【历年真题纵览】

A1 型题

1.区别化脓性脑膜炎和结核性脑膜炎的主要检查方法是

A.病史

B.OT 试验

C.脑脊液检查

D.周围血象变化

E.胸部 X 线检查

参考答案·C

2.下列疾病中,脑脊液放置 24 小时后,可有纤细的网状薄膜形成的是

A.化脓性脑膜炎

B.病毒性脑膜炎

C.结核性脑膜炎

D.脑脓肿

E.脑肿瘤

参考答案:C

B1 型题

3.

A.糖正常,氯化物升高,蛋白明显下降,细胞数升高,以中性粒细胞为主

B.糖明显下降,氯化物下降,蛋白明显升高,

细胞数升高,以中性粒细胞为主

C.糖明显下降,氯化物下降,蛋白明显升高,细胞数升高,以淋巴增高为主

D.细胞数增高,淋巴为主,糖正常,氯化物正常,蛋白升高

E.糖明显升高,氯化物正常,蛋白正常,细胞数正常

①化脓性脑膜炎

②病毒性脑膜炎

③结核性脑膜炎

参考答案:①B ②D ③C

【考点评析】

1.不同病原菌引起的脑膜炎与化脓性脑膜炎在临床表现方面有很多相似之处,主要依靠脑脊液常规及细菌学检查结果鉴别。

2.病毒性脑膜炎——除有一般脑膜炎特征外,全身感染中毒症状不重。脑脊液外观清亮或微混,细胞数多在 $300 \times 10^6/L$ 以下,以淋巴细胞为主,蛋白定量正常或略高,糖及氯化物含量正常,细菌学检查阴性。

3.结核性脑膜炎——常有结核病接触史。起病较慢,结核菌素试验阳性,可伴肺部或其他部位结核病灶。脑脊液外观呈毛玻璃样混浊,细胞数多在 $500 \times 10^6/L$ 以下,蛋白含量增高,糖及氯化物含量减少,静置 24 小时可见薄膜,将薄膜涂片可找到结核杆菌。

命题考点6 **化脓性脑膜炎的抗生素选择**

【历年真题纵览】

A1 型题

1.治疗病原菌不明的小儿化脓性脑膜炎,选择易透过血脑屏障并且毒副作用少的药物,以哪种抗生素为最好

A.青霉素

B.氯霉素

C.庆大霉素

D.先锋霉素

E.氨苄青霉素

参考答案:E

2.治疗大肠杆菌脑膜炎首选抗生素为

A.青霉素 + 氯霉素

B. 青霉素 + 庆大霉素

C. 红霉素 + 庆大霉素

D. 氨苄青霉素 + 庆大霉素

E. 先锋霉素 V + 氨苄青霉素

参考答案：D

3. 肺炎双球菌脑膜炎治疗首选药物为

A. 青霉素

B. 红霉素

C. 先锋霉素

D. 氨苄青霉素

E. 青霉素 + 氯霉素

参考答案：A

【考点评析】

早期、足量、联合、静脉用药。选用对病原菌敏感、可穿透血脑屏障的高脂溶性低分子量抗生素，使其在脑脊液中达到杀菌水平。联合用药时，应注意药物的相互拮抗作用。肺炎双球菌脑膜炎治疗首选药物为青霉素，治疗大肠杆菌脑膜炎首选抗生素为氨苄青霉素 + 庆大霉素，病原菌不明的化脓性脑膜炎首选抗生素为氨苄青霉素。

命题考点 7　化脓性脑膜炎颅内压增高的处理

【历年真题纵览】

A2 型题

患儿，1 岁。高热剧烈呕吐 2 天入院，经腰穿脑脊液检查，确诊为"化脓性脑膜炎"。近 1 日昏睡，意识不清，颈强（ + ），反复抽搐，给予相应处理后，持续高热，并出现双瞳孔不等大，肢体张力增强。进一步紧急处理为

A. 给予速尿（呋塞米）脱水

B. 20% 甘露醇脱水

C. 给予退热，止抽

D. 配伍更有效抗生素

E. 给予地塞米松静点

参考答案：B

【考点评析】

及时使用脱水剂，减轻颅内高压，预防发生脑疝。

命题考点 8　病毒性脑炎的中西医病因

【历年真题纵览】

A1 型题

以下哪种病毒是病毒性脑膜炎的主要病原

A. 肠道病毒

B. 虫媒病毒

C. 腺病毒

D. 流感病毒

E. 腮腺炎病毒

参考答案：A

【考点评析】

病毒性脑炎多由肠道病毒、常见传染病病毒或疱疹病毒引起。中医病因为外感温热病毒。

命题考点 9　病毒性脑炎的临床表现

【历年真题纵览】

A1 型题

下列哪项不是病毒性脑炎的临床表现

A. 病前多有呼吸道或消化道症状

B. 大多起病急

C. 常有发热、意识水平下降

D. 头痛、全身乏力

E. 偏侧肢体瘫痪

参考答案：E

【考点评析】

病前多有呼吸道或消化道症状。大多起病急，常有发热，头痛，恶心呕吐，全身乏力，肌肉酸痛，程度不同的精神萎靡，嗜睡，谵语或意识障碍。

命题考点 10　病毒性脑炎的诊断和鉴别诊断

【历年真题纵览】

A2 型题

1. 患儿，女，2 岁。高热，面红气粗，频繁呕吐，神昏谵语，惊厥 3 次，舌红绛苔黄干，脉弦有力，检查：颈抵抗（ + ），腰穿示脑脊液压力增高，外观混浊，白细胞 5200 × 10^6/L，多核 0.83。应首先考虑的是

A.病毒性脑炎,痰热壅盛证

B.结核性脑膜炎,热入心包证

C.结核性脑膜炎,热甚伤阴证

D.化脓性脑膜炎,毒邪内闭证

E.化脓性脑膜炎,气营两燔证

参考答案:D

【考点评析】

对病毒性脑炎的诊断主要根据流行病学资料、病毒感染史、临床表现的特点和典型脑脊液改变,可以大致作出诊断,确诊则靠病毒学检查。注意与化脓性脑膜炎、瑞氏综合征、急性中毒性脑病鉴别。

命题考点11 病毒性脑炎的主要西医治疗措施

【历年真题纵览】

A1 型题

病毒性脑炎治疗不恰当的是

A.早期应用无环鸟苷

B.早期应用地塞米松

C.处理高热,抗惊厥

D.重症应用地塞米松

E.恢复期康复治疗

参考答案:B

【考点评析】

抗病毒治疗、对症治疗、康复治疗。早期应用糖皮质激素容易造成病毒扩散。

命题考点12 病毒性脑炎的中医辨证论治

【历年真题纵览】

A2 型题

患儿,3岁,起病急骤,体温39℃,神识不清,项背强直,阵阵抽搐,唇干,喉中痰鸣,恶心呕吐,舌红绛,苔黄腻,脉数。治疗应用

A.清瘟败毒饮加减

B.涤痰汤加减

C.指迷茯苓丸合桃红四物汤加减

D.麻杏石甘汤加减

E.五味消毒饮加减

参考答案:A

【考点评析】

痰热壅盛——清瘟败毒饮加减

痰气郁结——涤痰汤加减

痰阻经络证——指迷茯苓丸合桃红四物汤加减。

命题考点13 癫痫的病因病理

【历年真题纵览】

A1 型题

有关原发性癫痫,下列哪项是不正确的

A.约占全部癫痫的40%以上

B.多有家族遗传倾向

C.对抗癫痫药物的反应较差

D.脑电图的背景波正常

E.一般不影响智力

参考答案:D

【考点评析】

原发性癫痫有遗传倾向。继发性癫痫病因有脑发育畸形、脑血管病、颅内感染、脑损伤、颅内占位病变、代谢紊乱、变性病等。

命题考点14 癫痫的临床表现

【历年真题纵览】

A1 型题

关于强直—阵挛发作,下列哪项是不正确的

A.可突然跌倒或尖叫

B.是小儿癫痫中最常见的发作类型

C.发作时意识多不丧失

D.发作后进入睡眠

E.强直后出现肢体阵挛抽动

参考答案:C

【考点评析】

1.部分或局限发作性癫痫,发作开始呈部分性,意识可不丧失,但也可泛化成全身性发作。脑电图可见从局部脑区开始的异常痫样放电。

2.全身性发作,由于两侧大脑半球神经元广泛同步的异常放电所致,发作开始即意识丧失。

【历年真题纵览】

A1 型题

关于癫痫持续状态,哪项是不正确的

　　A. 癫痫发作连续 30 分钟以上

　　B. 因大发作引起者多见

　　C. 脑电图可在慢波睡眠期发现电持续现象

　　D. 在反复发作间隙意识可恢复

　　E. 可由突然停药、药物中毒等引起

参考答案:D

【考点评析】

详细询问病史,细致体格检查,每例都要做脑电图,发作时的异常放电可以确定癫痫发作的性质。凡癫痫为部分性发作,神经系统检查有局灶性体征,出生后不久即发生惊厥,脑电图有局限性异常慢波,抗癫痫药物疗效不佳等情况,均应进行神经影像学检查以明确病因。疑有代谢紊乱时需血生化检查。癫痫发作连续 30 分钟以上,或反复发作持续 30 分钟以上,发作之间期意识不恢复者称为癫痫持续状态。

【历年真题纵览】

A1 型题

1. 癫痫发作时吐舌,惊叫,急啼,面色时红时白,惊惕不安,如人将捕之状,苔薄白,脉弦滑。治疗首选方为

　　A. 定痫丸

　　B. 涤痰汤

　　C. 镇惊丸

　　D. 六君子汤

　　E. 通窍活血汤

参考答案:A

B1 型题

　　A. 镇惊安神

　　B. 健脾化痰

　　C. 熄风定痫

　　D. 涤痰开窍

　　E. 活血化瘀,通窍定痫

①治疗痰痫的用药原则是

②治疗瘀血痫的用药原则是

参考答案:①D　②E

【考点评析】

发作期——风痫、痰痫、惊痫、瘀血痫,休止期脾虚痰盛、肝肾阴虚。

第八单元　小儿常见心理障碍

【历年真题纵览】

A1 型题

多发性抽动症的基本病理改变是

　　A. 瘀血阻窍

　　B. 痰瘀互阻

　　C. 肝风内动

　　D. 肝风痰火胶结成疾

　　E. 痰蒙清窍

参考答案:D

【考点评析】

中医认为本病外因多为五志过极、过食肥甘厚味及感受六淫之邪;内因则为先天禀赋不足,素体虚弱,或为久病误治热病伤阴。其病机则为肝风痰火,胶结成痰。

【历年真题纵览】

A1 型题

多发性抽动症的临床表现不包括

　　A. 突然抽搐发作

　　B. 重复语言

　　C. 说秽语

　　D. 紧张时加重

　　E. 神经系统检查可见异常

参考答案:E

【考点评析】

相继或同时出现多组肌肉抽搐和发声,或伴秽语为主要临床症状。神经系统检查无异常。

命题考点3　多发性抽动症的中医辨证论治

【历年真题纵览】

A1 型题

多发性抽动症肝风内扰、痰湿中阻证的主方为

A.十味温胆汤加减

B.宁肝熄风汤加减

C.大定风珠加减

D.补阳还五汤加减

E.镇肝熄风汤加减

参考答案:B

【考点评析】

肝风内扰、痰热中阻——宁肝熄风汤加减

脾虚痰聚、肝脉失调——十味温胆汤加减

肾阴亏虚、肝风内动——大定风珠加减。

第九单元　造血系统疾病

命题考点1　小儿营养性缺铁性贫血的中医病因、病机

【历年真题纵览】

A1 型题

小儿营养性缺铁性贫血的中医病因内因是

A.稚阴稚阳

B.肝常有余

C.肺常不足

D.脾常不足、肾常虚

E.喂养失宜

参考答案:D

【考点评析】

由于小儿"脾常不足"、"肾常虚",故而容易产生贫血。若因喂养失宜,如过饥、过饱,脾胃损伤,精微无从运化,气血不能化生,或因母乳不足,饮食偏嗜,营养缺乏,脾胃虚弱,血液生化乏源,终至气血亏虚而成为贫血。亦可因于脏腑虚损,如先天禀赋不足,肾气不充,脏腑机能低下,体质虚弱,因虚致损,气血不足;或大病久病,精气耗夺,伤及脾、胃、心、肝等脏,使气血不生,血枯失荣,形成贫血。此外,诸虫

寄生,如蛔虫、钩虫、绦虫寄生肠道,吸取机体营养,耗损气血,日久亦可引起贫血。

命题考点2　小儿营养性铁性贫血的临床表现、实验室检查及西医治疗方法

【历年真题纵览】

A1 型题

1.营养性缺铁性贫血实验室检查中,下列正确的是

A.血清铁蛋白降低,血清铁降低,总结合力降低

B.血清铁降低,总铁结合力增高,铁粒幼红细胞增加

C.总铁结合力降低,血清铁降低,铁粒幼红细胞减少

D.血清铁蛋白降低,红细胞游离原卟啉增高,血清铁降低

E.红细胞游离原卟啉增高,铁幼粒红细胞增高,血清铁降低

参考答案:B

A2 型题

2.男,4岁。一向偏食,不吃鱼肉蛋,仅食蔬菜,近日面色渐苍白,不愿活动,时而腹泻,心肺正常,肝脏于肋下触及 3cm,脾未及,血红蛋白 60 g/L,红细胞 2.90×10^{12}/L,血涂片示红细胞大小不等,以小为主,中心淡染区扩大。最可能诊断是

A.溶血性贫血

B.缺铁性贫血

C.再生障碍性贫血

D.巨幼红细胞性贫血

E.营养性混合性贫血

参考答案:B

【考点评析】

1.起病较缓慢,一般表现为面色、皮肤、口唇、睑结合膜、甲床逐渐苍白,疲乏无力,不爱活动,年长儿可诉头晕、眼花、耳鸣,消化系统症状如食欲减退、消化不良。神经系统症状见烦躁不安,智力减退,注意力不集中。脾脏不同程度肿大,淋巴结亦可肿大。

2.血红蛋白和红细胞减低,以血红蛋白降低为主,呈小细胞低色素性贫血。血清铁蛋白降低;血清铁降低;总铁结合力增高;红细胞游离原卟啉降低;髓细胞总数增加,幼红细胞增生活跃,以中、晚幼红

细胞增生明显,各期红细胞均较正常小,胞浆少、染色偏蓝,白细胞系和巨核细胞一般正常。

命题考点 3　贫血的中医辨证论治

【历年真题纵览】

A2 型题

1.患儿,女,5 岁。面色不华,已逾 3 个月,指甲苍白,纳食不佳,四肢乏力,大便溏泻,舌淡苔薄白,脉细无力。血常规示小细胞低色素性贫血。治疗应首选

　　A.八珍汤

　　B.大补元煎

　　C.参苓白术散

　　D.保和丸

　　E.补中益气汤

参考答案:C

【考点评析】

气血不足——八珍汤。

脾胃虚弱——参苓白术散。

肝肾不足证——大补元煎。

命题考点 4　特发性血小板减少性紫癜的临床表现及诊断标准

【历年真题纵览】

A2 型题

患儿,男,14 岁。2 周前患急性咽炎。1 天前突然牙龈出血,口腔血疱,双下肢瘀斑。实验室检查:血红蛋白 110 g/L,白细胞 9 × 10⁹/L,血小板 10 × 10⁹/L,骨髓增生活跃,巨核细胞 23 个/片。应首先考虑的诊断是

　　A.急性白血病

　　B.再生障碍性贫血

　　C.过敏性紫癜

　　D.特发性血小板减少性紫癜(急性型)

　　E.特发性血小板减少性紫癜(慢性型)

参考答案:D

【考点评析】

1.急性型发病年龄较小,多在 2～8 岁,男、女发病数无差异,病前 1～3 周或同时伴病毒感染,以往无出血病史。起病急,以自发性皮肤和(或)黏膜出血为突出表现,出血点、瘀斑,针头大小至米粒大,遍布全身,以四肢多见。常见鼻及牙龈出血。

2.慢性型病程超过 6 个月,多见于学龄期儿童,女孩较多见,男女发病数约为 1:3。起病缓慢,出血症状较急性型轻,脾脏可轻度肿大,出血症状及血小板减少时轻时重,或发作与缓解交替,血小板随情波动。血小板计数减少。急性型骨髓巨核细胞数多正常或轻度增多。

命题考点 5　特发性血小板减少性紫癜的辨证论治

【历年真题纵览】

A1 型题

1.治疗特发性血小板减少性紫癜阴虚火旺证,应首选的方剂是

　　A.茜根散加减

　　B.归脾汤加减

　　C.桃红四物汤加减

　　D.犀角地黄汤加减

　　E.黄土汤加减

参考答案:A

2.下列哪个方剂治疗紫癜血热伤络证作为首选

　　A.玉女煎

　　B.茜根散

　　C.归脾汤

　　D.犀角地黄汤

　　E.龙胆泻肝汤

参考答案:D

【考点评析】

血热妄行——犀角地黄汤。

阴虚火旺——茜根散加减。

气不摄血——归脾汤。

脾肾阳虚证——右归丸加减。

第十单元　变态反应、结缔组织病

命题考点1　哮喘的中西医病因

【历年真题纵览】

A1型题

1.哮喘的内因和外因包括

　　A.遗传因素和免疫因素

　　B.遗传因素和环境因素

　　C.神经因素和精神因素

　　D.精神因素和环境因素

　　E.以上都不是

参考答案:B

2.小儿哮喘发病的主要内因是

　　A.外感六淫之邪

　　B.嗜食酸、甘、咸、腻

　　C.胎禀不足与伏痰

　　D.接触异常气味

　　E.活动过度,情绪激动

参考答案:C

【考点评析】

西医认为,哮喘是一种多基因遗传病。哮喘病因包括遗传因素和环境激发因素,过敏体质与哮喘关系密切。中医学认为,内因为患儿胎禀不足,表现为痰饮内伏的特殊体质,外感六淫之邪、饮食、劳倦、情绪因素均为哮喘发作诱因。

命题考点2　哮喘发作期的中医病机

【历年真题纵览】

A1型题

小儿哮喘发作的病机是

　　A.肺气郁闭

　　B.娇邪夹痰饮伏留肺络

　　C.痰气交阻,肺气郁闭

　　D.外因诱发,触动伏痰,痰阻气道

　　E.肺失宣降,肺气上逆

参考答案:D

【考点评析】

哮喘的发病机理可以概括为外邪袭肺,触动伏痰,痰邪交结,郁于肺经,气道受阻,肺失宣降,肺气上逆,发为哮喘。

命题考点3　婴幼儿哮喘诊断标准

【历年真题纵览】

A1型题

下列哪一项不是婴幼儿哮喘的诊断依据

　　A.喘息发作≥3次

　　B.肺部出现哮鸣音

　　C.喘息症状突然发作

　　D.一定伴有发热

　　E.二级亲属中有哮喘病史

参考答案:D

【考点评析】

①年龄<3岁,喘息发作≥3次;②发作时双肺闻及呼气相哮鸣音,呼气相延长;②具有特应性体质,如过敏性湿疹、过敏性鼻炎等;③父母有哮喘病等过敏史;④除外其他引起喘息的疾病。凡具备第1、2、5条即可诊断为哮喘。如喘息发作2次,并具备第2、5条,诊断为可疑哮喘或喘息性支气管炎。

命题考点4　3岁以上儿童哮喘诊断标准

【历年真题纵览】

A1型题

3岁以上儿童哮喘诊断标准不正确的是

　　A.喘息呈反复发作

　　B.可作肾上腺素皮下注射喘息明显缓解帮助诊断

　　C.可追溯与某种变应原或刺激因素有关

　　D.支气管扩张剂有明显疗效

　　E.以吸气相为主的哮鸣音,呼气相延长

参考答案:B

【考点评析】

年龄≥3岁,喘息呈反复发作(或可追溯与某种变应原或刺激因素有关);②发作时双肺闻及以呼气相为主的哮鸣音,呼气相延长;③支气管扩张剂有明显疗效;④除外其他引起喘息、胸闷和咳嗽的疾病。

疑似病例可选用1%肾上腺素皮下注射,最大量每次不超过0.3 ml,或以舒喘灵气雾剂或溶液雾化吸入,观察15分钟,若喘息明显缓解及肺部哮鸣音明显减少,或1秒钟用力呼气容积上升率>15%,可作诊断。

命题考点5　咳嗽变异型哮喘的诊断及治疗

【历年真题纵览】

A2型题

患儿,女,5岁。反复咳嗽2个月,咳嗽呈发作性,干咳痰少,夜间加剧,用抗生素治疗无效,口服氨茶碱能明显减轻症状。应首先考虑的是

A.寒性哮喘

B.热性哮喘

C.急性上呼吸道感染

D.咳嗽变异性哮喘

E.急性支气管炎

参考答案:D

【考点评析】

①咳嗽持续或反复发作1个月,常在夜间和(或)清晨发作,运动后加重,痰少,临床无感染征象,或经较长期抗生素治疗无效;②气管舒张剂治疗可使咳嗽发作缓解(系本诊断条件);③个人过敏史或家族过敏史,变应原试验阳性可辅助诊断;④气道呈高反应性特征,支气管激发试验阳性可辅助诊断;⑤除外其他原因引起的慢性咳嗽。治疗原则是去除病因、控制发作。

命题考点6　哮喘的中医分期、辨证论治

【历年真题纵览】

A1型题

1.下列哪项不是哮喘缓解期肾气虚弱证的特征

A.动则气短

B.形寒肢冷

C.舌红苔黄腻

D.遗尿或夜尿

E.腰膝酸软

参考答案:C

2.哮喘患者,气短息弱,自汗畏风,面色㿠白,咳嗽痰稀,舌淡苔白,脉弱。其诊断是

A.哮证缓解期,肺虚

B.哮证缓解期,脾虚

C.哮证缓解期,肾虚

D.虚喘,肺虚

E.虚喘,肾虚

参考答案:D

3.治疗支气管哮喘寒哮证,应首选

A.射干麻黄汤

B.玉屏风散

C.六君子汤

D.定喘汤

E.金匮肾气丸

参考答案:A

A2型题

4.患儿,4岁。有哮喘病史,此次喘促迁延不愈月余,动则喘甚,面白少华,形寒肢冷,小便清长,伴见咳嗽痰多,喉间痰鸣,舌质淡,苔白腻,脉细弱。其证型是

A.寒性哮喘

B.热性哮喘

C.虚实夹杂

D.肺脾气虚

E.肾虚不纳

参考答案:C

【考点评析】

发作期——寒性哮喘、热性哮喘、寒热夹杂、虚实夹杂。

缓解期——肺气虚弱、脾气虚弱、肾气虚弱。

命题考点7　哮喘发作期的西医治疗

【历年真题纵览】

A1型题

对哮喘持续状态的处理哪一项是错误的

A.吸氧

B.补液纠正酸中毒

C.糖皮质激素类静脉滴注

D.支气管扩张剂

E.脱敏疗法

参考答案:E

【考点评析】

急性发作期主要是解痉和抗炎治疗,用药物缓解支气管平滑肌痉挛,减轻气道黏膜水肿和炎症,减少黏痰分泌。脱敏疗法应当在缓解期进行。

命题考点8　哮喘的预防

【历年真题纵览】

A1 型题

哮喘的预防治疗,根本在于

　A.解除支气管痉挛

　B.降低气道高反应性

　C.缓解症状

　D.脱敏治疗

　E.消除慢性气道炎症

参考答案:E

【考点评析】

1.避开过敏原和刺激物,尽量减少上呼吸道感染,避免各种诱发因素。

2.哮喘缓解期进行正确的预防性治疗。中药可辨证使用玉屏风散;西药可选用色甘酸钠、酮替酚、丙酸倍氯米松及免疫调节剂胸腺肽、左旋咪唑。

3.哮喘发作期积极控制气道炎症和症状,防止病情恶化或并发肺气肿、肺心病。

命题考点9　风湿热的中西医病因及中医辨证论治

【历年真题纵览】

A1 型题

导致风湿热的病原菌是

　A.金黄色葡萄球菌

　B.肺炎双球菌

　C.A 组乙型溶血性链球菌

　D.流感杆菌

　E.大肠杆菌

参考答案:C

【考点评析】

1.一般认为风湿热与 A 组 β 型溶血性链球菌感染有密切关系。可能是链球菌的合并症。中医学认为,小儿阳气未充,或素体阳虚,腠理空疏,卫阳不固,外感风寒湿邪,不易及时驱散,邪从热化,留滞经络,闭阻气血,使肌肉关节疼痛而成痹证。

2.(1)湿热阻络——清热利湿,祛风通络。方药:宣痹汤加减。

(2)寒湿阻络——散寒除湿,养血祛风。方药:蠲痹汤合独活寄生汤加减。

(3)风湿淫心——祛风除湿,通络宁心。方药:大秦艽汤加减。

(4)心脾阳虚——温阳利水。方药:真武汤合金匮肾气丸加减。

(5)气虚血瘀——养血活血,益气通脉。方药:补阳还五汤加减。

命题考点10　急性风湿热的临床表现

【历年真题纵览】

A1 型题

1.风湿性心肌炎的临床表现下列哪项是错误的

　A.出现早搏和心动过速

　B.心率增快

　C.心前区第一心音减弱

　D.严重时可出现奔马律

　E.心尖区可听到隆隆样收缩期杂音

参考答案:E

2.风湿热最常见的皮肤损害是

　A.环形红斑

　B.结节性红斑

　C.多形红斑

　D.蝶状红斑

　E.圆形红斑

参考答案:A

【考点评析】

1.急性风湿热约半数病人在病前 1~4 周有上呼吸道感染或猩红热等链球菌感染病史。风湿性关节炎常为急性起病,而心脏炎可呈隐匿性经过,就诊时已是心瓣膜病。病初多有发热、热型不规则、乏力、精神不振、面色苍白、腹痛等症状,随后出现特征性症状和体征,包括心脏炎、关节炎、舞蹈病、环形红斑和皮下小结,并有反复发作的倾向。

2.急性风湿热心肌炎表现为:①心率增快在 110~120 次/分以上,安静与睡眠时无明显减慢。②心音减弱,第一心音低钝,有时出现奔马律。心尖区可听到吹风样收缩期杂音,多因心脏扩大发生二尖瓣相对性闭锁不全或狭窄所致,故为可逆性。③心律失常,可见期前收缩,不同程度的房室传导阻滞,以第Ⅰ度最常见。还有 Q-T 间期延长,S-T 段下移和 T 波低平等变化。④心脏扩大,心力衰竭时更甚。

命题考点 11 **风湿热的特征症状和体征及 Jones 诊断标准**

【历年真题纵览】

A1 型题

1. 确诊风湿热的主要表现哪项是错误的
   A. 心脏炎
   B. 游走性多发性关节炎
   C. 舞蹈病
   D. 发热
   E. 环形红斑

参考答案:D

2. 确诊风湿热的次要表现哪一项是错误的
   A. 发热
   B. 关节酸痛
   C. 皮下结节
   D. 血沉加快
   E. 有风湿热既往史

参考答案:C

A2 型题

3. 患儿,5 周岁。两周前曾患上感,目前不规则发热,易疲倦,脸色略苍白。查体发现,心率增快,心尖部第一心音减弱,并可闻及早搏,心电检查:P-R 间期延长,ST 段下移,实验室检查:C 反应蛋白增高。下列哪项检查可以帮助确诊
   A. 血沉
   B. 谷草转氨酶
   C. 抗透明质酸酶
   D. 心脏 X 线检查
   E. 肌酸磷酸激酶

参考答案:C

【考点评析】

心脏炎、关节炎、舞蹈病、环形红斑和皮下小结。Jones 诊断标准主要表现有心脏炎、多发性游走性关节炎、舞蹈病、环形红斑和皮下小结,次要表现有发热、关节痛、既往风湿热病史、急性期反应物升高(ESR、CRP)、P-R 间期延长。有两项主要表现或一

项主要表现和两项次要表现,再加上有近期链球菌感染的证据,提示风湿热高度可能。抗 O,抗链球菌激酶、抗透明质酸酶等抗体滴度上升都可表明近期链球菌感染。如多发性关节炎已列为主要表现,则关节痛不能作为次要表现;如心脏炎已列为主要表现,则 P-R 间期延长不能作为次要表现。

命题考点 12 **急性风湿热的治疗与预防**

【历年真题纵览】

A1 型题

1. 治疗风湿性心肌炎的首选药是
   A. 阿司匹林
   B. 维体舒通
   C. 消炎痛
   D. 布洛芬
   E. 肾上腺皮质激素

参考答案:E

2. 有关风湿热的预后下述哪项有错误
   A. 舞蹈病的预后一般良好
   B. 首次发作累及心脏者,预后较差
   C. 反复发作累及心脏者预后不良
   D. 并发心功能不全者预后不良
   E. 伴发心包炎者预后良好

参考答案:E

【考点评析】

清除感染病灶、抗风湿。初次发作预防包括注意饮食及居室卫生,加强锻炼,防止上呼吸道感染。对已有急性扁桃体炎、咽炎、中耳炎、淋巴结炎、猩红热应及早给予青霉素肌注。风湿热患者,如发生上呼吸道链球菌感染,则风湿热复发的危险性很大,初发年龄越小,复发机会越多。预防药物首选长效青霉素。风湿性心脏炎首选肾上腺皮质激素。

命题考点 13 **幼年类风湿性关节炎的西医病因、病理**

【历年真题纵览】

A1 型题

幼年类风湿性关节炎的主要发病机制为
   A. 细胞免疫

B.Ⅰ型变态反应

C.Ⅱ型变态反应

D.Ⅲ型变态反应

E.吞噬细胞的作用

参考答案:D

【考点评析】

发病机制中有一系列复杂的免疫过程参与,类似第Ⅲ型变态反应,造成结缔组织损伤。一般认为与免疫、感染及遗传有关。主要病理改变为关节的慢性非化脓性滑膜炎。

命题考点14　幼年类风湿性关节炎的中医病因病机

【历年真题纵览】

A1 型题

幼年类风湿性关节炎的中医病因内因不包括

A.胎禀不足

B.脏腑虚损

C.肾气不固

D.气血亏虚

E.营卫不和

参考答案:C

【考点评析】

中医学认为:本病内因主要为胎禀不足、脏腑虚损、气血亏虚、营卫不和、腠理不固,外因乃感受风寒湿热之邪,内外因相互作用导致经络气血运行不畅,气滞血瘀,肢体失养。湿浊、痰火、瘀血互结,日久内舍肝、肾、筋骨,终致关节失养挛缩。

命题考点15　幼年类风湿性关节炎的临床表现及实验室检查

【历年真题纵览】

A1 型题

幼年类风湿性关节炎的临床表现不包括

A.贫血

B.弛张热

C.皮下结节

D.多发性关节炎

E.关节畸形强直

参考答案:C

【考点评析】

临床表现包括关节与关节外症状。急性期可有贫血;白细胞总数及中性粒细胞比例增高。全身型及少关节型类风湿因子很少阳性,多关节型阳性率为10%~30%,阴性者不能否定类风湿疾病。IgA、IgG、IgM 增高,C 反应蛋白多呈阳性;抗核抗体可阳性,补体仅在严重病例可能下降。X 线检查早期示关节附近软组织肿胀,骨质疏松,关节间隙变窄,关节面模糊;后期关节面骨质破坏、融合、纤维化、畸形,关节僵直。

命题考点16　幼年类风湿性关节炎的诊断与鉴别诊断

【历年真题纵览】

A1 型题

类风湿关节炎患者没有下列哪种改变

A 关节酸痛,以小关节为主

B.发热、乏力、纳呆

C.类风湿因子及抗核抗体阳性

D.肝、脾淋巴结肿大

E.早期 X 线检查骨质以破坏为主

参考答案:E

【考点评析】

本病的诊断主要依靠临床表现。凡全身症状或关节炎症状持续 6 周以上,并伴以下任何一种症状如皮疹、虹膜睫状体炎、发热、晨僵、内脏器官损伤、RF 阳性、X 线有改变,并排除其他疾病者,即可诊断。注意与风湿热、败血症、化脓性关节炎、结核性关节炎、系统性红斑狼疮等鉴别。X 线早期示关节附近软组织肿胀,骨质疏松,关节间隙变窄,关节面模糊;后期关节面骨质破坏、融合、纤维化、畸形,关节僵直。

命题考点17　幼年类风湿性关节炎的西医治疗原则和中医辨证论治

【历年真题纵览】

A1 型题

幼年类风湿性关节炎的西医治疗原则错误的是

A. 早期应用金制剂

B. 类固醇激素仅用于严重的全身型或伴有内脏损害者

C. 关节炎进展迅速可考虑使用免疫抑制剂

D. 早期使用非甾体类抗炎药物

E. 非甾体类抗炎药无效时应加用病情缓解药

参考答案：A

【考点评析】

1. 治疗的目的为减轻症状，保持关节功能和防止关节畸形。西医目前主张早期使用非甾体类抗炎药物，常用药物有萘普生、布洛芬、消炎痛、阿司匹林等；长期慢性疾病应强调综合治疗，对病程长且用上述药物无效的病例应加用治疗类风湿的二线药物，即病情缓解药。类固醇激素仅用于严重的全身型或伴有内脏损害者；全身症状严重、关节炎进展迅速应用非甾体类消炎药及类固醇激素效果不好者可考虑使用免疫抑制剂。金制剂副作用大，儿科较少应用；虹膜睫状体炎宜请眼科医师协助治疗。

2. 中医按照气营血辨证施治，治疗重在清热、凉血、保阴。病发之初，邪在气营，当以清气凉营、透邪外出为主。中期邪烁营血，则以清热凉血为法。久则邪热伤阴，余热不清，当以消虚热、保真阴为要。有温热入侵，流注经络；邪热内传，气营两燔；寒湿入侵，气血郁滞；肝肾亏损，阴血不足证。

> **命题考点 18　过敏性紫癜的中西医病因病机**

【历年真题纵览】

A1 型题

过敏性紫癜的发病是由于

A. 机体对致病原产生不恰当的免疫应答

B. 抗原抗体复合物沉积于皮肤

C. 致敏原破坏免疫系统

D. 预防接种不会成为过敏因素

E. 主要病理改变为皮下瘀血

参考答案：A

【考点评析】

引起本病的过敏因素有感染因素、食物因素、药物因素，其他如预防接种、花粉吸入、蚊、蜂叮咬等均可致敏。机体对上述致病原产生不恰当的免疫应答，形成抗原抗体复合物，沉着于全身的小血管壁，引起血管炎为主的病理改变，属自身免疫性疾病。

中医学认为外感风热之邪，湿热挟毒蕴阻于肌表血分，迫血妄行，以致血不循经，溢于脉外、渗于肌肤之间，积于皮下而发为本病。

> **命题考点 19　过敏性紫癜的临床表现**

【历年真题纵览】

A1 型题

下列哪一项不属于过敏性紫癜的好发部位

A. 下肢

B. 臀部

C. 上肢

D. 躯干

E. 面部

参考答案：E

【考点评析】

发病一般较急，半数以上患儿病前 1～3 周有上呼吸道感染史，首发症状以皮肤紫癜为主，约半数病人有关节肿痛或腹痛，可为单一症状，亦可两种症状同时或先后出现。皮疹主要位于下肢和臀部，重者延及上肢及躯干。

> **命题考点 20　过敏性紫癜的诊断及鉴别诊断**

【历年真题纵览】

A1 型题

过敏性紫癜与特发性血小板减少性紫癜鉴别点是

A. 特发性血小板减少性紫癜出血点高出表面

B. 过敏性紫癜出血点遍布全身

C. 特发性血小板减少性紫癜血小板减少

D. 过敏性紫癜血小板减少

E. 过敏性紫癜出血时间延长

参考答案：C

【考点评析】

注意皮疹的特点及分布，皮疹多见于腰以下，两侧对称，结合皮肤紫癜特点和有胃肠道或关节症状以及实验室检查，可明确诊断。注意与特发性血小板减少性紫癜、败血症、腹部外科病鉴别。特发性血小板减少性紫癜皮肤、黏膜可见出血点及瘀斑，分布在全身各处,出血点或瘀斑不突出于表面,化验血小板降低,出血时间延长。

命题考点 21　过敏性紫癜的中医辨证论治

【历年真题纵览】

A1 型题

过敏性紫癜血热妄行证的首选方剂是

　A. 银翘散

　B. 清瘟败毒饮

　C. 四妙散

　D. 葛根黄芩黄连汤

　E. 茜根散

参考答案:B

【考点评析】

风热伤络——银翘散加减

血热妄行——清瘟败毒饮加减

胃肠积热——葛根芩连汤加减

湿热痹阻——四妙散加减

肝肾阴虚证——茜根散

命题考点 22　皮肤黏膜淋巴结综合征的中医病因病机

【历年真题纵览】

A1 型题

皮肤黏膜淋巴结综合征的中医病因病机是

　A. 温邪与气血相搏,侵犯营血

　B. 风邪与气血相搏,侵犯营血

　C. 素体阳虚,腠理空疏

　D. 卫阳不固,外感风寒湿邪

　E. 温邪直中脏腑

参考答案:A

【考点评析】

中医认为本病主要是外感温热时邪,侵入机体,与气血相搏,毒热炽盛,侵犯营血所致。

命题考点 23　皮肤黏膜淋巴结综合征的临床表现及实验室检查

【历年真题纵览】

A1 型题

下列哪一项是皮肤黏膜淋巴结综合征的最早出现的症状

　A. 皮肤黏膜亮

　B. 淋巴结肿大

　C. 心血管症状和体征

　D. 发热

　E. 腹痛、腹泻

参考答案:D

【考点评析】

1. 主要表现:①发热,呈稽留热或弛张热,为最早出现的症状,常见持续性发热 1～2 周。②皮肤黏膜表现:躯干部多形性荨麻疹样红斑或猩红热样皮疹,无水疱或结痂。四肢末端病初呈实性肿胀和恢复期指端膜状脱皮,此为本病特征。双眼结膜充血,无脓性分泌物和流泪,口唇干燥潮红、皲裂、杨梅舌,口腔及咽部黏膜弥漫性发红而无溃疡及伪膜形成。③颈部淋巴结非化脓性肿大。

2. 心血管症状和体征少见,但很重要。表现为心脏杂音心律不齐、心脏扩大、心力衰竭。伴冠状动脉病变者可呈心肌缺血甚至心肌梗死。其他伴随症状:可出现腹泻、呕吐、腹痛,或脓尿、血尿等。

3. 实验室检查:血白细胞增高、中性粒细胞增高、血沉增快、C 反应蛋白增高,免疫球蛋白增高,部分病例转氨酶增高,有心脏受损者可见心电图和超声心动图改变。

命题考点 24　皮肤黏膜淋巴结综合征的诊断与鉴别诊断

【历年真题纵览】

A1 型题

皮肤黏膜淋巴结综合征的诊断不包括

　A. 不明原因的发热,持续 5 天或更久

　B. 双侧结膜充血

　C. 杨梅舌

　D. 发病初期手足硬肿和掌跖发红,以及恢复

期指趾端出现膜状脱皮

E.躯干部环形红斑,水疱及结痂

参考答案:E

【考点评析】

本病诊断标准应在下述 6 条主要临床症状中至少满足 5 条方能确诊:①不明原因的发热,持续 5 天或更久,抗生素治疗无效;②双侧结膜充血;③口腔及咽部黏膜弥漫充血,唇发红及干裂,并呈杨梅舌;④发病初期手足硬肿和掌跖发红,以及恢复期指趾端出现膜状脱皮;⑤躯干部多形红斑,但无水疱及结痂;⑥颈淋巴结的非化脓性肿胀,其直径达 1.5 cm或更大。但如二维超声心动图或冠状动脉造影查出冠状动脉瘤或扩张,则 4 条主要症状阳性即可确诊。

命题考点 25　皮肤黏膜淋巴结综合征的西医治疗原则

【历年真题纵览】

A1 型题

皮肤黏膜淋巴结综合征的西医治疗错误的是

A.阿司匹林和潘生丁

B.肾上腺皮质激素

C.大剂量丙种球蛋白静滴

D.抗生素控制感染

E.对症支持治疗

参考答案:B

【考点评析】

除对症、支持疗法外,主要是对抗血管炎症和对抗血小板凝集,常用阿司匹林和潘生丁。在发病 10 天内用大剂量丙种球蛋白静滴可有效地预防冠状动脉瘤。

命题考点 26　皮肤黏膜淋巴结综合征的中医辨证论治

【历年真题纵览】

A1 型题

皮肤黏膜淋巴结综合征气营两燔主方是

A.银翘散加减

B.竹叶石膏汤加减

C.生脉散加味

D.清营汤加减

E.麻杏石甘汤加减

参考答案:D

【考点评析】

营卫合邪——辛凉解表,清热解毒。方药银翘散加减。

气营两燔——清营解毒,泻热护阴。方药清营汤加减。

阴虚热恋——养阴清热,生津除烦。方药竹叶石膏汤加减。

气阴两伤——益气养阴。方药生脉散加味。

第十一单元　营养性疾病

命题考点 1　营养不良的中西医病因、临床表现及分度

【历年真题纵览】

A1 型题

1.蛋白质—能量营养不良的最主要病因是

A.喂养不当

B.久吐、久泻

C.早产

D.反复外感

E.各种虫证

参考答案:A

2.小儿易患疳病的原因是

A.脏腑娇嫩

B.发育迅速

C.肺常不足

D.脾常不足

E.肾常虚

参考答案:D

3.营养不良最先出现的症状是

A.体重不增

B.身长低于正常

C.皮下脂肪减少或消失

D.皮肤干燥,苍白,失去弹性

E.肌张力低下,体温偏低,智力迟钝

参考答案:A

A2 型题

4.患儿,女,2 岁。形体消瘦,面色少华纳差,大

便溏,每日2~3次,舌淡苔少。查体:体重9 kg,皮肤黏膜苍白,心、肺(－),腹壁皮下脂肪0.45 cm。诊断为营养不良,其程度及证型是

A. I度,疳证

B. Ⅱ度,疳证

C. I度,疳积

D. Ⅱ度,疳积

E. Ⅲ度,干疳

参考答案:B

5.患儿,2岁。食少纳呆,易发脾气,大便不调,有酸臭味,尿如米泔。查体:形体略瘦,体重10 kg,毛发稀疏,面色少华,舌淡红苔薄白。应首先考虑的是

A. 厌食脾运失健证

B. 厌食脾胃气虚证

C. 营养不良疳气

D. 营养不良疳积

E. 营养不良干疳

参考答案:C

【考点评析】

1.原因:喂养因素、疾病因素、禀赋不足。

2.表现:体重不增是最先出现的症状,继之体重下降,营养不良开始,体重比正常小儿减轻15%～25%,腹壁皮下脂肪厚度0.4～0.8 cm。病久者身高也低于正常;皮下脂肪逐渐减少或消失,首先为腹部,其次为躯干、臀部、四肢,最后为面颊部。重症患儿皮包骨头,状若老人,体重低,脉搏缓慢,基础代谢率降低,肌张力低下,智力落后。食欲低下,常有便秘,并可有饥饿型腹泻,呈频繁、少量多次的大便,并带有黏液。严重者可因血清蛋白降低而出现水肿。可并发营养性贫血、各种维生素缺乏、感染、自发性低血糖。分为疳气、疳积、干疳。疳气证候:形体消瘦,面色萎黄少华,毛发稀疏,食欲不振或能食善饥,精神欠佳,易发脾气,大便或溏或干,或有酸臭味,或尿如米泔,舌淡,苔薄白或薄黄,脉细。

命题考点2　营养不良的中西医病机

【历年真题纵览】

A1 型题

疳证病机源于

A. 心肾

B. 脾胃

C. 肝胆

D. 脾肺

E. 心肺

参考答案:B

【考点评析】

西医病机为新陈代谢失常,组织器官功能低下。疳证病机源于脾胃,其影响范围并不局限于脾胃,脾为后天之本,脾病日久,气血虚衰,诸脏失养,必累及其他脏腑。

命题考点3　营养不良的中西医治疗

【历年真题纵览】

A2 型题

患儿,营养不良,体重低于正常均值20%,腹部皮褶厚度为0.6 cm,肌张力基本正常。治疗开始时,供给热量为每日

A. 167～250 kJ/kg

B. 218～302 kJ/kg

C. 318～402 kJ/kg

D. 418～502 kJ/kg

E. 501～625 kJ/kg

参考答案:A

【考点评析】

1.应查明病因,治疗原发病;改进喂养方法;应用各种消化酶,或蛋白同化类固醇制剂,或胰岛素等,目的都在于恢复消化器官的功能,促进消化,改善代谢。

2.中医治疗疳证,通过消积、理脾、益气、养血,目的也在于恢复消化器官的功能。治疗疳证的兼证,或养肝明目,或清心泻火,或温阳利水,或润肺止咳,亦须以顾护脾胃为本。能量供应可根据理想体重,开始时167～250kJ/kg,若吸收良好,在增加到501～625kJ/kg,待体重接近恢复正常后,再恢复到正常生理需要的热量。

命题考点4　维生素D缺乏性佝偻病的病因

【历年真题纵览】

A1 型题

维生素D缺乏性佝偻病的病因不包括

A. 日光照射不足

B. 未行母乳喂养

C. 生长发育过快

D. 疾病影响

E. 维生素 D 摄入不足

参考答案:B

【考点评析】

病因为日光照射不足、维生素 D 摄入不足、生长发育过快、疾病影响及其他。

命题考点 5　维生素 D 缺乏性佝偻病的临床表现

【历年真题纵览】

A1 型题

1.3～6 个月小儿,活动期佝偻病最早的骨骼体征是

A. 鸡胸

B. 方颅

C. 前囟未闭

D. 肋骨串珠

E. 颅骨软化

参考答案:E

2. 维生素 D 缺乏性佝偻病的临床分期为

A. 初期、中期、后期

B. 早期、中期、晚期

C. 初期、高峰期、恢复期

D. 初期、激期、恢复期、后遗症期

E. 以上都不是

参考答案:E

【考点评析】

1. 骨骼表现:颅骨软化、方颅、前囟迟闭、乳牙萌迟、胸廓畸形、四肢畸形等。可有肌肉松弛,肌力减弱,韧带松弛,甚至头项软弱,坐、立、行等运动机能发育落后。肝、脾韧带松弛,常能触及肝脾肿大。腹壁肌肉松弛致腹部膨隆如蛙腹。患儿大脑皮层功能异常,条件反射形成缓慢,可见表情淡漠,精神呆滞,语言功能落后,免疫力低。

2. 颅骨软化:以手指轻压颅骨或枕骨中央部位可感觉颅骨内陷,随手放松而弹回,似压乒乓球样的感觉。多见于 3～6 个月婴儿,是佝偻病激期最早出现的骨骼体征。在约 1 岁时,尽管佝偻病仍在进展,颅骨软化常消失。

3. 临床按病程分为活动早期、活动期、恢复期和后遗症期。

命题考点 6　维生素 D 缺乏性手足搐搦症的临床表现

【历年真题纵览】

A1 型题

1. 佝偻病性手足搐搦症在幼儿及儿童多见的典型表现是

A. 惊厥

B. 手足搐搦

C. 喉痉挛

D. 枕秃

E. 肋骨串珠

参考答案:B

A2 型题

2. 患儿,7 日。近日经常夜惊多汗,且抽搐 2 次,抽后意识清,进奶好,医生诊断为:维生素 D 缺乏性手足搐搦症。本病以下哪项不具备

A. 喉痉挛

B. 全身性抽搐

C. 助产式手,芭蕾舞足

D. 面神经征阳性

E. 婴儿期呈婴儿痉挛性发作

参考答案:E

【考点评析】

显性症状有惊厥、手足搐搦、喉痉挛,隐性症状有面神经征、腓反射、人工手痉挛征。全身抽搐、喉痉挛多发生在婴儿期,幼儿及儿童多见手足搐搦。

命题考点 7　维生素 D 缺乏性佝偻病及维生素 D 缺乏性手足搐搦症的诊断

【历年真题纵览】

A2 型题

1. 患儿,男,6 个月。夜惊多汗,烦躁,不安,面色不华,纳食不佳,枕秃,舌淡苔白,指纹淡。实验室检查:血钙磷乘积稍低,血碱性磷酸酶升高。诊断为佝偻病,其分期及证型是

A. 活动早期,肾精亏损

B. 活动早期,肾虚骨弱

C. 活动早期,脾气虚弱

D. 活动期,肾精亏损

E. 活动期,肾虚骨弱

参考答案:C

2. 患儿,3 个月。易激惹,烦躁多哭,夜寐不安,多汗,摇头擦枕,生长发育与同龄儿相同。X 线骨骼检查正常。实验室检查:血清总钙及血磷偏低,钙磷乘积 36,碱性磷酸酶稍有增高。初步诊断为维生素 D 缺乏性佝偻病,其分期是

A. 活动早期

B. 活动期

C. 恢复期

D. 后遗症期

E. 以上均非

参考答案:A

【考点评析】

1. 初期常自 2 ~ 3 个月开始出现非特异性的神经精神症状,表现为易激惹、烦躁、睡眠不安、夜惊夜啼,常伴与室温季节无关的多汗,患儿因汗多而摇头擦枕导致枕秃。

2. 脾虚气弱(初期)证候:多汗夜惊,烦躁不安,面色不华,纳呆便溏,头颅软,囟门开大,毛发稀黄,枕秃常见,舌质淡红,苔薄白,指纹淡红或脉缓无力。

命题考点 8　维生素 D 缺乏性佝偻病及维生素 D 缺乏性手足搐搦症的鉴别诊断

【历年真题纵览】

A2 型题

一婴儿突发惊厥,无热,反复发作 3 次,惊厥后意志清,活泼如常,患儿为人工喂养,极少户外活动,未服鱼肝油,查体:出牙延迟,哈氏沟明显,方颅,血钙 1.0 mmol/L,最确切的诊断为

A. 佝偻病早期

B. 佝偻病的活动期

C. 维生素 D 缺乏性手足搐搦症

D. 低血糖症

E. 低血镁症

参考答案:C

【考点评析】

在维生素 D 缺乏的病因基础上,有佝偻病的症状、体征,后出现惊厥、手足搐搦、喉痉挛、面神经征、

腓反射、人工手痉挛征,排除其他因素导致的惊厥,可诊断为维生素 D 缺乏性手足搐搦症。

命题考点 9　维生素 D 缺乏性佝偻病的治疗

【历年真题纵览】

A1 型题

口服治疗量的维生素 D 治疗佝偻病的合理时间是

A. 至佝偻病痊愈

B. 至 3 岁

C. 至骨骼体征消失

D. 持续用 1 个月

E. 持续用 1 年

参考答案:D

【考点评析】

根据佝偻病各期采用不同的治疗方法。活动期以维生素 D 治疗为主,根病情轻重及是否有合并症行口服或突击疗法,酌情补充钙剂。恢复期重在防止佝偻病复发,后遗症期则应加强功能锻炼,必要时外科手术矫形。初期每日给治疗量维生素 D 5000 ~ 10 000 IU,连服一个月后改预防量。激期每日给治疗量维生素 D 10 000 ~ 20 000 IU,持续一个月后改预防量,恢复期可用预防量维持。

命题考点 10　维生素 D 缺乏性手足搐搦症的急救处理

【历年真题纵览】

A1 型题

佝偻病性手足搐搦在痉挛发作时哪项处理最正确

A. 迅速静推甘露醇

B. 立即注射维生素 D

C. 先用镇静剂再用钙剂

D. 先立即静注钙剂

E. 保持安静待其自然缓解

参考答案:C

【考点评析】

应迅速控制惊厥或喉痉挛。立即给予苯巴比妥

钠,每次约 8 mg/kg,肌肉注射,必要时 4～6 小时后可重复;或水合氯醛,每次 40～50 ml/kg 保留灌肠;或安定每次 0.1～0.3 mg/kg,肌肉或静脉注射。对喉痉挛者应立即将舌头拉出口外,并行人工呼吸或加压给氧,必要时气管插管。迅速补充钙剂是控制惊厥的重要措施。应用钙剂后即同时口服维生素 D。

命题考点 11　维生素 D 缺乏性佝偻病的预防

【历年真题纵览】

A2 型题

1. 某小儿,2 个月。足月顺产,母乳喂养,为预防佝偻病服用维生素 D,每日补充的合理剂量是
　　A. 200 IU
　　B. 400 IU
　　C. 2000 IU
　　D. 5000 IU
　　E. 10 000 IU
参考答案:B

【考点评析】

加强宣传工作;加强孕期保健,孕妇应多晒太阳,多食富含维生素 D、钙、磷和蛋白质的物质,妊娠中晚期应加服鱼肝油及钙剂;尽量母乳喂养,及时添加辅食,婴幼儿期最易发生佝偻病,应多晒太阳,保证小儿对各种营养素的需要,应用维生素 D 预防。婴幼儿期应用维生素 D 预防佝偻病,每天予维生素 D 400～800 IU。

第十二单元　感染性疾病

命题考点 1　麻疹的病因、传染源、传播途径和发病年龄

【历年真题纵览】

A1 型题

1. 麻疹发病年龄多见于
　　A. 1～5 岁
　　B. 5～10 岁
　　C. 6 个月～1 岁

　　D. 3～5 岁
　　E. 10～18 岁
参考答案:A

2. 麻疹的传播途径是
　　A. 性传播
　　B. 接触传播
　　C. 母婴传播
　　D. 飞沫传播
　　E. 血液传播
参考答案:D

【考点评析】

麻疹病毒感染。患者是唯一的传染源,其主要传播途径为带病毒的飞沫通过喷嚏、咳嗽、说话直接传入呼吸道。患者大多数为婴幼儿,以 1～5 岁多见。

命题考点 2　麻疹的临床表现

【历年真题纵览】

A1 型题

麻疹恢复期皮肤可见
　　A. 无色素斑痕及脱屑
　　B. 无色素斑痕,可见脱屑
　　C. 有色素斑痕,可见脱屑
　　D. 有色素斑痕,无脱屑
　　E. 有色素斑痕,并有麦麸状细微脱屑
参考答案:C

【考点评析】

1. 潜伏期 6～18 天不等,一般为 10～12 天。

2. 前驱期指从发热开始至出疹,一般为 3～4 天。发热为其首发症状,体温或渐升,或骤增,可达 39～40℃,无一定热型。同时出现喷嚏,流涕,咳嗽,咽部充血,双眼结膜充血,羞明流泪,食欲不振。畏寒头痛,全身不适等症。

3. 出疹期 2～5 日不等。发热 3～4 天后,皮疹自耳后发际及颈部开始,渐及额、面部,然后自上而下延至躯干及四肢,甚至达手掌及足底。开始为玫瑰色斑丘疹,略高出皮面,初起稀疏分明,其后可有不同程度的融合,颜色呈暗红色,但疹间还可见正常皮肤。此期体温升高可达 40℃,咳嗽加剧,咽红肿痛,出现嗜睡或烦躁,颈部淋巴结和脾脏可轻度增大,肺部可闻及少量啰音,肺部 X 线检查可见肺纹理增多。

4.恢复期出疹3~5天后,如果没有并发症,皮疹依出疹顺序逐渐消退,疹退处有麦麸样脱屑(除手心脚掌外),留存棕色斑痕,经1~2周后才完全消失,此色素斑在病的后期有诊断意义。随着皮疹消退,热度同时下降,精神、食欲好转,上呼吸道症状也很快消失。

命题考点3 麻疹的中医分型论治

【历年真题纵览】

A1型题

1.诊治麻疹的要点是
  A.升
  B.散
  C.清
  D.透
  E.和
参考答案:D

2.关于麻疹的治疗,错误的是
  A.初热期,辛凉透发
  B.见形期,清热解毒
  C.恢复期,益气补脾
  D.初热期,忌功下
  E.恢复期,忌用大苦大寒
参考答案:C

A2型题

3.患儿,男3岁。麻疹见疹已6日,高热不退,咳嗽气急,鼻翼扇动,口渴烦躁,舌红苔黄,脉数。其证型是
  A.顺证,见形期
  B.顺证,初热期
  C.逆证,热毒攻喉
  D.逆证,麻毒闭肺
  E.逆证,邪陷心肝
参考答案:D

【考点评析】

顺证:初热期——辛凉透表,清宣肺卫,方药宣毒发表汤加减。见形期——清热解毒,佐以透发,方药清解透表汤加减。恢复期——养阴益气,清解余邪,方药沙参麦冬汤加减。

逆证:麻毒闭肺——宣肺开闭,清热解毒,方药麻杏石甘汤。热毒攻喉——清热解毒,利咽消肿,方药清咽下痰汤加减。邪陷心肝——凉肝熄风,清营

解毒,方药羚角钩藤汤加减。

命题考点4 麻疹的预防与护理

【历年真题纵览】

A1型题

1.麻疹无并发症,应隔离的时间是出疹后
  A.3天
  B.5天
  C.7天
  D.10天
  E.14天
参考答案:B

2.最有效预防麻疹的措施是
  A.应用免疫球蛋白
  B.采用麻疹减毒活疫苗
  C.应用胎盘球蛋白
  D.应用成人血浆
  E.应用维生素A
参考答案:B

【考点评析】

1.锻炼身体,增强机体抗病能力,做好儿童保健工作,保持室内空气流通。

2.麻疹流行期间,易感儿童不要去公共场所,减少感染机会。患儿隔离至出疹后5天;并发肺炎者,延长隔离至出疹后10天。

3.凡接触麻疹的易感儿童,应予隔离观察21天。曾注射丙种球蛋白预防者,需留检28天。按照规定程序按时接受预防接种。

命题考点5 风疹的病因

【历年真题纵览】

A1型题

关于风疹描述错误的是
  A.通过空气飞沫传播
  B.人类是风疹病毒的唯一自然宿主
  C.在出疹前、中、后数天内传染性最强
  D.风疹病毒耐热,在38℃室温能存活4小时
  E.除鼻咽分泌物外,血、尿、粪中也可有病毒存在
参考答案:D

【考点评析】

风疹病毒感染。不耐热,在37℃和室温中很快灭活。

命题考点6　风疹的临床表现及辨证论治

【历年真题纵览】

A1型题

风疹的证候特点是

A. 初起类似伤风感冒

B. 轻度发热,咳嗽

C. 特殊的皮疹细小如痧

D. 耳后、枕部淋巴结肿大

E. 以上都是

参考答案:E

B1型题

A. 银翘散

B. 桑菊饮

C. 透疹凉解汤

D. 大连翘汤

E. 清解透表汤

①治疗风疹邪郁肺卫证,应首选

②治疗水痘风热轻证,应首选

参考答案:①A　②D

【考点评析】

1. 后天性风疹:潜伏期10～21天,一般18天,前驱期1～2天,有低热或中度发热,咽痒流涕,轻咳,或有呕吐、腹泻,耳后、后颈部及枕部淋巴结肿大,有轻度压痛。发热后1～2日出疹,呈多形性,大部分是散在斑丘疹,也可呈大片皮肤发红或针尖状猩红热样皮疹,皮疹首见于面部,24小时内遍及颈、躯干、手臂,最后至足部,常常是面部皮疹消退而下肢皮疹方现,一般历时3天,俗称"三日疹"。疹退后无色素沉着,亦无脱皮。在前驱期末和出疹早期软腭处可见红色点状黏膜疹,与其他病毒感染所致黏膜疹相似,无特异性。出疹时多伴低热、淋巴结肿大、轻度肝脾肿大。合并症有感染后脑炎和血小板减少性紫癜等,预后均良好。

2. 先天性风疹综合征:①一过性新生儿期表现,如肝脾肿大、紫癜、血小板减少、淋巴结肿大、脑膜脑炎等;②永久性器官畸形和组织损伤,如动脉导管未闭、肺动脉瓣狭窄、白内障、青光眼、感觉神经性听力

丧失等;②慢性或自身免疫引起的晚发疾病,如精神运动落后、行为障碍、肌张力减低、糖尿病、甲状腺炎、性早熟、生长激素缺乏等,这些迟发症状可在生后2个月至4年内发生。

3. 辨证论治:

(1)邪郁肺卫——疏风清热,解表透疹。方药银翘散加减。

(2)邪入气营——清热解毒,凉血透疹。方药透疹凉解汤加减。

命题考点7　孕妇预防风疹的重要性

【历年真题纵览】

A1型题

孕妇发生风疹会通过胎盘导致胎儿宫内感染,最可能发生

A. 食欲下降

B. 胎儿体重减轻

C. 致畸

D. 脐带绕颈

E. 难产

参考答案:C

【考点评析】

母亲孕期患风疹可通过胎盘导致胎儿宫内感染,其发生率和致畸率与感染时胎龄密切相关。妊娠早期感染病情严重,可引起胎儿多器官损害。先天性风疹患儿在出生后数月内仍有病毒排出,故具有传染性。

命题考点8　幼儿急疹的发病年龄及临床表现

【历年真题纵览】

A1型题

幼儿急疹发热与出疹的关系是

A. 发热数小时～1天出疹

B. 发热1～2天出疹

C. 发热3～4天出疹,出疹时发热更高

D. 发热3～4天出疹,疹出热退

E. 发热与出疹无明显关系

参考答案:D

【考点评析】

发病年龄多见于6~18个月的小儿,3岁以后少见。潜伏期为8~15天,一般10日左右。突发高热,体温高达39~40℃,持续3~5天,发热期间咽峡部充血,但食欲精神好。少数患儿有烦躁,睡眠不宁或出现惊厥,惊厥为时短暂,呈全身性抽搐。高热持续3~5天后,体温骤退,热退后9~12小时内出现皮疹为本病特征。皮疹为红色斑疹和斑丘疹,主要分布在躯干、颈部及上肢,皮疹之间有3~5mm的空隙,偶尔在皮疹周围可见晕圈。几小时内皮疹开始消退,一般2~3天消失,无脱屑及色素沉着,部分患儿软腭可见红色小疹点,颈部淋巴结轻度肿大。

命题考点9 水痘的西医病因

【历年真题纵览】

A1 型题

水痘是由于感染以下哪种病原微生物

  A. 麻疹病毒

  B. 单纯疱疹病毒

  C. EB病毒

  D. 柯萨奇病毒

  E. 带状疱疹病毒

参考答案:E

【考点评析】

病原为水痘-带状疱疹病毒。

命题考点10 水痘与脓疱疮、丘疹型荨麻疹的鉴别

【历年真题纵览】

A1 型题

以下属于水痘皮损表现的是

  A. 红色丘疹,大小形态不一

  B. 红色斑疹或斑丘疹,迅速发展为清亮、卵圆形、泪滴状小水疱

  C. 化脓性疱疹

  D. 周围红晕,有脐眼

  E. 在一个患者身上只能看到斑疹、丘疹

参考答案:B

【考点评析】

丘疹性荨麻疹皮疹为红色丘疹,大小形态不一,

痒感更明显。脓疱疮皮损为化脓性疱疹,疱液可培养出细菌。水痘皮疹特点:成批出现红色斑疹或斑丘疹,迅速发展为清亮、卵圆形、泪滴状小水疱,周围红晕,无脐眼,经24小时后,水疱内容物变为浑浊,易破裂,疱疹持续3~4天,然后从中心干缩,迅速结痂。由于皮疹不断出现,一个病人身上可见到斑疹、丘疹、疱疹和结痂等各期皮疹同时出现。

命题考点11 水痘风热轻证、毒热重证的辨证、治法、主方

【历年真题纵览】

A2 型题

患儿,女,3岁。低热恶寒,鼻塞流涕,全身皮肤成批出疹,为红色斑疹和斑丘疹,继有疱疹,疱浆清亮,头面、躯干多见,舌红,苔薄白,脉浮数。其诊断是

  A. 风疹,邪郁肺卫证

  B. 麻疹,见形期

  C. 幼儿急疹,肺卫蕴热证

  D. 猩红热,邪侵肺胃证

  E. 水痘,风热轻证

参考答案:E

【考点评析】

风热轻证——发热轻微,鼻塞流涕,咳嗽,喷嚏,起病后1~2天出疹,此起彼落,斑丘疹、疱疹、痂盖可同时并见,疹色红润,疱浆清亮,分布稀疏,以躯干为主,苔薄白,脉浮。治法:疏风清热,利湿解毒。方药:大连翘汤加减。

毒热重证——证候:壮热不退,烦躁不安,口渴欲饮,面红目赤,水痘分布较密,根盘红晕显著,疹色紫暗,疱浆混浊,大便干结,小便黄赤,舌红或红绛,苔黄糙而干,脉洪数。治法:清热凉营,解毒渗湿。方药:清胃解毒汤加减。

命题考点12 猩红热的西医病因、中医发病机理

【历年真题纵览】

A1 型题

1. 猩红热的主要病机是

A. 痧毒疫疠蕴于肺胃

B. 麻疹热毒犯于肺卫

C. 麻疹热毒蕴于脾胃

D. 痧毒疫疠侵犯肝胆

E. 以上都不是

参考答案:A

2. 猩红热的病原是

A. 肺炎双球菌

B. A 组甲型溶血性链球菌

C. A 组乙型溶血性链球菌

D. 大肠杆菌

E. 金黄色葡萄菌

【考点评析】

病原为具有红疹毒素的 A 组 β 型溶血性链球菌。中医病因病机为感受痧毒疫疠之邪,乘时令不正,寒暖不调,邪从口鼻侵入人体,蕴于肺胃二经。

命题考点 13　猩红热的临床表现,猩红热与麻疹、幼儿急疹、风疹的鉴别诊断

【历年真题纵览】

A1 型题

1. 下列四种发疹性疾病中,具有杨梅样舌的是

A. 麻疹

B. 风疹

C. 猩红热

D. 幼儿急疹

E. 以上都是

参考答案:C

2. 下列四种发疹性疾病中,具有色素沉着的是

A. 麻疹

B. 风疹

C. 猩红热

D. 幼儿急疹

E. 以上都是

参考答案:A

3. 下列四种发疹性疾病中,白细胞增高者为

A. 麻疹

B. 风疹

C. 猩红热

D. 幼儿急疹

E. 以上都是

参考答案:C

4. 猩红热的临床表现不包括

A. 初起发热,咽喉红肿糜烂

B. 发热数小时到 1 天内出疹

C. 皮疹鲜红密集成片,先见颈、胸,然后遍布全身

D. 恢复期有色素沉着

E. 口周苍白圈,杨梅舌

参考答案:D

【考点评析】

1. 普通型前驱期有高热、咽痛、腹痛、红草莓舌。起病 12 ~ 48 小时内出疹,皮疹首见于颈部、腋下和腹股沟处,通常 24 小时内布满全身。其特点为全身皮肤弥漫猩红色约针尖大小的丘疹,触之如粗砂纸样,或如寒冷时的鸡皮样疹,疹间皮肤潮红,用手压可暂时转白。面颊部潮红,无丘疹,而口周围皮肤苍白,为口周苍白圈。皮肤皱折处如腋窝、肘、腹股沟等处,皮疹密集,色深红,其间有针尖大之出血点,形成深红色横行线,称"帕氏征"。

2. 恢复期一般情况好转,体温降至正常,皮疹按出疹顺序消退,疹退 1 周后开始脱皮,先从面颈部糠屑样脱皮,渐及躯干、四肢,手足可呈大片状脱皮。无色素沉着遗留。另有轻型、重型、外科型。麻疹、幼儿急疹、风疹鉴别诊断见以上相关内容。

命题考点 14　猩红热的并发症

【历年真题纵览】

A1 型题

以下哪项不是猩红热的并发症

A. 化脓性中耳炎

B. 类风湿关节炎

C. 急性肾小球肾炎

D. 中毒性关节炎

E. 蜂窝组织炎

参考答案:B

【考点评析】

化脓性并发症、中毒性并发症、变态反应性并发症。

命题考点 15　猩红热的预防、病原学治疗及中医辨证施治

【历年真题纵览】

A1 型题

1.猩红热患儿及疑似者,应隔离治疗
A.3 天
B.4 天
C.5 天
D.6 天
E.至咽拭子培养阴性

参考答案:E

2.猩红热病原学治疗首选
A.氯霉素
B.四环素
C.红霉素
D.青霉素
E.氧氟沙星

参考答案:D

【考点评析】

1.预防:(1)隔离传染源:猩红热病人,同时患急性咽扁桃体炎病人都是传染源,均需隔离至咽拭子培养阴性时。(2)切断传播途径:流行期间,禁止小儿去公共场所消毒处理。(3)保护易感者:对密切接触病人的易感者,可肌肉注射青霉素或口服复方新诺明3~5天,也可肌注1次长效青霉素60万~120万U。病原学治疗:首选青霉素,青霉素过敏可选红霉素。

2.中医辨证施治:邪侵肺卫、毒在气营、疹后阴伤。

命题考点 16　流行性腮腺炎的病因

【历年真题纵览】

A1 型题

流行性腮腺炎肿大部位是
A.两侧颈部
B.两侧耳后
C.两侧颌下
D.两侧面部
E.耳垂为中心

参考答案:E

【考点评析】

腮腺炎病毒感染。腮腺肿大的特点是以耳垂为中心,向前、后、下蔓延。

命题考点 17　流行性腮腺炎的中医病机特点

【历年真题纵览】

A1 型题

流行性腮腺炎的中医病因是
A.风热时邪
B.时行疫气
C.时行邪毒
D.风温邪毒
E.暑热时邪

参考答案:D

【考点评析】

病因为外感风温病毒。风温病毒从口鼻而入,壅阻少阳经脉,郁而不散,结于腮部。

命题考点 18　流行性腮腺炎的中医辨证、治法、主方

【历年真题纵览】

A2 型题

患儿,女,5岁。因右侧腮部肿痛5天就诊。现症见腮部漫肿,灼热疼痛,咀嚼尤甚,精神倦怠,高热头痛,咽喉肿,大便干结,小便短赤,舌质红,苔黄腻,脉滑数。其首选方剂是
A.仙方活命饮
B.普济消毒饮
C.黄连解毒汤
D.三仁汤
E.银翘散

参考答案:B

【考点评析】

温毒在表——轻微发热恶寒,一侧或两侧腮部肿胀疼痛,边缘不清,咽痛,纳少,舌红,苔薄白或淡黄,脉浮数。治法:疏风清热,散结消肿。柴胡葛根汤加减。

热毒蕴结——高热不退，两侧腮部肿胀疼痛，坚硬拒按，张口、咀嚼困难，口渴引饮，或伴头痛，呕吐，咽部红肿，食欲不振，尿少黄赤，舌红，苔黄。治法：清热解毒，散结消肿。普济消毒饮加减。

邪陷心肝——高热不退，神昏嗜睡，项强，反复抽搐，腮部肿胀疼痛，坚硬拒按，头痛，呕吐，舌红，苔黄，脉洪数。治法清热解毒，熄风开窍。凉营清气汤加减。

毒窜睾腹——腮部肿胀渐消，一侧或两侧睾丸肿胀疼痛，或伴少腹疼痛，痛甚者拒按，舌苔薄黄，脉数。治法：清肝泻火，活血止痛。龙胆泻肝汤加减。

命题考点 19　流行性腮腺炎的主要并发症

【历年真题纵览】

A1 型题

1. 患儿，9 岁。发热，双侧腮腺肿大 9 天。现头痛，呕吐。查体：体温 39℃，嗜睡，颈项强直。实验室检查：脑脊液蛋白定量 20mg/dl，细胞数 160×10⁶/L，以淋巴细胞为主。应首先考虑的是

A. 化脓性脑膜炎

B. 化脓性腮腺炎并发脑膜脑炎

C. 流行性腮腺炎并发脑膜脑炎

D. 结核性脑膜炎

E. 流行性腮腺炎并发胰腺炎

参考答案：C

B1 型题

2.

A. 肺炎

B. 脑膜脑炎

C. 心肌炎

D. 急性肾炎

E. 关节炎

①麻疹最常见的并发症是

②流行性腮腺炎最常见的并发症是

参考答案：①A②B

【考点评析】

麻疹常见喉炎、肺炎、神经系统等并发症；流行性腮腺炎常见脑膜脑炎、睾丸炎、附睾炎、卵巢炎、胰腺炎等并发症。

命题考点 20　中毒型细菌性痢疾的病因病机

【历年真题纵览】

A1 型题

1. 中毒型细菌性痢疾的内因是

A. 脾胃虚弱，伏痰停留

B. 肾气亏虚，开合失司

C. 脾胃薄弱，卫外不固

D. 时邪疫毒，经口入腹

E. 肺气亏虚，营卫失调

参考答案：C

2. 中毒性菌痢致病菌在我国较多见的是

A. 志贺氏杆菌

B. 福氏杆菌

C. 宋氏杆菌

D. 鲍氏杆菌

E. 以上均不是

参考答案：A

【考点评析】

本病系由革兰阴性痢疾杆菌引起，属志贺氏菌属。中医学认为，小儿脾胃薄弱，卫外不固，是本病发病的内因。而时邪疫毒，污染食物，经口入腹，蕴伏肠胃则为本病的外因。

命题考点 21　中毒型细菌性痢疾的临床表现

【历年真题纵览】

A1 型题

中毒型细菌性痢疾的临床表现错误的是

A. 突然出现高热

B. 未腹泻前即出现严重的感染中毒表现

C. 开始即发热、腹泻，2～3 天内再发展为中毒型

D. 全身中毒症状严重

E. 也有开始出现米泔水样便

参考答案：E

【考点评析】

起病急骤，全身中毒症状严重，一般突然出现高热，可达 41℃ 或更高，未腹泻前即出现严重的感染中

毒表现;也有开始即发热、腹泻、脓血便,2～3天内再发展为中毒型者。

命题考点22 中毒型细菌性痢疾的治疗原则及治疗措施

【历年真题纵览】

A1 型题

下列均是抢救休克型中毒性菌痢的措施,但应除外的是

A. 低分子右旋糖酐

B. 5%碳酸氢钠

C. 西地兰

D. 蒙脱石散

E. 氨苄青霉素

参考答案:D

【考点评析】

由于本病病情危急,变化迅速,以感染性休克和脑水肿为其主要表现,因此应积极进行抗感染、抗休克、脱水等治疗。

命题考点23 中毒型细菌性痢疾的中医辨证论治

【历年真题纵览】

A1 型题

中毒型细菌性痢疾毒邪内闭证的方药是

A. 黄连解毒汤加味

B. 参附龙牡救逆汤加味

C. 白头翁汤

D. 大黄牡丹汤

E. 真人养脏汤

参考答案:A

【考点评析】

毒邪内闭——清肠解毒,泄热开窍。方药:黄连解毒汤加味。

内闭外脱——回阳救逆,益气固脱。方药:参附龙牡救逆汤加味。

命题考点24 传染性单核细胞增多症的中西医病因病机

【历年真题纵览】

A1 型题

传染性单核细胞增多症的病原是

A. 腺病毒

B. 柯萨奇病毒

C. 埃可病毒

D. EB 病毒

E. 鼻病毒

参考答案:D

【考点评析】

西医认为由 EB 病毒引起。瘟疫时邪为本病病因。温热毒邪从口鼻而入,先犯肺卫,邪郁肺卫,症见发热、恶寒、头痛、咳嗽、咽痛;邪犯胃腑,胃气上逆而见恶心呕吐、食欲不振。

命题考点25 传染性单核细胞增多症的临床表现、实验室检查

【历年真题纵览】

A1 型题

下列均是传染性单核细胞增多症的诊断依据,但应除外的是

A. 不规则发热 1～3 周

B. 全身淋巴结肿大

C. 嗜异性凝集试验 1:56 以上

D. 血中异常淋巴细胞占 10%～25%以上

E. 急性期 IgG 抗体阳性

参考答案:E

【考点评析】

发热、淋巴结肿大、咽峡炎、肝脾肿大、皮疹、并发症。90%以上的病人白细胞总数增高至$(10～20)×10^9/L$,其中 50%以上为淋巴细胞,并且有 10%以上为异形淋巴细胞,异形淋巴细胞较正常淋巴细胞为大。血清嗜异凝集试验阳性,EB 病毒特异性抗体阳性。

命题考点 26 传染性单核细胞增多症的鉴别诊断

【历年真题纵览】

A1 型题

传染性单核细胞增多症与急性白血病的鉴别诊断最可靠的指标是

　A. 血象异常淋巴细胞

　B. 血清嗜异凝集反应

　C. 颈淋巴结肿大

　D. 发热、咽峡炎

　E. 骨髓穿刺

参考答案:E

【考点评析】

1. 本病以淋巴结肿大及周围血中异形淋巴细胞增多为特征。故临床上凡有不明原因的发热、咽峡炎、淋巴结及肝脾肿大时,即应考虑本病。

2. 确诊依据:①异常淋巴细胞占淋巴细胞总数10%以上;②血清嗜异凝集反应阳性;③特异性血清学检查阳性。

3. 要与急性咽峡炎或扁桃体炎、急性淋巴细胞性白血病、传染性淋巴细胞增多症进行鉴别。不成熟异常淋巴细胞较多时,需与急性白血病鉴别,作骨髓穿刺可明确诊断。传染性淋巴细胞增多症临床症状轻微,多无明显的肝、脾及淋巴结肿大。外周血以白细胞总数、淋巴细胞绝对数和成熟小淋巴细胞百分比增高为特征,无异常淋巴细胞,嗜集凝集试验阴性。急性溶血性链球菌所致咽峡炎或扁桃体炎,常有发热、咽部充血、颈淋巴结肿大,但血象示中性粒细胞增多,咽拭子细菌培养可得阳性结果,青霉素治疗有效。

命题考点 27 传染性单核细胞增多症的中医辨证论治

【历年真题纵览】

A1 型题

传染性单核细胞增多症热毒炽盛证的方剂是

　A. 银翘散加减

　B. 普济消毒饮加减

　C. 黛蛤散合清肝化痰汤加减

　D. 茵陈蒿汤加减

　E. 犀角清络饮

参考答案:B

【考点评析】

温毒犯肺——清热解毒,宣肺化痰。方药银翘散加减。

热毒炽盛——清气泄热,解毒利咽。方药普济消毒饮加减。

痰热流注——清热化痰,通络散结。方药:黛蛤散合清肝化痰汤加减。

热瘀肝胆——清热利湿,解毒化瘀,疏利肝胆。方药:茵陈蒿汤加减。

毒窜脑络——清热解毒,化痰通络。方药:犀角清络饮。

正虚邪恋——益气生津,兼清余热。方药:竹叶石膏汤。

第十三单元　寄生虫病

命题考点 1 蛔虫的感染途径

【历年真题纵览】

A1 型题

蛔虫的感染途径是

　A. 吞入具有感染性的蛔虫卵引起

　B. 飞沫

　C. 接触虫卵

　D. 血液

　E. 接触患儿

参考答案:A

【考点评析】

本病是由吞入具有感染性的蛔虫卵引起。蛔虫卵感染者或蛔虫病患者是蛔虫病的主要传染源。蛔虫卵随粪便排出后,若厕所粪便管理不善,虫卵便到处散布,污染食物或其他物品,若小儿在地上爬玩,或生吃蔬菜、泡菜及不洁瓜果,喝不洁生水,均易受感染。

命题考点2 蛔虫的防治方法

【历年真题纵览】

A1 型题

蛔虫的防治方法错误的是

　A.开展卫生教育

　B.养成良好的卫生习惯,饭前便后洗手

　C.常用药物是扑蛲灵

　D.勤剪指甲

　E.搞好环境卫生,加强粪便管理

参考答案:C

【考点评析】

　开展卫生教育,养成良好的卫生习惯,饭前便后洗手,勤剪指甲,不吃生冷及未洗净的瓜果。搞好环境卫生,加强粪便管理,杜绝传染的来源。蛔虫病常证的治疗在于及时有效地驱虫。常用驱蛔灵、甲苯哒唑等。

命题考点3 蛲虫的感染途径

【历年真题纵览】

A1 型题

蛔虫的感染途径是

　A.吞入具有感染性的蛔虫卵引起

　B.飞沫

　C.接触虫卵

　D.血液

　E.接触患儿

参考答案:A

【考点评析】

　主要是吞入带有感染性的蛲虫卵所引起。因为虫卵不需体外孵化而是经手互相传染,或自身再感染,所以在小儿集体机构及家庭中长期和反复流行。

命题考点4 蛲虫的防治方法

【历年真题纵览】

A1 型题

蛲虫病的预防措施不包括

　A.在集体儿童机构开展普查普治

　B.进行卫生宣教工作

　C.每年预防性口服灭虫药物

　D.培养良好的卫生习惯

　E.集体儿童机构勤用湿扫法打扫室内

参考答案:C

【考点评析】

　蛲虫病的预防措施包括在集体儿童机构,开展普查普治及进行卫生宣教工作;培养良好的卫生习惯;注意环境卫生,对集体儿童机构勤用湿扫法打扫室内或紫外线消毒,玩具消毒。应防止患儿用手抓肛门。每日晨起用温水洗会阴及肛周。患儿的内衣、短裤及床单应用开水烫洗。驱虫治疗有甲苯哒唑、驱蛔灵、扑蛲灵、丙硫咪唑等。

第十四单元 小儿危重症的处理

命题考点1 心搏呼吸骤停的病因

【历年真题纵览】

A1 型题

心搏骤停的病因不包括

　A.麻醉意外

　B.颅脑或胸部外伤

　C.严重缺氧

　D.心律紊乱

　E.呼吸肌麻痹

参考答案:E

【考点评析】

　麻醉意外、颅脑或胸部外伤、严重缺氧、心肌炎、心律紊乱、阿斯综合征、药物中毒、严重低血压、电解质紊乱、窒息、溺水、心胸手术、心导管检查都可导致心跳骤停。有时心搏骤停是继发于呼吸功能衰竭或呼吸停止时。常见的引起呼吸骤停的原因为呼吸道梗阻(如异物、喉痉挛、喉水肿、胃食道反流、溺水、颈绞缢等)、药物中毒、中枢神经系统抑制、张力性气胸、呼吸肌麻痹、惊厥持续状态或心脏停搏后。

命题考点2 心搏呼吸骤停临床表现及诊断

【历年真题纵览】

A1 型题

心搏呼吸骤停临床表现不包括

　　A. 突然昏迷

　　B. 心电图呈心房颤动

　　C. 大动脉搏动消失

　　D. 心音听不到

　　E. 面色灰暗或发绀

参考答案:B

【考点评析】

　　患儿多突然昏迷、瞳孔散大、对光反射消失、大动脉(颈、股动脉)搏动消失、心尖搏动摸不到、心音听不到、呼吸停止、面色灰暗或发绀。心电图呈等电位线或室颤。凡患儿突然昏迷,伴大动脉搏动或心音消失即可确诊为心跳呼吸骤停。

命题考点3 心肺复苏的步骤

【历年真题纵览】

A1 型题

一般心肺复苏的正确步骤是

　　A. 通畅气道,建立呼吸,循环支持,药物治疗

　　B. 建立呼吸,通畅气道,胸外心脏按压

　　C. 先口对口人工呼吸,再胸外心脏按压,心腔内注射药物

　　D. 先胸外按压恢复心跳,再口对口呼吸及药物治疗

　　E. 先心腔内注射药物恢复心跳,再进行口对口呼吸及胸外心脏按压

参考答案:A

【考点评析】

　　通畅气道、人工呼吸、心脏按压、建立人工循环、复苏药物应用、心电图监护、消除心室纤颤、良好的记录、低温。

命题考点4 感染性休克的常见病因

【历年真题纵览】

A1 型题

感染性休克的最常见病因是

　　A. 病毒

　　B. 细菌

　　C. 真菌

　　D. 衣原体

　　E. 支原体

参考答案:B

【考点评析】

　　病因主要为细菌感染。在小儿疾病中,中毒型痢疾、重症肺炎、流行性脑脊髓膜炎、败血症、急性坏死性肠炎等常易并发休克。

命题考点5 感染性休克的临床表现及诊断

【历年真题纵览】

A1 型题

感染性休克的临床表现不包括

　　A. 起病迅猛

　　B. 循环功能不全

　　C. 皮肤潮红

　　D. 精神萎靡、嗜睡

　　E. 双眼凝视无神

参考答案:C

【考点评析】

　　起病迅猛,甚至在原发病显现之前即有重型休克。除严重感染症状外,尚有循环功能不全和组织缺血缺氧的表现,以及重要器官的代谢功能障碍。除上述特征外,婴儿可表现双眼凝视无神,面色青灰,皮肤瘀血花纹,无反应或哭闹,体温骤升或不升,心率增快或心律不齐。年长儿可有反复寒战、发绀、皮肤冷湿而肛温高达40℃左右、眼窝陷落、精神萎靡、嗜睡等特点。

命题考点6　感染性休克的治疗原则

【历年真题纵览】

A1 型题

感染性休克的扩充有效循环血量治疗步骤错误的是

A. 快速输液扩容,每日总量不超过 1000 ml

B. 继续输液阶段继用 1/2 或 2/3 张含钠液静脉滴注

C. 快速输液扩容阶段用 2:1 张含钠液静脉滴注

D. 维持输液阶段继用 1/5 张含钾维持液

E. 患儿有尿后宜输入 0.15% 氯化钾

参考答案:A

【考点评析】

积极控制感染;扩充有效循环血量,纠正代谢紊乱;调整微血管舒缩功能,保护重要脏器;抗介质治疗等。快速输液扩容阶段每日总量不超过 250 ~ 500ml。

命题考点7　休克的中医辨证分型

【历年真题纵览】

A2 型题

患儿手足厥冷,壮热神昏,强直抽搐,面色青紫或苍白,喉中痰鸣,或皮肤有瘀斑,舌红绛,苔焦黑,脉弦滑而数,指纹紫滞。治疗选用

A. 黄连解毒汤

B. 人参白虎汤

C. 清营汤合羚角钩藤汤加减

D. 生脉散

E. 参附汤

参考答案:C

【考点评析】

热厥——黄连解毒汤、人参白虎汤、小承气汤加减;

闭厥——清营汤合羚角钩藤汤加减;

脱厥:气阴两虚——生脉散,阳脱阴竭——参附汤。

第十五单元　中医相关病

命题考点1　咳嗽的中医病因病机

【历年真题纵览】

A1 型题

小儿咳嗽的致病原因主要为

A. 感受外邪

B. 素有伏痰

C. 饮食不当

D. 先天不足

E. 感受疫毒

参考答案:A

【考点评析】

小儿咳嗽的致病原因主要为感受外邪。病位主要在肺脾。发病机理为肺脾受累。外感咳嗽是病起于肺,而内伤咳嗽可由他脏先病,累及于肺所致。

命题考点2　咳嗽的辨证分型证治

【历年真题纵览】

A1 型题

小儿风寒咳嗽主方是

A. 桑菊饮加减

B. 清金化痰汤加减

C. 沙参麦冬汤加减

D. 杏苏散加减

E. 二陈汤加减

参考答案:D

【考点评析】

风寒咳嗽——疏风散寒,宣肺止咳。方药:杏苏散加减。

风热咳嗽——疏风清肺。方药:桑菊饮加减。

痰热咳嗽——清肺化痰。方药:清金化痰汤加减。

痰湿咳嗽——燥湿化痰,二陈汤加减。

气虚咳嗽——健脾益气,人参五味子汤加减。

阴虚咳嗽——滋阴润肺,沙参麦冬汤加减。

命题考点3　腹痛的主要病因病机

【历年真题纵览】
A1 型题

腹痛的主要病因病机不包括
A. 感受寒邪
B. 气阴亏虚
C. 乳食积滞
D. 脏腑虚冷
E. 气滞血瘀
参考答案：B

【考点评析】
感受寒邪、乳食积滞、脏腑虚冷、气滞血瘀，病机有寒热之分。

命题考点4　腹痛的辨证分型证治

【历年真题纵览】
A1 型题

小儿腹痛常见证型不包括
A. 腹部中寒
B. 乳食积滞
C. 胃肠结热
D. 脾胃虚寒
E. 气虚血瘀
参考答案：E

【考点评析】
腹部中寒、乳食积滞、胃肠结热、脾胃虚寒、气滞血瘀证。

命题考点5　积滞的病因病机

【历年真题纵览】
A1 型题

积滞的病机是
A. 脾胃虚寒
D. 湿热中阻
C. 胃失和降
D. 食滞不化
E. 胃阴亏虚

参考答案：D

【考点评析】
病因主要由于乳食内积，脾胃虚弱。病机为乳食停滞不化，气滞不行。

命题考点6　积滞的临床表现

【历年真题纵览】
A1 型题

积滞的临床表现不正确的是
A. 不思乳食
B. 都有腹泻
C. 腹胀嗳腐
D. 多见于婴幼儿
E. 常在感冒、泄泻、疳证中合并出现
参考答案：B

【考点评析】
以不思乳食，腹胀嗳腐，大便不调为特征。多见于婴幼儿。常在感冒、泄泻、疳证中合并出现。

命题考点7　积滞的诊断和鉴别诊断

【历年真题纵览】
A2 型题

患儿，3 岁。不思进食，泛恶，夜间哭闹少寐，腹胀，舌苔厚腻垢浊。其诊断是
A. 厌食
B. 积滞
C. 疳证
D. 口疮
E. 夜啼
参考答案：B

【考点评析】
诊断：(1)乳食不思或少思，脘腹胀痛，呕吐酸水，大便溏泄，状如败卵或便秘。(2)烦躁不安，夜间哭闹或有发热等症。(3)有伤乳、伤食史。(4)大便检查，有不消化食物残渣或脂肪球。鉴别诊断：应与厌食、疳证相鉴别。

命题考点8　积滞的分型证治

【历年真题纵览】

A1 型题

脾虚挟积型积滞的首选方剂是

　　A.益脾散

　　B.健脾丸

　　C.保和丸

　　D.木香大安丸

　　E.七味白术散

参考答案:B

【考点评析】

乳食内积——消食化积,消乳丸、保和丸加减。

脾虚挟积——健脾消积,健脾丸加减。

命题考点9　厌食的病因及主要病机

【历年真题纵览】

A1 型题

小儿厌食的主要病理是

　　A.脾胃运化失健

　　B.脾虚夹积

　　C.乳食积滞

　　D.中阳不足

　　E.以上都不是

参考答案:A

【考点评析】

主要病因为喂养不当,多病久病及先天不足,其病机为脾胃运化失健。

命题考点10　厌食的辨证论治及其他疗法

【历年真题纵览】

A1 型题

1.治疗小儿厌食脾胃阴虚证的用方是

　　A.健脾丸

　　B.异功散

　　C.养胃增液汤

　　D.木香大安丸

　　E.香砂六君子汤

参考答案:C

2.治疗小儿厌食脾胃气虚证的用方是

　　A.健脾丸

　　B.异功散

　　C.养胃增液汤

　　D.参苓白术散

　　E.香砂六君子汤

参考答案:D

【考点评析】

脾胃不和——运脾和胃,调脾散加减。

脾胃气虚——健脾益气,参苓白术散加减。

脾胃阴虚——滋脾养胃,养胃增液汤加减。

命题考点11　急惊风的中西医病因

【历年真题纵览】

A1 型题

1.小儿急惊风的主要病机是

　　A.外感风邪

　　B.肝阳上亢

　　C.痰热生风

　　D.土虚木亢

　　E.阴虚风动

参考答案:B

【考点评析】

热性惊厥主要是感染所致。无热惊厥可有颅内疾病、颅外疾病病因。急惊风的外因为感受风邪温邪及湿热疫病之气,内因与小儿体质特点有关。小儿肤薄神怯,气血未充,为纯阳之体,心常有余,肝常有余,故小儿易为邪侵,而外感六淫,皆能致痉。

命题考点12　急惊风的临床表现

【历年真题纵览】

A1 型题

小儿惊风的特征性证候为

　　A.抽搐神清

　　B.高热抽搐伴神昏

　　C.四肢抽搐,口吐涎沫

　　D.四肢抽搐或作猪羊叫

　　E.突然仆倒,昏不知人

参考答案:B

【考点评析】

高热,突然起病,意识丧失,双手握拳,头向后仰,眼球固定,双目发直,眼露白睛,口吐白沫,牙关紧闭,抽动不已。严重者可有颈项强直,角弓反张,呼吸不整,双唇青紫,二便失禁。持续数秒至数分钟或更长,继而转入嗜睡或昏迷状态。新生儿发作的特点为面部或一侧肢体的局部阵挛,或无定型异常动作,如呼吸暂停、两眼凝视、眨眼或眼斜视等。

命题考点 13　急惊风的鉴别诊断

【历年真题纵览】

A1 型题

癫痫与急惊风的鉴别点错误的是

A. 癫痫抽搐时口吐白沫或作畜鸣声

B. 癫痫一般不发热

C. 癫痫有家族史

D. 癫痫脑电图检查可见癫痫波型

E. 癫痫都有意识丧失

参考答案:E

【考点评析】

应与癫痫鉴别。癫痫发作时抽搐反复发作,抽搐时口吐白沫或作畜鸣声,抽搐停止后神情如常。一般不发热,年长儿较为多见,有家族史,脑电图检查可见癫痫波型。

命题考点 14　急惊风中医四证八候

【历年真题纵览】

A1 型题

　A1 型题

下列各项中,不属于惊风八候的是

A. 搐

B. 摇

C. 搦

D. 引

E. 反

参考答案:B

【考点评析】

热、痰、风、惊四证及搐、搦、颤、掣、反、引、窜、视

八候。

命题考点 15　急惊风的辨证论治

【历年真题纵览】

A2 型题

1.患儿,男,3 岁。夏季发病,发热 1 天,无汗,口渴烦躁,2 分钟前突然抽搐。查体:体温 40.2℃,舌红,苔黄,脉洪数。辨证为

A. 风热致惊

B. 暑邪致惊

C. 温邪内陷

D. 湿热疫毒

E. 痰湿惊风

参考答案:B

B1 型题

2.

A. 银翘散

B. 羚角钩藤汤

C. 琥珀抱龙丸

D. 玉枢丹合保和丸

E. 黄连解毒汤合白头翁汤

①急惊风风热证用方为

②急惊风温邪内陷证用方为

③急惊风湿热疫毒证用方为

④急惊风暴受惊恐证用方为

⑤急惊风痰湿惊风证用方为

参考答案:①A　②B　③E　④C　⑤D

【考点评析】

感受风邪——疏风清热,熄风定惊。银翘散加减。

温邪内闭——平肝熄风,清心开窍。羚角钩藤汤合紫雪丹加减。

气营两燔——清气凉营,熄风开窍。清瘟败毒饮加减。

湿热疫毒——解毒清肠,熄风开窍。黄连解毒汤加减。

暴受惊恐——镇惊安神。琥珀抱龙丸加减。

命题考点16 急惊风的急救处理

【历年真题纵览】

A1 型题

急惊风的急救处理措施错误的是

A. 退热

B. 抗感染

C. 地西泮

D. 高张葡萄糖

E. 多巴胺

参考答案：E

【考点评析】尽快控制发作，同时积极寻找原发感染，确定发热原因，退热和抗感染同时进行。抗惊厥可用地西泮、水合氯醛、苯巴比妥钠等。预防脑损伤给吸氧、高张葡萄糖或20%甘露醇。

针 灸 学

第一单元　经络系统的组成

命题考点1　十二经脉

【历年真题纵览】

A1 型题

1. 分布于上肢外侧中间的经脉是
   A. 小肠经
   B. 膀胱经
   C. 胃经
   D. 三焦经
   E. 大肠经
   参考答案：D

2. 肺经与下列何经相表里
   A. 脾经
   B. 大肠经
   C. 小肠
   D. 三焦
   E. 肾
   参考答案：B

3. 按十二经脉的流注次序,肺经向下流注的经脉是
   A. 膀胱经
   B. 大肠经
   C. 三焦经
   D. 心经
   E. 小肠经
   参考答案：B

4. 按十二经脉的流注次序,小肠经流注于
   A. 膀胱经
   B. 胆经
   C. 三焦经
   D. 心经
   E. 胃经
   参考答案：A

5. 手三阴经的循行走向是
   A. 从胸走手
   B. 从腹走手
   C. 从手走头
   D. 从头走足
   E. 从足走腹
   参考答案：A

6. 足厥阴肝经与足太阴脾经循行交叉变换前中位置,是在
   A. 外踝上8寸处
   B. 内踝上2寸处
   C. 内踝上3寸处
   D. 内踝上5寸处
   E. 内踝上8寸处
   参考答案：E

7. 手少阳三焦经与足少阳胆经的交接部位是
   A. 目内眦
   B. 目外眦
   C. 鼻旁
   D. 足大趾内端
   E. 足大趾外端
   参考答案：B

8. 十二经脉的交接中,阴经与阳经交接的部位是
   A. 腹部
   B. 胸部
   C. 头部
   D. 手足末端
   E. 下肢部
   参考答案：D

B1 型题

9.
   A. 手太阴肺经
   B. 足阳明胃经
   C. 手少阴心经
   D. 手厥阴心包经
   E. 足厥阴肝经
   ①十二经脉气血循环的起始经脉是

②十二经脉气血循环中大肠经传注的经

③十二经脉气血循环中第九条经脉是

参考答案:①A ②B ③D

10.

　　A.足少阴肾经

　　B.足厥阴肝经

　　C.足阳明胃经

　　D.足太阴脾经

　　E.足少阳胆经

①行于下肢外侧中线的经脉是

②行于下肢内侧后缘的经脉是

参考答案:①E ②A

【考点评析】

1.十二经脉在四肢的分布规律是:手足三阳经:阳明在前,少阳在中,太阳在后。手足三阴经:上肢内侧是手三阴经,其排列为:太阴在前,厥阴在中,少阴在后。下肢内侧是足三阴经,其排列为:内踝上8寸以下,厥阴在前,太阴在中,少阴在后;内踝上8寸以上,太阴在前,厥阴在中,少阴在后。

2.十二经脉的属络表里关系:互为表里的阴经与阳经有属络关系,即阴经属脏络腑,阳经属腑络脏,阴阳配对,在脏腑阴阳经脉之间形成了六组表里属络关系。

3.十二经脉的循行交接规律是:①相表里的阴经与阳经在手足末端交接。②同名的阳经与阳经在头面部交接;③相互衔接的阴经与阴经在胸部交接。

命题考点2　奇经八脉

【历年真题纵览】

A1 型题

1.在奇经八脉中,其循行多次与手、足三阳经及阳维脉交会的是

　　A.冲脉

　　B.任脉

　　C.督脉

　　D.阴维脉

　　E.阳跷脉

参考答案:C

2.任脉的生理作用主要是

　　A.通调冲、任

　　B.调节任、督

　　C.总调奇经八脉

　　D.调节阴经经气

　　E.总调冲、任、督、带

参考答案 D

3.督脉的生理作用主要是

　　A.调节阳经经气

　　B.调节督脉、任脉

　　C.调节冲、任、督、带

　　D.总调奇经八脉

　　E.总调冲、任、督

参考答案 A

4.被称为"十二经之海"的经脉是

　　A.跷脉

　　B.维脉

　　C.冲脉

　　D.任脉

　　E.督脉

参考答案:C

5.经络学说中的"血海",指的是

　　A.足阳明胃经

　　B.督脉

　　C.冲脉

　　D.任脉

　　E.足太阴脾经

参考答案:C

6.在奇经八脉中,治疗多眠,常选用

　　A.阴维脉

　　B.阳维脉

　　C.冲脉

　　D.阴跷脉

　　E.阳跷脉

参考答案:D

B1 型题

7.

　　A.任脉

　　B.督脉

　　C.带脉

　　D.冲脉

　　E.阳维脉

①被称为"阴脉之海"的是

②调节六阳经经气的经脉是

参考答案:①A ②E

8.

　　A.阴跷脉、阳跷脉

　　B.阴维脉、阳维脉

　　C.督脉、任脉

D. 冲脉、任脉

E. 阴跷脉、阴维脉

①患者流产而失血过多,导致月经不调,久不孕,其病在

②患者久病眼睑开合失司,下肢运动不利,其病在

参考答案:①D ②A

【考点评析】

奇经八脉的功能主要体现在两个方面:

一是沟通了十二经脉之间的联系,将部位相近、功能相似的经脉联系起来,起到统摄有关经脉气血、协调阴阳的作用。如督脉与六阳经有联系,称为"阳脉之海",具有调节全身阳经经气的作用;任脉与六阴经有联系,称为"阴脉之海",具有调节全身阴经经气的作用;冲脉与任脉、督脉、足阳明、足少阴等经有联系,称为"十二经脉之海"、"血海";带脉约束联系了纵行躯干的诸条足经;阴阳跷脉分别联系阴经与阳经,主管一身之表里,分别调节六阴经经气、六阳经经气;阴阳跷脉主持阳动阴静,共司下肢运动、痿痹,皆具统率的作用。

二是对十二经气血有蓄积和渗灌的调节作用。当十二经脉及脏腑气血旺盛时,奇经八脉能蓄积气血;当人体功能活动需要时,奇经八脉又能渗灌供应气血于组织当中。

命题考点3 十五络脉

【历年真题纵览】

A1 型题

下列除哪项外,均为十五脉络的分布特点

A. 十二经的别络走向相表里的经脉

B. 十二经的别络从本经四肢肘膝关节以下的络穴分出

C. 向心性循环

D. 任脉别络从鸠尾分出后散布于腹部

E. 督脉别络从长强分出后散布于头

参考答案:C

【考点评析】

十五络脉的分布特点是:①十二经脉的别络均从本经四肢肘膝关节以下的络穴分出,走向其相表里的经脉,即阴经别络走向阳经,阳经别络走向阴经。②任脉、督脉以及脾之大络主要分布在头身部:任脉的别络从鸠尾分出后散布于腹部;督脉的别络

从长强分出,经背部向上散布于头部,左右别走足太阳经;脾之大络从大包分出后散布于胸胁部。

命题考点4 十二经筋

【历年真题纵览】

A1 型题

十二经筋是指

A. 经络系统中能够联结筋肉、骨骼的部分

B. 联属于十二正经,行于体表不入内脏的一部分经脉

C. 十二经脉之气结聚散络于筋肉关节的体系

D. 能够保持人体正常运动功能部分的经脉

E. 经脉中与肌肉系统关系较密切的部分

参考答案:C

【考点评析】

十二经筋的分布特点:均起始于四肢末端,结聚于关节、骨骼部,走向躯干头面。行于体表,不入内脏。其中,足三阳经筋起于足趾,循股外上行结于颅(面);足三阴经筋起于足趾,循股内上行结于阴器(腹);手三阳经筋起于手指,循臑外上行结于角(头);手三阴经筋起于手指,循臑内上行结于贲(胸)。

第二单元 经络的作用和经络学说的临床应用

命题考点1 经络的作用

【历年真题纵览】

A1 型题

经络的作用不正确的是

A. 联系脏腑

B. 运行气血

C. 抗御病邪

D. 营养全身

E. 感知痛觉

参考答案:E

【考点评析】

经络的作用:联系脏腑,沟通内外;运行气血,营养全身;抗御病邪,保卫机体。

主要部分。这类腧穴具有主治本经病证的共同作用。

2.奇穴:指具有一定的名称,又有明确的位置,但尚未归入或不便归入十四经系统的腧穴,又称"经外奇穴"。这类腧穴的主治范围比较单纯,多数对某些病证有特殊疗效。

3.阿是穴:指既无固定名称,也无固定位置,而是以压痛点或其他反应点作为针灸施术部位的一类腧穴,又称"不定穴"、"天应穴"、"压痛点"等,阿是穴无一定数目。

【历年真题纵览】

A1 型题

经络学说的临床应用正确的是

A.指导辨证归经、针灸治疗

B.指导辨证论治

C.指导临床用药

D.指导用药剂量

E.指导辨别病变部位

参考答案:A

【考点评析】

经络学说的临床应用:指导辨证归经、指导针灸治疗。

第三单元　腧穴的分类

【历年真题纵览】

A1 型题

1.腧穴可分为哪三大类

A.经穴,奇穴,阿是穴

B.经穴,奇穴,特定穴

C.十二经穴,经外奇穴,阿是穴

D.经穴,络穴,奇穴

E.经穴,络穴,阿是穴

参考答案:A

2.属于经外奇穴的是

A.四缝

B.四白

C.环跳

D.期门

E.神庭

参考答案:A

【考点评析】

腧穴总体上可归纳为十四经穴、奇穴、阿是穴 3 类。

1.十四经穴:指具有固定的名称和位置,归属于十二经脉和任、督脉的腧穴,简称"经穴",是腧穴的

第四单元　腧穴的主治 特点和规律

【历年真题纵览】

A1 型题

1.针刺睛明、承泣、四白治疗眼疾属于腧穴的

A.远治作用

B.近治作用

C.特殊作用

D.抗御病邪作用

E.运行气血作用

参考答案:B

2.针刺合谷穴治疗颈部和头部疾病属于腧穴的

A.远治作用

B.近治作用

C.特殊作用

D.抗御病邪作用

E.运行气血作用

参考答案:C

3.针刺天枢穴既能治疗腹泻又能治疗便秘是腧穴的

A.远治作用

B.近治作用

C.特殊作用

D.抗御病邪作用

E.运行气血作用

参考答案:C

【考点评析】

1.近治作用:指腧穴均具有治疗其所在部位局部及邻近组织、器官病证的作用。这是一切腧穴主

治作用所具有的共同特点,如位于眼部的睛明、承泣,可以治疗目疾。

2．远治作用：指腧穴具有治疗其远隔部位的脏腑、组织器官病证的作用。十四经穴,尤其是十二经脉中位于肘膝关节以下的经穴,远治作用尤其突出,如三阴交不仅能够治疗下肢的局部病证,还能治疗妇科病证。

3．特殊作用：指某些腧穴具有双向的良性调整作用和相对的特异治疗作用。所谓双向的良性调整作用,指同一腧穴对机体不同的病理状态,可以起到两种相反而有效的治疗作用。如腹泻时针刺天枢能止泄,便秘时针刺天枢又能通便。所谓相对的特异治疗作用,指某些腧穴的治疗作用具有相对特异性。如大椎可以退热,百会具有升阳举陷的作用等。

命题考点 2　腧穴的主治规律

【历年真题纵览】

A1 型题

1．足三阳经腧穴主治相同的病证是

　A. 胃肠病

　B. 咽喉病

　C. 头面病

　D. 神志病

　E. 耳病

　参考答案：D

【考点评析】

手三阴经主治胸部病;手三阳经主治咽喉病、热病;足三阳经主治眼病、神志病、热病;足三阴经主治前阴病、妇科病。

第五单元　腧穴的定位方法

命题考点 1　骨度分寸定位法

【历年真题纵览】

A1 型题

1．骨度分寸法最早见于

　A.《黄帝内经》

　B. 马王堆出土的汉墓《帛书》

　C.《针灸甲乙经》

　D.《千金要方》

　E.《难经》

参考答案 A

2．前两额发角之间的骨度分寸是

　A. 9 寸

　B. 8 寸

　C. 12 寸

　D. 13 寸

　E. 16 寸

参考答案：A

3．下列骨度分寸错误的是

　A. 每一肋骨间折作 1.4 寸

　B. 第 11 肋端至股骨大转子为 9 寸

　C. 左右缺盆穴之间的宽度是 8 寸

　D. 歧骨至横骨上廉为 13 寸

　E. 腋以下至季胁作 12 寸

参考答案 A

4．膝中至外踝尖的骨度分寸是

　A. 19 寸

　B. 16 寸

　C. 13 寸

　D. 18 寸

　E. 12 寸

参考答案 B

5．根据骨度分寸法,脐中至耻骨联合上缘是

　A. 5 寸

　B. 7 寸

　C. 8 寸

　D. 9 寸

　E. 12 寸

参考答案：A

6．曲池定位时屈肘,成直角,当肘横纹外端与肱骨外上髁连线中点,这是何种定位方法

　A. 骨度分寸定位法

　B. 体表解剖标志定位法

　C. 手指同身寸取穴法

　D. 简便取穴法

　E. 随意取穴法

参考答案：B

7．手指同身寸取穴法常用的手法有

　A. 食指同身寸

　B. 无名指同身寸

　C. 中指同身寸

　D. 板指同身寸

　E. 手掌同身寸

参考答案：C

【考点评析】

1.骨度分寸定位法是以体表骨节为主要标志折量全身各部的长度和宽度,定出分寸用于腧穴定位的方法。

2.体表解剖标志定位法:固定的标志,指各部位由骨节和肌肉所形成的突起、凹陷、五官轮廓、发际、指(趾)甲、乳头、肚脐等;活动的标志,指各部的关节、肌肉、肌腱、皮肤随着活动而出现的空隙、凹陷、皱纹、尖端等。即需要采取相应的姿势才会出现的标志。

3.手指同身寸取穴法是指依据患者本人手指所规定的分寸来量取确定的定位方法。常用有:中指同身寸、拇指同身寸、横指同身寸。

第六单元　手太阴肺经、穴

命题考点1　手太阴肺经、穴

【历年真题纵览】

A1 型题

1.“起于中焦,下络大肠”的经脉是

　　A.足阳明胃经

　　B.手阳明大肠经

　　C.足太阴脾经

　　D.手太阴肺经

　　E.手少阴心经

　　参考答案:D

2.手太阴经主治

　　A.肺、喉病

　　B.心、胃病

　　C.后头、肩胛病、神志病

　　D.侧头、耳病、胁肋病

　　E.肝病

　　参考答案:A

3.桡骨茎突与舟状骨之间、拇长伸肌腱尺侧凹陷中是

　　A.太渊

　　B.列缺

　　C.神门

　　D.通里

　　E.大陵

参考答案：A

【考点评析】

手太阴经循行:《灵枢·经脉》:肺手太阴之脉,起于中焦,下络大肠,还循胃口,上膈属肺。从肺系,横出腋下,下循臑内,行少阴、心主之前,下肘中,循臂内上骨下廉,入寸口,上鱼,循鱼际,出大指之端。其支者,从腕后,直出次指内廉,出其端。

手太阴肺经、穴主治喉、胸、肺病,以及经脉循行部位的其他病证。

手太阴经常用腧穴的定位和主治要点

1.尺泽在肘横纹中,肱二头肌腱桡侧凹陷处,主治咳嗽、气喘、咯血、咽喉肿痛等肺系实热性病证;肘臂挛痛;急性吐泻、中暑、小儿惊风等急症。

2.太渊在腕掌横纹桡侧,桡动脉搏动处,主治咳嗽、气喘等肺系疾患;无脉症;腕臂痛。

3.列缺在桡骨茎突上方,腕横纹上 1.5 寸,主治咳嗽、气喘、咽喉肿痛等肺系病证;头痛、牙痛、项部强痛、口眼歪斜等头项部疾患。

4.少商在拇指桡侧指甲角旁约 0.1 寸,主治咽喉肿痛、鼻衄、热病、昏迷等肺系实热证;癫狂。

第七单元　手阳明大肠经、穴

命题考点　手阳明大肠经、穴

【历年真题纵览】

A1 型题

1.手阳明大肠经的缺盆部支脉循行是

　　A.“入脑,上颠,循额”

　　B.“交人中,左之右,右之左,上挟鼻孔”

　　C.“其直者,从缺盆下乳内廉,下挟脐,入气街中”

　　D.“其直者,从肺出络心,注胸中”

　　E.“其直者,下腋,循胸,过季胁”

　　参考答案:B

2.手阳明经主治

　　A.心、胃病

　　B.前头、口齿、咽喉、胃肠病

　　C.侧头、耳病、胁肋病

　　D.肾病、肺病、咽喉病

　　E.前头、鼻、口、齿病

　　参考答案:E

3.合谷穴
  A.以治疗大肠的疾病见长
  B.在第2掌骨尺侧的中点处
  C.是输穴
  D.是八脉交会穴
  E.以治疗头面五官的疾病见长
参考答案:E
4.商阳穴位于
  A.无名指末节尺侧,距指甲角0.1寸
  B.小指末节尺侧,距指甲角0.1寸
  C.拇指末节桡侧,距指甲角0.1寸
  D.中指末节尺侧,距指甲角0.1寸
  E.食指末节桡侧,距指甲角0.1寸
参考答案:E
5.曲池位于
  A.肘横纹内侧端,屈肘,曲泽与肱骨内上髁连线的中点
  B.肘横纹外侧端,屈肘,尺泽与肱骨内上髁连线的中点
  C.肘横纹内侧端,屈肘,曲池与肱骨内上髁连线的中点
  D.肘横纹内侧端,屈肘,曲泽与肱骨外上髁连线的中点
  E.肘横纹外侧端,屈肘,尺泽与肱骨外上髁连线的中点
参考答案:E

【考点评析】
手阳明大肠经循行:《灵枢·经脉》:大肠手阳明之脉,起于大指次指之端,出合谷两骨之间,上入两筋之中,循臂上廉,入肘外廉,上臑外前廉,上肩,出髃骨之前廉,上出于柱骨之会上,下入缺盆,络肺,下膈属大肠。其支者,从缺盆上颈,贯颊,入下齿中;还出夹口,交人中,左之右、右之左,上夹鼻孔。

手阳明大肠经、穴主治前头面,五官,咽喉病,热病及经脉循行部位的其他病。

常用腧穴的定位和主治:
1.合谷,在手背,第1、2掌骨间,当第2掌骨桡侧的中点处。头痛、目赤肿痛、牙痛、鼻衄、口眼歪斜、耳聋等头面五官诸疾;发热恶寒等外感病证,热病无汗或多汗;经闭、滞产等妇产科病证。

2.商阳穴,食指末节桡侧,指甲根角旁0.1寸。治疗齿痛、咽喉肿痛等五官疾患;热病昏迷等热证、急症。

3.曲池,屈肘成直角,在肘横纹外侧端与肱骨外上髁连线中点。治疗手臂痹痛、上肢不遂等上肢病

证;热病;高血压;癫狂;腹痛、吐泻等胃肠病证;咽喉肿痛、齿痛、目赤肿痛等五官热性病证;瘾疹、湿疹、瘰疬等皮外科疾患。

4.迎香,在鼻翼外缘中点旁开约0.5寸,当鼻唇沟中。治疗鼻塞、鼻衄、口眼歪斜等局部病证;胆道蛔虫症。

第八单元　足阳明胃经、穴

命题考点　足阳明胃经、穴

【历年真题纵览】
A1型题
1.足阳明胃经的络穴是
  A.历兑
  B.至阴
  C.隐白
  D.内庭
  E.侠溪
参考答案:A
2.足阳明胃经主治
  A.肺、喉病
  B.胃肠病,头面、目、鼻、口、齿痛
  C.后头、肩胛病、神志病
  D.肾病、肺病
  E.中风、昏迷、热病、头面病
参考答案:B
3.下列各穴中,常用于保健并具有强壮作用的是
  A.关元俞
  B.肾俞
  C.脾俞
  D.足三里
  E.气海俞
参考答案:D
4.归来位于
  A.脐中下1寸,距前正中线4寸
  B.脐中下2寸,距前正中线2寸
  C.脐中下3寸,距前正中线4寸
  D.脐中下4寸,距前正中线2寸
  E.脐中下5寸,距前正中线4寸
参考答案:D
5.在股前区,髌底上2寸,股外侧肌与股直肌肌

腱之间的穴位是

    A.阴市

    B.梁丘

    C.中渎

    D.伏兔

    E.风市

    参考答案:B

【考点评析】

经脉循行:《灵枢·经脉》:胃足阳明之脉,起于鼻,交頞中,旁约太阳之脉,下循鼻外,入上齿中,还出夹口,环唇,下交承浆,却循颐后下廉,出大迎,循颊车,上耳前,过客主人,循发际,至额颅。其支者,从大迎前,下人迎,循喉咙,入缺盆,下膈,属胃,络脾。其直者,从缺盆下乳内廉,下夹脐,入气街中。其支者,起于胃口,下循腹里,下至气街中而合,以下髀关,抵伏兔,下膝髌中,下循胫外廉,下足跗,入中指内间。其支者,下廉三寸而别,下入中指外间。其支者,别跗上,入大指间,出其端。

主治胃肠病,头面、目、鼻、口、齿痛,神志病及经脉循行部位的其他病证。

常用腧穴的定位和主治要点:

1.地仓在面部口角外侧,上直对瞳孔,治疗口眼喎斜、口角跳动、齿痛、流泪、唇缓不收。

2.颊车在面颊部,下颌角前上方约一横指(中指),当咀嚼时咬肌隆起,按之凹陷处,治疗口眼喎斜、颊肿、齿痛、牙关紧闭、面肌痉挛。

3.下关在面部耳前方,当颧弓与下颌切迹所形成的凹陷中,治疗牙关紧闭、下颌疼痛、口喎、面痛、齿痛、耳鸣、耳聋。

4.归来位于脐下4寸,前正中线旁开2寸,治疗腹痛、疝气、月经不调、白带、阴挺。

5.天枢在腹中部,距脐中2寸。治腹痛、腹胀、肠鸣泄泻、痢疾、便秘、肠痈、热病、疝气、水肿、月经不调。

6.足三里在小腿前外侧,当犊鼻下3寸,距胫骨前缘一横指(中指)。胃痛、呕吐、腹胀、肠鸣、消化不良、下肢痿痹、泄泻、便秘、痢疾、疳积、癫狂、中风、脚气、水肿、下肢不遂、心悸、气短、虚劳羸瘦。此穴主治甚广,为全身强壮要穴之一,能调节改善机体免疫功能,有防病保健作用。

7.丰隆在小腿前外侧,当外踝尖上8寸。条口外,距胫骨前缘二横指(中指)。主治痰多、哮喘、咳嗽、胸痛、头痛、咽喉肿痛、便秘、癫狂、痫证、下肢痿痹、呕吐。

8.内庭在足背,当第2、第3趾间,趾蹼缘后方赤

白肉际处。主治齿痛、口喎、喉痹、鼻衄、腹胀、痢疾、泄泻、足背肿痛、热病、胃痛吐酸。

第九单元　足太阴脾经、穴

命题考点1　足太阴脾经、穴

【历年真题纵览】

A1 型题

1.下列各穴中,属足太阴脾经的是

    A.大横

    B.章门

    C.期门

    D.梁门

    E.带脉

    参考答案:A

2.足太阴脾经主治

    A.肺、喉病

    B.侧头、胁肋病

    C.后头、肩胛病、神志病

    D.脾胃病、妇科病、前阴病

    E.回阳固脱,有强壮作用

    参考答案:D

3.血海穴位于

    A.髌骨上缘中点上2寸

    B.髌骨内上缘上2寸

    C.髌骨外上缘上2寸

    D.髌骨内下缘上2寸

    E.髌骨外下缘上2寸

    参考答案:B

4.隐白的主治不包括

    A.胃痛

    B.便血、尿血

    C.腹胀

    D.月经过多

    E.牙痛

    参考答案:E

【考点评析】

经脉循行:《灵枢·经脉》:脾足太阴之脉,起于大指之端,循指内侧白肉际,过核骨后,上内踝前廉,上踹内,循胫骨后,交出厥阴之前,上膝股内前廉,入腹,属脾,络胃,上膈,夹咽,连舌本,散舌下。其支

者,复从胃,别上膈,注心中。

主治概要:本经腧穴主治脾胃病、妇科病、前阴病和经脉循行部位的其他病证。

常用腧穴的定位及主治要点:

1. 隐白在足大趾末节内侧,距趾甲角 0.1 寸(指寸),治疗胃痛、腹胀、肠鸣、泄泻、便秘、痔漏。

2. 公孙在足内侧缘,当第 1 跖骨基底的前下方,治疗胃痛、呕吐、食不化、腹痛、泄泻、痢疾。

3. 三阴交在小腿内侧,当足内踝尖上 3 寸,胫骨内侧缘后方,治疗失眠、腹胀纳呆、遗尿、小便不利、妇科病。

4. 阴陵泉在小腿内侧,当胫骨内侧髁后下方凹陷处,治疗膝关节酸痛、小便不利、阴茎痛、妇人阴痛、遗精、膝痛、黄疸。

5. 血海穴位于髌骨内上缘上 2 寸,治疗月经不调,崩漏,经闭,瘾,湿疹,丹毒。

第十单元　手少阴心经、穴

命题考点 1　手少阴心经、穴

【历年真题纵览】

A1 型题

1. "心系"向上的脉
　　A. 上行到鼻根部,与旁侧足太阳经交会
　　B. 挟着咽喉上行,连系于"目系"
　　C. 上行于肺部,再向下出于腋窝部
　　D. 沿着食管,通过横膈,到达胃部
　　E. 流注于胸中,与手厥阴心包经相接

参考答案:B

2. 手少阴心经主治
　　A. 心、胃病
　　B. 前头、口齿、咽喉、胃肠病
　　C. 心、胸、神志病
　　D. 肾病、肺病、咽喉病
　　E. 前头、鼻、口、齿病

参考答案:C

3. 腕横纹尺侧端,尺侧腕屈肌腱桡侧凹陷中的腧穴是
　　A. 神门
　　B. 大陵
　　C. 列缺
　　D. 太渊

　　E. 内关

参考答案:A

4. 通里位于
　　A. 前臂掌侧,当桡侧腕屈肌腱的桡侧缘腕横纹上 1 寸
　　B. 前臂掌侧,当桡侧腕屈肌腱的尺侧缘腕横纹上 1 寸
　　C. 前臂掌侧,当尺侧腕屈肌腱的尺侧缘腕横纹上 2 寸
　　D. 前臂掌侧,当尺侧腕屈肌腱的桡侧缘腕横纹上 1 寸
　　E. 前臂掌侧,当掌长肌腱的桡侧缘腕横纹上 1 寸

参考答案:D

5. 少海位于
　　A. 屈肘,肘横纹上,肱二头肌腱尺侧的凹陷中
　　B. 屈肘,肘横纹外侧端与肱骨外上髁连线的中点
　　C. 屈肘,肘横纹上,肱二头肌腱桡侧的凹陷中
　　D. 屈肘,肘横纹内侧端与肱骨内上髁连线的中点
　　E. 屈肘,肘横纹内侧端与尺骨鹰嘴连线的中点

参考答案:D

【考点评析】

经脉循行:《灵枢·经脉》:心手少阴之脉,起于心中,出属心系,下膈,络小肠。其支者,从心系上夹咽,系目系。其直者,复从心系,却上肺,下出腋下,下循臑内后廉,行太阴、心主之后,下肘内,循臂内廉,抵掌后锐骨之端,入掌内后廉,循小指之内,出其端。

主治概要:主治心、胸、神志病和经脉循行部位的其他病证。

常用腧穴的定位和主治要点:

1. 通里在前臂掌侧,当尺侧腕屈肌腱的桡侧缘,腕横纹上 1 寸,治疗头晕、咽痛、暴喑、舌强不语、腕臂痛。

2. 神门在腕部,腕掌侧横纹尺侧端,尺侧腕屈肌腱的桡侧凹陷处,治疗惊悸、怔忡、失眠、健忘。

3. 少海位于屈肘,当肘横纹内端与肱骨内上髁连线之中点。

第十一单元　手太阳小肠经、穴

┌─────────────────────────────┐
│ **命题考点 1** 手太阳小肠经、穴 │
└─────────────────────────────┘

【历年真题纵览】

A1 型题

1. 手太阳小肠经起于
   A. 商阳
   B. 太泽
   C. 少冲
   D. 少泽
   E. 太冲
   参考答案:D

2. 漏肩风肩后部疼痛明显,属于哪经病证
   A. 手太阳小肠经
   B. 手少阳三焦经
   C. 手阳明大肠经
   D. 手太阳肺经
   E. 手少阴心经
   参考答案:A

3. 下列哪项不是后溪穴的主治病证
   A. 腰背痛
   B. 耳聋
   C. 癫狂病
   D. 瘰疬
   E. 疟疾
   参考答案:D

4. 后溪是
   A. 原穴
   B. 络穴
   C. 八脉交会穴,通于任脉
   D. 输穴
   E. 八会穴

【考点评析】

经脉循行:《灵枢·经脉》:小肠手太阳之脉,起于小指之端,循手外侧上腕,出踝中,直上循臂骨下廉,出肘内侧两骨之间,上循臑外后廉,出肩解,绕肩甲,交肩上,入缺盆,络心,循咽下膈,抵胃,属小肠。其支者,从缺盆循颈,上颊,至目锐眦,却入耳中。其支者,别颊上㖞,抵鼻,至目内眦(斜络于颧)。

主治概要:本经腧穴主治头、项、耳、目、咽喉病

和热病、神志病,以及经脉循行部位的其他病证。

常用腧穴的定位和主治要点:

1. 少泽在手小指末节尺侧,距指甲角 0.1 寸(指寸),治疗发热、中风昏迷、乳少、咽喉肿痛。

2. 后溪在手掌尺侧,微握拳,当小指本节(第 5 掌指关节)后的远侧掌横纹头赤白肉际。是输穴。治疗头项强痛、耳聋、咽痛、齿痛、目翳、肘臂挛痛。

3. 养老在前臂背面尺侧,当尺骨小头近端桡侧凹陷中,主治目视不明、肩臂腰痛。

4. 听宫在面部,耳屏前,下颌骨髁状突的后方,张口时呈凹陷处。治疗耳鸣、耳聋、聤耳、齿痛、癫狂痫。

第十二单元　足太阳膀胱经、穴

┌─────────────────────────────┐
│ **命题考点 1** 足太阳膀胱经、穴 │
└─────────────────────────────┘

【历年真题纵览】

A1 型题

1. 足太阳膀胱经起于
   A. 睛明
   B. 百会
   C. 听宫
   D. 至阴
   E. 攒竹
   参考答案:A

2. 足太阳膀胱经主治
   A. 心、胃病
   B. 前头、鼻、口、齿病
   C. 后头、肩胛病、神志病
   D. 前头、口齿、咽喉、胃肠病
   E. 头、项、目、背、腰、下肢部病证,以及脏腑、神志病
   参考答案:E

3. 治疗滞产,应首选
   A. 合谷
   B. 太冲
   C. 足三里
   D. 血海
   E. 至阴
   参考答案:E

B1 型题

4.
   A. 肝俞

B. 心俞

C. 脾俞

D. 肺俞

E. 肾俞

①第二腰椎棘突下旁开 1.5 寸的腧穴是

②第九胸椎棘突下旁开 1.5 寸的腧穴是

【考点评析】

经脉循行：《灵枢·经脉》：膀胱足太阳之脉，起于目内眦，上额，交颠。其支者，从颠至耳上角；其直者，从颠入络脑，还出别下项，循肩膊内，夹脊抵腰中，入循膂，络肾，属膀胱。其支者，从腰中，下夹脊，贯臀，入腘中。其支者，从膊内左右，别下贯胛，夹脊内，过髀枢，循髀外后廉下合腘中，以下贯踹内，出外踝之后，循京骨至小指外侧。

主治概要：头、项、目、背、腰、下肢部病证，以及脏腑、神志病。

常用腧穴的定位和主治要点：

1. 攒竹在面部，当眉头陷中，眶上切迹处。头痛、失眠、眉棱骨痛、目赤痛。

2. 肺俞在背部，当第 3 胸椎棘突下，旁开 1.5 寸。咳嗽气喘、胸闷、背肌劳损。

3. 心俞在背部，当第 5 胸椎棘突下，旁开 1.5 寸。癫狂、痫证、惊悸、失眠、健忘、心烦、咳嗽、吐血、梦遗、心痛、胸背痛。

4. 膈俞在背部，当第 7 胸椎棘突下，旁开 1.5 寸。胃脘痛、呕吐、呃逆、饮食不下、咳嗽、吐血、潮热、盗汗。

5. 肝俞在背部，当第 9 胸椎棘突下，旁开 1.5 寸。黄疸、胁痛、吐血、目赤、目视不明、眩晕、夜盲、癫狂、痫证、背痛。

6. 脾俞在背部，当第 11 胸椎棘突下，旁开 1.5 寸。腹胀、泄泻、呕吐、胃痛、消化不良、水肿、背痛、黄疸。

7. 肾俞在腰部，当第 2 腰椎棘突下，旁开 1.5 寸。遗精、阳痿、早泄、不孕、不育、耳鸣、耳聋、小便不利、水肿、喘咳少气。

8. 大肠俞在腰部，当第 4 腰椎棘突下，旁开 1.5 寸。腰脊疼痛、腹痛、腹胀、泄泻、便秘、痢疾。

9. 次髎在骶部，当髂后上棘内下方，适对第 2 骶后孔处。腰痛、月经不调、痛经、小便不利、遗精、遗尿、下肢痿痹。

10. 天柱在项部，大筋（斜方肌）外缘之后发际凹陷中，约当后发际正中旁开 1.3 寸。头痛、项强、眩晕、目赤肿痛、肩背痛、鼻塞。

11. 委中在腘横纹中点，当股二头肌腱与半腱肌腱的中间。腰痛、下肢痿痹、中风昏迷、半身不遂、腹痛、腹泻、呕吐、小便不利、遗尿。

12. 承山在小腿后面正中，委中与昆仑之间，当伸直小腿或足跟上提时腓肠肌肌腹下出现尖角凹陷处。腰背痛、小腿转筋、痔疾、便秘、腹痛、疝气。

13. 昆仑在足部外踝后方，当外踝尖与跟腱之间凹陷处。头痛、项强、目眩、鼻衄、疟疾、肩背拘急、腰痛、脚跟痛、小儿痫证、难产。

14. 申脉在足外侧部，外踝直下方凹陷中。痫证、癫狂、头痛、失眠、眩晕、腰痛、目赤痛、项强。

15. 至阴在足小趾末节外侧，距趾甲角 0.1 寸（指寸）。头痛、鼻塞、鼻衄、目痛、胞衣不下、胎位不正、难产。

第十三单元 足少阴肾经、穴

命题考点 1 足少阴肾经、穴

【历年真题纵览】

A1 型题

1. 足少阴肾经的起始穴位是

A. 太溪

B. 俞府

C. 至阴

D. 涌泉

E. 然谷

参考答案：D

2. 属于肾经的穴位是

A. 阴郄

B. 阴市

C. 阴陵泉

D. 阴谷

E. 阴交

参考答案：D

3. 足少阴肾经主治

A. 妇科、前阴病和肾、肺、咽喉病

B. 心、胃病

C. 前头、鼻、口、齿病

D. 中风、昏迷、热病、头面病

E. 侧头、耳病、胁肋病

参考答案：A

4. 足少阴肾经的络穴是

A. 大钟

B. 大包

C. 公孙

D. 照海

E. 太溪

参考答案：A

5. 内跟尖下方凹陷处的穴位是

　　A. 侠溪

　　B. 照海

　　C. 大钟

　　D. 中封

　　E. 昆仑

参考答案：B

【考点评析】

经脉循行：《灵枢·经脉》：肾足少阴之脉，起于小指之下，邪（斜）走足心，出于然谷之下，循内踝之后，别入跟中，以上端内，出腘内廉，上股内后廉，贯脊属肾，络膀胱。其支者，从肾上贯肝、膈，入肺中，循喉咙，夹舌本。其支者，从肺出，络心，注胸中。

主治概要：妇科、前阴病和肾、肺、咽喉病，以及经脉循行部位的其他病证。

常用腧穴的定位和主治要点：

1. 足趾跖屈时，约当足底（去趾）前 1/3 凹陷处。头痛、头晕、小便不利、便秘、小儿惊风、足心热、癫证、昏厥。

2. 照海在足内侧，内踝尖下方凹陷处，八脉交会穴之一，交于阴跷脉。痛证、失眠、小便不利、小便频数、咽干咽痛、目赤肿痛、月经不调、痛经、赤白带下。

3. 太溪在足内侧内踝后方，当内踝尖与跟腱之间的凹陷处。头痛目眩、咽喉肿痛、齿痛、耳聋、耳鸣、气喘、胸痛咯血、消渴、月经不调、失眠、健忘、遗精、阳痿、小便频数、腰脊痛、下肢厥冷、内踝肿痛。

第十四单元　手厥阴心包经、穴

命题考点 1　手厥阴心包经、穴

【历年真题纵览】

A1 型题

1. 手厥阴心包经的起始穴位是

　　A. 大泉

　　B. 少冲

　　C. 中冲

　　D. 少府

　　E. 天池

参考答案：E

2. 手厥阴心包经主治

　　A. 前头、口齿、咽喉

　　B. 肝病

　　C. 心病

　　D. 心、胃病

　　E. 前头、鼻、口、齿病

参考答案：D

3. 曲泽位于

　　A. 在肘横纹尺侧端，当肱二头肌腱的尺侧缘

　　B. 在肘横纹桡侧端，当肱二头肌腱的尺侧缘

　　C. 在肘横纹中，当肱二头肌腱的尺侧缘

　　D. 在肘横纹中，当肱二头肌腱的桡侧缘

　　E. 在肘横纹中，当肱三头肌腱的尺侧缘

参考答案：C

【考点评析】

经脉循行：《灵枢·经脉》：心主手厥阴心包络之脉，起于胸中，出属心包络，下膈，历络三焦。其支者，循胸出胁，下腋三寸，上抵腋下，循臑内，行太阴、少阴之间，入肘中，下臂，行两筋之间，入掌中，循中指，出其端。其支者，别掌中，循小指次指出其端。

主治概要：心、胸、胃、神志病，以及经脉循行部位的其他病证。

常用腧穴的定位和主治要点：

1. 曲泽在肘横纹中，当肱二头肌腱的尺侧缘。心痛、心悸、胃痛、呕吐、泄泻、热病、肘臂挛痛。

2. 内关在前臂掌侧，当曲泽与大陵的连线上，腕横纹上 2 寸，掌长肌腱与桡侧腕屈肌腱之间。心痛、心悸、胸闷、胸痛、胃痛、呕吐、呃逆、癫痫、热病、上肢痹痛、偏瘫、失眠、眩晕、偏头痛。

第十五单元　手少阳三焦经、穴

命题考点 1　手少阳三焦经、穴

【历年真题纵览】

A1 型题

1. 下述经脉中，其循行"从耳后入耳中，出走耳前，过客主人前，交颊，至目锐眦"的经脉是

　　A. 足阳明胃经

　　B. 手太阳小肠经

C. 手少阳三焦经

D. 足少阳胆经

E. 足太阳膀胱经

参考答案:C

2. 手少阳三焦经主治

A. 肝病

B. 肾病、肺病、咽喉病

C. 侧头耳、胸胁、咽喉病和热病

D. 前头、鼻、口、齿病

E. 侧头、耳病、胁肋病

参考答案:C

3. 位于腕背横纹上3寸尺侧和桡骨正中间的腧穴是

A. 间使

B. 支沟

C. 外关

D. 会宗

E. 内关

参考答案:B

【考点评析】

经脉循行:《灵枢·经脉》:三焦手少阳之脉,起于小指次指之端,上出两指之间,循手表腕,出臂外两骨之间,上贯肘,循臑外上肩,而交出足少阳之后,入缺盆,布膻中,散络心包,下膈,遍属三焦。其支者,从膻中,上出缺盆,上项,系耳后,直上出耳上角,以屈下颊至𩓾。其支者,从耳后入耳中,出走耳前,过客主人,前交颊,至目锐眦。

主治概要:侧头耳、胸胁、咽喉病和热病,以及经脉循行部位的其他病证。

常用腧穴的定位和主治要点:

1. 中渚在手背部,当环指本节(掌指关节)的后方,第4、第5掌骨间凹陷处。头痛、目赤、耳鸣、耳聋、喉痹、热病、手指不能屈伸。

2. 支沟在前臂背侧,当阳池与肘尖的连线上,腕背横纹上3寸,尺骨与桡骨之间。耳鸣、耳聋、暴喑、瘰疬、胁肋痛、便秘、热病。

3. 外关在前臂背侧,当阳池与肘尖的连线上,腕背横纹上2寸,尺骨与桡骨之间。热病、头痛、颊痛、目赤肿痛、耳鸣、耳聋、瘰疬、胁肋痛、上肢痹痛。

4. 肩髎在肩部,肩髃后方,当臂外展时,于肩峰后下方呈现凹陷处。臂痛、肩重不能举。

第十六单元 足少阳胆经、穴

命题考点1 足少阳胆经、穴

【历年真题纵览】

A1 型题

1. 足少阳胆经的循行是

A. "入脑,上巅,循额"

B. "交人中,左之右,右之左,上挟鼻孔"

C. "其直者,从缺盆下乳内廉,下挟脐,入气街中"

D. "其直者,从肺出络心,注胸中"

E. "其直者,下腋,循胸,过季胁"

参考答案:E

2. 足临泣位于哪条经脉

A. 足阳明胃经

B. 足少阳胆经

C. 足太阳膀胱经

D. 足太阴脾经

E. 足厥阴肝经

参考答案:B

3. 足少阳胆经主治

A. 肺、喉病

B. 心、胃病

C. 后头、背腰病

D. 侧头、目、耳、咽喉病和神志病、热病

E. 侧头、胁肋病

参考答案:D

4. 环跳位于

A. 侧卧屈股,当髂前上棘与股骨大转子最凸点连线的中点处

B. 侧腹部,当髂前上棘的前下方

C. 侧卧屈股,当髂前上棘与股骨大转子最凸点连线的外1/3处

D. 侧卧屈股,当髂前上棘与股骨大转子最凸点连线的内1/3处

E. 侧卧屈股,当股骨大转子最凸点与骶管裂孔连线的外1/3与中1/3的交点处

参考答案:E

【考点评析】

经脉循行:《灵枢·经脉》:胆足少阳之脉,起于

目锐眦,上抵头角,下耳后,循颈,行手少阳之前,至肩上,却交出手少阳之后,入缺盆。其支者,从耳后入耳中,出走耳前,至目锐眦后。其支者,别锐眦,下大迎,合于手少阳,抵于䪼下,下加颊车,下颈,合缺盆,以下胸中,贯膈,络肝,属胆,循胁里,出气街,绕毛际,横入髀厌中。其直者,从缺盆下腋,循胸,过季胁,下合髀厌中。以下循髀阳,出膝外廉,下外辅骨之前,直下抵绝骨之端,下出外踝之前,循足跗上,入小指次指之间。其支者,射跗上,入大指之间,循大指歧骨内,出其端,还贯爪甲,出三毛。

主治概要:侧头、目、耳、咽喉病和神志病、热病,以及经脉循行部位的其他病证。

常用腧穴的定位和主治要点:

1. 阳白在前额部,当瞳孔直上,眉上1寸。头痛、目眩、目痛、视物模糊、眼睑跳动。

2. 风池在项部,当枕骨之下,与风府相平,胸锁乳突肌与斜方肌上端之间的凹陷处。头痛、眩晕、目赤肿痛、鼻渊、鼻衄、耳鸣、耳聋、颈项强痛、感冒、癫痫、中风、热病、疟疾、瘿气。

3. 环跳在股外侧部,侧卧屈股,当股骨大转子最凸点与骶管裂孔连线的外1/3与中1/3交点处。腰胯疼痛、半身不遂、下肢痿痹。

4. 阳陵泉在小腿外侧,当腓骨头前下方凹陷处。胁痛、口苦、呕吐、半身不遂、下肢痿痹、脚气、黄疸、小儿惊风。

5. 悬钟在小腿外侧,当外踝尖上3寸,腓骨前缘。项强、胸胁胀痛、下肢痿痹、咽喉肿痛、脚气、半身不遂、痔疾。

第十七单元　足厥阴肝经、穴

命题考点1　足厥阴肝经、穴

【历年真题纵览】

A1型题

1. 进入阴毛中,环绕阴器,上达小腹的经脉是
   A. 冲脉
   B. 任脉
   C. 足太阴脾经
   D. 足少阴肾经
   E. 足厥阴肝经
   参考答案:E

2. 足厥阴肝经主治

   A. 前头、口齿、咽喉、胃肠病
   B. 中风、昏迷、热病、头面病
   C. 肝病、妇科病、前阴病
   D. 肝病
   E. 侧头、耳病、胁肋病
   参考答案:C

3. 前正中线旁开4寸,平第6肋间隙的穴位是
   A. 期门
   B. 日月
   C. 膻中
   D. 大包
   E. 京门
   参考答案:A

【考点评析】

经脉循行:《灵枢·经脉》:肝足厥阴之脉,起于大指丛毛之际,上循足跗上廉,去内踝一寸,上踝八寸,交出太阴之后,上腘内廉,循股阴,入毛中,环阴器,抵小腹,夹胃,属肝,络胆,上贯膈,布胁肋,循喉咙之后,上入颃颡,连目系,上出额,与督脉会于颠。其支者,从目系下颊里,环唇内。其支者,复从肝别贯膈,上注肺。

主治概要:肝病、妇科病、前阴病和经脉循行部位的其他病证。

常用腧穴的定位和主治要点:

1. 行间在足背侧,当第1、第2趾间,趾蹼缘的后方赤白肉际处,主治头痛、目眩、目赤肿痛、青盲、口喎、胁痛、疝气、小便不利、崩漏、癫痫、月经不调、痛经、带下、中风。

2. 太冲在足背侧,当第1跖骨间隙的后方凹陷处。头痛、眩晕、目赤肿痛、口眼喎斜、胁痛、遗尿、疝气、崩漏、月经不调、癫痫、呕逆、小儿惊风、下肢痿痹。

3. 期门在胸部,当乳头直下,第6肋间隙,前正中线旁开4寸。胸胁胀痛、腹胀、呕吐、乳痈。

第十八单元　督脉经、穴

命题考点1　督脉经、穴

【历年真题纵览】

A1型题

1. 督脉的循行,起于
   A. 小腹内
   B. 会阴部

C. 胞宫

D. 外阴

E. 肛门

参考答案:A

2.督脉主治

A. 肺、喉病

B. 侧头、胁肋病

C. 中风、昏迷、热病、头面病

D. 回阳固脱,有强壮作用

E. 前头、口齿、咽喉、胃肠病

参考答案:C

3.水沟位于

A. 任脉

B. 督脉

C. 带脉

D. 足阳明胃经

E. 足厥阴肝经

参考答案:B

【考点评析】

经脉循行:《难经·二十八难》:督脉者,起于下极之输,并于脊里,上至风府,入属于脑。

主治概要:神志病、热病和腰骶、背、头项局部病证,以及相应的内脏疾病。

常用腧穴的定位和主治要点:

1. 大椎在后中线上,第 7 颈椎棘突下凹陷中。热病、疟疾、咳嗽、气喘、骨蒸盗汗、癫痫、头痛项强、肩背痛、腰脊强痛、风疹。

2. 哑门在项部,当后发际正中直上 0.5 寸,第 1 颈椎下。暴喑、舌强不语、癫狂痫、头痛、项强。

3. 百会在头部,当前发际正中直上 5 寸,或两耳尖连线的中点处。头痛、眩晕、中风失语、癫狂、脱肛、泄泻、阴挺、健忘、不寐。

4. 水沟在面部,当人中沟的上 1/3 与中 1/3 交点处。昏迷、晕厥、癫狂痫、小儿惊风、口角㖞斜、腰脊强痛。

第十九单元　任脉经、穴

命题考点 1　任脉经、穴

【历年真题纵览】

A1 型题

1.任脉起于小腹,止于

A. 咽喉

B. 口唇

C. 鼻

D. 眶下

E. 齿

参考答案:D

2.任脉主治

A. 中风、昏迷、热病、头面病

B. 腹、胸、颈、头面的局部病证和相应的内脏器官疾病

C. 肺、喉病

D. 侧头、胁肋病

E. 后头、肩胛病、神志病

参考答案:B

3.前正中线上,脐中下 3 寸取

A. 气海

B. 石门

C. 中极

D. 关元

E. 大赫

参考答案:D

【考点评析】

经脉循行:《素问·骨空论》:任脉者,起于中极之下,以上毛际,循腹里,上关元,至咽喉,上颐,循面,入目。

主治概要:腹、胸、颈、头面的局部病证和相应的内脏器官疾病,少数腧穴有强壮作用或可治疗神志病。

常用腧穴的定位和主治要点:

1. 中极在下腹部,前正中线上,当脐中下 4 寸。小便不利、遗尿、疝气、遗精、阳痿、月经不调、崩漏、带下、阴挺、不孕。

2. 关元在下腹部,前正中线上,当脐中下 3 寸。遗尿、小便频数、尿闭、泄泻、腹痛、遗精、阳痿、中风脱证、虚劳羸瘦(本穴有强壮作用,为保健要穴)。

3. 神阙在腹中部,脐中央。腹痛、泄泻、脱肛、水肿、虚脱。

4. 中脘在上腹部,前正中线上,当脐中上 4 寸。胃痛、呕吐、吞酸、呃逆、腹胀、泄泻、黄疸、癫狂。

5. 膻中在胸部,当前正中线上,平第 4 肋间,两乳头连线的中点。咳嗽、气喘、胸痛、心悸、乳少、呕吐、噎膈。

6. 廉泉在颈部,当前正中线上,结喉上方,舌骨上缘凹陷处。舌下肿痛、舌纵流涎、舌强不语、暴喑、喉痹、吞咽困难。

第二十单元　常用奇穴

【历年真题纵览】

A1 型题

1.治疗小儿疳积、百日咳,应首选

A. 足三里

B. 四缝

C. 合谷

D. 曲池

E. 大椎

参考答案:B

2.放血治疗昏迷的穴位是

A. 天枢

B. 十宣

C. 大椎

D. 血海

E. 委中

参考答案:B

【考点评析】

1.四神聪在头顶部,当百会前后左右各1寸,共4穴。头痛、眩晕、失眠、健忘、癫痫。

2.印堂在额部,当两眉头的中间。头痛、眩晕、鼻衄、鼻渊、小儿惊风、失眠。

3.太阳在颞部,当眉梢与目外眦之间,向后约一横指的凹陷处。头痛、目疾。

4.夹脊在背腰部,当第1胸椎至第5腰椎棘突下两侧穴,左右共34穴。适应范围较广,其中上胸部的穴位治疗心肺、上肢疾病,下胸部的穴位治疗胃肠疾病;腰部的穴位治疗腰腹及下肢疾病。

5.十宣在手十指尖端,距指甲游离缘0.1寸(指寸)。昏迷、癫痫、高热、咽喉肿痛。

6.膝眼:屈膝,在髌韧带两侧凹陷处。在内侧的称为内膝眼,在外侧的称外膝眼。膝痛、腿痛、脚气。

7.四缝在第2至第5指掌侧,近端指关节的中央,一手4穴,左右共8穴。小儿疳积、百日咳。

8.胆囊在小腿外侧上部,当腓骨小头前下方凹陷处(阳陵泉)直下2寸。急慢性胆囊炎、胆石症、胆道蛔虫症、下肢痿痹。

第二十一单元　毫针刺法

【历年真题纵览】

B1 型题

1.

A. 仰卧位

B. 俯伏坐位

C. 俯卧位

D. 侧俯坐位

E. 仰靠坐位

①针刺双侧环跳时体位宜为

②针刺单侧听宫时体位宜为

③针刺双侧风池时体位宜为

参考答案:①C　②D　③B

【考点评析】

临床上常用的针刺体位如下:

1.仰卧位:适宜于取前身部(头面、颈部、胸腹、四肢前面)的腧穴。

2.侧卧位:适宜于取侧身部(侧头、胁肋、侧腰、臀部、四肢侧面)的腧穴。

3.俯卧位:适宜于取后身部(头颈、背、腰、臀、下肢后侧)的腧穴。

4.仰靠坐位:适宜于取头面、颈、胸、四肢的部分腧穴。

5.侧伏坐位:适宜于取侧头、面颊、耳、颈侧、上肢的部分腧穴。

6.俯伏坐位:适宜于取头顶、后头、项、肩、背、上肢的部分腧穴。

A1 型题

1.针刺环跳时宜选

A. 指切进针法

B. 挟持进针法

C. 提捏进针法

D. 舒张进针法

E. 单手进针法

参考答案：B

【考点评析】

临床上常用的双手进针法包括以下4种：

1. 指切进针法：左手拇指甲切掐穴位，右手持针，将针紧靠左手指甲面刺入穴位。适用于短针的进针。

2. 夹持进针法：左手拇、食二指持消毒干棉球夹住针身下端，针尖露出2~3分，并固定在穴位皮肤表面，右手持针柄，双手配合，左手下压，右手捻转，将针刺入穴位。适用于长针的进针。

3. 舒张进针法：左手拇、食二指将穴位皮肤向两侧撑开，使之绷紧，右手持针，使针从左手拇、食指中间刺入。适用于皮肤松弛部位腧穴的进针。

4. 提捏进针法：左手拇、食二指将针刺部位的皮肤捏起，右手持针，从捏起部位的上端刺入。适用于皮肉浅薄部位腧穴的进针。

命题考点3　针刺角度

【历年真题纵览】

A1 型题

1. 斜刺的角度应为

　　A. 15°左右

　　B. 25°左右

　　C. 35°左右

　　D. 45°左右

　　E. 60°左右

参考答案：D

2. 胸椎棘突下的穴位针刺法是

　　A. 直刺

　　B. 斜刺

　　C. 向上或向下平刺

　　D. 向上斜刺

　　E. 向下斜刺

参考答案：D

3. 适宜于大部分腧穴的进针角度是

　　A. 直刺

　　B. 斜刺

　　C. 平刺

　　D. 横刺

　　E. 沿皮刺

参考答案：A

【考点评析】

针刺角度：一般可分为直刺、斜刺和平刺3种。

1. 直刺：直刺是针身与皮肤表面呈90°垂直刺入。适用于肌肉较为丰厚的大部分腧穴，如四肢、腰臀、腹部的穴位。

2. 斜刺：斜刺是针身与皮肤表面呈45°左右倾斜刺入。适用于肌肉浅薄处或内有重要脏器处的腧穴，如胸、背部穴位；或为避开血管、骨骼、瘢痕部位而采用此法；或为施行行气手法而采用。

3. 平刺：是针身与皮肤表面呈15°左右横向刺入，又称横刺、沿皮刺。适用于皮薄肉少处，如头部穴位。

命题考点4　行针与得气

【历年真题纵览】

A1 型题

针刺治疗疾病的手法，总的归纳为

　　A. 补虚泻实

　　B. 提插补泻

　　C. 开合补泻

　　D. 补法与泻法

　　E. 平补平泻

参考答案：D

【考点评析】

基本手法有提插法、捻转法。行针又名运针，是指将针刺入腧穴后，为了使之得气、调节针感和进行补泻而施行的各种针刺手法。得气是指将针刺入腧穴后所产生的经气感应，又名针感。针刺必须得气，得气与否直接影响治疗效果。

命题考点5　针刺补泻

【历年真题纵览】

A1 型题

1. 捻转补泻法中补法的操作方法是

　　A. 捻转角度大，频率慢，用力轻

　　B. 捻转角度小，频率快，用力重

　　C. 捻转角度大，频率快，用力重

　　D. 捻转角度小，频率慢，用力轻

　　E. 捻转角度小，频率慢，用力重

参考答案：D

2. 捻转补泻法中泻法的操作方法是
   A. 捻转角度小,频率快,用力重
   B. 捻转角度大,频率慢,用力轻
   C. 捻转角度小,频率慢,用力轻
   D. 捻转角度大,频率慢,用力重
   E. 捻转角度大,频率快,用力重

参考答案:E

3. 平补平泻法是
   A. 既有补法成分,也有泻法成分
   B. 既不是补法,也不是泻法
   C. 以补为主,兼有泻法
   D. 以泻为主,兼有补法
   E. 进针后均匀提插、捻转,得气后出针

参考答案:E

4. 下列操作,属于提插补法的是
   A. 先浅后深
   B. 轻提重插
   C. 提插幅度大
   D. 频率慢
   E. 操作时间长

参考答案:B

【考点评析】

1. 捻转补泻:针下得气后,捻转角度小、用力轻、频率慢、操作时间短,结合拇指向前、食指向后(左转用力为主)者为补法;捻转角度大、用力重、频率快、操作时间长,结合拇指向后、食指向前(右转用力为主)者为泻法。

2. 提插补泻:针下得气后,先浅后深,重插轻提,提插幅度小,频率慢,操作时间短,以下插用力为主者为补法;先深后浅,轻插重提,提插幅度大,频率快,操作时间长,以上提用力为主者为泻法。

3. 平补平泻:进针得气后,均匀地捻转、提插后即可出针。

命题考点6 针刺异常情况与注意事项

【历年真题纵览】

A1 型题

1. 晕针时应当采取的措施,错误的是
   A. 立即停止针刺
   B. 已刺之针暂时不能起出
   C. 给予热茶或温开水饮之
   D. 患者平卧,头部放低

   E. 松开衣带,注意保暖

参考答案:B

A2 型题

2. 患者,女,45 岁。在针刺中,突然出现头晕目眩,多汗,四肢发冷,脉沉细。应首选的处理方法是
   A. 停止针刺,立即起针
   B. 速饮糖水
   C. 针刺百会
   D. 针刺人中
   E. 灸足三里、关元

参考答案:A

3. 针刺时应当注意的事项不包括
   A. 先做好解释工作,以消除疑虑
   B. 注意患者的体质
   C. 尽量采取坐位
   D. 手法宜轻,切勿过重
   E. 对于饥饿、过度疲劳者,应待其进食、体力恢复后再进行针刺

参考答案:C

【考点评析】

一、晕针的表现、处理与预防

1. 表现:患者突然出现精神疲倦,头晕目眩,面色苍白,恶心欲吐,多汗,心慌,四肢发冷,脉沉细弱。严重者会出现神志昏迷,仆倒在地,唇甲青紫,二便失禁,血压下降,脉微细欲绝。

2. 处理:立即停止针刺,将针全部拔出。让患者仰卧,头部放低,注意保暖,饮温开水或糖水,轻者即可恢复。重者在上述处理基础上,指掐或针刺水沟、素髎、内关、合谷、太冲、足三里、涌泉等穴,即可恢复。若仍不省人事,呼吸细微,脉细弱者,应采用西医急救措施。

3. 预防:根据晕针的原因加以预防。对初次接受针灸治疗,精神紧张者,应先做好解释工作,消除顾虑;选穴宜少,手法宜轻;选择自然舒适且能持久留针的体位,尽量采用卧位;对饥饿、疲劳者,待其进食、体力恢复后再行针刺。医者在针刺过程中要精神专一,密切观察患者的神态变化,询问其感觉,一旦有不适等晕针先兆,及时处理。

二、针刺注意事项

1. 患者在过于饥饿、疲劳,精神过度紧张时,不宜立即进行针刺;对于身体瘦弱、气虚血亏的患者,针刺手法不宜过强,并应尽量选用卧位。

2. 妇女怀孕 3 个月以内者,不宜针刺小腹部的腧穴;若怀孕 3 个月以上者,腹部、腰骶部腧穴皆不宜针刺;至于合谷、三阴交、昆仑、至阴等在怀孕期应

禁刺。

3.小儿囟门未闭合时,头顶部腧穴不宜针刺。

4.常有自发性出血,或损伤后出血不止的患者,不宜针刺。

5.皮肤有感染、溃疡、瘢痕或肿瘤的部位,不宜针刺。

6.对胸、胁、腰、背脏腑所居之处的腧穴,不宜直刺、深刺,肝脾肿大、肺气肿患者更应注意。

7.针刺眼区穴和项部的风府、哑门等穴以及背部的腧穴,要注意针刺的角度,且不宜大幅度提插、捻转和长时间留针。

8.对尿潴留等患者在针刺小腹部腧穴时,应掌握适当的针刺方向、角度、深度等。

第二十二单元　常用灸法

【历年真题纵览】

A1 型题

1.具有温肾壮阳作用的间接灸是

A.隔蒜灸

B.隔盐灸

C.隔姜灸

D.温针灸

E.隔附子饼灸

参考答案:E

2.施灸程序应为

A.先上后下,先阳后阴

B.先下后上,先阴后阳

C.先中后上,先阳后阴

D.先中后下,先阴后阳

E.先腹后背,先下后下

参考答案:A

3.命门火衰而致阳痿、早泄等病症宜选用

A.隔姜灸

B.隔蒜灸

C.隔盐灸

D.隔附子饼灸

E.隔黄蜡灸

参考答案:D

B1 型题

4.

A.艾条灸

B.艾柱灸

C.温和灸

D.温针灸

E.天灸

①雷火针灸属

②白芥子灸属

参考答案:①A　②E

【考点评析】

针灸的作用:温经散寒、扶阳固脱、消瘀散结、防病保健。

灸法的种类及适应范围:

1.艾炷灸

(1)直接灸

①瘢痕灸:又名化脓灸。施灸时先将所灸腧穴部位涂以少量大蒜汁,然后将大小适宜的艾炷置于腧穴上,用火点燃艾炷施灸。每壮艾炷必须燃尽,除去灰烬后,方可继续易炷再灸,待规定壮数灸完为止。施灸时由于艾火烧灼皮肤可产生剧痛,此时可用手在施灸腧穴四周轻轻拍打以减轻疼痛。灸毕,在施灸穴位上贴敷消炎药膏,大约1周可化脓形成灸疮,灸疮5~6周愈合,留有瘢痕。在灸疮化脓期间,需注意局部清洁,每天换膏药1次,以避免继发感染。期间应叮嘱病人多吃羊肉、豆腐等营养丰富的食物促使灸疮的透发。

本法常用于治疗哮喘、肺痨、瘰疬等慢性顽疾。

②无瘢痕灸:又称非化脓灸。施灸时先在所灸腧穴部位涂以少量凡士林,以使艾炷便于黏附,然后将大小适宜的艾炷,置于腧穴上点燃施灸,当艾炷燃剩2/5或1/4而患者感到微有灼痛时,即可易炷再灸,待将规定壮数灸完为止。一般应灸至局部皮肤出现红晕而不起疱为度。施灸后皮肤不致起疱,或起疱后亦不致形成灸疮。

本法适用于虚寒性疾病,如哮喘、眩晕、慢性腹泻、风寒湿痹等。

(2)间接灸

①隔姜灸:将鲜生姜切成直径大约2~3 cm,厚约0.2~0.3 cm的薄片,中间以针刺数孔,然后将姜片置于应灸的腧穴部位或患处,再将艾炷放在姜片上点燃施灸。当艾炷燃尽后,易炷再灸,直至灸完所规定的壮数,以皮肤红晕而不起疱为度。

常用于因寒而致的呕吐、腹痛以及风寒湿痹等,有温胃止呕、散寒止痛的作用。

②隔蒜灸:用鲜大蒜头,切成厚约0.2~0.3 cm的薄片,中间以针刺数孔(捣蒜如泥亦可),置于应灸的腧穴部位或患处,然后将艾炷放在蒜上,点燃施灸。待艾炷燃尽,易炷再灸,直至灸完所规定的壮数。

本法多用于治疗瘰疬、肺痨及初起的肿疡等,有清热解毒、杀虫等作用。

③隔盐灸:用纯净干燥的精制食盐填敷于脐部,或于盐上再置一薄姜片,上置大艾炷施灸。

本法多用于治疗伤寒阴证或吐泻并作、中风脱证等,有回阳、救逆、固脱之功,但需连续施灸,不拘壮数,以待脉起、肢温、证候改善。临床上常用于治疗急性寒性腹痛、吐泻、痢疾、小便不利、中风脱证等。

2. 艾条灸

(1)温和灸:施灸时将艾条的一端点燃,对准应灸的腧穴部位或患处,距离皮肤 2～3 cm 左右,进行熏烤,使患者局部有温热感而无灼痛为宜,一般每处灸 10～15 分钟,至皮肤出现红晕为度。对于昏厥、局部知觉减退的患者或小儿等,医者可将食、中两指,置于施灸部位的两侧,这样可以通过医者手指的感觉来测知患者局部的受热程度,以便随时调节施灸时间和距离,防止烫伤。

(2)雀啄灸:施灸时,将艾条点燃的一端与施灸部位的皮肤并不固定在一定距离,而是像鸟雀啄食一样,一上一下活动地施灸。

(3)回旋灸:施灸时,艾条点燃的一端与施灸部位的皮肤虽然保持一定的距离,但不固定,而是向左右移动或反复旋转施灸。

艾条灸法临床应用广泛,对一般应灸的病证均可采用,但温和灸多用于灸治慢性病证,雀啄灸、回旋灸用于灸治急性病证。

第二十三单元 其他针法

【历年真题纵览】

A1 型题

1. 下列病症,不宜用三棱针治疗的是
   A. 高热惊厥
   B. 中风脱证
   C. 中暑昏迷
   D. 急性腰扭伤
   E. 喉蛾

参考答案:B

【考点评析】

三棱针刺法具有通经活络、开窍泻热、调和气血、消肿止痛等作用,凡各种实证、热证、瘀血、疼痛等均可应用。常用于某些急症和慢性病,如昏厥、高热、中暑、中风闭证、咽喉肿痛、目赤肿痛、顽癣、痈疖初起、扭挫伤、疳疾、痔疾、顽痹、头痛、丹毒、指(趾)麻木等。

第二十四单元 针灸治疗

命题考点1 针灸处方

【历年真题纵览】

A2 型题

1. 患者,男,43 岁。两耳轰鸣,按之不减,听力减退,兼见烦躁易怒,咽干,便秘,脉弦。治疗应首选
   A. 手、足太阴经穴
   B. 手、足少阴经穴
   C. 手、足少阳经穴
   D. 手阳明经穴
   E. 足太阳经穴

参考答案:C

2. 秩边穴配中极穴治疗膀胱疾患属于
   A. 合募配穴法
   B. 前后配穴法
   C. 腰腹配穴法
   D. 俞募配穴法
   E. 上下配穴法

参考答案:B

B1 型题

3.
   A. 前后配穴
   B. 表里配穴
   C. 左右配穴
   D. 上下配穴
   E. 本经配穴

①胃脘痛取内关、足三里,其配穴方法是
②肺病取中府、肺俞,其配穴方法是

参考答案:①D ②A

【考点评析】

选穴原则:近部选穴、远部选穴、辨证对症选穴。

配穴方法:配穴方法主要包括按经脉配穴法、按部位配穴法两大类。

命题考点2　特定穴

【历年真题纵览】

A1 型题

1. 治疗表里经疾病,络穴常与什么穴配伍
   A. 郄穴
   B. 原穴
   C. 俞穴
   D. 募穴
   E. 合穴
   参考答案:B

2. 脏腑之气汇聚于胸腹部的腧穴是
   A. 原穴
   B. 络穴
   C. 八会穴
   D. 背俞穴
   E. 募穴
   参考答案:E

3. 下述有关募穴的概念哪项是错误的
   A. 是脏腑经气汇聚的地方
   B. 均位于胸腹部
   C. 与内脏的高下部位相应
   D. 在各脏腑所属的经脉循行线上
   E. 均位于胸腹部有关经脉上
   参考答案:D

4. 八会穴是指哪些精气所会聚的腧穴
   A. 气、血、脑、髓、筋、脉、胆、女子胞
   B. 脏、腑、经、脉、气、血、阴、阳
   C. 脏、腑、气、血、筋、脉、骨、髓
   D. 气、血、脑、髓、津、神、脉、络
   E. 脑、髓、脏、腑、脉、胆、筋、骨
   参考答案:C

5. 下列特性穴中,治疗急性病症应首先选用
   A. 原穴
   B. 俞穴
   C. 八会穴
   D. 八脉交会穴
   E. 郄穴
   参考答案:E

6. 身热多取五腧穴中的
   A. 井穴
   B. 荥穴
   C. 输穴
   D. 经穴
   E. 合穴
   参考答案:B

7. 八脉交会穴与阳跷脉相通的经穴是
   A. 列缺
   B. 外关
   C. 后溪
   D. 照海
   E. 申脉
   参考答案:E

8. 根据"子母补泻法",肾经实证应取
   A. 阴谷
   B. 复溜
   C. 然谷
   D. 太溪
   E. 涌泉
   参考答案:E

A2 型题

9. 患儿,女,10 岁。阵发性右上腹绞痛,伴恶心呕吐,腹部平软。用特定穴治疗,应首选
   A. 原穴
   B. 络穴
   C. 背俞穴
   D. 郄穴
   E. 下合穴
   参考答案:D

B1 型题

10.
   A. 井穴
   B. 荥穴
   C. 合穴
   D. 经穴
   E. 输穴
   ①曲池在五输穴中,属
   ②太溪在五输穴中,属
   参考答案:①C　②E

11.
   A. 中脘
   B. 天枢
   C. 巨阙
   D. 膻中
   E. 中极
   ①大肠的募穴是
   ②心包的募穴是
   参考答案:①B　②D

【考点评析】

1.五输穴：是十二经脉之气出入之所，具有治疗十二经脉、五脏六腑病变的作用，五输穴的五行属性与脏腑的五行属性相合。十二经脉五输穴的气血流注不仅具有从四肢末端向肘膝方向运行的特点，而且与时辰的变化密切相关。古代医家总结出以五输穴配合阴阳五行为基础，运用天干地支配合脏腑，按时取穴的方法，即子午流注针法。

2.原穴是脏腑的原气输注经过留止的部位。每一脏腑各有1个原穴，故有"十二原"之称，其分布均位于腕、踝部附近。原穴与三焦有密切关系，对于脏腑之疾，可取相应的原穴治疗，临床上还可根据原穴的反应变化，推断脏腑功能的盛衰，以诊断脏腑疾病。

3.络穴是络脉由经脉别出部位的腧穴，也是表里两经联络之处。十二经脉各有1个络穴，皆位于肘、膝关节以下。十二络脉的主要功能是加强十二经脉中表里经之间的联系，故络穴在临床上具有主治表里两经有关病证的作用。除此之外，还有任络鸠尾穴，督络长强穴，脾之大络大包穴，分别起沟通腹部、头部、胸部经气的作用。

4.俞穴是脏腑之气输注之处，均位于背腰部，故又称背俞穴，俞为阳，是阴病行阳的重要处所。

5.募穴是脏腑之气汇集之处，均位于胸腹部，故又称腹募穴。募为阴，是阳病行阴的重要处所。

6.八脉与十二经之气相交会的8个腧穴，又称交经八穴，均分布于腕踝部上下。八脉交会穴具有主治奇经病证的作用。临床应用时，可以单独治疗各自相通的奇经病证。按一定的原则两穴配伍，可以治疗两脉相合部位病证。

7.八会穴：人体脏、腑、气、血、筋、脉、骨、髓之精气聚会处的8个腧穴。此8个穴虽分属于不同经脉，但均对各自相应的脏腑、组织等病证具有特殊治疗作用，临床应用时常作为治疗这些病证的主穴。八会穴还可以治疗某些热病。

8.郄穴：十二经脉各有1个郄穴，阴维脉、阳维脉、阴跷脉、阳跷脉也各有1个郄穴，共计有16个郄穴。临床上郄穴常用于治疗本经循行部位及其所属脏腑的急性病证。

9.公孙通冲脉，内关通阴维脉，后溪通督脉，申脉通阳跷脉，足临泣通带脉，外关通阳维脉，列缺通任脉，照海通阴跷脉。

10.五输穴的五行属性与脏腑的五行属性相合，五行之间存在"生我"、"我生"的母子关系。肾经属水，其母穴为复溜，其子穴为涌泉，"实则泻其子"，因此肾经实证治疗取涌泉。

第二十五单元 头面躯体痛证

命题考点 头面躯体痛证的辨证、治法、处方、操作

【历年真题纵览】

A1 型题

1.风袭经络所致太阳经头痛的治疗配穴处方应选

　A.百会、通天、行间、阿是穴

　B.天柱、后溪、申脉、阿是穴

　C.上星、头维、合谷、阿是穴

　D.率谷、太阳、委中、阿是穴

　E.列缺、风池、百会、阿是穴

参考答案：B

2.针灸治疗痹证之痛痹，在阿是穴、局部取穴的基础上宜加用

　A.膈俞、血海

　B.肾俞、关元

　C.足三里、阴陵泉

　D.大椎、曲池

　E.神阙、关元

参考答案：B

A2 型题

3.患者，女，65岁。腰部冷痛重着，天气变化或阴雨风冷时加重。治疗除取主穴外，还应选用

　A.腰阳关

　B.膈俞

　C.肾俞

　D.次髎

　E.足三里

参考答案：A

【考点评析】

1.外感头痛

治法：祛风通络，止痛。以督脉及手太阴、足少阳经穴为主。

主穴：列缺、百会、太阳、风池。

配穴：阳明头痛者，加印堂、攒竹、合谷、内庭；少阳头痛者，加率谷、外关、足临泣；太阳头痛者，加天柱、后溪、申脉；厥阴头痛者，加四神聪、太冲、内关。

风寒头痛者,加风门;风热头痛者,配曲池、大椎;风湿头痛者,加阴陵泉。

2. 痹证

治法:通痹止痛。取病痛局部穴为主,结合循经及辨证选穴。

主穴:阿是穴、局部经穴。

配穴:行痹者,加膈俞、血海;痛痹者,加肾俞、关元;着痹者,加阴陵泉、足三里;热痹者,加大椎、曲池;另可根据部位循经配穴。

3. 腰痛

治法:活血通经。以局部阿是穴为主。

主穴:阿是穴、大肠俞、委中。

配穴:寒湿腰痛者,配腰阳关;瘀血腰痛者,加膈俞;肾虚腰痛者,加肾俞、命门、志室;督脉病证者,加后溪;足太阳经证者,加申脉。

第二十六单元　内科病证

命题考点　常见内科病证的辨证、治法、处方、操作

【历年真题纵览】

A1 型题

1. 发热汗出,微恶寒,咳嗽痰稠,咽痛,口渴,鼻燥,脉浮数,舌苔薄黄治疗配穴处方当用

A. 大椎、曲池、合谷、十宣

B. 大椎、曲池、合谷、外关、鱼际

C. 合谷、列缺、风门、风池、足三里

D. 合谷、列缺、肺俞、太阳

E. 风池、风府、丰隆、迎香、尺泽

参考答案:B

2. 一患者突然昏仆,不省人事,目合口张,两手松散,二便失禁,四肢逆冷,鼻鼾息微,脉细弱。治疗首选配方是

A. 水沟、十二井穴、太冲、丰隆

B. 水沟、行间、神阙(灸)、气海

C. 关元(灸)、神阙(灸)

D. 百会(灸)、膻中(灸)、大椎(灸)、水沟

E. 水沟、十二井穴、复溜、内关

参考答案:C

3. 治疗肝阳上亢所致眩晕的最佳配穴是

A. 肾俞、风池、行间、侠溪、肝俞

B. 脾俞、肾俞、关元、足三里

C. 中脘、内关、解溪、丰隆

D. 百会、气海、曲泉、中脘、风池

E. 神门、肾俞、太冲、足三里

参考答案:A

4. 治疗眩晕痰湿中阻证,应对证加用

A. 行间、侠溪、太溪

B. 合谷、太冲、太溪

C. 血海、膈俞、足三里

D. 丰隆、中脘、阴陵泉

E. 丰隆、公孙、足三里

参考答案:D

5. 腹痛绵绵,时作时止,痛时喜按,大便或溏,神疲畏寒,苔薄白,脉沉细。治疗取穴应首选

A. 取督脉、足太阴经、手阳明经穴为主

B. 取任脉、足阳明经穴为主

C. 取背俞、任脉经穴为主

D. 取足少阴经、足阳明经穴为主

E. 取足厥阴经、足太阴经穴为主

参考答案:C

6. 痰饮停蓄所致呕吐,除取中脘、内关、足三里、公孙外,还应配

A. 合谷、玉液

B. 上脘、胃俞

C. 膻中、丰隆

D. 太冲、阳陵泉

E. 下脘、璇玑

参考答案:C

7. 肝气犯胃所致呕吐证的治疗配穴应取

A. 中脘、内关、公孙、足三里

B. 中脘、内关、公孙、足三里、胃俞、上脘

C. 中脘、内关、足三里、公孙、膻中、丰隆

D. 中脘、内关、足三里、公孙、太冲、阳陵泉

E. 中脘、内关、足三里、公孙、脾俞、章门

参考答案:D

8. 胃脘胀满,攻痛连胁,嗳气频频,或兼呕逆酸苦,苔薄白,脉沉弦,其治疗取穴当选

A. 取足太阴脾经穴、足阳明胃经穴为主

B. 取足厥阴肝经穴、足少阴肾经穴为主

C. 取背俞穴、任脉经穴为主

D. 取足阳明胃经穴、任脉经穴为主

E. 取足厥阴肝经穴、足阳明胃经穴为主

参考答案:E

9. 心脾两虚之不寐证除取神门穴、三阴交穴外,还应配

A.心俞、脾俞、厥阴俞

B.胃俞、行间、足三里

C.心俞、肾俞、太溪

D.心俞、脾俞、外关、合谷

E.肝俞、太冲、间使

参考答案：A

10.患者外感风热,咽喉赤肿疼痛,吞咽困难,咽干,咳嗽,治疗应首选

A.列缺

B.内庭

C.太溪

D.少商

E.廉泉

参考答案：D

A2 型题

11.患者,男,55 岁。1 年来每日黎明之前腹微痛,痛即泄泻,或肠鸣而不痛,腹部和下肢畏寒,舌淡苔白,脉沉细。治疗除取主穴外,还应加

A.胃俞、合谷

B.肝俞、内关

C.三焦俞、公孙

D.命门、关元

E.关元俞、三阴交

参考答案：D

12.患者,男,18 岁,平素身体虚弱。现在左侧面瘫,口角歪斜。治疗除针刺主穴外,还应选用的是

A.足三里

B.曲池

C.风池

D.水沟

E.迎香

参考答案：A

13.患者,女,18 岁。过食生冷后腹泻,腹痛肠鸣,大便恶臭,泻后痛减,伴有未消化食物,嗳腐吞酸,不思饮食。治疗除取主穴外,还应选用的是

A.内庭

B.神阙

C.支沟

D.中脘

E.肾俞

参考答案：D

14.患者,女 40 岁。大便不通一周,伴腹中胀痛,胸胁痞满,苔薄黄,脉弦。治疗应选取的经脉是

A.足阳明、足少阳经穴

B.手阳明、足少阳经穴

C.足阳明、手少阳经穴

D.手阳明、足阳明经穴

E.手阳明、足阳明经穴

参考答案：C

【考点评析】

一、中风

1.中经络

治法:醒脑开窍,滋补肝肾,疏通经络。以手厥阴、督脉、足太阴经穴为主。

主穴:内关、水沟、三阴交、极泉、尺泽、委中。

配穴:肝阳暴亢者,加太冲、太溪;风痰阻络者,加丰隆、合谷;痰热腑实者,加曲池、内庭、丰隆;气虚血瘀者,加足三里、气海;阴虚风动者,加太溪、风池;口角歪斜者,加颊车、地仓;上肢不遂者,加肩髃、手三里、合谷;下肢不遂者,加环跳、阳陵泉、阴陵泉、风市;头晕者,加风池、完骨、天柱;足内翻者,加丘墟透照海;便秘者,加水道、归来、丰隆、支沟;复视者,加风池、天柱、睛明、球后;尿失禁、尿潴留者,加中极、曲骨、关元。

2.中脏腑

治法:醒脑开窍,启闭固脱。以手厥阴及督脉穴为主。

主穴:内关、水沟。

配穴:闭证者加十二井穴、太冲、合谷;脱证者加关元、气海、神阙。

二、眩晕

1.实证

治法:平肝化痰,定眩。以足少阳、督脉和手足厥阴经穴为主。

主穴:风池、百会、内关、太冲。

配穴:肝阳上亢者,加行间、侠溪、太溪;痰湿中阻者,加头维、丰隆、中脘、阴陵。

2.虚证

治法:益气养血,定眩。以足少阳、督脉及相应背俞穴为主。

主穴:风池、百会、肝俞、肾俞、足三里。

配穴:气血两虚者,加气海、脾俞、胃俞;肾精亏虚者,加太溪、悬钟、三阴交。

三、面瘫

治法:祛风通络,疏调经筋。取手足阳明和手足太阳经穴为主。

主穴:攒竹、鱼腰、阳白、四白、颧髎、颊车、地仓、合谷、昆仑。

配穴:风寒证者,加风池;风热证者,加曲池;恢复期,加足三里;人中沟歪斜者,加水沟;鼻唇沟浅

者,加迎香。

四、不寐

治法:调理跷脉,安神利眠。以相应八脉交会穴、手少阴经、督脉穴为主。

主穴:照海、申脉、神门、印堂、四神聪、安眠。

配穴:肝火扰心者,加行间、侠溪;痰热内扰者,加丰隆、内庭、曲池;心脾两虚者,加心俞、脾俞、足三里;心肾不交者,加太溪、水泉、心俞、脾俞;心胆气虚者,加丘墟、心俞、内关;脾胃不和者,加太白、公孙、内关、足三里。

五、感冒

治法:祛风解表。以手太阴、手阳明经及督脉穴为主。

主穴:列缺、合谷、大椎、太阳、风池。

配穴:风寒感冒者,加风门、肺俞;风热感冒者,加曲池、尺泽、鱼际;鼻塞者,加迎香;气虚感冒者,加足三里;咽喉疼痛者,加少商;全身酸楚者,加身柱;夹湿者,加阴陵泉;夹暑者,加委中。

六、哮喘

1.实证

治法:祛邪肃肺,化痰平喘。取手太阴经穴及相应背俞穴为主。

主穴:列缺、尺泽、膻中、肺俞、定喘。

配穴:风寒外袭者,加风门;风热者,加大椎、曲池;痰阻肺热者,加丰隆;喘甚者,加天突。

2.虚证

治法:补益肺肾,止哮平喘。以相应背俞穴及手太阴、足少阴经穴为主。

主穴:肺俞、膏肓、肾俞、定喘、太渊、太溪、足三里。

配穴:肺气不足者,加气海;肾气不足者,加阴谷、关元。

七、胃痛

治法:和胃止痛。以足阳明、手厥阴经穴及相应募穴为主。

主穴:足三里、内关、中脘。

配穴:寒邪犯胃者,加胃俞;饮食停滞者,加下脘、梁门;肝气犯胃者,加太冲;气滞血瘀者,加膈俞;脾胃虚寒者,加气海、关元、脾俞、胃俞;胃阴不足者,加三阴交、内庭。

八、呕吐

治法:和胃降逆,理气止呕。以手厥阴、足阳明经穴及相应募穴为主。

主穴:内关、足三里、中脘。

配穴:寒邪客胃者,加上脘、胃俞;热邪内蕴者,

加合谷,并可用金津、玉液点刺出血;痰饮内阻者,加膻中、丰隆;肝气犯胃者,加阳陵泉、太冲;脾胃虚寒者,加脾俞、胃俞;腹胀者,加天枢;肠鸣者,加脾俞、大肠俞;泛酸干呕者,加公孙。

九、泄泻

1.急性泄泻

治法:除湿导滞,通调腑气。取足阳明、足太阴经穴为主。

主穴:天枢、上巨虚、阴陵泉、水分。

配穴:寒湿者,加神阙,可配用灸法;湿热者,加内庭;食滞者,加中脘。

2.慢性泄泻

治法:健脾温肾,固本止泻。取任脉、足阳明、足太阴经穴为主。

主穴:神阙、天枢、足三里、公孙。

配穴:脾虚者,加脾俞、太白;肝郁者,加太冲;肾虚者,加肾俞、命门。

十、便秘

治法:调理肠胃,行滞通便。以足阳明、手少阳经穴为主。

主穴:天枢、支沟、水道、归来、丰隆。

配穴:热秘者,加合谷、内庭;气秘者,加太冲、中脘;虚秘气虚者,加脾俞、气海;虚秘血虚者,加足三里、三阴交;阳虚者,加神阙、关元。

第二十七单元　妇儿科病证

命题考点　妇儿科病证的辨证、治法、处方、操作

【历年真题纵览】

A1 型题

1. 下列井穴中,具有催乳作用的穴位是

  A. 少商

  B. 关冲

  C. 中冲

  D. 少泽

  E. 隐白

参考答案:D

2. 习惯性痛经针灸疗效最好的时间是

  A. 行经前 3～4 天至经期后 4 天左右

  B. 痛经未发作时

C.行经前或行经后

D.行经期或行经后 3~4 天

E.坚持每日治疗,需针灸三个月

参考答案:A

3.小儿遗尿,治疗选穴主要选取

A.膀胱经背俞穴

B.任脉

C.任督二脉

D.任脉及足阳明胃经

E.任脉及背俞穴

参考答案:E

A2 型题

4.患者,女,29 岁。产后 1 个月。产后乳汁不行,乳房胀满疼痛,情志抑郁不乐。治疗除取主穴外,还应选用的是

A.肝俞、膈俞

B.中脘、期门

C.太冲、内关

D.足三里、脾俞、胃俞

E.中脘、天枢、内关

参考答案:B

5.患者,女,25 岁。痛经 2 年,经行不畅,小腹胀痛拒按,经色紫红,夹有瘀块,血块下后痛可缓解,舌有瘀斑,脉沉涩。治疗应以哪组经脉腧穴为主

A.任脉、足少阴经

B.任脉、足阳明经

C.督脉、足厥阴经

D.任脉、足太阴经

E.督脉、足阳明经

参考答案:D

【考点评析】

一、痛经

1.实证

治法:行气散寒,通经止痛。取足太阴经、任脉穴为主。

主穴:三阴交、中极、次髎。

配穴:寒湿者,加归来、地机;气滞者,加太冲;腹胀者,加天枢、气穴;胁痛者,加阳陵泉、光明;胸闷者,加内关。

2.虚证

治法:调补气血,温养冲任。以足太阴、足阳明经穴为主。

主穴:三阴交、足三里、气海。

配穴:气血亏虚证者,加脾俞、胃俞;肝肾不足者,加太溪、肝俞、肾俞;头晕耳鸣者加悬钟。

二、崩漏

1.实证

治法:通调冲任,祛邪固经。取任脉、足太阴经穴为主。

主穴:关元、公孙、三阴交、隐白。

配穴:血热者,加血海;湿热者,加阴陵泉;气郁者,加太冲;血瘀者,加地机。

2.虚证

治法:调补冲任,益气固经。取任脉、足太阴经、足阳明经穴为主。

主穴:气海、三阴交、足三里。

配穴:脾气虚者,加百会、脾俞、胃俞;肾阳虚者,加肾俞、命门;肾阴虚者,加然谷、太溪;盗汗者,加阴郄;失眠者,加神门。

三、缺乳

治法:调理气血,疏通乳络。取足阳明、任脉经穴为主。

主穴:乳根、膻中、少泽。

配穴:气血不足者,加足三里、脾俞、胃俞;肝气淤滞者,加太冲、内关;食少便溏者,加中脘、天枢;失血过多者,加肝俞、膈俞;胸胁胀满者,加期门;胃脘胀满者,加中脘、足三里。

四、遗尿

治法:健脾益气,温肾固摄。取任脉、足太阴经穴、相应背俞穴为主。

主穴:关元、中极、膀胱俞、三阴交。

配穴:肾阳虚者,加肾俞;脾肺气虚者,加气海、肺俞、足三里;夜梦多者,加百会、神门。

第二十八单元 皮外骨伤、五官科病证

命题考点　皮外骨伤、五官科病证的辨证、治法、处方、操作

【历年真题纵览】

A1 型题

1.治疗阴虚牙痛,一般都在主穴的基础上加用

A.风池、肾俞

B.风府、太溪

C.太溪、行间

D.太溪、丰隆

E. 照海、阳池

参考答案：C

2. 虚火牙痛除取合谷、下关、颊车外，还应配

　A. 外关、风池

　B. 内庭、少海

　C. 太溪、行间

　D. 二间、足三里

　E. 太冲、内庭

参考答案：C

3. 治疗耳鸣实证，应选用哪组腧穴为主

　A. 合谷、外关、翳风

　B. 百会、听会、风池

　C. 太溪、照海、听宫

　D. 翳风、听会、中渚

　E. 太冲、耳门、听宫

参考答案：D

4. 治疗肝胆火盛型目赤痛，除主穴外，应加用

　A. 行间、光明

　B. 太冲、丘墟

　C. 侠溪、行间

　D. 大敦、足临泣

　E. 侠溪、太冲

参考答案：C

5. 治疗实热证咽喉肿痛应选用

　A. 大椎、身柱（温灸）、风门、合谷

　B. 少商、尺泽、合谷、内庭、关冲

　C. 太溪、照海、鱼际

　D. 命门、肾俞、太溪、照海、涌泉

　E. 十宣、鱼际、解溪

参考答案：B

A2 型题

6. 患者，男，24 岁，目赤肿痛，眼涩难开，流泪，畏光，伴发热恶风，头痛，舌苔薄黄，脉浮数，治疗除取睛明、太阳、合谷、太冲外，还应加

　A. 风池、侠溪

　B. 印堂、内庭

　C. 少商、上星

　D. 关冲、支沟

　E. 四白、养老

参考答案：C

【考点评析】

一、瘾疹

治法：疏风和营。以手阳明、足太阴经穴为主。

主穴：曲池、合谷、血海、膈俞、委中。

配穴：风邪侵袭者，加外关、风池；胃肠积热者，

加足三里、天枢；湿邪较重者，加阴陵泉、三阴交；血虚风燥者，加足三里、三阴交；呼吸困难者，加天突；恶心呕吐者，加内关。

二、蛇串疮

治法：泻火解毒，清热利湿。取局部穴及相应夹脊穴为主。

主穴：局部阿是穴、夹脊。

配穴：肝郁火盛，加行间、大敦、阳陵泉；脾胃湿热，加血海、隐白、内庭。

三、扭伤

治法：祛瘀消肿，舒筋通络。取受伤局部腧穴为主。

主穴：

腰部：阿是穴、肾俞、腰痛穴、委中。

踝部：阿是穴、申脉、解溪、丘墟。

膝部：阿是穴、膝眼、膝阳关、梁丘。

肩部：阿是穴、肩髃、肩髎、肩贞。

肘部：阿是穴、曲池、小海、天井。

腕部：阿是穴、阳溪、阳池、阳谷。

髋部：阿是穴、环跳、秩边、承扶。

配穴：可根据扭伤部位循经远取或上下循经邻近取穴。如腰部正中扭伤远取人中、后溪；腰椎一侧或两侧（紧靠腰椎处）疼痛明显者，远取手三里或三间；膝内侧扭伤取血海、阴陵泉。

四、目赤肿痛

治法：清泻风热，消肿定痛。取手阳明、足厥阴、足少阳经穴为主。

主穴：合谷、太冲、风池、睛明、太阳。

配穴：风热者，加少商、上星；肝胆火盛者，加行间、侠溪。

五、耳聋耳鸣

1. 实证

治法：清肝泻火，疏通耳窍。以足少阳、手少阳经穴为主。

主穴：翳风、听会、侠溪、中渚。

配穴：肝胆风火者，加太冲、丘墟；外感风邪者，加外关、合谷。

2. **虚证**

治法：益肾养窍。以足少阴、手太阳经穴为主。

主穴：太溪、照海、听宫。

配穴：肾气不足者，加肾俞、气海；肝肾亏虚者，加肾俞、肝俞。

六、牙痛

治法：祛风泻火，通络止痛。以手、足阳明经穴为主。

主穴：合谷、颊车、下关。

配穴：风火牙痛者，加外关、风池；胃火牙痛者，加内庭、二间；肾虚牙痛者，加太溪、行间。

七、咽喉肿痛

1. 实热证

治法：清热利咽，消肿止痛。以手太阴、手足阳明经穴为主。

主穴：少商、合谷、尺泽、内庭、关冲。

配穴：外感风热者，加风池、外关；肺胃实热者，加厉兑、鱼际。

2. 虚热证

治法：滋阴降火，养阴清热。以足少阴经穴为主。

主穴：太溪、照海、鱼际。

配穴：入夜发热者，加三阴交、复溜。

中西医结合妇科学

第一单元　绪　论

```
命题考点1　妇产科学发展概要
```

【历年真题纵览】
A1 型题
1. 我国最早有"胎教"的记载的是
　A.《易经·爻辞》
　B.《列女传》
　C.《黄帝内经》
　D.《金匮要略》
　E.《诸病源候论》
　参考答案:B
2. 我国现存最早的妇产科专著是
　A.《内经》
　B.《金匮要略》
　C.《妇人大全良方》
　D.《产宝》
　E.《胎产书》
　参考答案:E
3. 世界医事制度上妇产科最早的独立分科是在
　A.隋代
　B.唐代
　C.宋代
　D.明代
　E.汉代
　参考答案:C

【考点评析】
　《易经·爻辞》载有:"妇孕不育"、"妇三岁不孕";《诗经》、《山海经》载有帮助"种子"和"绝育"的药物;《列女传》有"胎教"的记载。春秋战国时期,民间开始有妇科专科医生。宋代,产科已形成单独分科的雏形,并有产科教授,这是世界医事制度上妇产科最早的独立分科。《胎产书》是我国现存

最早的妇产科专著;《产宝》是我国现存理论较完备的产科专著;《内经》是战国时代成书的我国现存的第一部医学巨著,记载了第一个妇产科专方;《金匮要略》中有妇人三篇,提出阴道冲洗和纳药的外治法;《妇人大全良方》是宋代妇产科成就最大的著作。

第二单元　女性生殖系统解剖

```
命题考点1　骨盆
```

【历年真题纵览】
A1 型题
1. 女性骨盆临床上多见的是
　A.妇女型
　B.男子型
　C.扁平型
　D.混合型
　E.类人猿型
　参考答案:D
2. 骨盆的分界以哪条线为主分为真假骨盆
　A.髂耻线
　B.骶髂线
　C.髂前上棘联线
　D.髂后上棘联线
　E.耻骨联合水平
　参考答案:A
3. 以下不属于骨盆构成的是
　A.骶骨
　B.尾骨
　C.耻骨
　D.坐骨
　E.股骨
　参考答案:E
【考点评析】
1.骨盆的组成。骨盆的骨骼:由骶骨、尾骨和左

右两块髋骨组成。骨盆的关节:有骶髂关节、骶尾关节和耻骨联合。骨盆的韧带:主要有骶结节韧带、骶棘韧带和腹股沟韧带等。

2.骨盆的分界。髂耻线(耻骨联合上缘、髂耻缘及骶岬上缘的连线)为分界线把骨盆分为两部分,即假骨盆和真骨盆。

3.骨盆的类型。骨盆的类型理论上分四种:女型、男型、扁平型、类人猿型,临床上多见为混合型。

命题考点2 内、外生殖器

【历年真题纵览】

A1 型题

1.外生殖器不包括

A.阴阜

B.阴唇

C.前庭

D.前庭大腺

E.阴道

参考答案:E

2.有"拾卵"作用的是输卵管的

A.间质部

B.峡部

C.壶腹部

D.伞部

E.内侧

参考答案:D

3.中医对子宫的认识错误的是

A.子宫名首见于《神农本草经》

B.子宫在中医中称为女子胞、胞宫

C.子宫形态首先由张仲景描写

D.胞宫是奇恒之腑

E.胞宫主月经和孕育胎儿

参考答案:C

【考点评析】

1.外生殖器:外阴——包括阴阜、大小阴唇、阴蒂、前庭、前庭大腺、前庭球、尿道口、阴道口、处女膜、会阴。

2.内生殖器及功能:(1)阴道——性交器官,月经排出和胎儿娩出的通道。(2)子宫——有产生月经,精子通道,孕育、娩出胎儿的功能。(3)输卵管——卵子和精子相遇的场所,向宫腔运送受精卵的管道。分为4部分:①间质部:长约1 cm;②峡部:

紧接为间质部外侧,管腔较窄,长2~3 cm;③壶腹部:在峡部外侧,管腔较宽大,长5~8 cm;④伞部:输卵管的最外端,游离,开口于腹腔,管口为多须状组织。多为1~1.5 cm,有"拾卵"作用;(4)卵巢——性腺之一,产生和排出卵子及分泌性激素。输卵管和卵巢常被称作附件。

3.大阴唇皮下脂肪层含丰富血管、淋巴管和神经,局部受伤时,易出血形成血肿;前庭大腺正常情况下不能触及,发生感染时,腺管口闭塞,易形成脓肿。

4.子宫名首见于《神农本草经》。子宫在中医中称为女子胞、胞宫,又名胞脏、子脏、子处、血脏、血室等。子宫形态首先由朱丹溪描写。胞宫是奇恒之腑,主月经和孕育胎儿。

命题考点3 邻近器官及血管、淋巴、神经的关系

生殖器邻近器官有

A.尿道

B.膀胱

C.输尿管

D.结肠

E.阑尾

参考答案:D

【考点评析】

1.邻近器官有尿道、膀胱、输尿管、直肠、阑尾。

2.血管:维持生殖器官的血液供应主要来自于卵巢动脉、子宫动脉、阴道动脉及阴部内动脉,静脉均与同名动脉伴行,并在相应器官及其周围形成静脉丛,且相互吻合;故盆腔静脉感染易于蔓延。

3.淋巴:主要分为盆腔淋巴(髂淋巴组、腰淋巴组、骶前淋巴组)与外生殖淋巴(腹股沟浅淋巴结、腹股沟深淋巴结)两组。

4.神经:支配外阴部的神经主要为阴部神经,来自骶丛分支和自主神经;支配内生殖器的神经主要是交感神经和副交感神经。

命题考点4 骨盆底

骨盆底前方为

A.耻骨联合下缘

B. 耻骨联合上缘

C. 耻骨降支

D. 坐骨升支

E. 坐骨结节

参考答案:D

【考点评析】

1. 骨盆底是封闭骨盆出口的软组织,由多层肌肉和筋膜所组成。中间有尿道、阴道及直肠穿过。骨盆底组织承托并保持盆腔脏器位于正常位置。骨盆底前方为耻骨联合下缘,后面为尾骨尖,两侧为耻骨降支、坐骨升支及坐骨结节。两侧坐骨结节前缘的连线将骨盆底分为前后两部:前部为尿生殖三角,又称尿生殖区,有尿道和阴道通过;后部为肛门三角,又称肛区,有肛管通过。

2. 骨盆底组织由外层、中层、内层组织构成。

第三单元　女性生殖系统生理

命题考点1　妇女一生各时期的生理特点

【历年真题纵览】

A1 型题

1. 新生儿期出现少量阴道流血是

A. 生理现象

B. 月经

C. 感染

D. 创伤

E. 性早熟

参考答案:A

2. 下列对天癸认识的叙述,错误的是

A. 天癸之源在肾

B. 随肾气的盛衰而变化

C. 决定月经的来潮和绝止

D. 受冲任二脉调节

E. 促进人体生长发育,产生生殖功能

参考答案:D

【考点评析】

1. 胎儿期:受精卵是由父、母系来源的23对(46条)染色体组成的新个体。

2. 新生儿期:出生后4周内为新生儿期。女性胎儿由于受到胎盘及母体卵巢性腺产生的女性激素影响,其外阴较丰满,子宫、卵巢有一定程度的发育,乳房隆起或少许泌乳。出生后离开母体环境,血中女性激素水平迅速下降,可出现少量阴道流血。上述均属生理现象。

3. 儿童期:从出生4周到12岁左右称儿童期。此期女孩体格快速成长、发育,但生殖器发育缓慢。

4. 青春期:为10~19岁,这一时期是身体成长发育非常重要的过程,是儿童到成人的转变期。是月经初潮至生殖器官逐渐发育成熟的阶段。

5. 性成熟期:亦称生育期,是卵巢生殖机能与内分泌机能最旺盛的时期。自18岁左右开始,历时约30年。

6. 绝经过渡期:是指卵巢功能开始衰退至最后一次月经的时期。由于围绝经期雌激素水平波动或降低,可出现围绝经期综合征。

7. 绝经后期:绝经后的生命阶段,生殖器官进一步萎缩老化。骨代谢异常引起骨质疏松,容易发生骨折。

8. 《素问·上古天真论》以七岁为律,按女性各年龄阶段生理特征分期的最早记载,并指出了肾气的盛与衰、天癸的至与竭,主宰着女子的生长、发育、生殖与衰老的过程。

命题考点2　月经及月经期临床表现

【历年真题纵览】

A1 型题

1. 月经血的特征错误的是

A. 经血为暗红色

B. 有宫颈黏液

C. 有子宫内膜碎片

D. 呈凝固状态

E. 含有脱落的阴道上皮细胞

参考答案:D

2. 关于正常女子月经的描述错误的是

A. 初潮年龄为11~18岁

B. 月经周期一般为21~35日

C. 每次行经时间为3~5天

D. 每次月经量约为100 ml

E. 月经血一般为暗红色,不凝固

参考答案:D

【考点评析】

1. 月经是指伴随卵巢周期性变化而出现的子宫内

膜周期性脱落及出血。规律月经的建立是生殖系统功能成熟的主要标志。月经第1次来潮称月经初潮。

2.月经血的特征:经血为暗红色,其成分除血液外,还有子宫内膜碎片、宫颈黏液及脱落的阴道上皮细胞,且呈不凝状态。

3.正常月经的临床表现:正常月经具有周期性。间隔为21~35日,平均28日,每次月经持续天数称经期,平均3~5日;出血的第1日为月经周期的开始,两次月经第1天的间隔时间为一个月经周期。经量为一次月经的总失血量,正常为30~50 ml,若超过80 ml为月经过多。经期由于前列腺素的作用,有些妇女下腹及腰骶部下坠不适或子宫收缩痛,并可出现腹泻等胃肠功能紊乱症状。少数患者可有头痛及轻度神经系统不稳定症状。

命题考点3 卵巢功能及周期性变化

【历年真题纵览】

A1 型题

1.关于卵巢功能正确的是
　A.提供成熟卵子,提供支持生殖的内分泌
　B.产生月经
　C.孕育胎儿
　D.为卵子提供通道
　E.性交器官
参考答案:A

2.关于卵巢周期性变化错误的是
　A.成熟黄体能分泌大量雌激素
　B.排卵时卵母细胞和卵丘同时被挤出
　C.排卵后血体变成黄体
　D.卵泡发育成熟且排卵一般一个月只有一个
　E.卵巢内有数个始基卵泡同时发育
参考答案:A

3.下列哪项是孕激素的生理功能
　A.促进子宫发育
　B.促进女性第二性征发育
　C.使阴道上皮细胞增生、角化
　D.通过中枢神经系统使体温升高0.3~0.5℃
　E.对防止高血压及冠状动脉硬化有一定的作用
参考答案:D

B1 型题

4.
　A.子宫收缩

　B.子宫颈黏液有羊齿状结晶
　C.乳房发育
　D.基础体温上升
　E.输卵管蠕动
①孕激素的作用是
②雌激素和孕激素协同的作用是
参考答案:①D　②C

【考点评析】

1.卵巢具有两大功能,即产生卵子并排卵和分泌女性激素。

2.卵巢周期:从青春期开始到绝经期,卵巢的形态和功能发生周期性改变为卵巢周期。卵巢的周期性变化是从卵泡的发育至成熟、排卵及黄体形成至退化后月经来潮,卵巢中又有新的卵泡发育,开始新的一个周期。

3.卵巢合成分泌雌激素、孕激素及少量雄激素。(1)雌激素促进子宫肌细胞增生和肥大,使肌层增厚;促使和维持子宫发育;增加子宫平滑肌对缩宫素的敏感性;使子宫内膜腺体及间质增生、修复,使宫颈口松弛、扩张,宫颈黏液分泌增加,性状变稀薄,富有弹性易拉成丝状。促进输卵管肌层发育及上皮的分泌活动,并可加强输卵管肌节律性收缩的振幅,使阴道上皮细胞增生和角化,黏膜变厚,并增加细胞内糖原含量,使阴道维持酸性环境。使阴唇发育、丰满、色素加深。促使乳腺管增生,乳头、乳晕着色,促进其他第二性征的发育。(2)孕激素降低子宫平滑肌兴奋性及其对缩宫素的敏感性,抑制子宫收缩,有利于胚胎及胎儿宫内生长发育。使增生期子宫内膜转化为分泌期内膜,为受精卵着床做好准备。使宫口闭合,黏液分泌减少,性状变黏稠。抑制输卵管肌节律性收缩的振幅。加快阴道上皮细胞脱落。促进乳腺腺泡发育。孕激素在月经中期具有增强雌激素对垂体LH排卵峰释放的正反馈作用;在黄体期对下丘脑、垂体有负反馈作用,抑制促性腺激素分泌。兴奋下丘脑体温调节中枢,可使基础体温在排卵后升高0.3℃~0.5℃。临床上可以此作为判定排卵日期的标志之一。促进水钠排泄。(3)孕激素在雌激素作用的基础上,进一步促使女性生殖器和乳房的发育,为妊娠准备条件,二者有协同作用;另一方面,雌激素和孕激素又有拮抗作用,雌激素促进子宫内膜增生及修复,孕激素则限制子宫内膜增生,并使增生的子宫内膜转化为分泌期。其他拮抗作用表现在子宫收缩、输卵管蠕动、宫颈黏液变化、阴道上皮细胞角化和脱落以及钠和水的潴留与排泄等方面。(4)雄激素促使阴蒂、阴唇和阴阜的发育,促进阴毛、腋毛的生长。长期使用雄激素,可出现男性体态变化。此外,雄激素能促进蛋白合成,促进肌肉生长,并刺激骨髓中红细胞的增生。雄激素还可以增加基础代谢率。

命题考点4　子宫内膜及生殖器其他部位的周期性变化

【历年真题纵览】

A1 型题

1.下列关于子宫内膜周期性变化的描述,错误的是

　　A.增生早期

　　B.增生晚期

　　C.排卵期

　　D.分泌期

　　E.月经期

参考答案:C

2.使阴道上皮增厚,表层细胞出现角化在哪期最明显

　　A.月经期

　　B.增生期

　　C.排卵期

　　D.分泌期

　　E.排卵后

参考答案:C

【考点评析】

1.子宫内膜分为基底层和功能层。其组织形态的周期性改变可分为3期:①增生期:月经周期的第5~14日,相当于卵泡发育成熟阶段;②分泌期:黄体形成后,在孕激素的作用下,子宫内膜呈分泌反应;③月经期:月经周期第1~4日。由于雌、孕激素水平下降,子宫内膜中前列腺素的合成活化。内膜功能层的螺旋小动脉持续痉挛,组织变性、坏死,与血液相混而排出,形成月经血。

2.月经周期中阴道黏膜上皮呈周期性变化,以阴道上段最为明显。排卵前,阴道上皮在雌激素的作用下,底层细胞增生,逐渐演变为中层与表层细胞,使阴道上皮增厚,表层细胞出现角化,在排卵期的程度最为明显。排卵后在孕激素的作用下,表层细胞脱落。因此,临床上常借助阴道脱落细胞的变化,以了解体内雌激素水平和有无排卵。

3.宫颈黏膜腺细胞分泌的黏液受卵巢性激素影响也有明显的周期性变化。月经干净后,体内雌激素水平降低,宫颈管分泌的黏液量很少。随着雌激素水平提高,至排卵期黏液分泌量增加,黏液稀薄、透明,拉丝度可达10 cm以上。排卵后受孕激素影响,黏液分泌量逐渐减少,质地变黏稠而混浊,拉丝度差,易断裂。

4.输卵管的形态和功能在雌、孕激素的作用下同样发生周期性变化。

命题考点5　月经周期的调节

【历年真题纵览】

A1 型题

1.调节垂体促性腺激素的合成和分泌的是

　　A.下丘脑促性腺激素释放激素(GnRH)

　　B.卵泡刺激素(FSH)

　　C.黄体生成素(LH)

　　D.卵巢性激素

　　E.垂体后叶素

参考答案:A

2.卵巢激素的反馈作用错误的是

　　A.可以产生正反馈

　　B.可以产生负反馈

　　C.大量雌激素抑制下丘脑分泌卵泡刺激素释放激素

　　D.大量雌激素兴奋下丘脑分泌黄体生成素释放激素

　　E.卵巢性激素释放减少,增强对下丘脑的抑制,新的周期开始

参考答案:E

A2 型题

3.某女,29岁,月经周期22~23天,量较多,测基础体温为双相。此患者可由于何种原因而引起不孕或流产

　　A.黄体功能不全

　　B.黄体萎缩不全

　　C.无排卵

　　D.排卵型月经过多

　　E.以上均不是

参考答案:A

【考点评析】

1.卵泡期:在前次月经周期的卵巢黄体萎缩后,雌、孕激素水平降至最低,对下丘脑及垂体的抑制解

除,下丘脑又开始分泌 GnRH,使垂体 FSH 分泌增加,促使卵泡逐渐发育,在少量 LH 的协同作用下,卵泡分泌雌激素。在雌激素的作用下,子宫内膜发生增生期变化,随着雌激素逐渐增加,对下丘脑的负反馈作用增强,抑制下丘脑 GnRH 的分泌,使垂体 FSH 分泌减少。随着优势卵泡逐渐发育成熟,雌激素出现高峰,对下丘脑产生正反馈作用,促使垂体释放大量 LH,出现高峰,FSH 同时亦形成一个较低的峰,大量的 LH 与一定量 FSH 协同作用,使成熟卵泡排卵。

2.黄体期:排卵后,循环中 LH 和 FSH 均急速下降,在少量 LH 及 FSH 作用下,黄体形成并逐渐发育成熟。黄体主要分泌孕激素、雌激素,由于大量孕激素和雌激素共同的负反馈作用,垂体分泌的 LH 及 FSH 相应减少,黄体开始萎缩,孕激素和雌激素的分泌也减少。子宫内膜失去性激素支持,发生坏死、脱落,从而月经来潮。孕激素、雌激素和抑制素 A 的减少解除了对下丘脑、垂体的负反馈抑制,FSH、LH 分泌增加,卵泡开始发育,下一个月经周期又重新开始,如此周而复始。

命题考点 6　中医对女性生殖生理的认识

【历年真题纵览】

A1 型题

1.身无病,每三月一行经者,称
　A.居经
　B.暗经
　C.闭经
　D.激经
　E.并月

参考答案:A

2.与月经产生没有直接关系的脏腑是
　A.肾
　B.肺
　C.胆
　D.脾
　E.胃

参考答案:C

3.其与胞宫的生理功能有关,被称为"血海"的是
　A.冲脉
　B.任脉
　C.督脉

　D.带脉
　E.胃

参考答案:A

【考点评析】

1.月经是指有规律的、周期性的胞宫出血。又称月水、月信。另外,王叔和的《脉经》首次提出了几种特殊的月经现象:在身体无病的前提下,月经两月一潮的称"并月";三月一潮的称"居经"或"季经";一年一潮的称"避年";终生不潮而能受孕的称"暗经";受孕之初,按月行经而无损于胎儿的,称为"激经"、"盛胎"、"垢胎"。

2.月经是脏腑、天癸、经络、气血协同作用于胞宫而产生的生理现象。其中尤其是肾气、天癸、冲任二脉与月经有着直接的关系。与月经产生有直接关系的脏腑是心、肝、脾、胃、肾、肺,心主血,肝藏血,脾统血,胃主受纳腐熟,与脾同为生化之源;肾藏精,精化血;肺朝百脉而输布精微。可见脏腑在月经产生的机理上有重要作用。冲脉:"冲脉隶于阳明",又胃为水谷之海,为多气多血之腑,则冲脉受后天水谷精微的滋养。冲脉"渗三阳"、"渗三阴",为十二经气血汇聚之所,是全身气血运行的要冲,故而被称作"十二经之海"、"血海"。因此。冲脉之精血充盛,胞宫具有行经、胎孕的生理功能。任脉:"起于胞中",主一身之阴经,为"阴脉之海",总司一身之精、血、津、液等阴精。"妊主胞胎"。因此只有任脉之气通,才能促使胞宫行经与胎孕等生理功能。督脉:"任脉、冲脉、督脉者,一源而三歧也⋯⋯亦犹任脉、冲脉起于胞中也",督脉与诸阳经交会,故有"阳脉之海"之称。带脉:带脉始于季肋,横行于腰部,如束带状,总束诸经,使经脉气血循行保持常度;约束冲、任、督脉维系胞宫生理活动。

第四单元　妊娠生理

命题考点 1　受精与受精卵发育、输送及着床

【历年真题纵览】

A1 型题

受精卵开始着床的时间是受精后
　A.第 3 日
　B.第 4 日

C. 第5日

D. 第6~7日

E. 第9~10日

参考答案:D

【考点评析】

1. 成熟精子和卵子相结合的过程称为受精。受精后的卵子称为孕卵或受精卵。受精卵的分裂称卵裂。约在受精后第3日,分裂成由16个细胞组成的实心细胞团,称为桑椹胚或早期囊胚。与此同时,借助输卵管的蠕动和纤毛摆动,逐渐向子宫腔方向移动。约在受精后第4日,早期囊胚进入宫腔,在子宫腔内继续分裂发育成晚期囊胚。约在受精后第6~7日,晚期囊胚之透明带消失以后侵入子宫内膜的过程称受精卵着床,约在受精后第11~12日完成。

2. 当精子与卵子相遇,精子顶体外膜破裂,释放出顶体酶,称为顶体反应。通过酶的作用,使精子穿过放射冠和透明带。只有发生顶体反应的精子才能与卵子融合。当精子头部与卵子表面接触,便开始了受精过程。而着床需经过定位、黏着和穿透3个阶段。必须具备的条件有:透明带消失;囊胚细胞滋养层细胞分化出合体滋养细胞;囊胚和子宫内膜同步发育并相互配合及孕妇体内有足够数量的孕酮。受精卵着床后,子宫内膜迅速发生蜕膜变,此时的子宫内膜称蜕膜。蜕膜又分为底蜕膜、包脱膜和真蜕膜。

命题考点2　胎儿附属物的形成和功能

【历年真题纵览】

A1 型题

1. 胎儿附属物不包括

　A. 胎盘

　B. 胎膜

　C. 胎脂

　D. 脐带

　E. 羊水

参考答案:C

2. 胎盘的功能不包括

　A. 免疫功能

　B. 气体交换

　C. 营养作用

　D. 保持胎儿恒温

　E. 排泄作用

参考答案:D

---

3. 有关羊水的功能,错误的描述是

　A. 隔离羊膜与胎体,以免发生粘连,导致畸形

　B. 保持胎儿恒温

　C. 保护胎儿免受外来撞击

　D. 供给胎儿一定的营养

　E. 排出胎儿代谢产物

参考答案:E

【考点评析】

1. 胎儿附属物是指胎儿以外的组织,包括胎盘、胎膜、脐带、羊水;胎脂不属于胎儿附属物。

2. 胎盘:由羊膜、叶状绒毛膜及底蜕膜组成。由胎儿与母体组织共同构成。胎盘内进行物质交换的部位主要是血管合体膜。其功能有气体交换、营养物质供应、排出胎代谢产物、防御功能、合成功能(主要合成各种激素和酶)。激素有蛋白激素、甾体激素。

3. 胎膜:是由绒毛膜和羊膜组成。胎膜含有的多种酶活性和甾体激素代谢有关。此外,胎膜在分娩发动上有一定作用。

4. 脐带:是连于胎儿脐部与胎盘间的条索状结构。脐带是胎儿和母体之间进行物质交换的重要通道和唯一桥梁。

5. 羊水:是充满在羊膜腔内的液体,胚胎在羊水中生长发育。羊水的功能:保证胎儿一定限度的活动;供给胎儿一定的营养;保持胎儿恒温;保护胎儿免受外来撞击;隔离羊膜与胎体。

命题考点3　妊娠期母体的变化

【历年真题纵览】

A1 型题

妊娠期孕妇腹部皮肤可出现不规则平行裂纹,称为

　A. 肥胖纹

　B. 妊娠纹

　C. 皱纹

　D. 蝴蝶斑

　E. 妊娠斑

参考答案:B

【考点评析】

1. 生殖系统的变化:(1)子宫:妊娠期间子宫体逐渐增大变软。孕12周以后,逐渐伸展、拉长、变薄,扩展成为子宫腔的一部分,形成子宫下段。临产

后可伸展到 7~10 cm 长,成为产道的一部分;子宫颈妊娠早期肥大、变软,外观呈紫蓝色。宫颈管内腺体肥大、宫颈黏液分泌量增多,形成黏稠的黏液栓堵塞于宫颈管,防止病原体入侵宫腔。接近临产时,宫颈管变短并出现轻度扩张。

(2)卵巢:妊娠期略增大。妊娠期间卵巢停止排卵。

(3)输卵管:妊娠期输卵管伸长,但肌层并不增厚。黏膜上皮细胞变扁平,黏膜层中有时可出现蜕膜细胞。

(4)阴道:妊娠期黏膜变软并呈紫蓝色,皱襞增多,有利于分娩;阴道 pH 值降低,有利于防止感染。

(5)外阴:妊娠期外阴部充血,大小阴唇色素沉着,小阴唇皮脂腺分泌增多。

2. 乳房的变化:妊娠早期开始增大,充血明显,孕妇常感乳房发胀或刺痛。乳头变大并有色素沉着呈黑褐色,易勃起。乳晕变黑,乳晕上的皮脂腺肥大形成散在的结节状小隆起,称为蒙氏结节。妊娠晚期挤压乳头时,可有少许淡黄色稀薄液体流出,称为初乳。

3. 血容量增加,血液呈稀释状态。多数孕妇在心尖区可听到柔和吹风样收缩期杂音。心率每分钟增加约 10~15 次。心电图因心脏左移出现电轴左偏。心排出量:可比非孕时增加30%。血压:妊娠早期及中期血压偏低,晚期轻度升高。

4. 妊娠期间肾脏略有增大,孕妇易患急性肾盂肾炎,且以右侧多见。约有 15% 的孕妇餐后可出现糖尿。

5. 约有一半以上的孕妇在孕 6~10 周之间,可有不同程度的恶心或呕吐,尤其晨间空腹时更加明显,或伴有食欲不振、偏食以及喜食酸味食物等,称为早孕反应。

6. 妊娠期以胸式呼吸为主。上呼吸道容易发生感染。

7. 内分泌系统的变化。

8. 皮肤及其他:色素沉着、妊娠纹、毛发改变等。

第五单元 孕期监护及保健

命题考点1 围生期概念

【历年真题纵览】
A1 型题
我国现阶段采用的围生期范围是

A. 从胚胎形成至产后 1 周
B. 从妊娠满 20 周至产后 4 周
C. 从妊娠满 28 周至产后 1 周
D. 从妊娠满 28 周至产后 4 周
E. 从妊娠满 24 周至产后 1 周
参考答案:C

【考点评析】
围生期是指产前、产时和产后的一段时期。国际上对围生期的规定有 4 种:①围生期Ⅰ:从妊娠满 28 周(即胎儿体重≥1000 g 或身长 35 cm)至产后 1 周;②围生期Ⅱ:从妊娠满 20 周(即胎儿体重≥500 g 或身长 25 cm)至产后 4 周;③围生期Ⅲ:从妊娠满 28 周至产后 4 周;④围生期Ⅳ:从胚胎形成至产后 1 周。我国采用围生期Ⅰ计算围生期死亡率。

命题考点2 孕妇监护

【历年真题纵览】
A1 型题
1. 产前检查的时间正确的是
A. 从妊娠 10 周开始
B. 妊娠 20 周起进行产前系列检查
C. 从妊娠 20~30 周期间每 4 周检查一次
D. 自妊娠 30 周开始每周检查一次
E. 高危妊娠应每周检查一次
参考答案:B

2. 月经规律的妇女,推算预产期常用的时间是
A. 末次月经干净之日
B. 末次月经开始之日
C. 初觉胎动之日
D. 房事之日
E. 早孕反应开始之日
参考答案:B

3. 末次月经是 2000 年 8 月 26 日,其预产期应是
A. 2001 年 6 月 1 日
B. 2001 年 6 月 2 日
C. 2001 年 6 月 3 日
D. 2001 年 6 月 4 日
E. 2001 年 6 月 5 日
参考答案:B

4. 孕 20 周末胎儿发育特征,下列哪项是正确的
A. 皮下脂肪开始沉着
B. 用听诊器可在孕妇腹部听到胎心音

C. 身长 40 cm

D. 指甲已达指端

E. 内脏器官已发育齐全

参考答案:B

【考点评析】

1. 产前检查的时间从确诊为早孕时开始,常规进行妇科检查以了解软产道及盆腔内有无异常;测量血压作为基础血压;检查心、肺;查血、尿常规及肝、肾功能。产前系列检查应从妊娠 20 周起进行。即妊娠 20~28 周期间,每 4 周检查 1 次;妊娠 29~35 周,每 2 周检查 1 次;自妊娠 36 周起,每周检查 1 次。凡属高危孕妇,应酌情增加产前检查次数。

2. 从末次月经第 1 日算起,月份减 3 或加 9,日数加 7(农历日数加 14),所得日期即为预产期。

3. 产前检查的步骤及方法:(1)腹部检查。(2)骨盆测量,方法有骨盆外测量和骨盆内测量两种。(3)阴道检查,了解软产道有无异常,判断有无骨盆狭窄。(4)肛门检查,可以了解胎先露部、骶骨前面弯曲度、坐骨棘间径、坐骨切迹宽度及骶尾关节活动度,并测量出口后矢状径。(5)绘制妊娠图:将每次检查测得的数值记录于妊娠图上,绘制成曲线图,动态观察其变化,可及早发现异常情况。

命题考点3 胎儿监护

【历年真题纵览】

A1 型题

1. 用于胎盘功能检查错误的是

A. 羊水中卵磷脂

B. 孕妇 E_3

C. 孕妇血清胎盘泌乳素

D. 孕妇 OCT

E. 孕妇 NST

参考答案:A

2. 足月妊娠时,正常胎心率的范围是每分钟

A. 100~140 次

B. 110~150 次

C. 120~160 次

D. 130~170 次

E. 140~180 次

参考答案:C

A2 型题

3. 患者,女,32 岁,已婚未育。孕 29 周,昨晚因食用不洁食物出现腹泻,今晨自觉胎动异常,下列哪项提示胎儿缺氧

A. 胎动 8 次/12 小时

B. 胎动 15 次/12 小时

C. 胎动 20 次/12 小时

D. 胎动 25 次/12 小时

E. 胎动 30 次/12 小时

参考答案:A

【考点评析】

1. 胎盘功能:测定胎动、孕妇尿及血清雌三醇、孕妇胎盘生乳素、妊娠特异性 β 糖蛋白、缩宫素激惹试验、B 超检查。胎动计数是判断胎儿宫内安危的主要临床指标,12 小时 >10 次为正常;12 小时 >10 次提示胎儿缺氧。

2. 胎儿宫内监护方法:无应激试验、缩宫素激惹试验。

命题考点4 围生期用药

【历年真题纵览】

A1 型题

1. 常见药物对胎儿的影响错误的是

A. 反应停可导致"海豹"畸形

B. 抗癌药物在孕初 3 个月使用可引起各种胎儿畸形

C. 雌激素可导致男胎女性化

D. 孕期服用雄激素可生育男胎

E. 氯霉素可致灰婴综合征

参考答案:D

2. 妊娠禁用或慎用的中药不包括

A. 峻下、滑利药

B. 祛瘀、破血药

C. 耗气、散气药

D. 有毒药品

E. 清热、解毒药

参考答案:E

【考点评析】

1. 有致畸作用或其他不良影响的西药:如四环素类有明显致畸作用;长期注射链霉素、庆大霉素、卡那霉素等氨基糖苷类,均可使胎儿第 8 对脑神经及肾受损害;氯霉素对胎儿产生毒性反应,可出现"灰婴综合征"。 镇静安定药常服用者,其先天畸形的发生率明显增加,畸形可表现为无脑儿、先天性心

脏病、严重四肢畸形、唇裂、腭裂、两性畸形、先天性髋关节脱位、颈部软组织畸形、尿道下裂、多指(趾)、副耳等。苯妥英钠有明显致畸作用,可引起胎儿唇裂、腭裂及心脏畸形。丙戊酸钠司致胎儿神经管畸形。

2. 妊娠禁用或慎用的中药:妊娠期间,凡峻下、滑利、祛瘀、破血、耗气、散气以及一切有毒药品,都应慎用或禁用。

命题考点5　妊娠期常见症状的鉴别

【历年真题纵览】

A1 型题

孕中期的阴道流血可能与哪种疾病有关

A. 异位妊娠

B. 葡萄胎

C. 前置胎盘

D. 胎盘早剥

E. 早期流产

参考答案:B

【考点评析】

1. 停经:停经不一定是妊娠,应予以鉴别,要除外月经不调等。

2. 恶心呕吐:约半数孕妇于停经6周左右出现恶心、呕吐。症状严重者为妊娠剧吐,要注意排除葡萄胎引起的剧吐;还应注意与肝炎鉴别。

3. 尿频:妊娠早期排尿次数增多,不伴尿急、尿痛,属于生理性尿频。若伴有尿急、尿痛,主要是炎症所致。尿频且多尿者,要注意妊娠合并糖尿病、急性肾衰多尿期等原发病。

4. 阴道出血:孕12周前的阴道出血,有早期流产、异位妊娠、葡萄胎等可能;孕中期的阴道流血与晚期流产、葡萄胎有关;孕晚期的阴道流血与早产、前置胎盘、胎盘早剥等有关;此外,还有因外阴、阴道、宫颈病变引起的出血,应注意鉴别。

另外,还要注意腹痛、排尿困难、子宫异常增大、子宫小于孕周、胎动异常和胎心音异常、头痛与视力突然减退、水肿、呼吸困难、黄疸、抽搐、昏厥与昏迷等的鉴别。

第六单元　正常分娩

命题考点1　决定分娩的四因素

【历年真题纵览】

A1 型题

1. 决定分娩的主要因素是

A. 产力,产道

B. 产道,胎儿

C. 产力,产道,会阴盆底

D. 产力,产道,胎儿

E. 产力,胎儿,胎位

参考答案:D

2. 胎儿经阴道娩出最主要的力是

A. 子宫收缩力

B. 肛提肌收缩力

C. 腹肌收缩力

D. 膈肌收缩力

E. 腹部压力

参考答案:A

3. 关于软产道的组成错误的是

A. 子宫下段

B. 输卵管

C. 子宫颈

D. 阴道

E. 盆底软组织

参考答案:B

4. 决定胎儿能否顺利通过产道的胎儿因素不包括

A. 胎位

B. 胎儿大小

C. 胎儿有无畸形

D. 胎儿性别

E. 胎儿颅骨过硬

参考答案:D

5. 孕妇因恐惧分娩可产生下列变化,错误的是

A. 心率加快

B. 呼吸急促

C. 肺内气体交换不足

D. 产程缩短

E. 体力消耗过多

参考答案:D

【考点评析】

1.决定分娩的四因素：产力、产道、胎儿、精神心理因素。

2.产力包括子宫收缩力、腹肌及膈肌收缩力（统称腹压）和肛提肌收缩力。子宫收缩力是临产后的主要产力，贯穿于整个分娩过程。产道有骨产道与软产道。软产道由子宫下段、子宫颈、阴道、盆底软组织组成。胎儿能否顺利通过产道，主要取决于胎儿的胎位、大小及有无畸形。孕妇恐惧分娩可产生焦虑不安，出现心率加快、呼吸急促、肺内气体交换不足、体力消耗过多，子宫收缩乏力，产程延长，血压升高，胎儿缺氧。

命题考点 2　枕先露的分娩机制

【历年真题纵览】

A1 型题

下列关于枕前位分娩机制，判定产程进展的重要标志是

　A. 衔接
　B. 下降
　C. 内旋转
　D. 俯屈
　E. 仰伸
　参考答案：B

【考点评析】

1.衔接：胎头双顶径进入骨盆入口平面，颅骨最低点接近或达到坐骨棘水平。

2.下降：胎头沿骨盆轴前进的动作，呈间歇性，胎头下降贯穿于分娩全过程，临床上注意观察胎头下降程度作为判定产程进展的重要标志。

3.俯屈：使胎头下颏接近胸部，以最小径线适应产道。

4.仰伸：胎头枕骨下部下降达耻骨联合下缘，以耻骨弓为支点，使胎头逐渐仰伸继而娩出。

5.复位及外旋转：胎头娩出后，为使其与胎肩恢复正常关系，枕部向左旋转45°称复位。胎肩转成与骨盆出口前后径一致的方向，胎头枕部需在外继续向左旋转45°称外旋转。

6.胎儿娩出：胎儿双肩娩出后，胎体及下肢随之娩出。

命题考点 3　临产诊断及产程

【历年真题纵览】

A1 型题

1.临产的重要标志是

　A. 见红，破膜，规律宫缩
　B. 见红，规律宫缩，宫口开张不明显
　C. 见红，胎先露下降，伴尿频
　D. 规律宫缩，见红
　E. 规律宫缩，进行性宫口扩张和胎先露下降
　参考答案：E

2.临产调护六字真言"睡、忍痛、慢临盆"出自

　A.《产宝》
　B.《十产论》
　C.《女科百问》
　D.《达生篇》
　E.《妇人大全良方》
　参考答案：D

A2 型题

3.患者，女，24岁，已婚。孕39周，阵发性下腹痛约13小时，伴阴道少许出血，肛门坠胀，有排便感。检查：宫缩45秒/3分种，宫口已开大达9厘米。其诊断是

　A. 分娩先兆
　B. 先兆早产
　C. 已临产，第一产程
　D. 已临产，第二产程
　E. 已临产，第三产程
　参考答案：C

B1 型题

4.
　A. 从规律宫缩到宫口开全
　B. 宫口开全到胎儿娩出
　C. 胎儿娩出至胎盘娩出
　D. 从规律宫缩到宫口开大3 cm
　E. 胎盘娩出到产后2小时
①产程中第二产程是
②产程中第三产程是
　参考答案：①B　②C

【考点评析】

1.临产开始的主要标志是有规律而逐渐增强的子宫收缩，持续30秒以上，间歇5~6分钟左右，同时伴有进行性宫颈管消失、宫口扩张和胎先露下降。

2. 第一产程(宫颈扩张期):规律宫缩→宫口扩张→胎头下降→胎膜破裂。第二产程(胎儿娩出期):宫口开全→宫缩增强→胎头拨露→胎头着冠→胎儿娩出。第三产程(胎盘娩出期):宫缩暂停数分钟后又出现,宫体变硬,外露脐带自行延长不再回缩,阴道少量流血。

3. 孕妇分娩又称临产,分娩前多有征兆,如胎位下移、小腹坠胀、有便意感或见红等。古人还有试胎(即"妊娠八九个月时感腹中痛,痛定仍然如常者")、弄胎("若月数已足,腹痛时作时止,腰不痛者")的记载。此外,临产时可打得产妇中指末节有脉搏跳动,称为离经脉。《达生篇》的临产调护六字真言"睡、忍痛、慢临盆",对产妇的顺利分娩有着积极的指导意义。

第七单元　正常产褥

命题考点 1　产褥期母体的变化

【历年真题纵览】

A1 型题

产后不哺乳妇女通常可于产后几周月经复潮

　A. 4 ~ 8 周

　B. 2 ~ 3 周

　C. 4 个月

　D. 5 个月

　E. 6 个月

参考答案:A

【考点评析】

1. 生殖系统的变化:(1)子宫是产褥期变化最大的器官。子宫复旧包括子宫体和子宫颈,需时 6 ~ 8 周。分娩后子宫体逐渐缩小,子宫重量也逐渐减少。由于分娩时子宫颈外口发生轻度裂伤,使产妇的子宫外口由产前的圆形(未产型)变为产后的"一"字形横裂(已产型)。(2)阴道与外阴:分娩后消失的阴道黏膜皱襞,约于产后 3 周以后重新出现,外阴水肿 2 ~ 3 日自行消退,会阴部伤口在 3 ~ 5 日愈合。处女膜因分娩撕裂形成处女痕。(3)盆底组织:分娩可造成盆底组织(肌肉及筋膜)扩张过度,弹性减弱,一般产褥期内能恢复。但分娩次数过多,间隔时间过短,盆底组织松弛,较难完全恢复正常,这是导致子宫脱垂、阴道壁膨出的重要原因。

2. 乳房的变化:产褥期乳房的变化是泌乳,包括乳汁的产生及射乳。

3. 全身变化。

4. 月经复潮及排卵:产褥期恢复排卵与月经复潮的时间受哺乳影响。不哺乳妇女通常可于产后 4 ~ 8 周月经复潮,平均产后 10 周可恢复排卵。而哺乳产妇月经复潮延迟,平均产后 4 ~ 6 个月可恢复排卵,产后较晚恢复月经者,首次月经复潮前多有排卵。故哺乳期产妇未见月经来潮仍有可能怀孕。

命题考点 2　产褥期临床表现

【历年真题纵览】

A1 型题

下列产褥期的临床表现,正确的是

　A. 产后第一日,子宫底稍下降

　B. 产后初期,产妇脉搏增快

　C. 产后 1 ~ 2 天可发生"泌乳热"

　D. 产后宫缩痛多见于经产妇

　E. 恶露通常持续 1 ~ 2 周

参考答案:D

【考点评析】

1. 体温——多数正常,一般不超过 38℃,不哺乳者可有低热。脉搏——略缓慢,呼吸——深慢,血压——平稳。

2. 子宫复旧每日下降 1 ~ 2 cm,产后 10 日降至骨盆内。产后宫缩痛多见于经产妇,哺乳时加重。

3. 产后宫缩痛——由于子宫阵发性收缩引起下腹部剧烈疼痛称为"产后宫缩痛"。于产后 1 ~ 2 天出现,持续 2 ~ 3 天自然消失,多见于经产妇。中医学称之为"儿枕痛"。

4. 恶露:血性恶露、浆液性恶露、白色恶露,持续 4 ~ 6 周,总量为 250 ~ 500 ml。

命题考点 3　产褥期处理及保健

经阴道自然分娩的产后几小时可在室内随意走动

　A. 1 ~ 3

　B. 3 ~ 6

　C. 6 ~ 12

　D. 12 ~ 24

E. 24 ~ 48

参考答案:C

【考点评析】

1. 产褥期处理

(1)产后 2 小时内极易出现严重并发症,应严密观察血压、脉搏、子宫收缩情况、阴道流血量及膀胱充盈与否等。

(2)产后 1 小时可让产妇进流食或清淡半流食,若哺乳应多进蛋白质和多吃汤汁食物,应适当补充维生素和铁剂。

(3)产后 4 小时应鼓励产妇尽早解小便。若发生便秘,应口服缓泻剂,开塞露塞肛或温肥皂水灌肠。

(4)若子宫复旧不全,应给予缩宫剂;若合并感染,应给予抗生素控制感染。

(5)褥汗:产褥早期,汗出很多,以夜间睡眠和初醒时更明显,1 周后自行缓解。

(6)产后 2 ~ 3 天乳房泌乳增加,应频繁哺乳,排空乳房。

(7)每日冲洗会阴。

(8)产后 4 小时应让产妇排尿。

2. 产褥期保健

(1)适当活动及做产后健身操,经阴道自然分娩的产后 6 ~ 12 小时可在室内随意走动,按时做产后健身操;行会阴侧切或剖宫产手术后的产妇,产后第 3 日起床活动,拆线后伤口不再疼痛时也应做产后健身操;产后 2 周开始加做膝胸卧位以预防或纠正子宫后倾。

(2)产妇在产褥期原则上应禁止性生活。在产后 42 日起应采取避孕措施,产后首选的避孕措施是工具避孕。不哺乳者则可选用药物避孕。

第八单元　妇产科疾病的病因与发病机理

命题考点 1　病因

1. 妇产科疾病中医常见病因不包括
   A. 六淫邪气
   B. 七情内伤
   C. 金刃所伤
   D. 生活所伤
   E. 体质因素

参考答案:C

2. 惊恐伤
   A. 肝
   B. 心
   C. 脾
   D. 肺
   E. 肾

参考答案:E

【考点评析】

1. 生物因素为最常见的致病因素。主要引起生殖器官的炎症。

2. 中医常见病因:(1)淫邪因素;(2)情志因素;(3)生活因素;(4)其他因素:瘀血痰饮,体质因素。

命题考点 2　疾病发生机理

【历年真题纵览】

A1 型题

1. 西医对病因的认识错误的是
   A. 生物性因素
   B. 性别性因素
   C. 理化性因素
   D. 营养性因素
   E. 精神性因素

参考答案:B

2. 下列哪项不是直接导致冲任损伤的因素
   A. 邪毒感染
   B. 郁怒悲伤
   C. 房劳多产
   D. 跌扑闪挫
   E. 寒湿之邪

参考答案:D

B1 型题

3.
   A. 冲任损伤,不能制约经血
   B. 气虚失摄,血失所统
   C. 冲任不固,气血运行失常
   D. 热扰冲任,气血失调
   E. 血热气逆,迫血妄行

①晚期产后出血,中医的发病机理是

②代偿性月经,中医的发病机理是

参考答案:①C　②E

【考点评析】

1. 病理生理特点:(1)自稳调节功能紊乱;(2)损伤与抗损伤反应;(3)疾病过程中的因果转化:在疾病过程中,有时原始病因使机体发生病变后形成某些病理产物,这些病理产物反过来又成为新的致病因素,即反果为因引起新的病变,并使病情不断加重;(4)疾病过程中局部与全身的关系:人是一个有机整体,局部病变可以累及全身,全身病变也可影响局部。

2. 中医对妇产科疾病发病机理的认识有脏腑功能失常,气血失调,冲、任、督、带损伤三方面。而冲任督带、胞宫、胞脉、胞络损伤是妇产科疾病的主要病机和最终病位。

第九单元 诊断概要

命题考点1 妇科病史及检查

【历年真题纵览】

A1 型题

未婚患者适合的检查方法是

A. 双合诊

B. 三合诊

C. 肛腹诊

D. 阴道 B 超

E. 阴道窥器检查

参考答案:C

【考点评析】

1. 全身检查。

2. 腹部检查。

3. 妇科检查:(1)外阴部检查:外阴发育:阴毛分布及多少、皮肤色泽、有无畸形、水肿、炎症、溃疡、萎缩或肿瘤等,检查尿道口与前庭情况,注意尿道口有无肉阜突出。检查处女膜与会阴的形态。(2)阴道窥器检查:宫颈:大小、颜色、外口形态,有无出血、囊肿、息肉或肿块及颈管分泌物。可行宫颈刮片、宫颈管分泌物检查。阴道:前、后、侧壁黏膜颜色及皱襞多少,有无阴道隔、双阴道等先天畸形或出血、溃疡、肿块,注意分泌物的量、色、质及有无异味。白带异常者应查找滴虫、霉菌或淋菌。(3)双合诊三合诊检查。未婚患者处女膜未破,检查时不能进行阴道操作;双合诊、三合诊、阴道 B 超、阴道窥器检查均经阴

道操作,故不适合。

命题考点2 妊娠诊断

【历年真题纵览】

A1 型题

1. 早孕时最早及最重要的症状是

A. 停经

B. 早孕反应

C. 尿频

D. 腹痛

E. 乳房胀痛

参考答案:A

2. 下列哪组方法诊断妊娠最可靠且简单

A. 停经史,胎动感,腹部渐膨隆

B. 停经史,早孕反应,B 超见宫内光团

C. 停经史,早孕反应,内诊子宫增大,尿 HCG（＋）

D. 早孕反应,内诊子宫增大,附件囊性小包块,尿 HCG（＋）

E. 停经史,内诊子宫增大,B 超见宫内胎囊,胎芽,胎心,尿 HCG（＋）

参考答案:B

3. 中、晚期妊娠的体征错误的是

A. 子宫增大

B. 胎动

C. 见红

D. 胎儿心音

E. 胎头圆而硬,有浮球感

参考答案:C

4. 胎方位为枕左前位是指

A. 胎头枕骨位于母体骨盆的左前方

B. 胎头枕骨位于母体骨盆的右前方

C. 胎头枕骨位于母体骨盆的左后方

D. 胎头枕骨位于母体骨盆的右后方

E. 胎头面部位于母体骨盆的左前方

参考答案:A

【考点评析】

早期妊娠的诊断:

1. 临床表现:停经,早孕反应,尿频,乳房增大胀痛,乳头和乳晕着色变深变宽,乳晕部位因皮脂腺隆起而出现结节,称"蒙氏结节"。

2. 妇科检查:阴道及宫颈变松软,呈紫蓝色。双

合诊时感觉宫颈和宫体似不相连,称"黑格征"。妊娠5~6周时宫体变饱满,呈圆球形;妊娠8周宫体约为非孕宫体的2倍,妊娠12周时为非孕宫体的3倍。

3.辅助检查:(1)尿妊娠试验阳性。(2)B超检查:妊娠5周时可见妊娠环。(3)黄体酮试验。(4)基础体温测定:基础体温高温相持续18天以上仍不下降者,早孕的可能性较大。(5)宫颈黏液检查:停经后取宫颈黏液镜检,若仍可见到较为典型的羊齿植物叶样结晶,即可排除早孕;若见到椭圆体,则需连续动态监测才有助于早孕的诊断。

中、晚期妊娠的诊断:

1.临床表现:(1)子宫增大,腹部膨隆。(2)妊娠18周左右孕妇可自觉胎动,妊娠周数越大,胎动越活跃,但到妊娠末期时胎动逐渐减少。(3)妊娠18~20周经孕妇腹壁可听到胎儿心音,如钟表的"嘀哒"声,约每分钟120~160次。(4)妊娠20周后,经孕妇腹壁可触到子宫内的胎体。(5)妊娠中晚期孕妇的面部、乳头、乳晕及腹壁正中线处常有色素沉着。

2.辅助检查:(1)B超检查:妊娠15周后B超检查可显示胎体、胎头及胎盘等完整图像,并能显示胎动、胎心搏动及羊水深度。(2)X线检查近年已被B超检查所取代。(3)妊娠12周时能检测出较规律的胎儿心电图图形,妊娠20周后的检测成功率更高。

胎产式、胎先露、胎方位:

1.胎体纵轴和母体纵轴的关系称为胎产式。两纵轴平行者称纵产式,如头位、臀位。两纵轴垂直者称横产式,如横位。两纵轴交叉成其他角度时称斜产式。斜产式是暂时的,在分娩过程中多数转成纵产式或横产式。

2.最先进入母体骨盆入口的胎儿部分称胎先露。

3.胎儿先露部的指示点与母体骨盆的关系称胎方位,简称胎位。

命题考点3　月经病的诊断与辨证要点

【历年真题纵览】

A1 型题

1.下列哪项不是月经后期虚寒证的主症
    A.经期延后,量少色淡、质清稀
    B.小腹空痛,心悸失眠
    C.腰酸无力
    D.小便清长,大便稀溏

E.脉沉迟或细弱无力
参考答案:B

2.下列各项中哪项不是闭经气血虚弱证的主要症状
    A.月经闭止,腰膝酸软
    B.月经量少,经色淡质稀,继而停经
    C.头晕眼花
    D.神疲乏力
    E.食欲不振
参考答案:A

【考点评析】

以月经期、量、色、质的变化结合全身症状、舌脉作为辨证的依据。

小腹空痛,心悸失眠为血虚型表现;经期延后,量少色淡、质清稀;腰酸无力;小便清长,大便稀溏;脉沉迟或细弱无力为虚寒型表现。

月经闭止,腰膝酸软属肾虚症状;月经量少,经色淡质稀,继而停经;头晕眼花;神疲乏力;食欲不振属气血虚弱证。

命题考点4　带下病的诊断与辨证要点

【历年真题纵览】

A1 型题

1.问带下史要注意
    A.期、量、色、质
    B.量、色、质、味
    C.期、色、质
    D.色、质、味
    E.量、色、期
参考答案:B

2.带下量多,脉沉弱,属于
    A.脾虚湿盛
    B.肾气虚损
    C.脾肾两虚
    D.湿热下注
    E.气血虚弱
参考答案:B

【考点评析】

带下量、色、质、气味的变化结合全身症状、舌脉作为依据。

命题考点 5　妊娠病的诊断与辨证要点

【历年真题纵览】

A1 型题

妊娠脉象

　　A. 必为滑脉

　　B. 多为数脉

　　C. 脉多滑利而尺脉按之不绝

　　D. 如切绳转珠

　　E. 多为洪脉

　　参考答案:C

【考点评析】

分清同母病或胎病。辩明胎儿情况,以明确胎孕可安,还是当下胎益母。

命题考点 6　产后病的诊断与辨证要点

【历年真题纵览】

A1 型题

产后"三急"是指

　　A. 呕吐、泄泻、盗汗

　　B. 尿失禁、缺乳、大便难

　　C. 血晕、发热、痉证

　　D. 病痉、病郁冒、大便难

　　E. 腹痛、恶露不下、发热

　　参考答案:A

【考点评析】

1. 根据恶露的量、色、质和气味;乳汁多少、色质;饮食多少和产后大便、腹痛状况结合全身证候、舌脉为辨证依据。

2. 历代医家十分重视对产后病的研究,早在东汉时期就提出了"新产三病",即"痉"、"郁冒"、"大便难";唐代以后又提出产后败血上冲有"冲心"、"冲肺"、"冲胃"三种危重症;清代把产后发生呕吐、盗汗、泄泻三种伤津耗液的病证称为"产后三急"。

命题考点 7　妇产科常见症状鉴别诊断要点

【历年真题纵览】

A1 型题

1. 绝经后阴道出血要首先注意排除何种疾病

　　A. 功能失调性子宫出血

　　B. 子宫糜烂

　　C. 子宫内膜癌

　　D. 异常妊娠

　　E. 子宫肌瘤

　　参考答案:C

2. 幼女出现阴道出血常见于

　　A. 功能失调性子宫出血

　　B. 正常生理

　　C. 性早熟

　　D. 妊娠

　　E. 生殖器炎症

　　参考答案:C

3. 行经时腹痛一般不考虑

　　A. 痛经

　　B. 子宫内膜异位症

　　C. 先天性生殖道畸形

　　D. 子宫腺肌病

　　E. 盆腔淤血综合征

　　参考答案:C

4. 灰黄色泡沫状带下为何种疾病的特点

　　A. 子宫颈癌

　　B. 子宫黏膜下肌瘤

　　C. 宫颈息肉

　　D. 子宫腺肌病

　　E. 滴虫性阴道炎

　　参考答案:E

5. 腹腔肿块考虑有哪种可能

　　A. 附件炎性肿块

　　B. 输卵管妊娠

　　C. 卵巢非赘生性囊肿

　　D. 腹壁后肿瘤

　　E. 子宫肌瘤

　　参考答案:D

【考点评析】

1. 阴道出血:常见原因有卵巢内分泌功能失调、

异常妊娠、异常分娩与产褥、生殖器炎症、生殖器肿瘤、生殖道损伤或异物、全身疾病或用药。临床表现为月经量增多、不规则阴道出血、长期持续阴道出血、停经后阴道异常出血、绝经后阴道出血、性交后出血、行经前后点滴出血、经间期出血、阴道出血伴排液。要注意各种出血的可能病因。新生女婴出生后数日有少量阴道出血，为母体的雌激素在出生后骤然下降所致。幼女出现阴道出血，可见于性早熟或生殖器恶性肿瘤。青春期少女阴道出血多为功能失调性子宫出血。育龄期妇女阴道出血应首先排除与妊娠有关的疾病。围绝经期出血虽然多为功能失调性子宫出血，但应首先排除生殖器恶性肿瘤。

2.带下异常：(1)透明黏性带下：多见于慢性子宫颈管炎、雌激素水平过高，或阴道腺病、子宫颈高分化腺癌。(2)白色凝乳块状带下：为白色念珠菌性阴道炎的特征。(3)灰黄色泡沫状带下：为滴虫性阴道炎的特征。(4)灰色匀质稀薄带下：为细菌性阴道病的特征，常伴鱼腥味。(5)脓性带下：淋球菌或滴虫合并杂菌感染，也可见于宫腔积脓、子宫颈癌、阴道癌，或阴道内异物等。(6)血性带下：应考虑子宫颈息肉、子宫黏膜下肌瘤，或子宫颈癌、子宫内膜癌，或是 IUD 引起。(7)水样带下：持续流出淘米水样带下，并有恶臭气味，多为晚期子宫颈癌、阴道癌，或子宫黏膜下肌瘤伴感染。若间断排出黄色或红色水样带下，多为输卵管癌。

3.下腹疼痛(1)起病缓急：起病急者，应考虑卵巢囊肿蒂扭转或破裂、宫外孕破裂等；起病缓慢而逐渐加重者，多为盆腔炎或恶性肿瘤；长期慢性隐痛者，多为慢性附件炎或盆腔淤血综合征。(2)疼痛部位：下腹正中痛多为子宫性疼痛；一侧下腹痛多为该侧卵巢和输卵管病变；双侧下腹痛常见于慢性附件炎；整个下腹甚至全腹痛，可见于卵巢囊肿破裂、宫外孕破裂、盆腔腹膜炎、黄体囊肿破裂。(3)腹痛性质：阵发性绞痛多为痉挛性收缩；持续性钝痛多为炎症或积液；撕裂样锐痛多为破裂；下腹连及肛门坠痛多为积血或积脓不能排出。(4)腹痛时间：行经时腹痛，多为痛经、子宫内膜异位症、子宫腺肌病、盆腔淤血综合征等；两次月经中间下腹痛，多为排卵性疼痛；周期性下腹痛而无月经来潮，多为先天性生殖道畸形等；若发生在宫腔手术或检查后，多为宫腔粘连或宫颈管粘连。(5)腹痛放射部位：腹痛放射至腹股沟及大腿内侧，多为该侧子宫附件病变；放射至肩部应考虑为腹腔内出血；腹痛连及腰骶部，多为宫颈、子宫病变。(6)腹痛伴随症状：腹痛伴有停经史，多为妊娠合并症；伴随恶心、呕吐，可为卵巢囊肿蒂扭转；伴随发热、寒战，常见于急性盆腔炎、产褥感染；伴有休克症状，多为脏器破裂、腹腔内大量积血；伴随全身恶病质，多为晚期癌瘤。

4.下腹部肿块。注意辨别性质。可以根据发病部位、肿块质地、肿块的特点判断。

第十单元　治法概要

命题考点1　内治法

【历年真题纵览】

A1 型题

1.雄激素临床用于治疗
    A.月经过多
    B.更年期功能性子宫出血
    C.老年妇女骨质疏松症
    D.妇女各种类型的贫血
    E.以上都是
参考答案：E

2.卵巢激素是妇产科内分泌治疗最常用制剂，主要为
    A.雌、孕、雄激素
    B.雌、孕激素
    C.孕激素
    D.合成激素
    E.天然雌激素
参考答案：A

3.肝之阴血不足，肝阳上亢或肝风内动所致更年期综合征、妊高征等，常可用中药平肝潜阳，镇肝熄风治疗。常用方剂为
    A.归脾丸
    B.右归丸
    C.天麻钩藤饮
    D.白术散
    E.肾气丸
参考答案：C

【考点评析】

1.妇产科内分泌治疗最常用制剂有促性腺激素释放激素、促性腺激素、性激素类药物、抗催乳素类药物、抗雌激素类药物、抗孕激素类药物、抗雄激素类药物、丹那唑、前列腺素等。雌、孕、雄激素最常用。

2. 雄激素类药物主要用于治疗月经过多、更年期功血、贫血、低蛋白血症等。抗雄激素类药物主要用于辅助性治疗女性多毛症、女性男性化、多囊卵巢之高雄激素血症。目前疗效好的有醋酸塞普隆（CPA）、螺内酯、西咪替丁。孕激素类药物主要用于对闭经的诊断,治疗闭经、功血、子宫内膜异位症、先兆流产、月经不调、子宫内膜癌、性早熟和避孕等。雌激素类药物主要用于治疗子宫发育不良、卵巢功能低下、闭经、功血、退乳、绝经期综合征、老年性阴道炎、引产等。

3. 中医内治法:滋肾补肾、疏肝养肝、健脾和胃、调理气血、清热解毒、利湿除痰、调理奇经。

命题考点 2　外治法

【历年真题纵览】

A1 型题

1. 以下除哪项外皆为妇产科常用外治法中的局部疗法

A. 手术治疗

B. 冲洗

C. 纳药

D. 保留灌肠

E. 宫腔注射

参考答案:A

2. 我国最早记载中药外洗的方剂为

A. 吴茱黄汤

B. 温经汤

C. 狼牙汤

D. 止带汤

E. 完带汤

参考答案:C

B1 型题

3.

A. 熏洗法

B. 坐浴法

C. 冲洗法

D. 纳药法

E. 贴敷法

①常用于乳痈、外阴肿胀、慢性盆腔炎

②常用于各种阴道炎、宫颈炎、宫颈癌等

③常用于阴道炎、宫颈炎、阴道手术前的准备

④适用于各种外阴炎、阴道炎、白带增多症

⑤常用于外阴病变,如外阴阴道炎、外阴瘙湿

疹等

参考答案:①E　②D　③C　④B　⑤A

【考点评析】

1. 熏洗法:清热消肿止痛止痒,用于外阴及阴道瘙痒、疼痛证及淋证。

2. 冲洗法:清热止痒,用于阴痒、白带增多。

3. 纳药法:清热止痒、除湿、杀虫、拔毒、祛腐生肌,用于子宫颈糜烂、肥大,宫颈肿瘤、阴痒等。

4. 贴敷法:解毒消肿止痛或生肌排脓,用于痛经、闭经,带下,妊娠腹痛,胎萎不长,产后腹痛,产后大便难,乳痈等。

5. 热敷法:活血化瘀、消肿止痛、温经活络,用于寒凝所致的妇科痛证、生殖道炎症等。

6. 灌肠法:润肠通便、清热解毒、消肿散结,用于产后便秘、产后高热便结及湿热瘀结之癥瘕。

7. 宫腔注射法:活血通络,用于胞脉阻塞所致的不孕症。

8. 冲洗、纳药、保留灌肠、宫腔注射皆为妇产科常用外治法中的局部疗法;手术治疗为全身治疗。我国最早记载中药外洗的方剂为狼牙汤。

9. 针灸疗法,包括针刺、艾灸、注药、埋线等。

第十一单元　妊娠病

命题考点 1　妊娠剧吐

【历年真题纵览】

A1 型题

1. 中医学认为妊娠剧吐的主要发病机理是

A. 脾胃虚弱,肝气偏旺

B. 冲气上逆,胃失和降

C. 肝失条达,气机淤滞

D. 痰湿内停,阻滞脾阳

E. 肝气郁结,胃气上逆

参考答案:B

A2 型题

2. 患者,女,26 岁,已婚。停经 48 天,尿妊娠试验(＋),1 周来纳呆恶心,呕吐食物残渣,恶闻食气,口淡,神疲嗜睡,舌淡苔白润,脉缓滑无力。其证型是

A. 脾胃虚寒

B. 脾胃虚弱

C. 痰湿中阻

D. 肝胃不和

E. 以上均非

参考答案:B

【考点评析】

1. 孕后早孕反应严重,出现频繁呕吐,甚至呕吐胆汁,不能进食、进水,进而发生体液平衡失调及新陈代谢紊乱,以至严重影响孕妇营养者称为妊娠剧吐。中医学认为妊娠剧吐的主要发病机理是冲气上逆,胃失和降;常见证型有胃虚、肝热、痰滞。

2. 临床表现:在停经 40 天左右出现,呕吐频繁或食入即吐,呕吐物中有胆汁或咖啡渣样物;消瘦明显,口唇燥裂,皮肤弹性差,精神萎靡,面色苍白,尿酮体阳性;严重者脉搏增快,体温升高,血压下降,甚至出现黄疸等。若病情进一步发展,可出现意识模糊及昏睡。

3. 终止妊娠指征:经积极治疗病情无改善;体温高于 38℃;持续蛋白尿;心率大于 120 次/min;出现黄疸;伴发 Wernicke 脑病等危及生命。

4. 脾胃虚弱——香砂六君子汤。肝胃不和——橘皮竹茹汤。痰湿阻滞——小半夏加茯苓汤。气阴两亏——生脉散合增液汤。

命题考点 2　流产

【历年真题纵览】

A1 型题

1. 治疗习惯性流产肾气亏虚证,应首选的方剂是

A. 寿胎丸

B. 胎元饮

C. 加减一阴煎

D. 补肾固冲丸

E. 泰山磐石散

参考答案:D

A2 型题

2. 患者,女,25 岁,已婚。停经 54 天,3 天来阴道少量出血,色淡红,腰酸腹坠隐痛,头晕耳鸣,小便频数,舌淡苔白,脉沉滑尺弱。检查:尿妊娠试验(+),子宫大小与孕月相符。治疗应首选

A. 维生素 E 加寿胎丸

B. 维生素 E 加胎元饮

C. 维生素 E 加固阴煎

D. 黄体酮加圣愈汤

E. 黄体酮加保阴煎

参考答案:A

3. 患者,女,26 岁,已婚。孕 8 周,阴道出血量多,伴阵发性腹痛,诊断为难免流产。应首先考虑的治疗措施是

A. 尽快清宫

B. 卧床休息

C. 肌注抗生素

D. 给予止血药物

E. 给予大剂量雌激素

参考答案:A

B1 型题

4.

A. 先兆流产

B. 难免流产

C. 不全流产

D. 完全流产

E. 习惯性流产

①中医称之为胎动欲堕者,是指

②中医称之为屡孕屡堕者,是指

参考答案:①B　②E

【考点评析】

1. 先兆流产:停经后或有早孕反应,阴道少量出血,时伴腰酸、腹痛,无组织样物排出。子宫增大与停经月份相符,宫口闭,羊膜囊未破。妊娠试验阳性。以保胎至足月妊娠为止,用药至超过以往流产的月份或易发生流产的月份。(1)肾虚——寿胎丸。(2)气血虚弱——胎元饮。(3)血热——保阴煎。(4)血瘀——桂枝茯苓丸合寿胎丸。(5)外伤——圣愈汤。

2. 难免流产:阴道出血量多,下腹痛加剧,无组织样物排出,或胚胎已死于宫内,虽无阴道出血及腹痛亦属此类。子宫与停经月份相符或稍小,宫口扩张,有时可见胚胎组织堵塞于子宫口。妊娠试验阳性或阴性。以促使胚胎、胎盘组织或胎儿完全排出为原则。(1)胎动欲堕——脱花煎。(2)胎堕不全——生化汤。(3)血虚气脱——人参黄芪汤。

3. 不全流产:常发生于孕 8～12 周,胚胎或胎儿排出,部分或全部胎盘留于宫内,阴道出血不止。子宫小于孕周月份者,宫颈口扩张或有组织物堵塞。妊娠试验阳性或阴性。以促使胚胎、胎盘组织或胎儿完全排出为原则。

4. 完全流产:妊娠流产后阴道出血少或无,腹痛减轻或消失,胚胎或胎儿、胎盘完全排出。子宫大小正常或稍大,宫颈口闭合。妊娠试验阴性。不需特

殊处理。

5.稽留流产:多有先兆流产史及(或)少量不规则阴道出血,胚胎或胎儿在宫内死亡达2个月以上尚未排出。子宫比正常妊娠月份的小,宫口未扩张。妊娠试验可为阴性。确诊后在行充分准备情况下及时清宫。

6.习惯性流产:自然流产连续发生3次或3次以上,每次流产发生于同一妊娠月份,临床表现与流产相同。以预防为主,对因治疗。夫妇同治。(1)肾气亏虚——补肾固冲丸。(2)气血虚弱——泰山磐石散。(3)阴虚血热——加减一阴煎。

7.流产感染:除有流产症状外,伴发烧、腹疼、阴道分泌物呈脓血性、味臭等感染症状。子宫及附件有压痛,严重时可形成炎性包块或脓肿,其则出现盆腔炎或弥漫性腹膜炎。血白细胞及中性白细胞计数增高。如出血不多可先给予抗生素控制感染,并尽早进行刮宫术;出血多或感染未控制,可先钳刮以止血,同时注射催产素,然后再抗感染,待感染控制后再刮宫。清热解毒,活血化瘀,方药五味消毒饮合大黄牡丹皮汤。

8.胎漏:又称"胞漏"、"漏胎",是指妊娠期阴道少量出血,时出时止,或淋漓不断,而无腰酸、小腹下坠者。

9.胎动不安:妊娠期出现腰酸、小腹下坠,或伴有少量阴道出血者。

10.滑胎:又称"屡孕屡堕"、"数堕胎"。是指堕胎或小产连续发生3次或3次以上者。

命题考点3 异位妊娠

【历年真题纵览】

A1 型题

1.中医学认为,异位妊娠最主要的病因病机是
A.冲任虚弱
B.肾气不足
C.寒凝气滞
D.痰湿阻胞
E.少腹血瘀
参考答案:E

2.行人工流产术,下列哪种刮出物应怀疑有宫外孕的可能
A.含脂肪组织
B.含大小不等的水泡状物
C.可见胎囊、胎芽

D.典型子宫内膜
E.蜕膜组织,未见典型绒毛
参考答案:E

3.异位妊娠破裂或流产,最主要的临床表现是
A.短暂停经
B.阴道流血
C.突然腰痛
D.突然腹痛
E.恶心呕吐
参考答案:D

4.疑为宫外孕破裂,最常用的辅助检查方法是
A.妊娠试验
B.B型超声波
C.阴道后穹隆穿刺
D.腹腔镜检查
E.诊断性刮宫
参考答案:C

A2 型题

5.患者,女,31岁,已婚。停经2个月余,反复少量阴道流血18天,10天前曾下腹剧痛。现下腹坠胀。妇科盆腔及B型超声波检查:子宫大小正常,右附件包块约7cm×6cm×5cm大小,尿妊娠试验可疑(+)。应首先考虑的是
A.宫外孕未破损型
B.宫外孕不稳定型
C.宫外孕包块型
D.子宫内膜异位症
E.右附件炎性包块
参考答案:B

6.患者,女,24岁。停经50天,阴道少量出血3天,小腹剧烈疼痛2小时,查尿HCG(+),血压70/40mmHg,面色苍白。其最可能的诊断是
A.急性盆腔炎
B.异位妊娠
C.卵巢囊肿蒂扭转
D.难免流产
E.黄体破裂
参考答案:B

【考点评析】

1.孕卵在子宫腔外着床发育称为异位妊娠。中医无异位妊娠的病名记载,其症状散见于"妊娠腹痛"、"胎漏"、"胎动不安"、"癥瘕"等病证中。

2.症状:腹痛、停经、不规则阴道出血、晕厥与休克、盆腔包块。

3.病因:①输卵管炎症:是输卵管妊娠最主要的

病因;②输卵管手术史;③输卵管发育不良或功能异常;④辅助生殖技术;⑤宫内节育器;⑥其他:如盆腔内肿瘤压迫及子宫内膜异位症等。

4.体征:内出血多时呈贫血貌。体温一般正常或略高,急性失血时血压降低甚至测不到,脉搏快而弱或不清,面色苍白,肢冷汗出。下腹有压痛、反跳痛,尤以患侧为甚,但腹肌不紧张。内出血多者,叩诊有移动性浊音。后穹隆饱满有触痛,宫颈举痛明显。宫体稍大、变软,与停经时间不相符。内出血多者,检查子宫呈漂浮感;附件压痛,可触及软性包块,边界不清,压痛明显。

5.手术治疗:输卵管切除术:适用于内出血并发休克的急症患者。保守性手术:适用于有生育要求的年轻妇女。非手术治疗:中医治疗:适用于输卵管妊娠未破损型及包块型,活血化瘀消癥为治则。化学药物治疗:适用于早期异位妊娠,要求保存生育能力的年轻患者。①包块直径<3 cm;②输卵管妊娠未发生破裂或流产;③无明显内出血;④血β-HCG<2000 U/L。

6.未破损型——活血化瘀,消癥杀胚。方药:宫外孕Ⅱ号方。

7.已破损型:(1)休克型——回阳救脱,活血祛瘀。方药:生脉散合宫外孕Ⅰ号方。(2)不稳定型——治法:活血祛瘀。方药:宫外孕Ⅰ号方。(3)包块型——活血化瘀,消癥散结。

方药:宫外孕Ⅱ号方。

命题考点4 早产

【历年真题纵览】

A1型题

1.早产的常见病因不包括
 A.泌尿道感染
 B.绒毛膜羊膜炎
 C.前置胎盘
 D.体重过重
 E.双子宫
参考答案:D

A2型题

2.孕32周,腰酸腹痛,小腹空坠,阴道少量血性黏液或出血,色淡红、质稀,神疲乏力。舌淡,苔薄白,脉细滑无力。方剂首选
 A.加味圣愈汤
 B.补肾安胎饮

 C.胎元饮
 D.保阴煎
 E.补中益气汤
参考答案:C

【考点评析】

1.定义:是指妊娠满28周至不满37足周间分娩者。此时,分娩出的新生儿,各器官发育尚未成熟,称为"早产儿"。中医属于"小产"的范畴。

2.病因:(1)下生殖道及泌尿道感染为最常见的病因。(2)胎膜早破、绒毛膜羊膜炎。(3)子宫过度膨胀及胎盘因素,如多胎妊娠、羊水过多、前置胎盘、胎盘早剥等。(4)妊娠合并症与并发症,如妊娠合并心脏病、妊娠高血压疾病、慢性肾炎、病毒性急性肝炎。(5)生殖器官异常,如双子宫等。(6)其他,如年龄过小(<18岁)或过大(>40岁),体重过轻(<45 kg),身体过矮(<150 cm),吸烟≥10支/天,酗酒。(7)直接外伤,如腹部直接被撞击等。

3.危害:围生儿死亡中与早产有关的占75%~80%;另外有8%的早产儿虽能存活,但可能留有智力障碍或神经系统的后遗症。

4.西医治疗:(1)一般治疗:卧床休息,宜多采用左侧卧位,吸氧,避免刺激及干扰,尽量减少阴道及肛门、腹部检查。(2)抑制宫缩药物。(3)控制感染。(4)新生儿呼吸窘迫综合征的预防,为促使胎儿肺成熟,可在分娩前肌注地塞米松。(5)分娩时处理:临产后慎用吗啡、哌替啶等抑制新生儿呼吸中枢的药物。

5.中医治疗:(1)肾虚——固肾安胎。方药:补肾安胎饮。(2)气血虚弱——益气养血安胎。方药:胎元饮。(3)血热——清热凉血,补肾安胎。方药:保阴煎。(4)跌仆损伤——益气养血,固肾安胎。方药:加味圣愈汤。

命题考点5 妊娠期高血压疾病

【历年真题纵览】

A1型题

1.有效的解痉首选药物是
 A.地西泮
 B.冬眠合剂
 C.丙戊酸钠
 D.硫酸镁
 E.苯巴比妥

参考答案:D

2.治疗脾虚型子肿的代表方剂是

 A. 白术散

 B. 真武汤

 C. 五苓散

 D. 鲤鱼汤

 E. 茯苓导水汤

参考答案:A

3.妊娠高血压综合征肝风内动证首选方是

 A. 镇肝熄风汤

 B. 牛黄清心丸

 C. 天麻钩藤汤

 D. 羚角钩藤汤

 E. 杞菊地黄丸

参考答案:D

4.正气天香散适用于妊娠高血压综合征的哪种证型

 A. 脾虚

 D. 肾虚

 C. 气滞

 D. 脾虚肝旺

 E. 阴虚肝旺

参考答案:C

A2 型题

5.患者,女,26岁,已婚。孕36周余,小腿水肿,胸闷气短,疲乏无力,口淡纳少,腹胀便溏。舌胖嫩边有齿痕,苔薄白,脉滑缓无力。检查:水肿(+),血压 130/90 mmHg(17.33/11.99 kPa)。治疗应首选

 A. 降压药肼苯达嗪

 B. 利尿药氨苯蝶啶

 C. 补气方四君子汤

 D. 健脾行水方白术散

 E. 化气行水方真武汤

参考答案:D

6.患者,女,23岁,已婚。停经24周余,脚肿渐及腿部,皮色不变,按之即起,伴头晕胀痛,胸胁胀满,舌苔薄腻,脉弦滑。其证型是

 A. 脾虚

 B. 肾虚

 C. 气滞

 D. 寒湿

 E. 血瘀

参考答案:C

【考点评析】

1.轻度妊高征:孕20周后出现水肿、蛋白尿、血压 >140/90 mmHg,或血压较基础压升高 30/15 mmHg,体重每周增加 500 g 以上。

2.中度妊高征:水肿、高血压、蛋白尿三项中出现二项者,血压 < 160/110 mmHg,24 小时尿蛋白不超过 0.5 g。

3.重度妊高征:(1)先兆子痫:血压 ≥ 160/110 mmHg;24 h 尿蛋白≥0.5 g;可有血液浓缩,伴剧烈头痛、眼花、胸闷,此三项中有两项即可诊断。(2)子痫:在先兆子痫基础上发生抽搐或昏迷,或仅有昏迷。也有从轻度直接进入先兆子痫和子痫者。

4.西医治疗:(1)妊娠高血压:可住院或在家治疗。休息,保证充足的睡眠,取左侧卧位;镇静;饮食;间断吸氧;密切监护母儿状态。(2)子痫前期:应住院治疗,防止子痫及并发症出现。①休息:取左侧卧位,以解除妊娠子宫对下腔静脉的压迫,改善子宫胎盘循环。②镇静:当使用硫酸镁有禁忌或疗效不佳时,可适当地使用镇静药物,应选用对胎儿危害小的药物为宜,如地西泮、冬眠合剂。③解痉:硫酸镁是有效的解痉首选药物。④降压:当血压 ≥160/110 mmHg,或舒张压 ≥110 mmHg 或平均动脉压 ≥140 mmHg 时,应用解痉药物后加用降压药物,主要预防脑血管意外及胎盘早剥的发生。⑤扩容:一般不主张扩容治疗,仅用于严重的低蛋白血症、贫血,可选用白蛋白、血浆、全血等。⑥适时终止妊娠:其指征:子痫前期患者经积极治疗 24～48 小时仍不满意;胎龄已 ≥34 周者;孕 34 周以前,胎盘功能减退,胎儿已成熟;胎儿未成熟,可于羊膜腔内注射地塞米松促胎儿成熟;子痫控制后 2 小时,可考虑终止妊娠。(3)子痫:控制抽搐;严密观察病情变化,及时进行必要的检查了解母儿状态,及早发现与处理并发症。抽搐控制 6～12 小时应终止妊娠。如宫颈条件不成熟应做剖宫产结束分娩。

5.中医的分型治疗:脾虚证——白术散;肾虚证——真武汤;气滞——正气天香散;阴虚肝旺——杞菊地黄丸;脾虚肝旺——半夏白术天麻汤;肝风内动——羚角钩藤汤;痰火上扰——牛黄清心丸。

命题考点6 胎儿生长受限

【历年真题纵览】

A1 型题

1.胎儿生长受限是指

 A. 孕 37 周后,胎儿出生体重小于 3000 g

 B. 孕 42 周后,胎儿出生体重小于 2500 g

C. 孕 37 周后,胎儿出生体重小于 2000 g

D. 孕 37 周后,胎儿出生体重小于 2500 g

E. 孕 42 周后,胎儿出生体重小于 2000 g

参考答案:D

A2 型题

2. 孕妇腹形小于妊娠月份,胎儿存活;头晕心悸,少气懒言,面色苍白;舌淡,苔少,脉细弱。治疗的首选方是

A. 白术散

B. 胎元饮合寿胎丸

C. 寿胎丸合温土毓麟汤

D. 保阴煎

E. 长胎白术散

参考答案:B

A1 型题

3. 妊娠中晚期,腹形小于妊娠月份,胎儿存活,颧赤唇红,手足心热,口干喜饮。舌质嫩红,少苔,脉细数。治疗的首选方是

A. 白术散

B. 胎元饮合寿胎丸

C. 寿胎丸合温土毓麟汤

D. 保阴煎

E. 长胎白术散

参考答案:D

【考点评析】

1. 指孕 37 周后,新生儿出生体重小于 2500 g,或低于同孕龄平均体重的 2 个标准差,或低于同孕龄正常体重第 10 百分位数。以前称为"胎儿宫内发育迟缓"。中医学称为"胎萎不长",或"妊娠胎萎燥"、"胎弱证"、"胎不长"。

2. 产科处理:①继续妊娠的指征:宫内监护情况良好;胎盘功能正常;胎儿未足月;孕妇无合并症及并发症。②终止妊娠的指征:治疗后无好转;治疗中发现羊水量渐减少;妊娠合并症、并发症治疗中病情加重;胎儿未成熟,但有存活能力者。③分娩方式选择。④新生儿处理。

3. 中医治疗:(1)肾气亏虚——补肾益气,填精养胎。寿胎丸合温土毓麟汤。(2)气血虚弱——益气养血,滋养胎元。胎元饮合寿胎丸。(3)阴虚内热——清热凉血,养阴安胎。保阴煎。(4)胞宫虚寒——温肾扶阳,养血育胎。长胎白术散。

胎儿生长受限(胎萎不长)的中医证型、治疗:气血虚弱－益气补血养胎－八珍汤,脾肾亏虚－健脾益肾养胎－温土毓麟汤。

命题考点 7 羊水量异常

【历年真题纵览】

A1 型题

羊水过多处理不正确的是

A. 胎儿畸形,应立即终止妊娠

B. 胎儿无畸形,孕妇症状较轻,妊娠不足 37 周者可继续妊娠

C. 吲哚美辛治疗

D. 高盐饮食

E. 必要时服用利尿剂及镇静剂

参考答案:D

【考点评析】

1. 羊水过多处理:①羊水过多合并胎儿畸形,应立即终止妊娠;②胎儿无畸形,孕妇症状较轻,妊娠不足 37 周者可继续妊娠,但应注意休息,低盐饮食,必要时服用利尿剂及镇静剂,防止早产;③吲哚美辛治疗。

2. 羊水过少处理原则:确诊有胎儿畸形者,应立即引产,终止妊娠;未发现明显胎儿畸形者,可辨证论治,重在养气血、补脾胃、滋化源;若妊娠满 37 周亦应引产,终止妊娠。

命题考点 8 前置胎盘

【历年真题纵览】

A1 型题

前置胎盘错误的是

A. 孕 28 周后胎盘附着于子宫下段

B. 甚至胎盘下缘达到宫颈内口

C. 其位置低于胎先露部

D. 孕 24 周后胎盘附着于子宫前部

E. 覆盖宫颈内口

参考答案:D

【考点评析】

妊娠 28 周后,胎盘全部或部分附着于子宫下段,甚至胎盘下缘达到或覆盖子宫颈内口,其位置低于胎先露部,称为前置胎盘。中医无此病名,据临床症状属中医"胎动不安"等病证范畴。

命题考点9　胎盘早剥

【历年真题纵览】

A1 型题

重型胎盘早剥的临床表现错误的是

　　A.腹部检查子宫体无压痛

　　B.突然发生持续性腹痛或腰酸

　　C.恶心、呕吐

　　D.脉弱、血压下降

　　E.胎心音不规律

参考答案:A

【考点评析】

1.临床表现:(1)轻型以外出血为主,多见于分娩期。表现为阴道出血,量较多,色暗红,腹痛或有或无,贫血体征不显著。腹部检查子宫软,压痛不明显,大小与妊娠月份相符,胎位、胎心音清楚。(2)重型以内出血和混合性出血为主,多见于重度妊娠高血压疾病。表现为突然发生持续性腹痛或腰酸,积血越多疼痛越剧烈,严重时恶心、呕吐,甚至出现冷汗、面色苍白、脉弱、血压下降等休克征象。阴道出血无或有,贫血明显。腹部检查子宫体压痛明显,呈持续强直收缩状态,胎位不清,胎心音不规律或听不到。

2.处理原则:纠正休克、终止妊娠、防止产后出血、防治凝血功能障碍、防治急性肾功能衰竭。

命题考点10　母儿血型不合

【历年真题纵览】

A1 型题

孕 36 周后除有以下情况者,应引产终止妊娠

　　A.Rh 血型不合抗体效价达 1∶32 以上

　　B.ABO 血型不合,抗体效价达 1∶512 以上

　　C.恶心、呕吐

　　D.过去有死胎史

　　E.孕妇胎动改变

参考答案:C

【考点评析】

1.母儿血型不合:系孕妇与胎儿之间血型不合而发生的同族血型免疫疾病,可使胎儿红细胞凝集破坏引起胎儿或新生儿溶血症。

2.本病的治疗关键在于防治流产及新生儿溶血。(1)孕期处理:①提高胎儿抵抗力。②为减少新生儿核黄疸的发生,可于预产期前两周口服苯巴比妥。③胎儿宫内监护。④在孕 36 周后如有以下情况者,应引产终止妊娠:Rh 血型不合抗体效价达1∶32以上,或 ABO 血型不合,抗体效价达 1∶512 以上;过去有死胎史、新生儿溶血史;孕妇胎动改变,检查有胎心音改变,监护仪检查示胎儿宫内不安全;行羊膜腔穿刺,羊水呈深黄色或胆红素含量升高。(2)产时处理:产妇宜在孕 38 周时提前入院,或在以往发生死胎的孕周前 4 周入院。以自然分娩为原则,除非出现难产指征才行剖宫产。临产后尽快缩短第二产程。在分娩的过程中,应避免使用麻醉剂和镇静药物,以减少新生儿窒息。分娩前应做好新生儿的抢救准备工作。在胎儿娩出后应立即断脐以备换血。(3)新生儿的处理:①处理新生儿的三个关键时间:即出生后第 1～2 天是黄疸出现的时间;出生后第 2～7 天易发生核黄疸;产后 2 个月内,要注意有否严重贫血。②预防核黄疸的三种方法:药物治疗、光照疗法、换血疗法。③药物治疗:激素、血浆、葡萄糖综合疗法,苯巴比妥、药用炭治疗。

3.中医治疗:(1)湿热内蕴——清热利湿,养血安胎。茵陈二黄汤。(2)热毒——清热解毒,补肾安胎。茵陈寄生汤。(3)瘀热——清热凉血,活血化瘀。二丹茜草汤。

命题考点11　高危妊娠

【历年真题纵览】

A1 型题

以下不属于高危妊娠的是

　　A.年龄 <16 岁及 >35 岁者

　　B.身高 <140 cm

　　C.足月妊娠胎儿体重 ≥3000 g

　　D.早期妊娠时用过药物或接受过放射检查

　　E.多年的不孕史经治疗后妊娠者

参考答案:C

【考点评析】

1.妊娠期母婴有某种病理因素或某种致病因素,可能危害母婴健康与生命,或导致难产者称为高危妊娠。具有高危因素的孕妇为高危孕妇,具有高危因素的围生儿为高危儿。

2.≥ 35 岁或 ≤16 岁;有重复流产或习惯性流

产;有妊娠期高血压疾病病史;合并有心脑肾疾病、糖尿病及其他内分泌疾病等、临床检查(身高、体重、步态及体态的检测,测量血压,测量骨盆大小等)及特殊检查等方面作出诊断。

3.病因繁多,在治疗上应针对各种不同病因给予不同的处理和治疗。还可配合中医辨证治疗妊娠合并症。总之,预防为主、严密监护、早期诊断和积极处理是提高围生质量的关键。

第十二单元 妊娠合并疾病

命题考点1 心脏病

【历年真题纵览】

A1 型题

1.妊娠与心脏病的相互影响错误的是
A.妊娠激素变化可以部分对抗心衰
B.妊娠期血容量增加,心排出量增加,心率加快
C.妊娠显著加大心脏负担
D.子宫增大,机械性增加心脏负担,更易发生心力衰竭
E.治疗要预防及治疗心衰,适时终止妊娠
参考答案:A

2.不属于妊娠心脏病诊断要点的是
A.妊娠前有心脏病的病史
B.妊娠前心电图正常
C.出现心功能异常的症状
D.发绀、杵状指
E.心脏听诊杂音
参考答案:B

3.妊娠与糖尿病二者间的相互影响错误的是
A.妊娠可加重糖尿病病情
B.糖尿病患者妊娠后易发生感染
C.易并发妊高征、羊水过多、巨大儿
D.可导致产后子宫恢复正常
E.畸胎死胎发生率高
参考答案:D

4.下列除哪项外,其他均是妊娠心脏病的中医病机
A.阴阳两虚
B.气滞痰阻
C.气阴两虚

D.阳虚为本
E.水饮、瘀血为标
参考答案:A

5.下列各项不是妊娠合并心脏病的主要症状
A.心悸
B.腹痛
C.浮肿
D.气短
E.乏力
参考答案:B

6.治疗气虚血瘀型妊娠心脏病的首选方是
A.七味白术散
B.当归补血汤
C.归脾汤
D.补阳还五汤合瓜蒌薤白半夏汤
E.人参归脾丸
参考答案:D

【考点评析】

1.妊娠期血容量增加,心排出量增加,心率加快,心肌耗氧量加大,显著加大心脏负担;妊娠晚期子宫增大,机械性增加心脏负担,更易发生心力衰竭。

2.诊断:妊娠前有心脏病史或风湿热病史;有心功能异常的症状出现;存在心功能异常之体征,如发绀、杵状指、持续性颈静脉怒张;心脏听诊有舒张期杂音或粗糙的全收缩期杂音;心电图提示严重心律失常或心肌损害;X线或超声心动检查提示心界显著扩大、心脏结构异常。

3.妊娠心脏病多因先天禀赋不足,或后天失养,或大病久病,损伤心之气血阴阳。或心气虚,心血不足,则心神失养;或心阳虚,心肾不交,水气凌心;或瘀血闭阻心之血脉所致。妊娠合并心脏病主要症状有心悸、浮肿、气短、乏力等症状,腹痛不是主要症状。

4.处理原则:(1)急性左心衰的处理原则:减少肺循环血量及静脉回心血量,改善气体交换,增加心肌收缩力,减轻心脏前后负荷。如采用半卧位或坐位的体位、供氧、利尿、扩血管、解除支气管痉挛、强心、镇静、激素的应用。(2)妊娠期处理:终止妊娠;预防心衰。(3)分娩期处理:分娩方式的选择;分娩期处理。(4)产褥期处理:产后1周,应密切监测生命体征;产后24小时内绝对卧床休息;大剂量抗生素预防感染。心功能在Ⅲ级以上者,不宜哺乳。(5)心脏手术的指征:一般不主张在妊娠期手术,确需者,宜在孕12周前进行。

5. 中医分型治疗:(1)心气虚——益气养血,宁心安胎。方药:养心汤。(2)心血虚——养血益气,宁心安胎。方药:归脾汤。(3)阳虚水泛——温阳化气,行水安胎。方药:真武汤合五苓散。(4)气虚血瘀——益气化瘀,通阳安胎。方药:补阳还五汤合瓜蒌薤白半夏汤。

命题考点2　急性病毒性肝炎

【历年真题纵览】

A2 型题

患者30岁,妊娠期间,胸闷腹胀,食纳不振,情志抑郁,喜叹息,神疲乏力。舌淡红,苔薄白微腻,脉弦滑。查肝功能异常,乙肝表面抗原阳性。治疗首选方剂

A. 茵陈蒿汤

B. 胃苓汤

C. 逍遥散

D. 犀角地黄汤合黄连解毒汤

E. 柴胡疏肝散

参考答案:C

【考点评析】

1. 诊断:主要依据病史、症状(食欲不振、恶心呕吐、腹胀、肝区疼痛等)、体征(肝区叩击痛、肝肿大或皮肤、巩膜黄染)、辅助检查(血清 ALT 增高等)。

2. 西医治疗:(1)重症肝炎的处理要点:预防、治疗肝昏迷、DIC。(2)产科处理:妊娠早期积极治疗后,行人工流产;妊娠中晚期,注意防治妊高征;分娩前纠正凝血功能障碍,准备好新鲜血液;严格消毒,尽量避免产道损伤和胎盘残留。重症肝炎积极控制24 小时后剖宫产终止妊娠;产褥期广谱抗生素控制感染,继续治疗肝炎。(3)新生儿出生后立即取脐带血查肝功能,注射乙肝疫苗。

3. 预防:患急性肝炎的育龄妇女应选择避孕套严格避孕;有肝炎接触史的孕妇,应及早注射免疫球蛋白;加强产前检查。

4. 中医治疗:(1)湿热蕴结——清热利湿,佐以安胎。方药:茵陈蒿汤。(2)湿邪困脾——健脾化湿,养血安胎。方药:胃苓汤。(3)肝郁脾虚——疏肝理气,健脾安胎。方药:逍遥散。(4)热毒内陷——清热解毒,凉血救阴。方药:犀角地黄汤合黄连解毒汤。

命题考点3　糖尿病

【历年真题纵览】

A1 型题

1. 妊娠与糖尿病二者间的相互影响错误的是

A. 妊娠可加重糖尿病病情

B. 糖尿病患者妊娠后易发生感染

C. 易并发妊高征、羊水过多、巨大儿

D. 可促进产后子宫恢复正常

E. 畸胎死胎发生率高

参考答案:D

2. 治疗胃热炽盛型妊娠糖尿病的首选方是

A. 白虎汤

B. 六味地黄丸

C. 玉女煎

D. 四君子汤

E. 左归丸

参考答案:C

【考点评析】

1. 妊娠可加重糖尿病病情;糖尿病患者妊娠后易发生感染,易并发妊高征、羊水过多、巨大儿、畸胎、死胎,产程延长及产后出血;畸胎死胎发生率高。

2. 妊娠糖尿病辨证论治:(1)肺热伤津——清热润肺,生津止渴。方药:消渴方。(2)胃热炽盛——清胃泻火,养阴增液。方药:玉女煎。(3)肾阴亏虚——滋阴益肾。方药:六味地黄丸。(4)阴阳两虚——滋阴助阳。方药:金匮肾气丸。

命题考点4　慢性肾炎

A1 型题

1. 妊娠合并慢性肾炎适时终止妊娠的情况不包括

A. 蛋白尿

B. 肾功能进行性恶化

C. 既往有死胎、死产史

D. 孕 36 周后

E. 水肿严重

参考答案:E

A2 型题

2. 孕妇,28 岁,面目、四肢浮肿,或遍及全身,肤色淡黄或㿠白,皮薄而光亮,纳少便溏。舌胖嫩,苔

白水滑,脉缓滑无力。治疗首选

 A. 四君子汤

 B. 白术散

 C. 真武汤

 D. 六味地黄丸

 E. 八珍汤

 参考答案:B

【考点评析】

 1. 慢性肾炎的临床分型:Ⅰ型:蛋白尿型,有浮肿,无高血压,肾功能正常。Ⅱ型:高血压型,有蛋白尿,高血压,肾功能正常。此型孕妇在妊娠期易出现肾功损害、妊娠期高血压疾病。Ⅲ型:氮质血症型,有蛋白尿,高血压,有明显肾功能损害及氮质血症。此型不宜妊娠。

 2. 西医治疗:(1)全身治疗:控制血压,是防止病情恶化的关键:首选甲基多巴和肼屈嗪;利尿;纠正贫血、低蛋白血症及水电解质平衡;改善肾功能;预防感染。(2)产科处理:孕期加强监护;适时终止妊娠(蛋白尿,高血压持续加重,肾功能进行性恶化;胎盘功能明显减退,胎儿窘迫,估计胎儿已不能存活;既往有死胎、死产史,经促胎肺成熟,在孕36周后);分娩方式,以剖宫产为宜,同时进行绝育术;产后处理,重视早产儿、新生儿护理,重视产后随访。

 3. 中医治疗:(1)脾虚湿盛——健脾除湿,佐以安胎。方药:白术散。(2)肾阳虚——温阳化气,佐以安胎。方药:真武汤。

命题考点5　急性肾盂肾炎

【历年真题纵览】

A1 型题

 1. 妊娠合并急性肾盂肾炎临床表现及体征不包括

 A. 突发寒战、高热

 B. 恶心、呕吐

 C. 膀胱刺激症状

 D. 肾区疼痛及叩痛

 E. 膀胱区压痛

 参考答案:E

 2. 下列妊娠期急性肾盂肾炎的治疗,错误的是

 A. 首选氨苄西林、头孢菌素类药物

 B. 无症状性菌尿2周为1疗程

 C. 有症状性肾盂肾炎4周为1疗程

 D. 症状重者两药联合静滴效果佳

 E. 选用喹诺酮类药物

 参考答案:E

A2 型题

 3. 孕妇,32 岁。妊娠期间,尿频、尿急、灼热疼痛,艰涩不利,身热心烦,口干不欲饮。舌红,苔黄腻,脉滑数。治疗首选

 A. 导赤散

 B. 加味五淋散

 C. 知柏地黄丸

 D. 五苓散

 E. 真武汤

 参考答案:B

【考点评析】

 1. 妊娠期,尤其是妊娠初期,突发寒战、高热(常达40℃以上)、腰痛,伴恶心、呕吐;有尿频、尿急、尿痛、排尿不尽感等膀胱刺激症状。肾区疼痛及叩痛。尿常规、中段尿培养可以帮助诊断。

 2. 西医治疗:卧床休息,左侧卧位。多饮开水,增加尿量。抗感染治疗:应选用对胎儿影响较小的抗生素,如氨苄西林、头孢菌素类药物。喹诺酮类药物为妊娠期禁用药。

 3. 中医治疗:(1)阴虚火旺——滋阴清热通淋,佐以安胎。方药:知柏地黄丸。(2)心火偏亢——清心泻火,润燥通淋。方药:导赤散。(3)湿热下注——清热利湿通淋。方药:加味五淋散。

命题考点6　甲状腺功能亢进

【历年真题纵览】

A1 型题

 重症甲亢对妊娠的影响不包括

 A. 流产

 B. 早产

 C. 胎儿生长受限

 D. 妊娠期高血压疾病

 E. 巨大儿

 参考答案:E

【考点评析】

 1. 妊娠对甲亢的影响:妊娠早期,甲亢可能会加重;此外,由于妊娠后心脏负担加重;孕期在垂体TSH、THR 和 HCG 共同作用下,甲状腺激素的合成与分泌增加,也使甲状腺疾病患者易发生甲亢危象

及心衰。

2.甲亢对妊娠的影响:轻症和经治疗控制良好的甲亢,对妊娠影响不大;但重症或治疗控制不当的甲亢患者,易引起流产、早产、胎儿生长受限等;同时,死胎、妊娠期高血压疾病、产褥感染等发生率也增高。此外,妊娠期间使用抗甲状腺的药物,可通过胎盘,引起胎儿甲状腺功能低下、甲状腺肿、畸形、胎儿一过性甲亢及新生儿甲亢。

命题考点7 肝内胆汁淤积症

【历年真题纵览】

A1型题

1.肝内胆汁淤积症临床表现错误的是

　A.瘙痒

　B.大便次数增多

　C.恶心呕吐

　D.纳减

　E.尿色变深

参考答案:B

2.肝内胆汁淤积症肝胆湿热型首选方剂是

　A.柴胡疏肝散

　B.龙胆泻肝汤

　C.一贯煎

　D.保阴煎

　E.茵陈蒿汤

参考答案:E

【考点评析】

1.临床表现:瘙痒,常是首发症状,通常最先出现在手掌和脚掌,然后逐渐延至下肢、上肢、后背、前胸、腹部及颜面,以夜间瘙痒明显;黄疸,产后数日内自行消退;常伴见情绪变化、纳减、恶心呕吐、尿色变深、大便溏薄等;皮疹,巩膜及皮肤黄染,严重者皮下有瘀点。

2.分型论治:(1)肝郁气滞——疏肝理气,消风止痒。方药:柴胡疏肝散。(2)肝胆湿热——清热利湿,疏肝理气。方药:茵陈蒿汤。(3)热入营血——清营凉血,解毒利湿。方药:犀角散。

第十三单元 产时病

命题考点1 产力异常

【历年真题纵览】

A1型题

不协调性子宫收缩乏力主要表现错误的是

　A.自觉宫缩减弱

　B.拒按子宫

　C.烦躁不安

　D.宫口扩张缓慢

　E.胎先露不能下降

参考答案:A

【考点评析】

1.原因:头盆不称或胎位异常、子宫因素、精神因素、内分泌失调、药物影响。

2.类型:子宫收缩乏力、子宫收缩过强,每类又分为协调性和不协调性。

3.临床表现:(1)协调性子宫收缩乏力:子宫收缩强度弱,宫缩持续时间短,每10分钟少于2次,宫口不能如期扩张,先露下降慢,宫缩时按压子宫可有凹陷,产程进展缓慢甚至停滞;产程图曲线异常。(2)不协调性子宫收缩乏力:主要发生在初产妇,自觉宫缩强,下腹持续疼痛,拒按子宫,烦躁不安;因为无效宫缩,宫口不能扩张,胎先露不能下降;产科检查胎位触不清,下腹部压痛明显,宫口扩张缓慢,先露下降延缓,潜伏期延长;产程图曲线异常。(3)子宫痉挛性狭窄环:产妇持续性腹痛,烦躁不安,宫颈扩张缓慢,胎心时快时慢;阴道内诊在子宫腔内扪及较硬无弹性的环状狭窄环。

4.对母儿影响:难产、产后出血、胎儿窘迫、胎死宫内。

命题考点2 产道异常

【历年真题纵览】

A1型题

产道异常对胎儿、新生儿的影响错误的是

　A.易发生胎膜早破

　B.易发生脐带脱垂

C.导致胎儿宫内窒迫

D.新生儿骨折

E.可致胎儿颅内出血

参考答案:D

【考点评析】

1.骨产道异常:狭窄骨盆的分类:

(1)骨盆入口平面狭窄:包括单纯扁平骨盆及佝偻病性扁平骨盆。

(2)中骨盆及骨盆出口平面狭窄:包括漏斗骨盆及横径狭窄骨盆。

(3)骨盆三个平面狭窄:为均小骨盆。

(4)畸形骨盆:包括骨软化症骨盆及偏斜骨盆。

2.软产道异常

(1)外阴异常:包括会阴坚韧、外阴水肿及外阴瘢痕。

(2)阴道异常:包括阴道纵隔、阴道横隔、阴道肿块等。

(3)宫颈异常:包括宫颈瘢痕、宫颈水肿、宫颈坚韧、宫颈癌、宫颈肌瘤。

3.对产妇的影响:可引起继发性宫缩乏力,产程延长,甚至停滞;产程延长易致宫内感染;长时间压迫局部软组织,可导致生殖道瘘。

4.对胎儿、新生儿的影响:易发生胎膜早破、脐带脱垂,导致胎儿宫内窒迫,甚至死亡;产程延长,胎头受压,可致胎儿颅内出血;此外,在手术助产机会增多的同时,新生儿的产伤及感染机会也随之增多。

命题考点3 胎位异常

【历年真题纵览】

A1 型题

胎头高直位应采取的措施是

A.试产

B.剖宫产结束分娩

C.可经阴道自然娩出

D.妊娠 30 周后可采用膝胸卧

E.向脱出肢体的对侧侧卧

参考答案:B

【考点评析】

1.持续性枕后位、枕横位

诊断:主要依据临床表现、腹部检查、肛门、阴道检查及 B 超检查。

处理原则:首先确定有无头盆不称。持续性枕

横位、枕后位在骨盆无异常、胎儿不大时可以试产。但应密切观察产程,注意胎头下降、宫缩强弱及胎心变化等情况。

2.胎头高直位

诊断:主要依据临床表现、腹部检查、阴道检查及 B 超检查。

处理原则:需以剖宫产结束分娩。

3.前不均倾位

诊断:主要依据临床表现、腹部检查及阴道检查。

处理原则:应以剖宫产结束分娩。

4.面先露

诊断:主要依据临床表现,腹部检查,肛门、阴道检查及 B 超检查。

处理原则:颏前位时,如无头盆不称,宫缩好,胎儿不大,可经阴道自然娩出;如头盆不称或胎儿宫内窒迫,应行剖宫产;持续性颏后位,需行剖宫产。

5.臀先露

诊断:主要依据临床表现,腹部检查,肛门、阴道检查及 B 超检查。

处理原则:在妊娠期,妊娠 30 周后应予矫正;在分娩期,应根据产妇的年龄、胎骨盆类型、胎儿大小、是否存活、臀先露类型及有无合并症等,决定分娩方式。

6.眉先露

诊断:主要依据临床表现、腹部检查、阴道检查及 B 超检查。

处理原则:妊娠期,在妊娠 30 周后可采用膝胸卧位或激光、艾灸至阴穴等;分娩期,根据胎产次、胎儿大小、是否存活、宫口扩张程度及胎膜是否破裂等,决定分娩方式。

7.复合先露

诊断:主要依据阴道检查触及胎先露旁有小肢体可确诊。

处理原则:若无头盆不称,嘱产妇向脱出肢体的对侧侧卧;如胎头与手复合先露并已入盆,在宫口开全后上推胎手,产钳助产。若合并头盆不称应行剖宫产终止妊娠。

命题考点4 胎儿异常

【历年真题纵览】

A1 型题

胎儿发育异常的分类错误的是

A. 胎儿宫内发育迟缓

B. 脑积水

C. 联体儿

D. 死胎

E. 葡萄胎

参考答案:E

【考点评析】

1. 胎儿发育异常的分类:(1)巨大胎儿:胎儿出生体重达到或超过 4 kg 者。(2)脑积水。(3)无脑儿:其特殊外观为无头盖骨,双眼突出,颈短。(4)联体双胎畸形:均以胸与胸、背与背、头与头、臀与臀等相同部分相连。

2. 诊断、处理原则:定期产前检查、B 超等。确诊后及时引产。

命题考点 5 异常分娩

妊娠臀位胎位异常可采取的措施是

A. 妊娠 28 ~ 32 周时,采取胸膝卧位

B. 妊娠 24 ~ 28 周时,采取胸膝卧位

C. 妊娠 32 ~ 36 周时,采取胸膝卧位

D. 引产

E. 剖腹产

参考答案:A

1. 妊娠期:明显的骨盆狭窄以及胎儿过大应在临产前作出诊断,以剖宫产结束分娩;发现有胎位异常如臀位、横位,于妊娠 28 ~ 32 周时,采取胸膝卧位,激光或艾灸,给予矫正;胎儿严重畸形,一旦确诊,应及早终止妊娠。

2. 分娩期:试产;试产失败应以剖宫产结束分娩;对不宜试产者,一经确诊,应立即以剖宫产结束分娩;产后处理,防止产后出血及感染。

第十四单元 产时胎儿窘迫与 胎膜早破

命题考点 1 胎儿窘迫

【历年真题纵览】

A1 型题

1. 胎儿窘迫的病因错误的是

A. 母体因素

B. 环境因素

C. 胎盘、脐带因素

D. 胎儿因素

E. 难产处理不当

参考答案:B

2. 急性胎儿窘迫处理原则正确的是

A. 延长妊娠周数

B. 适时剖宫产

C. 尽快终止妊娠

D. 尽快吸氧

E. 尽快引产

参考答案:C

【考点评析】

1. 急性胎儿窘迫

临床表现:胎心率的改变是急性胎儿窘迫最明显的临床征象;羊水胎粪污染;胎动(开始胎动频繁,继而减少至消失)及酸中毒。

处理:缓解胎儿缺氧;尽快终止妊娠;做好新生儿窒息抢救准备。

2. 慢性胎儿窘迫

临床表现及诊断:胎盘功能低下、胎儿监测(胎动时胎心加速不明显);胎动减少(胎动 < 10 次/12 小时)、B 超监测、羊膜镜检查(见羊水混浊呈浅绿色至棕黄色)及测量宫高、腹围。

处理:卧床休息,取左侧卧位。定时吸氧,积极治疗妊娠合并症及并发症;终止妊娠,以剖宫产为宜;期待疗法。

命题考点 2 胎膜早破

【历年真题纵览】

A1 型题

1. 胎膜早破是

A. 临产时胎膜破裂

B. 妊娠 40 周前胎膜破裂

C. 妊娠 32 周前胎膜破裂

D. 临产前胎膜破裂

E. 任何时期的胎膜破裂

参考答案:D

2. 胎膜早破诊断常用检查方法及处理错误的是

A. 阴道液酸碱度检查

B. 阴道液涂片检查

C. 羊膜镜检查

D. 羊水涂片检查

E. 终止妊娠

参考答案:D

【考点评析】

诊断:阴道液酸碱度检查,阴道液涂片检查,羊膜镜检查。

处理:期待疗法;终止妊娠。

第十五单元　常见产时并发症

命题考点1　产后出血

【历年真题纵览】

A1 型题

1. 产后出血是指胎儿娩出后阴道出血量超过多少毫升

A. 300 ml

B. 400 ml

C. 500 ml

D. 600 ml

E. 700 ml

参考答案:C

2. 治疗血虚气脱型产后出血的首选方剂是

A. 参附汤

B. 独参汤

C. 归脾汤

D. 当归黄芪汤

E. 夺命散

参考答案:A

3. 产后出血的治疗原则是

A. 塞流、澄源、复旧

B. 急则治其标,缓则治其本

C. 调理气血冲任

D. 虚者补之,实者泻之

E. 热者清之,逆则降之

参考答案:D

【考点评析】

1. 产后出血是指胎儿娩出后 24 小时内阴道出血量超过 500 ml。临床表现:子宫收缩乏力,胎盘因素,软产道裂伤,凝血功能障碍。针对原因迅速止血、补充血容量纠正休克及防治感染。

2. 西医治疗

(1)子宫收缩乏力出血处理:按摩子宫及应用子宫收缩剂、宫腔纱布填塞、子宫动脉结扎、髂内动脉结扎、子宫切除。

(2)胎盘因素出血处理:胎盘已剥离但未排出,按摩子宫;胎盘剥离不全、胎盘粘连,需探明宫腔情况,徒手剥离、取出胎盘;胎盘完全植入时,需做子宫次全切除;胎盘部分残留者行钳刮术。

(3)软产道损伤出血处理:怀疑宫颈有裂伤时,用卵圆钳顺时针方向移动检查宫颈裂伤及出血的部位,如撕裂浅、无活动性出血不需缝合;出血多裂伤深,需间断缝合。对会阴裂伤者,应仔细检查分度。及时、正确进行修补缝合。

(4)凝血功能障碍出血的处理:针对病因治疗,如血小板减少可输血小板,再生障碍性贫血可输新鲜血等。

3. 中医治疗:首当辨其虚实,虚者补之,实者泻之。

(1)血虚气脱——益气固脱。方药:参附汤。

(2)瘀阻气闭——行血逐瘀。方药:夺命散加当归、川芎。

命题考点2　子宫破裂

【历年真题纵览】

1. 先兆子宫破裂表现不包括

A. 下腹部有压痛

B. 大便失禁

C. 烦躁不安

D. 感宫缩过强

E. 排尿困难

参考答案:B

2. 预防子宫破裂不包括

A. 做好产前检查

B. 密切观察产程进展

C. 严格掌握宫缩剂使用的适应证、禁忌证

D. 应用镇静剂

E. 手法应轻柔,忌用暴力

参考答案:D

【考点评析】

1. 临床表现

(1)先兆子宫破裂:出现病理性缩复环,按之下腹部有压痛;患者烦躁不安,感宫缩过强,胎心音听

不清,疼痛难忍;胎先露压迫膀胱,出现排尿困难、血尿,如不及时处理,在病理缩复环处可发生子宫破裂。

(2)子宫破裂:根据破裂程度,子宫破裂分为不完全性与完全性两种。

不完全子宫破裂:子宫肌层从部分断裂发展到完全断裂,但子宫浆膜层保持完整,宫腔与腹腔不相通,胎儿及附属物仍位于宫腔中。腹部检查下腹部压痛明显,胎心音可闻及,有时不规则。

完全子宫破裂:子宫肌层、浆膜层完全断裂,宫腔与腹腔相通,胎儿、羊水及附属物排入腹腔。破裂时产妇感到腹部剧烈的撕裂样疼痛,胎儿排入腹腔疼痛稍减,随着出血继续,产妇出现血压下降、呼吸急促、脉细数、面色苍白等休克症状。腹部检查,全腹压痛、反跳痛,腹壁清楚地摸到胎体及胎肢,胎心音多消失,胎儿一侧可扪及缩小的宫体。

2. 处理

(1)先兆子宫破裂:给予强镇静剂迅速抑制宫缩,哌替啶 100 mg 肌肉注射,吸入或静脉全身麻醉。尽快剖宫产结束分娩。

(2)子宫破裂:无论胎儿是否存活,均应在抢救休克的同时尽快手术。并根据产妇状态、子宫破裂程度、破裂时间及感染程度决定手术方式。手术前后应给予大剂量抗生素预防感染。

3. 预防

(1)做好产前检查。

(2)密切观察产程进展。

(3)严格掌握宫缩剂使用的适应证、禁忌证。

(4)损伤较大的阴道助产、臀牵引、产钳术必须在宫口开全时进行,手法应轻柔,忌用暴力。

命题考点 3 羊水栓塞

【历年真题纵览】

A1 型题

1.羊水栓塞临床表现不包括

A. 休克

B. DIC

C. 出血

D. 感染

E. 急性肾功能衰竭

参考答案:D

A2 型题

2.患者,女,25 岁。在分娩时突发呼吸困难,其

后咯血而死。尸检发现肺小血管内有胎脂及角化上皮。其死因可能是

A. 血栓栓塞

B. 气体栓塞

C. 脂肪栓塞

D. 羊水栓塞

E. 瘤细胞栓塞

参考答案:D

【考点评析】

1. 羊水栓塞指在分娩过程中羊水进入母体血循环引起的肺栓塞、休克、弥漫性血管内凝血(DIC)、肾功能衰竭等一系列病理改变。

2.临床表现休克、凝血功能障碍、急性肾功能衰竭。

3. 西医处理原则:①给氧:高浓度正压给氧,或行气管插管、气管切开正压给氧;②抗过敏;③解除肺动脉高压及支气管痉挛;④抗休克;⑤纠正酸中毒;⑥纠正心衰;⑦防治 DIC;⑧防治急性肾功能衰竭;⑨产科处理。

命题考点 4 脐带异常

【历年真题纵览】

A2 型题

患者,女,35 岁,已婚。妊娠 38 周,臀位胎膜早破,无宫缩,胎心 136 次/分,脐带脱于阴道口,有搏动。下列处理错误的是

A. 等待临产

B. 抬高臀部

C. 及时还纳脐带

D. 向上托先露部

E. 立即准备剖宫产

参考答案:A

【考点评析】

1.脐带先露:宫口未开全时采取臀部抬高。给产妇吸氧,密切观察胎心,待胎头衔接,宫口开全可经阴道助娩。若为不完全臀先露或肩先露者,应行剖宫产。

2.脐带脱垂:臀位已破膜、胎心好、无宫缩应立即准备剖宫产;在准备期间,产妇应采取头低臀高位,及时还纳脐带,用手将先露部推向骨盆入口以上,以减轻脐带受压。

3.脐带缠绕:脐带绕颈多圈,应行剖宫产。脐带绕颈一圈,无明显胎心异常,可阴道分娩。

第十六单元 产后病

命题考点 1 晚期产后出血

【历年真题纵览】

A1 型题

1.晚期产后出血是指

A.分娩 1 周后,产褥期内发生的子宫大量出血

B.分娩 48 小时后,产褥期内发生的子宫大量出血

C.分娩 24 小时后,产褥期内发生的子宫大量出血

D.分娩 72 小时后,产褥期内发生的子宫大量出血

E.分娩 12 小时后,产褥期内发生的子宫大量出血

参考答案:C

2.治疗晚期产后出血气虚型的主方是

A.胶艾汤味

B.补中益气汤加味

C.归脾汤加味

D.保阴煎加味

E.以上均不可

参考答案:B

【考点评析】

1.分娩 24 小时后,在产褥期内发生的子宫大量出血。病因为胎盘胎膜残留,蜕膜残留,胎盘附着面感染或复旧不全,剖宫产术后子宫伤口裂开。

2.晚期产后出血中医称恶露不绝,分三型:气虚型的主方是补中益气汤;血热型治以保阴煎加味;血瘀型治以生化汤合失笑散。

3.西医治疗:支持治疗——抗生素、宫缩剂,刮宫术,剖腹探查或介入治疗。若系肿瘤引起的阴道流血,应做相应治疗。

命题考点 2 产褥感染

【历年真题纵览】

A1 型题

1.产褥感染热入营血证的治法是

A.清热解毒,凉血化瘀

B.清热解毒,泻下逐瘀

C.清热解毒,凉血养阴

D.清营解毒,散瘀泄热

E.清心开窍,回阳救逆

参考答案:D

2.产后血瘀发热最佳选方

A.解毒活血汤

B.生化汤

C.桃红四物汤

D.少腹逐瘀汤

E.失笑散

参考答案:B

A2 型题

3.患者,女,26 岁,已婚。孕 2 产 1,现孕 40 周,来院途中分娩,总产程 1 小时,产后 5 天出现寒战、高热、下腹痛,无乳胀及腹泻,妇科检查:阴道内有脓血,宫颈轻度裂伤,子宫大而软,压痛明显。应首先考虑的是

A.乳腺炎

B.宫颈炎

C.产褥感染

D.产后细菌性痢疾

E.泌尿系统感染

参考答案:C

4.患者,女,25 岁,已婚。产后 2 天,恶寒发热,头痛,咳嗽流涕,肢体酸疼,舌淡红苔薄白,脉浮。检查:体温 37.8℃,血气分析正常,其诊断是

A.产褥感染外感证

B.产褥感染邪毒证

C.产后发热血瘀证

D.产后发热血虚证

E.产后发热外感证

参考答案:E

【考点评析】

1.致病菌:需氧性链球菌,厌氧性链球菌、杆菌,大肠杆菌,葡萄球菌,支原体衣原体。

2.临床表现:急性外阴炎、阴道炎、宫颈炎、子宫内膜炎、子宫肌炎、盆腔腹膜炎、弥漫性腹膜炎,血栓静脉炎,脓毒血症及败血症。

3.西医治疗:应用抗生素,在给予足量抗生素的基础上,可短期加用肾上腺糖皮质激素。对于脓肿可切开引流等。血栓静脉炎的治疗:在应用大剂量抗生素的基础上,给予肝素、尿激酶等溶栓治疗。

4.中医分型论治:感染邪毒——五味消毒饮合

失笑散;热入营血——清营汤;热陷心包——清营汤送服安宫牛黄丸、紫雪丹,或静脉滴注清开灵注射液。

命题考点3　产褥中暑

【历年真题纵览】

A1 型题

治疗产褥中暑暑伤津气证,应首选

　　A. 白虎汤

　　B. 竹叶石膏汤

　　C. 清暑益气汤

　　D. 凉膈散

　　E. 银翘散

参考答案:C

【考点评析】

1. 褥期间产妇在高温闷热环境中,因体内余热不能及时散发而引起的一种以中枢性体温调节功能障碍、体温升高为特征的急性热病。

2. 分型论治:(1)暑入阳明——清暑泄热,透邪外达。方药:白虎汤。(2)暑伤津气——清热解暑,益气生津。方药:清暑益气汤。(3)暑犯心包——清心开窍。方药:安宫牛黄丸或紫雪丹、至宝丹灌服。

命题考点4　产褥期抑郁症

【历年真题纵览】

A1 型题

治疗产褥期抑郁症心脾两虚证,应首选

　　A. 养心汤

　　B. 四君子汤

　　C. 甘麦大枣汤合归脾汤

　　D. 炙甘草汤

　　E. 桂枝加龙骨牡蛎汤

参考答案:C

【考点评析】

1.诊断标准:在产后2周内出现下列5条或5条以上的症状,必须具备(1)、(2)两条。在产后4周内发病。

(1)情绪抑郁;

(2)对全部或多数活动明显缺乏兴趣或愉悦;

(3)体重显著下降或增加;

(4)失眠或睡眠过度;

(5)精神运动性兴奋或阻滞;

(6)疲劳或乏力;

(7)遇事皆感毫无意义或负罪感;

(8)思维力减退或注意力溃散;

(9)反复出现死亡想法。

2.西医治疗:主要是心理治疗和药物治疗(抗抑郁药)。

3.中医治疗:(1)心脾两虚——补益心脾,养血安神。方药:甘麦大枣汤合归脾汤。(2)肝郁脾虚——疏肝健脾,养心安神。方药:逍遥散。(3)瘀阻气逆——活血化瘀,醒神。方药:癫狂梦醒汤。

命题考点5　产后缺乳

【历年真题纵览】

A2 型题

患者,女,30岁,已婚。分娩一女婴,因小事与家人发生争吵后,情志抑郁,食欲不振,2天后乳汁减少,乳房胀硬,低热,舌质正常,脉弦。其证型是

　　A. 气血虚弱

　　B. 肝郁气滞

　　C. 心脾两虚

　　D. 肝胃不和

　　E. 肝经郁热

参考答案:B

【考点评析】

1.哺乳期内,产妇乳汁甚少或无乳可下者,称"缺乳"。

2.产后缺乳的辨证分型,分2型,气血虚弱,通乳丹治之;肝郁气滞,下乳涌泉散治之。

第十七单元　常见产后并发症

命题考点1　产后关节痛

【历年真题纵览】

A1 型题

黄芪桂枝五物汤用于治疗产后关节痛

　　A. 气虚证

　　B. 血虚证

C. 血瘀证
D. 肾虚证
E. 外感证
参考答案:B

【考点评析】

1. 产褥期内,出现关节或肢体酸楚、疼痛、麻木、重着者。中医称为"产后身痛"、"产后痹证"、"产后遍身疼痛"、"产后风"。

2. 分型论治:(1)血虚——养血益气,温经通络。方药:黄芪桂枝五物汤。(2)血瘀——养血活络,行瘀止痛。方药:生化汤。(3)外感——养血祛风,散寒除湿。方药:独活寄生汤。(4)肾虚——补肾强腰,壮筋骨。方药:养荣壮肾汤。

命题考点2　产后排尿异常

【历年真题纵览】

A1 型题

下列各项,不属产后尿潴留气虚证主要症状的是

A. 产后小便不通
B. 小腹胀急疼痛
C. 气短懒言
D. 面色晦黯
E. 舌淡,苔薄白,脉缓弱

参考答案:B

【考点评析】

1. 产后排尿异常主要包括产后尿潴留及尿失禁。产后膀胱充盈而不能自行排尿,或排尿困难者属于产后尿潴留;产后排尿部分或完全失去控制,不能自主排出者为尿失禁。中医称为"产后小便不通"、"产后小便频数与失禁"。

2. 产后小便不通:(1)气虚——益气生津,宣肺利水。方药:补气通脬饮。(2)肾虚——补肾温阳,化气利水。方药:济生肾气丸。(3)气滞——理气行滞,行水利尿。方药:木通散。(4)血瘀——养血活血,祛瘀利尿。方药:加味四物汤。

3. 产后小便频数与失禁:(1)气虚——益气固摄。方药:黄芪当归散。(2)肾虚——温阳化气,补肾固脬。方药:肾气丸。

第十八单元　外阴色素减退及外阴瘙痒

命题考点1　外阴鳞状上皮增生、硬化性苔藓及外阴鳞状上皮增生合并硬化性苔藓

【历年真题纵览】

A1 型题

1. 外阴鳞状上皮增生肝郁气滞首选
A. 左归丸合二至丸
B. 归脾汤
C. 逍遥散
D. 黑逍遥散
E. 龙胆泻肝汤

参考答案:D

2. 硬化性苔藓临床表现不包括
A. 早期皮损颜色暗红
B. 病损区发痒
C. 大阴唇皮肤及黏膜变白
D. 肛周皮肤干燥
E. 阴蒂多萎缩

参考答案:A

【考点评析】

1. 外阴鳞状上皮增生临床表现:外阴瘙痒是此病的最主要症状,患者多难耐受。病损范围不一,主要累及大阴唇、阴唇间沟、阴蒂包皮、阴唇后联合等处,常呈对称性。早期皮损颜色暗红或粉红,或色白;日久皮损增厚粗糙或菲薄,缺乏弹性等。

(1)肝肾不足——补益肝肾,养荣润燥。左归丸合二至丸。

(2)血虚化燥——益气养血,润燥止痒。归脾汤。

(3)脾肾阳虚——温补脾肾,祛风止痒。右归丸。

(4)肝郁气滞——疏肝解郁,养血祛风。黑逍遥散。

(5)湿热下注——清热利湿,消斑止痒。龙胆泻肝汤。

2. 硬化性苔藓临床表现:多见于40岁左右妇女。主要表现为病损区发痒,大阴唇或肛周皮肤及

黏膜变白、变薄、干燥、皲裂,并失去弹性,阴蒂多萎缩,且与包皮粘连,小阴唇平坦、消失。

(1)血虚化燥——益气养血,润燥止痒。人参养荣汤。

(2)肝肾阴虚——补益肝肾,养荣润燥。归肾丸。

(3)脾肾阳虚——温补脾肾,祛风止痒。右归丸。

3.外阴鳞状上皮增生合并硬化性苔藓:硬化性苔藓患者由于长期瘙痒和搔抓的结果,可能在原有硬化性苔藓的基础上出现鳞状上皮细胞增生,即以往所称的外阴混合性营养不良。

命题考点2　外阴瘙痒

【历年真题纵览】

A2 型题

1.患者,女,29 岁,外阴及阴中瘙痒,干涩难忍,局部皮肤变白,外阴萎缩,健忘失眠,神疲乏力。舌淡,苔薄,脉细无力。治疗首选

　A. 萆薢渗湿汤

　B. 知柏地黄汤

　C. 当归饮子

　D. 黑逍遥散

　E. 二陈汤

参考答案:C

B1 型题

2.

　A. 二陈汤

　B. 止带汤

　C. 知柏地黄丸

　D. 萆薢渗湿汤

　E. 二妙散

①肝经湿热型阴痒首选

②肾阴虚型阴痒首选

参考答案:①D　②C

【考点评析】

1.病因:(1)局部病因:念珠菌阴道炎和滴虫性阴道炎是引起外阴瘙痒最常见的原因,此外还有外阴鳞状上皮细胞增生、药物过敏或化学品刺激、不良卫生习惯、其他皮肤疾病等。(2)全身原因:糖尿病;黄疸,维生素 A、B 缺乏,贫血,白血病等慢性病患者出现外阴瘙痒时,常为全身瘙痒的一部分;妊娠期肝

内胆汁淤积;妊娠期和经前期外阴部充血;不明原因外阴瘙痒等。

2.中医治疗:(1)湿热下注——清热利湿,杀虫止痒。萆薢渗湿汤。(2)肾阴虚——滋阴降火,调补肝肾。知柏地黄汤。(3)血虚生风——养血祛风,活血止痒。当归饮子。

第十九单元　女性生殖系统炎症

命题考点1　外阴及前庭大腺炎

【历年真题纵览】

A1 型题

1.外阴及前庭大腺炎临床表现错误的是

　A. 局部疼痛、红肿

　B. 大小便困难

　C. 局部红肿,压痛

　D. 脓肿形成时有波动感

　E. 局部流脓

参考答案:E

2.治疗前庭大腺炎寒凝瘀滞证,应首选

　A. 阳和汤

　B. 少腹逐瘀汤

　C. 温经汤(《金匮》)

　D. 桂枝茯苓丸

　E. 内补丸

参考答案:A

3.外阴炎湿热下注首选方剂

　A. 五味消毒饮

　B. 少腹逐瘀汤

　C. 苓桂术甘汤

　D. 桂枝茯苓丸

　E. 龙胆泻肝汤

参考答案:E

【考点评析】

1.外阴炎:外阴、大小阴唇肿胀充血,重者可有糜烂或溃疡。患者自觉外阴灼热、痒痛,排尿时疼痛加剧。前庭大腺炎:急性期,前庭大腺腺管开口处肿胀、疼痛,常伴恶寒、发热等全身症状。检查见大阴唇下 1/3 处红肿,触痛明显;慢性炎症时,一般无明显症状,囊肿较大者,则有外阴坠胀或性交不适感。

2.西医治疗

(1)外阴炎:急性期禁止性生活,补充多种维生素。局部症状明显或发热者,全身应用抗生素,以免感染加重。用1:5000高锰酸钾溶液或0.1%聚维酮碘液坐浴,擦干后涂以抗生素软膏。

(2)前庭大腺炎:急性期:给予抗生素;脓肿形成者即行切开引流并做造口术。慢性期:较大或反复急性发作的囊肿应做囊肿造口术。

3.中医治疗

(1)外阴炎:湿热下注——龙胆泻肝汤。湿毒浸渍——五味消毒饮。

(2)前庭大腺炎:热毒蕴结——仙方活命饮。寒凝瘀滞——阳和汤。

命题考点2 阴道炎

【历年真题纵览】

A1 型题

1.老年性阴道炎的病因是

A.阴道毛滴虫

B.白色念珠菌

C.细菌感染

D.雌激素水平不足

E.免疫功能亢进

参考答案:D

2.下列各项,不属滴虫性阴道炎湿热下注证主要症状的是

A.带下色黄呈泡沫状或脓性

B.带下色黄呈脓性或浆液性

C.外阴瘙痒

D.心烦失眠

E.舌苔薄腻,脉弦

参考答案:B

3.治疗霉菌性阴道炎,局部用药应首选

A.制霉菌素加二妙虎参煎

B.克林霉素加塌痒方

C.甲硝唑加二妙虎参煎

D.氟哌酸加苦参合剂

E.氯霉素加柴马洗剂

参考答案:A

4.细菌性阴道病湿毒证表现不包括

A.带下量多

B.带下质稠如脓

C.大便次数增多

D.带下气味臭秽

E.心烦口渴

参考答案:C

【考点评析】

1.滴虫性阴道炎:白带增多,稀薄的泡沫状,或呈脓性,可有臭味,外阴瘙痒,兼或有灼热、疼痛、性交痛等。全身用药:甲硝唑口服局部用药,甲硝唑入阴。(1)湿热下注——龙胆泻肝汤。(2)肾虚湿盛——肾气丸合草薢渗湿汤。

2.念珠菌阴道炎:外阴瘙痒、灼痛。白带增加,呈豆渣样。可有尿频、尿急、性交痛。检查可见小阴唇内侧及阴道黏膜上附着白色膜状物,擦除后露出红肿黏膜面。①消除诱因;②局部用药:制霉菌素栓,或克霉唑栓纳入阴道;③全身用药:口服氟康唑。(1)脾虚湿盛——完带汤。(2)肾虚湿阻——内补丸。

3.细菌性阴道病:分泌物增多或有臭味,瘙痒轻,检查见阴道黏膜无充血,白带灰白色,黏度很低。1%乳酸或醋酸做阴道冲洗。甲硝唑口服及阴道用药。(1)湿热:带下量多,色黄呈脓性或浆液性,有臭气,或瘙痒,口苦咽干。舌红,苔黄腻,脉弦滑。止带方。(2)湿毒:带下量多,色黄、质稠如脓,气味臭秽,阴部坠胀灼痛,或发热,心烦口渴,大便干结。舌红,苔黄干,脉滑数。五味消毒饮。

4.老年性阴道炎:分泌物增多,稀薄,外阴瘙痒、灼热感,检查见阴道呈老年性改变,黏膜充血、表浅溃疡。1%乳酸或醋酸冲洗阴道,增加阴道抵抗力;雌激素口服及阴道用药;抑制细菌生长:甲硝唑阴道用药。(1)肾阴亏损——知柏地黄汤,(2)湿热下注——易黄汤合知柏地黄汤。

命题考点3 宫颈炎

【历年真题纵览】

A1 型题

1.治疗慢性宫颈炎湿热内蕴证,应首选

A.龙胆泻肝汤

B.止带方

C.二妙丸

D.五味消毒饮

E.仙方活命饮

参考答案:B

A2 型题

2.某女,30岁,人工流产3次,4年前自然分娩

1次,平时男用工具避孕,近2年白带量多,色黄,质黏稠,近日有性交出血,妇科检查宫颈中度糜烂。治疗首选

　　A.抗生素治疗

　　B.宫颈电熨治疗

　　C.硝酸银局部上药

　　D.宫颈锥形切除

　　E.消糜栓外用

参考答案:B

【考点评析】

　　1.病因:病原体感染,宫颈损伤,阴道异物,性传播疾病。

　　2.诊断:白带增多。或呈乳白色黏液状,或为淡黄色脓性、血性白带或性交后出血。妇科检查宫颈有不同程度的糜烂、肥大或质硬,或见息肉、裂伤、外翻及腺体囊肿等病变。

　　3.西医治疗:(1)药物疗法:常用10%～20%硝酸银或重铬酸钾溶液局部涂药。(2)物理疗法:主要有电熨法、冷冻疗法及激光治疗。(3)手术治疗。

　　4.中医治疗:(1)湿热内蕴——龙胆泻肝汤。(2)湿毒内侵——止带方合五味消毒饮。(3)脾虚——完带汤。(4)肾虚——内补丸。

命题考点4　盆腔炎

A1 型题

1.下列哪项不是慢性盆腔炎的临床表现

　　A.少腹一侧或双侧隐痛,反复发作

　　B.突然少腹剧痛,伴有停经史

　　C.带下增多,色黄质稠

　　D.经量增多,经期延长或婚久不孕

　　E.妇科检查附件增厚,有压痛

参考答案:B

A2 型题

2.患者,女,30岁,已婚。清宫术后10天,下腹疼痛拒按,寒热往来,带下量多,色黄,臭秽,小便赤,大便燥结,舌红,苔黄厚,脉弦滑。应首先考虑的诊断是

　　A.急性盆腔炎热毒壅盛证

　　B.急性盆腔炎湿热瘀结证

　　C.急性盆腔炎气营同病证

　　D.慢性盆腔炎湿热阻滞证

　　E.慢性盆腔炎气滞血瘀证

参考答案:A

【考点评析】

　　1.慢性盆腔炎的临床表现。慢性盆腔炎的临床表现为:患者下腹胀坠、疼痛及腰骶部酸痛,常在劳累、性交后、排便时及月经前后加剧等。体征为:子宫常呈后位,活动受限或粘连固定,如为输卵管炎,则在子宫一侧或两侧可触到增粗的输卵管,呈条索状,并有轻度压痛等。(1)湿热壅阻——银甲丸。(2)寒湿凝滞——少腹逐瘀汤。(3)气滞血瘀——血府逐瘀汤。(4)气虚血瘀——理冲汤。

　　2.急性盆腔炎:下腹疼痛,伴发热。病情严重者可有高热,寒战,阴道分泌物增多,常呈脓性,秽臭,腹膜炎时,恶心呕吐,腹胀腹泻;如有脓肿形成,可有局部刺激症状。妇科检查阴道充血,有大量脓性分泌物,宫颈举痛明显,宫体及附件区压痛明显。(1)热毒壅盛——五味消毒饮合大黄牡丹皮汤。(2)湿热瘀结——仙方活命饮。

命题考点5　生殖器官结核

B1 型题

　　A.高烧,白带增多,子宫及附件区压痛,WBC升高

　　B.停经,下腹痛,阴道出血

　　C.腹痛由脐周开始,后转移至右下腹麦氏点

　　D.不孕,消瘦,输卵管碘油造影呈串珠状

　　E.卵巢囊肿病史,运动后突发左侧下腹痛,B超检查囊肿消失,盆腔有少量积液

①急性盆腔炎常见的症状是

②慢性盆腔炎常见的症状是

参考答案:①A　②D

【考点评析】

　　1.月经失调;下腹坠痛;不孕;全身症状(如为结核活动期,可有午后潮热、盗汗、倦怠无力、食欲不振、消瘦等)。体征多不明显,如有腹膜结核,检查时腹部有柔韧感或腹水征等。

　　2.实验室及其他检查:

　　(1)诊断性刮宫是诊断子宫内膜结核最可靠的依据。

　　(2)子宫输卵管碘油造影。

　　(3)疑子宫颈结核,行宫颈活检,可协助诊断。

　　(4)胸部、消化道、泌尿系统及盆腔X线检查。

　　(5)腹腔镜检查可以直接观察盆腔情况,并可取液做结核菌培养,或在病变处取材活检。

3.化学药物治疗方法

(1)传统常规疗法:疗程 18～24 个月,坚持每天用药。

(2)两阶段疗法:即强化治疗加巩固治疗的间歇疗法。

(3)短程疗法:是目前较为理想的治疗方案,疗程 6～9 个月。

第二十单元　月经病

命题考点1　功能失调性子宫出血

【历年真题纵览】

A1 型题

1.下列各项,属黄体功能不足脾气虚弱证主要症状的是

A.月经提前,量少,色淡黯

B.精神倦怠

C.腰背酸痛

D.心悸失眠

E.少腹胀痛

参考答案:B

2.治疗无卵型功能失调性子宫出血肾阴虚证,应首选

A.四物汤合二至丸

B.左归丸合二至丸

C.右归丸合二至丸

D.保阴煎合失笑散

E.两地汤合失笑散

参考答案:B

A2 型题

3.患者,女,30 岁,已婚。月经周期正常,但经量多(5 包纸/次),色深红、质稠,心烦口渴,尿黄便结,舌红苔黄,脉滑数。妇科盆腔及 B 型超声波检查无异常,基础体温呈双相。治疗应首选

A.黄体酮加保阴煎

B.黄体酮加清经散

C.丙酸睾丸酮加保阴煎

D.丙酸睾丸酮加清经散

E.丙酸睾丸酮加丹栀逍遥散

参考答案:C

4.患者,女,28 岁,已婚,近 4 个月来月经 10～12 天/23～27 天,经量每次用卫生巾 12 条,妇科检查及

B 型超声波检查无异常,基础体温呈双相型,于经行数天后缓慢下降,月经第 5 天子宫内膜检查呈分泌反应。其诊断是

A.月经过多,无排卵型功能失调性子宫出血

B.月经过多,黄体功能不全

C.经期延长,无排卵型功能失调性子宫出血

D.经期延长,子宫内膜脱落不全

E.经期延长,排卵期出血

参考答案:D

【考点评析】

1.无排卵功血:①无规律性的子宫出血,多数月经周期不正常;经期长短不一;经量多少不定,少至点滴出血,多至血崩;②有的仅表现为月经量增多,经期延长;不孕;④出血过多,流血时间过久,可出现贫血症状。对不同年龄的患者应用不同的治疗。青春期育龄期患者应以止血和调整周期为主,促进排卵为原则;更年期妇女止血后以调整月经周期、减少经量为原则。(1)血热①虚热——保阴煎合生脉散。②实热——清热固经汤。(2)肾虚:①偏肾阳虚——右归丸。②偏肾阴虚——左归丸合二至丸。(3)脾虚——固本止崩汤合举元煎。(4)血瘀——四物汤合失笑散。

2.有排卵功血:①月经周期规律,但周期缩短,表现月经频发;②可有经前点滴出血和月经量过多;可有不孕或易于在孕早期流产;④月经周期正常,但经期时间延长,月经量亦较多,此种表现常见于黄体萎缩不全者;月经过频、出血过多者,亦可能出现贫血症状。对症治疗,健全黄体功能等。(1)子宫内膜修复延长(卵泡期出血):①气虚——举元煎。②虚热——两地汤。③湿热蕴结——固经丸。④血瘀——桃红四物汤合失笑散。(2)黄体功能不足:①脾气虚弱——补中益气汤。②肾气不固——归肾丸。③阳盛血热——清经散。④肝郁血热——丹栀逍遥散。⑤阴虚血热——两地汤合二至丸。(3)黄体萎缩不全:①脾虚气弱——归脾汤。②湿热蕴结——四妙丸。③气滞血瘀——血府逐瘀汤。(4)排卵期出血(经间期出血):①肾阴虚——两地汤合二至丸。②肾阳虚——健固汤。③湿热——清肝止淋汤。④肝郁气滞——丹栀逍遥散。

3.治崩三法是:塞流、澄源、复旧。塞流即止血,血崩者当防脱,一般采用固气摄血法,血势渐缓则谨守病机,辨证论治。澄源即是求因治本,复旧即是调理善后。澄源、复旧寓于止血之中,或正本清源、固本善后之中寓止血之药以防出血。

命题考点2　闭经

【历年真题纵览】

A1 型题

1．治疗闭经气滞血瘀证,应首选
　　A．血府逐瘀汤
　　B．温经汤《妇人良方》
　　C．膈下逐瘀汤
　　D．少腹逐瘀汤
　　E．桂枝茯苓丸
　　参考答案:A

2．治疗闭经气血虚弱证,应首选
　　A．黄体酮加一阴煎
　　B．启宫丸
　　C．人参养荣汤
　　D．举元煎
　　E．圣愈汤
　　参考答案:C

A2 型题

3．患者,女,30 岁,已婚。月经停止 1 年余,形体肥胖,胸胁满闷,神疲倦怠,呕恶痰多,面浮足肿,带下量多、色白,舌苔腻,脉滑。妇科检查未见异常。其证型是
　　A．气滞血瘀
　　B．肝肾不足
　　C．气虚血弱
　　D．痰湿阻滞
　　E．以上均非
　　参考答案:D

4．患者,女,29 岁,已婚。近 1 年月经后期量少,现已停经 4 个月,伴五心烦热,潮热颧红,舌红少苔,脉细数。尿妊娠试验阴性。其治法是
　　A．养阴清热调经
　　B．理气活血通经
　　C．豁痰活血通经
　　D．益气养血调经
　　E．补肾养肝调经
　　参考答案:A

B1 型题

5.
　　A．左归丸
　　B．右归丸
　　C．归肾丸
　　D．血府逐瘀汤

　　E．苍附导痰丸
　　①治疗闭经肝肾不足证,应首选
　　②治疗闭经痰湿阻滞证,应首选
　　参考答案:①C　②E

【考点评析】

1．有原发性闭经和继发性闭经两类。前者是指年龄超过 16 岁,第二性征已发育,但月经还未来潮者;或超过 14 岁,第二性征尚无发育者。后者是指已建立正常月经周期,月经停止 6 个月或按自身月经周期计算停经 3 个月经周期以上者。闭经的中医病名有血枯、血隔之分。血枯为虚,血隔为实。

2．病因:(1) 子宫性闭经;(2) 卵巢性闭经;(3)垂体性闭经;(4)下丘脑性闭经。

3．西医治疗:(1)针对引起闭经的实质性病变予以治疗,如生殖器结核给予抗结核治疗等;(2)性激素替代治疗;(3)诱发排卵;(4)溴隐亭的使用;(5)手术治疗。

4．中医治疗:(1)肝肾不足——归肾丸。(2)气血虚弱——人参养荣汤。(3)阴虚血燥——加减一阴煎。(4)气滞血瘀——血府逐瘀汤。(5)寒凝血瘀——温经汤。(6)痰湿阻滞——苍附导痰丸。

命题考点3　痛经

【历年真题纵览】

A1 型题

1.气滞血瘀型痛经的特点是
　　A．经前、经期小腹冷痛
　　B．经前、经期小腹胀痛
　　C．经前、经期小腹坠痛
　　D．经期、经后小腹隐痛
　　E．经期、经后小腹冷痛
　　参考答案:B

A2 型题

2．患者,女,23 岁。每逢经行小腹胀痛拒按,月经量少,色紫黯有块,块下痛减,伴胸胁、乳房作胀,舌暗,脉弦。治疗应首选
　　A．柴胡疏肝散
　　B．膈下逐瘀汤
　　C．少腹逐瘀汤
　　D．桂枝茯苓丸
　　E．逍遥散
　　参考答案:B

【考点评析】

1. 凡在经期及经前后出现明显下腹部痉挛性疼痛、坠胀或腰酸痛等不适,影响生活和工作者,称为痛经。中医亦称为"痛经",或"经行腹痛"。

2. 分型论治:(1)气滞血瘀——膈下逐瘀汤。(2)寒湿凝滞——少腹逐瘀汤。(3)湿热瘀阻——清热调血汤。(4)气血虚弱——八珍益母汤。(5)肝肾亏虚——调肝汤。

命题考点4 代偿性月经

【历年真题纵览】

A2 型题

患者,女,23 岁,未婚。近 3 个月,因大怒后,每逢月经期即出现鼻衄,量较多色鲜红,经量明显减少,伴心烦易怒,口干口渴,胸胁胀痛,舌红,苔黄,脉弦数。治疗应首选

A. 清肝引经汤与维生素 C

B. 顺经汤与维生素 C

C. 三黄四物汤与维生素 C

D. 丹栀逍遥散与维生素 C

E. 凉膈散与维生素 C

参考答案:D

【考点评析】

1. 每逢月经前后或正值月经期,出现有规律的吐血、衄血,又称经行吐衄、倒经、逆经。

2. 辨证论治:(1)实热:肝经郁火——清肝引经汤。胃热炽盛——三黄四物汤。(2)肺肾阴虚——顺经汤。(3)血瘀——血府逐瘀汤。

命题考点5 多囊卵巢综合征

A2 型题

患者,女,30 岁,已婚。经期延后及月经量少 3 年,未避孕,未怀孕 2 年,头晕头重,胸闷泛恶,形体肥胖,多毛,大便不实,舌苔白腻,脉濡。B 超检查示双卵巢呈多囊性改变。治疗首选方剂

A. 右归丸

B. 苍附导痰丸合佛手散

C. 丹栀逍遥散

D. 膈下逐瘀汤

E. 二陈汤

参考答案:B

【考点评析】

1. 月经不调(月经稀发、月经量少、闭经、功血);多毛;肥胖;不孕及黑棘皮症。

2. 分型论治:(1)肾虚——右归丸。(2)痰湿阻滞——苍附导痰丸合佛手散。(3)肝经郁热——丹栀逍遥散。(4)气滞血瘀——膈下逐瘀汤。

3. 西医治疗:(1)降低 LH 水平;①口服避孕药。②醋酸甲羟孕酮。③促性腺激素释放激素激动剂。(2)降低血雄激素水平:糖皮质激素、酮康唑、螺内酯、醋酸环丙孕酮。(3)改善胰岛素抵抗:二甲双胍。(4)诱发排卵:氯蔗酚胺等。(5)手术治疗:腹腔镜手术、卵巢楔形切除术。

命题考点6 经前期综合征

【历年真题纵览】

A1 型题

1. 治疗经前期综合征肝郁气滞,应首选的方剂是

A. 逍遥散

B. 柴胡疏肝散

C. 血府逐瘀汤

D. 滋水清肝饮

E. 丹栀逍遥散

参考答案:B

A2 型题

2. 患者,女,36 岁,已婚。半年来每逢经后两乳作胀,腰膝酸软,两目干涩,咽干口燥,五心烦热,舌红少苔,脉细数。治疗应首选

A. 调肝汤

B. 逍遥散

C. 一贯煎

D. 丹栀逍遥散

E. 柴胡疏肝散

参考答案:C

【考点评析】

1. 孕激素不足,雌激素相对过多。

2. 多见于 25 ～ 45 岁妇女,伴随月经周期性发作,症状出现在月经前 7 ～ 14 天,经后症状明显减轻或消失。症状包括躯体症状、精神症状、行为改变。伴随月经周期见颜面及下肢凹陷性水肿;乳房胀痛,或有触痛硬结;或见口腔黏膜溃疡、荨麻疹、痤疮等。

3. 西医治疗

(1)一般治疗:重视心理治疗,使病人消除恐惧、紧张的心理。

(2)药物治疗:①抗焦虑剂(阿普唑仑);②抗忧郁剂(氟西汀);③GnRH-a;④醛固酮受体拮抗剂(螺内酯);⑤维生素 B_6;⑥纠正水钠潴留(螺内酯);⑦镇静(利眠宁等)。

(3)补充矿物质及维生素(碳酸锂)。

(4)激素治疗:可用孕激素作替代治疗。

(5)溴隐亭:降低泌乳素水平,减少乳房胀痛等。

4. 中医治疗

(1)肝郁气滞——柴胡疏肝散。

(2)肝肾阴虚——知柏地黄汤。

(3)脾肾阳虚——健固汤合四神丸。

(4)心脾气虚——归脾汤。

(5)瘀血阻滞——趁痛散。

命题考点7 围绝经期综合征

【历年真题纵览】

A1 型题

1. 下列关于更年期综合征的叙述,错误的是
   A. 中医又称为绝经前后诸证
   B. 发生在 45～55 岁
   C. 卵巢功能衰退是主要原因
   D. 血中促性腺激素水平明显降低
   E. 可有尿急、尿失禁、或反复发作膀胱炎

参考答案:E

2. 围绝经期综合征肝郁化火型首选方为
   A. 逍遥散
   B. 丹栀逍遥散
   C. 调肝汤
   D. 柴胡疏肝散
   E. 乌药汤

参考答案:B

3. 应用激素替代法治疗更年期综合征的适应证是
   A. 可疑乳腺癌
   B. 可疑子宫内膜癌
   C. 因孕激素水平低落而产生明显的神经血管舒缩性综合症状
   D. 因雌激素水平低落而产生明显的神经血管舒缩性综合症状
   E. 心血管疾病或凝血功能亢进者

参考答案:D

A2 型题

4. 患者,女,51 岁,已婚。月经紊乱 2 年。近半年,常感颜面烘热,汗出恶风,腰背冷痛,头晕耳鸣,舌质淡,苔薄白,脉沉细。其治法是
   A. 滋肾养肝,佐以潜阳
   B. 滋肾柔肝,育阴潜阳
   C. 滋肾育阴,宁心安神
   D. 益阴扶阳
   E. 温肾扶阳

参考答案:E

【考点评析】

1. 绝经期综合征是指妇女在绝经前后由于性激素减少所致的一系列躯体及精神心理症状,如月经紊乱、潮热汗出、情志异常、眩晕耳鸣、心悸失眠、浮肿便溏等。

2. 临床表现:(1)月经紊乱。(2)与雌激素下降有关的症状:血管舒缩症状(潮热);精神神经症状(激动易怒、焦虑不安、情绪低落、抑郁寡言、多疑猜忌等);泌尿生殖道症状;心血管疾病及骨矿含量改变及骨质疏松等。

3. 分型论治:(1)肾阴虚——滋肾养阴,佐以潜阳。左归饮。(2)肾阳虚——温肾扶阳。右归丸。(3)肾阴阳两虚——益阴扶阳。二仙汤合二至丸。

4. 激素替代治疗:常用剂型——雌激素:妊马雌酮、微粒化雌二醇、尼尔雌醇等。孕激素:最常用的是甲羟孕酮。

5. 应用激素替代法治疗更年期综合征的适应证是:因雌激素水平低落而产生明显的神经血管舒缩性综合症状,影响其生活和工作时。

6. 激素替代法不良反应:(1)子宫出血。(2)乳房胀、白带多、头痛、水肿、色素沉着、抑郁、易怒、乳房痛和浮肿、高血脂、动脉粥样硬化、血栓栓塞性疾病危险,大量应用出现体重增加、多毛及痤疮,口服时影响肝功能。(3)子宫内膜癌。(4)乳癌。

第二十一单元 女性生殖器官肿瘤

命题考点1 宫颈癌

【历年真题纵览】

A1 型题

1. 关于宫颈癌的叙述,下列哪项是错误的

A. 可出现恶病质

B. 阴道流血是常见症状

C. 早期宫颈癌常无症状

D. 有外生和内生两型

E. 宫颈刮片细胞学检查是最可靠的检查方法

参考答案:E

2. 宫颈癌湿热瘀毒证方剂首选

A. 丹栀逍遥散

B. 知柏地黄丸合二至丸

C. 真武汤合完带汤

D. 黄连解毒汤

E. 茵陈蒿汤

参考答案:D

【考点评析】

1. 早期常无症状及明显体征;随着病情发展可出现接触性阴道出血,阴道排液(白色或血性,稀薄如水样或米泔状,有腥臭);晚期可出现尿频、尿急、大便秘结、里急后重、下肢肿痛及恶液质等。妇科检查,宫颈光滑或轻度糜烂,或息肉状、乳头状、菜花状赘生物,质脆触之易出血,或宫颈肥大,质硬,宫颈膨大如桶状等。

2. 诊断方法:宫颈刮片细胞学检查、碘试验、固有荧光诊断法、阴道镜检查、宫颈活组织检查、宫颈锥切术。

3. 西医治疗:(1)宫颈上皮内瘤样病变,对无明显病灶且可随访者,可先按炎症处理,2~3个月后复查宫颈刮片细胞学检查,必要时再次活检。(2)宫颈浸润癌:手术(分期不同,手术范围不同);放射治疗(分腔内照射及体外照射);手术及放疗联合(肿块较大,先放疗,再手术;术后有转移灶时,加放疗);化疗(适用于较晚期局部大病灶及复发患者的手术前及放疗前的综合治疗)。

4. 中医治疗:(1)肝郁化火——疏肝理气,解毒散结。丹栀逍遥散。(2)肝肾阴虚——滋补肝肾,解毒清热。知柏地黄丸合二至丸。(3)脾肾阳虚——健脾温肾,化湿止带。真武汤合完带汤。(4)湿热瘀毒——清热利湿,解毒化瘀散结。黄连解毒汤。

命题考点 2　子宫肌瘤

【历年真题纵览】

A1 型题

1. 子宫肌瘤分类错误的是

A. 宫体肌瘤

B. 肌壁间肌瘤

C. 浆膜下肌瘤

D. 结缔组织肌瘤

E. 黏膜下肌瘤

参考答案:D

2. 不属于子宫肌瘤临床表现的是

A. 月经改变

B. 白带增多

C. 恶液质

D. 下腹坠胀

E. 不孕

参考答案:C

3. 以下有子宫肌瘤手术指征的是

A. 腹部包块

B. 1 个月妊娠子宫大

C. 近绝经年龄

D. 腹痛、腰酸

E. 继发性贫血者

参考答案:E

4. 治疗子宫肌瘤气滞血瘀证,应首选

A. 血府逐瘀汤

B. 温经汤《妇人良方》

C. 膈下逐瘀汤

D. 少腹逐瘀汤

E. 桂枝茯苓丸

参考答案:C

A2 型题

5. 患者,女,39 岁,已婚。已确诊为子宫肌瘤,症见腹有症瘕,小腹胀痛,精神抑郁,经前乳房胀痛。舌边有瘀点,舌苔薄,脉弦。治疗应首选

A. 桂枝茯苓丸

B. 血府逐瘀汤

C. 膈下逐瘀汤

D. 真武汤

E. 理中汤

参考答案:C

6. 患者,女,32 岁。结婚 5 年未孕,月经规则,自觉胸脘痞闷,带下量多、色白、质黏,舌苔白腻,脉细滑。妇科检查:子宫如孕 2 个月大小,宫底部明显突出,质硬,B 型超声波检查为单个结节,血红蛋白 90g/L。应首选的治疗措施是

A. 甲基睾丸素加开郁二陈汤

B. 雌激素加开郁二陈汤

C. 输血加开郁二陈汤

D. 子宫肌瘤摘除术

E. 子宫次全切除术

参考答案：D

7. 患者，女，28 岁，已婚，孕 32 周，因剧烈腹痛伴发热呕吐半日就诊，B 超提示子宫如孕 32 周，宫底有一 7 cm×6 cm×4 cm 的肌瘤。查血象：WBC 14.4×10⁹/L，该孕妇可能继发的变性是

A. 玻璃样变

B. 囊性变

C. 脂肪样变

D. 红色样变

E. 肉瘤样变

参考答案：D

B1 型题

8.

A. 少腹逐瘀汤

B. 膈下逐瘀汤

C. 清海丸

D. 逐瘀止血汤

E. 八珍汤

①治疗子宫肌瘤阴虚内热证，应首选

②治疗子宫肌瘤证寒凝血瘀型，应首选

参考答案：①C　②A

【考点评析】

1. 按肌瘤所在的部位分为宫体肌瘤、宫颈肌瘤，按子宫肌瘤发展过程与子宫壁的关系分为肌壁间肌瘤、浆膜下肌瘤、黏膜下肌瘤。

2. 症状：月经改变、腹部包块、白带增多、腹痛、腰酸、下腹坠胀、压迫症状、不孕、继发性贫血。体征：与肌瘤大小、位置、数目及有无变性有关。

3. 药物治疗：肌瘤在 2 个月妊娠子宫大小以内，症状不明显或较轻，近绝经年龄及全身状况不能手术者。手术治疗：子宫大于 2～5 个月妊娠子宫大小、症状明显致继发性贫血者。

4. 癥瘕（子宫肌瘤）的辨证论治。脾胃虚寒兼有瘀血，方可选桂枝茯苓丸加益脾温中之品。肌瘤较大，且症状明显继发贫血，适合手术治疗。

5. 肌瘤红色样变：妊娠期，剧烈腹痛伴发热呕吐，血象高等。

6. 气滞血瘀型——膈下逐瘀汤。寒凝血瘀型——少腹逐瘀汤。痰湿瘀阻型——开郁二陈汤。湿热夹瘀——清宫消癥汤。阴虚内热——清海丸。

命题考点 3　卵巢恶性肿瘤

【历年真题纵览】

1. 卵巢恶性肿瘤中最常见的是

A. 未成熟畸胎瘤

B. 颗粒—间质细胞癌

C. 浆液性囊腺癌

D. 黏液性囊腺癌

E. 皮质—间质细胞瘤

参考答案：C

2. 恶性卵巢肿瘤与良性卵巢肿瘤相比错误的是

A. 病程短，迅速增大

B. 双侧多见

C. 肿块边界清晰

D. 逐渐出现恶病质

E. 表面不平

参考答案：C

【考点评析】

1. 恶性肿瘤病程短，迅速增大，双侧多，固定，实性或囊实性，表面不平，伴腹水，多为血性，可查到癌细胞，逐渐出现恶病质，B 超液性暗区内有杂乱光团、光点，肿块边界不清。

2. 最常见的卵巢恶性肿瘤是浆液性囊腺癌，占40%～50%。

3.

良、恶性肿瘤鉴别诊断

鉴别内容	良性肿瘤	恶性肿瘤
病史	病程长，逐渐增大	病程短，迅速增大
体征	单侧多，活动，囊性表面光滑，通常无腹水	双侧多，固定，实性或囊实性，表面不平，伴腹水，多为血性，可查到癌细胞
一般情况	良好	逐渐出现恶病质
B 超	为液性暗区，可有间隔光带，边缘清晰	液性暗区内有杂乱光团、光点，肿块边界不清

第二十二单元 妊娠滋养细胞疾病

命题考点1 葡萄胎

【历年真题纵览】

A1 型题

1.下列葡萄胎治疗后的随访,最有价值的检查是

A.妇科检查

B.肺部摄片

C.尿妊娠试验

D.血 HCG 测定

E.B 超检查

参考答案:D

2.对疑似葡萄胎者,应选择下列哪项检查即可作鉴别诊断

A.HCC 测定

B.HCG 测定和 B 超

C.妇科检查见子宫大于相应月份的正常妊娠子宫

D.妇科检查见双侧卵巢增大

E.妇科检查见阴道内有血

参考答案:B

【考点评析】

1.妊娠后胎盘绒毛滋养细胞异常增生,中膜绒毛转变成水泡,水泡间相连成串,形如葡萄而得名。

2.诊断:停经后不规则阴道流血,见水泡状组织排出,子宫异常增大变软,听不到胎心、胎动。绒毛膜促性腺激素异常增高,B 超检查无胎儿及胎心。

3.西医治疗:清除宫腔内容物、子宫切除术、黄素化囊肿处理、预防性化疗。

4.随访:每周查 HCG 至降至正常水平,开始 3 月每周复查一次,次后 3 个月每半月一次,然后每月一次持续半年,第 2 年起每半年一次,共随访 2 年。

命题考点2 侵蚀性葡萄胎

【历年真题纵览】

A1 型题

侵蚀性葡萄胎最常见的转移部位是

A.阴道

B.宫旁

C.肺

D.脑

E.肝

参考答案:C

【考点评析】

1.侵蚀性葡萄胎指葡萄胎组织侵入子宫肌层局部引起组织破坏,或并发子宫外转移者。侵蚀性葡萄胎来自良性葡萄胎,多数在葡萄胎清除后 6 个月内发生,也有在未排出前即恶变者。2.临床表现:原发灶表现,最主要症状是阴道不规则流血,出血量多少不定。子宫复旧延迟,葡萄胎排空后 4~6 周子宫未恢复到正常大小。黄素化囊肿持续存在。转移灶表现,最常见部位是肺,其次是阴道、宫旁,脑转移较少见。

命题考点3 绒毛膜癌

绒毛膜癌临床表现不包括

A.持续的阴道不规则流血

B.闭经,然后阴道出血

C.失血性贫血

D.子宫增大变硬

E.有酱油色和特臭的分泌物

参考答案:D

【考点评析】

1.临床表现:产后或流产后,尤其在葡萄胎排空后,出现持续的阴道不规则流血,量多少不定。有时月经正常一段时间后发生闭经,然后阴道出血;可伴见失血性贫血、腹痛、感染及转移症状。子宫增大,柔软,形状不规则;阴道内见到紫蓝色结节,有酱油色和特臭的分泌物。有时可在盆腔双侧触及肿大的卵巢黄素化囊肿。

2.诊断:流产、分娩、异位妊娠后 4 周以上出现上述临床症状或转移灶,并有血 HCG 升高。

第二十三单元 子宫内膜异位症及子宫腺肌病

命题考点1 子宫内膜异位症

【历年真题纵览】

A1 型题

1. 目前公认的子宫内膜异位症病因是
　　A. 体腔上皮化生学说
　　B. 淋巴播散学说
　　C. 血液播散学说
　　D. 子宫内膜种植学说
　　E. 免疫学说
　　参考答案：D

2. 不属于子宫内膜异位症临床特征的是
　　A. 痛经
　　B. 白带过多
　　C. 持续下腹痛
　　D. 不孕
　　E. 月经失调
　　参考答案：B

3. 治疗子宫内膜异位症气滞血瘀证，应首选的方剂是
　　A. 温经汤
　　B. 桃红四物汤
　　C 少腹逐瘀汤
　　D. 失笑散
　　E. 膈下逐瘀汤
　　参考答案：E

A2 型题

4. 患者，女，32 岁，已婚。继发加重性痛经伴经量过多 4 年，经服百消丹治疗，效果欠佳。经期小腹冷痛，喜温畏冷，经血有块，块下痛减，形寒肢冷，舌暗苔白，脉弦紧。已确诊为子宫内膜异位症，治疗应首选
　　A. 炔诺酮加膈下逐瘀汤
　　B. 炔诺酮加血府逐瘀汤
　　C. 甲孕酮加少腹逐瘀汤
　　D. 甲孕酮加膈下逐瘀汤
　　E. 炔诺酮加桃红四物汤
　　参考答案：C

5. 患者，女，31 岁，已婚。人工流产术后 1 年，经

行腹痛逐渐加重，灼痛难忍，拒按，月经量多，色深红，带下色黄，有味，舌质黯，苔黄腻，脉滑数。妇科检查：后穹窿可触及蚕豆大小的触痛性结节。治疗应首选
　　A. 血府逐瘀汤
　　B. 清热调血汤
　　C. 膈下逐瘀汤
　　D. 失笑散
　　E. 银甲丸
　　参考答案：B

【考点评析】

1. 病因不明，有以下学说：子宫内膜种植学说，体腔上皮化生学说，淋巴及静脉播散学说，免疫学说。目前公认的是子宫内膜种植学说。

2. 临床特征：痛经和持续下腹痛，月经失调，不孕，性交痛，其他特殊症状－肠道及泌尿系症状等。腹腔镜检查是目前诊断内膜异位症的最佳方法，称其为"金标准"。

3. 西医治疗：期待疗法：随访对症治疗；药物治疗：高效避孕药、达那唑、孕三烯酮、GnRH－a；手术治疗：腹腔镜及剖腹手术；药物与手术联合治疗：药物缩小手术范围。

4. 中医辨证治疗：选用活血化瘀药物为主。（1）气滞血瘀——膈下逐瘀汤。（2）寒凝血瘀——少腹逐瘀汤。（3）湿热瘀结——清热调血汤。（4）痰瘀互结——丹溪痰湿方合桃红四物汤。（5）气虚血瘀——理冲汤。（6）肾虚血瘀——归肾丸合桃红四物汤。

命题考点2 子宫腺肌病

【历年真题纵览】

A1 型题

1. 下列哪项不是子宫腺肌病的病因
　　A. 多次妊娠
　　B. 分娩时子宫壁创伤
　　C. 慢性子宫内膜炎
　　D. 高雌激素刺激
　　E. 慢性盆腔炎
　　参考答案：E

2. 关于子宫腺肌病的叙述，下列哪项是错误的
　　A. 多发生于子宫肌瘤摘除术后
　　B. 痛经是主要症状

C.子宫多均匀增大

D.过量雌激素的刺激是病因之一

E.对性激素治疗缺乏反应

参考答案:A

3.以下不属于子宫腺肌病临床表现的是

A.经量增多

B.经期延长

C.进行性加重的痛经

D.子宫均匀增大

E.小腹疼痛

参考答案:E

【考点评析】

1.病因:多次妊娠和分娩时创伤、高雌激素刺激。

2.表现:经量增多,经期延长,进行性加重的痛经,子宫均匀增大,及 B 超检查。

3.治疗:对症治疗,手术切除子宫。

第二十四单元　女性生殖器官损伤性疾病与发育异常

命题考点3　子宫脱垂、阴道脱垂

【历年真题纵览】

A1 型题

1.阴道前壁脱垂的病因是

A.耻骨尾骨肌纤维断裂

B.耻骨宫颈筋膜及膀胱宫颈韧带过度伸张

C.子宫主韧带松弛

D.子宫圆韧带松弛

E.肛提肌松弛

参考答案:B

2.Ⅱ度阴道脱垂是

A.阴道前壁仍在阴道内

B.膨出部暴露于阴道口外

C.膨出的膀胱随仍在阴道内

D.阴道前壁完全膨出于阴道口外

E.阴道后壁完全膨出于阴道口外

参考答案:B

3.Ⅱ度子宫脱垂是

A.宫颈外口距处女膜缘 <4 cm

B.宫颈已脱出阴道口,宫体仍在阴道内

C.宫颈外口达处女膜缘

D.宫颈及宫体全部脱出至阴道口外

E.宫颈外口距处女膜缘 <2 cm

参考答案:B

4.子宫脱垂湿热型,其治疗应选

A.清热解毒

B.宁心安神

C.补肾固脱

D.益气升提

E.清热利湿

参考答案:E

5.治疗子宫脱垂肾虚证,应首选

A.固阴煎

B.保阴煎

C.大补元煎

D.一阴煎

E.一贯煎

参考答案:C

A2 型题

6.患者,女,68 岁。阴中有块状物脱出 10 年余,劳则加剧,平卧则回纳,小腹下坠,四肢乏力,少气懒言,面色无华,舌淡,苔薄,脉虚细。妇科检查诊断为子宫脱垂。其中医治法是

A.补益中气,升阳举陷

B.补肾固脱,益气升提

C.清热利湿,升阳固脱

D.益气养血,温וב 固脱

E.补肾健脾,升阳固脱

参考答案:A

B1 型题

7.

A.补中益气汤

B.阴道子宫全切术及阴道前后壁修补术

C.子宫托

D.阴道纵隔形成术

E.针灸治疗

①患者,女,40 岁。子宫Ⅲ度脱垂及阴道壁膨出。应首选的治疗措施是

②患者,女,72 岁。绝经23 年,子宫萎缩,Ⅲ度脱垂,伴有冠心病。应首选的治疗

参考答案:①B　②D

【考点评析】

1.阴道前壁脱垂主要由于耻骨宫颈筋膜及膀胱宫颈韧带过度伸张或撕裂所致。

2.阴道后壁脱垂主要是由于耻骨尾骨肌纤维断

裂所致,包括直肠膨出及肠膨出。

3. 阴道脱垂临床表现及分度

Ⅰ度–膨出的膀胱随同阴道前壁仍在阴道内。

Ⅱ度–膨出部暴露于阴道口外。

Ⅲ度–阴道前壁完全膨出于阴道口外。

4. 阴道脱垂治疗:子宫托治疗,手术治疗。

5. 子宫脱垂的临床表现及分度:Ⅰ度:轻型为宫颈外口距处女膜缘<4 cm;重型为宫颈外口达处女膜缘,未超出。Ⅱ度:轻型为宫颈已脱出阴道口,宫体仍在阴道内;重型为宫颈及部分宫体已脱出阴道口。Ⅲ度:宫颈及宫体全部脱出至阴道口外。

6. 西医治疗:支持疗法;非手术治疗:放子宫托;手术治疗:阴道前后壁修补术等。

7. 中医治疗:(1)气虚——补益中气,升阳举陷。补中益气汤。(2)肾虚——补肾固脱,益气升提。大补元煎。(3)湿热——清热利湿。龙胆泻肝汤合五味消毒饮。

第二十五单元　不孕症

命题考点　不孕症

【历年真题纵览】

A1 型题

1. 以下不属于不孕症诊断条件的是

A. 婚后有正常性生活

B. 未避孕

C. 同居2年未受孕

D. 婚后未避孕而从未妊娠者

E. 同居1年未受孕

参考答案:E

2. 女性不孕因素错误的是

A. 输卵管不通

B. 双角子宫

C. 排卵障碍

D. 子宫内膜异位症

E. 乳房发育不良

参考答案:E

3. 启宫丸是治疗哪种不孕的首选方剂

A. 肝郁不孕

B. 痰湿不孕

C. 肝肾不足不孕

D. 肾虚不孕

E. 以上都不是

参考答案:B

4. 治疗不孕症血瘀证,应首选

A. 当归补血汤

B. 补阳还五汤

C. 少腹逐瘀汤

D. 桃红四物汤

E. 通窍活血汤

参考答案:C

A2 型题

5. 患者女,28岁。结婚2年不孕,月经先后不定期,23~56天一行,行经期3~7天,量少,色黯、有血块,经前乳胀、胸胁胀满,烦躁易怒,舌暗红苔薄白,脉细弦。妇科盆腔检查正常,基础体温连续测定4日均为单相,男方检查未发现异常。治疗应首选

A. 雌激素加少腹逐瘀汤

B. 雌激素加启宫丸

C. 雌激素加开郁种玉汤

D. 氯蔗酚胺加少腹逐瘀汤

E. 氯蔗酚胺加开郁种玉汤

参考答案:E

6. 患者,女,38岁。结婚3年,夫妇同居未孕,月经先后不定期,经行乳房胀痛,善太息,舌淡红,苔薄白,脉弦细。其证候是

A. 肝肾阴虚

B. 肝郁脾虚

C. 肝阳上亢

D. 肝郁

E. 气滞血瘀

参考答案:D

【考点评析】

1. 婚后有正常性生活,未避孕,同居两年未受孕者称不孕症,婚后未避孕而从未妊娠者称原发不孕,曾有过妊娠而后未避孕连续2年不孕者称继发性不孕。

2. 不孕症原因:

女性不孕因素:排卵障碍,输卵管因素,子宫因素,宫颈因素,阴道因素。

男性不育因素:精液异常,性功能异常,免疫因素——抗精子抗体。

男女双方因素:缺乏性生活的基本知识,双方精神过度紧张,免疫因素——同种及自身免疫。

3. 不孕症的辨证论治。肾气虚——毓麟珠;肾阳虚——温胞饮;肾阴虚——养精种玉汤;肝气郁结——开郁种玉汤;瘀血阻滞——少腹逐瘀汤;痰湿

内阻——苍附导痰丸。

4.女性不孕的西医治疗:治疗生殖器器质性疾病,诱发排卵,补充黄体分泌功能,改善宫颈黏液,治疗免疫性不孕,辅助生殖技术。

第二十六单元　盆腔淤血综合征

命题考点1　盆腔淤血综合征病因和发病机理

【历年真题纵览】

A1 型题

盆腔淤血综合征病因不包括

  A.解剖学因素

  B.体质因素

  C.早婚、早产及多育

  D.不孕

  E.力学因素

参考答案:D

【考点评析】

1.又名盆腔静脉曲张症,是一种由于慢性盆腔静脉瘀血所引起的特殊病变。病因:解剖学因素;体质因素;力学因素;早婚、早产及多育;子宫肌瘤、慢性盆腔炎、哺乳期闭经、宫颈糜烂等患者,在行盆腔静脉造影时,有显示盆腔静脉瘀血现象;而精神因素、雌激素水平波动者具有类同盆腔瘀血症的症状。

2.中医发病机理主要是不同致病因素影响冲任,气血运行不畅,久而成瘀,导致本病。

命题考点2　临床表现及鉴别诊断

【历年真题纵览】

A1 型题

盆腔淤血综合征常见临床表现错误的是

  A.下腹疼痛

  B.痛经

  C.白带过多

  D.月经过多

  E.性感不快

参考答案:D

【考点评析】

1.本病以下腹疼痛、低位腰痛、痛经、月经改变、性感不快、白带过多、极度疲劳感和乳房疼痛等为主要临床表现。

2.辅助检查:

妇科检查:宫颈变蓝或稍肥大,或有举痛,子宫体或宫底部增大,双附件有增厚及压痛,若缓慢增加压力,其增厚与压痛感反可消失。

实验室检查:尿常规多正常,偶有血尿亦为非感染性血尿。阴道分泌物检查:为非致病菌感染之阴道分泌物。B超检查:子宫卵巢大小尚属正常,根据血管走向,盆腔内见到多条管状暗区,内径大于5 mm以上时有助诊断。盆腔静脉造影术:可见子宫、卵巢静脉增粗、弯曲。盆腔静脉显影消失时间延长。

3.与慢性盆腔炎、功能失调性子宫出血、严重的子宫后倾后屈、子宫内膜异位症鉴别。

命题考点3　中西医治疗方法

【历年真题纵览】

A1 型题

盆腔淤血综合征肾虚血瘀证的方药

  A.补阳还五汤加减

  B.膈下逐瘀汤加减

  C.少腹逐瘀汤加味

  D.祛瘀定痛汤

  E.左归丸加减

参考答案:E

【考点评析】

1.西药疗法:乳房胀痛,月经过多,可于经前少量服用甲基睾丸素;有植物神经紊乱症状,可服调节植物神经、神经肌肉营养药、镇静剂等。如谷维素、维生素 E 等。

2.手术治疗

(1)对于年轻、尚需生育而因阔韧带裂伤所致本症者,可做阔韧带筋膜横行修补术。

(2)对严重子宫后倾后屈患者,可做圆韧带悬吊术,以恢复子宫正常位置。

(3)对年龄接近绝经期患者,可做全子宫或并附件切除术。

3.中医治疗:(1)气滞血瘀——理气活血,化瘀止痛。膈下逐瘀汤。(2)寒湿凝滞——散寒除湿,理气止痛。少腹逐瘀汤。(3)气虚血瘀——益气养血，活血化瘀。加减苁蓉菟丝子丸。(4)肝肾亏损——补益肝肾，调经止痛。调肝汤。

第二十七单元　计划生育

命题考点1　避孕

【历年真题纵览】

A1 型题

1. 不能产生避孕效果的是
　A. 宫内节育器
　B. 阴茎套
　C. 安全期性交
　D. 服用避孕药物
　E. 性交后冲洗
参考答案：E

2. 下列关于短效口服避孕药服用方法的叙述，正确的是
　A. 月经来潮第 1 天起，每天 1 片，连服 22 天
　B. 月经净后第 1 天起，每天 1 片，连服 22 天
　C. 月经来潮第 5 天起，每晚 1 片，连服 22 天
　D. 有房事时服 1 片
　E. 月经来潮第 5 天服 1 片，20 天后再服 1 片
参考答案：C

3. 下列哪项不是宫内节育器的禁忌证
　A. 月经过多过频
　B. 生殖器急慢性炎症
　C. 正常产后 3 个月
　D. 子宫畸形宫口过松
　E. 严重全身性疾病
参考答案：C

4. 以下哪种情况适应人工流产
　A. 避孕失败要求终止妊娠者
　B. 急性乙型肝炎合并妊娠
　C. 妊娠合并急性肾功能衰竭
　D. 妊娠 35 周
　E. 妊娠伴急性心衰
参考答案：A

A2 型题

5. 患者，女，34 岁，已婚未育。于 12 小时前性交后发现阴茎套破损，大部分精液积存于阴道中。她可以选择的补救方法是

　A. 阴道隔膜
　B. 体外排精
　C. 紧急避孕药
　D. 皮下埋植避孕法
　E. 输卵管绝育术
参考答案：C

6. 患者女，25 岁，已婚。顺产后 6 个月，在哺乳中，身体健康，月经正常。最适宜的计划生育措施是
　A. 口服避孕药
　B. 外用避孕药
　C. 安全期避孕
　D. 放置宫内节育器
　E. 行绝育术
参考答案：D

【考点评析】

1. 宫内节育器：用于已婚育龄妇女，愿意选用而无禁忌证者；已妊娠。生殖器官炎症，月经紊乱，生殖器肿瘤，宫颈口过松，重度子宫脱垂，严重的全身疾患禁忌。阴道隔膜：子宫脱垂，膀胱或直肠膨出以及阴道炎，宫颈重度糜烂禁忌；阴茎套：橡胶制品过敏禁忌。

2. 药物避孕：用于身体健康、愿意避孕且月经基本正常的育龄妇女。严重高血压、糖尿病、肝肾疾病及甲状腺功能亢进、血栓性疾病、充血性心力衰竭、血液病及哺乳期，子宫肌瘤、恶性肿瘤、乳房内有肿块者禁忌。

3. 短效口服避孕药服用方法。短效口服避孕药服用方法为于每次月经周期第 5 天开始服药，每晚一片，连服 22 天，中间不要间断。

4. 紧急避孕药的适应证。适用于阴茎套破损等避孕失败患者在无保护性生活后 72 小时之内口服。

命题考点2　人工流产

【历年真题纵览】

A1 型题

1. 以下哪项不是人工流产术并发症
　A. 术后闭经
　B. 吸宫不全
　C. 子宫穿孔
　D. 多囊卵巢综合征
　E. 感染
参考答案：D

2. 人工流产术并发子宫穿孔的处理错误的是

　　A. 在 B 超或腹腔镜监护下清宫

　　B. 内出血增多者,应剖腹探查修补穿孔处

　　C. 未行吸宫操作者,1 周后清宫

　　D. 疑有脏器损伤者,应剖腹探查修补穿孔处

　　E. 宫颈注射缩宫素后尽快清除宫腔内容物

参考答案:E

A2 型题

3. 患者,女,25 岁,已婚。以往月经正常,50 天前行人流吸宫术,出血少,现月经未潮,3 天来感觉小腹胀痛,肛门坠胀,妇科检查:子宫后位,稍大而软,有明显压痛,双附件无异常,尿妊娠试验(－)。应首先考虑的是

　　A. 闭经

　　B. 早孕

　　C. 妊娠腹痛

　　D. 宫颈宫腔粘连

　　E. 子宫内膜炎

参考答案:D

【考点评析】

1. 人工流产:应用于因避孕失败要求终止妊娠者,因各种疾病不宜继续妊娠者;各种疾病的急性期或严重的全身疾病,需待治疗好转后住院者手术禁忌。

2. 宫颈宫腔粘连是在人工流产过程中,由于吸宫或刮宫过度,损伤了子宫颈管和子宫内膜,随后引起宫颈粘连阻塞或宫腔粘连缩小,症状有:人流后出现月经过少或闭经伴周期性下腹痛。宫颈举痛,宫体可稍饱满且有压痛等。

3. 人工流产并发症的中西医治疗:

(1)子宫穿孔:在 B 超或腹腔镜监护下清宫,未行吸宫操作者,1 周后清宫;内出血增多或疑有脏器损伤者,应剖腹探查修补穿孔处。

(2)人工流产综合反应:静脉注射阿托品 0.5～1 mg。

(3)吸宫不全:无明显感染应行刮宫术,刮出物送病理检查,术后抗生素预防感染。

(4)漏吸:排除宫外孕可能,确属漏吸,应再次行负压吸引术。

(5)术中出血:宫颈注射缩宫素后尽快清除宫腔内容物。

(6)术后感染:卧床休息、支持疗法、及时应用抗生素。

(7)栓塞:抗休克、抗过敏等。

4. 人流不全

(1)西医治疗:流血不多者,可先用 2～3 天抗生素,并服中药治疗;流血多者,应立即清宫,术后用抗生素和宫缩剂;不全流产伴有大出血、失血性休克时,应先行休克抢救,情况好转时再进行刮宫;伴有急性感染应将大块胎盘组织轻轻夹出,同时应用大量抗生素控制感染后再行刮宫。

(2)中医治疗

①肝郁血热:人流术后,阴道流血,量时多时少,色鲜红或紫暗,质黏稠夹块,小腹隐痛。舌红,苔薄黄,脉弦数而滑。

治法:清热解郁,凉血止血。

方药:舒郁清肝饮。

②阴虚血热:人流术后,阴道流血量多,或淋漓不净,色鲜红、质稠,小腹隐痛,腰酸膝软。舌红,苔少,脉细数。

治法:滋阴清热,止血固冲。

方药:两地汤合二至丸。

③气虚:人流术后,阴道流血,量多,色淡红,小腹空坠,神疲乏力。舌淡,苔薄白,脉细缓沉弱。

治法:补气摄血固冲。

方药:补中益气汤。

5. 人流术后感染

(1)西医治疗:广谱抗生素,静脉注射或肌内注射给药,疗程至少 1 周。

(2)中医治疗

邪毒壅盛:人流术后,高热、寒战,小腹疼痛拒按,阴道流血或多或少,色紫暗如败酱,气味臭秽,烦躁口渴,大便燥结。舌红,苔黄或干燥,脉弦数有力。

治法:清热解毒,凉血化瘀。

方药:五味消毒饮合失笑散。

```
命题考点 3　　中期引产
```

【历年真题纵览】

A1 型题

水囊引产适应证错误的是

　　A. 妊娠 14～24 周

　　B. 不宜用依沙啶尔引产者

　　C. 不宜用卡孕栓引产者

　　D. 生殖器官急性炎症

　　E. 无剖宫产史或子宫上有疤痕者

参考答案:D

【考点评析】

1. 依沙啶尔羊膜腔内注射引产

适应证：妊娠16~24周要求终止妊娠而无禁忌证者；某种疾病不宜继续妊娠者。

禁忌证：各种疾病的急性阶段；有急慢性肝肾疾病及肝肾功能不良者；生殖器官急性炎症；穿刺部位皮肤感染或子宫壁上有疤痕者；术前24小时内两次体温在37.5℃以上者。

2. 卡孕栓引产

适应证：妊娠14~24周之内要求终止妊娠者；无前列腺素禁忌证；水囊引产失败者；妊娠中期合并胎死宫内、慢性肾炎、妊娠高血压疾病、羊水过少、宫内感染等需立即结束妊娠者。

禁忌证：心血管系统疾病，青光眼，胃肠功能紊乱，哮喘；生殖器官急性炎症，尤其是阴道炎和宫颈炎者；严重过敏体质者；妊娠期间有反复阴道出血者。

3. 水囊引产

适应证：妊娠14~24周，要求终止妊娠而无禁忌证者；因某种疾病不宜继续妊娠者；不宜用依沙啶尔或卡孕栓引产者。

禁忌证：生殖器官急性炎症；有剖宫产史或子宫上有疤痕者；妊娠期间有反复阴道出血者；严重高血压、心脏病或血液病；各种疾病的急性阶段；术前24小时内两次体温在37.5℃以上者。

第二十八单元　妇产科常用特殊检查

命题考点1　宫颈黏液检查

【历年真题纵览】

A1型题

宫颈黏液在月经周期第几天开始出现结晶

　A. 14
　B. 22
　C. 7
　D. 28
　E. 10

参考答案：C

【答题诀窍】

1. 在月经周期第7天开始出现结晶，逐渐由Ⅲ型转变为Ⅱ型，至排卵期出现典型Ⅰ型结晶，排卵后转为Ⅱ型、Ⅲ型，至月经周期的第22天左右出现椭圆体，但也有个别不出现结晶者，仅有上皮细胞及白细胞。

2. 观察雌激素、孕激素的水平，了解卵巢功能，用于早期妊娠的诊断，也可用于观察药物的疗效。

命题考点2　生殖道细胞学检查

【历年真题纵览】

A1型题

普查及早发现宫颈癌最简单最重要的方法是

　A. 宫颈管吸片
　B. 宫颈涂片
　C. 阴道涂片
　D. 抗癌血清检查
　E. 宫腔吸片

参考答案：D

【考点评析】

宫颈脱落细胞学检查(宫颈涂片)是普查及早发现宫颈癌最简单最重要的方法。

命题考点3　基础体温测定

【历年真题纵览】

A1型题

基础体温的测定临床应用于

　A. 检查不孕原因
　B. 指导避孕与受孕
　C. 协助诊断妊娠
　D. 协助诊断月经失调
　E. 以上都是

参考答案：E

【考点评析】

在正常月经周期中，基础体温呈周期性变化，排卵后孕激素的作用使体温上升0.3~0.5℃，基础体温呈双向曲线；若无排卵，基础体温无上升改变而呈单向曲线；基础体温测定反映卵巢功能，与输卵管是否通畅无关。

即可诊断。

命题考点4　女性内分泌激素测定

【历年真题纵览】

A1 型题

女性黄体生成素的正常范围是

A. 3～30 IU/L

B. 5～20 IU/L

C. 9～14 ng/ml

D. 37～1835 pmol/L

E. (2.1±0.8) nmol/L

参考答案:A

【考点评析】

项　目	正常值范围
黄体生成素	3～30 IU/L
促卵泡素	5～20 IU/L
催乳素	9～14 ng/ml
雌二醇	37～1835 pmol/L
孕酮	0.6～102.4 nmol/L(非孕期)
睾酮	2.1±0.8 nmol/L
HCG	<3.1 ng/ml

命题考点5　女性生殖器官活组织检查

【历年真题纵览】

B1 型题

A. 月经来潮第6天

B. 月经来潮第5天

C. 月经来潮第3天

D. 月经来潮第2天

E. 月经来潮6小时内

①为确定排卵和黄体功能,选择诊断性刮宫的时间是

②疑诊子宫内膜脱落不全,选择诊断性刮宫的时间是

参考答案:①E　②A

【考点评析】

为判断排卵和黄体功能,应在月经来潮前或月经来潮12小时内刮宫确诊;正常月经期第3～4天分泌内膜已全部脱落,子宫内膜脱落不全时月经来潮第5～6天仍能见到呈分泌反应的内膜,此时刮宫

命题考点6　输卵管通畅检查

【历年真题纵览】

A1 型题

输卵管通液是最常用的妇科检查方法,关于其描述以下哪项是错误的

A. 作为检查和评价输卵管再通术

B. 原发不孕和继发不孕的常规检查

C. 轻度输卵管粘连者

D. 检查有无排卵

E. 检查输卵管是否通畅

参考答案:D

【考点评析】

输卵管通畅检查:原发或继发不孕症,男方精液正常,疑有输卵管阻塞,检验和评价输卵管绝育术、输卵管再通术或输卵管再通术的效果。对输卵管黏膜轻度粘连有疏通作用,输卵管再通术后经宫腔注药可防止吻合处粘连。经缓慢注入20ml 无菌生理盐水又无阻力,患者也无不适感者,证明输卵管通畅;若勉强注入10ml 即感有阻力,患者感下腹胀痛,停止推注后液体又回流至注射器内,表示输卵管闭塞,若再经加压注射又能推进,说明原有粘连已被分离。禁忌证:内外生殖器急性炎症或慢性盆腔炎急性或亚急性发作;月经期或有不规则阴道流血者;严重全身性疾病。

输卵管通畅检查不能用于判断有无排卵,可以作为原发不孕和继发不孕的常规检查及输卵管通畅与否的辅助诊断。

命题考点6　常用穿刺检查

【历年真题纵览】

A1 型题

1. 阴道后穹隆穿刺为临床常用的诊断方法,以下哪种方法是错误的

A. 异位妊娠腹腔内出血

B. 卵泡破裂内出血

C. 盆腔炎性积液或积脓

D. 怀疑阴道后穹隆肿瘤

E. 急性盆腔炎

参考答案:E

A2 型题

2.患者,女,39 岁;已婚。停经 43 天,突发左下腹剧痛 2 小时,伴肛门坠胀,晕倒 1 次。对诊断最有意义的检查是

　　A.尿妊娠试验

　　B.诊断性刮宫

　　C.后穹隆穿刺

　　D.腹部平片

　　E.B 型超声波

参考答案:C

【考点评析】

	适　应　证	注　意　事　项
腹腔穿刺术	腹部叩诊发现移动性浊音;超声检查发现腹腔积液或有包块者,通过穿刺以辨明其积液的性质、部位以协助诊断。急性腹痛,怀疑宫外孕破裂、卵巢囊肿破裂等;寻找癌细胞或作染色体核型分析等;放出大量腹水以缓解症状;腹腔注入药物;行盆腔充气造影时,经腹腔穿刺注入空气	下腹部做过大手术或有腹膜炎,可疑腹腔内有粘连应慎重或注意选择穿刺部位 巨大卵巢囊肿或妊娠 3 个月以上,不宜实行;严格无菌操作;密切观察患者状况,速度不宜过快,放腹水量不宜超过 3000 ml;术后患者卧床休息 6~8 小时
阴道后穹隆穿刺术	急腹症患者了解子宫直肠窝内有否积液、积脓,确定性质 盆腔内积液、积脓、腹水的引流 药物注入盆腔 鉴别有无恶性肿瘤存在	严格无菌操作,掌握进针方向。 抽出液体如果为暗红色不凝血,应考虑宫外孕可能;脓性及腹水应做细菌涂片检查、培养及常规送检 穿刺前患者如有精神紧张,可针刺合谷、内关穴,以减轻疼痛 进针迅速敏捷,不要盲目向两侧或前后穿刺,不宜过深

命题考点 7　妇科内镜检查

【历年真题纵览】

A2 型题

患者,女,45 岁,已婚。接触性阴道流血 2 个月;宫颈重度糜烂伴颗粒样增生,宫颈脱落细胞检查巴氏Ⅲ级。为了明确诊断,提高活检的准确性,应作的检查是

　　A.宫颈活组织检查

　　B.阴道镜宫颈检查

　　C.外阴活组织检查

　　D.阴道活组织检查

　　E.子宫内膜活组织检查

参考答案:B

【考点评析】

阴道镜检查是利用强光照射放大后直接观察宫颈阴道部上皮病变,可以观察到肉眼看不见的微小病变,在可疑部位定位活检,可提高确诊率。包括阴道镜、宫腔镜、腹腔镜检查。

第二十九单元　妇产科常用手术

【历年真题纵览】

A1 型题

输卵管妊娠的根治性手术适应证不包括

　　A.无生育要求者

　　B.手术时同时要求绝育者

　　C.绝育后的输卵管妊娠者

　　D.初次输卵管发生妊娠者

　　E.妊娠输卵管损伤严重无法修复者

参考答案:D

【考点评析】

1.前庭大腺囊肿造口术

适应证:前庭大腺囊肿或脓肿。

禁忌证:前庭大腺急性炎症期,尚未形成脓肿或囊肿者。

2.输卵管妊娠术

(1)输卵管妊娠的保守性手术

适应证:输卵管妊娠未破,或有少量出血,妊娠块 <5 cm 者;患者要求保留生育能力;排除宫内妊娠,并容易随访;无输卵管妊娠史;胚胎无血管性搏动。

禁忌证:患侧输卵管破损严重无法修复者;切除病灶后残留段 <5 cm 者;陈旧性输卵管妊娠部位有血肿或积血者。

(2)输卵管妊娠的根治性手术

适应证:无生育要求的患者,或手术时同时要求绝育者,或绝育后的输卵管妊娠者;妊娠输卵管损伤严重无法修复者;间质部妊娠;患侧输卵管发生两次妊娠者。

3. 剖宫产术

适应证:(1)绝对指征:骨盆狭窄与头盆不称、横位、软产道梗阻及畸形、中央性前置胎盘、胎盘早剥等。(2)相对指征:胎儿宫内窘迫、头位胎位异常、臀位、部分性前置胎盘或低置胎盘、过期妊娠、早产及胎儿生长迟缓、妊娠高血压疾病、巨大儿、珍贵儿、先兆子宫破裂等。

禁忌证:(1)既往曾有腹部手术史,特别是剖宫产史,子宫下段有严重、难以分离的粘连,尤其合并胎儿窘迫而急需娩出胎儿者。(2)子宫下段有大量曲张的血管,手术可能引起大出血者。(3)骨盆畸形及悬垂腹,子宫极度前倾,仰卧位也不能改变子宫的位置,因而无法暴露子宫下段,并发生体位性低血压者。(4)横位、未临产、下段扩张不充分,若胎背在下,下段切口难以牵拉胎体。